中国宗教文学史

马焯荣 ◎ 著

中国社会科学出版社

图书在版编目(CIP)数据

中国宗教文学史/马焯荣著．—北京：中国社会科学出版社，2014.4
ISBN 978-7-5161-4058-1

Ⅰ.①中… Ⅱ.①马… Ⅲ.①宗教文学—文学史—中国 Ⅳ.①I207.99

中国版本图书馆 CIP 数据核字(2014)第 051035 号

出 版 人	赵剑英	
选题策划	陈　彪	
责任编辑	郭晓鸿	
特约编辑	王　彬	
责任校对	徐　楠	
责任印制	戴　宽	

出　　版	中国社会科学出版社	
社　　址	北京鼓楼西大街甲 158 号(邮编 100720)	
网　　址	http://www.csspw.cn	
	中文域名：中国社科网　010-64070619	
发 行 部	010-84083685	
门 市 部	010-84029450	
经　　销	新华书店及其他书店	
印　　刷	北京金瀑印刷有限公司	
装　　订	廊坊市广阳区广增装订厂	
版　　次	2014 年 4 月第 1 版	
印　　次	2014 年 4 月第 1 次印刷	
开　　本	710×1000　1/16	
印　　张	50.75	
插　　页	2	
字　　数	805 千字	
定　　价	108.00 元	

凡购买中国社会科学出版社图书，如有质量问题请与本社联系调换
电话：010-64009791
版权所有　侵权必究

目　录

序言 …………………………………………………………（1）
例言 …………………………………………………………（1）

第一编　先秦时期

宗教概况 ……………………………………………………（3）
第一章　诗歌 ………………………………………………（7）
　第一节　《诗经》及其他 …………………………………（7）
　第二节　楚辞 ……………………………………………（12）

第二章　小说 ………………………………………………（19）
　第一节　史话—神话小说原型《古文琐语》……………（19）
　第二节　原始宗教万神谱《山海经》……………………（20）

第三章　散文 ………………………………………………（25）
　第一节　历史散文 ………………………………………（25）
　第二节　诸子散文 ………………………………………（27）

第二编　秦汉时期

宗教概况 ……………………………………………………（45）
第一章　诗赋 ………………………………………………（49）
　第一节　西汉诗赋 ………………………………………（49）
　第二节　东汉诗歌 ………………………………………（55）

第二章 小说 ……………………………………………………… (59)
第一节 《山海经》模式 …………………………………… (59)
第二节 《穆天子传》模式 ………………………………… (64)

第三章 散文 ……………………………………………………… (71)
第一节 《淮南子》的仙道意识及其他 …………………… (71)
第二节 《史记》里的宗教散文 …………………………… (74)

第三编 魏晋南北朝时期

宗教概况 …………………………………………………………… (83)
第一章 诗赋 ……………………………………………………… (87)
第一节 魏晋文人诗赋与仙道意识 ………………………… (88)
第二节 南北朝文人诗赋与三教 …………………………… (99)
第三节 僧诗与道诗 ………………………………………… (107)

第二章 笔记小说 ………………………………………………… (115)
第一节 仙话 ………………………………………………… (115)
第二节 佛话 ………………………………………………… (121)
第三节 鬼话、怪话及其他 ………………………………… (129)

第三章 散文与翻译文学 ………………………………………… (151)
第一节 叙事散文 …………………………………………… (151)
第二节 论理散文 …………………………………………… (157)
第三节 翻译文学与翻译理论 ……………………………… (167)

第四编 隋唐五代时期

宗教概况 …………………………………………………………… (181)
第一章 文人诗歌 ………………………………………………… (188)
第一节 崇儒诗人 …………………………………………… (189)
第二节 赞佛诗人 …………………………………………… (195)

第三节　儒释统合诗人 ………………………………… (204)
　　第四节　儒道相兼诗人 ………………………………… (211)
　　第五节　嘲仙诗人 ……………………………………… (220)
　　第六节　三教互补诗人 ………………………………… (227)

第二章　僧道诗歌 ………………………………………… (240)
　　第一节　通俗诗僧 ……………………………………… (240)
　　第二节　三教互补诗僧 ………………………………… (247)
　　第三节　诗道 …………………………………………… (255)

第三章　敦煌通俗文学 …………………………………… (264)
　　第一节　敦煌歌辞与三教 ……………………………… (264)
　　第二节　变文
　　　　　　——讲唱佛经神变故事的文本 ………………… (271)

第四章　笔记小说与传奇小说 …………………………… (275)
　　第一节　笔记小说 ……………………………………… (275)
　　第二节　传奇小说从酝酿到成熟 ……………………… (283)
　　第三节　中晚唐传奇小说集 …………………………… (290)
　　第四节　传奇小说的尾声 ……………………………… (303)

第五章　散文与文论 ……………………………………… (310)
　　第一节　散文 …………………………………………… (310)
　　第二节　文论 …………………………………………… (319)

第五编　两宋时期

宗教概况 …………………………………………………… (329)

第一章　北宋文人诗词 …………………………………… (334)
　　第一节　周流三教的诗人词客 ………………………… (334)
　　第二节　以释补儒的诗人词客 ………………………… (347)

第三节　神仙与妓女 ……………………………………（359）

第二章　南宋文人诗词 ………………………………………（367）
　　第一节　亦仙亦佛的退隐词人 …………………………（367）
　　第二节　爱国诗词作家与佛道 …………………………（373）
　　第三节　三教兼容的理学诗人 …………………………（389）
　　第四节　仙寿词及其他 …………………………………（393）

第三章　僧道诗词 ……………………………………………（399）
　　第一节　僧侣诗词 ………………………………………（399）
　　第二节　道士诗词 ………………………………………（425）

第四章　小说 …………………………………………………（432）
　　第一节　笔记小说 ………………………………………（432）
　　第二节　传奇小说 ………………………………………（439）
　　第三节　话本小说 ………………………………………（442）

第五章　散文与文论 …………………………………………（446）
　　第一节　僧传文学 ………………………………………（446）
　　第二节　诗学与禅学 ……………………………………（448）

第六编　金元时期

宗教概况 ………………………………………………………（461）
第一章　戏曲 …………………………………………………（466）
　　第一节　杂剧大家关、马、王、白 ……………………（467）
　　第二节　其他杂剧与三教 ………………………………（478）
　　第三节　理学与文学的结合
　　　　　　——《琵琶记》 …………………………………（487）

第二章　文人诗词与散曲 ……………………………………… (490)
第一节　金代文人诗词与三教 ………………………………… (490)
第二节　元代散曲作家的仙佛情结 …………………………… (495)

第三章　僧道诗词 ……………………………………………… (504)
第一节　诗僧 …………………………………………………… (504)
第二节　全真道士 ……………………………………………… (510)
第三节　正一道士 ……………………………………………… (513)

第七编　明代

宗教概况 …………………………………………………………… (523)

第一章　章回小说 ……………………………………………… (527)
第一节　神话章回小说 ………………………………………… (527)
第二节　神话—史话章回小说 ………………………………… (538)
第三节　神话—寓言章回小说 ………………………………… (553)

第二章　传奇小说与话本小说 ………………………………… (558)
第一节　传奇小说 ……………………………………………… (558)
第二节　话本小说 ……………………………………………… (565)

第三章　戏曲 …………………………………………………… (574)
第一节　明初杂剧里的三教意识与鬼灵精怪 ………………… (574)
第二节　崇儒与反儒 …………………………………………… (577)
第三节　神仙道化剧 …………………………………………… (582)
第四节　佛教神话剧 …………………………………………… (586)
第五节　鬼灵精怪剧 …………………………………………… (590)
第六节　宝卷（附录） ………………………………………… (594)

第四章　文人诗文与文论 ……………………………………… (596)
第一节　三教互补作家 ………………………………………… (596)

第二节　纯儒作家 …………………………………………（608）
　　第三节　江南宗教景观扫描 ………………………………（611）
　　第四节　文论与三教 ………………………………………（615）

第五章　僧道诗词 ……………………………………………（624）
　　第一节　御用诗僧 …………………………………………（624）
　　第二节　平民诗僧 …………………………………………（632）
　　第三节　道士诗词 …………………………………………（636）

第八编　清代

宗教概况 …………………………………………………………（643）
第一章　明末清初的宗教神话小说 …………………………（648）
第二章　章回小说 ……………………………………………（657）
　　第一节　神话章回小说 ……………………………………（657）
　　第二节　神话—史话章回小说 ……………………………（669）
　　第三节　神话—寓言章回小说 ……………………………（674）
　　第四节　反宗教迷信章回小说 ……………………………（682）

第三章　传奇小说与笔记小说 ………………………………（686）
　　第一节　传奇小说 …………………………………………（686）
　　第二节　笔记小说 …………………………………………（698）

第四章　戏曲 …………………………………………………（712）
　　第一节　儒教伦理剧 ………………………………………（712）
　　第二节　史话—神话剧 ……………………………………（717）
　　第三节　佛道神话剧 ………………………………………（722）

第五章　文人诗文与文论 ……………………………………（727）
　　第一节　三教互补作家 ……………………………………（727）
　　第二节　儒释契合作家 ……………………………………（741）

目 录

  第三节 诗禅一致论 …………………………………………（752）
  第四节 中西宗教文化之合流 …………………………………（756）
  第五节 宗教风习小品 …………………………………………（763）

第六章 僧道诗词 ……………………………………………（770）
  第一节 遗民诗僧 ………………………………………………（770）
  第二节 御用诗僧 ………………………………………………（775）
  第三节 山水诗僧 ………………………………………………（777）
  第四节 爱国诗僧 ………………………………………………（780）
  第五节 道士诗人 ………………………………………………（785）

结语 ……………………………………………………………（788）

序　言

一

宗教与艺术（包括语言艺术，即文学）是两种独立的意识形态。这是现代人的常识。但是，宗教与艺术从来就具有千丝万缕的、"剪不断，理还乱"的联系。这一层却不见得人人都很清楚。早在距今约三百万年的原始社会野蛮阶段，人类初民便开始萌发了宗教的和艺术的意识及其表现形态。但初民的原始思维并非我们现代人的思维方式。初民头脑中萌生的各种意识是彼此交错、混融一体的。初民不可能在宗教和艺术之间划出一条明确的界限，正如他们不可能在历史和神话之间划出一条明确界限一样。因为他们对于什么叫宗教、什么叫艺术还不可能作出最起码、最简单的界定，他们头脑中压根儿就没有"宗教"和"艺术"之类的明确概念。因此，在人类社会最邈远时代产生的第一批艺术成果中，便处处留下了宗教的烙印。可以说，人类艺术史（包括语言艺术史）的第一章，就是宗教艺术。它是原始人类的混融文化的一个重要组成部分。所以，不论是"艺术起源于宗教"的说法，还是"宗教起源于艺术"的说法，都是不正确的。它们共同起源于与人类起源同步产生的原始混融文化。

随着生产力的进步，原始社会从旧石器时代进入了新石器时代。这时，人类的思维能力有了长足的发展，初步具备了抽象的和分析的能力。这样一来，宗教呀，艺术呀，历史呀，神话呀！……这些为我们现代人熟知的意识及其表现形态，便开始缓慢地、逐步地从原始混融文化的母体中分裂出来。于是，在人类的早期文明阶段，在原始社会的末期，开始出现了独立的不受宗教影响的艺术创造成果。

宗教与艺术虽然各自从原始混融文化的母体中独立出来了，但二者在母体中共孕共存的数百万年悠久传统，对人类祖先来说，乃是一个巨大的、不可抗拒的精神诱惑。因此，当他们举行宗教礼仪时，便仍旧会借助于艺术的手段；当他们以歌舞自娱时，也有时会情不自禁地宣泄出其强烈的宗教情绪。这样一来，人类艺术史的第二章，就有了世俗艺术和宗教艺术这样两大块。这个双轨平行模式，从此统治了人类艺术史，直到现代。什么时候——也许是公元3000年或公元4000年以后？——宗教在"地球村"消亡了，那时，人类艺术史的双轨模式就该让位于单一的世俗艺术了。不过那是遥远未来的事。今天我们仍然处在双轨模式的统治之下，不管你愿意承认与否，谁也无法摆脱它。

中国社会科学院文学研究所张炯先生说：《中国宗教文学史》"自然是很有意义的"。我想，它的意义可能就在于让人们了解：一部中国文学史，有一半乃是宗教文学史。此外，《中国宗教文学史》还可以让人们了解：在描绘社会生活的文学七巧板中，有一块是宗教生活的反映；人类在宗教生活中表现出各种不同的宗教意识和宗教感情；以及宗教怎样施影响于国家的政治、经济、军事和思想文化等。《中国宗教文学史》还让人们了解：宗教文学中的许多上乘之作和经典之作，也给人以艺术美的享受。总之，《中国宗教文学史》告诉人们：宗教文学具有毋庸置疑的认识价值和审美价值。至于那些弘扬宗教道德的作品，对于人类净化自身的灵魂，也未尝没有丁点儿参考价值，问题在于我们能否合理地利用和扬弃前人留下的思想文化遗产，就像马克思合理地利用、扬弃德国古典哲学和英国古典政治经济学一样。那种简单粗暴地视宗教文学为糟粕的陈旧观念，在《中国宗教文学史》面前将不攻自破。我想，以上这些，也应当是本书的意义之所在吧。

二

中国自进入20世纪的最后20年以来，研究各种宗教文学的著作（包括专著、论文集、知识性读物、辞典、作品选注等）多起来了，林林总总，估计不下百种。这些著作，为中国比较文学研究开辟了一个新领域，成绩斐然，蔚为大观。但任何新生事物都不可能尽善尽美，宗教文学研究亦不例外。例如：像白居易、苏东坡这样赫赫有名的大诗人，在佛教文学论著中被描述成佛教诗人，在道教文学论著中又被描述成道教诗人；尤有甚者，像王维这样古今公认的诗佛，在一部道教文学史里，竟被当作诗道加以评介。人们不禁大惑不解：同一作家、作品，在不同宗教文学研究者的笔下，其面貌为什么会如此大相径庭？

我以为：问题出在某些各别宗教文学研究者的治学方法上。

迄今为止，出现在全国各地书店里的宗教文学论著，百分之九十五是微观式的各别宗教文学研究，例如佛教文学研究、道教文学研究、禅诗研究、仙道小说研究等。某些研究者各自专攻一种宗教及其相关的文学，而对其他宗教及其相关的文学则知之不多，甚或一无所知。这就是造成白居易、苏东坡们一会儿是佛教诗人，一会儿又变成了道教诗人，乃至连公认为诗佛的王维也会变成诗道的原因。

我在《中西宗教与文学》（岳麓书社出版）里曾经说过：古代中国与西方的宗教史有三大差异，其中之一是：中国历代王朝实行儒道佛三教并举政策，所以是一个多宗教国家；西方各国自基督教化以后，实行独尊一教的国教政策，人民没有宗教信仰自由，那些国家都是清一色的基督教（虽然有新教、旧教之分）国家。

基于这一差异，中国的宗教史与宗教文学史较之西方要复杂得多。其复杂性不但在于宗教种类之繁多，而且在于各种宗教思想、文化之间的错综复杂的关系。互相排斥又互相渗透，你中有我又我中有你，是中国宗教思想史和中国宗教文化史的特色。在文学上，一个作家，一部作品，往往对几种宗教兼收并蓄。有的佛道双修，如施肩吾；有的儒释统合，如刘禹锡；有的儒道互补，如李白；有的三教合一而以儒为主，如朱熹；有的三教合一而以释为主，如萧衍；有的三教合一而以道为主，如陶弘景。有的作家偏爱使用"道"、"道人"、"道友"、"玄谈"之类出自道家的字眼，而其内涵则属于佛门，如王维。因为佛教初传中华之际，多借用道家术语。六朝时期，佛教徒称"道人"，道教徒称"道士"，所以陶弘景临死前在遗令中要求：做法事时必须"道人、道士并在门中，道人左，道士右"。这两个既有联系又有区别的称谓，一直传承至隋唐以后。有少数全真派道士在道教学说上吸收佛学内容，因此亦自号道人，以示其认同于佛教，如吕

— 3 —

洞宾自号回道人，葛长庚自号白玉蟾道人。于是和尚道士均混称"道人"了。总之，"道"的概念，三教共有，但内涵各别。"道可道也，非常道也"、"道之为物，唯恍唯惚"（《道德经》），这是道家之"道"。"道者通也"（《净土论注》），"显现道意，无量功德"（《无量寿经》），这是佛家之"道"。至于"先王之道"、"朝闻道，夕死可矣"（《论语》），"得道者多助，失道者寡助"、"天下无道，以身殉道"（《孟子》），则是儒家之"道"了。以上是儒、道、佛三教之间犬牙交错的若干反映。至若三教之外的其他民间宗教和三教之内的诸多宗派之间的更加复杂的关系，以及它们之间在文学上的更加繁复的反映，这里就无法细说了。

面对历史上如此纷繁复杂的宗教文学，各别宗教文学研究者必须眼观六路，耳听八方，宏微互补，才不致顾此失彼。如果对某一宗教及其相关文学作自我封闭式研究，而不兼顾其他宗教及其相关文学，不兼顾诸多宗教对同一作家、作品所产生的多方面、多层次影响，势必难免把本来是会三归一的诗人如白居易、苏东坡，片面地描述成为单纯信仰和歌颂某一种宗教的诗人；甚或望文生义，错误地把赞佛的作品当作颂道的作品。

基于上述原因，中国亟须一部从宏观建构的全景式宗教文学史。外国人想要了解中国传统文化中的宗教文学之复杂真相，也不可能没有一部高屋建瓴的全景式中国宗教文学史。

本书是企望满足中国和世界这一迫切需要而作出的第一次尝试。

同时，本书也是《中西宗教与文学》的姐妹篇。《中西宗教与文学》着重于理论之探讨，本书则着重于史实之述评。

著者谨识
1997年冬·明星里

例　言

一　宗教

本书所谓宗教，是指客观现实在人们头脑中的歪曲的反映，是人们对其幻想中某种超自然力、超自然体的崇拜。

宗教是一个社会的、历史的动态概念。自原始社会以来，宗教在人类发展的各个历史阶段经历了许多不同形态。诸如原始的自然崇拜（或称自然宗教），人格化的自然崇拜（即动植物及其他精灵崇拜）、鬼灵崇拜、图腾崇拜、巫术（一称巫教）、占卜、前兆迷信（例如汉代的识纬迷信）、儒教、道教、佛教，以及白莲教、红阳教、拜上帝会等各种民间宗教。

宗教，就其发育程度而言，可以分为完全宗教和不完全宗教，即准宗教两种。凡获得充分发育，即在意识上建立起超自然体—神的体系，创造了完整的宗教经典，在组织上具有宗教领袖、机构、教团，在修持上具有整套戒律与科仪者，为完全宗教；否则，为不完全宗教或准宗教。因此，前述道教、佛教、拜上帝会等属于完全宗教，而原始的自然崇拜、人格化的自然崇拜、儒教、巫教、占卜等则为准宗教（参阅拙著《中西宗教与文学》第二编：自发宗教与文学）。

二　三教

本书所谓三教，乃是一个传统概念。它包括儒、释（佛）、道。

从现代社会科学观点来考察，传统中的"儒"包括儒家学说和儒教两部分。儒家学说是孔子和孟子创立的宗法制政治（即建立在嫡长子制和血缘关系基础上的家天下政治）伦理学说；儒教则是由董仲舒首创，将儒家学说与阴阳五行、识纬迷信乃至鬼神迷信相附会的准宗教。从现代社会科学观点来考察，传统中的"道"也包括道家学说和道教两部分。道家学说是老子和庄子创立的以"道"为世界本源的哲学学派（"道"是什么，学术界有"唯物"、"唯心"两种解释）；道教则是由传说中的张陵、实系张修、张角首创，将老、庄神化为"太上老君"和"南华真人"，并奉《道德真经》（《老子》）和《南华真经》（《庄子》）为基本经典的宗教。

但是，由于古代思想家、文学家的思想局限，他们在阐述和表现儒、道、佛三种内容时，未能作出如上科学分析和区别，而笼统称之为"三教"。因此，在许多古典文学作品中，儒家与儒教是合二为一的，道家与道教是犬牙交错的；特别是有些鼓吹"三教同源"的作家，他们的所谓儒教，其实不过是儒家；他们的所谓道教，也包括了道家哲学在内。这是历史上的既成事实。顺便指出：在西语中没有区别"儒家"与"儒教"、"道家"与"道教"的词语。例如英语中的"儒家"与"儒教"都是Confucianism，"道家"与"道教"都是Taoism。

为了还作家、作品以真实的历史原貌，本书在评述儒教文学时，也将涉及儒学方面的若干代表性作家和作品；在评述道教文学时，也将涉及道家方面的若干代表性作家和作品；在评述"三教合一"的文学时，一般也是以三教的传统文化内涵为标准的。

"三教"和"三教合一"是中国宗教思想史和中国宗教文学史上的特殊现象。我们应当分析这个历史现象，但不能改变这个历史（参阅拙著《中西宗教与文学》第九章第一节"儒道佛与基督教"）。

由于政治的或其他的原因，中国人善于把一种思想学说转化为一种宗教。儒家政治伦理学说被转化为儒教，道家哲学学说被转化为道教，都是先例。现代社会也出现过这种返祖现象。十年"文化大革命"期间（1966—1976），"四人帮"（毛泽东语）神化毛泽东，在全国推行早请示，晚汇报（许多地方的农村称之为"早敬""晚敬"）、跳"忠"字舞等科仪，人人佩戴毛泽东像章，家家设立"红宝书"台供一套"毛选"，与古代西方基督教世界之家家供一部《圣经》如出一辙，等等；从而把毛泽东学说转化为一种准宗教，西方宗教学术界有人称之为"毛教"（Maoism）。这一点，连毛泽东本人在世时亦不无反感①。与此相反，古代西方则从基督教教会中产生了科学家，例如批判基督教神学宇宙观"地球中心说"的人，恰恰是基督教教士哥白尼。他是在基督教教堂里完成其"太阳中心说"的。

三　宗教文学

本书所谓宗教文学，乃是泛指一切以宗教为题材的文学，而不是特指弘扬宗教的文学。只要作品的基本内容属于宗教范畴，则不论其作者的主体意识对宗教持什么态度，是弘扬也罢，是批评也罢，是怀疑也罢，是不置可否也罢，是游戏也罢，就都是宗教文学（参见弗莱等《哈珀文学手册》，英文版）。例如：弘扬佛法的《宣验记》、反对佛法的《谏迎佛骨表》、讽刺求仙的李贺歌诗、客观描述佛教寺院的《洛阳伽蓝记》、寄托社会、政治思想于神魔世界的《西游补》，以及两宋士大夫文人将禅宗佛教当作居家休闲的文化娱乐工具而"戏作"的许多玩禅诗词，乃至崇儒的《窦娥冤》，反儒的《西厢记》，嘲神的《雷公被污》、《城隍赤身求衣》、《批地藏王颊》、《金刚作闹》（均见《子不语》），以及反宗教迷信的《瞎骗奇闻》、《扫迷帚》、《玉佛缘》等，都是宗教文学。

给文学作品分类，有多种标准。按创作方法分类，有现实主义文学、浪漫主义文学、表现主义文学、魔幻现实主义文学等。按体裁分类，有诗歌、散文、小说、戏剧等。按题材分类，有儿童文学、爱情文学、乡土文学、战争文学、宗教文学、政治小说、经济小说、科幻小说、哲理诗、田园诗等。

有一种片面性理解，把"宗教文学"仅仅视为弘扬宗教的文学。若此说成立，那么以宗教为内容但对宗教持批评主场、怀疑立场、游戏态度，以及客观描述宗教（包括建筑、掌故、历史、活动、人物等）的文学应当纳入何类？若此说成立，是否也应当把"战争文学"理解为鼓吹战争的文学，把"爱情文学"理解为爱情至上主义文学？

---

① 信奉伊斯兰教的美国拳王泰森，把毛泽东像和穆罕默德像并列绣在两臂上，证明了他是从宗教领袖角度，而不是从革命领袖角度去崇拜毛泽东。拳王需要从这两个人物战无不胜的戎马生涯中汲取精神力量，以便在擂台上击倒对手。耶稣、释迦牟尼、老子、孔子都没有上述两个人物的所向披靡的战争经历，都不能成为他的拳击生涯中的精神偶像。

四　宗教神话

本书所谓宗教神话，是指关于一切宗教中的超自然力、超自然体（广义的神）的叙事作品。因此，举凡神仙、鬼怪、佛陀、菩萨们的故事，统称宗教神话。"宗教神话"是"宗教文学"的下位概念，而"仙话"、"佛话"、"鬼话"、"怪话"又是"宗教神话"的下位概念。

神话是宗教的派生意识，没有宗教就没有神话，故曰"宗教神话"。迄今为止，大量文学史著作论述上古神话不涉及上古宗教，论述中古和近古文学中的神话作品也不涉及中古和近古宗教。这就给人一种错觉：神话与宗教不相干。试问：如果没有宗教，神的观念从何而来？如果没有神的观念，神话文学从何而来？一个不容置疑的事实是：神的观念与宗教意识同步诞生，而神话则是从神的观念衍生出来的故事。在西方，古希腊、罗马神话乃是西方上古宗教——奥林匹斯教神话。中古和近代有关上帝、耶稣、天使、魔鬼们的神话，乃是基督教神话。在中国，先秦神话乃是自然崇拜、鬼灵崇拜、祖灵崇拜、图腾崇拜、占卜、前兆等原始宗教神话，中古和近古有关神仙、鬼怪、佛陀、菩萨们的神话，乃是道教、佛教和其他民间宗教神话。宗教神话文学自古至今出现过各种提法：六朝时称"志怪"，宋元间叫"灵怪"，鲁迅名之曰"神魔"，林辰、段文桂主编的"中国神怪小说大系"命名为"神怪"。虽名目繁多，而所指则一。其本质特征，就是演述宗教超自然力、超自然体的故事。无论是原始宗教里的鬼灵和动植物精灵，还是道教万神谱里的诸神诸仙，以及佛教里的佛祖、罗汉、菩萨，名目虽千差万别，本质则同为宗教里的超自然体。因此，"宗教神话"应当成为这类作品的共同学名，而"志怪"、"灵怪"、"神魔"、"神怪"等提法可视为宗教文学之俗名或别名。

五　宗教文学作家

本书所谓宗教文学作家，是就其毕生作品中包含相当数量的宗教题材作品而言，并非全部作品都属于宗教题材。毕生只写宗教题材而不越宗教雷池一步者，几乎乌有。

本书论列的宗教文学作家，按其谋生的职业，分为宗教徒作家和士大夫文人（包括准宗教徒，如居士和在家奉道者）两大类。宗教徒作家以僧、道为业，士大夫文人以儒为业。但职业不等于作家的宗教思想和作品的宗教题材范围。有非宗教徒写的宗教文学，有宗教徒写的非宗教文学。例如：唐李贺的鬼诗属于前者，清诗僧清恒、天寥的山水诗属于后者。一般地说，僧伽以写佛教题材为主，道士以写道教题材为主，士大夫文人以写儒教题材为主，而实际情况则复杂得多。无论僧、道还是士大夫文人，就其宗教意识而言，往往是二教互补或三教合一；就其日常生活而言，往往是二教交游或三教周流。因此，在中国宗教文学史上，很少有一生只写某一种宗教题材或一生只弘扬某一种宗教思想的作家。他们之间的千差万别，各如其面。

六　宗教文学史

本书评述范围，上起先秦，下迄清代，目的在于勾勒出一条中国历史上的宗教文学之轨迹。现代宗教文学，例如"五四"时期的《故事新编》，"文革"期间的毛教文学等，不属本书评述范围，期待有人从事《中国现代宗教文学史》的研究与写作。

迄今为止，大量综合性中国文学史著作对历代宗教文学没有给予应有的重视和评介。这与西方的综合性文学史（例如《剑桥英国文学史》，英文版，十卷本）多辟专章、专节评述各个时期的宗教文学的现象，形成鲜明反差。造成这种对历代宗教文学视而不见，见而不谈，谈而与宗教脱钩（例如评介《西游记》）的现象，其原因是统治我国思想、学术界长达半个世纪的极"左"思潮和"左"派幼稚病。

众所周知，马克思不但高度评价过古希腊奥林匹斯教神话，也高度评价过意大利天主教诗人但丁。但丁的《神曲》就是按照天主教神学宇宙观及其救赎教义而创作的一部政治讽刺长诗。没有天主教就没有神，没有神就没有《神曲》，没有《神曲》就没有马克思高度赞扬的诗人但丁。在西方，根据基督教题材创作的优秀古典文学还有很多。著名的如《天路历程》、《失乐园》、《力士参孙》等。在我国，根据佛教题材创作的《西游记》，根据道教题材创作的《封神演义》，也是家喻户晓的。只不过我们的文学史家在评介这些作品时，一般或多或少地与佛教、道教脱钩，有意无意地斩断了源与流的联系。其实，作为基督教徒朝圣记的《天路历程》，就是西方的《西游记》；作为佛教徒朝圣记的《西游记》，就是东方的《天路历程》。这两部朝圣文学的构思、情节都十分相似。这固然是一种巧合，但也有必然性在其中，因为全世界各种宗教都有一种共同的宗教活动——朝圣。当然，同为朝圣，又不能忽视各自不同的目的："我国人之西行求法，非如基督教徒之礼耶路撒冷，回教徒之礼麦加，纯出于迷信的参拜也。其动机出于学问。"（梁启超《翻译文学与佛典》）这一区别，也体现在《西游记》与《天路历程》两部作品中。

在综合性的文学史中，中国历代的宗教文学既然没有获得应有的重视和评介，那么，编著一部专门的中国宗教文学史作为补充，就是非常必要的了。

宗教文学的发展，接受两方面的制约，一是接受宗教发展史的制约；二是接受文学发展史的制约。宗教前进力与文学前进力共同产生的合力，就是宗教文学史的轨迹。本书力图再现这一历史合力的轨迹。

本书以时间为经，以作家和作品文本为纬。有些作品，源于民间口头创作，经历几百乃至千万年之后才由文人写定。这样的作品，一律置于文本第一次写定的时代加以评述（个别例外）。例如《山海经》、《吕氏春秋》、《淮南子》等书中，均追述了许多从原始社会传承下来的原始宗教神话。本书对于这些神话，均置于上述各书写定的时代加以评述，而不从各书中抽出来另辟"远古神话"专节加以介绍。因为在没有文字的原始时代，这些神话到底呈何形态，不得而知；而当它们在后世被文人写定时，其文本已各具被写定时代的思想文化特征。例如王母神话，先后见于战国时代的《山海经》、汉代的《汉武故事》以及被认为是魏晋时代作品的《汉武帝内传》中。三种文本，各具其三个写定时代的特征。由此不难断定：即使《山海经》里的王母神话文本，也不是原始时代王母神话的原形。

七　参考书

本书在撰著过程中，对古今学术成果多所参考。书中对历代宗教文学的述评,"有同乎旧谈者,非雷同也,势自不可异也;有异乎前论者,非苟异也,理自不可同也"(《文心雕龙·序志》)。本书目的在于向读者勾勒出一条中国宗教文学之轨迹,而不在是非曲直之争论,故凡涉及与古今诸家观点异同之处,未遑一一标出。

第一编

先秦时期

第一章

先行研究

宗教概况

中国历史上的先秦时期，包括史前史，即从人类的诞生到传说中的唐、虞、夏三代；以及商、周两朝，其中含周平王东迁以后（东周）的春秋时代（公元前770—前476）和战国时代（公元前403—前221）。这一时期，上起远古，下迄秦始皇嬴政统一全中国的公元前221年。先秦宗教包括商、周以前的原始宗教和商、周时期从原始宗教发展、演变而来的古代宗教。先秦宗教的内涵复杂而多样，主要包括自然崇拜、鬼灵崇拜、祖灵崇拜、图腾崇拜、至上神——天和上帝崇拜、神仙崇拜，以及巫术与超人崇拜、占卜、前兆迷信等。商、周两朝设置了专职宗教官吏，例如周朝的宗教主管官为春官卿，又称大宗伯，其职责是："主国礼，治天地、神祇、人鬼之事，及国之吉凶"（《书·周官》），或谓"掌建邦之天神、人鬼、地祇之礼，以佐王建保邦国"（《周礼·春官宗伯》），总之是主持朝廷的一切宗教活动。

自然崇拜是产生于原始社会的最早的宗教观念，商、周两朝仍加以继承与发展。由于古代文明时期人类抽象思维能力的提高，自然崇拜中的许多自然神已开始逐步脱离其原始的自然形态，而具有了一定程度的人格化倾向。自然崇拜大体分为天体崇拜、气象崇拜、地理崇拜和动植物崇拜。

在天体崇拜中，天，被视作至高无上的神："巍巍乎，唯天为大！"（《谕语·泰伯》）同时，日、月、星辰等也是礼拜与祭祀的对象。自尧舜以至商周两朝，都有这种天体崇拜的文献记录。《书·尧典》有"寅宾出日"、"寅饯纳日"等语，这表明祀日之出入的礼仪起源于原始社会。殷商甲骨文的"王宾日"，以及《礼记·郊特牲》称："效之祭也，迎长日之圣也，大报天而主日也"。这些记载说明了商周两朝对太阳崇拜的继承。在先秦时期的天体崇拜中，日神是主要的崇拜对象，月神与星神居其次。这主要是太阳对人类生活，特别是对农业生产的重要性决定的。

气象崇拜是将风雨雷电诸气象作为崇拜对象。这些气象与人类生活的关系至为密切，而先民又无法科学地解释其变化原因，所以就被目为具有超自然力的神。例如雷声隆隆，在各种气象中是最具有威慑力的，所以雷神被想象为"龙身而人头，鼓其腹"（《山海经·海内东经》）。秦汉以后，这个半人半兽的雷神被进一步人格化而成为雷公了。

地理崇拜是对土地山川的崇拜。人类的生活和生产，特别是农业生产，其对土地山川的依赖，不下于对气象的依赖；因而也被先民加以神化而顶礼膜拜。野蛮时代的人类直接把土地当作有神性的自然神，进入文明时代以后，土地逐渐由自然神过渡到人格化神。土地神在古代谓之社。《史记·封禅书》说："自禹与而修社祀"，就是说，祭祀土地神起于禹那个时代。殷商和西周初期，祭社就是把牲礼埋入地下，或洒酒、洒血于地上。从这种祭法来看，那时的土地神似乎还是自然神。西周后期，人们才逐渐将土地神加以人格化，即把某些对农业有巨大贡献的传说人物当作社神加以礼拜。其次，名山大川也是古代帝王祭祀的重要自然神。昆仑山被认为是神仙所居，五岳——泰山、衡山、华山、恒山、嵩山，从来都是帝王们祭祀的对象。此外，全国还有几十座大山，是周朝诸侯国礼拜的山神。黄河之神简称河神，是古代江河诸神中的主神。这是由于古代华夏诸族多在黄河流域建国建都的缘故。自然形态的山川之神后来也被人格化了。例如河神被男性化，谓之河伯。这大概是由于黄河在上古时代经常泛滥成灾，颇似性格暴戾的男子。湘江由于水流清碧平稳，遂被女性化，而以帝尧之二女为神。

动植物崇拜是以动植物为崇拜对象。动物和植物是人类生存环境的重要组成部分。它们是人类获取生活资料的主要对象，但有些毒蛇猛兽又对人类的生存构成危害。因此，先民们怀着求告和敬畏的心情，把动植物当作神而加以礼拜。龙、凤、龟、麟在先秦时期被当作吉祥的动物神来崇拜。除龟以外，其余三种都是由多种动物特征组合而成的动物神。龙凤二神还被后世视为帝王后妃的象征。动植物崇拜发展到秦、汉以后，演化为人格化的精灵和神祇崇拜，如狐狸精、桃树精、百花仙子之类。

鬼灵崇拜是基于灵魂观念而产生的原始宗教意识。《礼记·祭法》说："人死曰鬼"。《礼记·檀弓上》说：鬼魂"生有益于人，死不害于人"。《左传·昭公七年》称："匹夫匹妇强死，其魂魄犹能凭依于人，以为淫厉"。以上古籍表明：原始社会产生的鬼灵观念传承至周朝，已经有了文字记载，并且鬼有善恶之分，善人死后为善鬼，恶人死后为恶鬼。基于鬼灵观念，生发出各种与之相关的宗教活动，如招魂、哭灵、报丧、殓尸、殡尸、奠祭、出葬、丧期守孝等丧葬礼仪，以及驱逐和镇压厉鬼的巫术——傩、大傩、追傩等。鬼灵崇拜不但为后世的道教和佛教所吸收，而且一直传承至今。

祖灵崇拜是基于鬼灵观念而产生的对本氏族始祖和各代已故祖先的鬼灵的崇拜。在古人的观念中，祖灵不但是善鬼，而且具有一定的神格，是该氏族的保护神。不少氏族为了标榜其始祖的权威性，逐渐将其始祖转化为古帝王神。例如："有虞氏禘黄帝而郊喾，祖颛顼而宗尧；夏后氏亦禘黄帝而郊鲧，祖颛顼而宗禹；殷人禘喾而郊冥，祖契而宗汤；周人禘喾而郊稷，祖文王而宗武王"。（《礼记·祭法》）古史神"三皇五帝"就是这样从祖灵崇拜中演化而来的。祖灵崇拜亦如鬼灵崇拜，一直传承至今。

图腾崇拜是祖灵崇拜与动植物崇拜交汇而产生的原始宗教观念，其表现是某氏族的祖先与某动植物有关。例如："天命玄鸟，降而生商"（《诗·商颂》），就是说，殷人相信他们的祖先是上天派下来的"玄鸟"。

至上神崇拜乃是对天与上帝的崇拜。在原始社会的自然崇拜里，有"天"的宗教观念。进入奴隶制社会以后，这一自然神逐渐人格化而成为上帝。商、周两朝帝王为了神化其王权，以天和上帝为至上神，而把他们自己说成天和上帝的元子。因此，在商、周文学中，时时出现对天和上帝的祈祷之词。

到了战国时代，燕齐一带出现了方士倡道的神仙崇拜。方，意谓可以令人长生的仙方。方士宣称他们能够炼出不死药，使人飞升成仙。《庄子》中关于"神人"、"真人"、"至人"的描述，《韩非子·说林》中关于"不死之药"的故事，《山海经》中关于不死之国和颛顼死而复活的神话，都是方士宣传的神仙崇拜的记录。到了战国末期，邹衍将本来具有朴素唯物主义倾向的阴阳五行说改造为神秘主义的阴阳五行说，并与方士的神仙之说合流，遂形成神仙家。

巫术，是人类幻想依靠某种超自然力强行影响和支配某种客观事物的准宗教，施行巫术者谓之巫师。从原始野蛮社会到现代文明社会，这一准宗教始终存在于民间。鬼灵、祖灵、神仙等宗教观念产生后，巫师被视作能够与上述各种超自然体打交道的超人。先秦时期，官方设立了司巫的专职官吏，谓之巫祝，或巫觋（男曰觋，女曰巫），或简称巫。其作为超人的超自然力是："见鬼者也"（《国语·楚下》注），又"主接神"（《周礼》注）。他们是人与鬼神之间的联络员，是超人，是半人半神。他们的任务就是驱鬼迎神，禳灾祈福。后来产生了道教，道士就是先秦方士和巫觋的合流。

占卜，又称卜筮，它是一种以相信某种神秘的超自然力为前提，对未来吉凶进行预测的准宗教。《书·洪范》称："谋及卜筮"。从原始社会到殷商奴隶社会，人们采用甲骨进行占卜，即取牛羊或野鹿的肩胛骨，在火上烧出裂纹，然后根据纹理之不同，判断所卜事件的前景，同时以简洁的文字将占卜结果契刻在卜骨上。这就是后世考古学者从卜骨上发现的所谓"卜辞"。到了周朝，人们改取蓍草进行占卜，叫做筮。这是根据蓍草的长短和排列的方式，对照《周易》寻找答案，以预测未来事件结果的占卜。这一时期除了上述两种占卜之外，还有星占、梦占等占卜法。从商、周到秦、汉，占卜都是官方宗教。朝廷设立专职占卜官员，凡重大军事、政治、婚嫁、生产等事件，均依卜筮决策之。

以上形形色色的原始宗教和古代宗教，广泛地反映在商、周两朝的文学中。其中，有不少作品乃是原始社会的口头文学，而由这一时期的文人记录、整理、加工和写成文本的。

第一章 诗歌

先秦时期给后世留下了两部辉煌的诗歌总集：北方的诗歌总集是《诗经》，南方的诗歌总集是《楚辞》。这两部诗歌总集，揭开了中国文学史和中国宗教文学史的第一页。

第一节 《诗经》及其他

《诗经》里的宗教诗

《诗经》是我国第一部诗歌总集，共收入自西周初期（公元前11世纪）到春秋中期（公元前6世纪）约500年间的诗歌305篇。当时概称为《诗》或《诗三百》。汉代以后，这本诗集被封建王朝钦定为儒家经典之一，改名《诗经》，沿用至今。

《诗经》里的诗，分为三大部分。第一部分为"风"诗，即反映天子所封诸侯国的风土人情的歌谣。第二部分为"雅"诗，是西周天子直辖地区的正声雅歌。"雅"有大、小之分。"大雅"诗是诸侯朝会所用，"小雅"诗是贵族宴乐所用。第三部分为"颂"诗，是统治阶级祭祀宗庙时所用。"颂"诗由"周颂"31篇、"鲁颂"4篇、"商颂"5篇，共40篇组成，合称"三颂"。

除"风"诗以外，"雅"诗里的一部分和"颂"诗的全部，是商、周贵族们的祖灵崇拜意识的强烈表现。作者们在这些诗里对其祖先歌功颂德，不遗余力。例如"大雅"中的《生民》、《公刘》、《绵》、《皇矣》、《大明》等篇，都是歌颂周王朝自始祖后稷到周武王的丰功伟绩，并将这些祖灵加以神化。"周颂"是周王朝祭祀宗庙的舞乐歌辞,"鲁颂"是鲁国贵族祭祀宗庙的乐章,"商颂"是宋国贵族(殷商后裔)祭祀祖灵商王的颂歌。商周两朝的贵族们在盛赞祖先功德的歌辞中,还大肆渲染祖先们的各种神话传说,并祈求祖先们降福子孙,从而流露出祭祀者对祖灵们的虔诚的崇拜之情。试看《小雅·楚茨》(六章录三)描写周人祭祀祖灵的场景:

> 楚楚者茨,言抽其棘。自昔何为,我艺黍稷。我黍我与,我稷翼翼。我仓既盈,我庾维亿。以为酒食,以飨以祀,以妥以侑,以介景福。
>
> 济济跄跄,絜尔牛羊,以往烝尝。或剥或亨,或肆或将。祝祭于祊,祀事孔明。先祖是皇,神保是飨。孝孙有庆。报以介福,万寿无疆。
>
> 执爨踖踖。为俎孔硕,或燔或炙。君妇莫莫,为豆孔庶。为宾为客,献酬交错。礼仪卒度,笑语卒获。神保是格。报以介福,万寿攸酢。

诗中描述获得丰收之后的人们,备办酒食,祭祀祖灵,以求得祖灵的更大保佑。在这场盛大的祭礼中,主妇献祭,宾主酬酢,笑语满堂,氛围何其恭谨而又喜气洋洋!

作为原始宗教自然崇拜的对象——天,到了奴隶制时代,随着人类社会中部落酋长权威的日益巩固,天也逐步从自然形态的天转化而为人格化的昊天上帝了。它具有与人一样的意志、感情和生命。天帝其实就是地上奴隶主在天国的反映。这个天帝在《尚书》中已经出现,在《诗经》中也屡见不鲜。"天命玄鸟,降而生商,宅殷土芒芒。古帝命武汤,正域彼四方。"(《商颂·玄鸟》)这是殷商后裔赞美汤武王的颂歌,意谓商汤是天帝命令他降生人间来平定四方的。这段歌词是天帝至上神崇拜与祖灵崇拜的结合表现。《大雅·云汉》描述大旱之年周天子祭祀天地以祈降雨,其中写到对昊天上帝的祈祷。

> 旱既大甚,则不可推。兢兢业业,如霆如雷。周馀黎民,靡有孑

遗。昊天上帝,则不我遗。胡不相畏,先祖于摧。

旱既大甚,涤涤山川。旱魃为虐,如惔如焚。我心惮暑,忧心如熏。群公先正,则不我闻。昊天上帝,宁俾我遁。

旱既大甚,黾勉畏去。胡宁瘨我以旱,憯不知其故。祈年孔夙,方社不莫。昊天上帝,则不我虞。敬恭明神,宜无悔怒。

诗中的昊天上帝具有主宰人类命运的超自然力,是一位至上神形象。祭祀者在诗中表达了对昊天上帝的敬畏之情。

在周人的宗教观念中,天子是昊天上帝的儿子。儿子以德治天下,天帝就降福于他的国家;儿子不才,天帝就降祸于他的国家。《诗经》中的不少篇章对这一宗教观念有鲜明的描述。例如:"维此文王,小心翼翼。昭事上帝,聿怀多福。厥德不回,以受方国。"(《大雅·大明》)这是歌颂周文王小心谨慎地侍奉上帝,才获得上帝赐福而臣服四方各国。再如:"瞻卬昊天,则不我惠。孔填不宁,降以大厉。邦靡有定,士民其瘵。蟊贼蟊疾,靡有遗届。罪罟不收,靡有夷瘳。"(《大雅·瞻卬》)这是讽刺周幽王沉溺于声色犬马,以致国家动乱,民不聊生;而这一切灾祸都被认为是昊天上帝对周幽王所施的惩罚。

在周人心目中,昊天上帝还是公正无私和至高无上的神明。因此,一切遭遇不幸的人和受到不公正对待的人,都会情不自禁地仰望昊天而鸣冤叫屈。例如《小雅·巧言》描述一个被谗言诋毁而遭到主子怀疑的人,有口难辩,忧愤已极,只得向天帝投诉和表白:"悠悠昊天,曰父母且。无罪无辜,乱如此幠。昊天已威,予慎无罪。昊天泰幠,予慎无辜。"

《诗经》不但反映了周人的祖灵崇拜和天帝崇拜观念,而且对周人生活中不可或缺的占卜活动有所表现。试看《小雅·杕杜》:

有杕之杜,有睆其实。王事靡盬,继嗣我日。日月阳止,女心伤止,征夫遑止。

有杕之杜,其叶萋萋。王事靡盬,我心伤悲。卉木萋止,女心悲止,征夫归止。

陟彼北山,言采其杞。王事靡盬,忧我父母。檀车幝幝,四牡痯瘡，征夫不远。

　　匪载匪来，忧心孔疚。期逝不至，而多为恤。卜筮偕止，会言近止，征夫尔止。

这是一首描述思妇殷切盼望丈夫归家的诗。丈夫为了王室的劳役而奔波在外，早已超过了预定的归期，但仍不见征夫的归来。妻子忧心如焚，于是求问于骨卜与草筮。卜筮的结果都说：快啦，出门人离家不远了。

此外，"小雅"中的《斯干》、《无羊》等诗，对梦占作了详细的描述。

其 他

先秦时期传下来的北方诗歌，除《诗经》外，还有一些散见于各种古代文献资料中。这些诗歌，有的是对古代宗教活动的直接记录，有的则是古代宗教意识的反映。

甲骨卜辞，这是殷人进行骨卜后刻在龟甲或兽骨上的占卜记录。卜辞本身就是占卜宗教活动的组成部分，是宗教文字。其形式以散文为主，间或也有歌谣体，不妨名之曰占卜诗。例如：

　　癸卯卜：今日雨。其自西来雨？其自东来雨？其自北来雨？其自南来雨？

（郭沫若《卜辞通纂》）

这篇卜辞中的四个"其自"句，与东西南北四个方位词组合成排比结构，对后世民歌产生了深远的影响。例如汉代民歌《江南》唱道："江南可采莲，莲叶何田田，鱼戏莲叶间。鱼戏莲叶东，鱼戏莲叶西，鱼戏莲叶南，鱼戏莲叶北。"现代儿歌《萤火虫》唱道："萤火虫，打灯笼，飞到西，飞到东。"等等，都闪动着前述古老占卜诗的艺术光影。

《周易》，简称《易》。根据此书所反映的史实和语言特点来看，多数学者认为是西周末年的卜筮官员编辑、整理旧筮辞而成书的。这是一部供周人问卜时寻找答案的占卜书。书中以八卦两两相叠得64卦，每卦包含6爻，爻又分阴阳。卦与爻都有文字说明，称卦辞与爻辞。《周易》里的卦爻辞，大多是对占卜结果的记录，与殷商之甲骨卜辞性质完全相同。周人亦如殷人，热衷于以占卜决疑，因此，举凡祭祀、战争、婚嫁、生产、出行、气象等，都在卦爻辞中得到具体的反映。从这个意义上说，《周易》不仅是宗教工具书，而且是西周社会生活的实录。其中有不少卦爻辞都是合辙押韵、结构整齐、短小精练的歌谣。例如：

（一）得敌，或鼓，或罢，或泣，或歌。
（二）明夷于飞，垂其翼；君子于行，三日不食。
（三）鸣鹤在阴，其子和之；我有好爵，吾与尔靡之。

第一例是采用"赋"的手法，铺叙战士们在部落战争之后的种种情态。第二例采用"比"的手法，以"明夷于飞"之疲倦来比喻"君子于行"的忍饥挨饿之狼狈。第三例采用"兴"的手法。其大意是：你看，老鹤与小鹤在树荫之下和鸣，我有好酒一大杯，你我二人共同来干了它吧！鹤鸣的欢乐景象，引起了"我与你同干一杯酒"的愿望，但鹤鸣对干杯不具备比喻关系，而是起兴手法。

以上是见于甲骨卜辞和《周易》卦爻辞里的占卜诗。除此以外，还有一些其他宗教性质的歌谣。

在《大戴礼》中，记载了周天子祭祀天、地、日的祝辞各一篇。其辞如下：

（一）皇皇上天，照临下土。集地之灵，降甘风雨。庶物群生，各得其所。靡今靡古，维予一人某敬拜皇天之佑。
（二）薄薄之土，承天之神。兴甘风雨，庶卉百物。莫不茂者，既安且宁。维予一人某敬拜下土之灵。
（三）维某年某月上日，明光于上下，勤施于四方。旁作穆穆，惟予一人某敬拜迎于郊，以正月朔日迎日于东郊。

第一篇是祭天辞，第二篇是祭地辞，第三篇是祭日辞。以上三祭都是在京城之外的东郊进行的。这是迄今为止所能见到的最早的郊祀歌了。汉乐府中的郊庙歌是对《诗经》中"颂"诗的继承与发展；汉乐府中的郊祀歌，则是对《大戴礼》中的周朝郊祀歌的继承与发展。

在《礼记·郊特牲》里，记载了周天子举行蜡祭时的祝辞一篇。其辞如下：

> 土反其宅，水归其壑，昆虫毋作，草木归其泽！

据《礼记·郊特牲》称，这篇祭祀蜡八神的祝辞乃是原始时代的伊耆氏所作。此辞通篇由命令语气的祈使句组成，实系远古巫师施行巫术时口诵的咒语诗。诗中强烈地表现了巫师企图控制土、水、昆虫、草木的超自然力。

先秦时期还出现了谶语诗，即前兆迷信诗。《左传·僖公五年·宫之奇谏假道》，叙晋侯出兵灭虢故事。晋侯派兵包围虢国都邑上阳之后，向卜偃请教：何时可以攻城。卜偃便向晋侯转述了当时流传的一支童谣作答。诗如下：

> 丙之晨，龙尾伏辰，均服振振。取虢之旗，鹑之贲贲，天策焯焯，火中成军，虢公其奔！

诗中的"龙尾"、"鹑（鸟）"、"天策"、"火（星）"均星象之名。卜偃根据诗中星象位置进行分析："丙子旦，日在尾，月在策，鹑火中"，从而断定攻城时间应在"九月十月之交"。晋侯根据童谣暗示的时间，果然灭亡了虢国。谶语，是用语言来表达的前兆迷信，其特点是将事件未来的结果，用扑溯迷离的隐语暗示出来。《左传》里的这首谶语诗，似乎也是汉代出现大量谶语诗的一个前兆和原型。

第二节 楚辞

楚辞是先秦时期流传于楚地——今属江淮流域的歌谣。其代表作家是屈原和他的学生宋玉，史称屈宋；代表作是屈原的《离骚》，故后世常以

"骚"作为楚辞的代称,与《诗经》并称"诗骚"。

屈原与宗教浪漫主义

中国文学史上第一位伟大的诗人是屈原。屈原(公元前339?—前278),名平,字原,战国时期的楚国政治家兼爱国诗人。他曾任楚怀王左徒,起草宪令以变法,并参加合纵统一战线以拒秦,两度代表楚国出使齐国。他的政治改革触犯了旧贵族的既得利益,与屈原同列的上官大夫于是向怀王进谗,屈原从此见疏于怀王。怀王死后,顷襄王在其弟子蘭的挑唆下,把屈原流放到江南沅湘地区达九年之久。屈原在绝望之余,自沉于汨罗江。

屈原的作品,据刘向父子校订和王逸注释,计有《离骚》、《天问》、《九歌》、《九章》、《远游》、《卜居》、《渔父》七篇。司马迁认为:《招魂》也是屈原所作。另有一些学者将《大招》亦置于屈原名下。但有人怀疑《远游》、《卜居》、《渔父》及《九章》中的若干篇什并非出自屈子。屈原辞赋的艺术特色,一是植根于历史现实,二是大量采用原始宗教和古代宗教神话以畅舒其政治理想和爱国热情。他是我国浪漫主义文学之父。他的这一宗教浪漫主义艺术特色,生动地体现在《离骚》、《天问》、《九歌》、《招魂》等主要作品中。

《离骚》是这一时期出现的唯一长篇政治抒情诗。诗人首先自叙身世、品格、抱负,以及由于辅佐怀王改革弊政而遭谗见疏,并申明其决不同流合污的政治立场,"九死未悔"的斗争精神。其次写女嬃劝责,陈词重华,以阐明历史上兴亡的经验教训,强调"举贤授能"的重要性。再次叙诗人乘风命驾,神游天地之间,"上下求索"理想之所在;求之不得,又问卜于灵氛,就教于巫咸。灵氛劝诗人远逝他乡,巫咸则劝诗人留楚等待时机。但诗人留去两难,终于决定"从彭咸之所居",沉江以明志。篇名《离骚》之义,自来说法不一。或谓"离骚"就是"离忧"(司马迁、王逸主此说),或谓"离"为"罹","离骚"就是"遭忧"(班固、朱熹主此说)。两说均不无道理,可以并存。诗中运用大量原始宗教神话和古帝王神话形象,编织美丽动人的神话情节,以表现诗人对理想政治的追求,是其思想艺术特色。兹举片段如下:

……驷玉虬以乘鹥兮,溘埃风余上征。朝发轫于苍梧兮,夕余至乎县圃,欲少留此灵琐兮,日忽忽其将暮。吾令羲和弭节兮,望崦嵫而勿迫;路曼曼其修远兮,吾将上下而求索。饮余马于咸池兮,总余辔乎扶桑;折若木以拂日兮,聊逍遥以相羊。前望舒使先驱兮,后飞廉使奔属;鸾凰为余先戒兮,雷师告余以未具。吾令凤鸟飞腾兮,继之以日夜;飘风屯其相离兮,率云霓而来御。纷总总其离合兮,斑陆离其上下;吾令帝阍开关兮,倚阊阖而望予。……

　　这个片段描述诗人驾玉虬、乘鹥鸟神游天宇。其间为诗人提供服务者,不但有羲和(日神之御者)、望舒(月神之御者)、飞廉(风神)、雷师(雷神)等神话人物,而且还有玉虬、鹥、鸾凰、凤鸟等神兽神鸟。不过,诗人叫至上神天帝的守门人打开天门,以便让他去见天帝,却碰了软钉子。以上神话形象,有不少是自然宗教传承至战国时代的人格化了的自然神,也有一些是仍然保留着原始动物形态的自然神。

　　此外,诗中还描述了诗人寻找"高丘神女"、"宓妃"、"有娥之佚女"、"有虞之二姚"等神话中的美人形象,以象征诗人对理想君主之追求,但是都失败了。

　　总之,《离骚》以大量的原始形态的自然神、人格化的自然神和古帝王神形象,建构了一个绚丽光彩的神话世界。

　　《天问》是长篇哲理诗。"天问"实即"问天",向大自然提出质疑。王逸《楚辞章句》说:"何不言'问天'?天尊不可问,故曰《天问》也。"《天问》通篇以问句组成,有人说提出了116个问题,也有172个问题之说。问题多少不同的差别,是由于统计方法不同造成的。有些地方,由数小问合成一大问,若按大问计,问题便少一些;若按小问计,问题便多一些。这一百余问,涉及天文地理、神仙怪兽,对上古广泛流传的诸多自然宗教神话和古帝王神话逐一提出疑问。例如:

　　"日安不到,烛龙何照?羲和之未扬,若华何光?何所冬暖?何所夏寒?"这是对天体神话的质疑。

　　"一蛇吞象,厥大何如?"这是对动物崇拜的质疑。

　　"羿焉毙日?乌焉解羽?"这是对超人和英雄神话的质疑。

"禹之力献功，降省下土四方，焉得彼涂山女，而通之于台桑？"这是对古帝王神话的质疑。

姜亮夫指出：对自然现象提出质疑的古哲理诗，除我国的《天问》外，在世界各文明古国的经典中亦多有之。例如印度《梨俱吠陀》中的《创造之歌》写道："孰知其真？孰穷其故？何所自在？何因而作？明神继之，合此造化，是谁知之？孰施行之？"《旧约全书》中的《约伯记》写道："是谁定天地的尺度？是谁把准绳拉在其上？他的根基安置在何处？他的路标是谁安放的？……光明从何而来？黑暗原来位于何所？"伊朗《波斯古经》写道："谁分大地，下丽于天，以免于倾？水与植物，谁孳生之？谁役风云，周道是遵？呜呼智人，谁更启我善心？"各文明古国的哲人，不约而同地以诗歌形式来写各自的"天问"，这一现象至少说明两条社会发展规律。（一）诗歌是最古老的文学形式，它是从原始社会集体劳动的号子演变出来的。（二）人类对客观世界的认识，是逐步探索前进的，只有不断地否定陈旧的传统观念，才能把认识推向崭新的阶段。屈原《天问》一出，惊世骇俗，振聋发聩，两千余年来启迪了无数后人的智慧之窗。晋代传玄的《拟天问》，唐代柳宗元的《天对》，明代王廷相的《答天问》，黄道周的《续天问》，清代李雯的《天问》等，都是屈原哲理思考之回光返照。

《九歌》本是楚地民间祭祀歌谣，是娱神歌舞表演中的歌辞部分。《汉书·地理志》说：楚地"信巫鬼，重淫祀"。这一民俗说明了产生《九歌》的社会根源。朱熹认为：后世流传的《九歌》，并非屈原的创作，而是屈原"更定其词"，进行删改润饰而成的。今人多从此说。

对《九歌》的解释，从来众说纷纭。王夫之认为：《九歌》的前十章，是祭祀十种神鬼的乐歌。十种神鬼分为三类。第一类为天神，包括东皇太一（天神之贵者）、东君（日神）、云中君（云神）、大司命（司寿命之神）、少司命（主子嗣之神）。第二类属地祇，包括湘君与湘夫人（湘水之神）、河伯（黄河之神）、山鬼（山神）。第三类为人鬼，即国殇（为国捐躯者）。一说这十种神鬼中，首尾两位为男神，中间八种神祇则各为一男一女，两两相配。

陈本礼在《屈辞精义》中说："《九歌》之乐，有男巫歌者，有女巫歌者，有巫觋并舞而歌者，有一巫倡而众巫和者。"此说颇中肯。从《九歌》的内容看，正是一群男女巫觋装神扮鬼，送往迎来，载歌载舞，演出一场场神秘的爱情剧。举凡爱情纠葛中的种种复杂心态，如思慕、猜疑、欢愉、忧伤等，莫不跃然纸上。人们论中西神话之异同，有谓古希腊神话多爱情而中国上古神话中则乌有。这种误断，乃是把《九歌》忘到九霄云外去了。《九歌》中除《东皇太一》与《国殇》之外，有八篇是描述缠绵悱恻的神鬼爱情故事的。这一点，早就被南宋道学家朱熹看破了。他在《楚辞辩证》里说："比其类，则宜为三《颂》之属；而论其辞，则反为《国风》，再变之《郑》、《卫》矣。"把朱熹的话概括为一句，就是神圣的爱情喜剧。

作为鬼灵文学的《招魂》，自汉代以来，其著作权的归属就成了一个问题。司马迁在《屈原贾生列传》里说："余读《离骚》、《天问》、《招魂》、《哀郢》，悲其志。"这里分明肯定《招魂》的作者是屈原。但王逸在《楚辞章句》里却另有新说："《招魂》者，宋玉之所作也。宋玉怜哀屈原厥命将落，作《招魂》欲以复其精神，延其年寿也。"以上二说，一说是屈原招楚怀王之魂，一说是宋玉招屈原之魂。若从被招的二人——怀王与屈原均客死他乡的史实来看，两说均可成立。但若从《招魂》的文本来看，篇中的内容却与屈原招怀王之魂一说十分合拍。相反地，王逸说与《招魂》的文本处处扞格，因此难以成立。我在《中西宗教与文学》中从王说（见该书《招魂文学》），是一个错误。

《招魂》文本分为三部分。第一部分是引子，第二部分是正文，第三部分是尾声。

引子部分，两个层次。第一层是写屈原自剖："朕幼清以廉洁兮，身服义而未沫"。但是，"上"，即怀王，"无所考此盛德兮"，致使我"长离殃而愁苦"。第二层写天帝告诉巫阳："有人在下，我欲辅之"。自商、周以来，人间帝王被神化为天——上帝之元子。所以上帝要辅佐的对象必然是怀王。王逸注把上帝要辅佐的对象解释为屈原，不能成立。

正文部分，也是两个层次。第一层次盛言六合之可怖，吁请怀王之魂归来。第二层次盛言帝王之家的富丽堂皇，吁请怀王之魂归来。第二层，描写宫室之宏伟，则"高堂邃宇，槛层轩些，层台累榭，临高山些"；描

— 16 —

写室内珍奇，则"翡翠珠被，烂齐光些"，"纂组绮缟，结奇璜些"；描述宫女之美，则有"九候淑女，多迅众些"，"离榭修幕，侍君之闲些"；描写饮馔之精，则有"濡鳖炮羔，有柘浆些"，"瑶浆蜜勺，实羽觞些"；描写女乐之娱，则有"竽瑟狂会，搷鸣鼓些"，"郑卫妖玩，来杂陈些"……总之，这一大段关于宫廷生活穷奢极欲的铺叙，不是一国之君的怀王，不足以相称；若系在屈原名下，就不伦不类了。

尾声部分，仍是屈原自叙："献岁发春兮，汩吾南征些"，说明他已南下沅湘；"极目千里兮伤春心，魂兮归来哀江南"，陈述他在江南哀悼怀王的沉痛心情。

《远游》是我国文学史上的第一首游仙诗。战国时代，神仙家之言大盛于燕齐。屈原曾两度出使于齐，对神仙之说自是十分熟悉。因此，他在《远游》中展开幻想的翅膀，飞往仙乡，做了中国古人的第一个游仙之梦：

仍羽人于丹丘兮，留不死之旧乡。朝濯发于汤谷兮，夕晞余身兮九阳。吸飞泉之微液兮，怀琬琰之华英。玉色頩以脕颜兮，精醇粹而始壮。……载营魄而登霞兮，掩浮云而上征。

诗人详述他追随神仙遍游天国，然而，他"涉青云以泛滥游兮，忽临睨夫旧乡。仆夫怀余心悲兮，边马顾而不行。思旧故以想象兮，长太息而掩涕。氾容与而遐举兮，聊抑志而自弭"。原来屈原大做其游仙梦，其实并非慕仙，而是为了衬托其眷恋故国的爱国主义情怀。

宋　玉

战国时代继屈原之后的主要楚辞作家是宋玉。司马迁《屈原贾生列传》说："屈原既死之后，楚有宋玉、唐勒、景差之徒者，皆好辞而以赋见称"。一说宋玉是屈原弟子，曾事顷襄王。宋玉的作品，王逸《楚辞章句》收录《九辩》、《招魂》两篇，萧统《文选》收录《风赋》、《高唐赋》、《神女赋》、《登徒子好色赋》、《对楚王问》五篇，章樵《古文苑》收录《笛赋》、《大言赋》、《小言赋》、《讽赋》、《钓赋》、《舞赋》六篇。明代刘节《广文选》收录《高唐对》、《微咏赋》、《郢中对》三篇。以上作品，真伪交混，学者们认为，确实无可争议的宋玉之作只有《九辩》。尽管如此，由于《高唐赋》和《神女赋》的神话色彩十分浓厚，在宗教文学发展史上的地位颇为重要，因此值得重视。这两篇作品，特别是《神女赋》，铺藻攡文，淋漓尽致地描绘了巫山神女的美丽形象。例如："眸子炯其精明兮，瞭多美而可观；眉联娟似蛾扬兮，朱唇的其若丹。"这是静态之美。又如，"动雾縠以徐步兮，拂墀声之珊珊；望余帷而延视兮，若流波之将澜。"这是动态之美。动静互补，神形兼备，是《神女赋》描写女性美的成功之处。它上承《离骚》中关于"高丘之女"等美丽神话的意象（巫山神女自称在"高丘之阻"），下开司马相如《美人赋》、曹植《洛神赋》、谢灵运《江妃赋》之先河。在两千多年的中国文学史上，巫山神女故事不断出现于骚人词客的笔下，其影响之深远，于此可见。

第二章 小说

战国时代，中国出现了两部充满原始宗教气氛的叙事作品，一是《古文琐语》，二是《山海经》。这两部书，被后世文学史家称为古今小说之祖。

第一节 史话—神话小说原型《古文琐语》

《古文琐语》的原书系竹简，用战国古文字写成，西晋太康二年出土于汲县战国魏襄王墓，故亦称《汲冢琐语》。书中纪事时代，上起夏、商，下至战国初期。作者可能是晋、魏史官，写定于战国初、中期。《隋书·经籍志》著录《古文琐语》四卷，即指此书，但自宋以后亡佚。今仅存辑录之遗文 20 余条。

这本书的特色是将历史传说与神话故事融为一体，因而成为后世的史话—神话小说之原型。它与《国语》略似，但记述的大都是与历史人物相关的鬼神和占卜小故事，故出土之后就被定性为"诸国卜梦妖怪相书"（《晋书·束皙传》）。明人胡应麟称之为"古今纪异之祖"和"古今小说之祖"（《少室山房笔丛》丙部、己部），后人称之为杂史杂传体志怪。

占卜和前兆迷信是自原始社会至战国时的主要准宗教。《古文琐语》中记述各国君侯的梦占故事极多，今存五条。例如子产为晋平公占梦：

> 晋平公梦见赤熊窥屏，恶之而有疾。使问子产，子产曰："昔共工之卿曰浮游，既败于颛顼，自没沉淮之渊。其色赤，其言善笑，其行善顾，其状如熊，常为天王祟。见之堂，则王天下者死；见之堂

下,则邦人骇;见之门,则近臣忧;见之庭,则无伤。今窥君之屏,病而无伤,祭颛顼、共工则瘳。"公如其言而病间。

这个梦占故事又见于《左传》、《国语》诸书,不过情节小有不同而已。

星占在战国时也很流行,《古文琐语》中也有所记述。例如:

初,刑史子臣谓宋景公曰:"从今以往五祀日,臣死。自臣死后五年,五月丁亥吴亡。以后五祀,八月辛巳君薨。"刑史子臣至死日,朝见景公,夕而死。后吴亡。景公惧,思刑史子臣之言,将死日,乃逃于瓜圃,遂死焉。求得,已虫矣。

宋景公史有其人。刑史子臣大概是一位星象预言家。他的三个预言依次变成了现实,颇神!所以东晋干宝编著《搜神记》,将这一条神话故事也搜罗了进去。

《穆天子传》

《穆天子传》是魏襄王墓葬竹书中的重要篇章。荀勖校订为6卷。其中第三卷叙周穆王见西王母一段,属于史话与神话之交汇。纪昀《四库提要》认为,其事"恍惚无征",因而列入"小说家"类。西王母形象在《山海经》里多有描述,是一个半人半兽神。但《穆天子传》里的西王母已脱去兽形,成了一个西方国君。这是战国时期被大量创造出来的古帝王神之一。汉族古史神话中的"三皇五帝",也是在这一时期由一批野兽神或半人半兽神转化而来的(参见拙著《中西宗教与文学》第十六章第三节"中国远古神话的历史化与祖先崇拜")。《穆天子传》描述的周天子到西王母家做客的神话故事,直接启迪了汉魏南北朝时期出现的《汉武故事》和《汉武帝内传》的创作,并成为后世的历史与神话交汇的小说模式之原型。

第二节 原始宗教万神谱《山海经》

《山海经》全书18卷,计"山经"5卷、"海外经"4卷、"海内经"4

卷、"大荒经"4卷，另有"海内经"1卷。旧称夏禹或伯益撰。夏禹、伯益是古史神话传说中的人物，在那个尚无文字或文字不多的时代，不可能成为《山海经》的作者。不过，从《山海经》里的野兽神和半人半兽神这一特点看，把这本书的著作权附会到与野兽神话和半人半兽神话有关的夏禹身上，倒不算风马牛不相关。至少可以断言，《山海经》里所追记的诸多原始神话，属于尧舜禹那个晚期原始社会。

《山海经》的书名，首先见于司马迁《史记·大宛列传》。据后人推断，它不是出于一时一人之手。其中，"山经"5卷与"海外经"4卷约成于战国中期和晚期。"海内经"4卷有秦汉地名出现，显然是写定于秦汉时期，编撰者多系当时的巫祝和方士等。

关于《山海经》的性质，从来众说纷纭。历代史志书目一般将它纳入地理类。但是由于书中包含大量神话传说，与单纯的地理书形成鲜明矛盾，因而清代纪昀说：它"侈谈神怪，百无一真，是直小说之祖"（《四库全书简明目录》）。质言之，《山海经》就是中国宗教神话小说之祖。

《山海经》是一部以地理为经，以原始社会的自然崇拜——野兽神和半人半兽神，以及占卜、前兆迷信诸准宗教为纬，编织而成的原始宗教万神谱。此书除"山经"5卷外，其余各卷所记诸神，多有方位词出现，以说明该神像面对何方或所处之位置。这表明经文原本是对图像的解说，故郭璞在"羽民国人"的注文中说："画似仙人"。陶潜在《读〈山海经〉诗》中说得更明白："泛览周王传，流观山海图。"《山海经》图文互补的特色，说明了它的神谱性质。

原始宗教的自然崇拜有两个特点。特点之一是鲜明的地域性。初民总是把他们生存环境中难以战胜的自然物想象为神，例如东山上的东山神，西江里的西江神。总之，有十万大山就有十万个各不相同的山神等。抽象的、统一的、无所不在的山神水神，是人类抽象思维高度发展以后的产物。《山海经》里的神无不具有鲜明的地域性。特点之二是自然崇拜中的自然神保留着自然形态，野兽神就保留着野兽形态。后来野兽神发展为半人半兽神，进入文明社会以后，半人半兽神又发展为人格化神。《山海经》里的神，均属于原始形态的野兽神和半人半兽神两种。野兽神如：

（一）凡岷山之首，自女几山至于贾超之山，凡16山，3500里。其神状皆马身而龙首。（《中山经》）

（二）凡北次三山之首，自太行之山以至于无逢之山，凡46山，12350里。……其14神状皆彘身而载玉。……其10神状皆彘身而8足蛇尾。（《北山经》）

半人半兽神如：

（一）凡苦山之首，自休与之山至于大騩之山，凡十有九山，1184里，其16神者，皆豕身而人面。（《中山经》）

（二）羽民国在其东南，其为人长头，身生羽，一曰在比翼鸟东南，其为人长颊。（《海外南经》）

有人做过统计，《山海经》中有半人半兽神86个，其中，由野生动物与人相结合而成的62个，由家畜与人相组合而成的26个。上述半人半鸟神——羽人（羽民国人）与《海外南经》中的"不死民"和《大荒南经》中的"不死之国"诸条，以及屈原的《远游》，都是神仙观念的最早表现形态。此外，后世道教神仙文学中的著名女仙西王母，在《山海经》里，也是一个"虎齿"、"豹尾"的半人半兽神呢。

在原始社会，与自然崇拜相对应的是英雄崇拜。先民们在极其简陋的生产条件下，经常受到恶劣自然条件的威胁，因而将许多自然力加以神化。另一方面，那些在生产斗争和部落战争中涌现出来的英雄人物，首先是氏族部落首领——酋长，也被神化为半人半神而加以崇拜。这些首领死后，就成了该部落的祖先神和保护神——英雄神话的主人公。《山海经》里记录了不少这类英雄神话。例如：尧时十日并出，天下大旱，帝俊（殷族祖灵神，后升格为天帝）赐神弓宝箭给羿，命羿射落九日。其他还有鲧禹治水、夸父追日、精卫填海等。特别是《大荒北经》所记录的黄帝蚩尤之战：

大荒之中，有山名曰不句，海水入焉。有系昆之山者，有共工之台，射者不敢北乡（向）。有人衣青衣，名曰黄帝女魃，蚩尤作兵伐黄帝，黄帝乃令应龙攻之冀州之野。应龙畜水，蚩尤请风伯、雨师纵大风雨。黄帝乃下天女曰魃。雨止，遂杀蚩尤。魃不得复上，所居不雨。叔均言之帝，后置之赤水之北。叔均乃为田祖。

这是一个较完整的诸神大战故事。当时的中原若有古希腊那种行吟诗人，或者有我国西南、西北少数民族中的那种吟唱诗人，将《山海经》以及其他典籍所追记的众多诸神大战神话组织起来，附会在一场远古部落战史（例如武王伐纣）上，岂不是一部东方的《伊利亚特》？

前兆，是人们根据异常现象而预测吉凶祸福的迷信。不经见的禽兽，被当作最普遍的兆象。《山海经》的"山经"部分里，有关这种兆象的记载与说明，比比皆是。例如《南山经》里的两条有关异禽的记载与兆象：

（一）又东五百里，曰丹穴之山，其上多金玉。丹水出焉，而南流注于渤海。有鸟为，其状如鸡，五采而文，名曰凤皇。首文曰德，翼文曰顺，背文曰义，应文曰仁，腹文曰信。是鸟也，饮食自然，自歌自舞，见（现）则天下安宁。（"南次三山"第三山）

（二）又东四百里，曰令丘之山，无草木，多火。其南有谷为，曰中谷，条风自是出。有鸟为，其状如枭，人面四目而有耳，其名曰颙，其鸣自号也，见（现）则天下大旱。（"南次三山"第十山）

上述两种异禽，一种被认为吉兆，一种被认为凶兆。不过，总的来说，在远古，由于人类抵抗自然灾害的能力薄弱，任何异常现象都容易诱发人们的不安与恐惧。因此，被认为吉兆的现象很少，其大多数都被视作凶兆。在《山海经》里，只有凤凰、鸾鸟等极少数飞禽的出现，被当作可以给人类带来"天下安宁"的吉兆，而凶兆则触目皆是。例如《东山经》之"有兽焉，其状如牛而虎文，其音如钦，其名曰轮轮，其鸣自叫，见（现）则天下大水"；"有兽焉，其状如菟而鸟啄，鸱目蛇尾，见人则眠，其名曰犰狳，其鸣自叫，见（现）则虫蝗为败"；"有鸟焉，其状如枭而鼠尾，善登木，其名曰絮钩，见（现）则其国多疫"，等等。

这一时期，作为小说滥觞的作品，除了《古文琐语》和《山海经》以外，还有一本名曰《归藏》的作品，据说是殷商卜筮之书。（据《隋书·经籍志》）该书汉时十分流行，至北宋时大部分缺失。遗文散见于《山海经》注文、《文选》注文、《初学记》、《艺文类聚》、《太平御览》、《北堂书抄》、《路史》等，今有辑佚本刊行。此书多载上古半人半兽神话，类似于《山海经》；同时，战国时代盛行的神仙思想也有所反映，故此书的写定时间当与《山海经》相去不远。由于原书已佚，遗文多出自其他典籍的注文，而注家作注，往往将原文删繁就简；因此今天见到的《归藏》遗文，多系吉光片羽，实非原貌。兹举数条如下，以见一斑：

    共工，人面，蛇身，朱发。
    鲧死三岁，不腐，剖之以吴刀，化为黄龙。
    嵩高山，启母在此山化为石，而子启亦登仙。
    昔常娥以不死之药服之，遂奔为月精。

以上各条中，禹子（启）登仙和嫦娥奔月二事，都是战国时代神仙家思想的反映。嫦娥奔月故事首见于《归藏》，以后又见于汉代的《淮南子》。

第三章 散文

第一节 历史散文

历史散文出自朝廷史官之手笔,主要流传至今的有《尚书》、《春秋》、《左传》、《国语》、《战国策》等。这些作品,对先秦诸国的政治、军事、外交等重大活动,以及重要历史人物的言论,均有所记述;同时也旁及天命、鬼神、祭祀、卜筮等各种宗教活动。

《尚书》里的天帝与祖灵崇拜

"尚",通"上";《尚书》就是上古帝王之书,简称《书》;儒家经典之一,故又有《书经》之称。此书主要记录古帝王之言,分为虞、夏、商、周四部。《尚书》有古文与今文之分。据学术界考证,古文《尚书》是伪作,但今文《尚书》里也有的不完全真实。其中,《虞书》的《尧典》、《皋陶谟》,《夏书》的《禹贡》、《甘誓》等篇,据考定,是周代史官参照古代传说编撰而成。《商书》包括《汤誓》、《盘庚》等五篇,以《盘庚》为最可信,也最具有代表性的作品。

《盘庚》记述了殷商的中兴之主盘庚的三次演讲。盘庚决定率领部族迁往殷地,遇到了部族成员的反对。为此,他三次向部族发表演说,除晓以利害之外,还充分地利用了天帝崇拜、祖灵崇拜等原始宗教观念,以说服大家。例如:"予迓续乃命于天";"故有爽德,自上其罚汝,汝罔能迪";"汝有戕则在乃心,我先后绥乃祖乃父,乃祖乃父乃断弃汝,不救乃死",等等。盘庚的讲话,恩威并用,而其全部精神力量,都是借助于

"天"、"上"、"祖"、"父"。

又如《周诰》中有一篇周王的文告，是就武庚叛周，周公东征一事而发的。文告中写道：

> 王若曰：猷。大诰尔多邦。越尔御事。弗吊。天降割于我家，不少延。洪惟我幼冲人，嗣无疆大历服，弗造哲，迪民康，矧曰其有能格知天命！已。予惟小子，若涉渊水。予惟往求朕攸济。敷贲。敷前人受命。兹不忘大功。予不敢闭于天降威用。宁王遗我大宝龟，绍天明。即命曰：有大艰于西土，西土人亦不静。越兹蠢。殷小腆，诞敢纪其叙。天降威，知我国有疵，民不康。曰：予复反鄙我周邦。……

在这篇声讨武庚的政府文告里，处处体现了周王朝的天命思想。这种动辄搬出至上神——"天"来维护王权的做法，与《诗经》里《周颂》中常见的"维天之命"、"昊天有成命"之类的话头，毫无二致。

天帝崇拜和祖灵崇拜是《尚书》的基本思想倾向。

《左传》里的占卜描述

《左传》全称为《春秋左氏传》，与《国语》为姐妹篇，均系左丘明所作。左为鲁国太史，相传他左眼失明，故称盲左。《左传》为编年史，以记事为主；《国语》系国别史，以记言为主。二书纵横互补，全面而生动地反映了春秋时代的社会历史面貌。特别是《左传》，对当时诸侯、卿大夫的政治、军事、外交活动，以及家庭生活和宗教信仰等，作了栩栩如生的描述。

春秋时代渗透于人们日常生活中的一项基本宗教活动，就是占卜决疑。《左传》中对此有很多详尽的记述。例如《周史知陈大于齐》所记的两次卜筮活动：

> 初，懿氏卜妻敬仲。其妻占之曰："吉，是谓'凤凰于飞，和鸣锵锵。有妫之后，将育于姜（按：齐国，姜姓）。五世其昌，并于正卿。八世之后，莫之与京。'"

陈历公生敬仲。其少也，周史有以《周易》见陈侯者。陈侯使筮之，遇"观"之"否"，曰："是谓'观国之光，利用宾于王'。此其代陈有国乎！不在此，其在异国；非此其身，在其子孙。光远而自他有耀者也。若在异国，必姜姓也。姜，大岳之后也，山岳则配天。物莫能雨大，陈衰，此其昌乎！"及陈之初亡也，陈桓子（按：桓子，敬仲五世孙）始大于齐。其后亡也，成子（按：成子，敬仲八世孙）得政。

这个历史故事的主人公叫陈敬仲。他本是陈侯之子，但是他的八世孙田成子（先秦时，田、陈二字同音）杀掉齐简公，夺取了齐国政权，史称"田氏代齐"。文中记述了两次对敬仲命运所作的占卜。一次是敬仲议婚之前，他的岳母做的占卜；另一次是在敬仲少年时代，他的父亲请周王室太史做的占卜。据说这两次占卜，都准确地预示了陈敬仲及其八代子孙的未来命运。

在这篇散文里值得特别注意的是周史运用《周易》进行占卜的过程：（一）先用蓍草进行卜筮；（二）再根据蓍草之长短和排列次序，对照《周易》里的卦象和爻象，并找出相应的卦辞与爻辞；（三）卜者根据卦爻辞加以发挥，作出或吉或凶的判断。文中叙周史根据蓍草之长短和排列次序，从《周易》里找到的本卦为"观"、变卦为"否"，即六四爻变。爻辞是："观国之光，利用宾于王"。其大意是：看到国家的光华，有利于为王朝之宾。最后，周史根据爻辞发挥一通，得出了陈敬仲子孙必将"代陈有国"的结论。读了这篇历史散文，人们就知道周人是怎样使用《周易》进行卜筮活动的了。当然这个故事不能证明占卜果然灵验，只不过说明了卜者之善于察言观色和随机应变，以及《左传》作者之善于附会夸张罢了。

此外，《左传》、《国语》等书还对前兆迷信、祈禳巫术等准宗教活动，作了许多具体生动的记述。

第二节　诸子散文

春秋战国时代，诸子纷起，百家争鸣，涌现出许多学术派别。诸子散文，就是阐述各个学派的学术观点的论辩文。其中的儒家散文、道家（当时称"老庄"，"道家"之称始于魏晋）散文和墨家散文，有的成为后世宗教的思想材料和源泉，有的成为后世宗教的经典；作为艺术的散文，它们也各具特色，因此值得注意。

作为中国传统文化"三教"之一的儒教，是从先秦诸子百家之一的儒家发展出来的。儒家散文集《论语》和《孟子》，是儒学的基本典籍，也是后世儒教的思想基础。

作为儒家和儒教经典之一的《论语》

《论语》是一部记述孔子言行的语录体散文集，全书共 20 篇。孔子（前 551—前 479），名丘，字仲尼，鲁国曲阜人。他的祖先是宋国的贵族，殷商王室的后裔。孔丘的曾祖父为了躲避宋国内乱，迁居鲁国，从此以后在鲁国定居。孔子生当春秋末期。自公元前 770 年周平王东迁以后，周王室已失去对全国大小诸侯国的控制权。诸侯不听天子号令，大夫不听诸侯号令。这是一个犯上作乱、礼崩乐坏的时代。孔子的政治理想和实践，就是企图恢复在崩溃中的西周政治秩序。但是他失败了。他是维护宗法制统治的政治伦理学说——儒家学派的创始者，其学说集中于《论语》一书。《论语》是孔门弟子"相与辑而论纂"的，"故谓之《论语》"（《汉书·艺文志》）。

《论语》的政治伦理观的核心思想是"仁"。何谓仁？就是"爱人"。这是团结家庭成员、协调宗法政治人际关系的总原则。从仁出发，孔子又提出了孝、悌、忠、信、义等伦理概念，以规范君臣、父子、夫妇、兄弟、朋友诸人际关系，谓之五伦。

儒学之所以是政治伦理学，是因为其全部伦理学说乃是为一个总的政治目标服务的，即为了恢复已破坏了的西周礼法。孔子说："克己复礼为仁。一日克己复礼，天下归仁焉"（《颜渊》）。这说明：孔子的伦理体系是为恢复《周礼》中规定的全部宗法制政治制度服务的。

孔子强调"学而优则仕"。他要"克己复礼"，推行他的政治伦理学说，就必须从政，做官。他大半生周游列国，"君命召，不俟驾而行"，希望有一个国君重用他。他声称："苟有用我者，期月而已矣。"但是，"世以混浊莫能用,是以仲尼于七十余君无所遇"(《史记·儒林列传》)。为了谋求官职俸禄,孔子也有一套办法。他的门徒子张向他请教干禄的学问。孔子教导他:

> 多闻阙疑,慎言其余,则寡尤;多见阙殆,慎行其余,则寡悔。言寡尤,行寡悔,禄在其中矣。

后世所谓以儒为业者,多半就是按照孔子这套学问,通过考试或其他途径谋求一官半职的人。1500年之后的宋濂所谓"事功之儒",即为帝王建功立业之儒,指的就是做官的儒者。

孔子以恢复西周的典章文物制度为己任,其中也包括商周两朝的官方宗教——天帝崇拜和祖灵崇拜。他说:"巍巍乎,唯天为大,唯尧则之"(《泰伯》);"获罪于天,无所祷也"(《八佾》);又说:"吾不与祭,如不祭"(《八佾》)。这表明孔子是商周皇家祀天祭祖宗教思想的传承者,也是儒学被后世继承者发展为儒教的内在基因。

《论语》记述孔子其人其言,多侧面地描绘了孔子的思想和性格。他具有思想家的深沉睿智,教育家的循循善诱,为理想献身的坚韧不拔精神。从这个意义上看,《论语》是一部生动的人物特写。书中往往通过对孔子三言两语、一举一动的描述,再现了这位远古哲人的风貌。

孔子语言的最大特色是"带数释"(借用佛论语),即用一个带数短语对并列的若干事物加以概括,使读者获得一个鲜明的总印象。孔子这一叙事语言特色集中地反映在《论语》的《季氏》篇里。例如:

> (一)孔子曰:"益者三友,损者三友:友直、友谅、友多闻,益矣;友便辟、友善柔、友便佞,损矣。"
>
> (二)孔曰:"君子有三畏:畏天命,畏大人,畏圣人之言。"

《季氏》篇里的带数释,还有"益者三乐,损者三乐"、"侍于君子有三愆"、"君子有三戒"、"君子有九思"等。见于《论语》其他篇里的带数释,有"古者民有三疾"、"周有八士"等。孔子的这一语言特色,也为其

门人所继承。例如子夏曰："君子有三变：望之俨然，即之也温，听其言也厉。"(《论语·子张》)

《论语》善于捕捉孔子说话时的反复，淋漓尽致地揭示孔子的感情世界。例如：

> 子见南子，子路不说（悦）。夫子矢（誓）之曰："予所否者，天厌之！天厌之！"
>
> 颜渊死。子曰："噫，天丧予！天丧予！"
>
> 子路曰："恒公杀公子纠，召忽死之，管仲不死。"曰："未仁乎？"子曰："恒公九合诸侯，不以兵车，管仲之力也！如其仁！如其仁！"
>
> 子曰："予欲无言。"子贡曰："子如不言，则小子何述焉？"子曰："天何言哉？四时行焉，百物生焉，天何言哉？"

以上四处反复，表现了孔子在四种不同情境中的不同感情。"天厌之！天厌之！"表现了孔子对天发誓时的激动心情。"天丧予！天丧予！"表现了孔子的悲恸情怀。"如其仁！如其仁！"表现了孔子赞美贤者的心态。"天何言哉？……天何言哉？"表现了孔子对天帝的崇拜之情。

孔子一生以"克己复礼"为"仁"的终极政治目的。《论语》中的《乡党》篇着重描述孔子的行为举止，表现了孔子对《周礼》的言行一致的态度。例如：

> （孔子）入公门，鞠躬如也，如不容。立不中门，行不履阈。过位，色勃如也，足躩如也，其言似不足者。摄齐升堂，鞠躬如也，屏气似不息者。出，降一等，逞颜色，怡怡如也。没阶，翼如也。复其位，踧踖如也。

这一段描述了孔子见君时的全过程，每一个动作和细节，无不体现了孔子强调的"臣事君以忠"和"事君尽礼"的政治伦理准则。不过，在孔子所处的那个礼崩乐坏的春秋末期，他的这一套见君时的毕恭毕敬的繁文缛节，已不免"人以为谄"之讥了。

除此以外，《论语》对孔子周围的人物，特别是孔子的学生们的不同个性，也作了简洁而鲜明的点染。

《论语》既是儒学基本经典，又是很有文学价值的人物特写。

作为儒家和儒教经典之二的《孟子》

《孟子》是一部记录孟子言论的对话体散文集，共7篇，孟子及其门人所作。孟子（约前372—约前289），名轲，邹（今山东邹县）人。他是鲁国贵族孟孙氏之后裔，孔子之孙孔伋的再传弟子，与孔子并称"孔孟"。孟子生活于战国时代——一个诸侯互相攻伐，彼此兼并的霸道时代。孟子以"仁政"学说游说诸侯，企图说服他们放弃霸道，实行王道。但由于其说不合时宜，无人采纳，最后他只得退居林下，讲学授徒。他的毕生经历与孔子十分相似，孟子的学说，是对孔子政治伦理学说的继承与发展，儒学的重要组成部分。其学说尽见于《孟子》一书之中。

《孟子》的核心内容是"仁政"学说。这是孟子根据战国时代战乱频繁、人民流离失所和生产力下降的现实，以及孔子"克己复礼为仁"的政治伦理准则提出来的新口号。所谓"仁政"，就是："省刑罚，薄税敛，深耕易耨"；"五亩之宅，树之以桑，五十者可以衣帛矣。鸡豚狗彘之畜，无失其时，七十者可以食肉矣。百亩之田，勿夺其时，八口之家可以无饥矣。谨庠序之教，申之以孝悌之义，颁白者不负戴于道路矣。老者衣帛食肉，黎民不饥不寒"。总之是"保民而王"（《孟子·梁惠王上》）。

孟子仁政学说的理论基础是性善说，这是孟子对儒学的新贡献。他说："人性之善也，犹水之就下也。人无有不善，水无有不下。"（《告子上》）由此推之，人人有"不忍人之心"，"以不忍人之心，行不忍人之政"（《公孙丑上》），就是仁政。

《孟子》对宗法制政治伦理的论述，比之《论语》，更加系统化了。他说：圣人"使契为司徒，教以人伦：父子有亲，君臣有义，夫妇有别，长幼有叙，朋友有信"（《滕文公上》）；"壮者以暇日修其孝悌忠信，入以事其父兄，出以事其长上"（《梁惠王上》）。他又说："恻隐之心，仁也；羞恶之心，义也；恭敬之心，礼也；是非之心，智也。仁、义、礼、智，非由外铄我也，我固有之也"（《告子上》）；"为人臣者怀仁义以事其君，为人子者怀仁义以事其父，为人弟者怀仁义以事其兄，是君臣、父子、兄弟去利，怀仁义以相接也，然而不王者，未之有也。"（《告子下》）总之，无论是孝、悌、忠、信，还是仁、义、礼、智，全部儒家道德规范，都是为巩固五伦，即宗法制等级人际关系服务的，为巩固宗法制政治秩序服务的。

同孔子一样，孟子也继承并发挥了商周天命宗教观。他引《诗》云："商之孙子，其丽不亿。上帝既命，侯于周服。侯服于周，天命靡常。"他相信：商周两朝王权的转移，是天——上帝意志决定的。据此，他得出了"顺天者存，逆天者亡"的结论。

孟子以雄辩见称于当世。他的学生公都子向他反映："外人皆称夫子好辩。"他回答说："予岂好辩哉？予不得已也。"这说明孟子好辩，不仅是"外人"的看法；他本人也不完全否认，只不过这"辩"是对手逼出来的"不得已"的结果。因此，孟子散文给人以词锋锐利、气势磅礴的感觉。

《孟子》是对话体论辩散文。论辩主人公孟子总是通过对话，引诱论敌步步就范，同时层层剥笋地推出其结论。在论证过程中，孟子大量采用设譬说理，即类比推理法，一个一个地击破对手的论点与遁词，使之最后不得不向孟子的结论认同。例如《梁惠王上》第七节"齐宣王问齐桓、晋文之事"。齐宣王意欲仿效齐桓公、晋文公称霸，请教孟子。孟子却要诱导对方放弃称霸之心而行"仁政"和"王道"。首先，他以齐宣王"以羊易牛"故事说明齐宣王具有"不忍"之仁心。其次，他以"力举百钧而不足以举一羽"、"明察秋毫而不见舆薪"，以及并非"挟太山以超北海"，而是不肯"为长者折枝"三事为喻，说明齐宣王不行仁政和王道，不是"不能"，而是"不为"。再次，他又根据齐宣王企图以军事手段达到"莅中国而抚四夷"的目的，以"邹人与楚人战"为喻，说明齐宣王必将寡不敌众，无法达到称霸的目的。在破除了对方不行仁政的种种遁词和称霸的"大欲"之后，孟子最终才条分缕析地向齐宣王陈述了他的仁政主张。

《孟子》的文风对后世散文，特别是唐宋古文产生了深远的影响。韩愈、三苏的说理散文，闪耀着孟子式的雄辩光辉。

第一编　先秦时期

作为中国传统文化"三教"之一的道教，是从先秦诸子百家之一的道家发展出来的。《老子》、《庄子》、《列子》是道家的基本典籍，也是后世道教的基本典籍。

作为道家和道教经典之一的《老子》

《老子》包括《道经》、《德经》两部分，故又称《道德经》，是一部哲理散文集，陈述老子的哲学思想。老子，姓李，名耳，字伯阳，谥曰聃，楚国苦县人，曾为周守藏室之史（掌管图书的史官）。《老子》书中有散文，也有韵文，显系后世门人对老子言论进行搜集整理而成。因此，书中也杂收了不属于老子的阴阳家和法家之言。《老子》作为哲理散文，其中充满辩证逻辑的睿智光辉；同时也包含一些有关养生之道的论述。

作为道家学派哲学经典的《老子》，对什么是"道"作了如下的解释：

（一）有物混成，先天地生。萧兮寥兮，独立而不改，可以为天地母。吾未知其名，字之曰道。

（二）人法地，地法天，天法道，道法自然。

（三）道生一，一生二，二生三，三生万物。

老子之所谓"道"，乃是天地万物之"母"，我们不妨理解为自然界法则。

但是《老子》又被后世的道教奉为宗教经典。道教以长生不死为最高追求目标，《老子》中的部分养生言论，被发挥为追求长生不死的宗教经文。例如：

（一）谷神不死，是谓玄牝。玄牝之门，是谓天地之根。绵绵兮若存，用之不勤。

（二）天长地久，天地之所以能长久者，以其不自生也，故能长生。是以圣人退其身而身先，外其身而身存。

（三）治人事天，莫若啬。夫唯啬，是以早（卑）服，早服是谓重积德。重积德则无不克，无不克则莫知其极。莫知其极，可以有国。有国之母，可以长久。是谓深根固柢，长生久视之道也。

（四）载营魄（即魂魄）抱一，能无离乎？专气致柔，能婴儿乎？涤除玄览，能无疵乎？爱民治国，能无以为乎？天门开阖，能为雌乎？明白四远，能无知乎？

以上论述养生、治国之道的言论，被后世道教理论家加以发挥，甚至歪曲，便成了弘扬神仙不死的道教经文。例如《老子》中的"载营魄抱一"，谈的是修养气功，要做到神形合一。《老子想尔注》对此句的注释却是："一，散形为气，聚形为太上老君，常治昆仑。"这样一来，就把本来是养生科学的原文曲解为神学了。

《老子》一书，无论是作为道家学派的经典，还是作为道教的经典，均对中国的思想文化产生了深远影响，成为中国传统文化中的一个极重要的组成部分。

作为哲理散文的《老子》，其风格是言简意赅。又由于老子好采用连锁推理，层层深入地道出结论，故体现在语言修辞上，便形成了顶针（又叫联珠）格。例如："公乃王，王乃天，天乃道，道乃久。"又如："知其白，守其黑，为天下式；为天下式，恒德不忒；恒德不忒，复归于无极。"又如："道恒、无名。侯王若能守之，万物将自化。化而欲作，吾将镇之以无名之朴。镇之以无名之朴，夫将不辱。不辱以静，天地将自正。"以上各例，都属于顶针修辞格，但在具体运用上，又不拘一格。同中见异，异中含同，是《老子》散文艺术的顶针修辞特色。

作为道家和道教经典之二的《庄子》

《庄子》是庄周及其后学的著作合集。庄周（前369？—前286），战国时代宋国之蒙（今河南商丘）人，曾任漆园吏。《庄子》是道家学派的又一重要典籍，又是后世道教经典，与《老子》并称"老庄"。此书原为52篇，今存33篇，包括内篇7篇，外篇15篇，杂篇1篇。《庄子》中的哲学思想十分复杂：既宣扬虚无的唯心主义，又赋予某些唯物主义色彩；既主张无为而治，又主张在下者有为；既强调避世，又提倡混世；既强调寡欲，又号召纵欲，等等。

《庄子·寓言》开头说："寓言十九，重言十一"。这说明：《庄子》中所写的，十分之九是寄托他人之口而说的"寓言"，只有十分之一才是著者直接表述其观点的庄重的话——"重言"。在书中的大量寓言里，有一部分属于神话性质的关于至人、真人、神人、仙人的故事，都是庄周及其后学的艺术虚构。后来的方士和道士为了迎合帝王们追求长生不死的梦想，就把庄周的艺术虚构当作真实存在了。兹将《庄子》中关于各种超人的描述列举数则如下：

（一）夫列子御风而行，泠然善也，旬有五日而后反。（《逍遥游》）

（二）藐姑射之山，有神人居焉。肌肤若冰雪，淖约若处子；不食五谷，吸风饮露；乘云气，御飞龙，而游乎四海之外；其神凝，使物不疵疠而年谷熟。（《逍遥游》）

（三）至人神矣！大泽焚而不能热，河汉沍而不能寒，疾雷破山、飘风振海而不能惊。若然者，乘云气，骑日月，而游乎四海之外，死生无变于己，而况利害之端乎！（《齐物论》）

（四）古之真人，不知说（悦）生，不知恶死。其出不䜣，共入不距。翛然而往，翛然而来而已矣。不忘其所始，不求其所终。受而喜之，忘而复之。是之谓不以心捐道，不以人助天，是之谓真人。（《德充符》）

（五）（尧到华地视察，华封人祝尧多寿、多财、多男子。尧说：三多反而带来多惧、多事、多辱。华封人说：）"圣人……千岁厌世，去而上仙，乘彼白云，至于帝乡。三患莫至，身常无殃，则何辱之有？"（《天地》）

以上各种具有诸多超自然力的超人形象，都是后世道教创造仙人仙话之原型。道教修炼术有所谓"升仙"之说，即出自《庄子》中的"上仙"一语。"上"就是"升"。

庄子亦如老子，很重视养生之道。故《庄子》中也有这方面的论述。例如：

（一）（黄帝闻广成子栖于崆峒之山，前往请教长生不死之道）广成子蹶然而起,曰:"善哉问乎!来,吾语女至道。至道之精,窈窈冥冥;至道之极,昏昏默默;无视无听,抱神以静,将形自正。必静必清,无劳女神,无摇女精,乃可以长生。目无所见,耳无所闻,心无所知,女神将守形,形乃长生。慎女内,闭女外,多知为败。我为女遂于大明之上矣,至彼至阴之原也。天地有官,阴阳有藏。慎守女身,物将自壮。我守其一,以处其和。故我修身千二百岁矣,吾形未常衰。……吾与日月参光,吾与天地为常。……人其尽死,而我独存乎!"(《在宥》)

(二)吹呴呼吸,吐故纳新,熊经鸟申,为寿而已矣。此道引之士,养形之人,彭祖寿考者之所好也。(《刻意》)

以上关于"无视无听,抱神以静"、"我守其一,以处其和"等养生之论,与《老子》中的"载营魄抱一"、"为雌"、"无知"等养生之论,完全一致。后来道教以老、庄的这些养生之道为基础,发展出一整套修炼内丹的理论。

先秦诸子散文均长于借寓言以明理,但是《庄子》对寓言的运用独具特色:(一)其他子书多在议论中穿插一点寓言,《庄子》则通篇讲寓言而把它要阐明的哲理穿插在寓言中;(二)其他子书中的寓言多采自民间,《庄子》中的寓言则多由作者本人所虚构。

作为道家和道教经典之三的《列子》

《列子》是一部《庄子》式的散文集,今存8卷,托名列御寇撰。列子实有其人,《庄子》中有一些关于他的记述。但《列子》一书不是列子所作,其中可能还有魏晋人的作品。该书的寓言小说中颇有一些神话作品。例如《黄帝》篇采用大量寓言神话,以阐述至人、神人之理。"华胥氏之国"中写道:

(其民)都无所爱惜,都无所畏忌;入水不溺,入火不热,砍挞无伤痛,指擿无疴痒,乘空而履实,寝虚若处床,云雾不碍其视,雷霆不乱其听,美恶不滑其心,山谷不踬其步,神行而已。

在《黄帝》篇里，还对《庄子》提出的藐姑射山的神人、御风而行的列子，以及"潜行不窒，蹈火不热，行乎万物之上而不慄"的至人，作了更为详细的描述；此外还讲述了名叫商丘开的至人、出于石入于火的至人，以及其他种种至人的超自然力神话。最后作者将神人、至人的一切超人特异功能归之于一个原因，即"一其性，养其气，含其德，以通乎物之所造"。

又如《汤问》篇引述了很多天文地理神话，以阐明宇宙之大无穷，而人类对宇宙的了解则是极有限的。其神话如：共工氏怒触不周之山、女娲炼五色石以补天、五神山、愚公移山、夸父逐日等。这些神话亦多散见于《山海经》、《楚辞》、《淮南子》、《史记》、《海内十洲记》、《王子年拾遗记》等典籍。由此可见，它们多系上古传说，口耳相传，各人所记，大同小异而已。《汤问》中还记述了若干人文神话，如扁鹊换心、师文学琴、韩娥鬻歌、偃师造人、纪昌学射等。这些上古时代的超人超自然力幻想，在科学技术高度发达的今日，已经或正在转化为现实。兹录其扁鹊换心故事如下：

> 鲁公扈、赵齐婴二人有疾，同请扁鹊求治。扁鹊治之既，同愈，谓公扈、齐婴曰："汝曩之所疾，自外而干腑脏者，固药石之所已。今有偕生之疾，与体偕长。今为汝攻之，何如？"二人曰："愿先闻其验。"扁鹊谓公扈曰："汝志强而气弱，故足于谋而寡于断；齐婴志弱而气强，故少于虑而偏于专。若换汝之心，则均于善矣。"扁鹊遂饮二人毒酒，迷死三日，剖胸探心，易而置之，投以神药，既悟如初。
>
> 二人辞归。于是公扈返齐婴之室而有其妻子，妻子弗识；齐婴亦返公扈之室，有其妻子，妻子亦弗识。二室因相与讼，求辩于扁鹊。扁鹊辩其所由，讼乃已。

清代蒲松龄《聊斋志异》中的《陆判》描写陆判为朱尔旦换心，颇似扁鹊换心故事原型的变形再现。换心术在两千年前乃至百年前还是神话，但在科技高度发达的今天，它已转化为现实了。俄罗斯总统叶利钦患心脏病，医生曾建议为他换一颗德国人心脏。不但换心术，即使换头术，也有一位美国专家正在研究中,并且已在猴子身上试验成功。

《墨子》里的天帝与鬼灵崇拜

先秦诸子散文除儒、道两家反映了若干宗教意识,并成为后世儒教和道教的思想材料之外,墨家散文中的宗教意识是最鲜明的。墨家散文尽收入《墨子》一书,共15卷,墨子及其后学者撰著。墨子(约前468—前376,一说约前480—前420),名翟,宋国人(一说鲁人或楚人),出身贫寒,以手工制造为业。《墨子》的思想内容,颇多进步成分,如强调节用、节葬、兼爱、非攻、尚贤等,是战国时代平民理想的反映。该书还包含不少朴素唯物主义思想,并对某些自然科学如几何学、光学、力学、逻辑学等有所探索。另一方面,《墨子》里的《天志》和《明鬼》两篇,对天帝崇拜和鬼神崇拜亦大加提倡,体现了墨家思想的复杂性。

《天志》篇认为:天是有意志的人格化神,"天欲义而恶不义"。同时,墨子还将"天"与"上帝"置于同位,这与《诗经》中"昊天上帝"的提法完全一致。为了阐明天帝赏罚分明的无上权威,墨子列举上古三代圣王和暴王等的不同命运加以论证:

> 然则是谁顺天意而得赏者?谁反天意而得罚者?子墨子言曰:昔三代圣王禹、汤、文、武,此顺天意而得赏者也。昔三代之暴王桀、纣、幽、厉,此反天意而得罚者也。然则禹、汤、文、武其得赏何以也?子墨子言曰:其事上尊天,中事鬼神,下爱人。故天意曰:"此之我所爱,兼而爱之,人所利,兼而利之。爱人者,此为博焉;利人者,此为厚焉。"故使贵为天子,富有天下,业万世子孙,传称其善,方施天下,至今称之,谓之圣王。然则桀、纣、幽、厉得其罚何以也?子墨子曰:其事上诟天,中诟见,下贼人。故天意曰:"此之我所爱,别而恶之;我所利,交而贼之。恶人者,此为之博也;贼人者,此为之厚也。"故使不得终其寿,不殁其世,至今毁,谓之暴王。

《明鬼》篇肯定鬼神是"众之所同见与众之所同闻"的,因而是真实的存在,并列举了周宣王被杜伯鬼魂射死等传说做论据。墨家宣扬鬼神之存在，其目的与宣扬天帝相同，即强调鬼神具有"赏贤"与"罚暴"的超自然力。

《墨子》散文富于论辩色彩和逻辑性。其论点多以反诘句提出，然后加以阐述论证。这样有问有答，显得辩论锋起，引人入胜。其次，说理层层推进，由浅入深，显得条理井然，富于逻辑的说服力。前面所举"顺天得赏"和"反天得罚"一段文字，鲜明地体现了这两个特色。

《吕氏春秋》与儒道意识

秦丞相吕不韦（？—前235）广罗天下人才，聚门客三千。他令门客各撰所知所闻，汇成一书，分为八览、六论、十二纪，共160篇（其中《有始览》缺一篇），号曰《吕览》，又称《吕氏春秋》。此书完成于秦始皇统一全国之前，故历来被视作先秦诸子散文之一。书成，吕不韦"布咸阳市门，悬千金其上，延诸侯游士，宾客有能增损一字者，予千金"（《史记·吕不韦列传》）。此书是战国以来诸子百家思想之总汇，以儒、道思想为主，兼及名、法、墨、农、阴阳各家学说，对远古各种原始宗教神话也多有记述。故《汉书·艺文志》把此书列入杂家。

因为《吕氏春秋》重在论述治国之道，所以书中对儒家政治伦理学说多所阐发。例如《孝行览·孝行》称：

> 凡为天下，治国家，必务本而后末。所谓本者，非耕耘种殖之谓，务其人也。务其人，非贫而富之，寡而众之，务其本也。务本莫贵于孝。人主孝，则名章荣，下服听，天下誉。人臣孝，则事君忠，处官廉，临难死。士民孝，则耕芸疾，守战固，不罢北。夫孝，三皇五帝之本务，而万事之纪也。

以孝为本是儒家的基本思想。孔子的学生有子说："其为人也孝弟，而好犯上者，鲜矣。不好犯上，而好作乱者，未之有也。君子务本，本立而道生。孝弟也者，其为仁之本与！"（《论语·学而》）前面引述的《吕氏春秋》论孝为本的一段话，就是对有子的发挥。

《吕氏春秋》对老庄思想也多所阐发，例如《恃君览·知分》对老庄的达观处世哲学，作了如下的论述：

> 达士者，达乎死生之分。达乎死生之分，则利害存亡弗能惑矣。故晏子与崔杼盟而不变其义；延陵季子，吴人原以为王而不肯；孙叔敖三为令尹而不喜，三去令尹而不忧：皆有所达也。有所达则物弗能惑。

为了证明上面的观点——"达乎死生之分，则利害存亡弗能惑矣"，作者接着列举了许多事例，其一云：

> 荆有次非者，得宝剑干遂，还反涉江，至于中流，有两蛟夹绕其船。次非谓舟人曰："子尝见两蛟绕船能两活者乎？"船人曰："未之见也"。次非攘臂袪衣，拔宝剑曰："此腐肉朽骨也。弃剑以全己，余奚爱焉！"于是赴江刺蛟，杀之而复上船，舟中之人皆得活。荆王闻之，仕之执圭。

以上关于"达士"的论述，乃是源于《庄子》。《庄子》中的《至乐》和《达生》两篇，都说明了人的生老病死乃是自然规律，好比"春秋冬夏四时行也"，又好比"昼夜"转化；只有淡然处之，顺乎自然，才能活得有滋有味，并臻于成功。"达生"就是"达乎死生之分"的意思。《吕氏春秋》所述次非斩蛟故事，正好是对这一"达乎死生之分"的处世哲学的生动诠释。

《吕氏春秋》阐述诸子百家，往往援引神话寓言作为论据。炎帝、黄帝、颛顼、共工、蚩尤、祝融、饕餮等神话人物及其相关的故事，多散见于书中。例如《仲夏纪·古乐》记颛顼制乐故事道：

> 帝颛顼生自若水，实处空桑，乃登为帝，惟天之合，正风乃行，其音若熙熙凄凄锵锵。帝颛顼好其音，乃令飞龙作乐，效八风之音，命之曰《承云》，以祭上帝；乃令鱓先为乐倡。鱓乃偃寝，以其尾鼓其腹，其音英英。

战国以后，出现了"三皇五帝"古史神话，颛顼就是"五帝"之一。所谓天皇、地皇、人皇，或曰伏羲、女娲、神农，乃是附会儒家天地人"三才"之义而创立的；所谓"五帝"则是附会阴阳家"五行"之义而创立的。在三皇五帝中，有不少都是从原始宗教的半人半兽神转化而成。颛顼就是如此。《山海经·海内经》说：颛顼的父亲韩流"人面豕喙，麟身渠股"，是人和豕、麟两种动物的组合，处于从野兽神向人格化神的过渡阶段。父亲如此，儿子当然不会例外。在前述颛顼制乐神话故事里，奉颛顼之命作乐的"飞龙"和奏乐的"鱓"，都是野兽神。这样看来，帝颛顼在这则神话里无疑是一位半人半兽神了。因为由神格高于野兽神的半人半兽神称帝，来统治野兽神，是理所当然的。

第二编

秦汉时期

宗教概况

秦朝自公元前221年至前206年，历二世而亡，仅享国运15年。汉朝自高祖于公元前206年建国，至公元220年，即东汉献帝延康元年，共享国运426年。秦朝的宗教基本上是对商、周时期各种古代宗教的传承，汉朝则是中国宗教史上的转型期。这个时期，一方面继承了先秦的各种古代宗教；另一方面，佛教自印度输入，道教在本土诞生，儒学也开始向儒教转化。作为中国传统文化的"三教"，在汉朝都出现了。

秦朝继续了商、周以来的各种官方宗教，设置奉常之职，以掌管祭祀天（即象征五行的"五帝"）地、山川、祖灵等礼仪。秦始皇即位后第三年，即率儒生赴泰山封禅。"封"，就是在泰山之巅祭祀天帝；"禅"，就是在泰山之南的梁父山上祭祀地神。秦始皇还迷信神仙方术，自号"真人"，多次派人率童男童女入海寻找神仙和不死之药。此外，鬼灵崇拜、占卜、前兆迷信等仍在朝野广泛传承。陈胜、吴广领导的中国历史上第一次农民起义，就利用了鬼灵崇拜所产生的威慑力量。

刘汉立国之后，仿秦制设奉常，后改曰太常，以掌管皇家祭祀礼仪。其官方宗教一方面继承前朝遗制，祭祀天（五帝）地、山川、祖灵；另一方面，汉武帝又在"五帝"之上增设一位至上神——太一，以象征刘汉皇权之大一统。天上的太一，实乃人间的汉武帝在天国的化身，同时，鬼灵崇拜、占卜、前兆迷信（包括谶纬、星占、望气、风角等）和神仙方术等，仍在朝野广泛流传。汉武帝亦如秦始皇迷信方仙道，派人入海寻找蓬莱仙山，并烧炼金丹。

值得特别注意的，是儒、释、道三教在汉朝的出现，以及儒教成为汉朝制定国策的思想基础。

汉武帝时，号称大儒的董仲舒在《春秋繁露》和《举贤良对策》中，将孔子神化，将儒学转化为儒教，即所谓"今文经学"。他继承商、周以来的"天命"神学思想，以及邹衍、孟子的天人合一思想，创"天人感应论"，并据此将儒家政治伦理学说神学化。他说："仁之美者在于天。天，仁也"（《王道通三》）。"仁"与"天"在《论语》中是两个各自独立的概念，前者属于伦理学范畴，后者属于神学范畴。但是，在董仲舒的儒教理论中，"仁"与"天"合二为一了。董又声称："人之为人，本于天，天亦人之曾祖父也"（《为人者天》）。因此，人与天不但在生理上，而且在伦理上处于同构状态：

  天以终岁之数成人之身，故小节三百六十六，副日数也；大节十二分，副月数也；内有五藏，副五行数也；外有四肢，副四时数也；乍视乍瞑，副昼夜也；乍刚乍柔，副冬夏也；乍哀乍乐，副阴阳也，心有计虑，副度数也，行有伦理，副天地也。（《人副天数》）

所谓"行有伦理，副天地也"，就是把儒家的五伦规范与天命画上等号。天尊地卑，因而在五伦之中，"君为臣纲，父为子纲，夫为妻纲"；反过来，"王道之三纲，可求于天"（《基义》）。这样一来，儒学便转化为神学了。

  不但如此，董仲舒还把阴阳五行说和谶纬之学融入儒学而创天人感应论。何谓谶纬？谶，就是谶语，亦即"诡为隐语，预决吉凶"的前兆迷信。纬，就是纬书，它按照天人感应论以灾异瑞应观点曲解儒家经书，相对于经书来说，故谓之纬。灾异瑞应等现象被纬书视作预示吉凶的前兆，所以纬书就是宣扬前兆迷信的书。董仲舒在《灾异对》里说："人君妒贤嫉能，臣下谋上，则日食。既先雨雹，杀走兽"；又说："臣行刑罚，执法不得其中，怨气盛，并及良善，则月食"。这些说法，将儒家的君臣伦理和仁政学说通通与天象挂上钩，以天象解释人事，正是其"天，仁也"的儒教精神的具体化。汉武帝因此确立了"罢黜百家，独尊儒术"的政策，并设立太学太置五经博士，以儒教取士。

  到了西汉、东汉之交，佛教从印度传入中国。许多学者认为：东汉永平元年（公元58年），明帝遣使西域求法，取回《四十二章经》。永平八年，明帝赐楚王英诏中说，楚王"诵黄老之微言，尚浮屠之仁祠，洁斋三月，与神为誓"。这证明当时中国的确已有佛教，而且皇室贵族首先成了佛教信徒。不过，那时的中国人对佛教并不真正了解，而是以中国的传统宗教文化眼光去看佛教，将黄老道与佛陀（即浮屠）等量齐观，把佛教视同神仙方术。

东汉前期，在中国流传的佛典只有口授的《浮屠经》和佚名译《四十二章经》。桓帝、灵帝时期，汉译佛典工程正式启动了。安息国弃位出家的太子安世高来到洛阳，在20多年中译出小乘佛典34部；同时的月氏国僧侣支娄迦谶也来到洛阳，5年内译出大乘佛典14部。稍后，另一安息居士安玄来到洛阳，与汉族沙门严佛调合译大乘佛典《法镜经》。严佛调是汉族中的第一个僧侣。他写的《沙弥十慧章句》是第一部汉僧佛教论著。以上事实表明：大乘佛教与小乘佛教是同时输入中国的。所谓"乘"，是运载工具车、船的意思。大乘佛教声称能运载无量众生到达菩提涅槃（无上智慧）之彼岸，即普度众生，故自称"大乘"；而贬称原始佛教和部派佛教为"小乘"。因为后者只追求个人的自我解脱，把本人"灰身灭智"和证得阿罗汉作为修习之最高目标。

东汉灵帝时，作为原始道教的太平道和五斗米道在民间出现了。

灵帝期间，张角以《太平清领书》（又称《太平经》）中的"太平"、"平均"为口号，并吸取其中的巫术思想，创立太平道，自号"大贤良师"，"以善道教化天下"，以符水咒语为人治病。太平道在平民中传播，教徒多达数十万，遍布青、徐、幽、冀、荆、扬、兖、豫八州。中平元年（公元184年），张角利用其太平道的严密组织，发动农民起义；起义者以头戴黄巾为标志，史称"黄巾之乱"。但由于起义队伍中出现叛徒告密，致使张角仓促提前举事，又由于其他原因，黄巾起义终于被朝廷镇压。太平道从此一蹶不振，不过，道教意识却在民间播下了种子。

与太平道活动的同时，张修奉《老子》为经典，作"三官"（天官、地官、水官）书，在汉中创五斗米道。他一如太平道，以符水治病，教人叩头思过，令病愈者纳米五斗，故号称五斗米道。灵帝中平元年2月，太平道师张角发动黄巾起义；"七月，巴郡张修反，寇郡县"，与张角互相呼应（《后汉书·灵帝纪》）。后来张鲁袭杀张修，"遂据汉中，以鬼道教民，自号师君"(《三国志·张鲁传》)。张鲁从张修手中夺取教权后,在巴蜀实行政教合一制度,长达30余年。他是汉中的无冕之王,东汉朝廷国势日衰,鞭长莫及,只得听之任之;同时他又是教主"师君"。张鲁为了扩大门庭,并隐瞒其篡夺教权的丑史,便制造了祖父张陵、父亲张衡和他本人的"三张"创教传说和天师崇拜意识。从此以后,信史长期湮没无闻,传说转化为历史,张陵被道教界和史学界奉为五斗米道的创始者(参见任继愈主编《中国道教史》)。

　　道教在汉代的出现不是偶然的。它是对先秦以来各种古代宗教诸如鬼灵崇拜、人格化自然崇拜、祈禳巫术、占卜、方仙道、黄老道、谶纬之学(前兆迷信)等的一次综合和总结。

第一章 诗赋

汉朝不但是宗教史上的转型期，而且也是诗歌史上的转型期。先秦诗歌，北方以四言体为主，南方以楚辞体为主。入汉以后，不仅继承了四言体，而且出现了大量的五言诗和七言诗的萌芽，楚辞亦发展而为汉赋。这一文体大发展的轨迹，鲜明地体现在两汉诗赋，包括这一时期的宗教题材诗赋中。

第一节 西汉诗赋

郊庙歌与郊祀歌

汉乐府中有两类歌曲，属于皇家宗教诗歌，一类是郊庙歌，一类是郊祀歌。郊，祭也。郊庙歌是古帝王祭祀宗庙祖灵的乐曲，郊祀歌是古帝王祭祀天地的乐曲。从汉朝起，历代王朝都各有自己创作的郊庙歌和郊祀歌。这些宗教乐歌的主题是光宗耀祖，歌功颂德，祈天祷地，求福求寿。其功能与先秦《诗经》里的《颂》诗相同。

《安世房中歌》是汉代帝王祭祀祖灵的乐府诗，汉高祖唐山夫人作。原名《房中祠乐》，惠帝时改名《安世乐》，《汉书·礼乐志》改名《安世房中歌》。"房"，古代宗庙中陈列祖先神主之所。所谓"房中祠乐"，就是祭祀宗庙祖先的礼乐，是祖灵崇拜意识在文学上的表现。同时，汉代"罢黜百家，独尊儒术"，提倡以孝"治"天下，所以后来又将这支祭祖乐府改名为"安世"之乐。"治"者，"安世"之谓也。最后，《汉书》作者班固把"祭祖"和"治"天下两方面的立意统合为一，便成了沿袭至今的篇名《安世房中歌》。歌辞共 16 章，主题是敬告祖先：汉朝以孝治天下，因而实现了安抚四方，人民安乐。兹举数章如下：

　　大孝备矣，休德昭明。高张四悬，乐充宫廷。芬树羽林，云景杳冥。金支秀华，庶旄翠旌。
　　我定历数，人告其心。敕身斋戒，施教申申。乃立祖庙，敬明宗亲。大矣孝熙，四极爰臻。
　　王侯秉德，其邻翼翼。显明昭式，清明畅矣。皇帝孝德，竟全大功，抚安四极。
　　丰草葽，女萝施，善何如！谁能回！大莫大，成教德；长莫长，被无极。
　　都荔遂芳，窅窊桂华。孝奏天仪，若日月光。乘玄四龙，回驰北行。羽旄殷盛，芬哉芒芒！孝道随世，我署文章。
　　嘉荐芳矣，告灵飨矣。告灵既飨，德音孔臧。
　　惟德之臧，建侯之常。承保天休。令闻不忘。

这一套祭祀祖灵、弘扬儒教的郊庙歌，为了适应宗庙祭祀礼仪的庄严肃穆气氛，写得典重古雅。毋庸讳言，其思想内容在今天看来是缺乏积极意义的。不过其中某些章节使用了比兴手法，因而颇具可读性。例如以"丰草葽，女萝施"起兴，引出"大莫大，成教德；长莫长，被无极"的赞颂之词，以"若日月光"比喻"孝奏天仪"的最高道德准则。从这些歌词看，《安世房中歌》还是具有一定文学价值的。

汉代帝王用于祭祀天地诸神的郊祀歌共 19 首，武帝时所作，其中不乏司马相如的手笔。例如《练时日》：

　　练时日，候有望；爇萧萧，延四方。九重开，灵之游；垂惠恩，鸿祜休。灵之车，结玄云；驾飞龙，羽旄纷。灵之下，若风马；左苍龙，右白虎。灵之来，神哉沛；先以雨，般裔裔。灵之至，庆阴阴；相仿佛，震澹心。灵已坐，五音饬，虞至旦。承灵亿，牲茧栗；粢盛香，樽桂酒，宾八乡。灵安留，吟青黄；遍观此，眺瑶堂。众嫭并，绰奇丽；颜如荼，兆逐靡。被华文，厕雾縠；曳阿锡，佩珠玉。挟嘉夜，荟兰芳；淡容与，兽嘉觞。

这支郊祀歌的大意是：选择时日，等候月半，焚脂烧香，延请四方神祇；于是天门大开，神灵下降，瑶堂之上，笙歌乍起，牲粢并陈，众巫从容献酒于诸神之前。这首乐府的文学性较强，诗中描述神灵乘车自天而降，写得十分生动，颇有气魄；描述众女巫浓丽无比，从容献觞，令人想起楚辞中的《九歌》与《招魂》。

汉朝还有一首祭祀天公地母的郊祀歌《惟泰元》，亦颇值得注意。这首乐府的大意是：天神至尊，地神多福。全仗天地二神，创造了春夏秋冬，阴阳五行，日月星辰，风云雷电，沛雨甘露。百姓都遵循皇天创建的自然之道，蕃滋恭勤。现在天地二神驾鸾乘龙而降，请享用俎豆，赐福消灾吧！……这是一首四言诗。

祭祀天地本是对原始社会自然崇拜的传承。早在商、周时期，帝王们就特别热衷于祭祀"昊天上帝"。汉朝承秦朝"封禅"之遗制，不但祭天，而且祭地。天地合祭，于是成了汉朝郊祀歌的特点。为什么汉朝要在歌天的同时颂地呢？这就与汉朝的官方政治哲学有关了。汉武帝时期，董仲舒把儒学与阴阳五行、谶纬迷信相结合，创立了今文经学（用汉朝文字——隶书写的儒家五经），亦即宗教化了的儒学，实即儒教。根据这个学说：天地的精气合二为一，分则成阴阳，再分为春夏秋冬四季，配到五方——东、南、中、西、北，就成为五行——木、火、土、金、水。五行顺次则相生（木生火、火生土……），五行逆次则相胜（水胜火、金胜木……）。这一套宇宙哲学被汉武帝采纳，为巩固其封建政权服务。因此，作为皇家郊祀歌的《惟泰元》，就有必要体现它。歌词开头同时提出天神与地神——"惟泰元尊，媪神蕃釐"，接着阐明在天公地母的合作之下，出现了"经纬天地，作成四时。精建日月，星辰度理。阴阳五行，周而复始"等一系列自然现象。这一切描述，都是从董仲舒的儒教——今文经学演绎出来的。

郭茂倩《乐府诗集》收入自汉至唐各王朝专用的郊祀歌和郊庙歌共12卷，798首。这类供帝王们祭祀天地和宗庙时演唱的宗教歌辞，多系三言诗和四言诗，典重有余，感情不足，艺术价值一般是不高的。

司马相如及其《大人赋》

司马相如（前179—前118），字长卿，蜀郡成都（今属四川）人。景帝时为武骑常侍，因景帝不好辞赋，他托病辞官，前往梁国，与梁王的文学侍从邹阳、枚乘等交游，著《子虚赋》。武帝即位后，读了他的这篇作品，大加激赏。他便投天子之好，又写了《上林赋》以献。武帝龙颜大悦，拜长卿为郎，以后又擢为中郎将，派他出使西南，颇有建树。

据《汉书》记载，司马相如著有辞赋29篇，今存《子虚赋》、《上林赋》、《大人赋》、《长门赋》、《美人赋》、《哀秦二世赋》6篇。其作品大都"劝百讽一"（扬雄语），以声色犬马的大量铺陈，讨人主之欢心。不过《长门赋》是一篇颇为动人的抒情之作。在艺术上，其作品铺锦列绣，气派宏伟，但夸奇炫异，僻字连篇。"非师传不能析其辞，非博学不能综其理，岂直才悬，抑亦字隐"（《文心雕龙·练字》），是其缺陷。

《大人赋》是一篇描述帝主游仙神话的辞赋。司马相如见汉武帝迷信神仙，欲投其所好。但传说中的列仙身居山泽，形容受损，"非帝王之仙意"（《史记·司马相如列传》），乃撰《大人赋》以进。大人者，帝王也，天子也。《大人赋》就是描述天子游仙盛况的辞赋。此作备述天子神游仙界的不凡气派。将仙家的山野之趣与帝室的堂皇气象合为一体，是此赋艺术特色。作品首段写道：

世有大人兮，在于中州。宅弥万里兮，曾不以少留。悲世俗之迫隘兮，揭轻举而远游。垂绛幡之素蜺兮，载云气而上浮。建格泽之长竿兮，总光耀之采旄。垂旬始以为幓兮，抴彗星而为髾。掉指桥以偃蹇兮，又旖旎以招摇。揽欃枪以为旌兮，靡屈虹而为绸。红杳渺以眩湣兮，猋风涌而云浮。驾应龙象舆之蠖略逶丽兮，骖赤螭青虬之蚴蟉蜿蜒。低卬夭蟜据以骄骜兮，诎折隆穷躩以连卷。沛艾赳螑仡以佁儗兮，放散畔岸骧以孱颜。跮踱辌辖容以委丽兮，绸缪偃蹇怵彘以梁倚。纠蓼叫奡蹐以艐路兮，蔑蒙踊跃腾而狂趡。莅飒卉翕熛至电过兮，焕然雾除，霍然云消。

作品接着描述天子从少阳（东极）到太阴（北极）与众仙真交往。这些仙真有五帝、陵阳、玄冥、含雷、陆离、滴湟、征伯侨、羡门、岐伯、祝融、句芒等。赋中再接着描述天子南嬉西驰与仙真们会见的经历。天子此次神游仙界的最大收获有二：一是"排阊阖而入帝宫兮，载玉女而与之归"；二是亲眼见到西王母，"必长生若此而不死兮，虽济万世不足以喜。"换句话说，既要玉女为伴，又要长生不死。这就是"帝王之仙意"——《大人赋》的主旨之所在。

《大人赋》是中国宗教文学史上继《远游》之后的第二篇游仙之作，二者均为楚辞体。所不同者，《远游》写的是诗人屈原自己的游仙之梦，《大人赋》写的是帝王的游仙之梦。《远游》虽写游仙，却是为了反衬屈原难忘故国的忠君爱国之情。《大人赋》写帝王游仙，乃是作者迎合天子迷信神仙之癖，赋末虽有几笔讽谏，不过故作姿态，所以武帝读后大有飘飘欲仙之概。

扬雄及其《甘泉赋》

《甘泉赋》是描述汉成帝前往甘泉山（陕西淳化境内）之甘泉宫祭天盛况的作品，扬雄撰。扬雄（前53—18），字子雲，蜀郡成都人。他家贫好学，博览群书，擅长辞赋。成帝时，他被召入朝，任给事黄门郎，为文学侍臣，历经成帝、哀帝、平帝三世未迁，位极低微。王莽称帝后，他校书于天禄阁，后召为大夫。

扬雄毕生著述甚丰，且好模仿前辈大师。他的《甘泉赋》、《羽猎赋》、《畏杨赋》、《河东赋》，就是仿拟司马相如的《子虚赋》和《上林赋》的。由于二人风格相同，前后辉映，故史称"扬马"。他还仿拟屈原《离骚》而作《反离骚》、《广骚》和《半牢愁》。

祭天，自商、周以至后世历代王朝，传承不绝。《周礼》规定："以礼祀祀昊天上帝"。汉代承之。《史记·礼书》称，"上事天，下事地，尊先祖而隆君师，是礼之三本也"。《甘泉赋》就是对汉成帝某次祭祀天帝的空前盛况的实录。作品描述了成帝率领文武百官前往甘泉，以及在甘泉宫祭祀天帝的全部过程。其间穿插了许多神话描绘，例如以大量鬼神形象借喻天子出行时的前驱队伍：

  属堪舆以壁垒兮，捎夔魖而抶獝狂。八神奔而警跸兮，振殷辚而军装。蚩尤之伦带干将而秉玉戚兮，飞蒙茸而走陆梁。

堪舆，天地之总称；夔魖、獝狂均为鬼怪；八神，八方之神；蚩尤，传说为炎帝的后裔，铜头铁额，骁勇善战。在一篇纪述皇家大型宗教活动的大赋中，融入大量神话形象，与题材的性质是合拍的，也更增强了作品的浪漫主义气氛。

  全赋从头至尾堆砌了大量辞藻，以排比句式铺叙了"玉车千乘"、"中营万骑"拥驾出发的浩大声势，通天台和甘泉宫的巍峨无比，以及天子到达甘泉宫举行的种种祭天礼仪。在描述皇帝祭天时，赋中有两句据说是含讽的：

  想西王母欣然而上寿兮，屏玉女而却宓妃。玉女无所眺其清卢，宓妃曾不得施其蛾眉。

唐代李善注云："言既臻西极，故想王母而上寿，乃悟好色之败德，故屏除玉女而及宓妃，亦以此微谏也。"扬雄作赋，写到这里，也许的确如李善所说，暗寓讽谏于其中；但是读赋的汉成帝未必能领悟他的苦心。

  扬雄"以为赋者，将以风之"。他的这一寓教于乐的文学观应当说是不错的。但由于赋体要求在写作上"极丽靡之辞，闳侈钜衍"，结果是欲讽反劝。"往时武帝好神仙，相如上《大人赋》欲以风，帝反飘飘有凌云之志"。有鉴于此，扬雄自此以后，"辍不复为"（《汉书》本传）。

谶语歌谣

  汉代盛行谶纬之学——前兆迷信，反映在文学领域里，便是谶语歌谣的流传。据《汉书·五行志》记载，在王莽篡夺刘汉政权之前，出现了两首暗示刘氏必被王氏取而代之的谶语民谣。其一是汉元帝时童谣：

  井水溢，灭灶烟，灌玉堂，流金门。

其二是汉成帝时民谣：

  邪径败良田，谗口乱善人。桂树华不实，黄雀巢其颠。故为人所羡，今为人所怜。

据《汉书》记载：第一首童谣出现于元帝时，至成帝时便应验了，即北宫中井水上溢。据解释：井水属阴，喻王莽；窀烟属阳，喻刘汉；玉堂金门均至尊所居。童谣暗示阴盛阳减，王莽必将推翻刘汉朝廷。第二首据《汉书》解释：桂为赤色，即刘汉的象征，桂华而不实，暗喻后继无人；黄雀为王莽的象征。这支民谣也是预言汉家天下将被王莽取代。

其他谶语歌谣，还有《汉书》所载成帝时童谣《燕燕尾涎涎》、《续汉书》所载王莽末天水童谣《出吴门》、刘玄更始时南阳童谣《谐不谐》，以及《后汉书》所载东汉童谣《黄牛白腹》、《侯非侯》、《千里草》等。

第二节　东汉诗歌

《孔雀东南飞》的反儒倾向

  在独尊儒术，以孝治天下的汉代，出现过不少颂儒颂孝的文学；另一方面，也产生了具有强烈反儒倾向的作品，《孔雀东南飞》就是最具代表性的一首长篇叙事诗。这首诗，首见于徐陵选编的诗歌集《玉台新咏》，诗题为《古诗为焦仲卿妻作》，显系编者所拟。徐陵在诗前小序中写道："汉末建安中，庐江府小吏焦仲卿妻刘氏，为仲卿母所遣，自誓不嫁，其家逼之，乃投水而死。仲卿闻之，亦自缢于庭树。时人伤之，为诗云尔。"从以上诗题、诗序看，这是一首产生于东汉末而长期流传于民间的叙事诗。

  此诗描述府吏焦仲卿及其妻刘兰芝在封建礼教，即儒教的逼迫下，双双殉情的悲剧。"父母之命，媒妁之言"是儒家制定的婚姻律，"七出"则是儒家规定的丈夫休弃妻子的七种理由和罪状。《孔雀东南飞》的悲剧就是在这样两个儒家伦理教条的压迫下造成的。长诗告诉人们：焦刘婚后数年，十分恩爱，共誓"结发同枕席，黄泉共为友"。但是，焦母对儿媳很不满意，百计刁难，逼迫仲卿休妻。府吏在送妻子回家时保证："不久当还归，誓天不相负。"兰芝也表示："君当作磐石，妾当作蒲苇。蒲苇纫如丝，磐石无转移"。然而，兰芝回到家里，阿兄逼她改嫁，她在走投无路之际，投水自尽。府吏闻此噩耗，也自缢身亡。以上情节表明，是儒家伦理"三纲五常"毁灭了焦、刘的美好婚姻，焦、刘则以一死向儒教提出了强烈的抗议。长诗结尾以连理树和比翼鸟的神话形象，表现了反儒的美好婚恋终有一天必将实现的理想。

长诗成功地塑造了刘兰芝性格坚强、感情丰富的悲剧形象。

诗中以请遣、告别和赴水三个情节，刻画了女主人公的坚强性格。"鸡鸣入机织，夜夜不得息。三日断五尺，大人故嫌迟。非为织作迟，君家妇难为。妾不堪驱使，徒留无所施。便可白公姥，及时相遣归。"从兰芝对丈夫的这一段倾诉看，她早已看出"大人故嫌迟"的用意，但她决不甘逆来顺受，所以主动请"遣"。这一情节，初步揭示了女主人公的倔强性格。接着写兰芝拜别阿母。在封建时代，女子被夫家休弃是极不光彩的事，但是她偏不肯灰溜溜地离开夫家，偏要"严妆"告别："着我绣裌裙，事事四五通。足下蹑丝履，头上玳瑁光。腰若流纨素，耳着明月珰。指如削葱根，口如含珠丹。纤纤作细步，精妙世无双"。一个弃妇，把自己打扮得如同新嫁娘那般光彩照人，去告别休弃她的婆母，乃是下意识地表示不服输。无怪乎当此之际，兰芝"上堂拜阿母，阿母怒不止"。长诗对女主人公外貌美的描绘，不同于《神女赋》以及其他诗赋对美女的描绘，而是为了烘托人物的坚强性格。最后写兰芝回到娘家，阿兄逼嫁。她为了实践对焦仲卿的"黄泉相见"的誓言，终于毅然"揽裙脱丝履，举身赴清池"了。长诗写到这里，一个刚强不屈的古代女子活生生地立在读者面前了。

另一方面，兰芝又是一个多情女子。她和仲卿聚首二三年，毕竟伉俪情深，难分难舍。所以当仲卿一再表示，不久要接她重圆破镜时，她也下定了不再另嫁的决心。诗中写刘家许嫁太守第五郎一段，一面极力渲染太守家准备迎婚的欢乐气氛与富贵气象，另一面笔酣墨饱地刻画兰芝如万箭钻心的痛苦："阿女默无声，手巾掩口啼，泪落便如泻"，"奄奄日欲暝，愁思出门啼"。这一段苦乐对照描写，更加感人地烘托了兰芝对丈夫的无限深情。另外，兰芝告别小姑时，"泪落连珠子"，并一再嘱托小姑"勤心养公姥，好自相扶将"，又表现了她心地良善和豁达大度的性格。

长诗中其他人物也各自性格分明：府吏笃于情而处事委曲求全，焦母专横心狠，都给人留下了深刻的印象。

双星神话诗《迢迢牵牛星》

萧统《文选》收入东汉末期无名氏所作《古诗十九首》，《迢迢牵牛星》是其中的第 6 首。此诗第一次将星辰崇拜神话牛郎织女故事构成独立的文学作品，以伤感的情调描述了双星咫尺天涯、不得团圆的爱情悲剧。全诗如下：

> 迢迢牵牛星，皎皎河汉女。纤纤擢素手，札札弄机杼。终日不成章，涕泣零如雨。河汉清且浅，相去复几许。盈盈一水间，脉脉不得语。

在这篇动人的神话抒情诗之前，双星故事在《诗经·大东》里已经出现。但在那首先秦四言诗里的牛郎星和织女星，只是一种陪衬性的文学因素。试看《大东》里有关双星故事的两个诗段：

> 或以其酒，不以其浆。鞙鞙佩璲，不以其长。维天有汉，监亦有光。跂彼织女，终日七襄。
>
> 虽则七襄，不成报章。睆彼牵牛，不以服箱。东有启明，西有长庚。有捄天毕，载施之行。

《大东》是先秦时期东方各侯国喟叹其财赋西输入周的怨诗。诗中说："小东大东，杼柚其空"，因而"既往既来，使我心疚"。接着写东人西人之贫富对比。然后就是上面引述的几个诗段。在上面的引诗里，先陈述东人贡之以酒，西人不以为浆；东人献之以长长的佩璲，西人却不以为长。从此以下，直至篇终，借河汉诸星设譬，说明连天上的各种星斗，包括织女、牵牛、启明、长庚、天毕,都帮不了东人的忙,只不过把它们置之星河行列中摆摆看相而已。

很明显,在《大东》里,牵牛织女各不相干;《迢迢牵牛星》则把它们幻想成一对彼此相思而不得相见的恋人,的确是一个美丽的创造。有了这首诗,才启动了以后两千年的牛郎织女爱情悲剧传奇的反复再创作。产生这次艺术飞跃的社会、思想原因有二:(一)《古诗十九首》产生于东汉末年,正是道教创立和佛教输入时期。牵牛、织女二星人格化而成为天河隔岸相恋的一对神仙,实乃当时宗教神话思维创造的一个艺术硕果。(二)东汉末年正处在社会动乱前夕,中下层知识分子为寻求出路,不得不抛妻别子,背井离乡,奔走于京师州郡之间。他们长年在外,成了这组诗中所谓的"游子"和"荡子"。他们的妻子则长年独守空闺,成了天天盼望丈夫归家的"思妇"。就是这种社会生活背景,形成了产生《迢迢牵牛星》的感情根源。类似双星这种"盈盈一水间,脉脉不得语"的思偶情结,在《古诗十九首》的其他诗里也有广泛的表现,例如:"思君令人老,岁月忽已晚";"荡子行不归,空床难独守";"同心而离居,忧伤以终老";"思君令人老,轩车来何迟";"馨香盈怀袖,路远莫致之";"独宿累长夜,梦想见容辉";"客从远方来,遗我一书札。上言长相思,下言久离别";"以胶投漆中,谁能别离此";……所有这些诗句,都是《迢迢牵牛星》的思偶情结的生动无比的注脚。

所不同者,《迢迢牵牛星》写的是一个星辰神话故事,是对天汉双星的一种移情式描绘,因而它是一首浪漫主义抒情诗;而《古诗十九首》中的其余作品,则是现实主义抒情诗。

第二章　小说

　　汉代的小说,基本上是继承先秦宗教神话之余绪。在地理博物体小说《山海经》的影响之下,汉代出现了《括地图》、《神异经》、《汉武洞冥记》、《海内十洲记》等作品;在神话史话体或曰杂史杂传体小说《穆天子传》的影响之下,汉代出现了《汉武故事》、《汉武帝内传》、《蜀王本纪》、《列仙传》等作品。

第一节　《山海经》模式

《括地图》

　　《山海经》成书于战国时代而广泛流传于两汉。其结果,一是出现了对《山海经》的补作,如《大荒经》、《海内经》;二是出现了对《山海经》的仿作,《括地图》就是这类仿作之一。其特点是多取材于《山海经》进行再创作,但与原作相比,描述较详,规模较大。《括地图》原书早佚,不见著录,亦不详作者姓氏。但《文选》以及各种类书如《艺文类聚》、《太平御览》等,均有佚文引述。王谟、王仁俊有辑佚本传世。例如其《穿胸国》:

　　禹平天下,会于会稽之野,诛防风氏。夏后德盛,二龙降之。禹使范氏御之以行,经南方。防风神见禹,怒使二臣射之。有迅雷,二龙升去。二臣惧,以刃自贯其心而死。禹哀之,乃拔刃,疗以不死草,皆生。是名穿胸国,去会稽万五千里。

这个神话故事的题材，出自《山海经·海外南经》："贯胸国在其东，其为人胸有窍"。《括地图》据此一句生发出一个二臣以刃自贯其胸，经禹疗以仙草而复活的神话故事。此后张华《博物志》转录了这个故事。班固《东都赋》描述天子巡狩的恢弘场面，有"由基发射，范氏施御"两句。前一句写的是古代神箭手养由基的故事，后一句写的就是《括地图》的《穿胸国》中"范氏御龙"的故事。

《括地图》从《山海经》里撷取的神话题材还有：为西王母取食的三足神鸟、白首披发的白民、带剑而使两文虎的君子民、善为飞车的奇肱民、轻能乘云的大人国民等。

《神异经》

《神异经》也是对《山海经》的仿作之一种。《隋书》地理类著录《神异经》一卷，今存。其版本有两种，一种为47则，一种为58则，均非全帙。陶宪曾、王仁俊对其佚文均有所辑录。《隋书》与新、旧《唐书》谓此书系东方朔撰。纪昀说："陈振孙书录解题已极斥此书称东方朔撰、张茂先（华）传之伪。今考《汉书》朔本传，历述朔所撰述，言凡刘向所录朔书俱是，世所传他事皆非。其赞又言后世好事者取奇言怪语附着之朔云云。则朔书多出附会，在班固时已然。此书既刘向《七略》所不载，则其为依托更无疑义。《晋书》张华本传亦无注《神异经》之文，则并华注亦属假借。振孙所疑，诚为有见。"（《四库全书总目提要》）纪昀又认为：《神异经》系六朝人伪托于东方朔者。今人李剑国认为此说亦不可信。其理由是：《左传·文公十八年》孔疏云："服虔按：《神异经》云……"又许慎《说文解字》中"枭"字释为"不孝鸟"，亦用《神异经》名目。上述服虔、许慎都是东汉末人。因此，《神异经》必为汉人伪托于东方朔者（据《唐前志怪小说辑释》）。

这本书从篇目到内容，都是对《山海经》的仿效、补充与发挥。今举该书《东荒经》里有关东王公的两则神话故事如下：

（一）东荒山中有大石室，东王公居焉。长一丈，头发皓白，人形鸟面而虎尾，载一黑熊，左右顾望。恒与一玉女投壶，每投千二百矫。设有入不出者,天为之唏嘘;矫出而脱误不接者,天为之笑。

(二)昆仑之山有铜柱焉,其高入天,所谓天柱也,围三千里,周圆如削。下有回屋方百丈,仙人九府治之。上有大鸟,名曰希有,南向,张左翼覆东王公,右翼覆西王母,背上小处无羽,一万九千里。西王母岁登翼上,会东王公山。故其《柱铭》曰:"昆仑铜柱,其高入天,圆周如削,肤体美焉。"其《鸟铭》曰:"有鸟希有,碌赤煌煌,不鸣不食,东覆东王公,西覆西王母。王母欲东,登之自通。阴阳相须,唯会益工。"

《神异经》里的东王公这一神话人物,是仿照《山海经》里的西王母而塑造出来的,两个形象都是半人半兽形。东王公首见于《神异经》,此后各种志怪小说和神仙传记,如《洞冥记》、《十洲记》、《酉阳杂俎》、《仙传拾遗》等,无不据此而加以再创作。其中以唐末五代道士杜光庭在《仙传拾遗》中的描述最为详尽。

《神异经》里的新神话虽然大都是对《山海经》里的老神话的改作和仿作,但与《山海经》里的老神话相比较,却具有两个值得注意的特色。(一)《神异经》具有鲜明的人情味。例如天帝观东王公与玉女投壶,时而唏嘘,时而大笑;西王母欲与东王公通,便登希有鸟之翼而就之。像这样对神话人物的感情世界,特别是爱情生活作描述,在先秦神话里是少有的。《神异经》的这一特色,在下一时期,即魏晋南北朝的志怪小说里,获得了充分的发挥。(二)《神异经》具有鲜明的汉朝独尊儒术的时代特色。作者多通过对恶兽的描绘,以鞭挞不遵守儒家伦理道德者。例如《中荒经》对"不孝鸟"的描绘:

状如人身,犬毛,有齿猪牙,额上有文曰"不孝",口下有文曰"不慈",背上有文曰"不道",左胁有文曰"爱夫",右胁有文曰"怜妇"。

这些文句,全仿《山海经》中对凤凰鸟的描绘模式,其借鸟喻人的寓言倾向,十分明显。此外,如对穷奇、饕餮、混沌等恶兽的描绘,亦属此类。与此相反的儒家伦理正面形象,则有敬美、天下圣人之类。

《汉武洞冥记》

此书又名《别国洞冥记》、《汉武帝列国洞冥记》或《洞冥记》等，共4卷，60条，东汉郭宪撰。郭宪，字子横，汝南宋（今安徽太和县）人，好方术。《后汉书》之《方术列传》称他曾噀酒灭齐火灾。他在光武朝拜博士，后迁光禄勋。其《洞冥记》序云："汉武帝明俊特异之主，东方朔以滑稽浮诞以匡谏，洞心于道教，使冥迹之奥昭然显著。今籍旧史之所不载者，聊以闻见撰《洞冥记》四卷，成一家之言，庶明博君子该而异焉。"这说明此书所记的全是汉武帝时期发生的奇闻异事，特别是与道教有关的神话传说。道教谓"洞言通也，通玄达妙"（《云笈七签》），《洞冥记》书名即取此义。书中之《东方朔》条云：

东方朔，字曼倩。父张夷，字少平，妻田氏女。夷年二百岁，颜如童子。朔生三日而田氏死，时景帝三年也。邻母拾而养之。年三岁，天下秘谶，一览暗诵于口，常指挥天下空中独语。邻母忽失朔，累月方归。母笞之，后复去，经年乃归。母忽见，大惊曰："汝行经年一归，何以慰我耶？"朔曰："儿至紫泥海，有紫水污衣，仍过虞渊湔浣，朝发中返，何云经年乎？"母问之："汝悉是何处行？"朔曰："儿湔衣竟，暂息都崇堂。王公饴之以丹霞浆，儿食之太饱，闷几死；乃饮玄天黄露半合，即醒。既而还路，遇一苍虎息于路旁。儿骑虎还，打捶过痛；虎啮儿，伤脚。"母悲嗟，乃裂青衣裳裹之。朔复去家万里，见一枯树，脱布挂于树，布化为龙，因名其地为布龙泽。朔以元封中游濛鸿之泽，忽见王母采桑于白海之滨，俄有黄眉翁指阿母告朔曰："昔为吾妻，托形为太白之精，今汝此星精也。吾却食吞气已九千余岁，目中瞳子，色皆青光，能见幽隐之物。三千岁一反骨洗髓，二千岁一刻骨伐毛，自吾生已三洗髓、五伐毛矣。"

《洞冥记》中关于东方朔遇王公、王母、黄眉翁以及其他神话情节，亦见于《神异经》、《汉武故事》等书，是前道教——方仙道意识在文学中的反映。

另如《吠勒国》条，是自然宗教中的动物崇拜意识在文学中的反映。

其中关于"鲛人泣珠"神话，极具浪漫色彩，是后世文人乐于采取以进行再创作的好题材。梁任昉《述异记》对这则神话作了创造性补充与发展。

《海内十洲记》

此书又名《十洲三岛记》或《十洲记》，旧题东方朔撰，系伪托，有人以为是六朝人所作。当代学术界对此书作者有三种推测。李剑国认为：西晋张华《博物志》已采摘此书材料，那么此书作者应在西晋之前，而汉末道教正崛起于民间；此书目的在于弘扬道教，故很可能作于东汉末年。李丰茂认为：此书中内容涉及上清派道教，故南北朝末期的上清派道士王灵期最有可能是《十洲记》作者（《六朝隋唐仙道类小说研究》）。詹石窗认为：此书里的"天尊"一词，首见于《灵室无量度人上品妙经》，故《十洲记》当出于灵室派道教《度人经》之后，且与灵室派有关。他又据书中有上清派女仙"上元夫人"出现，因此认为作者也可能是上清派道士（《道教文学史》）。以上各家推测，各有所据。总之，此书似非一时一人之作，初创于汉末，至南北朝由上清、灵室两派道士先后补充而成，是很可能的。

《十洲记》亦如《括地图》、《神异经》诸书，是模仿《山海经》体例而写成的一本宗教神话小说集，即以地名为经，贯穿种种神话和奇禽异兽，以及各种宝物如不死之草、五芝、神香、风生兽等。从形式到内容，都是对《山海经》的再补充。假若将此书改名《海内十洲经》，纳入《山海经》；那么《山海经》是由山经、海经、大荒经、洲经四部分组成，亦未尝不可。《山海经》本来就是从战国到秦汉的不同时期作者撰编而成的。

《十洲记》描述的是一个独立于人类以外的神仙世界，它包括祖洲、瀛洲、玄洲、炎洲、长洲、元洲、流洲、生洲、凤麟洲、聚窟洲十洲，以及昆仑、方丈、蓬莱三岛。

现录《山海经》、《十洲记》数则如下，以供比较：

（一）又西三百五十里，曰天帝之山，上多椶枬，下多菅蕙。有兽焉，其状如狗，名曰溪边，席其皮者不蛊。有鸟焉，其状如鹑，黑文而赤翁，名曰栎。食之已痔。有草焉，其状如葵，其臭如蘼芜，名

曰杜衡，可以走马，食之已瘿。(《山海经·西山经》)

（二）瀛洲在东大海中，地方四千里，大抵是对会稽郡，去西岸七十万里。上生神芝仙草，又生玉石，高且千丈，出泉如酒味，名之为玉醴泉，饮之数升辄醉，令人长生。洲上多仙家，风俗似吴中，山川如中国也。(《十洲记·瀛洲》)

（三）……又有火林山，山中有火光兽，大如鼠。毛长三四寸，或赤或白。山可三百里许，晦夜尝见此山林，乃是此兽光照，状如火光。取其兽毛，以缉为布，时人号为火烷布也。国人衣服之。若有垢污，以灰汁浣之，终无洁净；唯火烧此衣服，两盘饭间，振摆其垢自落，洁白如雪。亦多仙家。(《十洲记·炎洲》)

从以上对照中不难看出，《十洲记》与《山海经》为同一写作模式，即何地产何物，有何特征及特异功效。所不同者，是《十洲记》在每篇之末尾都要提及"仙家"，这就是《十洲记》的时代特征了。

第二节 《穆天子传》模式

从《汉武故事》到《汉武帝内传》

《汉武故事》又名《汉武帝故事》、《汉孝武故事》，旧题班固撰，或以为葛洪伪托于班固，均无根据。李剑国称：宋刘弇、清俞樾均已指出，《汉武故事》中有"今上元延"语，据以认定成书于西汉成帝时，因为"元延"乃成帝年号。至于《太平御览》、《草堂诗笺》诸书引成帝以后事，则系后人增益或误引（《唐前志怪小说辑释》）。今通行本甚多，但多有缺失，以鲁迅《古小说钩沉》本为最完善。

《汉武故事》"杂记武帝旧事及神怪之说"（《中兴书目》)，是出现于汉朝的历史与神话交汇的小说代表作。

小说中的许多重要人物、重要事件均与正史相符。如武帝、东方朔、李少君、栾大等人物，均见于《史记》的《孝武本纪》和《汉书》的《武帝纪》。由于武帝史料中本来就含有大量的招徕方士和迷恋神仙的事迹，所以《汉武故事》的作者得以踵事增华，把大量虚构的神话性情节嫁接上去，从而撰成这样一篇著名的史话——神话型作品。

篇中有关武帝的神话情节，贯穿于其一生。例如：武帝之母王皇后"梦日入其怀"而生武帝；武帝即位后，曾率十余人轻服微行，而百姓则看见"有持戟呵者数十人"；方士李少翁伏诛月余，有使者"逢之于漕亭"，武帝疑，"发其棺，无所见，唯有竹筒一枚"；武帝祀太时，"祭常有光明，照长安城如月光"，东方朔说："此司命之神，总鬼神者也"；方士公孙卿告诉武帝，申公、鬼区臾均尸解而仙去，黄帝则升仙于寒门；方士旍大"尝于殿前树奕数百枚，大令旍自相击，翻翻竟庭中，去地十余丈，观者皆骇"；东方朔游鸿濛，遇黄眉翁指朔曰："此吾儿，吾却食服气，三千年一洗髓，三千年一伐毛，吾生已三洗髓三伐毛矣"；王母之桃三千年一结实，东方朔已偷王母桃三次了；西王母降临武帝，并赏仙桃于他；东方朔系木帝精——岁星下凡；钩弋夫人死后，发冢，空棺无人，只存衣履；武帝死后，葬于茂陵，其生前所幸之嫔妃二百余人均迁居茂陵，"上幸之如平生，而旁人不见也"，等等。这些神话情节，有的属于原始宗教的图腾崇拜——感生神话；有的属于仙道神话，如长生久视、尸解成仙；有的属于鬼灵崇拜，等等。

在《汉武故事》中，写得最生动的是王母降临武帝故事。兹录如下：

王母遣使谓帝曰："七月七日，我当暂来。"帝至日，扫宫内，然九华灯。七月七日，上于承华殿斋。日正中，忽见有青鸟从西方来集殿前。上问东方朔，朔对曰："西王母暮必降尊像，上宜洒扫以待之。"上乃施帷帐，烧兜末香。香，兜渠国所献也。香如大豆，涂宫门，闻数百里。……是夜，漏七刻。空中无云，隐如雷声，竟天紫色。有顷，王母至，乘紫车，玉女夹驭，载七腾，履玄琼凤文之舄，青气如云，有二青鸟如鸟，夹侍母旁。下车，上迎拜，延母坐，请不死之药。母曰："太上之药，有中华紫蜜，云山朱蜜，玉津金浆；其次药有五云之浆，风实云子，玄霜绛雪。上握兰园之金精，下摘圆丘之紫柰。帝滞情不遣，欲心尚多，不死之药，未可致也。"因出桃七枚，母自啖二枚，与帝五枚。帝留核着前，王母问曰："用此何为?"上曰:"此桃美,欲种之"。母笑曰:"此桃三千年一着子,非下土所植也。"留至五更,谈语世事,而不肯言鬼神,肃然便去。东方朔于朱鸟牖中窥母,母谓帝曰:"此儿好作罪过,疏妄无赖,久被斥退,不得还天。然原心无恶,寻当得还,帝善遇之。"母既去,上惆怅良久。

篇中的西王母乃是从《山海经》中的半人半兽西王母形象脱胎出来的,已完成了向人格化神的过渡,但原型中的青鸟夹侍和戴胜诸细节仍保留了下来。

从《穆天子传》到《汉武故事》,形成了一种叙事文学体裁——神话史话模式。这一模式不仅存在于中国的汉族文学中,也存在于中国和外国的其他民族文学中,例如藏族的《格萨尔王》,蒙古族的《江格尔》,古希腊的《伊利亚特》和《奥德赛》等。在中国汉族文学史中,这一模式反复再现,如宋代的传奇小说《杨太真外传》、明代的章回小说《西游记》、清代的章回小说《女仙外传》等,都是著名的例子。

《汉武帝内传》的基本情节取材于《汉武故事》之西王母降临武帝一事。旧题班固或郭宪撰,现代学术界有三种推断。李剑国认为:西晋张华《博物志》兼引《汉武故事》和《汉武帝内传》,故《内传》亦系东汉末年道教兴起时所撰,撰人不明。李丰茂认为:东晋道士王灵期最有可能是撰述者。詹石窗认为:《内传》涉及道教丹鼎派、上清派教理,因而其最初作者可能系丹鼎派道士葛洪,后来由上清派道士改造、充实和润饰而完成。三种推断,各有所据。

其实,《内传》的内容全面地反映了东晋道教各派的教派意识。丹鼎派主张服食金丹。灵宝派奉元始天尊、太上道君、太上老君为至上神,主张存思服气、服食仙草、佩戴符箓,相信死后可以尸解成仙,尤其强调斋戒科仪和劝善度人。上清派奉元始天王、太上道君等为至上神,上元夫人亦名列此派仙谱之中,派主张导引行炁、存思守一,诵经念咒;贬斥房中术等。《内传》中出现的各种神仙、符箓、药物和修炼之道,广泛涉及上述道教三派。因此,《内传》亦如《十洲记》,并非一时一人之作,可能初创于道教兴起之际的东汉,而完成于东晋以后各派道士之手。

无论从道教的教理看，还是从文学性看，《汉武帝内传》都是对《汉武故事》的丰富与发展。例如两篇作品描写王母驾临武帝宫廷场面，便有详略高低之分。《汉武故事》中的这一场面，从"是夜，漏七刻"至"上迎拜，延母坐，请不死药"，总共66字，十分简略。《内传》则将此66字转化为大块文章：

……至二唱之后，忽天西南如白云起，郁然直来，径趣宫庭间。须臾转近，闻云中有箫鼓之声，人马之响。复半食顷，王母至也。县投殿前，有似鸟集，或驾龙虎，或乘狮子，或御白虎，或骑白麟，或控白鹤，或乘车轩，或乘天马，群仙数万，光耀庭宇。既至，从官不复知所在。唯见王母乘紫云之声，驾九色斑龙；别有五十天仙，侧近鸾舆，皆身长一丈，同执彩毛之节佩，金刚灵玺，戴天真之冠，咸住殿前。王母唯扶二侍女上殿，年可十六七，服青绫之褂，容眸流眄，神姿清发，真美人也。王母上殿，东向坐。着黄锦袷襡，文彩鲜明，光仪淑穆，带灵飞大绶，腰分头之剑，头上大华结，戴太真晨婴之冠，履玄璃凤文之舄。视之，可年三十许，修短得中，天姿掩蔼，容颜绝世，真灵人也。

在《内传》里，王母降临汉宫时的声势之浩大，随从之众多，车骑之奇特，服饰之华美，被渲染得淋漓尽致。王母的形象，从《山海经》里的半人半兽神，经过《汉武故事》对其兽体的革除，到《汉武帝内传》里，已是"文彩鲜明，光仪淑穆"，"天姿掩蔼，容颜绝世"的美妇人了。

《汉武故事》和《汉武帝内传》，从其篇幅之长、情节之多、描绘之细、文采之繁等诸多方面看，都表明这两篇作品实乃唐宋传奇小说之滥觞。

《蜀王本纪》

此书又名《蜀本纪》、《蜀记》等，西汉扬雄撰，宋以后失传，有多家辑本传世。扬雄生长于成都，自幼熟悉有关古蜀国的各种民间神话传说，因此搜集而写成此书。作者沿用了司马迁《史记》纪传体，这是扬雄好仿效前辈名家的又一表现。

《蜀王本纪》追溯了古蜀国帝王神话。据此书记载："蜀王之先名蚕丛，后代名曰柏濩，后者名鱼凫。此三代各数百岁，皆神化不死，其民亦颇随王化去"。此后又有二王，名叫蒲泽、俾明。以上四代，共历时三万四千年。那时的蜀民都"不晓文字，未有礼乐"，即处于原始时代的蒙昧阶段。第五代蜀王名叫杜宇，"从天堕止朱提"。又有一女子名叫利，"从江源地井中出"，与杜宇结为夫妻。杜宇自立为蜀王，号曰望帝。过了百余年，荆州有人名鳖灵，死后尸体随江水上沂到成都，复活了。望帝立他为相。那时蜀中洪水大发，鳖灵治水有功，望帝遂让位于鳖灵。杜宇离蜀时子规啼叫，杜宇死后，传说他化作了子规，又名杜鹃鸟。

　　这篇古蜀国帝王神话，一如中原汉族古帝王神话，是从原始社会自然宗教神话发展而成的。这批古蜀国帝王神，大多带有动物崇拜痕迹，如蚕丛、鱼凫、鳖灵的名号，均含有动物字眼；杜宇则直接转化为动物。这说明：古蜀国的这个帝王神谱，都是原始宗教中的动物神经过漫长岁月的人格化和历史化过程的结果。此外，杜宇自天上堕至人间，叫利从地井中上至人间，二人结为夫妇，具有天地阴阳结合的象征意义，其受汉代官方哲学阴阳五行学说之影响十分明显。杜宇神话对后世诗歌创作产生了深远影响，例如李商隐《锦瑟》有句云："庄生晓梦迷蝴蝶，望帝春心托杜鹃"。其第二句用的就是杜宇故事。

《列仙传》

　　《列仙传》旧题刘向撰，纪昀疑为魏晋方士之作，近人认为系出自东汉道士之手。其时正是道教初创期，《列仙传》乃是宣传道教理想——长生久视的形象化教材，中国第一部道教神仙谱和仙话集。此书体例仿《列女传》，一人一传，传末级以赞文，书末缀总赞一篇。全书70篇，收入自上古三代至秦汉时期的神仙71人，起于赤松子，终于玄俗。《列仙传》云："历观百家之中，以相检验，得仙者百四十六，其七十四人在佛经"。佛道交融，是早期道教和佛教双方的共同倾向。此书列出的仙人名单中，有赤松子、黄帝、容成公、老子、王子乔、安期生、彭祖、江妃二女、萧史与弄玉、范蠡、东方朔等，多为后世诗文采入以为典故，并成为各种神话小说和戏剧中的人物。兹举二篇如下：

(一)赤松子者,神农时雨师也,服水玉,以教神农,能入火自烧。往往至昆仑山上,常止西王母石室中,随风雨上下。炎帝少女追之,亦得仙俱去。至高辛时,复为雨师。今之雨师本是焉。

眇眇赤松,飘飘少女。接手翻飞,泠然双举。纵身长风,俄翼玄圃。妙达巽坎,作范司雨。

(二)萧史者,秦穆公时人也。善吹箫,能致孔雀、白鹤于庭。穆公有女字弄玉,好之,公遂以女妻焉。日教弄玉吹箫作凤鸣,居数年,吹似凤声,凤凰来止其屋。公为作凤台,夫妇止其上,不下数年。一旦,皆随凤凰飞去。故秦人为作凤女祠于雍宫中,时有箫声而已。

萧史妙吹,凤雀舞庭。嬴氏好合,乃习凤声。遂攀凤翼,参蓍高冥。女祠寄想,遗音载清。

赤松子是中国宗教浪漫主义文学中出现频率最高的神仙,这与他是第一部神仙传中的第一位神仙所造成的先入为主的心理定势,是密切相关的。萧史弄玉吹箫成仙的故事,也反复被后世文人加以再创作而成为才子佳人文学。

任何一种宗教神话文学,都是建立在对那种宗教的超自然力的形象描绘上。离开了超自然力,宗教就不成其为宗教,宗教神话也就不存在了。对于道教来说,其超自然力就是长生不死以及种种方术。没有生命永恒的神仙,以及神仙们突破一切自然局限的方术,道教就化为乌有,道教神话文学也就无法产生。因此,道教神话文学,或曰仙话文学,就是神仙方术文学。《列仙传》的出现,标志着仙话——神仙方术文学的正式诞生。

服食术是道士修炼方术之一。据说:服食某些不死之药可使人的生命永恒。不死药有两类:一类是植物,一类是矿物和由矿物烧炼而成的丹药。《列仙传》中的不少神仙都是靠此术而成仙的。例如:赤将子与"啖百草花",偓佺"好食松实",师门"食桃李葩",务光"食蒲韭根",陆通"食橐卢木实及芜菁子",以上是植物类不死之药。赤松子"服水玉",邛疏"煮石髓而服之",任光"善饵丹",赤斧"炼丹与硝石服之",以上是矿物类不死之药。

服食不死之药的结果，是出现返老还童、骑龙升仙的超自然奇迹。这也就是道教追求的最高理想的实现。《列仙传》里的神仙个个如此。容成公、稷丘君、赤须子"发白复黑，齿坠更生"，昌容"二百余年，颜色如二十许"，赤斧服药三十年，"反如童子，毛发生皆赤"，马师皇、陶安公、呼子先、陵阳子明都是骑龙升仙而去。

修炼方术与成仙之路，除上述服食与骑龙之外，还有许多。如守一、行气、房中、辟谷、守庚申（除三尸）等，都是有助于凡人成仙的修炼方法。成仙之路除了直接飞升之外，还有死后尸解成仙之法。上述种种，《列仙传》里也有所描述。

道士一旦转化为神仙，便具有了千百种超自然力，《列仙传》对此描述亦多。例如：涓子"能制风雨"，桂父善变形，"时黑而时白，时黄而时赤"，犊子也是"数百年时壮时老时美时丑"，偓佺"能飞行，逐走马"，溪父"能飞走，升山入水"。……以上神仙特有的种种超自然力，也属于方术范畴，即呼风唤雨术、变形术、飞遁卫。道教神话文学的艺术魅力，多半就是这种无所不能的方术描绘造成的。

人神相恋神话，早在先秦宋玉的《高唐赋》和《神女赋》里已经有所表现，但那是描述梦中情景，还没有把人神之恋变成现实性描述。入汉以后，出现了若干涉及人神婚恋主题的神话小说。《列仙传》里的《江妃二女》，写的是凡人郑交甫对神女的单相思，《萧史》写的是凡人夫妻一同登仙故事，并无人仙之间的婚恋关系，而且他们在成仙之前也无自由恋爱史，而是奉父命成婚的。《孝子传》里的《董永》倒是写天女下嫁凡夫的故事，但天女是奉天命而来助孝子一臂之力，一旦完成使命，便抛弃了凡夫；人神之间毫无爱情可言。以上神话故事都涉及人神之间的婚恋主题。但由于汉代是独尊儒术时期，儒家"父母之命，媒妁之言"的婚姻伦理信条制约着神话作者们的思想，因而不可能写出具有自由相爱倾向的人神婚恋故事。真正以自由恋爱为基础的人神婚恋故事，只有到了佛道方兴未艾，而儒教相对低落的魏晋南北朝时期，才被创作出来了。

第三章 散文

这一时期与宗教相关的重要散文著作,有《淮南子》和《史记》。并非这些著作的整体或大部分都是宗教散文,而是这些著作中的若干篇章或片段表现了宗教的内容。

第一节 《淮南子》的仙道意识及其他

《淮南子》原名《鸿烈》,刘向改名《淮南》,《隋书·经籍志》改称《淮南子》,沿用至今,西汉淮南王刘安及其门客合著。刘安(前179—前122),沛郡丰(今江苏丰县)人。汉高祖刘邦之孙,袭父爵为淮南王,后因谋反事发而自刎,受株连者数千人。刘安"为人好书鼓琴,不喜弋猎狗马驰骋,亦欲以行阴德,拊循百姓,流名誉,招致宾客方术之士数千人,作为《内书》21篇,《外书》甚众,又有《中篇》8卷,言神仙黄白之术。"(《汉书·刘安传》)《外书》与《中篇》早已失传。现存《内书》21卷,即今之《淮南子》。此书内容较为庞杂,被《汉书·艺文志》列为杂家。书中除表现了黄老无为,以及儒、墨、法诸家思想之外,还保存了很多远古传承下来的原始宗教神话,如女娲补天、后羿射日、姮(嫦)娥奔月、夏禹治水等。全书出现的神话人物,有太皞、炎帝、黄帝、少昊、颛顼、烛龙、女娲、上骈、桑林、句芒、太帝、祝融、朱明、荧惑、后土、蓐收、太白、玄冥、辰星、冯夷、雨师、风伯以及王乔和赤松等数十种之多。

《淮南子》流露出浓厚的老庄思想,例如其《精神训》篇描述真人和至人道:

（一）所谓真人者，性合于道也。故有而若无，实而若虚；处其一不知其二，治其内不识其外，明白太素，无为复朴，体本抱神，以游于天地之樊，芒然彷徉于尘垢之外而逍遥于无事之业。浩浩荡荡乎，机械之巧，弗载于心。……大泽焚而不能热，河漠涸而不能寒也，大雷毁山而不能惊也，大风晦日而不能伤也。……居而无容，处而无所；其动无形，其静无体；存而若亡，生而若死；出入无间，役使鬼神。……此精神之所以能登假于道也，是（故）真人之（所）游（也）。

（二）夫至人倚不拔之柱，行不关之途；禀不竭之府，学不死之师；无往而不遂，无至而不通；生不足以挂志，死不足以幽神；屈伸俯仰，抱命而婉转；祸福利害，千变万玎，孰足以患心？若此人者，抱素守精，蝉蜕蛇解，游于太清；轻举独往，忽然入冥；凤皇不能与之俪，而况斥鹢乎？势位爵禄，何足以概志也！

上述关于真人和至人的描述，直接源于《老子》、《庄子》和《列子》，是前道教之一——黄老道思想的表现。

《淮南子》是一部以阐扬黄老道思想为主，并杂以儒、墨、法诸家思想的论说散文集。书中引述了许多原始宗教神话和寓言故事，作为论证的手段。其中，《精神训》中关于造物主及其创世神话传说，值得特别注意。西方基督教《圣经·创世纪》描述上帝创造世界和人类，《淮南子·精神训》里的创世神话堪称东方的《圣经·创世纪》。其文如下：

古未有天地之时，惟像无形，窈窈冥冥，芒藏漠闵，颍蒙鸿洞，莫知其门。有二神混生，经天营地。孔乎莫知其所终极，滔乎莫知其所止息。于是乃别为阴阳，离为八极；刚柔相成，万物乃形；浊气为虫，精气为人。

这则神话中的"二神"，高诱解释为"阴阳之神"，他相当于犹太教神话中的造物主——上帝耶和华。他的造物活动从"经天营地"开始，直到"万物乃形；浊气为虫，精气为人"。这则神话是对《楚辞·天问》的问答。

《天问》提出：从"遂古之初""上下未形"，到天地开辟、日月出现、四时分明，这一切变化都是"谁""何"在主宰而造成的。《淮南子》里的这则《二神创世》神话，恰好回答了这个造物主是"谁""何"的问题。长期以来，人们把首见于《三五历记》而源出于印度的《盘古开天》神话，误作中华民族的创世神话，现代学术界发现了这一错误之后，便以为中华民族没有自己的创世神话了。其实，早于《三五历记》数百年的《淮南子》里的这则《二神创世》神话，正是中华民族本土的创世神话；而中华民族的远古哲理：《易》之"太极生两仪"和《老子》的"道生一，一生二，二生三，三生万物"，则是培育这一神话的精神摇篮。

《淮南子》还记述了不少早已为人所熟知的英雄崇拜神话。例如此书《本经训》中的帝尧和后羿神话，就是这类神话之一。其文如下：

> 尧之时，十日并出，焦禾稼，杀草木而民无所食。猰貐、凿齿、九婴、大风、封豨、修蛇，皆为民害。尧乃使羿诛凿齿于畴华之野，杀九婴于凶水之上，缴大风于青丘之泽，上射十日而下杀猰貐，断修蛇于洞庭，禽封豨于桑林。万民皆喜，置尧以为天子，于是天下广狭、险易、远近始有道里。

这则上古英雄神话，是原始社会末期父系氏族时代祖灵崇拜和英雄崇拜意识的反映。在父权制时代，民族部落酋长是权威的象征，是本部落一切成员的崇拜对象。酋长死后，就被奉为该部落的祖灵神和保护神。黄帝、炎帝、尧、舜、禹等古帝王，都是从酋长崇拜、祖灵崇拜衍化而来的汉民族共同的祖先神。同时，古先民还相信巫术可以征服自然灾害，而施行巫术的巫师就是具有超自然力的英雄。先民们在与自然灾害的斗争中，常常把对自然灾害的征服归功于巫术和施行巫术的巫师，于是创造了许多超人——英雄神话。羿的神话英雄形象就是这样产生的。

《淮南子》中的英雄神话除了上述后羿射日之外，还有女娲补天、夏禹治水等。它们与《山海经》记载的夸父追日、精卫填海，《列子》记载的愚公移山等，都是中华民族祖先改造自然的传说和记录，也是远古巫师——超人崇拜的原始宗教意识的反映。

第二节 《史记》里的宗教散文

《史记》，原名《太史公书》、《太史公记》等，魏晋以后改称今名。全书分为本纪、年表、书、世家和列传五类，共130篇。所记史事，上起黄帝，下迄作者所处之当世——汉武帝末年，上下历时两千余年，是我国的第一部通史。著者司马迁（前145或前135—前87），左冯翊夏阳（今陕西韩城）人。他出身于史官世家，受教于儒学大师董仲舒、孔安国门下。青年时代的司马迁，漫游天下，遍考四方之文化遗存，"上会稽，探禹穴，窥九疑，浮于沉湘，北涉汶泗。讲业齐鲁之都，观孔子之遗风，乡射邹峄，厄困鄱薛、彭城，遇梁楚以归"（《史记·太史公自序》）。这次文化旅游，为他以后写作《史记》奠定了坚实的基础。

《史记》虽然是以封建皇朝、帝王将相的世系为主要内容，但也载入了许多社会地位低微而值得后人钦仰的下层人物的事迹，肯定了人民大众的社会历史作用。这是《史记》作为史书的特色。其次，《史记》开创了以人物为中心的纪传体史学，加之作者的文学修养深厚，往往绘声绘色，把一些历史人物写活了，因而其纪传体史学同时就是传记文学。这是《史记》作为文学的特色。

在《史记》里，颇不乏专门描述宗教活动和宗教人物的篇章，如《天官书》、《封神书》、《日者列传》、《龟策列传》等。在某些记述帝王的传记里，也采入了若干有关他们的神话传说。但司马迁是作为史家来对宗教人物、活动和神话传说作"实录"，并非意在弘扬宗教；相反地，他对于汉武帝迷信神仙方术之愚昧，却不乏讽刺之词。

《天官书》这是对汉武帝以后的汉朝官方宗教哲学——"天人合一"观和"天人感应"论的记述。汉武帝时，董仲舒发挥邹衍和孟子的"天人合一"观，并创"天人感应"论。根据董仲舒的学说，人间的一切事物与天上的日月万象具有对应关系，而且天上的自然万象都是人间吉凶祸福的预兆。他"以春秋（时期）灾异之变，推阴阳所以错行"，并著《灾异之记》一书。当时，正值辽东高庙发生火灾，主父偃嫉恨董仲舒，便偷了他的《灾异之记》献给汉武帝。武帝将书交给众儒生讨论。众认为有"刺讥"之嫌，董差点儿丢了脑袋。不过，他用"天人感应"论与儒学杂交而成的儒教还是被武帝采纳了，"天人合一"和"天人感应"思想也成了官方宗教哲学。

何谓"天官"？司马迁《史记索隐》称："天文有五官。官者，星官也。星座有尊卑，若人之官曹列位，故曰天官。"这说明《天官书》是根据"天人合一"观点，解释人间的"宫官列位"与天上的"星官"的对应关系。张守节《史记正义》称"日月运行，历示吉凶也。"这说明《天官书》又是根据"天人感应"观点，解释天上星象对人间吉凶的预兆关系。《天官书》记述的就是上述两方面内容。

其中记述天官与人官对应关系的如：

中宫天顿星，其一明者，太一常居也。旁三星三公，或曰子属。后句（音钩）四星，末大星正妃，余三星后宫之属也。环之匡卫十二星，藩臣。皆曰紫宫。

这段话的大意是：天极星是天帝太一，居住中宫；天极星之旁的三星，是天上的三公，即司马、司徒、司空；后句四星，是天帝后妃，其中有一颗的光芒之末端大，是正妃，算余三星都是后宫属妃。环卫以上诸星的十二星，则是天帝的藩臣。以上总谓之紫宫。由此可见，天上的星象就是人间封建王朝的象征。

《天官书》之记述天上星象对人间吉凶之预兆关系的，如：

天一、枪、棓、矛、盾动摇，角大，兵起。

大意谓：天一、枪、棓、矛、盾诸星闪动，光芒大，是发生战争的前兆。又如：

（一）地维咸光，亦出四隅，去地可三丈，若月始出。所见，下有乱；乱有亡，有德者昌。

（二）如星非星，如云非云，命曰归邪。归邪出，必有归国者。

（三）天鼓，有音如雷非雷，音在地而下及地。其所往者，兵发其下。

（四）天狗，状如大奔星，有声，其下止地，类狗。所堕及，望之如火光炎炎冲天。其下环如数顷田处，上兑者则有黄色，千里破军杀将。

这些片段，其语言、结构与宗教性质，均酷似《山海经》。所不同者，《山海经》记述的，是奇禽异兽的出现对人事吉凶之预兆；《天官书》记述的，则是奇星异象的出现对人事吉凶的预兆。

最后，司马迁在《天官书》的结束处总结道：

太史公曰：自初生民以来，世主曷尝不历日月星辰？及至五家三代（即五帝三王），绍而明之，内冠带，外夷狄，分中国为十有二州，仰则观象于天，俯则法类于地。天则有日月，地则有阴阳。天有五星，地有五行。天则有列宿，地则有州城。三光者，阴阳之精，气本在地，而圣人统理之。

司马迁意谓：从原始社会的野蛮人起，就萌发了从日月星辰推算（历）祸福吉凶的前兆迷信，后世帝王们继承并加以发挥，从而建构了天人对应关系。司马迁的结语，钩出了这一古代准宗教的发展轨迹。

《封禅书》此篇专门记述上起舜、禹，下讫汉武帝的历代帝王宗教活动。司马迁时代还没有形成完全的人为宗教。古代帝王们的宗教活动，主要是对原始宗教自然崇拜、祖灵崇拜的传承，即祭祀天地山川和古帝王神。不过，商、周时代已进入奴隶制社会，人类已产生"人神同形同性"意识，故《封禅书》里记述的天地山川诸自然神，都已具有人形人性。例如《封禅书》记述"周公既相成王，郊祀后稷以配天，宗祀文王于明堂以配上帝。"郑玄注曰："上帝者，天之别名也。"由此可见，《封禅书》里所记述的西周时期的"天"神，已是人格化了的"上帝"。又如记述秦始皇祭祀名山大川及八神。所谓八神，即天主、地主、兵主、阴主、阳主、月主、日主、四时主，八神各有一祠。这些自然神都已属于经过抽象后的人格化神。

《封神书》还记述了自战国至秦汉的人主们的神仙迷信。书中描写了齐威王、齐宣王、燕昭王和秦始皇之派人入海求仙故事：

> 自威、宣、燕昭使人入海求蓬莱、方丈、瀛洲。此三神山者，其传在勃海中，去人不远；患且至，则船风引而去。盖尝有至者，诸仙人及不死之药皆在焉。其物：禽兽尽白，而黄金银为宫阙。未至，望之如云；及到，三神山反居水下。临之，风辄引去，终莫能至云。世主莫不甘心焉。及至秦始皇并天下，至海上，则方士言之不可胜数。始皇自以为至海上而恐不及矣，使人乃赍童男女入海求之。船交海中，皆以风为解，曰未能至，望见之焉。其明年，始皇复游海上，至琅邪，过恒山，从上党归。后三年，游碣石，考入海方士，从上郡归。后五年，始皇南至湘山，遂登会稽，并海上，冀遇海中三神山之奇乐。不得，还至沙丘，崩。

所谓海上"三神山"，实乃虚幻不实的蜃景，即大陆山岳楼台通过天空之折射而投影于海上者。方士们益以神仙之说，海上蜃景此后便被视作海上仙山了。从地处海滨的齐、燕两国之人主到秦始皇，都是这种无稽之谈的崇拜者。

《封禅书》还特别对汉武帝宠信方士李少君、李少翁和乐大，以及迷信神仙至死不悟等，作了详尽、真实而生动的描述。其写方士李少翁愚弄武帝而露了马脚的故事云：

> ……齐人少翁以鬼神方见上。上有所幸王夫人（《汉书》作李夫人）。夫人卒，少翁以方盖夜，致王夫人及灶鬼之貌云，天子自帷中望见焉。于是乃拜少翁为文成将军，赏朋甚多，以客礼礼之。文成言曰："上即欲与神通，宫室被服非象神，种物不至。"乃作画云气车，及各以胜日驾车辟恶鬼。又作甘泉宫，中为台室，画天、地、太一诸鬼神，而置祭具以致天神。居岁余，其方益衰，神不至。乃为帛书以饭牛，详不知，言曰："此牛腹中有奇"。杀视得书，书言甚怪。天子

> 识其后书，问其人，果是伪书，于是诛文成将军，隐之。

李少翁伪造帛书欺骗汉武帝，被武帝识破就杀了他。妙的是"隐之"二字，活生生地把武帝上当之后又文过饰非的心理状态和盘托出来了。总之，司马迁以信史之笔，对秦皇汉武沉湎于神仙崇拜的愚昧可笑行为，作了辛辣的讽刺。

《五帝本纪》及其他《史记》中的《五帝本纪》，是一篇从远古的原始宗教神话中提炼出来的史前史。三皇五帝的传说，本是古代动物崇拜、图腾崇拜、祖灵崇拜和英雄崇拜诸原始宗教意识互相结合而产生的古帝王神话。在先秦典籍中，这些根据传说而记录下来的古帝王神大都未脱离动物形态。例如殷族祖先神，后来又被抬高到天帝地位的帝俊，他在殷商甲骨文里是鸟头、猴身、一足。司马迁写的是自原始社会以来的通史，他不能不依据先秦的古帝王神话作为撰述原始社会史的素材。但神话不是历史，具有动物形态的图腾神也不是古代人类的酋长或帝王。屈原在《天问》中对此曾提出过许多质疑。于是司马迁煞费苦心地做了一番将神话转化为历史的工作。他在《五帝本纪》的结尾处声明道："百家言黄帝，其文不雅驯，荐绅先生难言之。"因此"择其尤雅者"，即经过一番筛选，汰去动物神话因素，终于写成我们今天所读到的这篇《五帝本纪》。

司马迁根据古帝王神话改写古帝王历史，尽量淘汰那些虚构的神话因素，这是历史家的"实录"精神的表现。但是，司马迁又是一个正宗儒生，董仲舒的弟子，他对于儒学祖师孔子和儒家五经是崇拜得五体投地的。所以他撰写的古史，一方面尽量将出自非儒家典籍的神话材料剔除；另一方面，对于出自儒家经典的神话材料却又尽量的保存。例如《史记》中的《殷本纪》保留了《诗经》中简狄吞玄鸟卵而生契的神话传说，《周本纪》保留了《诗经》中姜原践巨人迹而生后稷的神话传说。这时，司马迁的儒家"党性原则"使他面对屈原咄咄逼人的《天问》，也只好硬起头皮顶住了。有了《殷本纪》、《周本纪》采录帝王感生神话（实即图腾神话）的先例，于是在《秦本纪》和《高祖本纪》中就不能不把类似的帝王感生神话也写进去了。这对司马迁来说也许是不得已，不过这些神话也赖以保存下来，使人们得以了解封建帝王们是怎样不断制造新的帝王神话。

为巩固其封建政权服务。

《史记》里的《日者列传》和《龟策列传》是记述占卜的专篇。据张守节《史记正义》说，原文已佚，后由褚少孙补写。但查《史记》，只有《龟策列传》是褚正式声明系他所作。《日者列传》记述卜者司马季主的言论，意在为下层知识分子立传。"古之圣人，不居朝廷，必在医卜之中"，就是这篇传记的主旨。《史记》的人民性正是体现在这种篇章里。司马迁主闲坐于卜肆，纵谈日月吉凶，贵贱贤愚，口若悬河，头头是道。一个善辩的占卜师形象跃然纸上。《龟策列传》记述古代用于进行占卜的龟与蓍的各种神话传说，以及占卜方法和兆象的吉凶等。这不啻是一篇新编《易经》，一部汉王朝官方的占卜工具书。

第三编

魏晋南北朝时期

宗教概况

这一时期包括魏蜀吴三国、西晋、东晋和南北朝等几个阶段。自公元220年至265年的45年间,是魏、蜀、吴三国鼎立阶段。自公元265年至316年,即自晋武帝泰始元年至愍帝建兴四年的51年间,是西晋阶段。自公元317年至420年,即自晋元帝建武元年至恭帝元熙二年的104年间,是东晋阶段;在此期间,北方分裂为16国。东晋灭亡以后,自公元420年至589年的169年间,南方先后经历了宋、齐、梁、陈四个朝代;自公元420年至581年的161年间,北方先后出现了北魏、东魏和西魏,以及北齐和北周诸政权,这是南北朝阶段。总之,魏晋南北朝时期上起公元220年,下迄公元589年,先后延绵369载。其特点是政权更替迅速,大部分时间处于分裂状态。这一时期的中国宗教,一方面是道教的大蜕变,另一方面是佛教的大发展。同时,佛道二教在发展中还开始了彼此斗争、彼此吸收、彼此认同的过程。相形之下,曾在两汉兴盛了400年的儒教,到了这一时期缺乏新的发展。但儒教思想仍占社会统治地位,并被佛道二教吸收。此外,原始宗教和古代宗教中的自然崇拜,例如动植物崇拜、天体崇拜等,则完成了向人格化的转变而成为精灵崇拜了。鬼灵崇拜一方面继续在民间传播,另一方面又被佛、道二教所吸收而成为建构地狱教义的基础。巫术、占卜、前兆迷信等亦被道教所吸收而成为道士召神驱鬼、预测祸福的道术。

帝王与贵族们的崇佛奉道,是道教大蜕变和佛教大发展的重要原因。魏晋时期,曹操及魏国的许多文武官吏均从道士学习方术。东吴孙策虽然杀了道士于吉,但孙权继位之后,便仿秦始皇遣徐福入海寻仙故事,亦派遣将军卫温、诸葛直率士卒数万,入海寻仙。西晋初期。赵王伦利用道教造成了八王之乱。东晋诸帝以及许多大臣和许多门阀士族，世代崇奉佛道。著名书法家王羲之为道士书写《道德经》、《黄庭经》以换取白鹅，传为文坛佳话。王羲之内弟郗昙、郗愔迷信天师道，另一对士族兄弟何充、何准则迷信佛教，时人有"二郗谄于道，二何佞于佛"之讥。两晋之交，西来僧佛图澄为石勒、石虎创建后赵政权出谋划策，二石为佛图澄传教大开绿灯。佛图澄是中国历史上第一个获得统治者崇信并借助政治势力以弘扬佛法的"大和尚"。与东晋同时的前秦苻坚和后秦姚苌均礼遇道士王嘉，军政大事，无不请教。到了南北朝时期，帝王们大都佞佛，崇道者亦不乏其人。南朝宋孝武帝宠信释慧琳，命其参与政事，有"黑衣宰相"之称；齐武帝之子竞陵王肖子良，撰著弘佛文章达116卷之多；梁武帝四次舍身入寺为奴，由群臣以一亿万钱赎其回宫，他同时宠信道士陶弘景，随时向陶请教，陶因此被呼为"山中宰相"；陈朝睹帝均效法梁武帝，个个都曾舍身入寺。北朝各代帝王除北魏太武帝、北周武帝外，其余均好佛。北魏太武帝毁佛崇道，敕封北天师道道首寇谦之为"国师"，他自己则号称"太平真君"，北魏因此一度成为政教合一的道教帝国。

南北朝是我国僧官制度的草创期。为适应佛教的大发展，北魏率先设立宗教机关监福曹，后改为昭玄寺、崇玄署，设置僧官道人统。此后的东魏、西魏和北齐亦大体如此。后秦设僧正（一称僧主）、悦众、僧录三级僧官，管辖境内僧尼。南朝各王朝大体沿袭后秦僧官制度。佛教之基层组织是寺，每寺设寺主一人主持全寺事务；大寺则加设维那，以协助寺主。

这一时期，作为民间宗教的原始道教完成了向官方宗教的转化和蜕变。东晋道士葛洪（283—363）著《抱朴子》，此书分内、外二篇，内篇20篇，是论述神仙、方术的道教理论；外篇50篇，是论述"时政得失，人事臧否"的儒家学说。其意图在于以儒道互补，使道教成为帝王之术。在修仙理论与实践方面，葛洪强调烧炼和服食金丹，故世称"金丹道"或"丹鼎派"。炼丹药物以铅、汞、丹砂为主，也包括五芝、玉、云母、雄黄、雌黄、太乙禹余粮、石中黄子、石英、石脑、石硫黄、曾青、松柏脂、茯苓等。炼丹分火法与水法：火法的设备是丹炉，水法的设备是华池；火法炼丹产生"飞"或"飞升"的化学反应，水法炼丹产生溶解化学反应。这些炼丹术虽然无法炼出令人长生不死的金丹，却积累了丰富的化学经验,是近代实验化学的先驱。北魏道士寇谦之(365—448)在太武帝的扶植下,伪称奉太上老君意旨,"宣吾新科,清整道教,除去三张(按指张陵、张衡、张鲁)伪法",制订乐章、诵戒新法,以"佐国扶命",号称北天师道。南朝道士陆修静(406—477)"祖述三张,弘衍二葛(按指葛玄、葛洪)",广罗经诀,并根据封建制度和宗法思想的要求,仿佛教修持仪轨,制订出一整套道教戒律,对原始的五斗米道进行了彻底改造,"意在王者遵奉",号称南天师道。这一时期,还出现了上清派、灵宝派和楼观道等道教派别。上清派以存神(一曰存思)服气为主要修炼方法,辅以诵经和修功德,声称修行成道者可以升入"上清天"。此派著名道士陶弘景以茅山为隐居修行之所,故又称茅山道。灵宝派的教义教理与上清派近似,但又注重斋戒、科仪和符箓,以元始天尊、太上道君、太上老君为至上神,号称"三清"。楼观道兴起于北朝末期,它是南北天师道以及上清、灵宝各派道教的融合。

这一时期,佛教获得了空前的发展。三国时,天竺、安息、康居的僧侣云柯迦罗、康僧锁、支谦、康僧会等先后来华,分别在魏都洛阳、吴都建业译经传法;西晋时,竺法护、安法钦等分别在敦煌、洛阳、长安、相州、广州等地译经传法;东晋时,庐山、建康成为佛教中心,名僧慧远、佛陀跋陀罗、法头等分别主持两地弘佛事业;与东晋对峙的北方十六国,则有佛图澄、道安、鸠摩罗什等名僧传法译经;南北朝时,继续来华传法的外国道人有求那跋摩、求那跋陀罗、真谛、菩提流支、勒那摩提等。另一方面,自东晋开始已有汉僧赴印度求法,至南北朝时形成高潮,其中著名的有法显、智猛、惠生、宗云等。佛教发展到南北朝时,已具宏大规模。例如梁朝有寺庙2846座,僧尼82700人,仅京师建来业(今江苏南京)就有大型寺庙700余所,僧尼万名之众;北魏有寺庙3万余座,僧尼200余万,并开凿了云冈佛像石窟和龙门佛像石窟。南北朝以前,大小乘佛教并行;至南北朝时,人乘佛教形成主流,这与帝王们,特别是梁武帝的狂热崇拜是分不开的。

佛教的思想体系分为两个组成部分,即义学和超自然体崇拜。佛教义学是一种具有某些辩证思维的唯心主义宗教哲学。由于这一时期汉译佛经的大量问世,以及阐释佛经的佛论与日俱增,从而促进了义学的繁荣,初步涌现出若干佛学学派,如龙树的中观学说、竺道生的顿悟成佛学说等。其次,由于佛经的大量问世,佛教神话中的超自然体——佛、罗汉、菩萨等被民间下层群众当作救苦救难的万能之神加以崇祀。其著名的有观世音(或译光世音、观自在,入唐以后,因避太宗李世民之名讳,而略称"观音")信仰、弥勒信仰、弥陀净土信仰等。

在佛教戒律中,小乘有五戒、八戒、十戒、具足戒等,大乘将上述戒律总称为声闻戒,又另增菩萨戒。特别是中国佛教之禁食酒肉,在印度并非一律,小乘允许吃所谓"三种净肉"(即不见、不叫、不疑),大乘主张度济众生(包括一切禽兽虫鱼等有生命的动物)成佛,因而提出禁食酒肉。南北朝初期,大小乘并行于中国,食肉在佛徒中未加禁止。由于梁武帝特重大乘《般若》、《涅槃》等经典,乃制《断酒肉文》,带头实行禁食酒肉:凡僧尼犯此禁者,以国法、僧法论处。自此以后,大乘大盛,酒肉亦成为沙门中之一大戒。

玄释互释,是魏晋宗教文化思想的特殊现象。当时文人多好清谈,其内容是玄学和般若学。玄学是以老庄为基础,融合儒、道而形成的一种哲学,般若学是为论证大乘佛教而创立的义学。二者本有严格区别,但由于都属于唯心主义体系,以及若干命题、概念和论证方法彼此相似,因而当时的思想、文化界便认为二者可以互相发明。玄学以般若学作为支撑自己的理论支柱,般若学也被玄学化而偏离了佛教原旨。例如将玄学的"无"与般若学的"空"互相类比,就是一种似是而非的论证。当时名士名僧结交,成为时尚,而玄释互释,便是他们的共识。

南北朝时期,发轫于东汉的三教同源论有了新发展。《隋唐·儒林传》说:自南北朝至隋,由于帝王们崇信佛道而忽视儒教,儒学相对地衰落了。其原因是:"古(汉魏)之学者,禄在其中;今之学者,困于贫贱。明达之人,志识之士,安肯滞于所习,以求贫贱者哉?此所以儒罕通人,举多鄙俗者也"。但儒教思想仍广为流播。并被佛、道二教吸收,其具体表现是出现了以佛为主的三教同源论和以道为主的三教同源论。梁武帝在《舍事道法诏》中声称:老子、周公、孔子都是如来弟子,这是前一种三教同源论;陶弘景在《真灵位业图》里,把儒、释两家人物列为神仙队伍中的配角,这是后一种三教同源论。

第一章 诗赋

　　道教是从中国传统文化中萌发出来的本土宗教。它的前身，是先秦时期神仙方术和老庄学说。因此，它就能顺利地与中国文人相契合。特别是它的追求长生久视的最高宗教理想，对于生活在战乱之中和暴政之下因而缺乏安全感的文人来说，不啻是一副甜蜜的镇静剂。魏晋南北朝时期恰恰是一个龙争虎斗、政权频更的历史时期。这样，道教神仙之所以受到文人们的热烈追求，就是顺理成章的事了。曹操父子、阮籍、嵇康、郭璞等，都是这方面的代表作家。

　　佛教自两汉之交传入中国后，到魏晋南北朝时期，开始了被中国文人逐渐理解和接受的过程。那时的文人是按照中国固有的传统文化——玄学来理解和接受佛教的。玄学——以三玄（《周易》、《老子》、《庄子》）的道家观点阐释儒家经典的学说，在魏晋思想文化界十分流行。玄学崇尚"虚无"，与佛学的"空观"实不相同，但却貌似。正是这一貌似，成为玄学与佛学拥抱的契合点，产生了许多著名文人与著名僧侣彼此钦服并缔结友谊的佳话。以玄释佛，成了这一时期的僧侣说法和文人作诗的共同文化特色。其代表性人物，有东晋的支遁、慧远，宋代的谢灵运，南齐的沈约、王筠，南梁的徐陵、江总等。

　　自东汉以来形成的三教同源论，至南北朝后期，亦为文人们所接受。萧衍、萧纲父子就是这方面的代表。

第一节　魏晋文人诗赋与仙道意识

曹　操

　　钟嵘《诗品》说："降及建安，曹公父子笃好斯文，平原（曹植）兄弟蔚为文栋。刘桢、王粲为其羽翼。次有攀龙托凤，自致于属车者，盖将百计。彬彬之盛，大备于时矣。"这一时期的诗歌特色。在形式上吸收民歌的养分，在内容上贴近当时战乱频仍、民不聊生的现实，具有慷慨悲凉的风格。所谓"建安风骨"，就是指这一风格而言。曹操的诗，便是这种风格的代表。曹操（155—220），字孟德，沛国谯（今安徽亳县）人。其子曹丕称帝后，追封他为魏武帝。曹操"少机警，有权数"（《三国志·武帝纪》）。他是封建时代杰出的政治家、军事家和文学家，建安（汉献帝年号）时期中国文学界的领袖。他的诗，多采用民歌旧曲，创作新词，如《薤露》、《蒿里行》、《苦寒行》、《却东西门行》等，都是反映当时战乱与苦难的慷慨悲凉之作。

　　另一方面，在那种军事斗争激烈、每个人的生命都是朝不保夕的条件下，曹操有时也会产生一种消极情绪："对酒当歌，人生几何？譬如朝露，去日苦多！"（《短歌行》）怎样才能解脱这一时空无限而生命有限的矛盾呢？他找到了当时很容易找到的两种东西：一是酒，这是物质的；二是道教的神仙方术，这是精神的。据史传记载，曹操"好养性法，亦好方药，招引方术之士。庐江左慈、谯郡华陀、甘陵甘始、阳城郗俭，无不毕至"（《三国志·武帝纪》裴注引张华《博物志》）。曹操留下的诗虽然只有16篇，但其中歌咏神仙的占了四分之一：《气出唱》（三首）、《精列》、《陌上桑》、《秋胡行》（二首）都是。例如：

　　华阴山，自以为大。高百丈，浮云为之盖。仙人欲来，出随风，列之雨。吹我洞箫，鼓瑟琴，何间间！酒与歌戏，今日相乐诚为乐。玉女起，起舞移数时。鼓吹一何嘈嘈！从西北来时，仙道多驾烟，乘云驾龙，郁何路棱！敖游八极，乃到昆仑之山，西王母侧，神仙金止

玉亭。来者为谁？赤松王乔，乃德旋之门。乐共饮食到黄昏。多驾合坐，万岁长，宜子孙。(《气山唱》其二)

愿登泰华山，神人共远游。愿登泰华山，神人共远游。经历昆仑山，到蓬莱。飘摇八极，与神人俱。思得神乐，万岁为期。歌以言志，愿登泰华山。(《秋胡行》其二之一)

在曹操的想象中，神仙生活逍遥自在，万寿无疆。所以他是多么希望参加到这种生活中去，"与神人俱"，成为他们之中的一员。

曹　丕

梁萧统选编的《文选》，第一次把"游仙诗"正式当作一种文体。这是由于当时写这种诗成了一种风气。曹丕、曹植、何邵、张华、张协、陆机、郭璞等，都有这种诗作问世。后来又有沈约、江淹、陶弘景等人继续写作，于是，"游仙诗"成了魏晋南北朝诗坛的一枝宗教文学奇葩。曹丕（187—226），字子恒，沛国谯县（今安徽亳县）人，曹操之次子，后称帝，建国号魏，是为魏文帝。他的《游仙诗》（一作《折杨柳行》，或作《长歌行》）如下：

西山一何高，高高殊无极！上有两仙僮，不饮亦不食。与我一丸药，光耀有五色。服药四五日，身体生羽翼。轻举乘浮云，倏忽行万亿。流览观四海，茫茫非所识。彭祖称七百，悠悠安可原。老聃适西戎。于今竟不远。王乔假虚词，赤松垂空言。达人识真伪，愚夫将妄传。追念往古事，愤愤千万端。百家多迂怪，圣道我所观。

这是中国诗坛出现的最早的一首游仙诗。诗中虽然描述了作者服药升仙的想象，但与这种想象构成强烈对照的，是在现实生活中始终找不到传说中的神仙。他终于觉悟了："达人识真伪，愚夫将妄传"，从而得出一个"百家多迂怪，圣道我所观"的清醒结论。别仙归儒，反其意而用之，乃是曹丕《游仙诗》的真谛之所在。

曹　植

建安诗人中之佼佼者要数曹植。曹（192—232）植，字子建，沛国谯县人，曹操第三子，封陈王，死后谥号"思"，世称陈思王。少年曹植诵读诗、论及辞赋数十万言，善属文，才思敏捷。谢灵运对他十分钦佩，曾言"天下才共一石，曹子建独得八斗"（《蒙求集注》）。其父曹操曾阅其所作，对他说："汝倩人邪？"植对曰："言出为论，下笔成章，顾当面试，奈何倩人？"当时，铜爵臺新建成。曹操率众子登臺，叫每人作赋一篇。植援笔立成，有句云："建高门之嵯峨兮，浮双阙乎太清；立中天之华观兮，连飞阁乎西城。"曹操深为惊异，曾打算立他为太子。但曹植性格放诞不羁，饮酒无节；而他的哥哥曹丕则"御之以术，矫情自饰，宫人左右并为之说"（《三国志·陈思王传》）。结果是曹丕做了太子。从此以后，曹丕对他十分猜忌。曹丕称帝后，曹植处境十分窘迫，过着一种郁郁寡欢，穷困而不安定的生活。

曹植的诗赋，由于他本人后期精神生活之压抑，因而表现了胸中的孤愤不平之气，也暴露了统治阶级内部互相倾轧的"煮豆燃豆萁，豆在釜中泣"的黑暗，因而具有一定的现实意义。他虽然写过否定"神仙之笔，道家之言"的《辩道论》，在理智上不相信神仙的存在，但由于个人政治理想的破灭，生活的困顿，失望之余，又无法在感情上抗拒道教神仙美妙幻想的诱惑，因而游仙之意又不禁随时从笔端流露出来。他的《升天行》、《上仙篆》、《神游》、《五游》、《龙欲升天》、《远游篇》、《仙人篇》、《飞龙篇》、《前缓歌声》等诗，编织着青年诗人的浪漫缥缈的游仙梦。例如：

乘跃追术士，远之蓬莱山。灵液飞素波，兰桂上参天。玄豹游其下，翔鹍戏其颠。乘风忽登举，仿佛见众仙。（《升天行》二首之一）

晨游泰山，云雾窈窕。忽逢二童，颜色鲜好。乘彼白鹿，手翳芝草。我知真人，长跪问道。西登玉堂，金楼复道。授我仙药，神皇所造。教我服食，还精补脑。寿同金石，永世难老。（《飞龙篇》）

仙人揽六著，对博泰山隅。湘娥拊琴瑟，秦女吹笙竽。玉樽盈桂酒，河伯献神鱼。四海一何局，九州安所如。韩终与王乔，要我于天衢。万里不足步，轻举凌太虚。飞腾蹀景云，高风吹我躯。回驾观紫微，与帝合灵符。开阊正嵯峨，双阙丈万余。玉树扶道生，白虎夹门枢。驱风游四海，东过王母庐。俯观五岳间，人生如寄居。潜光养羽翼，进趣且徐徐。不见昔轩辕，升龙出鼎湖。徘徊九天下，与尔长相须。（《仙人篇》）

曹植的《洛神赋》，对于宋玉的《神女赋》来说，是一篇青出于蓝而胜于蓝的佳作。作者在此赋的序文中说："黄初三年，余朝京师，还济洛川。古人有言：斯水之神，名曰宓妃。感宋玉对楚王神女之事，遂作斯赋。"作者把写作这篇作品的缘起交代得十分明白。《洛神赋》中的若干描绘女性美的词语，也是直接继承于《神女赋》以及另一篇传为宋玉所作的《登徒子好色赋》，如"婉若游龙"、"腰如约素"之类。不过，曹植在这篇描绘洛水女神的作品里，仍然投入了他自己的独创。

一篇文学作品能否感动读者，除了在艺术上借鉴前人之外，更加重要的是作家主体意识的或直接或间接的宣泄。那么，是一种什么主观心态激起曹植写《洛神赋》的呢？这就有可能与作家个人生活中的某种感情经历密切相关。据传说，曹植曾求甄氏之女为妻，其父曹操却将甄氏给了他的哥哥曹丕。曹植因此而"昼思夜想，废寝与食"。曹丕称帝之后，甄后被郭后谗死。后来曹植去京都洛阳，曹丕便将甄氏留下的"玉缕金带枕"送给了曹植。他携枕"将息洛水上，思甄后，忽见女来，自云：'我本托心君王，其心不遂。此枕是我在家时从嫁前与五宫中郎将（曹丕），今与君王。'遂用荐枕席，欢情交集"。曹植"悲喜不能自胜，遂作《感甄赋》。后明帝（曹丕）改为《洛神赋》"（以上据《文选》李善注）。前人多认为，这个故事不合情理之处颇多，而且也不是李善所作注文，而是后人将《感甄记》传奇附会上去的。曹丕是否改赋，大可不必深究。曹植如此赞赏洛神之美，大概不可能无缘无故，而是以他在现实生活中曾经为之倾倒过的女性为模特儿。恰似西方但丁把青年时代的恋人安排在天堂里一样，曹植也必然会把他为之朝思暮想的女性安排在他梦寐以求的神仙境界里。基于此，把曹植的缠绵悱恻的爱情悲剧作为理解《洛神赋》的隐秘感情世界的钥匙，不无道理。李商隐《无题》诗有句云："贾氏窥帘韩掾少，宓妃留枕魏王才。"其第二句写的就是陈思王洛水感甄佳话。一说此赋是以楚辞"香草美人"的象征手法,借喻曹植对明帝的忠心。

《洛神赋》对女性美的描绘,是在《神女赋》的基础上,踵事增华,锦上添花。曹植描绘洛神之美,避开了传统的写实和静态勾勒,而是采用空灵的博喻,多方描绘女神的勾魂摄魄的神态美:

其形也,翩若惊鸿,婉若游龙;荣曜秋菊,华茂春松;仿佛兮若轻云之蔽月,飘摇兮若流风之回雪;远而望之,皎若太阳升朝霞;迫而察之,灼若芙蕖出绿波。

作者一连用了八个比喻:惊鸿、游龙、秋菊、春松、轻云蔽月、流风回雪、太阳升朝霞、芙蕖出绿波。除秋菊、春松比较一般化以外,其余的喻象都很有创造性,表现力极强。"游龙"虽系继承前人,但与"惊鸿"搭配,就推陈出新了。此外,《洛神赋》还广泛采撷其他神话人物故事,如"南湘二妃"、"汉滨之游女"、"匏瓜"(织女星)与"牵牛"、"冯夷鸣鼓"、"女娲清歌"等,从而构成了一个彩色缤纷的神话世界。

阮　　籍

在中国诗歌史上,建安时期以后,便是正始(魏废帝年号)时期,也是魏晋交替时期。杀人如麻,是这一时期政治生活中的特点。司马懿父子为了篡夺政权,剪除异己,对一切持不同政见者杀无赦。他们除了杀戮曹氏宗族外,还把大批社会名流如何宴、李胜、丁谧、邓飏、毕轨、桓范、嵇康、夏侯玄、李丰等,送上了刑场。在这种屠杀政策下的士大夫,通通被逼进仙山酒海。玄学,也是从这时兴盛起来的。文人除了饮酒谈玄,不敢对别的任何话题发生兴趣。"正始明道,诗杂仙心"(《文心雕龙·明诗》),就是这一时期的文学特点,阮籍、嵇康则是其代表作家。

阮籍(210—263),字嗣宗,曾任步兵校尉,世称阮步兵,竹林七贤之一,陈留尉氏(今河南开封)人。他是建安七子之一阮瑀的儿子,博学多才,嗜酒傲物,反儒佯狂,以老庄为师。他用这种装疯卖醉的方式,在险象环生的黑暗现实中过着"终身履薄冰,谁知我心焦"(《咏怀诗》)的生活。因此，他的诗中有无法排遣的忧思，有不满现实的暗示，有出世求仙的幻想。多达 80 余首的《咏怀诗》就是极好的代表作。例如：

　　朝阳不太盛，白日忽西幽。去此若俯仰，如何似九秋。人生若尘露，天道邈悠悠。齐景升牛山，涕泗纷交流。孔圣临长川，惜逝忽若游。去者余不及，来者吾不留。愿登太华山，上与松子游。渔父知世患，乘流泛轻舟。

　　天马出西北，由来从东道。春秋非有托，富贵焉常保！清露被皋兰，凝霜沾野草。朝为媚少年，夕暮成丑老。自非王子晋（即王子乔），谁能常美好！

　　昔年十四五，志尚好诗书。被褐怀珠玉，颜闵相与期。开轩临四野，登高望所思。丘墓蔽山冈，万代同一时。千秋万岁后，荣名安所之！乃悟羡门子，噭噭今自嗤。

阮籍身处血腥统治之下，有时不得不以伊索式的语言，曲折隐晦地宣泄他的心声，稍一不慎，就会招致九族株连。所以钟嵘说，阮籍的诗"厥旨渊放，归趣难求"（《诗品》）。不过，只要联系那个时代的特点和作者的处境，还是不难窥见其内心之一二的。

嵇　康

　　嵇康（224—263），字叔夜，谯郡铚（今属安徽宿县）人。与曹魏宗室联姻，曾官中散大夫，世称嵇中散。他与山涛（巨源）同为竹林七贤中好友。在魏晋交替之际，二人均退隐山林，同好老庄；嵇康还以"非滑武而薄周孔"的反儒精神和弹奏《广陵散》琴曲而著称于当时。司马氏父子篡夺曹氏政权之后，由于山涛与司马氏有亲戚关系，遂出山为官，并打算邀请嵇康任职。嵇康不但拒绝做官。而且写了有名的《与山巨源绝交书》。由于他不满于司马氏之篡政，终于被司马昭所杀。他的诗多为四言。以《幽愤诗》和《述志诗》最为著称。其诗中表现的避世求仙的老庄思想，十分鲜明。例如《述志诗》之一：

> 潜龙有神躯，濯鳞戏兰池。延颈慕大庭，寝足俟皇羲。庆云未垂景，盘桓朝阳陂。悠悠非我匹，畴昔应俗宜。殊类难遍周，鄙议纷流离。辖轲丁悔吝，雅志不得施。耕耨感宁越，马席激张仪。逝将离群侣，杖策追洪崖。焦鹏振六翮，罗者安所羁？浮游太清中，更求新相知。比翼翔云汉，饮露餐琼枝。多念世间人，凤驾成驱驰。冲静得自然，荣华安足为！

诗人首先以"潜龙"自比，首先抒其"慕大庭"与"俟皇羲"之雅志；其次叙缺乏志同道合之士，因而自己的"雅志不得施"；最后抒离群出世、追随神仙（洪崖）的愿望。

嵇康的避世求仙情绪，尤其鲜明地反映在他的《游仙诗》里。诗云：

> 遥望山上松，隆谷郁青葱。自遇一何高，独立迥无双。愿想游其下，蹊路绝不通。王乔弃（《说文解字》云：弃，举也）我去。乘云架六龙。飘摇戏玄圃，黄老路相逢。授我自然道，旷若发童蒙。采药钟山隅，服食改姿容。蝉蜕弃秽累，结友家梧桐。临觞奏九韶，雅歌何邕邕。长与俗人别，谁能睹其踪？

诗人想象自己与仙子王乔、黄帝、老子为伍，得自然之道，返老还童，志行高洁，永离世俗。嵇康的这种游仙梦，还反复地出现在其他许多诗中。如："思与王乔，乘云游八极。凌行五岳，忽行万亿。授我神药，自生羽翼。呼吸太和，炼形易色"（《代秋胡歌诗》）；"羽化华岳，超游清霄；云盖习习，六龙飘飘。左配椒桂，右缀兰茝"（《四言诗》）；"俗人不可亲，松乔是可邻"，"轻举翔区外，濯翼扶桑津"（《五言诗》），等等。

嵇康的白日游仙之梦，是与魏晋之交的险恶政治环境密切相关的。司马父子对曹魏的虎视眈眈，使得身为魏宗室姻亲的嵇康，本能地意识到面临着一种潜在的危险。因此，他在《五言赠秀才诗》中说："鸟尽良弓藏，谋极身必危。吉凶虽在己，世路多险峨。安得反初服，抱玉宝六奇？"激流勇通，明哲保身，到游仙梦里寻求自我慰安，自然地成了嵇康诗的主旋律。

郭　璞

　　这一时期，写出了蜚声古今的《游仙诗》的作家是郭璞。郭璞（276—324），字景纯，河东闻喜（今属山西）人。他生活于西晋与东晋之交，战火纷飞，生灵涂炭，他本人也流离失所，终因政治斗争而被杀。他擅长卜筮，喜谈阴阳灾异，并治训诂学。他所著《尔雅注》、《尔雅音》、《尔雅图》、《尔雅图赞》，集《尔雅》学之大成；此外还有《方言注》、《山海经注》、《穆天子传注》等。他的师友，如旅居河东之郭公、著名文人皇甫谧、宣城太守殷佑等，也都是擅长阴阳历算、嗜好服食丹药之辈。由此可见，郭璞对道教方术不仅爱好，而且颇有研究。他写的《游仙诗》共计19首，完整地流传至今者10首，其余9首均已残缺不全。他的《游仙诗》不仅表现了作者个人的道教神仙意识，而且鲜明地烙上了那个乱世人生的时代印记。概而言之，约有四端。

　　（一）对道教神仙的无限向往。郭璞虽然没有成为正式道士，但道教方术是他毕生身体力行的一技之长。他之所以为当时的某些统治者所重视，也是由于这一点。所以，他的《游仙诗》就是他本人的飘飘欲仙的浪漫主义幻想的艺术表现。例如：

　　　　……吞舟涌海底，高浪驾蓬莱。神仙排云出，但见金银台。陵阳挹丹溜，容成挥玉杯。姮娥扬妙音，洪崖颔其颐。升降随长烟，飘飘戏九垓。奇龄迈五龙，千岁方婴孩。燕昭无灵气，汉武非仙才！

这是一幅蓬莱众仙图。诗人首先以对比手法，烘托出仙境的安详幸福：吞舟之鱼掀起滔天恶浪，却是蓬莱乐园。紧接着便正面描述众仙排云而出，嬉戏九垓。对于嗜道如命的郭璞来说，《列仙传》、《神仙传》以及神话颇多的《淮南子》等书当然是烂熟于胸了。此时，名列这些仙谱中的陵阳子明、容成公、姮娥、洪崖等，便纷纷登场亮相。最后诗人相信：这些神话永葆青春，燕昭王、汉武帝之求仙失败，并非神仙乌有，而是他们本人缺乏"灵气"与"仙才"的缘故。在其他几首《游仙诗》里，郭璞的神仙之想也得到生动的描述："灵妃顾我笑，粲然启玉齿"；"赤松临上游，驾鸿乘紫烟；左挹浮丘袖，右拍洪崖肩"……如果海上蓬莱众仙图里的神仙们对于郭璞来说，还是可望而不可即；那么这些诗句里的男神女仙们便和诗人亲如兄弟，打成一片了。诗人的想象终于突破了仙凡界限，把自己变成了仙人中的一员。

郭璞神往于"永偕帝乡侣，千龄共逍遥"的长生久视的仙家生涯。然而，生老病死的无情现实却在日复一日地提醒他：神仙事恐虚无。所以，他的《游仙诗》又是求仙的希望与失望之矛盾心理和痛苦感情的抒发。例如：

> 六龙安可顿，连流有代谢。时变感人思，已秋复愿夏。淮海变微禽，吾生独不化。虽欲腾丹溪，云螭非我驾。愧无鲁阳德，回日向三舍。临川哀年迈，无心独悲咤。

诗人发现：时光倒流，返老还童，都是不现实的。他既没有飞往仙境丹溪的仙兽云螭可乘，又缺乏鲁阳挥戈、退日三舍的神通，终于只得站在江边，看着一去不复返的逝水，哀叹老夫耄矣。

（二）明哲保身和哀悼生灵。钟嵘《诗品》说：郭璞《游仙诗》"坎壈咏怀，非列仙之趣"，就是指这一特点而言的。郭璞生当两晋之交。目睹"八王之乱"，身历战乱流离。他为此而写了《流寓赋》和《登百尺楼赋》。处此乱世的郭璞，其心态有两个显著特征：一方面企望明哲自保，他的《客傲》一文对此作了明确的自白；另一方面又关心人民苦难，他写给晋元帝的一些奏章流露了个中情怀。郭璞的这种复杂心态，也鲜明表现在他的《游仙诗》里。例如：

> 京华游侠窟，山林隐遁栖。朱门何足荣？未若托蓬莱。临源挹清波，陵冈掇丹荑。灵溪可潜盘，安事登云梯！漆园有傲吏，莱氏有逸妻。进则保龙见，退则触藩羝。高蹈风尘外，长揖谢夷齐。

这首诗表现了诗人对世俗富贵的鄙薄，对出世隐修的赞美，对隐逸之士庄周、老莱、伯夷和叔齐的歌颂。这些感情，在"进则保龙见，退则触藩羝"这一焦点上合流。进而出世求仙，则如《周易》所说："九二，见龙在田，利见大人"，是吉利的兆头。退而入世求荣，亦如《周易》所说："羝羊触藩，不能退，不通遂"，是危险的兆头。这个"进"、"退"句，就是全诗主旨之所在——身处乱世，以求自保。但诗人又不能只管自保而闭眼不看世间苦难。所以当他神游仙境之际，回顾血火人间，便不禁发出了"遐邈冥茫中，俯视令人哀"，"悲来恻丹心，零泪缘缨流"的叹息，大有屈子"离骚"之慨。从这方面看，郭璞的游仙诗是反映两晋社会动乱的一块三棱镜。

（三）孤傲出世的道士兼隐士形象。郭璞生活的时代，不但佛道二教正在蒸蒸日上，而且老庄玄学风靡文坛。玄风对郭璞的游仙诗产生了一定的影响，其具体表现是：诗人歌颂神仙，也赞美老庄的遁世隐逸思想。因此在他的游仙诗里出现了道士兼隐士的艺术形象。这是道教与老庄处世哲学的契合，也是诗人理想的寄托。例如：

青谿千余仞，中有一道士。云生梁栋间，风出窗户里。借问此何雄？云是鬼谷子。翘首企颍阳，临河思洗耳。闾阖西南来，潜波涣鳞起。灵妃顾我笑，粲然启玉齿。蹇修时不存，要之将谁使？

诗里的青谿道士乃是纪实。《文选》李善注引庾仲雍《荆州记》云："临沮县有青溪山，山东有泉，泉侧有道士精舍。"诗里的鬼谷先生，则是先秦的一位隐居于鬼谷的豪士——苏秦的老师。后世遂以鬼谷子为隐者的通称。郭璞把青谿道士与鬼谷隐士合而为一，正是诗人的道教意识与老庄哲学契合为一的形象表现。又如另一首诗里的一位"冥寂士"，他不但隐居深山，弹琴长啸；而且与仙人赤松子、浮丘公和洪崖先生交游。这也是隐士加道士形象，是诗人的道家遁世哲学加道教神仙幻想的产物。

（四）道教仙话的浪漫主义文采。郭璞的游仙诗虽然受老庄思想的影响，但绝不同于"淡乎寡味"的玄言诗；恰恰相反，其对自然风光与神仙境界的描绘，瑰丽奇幻，充满了浪漫主义的异彩。例如其写高山景物云："云生梁栋间，风出窗户里"，"回风流曲櫺，幽室发逸响"；其写神仙千姿百态，各具风采云："陵阳挹丹溜，容成挥玉杯。姮娥扬妙音，洪崖颔其颐"，无不描绘逼真，想象超拔。刘勰在《文心雕龙》里说："景纯仙篇，挺拔而为俊矣",又说:"景纯艳逸,足冠中兴(指东晋)"。钟嵘《诗品》也肯定郭璞诗"彪炳可玩","中兴第一"。正因为这样,郭璞游仙诗对后世道教浪漫主义诗人如李白、李贺等产生了巨大的艺术影响。

与郭璞同时代之写作游仙诗者,还有何劭、张华、张协、陆机、庾阐、湛方生等,但他们的成就都远在郭璞之下,故流传不广,亦不大见重于后世。

孙绰及陶潜

在东晋文学家中,以宗教题材作诗赋而成绩可观者,还有孙绰与陶潜。孙绰(314—371),字兴公,太原中都(今属山西平遥)人,先后任太常博士、永嘉太守、领著作郎、散骑常侍等职,袭爵长乐侯。他自称"少慕老庄之道"(《遂初赋》序),同时也醉心佛学,著有《喻道论》,声称"周孔即佛,佛即周孔"。他与许询是当时的"理过其辞,淡乎寡味"的玄言诗代表作家。但孙绰的《游天台山赋》却是对玄言诗的一次超越。这篇作品把天台山比作道教神话中的蓬莱仙山,流露出置身山中的诗人"方解缨络,永托兹岭"的求仙愿望。作品中不乏蔚为奇观的景物描写,如"赤城(仙境)霞起而建标,瀑布飞流以界道","双阙云竦以夹路,琼台中天而悬居",等等。这些描绘,将天台山作了仙化处理,浪漫主义色彩相当浓郁。孙绰本人也视此赋为平生得意之作,常对人说:"卿试掷地,要作金石声"(《世说新语·文学》)。魏晋时期,思想文化界的时尚是以玄释佛,以佛证玄,佛道沟通。《游天台山赋》是这一时尚在文学上的鲜明反映。试看此赋的最后一段:

> 于是游览既周,体静心闲。害马已去,世事都捐。投刃皆虚,目牛无全。(《庄子》庖丁解牛故事)凝思幽岩,朗咏长川。尔乃羲和亭午,游气高褰。法鼓琅以振响,众香馥以扬烟。肆觐天宗(太上老君),爰集通仙。把以玄玉之膏,嗽以华池之泉。散以象外之说(玄学),畅以无生之篇(佛典)。悟遣有之不尽,觉涉无之有间。泯色空以合迹,忽即有而得玄。释二名(指上文的"空"与"玄")之同出,消一无于三幡(意谓色、色空、观识)。恣语乐以终日,等寂寞于不

言。浑万象以冥观，兀同体于自然。

诗人游遍天台之余，体静凝思，得出了玄释合一的结论：佛教的"空"与道家的"玄"，名异而实同。佛教的"色"、"色空"和"观识"虽系"三幡"，而同消于道家的一个"无"字中。

此外，陶潜的《读〈山海经〉诗》13首，是通过原始宗教神话以咏怀的抒情诗。今举4首如下：

（一）翩翩三青鸟，毛色奇可怜。朝为王母使，暮归三危山。我欲因此鸟，且向王母言：在世无所须，唯酒与长年。

（二）自古皆有没，何氏独灵长。不死复不老，万岁如平常。赤泉给我饮，员丘足我粮。方与三辰游。寿考岂渠央！

（三）夸父诞宏志，乃与日竞走。俱至虞渊下，似若无胜负。神力既殊妙，倾河焉足有！余迹寄邓林，功竟在身后。

（四）精卫衔微木，将以填沧海。刑天舞干戚，猛志固常在。同物既无虑，化去不复悔。徒役在昔心，良晨讵可待？

第一首写王母使者三青鸟故事，诗人说，他希望青鸟为他向王母传递一个愿望："在世无所须，唯酒与长年"。第二首写不死民故事。郭璞注："有员丘山，上有不死树，食之乃寿；亦有赤泉，饮之不老。"诗人对此颇感兴趣。第三首写夸父追日，化为邓林神话。诗人对其"功竟在身后"的造福子孙，甚为敬仰。第四首写精卫填海和刑天与炎帝争雄神话。诗人对精卫和刑天的不屈不挠精神深表感佩。陶潜的诗就是诗人的自画像：他是隐士、爱酒、慕仙，但也有建功立业的夸父精神，以及不为五斗米折腰的刑天意志。陶潜的生平事迹证明了他的这一复杂性格。

第二节 南北朝文人诗赋与三教

谢灵运

刘勰《文心雕龙·明诗》指出："宋初文咏，体有因革，老庄告退，而山水方滋。"山水诗取代玄言诗的标志，是谢灵运的出现。谢灵运（385—433），原籍陈郡阳夏（今河南太康），后移籍会稽（今浙江绍兴）。他是谢玄之孙，晋时袭封康乐公，故世称谢康乐；刘宋时期曾任永嘉太守。他出身豪门，寄情山水，以创作山水诗著称。当时陪同他寻幽探胜的名士名僧，多不胜数，如慧远、法勖、僧维、慧骥、僧镜、昙隆、法流等。有一次他出游始宁、临海一带，随从者多达数百，惊动当地太守，误以为寇贼。由于谢灵运的爱好与提倡，许多文人、诗僧的景从与附和，一时怡情和咏吟山水者甚众，从而开创了以谢灵运为首的山水诗派。其山水诗对景物描写颇为细致精巧，不少白描式秀句，传诵一时，例如："池塘生春草，园柳变鸣禽"（《登池上楼》）；"明月照积雪，朔风劲且哀"（《岁暮》）等。另一方面，谢灵运还爱好佛学与老庄之道。他曾将昙无谶所译的《大般涅槃经》和法显、佛陀跋陀罗译的《大般泥洹经》勘合改订，号称"南本涅槃"。他写了许多赞佛诗，如《佛赞》、《菩萨赞》、《缘觉声闻合赞》等。他逝世前有《临终诗》云："送心正觉前，斯痛久已忍。唯愿乘来生，怨亲同心朕。"于此可见其对佛教之倾心。皎然《诗式》论谢灵运诗云："康乐公早岁能文，性颖神澈。及通内典（佛教对佛典之称谓），心地更精，故所作诗，发皆造极，得非空王之道助邪？"正因为这样，谢灵运的山水诗同时又是佛理与老庄之道的载体。

谢灵运山水诗中颇多佛教景观，同时也借以阐述佛理。例如《石壁立招提精舍》，就是这样一首佛景与佛理交相辉映的山水诗。其中有句云："敬拟灵鹫山，尚想祇洹轨"；"禅室栖空观，讲宇析妙理"。灵鹫山和祇洹轨都是释迦牟尼说法处。诗人观照"石壁立招提精舍"之景，便联想起释迦牟尼的两处说法圣地。同时，诗人扫描精舍之"禅室"，便想到其中所栖之人的"空观"世外观；诗人扫描精舍之"讲宇"，便想到其中有人在剖析释家的"妙理"。总之，此诗将眼前的佛景与胸中的佛法融成了一片。另一方面，谢灵运也在其山水诗中大抒老庄人生皆理。例如：

昏旦变气候，山水含清晖。清晖能娱人，游子憺忘归。出谷日尚早，入舟阳已微。林壑敛暝色，云霞收夕霏。芰荷迭映蔚，蒲稗相因依。披拂趋南径，愉悦偃东扉。虑淡物自轻，意惬理无违。寄言摄生

客，试用此道推。(《石壁精舍还湖中作》)

江南倦历览，江北旷周旋。怀新道转迥，寻异景不延。乱流趋正绝，孤屿媚中川。云日相辉映，空水共澄鲜。表灵物莫赏，蕴真谁为传？想象昆山姿，缅邈区中缘。始信安期术，得尽养生年。(《登江中孤屿》)

以上两首山水诗所写景物各有不同，但两时均以老庄养生之道结束。这种山水加老庄的模式，是谢灵运山水诗的特征之一。

谢灵运既崇佛亦信道，时而在这首山水诗里颂佛，时而在那首山水诗里赞道，颂来赞去，有时就佛中有道，道里渗佛，犬牙交错，释道统合。例如《过瞿溪山饭僧》，分明写的是佛教题材，可是诗里却出现了这样的颂僧诗句："忘怀狎鸥䱄，摄生驯兕虎。"前一句源出于《列子》，后一句源出于《老子》，这是以玄释佛。又如《舟向仙岩寻三皇井仙迹》，分明写的是道教题材，可是诗中出现了这样的赞美仙岩仙迹诗句："遥岚疑鹫岭，近浪异鲸川。"这是以佛释道。谢诗中的这种释道互融现象，乃是对孙绰、支遁诸人诗赋的统合佛道传统之继承。

沈　　约

南朝文坛继谢灵运之后的又一巨子是沈约。沈约（441—513），字休文，吴兴（今属浙江）人，历仕宋、齐、梁三朝。他少时家贫，勤奋攻读，博览群书，精研佛典、音律和文史，成为当时文坛之领袖。他著述甚丰，据《南史·沈约传》称，达100卷之多。他笃信佛教，兼及道教。他写过许多论佛理的文章，如《神不灭论》、《难范缜神灭谕》；也写过《忏悔文》，以及赞佛的铭文，如《弥陀佛铭》、《瑞石像铭》、《释迦文佛像铭》、《千佛铭》《弥勒赞》等。不过，在沈约的宗教题材诗里，艺术性较高的是描写道教题材的作品。例如《游沈道士馆》：

秦皇御宇宙，汉帝恢武功。欢娱人事尽，情性犹未充。锐意三山上，托慕九霄中。既表祈年观，复立望仙宫。宁为心好道？直由意无穷。曰余知止足，是愿不须丰。遇可淹留处，便欲息微躬。山嶂远重叠，竹树近蒙茏，开襟濯寒水，解带临清风。所累非物外，为念在玄空。朋来握石髓，宾至驾轻鸿。都令人径绝，惟使云路通。一举凌倒影，无事适华嵩。寄言赏心客，岁暮尔来同。

这首诗分两层意思。第一层将沈道士与秦始皇、汉武帝作对比。秦皇、汉武与沈道士虽然都相信神仙，但二者有根本区别。秦皇、汉武是人间帝王，他们是为了追求永享"欢娱人事"而倾慕神仙。为了达到成仙之目的，他们大肆修建祈年观、望仙宫。但这一切"宁为心好道？"答曰：否。他们是享受声色犬马之"意无穷"，所以希望长生不死。沈道士则不然。他说：真要学道修仙，用不着大兴土木，"遇可淹留处，便欲息微躬"。第二层是对第一层结句的发挥，即描述沈道士馆以及他的超然物外、唯念玄空的隐居生活，从而进一步与秦皇、汉武之身在绮罗而心向三山之自相矛盾的表现形成鲜明对照。从上述立意看，这首诗在魏晋南北朝的道教题材诗里，是别具一格的。

此外，沈约还写了一些游仙诗，对神仙幻境展开了颇具魅力的描绘。例如："霓裳指流电，云车委轻霰。峥嵘上不觌，寥廓下无见"；"殊庭不可及，风烟多异色。霞衣不得缝，云锦不须织"（《和刘中书仙诗二首》），等等。他虽然是虔诚的佛徒，但道教许以长生久视的金丹术似乎对他更具有诱惑力。他在诗中反复申述："若蒙丸丹赠，岂惧六龙奔"（《酬华阳陶先生》）；"愿受金液方，片言生羽翼"（《赤松涧》）。

自魏晋以后，中国文人的宗教思想渐趋多元化，谢灵运和沈约都是早期的代表人物。

萧衍与萧钢

中国文人宗教思想多元化的特点，从以玄释佛和佛道双修，迅速地发展为佛、道、儒三教会同。萧衍、萧钢父子就是中国文坛上出现的第一批三教会同论者。

萧衍（464—549），字叔达，南兰陵（今江苏常州）人。他博学多才，南齐时在竟陵王萧子良门下，与沈约、谢朓、任昉等著名文人一起，号称"竟陵八友"。齐中兴典二年，他以"禅让"之名立为皇帝，改国号曰梁，是为梁武帝，在位48年。晚年，宫廷内部矛盾加剧，东魏降将侯景起兵作乱，萧衍被囚死台城。他以佞佛著称，曾四次舍身同泰寺，但也崇尚儒、道，提倡以佛为主的三教同源论，声称周公、孔子和老子都是佛陀弟子。他的这种多元宗教意识，在他的文学创作中有十分鲜明的反映。他在《会三教诗》中写道：

少时学周孔，弱冠穷六经。孝义连方册，仁恕满丹青。践言贵去伐，为善存好生。中复观道书，有名与无名。妙术镂金版，真言隐上清。密行贵阴德，显证表长龄。晚年开释卷，犹日映众星。苦集始觉知，因果乃方明。示教惟平等，至理归无生。分别根难一，执着性易惊。穷源无二圣，测善非三英。……

诗人"少时学周孔"，"中复观道书"，"晚年开释卷"，最后得出结论："穷源无二圣，测善非三英"——三教归一才是真理。这是三教会同思想在文学中的最早表现。萧衍的三教思想，还分别表现在其他一些诗里。例如："三苦常追随，三毒自烧然。贪痴养忧畏，热恼坐焦煎。……菩提圣种子，十方良福田。正趣果上果，归依天上天。"（《游钟山大爱敬寺》）这是颂佛。"潜名游柱史，隐迹居郎位。委曲凤台日，分明柏寝事。萧史暂徘徊，待我升龙辔。"（《游仙诗》）这是慕道。"爱悦夫子道，正言思善诱。"（《撰〈孔子正言〉竟述怀诗》）这是赞儒。由于萧衍的提倡，三教会同思潮在后期南北朝文坛产生了广泛影响。

萧纲（503—551），字世缵，梁武帝萧衍第三子。由于太子萧统早逝，他被立为太子，并于武帝囚死台城后继位，是为简文帝，但两年后亦被侯景所杀。他继承了萧衍的以佛为主，儒道为辅的三教会同思想，并写了《和〈会三教诗〉》。其他还有赞佛诗《蒙预忏直疏》、《蒙华林园戒》，慕道诗《升仙篇》，颂儒诗《应诏诗》、《应令诗》等。

南朝梁、陈时期，文坛出现了风靡一时的宫体诗，始作俑者便是萧纲。他有两个口号："立身须先谨重，文章且须放荡。"（《诫当阳公大心书》）他对前一口号的实践是正式受戒为佛门弟子，他对后一口号的实践是大倡宫体诗，并命文学侍臣徐陵编辑爱情诗集《玉台新咏》。以上两个看似彼此矛盾的方面，其实都与他的崇佛有关。宫体诗直接渊源于佛经里的艳情诗段，并受影响于当时南方的民间情歌如《子夜歌》、《懊侬歌》、《华山畿》、《读曲歌》、《西曲歌》等。佛经里有很多采用排偶句式写成的关于"淫女"、"彩女"、"魔女"的诗段。其最著名者莫如《佛所行赞》（又译《佛本行经》）中关于宫女们诱惑太子的种种媚态描述。例如："歌舞或言笑，扬眉露白齿；美目相眄睐，轻衣现素身；娇摇而徐步，诈亲渐习近"；"或以香涂身，或以华严饰；或为贯缨络，或有扶抱身；或为安枕席，或倾身密语；或世俗调戏，或说众欲事；或作诸欲形，规以动其心。"佛经中的有关女性美的种种铺叙，都是对佛陀道心坚定的反观。萧纲日夕讽诵佛典，对其中的艳情诗段烂熟于胸，乃率先仿作，并吸引文学侍臣们纷纷效法，宫体诗派就这样诞生了。其代表作家有萧纲、萧绎、徐陵、徐摛、庾肩吾、庾信等。

萧纲的宫体诗作很多，有《咏内人画眠》、《戏赠丽人》、《伤美人》、《倡妇怨情》、《咏舞》、《咏美人观画》、《美女篇》、《美人晨妆》、《夜听妓》、《娈童》等。其《戏赠丽人》写道：

> 丽妲与妖嫱，共拂可怜妆。同安鬟里拨，异作额间黄。罗裙宜细简，画屐重高墙，含羞未上砌，微笑出长廊。取花争问镊，攀枝念蕊香。但歌聊一曲，鸣弦未肯张。自矜心所爱，三十侍中郎。

诗中以排偶句法对两个宫女的外在美作了细节描绘，与佛经里的艳情诗段对宫女描绘十分相似。又如《娈童》描述娈童"揽绔轻红出，回头双鬓斜；嫩眼时含笑，玉手乍攀花；怀猜非后钓，密爱似前车；足使燕姬妒，弥令郑女嗟。"这种对男同性恋者的审美观照，完全是帝王腐朽生活和变态性心理的反映。

在萧纲的倡导下，其他宫廷诗人竞相附和。如徐陵《杂曲》写道："绿黛红颜两相发，千娇百念情无歇。舞衫回袖胜春风，歌扇当窗似秋月"；"流苏锦帐挂香囊，织成罗幌隐灯光。只应私将琥珀枕，暝暝来上珊瑚床"。辞藻华赡，韵律流畅，但思想性十分贫乏。

入陈以后，陈后主君臣们写作的宫体诗，完全是他们的荒淫腐朽的宫廷生活之写照。例如陈后主的《玉树后庭花》：

> 丽宇芳林对高阁，新妆艳质本倾城。映户凝娇乍不进，出帷含态笑相迎。妖姬脸似花含露，玉树流光照后庭。

陈后主笔下的"妖姬"几乎就是佛经文学中的"淫女"、"彩女"、"魔女"的化身；类似的描绘还有"含态眼语悬相解，翠带罗裙入为解"（《乌栖曲》）；"转身移佩响，牵袖起衣香"（《舞媚娘》）等。不过陈后主不是抵制魔女的佛陀和菩萨，而是迷于妖姬的荒淫皇帝；尽管他也曾装模作样地在太极殿设无遮大会舍身事佛，并大赦天下。

庾信及其他北朝诗人

北周诗人庾信，居北朝宗教题材诗人之冠。庾信（513—581），字子山，南朝梁文学家庾肩吾之子，南阳新野（今属河南）人。他初仕梁，因出使西魏，恰逢西魏灭梁，遂留西魏为官，以后再仕于北周，官至骠骑大将军、开府仪同三司，世称庾开府。仕梁期间，他是宫体诗作家，诗风轻靡；北上以后，诗风转向苍凉伤感，其代表作《哀江南赋》颇脍炙人口。诗人自15岁入梁宫任昭明太子讲读，至42岁离梁出使北朝，其青壮年时期始终担任梁宫廷文学侍臣。因此，他的作品深受萧氏父子的影响，三教意识在其诗赋中处处可见。庾信本为梁臣，梁亡后他写了许多哀悼诗文，鲜明地流露出儒家忠孝意识。《哀江南赋》和《拟咏怀》（27首）都是这方面作品。例如《拟咏怀》写道："惟忠且惟孝，为子复为臣。一朝人事尽，身名不足亲"；"畴昔国士遇，生平知己恩。直言珠可吐，宁知炭欲吞。"这表明诗人身寄北方，心系南国；感恩图报之心，始终未泯。他的佛教题材诗有《奉和同泰寺浮图》、《奉和法筵应诏》、《和从驾登云居寺塔》、《送灵法师葬》等；道教题材诗有《游仙诗》、《入道士馆》、《仙山》等。但最能表现庾信宗教题材诗之实绩者，要数其《步虚词》10首。兹举2首如下：

> 东明九芝盖，北烛五云车。飘飘入倒景，出没上烟霞。春泉下玉溜，

青鸟向金华。汉帝看桃核，齐侯问枣花。应逐上元酒，同来访蔡家。

北阙临玄水，南宫坐绛云。龙泥印玉策，天火炼真文。上元风雨散，中天歌吹分。灵驾千寻上，空香万里间。

步虚词，它是随着南北天师道逐步成熟，其斋醮仪式渐趋正规而产生的一种道教乐府。其内容是"备言众仙缥缈轻举之美"（郭茂倩《乐府解题》）。庾信的这两首步虚词，有唐代著名草书家张旭的手书石刻（今存陕西）传世（字句小有不同），足见其为后世文化界所推重。此二诗描述夏启（《真诰》：夏启为东明公）、王母（《汉武帝内传》：玄都阿母昔出配北烛仙人）、上元夫人（《汉武帝内传》：三天上元之官，统领十万玉女名箓）诸仙真凌空遨游之情景。第一首大意是：夏启、王母以九芝盖为导从，乘五云车，飞行于天地之间，飘飘上下，出没烟霞，并遣青鸟使者前往汉宫金华殿向武帝传信。武帝吃完王母所赐仙桃，想留下桃核种在人间。王母告诉武帝：此桃三千年一结实，中华地薄，种之不生。诗人由此联想起齐侯故事。齐侯谓晏子曰："东海有水而赤，其中有枣，华而不实，何也？"晏子曰："昔者，秦穆公乘龙舟理天下，黄布裹蒸枣，至海而捐其布。破黄布，故水赤；蒸枣，故华而不实。"（《晏子春秋》）仙桃不能在人间结果，恰似蒸枣之华而不实。最后，诗中描写夏启、王母告别武帝，又拟去上元夫人处饮酒，然后邀上元一道去蔡经（《神仙传》中人物）家做客。第二首意谓诸仙真历游北阙、南宫，在仙籍玉策上封以龙泥印玺，并以天火煅炼仙经真文。当上元夫人所居的"三天"之上风收雨散、仙乐飘飘之际，诸仙真的灵驾翱翔千寻之上，香飘万里。当时写作这种步虚词者，还有南朝道士陆修静等。

北朝诗坛的北魏郑道昭，只有四首诗流传下来，其中有两首写的是神仙题材。其《咏飞仙室诗》云："岩堂隐星霄，遥檐驾云飞。郑公乘日至，道士投霞归"。此诗写飞仙之室"遥檐驾云飞"，以动（云）补静（室），静者亦动，幻觉转化为诗美，于此可见一斑。其他如北齐颜之推、北周王褒等也写过一些宗教题材诗，但无甚特色。王褒《轻举篇》有句云："俯观云似盖，低望月如弓"，极写飞行之高，但并不能给人以新鲜之感，因为"俯观"、"低望"之所见，实不过仰观、翘望之常景罢了。

第三节 僧诗与道诗

支 遁

中国僧侣与士大夫阶层交游唱和的传统,始于东晋的支遁和慧远。支遁(314?—366?),字道林,俗姓关,陈留(今属河南开封)人,一云河东林虑人。他既精研佛理,创所谓"即色义"而成为当时佛教"六家七宗"之一;又崇尚黄老,雅善清谈。晋哀帝诏他进京宣讲佛法,朝野悦服。一代士大夫名流如谢安、王洽、刘恢、殷浩、许询、郗超、孙绰、桓彦表、王敬仁、何次道、王文度、谢长遐、袁彦伯等,都与他过从甚密。他精于老庄之学,所注《庄子·逍遥游》,群儒旧学,莫不叹服。王羲之在会稽,风闻支遁名振遐迩,不相信他有什么真学问。后来支遁到了会稽,王走访支,察其虚实,问他道:"逍遥篇可得闻乎?"支遁滔滔数千言,标新揭异,才藻惊绝,王羲之"遂披衿解带,流连不能已"(《高僧传》)。谢安对支遁尤其崇拜。支遁离京返剡,京师名流云集饯行。蔡子叔先到,就近坐在支遁身边。谢安后至,恰好蔡因事暂时起身,谢连忙在蔡原先的座位上就座。蔡转身回来,"合褥举谢掷地,谢不以介意"(高僧传)。由此可见名僧支遁受士大夫阶层的倾慕,到了无以复加的程度。由于支遁佛、道双精,故其诗便具有以玄释佛和佛玄互补的特色。

支遁现存诗18首。其诗模山范水,铺叙景物,并杂以佛理玄言,实开刘宋谢灵运山水诗派之先河。试看其《咏怀诗》之三:

> 晞阳熙春圃,悠缅叹时往。感物思所托,萧条逸韵上。尚想天台峻,仿佛岩阶仰。泠风洒兰林,管濑奏清响。霄崖育灵蔼,神蔬含润长。丹沙映翠濑,芳芝曜五爽。苕苕重岫深,寥寥石室朗。中有寻化士,外身解世网。抱朴镇有心,挥玄拂无想。隗隗形崖颓,炯炯神宇敞。宛转元造化,缥瞥邻大象。顾投若人踪,高步振策杖。

这首诗起首六句为引子,诗人提出:时光易逝,感物托思,想象自己登上了仙境天台山。接着以八个诗句铺叙诗人神往的天台景物。最后是"咏怀",以十个诗句描述在天台山石室中出家修道的"寻化士"形象,从而宣泄了诗僧支遁的以玄补佛的宗教感情。

作为诗僧,支遁的佛教题材诗都是玄学化佛诗。其鲜明表征之一,就是诗中随时会进出一个"玄"字来。例如:《文殊师利赞》中写道:"童真领玄致";《咏大德》中写道:"遐想存玄哉";《弥勒赞》中写道:"缥眇咏重玄"。所谓"重玄",就是《老子》"玄之又玄"的缩略语。其鲜明表征之二,就是直接引用"三玄"中的语典和事典。例如:《弥勒赞》中写道:"乘乾因九五,龙飞兜率天"。这是对《周易》"乾元……九五,飞龙在天"的化用;《咏八日》中写道:"不为故为贵。"这是对《老子》"无为而无不属"的浓缩;《咏大德》中写道:"昔闻庖丁子,挥戈在神往"。这是对《庄子》庖丁解牛故事的概括。

慧远及庐山诸道人

以玄释佛,是两晋士大夫文人和僧伽诗人的共同特色,支遁如此,慧远及庐山诸道人亦如此。慧远(334—416),俗姓贾,雁门楼烦(今山西崞县东)人。他少年时代博综六经,尤善老庄,21岁从释道安出家。24岁他登坛说法,听众中有问难者,慧远还引《庄子》作譬,惑者茅塞顿开。东晋太元三年(378),他率弟子数十人,下荆州,经浔阳,入庐山,初居龙泉精舍,后移东林寺。30余年,他影不出山,迹不入俗,直至圆寂。在庐山期间,慧远与僧俗123人结"莲社",被尊为净土宗之初祖。当时名士谢灵运负才傲俗,但一见慧远便肃然起敬。

慧远及其众弟子居至龙泉精舍期间,曾集体写作《游石门诗》。诗如下:

> 超兴非有本,理感兴自生。忽闻石门游,奇唱发幽情。褰裳思云驾,望崖想曾城。驰步乘长岩,不觉质有轻。矫首登云阙,眇若凌太清。端居运虚轮,转彼玄中经。神仙同物化,未若两俱冥。

此诗结尾四句倡言佛道互补。佛教有所谓"转法轮(虚轮)"之说,意谓佛陀说法如转动宝轮,能摧破众生一切烦恼邪恶;诗中却宣称法轮转的不是佛法，而是道教之《玄中经》（可能指《通玄真经》，或泛指道经）。"物化"本是道家语。《庄子·齐物》说："庄周梦为蝴蝶，栩栩然蝴蝶也。……俄然觉，则蘧蘧然周也。……此之谓物化。"诗中借此道家语代表佛教六道轮回之说（借道表佛，是当时佛教特征）。总的意思是：道教的羽化升仙和佛教的六道轮回互相结合，才算是深邃的真理。

慧远迁至东林寺以后，还写了一些山水诗。例如其《庐山东林杂诗》：

崇岩吐清气，幽岫栖神迹。希声奏群籁，响出山溜滴。有客独冥游，径然忘所适。挥手抚云门，灵关安足辟！流心叩玄扃，感至理弗隔。孰是腾九霄，不奋冲天翮？妙同趣自均，一悟超三益。

此时前四句写庐山之景，接着便是写"有客"实即诗僧本人寻求玄学的道理。结句云，"一悟超三益"。"一悟"，即指对玄理的领悟，"三益"，即《论语·季氏》所谓"益者三友"。此处用的是借代修辞法，以"三益"指代儒家学说。全诗主旨是以玄补佛，而否定儒学。从艺术上说，支遁、慧远诗是谢灵运山水诗的先声，此诗就是。谢诗的山水加老庄模式，就是脱胎于此；乃至谢诗中常见的"理"字，在这里也有——"流心叩玄扃，感至理弗隔"。

汤惠休与释宝月

南朝前期，僧侣中出现了少数以民歌体写爱情诗者，以汤惠休与释宝月为代表。他们的创作，是在南朝民间情歌和佛经艳情诗段的影响下产生的，也是萧梁时期宫体诗的滥觞。汤惠休，生卒年不详，南朝刘宋诗人，早年为僧，世称惠休上人。武帝命他还俗，官至扬州从事史。今存其诗11首。他采用乐府民歌体描写儿女情长，颇能写照传神。例如其《白纻歌》二首，描述一对青年男女分别时，女子忍悲起舞的逶迤窈窕之情影：

琴瑟未调心已悲，任罗胜绮强自持。忍思一舞望所思，将转未转恒如疑。桃花水上春风出，舞袖逶迤鸾照日。徘徊鹤转情艳逸，君为迎歌心如一。

少年窈窕舞君前，容华艳艳将欲然。为君娇凝复迁延，流目送笑不敢言。长袖拂面心自煎，愿君流光及盛年。

汤惠休留下的诗虽不多，但涉及艳情者不少。除上述两首惜别诗外，还有不少描写闺怨相思的。例如："明月照高楼，含君千里光。巷中情思满，断绝孤妾肠"，"妾心依天末，思与浮云长"（《怨诗行》）；"江南相思引，多叹不成音。黄鹤西北去，衔我千里心"（《杨花曲》）；"秋风袅袅入曲房，罗帐含月思心伤。蟋蟀夜鸣断人肠，长夜思君心飞扬"（《白纻歌》）等，这些诗极富联想与诗意，在六朝情诗中堪称不可多得之佳品，对唐代的闺怨题材诗多所启发。纵观诗家凡借月传情者，当以"明月照高楼，含君千里光"句为最早。李白名句"狂风吹我心，西挂咸阳树"，亦似从"黄鹤西北去，衔我千里心"化出。

释宝月，南朝齐武帝时在世，精于音律。武帝作《估客乐》，命他被之管弦。他也作《估客乐》二首，写少年男女作别时的恋情。诗如下：

郎作十里行，侬作九里送。拔侬头上钗，与郎资路用。有信数寄书，无信心相忆。莫作瓶落井，一去无消息。大舶珂峨头，何处发扬州。借问舶上郎，见侬所欢不？初发扬州时，船出平津泊。五两如竹林，何处相寻博？

南朝的这类僧侣情歌，有如西方的巴洛克（畸形）文艺，都是宗教与人文主义奇怪结合的产物。基督教与人文主义相结合而产生了巴洛克文艺，佛教与人文主义相结合便产生了僧侣情歌。但中国巴洛克的出现比西方早了一千多年。

魏晋南北朝时期的道士诗有两个特点：（一）大都出自无名道士之手，有名可考者极少；（二）大都不是作为纯文学作品和独立的诗歌作品问世，而是以道书或道教人物传记的附录作品出现。

陶弘景

齐、梁间著名道士陶弘景（456—536），字通明，自号华阳隐居，谥贞白先生，丹阳秣陵（今江苏南京）人。青年时代的陶弘景，曾任齐诸王侍读，后拜左卫殿中将军。永明十年，他隐居句曲山（今江苏句容茅山），开创道教茅山宗。他以继承老庄思想和葛洪方术理论为主，兼容佛、儒。佛道双修，是茅山道特色。由于他学识渊博，齐梁两朝帝王多次征他出山，均不应诏。某次，齐高帝诏问陶弘景曰："山中何所有"？陶赋诗作答：

山中何所有？岭上多白云。只可自怡悦，不堪持寄君。

沈德潜评此诗道："隐寓无求自得之意，不亢不卑"，颇为中肯。

步玄之曲

成书于汉魏两晋间的《汉武帝内传》是一部道教神话小说，其间穿插了两支"步玄之曲"（《云笈七签》作"步虚之曲"），实乃道教文学《步虚词》之祖。兹录上元夫人所歌之一章如下：

昔涉玄真道，腾步登太霞。负笈造天关，借问太上家。忽遇紫微垣，真人列如麻。渌景清飙起，云尽映朱葩。兰宫敞珠扇，碧空启琼纱。丹台结空构，瞳眸生光华。飞凤蹑薨峥，灯龙倚逶蛇。玉胎来绛芝，九色纷相拿。挹景练仙骸，万劫方童牙。谁有寿前终，扶桑不为查。

上元夫人歌毕，王母命侍女答歌一章。这两支步玄之曲，都是"备言众仙缥缈轻举之美"，只不过当时尚未正式命名为《步虚词》而已。唐李白受此二曲之影响很深。他的"以额叩关阍者怒"和"仙之人兮列如麻"两句，就是从上述步玄之曲的"负笈造天关"和"真人列如麻"两句化出来的，当然还有屈原的影响在内。李白《登泰山》中的"扪天摘匏瓜"和"误攀织女机"两句，则是对另一支步玄之曲中的"濯足匏瓜河，织女立津盘"两句借鉴的结果。

道教咒语诗

道教咒语乃是一种宗教意识——幻想依靠语言的某种超自然力以战胜

邪恶的表现。但由于有的咒语对超自然现象的生动描绘，以及流露出咒语作者的强烈感情，因而它又具有诗的品格。魏晋南北朝时期，随着道教的发展和道书的大量问世，咒语也被大量创作出来。从《抱朴子》、《五篇真文》、《三皇内文》、《太上洞渊神咒经》、《上清大洞真经》，直到陆修静编纂的早期道藏"三洞四辅"，都包含了大量的咒语。无可置疑，其中有一些是可以称为咒语诗的。例如葛洪在《抱朴子·登涉》里，提出一种避虎狼之害的方术——"三五禁法"，其中包括咒语一则，颇有诗味：

　　恒山之阴，太山之阳。盗贼不起，虎狼不行。城郭不完，闭以金关。

这支避邪驱恶咒语，表现了隐修在深山的道士依靠自身法力——超自然力以自卫的坚定信念。无论在内容上、形式上，它与先秦的《蜡辞》和《禳田者祝》都是一脉相承的。又如另一首《厌恶梦咒》写道：

　　太灵玉女，侍真卫魂；六宫金童，来守生门。化恶返善，上书三元；使我长生，乘景驾云。

前一支咒语表现的，是念咒者直接征服恶势力；这支咒语表现的，是念咒者召唤神灵来征服恶势力。

如果把避邪驱恶咒语名之曰消极咒语，那么，目的在延年益寿、长生久视的存思修真咒语，就是积极咒语了。试看《上清大洞真经》里的一则描述存思修真的《入户咒》：

　　天朗炁清，三光洞明。金房玉室，五芝宝生。玄云紫盖，来映我身。仙童玉女，为我致灵。九炁齐景，三光同軿。上乘紫盖，升入帝庭。

存思，是道教上清派修炼术之一。其法是凝神精思，内视五脏，外想诸神，以达到养生长存之目的。"入户"，借喻内视体内之某一部位。这支咒语描绘了道士存思修真时脑隙浮现的一片幻景：我——存思修真者，在仙童女玉卫护下，乘玄云紫盖，升入帝庭。咒语表现了道教追求长生不死、

— 112 —

升天成仙的理想。

道教炼丹诗

魏晋南北朝时期，丹鼎派道教继承号称"万古丹经王"的《周易参同契》的传统，进一步总结炼丹经验，写出了许多新丹经，著名的有《太清金液神丹经》、《黄帝九鼎神丹经诀》、《魏伯阳七返丹砂诀》、《九转流珠神仙九丹经》、《太上黄庭外景经》、《上清黄庭内景经》等。为了使炼丹经验易学易记，易流传，丹经作者往往采用五言、七言诗形式，来表述炼丹过程。因此，人们称之为炼丹诗。

炼丹诗的艺术特色，是大量采用借喻修辞法。此特色在东汉魏伯阳《周易参同契》里早已形成。宋人俞琰在《周易参同契发挥》里写道："夫是书所述皆寓言也。以天道言，则曰日月，曰寒暑；以地道言，则曰山泽，曰铅汞；以人道言，则曰夫妇，曰男女。岂真有所谓日月、寒暑、山泽、铅汞、夫妇、男女哉！无非譬喻也。"类似的情况，在炼丹诗中触目皆是。例如：口称"玉池"，咽喉为"重楼"，上额作"天庭"，眉号"华盖"，眼号"明珠"，心谓"赤珠"，下丹田曰"华池"，炼外丹的铅汞谓之"青龙白虎"，炼外丹的火候谓之"流珠"，等等。但这种本体与喻体的关系并非永远固定不变。例如："华盖"有时喻眉，有时又喻肺；"华池"有时喻下丹田，有时又喻口；"流珠"有时喻火候，有时又喻汞；"金华"有时喻黄芽（炼外丹时，铅汞在土炉中结成的芽状物），有时又喻真汞（炼内丹时，体内之元神）。尤其是同一种物质可能有十几或几十种喻体。精、气、神是内丹经中三个常见术语。据翁葆光《悟真直指详说三乘秘要》指出："精"与"神"各有89种喻体，如"坎"与"离"、"金"与"木"、"月魄"与"日魂"、"兔脂"与"乌髓"、"老郎"与"青娥"、"真铅"与"真汞"、"白雪"与"黄芽"、"金液"与"玉液"、"水虎"与"火龙"、"潭底日红"与"山头月白"、"素练郎君"与"青衣女子"、"北方河车"与"太阳流珠"、"上弦金半斤"与"下弦水半斤"等等。由于大量美丽借喻的运用，炼丹诗的表层意象显得十分绚烂夺目，光彩照人。但表层意象不是炼丹诗要达到的目的，其目的隐藏在华丽辞藻后面的深层意象——修炼内丹或外丹的经验。由于表层意象与深层意象之间的关系隐晦、复杂而多变，故炼丹诗好比华丽的天书，好读不好解。

在众多丹经中，以佚名撰《上清黄庭内景经》最著名。此经全部由七言诗写成，所谓"上清紫霞虚皇前，太上大道玉宸君，闲居蕊珠作七言"（《黄庭内景经·上清章第一》）。这部炼丹诗辞藻华丽，意象优美，对于当时的门阀士族来说，既可以当作文学作品来欣赏，获得艺术美的享受；又可以从中学习养生长寿之秘诀，获得延续生命之心理慰藉。因此它受到了士大夫阶层的欢迎。王羲之书写《黄庭经》换白鹅故事，说明此经之见重于时流，因此传为佳话。

什么叫做"黄庭"？"黄者，中央之色；庭者，四方之中也。外指事，即天中、人中、地中；内指事，即脑中、心中、脾中；故曰黄庭。"什么叫做"内景"？"内者，心也；景者，象也。外象喻，即日月星辰云霞之象也；内象喻，即血肉筋骨脏腑之象也。心居身内，存观一体之象也，故曰内景也。"（梁丘子《黄庭经》注）这就是说，《黄庭内景经》是阐述存思黄庭三宫（上宫脑中、中宫心中、下宫脾中），固精握气，炼养内丹，以达到延年益寿目的的丹经。例如此经之《黄庭章》写道：

  黄庭内人服锦衣，紫霞飞裙云气罗，丹青绿条翠灵柯，七莲玉耽闭两扉，重掩金关密枢机。

这首炼丹诗的表层意象是一幅修道士画像。它描述黄庭真人上着锦衣，下着紫霞飞裙，如青枝绿叶般生机盎然，独处玉宫，重掩金关。凝神修道。可是，其深层意象则是描述修炼内丹时身体内部器官的各种状态。这与诗中一系列借喻密切相关。"黄庭内人"借喻人体内部的脑、心、脾三宫，"七莲"借喻人体之七窍，"玉耽"借喻人体内部的气管，"金关"借喻人体内部之气门，等等。将喻体换成本体，则此诗告诉人们的，是修炼内丹的要领：凝神屏息，存思黄庭三宫，则三宫之中如紫霞飞扬，如云气罗布，如青枝绿叶，总之是生机勃勃，金丹垂成。

这一时期出现的炼丹诗，特别是《上清黄庭内景经》，对后世炼丹家和崇奉道教内丹术的士大夫文人的诗歌创作，例如对北宋张伯端、南宋葛长庚和陆游、金代王嚞等人的内丹诗，产生了深远而鲜明的影响。

第二章　笔记小说

据统计，魏晋南北朝"四百年间所出志怪，现存和可考者达八九十种之多"（李剑国《唐前志怪小说史》）。为什么宗教神话小说在两汉时期寥若辰星，而进入魏晋南北朝以后便如雨后春笋？这与两个历史时期的思想、文化背景息息相关。汉代独尊儒术。虽然董仲舒把谶纬迷信注入儒学而创造了儒教，但"子不语怪力乱神"的传统仍具有统治作用，读书人不大敢于同孔夫子对着干。魏晋南北朝时期，佛教和道教逐渐成为帝王将相、豪门贵族、士大夫阶层，以及下层群众一致热衷的新思想、新文化，儒学相形见绌。换言之，侈谈"怪力乱神"的佛道宗教文化潮水般涌向文化领域，而阻挡"怪力乱神"的儒学大堤却年久失修，这就是这一时期志怪小说猛增的原因。

这一时期的宗教神话小说可分为四类。（一）仙话——道教神话小说，（二）佛话——佛教神话小说，（三）鬼话——鬼灵小说，（四）怪话——精怪（人格化的自然崇拜）小说。此外，还旁及巫术、占卜、前兆迷信等准宗教。

第一节　仙话

《神仙传》

这是继《列仙传》之后的又一重要仙话集，全书10卷。今本《神仙传》有两种版本：《说库》等刊本收入92仙，《四库全书》本收入84仙，均非全帙。据唐梁肃《神仙传论》称，原书共收神仙190人；五代王松年

《仙苑编珠序》则称 117 人；可见此书从五代以来已开始散佚。著者葛洪（283—363），字稚川，东晋著名道士。其从祖葛玄，世称葛仙翁。洪早年从葛玄弟子郑隐学道，后师从鲍玄。他曾任西晋之伏波将军，东晋时先后任司徒掾、咨议将军等职。晚年隐居罗浮山炼丹，自号抱朴子。关于撰著此书的动机，据作者在《神仙传》自序里说：尽管秦大夫阮仓记述神仙数百人，《列仙传》也记述了 71 位仙人，但与实际存在的神仙数目相比却是"千不得一"。为了回答其弟子滕升关于神仙有无的疑问，于是他撰此传以补《列仙传》之不足。此书始于广成子，终于封君达，其中所述广成子、彭祖、皇初平、南极子、阴长生、茅君、张道陵、李少君、樊夫人、壶公等，均系后世道教神话文学经常据以进行再创作的神仙形象。葛洪除《神仙传》之外，还著有道教理论专著《抱朴子》。《神仙传》乃是对《抱朴子》的形象化诠释。作者的意图，在于使二书互补。

葛洪在《抱朴子·论仙》中引《仙经》说："上士举形升虚，谓之天仙；中士游于名山，谓之地仙；下士先死后蜕，谓之尸解仙。"他在《神仙传》里便按照这一分类法，推出了三种神仙模式。天仙有若士、沈文泰、玉子、绝洞子、太阳女、太玄女、马鸣生、阴长生、樊夫人等，地仙有白石生、黄山君、凤纲、皇初平、吕恭、天门子、茅君、孔元、宫嵩、王遥、甘始、封君达等，尸解仙有王远、董仲君、郭璞等。例如《若士》篇描述燕人卢敖在蒙谷之山见到若士，"其为人也，深目而玄准，鸢肩而修颈，丰上而杀下，欣欣然方迎风而舞"。若士与卢敖敲了一阵子之后，便说："吾与汗漫期于九陔之上，不可以久驻。"说毕：

乃举臂竦身，遂入云中。卢敖仰而视之，不见乃止，恍惚若有所丧也。

又如《茅君》篇描述仙官迎接茅君成为地仙的场面：

明日，迎官来至。文官则朱衣紫带数百人，武官则甲兵旌旗、器仗耀日千余人。茅君乃与父母宗亲辞别，乃登羽盖车而去。麾幢幡盖，旌节旄钺，如帝王也。骖驾龙虎、麒麟、白鹤、狮子，奇禽异兽，不可名识。飞鸟数万，翔覆其上，流云彩霞霏霏，绕其左右。去家十余里，忽然不见。观者莫不叹息。君遂径之江南，治于句曲山。

这种以帝王甲仗的煌煌气派描绘学道者成仙时的情景，此后便成了道教神话文学的传统模式。又如《郭璞》篇描述郭璞因拒绝参与王敦谋反而被杀：

……敦诛璞，江水暴上涨，璞尸出城南坑，见璞家载棺器及送终之具已在坑侧两松树间，……殡后三日，南州市人见璞货其平生服饰，与相识共语，非但一人。敦不信，开棺无尸。璞得兵解之道，今为水仙伯。……

这段仙话，与西方《新约》里耶稣死后三日开棺无尸，肉身成圣的神话，不谋而合。追求长生不死，死而复活，本来就是人类的共同愿望。

葛洪是丹鼎派道教的重要理论家，其《抱朴子》的《金丹》、《黄白》、《仙药》等篇，记述炼丹术达四五十种之多。他认为"升仙之要，在神丹也"。《神仙传》里虚构了不少服丹成仙故事，以支撑他的金丹理论。例如《魏伯阳》篇写魏率弟子三人、白狗一条入山炼丹。丹成之后，魏预知弟子中有二人心存疑虑，故意将丹先饲白狗，狗服丹即死。魏又自服丹而死。三弟子之一说："师非凡人也，服丹而死，得无有意邪？"亦服丹而亡。其余二弟子遂共出山。二人走后，魏即起，率服丹弟子及白犬升仙而去。又如《沈羲》篇写沈羲学道，但能消灾除病，救济百姓，而不知服食药物。由于他功德感动天神，老君便派仙官接他夫妻上天，赐以神丹，服食之后，遂成天仙。

葛洪虽然强调金丹对成仙的奇效，但并不否定符箓的功力，《抱朴子》对此亦有所论述。因此，《神仙传》里也有符箓仙话。例如《葛玄》篇叙葛率弟子数十乘舟，弟子见师身携符箓，问有何用。葛指江边洗衣女子对弟子说："吾为卿等走此女，何如？"众说好。葛乃投符水中，女惊走数里不止。葛说："可以使止矣。"再投一符入水，女即止。又一次，葛从吴主游宴，见百姓请雨不得，即画符置水中，顷刻风雨大作，中庭盈水尺余。吴主说："水宁可使有鱼乎？"葛又书符水中，有顷，大鱼百余条游于水。

吴主又说:"可食乎?"葛命人取鱼烹饪之,确是真鱼。

  巫术,或曰方术,是道教的一个重要来源和组成部分。前述炼丹仙话和符箓仙话都属于这个范畴。但除了炼丹、符箓之外,方术还有很多,《神仙传》对此描述甚详。例如《淮南王八公》篇叙淮南王掌握的方术有:"坐致风雨,立起云雾,画地为江河,撮土为山岳";"能崩高塞渊,牧虎豹,致龙蛇,役神鬼";"能分形易貌,坐在立亡,隐蔽六军,白日尽瞑";"乘虚步空,起海陵烟,出入无间,呼吸千里";"入火不焦,入水不湿,刃之不伤,射之不中,冬冻不寒,夏暑不汗";"千变万化,恣意所为,禽兽草木,立成转徙,万物陵岳,移行宫室";"能防灾度厄,辟却众害,延年益寿,长生久视";"能煎泥成金,锻铅为银,火炼八石,飞腾流珠,乘龙驾云,浮游太清"。从这篇神仙传看,淮南王的超自然力,除了不能造人,已接近西方上帝的全智全能了。是的,人类为了征服客观世界,不论东方西方,其寄望于超自然体具有的超自然力,都是无限的。

  葛洪受《史记·留侯世家》中黄石公考验张良故事的启发,在《神仙传》里推出了一批考验模式仙话。例如《李八百》:

  李八百,蜀人也。莫知其名,历世见之。时人计其年八百岁,因以为号。或隐山林,或居市尘。知汉中唐公昉有志,不遇明师,欲教授之,乃先往试之,为作客雇赁者,公昉不知也。八百驱使用意异于他客,公昉爱异之。八百乃伪病,困当欲死。公昉即为迎医合药,费数十万钱,不以为损。忧念之意,形于颜色。八百又转作恶疮,周遍身体,脓血臭恶,不可忍近。公昉为之流涕曰:"卿为吾家使者,勤苦历年,常得笃疾。吾取医欲令卿愈,无所吝惜,而犹不愈,当如卿何?"八百曰:"吾疮不愈,须人舐之,当可。"公昉乃使三婢,三婢为舐之。八百又曰:"婢舐不愈,若得君为舐之,即当愈耳。"公昉即舐。复言无益,欲公昉妇舐之最佳。又复令妇舐之。八百又告曰:"吾疮乃欲差当得三十斛美酒浴身,当愈。"公昉即为具酒,置大器中。八百即起入酒中浴,疮即愈。体如凝脂,亦无余痕。乃告公昉曰:"吾是仙人也。子有志,故此相成。子真可教也。"今当授予度世之诀。乃使公昉夫妻并舐疮三婢,以其浴酒自浴,即皆更少,颜色美悦，以丹经一卷授公昉。公昉入云盛山中作药，药成服之仙去。

黄石公对张良的考验一次比一次严，李八百对唐公昉的考验亦如此。黄石公对张良曰："孺子可教矣。"李八百对唐公昉曰："子真可教也。"黄石公最后授张良兵法一卷，李八百最后授唐公昉丹经一卷。从情节模式和人物语言看，《史记》中的黄石公故事就是李八百故事的原型。除此以外，《神仙传》中据此原型而创作的考验仙话，还有《张道陵》、《壶公》等。这些考验求仙者意志力的仙话，对后世道教文学产生了广泛深远的影响。

人有求于神，神必考验人。这个人神交际法则，放在东西方而皆准，所以在基督教神话里，也有上帝考验约伯（《旧约全书·约伯记》）和圣灵试探耶稣（见《新约全书·马太福音》）的故事。

《拾遗记》

《拾遗记》又作《王子年拾遗记》、《拾遗录》，10卷，东晋王嘉撰。王嘉（？—393?），陇西安阳（今甘肃渭源）人，道士。后赵末，王隐居终南山、倒虎山。前秦苻坚屡次征用，不出。后秦姚苌对王十分礼遇，王因获罪于姚而被杀。《拾遗记》是一部用道教神仙观点写成的杂史杂传体小说集，全书内容按史前史和古史的时序排列。卷一记述史前史神话传说，包括庖牺、神农、黄帝、少昊、高阳、高辛、尧、舜等；卷二、卷三、卷四记述夏、商、周、秦四朝神话传说；卷五、卷六记述汉朝神话小说；卷七、卷八记述三国神话小说；卷九记述晋及后赵神话传说；卷十记述八仙山。同时，此书又"仿郭宪《洞冥记》"（《四库提要》），在篇章结构、文字风格，乃至事物名目诸方面均向郭著认同而略加变化之。例如：《拾遗记》里的宵明草、梦草、凤冠粟，乃是从《洞冥记》里的明茎草、梦草、凤葵草、龙爪薤演化而来；前书里的骈蹄牛，是从后书里的花蹄牛演化而来，等等。

首先，《拾遗记》采用道教神仙观点，对先秦以来形成的古帝王神话作了踵事增华的再创作。例如《春皇庖牺》写庖牺氏的出生是："所都之国，有华胥之洲。神母游其上，有青虹绕神母，久而方灭，即觉有娠，历十二年而生庖牺。"这段关于庖牺氏的感生神话，使人想起刘媪感龙而生刘邦的神话。至于庖牺之貌,"长头修目,龟齿龙唇,眉有白毫,须垂委地",每一个细节,都是长生不死的神仙象征,后世的寿星形象就是据此而塑造出来的。又如《少昊》描述皇娥与白帝之子燕戏于沧茫之浦,奏嫔娟之乐,游漾忘归。他们又泛游于海上,以桂枝为枕,以香茅草为帆,枕顶饰以玉鸠。帝子与皇娥并坐,抚桐峰梓瑟,皇娥倚瑟而清歌,继而帝子答歌。……书中对这一对少年神仙伴侣的充满诗情画意的描绘,给古老的三皇五帝神话增色不少。

其次,《拾遗记》除对古帝王神话的再创作之外,还创作了若干新仙话。其中写得最好的,是《燕昭王》篇里的"玄天之女"故事。由于燕昭王好神仙,女仙玄天之女便托形化作二舞女,一名旋娟,一名提谟,通过外国使者献于王。她俩"并玉质疑肤,体轻气馥,绰约而窈窕,绝古无伦。或行无迹影,或积年不饥。昭王处以单绡华幄,饮以瑶琨之膏,饴以丹泉之粟。王登崇霞之台,乃召二人来侧,时香风欻起,二人徘徊翔转,殆不自支。""其舞:一名萦尘,言其体轻与尘相乱;次曰集羽,言其婉转若羽毛之从风;末曰旋怀,言其支体缠曼,若入怀袖也。"把女仙同舞伎统一起来,塑造出如此轻灵飘忽、美妙绝伦的舞仙形象,只有像王嘉这样既熟悉道士修仙之术,又熟悉帝王宫廷之乐的人,才想得到写得出。

但是,王嘉对人间帝王之一面沉溺于锦衣玉食、声色犬马,一面又追求长生不死,希图永享世俗之乐,是持否定态度的。他在《燕昭王》里通过甘需之口批判燕昭王道:"上仙之人""盖能去滞欲而离嗜爱,洗神减念,常游于太极之门"。"今大王以妖容惑目,美味爽口,列女成群,迷心动虑,所爱之人,恐不及至,纤腰浩齿,患不如神,而欲却老云游,何异操圭爵以量沧海,执毫厘而回日月,其可得乎?"特别是在《夏禹》篇里,虚构了一个羽人(即仙人)替周昭王换心的神话,说明富贵如人间帝王者,要学上仙之术,根本的一环在于换掉那颗欲壑难填的心。

再次,《拾遗记》对道教方术也有所描述。《秦始皇》篇写秦王子婴怀疑赵高谋反,"囚高于咸阳狱,悬于井中,七日不死;更以镬汤煮,七日不沸。乃戮之"。子婴问狱吏:"高其神乎?"狱吏回奏:赵高得祖传炼丹术,入狱时怀一青丸,大如雀卵。赵高死后,有人看见"一青雀从高尸中出,直飞入云"。王嘉写到这里,慨然称赞:"九转之验,信于是乎!""九转"指"九转金丹"，即多次反复烧炼而成之神丹。《抱朴子·金丹》说："一转之丹，服之三年得仙；二转之丹，服之二年得仙；三转之丹，服之一年得仙；……九转之丹，服之三日得仙。"王嘉很相信丹经的神话。

最后，《拾遗记》里还有大量关于灵物崇拜的描绘散见于全书。见于《唐尧》篇的，有如今日之登月飞船的"贯月槎"；见于《秦始皇》篇的，有如今日潜水艇功能的"螺舟"；见于《颛顼》篇的，有如今日弹道导弹机制的"曳影之剑"；见于《周灵王》篇的，有如今日机器人的"玉人"等。这些灵物，在古代虽然是先民幻想中的超自然物，到了科技高度发展的今天，早已转化为人类的发明创造物。这证明幻想是伟大的精神之母，她曾经孕育了宗教神话，也孕育了今天的科学。其他如：丹丘的玛瑙，用者"则魑魅不能逢"（《高辛》）；苍梧的青石，名曰"珠尘"，"服之不死，带者身轻"（《虞舜》）；"黑蚌"之珠，怀之则"隆暑之月，体自轻凉"（《燕昭王》）；祈渝的寿木，"怀其叶者，则终身不老"（《前汉上》），等等。凡此种种，都是古人在幻想中将灵魂赋予自然物，从而使之成为具存超自然力的通神之物，谓之灵物。先民以灵物为个人的保护灵，道教吸收这种灵物崇拜，发展为护身的符箓。

此外，《拾遗记》中还出现了少量与佛教相关的幻术故事。这是当时广泛流传的佛教神话在道教文学中的投影。

这一时期出现的道教神话作品，除前述《神仙传》、《拾遗记》之外，还有初创于汉末而完成于魏晋各派道士之手的《汉武帝内传》，佚名撰《洞仙传》（《隋书》两《唐书》之《经籍志》均著录为10卷，《四库全书》本编为一卷），陶弘景《周子良冥通记》；以及早已失传，仅有作者、书名可考的江禄《列仙传》、萧绎《仙异传》、颜协《晋仙传》等。

第二节　佛话

《灵鬼志》

魏晋南北朝时期，佛教大盛，因而"释氏辅教之书"（鲁迅语）亦应运而出，《灵鬼志》便是出现较早的一种。此书首先著录于《隋书》之杂传类，共3卷，苟氏撰。撰者系东晋人，生平不详。原书佚于宋，鲁迅《古小说钩沉》辑录佚文24条，据说有误收者。从现存佚文看，此书专写精灵与鬼魅故事，故书名为《灵鬼志》。但作为精灵与鬼魅对立面者，乃是佛教僧侣，例如《胡道人》、《周子长》、《昙游》、《张应》等条，描述僧徒们对鬼、魅、蛊、魔的威慑力，其弘扬佛法的倾向十分鲜明。《胡道人》条云：

> 石虎时，有胡道人驱驴作估于外国，深山中行，有一绝涧，窈然无底。行者恃山为道，鱼贯相连。忽有恶鬼牵驴入涧中。胡人性急，便大嗔恶；寻迹涧中恶鬼，祝誓呼诸鬼神下逮。忽然出一平地城，门外有一鬼，大锁项，脚着木桎梏，见道人，便乞食，曰："得食，当与汝。"既问，乃是鬼王所治。前见王，道人便自说："驱驴载物，为鬼所夺，寻迹至此。"须臾即得其驴，载物如故。

在这个灵鬼故事里，恶鬼听命于鬼神或鬼王，而鬼王则听命于外国和尚（胡道人）。类似的故事还有不少。如《南郡议曹掾》条，写议曹掾欧某得病，巫医无效。后来，其子请沙门至家念经。病人自觉病情转轻，画得小眠，见数十小儿着五彩衣，执幡仗、刀矛走入家门。有两个走到帘前，忽然转身回走，并对后面的小儿说："小住！小住！屋中总是道人！"从此以后，众小儿不复再来，病人亦痊愈。这个灵鬼故事说明：鬼能作祟于常人，但畏惧僧侣。这种观念，在佛教大盛的六朝，必然普遍流行于民间，因为陶潜《搜神后记》里的《胡茂回》条，写的也是鬼见僧侣即逃的故事。

《灵鬼志》不但记载了许多释氏辅教的灵鬼故事，而且有的故事的内容直接来源于佛经。例如《外国道人》条，叙某外国道人求寄身于某挑担者之笼中，行数十里，挑者休息于树下进食。道人在笼中说："我欲与妇共食"。即口吐一女，二人共食。食毕，道人便睡，女又对挑者说："我有外夫，欲来共食；夫觉，君勿道之"。妇亦口吐一少年，二人共食。有顷，道人动，其妇便将外夫吞入口。道人起，又将其妇吞入口中。这个甲吐乙、乙吐丙，丙被吞于乙、乙被吞于甲的幻术故事，出自《旧杂譬喻经》

里的梵志吐壶故事。所不同者，在佛经里，施此幻术的是外道梵志，即佛门以外的婆罗门。由于《灵鬼志》撰者误以梵志为佛徒，所以便把施术者改作"外国道人"即外国和尚了。这一改，可谓差之毫厘，失之千里了。因为僧侣必须抛妻别子而出家，如果随时口吐妇人与之共食，岂非有犯清规？这个佛经故事后来再次被梁吴均改写，而将梵志改为中国的阳羡书生，收入《续齐谐记》中。

《宣验记》

《隋书》杂传类著录《宣验记》13卷，刘义庆撰。原书自来以后失传，《古小说钩沉》辑得佚文35条。刘义庆（403—444），彭城（今江苏徐州）人，南朝刘宋宗室，袭封临川王，累官都督，加开府仪同三司，死后加封司空，谥康王。刘著述颇丰，有小说《幽明录》、《宣验记》、《世说》、《小说》等。他与干宝同为六朝时期志怪小说之巨擘，晚年好佛，因此写了这部辅释之书。

任何宗教要获得大众的信仰，关键在于其至上神能否获得大众的崇拜；而为了激发大众对某宗教至上神的崇拜意识，最好的方法就是制造至上神的显灵神话。基督教制造了上帝创世神话和耶稣显圣神话，道教制造了神仙长生久视神话，佛教制造了佛陀具有六神通以及天神、龙王听佛陀说法等神话。但是，作为外来宗教的佛教在中国民间缺乏传统文化的坚实基础，要让中国大众信仰佛教，就必须补充一批与中华本土血肉相连的佛教神话。《宣验记》从这个方面入手，写了一些中国化的，即与中国历史和现实生活密切联系的三宝（佛法僧）显灵故事。例如书中关于吴主孙皓的两则故事就是如此。

其一：孙皓某次看治园，从土下得佛陀金像一尊，孙令置于厕旁。至四月八日浴佛节，孙撒尿于金像头上，戏称："为尔灌顶"。未几，孙阴囊忽肿，疼热不堪，求神不灵，医治无效。宫女中有奉佛者，建议孙求佛。孙问："佛大神耶？"宫女答曰："天上天下，尊莫过佛。"孙痛急，立备香汤，亲洗金像，置之殿上，叩头谢罪，"当夜即止，肿即随消"。

其二：有人向孙皓上书："佛法宜灭，中国不利胡神。"孙拟从之。他对僧会法师说：佛若有神，就崇拜；若无灵验，立即消灭。僧会便斋戒七日,"以铜钵盛水,置庭中,中食毕,而曦光辉耀,忽闻庭钵铿然有声。忽见舍利(即佛骨,佛教以为灵物),明照庭宇,浮于钵上。"这时,僧会对孙皓说:"陛下使孟贲之力,攀以百钩之槌;金刚之质,终不毁破。"僧会这时又散花烧香、经呗礼拜了一番;接着,"壮士运槌生风,观者颤栗,而气竭槌碎,舍利不损,光明挺出,辉彩充盈"。孙皓于是"敬伏投诚,动营斋讲"了。

上述两则关于孙皓从反佛到敬佛的故事,首先告诉人们:佛教初传中国时,存在一个大众是否相信的问题。"佛大神耶"这一诘问,就是当时部分中国人的怀疑情绪的反映。其次,孙皓是三国时代的江南政治名人,刘义庆时代——南朝初期,去三国不远,人人知道孙皓其人。因此,把佛陀金像显灵和舍利显灵神话附会在孙皓名下,就能产生全面覆盖南朝朝野的广泛宣传效果。足见名人效应并非今人的发现,而是古已有之。再次,在写作技巧上,运用对比,毁佛时与皈佛时的孙皓,前后判若两人;又运用反衬,以壮士运槌如风,观者颤栗,衬托舍利之金刚辉彩,分毫无损。这些笔墨,都给读者留下极其深刻的印象,显示了作者的文学才华。

《宣验记》中还有一部分故事写善恶报应之灵验不爽。例如《鹦鹉》条云:

> 有鹦鹉飞集他山,山中禽兽辄相爱重。鹦鹉自念:虽乐,不可久也,便去。后数月,山中大火。鹦鹉遥见,便入水沾羽,飞而洒之。天神言:"汝虽有志意,何足云也!"对曰:"虽知不能救,然尝侨居是山,禽兽行善,皆为兄弟,不忍见耳"。天神嘉感,即为雨灭火。

这个故事取材于《僧伽罗刹经》上卷,《经律异相》辑入,题作《为鹦鹉身现救山火以申报恩》。它与我国传统的精卫填海、愚公移山等神话,实有异曲同工之妙。这个故事说明:佛教认为一切有情(有生命者)都有一个业(一切身心活动)报(报应)问题。因为在佛教的三世轮回观念中,人与禽兽是可以互相转化的。今生为禽,若能行善,来生就可能变人;今生是人,若作恶业,来生就可能化禽。鹦鹉救火故事就是写的行善。

《吴唐》条则是一个作恶受报故事:

吴唐，庐陵人也，少好驱媒（诱饵）猎射，发无不中，家以致富。后春月，将儿出射，正值牝鹿将麂。鹿母觉有人气，呼麂渐出。麂不知所长，迳前就媒。唐射麂，即死。鹿母惊还，悲鸣不已，唐乃自藏于草中，出麂置净地。鹿母直来地，俯仰顿伏，绝而复起。唐又射鹿母，应弦而倒。至前场，复逢一鹿，上弩将放，忽发箭反激，还中其子。唐掷弩抱儿，抚膺而哭。闻空中呼曰："吴唐，鹿之爱子，与汝何异？"唐惊听，不知所在。

　　刘义庆在《孙皓》里成功地运用了对比和反衬，在《吴唐》里则成功地运用了映衬。猎手率子出猎，鹿母率麂成为捕猎目标。鹿麂中箭而死，鹿母"悲鸣不已"，"俯仰顿伏，绝而复起"。猎手杀生遭报，其子亦中箭而亡，猎手"掷弩抱儿，抚膺而哭"。作者以如此充满亲子之爱的笔触，写出两个彼此绝似的哭儿情景，使之互相映衬，从而以撼人心魄的感染力，暗示佛教的杀生之戒绝不可犯，犯则必遭相同之报应。作品主旨是为宗教戒律作宣传，但其对人类的亲子之情和动物之舐犊情深的描绘，却十分动人。

　　作为佛教文学，《宣验记》还特别强调忏悔与自新。这与基督教、伊斯兰教的忏悔礼颇相似。《宣验记》中颇多因真诚忏悔而免遭报应的故事。《周氏》条叙周氏三子均喑哑而不能言。一天，有乞饮者对周氏说："君有罪过，可还内思之"。经过乞者反复诱导，周氏终于想起儿时旧事：当床有燕窠，燕母育三子。周氏以三蒺藜纳三子口中，三子皆死。燕母还，悲鸣不已。周氏表示，为此罪业而"恒自悔责"。于是，奇迹发生了：乞者忽变为高僧，对周氏说："君即自知悔，罪今除矣！"立即便听见"其儿语言周正"，高僧则不翼而飞了。

　　《宣验记》善于抓住人情物性以展开其佛教神话情节，这正是此书文学价值之所在。

《冥祥记》

　　《隋书》杂传类著录《冥祥记》10卷，王琰撰。此书佚于宋，《法苑珠林》摘引此书甚多；《古小说钩沉》辑录原书序文一篇及正文131条，大部分录自《法苑珠林》。王琰（约454—?），太原人，齐时为太子舍人，入梁后，为吴兴令。他在《冥祥记》自序中说："琰稚年在交趾，彼土有贤法师者，道德僧也。见授五戒，以观世音金像一躯见与供养。……其后久之，像于曛暮间放光，显照三尺许地，金辉秀起，焕然夺目。"故鲁迅称此书为"释氏辅教之书"，"大抵记经像之显效，明应验之实有，以震耸世俗，使生敬信之心"(《中国小说史略》)。这一评语，颇中肯綮。不过，从书中一些写得趣味盎然的神话故事看，颇不乏文学价值。其中，光辉灿烂的形象，生动曲折的情节，以及令人如置身其中的场面描绘，应有尽有；若以无神论眼光欣赏之，亦颇意味无穷。

从《冥祥记》现存遗文看，其内容约为三宝显灵、善恶报应、反道斥儒、现形说法四个方面。

三宝显灵。这是正面描述佛、法、僧三宝神变奇迹，以证明佛法之不虚的故事。兹举各具特色的《葛齐之》、《丁承》、《耆域》、《佛调》四条略加评述之。

《葛齐之》条叙葛妻纪氏"心乐佛法，常存诚不替"。果然，一日正在织布，"忽觉云日开朗，因投释筐梭，仰望四表，见西方有如来真形，及宝盖幡幢，蔽映天汉"。葛夫妻双双作礼。当时"云日鲜彩，五色烛耀"。这是佛教至上神向其信徒显现真形。这一神话，足以安慰那些虔诚的中国信徒，并坚定其对佛教之信仰。

《丁承》条写丁承为县令时，某民妇在井上汲水，有一胡人向民妇乞饮，饮毕忽然不见，那民妇却腹痛啼呼起来。一会，民妇突然坐起，"胡语（外语）指麾"；并索纸笔，"便作胡书（外文）"。邑中没有识外文者，民妇忽指一小儿能读。那小儿得书，果用胡语读起来。此奇迹传至丁承，丁承派人将胡书送至一寺庙之胡僧处。胡僧惊奇地说：该寺佛经中佚失一段，拟派人去西竺重抄，路远未果。那民妇所写胡书，正是佛经中缺失的一段。这个故事，写佛陀派胡人（菩萨或高僧的化身）送经文给胡僧，若直奔目的，便索然寡味。作者在胡人与胡僧之间，穿插一个民妇写胡书、小儿说胡语的故事，就显得波澜诡谲，引人入胜了。

《耆域》条叙天竺高僧耆域浮海来华，欲渡河北上。舟子见他衣服褴褛，轻而拒载。但当船抵北岸，耆域却随众人一同上岸，举船惊异。耆域走在众人之前，忽有"两虎迎之，弥耳掉尾，域手摩其头，虎便入草"而去。长沙太守两腿患风湿而挛屈，域为念咒，腿立伸，数日后行走如常。满水寺有枯树，域向之念咒，十日后枯木还青。域从中国返天竺，在洛阳寺吃毕午餐登程，有人在长安、敦煌、流沙北诸地与耆域相遇，计其时，则十天之内，智域走了万里之遥。这则高僧显圣神话，与西方基督教《新约全书》里的耶稣显圣故事，十分相似。这说明一切宗教的本质，都在于制造超自然体并极力张扬其超自然力。

《佛调》条是一则颇富道教色彩的三宝显灵神话。此条包括佛调和尚的两则故事。（一）常山有兄弟二人奉佛，其兄偕妻赴百里之外拜佛调为师，弟独居家。兄妻有病，在寺庙附近就医。某日，佛调忽往其家，弟问兄嫂平安，佛调一一告之。佛调去后，弟亦策马赴寺见兄，谈及佛调来家之事。其兄惊曰："和尚旦初不出寺，汝何容相见？"兄弟争问调，调笑而不答。这是借用道教方术之分身术来描绘高僧的神通广大。龙树《方便心论》列举的瑜珈外道"八自在"中有"分身"，可见分身术在印度也有，不过不属于佛教神通内涵，而属于外道（佛法以外的宗教和哲学派别）。（二）佛调死后，弟子们入山伐木，"忽见调在高岩上，衣服鲜明，姿仪畅悦"，并与弟子们问答如常。弟子们发冢开棺，不见其尸。按佛家之规，僧徒涅槃之后，当行火化，决无掩埋尸身之理。这里分明把和尚写成尸解仙了。作者王琰虽然具有强烈的排斥异教倾向，但为了自神其所奉之佛教，却不排斥对异教神话的借鉴。

善恶报应。王琰生活的时代，虽然佛教蓬勃发展，但也发生了北魏太武帝灭佛事件。因此，《冥祥记》中的善恶报应神话，全都是围绕着崇佛与灭佛的矛盾展开。例如《王懿》条叙王氏一家世代奉佛，王懿丧父之后，与兄弟奉母南归，"登陟峭险，饥疲绝粮"。这时，"忽见一童子，牵青牛，见懿等饥，各乞一饭，因忽不见"。又逢"积雨大水，懿前望浩然，不知何处为浅，可得揭躔"。于是"有一白狼，旋绕其前，过水而反，似若引导，如此河二"。懿等尾随狼后，得以渡水登陆。这个故事，以牵牛童子送饭和白狼导渡两个神话情节，暗示奉佛者必然绝处逢生，这是善有善报。又如《尼智通》条叙智通信佛不笃，还俗嫁人，又将绢写的佛经改制为衣，未几得病，昼夜不宁。她在病中常闻空中语云："坏经为衣，得此报也。"旬余而亡。这是恶有恶报。

但恶有恶报不仅是现世报,根据佛教因果轮回教义,作恶业者死后还要堕入三恶道受惩。一是地狱道,作上品十恶业者堕入之;二是饿鬼道,作中品十恶业者堕入之;三是畜生道,作下品十恶业者堕入之。《冥祥记》中的《萨荷》、《李清》、《支法衡》、《杨师操》、《石长和》诸条,都是描述毁佛犯戒的作恶业者死后堕入三恶道的可怕遭遇。其残酷情景丝毫不亚于西方但丁《神曲》之《地狱篇》。《地狱篇》宣扬的是天主教地狱观,《冥祥记》宣扬的是佛教地狱舰,二者的表现形式各异而宗教本质相同。不过但丁以毒攻毒,把天主教会的教皇也打入地狱,因此具有历史进步意义。

反道斥儒。佛教作为外来宗教,在其初传时期,遇到了作为中国传统文化的道家、道教与儒家、儒教的夹击。为了在中国这片文化沃土上扎根并发展壮大,它就必须一方面尽可能地吸收这两种传统文化的养料,使佛教中国化;另一方面又必须竭力捍卫其基本教义,从而与儒、道两种传统思想文化展开斗争。《冥祥记》对上述两方面内容都有十分鲜明的反映。例如书中借中国帝王仪仗"宝盖幡幢"以表现佛陀之威严气派,吸收道教方术以表现高僧之法力无边,就是对中国传统的儒、道文化的汲取。反之,书中也写了若干反道斥儒之作,以保卫其作为一种宗教的独立性,《程道惠》、《王淮之》就是这类作品。

《程道惠》条里的程"世奉五斗米道,不信有佛"。他常说:"古来正道,莫逾李老,何乃信惑胡言,以为胜教?"可是程某次病亡复苏之后,把对待佛道二教的上述态度,彻底颠倒过来了。据他自述,在其死亡期间,曾赴冥府。一路之上,满生荆棘,诸有罪鬼魂,"驰走其中,肉随着刺,号呻聒耳";但程道惠却如行坦途。一比丘告诉他,这是因为他奉佛之故。程因此回忆自己"先身奉佛,已经五生五死,忘失本志。今生今世,幼遇恶人,未达邪正,乃惑邪道"。后来冥官通知程:"君不应来。……小鬼谬滥,枉相录来;亦由君忘失宿命,不知奉大正法教也。"在这个故事里,斥道士为恶人,斥道教为邪教;而惑于邪教者,就随时有可能被冥府小鬼捉到三恶道受酷刑。

《王淮之》则是一则斥儒之作。王琰与出身儒门而极力反佛的范缜同为齐梁时人。范缜著《神灭论》,对佛教唯心主义哲学神不灭论——三世轮回说,大加挞伐,力主神随形灭。《王淮之》以王影射范缜,说此人

"世以儒专,不信佛法,常谓:身神俱灭,宁有三世?"但后来有一次王病死又复苏,从此相信神不灭论而成为佛教信徒,声称"人死神存","神宝不尽,佛教不得不信"。王琰还在《陈秀远》条中虚构了陈梦见自己的前身以及前身之前身的故事,来图解三世轮回的神不灭教义,其用意也是针对范缜的《神灭论》的。

现形说法。《冥详记》还写了不少白日见鬼、借鬼说法的故事,以宣扬佛教的六道轮回、善恶报应等宗教观念。例如《庾绍之》条叙庾病故之后,忽一日向阎王告假,现形于生前好友宗协之前。他"两脚着械",显然为地狱所拘。宗协向他问鬼神之事,庾嘱其"宜勤精进,不可杀生。"这种借鬼说法的鬼话,与《列异传》、《搜神记》、《幽明录》等书中描述人鬼相恋和人鬼交谊的鬼话,其宗教性质是不相同的。

这一时期出现的佛教神话集还有很多,如谢敷与傅亮《观世音应验记》、张演《续观世音应验记》、陆杲《系观世音应验记》、王延秀《感应传》、释净辩《感应传》、王劭《舍利感应记》、朱君台《征应传》、萧子良《冥验记》、王曼《补续冥祥记》、佚名《祥异记》、侯白《旌异记》等。以上诸书,国内早已失传。据孙昌武称:三部《观世音应验记》近年在日本发现了镰仓时代的古写本。

这一时期的佛典翻译盛况空前,随着印度佛典之大量译成汉文,印度佛教神话亦随之传入中国。同时,中国僧徒根据汉译佛典摘编而成的佛话集《经律异相》也问世了。但是,这些佛教文学并非中国佛徒之创作,而是外国文学。因此,有关这方面的情况,留待下一章介绍翻译宗教文学时再作评述。

第三节 鬼话、怪话及其他

这一时期,除了纯粹的仙话集和佛话集之外,还有大量的综合性宗教神话小说集。其内容以鬼话、怪话为主,也兼及仙话、佛话以及其他准宗教神话。《太平广记》杂收自魏晋至唐宋的鬼话、怪话、仙话、佛话极多,其中尤以怪话之种类繁复,可谓无奇不有,无所不包。

鬼话有三种。(一)鬼灵崇拜本是原始宗教观念之一。初民不能科学解释梦中出现亡故亲友的生理现象，便造出了鬼灵的虚妄之观念。人鬼之际，除了阴阳之别外，仍然是父子、夫妻、朋友、敌人等关系。基于原始鬼灵崇拜观念的鬼话，就是按上述模式处理人鬼关系的。（二）佛教的神不灭论是从鬼灵观念派生出来的。鬼在佛教神话中总是与善恶报应、六道轮回，特别是与三恶道等佛教教义联结在一起，从而成为受惩罚的对象。（三）道教吸收了原始宗教中的祈祷术，捉鬼、驱鬼、打鬼成了道教方术的重要功能之一，所以创始阶段的五斗米道有鬼道之称。鬼在道教神话中往往是道士的严打对象。以上三种鬼话，以基于原始鬼灵崇拜观念、描述人鬼之间的伦理感情的鬼话最为动人。《列异传》、《搜神记》、《搜神后记》、《幽明录》等书中，载入这种鬼话颇多，是中国文学中的精华。

《列异传》

此书一作《列异记》，魏曹丕撰。曹丕所作小说，除《列异传》外，还有《笑书》，两书均已失传。《古小说钩沉》辑得《列异传》佚文50条。其中写得最为动人的，是描述人鬼之间的夫妻、父子伦理感情的故事，如《谈生》、《蔡支妻》、《蒋济亡儿》、《鲍宣》等条，均属此类。

《谈生》条叙谈生年四十而无妻。某夜，有女子来相就，姿容服饰，天下无双。女子对谈生说："我与人不同，勿以火照我也，三年之后方可照。"不久生一儿，至两岁，谈生等未及三年，夜伺其妻入睡，偷以灯照之，见其妻腰部以上如生人之有肉，腰部以下则唯有枯骨。妻醒后曰："君负我。我垂生矣，何不能忍一岁而竟相照也？"生自疚痛哭不止。妻又曰：从今将永别，"然顾念我儿，若贫不能自偕活者"。因赠珠袍一件，并撕下谈生衣裾而去。谈生持珠袍上市，为睢阳王家购去，得钱千万。睢阳王见袍，说是其亡女墓葬之物。乃捕谈生拷问，谈具实以对。王不信，命发女冢察看，果见女上丰而下枯，且于棺盖之下得谈生衣裾；呼其儿，容貌恰似王之亡女。这个人鬼相恋故事中的女鬼，不但一如生人之追求爱情，而且还能生儿，具有浓厚的母爱，她与谈生永诀之际，赠以珠袍，而撕下谈生衣裾，正是《诗经》所谓"投我以木瓜，报之以琼瑶"之义——"永以为好也"。其对丈夫的深情十分感人。

《谈生》里的女鬼未能复活而与其丈夫长相聚首，《蔡支妻》里的蔡妻则达到了死而复活，与丈夫破镜重圆的目的。蔡支迷路于泰山之下，入一城郭，见一官，"仪卫甚严，具如太守"。太守设宴招待蔡支以后，请蔡替他传书给其外孙——天帝。蔡奉命出门，转瞬即至天宫。其"左右侍臣，具如天子"。蔡呈书以后，天帝问及蔡家情况。蔡称父母妻子均已亡故。帝即命户曹尚书通知司命，将蔡支妻的命籍置于生录中。蔡归家发冢，其妻须臾复活，夫妻喜获重圆。这则鬼话里的女鬼蔡支妻之复活，全仗泰山神与至上神天帝之助。此二神都是从原始的自然崇拜发展出来的。到了封建社会，人们便按此岸世界的结构重塑彼岸世界，于是泰山神"具如太守"，天帝则"具如天子"了。

《蒋济亡儿》叙蒋济之妻夜梦亡儿哭诉。据亡儿云：他在阴府充当皂隶，十分辛苦。今有太庙的歌手孙阿，将被命为泰山阴府之太守。请其母找孙阿说情，替亡儿调换一个工作岗位。其母转告蒋济，蒋派人去太庙打听，果有孙阿其人，于是将亡儿托梦事告之。孙阿不但不惧，而且很高兴死后可当太守，便满口答应了蒋济亡儿的要求。当天中午，孙果患心痛而亡。后月余，蒋济亡儿又托梦报母："已得转为录事矣。"在南北朝志怪小脱里，鬼魂向亲人托梦的情节特别多。佛话里的托梦故事，总是亡魂向亲人哭拆在三恶道受苦之情，要求亲人为他写经念佛，或做其他弘佛的好事。以便亡魂在地狱中减刑。亲人照办之后，亡魂又会托梦亲人，他已蒙阎王免刑了。这类故事，其宣扬善恶报应的目的十分鲜明，缺乏艺术感染力。《蒋济亡儿》里的托梦故事，写的是阴府工作调动问题，其实是人间工作调动在鬼门关里的折射，是此岸世界人际人情关系在彼岸世界的重演，人鬼之间，充满了说不尽的母子情、朋友义。

《鲍宣》叙鲍少时外出，途逢一书生猝发心痛而亡。其身藏素书一卷、银十瓶。鲍以一瓶银置办棺木殡葬事宜，将余银置其尸枕下，素书置腹上。埋葬之后，鲍说："若子魂灵有知，当令子家知子在此。"不久，鲍至京师，忽有青白色马尾随其后，鲍骑马归，迷路，借宿于某关内侯家。侯云："君何以致马？此乃吾马，昔年无故失之。"鲍遂将途遇书生暴卒及有马相随等事具告之。侯惊曰："此吾儿也。"乃向朝廷推荐鲍，鲍因此当了司隶。这个故事，颇似宣扬善有善报，但绝不同于佛教神话中的报应故事。在佛教神话中。所谓善行，多与佛法相关，如念经、奉佛、放生之类；所谓善报，则是来自佛陀或菩萨的超自然力。本篇中鲍宣的善行，与佛教教义无关；其所得之善报，则来自人间世俗感恩戴德之情，与神佛保佑无关。总之，这个故事的宗教意味，全在于"魂灵有知，当令子家知子在此"这一点上，即属于原始传统的鬼灵崇拜观。这是一缔歌颂人情友谊的鬼文学。

《列异传》里的这些充满丰富人情味的鬼故事，是颇为感人的。鬼文学其实就是人学。

这本书中还有许多精灵妖怪故事，是精灵崇拜意识在文学创作中的反映。例如《江严》条云：江严于富春县清泉山遥见一美女紫衣而歌。严就之，数十步，女即隐，唯见所据石。如此数四，乃得一紫玉，广一尺。又邧浪于九田山见鸟，状如鸡，色赤，鸣如吹笙。射之中，即入穴。浪遂凿石，得一赤玉，其状如鸟。这是一则关于石精的故事。除此以外，还有一些描述其他精怪的怪话，涉及的精怪有枕精、缶精、鼠精、狐精、鲤鱼精等。

曹丕受其父曹操的影响，对道教颇感兴趣。因此，其《列异传》中记载了不少有关神仙、方术的传说。例如：《麻姑》条叙神仙麻姑降临东阳蔡经家，其手爪长四寸。蔡经心中默念："此女子实好住手，愿得以搔背"。麻姑大怒。忽见蔡经倒地，两目流血。这条仙话，后来被葛洪融入其《神仙传》的《蔡经》篇中。《费长房》条叙费能除妖，能召神，又能缩地脉。这则方术小传，亦被葛洪融入其《神仙传》之《壶公》篇。《白鹿》条叙猎手彭氏父子入山捕猎，彭父忽蹶然倒地，变作白鹿，超然远逝。其兄悲号，追之不及，遂终身罢猎。后来其孙重操祖业，忽捕得白鹿一头，于鹿角间得"道家七星符，并有其祖姓名"。这是一则关于道教符篆的神奇故事。其他还有《寿光侯》、《汤蕤》等条，都是弘扬道士"劾百鬼众魅"的方术和法力的。

魏曹丕《列异传》在当时颇有影响，其鬼灵、精怪、神仙、方术故事，有不少被六朝，特别是东晋志怪小说《搜神记》、《神仙传》等所吸收，其后又被采入《后汉书》之《方术列传》。

《博物志》

10卷，西晋张华撰。张华（232—300）为范阳方城（今河北固安县南）人，仕于西晋，官至司空。王嘉《拾遗记》称：《博物志》原书400卷，晋武帝命删为10卷。纪昀认为："或原书散佚，好事者掇取诸书所引《博物志》，而杂采他小说以足之。故证以《艺文类聚》、《太平御览》所引，亦往往相符，其余为他书所未引者，则大抵剽掇《大戴礼》、《春秋繁露》、《孔子家语》、《本草经》、《山海经》、《拾遗记》、《搜神记》、《异苑》、《西京杂记》、《汉武帝内传》、《列子》诸书，饾饤成帙，不尽华之原文也。"（《四库提要》）亦聊备一说。今人范宁《博物志校证》辑录佚文200余条。此书以地理为经，以四方奇闻异物、神仙方术为纬，交织而成。属于《山海经》模式。例如《猴玃》条：

    蜀山南高山上，有物如猕猴，长七尺，能人行，健走，名曰猴玃，一名化（或作马化），或曰猳玃。同行道妇女有好者，辄盗之以去，人不得知。行者或每过其旁，皆以长绳相引，乃得免。此得男子气自死，故取女也。取去为室家，其年少者，终身不得还。十年之后，形皆类之。意亦迷惑，不复思归。有子者，辄俱送还其家，产子皆如人。有不食养者，其母辄死，故无敢不养也。及长，与人不异，皆以杨为姓。故今蜀中西界，多谓杨率皆猳玃之子孙，大约皆有玃爪者也。

这是蜀西南杨姓氏族的图腾崇拜神话。在原始时代，这个氏族可能以猴玃为图腾神，因而逐渐产生了这一远古传说。自此书以后，这一传说又不断地被各种类书如《搜神记》、《酉阳杂俎》、《太平御览》等采录，并被反复改写、改编为小说和戏文，如唐传奇《补江总白猿传》、宋《稽神录》之《老猿窃妇人》条、《清平山堂话本》之《陈巡检梅岭失妻记》（即《古今小说》之《陈从善梅岭失浑家》）、明瞿佑《剪灯新话》之《申阳洞记》，以及宋戏文《陈巡检妻遇白猿精》（佚）等。

再如天体崇拜神话《浮槎》条：

    旧说云：天河与海通，近世有人居海滨者，年年八月浮槎去来，不失期。人有奇志，立飞阁于槎上，多赍粮乘槎而去。十余日中，犹观星、月、日辰，自后芒芒忽忽，亦不觉昼夜。去十余日，奄至一处，有城郭状，屋舍甚严，遥望宫中多织妇。见一丈夫牵牛，渚次饮之。牵牛人乃惊问曰："何由至此？"此人具说来意，并问："此是何处？"答曰："君还至蜀郡，访严君平则知之。"竟不上岸，因还如期。后至蜀，问君平，曰："某年月日，有客星犯牵牛宿。"计年月，正是此人到天河时也。

关于牵牛、织女双星神话，最早见于《诗经》的《大东》。东汉时，《古诗十九首》之六《迢迢牵牛星》又加发展。《博物志》之《浮槎》条将这一神话与海通天河的幻想结合起来，使这一古老神话以另一种新的面貌出现。此后，双星神话出现了两个模式，一个是双星爱情模式。另一个就是《浮槎》篇创始的海客访双星模式。海客访双星故事至南北朝萧梁时代，浮槎人被附会为汉使张骞，并衍生山天河有织女"支机石"的细节。从此以后，这一故事便成了文人们据以进行再创作的重要题材之一。例如：庾肩吾《奉使江州舟中七夕》云："天河来映水，织女欲攀舟。汉使俱为客，星槎共逐流。"庾信《杨柳歌》云："流槎一去上天池，织女支机当见随。"宋之问《明河篇》云："明河可望不可亲，愿得乘槎一问津。更将织女支机石，还访成都卖卜人。"杜甫《有感》云："乘槎断消息，无处觅张骞。"李商隐《海客》云："海客乘槎上紫氛，星娥罢织一相闻。只应不惮牵牛妒，聊用支机石赠君。"等等。李诗对海客访双星和双星相恋二模式作了综合性再创作。以上是诗歌方面的情况，以此为题材进行戏剧创作者也不少，例如：元杂剧《张骞泛浮槎》、清传奇《星汉槎》（均佚）、清杂剧《博望乘槎》和《支机石》等。

《博物志》虽然内容驳杂，大多数条目记述简略，缺乏生动性，但却给后世文人提供了一个进行再创作的题材库。

《玄中记》

晋郭璞撰。郭璞不但创作了蜚声古今的《游仙诗》，第一个给《山海经》作注释；而且写出了《山海经》模式的神话笔记小说《玄中记》。此书早佚，有多种辑佚本行世，《古小说钩沉》辑录佚文71条，内容较为丰富。书中以记述动植物精怪为主。例如《狗封氏》条云：

> 狗封氏者，高辛氏有美女，未嫁。犬戎为乱，帝曰："有讨之者，妻以美女，封三万户。"帝之狗名槃护，三月而杀犬戎，以其首来。帝以为不可训民，乃妻以女，流之会稽东南二万一千里，得海中土方三千里而封之。生男为狗，生女为美女，封为狗民国。

这个故事可能是以狗为图腾的某原始氏族部落的图腾神话。《搜神记》之《槃瓠》条据此而加以丰富之，《后汉书》又将《搜神记》之《槃瓠》（即《槃护》）条收入《南蛮传》，于是，首见于《玄中记》的这一条动物图腾神话便被历史化了。

此书中的动物精怪，广泛涉及鸟、狐、鼠、鹤、燕、龟、鼋、蟾蜍、伏翼、牛、羊等，但大多数条目缺乏具体情节。原书必不如此，乃是由于引述者节录而致残缺。其未残缺者，如《狗封氏》、《姑获鸟》等条，就具有情节具体、结构完整的特点。《姑获鸟》条被干宝掐头去尾收入《搜神记》，今将《搜神记》节录的《姑获鸟》条摘录如下：

> ……昔豫章男子，见田中有六七女人，不知是鸟，匍匐往，先得其毛衣，取藏之，即往就诸鸟。诸鸟各去就毛衣，衣之飞去。一鸟独不得去，男子娶以为妇，生三女。其母后使女问父，知衣在积稻下，得之，衣而飞去。后以衣迎三女，三女得衣亦飞去。……

这个故事与我国西南傣族民间传说《孔雀公主》大体相似，也许两者之间具有影响关系。

郭璞是东晋的著名方术家，《玄中记》里的怪话，乃是作者主体的精灵崇拜意识的表现。例如《秦文公》条叙秦文公派人至终南山伐一梓树，其树大数百围，树断，"中有青牛骇逸"。作者以此牛怪故事，证明其本人的动植物精灵崇拜意识："千岁树精为青羊，万岁树精为青牛"。特别值得注意的是《玄中记》中关于狐精长寿而善变的记述："狐五十岁，能变化为妇人；百岁为美女，为神巫，或为丈夫与女人交接，能知千里外事，善蛊魅，使人迷惑失智；千岁即与天通，为天狐。"关于狐精长寿善变的传说，亦见于与郭璞同时代的葛洪《抱朴子·对俗》。该书引《玉策记》云："狐狸豺狼皆寿八百岁，满五百岁则善变为人形。"由此可见，狐狸的长寿与善变两个特点，乃是道教长生久视理想与变化术的体现，是道教的宗教浪漫主义幻想的创造。后世的大量狐精文学，如唐传奇小说《任氏传》、清《聊斋志异》中的《青凤》、《红玉》等，都是《玄中记》这颗种子的花与果。

《搜神记》

魏晋南北朝时期的宗教神话小说之翘楚，要数《搜神记》。东晋干宝撰。宝字令升，新蔡（今属河南）人，生卒年不详。他在西晋末被召为佐著作郎，东晋初表为史官，领国史，以后历任山阴县令、始安太守、司徒右长史、散骑常侍等职。他著有《晋纪》20卷，有"良史"之美誉。《搜神记》原书30卷，至宋代已经散失。今本20卷，据考证，可能是明代胡元瑞从《法苑珠林》、《太平广记》、《太平御览》、《艺文类聚》等类书中辑录而成。胡氏见闻博记，熟悉类书编辑体例，因而《搜神记》很像一本小而全的神话类书。应当相信，辑本的大多数条目出自干宝原书，但是，滥收他书和缺收原书的情况亦在所难免。所以鲁迅将这个20卷本的《搜神记》称为"一部半真半假的书籍"（《中国小说的历史的变迁》）。此书虽从前人著述和当时民间传说中取材，但经过干宝的再创作，其文本具有了丰富的文学价值。据作者自称：他撰写此书，旨在"发明神道之不诬"（《搜神记》序）。虽然书中涉及各种原始的、古代的宗教以及儒、道二教意识，但由于内容丰赡，故事感人，鬼话尤为精彩，故干宝被时人誉为"鬼之董狐"。

据李剑回考证：《搜神记》之原貌至少应分为"神化"、"妖怪"、"变化"、"感应"四门，可能还有"鬼魂"类（据今本内容逆推）。本书以今本《搜神记》之内容为依据，按其所反映的各种不同宗教的性质，分类加以介绍。

（一）鬼灵崇拜类。《搜神记》的卷15、卷16和卷5中的故事用于这一类。这类故事一般多涉及阴阳两界，但不涉及佛教之三恶道和因果报应观念，因而绝没有阴森可怖的地狱描绘。主宰人之生死的也不是阎罗王，而是"司命"之神。这些鬼灵故事广泛地描述了人鬼之间种种感情纠葛，如婚恋、诉冤、求情、报复、作祟等，塑造了一批男鬼，女鬼，多情善感的鬼，正直无私的鬼，含冤负屈的鬼，无恶不作的鬼，等等。书中的鬼灵群像，其实就是现实人生在彼岸世界的反照。

在众多鬼灵故事中，描述人鬼婚恋题材的最为动人。例如《辛道度》条叙辛入一大宅，女主人对他说："我秦闵王女，出聘曹国，不幸无夫而亡。亡来已二十三年，独居此宅。今日君来，愿为夫妇。"三日之后，秦女对辛说："君是生人，我鬼也。共君宿契，此会可三宵，不可久居，当有祸矣。"遂取金枕一枚赠辛，泣涕分袂。辛未走数步，便不见舍宇，唯有一冢。自视其怀，金枕犹在。其他如《紫玉》、《卢充》、《谈生》（亦见《列异传》）等条，均属此类人鬼恋情故事。特别是《紫玉》条叙紫玉不顾父王的反对，与少年韩重自由结合，生死相恋，感人肺腑。作者通过这些故事，肯定了古代青年男女对自由与爱情的热烈追求，具有历史进步意义。

在鬼灵故事中，有一组是描述鬼神——鬼中之神的（卷5）。这些鬼神，其实多是人间官吏的投影。例如《赵公明府参佐》条，叙王佑病危之中，忽有鬼神赵公明参佐前来征他加入鬼军。王佑哀求道："老母年高，兄弟无有，一旦死亡，前无供养"。这位鬼神本来很想拉王佑入伍，"吾今见（现）领兵三千，须卿，得度簿相付，如此地难得，不宜辞之"。但一经王佑说明老母无人奉养时，即使"度簿"在手，他也放弃了征王佑入伍的打算："卿位为常伯，而家无余财。向闻与尊夫人辞诀，言辞哀苦。然则卿国士也，为何可令死！吾当相为。"这是一位极富同情心和正义感的鬼神。作品对鬼灵的语言和行动描写十分生动。例如：

　　……其明日又来。佑曰："卿许活吾，当卒恩否？"答曰："大老子业已许卿，当复相欺耶？"见其从者数百人，皆长三尺许，乌衣军服，赤油为志。佑家击鼓祷祀，诸鬼闻鼓声，皆应节起舞，振袖飒飒有声。……

这段鬼话,绘声绘色,但毫无鬼气。鬼军首领自称"大老子",系魏晋时口语,很有生活气息,也体现了一个古代军官的身份和职业特征。诸鬼闻鼓起舞,"振袖飒飒有声",笔墨生动。

(二)自然崇拜类。这一类故事的主人公有两种:一是人格化的天地山川等各种神祇,二是人格化的动植物和山川泉石等各种精怪。

《搜神记》卷4收入各种从自然崇拜转化而来的神祇故事21条。例如《戴氏女》条叙戴氏女久病不愈,见一小石,形似偶人,便说:"尔有人形,岂神?"并说:如果石神能使她病愈,她将奉祀石神。当夜,果然梦见石神对她说:"吾将佑汝。"此后戴女病愈,便为石人立祠山下,号曰戴侯祠。这个故事最能说明:自然崇拜中的自然物在"人神同形同性"观念支配下,怎样发展成为人格化神。

《搜神记》之卷12、卷13、卷14和卷17、卷18、卷19、卷20,收入了大量的从自然崇拜转化而来的各种精怪故事。这是基于万物有灵观念而产生的精灵崇拜意识在文学上的表现。其中有些动物精怪故事,如《貙国》(又见《博物志》)、《盘瓠》(又见《玄中记》)诸条,乃是原始氏族社会的图腾神话;有的描述动物精灵与人类的婚恋,如《姑获鸟》(又见《玄中记》),表现了人类对美丽的理想的爱情之追求精神。另一方面,书中也不乏人类与恶精怪作斗争的描述。例如《李寄斩蛇》叙蛇精为祸,屡食童女。民女李寄,"怀剑,将犬,先将数石米餈,用蜜麨灌之,以置穴口。蛇便出,头大如囷,目如二尺镜;闻餈香气,先啖食之。寄便放犬,犬就啮咋,寄从后砍,得数创。疮痛急,蛇因踊出,至庭而死"。这个故事表明:古人将恶兽想象为具有超自然力的恶精怪,因而十分惧怕;但为了求生存,又会奋起搏斗。李寄斩蛇,乃是人类在改造自然的斗争中,勇于超越宗教意识的光辉表现。

(三)前兆迷信和儒教类。西汉董仲舒以谶纬之学——前兆迷信解释儒家经典,创"天人感应论",意谓天地万象均与人类社会互相感应:自然界出现祥瑞现象,预示人类社会亦将获福;自然界出现反常现象,预示人类社会亦必遭祸。儒学因此而蜕化为儒教。《搜神记》之卷6、卷7、卷8、卷9,记述上起夏桀,下迄魏晋的历代祥瑞和灾异现象,以及这些现象被"事实"证明乃是给人类社会带来吉凶祸福之前兆。这些天人彼此感应的神话，实乃儒教意识的强烈表现。

《搜神记》之卷11，则是记述儒家伦理精神创造人间奇迹的各种神话，重点在于歌颂孝可通神。例如《干将莫邪》条写的是眉间尺为父复仇的神奇故事。其他古代著名的孝子传奇故事，故王祥卧冰、郭巨埋儿、东海孝妇等，都被此书囊括无遗。另外，这一卷中还收入了若干表现人类真情挚爱的感人故事，例如《韩冯夫妇》：

> 宋康王舍人韩冯，娶妻何氏，美，康王夺之。冯怨，王囚之，论为城旦（一种徒刑）。妻密遗冯书，缪其辞曰："其雨淫淫，河大水深，日出当心。"既而王得其书，以示左右，左右莫解其意。臣苏贺对曰："其雨淫淫，言愁且思也；河大水深，不得往来也；日出当心，心有死志也。"俄而冯乃自杀。其妻乃阴腐其衣，王与之登台，妻遂自投台下，左右揽之，衣不中手而死。遗书于带曰："王利其生，妾利其死。愿以尸骨，赐冯合葬。"王怒弗听，使里人埋之，冢相望也。王曰："尔夫妇相爱不已，若能使冢合，则吾弗阻"。宿昔之间，便有大梓木生于二冢之端，旬日而大盈抱，屈体相就，根交于下，枝错于上。又有鸳鸯，雌雄各一，桓栖树上，晨夕不去，交颈悲鸣，音声感人。宋人哀之，遂号其木曰相思树。相思之名，起于此也。今睢阳有韩冯城。其歌谣至今犹存。

这是一则歌颂坚贞爱情的美丽神话。类似的作品还有《范式张劭》条，歌颂范张之间死生不渝的友谊。这些关于爱情、友谊的颂歌，被胡元瑞编入儒教类，充当"烈女不侍二夫"和"朋友有信"等宋明理学——新儒教的伦理规范之样板，大误。

（四）道教类。《搜神记》之卷1、卷2、卷3，记述的都是神仙方术故事。与此前和同时代的同类题材神话作品《列仙传》、《神仙传》、《汉武帝内传》以及《列异传》中的神仙方术故事相比校，《搜神记》里出现了一种崭新的道教神话模式，即描述女神、女仙下嫁凡夫的故事模式。属于这种仙凡姻缘模式的作品，有《园客》、《董永》、《杜兰香》、《天上玉女》等。这种仙凡姻缘模式，大约是在《列异传》的人鬼婚恋模式的刺激下产生的,它的出现,对自南北朝以后的道教神话文学产生了极为深远的影响,例如《搜神后记》、《幽明录》、《穷怪录》中的同类题材作品,以及《长生殿》等,都是此模式的再现。

《搜神后记》

此书一作《续搜神记》,10卷,陶渊明撰。渊明(365—427)一名潜,字元亮,世称靖节先生,浔阳柴桑(今江西九江)人。曾祖陶侃官至大司马,封长沙郡公。祖父做过太守。父早逝,因此陶渊明从少年时代起就生活在贫困之中。但由于陶母出身名士之家,故陶渊明自幼即获得良好的文化熏陶,读了《老子》、《庄子》和儒家六经,以及许多有关神话小说的"异书",《搜神记》当亦在其列。他曾因"亲老家贫"而做过江州祭酒,但因"不堪吏职",不久就辞归。后来为了生活他又当过80天彭泽令,又因为不愿向督邮折腰而辞职。他在文学上的主要成就是诗歌创作,成为田园诗的创始者。陶归隐以后,先后与佛徒周续之、刘遗民,以及庐山名僧慧远有所交往,晚年写下了《读〈山海经〉十三首》和《搜神后记》等宗教题材作品。

《搜神后记》一书,由于《陶渊明集》未收入,故纪昀认为:"明沈士龙跋,谓潜卒于元嘉四年,而此有十四、十六两年事,《陶集》中多不称年号,以干支代之,而此书题永初、元嘉,其为伪托,固不待办。"(《四库提要》)这一说法,难以成立。其理由如下:

(1)陶自幼熟读道家老庄之书,又读了不少"异书",对我国神话传说早已烂熟于胸。

(2)他晚年结交僧侣,又写过《读〈山海经〉》诗,证明他对宗教和神话颇感兴趣。

(3)称《搜神后记》为陶作由来已古,梁慧皎《高僧传》序称:"陶渊明搜神录",梁去宋不远,若是伪托,慧皎当能辨识。

(4)《陶渊明集》中以干支代年号,多用于诗歌标题,但被公认为陶作并被收入《陶集》的著名散文《桃花源记》并非以干支代年号,而是称"晋太元中",与《搜神后记》中的年号提法完全一致。

(5)《搜神后记》中有陶死后的年代出现,这可能是后人整理此书时的笔误，或误收他人之作。这种情况，古籍中多有。

此书顾名思义，是对干宝《搜神记》的续作。书中内容广泛涉及鬼灵崇拜、自然崇拜、占卜、前兆迷信，以及道教和佛教。这与陶渊明的读书经历和生活经历正好相符。

（一）鬼灵崇拜类。《搜神后记》117条，鬼话约占三分之一，其中佳作甚多。例如《魂车木马》条叙一对老夫妻"燃火夜作"，忽见远在他乡求学的儿子来到面前叹息陈述：他已病亡于外，明日当殁，特来迎接双亲。父母说：此去千里，一夜之间，怎能得到？儿子说：外有车马，乘之自能得到。"父母从之上车，忽若睡，此鸡鸣，已至所在。视其驾乘，但魂车木马"。这个故事生动地表现了父母子女之间的亲情，堪与《列异记》之《蒋济亡儿》珠联璧合。不过，此书中写得最为动人的，乃是人鬼相恋故事。其代表作是《李仲文女》和《徐玄方女》。《李仲文女》条云：

> 晋时，武都太守李仲文在郡丧女，年十八，权假葬郡城北。有张世之代为郡。世之男字子长，年二十，侍从在廨中，梦一女年可十七八，颜色不常，自言前府君女，不幸早亡，会今当更生，心相爱乐，故来相就。如此五六夕，忽然昼见，衣服薰香殊绝，遂为夫妻，寝息，衣皆有污，如处女焉。后仲文遣婢视女墓。因过世之妇相问，入廨中，见此女一只履在子长床下，取之啼泣，呼言发冢。持履归，以示仲文。仲文惊愕，遣问世之："君儿何由得亡女履耶？"世之呼问儿，具陈本末。李张并谓可怪，发棺视之，女体已生肉，颜姿如故，惟右脚有履。子长梦女曰："我比得生，今为所发，自尔之后，遂死肉烂，不得生矣。万恨之心，当复何言！"泣涕而别。

《徐玄方女》（又见《幽明录》）叙冯孝将广州太守之子马子，与北海太守徐玄方之亡女相恋。久之，徐女复活，二人遂结为夫妻。这类突破死生幽冥两界的爱情故事，充分地揭示了古代少男少女渴望自由幸福的热烈愿望，是一支支人性人情的赞歌。明代汤显祖根据上述两个人鬼相恋故事，创作了风魔明代仕女的传奇剧《牡丹亭》。

（二）自然崇拜类。自然崇拜本是原始宗教，以自然物作为顶礼膜拜之神。随着人类的"万物有灵"和"人神同形同性"观念的产生,自然形态的神逐渐转化为人格化神。于是,各种能变化为人的天象和动植物神祇,以及种种器物精怪,纷纷被人类创造出来,成为统治人类自身的精神体。《搜神后记》的卷9、卷10两卷,写的都是这类自然神祇和精怪故事,其中以狐精、蛇精、蚊精、狗精故事为最多。《尹氏》条云:尹儿守舍,见一青年着黄衫骑白马自东方来,对尹见说:暂借你家休息。尹儿看其衣悉无缝,马则五色斑斓,似鳞甲而无毛。须臾雨云渐至,青年上马蹑虚升空而去。次日暴雨滂沱,山洪暴发,尹舍将淹。"忽见大蚊长三丈余,盘屈庇其舍"。这支人兽友谊颂歌,可列入今日动物保护者协会的教材。

(三)道教类。《搜神后记》的卷1、卷2两卷,写的都是神仙、方术故事。由于陶渊明是隐士,故其笔下的仙境多似《桃花源记》中的世外桃源,神仙则多似桃源隐士。例如《袁相根硕》条,记述袁、根二人行猎,入绝崖赤城,草木皆香。有一小屋,二女住其中,年皆十五六,"遂为室家"。像这种世外仙境故事,书中还有不少。例如:"崇高山北"大穴中仙境,"长沙醴陵"小水岸下土穴中仙境等。

陶渊明读过的"异书"告诉他,神仙并非都如他自己一样的隐士式地仙,还有所谓飞仙、天仙。《搜神后记》里的《丁令威》和《白水素女》等,写的就是这类神仙。例如《白水素女》叙谢端拾得一大螺,藏于瓮中。他每天早出晚归,"见户中有饭饮汤火,如有人为者"。久之,端心知有异。一日他提早归家,"见一少女从瓮中出,至灶下燃火"。端入门问曰:"新妇从何所来,而相为炊?"女大惶惑,欲还瓮中已莫及,只得坦诚相告:"我天汉中白水素女也。天帝哀卿少孤,恭慎自守,故使我权为守舍炊烹。……"这则田螺姑娘故事,表现了千百年来普通百姓的一个普遍愿望——好人应得好报,因此它至今还流传于南方民间。具有人民性的仙凡姻缘神话,永远为群众所喜爱。

(四)佛教类。《搜神记》里没有佛教题材故事而《搜神后记》里有,这是陶渊明与佛教有所接触决定的。此书里的佛教神话多是描述僧侣法力无边,神通广大。例如《胡茂回》条叙历阳城东有一神祠,正值民将祝祀,忽然祠中有群鬼惊呼:"上官来!"接着纷纷逃出祠去。原来是有二沙门来到祠中。"诸鬼两两三三相抱持,在祠边草中伺望。望见沙门,皆有怖惧。须臾，二沙门去后，诸鬼皆还祠中"。鬼，在佛教教义里，是在世时做了恶业而死后下三恶道受惩罚的灵魂；僧侣则是在世间皈依佛法，修行戒定慧三学者。因此，鬼怕沙门是符合佛教教理的。不但如此，陶渊明还把只有菩萨、罗汉、佛陀才具有的神通幻术，赋予比丘和比丘尼。例如佛图澄"腹旁有一孔，常以絮塞之。每夜读书，则拔絮，孔中出光，照于一室。平旦，至流水侧，从孔中引出五脏六腑洗之，讫，还纳腹中"。又有一比丘尼，"裸身挥刀，破腹出脏，断截身首，支分脔切"，最后又还原成一个活人。这些神化僧尼的笔墨，乃是作者结交佛徒的友谊所绽开的艺术之花。

《幽明录》

此书又作《幽冥录》或《幽冥记》，宋刘义庆撰。原书已佚，后世各种类书辑录其佚文颇多，《古小说钩沉》辑录多达265条，尚未全部收入。刘义庆的《冥祥记》专收佛教神话，此古则杂收各种宗教神话，而以鬼话为主。

《幽明录》亦如《列异传》、《搜神记》和《搜神后记》，以人鬼婚恋模式的鬼话最为生动感人。例如《石氏女》：

> 钜鹿有庞阿者。美容仪。同郡石氏有女，曾内觑阿，心悦之。未几，阿见此女来诣。阿妻极妒，闻之，使婢缚之，送还石家，中途遂化为烟气而减。婢乃直诣石家，说此事。石氏之父大惊曰："我女都不出门，岂可毁谤如此！"阿妇自是常加伺察之。居一夜，方值女在斋中，乃自拘执，以诣石氏。石氏父见之愕眙："我适从内来，见女与母共作，何得在此？"即令婢仆于内唤女出，向所缚者奄然灭焉。父疑有异故，遣其母诘之。女曰："昔年庞阿来厅中，曾窃视之，自尔仿佛即梦诣阿，及入户，即为妻所缚。"石曰："天下遂有如此奇事！"夫精情所感，灵神为之冥著，减者盖其魂神也。既而女誓心不嫁。经年，阿妻忽得邪病，医药无征，阿乃授币石氏女为妻。

这则准鬼话以离魂相恋的奇特情节，表现了没有婚恋自由，甚至"都不出门"的古代女子对自由与爱情的无限向往，揭示了千余年来生活在封建礼教束缚下的中国妇女的心理世界。此后，唐传奇小说《离魂记》、元杂剧《倩女离魂》、明传奇小说《金凤钗记》（《剪灯新话》）、明话本小说《大姐魂游完宿愿，小妹病起续前缘》（见《初刻拍案惊奇》），以及清传奇小说《阿宝》（见《聊斋志异》）等，都是对《石氏女》的再创作。

在宗教浪漫主义作家的笔下，为了爱情，活人能够魂飞天外，死人也能起死回生。例如《幽明录》里的《买粉男》条，叙某俊男在市上见一卖胡粉女子很美，心窃爱慕，无由自达，唯日购胡粉以自慰。积久女疑，问以何故。男子乃陈其私。女深为所感，以身相许。幽会之夜，男兴奋至极，虚脱而亡。事发，女以实情陈于官，并乞临尸尽哀，然后赴刑。县官许之。女抚尸恸哭："不幸致此，若死魂而灵，复何恨哉！"男竟蘧然而起，遂为夫妇。这则鬼话，堪与《列异传》里的《蔡支妻》、《搜神后记》里的《徐玄方女》鼎足而三，是这一时期出现的爱情战胜死亡的三支颂歌。这些作品以超自然的浪漫主义情节，表达了古人对爱情与美好生活的热烈追求精神。

人鬼互相转化，是以婚恋为题材的鬼文学的关键一环。为了爱情，鬼力争转化为活人，活人亦不惜转化为死鬼。《庾崇》、《崔茂伯》等条，都是描写活人偕其鬼丈夫或鬼妻子同去鬼世界团圆的故事。例如《庾崇》叙庾溺死后魂归家中。家有三岁儿向母求哺，其妻无钱备食。鬼乃凄怆，抚其儿头曰："我不幸早亡，令汝穷乏，愧汝念汝，情何极也。"于是将钱二百置妻前，嘱妻为儿买食。一年后，其妻更加贫困。鬼云："卿既守节而贫苦若此，直常相迎耳。"不久其妻遂病故。这篇描述鬼丈夫迎接未亡人一同去做鬼夫妻的鬼话，不但毫无恐怖之状，而且充满了丈夫对妻子的无限关心与体贴之情。

在《幽明录》的鬼话佳作中，除了人鬼婚恋模式，还有人鬼友谊模式。例如《王志都》条叙马仲叔与王志都相交至厚。马亡故之后，不忘生前至交，一日现形于王前曰："吾不幸早亡，心恒相念，念卿无妇，当为卿得妇。"后来果然作大风将一女子送入王家。又如《阮瑜之》条叙阮少孤而贫，时常哭泣。忽有一鬼前来，自称阮之姐夫，姓李名留之。鬼慰阮云："父死归玄冥，何为久哭泣？即后三年中，君家可得立。仆当寄君家，不使有损失。勿长我为凶，要为君作吉。"自此以后，人鬼相依。一切生活物资均由鬼供给，阮则操持家务，为鬼作食。他俩"共谈笑语议"，无复人鬼阴阳之界。数年之后，鬼投生他处，遂告别阮。这些鬼话，不但歌颂了真诚的友谊，而且表现了怜孤恤贫的可贵的同情心和无私救助的美德。

不论人鬼婚恋模式还是人鬼友谊模式，这些以表现人情人性为旨归的鬼话，实质上都是人话。

人类按照现实世界的面貌虚构出鬼世界，人有贤愚不肖，鬼亦分善恶。善鬼与人相亲相爱，恶鬼则作祟于人。从恶鬼作祟的观念出发，《幽明录》记述了不少不怕鬼和打鬼的故事。例如《刘道锡》、《陈庆孙》、《阮德如》等均是。这类故事表现了人类敢于向恶势力作斗争的精神。

道教神话中的仙凡姻缘模式，自首见于《搜神记》，继见于《搜神后记》之后，至刘义庆手，是写得越来越美丽动人了。其《刘阮入天台》、《黄源》诸条，均属于这一类。《刘阮入天台》极负盛名。此篇叙刘晨、阮肇天台遇仙故事，步步深入，层层渲染，首尾照应，布局谨严，天衣无缝。具体而言，可分五个层次。第一层，初入仙山。刘、阮进入的天台山，乃是东晋孙绰名作《游天台山赋》所谓陆上蓬莱。这样，开篇通过山名，暗寓仙缘，使读者进入期待视野。第二层，绝处逢奇。刘、阮迷路，粮尽身乏，此时奇迹出现：一是悬崖绝壁之处，出现桃树；二是山腹流泉之上，飘来胡麻饭一杯。二者均系仙家食物，预示仙缘将至。刘、阮吃完仙食，溯流而上。第三层，溪边艳遇。刘、阮溯溪游二三里，奇迹再次出现，有"姿质妙绝"的二仙女笑语相迎。女曰："刘阮二郎，捉向所失流杯来"。此语是对第二层胡麻饭一杯的照应。第四层，仙眷生涯。二仙女邀刘、阮至家，众侍婢齐称："议贺婿来！"并呈进仙家食品——胡麻饭和桃子，从而又一次照应第二层的桃树和胡麻饭。第五层，出山还乡。这个故事，被后世众多笔记小说和类书所转录，并被各类作家引为诗词典故，改编成话本和戏剧。

刘义庆晚年奉佛，他为弘扬佛法不但写了一本《宣验记》，而且在《幽明录》中也写了不少同类性质的佛话，如《赵泰》、《庾宏奴》、《舒礼》、《康阿得》、《石长和》等。其主旨不出六道轮回和善恶报应的范围。

此外，书中还包括若干自然神祇和精怪故事，如《河伯》、《吕球》、《苏琼》等。

就思想性和艺术性而言，《幽明录》中的鬼话多系精华，而佛话则多为糟粕。

《异苑》

此书10卷，刘敬叔撰，敬叔，彭城（今江苏徐州）人，历仕晋、宋两朝，卒于太始（466—470）年间。此书分类编排，与《搜神记》、《搜神后记》相同，有似小型类书。卷1记名山胜水及其相关神话；卷2记灵物神话；卷3记动物神话；卷4记帝王将相兴衰，多为前兆迷信、占卜等准宗教意识之反映；卷5记民间神祇，部分条目表现了佛教的善恶报应观念；卷6、卷7记鬼灵、魂魄、梦幻等；卷8记动植物和器皿精怪故事；卷9记方术医药；卷10为儒教神话，歌颂忠臣、孝子、节妇、义民。这是一本小而全的广涉各种宗教的神话小说集。纪昀称此书"词旨简淡，无小说家猥琐之习"（《四库提要》）。的确如此。不过，对小说而言，"猥琐"不一定是缺点，"简淡"也不一定是优点。兹举两条如下，可见一斑：

（一）钓矶山者，陶侃尝钓于此山下水中，得一只梭，还挂壁上。有顷雷雨，梭变成赤龙，从空而去。其山石上，犹有侃迹存焉。

（二）晋温峤至牛渚矶，闻水底有音乐之声，水深不可测。传言下多怪物，乃燃犀角而照之。须臾，见水族复灭，奇形异状，或乘马车，著赤衣帻。其夜梦人谓曰："与君幽明道隔，何意相照耶？"峤甚恶之，未几卒。

这是两条关于动物精灵的故事。《太平御览》卷890引《南州异物志》云："犀有特神者，角有光曜。白日视之如角；夜暗之中，理皆灿然，光由中出，望如火炬。"温峤燃犀观看水中精怪，本此。后世文人多有援引温峤燃犀故事入诗词者。

《甄异传》

此书著录于《隋书》与新旧《唐书》，戴祚撰。祚字延之，江东人，晋西戎主簿，曾随刘裕西征姚泓。生卒年无可考。原书佚于宋，《古小说钩沉》辑得佚文17条，记述鬼神精怪故事，其中一半以上为鬼话。古人是按照人类社会去想象鬼灵社会的，因此，优秀的鬼话往往具有强烈的现实性。人情冷暖，世态炎凉，乃至徇私舞弊，贪赃枉法，举凡一切美丑社会现实，都不难从鬼话中窥见一斑。《甄异传》里的鬼话大抵多属于这一种。例如《刘沙门》条：

刘沙门居彭城，病亡，妻贫儿幼，遭暴风雨，墙宇破坏。其妻泣拥稚子曰："汝爷若在，岂至于此！"其夜梦沙门将数十人料理宅舍，明日完矣。

这则鬼话表现了人间夫妻父子的伦理之爱，与《幽明录》中的《庾崇》条堪称姐妹篇。

另如《章沈》、《张闿》等条通过对鬼世界的官场描绘，揭露了现实社会的官场之黑暗。《章沈》条写道：

乐安章沈病死，未殡而苏，云：被录到天曹，主者是其外兄，断理得免；见一女同时被录，乃脱金钏二双，托沈以与主者，亦得还，遂共宴接。女云：家在吴，姓徐，名秋英。沈后寻问，遂得之，父母因以女妻沈。

佛话中亦有死而复苏模式，内容为描述三恶道中之种种残酷之状，以示善恶报应之不爽，其弘佛之目的至为鲜明。《幽明录》中的佛话就是如此。《章沈》描述天曹"主者"的徇私受贿，影射与批判现世的贪官污吏，其进步倾向也至为明显。

祖氏《述异记》

此书10卷，祖冲之撰。祖冲之（429—500）系范阳蓟（今北京城西南）人，一说范阳遒（今河北涞水县北）人。宋、齐时官至长水校尉。《述异记》原书佚于宋，《古小说钩沉》辑得佚文90条。书中除少数叙神仙、道士、僧侣、精怪故事外，绝大多数为鬼话，而且多系新作，雷同于他书者很少。

在《述异记》的鬼话中，鬼一如人，也就是说，作者是按照人情、人性来描绘鬼情、鬼性的；尽管在外形上鬼有时被描绘得与人略异，甚或畸型怪状。书中勾勒出一批感情色彩和性格特征各异的鬼：报恩的鬼、复仇的鬼、偷盗的鬼、索贿的鬼、钟情的鬼、嫉妒的鬼、自责的鬼、笃于友谊的鬼、留恋妻室的鬼、恶作剧的鬼、上当受骗的鬼等等。读者走进祖冲之鬼国，毫不陌生，因为它展现的其实是一个现实人生的万花筒。试看书中描述的两个爱情悲剧：

（一）清河崔基，寓居青州。朱氏女姿容绝伦，崔倾怀招揽，约女为妾。后三更中，忽闻扣门外，崔披衣出迎。女雨泪呜咽，云："适得暴疾丧亡，忻爱永夺"。悲不自胜。女于怀中抽两匹绢与崔曰："近自织此绢，欲为君作裈衫，未得裁缝，今以赠离。"崔以锦八尺答之。女取锦曰："从此绝矣。"言毕，歘然而灭。至旦，告其家。女父曰："女昨夜忽心痛，夜亡。"崔曰："君家绢帛无零失耶？"答云："此女旧织余两匹绢，在箱中。女亡之始，妇出绢，欲裁为送终衣，转眄失之。"崔因此具说事状。

（二）庾邈与女子郭凝私通，谐祉，约娶为妾，二心者死。邈遂不肯婚娉。经二载，忽闻凝暴亡。邈出门瞻望，有人来，乃是凝，敛手叹息。凝告郎："从北村还，道遇强人，抽刃逼凝，怀死从之，未能守节，为社神所责，卒得心痛，一宿而绝。"邈云："将今且停宿"。凝答曰："人鬼异路，毋劳迩思。"因涕泣下沾襟。

在现实人生中，"不幸的家庭各有各的不幸"，反射到鬼国亦然。上述两女鬼，死亡的原因各不相同，死后的心态和感情也大异其趣。

任氏《述异记》

此书2卷，任昉撰。任昉（460—508），字彦升，乐安博昌（今山东寿光）人，历仕宋、齐、梁三朝，先后任侍郎、太守等职。昉家有藏书三万卷，博学擅文，"竟陵八友"之一。他长于散文，有"沈（约）诗任笔"之美誉。其所著《述异记》中，时见隋唐地名，且《地生毛》、《洛子渊》诸条故事均出于任昉之后，可能原书已经唐人窜改。纪昀谓此书"大抵剽掇诸小说而成"（《四库提要》）。但并非陈陈相因，一般多有所发展和创新。例如书中叙蚩尤神话云："今冀州人掘地，得髑髅如铜铁者，即蚩尤之骨也。今有蚩尤齿长三寸，坚不可碎。秦汉间说蚩尤氏，耳鬓如剑戟，头有角，与轩辕斗，以角抵人，人不能向。今冀州有乐，名蚩尤戏，其民两两三三，头戴牛角而相抵。汉造角抵戏，盖其遗制也"；"汉武时，太原有蚩尤神昼见，龟足蛇首"。所有这些关于蚩尤神在秦汉以后的新神话，包括对地下遗存的发掘，都是对《山海经》、《列子》诸书所记的蚩尤老神话的补充和发挥。其中冀州人掘出所得之髑髅，当系某种古代动物化石而被附会为蚩尤之骨。

此书杂记自先秦至汉魏以来的各种宗教神话，神仙鬼怪故事尤多。例如《黄鹤楼》条叙荀环在江夏黄鹤楼上，见西南有仙人驾鹤而至。"宾主欢对，已而辞去，跨鹤腾空，眇然而灭"。唐崔颢诗所谓"昔人已乘黄鹤去，此地空余黄鹤楼"者，本此。又如书中将《汉武洞冥记》里的"蛟人泣珠"故事发展之，谓蛟人在南海中织出蛟绡，又名龙纱，缝制衣服，入水不濡。南宋陆游词所谓"春如旧，人空瘦，泪痕红浥蛟绡透"，本此。

有的条目亦颇含讽刺。例如《封使君》叙汉宣城郡守封邵一日忽化为虎，食其郡之民。因此民谣有云："无作封使君，生不治民死食民。"作者评议道："夫人无德而寿则为虎"。这个故事暗寓"苛政猛于虎"之意。《括地图》、《淮南子》、《博物志》、祖冲之《述异记》诸书，均有过人化为虎的记述；但任昉所记，自含深意，为他书所不及。

《齐谐记》与《续齐谐记》

《齐谐记》7卷，东阳无疑撰。东阳无疑为宋散骑侍郎，生卒年不详。《庄子·逍遥游》云："齐谐者，志怪者也。"《齐谐记》书名源出于此。原书佚于宋，马国翰《玉函山房辑佚书》辑得一卷，共15条，《古小说钩沉》全部收入马本。从现存遗文看，此书广涉神、佛、仙、鬼和动物精怪。其中又以动物精怪为多。例如《吕思》条：

>　　国步山有庙，有一事，吕思与少妇投宿，失妇，思逐觅，见大城，有厅事，一人纱帽凭几。左右竟来击之。思以刀砍，计当杀百余人。余者乃便大走，向人尽成死狸，看向厅事，乃是古时大冢。冢上穿，下甚明。见一群女子在冢里，见其妇如失性人，因抱出冢口。又入抱取先在女子，有数十，中有通身已生毛者，亦有毛脚面成狸者。须臾天晚，将妇还亭。亭长问之，具如此答。……

在六朝志怪小说里，写狐精作祟者极多。此篇特色是：古冢狸城乃是封建官府的投影，其"纱帽凭几"者就是太守之类的官，颇有"沐猴而冠"之意，其现实意义是不容置疑的。

《续齐谐记》原书早佚，现存遗文17条，吴均撰。吴均（469—520），字叔庠，吴兴故鄣（今浙江安吉）人，梁武帝时曾任郡主簿、奉朝请等职，受命撰《通史》，未及成书而卒。其诗文自成一格，语言清丽，音律和谐，以写景见长，时人号为"吴均体"。《与朱元思书》是其代表作。其志怪小说《续齐谐记》，从书名可知，意在继东阳无疑之作。书中不少故事广为后世征引与改编，因而十分有名。例如：五月五日作粽祭祀屈原、七月七日牛郎渡天河与织女相会、九月九日桓温登高避灾、张华识别斑狸精，以及阳羡书生寄身鹅笼等故事。

　　魏晋南北朝的宗教神话笔记小说，以其数量之众多，题材之广泛，影响之深远，构成了这一阶段文学之主潮。其中尤以鬼话中的人鬼婚恋和仙话中的仙凡姻缘二模式，源远流长。自此以后，各时期均不乏据以再创作的佳作问世，并一直传承至现代。

第三章 散文与翻译文学

第一节 叙事散文

这一时期出现了两部具有神话色彩的传记文学《后汉书·方术列传》和《高僧传》,以及两部具有神话色彩的游记《水经注》和《洛阳伽蓝记》。

《后汉寄·方术列传》

《后汉书》系纪传体东汉史,120篇,130卷,范晔撰。范晔(398—445),字蔚宗,顺阳(今河南淅川东)人。他出身官僚世家,博涉经史,善为文章;曾任刘宋之尚书史部郎、太守、左卫将军、太子詹事等职。元嘉二十二年,他与人谋立彭城王义康,事败被杀。范在博采诸家史料的基础上,从事东汉史写作,未竟其业而亡。后来由梁刘昭将司马彪《续汉书》里的八志补入,总称《后汉书》,《方术列传》是范晔的首创。

《后汉书·方术列传》分为上下2篇,总计收入各种方术人物29名、神仙23名,大都取材于汉魏两晋的各种宗教神话笔记小说,如《列仙传》、《神仙传》、《列异传》、《搜神记》、《独异志》、《志怪》等。列传中涉及的方术,有占卜、巫术、飞行、役使鬼神、推步、遁甲、天官、图纬、医算诸多方面。例如:《郭宪传》和《樊英传》,都有施行模仿巫术的造雨救火的记述。其方法是:方士以口含水或酒,向起火的方向喷出,虽地隔千万里之遥,亦立致大雨,火顿时熄灭。王乔传记述传主常驾凫飞行,有人以罗网捕凫,结果捕得的只是一只鞋。许杨传记述传主被太守下狱,但"械辄自解",狱吏因此大恐。这些方术,都是超自然力的表现,属于准宗教范畴。

但是，《方术列传》中有关医疗方面的记述，多非巫医性质，因而在今天看来，颇多符合科学原理者。例如华佗传记述华佗开刀治病，先令患者服"麻沸散"，便"醉无所觉"，然后剖开腹背，割去病灶，最后缝合，并在缝合处"传以神膏"，一月，即可康复。这与今日之外科手术过程，毫无二致。华佗又说：

"人体欲得劳动，但不当使极耳。动摇则谷气得销，血脉流通，病不得生，譬犹户枢，终不朽也。是以古之仙者为导引之事，熊经鸱顾，引挽腰体，动诸关节，以求难老。吾有一术，名五禽之戏；一曰虎，二曰鹿，三曰熊，四曰猿，五曰鸟。亦以除疾，兼利蹄足，以当导引。体有不快，起作一禽之戏，怡而汗出，因以著粉，身体轻便而欲食。"

今日的体育疗法，与华佗的"五禽之戏"及其原理，完全一致。

列传里的神仙传略，大多数根据《列仙传》、《神仙传》、《搜神记》等书摘编而成。例如费长房传是从《神仙传》里的《壶公》条节录的。其他还有《苏子训传》、《刘根传》、《左慈传》、《寿光侯传》等，也都是《列仙传》、《神仙传》、《搜神记》中同名条目的节缩文本。

《高僧传》

这一时期出现的另一部传记文学作品是《高僧传》。此书14卷，梁释慧皎撰。慧皎（497—554），会稽上虞（今属浙江）人，先后住持会稽嘉祥寺、宏普寺，博通内典外学，春夏讲经传法，秋冬潜心著述。共《高僧传》所创佛教传记体例，对后世僧传著作产生了巨大影响和楷模作用。书中将东汉至梁代的僧侣分为十大类：译经、义解、神异、习禅、明律、忘身、诵经、兴福、经师、唱导，共270人。此书是一部笼罩在佛光下的汉魏六朝文学史：（一）它记录了佛经文学的翻译盛况；（二）它记录了当时文人与僧侣的友谊，以及因此所受的佛教影响，如孙绰、许询、王羲之等与支遁的交往，谢灵运与慧远的交往等；（三）它记录了诗僧们的创作活动；（四）我国语言学专家提出的汉语四声说，与书中记录的高僧诵经的声调，关系至为密切。（五）它记述的高僧向群众宣扬佛法的"唱导"，乃是后世通俗文艺如莲花落之类的滥觞。

古代的史传作家大多不能划清史实与神话传说的界限，因此许多人物传记实乃史实与神话的交融互汇。《后汉书·方术列传》如此,《高僧传》亦如此。《高僧传》里最具有神话文学色彩的,是"神异"类的20位高僧传记,不妨叫做"神僧传",堪与道教之《神仙传》双峰并峙。他们是:(一)竺佛圆澄,(二)单道开,(三)竺佛调,(四)耆域,(五)犍陀勒,(六)呵罗竭,(七)竺法慧,(八)安慧则,(九)涉公,(十)释昙霍,(十一)史宗,(十二)杯度,(十三)释昙始,(十四)释法朗,(十五)邵硕,(十六)释慧安,(十七)释法匮,(十八)释僧慧,(十九)释慧通,(二十)释保志。以竺佛圆澄传为例,此传描述了传主的许多超自然力表现。例如:以麻油调和胭脂,涂于手掌上,"千里外事,皆彻见掌中,如对面焉"。又如以盆盛水,烧香咒之,须臾便生青莲花,光色耀眼。其他神异表现,还有未卜先知、祈雨必至、起死回生等。

按照佛教神学,佛陀、菩萨和阿罗汉等超自然体具有五种或六种超自然力,谓之"五神通"或"六神通"(简称"五通"或"六通"),即:(一)神足通,谓能飞天入地,出入三界,变化自在;(二)天眼通,谓能见六道众生之苦乐生死及世间种种形色;(三)天耳通,谓能听见六道众生之苦乐忧喜语言及世间种种声音;(四)他心通,谓能知六道众生心中一切意念;(五)宿命通,谓能知自己及六道众生的前生乃至百千万世的宿命及所作之事。以上谓之"五通",再加上漏尽通,谓断一切烦恼惑业,永脱生死轮回,合称"六通"。前述竺佛图澄以及其他神僧的许多神异表现,多属于"五通"范畴。但是,他有许多神僧的神异表现,超越了佛教的"五通",而具有道教方术的神学色彩。例如竺佛图澄洒酒灭火神话:

> 澄又尝与虎(石虎)共升中堂,澄忽惊曰:"变,变,幽州当火灾"。乃取酒洒之,久而笑曰:"救已得矣。"虎遣验幽州云:"尔日火从四门起,西南有黑云来,骤雨灭之,雨亦颇有酒气。"

这段故事,与《搜神记》和《后汉书·方术列传》里的《樊英》条写的喷水灭火故事,基本一致。

《高僧传》多取材于魏晋笔记小说和佛徒著述。当时道教正在蓬勃发展,方士十分活跃,因而作者们无不接受了道教方术的影响,以致许多志怪笔记小说中的僧侣，颇带道士气。例如佛徒王琰的《冥祥记》，就是一本借道教方术写佛法无边的代表作。《高僧传》的"神异"类取材于此书甚多，如竺佛调、耆域、犍陀勒、释法朗等神僧传均是。因此，《高僧传》里的神僧多似道士就不值得奇怪了。除前述竺佛图澄以外，其他如：单道开"绝谷，饵柏实；柏实难得，复服松脂"；涉公"虚靖服气，不食五谷"，死时"无疾而化"，"开棺视之，不见尸骸所在，唯有殓被存焉"；释僧慧于同一天赴"中山甄恬、南平车垦"，后两家检覆，方知分身；释保志也"分身三处宿"。以上神僧的神异表现，乃是道教的辟谷、尸解、分身等方术的应用。

高僧道士化，乃是这一时期佛教神话文学之一特色。

《水经注》里的神话传说

此书是为桑钦《水经》所作的注文，40卷，郦道元撰。郦道元（？—527），字善长，范阳涿鹿（今属河北）人。他在北魏先后任河南尹、御史中尉、关右大使等职，被雍州刺史萧实夤所杀。他学识渊博，文笔秀美。《水经》罗列全国河流130多条。郦对每一河流所经之处，举凡城邑建设，人文掌故，名胜古迹，神话传说，无不一一详加注释。词章清丽，描述细腻，读之如身临其境。特别是注文中的神话传说，给美丽的祖国山水，更添上一层奇幻的浪漫主义色彩。全书征引自先秦至魏晋的典籍多达167种。因此，《水经注》既具有学术价值，又具有文学价值。它是一部中国地理专著，又是一部脍炙人口的散文集。兹举注文数则如下：

（一）湖水出桃林塞之夸父山，广圆三百仞。武王伐纣，天下既定，王巡岳渎，放马华阳，散牛桃林，即此处也。其中多野马。造父于此得骅骝、绿耳、盗骊之乘，以献用穆王。使之驭，以见西王母。（《河水》）

（二）……获水又东，谷水注之，上承阳陂，陂中有香城，城在四水之中，承诸陂散流，谓零水、溹水、清水也。积而成潭，谓之砀水。赵人有琴高者，以善鼓琴为康王舍人，行彭涓之术，浮游砀郡间二百余年。后入砀水中取龙子，与弟子期曰：皆洁斋待于水旁。

设屋祠，果乘赤鲤鱼出，入坐祠中。砀中有千万人观之，留月余，复入水也。破水东注，渭之谷水，东运安山北，即砀北山也。……（《獲水》）

（三）……汇水又东南流，出桂阳南，至四会，是峤之溪。溪水下流，历峡南出。是峡谓之贞女峡。峡西岸高岩；名贞女山。山下际，有石如人形，高七尺，状如女子，故名贞女峡。古来相传，有数女取螺于此，遇风雨昼晦，忽化为石。斯诚巨异，难以闻信。（《汇水》）

这些注文：山水，人文，神话，传说，乃至作者点评，交错互出，婀娜多姿。后世山水散文大家，如唐之柳宗元，明之张岱，颇多得益于此书。

《水经注》所引书目之与宗教神话有关者，如《山海经》、《括地图》、《汲冢琐语》、《竹书纪年》、《遁甲开山图》、《穆天子传》、《释氏西域记》、《玄中记》、《述仙记》等，多达数十种。其中有些早已失传。

《水经注》是对《水经》的发展与再创作，其价值已超越于原著之上。明黄省曾《水经序》云：郦道元"以博洽之弘襟，擅图与之专学，随经抒述，掇籍弘铺，剖说十倍于前文，挥述半陟其躬履。或众援以明讹，或极辨而较是，或衷遂而昭迹，或廓无而续有。故凡过历之皋维，夹并之坻岸，环间之亭邮，跨俯之城陆，镇被之岩岭，回注之溪谷，濒枕之乡聚，耸映之台馆，建树之碑碣，沈渝之基落，靡不旁萃曲收，左撼右采。岂曰钦桑之诂释，实所以粉饰漏阙，铨次疆隅，乃相继而为编者也。"这个评价，并非溢美之辞。

《洛阳伽蓝记》

此书共5卷，杨衒之撰。杨，一作阳或羊，北平（今河北满城）人，生卒年不详，北魏时曾任期城太守。东魏武定五年（547），他至北魏旧京洛阳，目睹宫室倾覆，寺庙荒芜的凄凉景象，昔日繁华踪影全无，乃撰《洛阳伽蓝记》，以寄托他缅怀北魏王朝的哀思，同时也批判当时封建统治者耗财佞佛的风尚。伽蓝，梵语"僧伽蓝摩"的简称，意译为佛寺。《洛阳伽蓝记》就是记述洛阳寺庙的散文集。它不仅记述了洛阳城内外70余所佛寺的兴衰历史和殿堂屋宇的建筑规模，兼及与之相关的政治、经济、历史和风俗人情、神话传说等。纪昀称"其文浓丽秀逸，烦而不厌，可与郦道元《水经注》肩随"（《四库提要》）。我们试看书中对永宁寺内百丈宝塔的描述：

>……中有九层浮图一所，架木为之，举高九十丈。上有金刹，复高十丈，合去地一千尺。去京师百里，已遥见之。……刹上有金宝瓶，容二十五斛。宝瓶下有承露金盘一十一重，周匝皆垂金铎。……铎大小如一石瓮子。浮图有九级，角角皆悬金铎，合上下有一百三十铎。浮图有四面，面有三户六窗，户皆朱漆。扉上各有五行金铃，合有五千四百枚。复有金环铺首。殚土木之功，穷造形之巧。佛事精妙，不可思议。绣柱金铺，骇人心目。至于高风永夜，宝铎和鸣，铿锵之声，闻及十余里。

这段文字，简洁清丽，许多白描式记述，如"高风永夜"数语，寥寥十余字，令人如置身其中。永宁寺中的这座超巨型浮图，后来毁于大火。"当时雷雨晦冥，杂下霰雪，百姓道俗，咸来观火"。"火经三月不灭，有火入地寻柱，周年犹有烟气"。一场大火，经年不熄，又从反面烘托了这座浮图的建筑规模之宏伟。

又如《景明寺》条：

>时世好崇福，四月七日，京师诸像（指佛像）皆来此寺，尚书祠部曹录像：凡有一千余躯。至八日，以次入宣阳门，向阊阖宫前受皇帝散花。于时金花映日，宝盖浮云；幡幢若林，香烟似雾；梵乐法音，聒动天地；百戏腾骧，所在骈比；名僧德众，负锡为群；信徒法侣，持花成薮；车骑填咽，繁衍相倾。时有西域胡沙门见此，唱言佛国。

这真是一幅蔚为壮观的人间佛国风俗画。它真实地描绘了北魏京城洛阳的浴佛节（四月八日）的空前盛况，记录了北魏诸帝，特别是宣武帝

(499—515)和孝明帝（515—528）大兴佛法的历史。

又如《开善寺》条记述了昔日皇族聚居、"民间号为王子坊"的寿丘里，后来捐作佛寺的始末。文中着重描述了富甲天下的河间王的园林、女乐、珍宝等。河间王对别人说："不恨我不见石崇，恨石崇不见我。"由此可见，当时王室子弟之夸豪斗富，达到了目空一切的程度。后经战乱，人事沧桑，寿丘里的王侯宅第多捐为寺。"京师士女多至河间寺，观其廊庑绮丽，无不叹息，以为蓬莱仙室亦不是过。入其后园，见沟渎蹇产，石磴嶕峣，朱荷出池，绿萍池水，飞梁跨阁，高树出云，咸皆唧唧，虽梁王兔苑，想之不如也"。字里行间，流露出作者对王侯的奢侈竞富，不无谴责之情。

《洛阳伽蓝记》不但描述了洛阳寺庙的建筑之奢华，佛事之兴旺，亦兼及种种与之相关的神话传说，尤以狐精故事为多。例如《法云寺》条中写道：

> 有挽歌孙岩，娶妻三年，妻不脱衣而卧。岩怪之，伺其睡，阴解其衣，有尾长三尺，似狐尾。岩惧而出之。妻临去，将刀截岩发而走。邻人逐之，变成一狐，追之不得。其后，京邑被截发者一百三十余人。初，变为妇人，衣服靓妆，行于道路，人见而悦之，近都被截发。当时妇人着彩衣者，人皆指为狐魅。

这个化变为妇人的狐精，人形而尾长三尺，是一个半人半兽精怪。从《洛阳伽蓝记》中对狐精的记载看，当时洛阳民间的此类传说极多，从而说明了六朝志怪小说多好谈狐的一个社会原因。

第二节 论理散文

魏晋南北朝时期，儒、释、道三教启动了彼此碰撞又互相吸收的过程。《弘明集》全部和《广弘明集》部分文章，站在佛教立场，记录了三教思想的调和与碰撞。同时，文学理论与三教中的儒释思想也出现了融合，其著名代表作是《文心雕龙》。

《弘明集》与《广弘明集》

《弘明集》全书 14 卷，梁僧祐编纂。僧祐（445—518），俗姓俞，彭城下邳（今属江苏徐州）人，武帝时居钟山定林寺。他编此书，意在弘扬佛法，批驳对佛教的各种诘难。编者在自序中写道："道以人弘，教以文明，弘道明教，故谓之《弘明集》。"书末又缀以编者自撰的《弘明论》（又称《弘明集》后序），把当时对佛教持怀疑与否定态度的舆论归纳为"六疑"。依次加以辩驳。全书共收入自东汉至南朝梁代 122 人撰写的 183 篇围绕佛教展开轮辩的文章。作者多系僧伽和奉佛的帝王、官吏与百姓。为了显示文集的论辩色彩与针对性，其中还收入了若干有代表性的反佛论著，如范缜的《答曹舍人》。文集中的作品，以论辩文为主。这类理论散文，大多具有旗帜鲜明、逻辑严密、文笔犀利、议论风生等特点。其中有的作品还运用各种文学手段如形象化的比喻，生动的故事情节等，对抽象的佛理作深入浅出的剖析，读来令人兴味盎然。此外，唐释道宣编撰的《广弘明集》，28 卷。其中也收入了魏晋南北朝时期的若干护法文章，兼及若干弘佛诗歌。

在《弘明集》与《广弘明集》中围绕佛教而展开论理的文章，大体分为两类。一类是调和论，另一类是水火论。调和儒释道三教的代表作是牟融《理惑论》，调和佛道二教的有张融《门论》和顾道士的《夷夏论》（《弘明集》未收）以及与之驳难的一大批文章。水火论方面，最著名的是"神灭论"与"神不灭论"大论战，其次还有因崇道反佛的《三破论》（《弘明集》未收）而引起的佛道论争。

《理惑论》又称《牟子》或《牟子理惑论》。据唐神清《北山录》，此书原名《治惑论》，唐人避高宗李治名讳而改"治"作"理"，遂沿袭至今。这是《弘明集》收入的早期中国佛论之一。作者为东汉牟融。但历来对此争议甚多，有肯定者，也有否定者。否定的一派认为牟子并非牟融，甚或认为历史上并无牟子其人，因而《理惑论》是伪书。持肯定意见者有孙诒让、汤用彤、周叔迦，以及日本学者山内晋卿、福井康顺，法国学者伯希和等；持否定意见者有胡应麟、孙星衍、梁启超、吕征，以及日本学者常盘大定、松本文三郎，法国学者马司帛洛等。持否定意见的学者中，除胡应麟外，一般认为此论约成于六朝时期。

从《理惑论》自序看，作者原系儒生，因东汉末年天下大乱，"方世扰攘，非显己之秋"，遂矢志习佛，兼治《老子》。可见牟子是一个精通内典、外典的早期中国佛学家和佛论家。他有鉴于佛教初传中华，遭到传统文化的攻击，"世俗之徒多非之者，以为背五经而向异道"，乃作《治（理）惑论》以答天下。据作者称："佛经之要有三十七品，老氏《道经》亦三十七篇"，故仿而作三十七则问答。文中广泛征引儒、道二家外典，以论证佛家内典与中国传统文化相一致。这是中国古代阐述佛教义学的最早论著之一，也是最早倡导三教同源的论著之一。例如其论佛教与儒家孝道的关系：

> 问曰：夫福莫逾于继嗣，不孝莫过于无后。沙门弃妻子，捐财货，或终身不娶，何其违福孝之行也，自古而无奇，自拯而无异矣。牟子曰：夫长左者必短右，大前者必狭后。孟公绰为赵魏老则优，不可以为滕薛大夫。妻妾财物，世之余也；清躬无为，道之妙也。老子曰："名与身孰亲？身与货孰多？"又曰："观三代之遗风，览乎儒墨之道术，师诗书，修礼节，崇仁义，视清洁，乡人传业，名誉洋溢，此中士所施行，恬淡者所不恤。故前有隋珠，后有虓虎，见之走而不敢取，何也？先其命其后其利也。"许由栖巢木，夷齐饿首阳，孔圣称其贤，曰："求仁得仁者也"。不闻讥其无后无货也。沙门修道德以易游世之乐，反淑贤以买妻子之欢，是不为奇孰与为奇？是不为异孰与为异哉？

儒学是维系以血缘为核心的宗法社会人际关系的政治伦理学说，强调宗子的继承权。因此有所谓"不孝有三，无后为大"的说法。《孔子家语·大婚解》云："天地不合，万物不生；大婚，万世之嗣也。"儒家讲入世成家。佛教主出世出家，这是彼此对立的两种人生观。但是，牟子却征引孔、老言论（多非原文），采取诡辩的方式，得出了一个儒释道彼此相容无碍的结论。

佛教唯心主义哲学认为：众生精神不灭，生死轮回、因果报应等教义，均建立在这一理论基石上。南北朝时期，围绕神灭、神不灭问题，展开了两次重大的论辩。第一次发生于宋文帝元嘉十二年（435）。沙门慧琳曾著《白黑论》，认为精神不灭和生死轮回等佛教教义不足信。何承天继承这一观点撰《达性论》，称"生必有死，形毙神散"，倡导神灭论。颜延之、宗炳等著文反驳，力主精神不灭，人人均可成佛。宋文帝对这场争论作了总结。他站在佛教立场称："颜延之折《性达》，宗少文（炳）难《黑白》，论明佛法汪汪，尤为名理并足，开奖人意。若使率土之滨，皆纯此化，则吾坐致太平，夫复何事！"这是荒谬的佛法治国论。第二次大辩论发生在50年后的齐武帝永明五年（487）。竟陵郡王萧子良广招名士、名僧讲论佛法，宾客范缜著《神灭论》力排之。萧子良门下其余众宾客与之论辩；梁武帝萧衍当时也是萧子良门客之一，他组织僧侣和在家佛徒对《神灭论》展开论战，参加者多达六十余人，但终未能使范屈服。

"神灭论"与"神不灭论"之争，实质是无神论与有神论之争，唯物论与唯心论之争。《弘明集》第9、第10两卷，《广弘明集》第22卷，收录了这场大论战中的若干重要文章。这些论理文讨论的是一个抽象的哲学基本命题，即物质—形，与精神—神的关系问题。因此，双方都采用了设譬说理和类比推理法，以求取得深入浅出的效果。先是宋郑道子著有《神不灭论》，文中以薪与火的关系，类比形与神的关系："夫火因薪则有火，无薪则无火。薪虽所以生火，而非火之本。火本自在，因薪为用耳。若待薪然后有火，则燧人之前，其无火理乎？火本至阳，阳为火极，故薪是火所寄，非其本也。神形相资，亦犹此矣。"其中的"薪是火所寄，非其本也"一语，把薪与火的因果关系偷换成寄托关系，是违背物理学原理的。但由于这样的设譬和类比却造成一种错觉：似乎形灭而神不灭的唯心论倒是个浅显明白的真理了。

范缜的《神灭论》与《神不灭论》针锋相对，也采取了设譬和类比推理法。该文写道：

> 神之于质，犹利之于刃；形之于用，犹刃之于利。利之名非刃也，刃之名非利也。然而舍利无刃，舍刃无利。未闻刃没而利存，岂容形亡而神在？

以刃与利的相互依存关系，类比形与神的相互依存关系，形象而通俗地阐明了精神依存于物质的唯物论原理，从而动摇了佛教的三世流转、六道轮回诸教义的基础。

梁萧琛《难神灭论》对范缜《神灭论》逐段引述，逐段批驳。其对范文之以刃与利喻形与神的推理的反驳如下：

> 夫刃之有利，砥砺之功。故能水截蛟鳞，陆断兕虎。若穷利尽用，必摧其锋，锷化成钝。刃如此，则利灭而刃存，即是神亡而形在。何云舍利无刃，名殊而体一邪？刃利既不俱灭，形神则不共亡。虽能近取譬，理实乖矣。

"锋"、"锷"、"刃"，名虽为三，其实则一。萧琛的驳论，错在将"锋锷"与"刃"视作两个不同概念，由是得出锋锷虽摧而刃犹存，又进一步推出刃存利灭的错误结论。但从修辞和形式逻辑的角度看，这种层层推进的设譬说理方法，表面上具有雄辩色彩。

范缜《神灭论》的基本论点是形神合一，形神合一的重要论据之一是刃利合一。因此，所有参与攻击此论的论家，都要采取诡辩术把刃利合一这个命题推翻。偷换概念，是论家们普遍采用的方法。萧琛如此，沈约亦如此。他在《难范缜神灭论》中采用以"刀"代"刃"的办法进行辩论：

> 刀则唯刃犹利，非刃则不受利名。故刀是举体之称，利是一处之目。刀之与利，既不同矣；形之与神，岂可妄合耶？又昔日之刀，今铸为剑，剑利即是刀利，而刀形非剑形，于利之用弗改，而质之形已移；与夫前生为甲，后生为丙，天人之道或异，往识之神犹传；与夫剑之为刀，刀之为剑，有何异哉？又一刀之质，分为二刀，形已分矣，而各有其利。今取一牛之身而剖之为两，则饮干之生即谢，任重之用不分，又何得以刀之为利，譬形之与神耶？

为了推翻刃与利二位一体，不可分割的关系，沈约干脆不承认刀的一部分——"刃"有比喻"形"的资格。他强调只有具备"举体之称"的刀，才有类比"形"的资格。但"刀"的整体性与"利"的局部性不统一，从而推出不能以刀与利的关系类比形与神的关系之结论。其次，沈文还从金属的可铸性入手，提出刀可以变形为剑，可以一分为二等，进而从根本上否定刃利合一之命题，这就更是节外生枝之论了。不过，从论理的技巧上看，这样充分采用设譬说理的方法，的确可收深入浅出之效。

在这场大论战中，曹思文是范缜的主要论敌。他曾多次著文反驳《神灭论》。由于范论以刃利合一喻形神合一，十分贴切，无懈可击，曹思文在第一次写成的《难神灭论》中只好避而不谈。但是，刃利之喻不破，神灭之论不倒，它是不容回避的。曹思文只得硬起头皮再写了《重难神灭论》。他在此文中说："神之与形，是二物之合用"，而"刃之于利，是一物之两名"，因此不能以后者比喻前者。刃是物质，利是物性。曹文企图将物质与物性混为一谈，以达到推翻刃利之喻的目的，显系徒劳。他最后不得不认输："无以折其锋锐"。

除论辩散文以外，《弘明集》、《广弘明集》还收入了这一时期若干弘佛的寓言散文，如释智静《檄魔文》、释宝林《破魔露布文》、懿法师《伐魔诏并书檄文》等。这些散文的共同特点是"寓言假事，庶明大道"（《破魔露布文》），即借佛教神话中的佛魔交战故事，寄托佛性战胜贪嗔痴三毒的主旨。其艺术特点是寓抽象的说教于形象的描绘之中，易为广大群众接受，是一种通俗的佛教布道文。例如《伐魔诏并书檄文》，描述了佛军对魔军宣战、破敌、受降、抚慰的过程。佛军方面有征魔大将军统领的五百万亿众、通微将军统领的七百万亿众，还有维摩诘大军、文殊师利大军、观世音大军等，正气堂堂，军威肃肃。魔军方面则有聚沫大将军率空华之卒，硐响大将军领宫商之众，以及其他魔头亦各率刀兵箭卒，前来迎战，气势汹汹。两军交战的结果，是大慈大悲的佛军收服了三毒蠢肆的魔军。

这种寓言式的佛教布道文对后世的散文、小说产生了深远的影响。唐代韩愈、柳宗元的寓言小品文，宋代圆悟禅师的《降魔表》，明清神鬼寓言小说《斩鬼传》、《平鬼传》、《西游补》等，均对六朝佛教布道文有所继承发展。

儒释互补的《文心雕龙》

在南朝的齐梁之交，出现了我国第一部自成体系的、具有儒释互补思想特色的文学理论批评专著《文心雕龙》,10卷,刘勰撰。刘勰(466?—539?),字彦和,祖籍东莞郡莒县(今属山东)。其先人避永嘉之乱,渡江南下,徙居京口(今江苏镇江)。他的父亲刘尚曾任校尉。刘勰少孤家贫,依沙门僧佑十余载,终身未娶。在此期间,他一面研习佛理,一面博览儒典百家之书。南齐末年,他撰成《文心雕龙》一书,立即获得当时文坛泰斗沈约的赏识。入梁以后,历任奉朝请、东宫通事舍人等职,世称刘舍人。晚年的他,弃官为僧,法名慧地。《文心雕龙》共50篇。前五篇为《原道》、《徵圣》、《宗经》、《正纬》、《辨骚》,是全书的总纲。从《明诗》到《书记》共20篇,是文体论。从《神思》到《物色》(不包括《时序》)的20篇,是创作论。《时序》、《才略》、《知音》、《程器》四篇,是关于文学史和文学批评的论述。最后一篇《序志》,是全书总结,交代著书动机、目的和原则。

　　刘勰是在依僧佑生活、读书并协助僧佑编纂佛典十余年之后,在出任官职之前,撰成《文心雕龙》的。因此,他的读书历和经历——儒释兼修,不可能不在其思想和著述中打下烙印。事实正是如此。以儒为主、以佛为辅的思想特色,充分地反映在《文心雕龙》的《序志》和总纲五篇中。

　　《序志》篇首先对书名"文心"作了诠释:"夫文心者,言为文之用心也。昔涓子琴心,王孙巧心,心哉美矣,故用之焉。"刘勰文学思想的核心,就是这个"心"字,"心"是文学创作过程的始发站。他认为:文学作品中的一切形象,都是"心"的创造。这一文学原理,乃是佛学"万法(一切现象)唯心"(《华严经》)的移植。佛论中对这一教义有各种大同小异的阐释。如:"三界所有,皆心所作。"(《大智度论》)"心生则种种法生,心灭则种种法灭。"(《大乘起信论》)晋僧伽提婆与慧远合译的《阿毗昙心论》,以"心"为题,也许是启发刘勰以"文心"作为书名的原因。慧远在《阿毗昙心序》中说:"阿毗昙心者,三藏之要颂,咏歌之微言。管统众经,领其宗会,故作者以心为名焉。""阿毗昙"又译作"毗昙",意译为"无比法"、"大法"。由于此"法""管统众经",是法中之法,故名之曰:"心"。由此看来,在刘勰心目中,文学领域的"文心",实与佛学领域的"阿毗昙心"相当。"阿毗昙心"是佛法中的根本大法,"文心"

则是文学创作中的根本法则。

其次,《序志》篇也鲜明地表达了刘勰尊儒的立场:"……尝夜梦执丹漆之礼器,随仲尼而南行;旦而寤,乃怡然而喜。大哉,圣人之难见哉!乃小子之垂梦欤!自生人以来,未有如夫子者也。"孔子被刘勰尊为自有人类以来的第一位大圣人。

刘勰提出:"文心"是"雕龙"之本。但是从"文心"到"龙"——文学作品,还必须经过若干中介。所以他在《序志》中又说:"盖文心之作也,本乎道,师乎圣,体乎经,酌乎纬,变乎骚:文之枢纽,亦云极矣。"为了阐明这一"文心"逐层外化而为文学的过程,刘勰于是撰写了《文心雕龙》的开头五篇。

《文心雕龙》的第一篇《原道》,是阐述"文心"与文学之间的关系的。什么是刘勰文学创作理论体系中的"道"?他有十分明确的界说:

"心生而言立,言立而文明,自然之道也。"这就是说,从"文心"的创造("生")到用语言写成文学作品,这一过程,就是文学创作的"自然之道"。这个"道",是以"心"为出发点的。所以刘勰干脆把"道"与"心"连在一起:"爰自风姓,暨于孔氏,玄圣创典,素王述训,莫不原道心以敷章。……"从刘勰的佛眼来看,自伏羲、女娲(风姓)以来,孔子、老子以及一切德高望重者(素王)的作品,都是"原道心以敷章"而诞生的。所以篇末赞辞的头一句就说:"道心惟微,神理设教。"《原道》的基本论点,就是阐明文学创作的源泉乃是"道心"。当然,这是从佛学"万法唯心"的主观唯心主义立场,来考察文学创作的源泉。刘永济说:"其思想方法,得力于佛典为多。"(《文心雕龙校释·前言》)是不错的。

应当指出:"自然之道"、"道心惟微"都是道家语,但它们在《文心雕龙》中所表述的却是佛家思想。借道释佛,是早期汉译佛典和中国佛论的语言特色。传为迦叶摩腾和竺法兰共同翻译的《四十二章经》,就是用"道"字来表述佛法真如的。例如:"有通人传毅曰:臣闻天竺,有得道者,号曰佛";"佛言……如是十事,不顺圣道,名十恶行";"佛言,夫人为道务博爱博哀,施德莫大施,守志奉道,其福甚大",等等。又如释僧顺《释三破论》云:"夫道之名,以理为用。其得理也,则于道为备。是故沙门号曰道人,阳平呼曰道士。"沉浸于早期汉译佛典和佛论中十余年的刘勰,当他自己一旦操笔为文,其借道释佛,便是顺理成章的事。

《文心雕龙》创作论部分的第一篇《神思》,是对《原道》篇的"原道心以敷章"的发挥。刘勰指出:"神思"乃是"驭文之首术,谋篇之大端"。可见其重要性与《原道》提出的"道心"旗鼓相当。接着他描述"神思"的特征道:"文之思也,其神远矣。故寂然凝虑,思接千载;悄焉动容,视通万里。吟咏之间,吐纳珠玉之声;眉睫之前,卷舒风云之色;其思理之致乎?"这些关于形象思维的描绘,乃是对《原道》中的"心生而言立,言立而文明"的"自然之道"的具体化。

刘勰在《文心雕龙》中也谈到了与"心"相对立的"物",即客观物质世界。例如:"神与物游";"物以貌求,心以理应"(《神思》);"物色之动,心亦摇焉";"情以物迁,辞以情发";"诗人感物,联类不穷";"写气图貌,既随物以宛转;属采附声,亦与心而徘徊"(《物色》)。这些议论,又闪烁着某些朴素唯物主义的光彩。

综上所述,不难看出:《文心雕龙》文学理论的哲学基础,乃是佛教主观唯心主教与素朴唯物主义相杂糅的二元论。这是刘勰兼容佛学和诸子百家的结果,是他依僧佑治学十余年的结果。

《文心雕龙》的第二篇至第五篇,都是刘勰儒家思想在文学理论中的表现。

第二篇《徵圣》,是以儒家圣人之遗文验证第一篇《原道》。《原道》中说过:"道沿圣以垂文,圣因文而明道"。《徵圣》篇就是对这两句的阐释和发挥。其中指出:"徵之周孔,则文有师矣";"徵圣立言,则文其庶矣"。他明确地以儒家圣人周公、孔子之文,作为"心生而立言,言立而文明"的范式。

第三篇《宗经》,是对第二篇《徵圣》的进一步发挥,即阐释第二篇提出的"夫子文章"、"圣人之文章"是什么及其对后世文学的楷模作用。所谓"宗经",就是以孔子删定的儒家经典为文宗。这是因为:"经也者,恒久之至道,不刊之鸿教也。"按照刘勰的看法,儒家的五经,乃是五种不同文体之模范;后世文体尽管越分越细,越衍越繁,都不出儒家五经——五体之外。他说:"故论说辞序,则《易》统其首;诏策章奏,则《书》发其源;赋颂歌赞,则《诗》立其本;铭诔箴祝,则《礼》总其端;

纪传铭檄，则《春秋》为根；并穷高以树表，极远以启疆，所以百家腾跃，终入环内者也。若禀经以制式，酌雅以富言，是仰山而铸铜，煮海而为盐也。"《宗经》的旨归，全在于此。刘勰的这种文体宗经论，不是没有根据，问题是未免以偏概全。中国文学自先秦发展至六朝，文体纷繁，不是五经文体所能范围得了的。例如异军突起的汉魏六朝志怪笔记小说，就被排斥在这个文体系统范围之外。刘勰之所以对当时的笔记志怪小说视而不见，置之不论，乃是儒家正统文化排斥异端文化的必然结果。"乱、力、怪、神"是孔圣人绝对避而不谈的。刘勰既以儒家五经为文体之正宗，当然就不可能去承认大谈"乱、力、怪、神"的志怪笔记小说也是文学之一体了。

《文心雕龙》的第四篇《正纬》和第五篇《辨骚》，是从两个不同的侧面来丰富《徵圣》和《宗经》提出的儒家文统观。

《正纬》的主旨，是批判两汉以来伪托孔子所作的谶纬之书。谶纬之学是流行于汉魏以来的神学迷信。所谓"谶"，就是"诡为隐语，预决吉凶"的宗教预言，又称"符谶"或"符命"，有图有文者则称"图识"。"纬"是纬书的简称，纬书是与儒家的经书相对而言，以神学迷信阐释儒家经典的书。自董仲舒起，谶纬之学就被拉进儒学。后来汉章帝在白虎观召集博士、儒生讨论五经，广泛征引纬书解释儒学，编成《白虎通义》，堪称儒家神学之最。儒学因此蜕变为儒教。刘勰在《正纬》中对谶纬之书详辩其伪，明察其谬。其目的虽出于维护儒学之纯，但他将谶纬之书与儒家经典严格地区别开来，力斥其"乖道谬典"，还儒学以本来面目，实乃对中国传统学术文化研究之一大贡献。

《辨骚》是对楚辞（骚）及其源流异同的辨析。刘勰指出："自'风''雅'寝声，莫或抽绪，奇文郁起，其《离骚》哉！"他认为楚辞是对儒家经典之一的《诗经》之"风"与"雅"的继承和发展。他论列楚辞与"风""雅"的四同、四异之后说：楚辞"虽取熔经意，亦自铸伟辞"。这个结论，大体不错。因为《诗经》中的"风"诗是北方民歌，"雅"诗是北方贵族诗歌；楚辞则是南方民歌（如《九歌》）和南方贵族诗歌（如《离骚》）的结集。二者的形式各不相同，内容则彼此相似。不过，刘勰为了弘扬儒家正统，把本来与《诗经》没有源流关系的楚辞勉强说成"取熔经意",显得有些生硬了。

以上是《文心雕龙》的释儒互补的思想特色之表现。另外,从《文心雕龙》的文体形式看,也表现出若干儒释两家文体的特色:

(一)《文心雕龙》50篇,每篇均由正文加文末的赞语八句构成。正文用散文写成,赞语概括正文,用韵语写成。这种韵散互补,将同一内容表述两次的写作法,出自佛典。

(二)《文心雕龙》还广泛运用"带数释"的方法,有条不紊地论列问题。例如:"故丽辞之体,凡有四对:言对为易,事对为难,反对为优,正对为劣。"(《丽辞》)"是以将阅文情,先标六观:一观位体,二观置辞,三观通变,四观奇正,五观事义,六观宫商。"(《知音》)等等。这种先总后分的"带数释"陈述法,不但出自佛论,而且《论语》中也屡见不鲜,可见它是儒释两家的共同语言特色。

第三节　翻译文学与翻译理论

这一时期,由于佛典翻译事业的发达,不但促成了汉译佛典文学的大量涌现,而且促进了翻译理论的萌芽和发展。总之,无论是翻译文学,还是翻译理论,都是与佛典翻译事业同步前进、同步繁荣的。

译经盛况与鸠摩罗什

随着印度佛教的传入中国,梵文佛典的汉译工程也启动了。据文献记载,汉译佛典事业发轫于东汉永平十年(67),由迦叶摩腾和竺法兰将《四十二章经》和《十二断结经》率先译成汉文。随后,安世高译出佛经35部。进入魏晋南北朝时期,译经事业大盛。当时,在各封建王朝的直接支持下,全国出现了大量著名译场。东晋有庐山般若台、建业道场寺,刘宋有建业祇洹寺、荆州辛寺,萧梁有建业寿光殿、华林园、正观寺、占云馆、扶南馆,陈有富春陆元哲宅、广州制旨寺,姚秦有长安逍遥园、西明阁,北凉有姑藏闲豫宫,元魏有洛阳永宁寺、汝南王宅,北齐有天平寺,等等。当时的译经事业是集体脑力劳动。每译一经,须经众多译员的分工与合作。其职务分工有译主、笔受、度语、证梵、润文、证义、总勘等。

因此，各译场从事译经之人数，从数百至数千人不等。其规模之大，译师之众，译作之多，在古今各国翻译史上，堪称绝伦。这一时期，对译经事业贡献最大、译作水平最高者，是鸠摩罗什。

鸠摩罗什（344—413，一说350—409），龟兹国人。其父鸠摩罗炎出身于天竺望族，后迁龟兹，生罗什。罗什7岁出家，初学小乘佛经，13岁以后又习大乘佛典。384年吕光灭龟兹，罗什东来，在凉州17年，遂精通汉语。401年，后秦姚兴灭后凉，将罗什迎至长安逍遥园，尊为国师，委以领导翻译佛典之重任。

鸠摩罗什来华以前，译经者"或善胡义而不了汉旨，或明汉文而不晓胡意"（《出三藏集记》）；"梵客华僧，聘言揣意，方圆共凿，金石难和"（《宋高僧传》）。因此，那时的汉译佛典都是直译，即按照梵文逐字逐句译成汉文。但梵文与汉文的语法结构不大一致，词序也各不相同。直译的佛经文本，读之如读天书，佶屈聱牙，晦涩难懂。

鸠摩罗什具有以往佛典译师无法企及的三个从事译业的优越条件，他精通佛学，精通梵文，精通秦言（汉语）。他深知以往汉译佛典之难懂，原因在于直译。于是，他开创了意译法。罗什译经，"手执梵本，……口宣秦言。两译异音，交辩文旨。……与诸宿旧五百余人，详其义旨，审其文中，然后书之。……胡音失者，正之以天竺；秦言谬者，定之以字义。不可变者，即而书之。"（僧叡《大品经序》）这样的汉译佛经文本，既忠实于梵文原典的内容，又符合于秦言的语法规律。同时，他的译本还力求做到文质互补。翻译佛典，"文过则伤艳，质甚则患野。野艳为弊，同失经体"（《出三藏集记》）。罗什是不艳不野的大师。例如僧叡协助罗什重译《正法华经》。罗什读此经的竺法护初译本至"天见人，人见天"句，说道："此语与西域义同，但在言过质。"僧叡提议：是否改译为"人天相接，两得相见"？罗什高兴地说："实然"（《高僧传》卷六）。只此一例，可见罗什译作的文质相得的译风。

在鸠摩罗什主持下译出的佛典，有《大品般若经》、《法华经》、《阿弥陀经》、《金刚经》、《维摩诘经》，以及《中论》、《百论》、《十二门论》、《大智度论》、《成实论》等，共300余卷，系统地译介了龙树中观学派的学说。

自此以后，六朝众多继起的佛典译家，纷纷采用鸠摩罗什的意译法。

其中著名的译师有东晋法显、刘宋求那跋陀罗、梁东时的真谛、北凉昙无谶，以及菩提流支等。

佛经文学

在汉译佛典中，有很多是具有文学价值的。佛典分为经、律、论三藏。其经藏中之具有文学价值者，一般称之为佛经文学。佛经文学涉及面很广，但大体上可以分为两大类，即：（一）佛话，即佛教神话，（二）寓言故事。

佛教神话包括佛教创始人释迦牟尼佛及其弟子们的神话故事，以及因果报应神话故事等。例如《佛本行集经》和《佛本生经》是讲述佛陀释迦牟尼神话的，《佛五百弟子自说本起经》是描述佛陀弟子皈依佛法故事的。有关佛教人物的神话，还散见于其他各种佛经。例如《维摩诘所说经》就是极为著名的一部，其文学价值历来受到学术界的高度重视。此经叙居士维摩诘有病，释迦佛派弟子前去问疾。但是，弟子们如舍利弗、大目犍连、大迦叶、须菩提、富楼那、迦旃延、阿那律、优波离、罗睺罗、阿难等，一一诉说维摩诘智慧超人，不敢前往。佛陀又命弥勒菩萨、光严童子、持世菩萨等前往。他们也诉说智慧不如维摩诘，不敢领命。最后，文殊师利领命前往。双方相见之后，维摩诘果然神通广大，论辩生花。因果报应神话是根据佛教的六道轮回教义创作出来的，目的在于弘扬佛法，劝善惩恶。例如《百缘经》里的《采花供养佛得生天缘》和《长者若达多悭贪坠饿鬼缘》两个故事，就是体现善有替报、恶有恶报的佛教神话。这些神话，就其哲学基础而言，属于宗教唯心主义，是宗教幻想的产物。但从文学角度看，这类关于超自然力的描写却具有无限的艺术魅力。后世的文学创作，之所以不断有人从佛教神话中汲取题材、情节、形象者，原因就在这里。

佛经中的寓言故事，包括古印度的各种民间传说，这些作品，有一些也具有传奇乃至神话色彩。例如《修行道地经》里的"擎钵大臣"故事，描述国王命某人头顶一满钵油出城至一园，如有滴油淌出即杀头。那人专心致志，一路上排除了美女、醉象、大火、蜂群等几乎无法承受的干扰，圆满地完成了王命。王遂任命此人为辅国大臣。佛经引述这个故事，意在阐明：习佛必须专心诚意才能成道。又如《奈女耆域经》里的神医故事，描述神医破颅治病，透视五脏六腑等，极富神奇色彩。

佛经中采集了大量的民间故事传说，为的是借以设譬解说佛经中的教义，从而达到深入浅出的传教目的。其作用有如我国先秦诸子散文中穿插的寓言故事。《妙法莲华经·安乐行品》云："以诸因缘，无量譬喻，开示众生，咸令欢喜。"正因为如此，大量古印度民间故事赖以保存至今。佛经里有一类专借譬喻说法的经典，如《百句譬喻经》、《杂譬喻经》、《贤愚经》、《杂宝藏经》等。鲁迅十分重视这类佛经的文学价值，曾捐资刻印《百句譬喻经》。许多著名佛经寓言，如"三重楼"、"瞎子摸象"、"曹冲秤象"、"猴子捞月"、"头尾相争"等，自古以来就在我国民间广泛流传，成了我国传统民间文学中的重要组成部分。

《经律异相》

《经律异相》是我国僧侣编纂的第一部汉译佛典（经藏与律藏）神话故事汇编，目录5卷，正文50卷，梁僧旻、宝唱编撰。僧旻（467—527）俗姓孙，吴郡富春（今属浙江）人，曾主编《一切经论》，注《般若经》，居五寺首讲右席。宝唱生卒年不详，俗姓岑，吴郡人。他18岁从僧佑出家，后住持新安寺，曾编撰《集录》、《续法轮论》、《法集》、《名僧传》、《比丘尼传》等书，并奉敕重编僧绍《华林佛殿经目》。《经律异相》从卷帙浩繁的汉译佛典之经藏和律藏中搜集被称作"异相"（存在于神话与现实中的具体形象之间的差别相）的故事，分类编排，上起三界诸天，下至地狱，与西方但丁《神曲》之从地狱写到天堂的顺序正好相反。书中收入佛陀神话故事61则，菩萨神话故事72则，以及其他各类人物、鬼神、禽兽，即芸芸众生的神话故事等，总计669则。

以《应身益物佛部》为例。此部收入佛陀以种种幻术为手段教化众生皈依佛法的故事18个，作品充满了浪漫主义的奇幻色彩。佛教唯心主义哲学认为：世界上一切诸法，都是假有真空，没有实在性，如幻如梦。因此，众多佛典如《楞严经》、《金刚经》、《华严经》等，无不以幻相作譬喻，来说明"万法皆空"的教义。例如："诸幻化相，当生处生，当灭处灭"（《楞严经》）；"说一切法，犹如幻化"（《华严经》）。佛典又把表演幻化现象的本领称为"幻术",把表演"幻术"者称为"幻师"。如"譬如工幻师,普现诸色相";"如世巧幻师,幻作诸男女"等等。佛教传入中国以后,各种幻术故事也随踵而至。干宝《搜神记》记述了天竺幻师表演的四种幻术,即断舌复续、剪带还原、吐火(此术在张衡《西京赋》里已有描述)、烧物不毁。《经律异相》的《应身益物佛部》中收入的幻相故事极多。试看此部摘《法句经》的《化大江边诸无信人》:

舍卫东南,有大江水,既深且广。五百余家,居在岸边,未闻道德度世之行,习于刚强欺诈,为务贪利自纵,使心极意。佛知此家,福应当度,往至水边,坐一树下。村人见佛光明奇异,莫不惊肃,皆往礼敬,或拜或揖,问讯起居。佛命令坐,为说经法。众人闻之,心犹不信。佛化一人,从江南来,足行水上,止没其踝,来至佛前,稽首礼佛。众人见之,莫不惊怪,问化人曰:"吾等先人已来,居此江边,未曾闻人行水上者。卿是何人,有何道术,履水不没?"化人答曰:"吾是江南愚直之人,闻佛在此,贪乐道德,至南岸边,不时得渡,问彼岸人,水为深浅。彼人见语,水可齐踝。吾信其言,便尔来过,无他异术。"佛赞言:"善哉!夫执信诚,可度生死之渊;数里之江,何足为奇!"村人闻已,心开信坚,皆受五戒,为清信士。

这是佛陀施幻术借以传教的神话。佛陀,在小乘佛教时期并无超自然力。大乘佛教兴起以后,佛陀逐步被神化,成为法力无边、神通广大的佛教至上神。上述施幻传教神话,就是显示佛陀的超自然力的。被神化了的佛陀自具有无边法力之后,不但传教顺利,而且无论何时何地,任何人兽都无法加害于他。例如此部引述《大涅槃经》的《现五指为狮子》:

善男子,我入王舍大城,次第乞食。提婆达多教阿阇世王即放护财狂醉之象,欲令害我及诸弟子。我于尔时,即入慈定,舒手示之,即于五指出五狮子。是象见已,其心怖畏,失大小便,举身投地敬礼。我是善男子。我时手指实无狮子,乃是修慈悲善根力,故令彼调伏。

其他如《现为沙门化悭贪夫妇》、《化屠儿及诸梵志令得道迹》、《化淫女令生厌苦》、《以足指散巨石》等，也都是描述佛陀为说法传教而大显神通和大施幻相奇迹的故事。从大乘佛经对佛陀超自然力的描绘看，一点也不比道教至上神元始天尊的超自然力逊色。《经律异相》从佛经中搜集的大量关于佛陀、菩萨的神话，乃是佛教超自然力"五神通"和"六神通"的具体表现。

佛教教义中的三世轮回与善恶报应诸说，在《经律异相》的《地狱部》里有大量详尽的描述。如摘自《问地狱经》的《六十四地狱举因示苦相》就是一篇代表作。这里摘录数条，以见一斑：

二曰刀山。先杀众生，今受罪二百岁。

八曰哑鬼狱。常烧铁箟烙其舌。所生父母及师唤之不应，经二百岁后，生为哑人。

十一日饿鬼。身长四十里，腹为万斛，簠颈长十里，恒苦饥渴，口气常臭，见食化成炭，饮成脓血。犹食斋食不持斋，后八百世，常作罗刹。

三十九曰畜生狱。鬼熔铜灌其口。负债抵而不还，后五百岁中为人牛马奴婢，喜得鞭打。

《问地狱经》对各种地狱的描述，具体地表现了芸芸众生始终处于永恒的六道轮回之中，并且恶有恶报：犯口业者遭口报，犯眼业者遭眼报，犯身业者遭身报。业与报彼此相当，分毫不爽。

《经律异相》对后世文学产生了广泛持续的影响。其中关于佛陀和菩萨们的六神通神话，关于僧尼、国王、太子、夫人、外道、居士、庶人及各色人等皈依佛法和善恶报应等神话，关于地狱、鬼神、狮、龙等神话，都是后世佛教文学和其他各种文学据以进行再创作的题材和意象。例如元李行道杂剧《包待制智勘灰栏记》，以及欧洲沃尔亨、克拉崩和布莱希特先后据以改编的三种《高加索灰栏记》，其核心情节均源出于《经律异相》之《婆罗门部》所列第一则故事《檀腻䩭身获诸罪》（摘自《贤愚经》）。又如唐李朝威《柳毅传》传奇的创作，也可能受到此书《估客部》的《商人驱牛以赎龙女得金奉亲》（摘自《僧祇律》），故事的启示。总之，《经律异相》乃是后世文学创作的一大题才库。

佛　　论

佛典三藏中的经藏和律藏部分，包含大量的佛教神话和寓言故事；佛典三藏中的论藏部分，则是阐释佛教义理的论辩性散文。这一时期，被译介到中国来的著名佛论，有《阿毗昙心论》、《中论》、《十二门论》、《大智度论》、《百论》、《大乘起信论》等。这些作品，多出自古印度龙树、马鸣等著名佛教学者之手。在印度佛论的刺激下，当时中国的佛教学者也纷纷撰著佛论，著名的如僧肇著《不真空论》、《物不迁论》、《般若无知论》等，合称《肇论》。其他中国佛论尚多，均结集于《弘明集》、《广弘明集》之中。作为翻译文学之散文作品的印度佛论，既包含丰富的哲理，又不乏辨析的文采。兹以《中论》为例，作一粗略考察。

《中论》，一作《中观论》、《正观论》，龙树著。龙树约生活于公元2至3世纪，大乘佛教中观学派创始人，平生著述极丰。其著作之译成汉文者为22种，有"千部论主"之美誉。他的主要佛论除《中论》外，还有《十二门论》、《大智度论》、《十位毗婆沙论》、《大乘二十颂论》、《宝行王正论》等。《中论》的基本观点为"八不"与"三是"。所谓"八不"，就是：不生，不灭；不常，不断；不一，不异；不来，不出。论者认为：这四组对立范畴是一切现象的基本形式，也是人类认识事物的依据。第一组范畴是就现象而言，第二组范畴是就时间而言，第三组范畴是就空间而言，第四组范畴是就运动而言。这四组对立范畴，体现了佛教义学的唯心主义辩证法色彩。所谓"三是"，乃是对"中观"这一概念所下的定义，即"众因缘生法，我说即是空，亦为是假名，亦是中道义"。其大意是：真正的缘起法，是既要看到"空"（无自性），又要看到"假名"（有），"假名"与"空"互相联系，就是"中观"。

《中论》对大乘佛学的发展产生了巨大影响，在印度形成了与瑜伽行派相对立的中观学派，有70多家为之作注。在中国，僧肇据以撰《不真空论》，十分有名。吉藏亦撰《中观论疏》，进一步发挥其思想。他还将《中论》与《百论》、《十二门论》合称"三论"，并以此为依据而创立了中国佛教的三论宗。

佛论作为一种文体，其文体特色在《中论》中获得了鲜明的表现：

（一）"标偈以立本"（慧远语）。佛典体裁有三：一为偈颂，由固定字数的四句组成；二为长行，不受字句限制，文句的行数较长；三为偈颂与长行并用。佛论多采用第三种体裁。龙树在《中论》的《观因缘品》中，开门见山，以偈体提出其基本观点"八不"：

不生亦不灭，不常亦不断，不一亦不异，不来亦不出。

但并非只有基本观点才用偈体表达，为引起读者对文中的其他某些重要论点的注意，也往往采用偈体表达之。例如《观因缘品》中提出何谓"四缘"之后，接着以偈体阐明：

因缘、次第缘，缘缘、增上缘，四缘增诸法，更无第五缘。

在长行文字中，突然插入一小段整齐的偈语，其醒目效果，自不待言。

（二）有破有立，议论风生。《中论》的《观因缘品》开门见山提出"八不中道"的基本观点之后，首先展开驳论，即提出一系列反面论点加以批驳；然后转入正面立论，详释"八不"要义之所在。其第一段驳论是：

……有人言万物从大自在天生，有言从韦纽天生，有言从和合生，有言从时生，有言从世性生，有言从变生，有言从自然生，有言从微尘生。有如是等谬，故堕于无因、邪因、断常等邪见，种种说我我所，不知正法。

上述驳论部分一口气提出八个"有言"，引出八种与"中观"相对立的论点，然后一言以概之，曰"谬"，曰"邪见"。驳论之后，下文便转入正面立论，阐明万法（万物）皆因缘相生而"皆竟空无所有"的"中观"原理。这样破立结合，使论文具有了充分的说服力。

（三）有问有答，波澜起伏。《中论·观因缘品》在阐述"八不中道"

要义时，采用问答体，一问一答，层层推进，极富论辩色彩。兹将此品阐述"不生亦不灭，不常亦不断"部分，按其问答之逻辑结构，分条照录如下：

……（1）万物无生，何以故？世间现见故。（2）世间眼见劫初谷不生，何以故？离劫初谷今谷不可得。若离劫初谷有今谷者，则应有生，而实不尔，是故不生。（3）问曰：若不生则应灭？答曰：不灭。（4）何以故？世间现见故。世间眼见劫初谷不灭，若灭今不应有谷而实有谷，是故不灭。（5）问曰：若不灭则应常？答曰：不常。（6）何以故？世间现见故。世间眼见万物不常，如谷芽时种则变坏，是故不常。（7）问曰：若不常则应断？答曰：不断。（8）何以故？世间现见故。世间眼见万物不断，如从谷有芽，是故不断，若断不应相续。……

上面这段议论，一环扣一环，一组问答带出另一组问答，结构十分严密。其中，第3、5、7等三组问答，是设问作答格；第1、2、4、6、8等五组问答，是自问自答格。两种问答格式交错出现，同中见异，既突出了论辩色彩，又避免了雷同板滞，决非率尔操觚者可比。

（四）带数释与带数概念的广泛运用。"带数释"（《六离合释》）是佛论解释佛教概念的方法之一。它是以一个数概念领先的提挈语，引出与这个数概念相当的若干平行并列的解释性词语，从而构成一个"由根而寻条"，"美发于中"而"畅于四枝"（《出三藏记集》）的阐释单元。例如《中论·观去来品》中写道："所谓有二去：一者因有去时，二者去时中有去。""若去者有去，则有二种去：一谓去者去，二谓去法去。"佛典中类似这样的带数释结构极多，如"二身"、"三毒"、"四谛"、"五阴"、"六欲天"、"七菩提分"、"十二处"、"十六心"、"十八界"、"三十二相"、"二十三身"、"八十种好"等等，这类带数提挈语在佛典中都有具体解释。带数提挈语加具体解释，便构成带数释结构。但为了行文的简洁，往往略去具体解释，于是带数提挈语失去其提挈功能而转化为带数概念。在佛论中，带数概念的使用频率并不下于带数释。例如《中论·观十二因缘品》

写道：

> 众生痴所覆，为后起三行。以起是行故，随行堕六趣。以诸行因缘，识受六道身。以有识著故，增长于名色，名色增长故，因而生六入。情尘识和合，以生于六触。因于六触故，即生于三受。以因三受故，而生于渴爱。因爱有四取，因取故有有。

上述引文中出现了大量带数概念。这些带数概念都是从带教释结构中的带数提挈语转化而来的。带数概念具有高度的概括力，今天仍然得到广泛的继承和运用。

（五）比喻的大量采用。运用日常生活中可见可闻的事物作比喻，去解说虚玄的佛理，容易收深入浅出之效果，这也是佛典的一个特色。所谓"智者以譬喻得了解"（《出曜经·无常品》），"我以无数方便、种种因缘、譬喻言辞演说诸法"（《法华经·序品》），都说明比喻修辞格在弘佛说法中的重要地位。例如《中论·观六情品》中写道：

> ……是眼则不能自见其己体，若不能自见，云何见余物？是眼不能见自体，何以故？如灯能自照亦能照他；眼若是见相，亦应自见、亦应他见，而实不尔。是故偈中说：若眼不自见，何能见余物。

中观学派认为：相（或称法相）是虚妄而不实在的幻觉，因而眼睛是不可能见到其真实面目的。为了证明这一唯心主义观点，龙树以灯喻眼："灯能自照亦能照他"（大前提），若眼能见物，则应如灯一样"亦应自见亦应他见"（小前提），而实际情况是"眼不能见自体"，故亦不能见"余物"（结论）。从形式逻辑看，龙树的演绎推理无懈可击；从修辞看，以灯喻眼也具体通俗。但是问题在于灯与眼在实质上不具备可比性：灯是发光体，故能自照亦能照他；眼是晶球体，不能发光，只具备反映客体的功能。龙树利用灯与眼的表面相似性，推出了眼不能见物的荒谬结论。

汉译佛典与翻译理论

由于传教的需要，佛典被不断地翻译成汉文，从而刺激了翻译理论的萌芽与发展。中国的翻译学，最初是伴随着佛典的汉译问题被提出来，并被初步展开探讨的。

这一时期，出现了翻译佛典的三派观点。

公元 224 年，三国吴僧支谦在《法句经序》中谈到，他与竺将炎、维祇难等人合作翻译《法句经》时，出现了质派与文派两种翻译主张的争论。文派翻译家支谦认为竺将炎的译文"近于质直"，"其辞不雅"。质派翻译家维祇难反对文派观点。他说：

> 佛言：依其义不用饰，取其法不以严。其传经者，当令易晓，勿失厥义，是则为善。

当时，译场中参与翻译的其他译师也都赞成质派主张，声称：

> 老氏称："美言不信，信言不美"。仲尼亦云："书不尽言，言不盛意。"明圣人意，深邃无极。今传胡义，实宜径达。

这场争论，已将一千五百年之后著名翻译家严复所谓"译事三难——信、达、雅"全部提出来了。不过当时各执一端：支谦强调"雅"，而维祇难及其附和者则强调"信言"与"径达"。

到了公元 382 年，东晋时期的道安在《摩诃钵般若波般蜜经抄序》中，提出汉译佛典的"五失本、三不易"问题，为质派翻译理论张本。所谓五失本，即五种丧失佛典原文本色的情况：将梵文佛典按汉语语法结构译出，一失本也；梵文佛典以质朴为本色，汉译佛典增饰文采，二失本也；梵文佛典叙说一事，不厌重复，汉译删繁就简，三失本也；佛经文字，本为长行之后，又以偈颂重述一遍，译文删其重复，四失本也；原典叙完一事，转叙他事时，将前事概括重提，译义将重提文字删去，五失本也。所谓三不易，即：佛典是古代圣人之言，后世翻译它，就要改古以适今，一不易也；佛典是古代圣哲非凡智慧的微言大义，要将它译传给后世的末俗之众，二不易也；释迦牟尼寂灭之后，其大弟子阿难诸人出经之时，反复推敲，唯恐失真；今由平凡之辈传译，三不易也。道安的"五失本、三不易"之论，是对佛典翻译问题的第一次较为系统的论述，因此颇见重于后世译家。当然，这一次的系统论述并非就是最完美成熟的论述，即使道安本人有时也不得不违背它。由于梵汉语法的彼此龃龉，道安对于一些按照梵语结构译出的汉语经文，不得不同意"时改倒句"。至于"五失本"中的第三、四、五条，其实不过一条，即删削冗文而已。

后来，道安弟子慧远提出了折中文质二派的"厥中"论。他在《三法度论序》中指出："文过其意"与"理胜其辞"，都是偏颇；必须既做到"文不害意"，又实现"务存其本"，"以此考彼"——即以质考文，"以裁厥中"，才算是理想的汉译佛典。当时译场林立，译师辈出，其中被后世誉为文质彬彬的"可谓折中"（宋僧赞宁语）的翻译家，乃是后秦名僧鸠摩罗什。

一石激起千层浪。佛典在中国的翻译与传播，给古老的中国语言文学注入了许多新鲜血液，促成了许多新文体的诞生。本时期出现的佛话和宫体诗，唐代出现的变文，都是接受佛经文学直接影响的结果。音韵方面，沈约、王融、周颙等人将转续佛经的三声（与古印度"声明论"三声相符）配以入声，确立了汉语的"四声"；并将"四声"引入诗学，创立了防止"八病"的"永明体"；"永明体"传至唐代又发展而成为"近体"（一称"今体"），亦即律诗与绝句。此外，大量的佛典词语涌入了汉语词汇之海，千余年来，它们始终活跃在中国人的口头和笔下。

第四编

隋唐五代时期

宗教概况

这一时期包括隋朝、唐朝和五代十国三个历史阶段。隋朝自文帝开皇元年（581）至恭帝义宁二年（618），共享国运37年。唐朝自高祖武德元年（618）至哀帝天佑四年（907），共享国运289年。此后南北分裂为五代十国：北方自公元907年至959年的52年间，先后更迭了后梁、后唐、后晋、后汉、后周五个王朝；南方则先有前蜀、吴、吴越、闽、南汉，继有荆南（一称南平）、楚、后蜀、南唐等九国崛起，连同北方后周时期出现的北汉，史称十国。

这三个历史阶段，在宗教上具有较为密切的传承关系。其总倾向是：这一时期的绝大多数帝王实行的是儒、道、佛三教并举的宗教政策。隋文帝开皇九年，李士谦倡"三教调和"论。开皇二十年，文帝诏曰："佛法深妙，道教虚融，咸降大慈，济度群品。……故建庙立祀，以时恭敬"；在此之前，他还曾经以儒学取士。这表明：隋文帝采纳"三教调和"论而确立了三教并举的政策。唐朝标榜其皇室为老子之后裔，以道教为官方宗教，但并不因此而排斥儒、释和其他宗教。唐高祖是唐朝三教并举政策的奠基者。武德七年（624），他亲临国子监，命博士徐旷讲《孝经》，沙门慧乘讲《心经》，道士刘进喜讲《老子》，博士陆德明随方立义，遍析其要。太宗更是努力推行这一政策的开明君主。他说："朕今所好者，惟在尧舜之道，周孔之教；以为如鸟有翼，如鱼依水，失之必死，不可暂无耳。"他十分看重儒教。至于佛道，若从他个人的意愿来看，则认为"神仙事本虚无"，佛教也"非意所遵"。但作为一个封建政治家，他深知宗教统治臣民意识的重大教化作用。所以他又说："今李家据国，李老在前；释家治化，则释门居上。"他在宗教政策上对三教一律扶持，不加轩轾。

唐代的这一三教并举政策，以后在高宗、玄宗、肃宗、代宗各朝一以贯之。玄宗笃信道教，但他也提倡传教和信教自由。他不但自注《道德经》，而且还自注儒家《孝经》，释家《金刚经》。他经常召集三教代表人物于一堂，共同探讨，力求实现"会三归一"，使各种宗教在稳定政权和安抚人心上共同发挥作用。

在三教并举政策的引导下，出现了宗教意识领域的三教合流。这是自东汉以来的"三教同源"论、"三教调和"论诸思潮在新时期进一步发展的必然结果。

为了推行三教并举政策，隋、唐两朝在各级政府中设立了宗教管理机构。隋文帝仿六朝遗制，在京师置国子寺、崇玄署和太常寺。国子寺是传授儒学的最高学府，也是最高教育管理机关，隋炀帝后来改名为国子监。崇玄署管理全国佛道二教事务。各郡县的佛寺改名道场，道观改名玄坛，均设监、丞管理之。太常寺主管皇家的宗庙和天地祭祀事宜。唐承隋制，仍设国子监、崇玄署和太常寺，分管全国儒释道三教事务和皇家宗教活动。

这一时期的儒、道、佛三教，在国家的自由化宗教政策的鼓励下，均获得了充分的发展。

先看儒学。隋文帝开皇初年，敕令国子监推荐儒生数百名，参加儒学考试，拟从中择优录取若干，以充官吏，这是中国封建科举制度的萌芽。但由于南北朝以后，儒学流派南北各异，主考官没有统一评定应考诸生试卷的标准，终于久悬未决。唐初沿袭隋制，仍设科举取士制度。为此，唐太宗命颜师古考定儒家五经即《周易》、《尚书》、《毛诗》、《礼记》、《左传》的经文，又命孔颖达等撰《五经正义》，从而使考生有了统一的应考教材，主考官也有了统一的评卷标准。此后，中国的儒生得以通过考试步入政坛。孔夫子的"学而优则仕"的理想，直到这时才获得实现的保证。考试分为"明经"和"进士"两科，"明经"科就是考试儒家五经。但由于此科以《五经正义》作为录取标准，不要求考生发挥独创性见解，因此，唐朝的儒学十分凝固，没有新的发展。

再说道教。隋文帝建国之初，重用道士张宾、焦子顺，以张为华州刺史，以焦为开府柱国。焦虽未受职，但文帝每逢军国大事，必与之相商。为表现其崇道之诚，他特从道教经典中摘出"开皇"二字，作为其开国之年号。开皇元年,他敕令修复陕西周至县的老子庙;后来又在京师建造道观36所,度道士2000人。炀帝即位后,于大业七年召见茅山道士王远知,以帝王之尊亲执弟子礼。他迁都洛阳后,建造道观24所,度道士1100人。特别是隋朝的统一天下,促进了道教南北各派的交流与融合。

唐朝是李家天下,为了神化其家族和王权,遂将老子奉为始祖,道教亦被奉为官方宗教。李唐之所以奉李耳为祖,有一个重要原因,就是李渊、李世民父子的血统问题。从父系看,他们是李初古拔的子孙,并非汉族;从母系看,独孤氏、窦氏、长孙氏也不是汉族。在以儒学——以血缘关系为纽带的政治伦理学占统治地位的中国,由一个"胡"人家族当皇帝,舆论上极不利。于是移花接木,依附在一个被神化了的著名汉人之后,不但摆脱了本来的不利地位,而且大有利于巩固其统治了。

唐朝诸帝,除武则天朝以外,一律对道教崇奉有加。高祖武德八年,规定三教次序是:道为先,儒次之,佛殿后。高宗乾封元年,加封老子为"太上玄元皇帝"。玄宗朝掀起了中国历史上第一个崇道高潮。开元二十五年,玄宗韶令道士、女冠隶宗正寺,视道教徒为皇室成员;开元二十九年,又命京师及各州置玄元皇帝庙,并设崇玄馆,置生徒,令习《老子》、《列子》、《庄子》、《文子》,每年按"明经"科参加考试;天宝元年,加封庄子为南华真人,文子为通玄真人,列子为冲虚真人,庚桑子为洞虚真人,他们的著作,一律尊称"真经",与《道德真经》(《老子》)相配伍。武宗崇道而殃及佛教。他一面命道士入宫做道场,修法箓,还大建望仙观、望仙楼、降真台;另一面在道士赵归真等人的怂恿下排佛灭佛。唐代公主嫔妃亦多有入道者,受金仙玉真诸封号,例如杨贵妃就被度为太真宫女道士。

这一时期的道教理论和修炼方术均有重大发展。一批著名道教学者,如孙思邈、成玄英、王玄览、司马承祯、吴筠等,对道教的教理、教义均作出了许多新的阐释。特别是以成玄英为代表的重玄学派,援庄入老,援佛入老,对后来的道教理论产生了极大影响。同时,由于帝王百官向往长生久视,服食丹药成风,故炼丹术也获得了长足的发展。当时,丹鼎派道士奉《参同契》为圭臬,丹道流派林立,主要的有金砂派、铅汞派和硫汞派。金砂派主张烧炼和服食黄金、丹砂,铅汞派以铅、汞为至宝大药,硫汞派则以硫、汞合炼丹药。吴筠、孙思邈、司马承祯、叶法善、张果、罗思远、柳泌、赵归真等，都是著名的金丹道士。由于炼丹的汞、铅、雄黄等含砷矿物具有剧烈毒性，故自魏晋至唐，凡服食金丹者无不促寿暴亡。唐朝的太宗、宪宗、穆宗、敬宗、武宗、宣宗之死，均与迷信和服食金丹有关。炼丹术不能助人成仙，却为古代化学积累了丰富的经验。

这一时期的佛教，虽经唐武宗的短暂灭佛（四年）和后周世宗禁佛，但总的形势是蓬勃发展，开宗立派，步入了中国佛教的黄金时期。

隋朝虽然三教并举，但也存在重佛轻儒倾向。隋文帝杨坚的父母笃信佛教，杨坚出生于尼庵，由女尼智仙抚养成人，而且与灵藏律师结成莫逆之交。他取得政权之后，声称"我兴由佛法"，大力扶持佛教。他对灵藏律师说："弟子是俗人天子，律师为道人天子"（《续高僧传·灵藏传》）。隋炀帝早年即从天台宗创始人智𫖮受戒，号称"总持菩萨"。这父子二人先后在京师兴建国家一级的大兴善寺；在五岳各兴建寺庙一座；全国修造佛像200余万尊，佛塔5千余座，度僧尼24万人；并广设译场，罗致天下名僧译师，展开翻译和疏解佛典的工作。在此期间，中国佛教义学出现了初步繁荣景象：慧远创立了地论南道派，智𫖮创立了天台宗，吉藏创立了三论宗，信行创立了三阶教等。

唐朝是中国佛教臻于成熟的时期。高祖虽有抑佛倾向，却并不禁佛。太宗在隋末剪除群雄、夺取政权的斗争中，曾经获得僧兵的援助。因此，他取得帝位之后，下诏在全国交兵之处，通通修建寺庙，以资纪念；并在京师长安的大慈恩寺设立译经场，广罗国内外高僧翻译佛典。高宗在京师和全国各州设立官方寺庙。武则天之母杨氏笃信佛教，她本人入宫后曾一度削发为尼，后来以"佛弟子"、"女菩萨"自命，并借佛教符谶而坐上了中国第一位女皇的宝座。因此，在武周政权期间，佛教地位跃居道教之上。许多僧侣在唐代备受礼遇，例如释不空历仕玄宗、肃宗、代宗三朝，自由出入宫门，被封为肃国公，死后代宗为之罢朝三天，以表哀悼。这一时期，中印佛教学者的交流，十分活跃。有大批外国僧人来华传道，也有不少中国僧人去西竺求法。据梁启超统计，自太宗贞观二年至德宗贞元二年（628—789）的160年间，汉僧之西行求法者多达52人；此外，自魏晋至中唐，西行求法之佚名者，还有82人。其中的著名者有玄奘、义净等。

第四编 隋唐五代时期

隋唐时期，大乘佛教义学繁荣鼎盛，名僧辈出，先后创立了一批具有中国特色的宗派，从而使作为外来宗教的佛教完全实现了中国化，并转化为中国的传统宗教文化。其主要宗派，有智𫖮创立的天台宗，吉藏创立的三论宗，玄奘和窥基创立的法相宗（一名慈恩宗），道宣等创立的律宗，北魏昙鸾初创、唐代善导总其大成的净土宗，法藏创立的华严宗（一名贤首宗），一行、不空、惠果等创立的密宗，惠能和神秀分别创立的禅宗之南北二宗，以及号称"一花五叶"的南禅宗及其演化而来的沩仰、临济、曹洞、云门、法眼五宗（再加上北宋的黄龙、杨歧二派，合称五宗七派）等。以上各佛教宗派，特别是南禅宗和净土宗，对中晚唐、五代以及两宋文学，产生了广泛持久的影响。

南禅宗又称"心宗"或"顿门"。由于北禅宗的迅速衰落消亡，故南禅宗自中唐起便成了禅宗的唯一传法教派，并继承了"禅宗"的名称。其创始人为禅宗六祖惠能（一作慧能），主要经典是《六祖坛经》。惠能主张"即心是佛"，强调"顿悟"，"一悟即至佛地"。后来，禅师们向弟子传法，将这种顿悟学说发展成一套"棒喝"与"机缘"，即用一顿妙不可言的棒打猛喝，以启发对方，使之破除迷执，茅塞顿开，于是机锋敏捷，大彻大悟，立地成佛了。禅师们启发学人的动作，除棒喝之外，还有扬眉、瞬目、擎拳、叉手、指拨虚空、垂脚礼拜、起立坐下、前进后退、踢翻净瓶、掀倒禅床等。所有这些暗示禅机的动作，都是从世尊"拈花微笑"以暗示正法眼藏（即正法或禅心）的行动派生出来的。此外，禅宗还主张打破传统佛教的权威和束缚，呵佛骂祖，破除戒律；主张即目所见，无论是白云明月、翠竹黄花，还是"庭前瓦砾"、"柏树子"、"麻三斤"、"干屎橛"……无不是道意的载体，乃至声称"道在屎溺"（庄子语）。

禅宗自中晚唐经五代至北宋，逐步分化为五宗七派，各宗派均有各具特色的传法门风，即接引学人的特定语言和方式。为仰宗门风谓之"三生"及"九十七圆相"。"三生"为"想生"、"相生"、"流注生"。"想生"指能思者，"相生"指所思者，"流注生"指"诸法无常"。"圆相"是以圆形为本的各种符号，作为无可表示的表示，成为外人不解的默语。临济宗门风是"四料简"、"四宾主"和"四照用"。"四料简"为"或时夺人不夺境，有时夺境不夺人，有时入境两俱夺，有时入境俱不夺。""人"，指情量、分别、知见、解会等,即主观世界;"境"指万法,即客观世界。以人境俱夺,即我法两空为上。"四宾主"为:"宾看主"、"主看宾"、"主看主"、"宾看宾"。所谓"主",指观点明确、态度坚决者,反之为宾。"四照用"是对佛理认识的四种不同层次:(一)"上苑花已谢,车马尚骈阗",借喻已认识"我空",尚未认识"法空";(二)"是处有芳草,满城无故人",借喻虽未认识"我空",但已认识"法空";(三)"一片月生海,几家人上楼",借喻法执与我执,即完全不识法我两空的佛理;"云散水流去,寂然天地空",借喻彻底认识了我法两空,即主观世界与客观世界均空无所有的佛理。曹洞宗门风是"五位君臣"和"宝镜三昧"。"五位君臣"之"君"为正位,喻真理,"臣"为偏位,喻事物。君臣正偏交叉,得出"正中偏"、"偏中正"、"正中来"、"偏中至""兼中到"等五位(等级)。其中第五位"兼中到"意谓君臣合体,正偏合一,体用兼到,事理并行,是参悟的最高境界。"宝镜三昧"乃是借喻"即心是佛"的禅理,宝镜借喻禅心。云门宗的门风是"云门三句",即"截断众流"、"随波逐浪"、"函盖乾坤"(《五灯会元》卷十二),用以借喻学人参禅由浅入深的三阶段。法眼宗以"三界唯心,万法唯识"和"六相"——"总相"、"别相"、"同相"、"异相"、"成相"、"坏相",阐明"一切现成"和"事理圆融"之旨;以"对病施药,相身裁缝,随其器量,扫除情解"的方法接引学人,具有使人转凡入圣之效用。此外,黄龙派有"黄龙三关",以"三转语"接引学人;杨歧派则是临济宗的正统。

净土宗又称莲宗。东晋名僧慧远在庐山创立白莲社,发愿死后往生西方净土,故被奉为初祖。此派声称:只要一心念阿弥陀佛名号(口称念佛),或想象阿弥陀佛形象(观相念佛),死后就能往生西方极乐世界——阿弥陀净土。此派主要经典有《无量寿经》、《观无量寿经》、《阿弥陀经》、《往生论》等。

唐太宗及其继位者们采取开放的宗教政策,不但全力扶持早已在中国生根开花的儒、释、道三教,而且还允许一切其他外来宗教在中国传播。当时,从中亚和西亚传入中国的新宗教有伊斯兰教、祆教、摩尼教和景教(天主教聂斯托利派)等。不过,这些新的外来宗教都未如印度佛教那样在中国的汉人中生根开花。伊斯兰教只在旅居中国的大食商人中传播。其余几种虽或多或少地在一部分汉地流传,但影响不大,到武宗灭佛时,也同遭禁毁,从此一蹶不振,终至销声匿迹。

除了上述各种人为宗教之外,从远古传来的各种自然崇拜、鬼灵崇拜、祖灵崇拜、精灵崇拜,以及巫术(祈祷)、占卜、前兆迷信等,继续流行于民间,并在文学中流下了它们的足迹。

第一章　文人诗歌

隋朝文学基本上是南北朝文学的继续。这是因为：这一时期的文人大都出生于南北朝，并早已开始了文学创作，或早已接受了南北朝文学的陶染；其次是隋朝政权仅仅维持了二十几年，在短暂的时间内，还来不及形成自己的独特文学风貌。隋朝文人通用佛理佛典入诗文者不乏其人，如杨坚、杨广、薛道衡、柳顾言、许敬宗、费长房、卢思道等，不过他们的作品未产生多大影响。释法宣的《爱妾换马》和《观妓》诗，乃是南北朝诗僧惠休、宝月等的艳情诗和萧梁君臣宫体诗的余绪。卢思道的《美女篇》和《夜闻邻妓》也是宫体，其《升天行》和《神仙篇》则与魏晋游仙诗属同一性质。杨广有《步虚词》二首，乃是对南北朝庾信等人《步虚词》的直接继承。这一时期，从崇道转向赞佛、广泛涉及佛道二教题材而颇具成就的诗人，是由隋入唐的王绩。

对于唐朝文人来说，佛教自东汉传入中国之后，有了五六百年的悠久历史，已经转化为中国宗教文化传统的重要组成部分。至于儒道，则是植根于先秦时期的中华本土固有的文化传统。加之唐朝帝王封儒、道、佛三教的大力提倡，以及三教文化的互相渗透，因此，这一时期的文学创作，特别是作为唐代主要文学样式的诗歌创作，充分浸透了三教以及三教合流意识，或成为客观反映三教以及三教合流现实的镜子。具体而言，文人们一般都比较偏重于某一种宗教，或同时或先后兼容另一种或两种宗教。例如孟浩然、杜甫偏重于儒而抑或涉佛；王维偏重于佛而不离儒；柳宗元、刘禹锡则统合儒释；李白、陈子昂、李颀偏重于道而补以儒；李贺好仙鬼意象而讽刺求仙；李商隐亦多神仙意象，亦讽刺求仙，却又好佛；白居易、韦应物等则周流三教，等等。总之，儒、释、道三教意识和三教题材在不同文人的诗作中，其主次互补结构，各个因人而异。

第一节　崇儒诗人

在李唐帝国的前期，湖北襄阳出了两位崇儒诗人：孟浩然和杜甫。他们的经历很不一样，他们的经世济民的儒家志愿却没有什么不同。

孟浩然

诗评家多把孟浩然列入隐逸诗派，或盛赞其佛诗之洗尽人间烟火气。但若从他的骨子里看，他的隐逸和禅悦都是表象，建功立业才是他的真正人生理想。孟浩然（689—740）是襄阳（今湖北襄樊）人。他青年时代隐居鹿门山，40岁游长安，应进士科举，不第；尝在太学赋诗，满座叹服。他与王维为忘形交。据传说：某次王维邀孟私入内署，恰逢玄宗至，孟匿床下。王不敢隐瞒，据实以对。玄宗喜曰："朕闻其人而未见也。"遂命孟出见。孟向玄宗诵所作诗，至"不才明主弃"句，玄宗不悦曰："卿不求仕，朕未尝弃卿，奈何诬我！"于是让他回了老家。此后，张九龄镇荆州，曾一度招孟入幕，署为从事，但不久仍返故居。

孟浩然虽然以隐士身份终其一生，但从他的思想实质看，却是一个希望为君效忠的儒者。对此，他毫不隐讳。他在《题终南翠微寺空上人房》中写道："翠微终南里，雨后宜返照。闭关久沈冥，杖策一登眺。遂造幽人室，始知静者妙。儒道虽异门，云林颇同调。"他在这里分明以儒者自许。既是儒者，却又为什么长期隐居鹿门山呢？这就与当时的一种以退为进的求仕之风有关。中宗朝（705—709），卢藏用因隐居终南山蜚声朝野而获官，世称"终南捷径"。一时不少名士争相仿效，李白、孟浩然都是其中之佼佼者。当时孟浩然正是十七八岁，于是在鹿门山当起青年隐士来，不料一当二十几年，等到40岁还没有等来玄宗的征召。"终南捷径"对孟浩然来说似乎不灵了。他不得不放弃初衷，亲自赴京应试，结果却名落孙山。终于只得将错就错，带着满腔惆怅与凄凉，回到鹿门山当一辈子隐士。后来虽然还有过一两次出山入仕机遇，但由于来得太晚，而诗人年事渐高，他的兴趣也就不怎么浓了。

试看孟浩然名作《临洞庭上张丞相》：

八月湖水平，涵虚混太清。气蒸云梦泽，波撼岳阳城。欲济无舟楫，端居耻圣明。坐观垂钓者，徒有羡鱼情。

这首诗大约作于诗人40岁以前隐居鹿门山期间。前二联写洞庭湖波澜壮阔之景，后二联以双关的修辞手法暗寓诗人求仕之情。"欲济"，表层意象为济度湖水的愿望，底蕴则是济世济民的愿望。"无舟楫"，表层意象的缺乏渡水之具，底蕴则是缺乏引荐之人。"端居"一句直接表忠，意谓值此圣明之世，我却无所作为，不能效力于君，怎能不以为耻呢？尾联以观钓为喻，意谓自己只有眼巴巴地羡慕人家建功立业的份儿。此诗主旨，是希望张九龄推荐他出山做官。

再看诗人的另一首名作《岁暮归南山》：

北阙休上书，南山归敝庐。不才明主弃，多病故人疏。白发催年老，青阳逼岁除。永怀愁不寐，松月夜窗虚。

这首诗大约作于诗人40岁赴举落第之际，也就是诗人从床底下爬出来向玄宗口诵而招致玄宗不快的那首诗。"不才明主弃"一句，乃是"终南捷径"和长安应试双双失败后的牢骚之词。从诗题看，孟浩然已心灰意冷，决定南归故山了。当此之际，他又写下了向挚友王维告则的《留别王维》：

寂寂竟何得？朝朝空自归！欲寻芳草去，惜与故人违！当路谁相假？知音世所稀。只因守寂寞，还掩故园扉。

诗人仗王维之力得见玄宗一面，然而，连这最后的一线希望也破灭了，还等待什么呢，关键在于，像王维这样鼎力相助者毕竟太少了："当路谁相假？知音世所稀！"假若满朝文武都是王维，又何愁我孟夫子得不到一官半职呢？一片感伤落寞之情，溢于言表。

谋职不成，孟浩然带着一腔失落感告别了京师长安。李白为他特地写了《赠孟浩然》一诗：

> 吾爱孟夫子，风流天下闻。红颜弃轩冕，白首卧松云。醉月频中圣，迷花不事君。高山安可仰，徒此揖清芬！

李白的诗，把孟浩然描绘成一位从青年时代起就自觉出世的隐士，乃是为了安慰这位走"终南捷径"的失败者。但后世不察，便根据李白的描绘把孟浩然当作陶渊明式的隐逸诗人了。这是一个误会。其实，孟浩然是"身在江湖，心存魏阙"的，他与陶渊明截然不同。

孟浩然在长期的隐居生涯中，虽然也结识了许多禅师、道士，并与他们互相酬唱，写过一些佛道题材诗；但是，他始终没有放弃儒者的立场，没有向佛祖、神仙乞讨医治灵魂创伤的灵丹妙药，没有流露过丝毫羡佛慕道的感情。孟夫子是一个壮志未酬的孔夫子式的悲剧人物。试看其佛教题材诗《登总持寺塔》：

> 半空跻宝塔，晴望尽京华。竹绕渭川遍，山连上苑斜。四门开帝宅，阡陌俯人家。累劫从初地，为童忆聚沙。坐觉诸天近，空香送落花。

这首诗描述诗人游览佛塔的观感。前八句以纯客观的态度描绘从塔上居高望远的种种景象，末二句联系所登为佛教建筑，因而想起佛教神话中诸天花雨的幻象，却并没有流露超凡出世、向佛理认同的感情倾向。

再如《题义公禅房》：

> 义公习禅寂，结宇依空林。户外一峰秀，阶前众壑深。夕阳连雨足，空翠落庭阴。看取莲花净，方知不染心。

这首诗赞美禅师义公习禅有道，如出水芙蓉，一尘不染。但并未流露出诗人有效法、皈依之念。

孟浩然是一位纯儒诗人。

杜　甫

　　杜甫（712—770），字子美，祖籍襄阳（今湖北襄樊），迁居巩县（今属河南），初唐诗人杜审言之孙。玄宗开元后期，杜甫举进士不第，遂漫游各地，天宝初与李白相遇并缔交于洛阳。他在长安定居近十年之久，逢安史之乱，逃至凤翔，谒见肃宗，拜左拾遗，后改任华州司功参军。但他不久即弃官而去，先后流寓于秦州、同谷、成都。在成都时，杜曾任剑南节度使严武幕府参军，严表杜为检校工部员外郎，世遂有杜工部之称。晚年的他，买舟出蜀入湘，病逝于湘江舟中。

　　在诗家如林的唐代，儒家意识之最自觉、最鲜明、最强烈者，莫过于杜甫。他以"儒"自许，以"儒"诩人，以"儒"安身立命。在他的诗集里，以"儒"自命的诗句触目皆是："纨绔不饿死，儒冠多误身"（《奉赠韦左丞丈二十二韵》）；"飘萧觉素发，凛欲冲儒冠"（《义鹘》）；"愿见北地傅介子，老儒不用尚书郎"（《忆昔》）；"儒生老无成，臣子忧四番"（《客居》）；"呜呼已十年，儒服弊于地"（《题衡山县文宣王庙新学堂呈陆宰》）；"有儒愁饿死，早晚报平津"（《奉赠鲜于京兆二十韵》）；"兵戈犹在眼，儒术岂谋身！"（《独酌成诗》）；"腐儒衰晚谬通籍，退食迟回违寸心"（《题省中院壁》）；"法自儒家有，心从弱岁疲"（《偶题》）；"社稷缠妖气，干戈送老儒"（《舟出江陵南浦奉寄郑少尹》），等等。同声相应，同气相求，儒者杜甫还常常以"儒"交友，以"儒"赞友："左辖频虚位，今年得旧儒"（《赠韦左丞文》）；"相门清议众，儒衍大名齐"（《奉赠太常张卿二十韵》）；"学业醇儒富，辞华哲匠能"（《赠特进汝阳王二十韵》）；"世儒多汩没，夫子独声名"（《赠陈二补阙》）；"诗律群公问，儒门旧史长"（《承沈八丈东美除膳部员外阻雨未遂驰贺奉寄此诗》），等等。

　　杜甫的一生，是不断地声明其儒者立场的一生，也是竭力地实践儒家政治伦理规范的一生。在他的诗篇里，忠君，报国，忧民，这三种儒家思想感情水乳交融，浑然一体。他的这种三位一体的儒家意识，鲜明而集中地体现在《自京赴奉先县咏怀五百字》这首长篇抒情叙事诗里。此诗作于天宝十四年（775），当时安禄山已经发动叛乱，唐玄宗与杨贵妃还在骊山华清宫宴饮作乐，杜甫当年自长安出发到奉先探视其家属。这首诗就是抒写他的平生志愿和此次旅途见闻感受的。其中，表述诗人忠君思想的诗句有："杜陵有布衣，老大意转拙。许身一何愚！窃比稷与契。居然成濩落，白首甘契阔。盖棺事则已，此志常觊豁。""非无江海志，萧洒送日月。生逢尧舜君，不忍便永诀。当今廊庙具，构厦岂云缺！葵藿倾太阳，物性固难夺。""文革"期间，人们以葵藿表忠，其来有自，就是来自杜甫。表述报国思想的诗句有："顾惟蝼蚁辈，但自求其穴。胡为慕大鲸，辄以偃溟渤？以兹悟生理，独耻事干谒。兀兀遂至今，忍为尘埃没？终愧巢与由，未能易其节"。杜甫不但以国家栋梁——"大鲸"自勉，而且勉励满朝文武要忠君报国："圣人筐篚恩，实欲邦国活。臣如忽至理，君岂弃此物？多士盈朝廷，仁者宜战栗。"表述忧民思想的诗句有："穷年忧黎元，叹息肠内热。取笑同学翁，浩歌弥激烈。""彤庭所分帛，本自寒女出。鞭挞其夫家，聚敛贡城阙。""朱门酒肉臭，路有冻死骨。荣枯咫尺异，惆怅难再述。""默思失业徒，因念远戍卒。忧端齐终南，澒洞不可掇。"不难看出，封建时代的人民诗人杜甫，其作品的人民性与他的忠君报国（封建王朝）思想是结合在一起的。既是其作品的人民性，也是对孟子"民为贵"的儒家仁政学说的继承。

《哀江头》一诗，是杜甫忠君爱国的儒教意识的顽强表现。安禄山于天宝十五年6月9日率军破潼关，入长安，玄宗与杨贵妃仓皇奔蜀。值此国破家亡之际，杜甫写下了他思念玄宗和哀悼贵妃的《哀江头》：

  少陵野老吞声哭，春日潜行曲江曲。江头宫殿锁千门，细柳新蒲为谁绿？忆昔霓旌下南苑，苑中万物生颜色。昭阳殿里第一人，同辇随君侍君侧。辇前才人带弓箭，白马嚼啮黄金勒。翻身向天仰射云，一箭正坠双飞翼。明眸皓齿今何在？血污游魂归不得。清渭东流剑阁深，去住彼此无消息。人生有情泪沾臆，江水江花岂终极！黄昏胡骑尘满城，欲往城南望城北。

唐玄宗晚年惑于杨玉环，封贵妃，其兄杨国忠及诸姐妹均有封赐。杨氏兄妹，一时权倾朝野。杜甫在《丽人行》里曾予以微讽："炙手可热势绝伦，慎莫近前丞相嗔。"但对于罪魁祸首的玄宗皇帝，杜甫却不置一词。"这是儒家意识对他的现实主义精神产生了抑制作用。在《哀江头》里，杜甫将昔日玄宗与杨贵妃的荒淫游乐生活作为追思悼念的对象，毫无批判色彩，再次显示强烈的忠君意识使他在反映宫廷生活方面削弱乃至丧失了批判精神。

杜甫一生饱经战乱，写下了许多战争题材诗。他的忠君、报国、忧民思想也鲜明地体现在这类诗作里。《前出塞》和《后出塞》就是这样的作品。"丈夫誓许国，愤惋复何有！功名图骐麟，战骨当速朽。"（《前出塞》之三）这是对为国捐躯者的歌颂。"拔剑击大荒，日收胡马群。誓开玄冥北，持以奉吾君。"这是对为君拓疆者的赞美。在这些乐府诗里，充满了忠君报国的英雄主义豪情。

但是，在另一些描述征戍题材的诗作里，充满着诗人对人民苦难的深厚同情。天宝十年，杨国忠遣使分道抓丁，以充军旅，征伐南诏。杜甫为此而作《兵车行》。诗中写道："车辚辚，马萧萧，行人弓箭各在腰。耶娘妻子走相送，尘埃不见咸阳桥。牵衣顿足拦道哭，哭声直上千云霄。""君不见青海头，古来白骨无人收。新鬼烦冤旧鬼哭，天阴雨湿声啾啾。"这些撕心裂肺的人嚎鬼哭场景，是对封建统治者发动不义之战的谴责，也是对妻离子散、抛骨沙场的百姓的同情。

安史之乱不但惊破了唐玄宗的霓裳羽衣之舞，使李氏政权大伤元气；而且给老百姓带来了流血和死亡。杜甫是这场大灾难的目击者。他为此而写了著名的《新安吏》、《潼关吏》、《石壕吏》和《新婚别》、《垂老别》、《无家别》，史称"三吏"、"三别"。在这两组诗里，描述了为应付战争的需要，民间各地不但壮男瘦丁被强行征捉一空，就是老翁老妪亦难逃此劫：

暮投石壕村，有吏夜捉人。老翁逾墙走，老妇出门看。吏呼一何怒！妇啼一何苦！……老妪力虽衰，请从吏夜归。急应河阳役，犹得备晨炊。（《石壕吏》）

四郊未宁静，垂老不得安。子孙阵亡尽，焉用身独完！投杖出门去，同行为辛酸。幸有牙齿存，所悲骨髓干。男儿既介胄，长揖别上官。老妻卧路啼，岁暮衣裳单。（《垂老别》）

民间的苦难是深重的，然而这场战争的性质又是正义的。杜甫在这两组诗里，一方面寄深厚同情于苦难的人民，另一方面又不得不安抚百姓心灵的创伤："送行勿泣血，仆射如父兄"；"勿为新婚念，努力事戎行"；"势异邺城下，纵死时犹宽"。

所有这些描述战争苦难的诗歌，都是杜甫的儒家意识——"民为贵"和"仁政"思想的鲜明表现。

元稹在《唐故检校工部员外郎杜君墓系铭》里对杜诗的思想和艺术特色，作了如下概括："尽得古今之体势而兼人人之所独专矣。使仲尼锻其旨要，尚不知贵其多乎哉！"杜诗中的儒家意识早已被他的同时代人指出来了。

杜甫也接受了一些其他宗教影响。佛教，便是使他发生过兴趣的宗教之一。例如他写道："身许双峰寺，门求七祖禅"（《秋日夔府咏怀》）；"余亦师粲可，身犹缚禅寂"（《夜听许十一诵诗，爱而有作》）等，都表明他曾经留心于禅宗佛教。不过这种释家意识与他的儒家意识相比，就显得十分淡薄了。

第二节　赞佛诗人

王绩、王维，有异有同。王绩由道入释，王维由儒入释。他们的前半生各走一条不同的路，后半生却走到一块儿来了。

王　　绩

跨过熊熊战火，东皋隐逸王绩从隋朝进入了唐朝。他是六朝之末最后一位玄谈爱好者，也是初唐第一位否定修仙而向佛理认同的诗人。王绩（585—644），字无功，绛州龙门（今山西河津）人，一作太原祁人，隋末人儒文中子王通之弟。他曾仕隋，任秘书省正字，入唐后以原官待韶门下省；后弃职还乡，隐居东皋，自号东皋子。王绩心仪魏晋文人嵇康、阮籍、陶潜，与一二同志，"时相往来，并弃礼数，箕踞散发，玄谈虚论，兀然同醉"（王绩《答程道士书》）。

早在少年时代，王绩就爱好道教方术："弱龄慕奇调，无事不兼修。

望气登重阁，占星上小楼。"(《晚年叙志》)"中年逢丧乱"（同前）以后的他，产生了不求荣达，但求保全性命于乱世的强烈愿望。他写道："朱门虽足荣，赤族亦可伤"(《赠梁公》)。他还在《石竹咏》中写道："萋萋结绿枝，晔晔垂朱英。常恐零露降，不得全其生"。诗人借石竹表达了自己"常恐零露降"的惴惴不安心理。为了追求"全其生"，诗人向佛道二教伸出了求援之手。

道教长生久视的宗教理想是最富诱惑力的，王绩从少年时代起就对此兴趣颇浓。然而，最富于诱惑力者也最容易令人失望。王绩在许多诗里表现了他对神仙的热切追求和希望破灭的痛苦的心情。他在《采药》中写道："青龙护道符，白犬游仙梦"，"行披葛仙经，坐检神农秩"。符箓、仙经，以及随丹经之王魏伯阳入山炼丹的白犬，亦服丹升仙的故事（见《神仙传》），都曾是他所热衷的对象。然而，不久他就对此大失所望了。其失望之情，俱见于《游仙》（四首）。今录其第1，第2首如下：

  暂出东陂路，过访北岩前。蔡经新学道，王烈旧成仙。驾鹤来无日，乘龙去几年。三山银作地，八洞玉为天。金精飞欲尽，石髓溜应坚。自悲生世促，无暇得桑田。
  上月芝兰径，中岩紫翠房。金壶新练乳，玉釜始煎香。六局黄公术，三门赤帝方。吹沙聊作鸟，动石试为羊。缑氏还程促，瀛洲会日长。谁知北岩下，延首咏霓裳。

王绩的这四首诗，名曰"游仙"，实则疑仙，与曹丕的《游仙诗》同一机杼。四首诗的构思相同，都是先述游仙之梦幻，最后以殿尾的两个诗句加以否定。第1首，先述蔡经、王烈均已仙去，但迎接他们升天的仙鹤神龙永不复回了。次述三山、八洞仙境虽好，可是烧炼九转还丹的药物——铅汞金砂，由于火候过猛，几乎都化作气体飞光了（《还丹肘后诀》："用火不失斤两……自然成功，急则飞走"）；王烈好道，嵇康随王入山，"烈得石髓，柔滑如饴，即自服半，余半以与康，即凝为石"（朱彦伯《名士传》）。嵇康遂不得成仙。王绩以这些炼丹求药的失败者自况。最后抒怀：我王绩的浮生有限，哪有可能等到千载万世之后，沧海变成桑田的时候再去成仙呢?

第2首,先述在山洞中"练乳""煎香",即熬炼仙药。如《云笈七籤·方药部》载《云浆法》云:以云母粉、白蜜和合,置铜器中,以火熬之,化而为浆。据称:"取井花水一升,云浆一合,和饮之,日三服,身出光泽,临云不着,降玉女,感神仙"。类似的方药熬炼术,道书中记载极多。其次,描述传说中神仙方术之奇妙:东海黄公有制蛇、御虎、兴云、作雾、移山、搬河之六术(葛洪《西京杂记》);炎帝(赤帝)神农氏则能究息脉、辨药性、制针灸,并作巫方(《广博物志》);此外,还有吹沙作鸟、叱石成羊等仙话。但猴山王子晋去也匆匆,而瀛洲的仙会又来日方长。最后抒怀:谁知我王绩却在此北岩之下,延首空望羽化登仙呢?

第3、第4两首的构思与主旨,与前二首相同,都是自述游仙之梦的破灭:最后或"逆愁归旧里,萧条访子孙";或"为向夫仙道:凄遑君讵知!"总之,《游仙四首》是王绩的道教神仙观已经动摇的生动记录。

从《游仙四首》到《赠学仙者》,是王绩从疑仙到彻底否定神仙之说的标志。他在《赠学仙者》中告诫道:

采药层城远,寻师海路赊。玉壶横日月,金阙断烟霞。仙人在何处?道士未还家。谁知彭泽意?更觅步兵那?春酿煎松叶,秋怀浸菊花。相逢宁可醉,定不学丹砂!

此诗大意是:仙境如海市蜃楼,仙道亦杳如黄鹤,你到哪里去寻找?有谁理解陶潜(彭泽令)、阮籍(步兵校尉)的真意呢?他们的人生哲学乃是:宁可买醉,决不寻仙。

王绩否定了寻仙的幻想,终于在佛理中找到了心灵的归宿。他在《薛记室收过庄见寻率题古意以赠》中,对此作了具体说明。诗中先叙作者与薛记室的数十年交谊:

……故人有深契,过我蓬蒿庐。曳裾出门迎,握手登前除。相看非旧颜,忽若形骸疏。追忆宿昔事,切切心相于。忆我少年时,携手游东渠。梅李夹两岸,花枝何扶疏!同志亦不多,西庄有姚徐。尝爱陶渊明，酤醴焚枯鱼；尝学公孙弘，策杖牧群猪。追念甫如昨，奄忽成空虚。人生讵能几？岁岁常不舒。

抚今追昔，不禁感慨系之，或唏嘘长叹，或悲从中来，这是千古文人写诗作文的一个共同模式。然而王绩出人意料，他紧接着告诉人们：

赖有北山僧，教我以真如，使我视听遣，自觉尘累祛。何事须筌蹄，今已得兔鱼。旧游倘多暇，同此释纷挐。

佛教真如教会了王绩坦然地面对人生巨变。不但如此，他甚至面对生死大事也能做到心安理得。他在《独坐》中写道：

百年随分了，未羡陟方壶。

诗人晚年正式宣布：宁可接受佛理破除我执和无着无欲的安慰，而不再做登陟方壶仙岛的神仙美梦了。他在《咏怀》中抒写了向佛理认同之"怀"：

故乡行云是，虚室坐间问。日落西山暮，方知天下空。

王绩根据他自己的生活体验，阐述他对佛理万法唯空的理解，虽未免浅薄，但毕竟是已经叛道皈佛了。

王　维

王维（？—761），字摩诘，原籍太原祁（今山西祁县），其父举家迁蒲州（今山西永济），遂为蒲人。王维于开元九年擢进士，晚年官居尚书右丞，故世称王右丞。他多才多艺，不但工于诗，而且擅长音乐、绘画。苏东坡称："味摩诘诗，诗中有画；观摩诘画，画里有诗"。王维以山水题材作诗绘画，二者交融互补，冠绝古今。青年时代的王维，是颇具建功立业的抱负的。开元二十二年，张九龄为中书令，王维亦迁升右拾遗。当时，他写过许多诗赞扬张九龄实施的开明政治，也写过许多以边塞军旅生活为题材的诗，如《从军行》、《陇西行》、《燕支行》、《观猎》、《使至塞上》、《出塞》等。这些诗洋溢着壮士豪情，英雄气概。若不是中年以后生活道路的转折，他将成为一位边塞派诗人。然而，大半生的官场浮沉，特别是安史之乱给他带来的政治麻烦，使他从此对政治失去了兴趣，对官场产生了厌倦，一头钻进了禅宗佛教这个避风港。王维在仕途受挫之后转而奉佛，并非偶然。王维之母崔氏师事大照禅师三十余年。王母死后，王维施庄为寺。王维及其兄弟王缙在母亲的影响下，均皈依释氏。他自比于印度大乘佛教里的维摩诘居士。维摩诘身居毗耶离城，家财万贯而不贪，妻妾成群而不淫。王维也"居常蔬食，不茹荤血；晚年长斋，不衣文采"；"退朝之后，焚香独坐，以禅诵为事"（《旧唐书》本传）。他毫不隐讳自己避世保身的感情，自称："少年不足言，识道（佛教谓通向涅槃之路曰'道'）年已长。事往安可悔？余生幸能养。誓从断荤血，不复婴世网。浮名寄缨佩，空性无羁靽"（《谒璇上人》）。他否定了早年热衷于建功立业的儒家人生观。当时正是禅宗佛教分裂为南北二宗期间，王维先习北宗，后改习南宗。从此以后，王维过着一种亦儒亦释、半官半隐的双栖生活。

王维的思想，经历了一个从热衷于儒转变为皈依于佛的过程。到了晚年，他虽然过的是儒释双栖生活；但在感情上，他已彻底否定了儒家从政于禄的生活道路，一头扎进了佛光之中。他的佛诗，可分为三个方面。

（一）游览寺院和结交僧侣。中年奉佛以后的王维，"在京师日饭十数名僧，以玄谈（佛教谓在讲经论时，先于文前分别一经之深义，是为'玄谈'）为乐"（《旧唐书》本传）。在他的亦官亦隐的双栖生涯中，游览名刹和结交名僧占了极大的比重。因此，反映这方面经历的诗作颇为不少。如《燕子龛禅师》、《寄崇梵僧》、《过福禅师兰若》、《过感化寺昙兴上人山院》、《夏日过青龙寺谒操禅师》、《过香积寺》、《登辨觉寺》、《投道一师兰若宿》、《与苏卢二员外期游方丈寺而苏不至因有是作》等。试读五律《过香积寺》：

不知香积寺，数里入云峰。古木无人径，深山何处钟？泉水咽危石，日色冷青松。薄暮空潭曲，安禅制毒龙。

香积寺系长安城南之名刹，位于子午谷正北偏西。清代笺注家赵殿成分析此诗说："起句极超，忽谓不知山中有寺也。迨深入云峰，于古木森严、人迹罕到之区，忽闻钟声而始知之。四句一气盘旋，灭尽针线之迹"。他又指出第三联："下一咽字，则幽静之状恍然，着一冷字，则深僻之景若见"（《王右丞集笺注》）。这种幽冷之境，极富禅寂意味，可谓移情入景，亦可谓借景抒禅。第四联便是直抒禅怀。"毒龙"，譬喻妄心。《涅槃经》云："但我住处，有一毒龙，其性暴急，恐相危害"。此诗从第三联到第四联，由间接颂禅转入直接颂禅，层次分明，一气呵成。

又如《投道一师兰若宿》：

> 一公栖太白，高顶出云烟。梵流诸壑遍，花雨一峰偏。迹为无心隐，名因立教传。鸟来还语法，客去更安禅。昼涉松路尽，暮投兰若边。洞房隐深竹，清夜闻遥泉。向是云霞里，今成枕席前。岂惟留暂宿，服事将穷年。

这是王维拜访禅宗佛教南宗著名禅师马祖道一的形象化记录。马祖是南岳怀让禅师法嗣，禅宗六祖惠能大鉴禅师的再传弟子。王维在诗中除了畅抒对"一公"的景仰和赞美之外，最后还表示：此次登门，"岂惟留暂宿，服事将穷年"。他愿成为马祖道一的门人。马祖有入室弟子139人，虽然没有正式传法于王维，王维对马祖的宗风还是领会了一二的。马祖说法有云："汝等诸人，各信自心是佛"，"心外无别佛，佛外无别心"，"故三界唯心，森罗万象，一法之所印；凡所见色，皆是见心。"（《五灯会元》卷三）王维对于惠能再传弟子的这些禅语，心领神会。他在《六祖能禅师碑铭》中写道："法本不生，因心起见。见无可取，法则常如。"这些话其实就是马祖所谓"凡所见色，皆是见心"的同义语。南宗禅的这一旨要，即一切客观现象（色、法）都是从心中生发出来的主观唯心主义，在王维的许多诗中获得了体现。

（二）禅理诗。王维学佛，并非仅仅满足于对佛典义理的诠释；而是身体力行，将他所理解的"法本不生，因心起见"的禅旨，时时处处运用于实际生活之中，并写了许多记述这方面体会的诗。以禅旨对疾病作心理治疗，就是王维学佛的重要体会之一。例如《胡居士卧病遗米因赠》写道："了观四大因，根性何所有？妄计苟不生，是身孰休咎？"诗人从佛教"四大皆空"和"万法一心"的教义出发，断言人的"根性"、"休咎"都是虚空不实的现象，是心生"妄计"而产生的假有，以此抚慰病中的胡居士。无独有偶。继胡居士卧病之后不久，王维本人也病了。于是他又写了《与胡居士皆病，寄此诗兼示学人》，诗中写道："一兴微尘念，横有朝露身。如是覩阴界，何方置我人？""因爱果生病，从贪始觉贫。色身非彼妄，浮幻即吾真。"《华严经》说："心如工画师，画种种五阴"。禅宗佛教认为：一切客观现象都是心派生出来的。有二僧讨论风幡，一僧说"幡动"，一僧说"风动"，禅宗六祖惠能说："风动幡动，无非心动"。因此禅宗又有"心宗"之称。王维此诗说的，就是这种宗教主观唯心主义原理：因为一念之差，才会有此肉体，如果能用这一"心生万法"的原理观察五阴十八界——一切外在现象与精神现象，又哪里还会有"人我"存在呢？由此类推，人的疾病也是主观上的爱欲产生的。王维因此提出：只要主观上把"色声"当作假有，把"浮幻"当作真实，疾病也就不存在了。王维的这种禅学心理治疗原理，就其认识论而言，是反科学的，疾病之有无并不以心为转移。但在承认疾病之客观存在的前提下，充分发挥患者的主观能动性，以乐观心理对待，就能达到减低肉体痛苦和增强抗病机能的目的。毋毋讳言，建立在主观唯心论基础上的王维心理治疗法，在实践上能取得某些有限疗效，是不足为奇的。

王维不但以禅理治疾，还以禅理避暑。试读其五律《夏日青龙寺谒操禅师》：

龙钟一老翁，徐步谒禅宫。欲问义心义，遥知空病空。山河天眼里，世界法身中。莫怪销炎热，能生大地风。

此诗第一联点题，揭明一个"谒"字。第二联说明"谒"的目的，是来请教佛理。"义心"，释家谓犹豫不决之心。诗人在佛教义理上有所迷惑，特来叩问，不过他声明：对于"空病空"原理还是知道的。《维摩诘经》说："惟有空病，空病亦空"，就是"色空"的意思。第三联进一层发挥"空病空"原理，称颂"山河"、"世界"均无自性，而是空王佛祖的"天眼"和"法身"的表现。第四联再进一层，称颂佛法无边，风生大地，暑歇炎消。全诗主旨在于说明：客观世界并非实在，而是释迦牟尼佛的心之所生。

（三）禅趣诗。在王维的作品中，最为后人称道的，并非那些阐释佛理禅旨的诗作，而是那些蘸着佛理禅旨的墨水写出来的山水诗。诗人一度隐居终南山，后来又购得宋之问的蓝田辋川别业。终南山和辋川别业的优美山水，便成了王维徜徉于其中并尽情描绘和歌颂的对象。他把从禅宗佛教学得的禅旨，有似溶盐于水地渗透在这些山水诗中。

马祖道一说：禅宗心要乃是"着衣吃饭，长养圣胎，任运过时，更有何事？"（《五灯会元》卷三）换言之，就是闲适。故禅师们皆以闲汉自居。同时，禅师们以闲适心态观物，移情入景，于是他们周围的一切自然景物也都化作了"闲汉"。这样一来，善于运用形象思维写诗的王维，便得心应手地调动终南山和辋川的一切景物，来构建他的闲适情调——禅悦禅趣的语言山水系统了。

在王维借以寄寓闲适禅趣的诸多景物因素中，最突出的一种乃是"白云"。诗僧皎然写道："逸民对云效高致，禅子逢云增道意。白云遇物无偏颇，自是人心见同异。"王维就是一位特好借白云以寄托其闲适出世之"道意"即禅趣的山水诗人。请欣赏王维笔下的白云的诗意与道意：

　　山中多法侣，禅诵自为群。城郭遥相望，唯应见白云。（《山中寄诸弟妹》）
　　与君青眼客，共有白云心。不向东山去，日令春草深。（《赠韦穆十八》）

在王维心目中，白云既是美景，又是他奉佛生涯中不离左右的禅侣："寂寞柴门人不到，空林独与白云期"（《早秋山中作》）；"卑栖却得性，每与白云归"（《留别钱起》）；"悠然远山暮，独向白云归"（《归辋川作》）；"归鞍白云外，缭绕出前山"（《留别丘为》）；"君向终南山，心知白云外"（《答裴迪辋口遇雨忆终南山之作》）；"但去莫复问，白云无尽时"（《送别》），等等。总之，王维对白云情有独钟，因为它不但是一个美丽的景物分子，而且是一个象征，一个符号，是闲适出世的禅趣之化身。

但对禅宗诗人来说，并非只有白云才可以咏禅。禅的内涵是"静虑"，故一切幽寂静谧的景物都可以成为禅趣的载体。例如王维的五律《酬张少府》：

> 晚年唯好静，万事不关心。自顾无长策，空知返旧林。松风吹解带，山月照弹琴。君问穷通理，渔歌入浦深。

这首抒怀诗里没有出现"白云"，但诗中情趣是一片幽静、闲适和出世，表层意象字字非禅，深层意象字字皆禅。

王维以五言绝句山水诗见长，尤以《辋川集》著称。在这组诗里，"白云"仅出现一次。但从诗的意境来体味，每一首都融化了禅趣于其中。例如：

> 空山不见人，但闻人语响。返景入深林，复照青苔上。（《鹿砦》）
> 北垞湖水北，杂树映朱栏。逶迤南川水，明灭青林端。（《北垞》）
> 独坐幽篁里，弹琴复长啸。深林人不知，明月来相照。（《竹里馆》）
> 木末芙蓉花，山中发红萼。涧户寂无人，纷纷开且落。（《辛夷坞》）

在这一类写景小诗里，诗人很少直抒胸臆，大多只是勾勒出一片极空寂而绝无人间烟火气的园林丘壑，让具有禅学知识的读者从中体验出丝丝禅寂之意来。明代胡应麟说：王维五绝"却入禅宗"，"读之身世两忘，万念皆寂"（《诗薮》）。此评颇中肯綮。

在提倡三教并举，且以道教为官方宗教的唐代，作为廷臣的王维，不可能拒绝为道教唱赞歌。在他奉皇帝之命而写的应制诗中，有不少是歌颂道教的。如五言排律《奉和圣制幸玉真公主山庄因题石壁十韵之作应制》：

> 碧落凤烟外，瑶台道路赊。如何连帝苑，别自有仙家？比地回銮驾，缘溪转翠华。洞中开日月，窗里发云霞。庭养冲天鹤，溪流上汉查。种田生白玉，泥竈化丹砂。谷静泉愈响，山深日易斜。御

羹和石髓，香饭进胡麻。大道今无外，长生讵有涯！还瞻九霄上，来往五云车。

玉真公主系唐睿宗之女，出家为女道士。王维随皇帝前往探视。他在诗中把玉真公主的山庄比作世外瑶台——神仙之境。王维的其他颂道之作还有《奉和圣制庆玄元皇帝玉像之作应制》、《赠东岳焦炼师》等。

　　道教在唐代，由于朝廷的提倡，皇家的爱好，王维为了应酬交际，不得不写一点颂道之作；但熏染日久，主观上便逐渐产生了向道教认同的倾向，于是道教文化也便渗进了王维的佛国。例如他的《春日上方即事》：

好读高僧传，时看辟谷方。鸠形将刻杖，龟壳用支床。柳色春日映，梨花夕鸟藏。北窗桃李下，闲坐但焚香。

　　尽管道教在王维的宗教生活中所占比重微乎其微，但毕竟还是出现了佛道双重文化色彩。

第三节　儒释统合诗人

　　封建时代以儒为业的文人，多有以释为业余爱好者。因此，儒释统合成了这些文人的共同思想特征。在唐代，具有这一思想特征者极多，刘禹锡、柳宗元、贾岛等都是颇具代表性的人物。

刘禹锡

　　刘禹锡（772—842），字梦得，洛阳（今属河南）人，其先祖为匈奴族。刘禹锡自幼研习儒家典籍，旁涉诸子百家。德宗贞元九年，他与柳宗元同登进士第，十年后官至监察御史；又因与柳一同参加王叔文、王伾政治革新运动，失败后被贬为郎州（今属湖南常德）司马。此后，刘改任连州、夔州、和州等地刺史；宝历二年冬，召归洛阳，长达22年的贬谪生涯方告结束。但由于他写诗讽刺权贵，再度被贬为苏州、汝州、同州等地刺史。文宗开成元年（836），刘禹锡任太子宾客；武宗会昌元年

（841）加检校礼部尚书，故世称刘宾客或刘尚书。临终前，他作《子刘子自传》，称王"叔文实工言治道，……其所施为，人不以为当非"，为其政治革新运动辩护，表现出为真理而斗争的不屈不挠精神。其诗歌创作擅长民歌体，写了许多反映民俗民情的好诗。他在中唐与白居易齐名，世称"刘白"。

刘禹锡毕生业儒而自称"佞佛"，但他不是对佛教神话的迷信，而是从认识论高度对佛教慧学（戒定慧三学之一）的服膺。他在《谒柱山会禅师》中称佛教慧学是："瞳瞳揭智炬，照使出昏昧"，"色身岂吾宝，慧性非形碍"。慧，是佛教法相宗别境之一，意谓通达事理，决断疑念，并取得决断性认识的那种精神作用。在现存《刘禹锡集》中，编入了诗人的送僧诗24首。这些诗，一是表现了刘禹锡的统合儒释思想，二是表现了传统的儒释友谊。

刘禹锡的统合儒释思想，在《赠别君素上人》一诗中表现得最明确。他在此诗的引言中指出："曩予习《礼》之《中庸》，至'不勉而中，不思而得'，懵然知圣人之德，学以至于无学。"后来读佛书，"其所证入，如舟溯州，未始念于前而日远矣，夫何勉而思之邪？"这就是说，儒典、佛典都能顺乎自然地启发人，二者可以互补统合。所以他在诗中描述与君素上人的友谊是："相欢如旧识，问法到无言。"这也就是"学以至于无学"和"如舟溯州"的意思，言外之意乃是：儒学佛学，异曲同工。

自六朝以来，释子与士大夫之间便结下了友谊。唐朝是以诗取士的时代，作诗成了文人的第一需要，也成了许多僧侣的精神寄托，于是诗歌便成了儒释友谊的金桥。刘禹锡的送僧诗，大多是答赠诗僧之作，流露出诗人对与之交往的诗僧的高洁之情。例如其《秋日过鸿举法师寺院便送归江陵》：

> 看画长廊遍，寻僧一径幽。小池兼鹤净，古木带蝉秋。客至茶烟起，禽归讲席收。浮杯明日去，相望水悠悠。

这是一幅多么融洽温馨的儒释高谊图。"浮杯"，《梁高僧传》云：高僧杯度乘大杯渡江，这里以杯度借喻鸿举法师。

刘禹锡与白居易都主张采释补儒，但二人在采释上有层次高低的区别。刘主张从慧学的认识论高度采释，白则从礼佛坐禅、追求精神解脱的低层次上采释。因此，白居易晚年的斋戒道场生活，成了刘禹锡赋诗戏谑的题材。例如《乐天少传五月长斋广延缁徒谢绝文友坐成睽间因此戏之》写道："五月长斋戒，深居绝送迎"；"宾阁缁衣占，书堂信鼓鸣；戏童为塔象，啼鸟学经声"；"不知何次道，作佛几时成？"诗中把"戏童"、"啼鸟"与庄严法事对照描述，造成一种不协调的滑稽情调，嘲谑之意，溢于言表。又如《乐天池馆夏景方妍白莲初开彩舟空泊唯邀缁侣因以戏之》：

池馆今正好，主人何寂然？白莲方出水，碧树未鸣蝉。静室宵闻磬，斋厨晚绝烟。番僧如共载，应不是神仙。

诗中将妍丽的夏景与冷寂的长斋相对照，矛盾中寓嘲讽之意。

主张儒释统合的刘禹锡，也偶一涉足道教神仙题材，但这并非诗人认同于道教教理教义的表现。刘禹锡贬谪朗州司马期间，写过一首道教浪漫主义抒情诗：《游桃源一百韵》。此诗借陶渊明《桃花源记》构思，引申为神仙幻境，以寄托其郁郁不得志的情怀。诗人描述桃源遇仙道："羽人顾我笑，劝我税归轭。霓裳何飘飘，童颜洁白皙。重岩是藩屏，驯鹿受羁鞿。""仙翁遗竹杖，王母留桃核。姹女飞丹砂，青童护金液。宝气浮鼎耳，神光生剑脊。"诗人自称到了如此仙境，出世之情油然而生："自从婴网罗，每事问龟策。王正降雷雨，环玦赐迁斥。倘复夷平人，誓将依羽客。"很明显，诗人借"酒"浇愁而醉翁之意不在"酒"。刘禹锡不过托神仙故事发发牢骚而已，现实生活中的他并不奉道求仙。

在刘禹锡的宗教题材诗里，最多的和写得最好的，是宗教文化景观诗和纪事诗。在这些诗中，基本上没有渗入诗人自己的宗教感情，而是客观地描述。它们属于反映民风民情的现实主义诗歌的组成部分。

宗教景观诗如：

汉家都尉旧征蛮，血食如今配此山。曲盖幽深苍桧下，洞箫愁绝翠屏间。荆巫脉脉传神语，野老婆婆启醉颜。日落风生庙门外，几人

连蹋竹歌还。(《阳山庙观赛神》,作者自注:梁松南征至此,遂为其神,在朗州)

生公说法鬼神听,身后空堂夜不扃。高坐寂寥尘漠漠,一方明月可中庭。(《生公讲堂》)

坛边松在鹤巢空,白鹿闲行旧径中。手植红桃千树发,满山无主任春风。(《伤桃源薛道士》)

从上面的三首诗看,诗人的笔触广泛涉及各种宗教现象:第一首描绘民间赛神风习;第二首是佛教景观,生公即东晋名僧竺道生,民间有"生公说法,顽石点头"的传说;第三首是道教景观。三种不同宗教,其景观亦各有该宗教之特色。

宗教纪事诗是记述宗教徒生活的诗。例如《西山兰若试茶歌》记述某山僧茶道之精:"宛然为客振衣起,自傍芳严摘鹰嘴。斯须炒成满室香,便酌砌下金沙水。骤雨松声入鼎来,白云满碗花徘徊。悠扬喷鼻宿醒散,清峭彻骨烦襟开"。寥寥数语,形象而生动地描述了山僧摘茶、炒茶和煎茶的全部过程,字里行间飘溢着沁心的茶香。又如《观棋歌送儇师西游》描述长沙某僧的棋艺之妙道:"有时凝思如入定,暗覆一局谁能知!""初疑磊落曙天星,次见搏击三秋兵。雁行布阵众未晓,虎穴得子人皆惊。"中国的宗教文化,除了丰富无比的宗教典籍,还吸收了诗、文、琴、棋、书、画,以及品茗、焚香等士大夫文化在内。中国的士大夫文化,也吸收了服食、参禅等宗教文化在内。这两种文化的交融,从刘禹锡的宗教文化纪事诗中不难窥见一斑。

柳宗元

唐代另一位著名的儒释统合论者是柳宗元(773—819)。他又是著名散文家,古文运动领袖之一。关于柳宗元的生平事迹,留待评介唐代散文时再加介绍,这里只谈一谈他的禅悦诗。柳宗元好佛,加上政途坎坷,先后被贬至永州、柳州做地方官,更促使他寄情山水,附迹空门。他作诗不多,但是他的几首禅悦诗却是脍炙人口、传诵百代的名作。试读其《晨诣超师院读禅经》:

> 汲井漱寒齿，清心拂尘服。闲持贝叶经，步出东斋读。真源了无取，妄迹世所逐。遗言冀可冥，缮性何由熟？道人庭宇静，苔色连深竹。日出雾露余，青松如膏沐。淡然离言说，悟悦心自足。

这首诗描述诗人晨起后阅读禅经（贝叶书），因而悟彻禅理的愉悦心情。据《成唯识论》和《大乘起信论》，佛教的永恒真理为真如，其反面则是虚妄。诗中的"真源"与"妄迹"就是指这两个方面。禅宗标榜："不立文字"，"以心印心"。柳诗结句说的，正是这一"即心是佛"的顿悟法门，范温《诗眼》称：此诗"至诚洁清之意，参然在前"，"其本末立意遣词，可谓曲尽其妙"。

另一首被认为寓禅于景的著名柳诗是《江雪》：

> 千山鸟飞绝，万径人踪灭。孤舟蓑笠翁，独钓寒江雪。

这首诗被宋代大诗人苏东坡誉为"殆天所赋，不可及也已"的千古绝唱。另一方面，禅师们带着禅定——静思默虑的心理定势欣赏此诗，却发现诗中画面有"人境俱夺"之妙，与禅师参禅时的"我法两空"——主客观世界均为空白一片——的心理状态，产生了共鸣。不论作为创作主体的柳宗元是否有此立意，从接受美学的角度来看，隐者见隐，禅者见禅，说此诗含禅机于写景，应不失为言之有理的诠释之一。

柳宗元的《渔翁》也是一首语不涉禅的禅趣自在其中的好诗。诗如下：

> 渔翁夜傍西岩宿，晓汲清湘燃楚竹。烟销日出不见人，欸乃一声山水绿。回看天际下中流，岩上无心云相逐。

《江雪》写的是孤舟渔翁，《渔翁》写的也是孤舟渔翁，不同的是渔翁周围的自然环境。《江雪》中有一个冰封雪盖的静谧世界；《渔翁》中有一片山青水绿的静谧世界，"欸乃一声"则是对这个静谧世界的反观。两首诗的季节和景色不同，前者写冬，后者写春，但是两个世界的氛围却又完全相同。正是这种幽寂的氛围，与禅寂的意味之间产生了"心有灵犀一点通"

的感应效应。苏东坡说："柳子厚发纤浓于简古，寄至味于淡泊。"（《诗人玉屑》）是为中肯之评。

贾　岛

　　刘禹锡、柳宗元主要是从思想理论上统合儒释，儒与释在他们的心目中和谐一致；贾岛则相反，他是在生活中和感情上动摇于儒释之间，其结果是二者兼顾，在矛盾中寻求统合。贾岛（779—843），字浪仙，范阳（今属河北琢县）人，早年出家为僧，法名无本。其《新年》诗有句云："谁能平此恨，岂是北宗人"。大约他早年修习的是北宗禅。韩愈重其才，劝之还俗业儒，但屡举进士不第。曾任长江（今属四川蓬溪）主簿，世称贾长江。

　　贾岛是一个徘徊、游移于儒、释之间，并偶一涉道的诗人。他的诗，具有弃释从儒、儒不离释和偶或涉道等三个思想特色。

　　贾岛弃释从儒，是在韩愈的思想影响下形成的。韩愈是辟佛主帅，贾岛的诗才即被韩愈赏识，自然产生一种知遇的心理。正是在这种心理支配下，贾岛才改变了他奉佛的初衷，去迎合韩愈尊儒排佛的主张。他接受韩愈的建议，还俗就试，走了几十年儒生忠君报国的坎坷之路。他在《代边将》中写道："报国不拘贵，愤将平房仇。"又在《送陈商》中写道："联翩曾数举，昨登高第名。釜底绝烟火，晓行皇帝京。上客远府游，主人须目明。青云别青山，何日复可升。"无不流露出诗人艳羡功名，梦想建功立业的心情。可惜的是，贾岛从儒反被儒冠误。他屡试屡不中，心绪未免寂寞。其《对菊》一诗渲泄了这种落寞情怀："九日不出斗，十日见黄菊。灼灼尚繁英，美人无消息。"他还在《就可公宿》诗中写道："出来多抱寂，声不达明君。"这是孟浩然的"不才明主弃，多病故人疏"的回声，已经多少有点儿抱怨情绪了。当然，这还是符合"怨而不怒，哀而不伤"的儒家诗教精神的。在经过了大半辈子——30年的场屋困顿之后，他终于有些后悔了。试读其《青门里作》：

　　　　燕存鸿已过，海内几人愁。欲问南宗理，将归北岳修。若无攀桂分，只是卧云休。泉树一为别，依稀三十秋。

贾岛追随韩愈30年而无缘"攀桂",这是他步入误区的悲剧。他在作返释归宗之思了。但真要重披袈裟,归修北岳,一时又下不了决心。因为登进士不成,做个把主簿之类的小官吏,到底聊胜于无,至少不必为一身之衣食而忧。因此,他仍旧只能在儒释之间徘徊下去。"见僧心暂静,从俗事多迂"(《落第东归逸僧伯阳》),这就是他永远无法解脱的矛盾与烦恼。

贾岛的弃释从儒,既然不是出于自己的初衷,所以他在从事儒业的30年里,始终不离于释。他凡有远行,多向寺院"挂锡";他每次下第,都找僧友谈"空"。他写下的赠僧、送僧、和僧,以及题于寺庙的诗作,达80题之多,占其全部诗作4卷400题的五分之一。这说明他终生与沙门保持着亲密的友谊与联系。还有大量诗作,虽不是直接描述寺院或题赠僧侣,但却时时以"僧"入景,以"僧"入事。著名的例子是《题李凝幽居》:

闲居少邻并,草径入荒园。鸟宿池边树,僧敲月下门。过桥分野色,移石动云根。暂去还来此,幽期不负言。

其他如:"过声沙岛鹭,绝行石庵僧"(《即事》);"声齐雏鸟语,画卷老僧真"(《过唐校书书斋》);"梨栗猿喜熟,云山僧说深"(《怀紫阁隐者》);"值鹤因临水,迎僧忽背云"(《秋暮》);"松径僧寻药,沙泉鹤见鱼"(《送唐环归敷水庄》);"墨研秋日雨,茶试老僧铛"(《原东居喜唐温琪频至》);"只有僧邻舍,全无物映山"(《寄钱庶子》);"寄宿山中鸟,相寻海畔僧"(《夏夜》);"劝酒客初醉,留茶僧未来"(《早春题友人湖上新居》);"秋江待得月,夜语恨无僧"(《送崔定》);"省宿有时闻急雨,朝回尽日伴禅师"(《投元郎中》);"请诗僧过三门水,卖药人归五老峰"(《送陕府王建司马》),等等。

贾岛的一生,乃是儒释两个对立侧面的统一体。他由于长期的从儒不得志,不但时时与僧为伍,时时冒出弃儒归释的念头;而且还偶一涉道。其《病起》云:

高丘归未得，空自责迟回。身事岂能遂？兰花又已开。病令新作少，雨阻故人来。灯下南华卷，祛愁当酒杯。

此诗抒写诗人每试下第后的"身事岂能遂"的无可奈何情怀。但是，"高丘"北岳又不是容易归得去的，怎么办呢？权宜之计，只好求助于道教《南华真经》——庄子的达观了。

贾岛诗以奇僻的艺术风格见称，以五言律诗见长。他好写荒寒怪异之景，孤寂愁苦之情。如"怪禽啼旷野，落日恐行人"（《暮过山村》）；"归吏封宵钥，行蛇入古洞"（《题长江》）之类。他的这种风格乃是他的穷愁潦倒生活的艺术化。在创作上，他特别强调锻字炼句，尝自谓"二句三年得，一吟双泪流"（《题诗后》）。他受韩愈以文为诗的影响，亦好以散文句法入诗。例如"贤人无官死，不亲者亦悲"（《哭卢仝》），"不……亦……"为条件关系的散文句法；"此景亦胡及，而我苦淫耽"（《玩月》），以"而"绾合上下两句，是转折关系的散文句法；"一千寻树直，三十六峰邻"（《送李登少府》），打破五言诗构句的上二下三、上三下二和上一下四等传统句型，创上四下一句式；"千岩一尺壁，八月十五夕"（《咏韩氏二子》），上句五字五意，下句五字一意。贾岛在五个字的小小格局里创出如许变化，实属不易。

第四节　儒道相兼诗人

封建时代以儒为业的文人，有不少以仙道为其业余之爱好。另一些人，在从事儒业的生涯中，并非总是一帆风顺；一旦受挫，就要转向另一种宗教寻求心理慰藉，道教就是这种宗教之一。基于上述两种原因，儒道相兼成为一部分唐代诗人的思想特色。陈子昂、李颀与李白就是这类诗人的代表。

陈子昂

陈子昂（659？—700），字伯玉，梓州射洪（今属四川）人。他于24岁中进士，官麟台正字，迁右拾遗，世称陈拾遗。武则天当政期间，他屡次上书直谏，曾受"逆党"案牵连而入狱。他两度随军出征，对边塞军民生活比较熟悉。后来武三思罗织罪名，将他囚死于狱中。陈子昂在中国诗歌史上具有特殊的地位。他是结束六朝绮靡诗风（宫体诗）和开创唐代崭新诗坛气象的前驱。他在《修竹篇》的小序中说："汉魏风骨，晋宋莫传，然而文献有可征者。仆尝暇时观齐梁间诗，彩丽竞繁，而兴寄都绝。"陈子昂排六朝颓风，强调诗歌的"兴寄"传统，在自己的诗歌创作中，寄托了他的真情实感。他的著名的《感遇》38首，是开创盛唐和中唐现实主义诗风的楷模，对李白、杜甫、白居易、元稹诸人，产生了深刻的影响。

陈子昂诗歌中"兴寄"的积极一面，是诗人感时讽世。诗人生当武后执政时期，又是做的补察时政的拾遗官，因此他的《感遇》诗中颇多恤民讽上之作。《苍苍丁零塞》和《朝入云中郡》等篇，伤士卒戍边而暴骨草莱；《丁亥岁云暮》讽刺武后穷兵黩武；《圣人不利己》嘲讽武后佞佛耗财；《贵人难得意》、《翡翠巢南海》等则讥刺武后滥用酷吏。

陈子昂诗歌中"兴寄"的消极一面，就是诗人的慕道羡仙。《感遇》诗里的《市人矜巧智》、《吾观龙变化》、《吾爱鬼谷子》、《玄蝉号白露》、《荒哉穆天子》、《金鼎合神丹》、《浩然坐何慕》等篇，都是抒写诗人追慕长生久视的神仙生涯的。据诗人自称："余家世好服食。"（《观荆玉篇》序）这说明：陈子昂自幼耳濡目染而养成好道之癖，并非仕途受挫而后学道寻仙。例如《修竹篇》，陈子昂在此诗的小序中尖锐地批判六朝绮丽诗风，力主再现魏晋风骨，强调应有兴寄。《修竹篇》就是他实践这一创作主张的第一首诗。这是一首咏物诗，分为两个组成部分。前一部分咏叹修竹之美，后一部分借修竹以抒襟抱，也就是作者自称的"兴寄"之所在。兹将这一"兴寄"部分援引如下：

　　……不意伶伦子，吹之学凤鸣。遂偶云和瑟，张乐奏天庭。妙曲方千变，箫韶亦九成。信蒙雕斫美，常愿事仙灵。驱驰翠虬驾，伊郁紫鸾笙。结交嬴台女，吟弄升天行。携手登白日，远游戏赤城。低昂玄鹤舞，断续彩云生。永随众仙去，三山游玉京。

陈子昂写下的第一首提倡兴寄的诗,就是一首艳羡三山玉京日月长的慕道诗。类似这样的作品,在现存陈子昂的百余首诗里约占一半。

有许多儒道相兼或儒释相兼的文人,往往是在追求功名失望之余,才到释与道那里去寻求心灵慰藉的。陈子昂则反是。他自幼就沐浴在一片虚无缥缈的神烟仙雾之中,后来发愤读书,到了24岁才中进士。他的思想轨迹是从道转向儒,颇与从释转向儒的贾岛类似。这样,当他一旦仕途失意,就不是转而求诸道,而是反思他早年的好道是否妨碍了后来的儒业。《同宋参军之问梦赵六赠卢陈二子之作》乃是这种反思的记录。诗题里的赵六,就是《赠赵六贞固》一诗里的赵贞固。据此诗称:赵贞固"道心固微密",是一个好道并在边塞建功立业的人,也是宋之向和陈子昂的好友。但是,"变化意无常,人琴遂两亡",他们的好友赵六逝世了。陈子昂思考的结果是:"畴昔疑缘业,儒道两相妨",就是说,一个好道的人,其功名必然受挫,甚或"两败俱伤"。赵六如此:"名鼎功未立,山林事亦微";诗人自己也是如此:"而我独蹭蹬,语默道犹懵"。他们之所以道不成儒亦不就,据陈子昂的意见,乃是兼修儒道的后果。也许是诗人真正地觉悟了不该舍道从儒吧,圣历元年,他以父病为由,辞官还乡了。然而晚了。两年之年,武三思阴使射洪县令以莫须有的罪名将他逮捕入狱,旋即物故。诗人的悲惨命运,果真应了他自己的诗谶:"儒道两相妨"。

李　颀

与先道后儒的陈子昂相反,李颀是先儒后道。李颀(690—751),东川(今属四川三台)人,开元十三年进士,长期任新乡县尉,久不迁升,遂归隐东川,以修道炼丹为乐。"虽沾寸禄已后时,徒欲出身事明主","空歌汉代萧相国,肯事霍家冯子都?"(《放歌行答从弟墨卿》),就是他弃官归隐的原因。他的诗数量虽不太多,但题材、风格多样化。其代表作为反映边塞生活的《古从军行》、《古意》等篇,慷慨悲凉,因此被列入以岑参、高适为代表的边塞诗派。但是,除了战争题材之外,他还涉足音乐题材,如《听董大弹胡笳声兼寄梧弄房给事》和《听安万善吹觱篥歌》,都是历来为人称道之作。他的赠友诗,往往能勾画出友人的个性特征,读来栩栩如生。此外，由于他后半生过的是炼丹修道生活，所以也写了不少道教题材和其他宗教题材诗。

王维《赠李颀》诗写道："闻君饵丹砂，甚有好颜色。不知从今去，几时生羽翼？王母翳华芝，望尔昆仑侧。文螭从赤豹，万里方一息。悲哉世上人，甘此膻腥食。"在今存李颀诗中，还没有发现诗人自述其"饵丹砂"的作品，但是从李颀给道士们的赠诗中，不难看出诗人对丹砂仙药的兴趣。例如《寄焦炼师》：

得道凡百岁，烧丹惟一身。悠悠孤峰顶，日见三花春。白鹤翠微里，黄精幽涧滨。始知世上客，不及山中人。仙境若在梦，朝云如可亲。何由觏颜色，挥手谢风尘。

其他如"空坛静白日，神鼎飞丹砂"；"嵩阳道士餐柏实，居处三花对石室。心穷伏火阳精丹，口诵淮王万毕术"（《送王道士还山》）等。此外，李颀有《王母歌》一首，从诗中所描述的情节看，乃是根据道教仙话《汉武帝内传》写成的，由此也足可证明李颀对服食长生的浓厚兴趣。

但李颀的兴趣又是颇为广泛的。他不但写了道教仙话叙事诗《王母歌》，而且还写了动物精灵神话诗《鲛人歌》：

鲛人潜织水底居，侧身上下随游鱼。轻绡文采不可识，夜夜澄波连月色。有时寄宿来城市，海岛青冥无极已。泣珠报恩君莫辞，今年相见明年期。始知万族无不有，百尺深泉架户牖。鸟没空山谁复望，一望云涛堪白首。

鲛人故事始于志怪小说盛行的六朝，《博物志》、《搜神记》、《述异记》诸书都有记载。《鲛人歌》没有去复述故事，而着重于描绘鲛人的神奇色彩和感情世界，是一首美丽动人的抒情诗。

在李颀的宗教题材诗歌里，还有一些描绘宗教文化景观的诗，也颇具特色。如描绘山寺环境云："片石孤峰窥色相，清池皓月照禅心"（《题璿公山池》），用"窥"、"照"二动词作诗眼，把山写活了；又用这诗眼将山水与"色相"、"禅心"联结起来,揭示出自然景物与佛教寺院的密切关系。看似平常的14个字,两个景,却是千锤百炼的结晶。又如描绘佛寺钟声:"夜动霜林惊落叶,晓闻天籁发清机;萧条已入寒空静,飒沓仍随秋雨飞。"(《宿莹公禅房闻梵》)将听觉形象"钟声"与视觉形象"霜林落叶"、"飒沓秋雨"相结合,因而更觉形象化。

李颀的赠友之作最为人称道的是《赠张旭》。此诗将张旭嗜酒如命、好道若渴和运笔如飞的草圣形象画活了。诗如下:

张公性嗜酒,豁达无所营,皓首穷草隶,时称太湖精。露顶据胡床,长叫三五声。兴来洒素壁,挥笔如流星。下舍风萧条,寒草满户庭。问家何所有?生事如浮萍。左手执蟹螯,右手执丹经。瞠目视霄汉,不知醉与醒。诸宾且方坐,旭日临东城。荷叶裹江鱼,白瓯贮香秔。微禄心不屑,放神于八纮。时人不识者,即是安期生。

应当说,正是张旭的"微禄心不屑"和"右手执丹经"等个性与诗人李颀心心相印,所以李颀才能如此生动地画出张旭的醉仙形象来。

殷璠说:"李颀诗发调既新,修辞亦秀,杂歌咸善,玄理最长。"(见《唐音癸签》)堪称的评。

李　白

唐代出了个毕生动摇于儒释之间的贾岛,也出了个毕生动摇于儒道之间的李白。李白(701—762),字太白,号青莲居士,祖籍陇西成纪(今甘肃秦安东),隋末,其先人流寓碎叶(今巴尔喀什湖南面之楚河流域)。白出生碎叶后,随父李客迁居绵州昌隆(今四川江油)之青莲乡。他自幼博览群书,诸子百家,无所不窥,尤好道教神仙与剑术,25岁出蜀东游,在陆安(今属湖北)与曾任宰相的许圉师之孙女结婚。他热衷于建功立业,却不屑于参加科举考试,希望走许多上清派隐修道士的"终南捷径",通过隐修,名震京师,受诏入仕。开元十八年(730)左右,他曾赴长安谋求出路,没有结果。天宝元年(742),玄宗召李白入京,供奉翰林之职。当时他积极乐观,满以为从此将有所建树。但由于朝政已趋腐败,在权贵的诋毁之下,不到两年,他被迫弃职离京,长期漫游四方。天宝三年,他在洛阳与杜甫相遇,二人联袂共同游历于河南、山东。天宝十四年,安史之乱爆发后,他参加永王李璘幕府,意在为国立功。不料李璘欲乘讨贼之机,与肃宗争天下,被肃宗消灭,李白亦因此而流放夜郎(今贵州桐梓一带),至中途遇大赦放还。61岁时,他听说太尉李光弼亲率大军讨伐安史余部,又北上请缨,因病半途而废,次年客死于从叔当涂(今属安徽)县令李阳冰家中。

龚自珍说:"庄、屈实二,不可以并,并之以为心,自白始;儒、仙、侠实三,不可以合,合之以为气,又自白始也。其斯以为白之真原也已。"(《最录李白集》)这是对李白思想的复杂性的全面概括,要而言之,则是儒道相兼,既热衷于入世以济苍生,又神往于出世以追步仙踪,一个活生生的矛盾性格。

李白漫游大江南北时期,广交人杰,其中有一批上清派著名道士,如司马承祯、元丹丘、孔巢父、吴筠、胡紫阳等。他曾与元丹丘隐居嵩山,与孔巢父隐居徂徕山,与吴筠隐居剡中。后来,吴筠被崇道的玄宗征召入京,便向玄宗推荐李白,李白因此有了长安之行。"仰天大笑出门去,我辈岂是蓬蒿人!"(《南陵别儿童入京》)"终南捷径"让他走通了。他比孟浩然幸运。李白自幼好道,满脑子神仙幻想:"天上白玉京,十二楼五城。仙人抚我顶,结发受长生。"(《经乱离后天恩流夜郎忆旧游书怀赠江夏韦太守良宰》)他晚年从北海高天师受道箓于齐州紫极宫,正式成为一名道教徒。他既要入世立功,又要出世修仙,这种彼此矛盾的思想感情,鲜明地体现在他的全部诗歌创作中。创作于李白生活各个时期的《古风五十九首》,是李白思想复杂性,特别是儒道相兼思想的形象化解说词。其内容可分为以下五个方面:

(一)感时忧世思想,这体现在第14、19、24、30、32、34、51、53、54等首中;

(二)建功立业思想,这体现在第33首中;

(三)怀才不遇思想,这体现在第8、15、21、26、27、36、37、38、39、40、44、49、50、52、56等首中;

(四)及时行乐思想,这体现在第23首中;

（五）退隐修仙思想，这体现在第4、5、7、11、12、17、20、41等首中。

以上五个方面构成一条因果链。有感时忧世之情，然后想建功立业；有建功立业之想，然后叹怀才不遇；有怀才不遇之叹，然后才颓然追求及时行乐和退隐修仙。概乎言之，不出儒、道二家，前三个方面属于儒，后两个方面属于道（老庄思想和道教神仙思想）。

试看《古风五十九首》中表现儒家思想的三首：

碧荷生幽泉，朝日艳且鲜。秋花冒绿水，密叶罗青烟。秀色空绝世，馨香谁为传？坐看飞霜满，凋此红芳年。结根未得所，愿托华池边。（第26首）

燕赵有秀色，绮楼青云端。眉目艳皎月，一笑倾城欢。常恐碧草晚，坐泣秋风寒。纤手怨玉琴，清晨起长叹。焉得偶君子，共乘双飞鸾？（第27首）

北溟有巨鱼，身长数千里。仰喷三山雪。横吞百川水。凭陵随海运，炟赫因风起。吾观摩天飞，九万方未已。（第33首）

以上三首均系寓言。诗人以幽泉碧荷、燕赵佳人和北溟巨鱼自况。碧荷愿托华池，佳人愿偶君子，隐喻诗人欲附明主以竭忠诚的愿望。其借用屈子《离骚》美人香草之义，至为明显。北溟巨鱼故事出自庄子《逍遥游》，诗人托物寄兴，借以表述其建功立业的雄心壮志。

再看《古风五十九首》中表现道教神仙意识的三首：

客有鹤上仙，飞飞凌太清。扬言碧云里，自道安期名。两两白玉童，双吹紫鸾笙。去影忽不见，回风送天声。举首远望之，飘然若流星。愿餐金光草，寿与天地倾。（第7首）

昔我游齐都，登华不（音花孚）注峰。兹山何峻秀，绿翠如芙蓉。萧飒古仙人，了知是赤松。借予一白鹿，自挟两青龙。含笑凌倒景，欣然愿相从。（第20首）

朝弄紫泥海，夕披丹霞裳。挥手折若木，拂此西日光。云卧游八极，玉颜已千霜。飘飘入无倪，稽首祈上皇。呼我游太素，玉杯赐琼

浆。一餐历万岁，何用还故乡！永随长风去，天外恣飘扬。（第41首）

李白在《感兴八首》之五中自称："十五游神仙，仙游未曾歇"。上面引述的三首游仙诗，就是形象化的注释。

十分明显，李白的儒、道两种愿望是彼此矛盾，无法同时实现的。这个矛盾，体现在《古风五十九首》的第19首中。诗如下：

西上莲花山，迢迢见明星。素手把芙蓉，虚步蹑太清。霓裳曳广带，飘拂升天行。邀我登云台，高揖卫叔卿。恍恍与之去，驾鸿凌紫冥。俯视洛阳川，茫茫走胡兵。流血涂野草，豺狼尽冠缨。

诗人正在飘飘欲仙之际，偶然俯视，安禄山兵破洛阳之惨相映入眼波，他犹豫了。此诗的构思与立意，均取法于屈原的《离骚》与《远游》，生动地揭示了诗人的出世寻仙与入世济民的两难心理状态。

李白在《代寿山答孟少府移文书》里自称："……仰天上吁，谓其友人曰：吾未可去也。吾与尔，达则兼济天下，穷则独善一身。安能餐君紫霞，荫君青松，乘君鸾鹤，驾君虬龙，一朝飞腾，为方丈蓬莱之人耳，此则未可也。乃相与卷其丹书，匣其瑶瑟，申管晏之谈，谋帝王之术，奋其智能，愿为辅弼，使寰区大定，海县清一。"这种动摇于儒道之间的心态自白，正是《西上莲花山》一诗的最好笺注。

李白不同于李颀。李颀是先儒后道，所以实践中不发生矛盾。李白是儒道并进，实行起来就必然互相扞格了。虽然如此，李白创作的大量游仙诗，却成了后世文人无法超越的浪漫主义诗艺的高峰。例如描述黄帝升仙故事的《飞龙引二首》：

黄帝铸鼎于荆山，炼丹砂，丹砂成黄金，骑龙飞上太清家，云愁海思令人嗟。宫中彩女颜如花，飘然挥手凌紫霞，从风纵体登鸾车。登鸾车，侍轩辕，邀游青天中，其乐不可言。

鼎湖流水清且闲，轩辕去时有弓剑，古人传道留其间。后宫婵娟多花颜，乘鸾飞烟亦不还，骑龙攀天造天关。造天关，闻天语，屯云河车载玉女。载玉女，过紫皇，紫皇乃赐白兔所捣之药方。后天而老凋三光，下视瑶池见王母，蛾眉萧飒如秋霜。

诗人想象黄帝骑龙升天，众宫女亦驾鸾相随，一派帝王气象。《汉武帝内传》中雍容华贵的美妇人王母，曾几何时，在李白变幻莫测的生花之笔下，竟成了"蛾眉萧飒如秋霜"的老太婆，做了"后天而老凋三光"的黄帝的陪衬。这是一个浪漫主义的独创。同时，这首诗又是唐代丹鼎派道教十分活跃的反映。其他如《短歌行》、《赠嵩山焦炼师》、《梦游天姥吟留别》、《梁甫吟》等，都有很多想象奇特瑰丽的仙人、仙女、仙兽、仙景描绘。

李白崇道，不仅是道教，也包括道家。他的"清水出芙蓉，天然去雕饰"的诗歌审美价值观，就是取法于老子的"道法自然"的哲学观。老子还说过："见素抱朴"，"信言不美，美言不信"。这些话与"道法自然"的基本原理也是一致的，李白的"天然"审美观正是与"美言"相对立的"素朴"观。他反复鼓吹道："自从建安来，绮丽不足珍。圣代复元古，垂衣贵清真"（《古风》之一）；"丑女来效颦，还家惊四邻。寿陵学本步，笑杀邯郸人。一曲斐然子，雕虫丧天真"（《古风》之三十五）。"天然"，"清真"，"天真"，都是与"绮丽"相对立的审美范畴，在李白的诗歌美学词典中是同义词。正因为如此，他在诗歌创作上十分注意向民歌学习，充分汲取民歌语言质朴、感情真率的艺术特色。他的许多佳作，如"铲却君山好，平铺江水流。巴陵无限好，醉杀洞庭秋！"（《陪侍郎叔游洞庭醉后》）"绿水明秋月，南湖采白苹。荷花娇欲语，愁杀荡舟人。"（《绿水曲》）"两人对酌山花开，一杯一杯复一杯。我醉欲眠卿且去，明朝有意抱琴来。"（《山中与幽人对酌》）还有《横江词》、《子夜吴歌》、《秋浦歌》、《赠汪伦》、《早发白帝城》等，都是以民歌之魂铸成的传诵千古之作。

恰似王维、贾岛的偶或涉道，李白亦偶或涉佛。唐代前期帝王倡导三教归一，玄宗还亲注三教经典各一部。因此，当时的文化界人士，不论僧俗道流，无不以谈论三教互补为时髦。在此风的影响之下，好道的李白有时也会对佛理发生兴趣，写一点访僧、谈禅、论佛诗。《与元丹丘方城寺谈玄作》就是这种作品之一。诗中有云："茫茫大梦中，惟我独先觉。腾转风火来，假合作容貌。灭除昏疑尽，领略人精要。澄虑观此身，因得通寂照。朗悟前后际，始知金仙妙。"这是李白与道士元丹丘共谈佛理（"谈玄"）的记录。李白在诗中自称："人生如梦，唯我先觉。"其理由有四：（一）我认识了人体是由地水火风四大假合而成的佛理；（二）我灭除了贪、嗔、痴等烦恼（"昏疑"）；（三）我修持禅定和智慧之佛学，达到了湛然常定和莹然不昧（"寂照"）之境；（四）我悟彻了人生有前身和后身的灵魂不灭之佛理，从此知道了佛祖（"金仙"）之高妙。李白的自述，并非由衷之言。因为他的儒道相兼的一生，说明他并非如他所说的"灭除昏疑"而达到"寂照"之境。他写佛诗不过是兴之所至，景从时尚而已，有似于后来宋朝的某些士大夫文人的玩禅诗词。

第五节　嘲仙诗人

唐代帝王之崇道，前期与后期有所不同。前期，如太宗、玄宗，主要是为政治上的需要，即为树立李氏权威而崇道。后期，如宪宗、穆宗、敬宗、武宗、宣宗，主要是为个人信仰，即为追求长生不死而崇道，成了秦始皇、汉武帝的追随者，结果均死于服食金丹。他们的愚昧行为，招来了头脑清醒的诗人的讽刺。宪宗在位期间（806—820）的李贺与耳闻目睹穆宗、敬宗、武宗、宣宗之死的李商隐，就是这样两位诗人。

李　贺

在唐代诗坛上，与李白齐名的另一位浪漫主义诗人是李贺。李贺（790—816），字长吉，福昌（今河南宜阳）人，因家居福昌之昌谷，故世称李昌谷。他是唐宗室郑王的后代，但其父早逝，家道中落。因李贺之父名晋肃，"晋""进"同音，有妒其才者，遂制造舆论，说李贺应避父讳，不得举进士。韩愈虽为之作《讳辩》，支持李贺应试，但他终未得志，仅官奉礼郎三年。李贺童年时代即工诗，稍长，诗名齐其先辈李益，甚为韩愈、皇甫湜所器重。李贺歌诗充满了宗教神话形象，主要属于中国原始宗教神话和道教神话两个系统，而几乎不涉及佛教神话，故严羽《沧浪诗话》誉为"鬼仙之词"。

李贺写了许多讽刺黑暗现实的诗。他虽然出身于唐朝宗室,但传至他这一代,早已没落困顿。他虽在朝中担任奉礼郎之职,但却是九品芝麻官。他既有机会接触上层贵族,又经年累月地过着平民式的生活。这样的特殊地位,使他以讽刺的笔触,写出了不少揭露贵族腐朽生活的好诗。其嘲讽唐宪宗求仙的《仙人》云:

弹琴石壁上,翩翩一仙人。手持白鸾尾,夜扫南山云。鹿饮寒洞下,鱼归清海滨。当时汉武帝,书报桃花春。

唐宪宗迷信道教神仙,幻想长生不死。李贺为此而写过不少讽刺诗,《仙人》就是其中之一。此诗虚构了一个不见诸任何神仙传记的仙人形象,还说他致信汉武帝——影射唐宪宗,报道仙境桃花又逢春盛开了。揶揄之意,溢于言表。王夫之说:"辰吉于讽刺,直以声情动今古"(《唐诗评选》)。毛先舒说:李诗"设色浓妙,而词旨多寓篇外"(《诗辨坻》)。《仙人》就是这样的作品。又如《白虎行》写秦始皇"玉坛设醮思冲天,一世二世当万年。烧丹未得不死药,拿舟海上寻神仙。鲸鱼张鬣海波拂,耕人半作征人鬼。"《昆仑使者》写汉武帝一生求仙终不免一死,葬于茂陵。他生前建柏梁铜柱、承露仙人掌,企图收集天地元气而服之,以求长生。然而"金盘玉露自淋漓,元气茫茫收不得"。即使他的陵前所建的石麒麟、石辟邪之类的神兽,也经不住风雨的剥蚀:"麒麟背上石文裂,虬龙鳞下红肢折"。李贺通过秦皇、汉武求仙之梦的破灭,委婉地嘲讽了当世唐宪宗的求仙愚行。

李贺一生体弱多病,"为人纤瘦,通眉、长指爪"(《新唐书》本传),只活了27个春秋。因此,生老病死对于他来说,是个十分敏感的问题。他经常为此而忧郁,而思索。他发觉道教神仙不过是镜花水月,死亡对于每个人都是无法回避的,贵为皇帝亦不例外。其《苦昼短》写道:

飞光,飞光,劝尔一杯酒!吾不识青天高,黄地厚;唯见月寒日暖,来煎人寿。食熊则肥,食蛙则瘦。神君何在?太一安有?天东有若木，下置衔烛龙。吾将斩龙足，嚼龙肉，使之朝不得回，夜不得伏。自然老者不死，少者不哭。何为服黄金、吞白玉？谁似任公子，云中骑碧驴？刘彻茂陵多滞骨，嬴政梓棺费鲍鱼！

在这首充满感伤情调的抒情诗里，诗人慨叹光阴飞逝，人生短促，而神仙（神君、太一、任公子）之说，不死之药（黄金、白玉），都是子虚乌有。诗中对宗教的怀疑精神，以及对宗教神话形象的描绘，直逼屈子《天问》；而"斩龙足，嚼龙肉"等豪言壮语，又与李白的任侠精神一脉相承。

李贺还在《官街鼓》中以十分明确的语言，作出了人皆不免一死的结论：

晓声隆隆催转日，暮声隆隆催月出。汉城黄柳映新帘，柏陵飞燕埋香骨。槌碎千年日长白，孝武秦皇听不得。从君翠发芦花色，独共南山守中国。几回天上葬神仙，漏声相将无断绝。

诗中以官街之鼓的早晚隆隆声和日夜不息的漏声作反衬，说明千方百计求仙的秦皇、汉武以及皇帝宠妃赵飞燕等，谁也难逃一死的命运；就算是天上神仙，也是要死的。"几回天上葬神仙"，这真是大胆的想象，反传统精神开出的独创艺术之花。

基于上述认识，"人死为鬼"的观念便水到渠成地成了李贺歌诗的主旋律。在他的字里行间，随时可能跳出一个"死"或一只"鬼"来。例如："蚩尤死，鼓逢逢"（《白门前》）；"酒客背寒南山死"（《河南府试十二月乐词》）；"彭祖巫咸几回死"（《浩歌》）；"九节菖蒲石上死"（《帝子歌》）；"七星贯断姮娥死"（《章和二年中》）；"黄河冰合鱼龙死"（《北中寒》），以上是"死"。"嗷嗷鬼母秋郊哭"（《春坊正字剑子歌》）；"愿携汉戟招书鬼"（《绿章封事》）；"秋坟鬼唱鲍家诗"（《秋来》）；"鬼灯如漆点松花"（《南山田中行》）；"鬼雨洒空草"（《感讽》）；"海神山鬼来座中"（《神弦》），以上是"鬼"。不难想象，如若李贺不是只活27年，而是写了72载，那么葛洪《神仙传》里的全体神仙，都要变成钟嗣成《录鬼簿》里的死鬼了。

李贺在理性上否定了神仙的存在，但这并不妨碍他在艺术创造中利用神话素材来表现美好理想。因此，在李贺诗集中，颇多错彩流光和神奇诡谲的浪漫主义描绘。例如：

  老兔寒蟾泣天色，云楼半开壁斜白。玉轮轧露湿团光，鸾佩相逢桂香陌。黄尘清水三山下，更变千年如走马。遥望齐州九点烟，一泓海水杯中泻。(《梦天》)
  天河夜转漂回星，银浦流云学水声。玉宫桂树花未落，仙妾采香垂佩缨。秦妃卷帘北窗晓，窗前植桐青凤小。王子吹笙鹅管长，呼龙耕烟种瑶草。粉霞红绶藕丝裙，青洲步拾兰苕春。东指羲和能走马，海尘新生石山下。(《天上谣》)

这两首梦天诗，对月宫、银河，以及仙妾、秦妃（弄玉）、青凤、王子（乔）等仙人，作了充满诗情画意的描绘，并将天上人间进行了对比。李贺短暂的一生，是备受压抑而郁郁不得志的一生。他把埋在胸中的希望和理想，全部投射到虽然美丽璀璨，但却虚无缥缈的天国上去了。李贺也分明知道他的希望和理想的虚幻性质，所以名之曰"梦"。

除了讽喻诗、抒情诗以外，李贺还写了许多洋溢着神话情调的浪漫主义咏物和叙事诗。例如他的名作之一《李凭箜篌引》：

  吴丝蜀桐张高秋，空白凝云颓不流，江娥啼竹素女愁，李凭中国弹箜篌。昆山玉碎凤凰叫，芙蓉露泣香兰笑。十二门前融冷光，二十三丝动紫皇。女娲炼石补天处，石破天惊逗秋雨。梦入神山教神妪，老鱼跳波瘦蛟舞。吴质不眠倚桂树，露脚斜飞湿寒兔。

这是一首描述乐妓李凭弹奏箜篌的诗。诗中运用大量宗教神话形象以表现音乐效果之奇妙。其中，江娥（湘妃）、素女、女娲、吴质、凤凰、寒兔等，是原始宗教和古代宗教神话中的神仙或神兽；紫皇、太皇、玉皇则是道教太清九宫之天帝。大量非现实性艺术意象的组合，构成了一幅笼罩着浓郁浪漫主义气氛的音乐画。

  李贺曾任职奉礼郎三年。这是一个为皇家组织宗教祭祀礼仪的小职位。这个岗位使他熟悉了各种宗教活动。因此，他也写了一些反映这种宗教活助的诗篇。例如《绿章封事》（为吴道士夜醮作）就是这样一首诗。诗的内容是描述吴道士向太上玄元皇帝呈奏绿章（又名青词，是道士举行斋醮时献给天神的奏章，以朱笔写在青藤纸上，故名），请求超度死于瘟疫的冤魂。这首诗勾勒出一幅唐代宗教活动风俗画。诗人在结尾处写道："金家香巷千轮鸣，扬雄秋室无俗声。愿携汉戟招书鬼，休令恨骨填蒿里！"其大意是：富贵之家——金家死而无憾，像汉朝执戟郎扬雄这样的贫不得志之士，希望太上玄元皇帝略施怜恤，命神祇手持扬雄生前所执之戟（当时招魂习俗如此），为他招魂吧！诗人借扬雄故事渲泄了自己贫不得志的郁结情怀。

李商隐

在唐代诗坛，与李白、李贺齐名的第三位浪漫主义诗人是李商隐，后世有合称三李者。李商隐（813？—858？），字义山，号玉谿生，又号樊南生，怀州河内（今属河南沁阳）人。他于文宗开成年间举进士，先后任县尉、秘书郎、东川节度使判官等职。在牛僧儒、李德裕党争中，李商隐先被牛党起用，后来他又依附于李党。不久牛党执政，李商隐遂遭排挤，潦倒终身。他是一位颇为关心时事政治的诗人，其《安定城楼》、《行次西郊作一百韵》、《有感》、《重有感》等诗，都是忧国忧民之作。他还写了不少咏史诗，借前朝故事寄托他的政治理想和对唐敬宗的诤谏。但是，李商隐诗作之被后人传诵不衰的，主要是充满浪漫主义朦胧美的讽喻诗和爱情诗。在这类作品中，诗人大量使用古代宗教神话和道教神话典故，给诗境蒙上了一层神秘的面纱。

李商隐之所以好采用道教神话典故入诗，与他青年时代之学道修仙有密切关系。他在《李肱所遗画松诗书两纸得四十一韵》中自述道："忆昔谢四骑，学仙玉阳东"。玉阳东何所指？河南道教名山王屋山有支脉曰玉阳山，东西二峰并峙。"玉阳东"即玉阳山之东峰，初为唐睿宗之女玉真公主修道之所。李商隐自称亦曾在此学仙，当非妄语。因为唐代道教系官方宗教，道教徒被视为宗室，帝子王孙与青年士子对道教和玄学趋之若鹜，蔚然成风。不过，李商隐并未像施肩吾那样崇道入迷，丢掉进士去当道士；而是相反，放弃学道去考了进士，并像李贺一样，对迷信道教神仙的皇帝施以委婉的讽刺和批判。例如下面的诗：

　　瑶池阿母绮窗开，黄竹歌声动地哀。八骏日行三万里，穆王何事不重来？（《瑶池》）
　　神仙有分岂关情？八马虚追落日行。莫恨名姬中夜没，君王犹自不长生。（《华岳下题王母庙》）
　　通灵夜醮达清晨，承露盘晞甲帐春。王母西归方朔去，更须重见李夫人。（《汉宫》）

这三首以王母故事为核心的诗，都是借古讽今，批判唐代宗崇道入迷之作。《瑶池》取材于《穆天子传》。穆天子驾八骏日行三万里以周游天下，宾于西王母。王母为天子谣曰："白云在天，山陵自出。道里悠远，山川间之。将子无死，尚能复来。"穆天子亦答歌："比及三年，将复而野。"然而穆王立五十五年崩（事见《史记》），竟不能重往。《华岳下题王母庙》亦取材于《穆天子传》。穆王之爱妃盛姬病故，天子伤怀永念，乃葬之于乐池之南。诗人就此事生发议论：名姬虽没，并不值得君王为此遗恨，因为连你君王本人也无法长生不死。《汉宫》取材于《汉武故事》。汉武帝为求长生而通宵达旦举行斋醮，修建承露盘收集天地元气。然而王母西归，东方朔离去，武帝的升仙梦亦随之破灭。可是为重见已故的李夫人一面，武帝还甘愿接受方士的愚弄。以上三首讽刺周穆王、汉武帝求仙不成，还为失去"名姬"、"李夫人"而伤感不已的咏史诗，实系有感而发。据康骈《剧谈录》和张祜《孟才人叹序》等称：唐武宗惑于方士，饵药将死，召宠姬孟才人（一说王才人）曰："我或不讳，汝将何之？"对曰："无复为生。"遂于御前歌《河满子》一曲，气绝而殒。武宗令御医诊候之，医曰："肌尚温而肠已断。"武宗不日亦崩。历代注家一致认为：李商隐的这三首诗，都是对唐武宗的微讽。

　　但李商隐对唐代道教生活中的消极现象的批判，决不止于对一个服丹致死的皇帝。例如其《嫦娥》云：

> 云母屏风烛影深，长河渐落晓星沈。嫦娥应悔偷灵药，碧海青天夜夜心。

诗中叙嫦娥偷吃了丈夫后羿从王母处讨回来的不死之药而飞往月宫，典出《淮南子·览冥训》。诗人谓"应悔"云云，暗寓有的妇女为追求长生不老而入道，却又不甘寂寞之意。苏雪林认为，此诗系作者为其情人某女冠而作（见《苏雪林文集》）。

总之，李商隐采用古代宗教和道教神话题材，写了不少针砭现实中消极现象的讽喻诗。除前述几首之外，还有《东南》、《海客》、《过楚宫》、《七夕》、《青陵台》、《武夷山》、《曼倩辞》等，都属于这一类。

李商隐还有一些爱情诗，虽然不是用一个神话故事贯穿全篇，但在多种典故中，也点缀着一些美丽的神话。例如：

> 小苑华池烂漫通，后门前槛思无穷。宠妃腰细才胜露，赵后身轻欲倚风。红壁寂寥崖蜜尽，碧檐迢递雾巢空。青陵粉蜨休离恨，长定相逢二月中。（《蜂》）

> 回望高城落晓河，长亭窗户压微波。水仙欲上鲤鱼去，一夜芙蓉红泪多。（《板桥晓别》）

这两首诗的前一首写相思，后一首写泣别。前一首为七律，采用双关手法写成：字字言蜂，又字字怀人，字字含情。首联叙蜜蜂活动的环境，隐喻与意中人幽会的场所，以及对她的无穷思念。颔联言蜜蜂腰细身轻，隐喻意中人的婀娜多姿。颈联言蜂巢之空寂，隐喻意中人香闺之落寞。尾联言蜂蝶后会有期，喻两情密约，佳期在望。在这首诗里，运用了两个神话典故。一是女神宓妃，楚辞《离骚》和曹植《洛神赋》都提到了她。二是青陵台故事，即韩凭夫妇生死相爱神话，事见《搜神记》（参阅本书第三编第二章第三节）。后一首为七绝，叙诗人夜宿板桥店的一夜风流故事。诗中第三句借《列仙传》所载水仙琴高乘赤鲤的神话，寓自己将一去不返之意。

在李商隐的诗里，采用神话典故隐喻个中情怀之作还有很多。如《锦瑟》、《无题》——"昨夜星辰昨夜风"、"来是空言去绝踪"、"飒飒东风细雨来"、"相见时难别亦难"、"重帷深下莫愁堂"等,都以其含而不露、缠绵悱恻的韵味,传诵百代,脍炙人口。但由于用典过多,有时流于晦涩,是其缺点。故世称"人人都爱西昆(宋初模仿李商隐的诗派)好,只恨无人作郑笺"。苏雪林《玉溪诗谜》认为:李氏《无题》诸作,乃是诗人以隐语自述他与女冠、宫嫔们的罗曼史,不无道理。

李商隐一生政途蹭蹬,失意之余,亦不免向佛门寻求自慰。例如他在《题僧壁》中写道:"若信贝多真实语,三生同听一楼钟"。"贝多"谓书写在贝多树叶上的佛经。"一楼钟"寓诗人于佛理有所警悟之义,引申而言,就是诗人参透了万法皆空、人生如梦的佛理,虽久不得志,也能做到决不执着,毫无烦恼,心安理得。诗人的其他佛教题材诗还有《题白石莲华寄楚公》、《咏三学山》等。不过,李商隐之赞佛,不等于真正奉佛。前面所举《题僧壁》诗句首称"若信",便不是由衷之言,可见他不过逢场作戏,借佛遣怀而已。

第六节　三教互补诗人

唐朝在长达 300 年的统治期间,基本上贯彻三教并举的宗教政策。武宗一度灭佛,但时间极短,影响不深。故多数士大夫文人具有周流三教的倾向。在他们的生活中,儒、释、道各有各的用处。虽然三教教义各异,但他们总要找出种种理由,务使三教互补,会三归一。其代表性人物,有白居易、顾况、韦应物等。

顾　　况

顾况(?—806 前后),字逋翁,苏州(今江苏苏州)人,一说海盐(今属浙江)人,肃宗正德二年进士。韩滉为润州刺史、镇海军节度使时,曾招顾为幕府判官。柳浑辅政,召他任校书。李泌为相,迁顾为著作郎。贞元五年,顾因作诗调谑朝廷权贵,遭弹劾而贬为饶州司户。他从此一蹶不振,悒郁不乐,大约在贞元十年,离开饶州,至茅山隐居。因此他自号华阳真逸,又号悲翁。

顾况的前半生以儒为业，颇有经世济民之志，后半生则以释道（道家）自慰。其《悲歌》序云："理（避高宗李治讳，以'理'代'治'）乱之所经，王化之所兴，信无逃于声教，岂徒文采之丽耶？"这种以"声教"为治乱、王化服务的观点，乃是正宗的儒家政治伦理学观点。他的《上古之什补亡训传十三章》，表现了诗人对人民疾苦的关怀，流露了诗人的仁政思想。但是，由于他"仕向侯门耻曳裾"的陶潜式个性，无缘获得建功立业的时机，终于只落得被贬之后的"今日思来总皆罔，汗青功业又何如"（《闲居怀旧》）的浩叹。仕途受挫的顾况，失意之余，只得遁入佛道之门。道家的达观，佛教的空观，把他送上了道教圣地之一的茅山。《从江西至彭蠡入浙西淮南界道中寄齐相公》一诗，就是顾况由儒转入释道的心路历程的生动记录。假若在江西饶州和苏南茅山之间以直线相连，那么这条直线不偏不倚正好就是"浙西淮南界"。由此可见，此诗写于诗人从饶州离职、前往茅山的行程中，是顾况经过半生奋斗和思考后作出的思想总结——儒、释、道互补。他在该诗中写道：

……数年鄱阳掾，抱责栖微躬。首阳及汨罗，无乃褊其衷。杨朱并阮籍，未免哀途穷。四贤虽仁德，此怨何匆匆！老氏齐荣辱，于陵一穷通。本师留度门，平等冤亲同。能依二谛法，了达三轮空。真境靡方所，出离内外中。无边尽未来，定慧双休功。……

诗人先自述在饶州担任卑职（"鄱阳掾"）以"栖微躬"的不得意生活。接着指出伯夷叔齐饿死首阳和屈原投水汨罗之偏激，以及杨朱、阮籍之哀怨于穷途，都不是正确的人生态度。最后提出诗人认为正确的人生观，乃是老庄的达观与释迦牟尼（"本师"）的空观。从庄子的"彼亦一是非，此亦一是非"的万物齐一论看，荣辱穷通均无差别。释氏济度众生，不分冤亲，一视同仁，只要皈依者明辨世俗真理与佛教真理（"二谛"）的区别，接受佛祖的身、口、意三业（"三轮"）对众生惑业的摧碾，从六根（"内"）和六尘（"外"）中解脱出来，就能达到无边万古的真空境界。这是皈依者对禅定之学和智慧之学双修的结果。以道家的人生观和佛教的哲学观，补充儒学之不足，这就是顾况的结论。

顾况之所以选择茅山作为隐居之地，一个重要原因，就是最早在茅山隐修的上清派道士陶弘景，乃是一位三教同源论者，与中年以后的顾况的思想正好合拍。

但必须指出，顾况的三教互补与陶弘景的三教同源并非完全一致。陶弘景"三教"中的"道"是道教，顾况"三教"中的"道"是道家。对于道教神仙思想，顾况是持批判态度的。他隐居茅山，不是出家，而是过的"抱孙堪种树，倚杖问耘田"（《山居即事》）的隐士生活。他经常与山中道士交往，有时也不免向他们"稽首问仙要：黄精堪饵花"（《题卢道士房》），只不过问问而已，却未曾实行。顾况在饶州任上时，也曾经常陪同上司游览宫观寺院，写一点见佛谈佛、见道说道的"入乡随俗"式的应酬诗。例如他在《步虚词·太清宫作》中说："迥步游三清，清心礼七真"，"壶中无窄处，愿得一容身"；在《鄱阳大云寺一公房》中写道："定中观有漏，宫外证无生；色界聊传法，空门不用情"，等等。但他的诗中并无上清派道士存神、服食和居士念佛、持斋之类的自述。

李唐王朝由于政治的原因，特别崇尚道教；道教的长生久视理想又反过来诱惑帝王们。于是，帝王与道教之间形成了亲密无间的关系。唐玄宗就是一个道教迷。顾况对他颇多批判之作。他在《宿昭应》中借汉武帝故事嘲讽唐玄宗求仙道：

　　武帝祈灵太乙坛，新丰树色绕千官。那知今夜长生殿，独闭山门月影寒。

此外，诗人在《行路难》中以同样的构思表达了同样的批判精神："君不见古人烧水银，变作北邙山上尘"；"秦皇汉武遭不脱，汝独何人学神仙！"

作为思想家的顾况，他接受道家的达观人生哲学，而批判道教神仙迷信，作为文学家的顾况，又深知宗教浪漫主义的艺术魅力，因而充分运用佛道二教神话意象叙事写景，用以表达诗人对美好理想的追求。例如其《梁广画花歌》：

　　王母欲过刘彻家，飞琼夜入云䡀车。紫书分付与青鸟，却向人间求好花。上元夫人最小女，头面端正能言语，手把梁生画花看，凝颦掩笑心相许。心相许，为白阿娘从嫁与！

此诗取材于《汉武帝内传》，却创造了一个全新的道教神话：一个世俗题目——"梁广画花"，八个超世俗诗句——女仙求画并许嫁。二者合在一起，表达了诗人对青年画家梁广的高度赞美之情。

顾况还大量采用佛道神话意象讴歌山水之美。例如：

时菊凝晓露，露华滴秋湾。仙人酿酒熟，醉里飞空山。(《黄菊湾》)
遥闻林下雨，知是经行所。日暮香风时，诸天散花雨。(《题山顶寺》)

顾况所隐居的茅山是上清派道教的圣地。该派声称：凡入该派修道而功行圆满者，可以升入"上清天"神仙世界。顾况据此写了一首《朝上清歌》，描述他想象中的上清神仙之一的紫微君到玉女家作客的辉煌场景，堪称一首美妙的上清仙话诗：

洁眼朝上清，绿景开紫霞。皇皇紫微君，左右皆灵娥。曼声流睇，和清歌些。至阳无讳，其乐多些。旌盖飒沓，箫鼓和些。金凤玉麟，郁骈罗些。反风名香，香气遐些。琼田瑶草，寿无涯些。君著玉衣，升玉车些。欲降琼宫，玉女家些。其桃千年，始着花些。萧寥天清而灭云，目琼琼兮情感。佩随香兮夜闻，肃肃兮愔愔。启天和兮洞灵心，和为丹兮云为马。君乘之觞于瑶池之上兮，三光罗列而在下。

顾况身居上清派道教圣地，对上清派的根本修行方术——存神法，必然也曾"稽首问仙要"。存神法就是冥思幻想身内身外之万神，以求达到长生久视之目的，与佛教净土宗之观想念佛修行法颇相似。这种宗教幻想与文学的形象思维，目的不同而形式相同。顾况利用上清派的存神法，结合文学的形象思维，创造了这个诗体仙话。在这个虚幻而美妙的彼岸世界里，寄托着这位"悲翁"诗人对现实社会的批判和对理想社会的向往。

韦应物

与顾况同时，并且与顾况互相引为同志的另一位三教互补诗人，是韦应物。韦应物（737—786）是京兆长安（今陕西西安）人。他在少年时代以三卫郎事玄宗，后折节读书，先后任比部员外郎，以及滁州、江州、苏州刺史。韦体弱多病，性耽高洁。他的诗，一方面表现了建功立业的儒家思想；另一方面又流露出浓厚的老庄思想、道教意识和佛教空观情调。

韦应物以儒为业，其敬业精神十分可嘉。大历十四年6月23日，朝廷授予他栎阳县令之职。他因病不能就任，心情十分惆怅，写了《谢栎阳令归西郊赠别诸友生》一诗。诗的开首四句是："结发仕州县，蹉跎在文墨。徒有排云心，何由生羽翼！"他很希望有所作为，但力不从心，只有徒唤奈何而已。后来他虽然勉力赴任，但总有一种"无术谬称简，素餐空自嗟"（《郡斋赠王卿》），"身多疾病思田里，邑有流亡愧俸钱"（《寄李儋元锡》）的负疚之感。他是很想做一个有功朝廷和无愧于百姓的忠臣的。

韦应物对道家哲学和道教神仙也表现出浓厚的兴趣。他写道："独饮涧中水，吟咏老氏书"（《春日郊居寄万言吉少府……》）；"聊披道书暇，还此听松风"（《开元观怀旧寄李二……》）；"怀仙阅真诰，贻友题幽素"（《休暇东斋》）。从《老子》到上清派道经《真诰》，都是韦应物的必修读物。这些道书对他的思想影响有两个方面。一方面是老庄的淡泊无为思想："即事玩文墨，抱冲披道经。于焉日淡泊，徒使芳尊盈"（《县斋》）；"形迹虽拘检，世事淡无心。……一酌何为贵？可以写冲襟"（《南园陪王卿游瞩》）。另一方面是道教神仙思想。《学仙》、《萼绿华歌》、《王母歌》、《马明生遇神女歌》等诗，是这方面的思想记录。

韦应物对佛教的兴趣，也不在道家与道教之下。他的许多诗中使用了"道"和"道心"字样，但是这两个词不仅是道家和道教的术语，也是儒、释二教的术语。儒家所谓"道"，就是合乎儒家政治伦埋观念的根本道理——"先王之道"，或者"夫子之道，忠恕而已矣"（《论语》）。佛教早期多借用道家词汇。在佛教中，"道"的主要含义是通至涅槃或佛果之道，"道心"则谓追求菩提之心，或敬佛之心。韦应物诗中的"道"或"道心"有时偏重于儒教、道教，有时偏重于佛教，有时则概括三教而言，并不特指某一宗教。例如他在罢官之后写道:"昨日罢符竹,家贫遂留连。部曲多已去,车马不复全。闲将酒为偶,默以道自诠。……为政无异术,当责岂望迁。"(《岁日寄京师诸季端武……》)这是他在儒业失败之际的"自诠",其据以自诠之"道"当然只能是孔孟的忠恕之道。又如《雨夜宿清都观》诗中写道:"适悟委前妄,清言怡道心。"在道观里听了道士的清言而激发的"道心",只可能是道家清静无为之心。但在更多的场合,韦应物诗里的"道心"指的是追求菩提之心。例如《寄皎然上人》写道:"吴兴老释子,野雪盖精庐。诗名徒自振,道心长晏如。"皎然和尚的"道心",难道不是通向佛果之心吗?又如《经少林精舍寄都邑亲友》写道:"鸣钟生道心,暮磬空云烟。"听了少林寺的钟声而萌发的"道心",难道不是敬佛之心吗?

在韦应物看来,儒、释、道都是可以互补互济的。"夏日始轻体,游步爱僧居。……符竹方为累,形迹一来疏"(《游开元精舍》);"意有清夜恋,身为符守婴。悟言缁衣子,萧洒中林行"(《秋景诣琅琊精舍》)。这是以佛补儒说。"逍遥仙家子,日夕朝玉皇。兴高清露没,渴饮琼华浆。解组一来款,披衣指天香"(《清都观答幼遐》)。这是以道补儒说。

在韦应物看来,儒、释、道是殊途同归的。"达识与昧机,智殊迹同静。于焉得携手,屡赏清夜景。"(《寄柳州韩司户郎中》)这是道("达识")佛("昧机")殊途同归论。"悟淡将遣虑,学空庶遗境"(《夏日》),亦属此类。"山僧一相访,吏案正盈前。出处似殊致,喧静两皆禅。"(《赠琮公》)这是儒释殊途同归论。那么,儒、释、道为什么能实现殊途同归呢?诗人在《同元锡题琅琊寺》诗的结尾四句里,交代了他的理由:

情虚淡泊生,境寂尘妄灭。经世岂非道?无为厌车辙。

诗人认为:道家的淡泊为怀,佛教的灭除妄念,相辅相成,自不待言。至于儒家经世济民的思想,只要纳入道家的"无为而治",也就是"道"了。此处的"道",实乃对儒、释、道三教之道的总概括,是三教归一的象征。其实,儒家的"经世"是积极的,道家的"无为"是消极的,二者不可能统一。不过,从这里可以看出,韦应物的三教合一思想其实是

以道家的淡泊和佛教的空寂为归宿。他的这种淡泊空寂的情趣,反映在他的许多美妙的山水诗中。例如:

  独怜幽草涧边生,上有黄鹂深树鸣。春潮带雨晚来急,野渡无人舟自横。(《滁州西涧》)

  隐隐起何处?迢迢送落晖。苍茫随思远,萧散逐烟微。秋野寂云晦,望山僧独归。(《烟际钟》)

前一首写幽寂之景色,后一首写空灵之钟声。不难想象,诗人面对着上面这两幅大自然杰作之际,他的胸中已是一尘不染,万念俱消,把自己融入了这个大自然怀抱,成了自然之子。

白居易

  在唐代,倡三教互补论之最著者,当数白居易。白居易(772—846),字乐天,晚年号香山居士,祖籍太原(今属山西),后来迁居下邽(今陕西渭南东北)。青年时期的白居易,家境贫寒,刻苦读书;德宗贞元十六年,举进士及第。他毕生从政,关心群众疾苦,由于参加政治革新,得罪权贵,多次遭贬。他历任校书郎、翰林院学士、左拾遗、左赞善大夫、江州司马、忠州刺史、中书舍人、杭州刺史、苏州刺史、秘书监、刑部侍郎、太子宾客、河南尹等职,晚年授太子少傅,故有"白傅"之称。白居易的一生,是政途坎坷的一生;也是他实行"达则兼济天下,穷则独善其身"的儒家人生哲学的一生。对待佛道二教,他采取的是彻底的实用主义立场。当他政途坦荡,"兼济天下"之际,他辟佛排道;当他在政坛受挫而"独善其身"之时,他转弯180度,佛道双修。他的这种宗教实用主义,在唐代文坛也算得独树一帜了。

  宪宗元和三年至五年,白居易37—39岁,任左拾遗,与杜甫在肃宗朝担任的是同一职务。这是谏官。其职责是向天子提意见,以补弊救偏。他在《初授拾遗》中写道:"受命已旬月,饱食随班次。谏纸忽盈箱,对之终自愧"。基于这种强烈的责任感和紧迫感,他一方面向皇帝呈了许多革新政治的奏状,另一方面就是以诗歌为武器,揭露种种弊政,供天子参考。著名的讽喻诗《新乐府》30首，就是他担任左拾遗之次年写出来的。白居易恪尽职守的敬业（儒业）精神是可嘉的。他虽然早已对佛教发生了兴趣，结交过一些僧侣；但出于治国的需要，他清醒地看到了宗教泛滥的弊端，因而在《新乐府》里旗帜鲜明地提出了辟佛斥道的主张。试看下面的两道诗：

> 海漫漫，直下无底傍无边。云涛烟浪最深处，人传中有三神山。山上多生不死药，服之羽化为天仙。秦皇汉武信此语，方士年年采药去。蓬莱今古但闻名，烟水茫茫无觅处。海漫漫，风浩浩，眼穿不见蓬莱岛。不见蓬莱不敢归，童男丫女舟中老。徐福、文成多诞诞，上元太一虚祈祷。君看骊山顶上茂陵头，毕竟悲风吹蔓草。何况玄元圣祖五千言，不言药，不言仙，不言白日升青天。（《海漫漫——戒求仙也》）

> 两朱阁，南北相对起。借问何人家，贞元双帝子。帝子吹箫双得仙，五云飘飘飞上天。第宅亭台不将去，化为佛寺在人间。妆阁伎楼何寂静，柳似舞腰池似镜，花落黄昏悄悄时，不闻歌吹闻钟磬。寺门敕榜金字书，尼院佛庭宽有余。青苔明月多闲地，比屋疲人无处居。忆昨平阳宅初置，吞并平人几家地。仙去双双作梵宫，渐恐人间尽为寺。（《两朱阁——刺佛寺寖多也》）

《海漫漫》斥道，《两朱阁》辟佛，这在当时都是白拾遗的有的放矢。唐宪宗步秦皇汉武之后尘，服药求仙。白居易为报答宪宗知遇之皇恩，在《海漫漫》中提出诤谏："玄元圣祖五千言，不言药，不言仙，不言白日升青天"。可惜宪宗执迷不悟，服丹亡身，求仙不成反为鬼。《两朱阁》系针对皇家将德宗的两位已故公主的宅第改作佛寺而发。诗人指出：帝王佞佛的恶果将是"比屋疲人无处居"和"渐恐人间尽为寺"。

白居易为尽左拾遗之责而锋芒毕露地指斥弊政，不久便因得罪皇帝而遭贬谪。好心不得好报，他消极了，于是转向"独善"，躲进了他昔日排斥的佛门道院："谏诤知无补，迁移分所当。不堪匡圣主，只合事空王（佛祖）。"（《郡斋暇日忆庐山草堂》）"御寇驭冷风，赤松游紫烟。常疑此说谬，今乃知其然。"（《仲夏斋戒月》）诗人当谏官时需要否定佛道，遭贬后则需要肯定佛道，都是站在同一立场——为我所用。"几年司谏直承明，今日求真礼上清。曾犯龙鳞容不死，欲骑鹤背觅长生。刘纲有妇仙同得，伯道无儿累更轻。若许移家相近住，便驱鸡犬上层城。"（《酬赠李炼师见招》）因积极"司谏"而"犯龙"，转向消极，便是"求真"而"骑鹤"。将此求仙之作，对照诗人早年在《梦仙》中写的"悲哉梦仙人，一梦误一生"的讽刺，以及诗人对唐宪宗求仙的告诫，几似出自水火不容的两人之手；但又确乎都是白作。

白居易在现实生活中受挫，转而向超现实领域寻求精神麻醉，从此一发而不可收了。"七篇真诰论仙事，一卷檀经说佛心"（《味道》）；"梵部经十二，玄书字五千"（《新昌新居书事》）；"病来道士教调气，老去山僧劝坐禅"（《负春》），他佛道双修。其《睡起晏坐》诗道："本是无有乡，亦名不用处。行禅与坐忘，同归无异路。"他发现了道家的"无何有之乡"与佛教的"不用处"名异实同，佛教的行禅修习法与道教的坐忘养生术也是殊途同归，于是佛道契合为一。可惜的是，对于现实主义诗人白居易来说，一切超现实幻想似乎都不现实："空王百法学未得，姹女丹砂烧即飞"（《醉吟》之一）；"佛法赞醍醐，仙方夸沆瀣。未如卯时酒，神速功力倍"（《卯时酒》）。为了长生久视，白居易一度与金丹道士吴丹、郭虚舟等交游，并与元稹一道向郭虚舟学习烧炼金丹。但由于白在操作中未能控制火候，结果是用于炼丹的汞（"姹女丹砂"）在超高温下全部气化消失（"烧即飞"）了。不过，炼丹失败对白居易来说未尝不是一件好事。他没有因服丹而走了唐宪宗的老路，他的友人却有不少死于金丹者。后来诗人在《思旧》中对此反思，作出了正确的结论：

闲日一思旧，旧游如目前。再思今何在？零落归下泉。退之（卫中立，字退之）服硫黄，一病讫不痊。微之炼秋石，未老身溘然。杜子得丹诀，终日断腥膻。崔君夸药力，终冬不衣绵。或疾或暴夭，悉不过中年。唯余不服食，老命反迟延。

白居易能享年85岁，的确要庆幸"姹女丹砂烧即飞"。

白居易基本上是个儒者,他走的是"学而优则仕"的入世从政之路;从政受挫,便又取佛道以补之,于是他就成了三教会同论者。唐文宗华诞那天,召白居易与僧、道们赴麟德殿讨论三教。白居易说:"儒门释教虽名数则有异同,约义立宗,彼此亦无差别,所谓同出而异名,殊途而同归者也。"(《三教论衡》)他在政途受挫之余,曾一度隐居于庐山,草堂上列儒、释、道三教典籍,早炼丹,晚参禅。他的《拜表回闲游》诗道:

玉佩金章紫花绶,纻衫藤带白纶巾。晨兴拜表称朝士,晚出游山作野人。达磨传心令息念,玄元留意遣同尘。八关净戒斋销日,一曲狂歌醉送春。酒肆法堂方丈室,其间岂是两般身!

诗人在此正式声明:一体三皈儒道佛。他既是"朝士"又是"野人",既服膺于禅宗东土初祖达摩又服膺于道教始祖玄元皇帝——老子。

白居易的宗教实用主义,还表现在对佛教各宗各派一视同仁上。唐代佛教因其义学的分歧而各立宗派,白居易并不在义学上专主一宗一派,而是凡可以为我所用者,一概拿过来。他平生广泛结交僧侣,有凝公、惟宽、智常、智如、如满、道峰、宗密等。其中有的属北宗禅,有的为南宗禅;有的属华严宗,有的为密宗。他的诗歌作品中流露出来的佛教意识,更是泛宗主义。例如:

(一)"半故青衫半白头,雪风吹面上江楼。禅功自见无人觉,合是愁时亦不愁。"(《岁暮道情》)这是禅宗意识的表现。禅宗主张"即心是佛",强调主观体验。诗人自称其学禅已经到家,本该愁人之时他也不知愁了。其他还有《强酒》、《寄李湘公崔侍郎钱舍人》等诗,亦属此类。

(二)"夜泪暗销明月幌,春肠遥断牡丹亭。人间此病治无药,唯有楞伽四卷经。"(《见元九悼亡诗因以此寄》)《楞伽经》为法相宗所依六经之一,白氏诗中常提及此经,可见他很留心于法相宗。

(三)"欲悟色空为佛事,故栽芳树在僧家。细看便是华严偈,方便风开智慧花。"(《僧院花》)白居易从僧院花联想到华严偈,看来他对华严宗也很服膺。

(四)"高高白月上青林,客去僧归独夜深。荤血屏除唯对酒,歌钟放散只留琴"。(《宿灵岩寺上院》)为了追求灵魂的慰藉,晚年白居易受"八关斋戒",摒除荤血,崇尚律宗。

(五)"吾学空门非学仙,恐君此说(客有说'海上仙龛空一室,多传此待乐天来'者)是虚传。海上不是吾归处,归即应归兜率天。"(《答客说》)诗末自注:"予晚年结弥勒上生业,故云。"白居易求长生,本寄望于道教,但由于炼丹失败,加之死于服丹者比比皆是,到了晚年,求仙之梦濒于破灭,于是转而将永生之望寄托于佛教的弥勒净土宗:神仙做不成,升入兜率天做个天人也是不错的!诗人这样想。

作为仕途坎坷的士大夫文人,既不能抛弃世俗的享乐生活,又不能缺少宗教的心灵慰藉。但宗教禁欲主义与世俗享乐主义是直接对立的。怎样统一并兼而有之?《维摩诘经》里的维摩诘居士形象为之提供了一条出路。其特点是:"示有资生,而恒观无常,实无所贪;示有妻妾采女,而常远离五欲污泥"。这就是"通达佛道"的真正"菩萨行"。王维首先找到这条出路,白居易以及此后的苏东坡,都是走的这条道。白居易在《斋戒满夜戏招梦得》里写道:

> 纱笼灯下道场前,白日持斋夜坐禅。无复更思身外事,未能全尽世间缘。明朝又拟亲杯酒,今夕先闻理管弦。方丈若能来问疾,不妨兼有散花天。

诗中说:佛家禁欲主义的斋戒生活今夜结束,明天又要转入世俗享乐主义的饮宴女乐生活了。末联借用《维摩诘经》的文殊向维摩诘居士问疾时有天女散花情节,一则以维摩诘自况,二则表示有女乐招待。

宗教自慰与世俗享乐并行不悖,是白居易生活的特点。试看他初贬江州时作于元和年间的《赠韦炼师》:

> 浔阳迁客为居士,身似浮云心似灰。上界女仙无嗜欲,何因相顾两裴回?共疑过去人间世,曾作谁家夫妇来。

自称居士的白居易见了女道士,便双双认作前世夫妻。若非一见钟情,如何会"相顾两裴回"地恋恋不舍！他在《与牛家妓乐雨后合宴》中写道："歌脸有情凝睇久，舞腰无力转裙迟。人间欢乐无过此，上界西方即不知。"在诗人心目中，"人间欢乐"和"上界西方"虽然都不能少，但若搁上天秤，"人间"的分量便沉甸甸的了。至若《不能忘情吟》一篇，尤其是他无法逾越妓乐之恋的真情流露。我佛有知，也应原谅他的。正因为如此，白居易常常一提起僧，就想到妓："床暖僧敷坐，楼晴妓卷帘"（《书事咏怀》）；"触僧飘毳褐，留妓冒罗裳"（《裴常侍以题蔷薇架十八韵见示因广为三十韵以和之》）；"花边妓引寻香径，月下僧留宿剑池"（《重答刘和州》），等等。

以维摩诘居士自况的白居易，在洛阳香山度过了其斋戒与享乐交替、宗教与世俗双栖的晚年。他与王维均自比于维摩诘，不同的是在世俗享乐生活这一面，王近乎冷淡，白堕于狂热。其《赠梦得》云：

> 年颜老少与君同，眼未全昏耳未聋。放醉卧为春日伴，趁欢行入少年丛。寻花借马烦川守，弄水偷船恼令公。闻道洛城人尽怪，呼为刘白二狂翁。

所谓"刘白二狂翁"，即刘禹锡（梦得）、白居易，二人同出生于公元772年，诗坛齐名，有"刘白"之称。据诗中颔联、颈联所列四事，的确堪当一个"狂"字。

"狂"之一字，在白诗中并非昙花一现。他退居洛阳之后，年齿日增，斋戒日勤，追欢日狂，"狂"字便屡屡从诗中冒出来。例如《酬思黯戏赠同用狂字》：

> 钟乳三千两，金钗十二行。妒他心似火，欺我鬓如霜。慰老资歌笑，销愁仰酒浆。眼看狂不得，狂得且须狂。

诗人自注云："思黯自夸前后服钟乳三千两，甚得力，而歌舞之妓颇多。来诗谑予羸老，故戏答之。"钟乳，是道教方药"五石散"的主要成分，据称服之可以延年益寿。从白诗及其自注看，在买醉追欢的享乐中，诗人因年老而无法与年富力强者并驾齐驱,无可奈何,炉火如焚;但"狂得且须狂"的一片狂热之情,仍然狂得很。

总之,白居易终其一生周流三教,不但以实用主义为目的,而且是以不脱离世俗享乐为前提的。

唐代是三教并举的鼎盛时期。士大夫文人凡小有名气者,都有几个方外之交,也都留下了或多或少的佛道题材诗。除前述若干具有代表性的大家、名家之外,唐代士大夫文人中写过各种宗教题材诗的知名作者,还有很多,例如唐初四杰王勃、杨炯、卢照邻、骆宾王,以及宋之问、常建、张说、张九龄、李翱、李端等,挂一漏万,不胜枚举;佳作如林,美不胜收。若要了解全貌,唯一的办法就是阅读《全唐诗》。

第二章 僧道诗歌

六朝时期，由于佛经的大量传译，佛经文学中描绘"淫女"、"魔女"的艳情诗段影响了文学界，加之南朝民歌中的情歌影响，遂产生了专门描绘女性美的宫体诗。当时的释惠休、宝月也以描绘艳情而见知于世。此种诗风延续入隋，因而隋僧也有写艳情诗者。例如法宣的《爱妾换马》诗道："朱鬣饰金镳，红妆束素腰。似云来躞蹀，如雪去飘飖。桃花含浅汗，柳叶带余娇。骋先将独立，双绝不俱标。"又《观妓》诗道："桂山留上客，兰室命娆妖。城中画眉黛，宫内束纤腰。舞袖风前举，歌声扇后骄。周郎不相顾，今日管弦调。"从此以后，唐宋诗僧，特别是禅宗和尚亦时有这种作品问世。

唐代以诗取士，是我国文学史上的诗歌黄金时代。作诗不仅是士大夫文人的雅事，也成了僧侣和道士们的爱好。据胡震亨《唐音癸签》记载，唐代诗僧、诗道有诗集刊行于世者，达33家之多。此外，《唐才子传》收诗僧53名，《唐诗纪事》收诗僧57名，《全唐诗》收诗僧115名。

僧道诗歌是唐代宗教文学的重要组成部分。

第一节 通俗诗僧

在唐代前期诗坛，出现了一个活跃于民间的通俗诗派，在当时和以后，均产生了广泛持久的影响，其代表作家有王梵志、寒山、拾得等。

王梵志

关于王梵志的生平，范据《云溪友议》称："梵志者，生于西域林木之上，因此以梵志为名。"《太平广记》卷 82 引《史遗》云："王梵志，卫州黎阳（今河南浚县）人也。黎阳城东十五里有王德祖，当隋文帝时，家有林檎树，生瘿大如斗。经三年，朽烂。德祖见之，乃剖其皮，遂见一孩儿，抱胎而出，德祖收养之。至七岁能语，曰：'谁人育我？复何姓名？'德祖具以实语之，因名曰'林木梵天'，后改曰梵志。"上述两则神话传奇式笔记，显系民间的创造与附会，与《西游记》里的孙大圣生于石头之中同一性质。敦煌写本《王道祭杨筠文》里的王道自称"通玄学士王梵志直下孙"，乃是一种美化与附会。因为王梵志的诗，风靡唐代朝野，王梵志是当时的名人。但此名人名不见诸史志经传，依附为其"直下孙"的王道便给他加了一个"通玄学士"头衔，以显荣耀。总之，王梵志是初唐出现的一位写作五言通俗佛诗的民间诗人。

王梵志诗虽然在唐宋十分流行，但清初编纂的《全唐诗》未收一首。1982 年中华书局编辑出版的《全唐诗外编》收入王梵志诗 144 首。今人张锡厚搜集、考释、出版的《王梵志诗校辑》收入王诗 336 首（另附诗 12 首），是迄今为止最全面的王梵志诗集。

王梵志五言通俗佛诗在初唐的出现，有两个原因。第一是汉魏晋南北朝以来五言体歌谣的发生与发展。例如汉代的《江南可采莲》、三国时的《阿童复阿童》、晋朝的《滟滪大如马》、南朝的《可怜石头城》、北朝的《男儿欲作健》等，都是用通俗语言写成的五言民歌，也是王梵志五言诗的艺术源泉。第二是六朝以来的佛教大发展和大普及。

王梵志诗的内容分为三个方面：一是弘扬佛教教义，二是批判佛门中的消极现象，三是从佛学观点出发讥刺人生百相、世情冷暖。

王梵志诗反复弘扬两条基本佛教教义，即苦谛与空观。

"所谓苦谛者，生苦，老苦，病苦，死苦，忧悲恼苦，怨憎会苦，恩爱别离苦，所欲不得苦，取要言之，五盛阴苦"（《增一阿含经》），又谓之"八苦"。王诗之咏叹这一苦谛的篇什极多。例如：

可笑世间人，痴多黠者少。不愁死路长，贪着苦烦恼。夜眠游鬼界，天晓归人道。忽起相罗拽，啾唧索租调。贫苦无处得，相接被鞭拷。生时有苦痛，不如早死好。

这首诗解说"八苦"的第一条"生苦",结论则是"不如早死好"。但死后就快活吗?否。"苦谛"给你的答案是:"死苦"。王诗中的两首《虚沾一百年》就是解说这一教义的。这两首诗告诉人们:人生世上若不皈依三宝,死后要堕入三恶道受罪;只有"急修未来道",才能进入天堂。

所谓空观,就是"未曾有一法,不从因缘生,是故一切法,无不是空者。"(《中论·观四谛品》)换言之,就是万物皆空。王梵志诗中颇多解说这一教义之作。例如:

> 观影元非有,观身一是空。如采水底月,似捉树头风。揽之不可见,寻之不可穷。众生随业转,恰似寐梦中。

诗中说,芸芸众生的肉体如同其影,乃是假有真空。

王梵志诗中还有很多弘扬其他佛教教义和戒律的作品,如《非相(想)非非相(想)》、《沉沦三恶道》、《知恩须报恩》、《杀生罪最重》、《吃肉多病报》、《造酒罪甚重》、《忍辱生端正》、《寻常勤念佛》、《六时常礼忏》、《持戒须含忍》等等。这说明王梵志是一个虔诚的佛教信徒。

王梵志诗的第二方面内容,是对佛门弟子破坏戒律的不良现象进行批判。例如王诗揭露和鞭笞某些僧尼追求钱财逸乐的行为:他们有的"每日趁斋家,即礼七拜佛。饱吃便索线,低头着门出"(《道人头兀雷》);有的"只求多财富,余事且随宜。富者相过重,贫者往还稀"(《寺内数个尼》);有的"生佛不供养,财色偏染着。白日趁身名,兼能夜逐乐"(《童子得出家》)。这些诗,是虔诚佛徒捍卫佛教戒律的强烈宗教感情的表现,与前一类诗构成互补关系。

王梵志诗的第三方面,也是引起当时和后代许多文人学士极大兴趣的作品。这类作品寓佛教真如于生活描述和浅近譬喻之中,通俗而诙谐。例如:

> (一)城外土馒头,馅草在城里。一人吃一个,莫嫌没滋味。
> (二)世无百年人,强作千年调。打铁作门限,鬼见拍手笑。

佛教认为：在俗人眼中，人生是"常、乐、我、净"，但从佛学空观来看，这是"四颠倒"；真实人生是"无常"、"苦"（不乐）、无我、不净。这两首诗就是立足于"四颠倒"佛理，嘲讽俗人对常、乐、我、净的追求。从艺术上看，以馒头喻坟，以鬼笑寓死，生动尖新；而且以喜剧手法表现悲剧主题，逼似现代西方的黑色幽默文学。这在唐宋乃至明清时代，都是绝对令人耳目一新之作。这种超前出现于中国中古诗坛的黑色幽默通俗诗，乃是一个民间诗人广泛受到士大夫阶层众多著名诗人如王维、顾况、白居易、苏东坡、黄庭坚等津津乐道的根本原因。

又如皎然在《诗式》里嘉许为"外示惊俗之貌，内藏达人之度"的王梵志诗：

> 我昔未生时，冥冥无所知。天公强生我，生我复何为？无衣使我寒，无食使我饥。还你天公我，还我未生时。

这首表现"生苦"的诗，构思一反"生""死"对举的常见模式，而采取"生"与"未生"对举的变式，因而便产生了皎然所说的"惊俗"的艺术效果。末二句的动词带双宾结构，英语中常见而汉语中少有，特别是"还你天公我"中的第一宾语"你——天公"为同位结构，然后带出第二宾语"我"，造句奇特，也是"惊俗"的原因。

王梵志诗还善于运用对举法描述生活中的对立面转化现象，以及世态炎凉、人情冷暖。你我、夫妇、父子、母子、今昔、贫富、智愚、生死等，都是王诗中常见的对举词。例如：

> 吾富有钱时，妇儿看我好。吾若脱衣裳，与吾叠袍袄。吾出经求去，送吾即上道。将钱入舍来，见吾满面笑。绕吾白鸽旋，恰似鹦鹉鸟。邂逅暂时贫，看吾即貌哨。人有七贫时，七富还相报。从财不顾人，且看来时道。

这首诗描述人生"无常"，贫富转化，"妇儿"对"吾"的态度亦因之而前恭后倨，从而批判"从财不顾人"的世俗人情。

其他采用对举法的王梵志诗还有很多。如:"我有你不喜,你有我不嗔。你贫憎我富,我富怜你贫";"吾家昔富有,你身穷欲死。你今初有钱,与吾昔相似";"他人骑大马,我独跨驴子。回顾担柴汉,心下较些子";"只见母怜儿,不见儿怜母。长大取得妻,却嫌父母丑";"少年何必好,老去何须嗔!祖公日日故,孙子朝朝新";"有生皆有灭,有始皆有终。气聚则成我,气散即成空";"官喜律即喜,官嗔律即嗔。总由官断法,何须法断人",等等。这些诗句,有的直接体现"无常"佛理,有的则嘲讽在"无常"佛理支配下的世俗人生百态。

此外,王梵志诗中还有些作品是宣扬儒家伦理观念的,另一些作品则是对古人待人接物和安身立命的生活经验的总结。由于王梵志诗内容的复杂性,因而仁者见仁,智者见智,僧俗士庶,各取所需:"非但智士回意,实易愚夫改容,远近传闻,劝惩令善"(敦煌写本《王梵志诗》原序),高僧大德亦引王诗以"教戒诸学道"(《历代法宝记》)。这是王梵志诗在民间不胫而走的原因。

寒山与拾得

寒山,隐居天台始丰县西(今浙江天台)70里之寒、暗二岩,故自号寒山子。他面目枯瘦,布襦破烂,头戴桦皮帽,足着大木屦,好吟词偈。天台山国清寺厨僧拾得与之友善,常以竹筒储众僧残食给予寒山。寒山每至国清寺,或廊下徐行,或叫噪凌人,或望空谩骂。寺僧不耐,常持杖以驱之。寒山则反身抚掌呵呵徐退,被寺僧目为"狂病"。据传说,太守闾丘根据封干的推荐,入寺拜见寒山、拾得,二人连臂笑傲出寺而去。太守又往寒岩谒问,并送衣裳药物。寒山高声道:"贼我贼退!"说着便缩入岩缝,又说:"报汝诸人,各各努力!"石缝遂泯然而合。拾得,系封干禅师于赤城道侧拾得的弃儿,故名"拾得",交国清寺典座僧抚养成人,在该寺厨房执役。《全唐诗》收入寒山诗300余首,拾得诗50余首,丰干诗2首。他们的诗,以五言为主,内容、风格与王梵志诗相近。寒山诗云:"有人笑我诗,我诗合典雅。不烦郑氏笺,岂用毛公解?"拾得诗云:"我诗也是诗,有人唤作偈。诗偈总一般,读时须仔细。"这是对于他们诗歌的内容和风格的最好说明。

寒山诗中有很多阐述佛教教义诸如"三毒"、"八苦"、诸法无常、生死轮回、因果报应的诗。例如:"贪人好聚财,恰如枭爱子。子大而食母,财多还害己";"嗔是心中火,能烧功德林";"汝为埋头痴兀兀,爱向无明罗刹窟":这是对贪、嗔、痴三毒的批判。又如:"玉堂挂珠帘,中有婵娟子。其貌胜神仙,容华若桃李。东家春雾合,西舍秋风起。更过三十年,还成甘蔗滓。"这是对"生死事大,无常迅速"(《坛经》)的佛理的形象化阐释。再如:"垂柳暗如烟,飞花飘似霰。夫居离妇州,妇位离夫县。各在天一涯,何时得相见?寄语明月楼,莫贮双飞燕。"这是对"八苦"之一的"恩爱别离苦"的形象化阐释等。

寒山大约生活和创作于南宗禅蒸蒸日上时期,故其诗中有一部分作品蕴含禅机禅趣,颇可玩味。例如:

(一)吾心似秋月,碧潭清皎洁。无物堪比伦,教我如何说?
(二)今日岩前坐,坐久烟云收。一道清溪冷,千寻碧嶂头。白云朝影静,明月夜光浮。身上无尘垢,心中那更忧!

佛典中有《月喻经》一卷,《宝王论》以月喻佛道:"法身如月体,报身如月光,应身如月影。"上述第一首诗乃是以秋月、碧潭喻禅心之明净无瑕,但由于禅宗六祖惠能主张"诸佛妙理,非关文字"(《坛经》),所以诗的结尾又说:禅心是无法用语言来描述的。第二首前三联勾画出一幅又冷又静的山景,意境逼似王维,象征诗人纤尘不染、涟漪不兴的禅心。第四联几乎就是惠能诗偈"本来无一物,何处惹尘埃"的回声,亦即禅宗的"万法尽在自心"(《坛经》)的立宗要旨。

由于寒山诗颇为得心应手地表现了南宗禅的旨趣,所以自晚唐五代以后,寒山其人其诗在禅宗各派中产生了广泛深远的影响。禅师们不但利用寒山诗作为启迪学人的机缘语,而且继承寒山的"我语他不会,他语我不言"之类的疯癫行止,变本加厉,创造出各种怪诞动作,如棒打猛喝之类,以接引学人。

严格地说,寒山是一个与佛徒交往密切的隐士,而不是正式佛徒。它的宗教意识以佛为主,但也杂入了道教意识。例如他在诗中写道:"仙书一两卷，树下读喃喃"；"微风吹幽松，近听声逾好，下有斑白人，喃喃读黄老。"从现存寒山诗中的自述性作品看，他的思想经历了一个始于儒，中历道，归于佛的过程。

从佛教空观对世俗生活的否定立场出发，用机智而辛辣的语言讥讽世态，警励流俗，这是寒山诗中的精华部分。例如下面三首：

（一）东家一老婆，富来三五年。昔日贫于我，今笑我无钱。渠笑我在后，我笑渠在前。相笑倘不止，东边复西边。

（二）低眼邹公妻，邯郸杜生母。二人同老少，一种好面首。昨日会客场，恶衣排在后。只为着破裙，吃他残鼗鼗。

（三）我见百十狗，个个毛狰狞。卧者渠自卧，行者渠自行。投之一块骨，相与哐哒争。良由为骨少，狗多分不平。

第一首采用王梵志惯用的对举法，批判世俗尊富讥贫现象。第二首批判只重衣衫不重人的陋俗。第三首借狗设譬，揭露俗人为区区小利而哐哒相争。

其他如："就贷一斗许，门外立踟蹰。夫出教问妇，妇出遣问夫"，描述不愿借贷而互相推诿之状，如在目前；"老翁娶少妇，发白妇不耐；老婆嫁少夫，面黄夫不爱"，写畸形颠倒婚姻，滑稽可笑。

寒山还写了若干表现人生哲理的诗。例如：

夫物有所用，用之各有宜。用之若失所，一缺复一亏。圆凿而方枘，悲哉空尔为。骅骝将捕鼠，不及跛猫儿。

此诗以"圆凿方枘"和"骅骝捕鼠"两个比喻说明物各有用，只有扬长避短，才能物尽其用的道理，颇给人以启迪。

拾得诗除了许多阐述佛教教义如"三毒"、"四谛"和宣讲戒律的作品外，也有一些讽世嘲俗的佳作。例如：

银星钉称衡，绿丝作称纽。买人推向前，卖人推向后。不顾他心怨，唯言我好手。死去见阎王，背后插扫帚。

寒山、拾得的通俗哲理诗和警俗诗，亦如王梵志诗，颇为后世文人所喜爱。

第二节　三教互补诗僧

唐代实行三教并举的宗教政策，从而促进了三教意识的合流。这种情况，不但反映在许多士大夫文人的作品中，也反映在僧侣诗歌创作中。其代表作家有皎然、贯休、齐己等。

皎　　然

皎然俗姓谢，名昼，字清昼，吴兴（今属浙江）人。他是谢灵运十世孙，生卒年不详，活动于大历、贞元年间。《宋高僧传》称：皎然"幼负异才，性与道合"，"文章俊丽，当时号为释斗伟器"。颜真卿与之"早事交游而加崇重焉"。皎然还与韦应物、卢幼平、吴季德、吕渭等众多士大夫文人交游，乐道高吟。除诗歌外，他还撰有《儒释交游传》、《诗式》、《诗议》等著作多种。

皎然作为诗僧，他的诗主要是表现其僧侣主体意识——佛理与禅机；在艺术上则具有两个特征：一是好用佛教语汇，二是好写空寂之境。

皎然佛诗的语言特色，是好用"心"、"禅"、"空"等释家语。诗人所崇奉的是禅宗佛教，禅宗主张"即心是佛"，故又称"心宗"。对此，皎然在诗中多有阐发："世人不知心是道，只言道在他方妙。还如瞽者望长安，长安在西向东笑。"（《戏呈吴冯》）"我法从谁悟？心师是贯花。"（《酬李侍御萼题看心道场……》）"石语花愁徒自诧，吾心见境尽为非。"（《酬秦系山人题赠》）"谁道佛身十力身？重重只向心中出。"（《水精数珠歌》）所有这些以"心"为核心的诗句，都是直接对禅宗旨要的弘扬。皎然诗集中的"禅"、"空"等字眼，更加触目皆是。含"禅"的诗句如："高月当清冥，禅心正寂历"；"应怜禅家子，林下寂无营"；"月彩散瑶碧，示君禅中境"；"法界飘香雨，禅窗洒竹风"，其他如禅薮、禅石、禅舍、禅栖、禅扉、禅客、禅伴、禅灵等。诗人以禅眼禅心观察世界，于是他周围的一切人物都"禅"化了。其含"空"的诗句如："咫尺空界色，天人花落时"；"心境寒草花，空门青山月"；"论入空王室，明月开心胸"；"诗情缘境发，法性寄筌空"。以上是从佛理"色空"角度使用"空"字，但是从写景抒情角度使用的"空"字更多。例如："晨起峰顶心，怀人望空碧"；"空翠白纶波，逸韵知难继"；"空怀旧山月，童子念经闲"；"空羡鸾鹤姿，翩翩自轻举"，等等。《全唐诗》收入皎然诗7卷，其中第一卷录诗65题，仅"空"、"禅"二字出现了50次。一个空门诗人用"空"成癖，尤其是在非直接表现佛理空观的条件下大用其"空"，乃是其宗教心理的下意识反映。

寓禅趣于空寂之境，是皎然佛诗的另一个特点。这一点皎然与王维相似。皎然在《诗式》里提出"假象见意"作诗法，即借景物描写以寄托禅意的象征主义创作法。禅宗强调心如止水，因此空寂幽冷的情境无疑就是禅心的象征。其中特别是"白云"这一景素，乃是禅诗中的禅意的特殊符号。皎然说："逸民对云效高致，禅子逢云增道意。"（《白云歌》）因此，他写了许多以云为主体的禅趣诗。例如：

（一）山居不买剡中山，湖上千峰处处闲。芳草白云留我住，世人何事得相关。（《题湖上草堂》）

（二）秋风落叶满空山，古寺残灯石壁间。昔日经行人去尽，寒云夜夜自飞还。（《秋晚宿破山寺》）

（三）从来湖上胜人间，远爱浮云独自还。孤月空天见心地，寥寥一水镜中天。（《送维谅上人归洞庭》）

（四）若为令忆洞庭春？上有闲云可隐身。无限白云山要买，不知山价出何人。（《投知己》）

类似上述"禅子逢云增道意"的诗，尚不一而足："满地云轻长碍屐，绕松风近每吹襟"；"山僧待客无俗物，唯有窗前片碧云"；"片片闲似我，日日上禅扉"；"真界隐青壁，春山凌白云"，等等。

皎然是一位交游广涉儒门道观的诗僧，因此他还写了一些颂儒赞道之作。

他与颜真卿过从甚密，因此，他对颜真卿的"硕儒"、"大匠"之风颇多称颂。颜广罗儒生，编修《韵海》，皎然对此前后写过四首颂歌。其他如："明主重文谏，才臣出江东"；"天子锡玄纁，倾山礼隐沦"；"春府搜才日，高科得一人"；"才当持汉典，道可致尧君"等，也都是赞美明主与贤臣的儒家意识的表现。

皎然诗友中也有少数道流，因此他还写了一些赞道诗。例如《步虚词》写道："予因览真诀，遂感西城君。……俯仰愧灵颜，愿随鸾鹄群。"其向道教神仙观念认同的态度，十分鲜明。其他如"含桃风起花狼籍，正是仙翁棋散时"；"日服丹砂骨自清，肤如冰雪心更明"；"身如飘风不可绊，朝游崆峒夕汗漫"；"世人不到君自到，缥缈仙都谁与俦"等，也都是诗人对神仙神往之情的流露。

贯　休

贯休（832—912）俗姓姜，字德隐，金华兰溪（今属浙江）人。他7岁出家，先后依附于荆南节度使成汭、高季昌及前蜀主王建，王赐号"禅月大师"。贯休诗的题材比较广泛，既写了许多宗教题材诗，又写了不少反映现实如边塞军旅生活、贵族奢靡生活和人民苦难的诗。

贯休具有鲜明而自觉的三教合流意识。他在《大兴三教》诗里写道："瞳瞳悬佛日，天倪动云韶。缝掖诸生集，麟洲羽客朝。非烟生玉砌，御柳吐金条。击壤翁知否？吾皇即帝尧。"这是对唐室帝王大兴三教盛况的颂扬。诗人晚年在蜀与著名道士杜光庭共事一主，结成了一个儒、道、佛互补的实体。

贯休一生依附封建贵族，过着寄人篱下的生活，但他十分强调"臣事君以忠"。他在《读离骚经》里写道："我恐湘江之鱼兮，死后尽为人；曾食灵均（屈原）之肉兮，个个为忠臣"；在《阳春曲》里写道："男儿结发事君亲，须学前贤多慷慨"；在《上孙使君》里写道："圣主得贤臣，天地方交泰"。他是这样说的，也是这样做的。钱镠割据吴越称王时，贯休前往投诗致贺，希望得到钱的礼遇。其诗云：

贵逼身来不自由，几年勤苦踏林丘。满堂花醉三千客，一剑霜寒十四州。莱子衣裳宫锦窄，谢公篇咏绮霞羞。他年名上凌烟阁，岂美当时万户侯！

诗中有对钱的恭维与奉承，也有对钱的讽劝，劝他做一个凌烟阁上名垂千古的忠臣。不料野心勃勃的钱镠志在称帝，嫌贯休不善逢迎，示意叫他改"十四州"为"四十州"。贯休坚持其儒家伦理规范，扬言："州亦难添，诗亦难改。然闲云孤鹤，何天而不可飞？"这只孤鹤后来飞到四川，王建接纳了他。

贯休身为和尚，但他的诗艺却是走的李白、李贺的道路，呈现出强烈的道教浪漫主义色彩。在他的诗里，出现频率最高的艺术意象是：神仙与鬼魅。例如《送杨秀才》：

北山峨峨香拂拂，翠涨青奔势巉崒。赤松君宅在其中，紫金为墙珠作室。玻璃门外仙獥睡，幢节森森绛烟密。水精帘卷桃花开，文锦娉婷众非一。抚长离，坎答鼓。花姑吹箫，弄玉起舞。三万八千为半日，海涸鳌枯等闲觑。爱共安期棋，苦识彭祖祖。有时朝玉京，红云拥金虎。石桥亦是神仙住，白凤飞来又飞去。五云缥缈羽翼高，世人仰望心空劳。

此诗若是送道士归山，就不奇了，奇的是送一位儒生——秀才。以道教神话去美化一位儒生的生活，说明了贯休的道教意识之强烈。

又如《山中作》：

山为水精宫，借花无尘埃。吟狂岳似动，笔落天琼瓌。伊余自乐道，不论才不才。有时鬼笑两三声，疑是大谢小谢李白来。

此诗也是一个非现实的理想世界，但已不是仙境，而是谢灵运、谢惠连、李白等诗鬼们聚会吟诗的鬼山。

贯休诗集好比一个仙鬼之海，"仙"字句和"鬼"字句触目皆是。"仙"字句如："尽向天上仙宫闲处坐"，"守阇仙婢相倚睡"，"九色仙花落古台"，"谁道迎仙仙不至"，"武夷山夹仙霞薄"，"孤峰纵啸仙飙起"等，凡诗人目之所及，无不成仙：仙笔、仙服、仙酒、仙果、仙松、仙草、仙棺、仙掌、仙庭、仙圃、仙宫、仙钟、仙窟、仙洞、仙观、仙山、仙舟、仙境、仙鸟、仙才、仙香……"鬼"字句如："土龙甲湿鬼眼赤"，"鬼火萤萤白杨里"，"未战已疑身是鬼"，"白日鬼随人"，"战鬼作阵哭"，"岳鬼月中哭"，"鬼哭势连秦"，"寂寥从鬼出"，"符收山鬼仁"等。

作为诗僧，贯休的笔触必然要涉及佛教题材。正如贯休用仙道意象美化儒生生活一样，诗人也用仙道意象美化沙门生活。例如《终南僧》：

声利掀天竟不闻，草衣木食度朝昏。遥思山雪深一尺，时有仙人来打门。

李白好仙，但不以仙道意象写佛教题材。他的《草书歌行》描述释怀素草书之妙，无只字涉及仙。贯休《观怀素草书歌》却写道："师不谈经不说禅"，"颠狂却恐是神仙"，"仙衣半拆金线垂"。其他如："君到前头好看好，老僧或恐是茅君"（《送人游茅山》）；"只应张果支公辈，时复相逢醉海隅"（《遇道者》），等等，都是借仙喻佛。

用一根神仙金线把三教题材串在一起，是贯休道教浪漫主义诗歌艺术的特色。

齐　己

齐己俗姓胡，名得生，畏沙（今属湖南）人，一说益阳（今属湖南）人，生卒年不详。他少年时聪敏逸伦，性耽吟咏；因颈有瘤赘，时人号曰"诗囊"。他初出家于大沩山同庆寺，后隐栖衡岳东林，自号衡岳沙门；曾先后游历湘江、长安、终南山、华山等地，诗名日著，与郑谷多所唱和。

齐己与皎然、贯休的最大区别，是"未尝将一字，容易谒诸侯"（《自题》）。城市朱门与丛林野寺，在齐己心目中是两个对立世界，泾渭分明。其《题东林十八贤真堂》道：

白藕花前旧影堂，刘雷风骨画龙章。共轻天子诸侯贵，同爱吾师一法长。陶令醉多招不得，谢公心乱入无方。何人到此思高躅，岚点

— 251 —

苔痕满粉墙。

据说谢灵运欲加入白莲社，慧远以其"心乱"而不纳，东林十八高贤中遂无谢公之名。此诗通过对东晋慧远在庐山东林寺白莲社故事，表达了齐己不谒王侯的性格。

齐己不但自己如此，同时也以此勉励佛门诗友。其《勉诗僧》云：

> 莫把毛生刺（名帖），低徊谒李膺。须防知佛者，解笑爱名僧。道性宜如水，诗情合似冰。还同莲社客，联唱绕香灯。

诗人以轻名利、重"白莲"为释家之大德。因此他反复申明："尘中名利热，鸟外水云闲"；"建业红尘热，栖霞白石凉"；"闲来松外看城郭，一片红尘隔逝波"；"曾无梦入朝天路，忆有诗题隔海山"；"晓漱气嫌通市井，晚烹香忆落云潭"；"幸无名利路相迷，双履寻山上柏梯"；反之，对那些不能守此大德的僧徒则加以鄙薄："应悲尘土里，追逐利名僧"。

与他人的佛诗一样，齐己佛诗亦好用佛语，特别是禅宗语。除常见的"空"、"禅"、"幽"、"静"等表现禅定心态的字眼之外，齐己还特别爱好"心"、"闲"等字，鲜明地显示了"即心是佛，不假外求"，以及不念经、不礼佛的心寂身闲的南禅佛教特色。其《登大林寺观白太传题版》写道：

> 九叠苍崖里，禅家鏊翠开。清时谁梦到，白传独寻来。怪石和僧定，闲云共鹤回。任兹休去者，心是不然灰。

诗中的"怪石"、"僧定"、"闲云"、"鹤回"四个并列意象，性质相同，情态一致。其中的"闲"字，不仅是"云"的情趣，而且可以涵盖"石"、"僧"、"鹤"的情趣。"心是不然灰"一句，直抒诗人襟抱。齐己诗中还常常以"寒灰"自命，"寒灰"就是"心是不然灰"的同义语；另一方面，"万法心中寂"、"坐觉心心默"等，也是"寒灰"的同义语。总之，"心"、"闲"二字和盘托出了一个禅师的"寒灰"胸怀。

其他还有："看来心意闲"、"未称本心闲"、"谁有闲心去"、"出世身心合向闲"、"闲忆遗民此心地"、"闲吟奠忘传心祖"、"一片心闲不那高"等，都是"心"、"闲"二字并举。至于单举一字的诗句，更是多不胜数了。

齐己强调佛徒须谨守空门，坚持出世。另一方面，对待以入仕为目的、以效忠帝王为理想的儒生，却鼓励他们为实现自己的理想而奋斗。因此，他写了不少送儒生赴举的诗。齐己对道教的态度则是矛盾的。他在《敝〈参同契〉》中写道：

堪笑修仙侣，烧金觅大还。不知消息火，只在寂寥关。鬓白炉中术，魂飞海上山。悲哉五千字，无用在人间。

这是对丹鼎派道教的彻底否定。其他如："药中迷九转，心外觅长生"（《与聂尊师话道》）；"槎程在何处，人世屡荒丘"（《怀轩辕先生》）等。也都是对服食金丹和羽化升仙思想的批判。可是，齐己的禅宗佛教立场并非坚定不移，他终于还是向道教认同了。他的《谢人惠丹药》写道：

别后闻餐饵，相逢讶道情。肌肤红色透，髭发黑光生。仙洞谁传与？松房自炼成。常蒙远分惠，亦觉骨毛轻。

曾经批判过服食金丹的齐己，现在亲自服食了。
又如他的《升天行》写道：

身不沉，骨不重。驱青鸾，驾白凤。幢盖飘飘入冷空，天风瑟瑟星河动。璃阙参差阿母家，楼台戏闭凝彤霞，五三仙子乘龙车，堂前碾烂蟠桃花。回头却顾蓬山顶，一点浓岚在深井。

曾经批判过羽化升仙的齐己，现在亲做升天白日梦了。
以禅宗佛教意识为主，兼容儒道，道就是诗僧齐己。

隋唐五代诗僧除前述若干比较重要的代表作家外，值得一提的还有灵一、灵澈、无可等。

灵一，俗姓吴，广陵（今江苏扬州）人，居余杭宜丰寺，与皇甫曾、张继、朱放等为诗友。他的诗主要是描绘幽寂的林泉风月，抒写悠闲的世外禅机。空山、白云、幽谷、闲月、孤烟、远岫之类，是构建灵一诗歌的主要意象。例如"何时共到天台里，身与浮云处处闲"（《赠灵澈禅师》）；"醉卧白云闲入梦，不知何物是吾身"（《题黄公陶翰别业》）。其风格近似王维而才力稍逊。

灵澈，俗姓汤，会稽（今浙江绍兴）人，曾居庐山东林寺。贞元中，皎然推荐他与包佶、李纾交游，诗名大振。嫉者以流言飞语中伤之，贬徙汀州，后遇赦还乡。他虽然与士大夫交游酬唱，却不善于逢迎，反要嘲讽世俗官场追名逐利为不觉悟。例如他的《东林寺酬韦丹刺史》写道：

年老心闲无外事，麻衣草座亦容身。相逢尽道休官好，林下何曾见一人？

又如他的《东林寺寄包侍御》：

古殿消阴山木春，池边跂石一观身。谁能来此焚香坐，共作庐峰二十人？

灵澈当时正隐居东林寺。东晋名僧慧远隐居此寺时，弃禄辞官而追随林下出家者极多，有十八高贤之美誉。灵澈想续慧远故事，希望有个把做官的也辞职来东林出家，同他一起凑个二十高贤之数。他的这一不达世务的性格，是他遭谗见逐的根本原因。

无可，贾岛之从弟，范阳（今属北京）人，居天仙寺，与姚合交往甚密，时有唱和。姚合属贾岛、孟郊苦吟诗派。无可诗的风格亦与此派接近，好写荒寒愁苦之情境，但有时略显亮色。例如："听雨寒更尽，开门落叶深"（《秋寄从兄贾岛》）；"苦吟行迥野，投迹向寒云"（《金州冬月太守游池》）；"磬寒彻几里，云白已经宵"（《秋夜寄青龙寺空贞二上人》）；"绮席陵寒坐，珠帘逮曙开"（《和宾客相国咏雪诗》）等。苦吟诗派强调锻字炼句而忽视全局构思，有佳句而无佳篇，无可诗亦不免此憾。

第三节 诗道

这一时期,有诗词传世的道士虽不及诗僧之多,但也不是很少。许多道教理论家、活动家如孙思邈、张氲、司马退之、叶法善、张果、许宣平、李遐周、赵惠宗、韩湘、马湘等,均有所作,不过,道士中之以诗著称于世者,则为吴筠、吕洞宾、施肩吾、杜光庭等。

吴　筠

吴筠(？—778),字贞节,一作正节,弟子私谥曰宗玄先生,华州华阴(今属陕西)人。他曾举进士不第,入嵩山为道士;开元年间,南游名山胜水和金陵。玄宗召他入京,授以待诏翰林。天宝年间,他求归嵩山未果;后逢安史之乱,遂隐居剡中,与著名诗人李白相往还。吴筠著有道论多种,其《神仙可学论》颇有影响。他的诗歌作品渗透了仙情道意,充分显示了一个道士特有的强烈宗教感情。

《游仙》(24首)和《步虚词》(10首)是吴筠道教神仙意识的系统化表现。诗人在《游仙》组诗的第一首中,采用仙俗对照手法,肯定"超然含至精"的神仙,否定"轩冕矜暂荣"的俗士。接下去以22首诗的巨大篇幅,淋漓尽致地描述了诗人在游仙白日梦中所见的种种幻象:"孰谓姑射远？神人可同嬉,结驾从之游,飘飘出天垂";"九龙何蜿蜿,载我升云纲,临睨怀旧国,风尘混苍茫";"停骖太仪侧,整服金阙前;肃肃承上帝,锵锵会群仙";"招携紫阳友,合宴玉清台;排景羽衣振,浮空云驾来";"予招三清友,迥出九天上,挠挑绝漠中,差池遥相望";……吴筠从《山海经》、《庄子》、《列子》、《楚辞》、《列仙传》、《神仙传》、《汉武帝内传》诸典籍中,广泛汲取世外烟霞,建构了一个属于他自己的游仙之梦。《游仙》的最后一首即第24首,站在玄学的高度,运用《老子》的辩证哲理,对仙道加以阐释:

返视太初先,与道冥至一。空洞凝真精,乃为虚中实。变通有常性,合散无定质。不行迅飞电,隐曜光白日。玄栖忘玄深,无得固无失。

全诗指出:"道"体现为一系列的对立面统一,最后落到神仙之道上,即神仙隐居深山("玄栖"),唯其"无得",故亦"无失"。这样,便与第一首的仙俗对照遥相呼应:俗人"轩冕矜暂荣",唯其有得,放亦有失。

为什么吴筠在《游仙》诗和《步虚词》里以世俗的"轩冕暂荣"与他的游仙之梦作对照呢?他的另一组诗《览古》(十四首)作出了解答。这组诗罗列了自先秦至刘汉的谋臣受戮史实:"子胥烹吴鼎,文种断越铍。屈原沈湘流,厥戚咸自贻";还有比干、龙逢、苏秦、主父、李斯、郦食其、晁错、周勃(绛侯)等。鉴于以上"既以智所达,还为智所烹"的无数历史悲剧,吴筠得出了"何不若范蠡,扁舟无还期","岂若终贫贱,酣歌本无营"的结论。他向玄宗求归嵩岳,就是学范之举。

仙俗对照,是吴筠道诗的基本格局。为了证明"轩冕矜暂荣"的入世生活之可悲,他写了《览古》;为了证明"无得固无失"的神仙日月之可嘉,他又写了《高士咏》(五十首)。这样,《高士咏》和《览古》两组诗,一正一反,达到了贬俗褒仙的目的。

吴筠还写了一些山水诗。借眼前之美景,抒胸中之仙情,是这类吴诗的特点。例如《登庐山东峰观九江合彭蠡湖》:

> 百川灌彭蠡,秋水方浩浩。九派混东流,朝宗合天沼。写心陟云峰,纵目还缥缈。宛转众浦分,差池群山绕。江妃弄明霞,仿佛呈窈窕。而我临长风,飘然欲腾矫。昔怀沧州兴,斯志果已绍。焉得忘机人,相从洽鱼鸟?

高唱《神仙可学论》的吴筠,晨夕沉浸在神仙幻想之中,因此,他的山水诗也大有飘飘欲仙之概。

吕洞宾

吕洞宾(798—?)名岩,号纯阳子,礼部侍郎吕渭之孙,太子右庶子吕让之子,北宋以后民间道教神话中八仙之一,世称吕祖或纯阳祖师;河中府永乐(今山西永济)人,一说京川蒲坂或东平人。据传说:吕洞宾少习儒,举进士不第;或说于咸通三年(一说开成二年)进士及第。后来他游长安酒肆遇钟离权，经过"十试"，授以"大道天遁剑法，龙虎金丹秘文"。他"百余岁而童颜，步履轻疾，顷刻数百里，世以为神仙"（《宋史·陈搏传》）。在道教教理上，吕洞宾吸收佛教大乘教义，以慈悲度世为成道之路，改外丹术为内丹术，改剑术为佛教之慧学，以斩断贪、嗔、痴、爱诸烦恼，故他又自号"回道人"（"道人"乃佛徒之称谓）。他后来被金朝的全真道奉为"北五祖"之一。《道藏辑要》收入其著作数种，多系伪托。《全唐诗》收入其诗4卷，词30首；《全唐五代词》收入其词百余阕。以上作品，真伪混杂。因此，对待吕洞宾诗词，不妨像对待其他托名神话文学如《山海径》、《列子》、《汉武帝内传》等一样，将它视作一部以神仙吕洞宾为描述对象的无名氏诗词集。

在迄今搜集到的署名吕洞宾的诗词中，以描述修炼内丹者为最多。这是对《黄庭内景经》的继承与发展。此道经的思想与艺术特色，均再现于吕洞宾内丹诗词中。例如下面的两首七律：

（一）虎将龙军气宇雄，佩符持甲去匆匆。铺排剑戟奔如电，罗列旌旗疾似风。活捉三尸焚鬼窟，生擒六贼破魔宫。河清海晏乾坤净，世世安居道德中。

（二）我家勤种我家田，内有灵苗活万年。花似黄金苞不大，子如白玉颗皆全。栽培全赖中宫土，灌溉须凭上谷泉。直候九年功满日，和根拔入大罗天。

上面两首诗，第一首的表层意象是作战，第二首的表层意象是种田；但两首诗的深层意象，即"内景"，则都是描述修炼内丹。具体地说，第一首诗中的"虎将龙军"喻人体内的元精、元神；"去匆匆"、"奔如电"、"疾似风"喻精气神三宝在体内按经络路线循环运转，分为小周天、大周天两个过程；"三尸"，道教认为人体内有三位尸神；上尸好宝物，中尸好五味，下尸好色欲；"六贼"，佛教认为：眼耳鼻舌身意六识，能劫持一切善法，谓之"六贼"，"河清海晏"两句，喻炼丹之大功告成，进入长生久视之境。第二首诗中"我家田"借喻人体内的三丹田；"灵苗"喻精气神；"花似黄金"、"子如白玉"即所谓"黄芽、白雪"，喻体内"坎中真阳"和

"离中真阳",亦即元精、元神;"中宫",即黄庭三宫之一,喻中心;"上谷",喻上丹田;"直候九年"两句,借喻体内九转还丹炼成之日,就是身入大罗天仙境之时。

从上述两首诗不难看出,吕洞宾的内丹理论既是对《黄庭内景经》的传承,又有所发展,即吸收了若干佛学因素(六贼)。吕洞宾这一借佛补道的思想特点,还体现在其他一些内丹诗中。例如:"真空空不空,真色色非色(佛);推倒玉葫芦,迸出黄金液(道)";"一粒粟中藏世界(佛),二升铛内煮山川(道);白头老子眉垂地(道),碧眼胡儿手指天(佛)"等。

吕洞宾诗词中的自述之作,塑造了吕洞宾济度世人。嗜酒不羁的神仙形象。例如:

(一)还丹功满未朝天,且向人间度有缘。拄杖两头担日月,葫芦一个隐山川。诗吟自得闲中句,酒饮多遗醉后钱。若问我修何妙法,不离身内汞和铅。

(二)朝游北越暮苍梧,袖里青蛇胆气粗。三入岳阳人不识,朗吟飞过洞庭湖。

作为道教神话中的著名神仙吕洞宾,其鲜明个性已由大量吕洞宾诗词所完成。元、明、清三代出现的各种以吕洞宾为主人公的戏曲和小说,例如元杂剧《吕洞宾三醉岳阳楼》,从人物形象到故事情节,多从这些诗词之中汲取艺术营养,从而培养出更加绚丽奇幻的浪漫主义文学之花。

施肩吾

施肩吾是吕洞宾弟子,字希圣,号栖真子,世称华阳真人,睦州分水(今浙江桐庐西北)人,生卒年不详。他在宪宗元和十五年(一说十年)登进士第,不待授官即东归。故张籍称之为"新得科名到处闲"的"烟霞客"。穆宗长庆年间(一说文宗太和年间),他隐居洪州(今江西南昌)之西山修道,著有《西山群仙会真记》、《太白经》、《黄帝阴符经解》、《钟(离权)吕(洞宾)传道记》等。《全唐诗》将他的诗作编为一卷。他的道教神仙意识,在诗歌中有广泛多样的反映。

写作游仙诗以表现道教的最高理想，是道士们的共同爱好，施肩吾也不例外。他写了许多自己幻游仙境之作，也写了许多幻想仙人清游之作。这些诗虽不题曰"游仙"，实即游仙。例如《及第后夜访月仙子》：

　　自喜寻幽夜，新当及第年。还将天上桂，来访月中仙。

封建时代将科举及第誉之曰"蟾宫折桂"。施诗却说：他捧着（将）着天上的桂枝飘向月宫，去拜访嫦娥，而不是到月宫里去折桂。这样便翻了蟾宫折桂的旧案，令人耳目一新。

施肩吾幻想神仙清游之作更多。在这种诗里，诗人是一个旁观者，他本人并未介入仙境。例如《仙翁词》：

　　世间无远可为游，六合朝行夕已周。坛上夜深风雨静，小仙乘月系苍虬。

此诗描述老仙周游六合归来，夜深风雨过后，小仙在月下为老仙翁收系坐骑。这一仙景，乃是人间书童为远方归来的主人月下系马的生活经验之幻化。浪漫主义之花，是植根于现实生活的土壤之中的。其他还有《清夜忆仙宫子》、《仙客归乡词》等，都属于这一类。

作为吕洞宾的弟子，施肩吾属于内丹派道士。他的内丹派道派意识，也反映在他的诗里。例如《修仙词》：

　　丹田自种留年药，玄谷长生续命芝。世上漫忙兼漫走，不知求己更求雄？

此诗主旨十分明确：修仙就是修炼内丹。

诗人又在《自述》中写道：

　　箧贮灵砂日日看，欲成仙法脱身难。不知谁向交州去，为谢罗浮葛长官。

这是对晚年炼丹于交州罗浮山的葛洪的外丹派之否定。上述一正一反两首诗,成了施肩吾这位内丹道士的宗派意识的鲜明旗帜。

施肩吾写了许多赠道友的诗。他的道友,男女老青少,什么都有。诗人颇能抓住不同对象的特点,为之传神写照。例如:"班藤为杖草为衣,万壑千峰独自归","仙方不用随身去,留与人间老子孙"(《送绝尘子归旧隐》),这是为老年道士画像;"阿母从天降几时?前朝唯有汉皇知。仙桃不啻三回熟,饱见东方一小儿"(《赠凌仙姥》),这是对老年道姑的赞美;"玄发新簪碧藕花,欲添肌雪饵红砂","明镜湖中休采莲,却师阿母学神仙"(《赠女道士郑玉华》),这是为风华正茂的青年道姑写真;"缥缈吾家一女仙,冰容虽小不知年。有时频夜看明月,心在嫦娥几案边"(《赠施仙姑》),这位痴痴地望着明月,神魂飞到了嫦娥身边的小人儿,不是一位小道姑吗?施肩吾对他的同道们是观察入微的。

施肩吾同他的老师吕洞宾一样,也向释家道友学习。他写了不少向佛教认同诗和赠僧诗。试看其《夏雨后题青荷兰若》:

僧舍清凉竹树新,初经一雨洗诸尘。微风忽起吹莲叶,青玉盘中泻水银。

全诗写景,不但以莲荷这一印度国花点明了佛寺的特色,而且"雨洗诸尘"一语双关。其字面含义是雨水洗净灰尘,底蕴则是佛法净化人的灵魂。"诸尘",就是佛教所谓"六尘",亦名"六妄"。施道士寓情于景,表达了对佛教的认同。他在《听南僧说偈词》中描述南僧说偈产生的效果道:"惠风吹尽六条尘,清净水中初见月",与此诗同一机杼。"惠风"的字面含义为和风,底蕴则是佛教的般若智慧之风。"月",佛祖和佛法的象征(参见本章第一节)。又如《夏日题方师院》写道:"火天无处买清风,闷发时来入梵宫。只向方师小廊下,回看门外是樊笼。"梵宫的门内门外,站着禅师与俗子。禅师自门内看门外,宫外是樊笼;俗子自门外看门内,宫里是樊笼。施道士从宫里用佛眼看门外,与方和尚心心相印。此外还有《宿南一上人山房》,在立意上亦与此诗同构。

施肩吾的赠僧诗,流露出他对佛门道友的钦敬之情。例如:

（一）水有青莲沙有金，老僧于此独观心。愁人欲寄中峰宿，只恐白猿啼夜深。(《题景上人山门》)

　　（二）栖禅枝畔数花新，飞作琉璃地上尘。谷鸟自啼猿自叫，不能愁得定中人。(《题禅僧院》)

　　这两首诗描述禅师观心入定，周围的一切干扰都被彻底排除。由于两首诗都采用了反衬和烘托等手法，故观心老僧和定中人形象都显得十分鲜明，给人以深刻的印象。

　　最后，施肩吾对唐代民俗中的准宗教现象——拜月和乞巧，也有所反映。拜月，唐代妇女祈月赐福的一种仪式，是对原始宗教天体崇拜的传承。乞巧，唐代妇女在七夕以"九孔针、五色线，向月穿之，过者为得巧之候"（《开元天宝遗事》），是占卜的一种。许多唐代著名诗人都描述过这两种唐代民俗，施肩吾亦不例外。其《幼女词》云：

　　幼女才六岁，未知巧与拙。向夜在堂前，学人拜新月。

　　诗人摄像机不是对准祝双亲寿比南山的青年女子和祝夫婿平安归来的闺中少妇，而是对准那跪在姐姐或嫂嫂身边的、一个不懂事的六岁小女娃，别开生面，颇具魅力。施肩吾还有一首《乞巧词》道："乞巧望星河，双双并绮罗。不嫌针眼小，只道月明多。"与《幼女词》相比，《乞巧词》就显得缺乏独到之笔了。

　　除前述数家之外，这一时期的道教诗人值得一提者，还有杜光庭、鱼玄机、李冶等。

　　杜光庭是神仙传记的重要作家之一，有关这方面的创作情况，留待本编第四章加以评述。这里略谈一下他的诗歌创作。杜光庭诗以七言律、绝见长，多系题咏道教名山宫观之作。其诗往往于山水光色的描绘中给人以清新之感。例如《题福唐观》（2首）：

　　盘空蹑翠到山巅，竹殿云楼势通天。古洞草深微有路，旧碑文灭

— 261 —

不知年。八州物象通檐外，万里烟霞在目前。自是人间轻举地，何须蓬岛访真仙！

曾随云水此山游，行尽层峰更上楼。九月登临须有意，七年歧路亦堪愁。树红树碧高低影，烟淡烟浓远近秋。暂热炉香不须去，伫陪天仗入神州。

作为道士诗人的杜光庭没有采用神仙境界中的各种奇观异象来借喻福唐观周围的风物，而是努力挖掘现实景物中的诗意，在锻字炼句上下工夫。"古洞草深微有路，旧碑文灭不知年"，"树红树碧高低影，烟淡烟浓远近秋"：都是得之于观察入微的佳句。

其他秀句还有："烟锁翠岚迷旧隐，池凝寒镜贮秋光"（《题仙居观》）；"双溪夜月明寒玉，众岭秋空敛翠烟"（《题鸿都观》）；"清岚领接猿声近，白石溪涵水影寒"（《题都庆观》）；"人间回首山川小，天上凌云剑佩轻"（《题鹤鸣山》）；"天柱一峰凝碧玉，神灯千点散红蕖"（《题北平沼》）；"霜凋曲径寒芜白，雁下遥村落照黄"（断句）等。

杜光庭先后事唐僖宗和前蜀王建父子，对帝王之家的骄奢腐朽生活略知一二，因而也写过一点暴露这方面消极现象的诗。例如《富贵曲》（一作道士郑遨作）云："美人梳洗时，满头间珠翠。岂知两片云，戴却数乡税！"颇具白居易《新乐府》的神韵。

鱼玄机，字幼微，一字蕙兰，长安（今属陕西西安）人。她好读书，长于吟诗，颇富才情，补阙李亿纳为妾，后被遗弃而出家于咸宜观。中国古代妇女在婚姻上没有自主权，一旦被丈夫遗弃，便被迫出家为比丘尼或女道士。她们并非自觉的宗教信徒，在她们的袈裟或道袍里，仍然跃动着一颗"痴"心与"爱"心，因而宗教戒律对于她们也形同虚设。鱼玄机就是这样一位被丈夫遗弃的女冠诗人。试看她下面的诗：

（一）无限荷香染暑衣，阮郎何处弄船归？自惭不及鸳鸯侣，犹得双双近钓矶。（《闻李端公垂钓回寄赠》）

（二）枫叶千枝复万枝，江桥掩映暮帆迟。忆君心似西江水，日夜东流无歇时。（《江陵愁望寄子安》）

第一首诗的构思尽管袭自王昌龄《长信怨》，但这两首诗中盼望丈夫回心转意的一片痴情，毕竟凄绝动人。覆水难收，鱼玄机的痴情成了无果之花。于是，她除了偶尔在诗朋道友中寻求一点安慰，"秦楼几夜惬心期，不料仙郎有别离"（《送别》）；就只好虚度青春了，"春花秋月入诗篇，白日清宵是散仙"（《题隐雾亭》）。然而，这种道教徒视为理想的神仙日月，对于弃妇鱼玄机来说，不啻地狱与火湖。

另一位晚唐女冠李冶，也是这样一位才情并茂的女诗人。其诗有云："人道海水深，不抵相思半。海水尚有涯，相思渺无畔"（《相思怨》）；"离人无语月无声，明月有光人有情。别后相思人似月，云间水上到层城"（《明月夜留别》）。读其诗想见其人，这位女冠不也是身在玄门而心在秦楼吗？前人评估她们往往疵议其思想行为有玷宗教清规，而不考虑她们在那个古代男权社会中的悲惨身世和出家原因，恐怕是有欠公平的。从人文主义出发，离经叛道的陈妙常值得同情，鱼玄机和李冶们不就是陈妙常的生活原型吗？有研究者沿袭宋儒观点，斥鱼玄机等唐代女冠为娼妓，显然不妥。

第三章　敦煌通俗文学

1899年（一说1900年）对于东方学、中国学、中国通俗文学、中国宗教文学诸学科来说，都是值得大书特书的一年。这年年初夏，我国甘肃敦煌莫高窟的藏经洞被发现了。它的文化价值，丝毫不亚于西欧文艺复兴时期对古希腊罗马文明的发现。藏经洞里的两万五千多卷（一说四万余件）以手抄本为主的古代藏书，在封闭了千年之后，终于与世人重新见面了。其抄写年代，上起4世纪末，下迄10世纪末，即隋唐五代时期。藏书以汉文为主，也有用古回纥、康居、龟兹、和阗、梵、藏等文字写成的。藏书的内容，多为佛教典籍，也有一部分道教、景教、摩尼教典籍，以及反映儒教思想的经、史、子、集，旁及各种杂书乃至账本。从文学角度看，藏书中值得予以高度重视的，乃是创作于唐代、以通俗语言写成的各种文学作品，其中除本书前一章已评述过的王梵志五言通俗诗外，还有大量民间歌辞和变文。前一种作品集，以任半塘编著的《敦煌歌辞总编》为当前搜录最完备的本子。后一种作品集，以王重民等六人搜集校注的《敦煌变文集》为目前较完备的本子。还有少量话本，至今被发现并整理出来面世者只有几篇，亦见于《敦煌变文集》。

第一节　敦煌歌辞与三教

敦煌歌辞又称敦煌曲子词，或叫声诗。它们是依曲填词而创作出来的，可以被诸管弦，发为歌唱。全部敦煌歌辞都与特定乐曲相配合，歌辞依附于乐曲，每一曲歌词的题目都是乐曲名称。有些歌辞的内容同题目——乐曲名称无关，但有些歌辞的内容同题目——乐曲名称相一致。例如《献忠心》

的歌辞内容就是表现臣民对皇帝的忠诚，《悉昙颂》的歌辞内容就是弘扬佛法。造成这种差别的原因有二：（一）有的歌辞是原始歌辞，当初的乐曲名称就是根据歌辞内容拟定的；（二）在选曲填词时，有的作者所选乐曲名称与其要表现的内容无关，有的作者则追求乐曲名称与其要表现的内容相一致。

在全部敦煌歌辞中，只有少数作品标明了作者姓名，如温庭筠、欧阳炯、李日华、岑参、智严、神会、裴中、法照等。绝大部分作品为无名氏所作，属于民间文学范畴。

敦煌歌辞的内容十分广泛。"有边客游子之呻吟，忠臣义士之壮语，隐君子之怡情悦志，少年学子之热望与失望，以及佛子之赞颂，医士之歌诀"（《敦煌曲子词集·叙录》）。若就宗教而言，《敦煌歌辞总编》共收入佛教歌辞 730 首，儒家歌辞 113 首，道教歌辞 7 首；三教歌辞共计 850 首，占该书所收歌辞总数 1241 首的三分之二强。

在敦煌宗教歌辞中，道教歌辞极少，佛教歌辞极多。这说明：在唐代民间，佛教的影响大大超过了道教。佛教歌辞中鼓吹得最多的一条教义，乃是万法生灭迁流，刹那不住的"无常"思想。这是一种建立在唯心主义（"色空"）基础上的辩证法思想。例如《十无常》（10 首选 2）唱道：

（一）每思人世流光速，时短促。人生日月暗催将，转茫茫。
容颜不觉暗里换，已改变。直饶便是转轮王，不免也无常。堪嗟叹，堪嗟叹，愿生九品坐莲台，礼如来。

（二）夺人眼目芙蓉貌，常年少。凉罗冠子镂金花，扫烟霞。
风流雅醋能行步，巫山女。千金一笑玩春光，不免也无常。堪嗟叹，堪嗟叹，愿生九品坐莲台，礼如来。

又如《无常取》（8 首选 3）：

（一）或是僧，伽蓝住，古貌漫漫如龙虎。清霄寺宇好安身，限来也被无常取。

（二）或入道，求仙侣，烧炼长生炉里煮。饶君多有驻颜方，限来也被无常取。

（三）讲多时，言有据，日色偏斜留不住。高声念佛且须归，只向阶前领偈去。

总之，"除却牟尼一个人，余残总被无常取"。按佛教"三界"、"六道"与"业报轮回"诸教义，一切"有情"（有情识之生物）均不能逃脱"无常"的佛教规律。但只要坚持念佛修行，就可以最终跳出生死流转的怪圈，而达到寂灭（小乘最高理想）或佛国（大乘最高理想）之超脱境界。颇受西方心理医师青睐的《西藏生死书》（The Tibetan Book of Living and Dying）就是以"无常"这一唯心主义辩证法为基本理论，教导人们以平常心对待人人无法回避的死亡问题。从临终关怀的角度看，此书不失为一部具有实用价值（对具有宗教情绪者）的宗教心理学著作。

敦煌歌辞中的儒家思想，以忠孝为主。例如《皇帝感·新集〈孝经〉十八章》（18首选3）写道：

（一）新歌旧曲遍州乡，未闻典籍入歌场。新合《孝经》皇帝感，聊谈圣德奉贤良。

（二）开元天子亲自注，词中句句有龙光。白鹤青鸾相间错，连珠贯玉合成章。

（三）历代以来无此帝，三教内外总宣扬。先注《孝经》教天下，又注《老子》及《金刚》。

这套宣扬忠孝思想的敦煌歌辞不但赞美唐玄宗亲注《孝经》，以孝治天下；而且颂扬他又注《老子》和《金刚经》，实行三教并举。歌辞立意在讴歌李唐政权的开明宗教政策，并为研究唐代利用宗教以教化臣民和巩固政权的帝王之术，提供了形象化数据。

唐代僧侣不但有写通俗诗的，而且有写通俗歌辞的。在现存唐写本敦煌歌辞中，有一部分就出自当时的佛徒之手。例如王梵志《回波乐·断惑》（7首）、贯休《失调·赞念〈法华经〉僧》（2首），居士白居易的《十二时·行孝文》（12首）等。这是诗人而兼写歌辞者。此外，还有一批专写弘扬佛法歌辞的僧侣作家，见于《敦煌歌辞总编》者，以智严、神会、法照、寰中的作品较多。

智严，大约生当武则天执政时期，俗姓尉迟，名乐，系于阗国质子，隶鸿胪寺，授左领军卫大将军上柱国，封金满郡公。但他深患尘劳，于中宗神龙二年五月奏请以其府第为寺，获准，敕赐名曰"奉恩寺"。他又奏请为僧，于景龙元年11月5日，即孝和帝诞节，获准剃度。智严在奉恩寺致力于译经事业，后来又任终南山至相寺上座，不知所终。他写的《十二时·普劝四众依教修行》弘佛歌辞为长篇定格联章，共134首，是迄今为止所见敦煌歌辞中之最长者。这套歌辞的第四段《食时辰》，有一种唐抄本为7首，有三种唐抄本为12首。12首本比7首本多出5首，即第8至第12首。其第8首开头云："中和年，闰三月"。"中和"是唐僖宗年号，相当于公元881—884年。这时去智严出家的景龙元年（公元707年）已有170多年。故第四段的最后5首不可能是智严原作，很可能是晚唐僧侣讲唱时补作的。这套歌辞的主旨是阐述尘世生活之"四颠倒"，劝谕道场四众皈依佛法，以求跳出苦海。全套歌辞包括13个段落，每段又包括歌辞若干首。其中，从第1段至第12段按12时辰排列，描述世俗生活从凌晨（丑时）至午夜（子时）的全部过程，最后以一个总结性段落结束全篇。整套歌辞反复出现的一个基本思想乃是"无常"。例如第12段《半夜子》（10首录5）：

（一）夜半子，夜半子，时刻循环有终始。始终终始始还终，有世界来只如此。

（二）死又生，生又死，出没憧憧何日已。或前或后即差殊，一例无常归大地。

（三）悲囚徒，牢狱里，夜静领来力拷捶。杖鞭绳缚苦难任，皮肉酸疼连骨髓。

（四）悲孤孀，没依倚，发鬓茸茸雪相似。霜天寒夜自嗟吁，骨冷衣单多怨怼。

（五）或富豪，或贫匮，各自前生缘果异。或藏草舍避惊忧，或卧红楼整沉醉。

《半夜子》全部歌辞说明：俗子不论贫富贵贱，个个处在生死转化的怪圈之中。这是关于三生循环、六道轮回、因果报应等诸佛教教义的通俗化宣讲。由此导向一个结论：只有念佛修行，才能从怪圈中解脱出来。这套歌辞中所叙的"五悲"，即"悲囚徒"、"悲孤孀"等，多少对封建社会底层的不幸与悲惨现实有所接触。

神会（686—760），俗姓高，襄阳人。他先后师从神秀与惠能。开元十八年，他在洛阳大力弘扬南宗禅惠能顿悟之学，从此北宗禅神秀的渐悟之学一落千丈。安史之乱以后，他住持菏泽寺，世称菏泽大师，被定为继惠能之后的禅宗第七祖。他写的两套《五更转》歌辞，就是宣讲南宗禅顿悟之理的。例如其《五更转·南宗定邪正》（5 首录 2）：

（一）一更初，妄想真如不异居。迷则真如是妄想，悟则妄想是真如。　念不起，更无余，见本性，等空虚。有作有求非解脱，无作无求是功夫。

（二）二更摧，大圆宝镜镇安台。众生不了攀缘病，由斯障闭心不开。　本自净，没尘埃。无染着，绝轮回。诸行无常是生灭，但观实相见如来。

神会曾在滑台（今河南滑县东）大云寺与北宗禅师崇远论法。辩论结果由与会的独孤沛写成《菩提达磨南宗定是非论》，神会本人则写成歌辞《五更转·南宗定邪正》。二者主旨都是批驳"渐悟"之学，力弘"顿悟"。

法照，大历年间以弘扬净土宗而闻名于世。净土宗始祖慧远创莲社于庐山，故净土宗又称莲宗。

法照是"莲宗九祖"和"莲宗十二祖"之一。净土宗教理最简单，因而广泛流传于民间。其宗旨是：以修行者的念佛行为为内因，以弥陀的愿力为外因，据说内外结合就能往生西方极乐世界——净土佛国。现存法照宣讲净土宗旨的歌辞有《出家乐》（2 首）、《归去来·宝门开》（6 首）、《归去来·归西方赞》（10 首）等。例如《归去来·归西方赞》（10 首录 2）：

（一）归去来，谁能恶道受轮回。且共念彼弥陀佛，往生极乐坐花台。

（二）归去来，娑婆世境苦难裁。急手专心念彼佛，弥陀净土法门开。

寰中（779—862），俗姓庐。他修习律部，深得百丈山（今江西奉新）怀海禅师所创"禅门规式"——世称"百丈清规"之玄旨。他的弘佛歌辞是他的严于戒律思想的表现。例如《悉昙颂·俗流悉昙章》之一：

现练现，现练现，第一俗流无利见。饮酒食肉相呼唤，谗言诣为相斗乱，怀挟无明不肯断。鲁流卢楼现练现。　贪爱愚痴无岸畔，眷属婚姻相继绊，三界牢狱作留难，俗流颠倒共嗟叹。延连观贤扇，努力各相劝。

歌辞列举各种"俗流无利见"："饮酒食肉"，"谗言相斗"，"贪爱愚痴"等。这些行为，都是违反佛教戒律的"无明"之举。人们处在三界（欲界、色界、无色界）的生死轮回之中，本好比处在牢狱里，但是俗流却把这一切"颠倒"为享乐了。故歌辞结束时号召"努力各相劝"。这首歌辞的特点，是穿插了若干不含实义、只表和声的短句，如"现练现"、"鲁流卢楼现练现"、"延连观贤扇"之类。

在敦煌宗教歌辞中，有一些不是宣讲教义而是出自俗人手笔的、描述宗教徒生活的作品，具有一定的现实意义和认识价值，是研究唐代社会的形象化资料。例如《谒金门·朝帝美》：

长伏气，住在蓬莱山里。绿竹桃花碧溪水，洞中常晚起。闻道君王诏旨，服裹琴书欢喜。得谒金门朝帝美，不辞千万里。

这首歌辞描述道士在山中隐修以及闻道皇帝诏见时的欣喜之情，反映了李唐朝廷以道教为官方宗教的历史。

又如描述唐代下层僧侣贫寒生活的《三冬雪·望济寒衣》（15首录4）：

（一）话苦辛，申恳切，数个师僧门仞列。只为全无一事衣，如何御彼三冬雪！

（二）或秋深，严凝月，萧寺寒风声切切。囊中青缙一个无，身上故衣千处结。

（三）坐更阑，灯残灭，讨义寻文愁万结。抱膝炉前火一星，如何御彼三冬雪！

（四）师僧家，滋味别，不解经营无计设。一夏安居奈苑中，三秋远诣英聪哲。

这套歌辞描述了下层僧侣贫寒困顿的真情实况。尤其是"不解经营无计设"一句，道出了僧人贫困的症结之所在。

还有些敦煌宗教歌辞，反映了各教派之间的矛盾和斗争。例如《易易歌·解悟成佛》（9首录4）：

（一）解悟成佛易易歌，不劳持诵外求他。若能扬簸贪嗔却，高升彼岸出泥河。

（二）解悟成佛易易歌，不行寸步出娑婆。观心自见心中佛，明知极乐没弥陀。

（三）解悟成佛易易歌，是心是佛没弥陀。是心作佛别无佛，明知极乐是娑婆。

（四）解悟成佛易易歌，不行极乐厌娑婆。一念无依百种足，何须净土见弥陀！

这套歌辞生动地反映了禅宗佛教与净土宗佛教互相争取群众以扩大自己势力范围的史实。歌辞一面宣扬禅宗"即心是佛，不假外求"的顿悟成佛学说，一面批判净土宗追求往生西方极乐世界——弥陀净土的教旨；强调极乐世界就是娑婆世界（即现实世界），只要按照禅宗顿悟之理修行，寸步不离娑婆即可成佛，何其易易也。据统计，现存净土宗歌辞200多首，占敦煌佛教歌辞总数的三分之一。这表明净土宗以其修行之简易而迅速广泛地占领了民间宗教阵地，因而引起了其他教派的争鸣。

第二节　变文
——讲唱佛经神变故事的文本

"变文",简称"变";又称"缘起"、"因缘",简称"缘";又称"讲经文"。以上关于变文这一讲唱文学体裁的各种名称,均见于唐写本。此外还有"押座文",这是变文的前奏或引子,相当于宋元话本的"入话"。

所谓变文,就是描述佛教神变故事的文本。根据佛典,菩萨为了度化众生,常大显神通,"现诸稀有奇特之事":"常取空轻相","力能举身","能飞",又能"变化诸物,令地作水,水作地,风作火,火作风",等等。(见《大智度论》卷28)因此,有的唐写本将变文直接称为"变神"。《敦煌变文集》中题为《破魔变文》的一篇,其唐写本之后题作《破魔变一卷》,前题则为《降魔变神》。由此可见,"变文"之"变",乃是指佛教神话中的"神变"而言。

在唐代,有两种寺院文艺,即变文与变相。变文是俗讲僧侣讲唱佛经神变故事的文本,变相是将佛教神变故事描绘在寺院墙壁上的图画。今日莫高窟里的敦煌壁画就是变相。中世纪西方的基督教堂里也有两种文艺,即宗教剧与宗教画,可谓不谋而合。唐代的俗讲僧为了增强讲唱变文的感染力,往往同时配合变相的展示。吉师老《看蜀女转昭君变》诗云:"画卷开时塞外云。"《降魔变文》、《破魔变文》的唐写本上都附有与文字内容相应的变相。

变文是对佛经的通俗化改编与再创作。其模式有二。一种是先引述一段经文,然后根据经文张大其词,加以铺陈,从而构成形象鲜明、情节曲折的一大篇故事。例如《维摩诘经讲经文》,开篇引出一段经文:"佛告文殊师利,汝行诣维摩诘问疾",短短14字。接着是据此生发出来的一大篇有说有唱、长达数千字的变文。另一种是不引述原典,径直根据某经典某故事演绎出一大篇图影图形、绘声绘色的变文来。例如《目连救母变文》以《佛说盂兰盆经》为依据,讲唱佛陀弟子目连救母故事,却不先行引述经文。

由于寺院俗讲——讲唱变文受到群众的青睐,渐渐地,这种通俗文艺形式走出了佛教范围。其表现:一是讲唱地点从佛寺扩大到街头、戏场,乃至帝王之家，"街东街西讲佛经，撞钟吹螺闹宫廷"（韩愈《华山女》），就是写照；二是讲唱题材从佛经扩大到非佛经的世俗生活，如《孟姜女变文》、《王昭君变文》、《伍子胥变文》之类。当然，道类讲唱世俗生活的变文，乃是民间艺人的创作。

佛教变文虽然取材于佛典，但其思想内容却并非局限于佛教的教理教义，而是儒道佛三教意识纷呈杂出，体现出唐代三教意识合流的时代特征。

儒家政治伦理以忠孝为根本大德，变文中对此有很多具体描绘。例如《佛说阿弥陀经讲经文》一方面弘扬佛教出家出世、无父无母的教义："既辞父母作沙门，意愿修行出世尘"，"不论崔卢柳郑，莫说姓薛姓裴，僧家和合为门，到处悉皆一种。"另一方面，又鼓吹儒家忠君思想："伏愿我今圣皇帝，宝位常安万万年，海晏河清乐太平，四海八方长奉国。六条宝阶尧风扇，舜日光辉照帝城。东宫内苑彩嫔妃，太子诸王金叶茂。公主永承天寿禄，郡主将为松比年。朝廷卿相保忠贞，州县官僚顺家国。"

儒家的孝道在民间具有极深厚的思想基础，加之唐朝以孝治天下，下过不少规定僧尼敬拜父母的诏令，因此，《父母恩重经讲经文》和《目连救母变文》这类宣传孝道的作品，就被创作出来，并备受欢迎。例如《父母恩重经讲经文》以曾参作榜样，要求人人"暮省朝参莫惮劳，温床扇枕无辞劳"，当"真孝子"。

道教意识在佛教变文中也有鲜明的表现。例如《降魔变》描述舍利弗与六师外道斗法，故事出自《贤愚因缘经》。经书有四句关于六师作法的经文："复作一山，七宝庄严，泉池树木，华果茂盛。"变文将中国神仙王乔、丁令威送进了这座佛教神山。又如《佛说观弥勒菩萨上生兜率天经讲经文》，也把道教神谱中的王母、老君、彭祖、麻姑四位老资格神仙拉了进去。

佛教变文具有四大艺术特点，即渲染神变、充满人情味、韵散结合、排比铺叙。

（一）渲染神变。变文是宣讲佛经神变故事的文本，为了吸引听众，必然要在神变上大加渲染，务使淋漓尽致。试看《降魔变文》中舍利弗与六师劳度叉斗法的第一回合之散文部分：

> 六师……忽然化出宝山，高数由旬，钦岑碧玉，崔嵬白银，顶侵天汉，丛竹芳薪。东西日月，南北参辰。亦有松树参天，藤萝万段，顶上隐士安居，更有诸仙游观，驾鹤乘龙，仙歌缭乱。舍利弗虽见此山，心里都无畏难，须史之顷，忽然化出金刚。其金刚乃作何形状？其金刚乃头圆像天，天圆只堪为盖；足方万里，大地才足为钻。眉郁翠如青山之两崇，口暇暇犹如江海之广阔，手执宝杵，杵上火焰冲天。一拟邪山，登时粉碎。山花萎悴飘零，竹木莫知所在。……

舍利弗与劳度叉斗法为六个回合。继上述第一回合之后，劳度叉又变出水牛、七宝水池、烟云毒龙、丑恶二鬼、婆娑大树，舍利弗则针锋相对地化出狮子、白象之王、金翅鸟王、毗沙门神、风神以破之。这些神变斗法情节，成为《西游记》、《封神演义》中孙悟空与二郎神变形斗法情节的原型。

（二）充满人情味。佛经为了突出佛陀、菩萨们的意志坚忍和道行高深，设置了一些有关魔女、淫女、彩女以色相引诱的情节。变文为吸引世俗听众，将这些情节大加发挥，注入人情人性，成为所谓投"愚夫冶妇"之所好的"和尚教坊"（《因话录》）。例如《维摩诘经变文》的《持世菩萨》第二卷，首先引术经文一句："时魔波旬从万二千天女，状帝释，鼓乐弦歌，来诣我所。"变文作者据此演绎出散文约一千字，韵文64句，描述魔王波旬假冒帝释，并率一万二千魔女冒充天女，前往迷惑持世菩萨的故事。其主要篇幅就是浓彩重墨渲染魔女的诱人色相。

（三）韵散结合。佛经有三种体裁：一是"长行"，即散文体；二是"偈颂"，即诗体；三是长行与偈颂的组合。变文的韵散结合特点，就是从第三种佛经体裁演变出来的。其韵散结合的情况分为两种。一种是先采用散文（或骈文）讲述一段故事，接着用韵文将散文部分的内容重述一遍，如此交替循环，直至整个故事结束。例如《维摩诘经变文》就属于这一种。另一种是散文与韵文的内容互为补充，互不重复。例如《大目乾连冥间救母变文》属于这一种。

（四）排比铺叙。变文将简略的佛经经文演绎成详尽的情节描写和繁缛的场面描写，主要是依靠排比铺叙的手段来实现的。例如《维摩诘经变文》对"复有万梵天王尸弃等,从余四天众,来诣佛所而听法"等经文的演绎,采用先总叙、后铺排、最后总叙的结构,来加以发挥和描述。其开头三段如下:

　　大梵诸天众,遥闻法会张。喧喧皆赞叹,浩浩总谈扬。彩雾呈佳瑞,霞云佩吉祥。
　　搂搂排队伍,瞻礼法轮王。帝释离宫殿,仪容喜倍常。磬螺齐响亮,珂佩韵叮当。竞捧琉璃宝,齐擎龙脑香。
　　搂搂排队伍,瞻礼法轮王。无限天龙众,相催更又忙。心中倾恳志,云内礼毫光。身色皆蓝靛,情田尽虎狼。

上述第一段为总叙部分,第二、第三段铺叙帝释和天龙众前往佛所听法的情景。铺叙部分共有八段,每段八句,均以"搂搂排队伍,瞻礼法轮王"领起。这八段铺叙性韵文,依次对帝释、天龙众、罗叉众、乾闼众、修罗众、迦楼众、那罗众、毗耶众共赴法会的热烈场面,作了各具特色的描绘。这节变文的最后一段,总叙全体赴会听众竟至庵园和世尊说法时的种种庄严景象。

　　上述佛经变文的四个特点,前两点是内容上的,后两点是写法上的。

　　在敦煌藏经洞里发现的通俗文学作品,除了大量的王梵志五言诗、歌辞和变文以外,还有少量话本,即唐代民间艺人说话(讲故事)的文本。这说明"说话"技艺在大盛于宋、元以前,早已在唐代出现。在已被发现和整理出版的敦煌话本中,以佛教为题材者有《庐山远公话》(唐写本标题)和《唐太宗入冥记》(标题为后人所加),以道教为题材者有《叶净能诗》(标题为后人所加)。此外,还有若干以世俗生活和历史传说为题材的话本。

　　唐代的说话,引起了士大夫文人的极大兴趣,并刺激了传奇小说的蓬勃发展。元稹《酬白学士代书一百韵》诗中有句云:"翰墨题名尽,光阴听话移。"自注:"乐天每与余游从,无不书名题壁,又尝于新昌宅听说《一枝花话》,自寅至巳,犹未毕词也。"所谓《一枝花话》,说的就是白行简传奇小说《李娃传》所记述的故事。从这里不难窥见唐代文人的传奇小说与民间话本之间的"血缘"关系。

第四章　笔记小说与传奇小说

　　隋唐五代的小说，可以分为前后两个时期。前期，自隋朝至唐肃宗期间（600—762），小说创作从内容到形式，基本上承续魏晋南北朝之余绪，多为志怪笔记体；而传奇体小说则尚在酝酿过程中。后期，自唐代宗至五代期间（763—960），在民间说话技巧的刺激下，传奇小说崛起，蔚为大观。

　　传奇小说是对笔记小说的继承与发展。笔记小说的内容以志怪，即各种宗教神话为主，艺术上粗呈梗概。传奇小说的内容在继承宗教神话、鬼话的基础上，将题材范围拓宽至世俗现实生活领域，艺术上则初步致力于人物塑造，以及情节、环境和细节描绘。

第一节　笔记小说

《冤魂志》

　　《冤魂志》一作《还冤志》，3卷，颜之推撰。颜之推（531—591?），字介，琅邪临沂（今属山东）人，先后任梁散骑侍郎，北齐黄门侍郎、平原太守，周御史上士，隋东宫学士等职。他以儒教为修身齐家之本，又笃信佛法，以佛补儒。他所著《颜氏家训》云：“内外两教，本为一体”，其统合儒释的思想至为明确。他在《颜氏家训》中又说：“含生之徒，莫不爱命，去杀之事，必勉行之。好杀之人，临死报验，子孙殃祸”。就是在这一佛教因果报应观念的制约下，颜之推创作了笔记小说《冤魂志》。

　　作者身历梁、北齐、北周、隋四朝，耳闻目睹那个时代战乱频仍、草营人命和宫廷政变的血淋淋现实。因此他在《冤魂志》里，立足于维护儒家政治伦理规范的原则，运用佛教善恶报应的神学武器，对当时的杀人如麻的罪恶现实，进行了有力的批判。例如《梁元晖》条：

  江陵陷时，有关内人梁元晖，俘虏一士大夫，姓刘。此人先遭侯景丧乱，失其家口，唯余小男，始数岁。躬自担负，又值雪泥，不能前进。梁元晖监领入关，逼令弃儿。刘甚爱惜，以死为请。遂强夺取掷之雪中，杖捶交下，驱蹙使去。刘乃步步回顾，号叫断绝；辛苦顿毙，加以悲伤，数日而死。死后，元晖日见刘伸手索儿，因此得病。虽复悔谢，来殊不已。元晖载病，到家而卒。

作者因梁亡而入北齐，江陵之陷，乃亲身经历。故上述故事当系他亲见亲闻的诸多惨剧之一。"步步回顾，号叫断绝"，绘形绘声，令人心摧。作者为了批判梁元晖之残杀无辜，便将梁的病与他生前的罪恶联系起来，赋予因果报应关系。

又如《徐光》条：

  徐光在吴，常行术市里间，种梨、桔、枣、粟，立得食。而市肆卖者，皆已耗矣。凡言水旱甚验。常过大将军孙綝门，褰衣而趋，左右唾践。或问其故，答曰："流血臭腥不可耐。"綝闻而杀之，斩其首，无血。及綝废幼帝，更立景帝，将拜陵，上车，车为之倾。因顾见徐光在松柏树上，拊手指挥嗤笑之。綝问侍从，无见者。綝恶之，俄而景帝诛綝。

这则恶有恶报、杀人者必被杀的佛教神话，通过"褰衣而趋，左右唾践"的行动描绘，以及"流血臭腥不可耐"的语言描绘，把方士徐光对称王称霸而杀人不眨眼的大将军孙綝的厌恶之情，刻画得跃然纸上。

此外，《萧巘》、《桓温》、《司马宣王》、《姚苌》诸条，广泛地描述了当时统治集团内部臣弑君、子弑父、奸杀忠等罪恶现象，并将恶有恶报的结果加在这些杀人作恶者的头上，鲜明地体现了作者以佛补儒的思想立场。

隋代的其他志怪笔记小说，还有崔赜《洽闻志》和许善心、崔赜《灵异记》等。

《冥报记》与《冥报拾遗》

《冥报记》，唐临撰。唐临，京兆长安（今陕西西安附近）人，生卒年不详。唐高祖武德初，以策进说，授右卫率府铠曹参军；永徽元年，拜御史大夫，迁刑部尚书，并历兵部、度支、吏部三尚书；显庆四年，贬为潮州刺史；卒于官。《旧唐书》称唐"俭薄寡欲，不治第宅，服用简素，宽于待物"。《冥报记》在国内早已失传，中华书局以日本高山寺藏本为底本，参考其他版本和类书，出版了此书。

《冥报记》是一部宣扬因果报应观念的"释氏辅教之书"。作者在此书的自序中说："夫含气有生，无不有识。有识而有行，随行善恶而受其报，如农夫之播植，随所植而收之。"又说："释氏说教，无非因果，因即是作，果即是报，无一法而非因，无一因而不报。"所以他十分喜爱《观世音应验记》、《宣验记》、《冥祥记》等宣扬因果报应的佛教神话书。唐临"既慕其风旨，亦思以劝人"。这就是他撰集《冥报记》的原因。

《冥报拾遗》是对《冥报记》的续作，郎余令撰。郎余令，定州新乐（今属河北）人，生卒年不详。他博学多才，擢进士第，授霍王元轨府参军事，徙幽州录事参军，复改著作佐郎。他所著《冥报拾遗》，成书于唐高宗龙朔中（661—663），上距唐临撰《冥报记》仅十年。中华书局刊行《冥报记》，将《冥报拾遗》作为"附录"一并刊载于其后。

这两本书里的因果报应故事，多系魏晋南北朝时期的因果报应佛话的原型之变形再现。

以佛教戒律为善恶的标准，凡弘佛守戒者得善报，反之则得恶报，这是《宣验记》、《冥祥记》诸书的基本主题。《冥报记》和《冥报拾遗》重复了这个主题。其中，《唐释僧彻》、《唐释道英》、《东魏邺下人》、《北齐冀州人》、《隋崔彦武》、《隋大业客僧》、《唐张亮》、《唐卢文励》、《唐李大安》、《唐苏长》等条，属于善有善报模式；《唐释慧如》、《梁武帝》、《隋李宽》、《隋冀州小儿》、《隋京兆狱卒》、《隋河南人妇》、《隋卞士瑜》、《隋

— 277 —

洛阳人》、《唐临邛人韦》等，属于恶有恶报模式。

《赵泰》（见《冥祥记》、《幽冥录》）作为志怪小说中的冥游复生原型之一，在《冥报记》和《冥报拾遗》中也获得了再现。例如《隋孙宝》、《唐李山龙》、《周武帝》、《北齐仕人梁》等条，都属于这一模式。其基本情节是：某人死数日后复苏，谈其在冥间所见所闻，不外乎礼佛者得福，毁佛者受罪。

总之，《冥报记》和《冥报拾遗》在"专事扬确"善恶报应这一佛教主旨上，与《观世音应验记》、《宣验记》、《冥祥记》是一脉相承的。不过，在情节设置和场面描绘上，《冥报记》和《冥报拾遗》中的部分篇目显得较为复杂和丰富些，已经略微显露出一点唐人传奇小说的苗头。从这一角度看，《冥报记》和《冥报拾遗》乃是从笔记小记过渡到传奇小说的一座桥梁。

《法苑珠林》

《法苑珠林》，100卷，100篇，释道世编撰。道世，俗姓韩，字玄恽，原籍伊阙（今河南伊川西南），因其先祖为官，遂移居长安。他12岁出家于青龙寺，研习律学；高宗显庆年间，参加玄奘译场；总章元年（668），在《经律异相》的基础上撰成《法苑珠林》。

《法苑珠林》首起《劫量篇》，终于《传记篇》。篇下分部，部下再分小部。每篇开宗明义，以《述意》阐明主旨。然后博采内典故实，以印证主旨。篇末或部末缀以《感应录》，征引外典和其他世俗书籍中之故实，以明佛法应验之不爽。外典如道教经籍《列仙传》、《神仙传》，其他世俗书籍如自魏晋至隋唐的各种志怪笔记小说，无所不包。全书征引典籍达400余种，其中有关儒、道、谶纬、杂著等140余种。许多自唐宋以后失传的典籍，该书中都有引文流传至今。因此，这本书不仅是继《经律异相》之后的又一部佛学类书，而且在一定程度上还是一部中国传统文化类书。其中，无论佛教神话还是道教神话和鬼话，均搜罗宏富。

书中的《千佛篇》着重搜集了释迦牟尼佛的各种神话传说。例如：据《佛本行经》，释迦牟尼乃是兜率天护明菩萨转生。"菩萨正念，从兜率下，托净饭王第一大妃摩耶夫人右胁住已。是时，大妃于睡眠中梦见有一六牙白象。其头朱色，七支拄地，以金装牙，乘空而下，入于右胁。"又据《普曜经》，净饭王子出世之时，先显示瑞应32种：如陆池生青莲花，大如车轮；地中二万宝藏，自然发出；雪山中出白狮五百，围绕城门；诸天玉女，持万金瓶，盛甘露，住虚空中，等等。

《法苑珠林》除了从内典中大量搜集佛教神话之外，还从各种外典中广泛搜集佛、道、儒三教以及各种准宗教神话。例如：《敬佛篇》之《观佛部》采入佛像灵祥神话53篇，《观音部》采入观音菩萨显灵神话18篇，《敬法篇》采入佛法显灵神话41篇，《敬僧篇》采入高僧神通故事11篇，等等。

任何宗教都是对某种超自然力的崇拜，佛教与道教在这一本质上是相同的。佛教的六神通与道教的方术，二者在文学描绘中往往难以区别，譬如佛教的神足通与道教的缩地法和五遁术是相似的，佛教的神变与道教的变化术是相似的。因此，《法苑珠林》在搜集佛教的超自然力神话的同时，也注意搜集道教的超自然力神话，以收彼此印证、共同宣验之效。例如《神异篇》、《潜遁篇》、《咒术篇》、《祈雨篇》等，都从内典外典中搜集了大量的僧侣和神仙、道士们大显神通的故事。他们的宗教教理、教义各不相同，但是他们在超自然力的表现上，却彼此相似。例如沙门慧达白天在高塔上为众说法，入夜则跳入蚕茧而眠；神仙壶公白天卖药于市，入夜便跳入葫芦而眠。至于祈雨救旱，念咒驱邪，更为佛道二教所公有，因为他们都是从同一祖宗——巫术接受这一精神遗产的。

俗话有云："十恶不赦"。所谓"十恶"，乃是佛教所认定的十种恶德和罪业，即杀生、偷盗、邪淫、妄语、两舌（离间语）、恶口（粗恶语）、绮语（杂秽语）、贪欲、嗔恚、邪见。《法苑珠林》的《十恶篇》从内典、外典中搜集了大量有关"十恶"的神话故事。

现以《十恶篇》中的《邪淫部》为例。此部主旨在于否定和批判"十恶"之一的爱欲，声称："大淫声败德，智者之所不欲行；欲相迷神，圣人之所皆离。"该书为了证实这一论断，乃从佛典里搜集了不少这类"智者"和"圣人"的"诃欲"故事。例如引《禅秘要经》目连修行故事：目连修得罗汉道以后，其妻"盛服庄严，欲坏目连"，目连对其妻说偈而予以拒绝。其偈有云："汝身自庄严，花香以璎珞。凡夫所贪爱，智者所不惑。"

"汝身如粪舍,愚夫所贪保,节以珠璎珞,外好如画瓶。""一切诸欲毒,我今已灭尽。五欲已远离,魔网已坏裂。"继"诃欲"故事之后,又从《旧杂譬喻经》里征引"奸伪"故事若干,作为"智者"和"圣人"的对立面,以资批判。其最著名的"奸伪"故事,就是梵志吐壶,壶中藏女,女又吐壶,壶中藏男的"女人奸不可绝"故事。

《十恶篇》之《邪淫部》从正面和反面列举了佛典中的大量故事之后,在此部的《感应缘》部分,再从志怪小说中征引了大量人鬼相恋故事,作为进一步批判爱欲的反面材料。这些故事是:《谈生冥婚怪》、《卢充冥婚怪》、《男感女重生怪》(即《河间郡男女》)、《张世之冥婚怪》(即《李仲文女》)、《冯马子感女重生怪》、《桓道愍感妇重生怪》、《韩伯子等指庙女像冥婚怪》、《弘农人感得冥婚怪》、《王志冥婚怪》等。这些冥婚鬼话,乃是人性人情的变形表现,一般都是反宗教禁欲主义的浪漫主义文学。《法苑珠林》把这些歌颂自由爱情的鬼话收入《十恶篇·邪淫部》,并斥之曰"怪",其目的是给佛徒们提供一批反面教材。但是,"风月宝鉴"本来就是可以作正反两面观的。这些被释道世要求作正面观的作品,俗人又何尝不能作反面观而还其反宗教禁欲主义文学的本来面目呢。

总之,作为佛学类书的《法苑珠林》,其主旨虽在于弘扬佛法,但它所包罗的文学作品却广泛涉及佛、道、儒三教,以及其他民间宗教。

《酉阳杂俎》

自唐代宗大历(766)以后,传奇小说大盛,但也有笔记小说继续问世,《酉阳杂俎》就是有代表性的一种。此书20卷,续集10卷,共36篇,段成式撰。段成式(803—863),字柯古,临淄(今属山东)人,初为秘书省校书郎,官至太常少卿。《酉阳杂俎》的内容广泛涉及仙佛鬼怪、寺庙、人事、动植物、酒食等,分类编排。其中,《玉格》、《壶史》类记述道教神话;《贝编》类记述佛教神话;《寺塔记》两卷,详述长安各寺庙佛塔的建造和佛教壁画艺术等;《诺皋记》上下二篇、《支诺皋》上中下三篇,共计五篇,记述各种鬼怪精灵故事,也有少数佛道神话杂糅其中。纪昀《四库提要》称:此书"自唐以来,推为小说之翘楚","其曰《酉阳杂俎》者,盖取梁元帝赋'访酉阳之逸典'语"。

《酉阳杂俎》中的佛道神话,既有对六朝佛道神话的继承;又有新的创造,并曲折地反映出唐代宗教生活领域的现实面貌。

其对六朝佛道神话的继承,如《玉格》篇的《玉女山》条,写蓬球入山伐木,忽觉异香,溯香而行,遂入仙境,见五株玉树,四位仙女。忽有一女驾鹤而至,责问何以让俗人至此。蓬球惊惧出门,回顾便失仙境所在,至家,"其旧居闾舍,皆为墟墓矣"。这个故事是对刘阮天台遇仙原型之变形再现。又如《赵业》条写赵业魂游地府之后,再游上清仙境。这是对冥游再生模式的继承与发展,是道教文学对佛教文学的借鉴。

其曲折反映唐代宗教生活领域的现实面貌的作品,如《壶史》篇的《玄宗学隐形于罗公远》条,反映了唐玄宗对道教的迷信。故事叙罗公远戏弄唐玄宗,玄宗怒骂;罗走入宫殿大柱中,极数玄宗之过。玄宗愈怒,破柱。罗又大声批评玄宗于石础之中。玄宗命将石础碎为十几段,段段都有一罗公远在其中。皇帝终于服输,只得谢罪。此后罗便消失了。数年之后,有宫中使者在蜀道中遇见罗,罗笑道:"请为我谢陛下"。这是一则方术神话,又是一篇讽刺小品。它说明:作为意识形态的宗教,对人类具有十分强大的精神统治力量,即使人间的最高统治者,也无法超脱这一精神统治。

又如《贝编》篇的《苏州义师》条,写一"状如疯狂"的禅师,居废寺中,以木佛烧活鲤鱼,不待熟而食。他颇有神通,垢面不洗,洗则天雨;某次百姓盖店铺十余间,他忽持斧坏其檐,当夜大火,唯此禅师所坏檐屋免遭火灾。苏州义师的疯狂行为,乃是唐代禅宗佛教呵佛骂祖的反传统精神的生动反映。这位唐代狂僧实系南宋道济(俗呼济头或济公)的先驱。又如同篇的《罗公远与不空》,写由玄宗皇帝主持的罗公远与不空和尚斗法故事,乃是唐代帝王倡导三教论衡的现实生活在神话文学中的反映。

《诺皋记》和《支诺皋》记述除佛道以外的精灵鬼怪故事。例如《长须国》条,叙某士人入长须国,招为驸马,后来被国王派往龙宫,才知道所谓长须国就是虾国。此篇大约受当时传奇小说《南柯太守传》影响,因为二者颇似姐妹篇。《诺皋记》中的《王庚》条提到《南柯太守传》作者李公佐,可见段成式是熟悉《南柯太守传》的。这是动物精灵崇拜意识在文学上的表现。《白耳》条是植物精灵故事。此条叙郭代公夜宿深山，忽有人面如盘，现于灯下。郭身经百战，了无惧色。他徐徐濡笔，题其颊曰："久戍人偏老，长征马不肥"——这是郭生平得意之句，其面遂灭。数日之后，郭随樵夫闲步，见巨木上有白木耳，其大如斗，郭所题诗句，赫然在白木耳上。这个故事启示我们：鬼怪精灵是人类头脑中创造出来的自找束缚的幻象，只要敢于斗争，就能打破这种幻想，实行自我解放。

在魏晋南北朝的佛道笔记小说中，出现过大量的僧道驱邪打鬼故事。然而在《酉阳杂俎》里却出现了妖魔战胜僧道的神话。《诺皋记》里的《智圆》条，叙智圆和尚制邪理病，多著卓效，后来遭一女妖报复，几令智圆丧生。女妖握其生死之机，迫使智圆发誓叛教。智圆从此"绝珠贯，不复道一梵字"。这种"道高一尺，魔高一丈"神话，乃是宗教生活中僧道驱邪不验和叛道还俗等现象在文学上的反映。

《酉阳杂俎》中的《寺塔记》，对唐代著名宗教人物画家吴道子（一名道玄）以及韩干、阎立德、阎立本等的作品，多所记述与品评，为唐代寺院文艺之一的"变相"留下了珍贵的记录。例如《道政坊宝应寺》条，记述韩干少时贫困，为酒家雇工，常去王维家收酒债，戏于地上画人马。王维奇其意趣，于是每年资助钱二万，令韩学画十余年，终获成功。齐应寺内，有韩干所画弥勒佛，衣紫袈裟，右边画仰面菩萨及二狮子。段成式评曰："犹有神"，又如《平康坊菩提寺》条，记述寺中吴道子所画《智度论》并评曰："笔迹遒劲，如磔鬼神，毛发次堵；画礼骨仙人，天衣飞扬，满壁风动"。又如《常乐坊赵景公寺》条，记述吴道子画龙及刷天王须，"笔迹如铁"；画执炉天女，则"窃眄欲语"。由于吴道子作画，不但写照，而且传神，故段成式及其同游友人，屡屡"连句"，赋诗赞美。兹录三章如下：

惨淡十堵内，吴生纵狂迹。风云将逼人，鬼神如脱壁。（柯古）
其中龙最怪，张甲方汗栗。黑夜窸窣时，安知不霹雳？（善继）
此际忽仙子，猎猎衣乌奕。妙瞬乍疑生，参差夺人魄。（梦复）

《寺塔记》不但记录了唐代著名画家们的"变相"之作，而且还对某些

"变相"中的神话人物形象的模特儿,提出了可靠的证据。如《道政坊宝应寺》条说,宝应寺原先是齐公私邸,后来齐公捐以为寺。画师就地选择神话人物模特儿。于是,"寺中释梵天女,悉齐公妓小小写真也"。佛寺壁画中的天女,原来是从现实生活中的妓女形象升华出来的。由此可见,一切宗教文学艺术的浪漫想象,都不能脱离现实。

第二节 传奇小说从酝酿到成熟

自隋朝至初盛唐,是传奇小说的序曲阶段。这期间,出现了《穷怪录》和《广异记》两部初具传奇特点的小说集,以及少量单篇作品。到了中唐,传奇小说进入了成熟期,许多名家名作纷纷问世,酿成了一个传奇小说的烂漫春天。

《穷怪录》

此书一作《八朝穷怪录》,撰人不详。书中所记多系南北朝时期故事,据此推测,所谓"八朝",就包括南朝之宋、齐、梁、陈与北朝之北魏(含东、西魏)、北齐、北周、隋。这样看来,作者当是隋朝人,或入隋以后写成此书。原书早佚,今发现佚文十篇,散见于《太平广记》、《太平寰宇记》、《舆地纪胜》、陶珽《说郛》诸书。

《穷怪录》所存遗文,半数为描述风流才子与绰约女仙的艳遇。其中《刘导》叙才子刘导巧遇西施以及他们之间的恋情,《刘子卿》叙卢山康王庙二女神与刘子卿之间的相恋,《萧总》叙巫山神女与萧总的一夜风流,《萧岳》叙延陵季子庙神女与泊舟庙前的萧岳月夜幽会,《赵文昭》叙清溪女神亦于月夜自荐于才子赵文昭,等等。这些神话的特点,是女神和仙子们主动向风流倜傥的才子们求爱,表现了士大夫文人的优越感。

例如《赵文昭》(亦载《续齐谐记》),叙赵文昭住清溪桥北,"尝秋夜对月,临溪唱'乌栖'之词,音旨闲怨"。忽有青衣侍女前来致词:王尚书小娘子闻君歌咏,有怨旷之心,愿荐枕席。言毕,小娘子已到,姿容绝世。赵携妇归,设酒陈筵,递相歌送,然后就寝。至晓,女解金缨留别,文昭答以琉璃盏。后文昭偶游清溪神庙,忽然发现其琉璃盏在神女之后,再看女神及其侍女像，都是前次月夜之相会者。

原始宗教的自然崇拜，把一切山水泉石都当作神。随着原始宗教的发展，这些自然神逐步转变为人格化神。于是，高山大河之神变成了轩昂伟岸的丈夫，清溪幽泉之神变成了风姿绰约的女子。人类又进一步按照"人神同形同性"观把爱欲赋予这些男神女神，人神相恋神话便被源源不断地创造出来了。清溪庙女神与赵文昭之恋，就是这类人神相恋神话之一。

《穷怪录》的出现，意味着志怪笔记小说的一次艺术飞跃，预示着唐代传奇小说的正式诞生。无论就作品的篇幅规模来说，还是就作品的艺术技巧来说，《穷怪录》中的若干代表作均已初具传奇小说的雏形了。试赞《刘导》：

刘导，字仁成，沛国人。梁真简先生瓛三从任。父謇，梁左卫率导好学笃志，专勤经籍。慕晋关康，曾隐京口，与同志李炯同宴。于时秦江初霁，共叹金陵，皆伪兴废。俄闻松间数女子笑声，乃见一青衣女童，立导之前曰："馆娃宫旧路经此，闻君志道高闲，欲冀少留，愿垂顾盼。"语讫，二女已至。容质甚异，皆如仙者，衣红紫绢縠，馨香袭人，俱年二十余。导与士炯不觉起拜。谓曰："人间下俗，何降神仙？"二女相视而笑曰："住尔轻言，愿从容以陈幽抱。"导揖就席，谓曰："尘浊酒不可以进。"二女笑曰："既来叙会，敢不同觞！"衣红绢者，西施也，谓导曰："适自广陵渡江而至，殆不可堪，深愿思饮焉。"衣紫绢者，夷光也，谓导曰："同宫三妹，久旷深幽，与妾此行，盖谓君子。"导语夷光曰："夫人之姊，固为导匹。"乃指士炯曰："此夫人之偶也。"夷光大笑而熟视之。西施曰："李郎风仪，亦足相匹。"夷光曰："阿姊夫容貌，岂得动人！"合座喧笑，俱起就寝。临晓请去，尚未天明。西施谓导曰："妾本浣纱之女，吴王之姬，君固知之矣。为越所迁，妾落他人之手。吴王殁后，复居故国。今吴王已耄，不任妾等。夷光是越王之女，越昔贡吴王者。妾与夷光相爱，坐则同席，出则同车。今者之行，亦因缘会。"言讫惆然。导与士深感恨。闻京口晓钟，各执手曰："后会无期！"西施以宝钿一只留与导，夷光拆裙珠一双亦赠士炯。言讫，共乘宝车，去如风雨；音犹在耳，顷刻不见。时梁武帝天监十一年七月也。

刘导、士焖的江边艳遇佳话，上承刘阮天台艳遇佳话，下启牛秀才艳遇佳话（《周秦行记》）。《幽明录》里的刘晨、阮肇入天台山遇女仙故事，其男主人公是农民。《穷怪录》的艳遇佳话里的男主人公则一律变成了儒雅风流的才子。这种才子加佳人（包括女神）的艳情模式，正是唐代传奇小说之写恋情者的普遍模式。从艺术上看，在人物对话、细节点染、氛围烘托等方面，《穷怪录》比《幽明录》显得细致了很多，已接近于唐代传奇小说中的诸多佳作。此外，唐传奇小说叙事语言的四字句型特色，在《穷怪录》中也已经出现了。

《广异记》

《广异记》大约成书于唐代的前后期交叉时期，略晚于《冥报记》。如果《冥报记》与《广异记》都是笔记小说与传奇小说之间的桥梁，那么《冥报记》更接近于笔记小说，《广异记》则更接近于传奇小说了。《广异记》的撰著者戴孚（？—794?），谯郡（今安徽亳县）人。肃宗至德二年（757），他与顾况同时登进士科，官至饶州录事参军。顾况《戴氏〈广异记〉序》说：此书"二十卷，用纸一千幅，盖十余万言"。原书唐宋以后失传。但是《太平广记》采录该书佚文凡302条，共十余万字，与原书规模相当。中华书局以《太平广记》所收佚文为基础，兼取《类说》、《岁时广记》、《绀珠集》等书所收遗文，重编《广异记》，与《冥报记》合为一册出版。

《广异记》的内容正如其书名所宣示的，广泛涉及各种宗教异事。书中记述道教神仙故事的，有《徐福》、《仆仆先生》、《张李二公》、《麻阳村人》、《慈心仙人》、《石巨》、《王老》等篇，还有专叙"黄白之术"的《李仙人》、《辅神通》等，这是唐代丹鼎派道教流行的记录，记述佛教因果报应故事的，有《陈利宾》、《李惟燕》、《刘鸿渐》、《杜思讷》、《龙兴寺主》、《陈哲》、《成珪》、《王琦》、《田氏》、《孙明》、《魏恂》、《李洽》、《张御史》等篇，还有若干冥游复生故事，如《裴龄》、《六合县丞》、《薛涛》、《张瑶》、《河南府史》、《周颂》、《费子玉》等篇，以上佛教故事，均系六朝

《宣验记》、《冥祥记》佛话原型之变形再现；记述动植物精灵故事的，如《欧阳忽雷》写虵精，《斑子》写山魈，《杨氏》写青羊精，《李测》写鼠精，《冀州刺史子》写狼精，《长孙无忌》写天狐精，《张铤》写猿、熊、虎、狼、豹、鹿、狐、龟等众多精灵，此外还有牛头人、虎头人和人化为虎之类的故事；记述鬼灵故事的有《王方平》、《阎陟》、《李进士》、《狄仁杰》、《王万彻》、《常夷》、《宇文觌》、《韦璜》等；记述各种人神婚恋纠葛的，有《赵州参军妻》、《河东县尉妻》、《仇嘉福》、《李湜》、《华岳神女》等。此外还有一些记述其他准宗教如梦兆迷信的故事，等等。

　　从艺术上看，《广异记》里的作品是不平衡的。其中的大量作品仍属笔记小说范畴，但也有一部分上乘之作，达到了传奇小说的高度。以《汝阳人》为例，这篇神话故事写许某与神女的婚恋过程，在人物和场面的描绘细腻上，显示了传奇小说的艺术特点。

　　其中对神女的描绘是：

　　　　……须臾，女车至，光香满路。侍女乘马数十人，皆有美色，持步障，拥女郎下车。……侍女扶女入室。女郎年十六七，艳丽无双，着青袿襦，珠翠璀错，下阶答拜。……坐定，许问曰……答曰："大人为中岳南部将军，不以儿之幽贱，欲使托身君子，躬奉砥砺，幸过良会，欣愿诚深。"……酒酣，叹曰："今夕何夕，见此良人！"词韵清媚，非所闻见；又援筝作《飞鸿别鹤》之曲，宛颈而歌，为许送酒，清声哀畅，容态荡越，殆不自持。许不胜其情，遽前拥之。乃微盼而笑曰："既为诗人感悦之议，又玷上客挂缨之笑，如何？"……

其中对新房的描绘是：

　　　　房中施云母屏风、芙蓉翠帐，以鹿瑞锦障映四壁。大设珍肴，多诸异果，甘美鲜香，非人间者。食器有七子螺、九枝盘、红螺杯、菓叶碗，皆黄金隐起，错以瑰碧；有玉罍，贮车师葡萄酒，芬馨酷烈。座上置连心蜡烛，悉以紫玉为盘，光明如画。

其写神女之语言情态,细致入微;写新房之布置陈设,罗列具体。同时,四言句式几占全文之半数,充分显示了传奇小说叙述语言的特色。

出现于盛唐与中唐之交的《广异记》,在小说创作上具有鲜明的承前启后色彩。它不但包含大量的基本上还属于笔记体的作品,也包含不少基本上属于传奇体的作品。其中一部分作品对中唐以后的传奇小说产生了直接的影响。例如:《张李二公》中的张公成仙故事被牛僧孺《玄怪录》中的《裴谌》加以继承和发展;《张纵》中的张纵病中幻化成鱼故事被李复言《续玄怪录》中的《薛卫》加以继承和发展;《颖阳里正》中之无名氏代神行雨故事被《续玄怪录》的《李卫公靖》加以继承和发展;《三卫》中的三卫为神女——华岳第三新妇传书故事被李朝成《柳毅传》加以继承和发展;《边洞玄》中的女道士羽化升天故事被杜光庭《墉城集仙录》的同名小说加以继承和发展,等等。

此外,这一时期还出现了写动物精灵的《古镜记》、《补江总白猿传》和写人神相恋的《游仙窟》等单篇传奇小说。

传奇小说创作的春天

自唐代宗至唐文宗时期(763—859),是传奇小说创作的成熟期。"惟自大历(代宗年号)以至大中(文宗年号)中,作者云蒸,郁术文苑,沈既济、许尧佐擢秀于前,蒋防、元稹振采于后,而李公佐、白行简、陈鸿、沈亚之辈,则其卓异也。"(鲁迅《唐宋传奇集·序例》)由于涌现出这样一大批文坛高手,因而创作了一大批传奇佳作。其中有弘扬佛道意识者,也有记述神仙、鬼灵和精怪故事者。特别是有不少作品把爱情纠葛与鬼神故事交织在一起,因而更加强了作品的浪漫主义情调。

这一时期表现佛道意识的代表作,有沈既济《枕中记》和李公佐《南柯太守传》两篇。沈既济(750?—800),吴(今江苏吴县)人,曾任左拾遗、史馆修撰、礼部员外郎等职。其《枕中记》乃脱胎于《幽冥录》中的《焦湖庙祝》条。原作叙汤林入神枕后,先荣后辱,仅百余字,略钩轮廓而已。《枕中记》则叙卢生入神枕之后,沉浮于官场之中,三起三落,风云变幻,荣辱兴衰,乍喜乍惊,大悲大乐,酸甜苦辣,五味俱全。其艺术感染力已远非《焦湖庙祝》可与之比肩了。李公佐,字颛蒙,陇西(今甘肃东南）人，代宗至宣宗初期在世，举进士及第，曾任江西从事。其《南柯太守传》叙淳于棼梦入蚂蚁王国故事，主旨与构思略似《枕中记》，但在人物和环境描写上更加细致。篇中通过淳于棼的眼睛写槐安国的富贵气象，王者威严，宫女妖丽，无不令读者如身临其境。这两篇小说的构思，均建立在以梦幻喻人生的佛理上，极力渲染浮生若梦，祸福无常，荣华富贵，瞬息皆空，因此不若遁世出家，皈依佛道。卢生梦醒之后对吕仙翁说："夫宠辱之道，穷达之运，得丧之理，死生之情，尽知之矣。此先生所以窒吾欲也，敢不受教！"淳于棼也"感南柯之浮虚，悟人世之倏忽，遂栖心道门，绝弃酒色。"两篇传奇的主旨，都借主人公之口交代得十分清楚了。不过小说对封建官场中互相猜忌、彼此倾轧的内幕之揭露，有助于人们了解封建官僚制度的腐朽性，因而具有一定的认识价值。

在这一时期的传奇小说中，以描述鬼灵的作品最多，计有李景亮《李章武传》、牛僧孺《周秦行记》、沈亚之《异梦录》与《秦梦记》、李公佐《庐江冯媪传》、佚名《冥音录》等。其中以描述人鬼相恋的《李章武传》和《周秦行记》最为生动。例如《周秦行记》（此篇不见于牛僧孺传奇小说集《玄怪录》，或谓他人伪托）叙牛僧孺月夜迷路，误入汉文帝之母薄太后庙。亡灵薄太后热情地接待了他，请来汉高祖之戚夫人、汉元帝宫人王嫱、唐玄宗之杨贵妃、齐潘淑妃等众亡灵作陪。宾主欢聚一堂，饮酒赋诗，笙歌不绝。最后由王嫱与之伴宿。此篇描写了一群后妃，虽然每个人物着墨不多，但各有特点。薄太后"状貌瑰伟，不甚妆饰"；戚夫人"狭腰长面，多发不妆，衣青衣"；王昭君"柔脸稳身，貌舒态逸，光彩射远近，时时好脥，多服花绣"；杨贵妃"纤腰身修，睟容，甚闲暇，衣黄衣，冠玉冠"；潘淑妃"厚肌敏视，身小，材质洁白，齿极卑，被宽博衣"；绿珠"短鬓，衫吴带，貌甚美，多媚"。她们风采各异，而且人心之不同，亦各如其面，显示了她们各自的年龄、身份、经历、心理状态的特点。这表明传奇小说已经开始注意人物刻画的性格化问题了。

原始宗教中的动植物崇拜沿着两条路线向人格化转化：一条路线是转化为高级精神体——动植物神祇，一条路线是转化为低级精神体——动植物精灵。在这一时期出现的传奇小说中，写动物神祇故事的有李朝威《柳毅传》、沈亚之《湘中怨辞》、佚名《灵应传》等，写动物精灵故事的有沈既济《任氏传》、李公佐《古岳渎经》和《南柯太守传》、佚名《东阳夜怪录》等。这些作品里的动物神祇与精灵，大部分已经人格化。从他们身上，折射出各种人性与人情。从这个意义上说，动物神话学实即人学。

例如《柳毅传》，作者李朝威，中唐时人，生平不详。小说叙洞庭龙女远嫁泾川龙宫，受其丈夫泾阳君及公婆之虐待，牧羊于道，遇书生柳毅，柳代龙女传家书至洞庭龙宫，龙女终于获救，并最后与柳毅结为夫妇。小说中的龙女，实乃中国封建时代千千万万处于家奴地位的妇女之写照；而龙女的获救，则体现了这些妇女企盼获得解放的美好理想。这篇小说属于笔记志怪小说中习以为常的人神相恋模式，但以龙神为主人公者，《柳毅传》还是第一篇。关于龙的神话，中国先秦时代虽有，但尚未人格化。佛教传入中国后，古印度的龙王神话亦传入中国。《华严经》里有无量诸大龙王。后来道教吸收佛教龙王神话并加以发展，故道藏中也出现了《太上洞渊请雨龙王经》。《柳毅传》里的诸龙王、龙女形象，就是从佛道二教的龙王神话中汲取艺术营养而创造出来的。

又如《任氏传》叙郑子与韦崟游处无间，某日郑子与狐女任氏相遇，一见钟情。但郑子贫无立锥之地，获韦崟资助，得以完于飞之愿。后来任氏随郑子赴任所，途遇猎犬而亡身。这篇传奇通过对人物语言行动的描绘，鲜明地揭示出人物的性格。狐精任氏第一次与郑子幽会之后，被郑子发觉了她的狐精底细，所以第二次遇郑时，多方逃避。不料郑子好色如命，发誓一如既往相爱。任氏因此感动已极，遂矢志终身报答这位难得的知己，决不负郑。有了这层铺垫，便顺理成章地引出后面任氏对韦崟性暴力的抵死反抗行动。在这场捍卫知己的权利的搏斗中，任氏数四被韦崟制服，却每次均以缓兵之计得免。但最后力竭，只得改取智斗：

　　任氏……自度不免，乃纵体不复拒抗，而神色惨变。崟问曰："何色之不悦？"任氏长叹曰："郑六之可哀也！"崟曰："何谓？"对曰："郑生有六尺之躯，而不能庇一妇人，岂丈夫哉！且公少豪侈，多获佳丽，逾某之比者，众矣。而郑生，穷贱耳。所称惬者，唯某而已。忍以有余之心而夺人之不足乎？哀其穷馁，不能自立，衣公之衣，食公之食，故为公所系耳。若糠糗可给，不当至是。"

这场围绕郑子权利问题的谈话,不啻一副对症下药式的清凉剂,立见奇效:

> 鉴豪俊有义烈,闻其言,遽置之,敛衽而谢曰:"不敢!"

对照之下,任氏的忠贞聪敏,韦崟的粗豪义烈,均跃然纸上。

这篇传奇在叙事上也显示出若干艺术特点。

其一,作者虽然以全知全能的第三人称叙事,但有时亦从甲人物的眼睛和心理状态去描述乙人物。如小说开端叙郑子路遇身着白衣的任氏。当时二人尚未互通姓氏,作者便通过郑生之眼来描述任氏:

> 郑子……偶值三妇人行于道中,中有白衣者,容色姝丽。……白衣时时盼睐,……白衣笑曰……白衣将入……

在短短百余字中,"白衣"四现,反衬出郑子眼中此时别无他物,唯有此"白衣"教他着了魔。

其二,唐传奇的叙事语言以四字句型为主,但此篇却以参差不齐的句型为主;特别是人物对话中,整齐的四字句不多,因而显得与生活更加贴近。

《任氏传》体现了唐人传奇小说的最高艺术水准。这篇狐女爱情传奇对清代《聊斋志异》及其大量狐精小说的创作,产生了直接的影响。《任氏传》结束语云:"众君子闻任氏之事,共深叹骇,因请既济传之,以志异云。"《聊斋志异》书名的"志异"二字,就出在这里。

第三节 中晚唐传奇小说集

大约从文宗朝(827—840)前后开始,文人们逐渐从单篇传奇写作转向传奇小说集的撰写,并且蔚然成风,直至唐末、五代。其著名者有:牛僧孺《玄怪录》、李复言《续玄怪录》、郑还古《博异志》、薛用弱《集异记》、张读《宣室志》、裴铏《传奇》、康骈《剧谈录》、高彦休《唐阙史》、袁郊《甘泽谣》、皇甫枚《三水小牍》、陈翰《异闻集》等。

《玄怪录》与《续玄怪录》

《玄怪录》原书10卷，现存51篇，编为5卷，牛僧孺撰，上海古籍出版社出版。《续玄怪录》自宋以后有5卷本和10卷本两种，现存29篇，亦编为5卷，李复言撰，上海古籍出版社出版，与《玄怪录》合为一册。

牛僧孺（779—848），字思黯，安定鹑觚（今甘肃灵台）人，一说陕西狄道（今甘肃临洮南）人。他于永贞元年中进士，元和三年以贤良方正对策第一。由于他好批评时政，与宰相李吉甫及其子李德裕交恶，史称"牛李党争"。他历仕宪宗、穆宗、敬宗、文宗、武宗、宣宗六朝，累官御史中丞、户部侍郎、同中书门下平章事，封奇章郡公，又出任武昌军节度使，后还朝为兵部尚书、同平章事。李德裕为宰相时，他被贬仕循州长使，后召还为太子少师，死后赠太尉。

李复言（775—833），据考证即李谅，谅字复言，贞元十六年进士，早年参加王叔文革新派，任度支盐铁巡官、拾遗等职。革新派失败后，他历任寿州、苏州、汝州刺史；后还京历任祠部员外郎、考功郎中、大理卿、京兆尹；最后出任桂管观察使，迁岭南节度使。

牛僧孺、李复言系同僚，在传奇小说创作上堪称同好。《玄怪录》及其续书不但题材、风格相似，而且部分篇目常被后人混淆，同一作品，甲引作《玄怪录》、乙引作续书者，时或见之。有些作品，其实是二人的合作。如《张老》篇末云："贞元进士李公者，知盐铁院（即盐铁巡官李复言），闻从事韩准大和初与甥侄语怪，命余（牛僧孺自称）纂而录之。"类似这种由李复言口述，牛僧孺执笔的作品，还有《王国良》等。因此，将这两本写"玄"志"怪"传奇小说集合并加以评价，是符合作品实际的。

一切宗教里的神与鬼，都是人的对象化。一切宗教神话世界，都是此岸现实生活在彼岸世界的反射。基于此，任何宗教志怪小说，都不是凭空虚构，而是以现实世界为蓝本而加以夸张变形的虚构。因此，人们不难从宗教文学中看出世俗生活的蛛丝马迹来。《玄怪录》、《续玄怪录》就是这种宗教文学。产生这两本小说集的时代，唐王朝已经从政治、经济、文化的巅峰垮下来，种种封建社会的固有弊病一一暴露在人们面前；内有宦官弄权，外有藩镇跋扈，战乱频仍，民不聊生。牛僧孺、李复言生活在这种阶级矛盾不断激化的时空中，即使写的是牛鬼蛇神、仙翁佛祖，也不可能不把身边眼前发生的一切，带到神鬼世界中去。在这个意义上说，《玄怪录》和《续玄怪录》是反映唐代社会的一面哈哈镜。

对封建社会统治阶层的揭露、讽刺与批判，是这两本小说集的重要思想特色。例如《玄怪录》中的《董慎》、《裴谌》、《南缵》、《张老》，《续玄怪录》中的《李岳州》等篇，均属于这一类。

《董慎》是对最高封建统治者的徇私枉法的揭露与批判。篇中写太元夫人的三等亲令狐实等因犯恶业而下无间地狱。天曹下令：令狐实为皇帝国戚，依例应罪减三等，因而招致程翥等120人喧讼冥词。这一情节，实即现实生活中皇亲国戚逍遥法外的事实在鬼神世界的投影。作者通过协助冥司判案的董慎、张审通之口，对此痛加针砭："天本无私，法宜画一；苟从恩贷，是恣奸行"；"天大地大，本以无亲；若使有亲，何由得一？苟欲因情变法，实将生伪丧真"。小说体现了作者强调在法律面前贵贱一律平等、反对封建特权的进步立场。

《裴谌》、《南缵》、《李岳州》等篇是对封建官场中各种腐败现象的鞭挞。

《裴谌》叙裴谌、王敬伯、梁芳三人共入白鹿山学道。后来王敬伯动摇了学道的决心，他对裴谌说："敬伯所乐，将下山乘肥衣轻，听歌玩色，游于京洛。"于是下山，数年后官至大理延评。某日，王敬伯偶遇裴谌于渔舟之中，裴约王赴广陵相会。届期，王迳赴广陵裴宅。裴此时学道已成。他在招待王敬伯的宴席上，命仆人召乐妓前来为客献艺。不一会乐妓已到，王细视之，正使其妻赵氏，惊讶而不敢言。赵氏见丈夫在座，亦惊骇。王遂于席上取一朱李投妻，赵氏暗系于衣带之上。事后王归家中，其妻家诸赵竞相怒责："女子诚陋拙，不足以奉事君子，然已辱厚礼，亦宜敬之。……奈何以妖术致之万里，而娱人之视听乎？朱李尚在，其筵足征，何讳乎？"作品以神仙方术产生的超自然力，将王敬伯妻召至万里之外去满足王敬伯的"听歌玩色"的欲望。这一构思，虽源于"秋胡戏妻"的传统，但借以讽刺封建官僚生活之糜烂，却是够辛辣的。本篇题材取自《广异记》中的《张李二公》，原作纯系神仙故事，本篇则寓讽刺于其中。

《南缵》叙阳界与阴界二位同州督邮同日偕行赴任。阴界督邮邀请阳界督邮赴其任所。二督邮同坐衙听断狱。阳界督邮发觉其妻亦在众罪犯之列,不禁大惊,因此告知阴界督邮。阴界督邮听了,"即避大案后",让阳界督邮独自审理。阳界督邮听了妻魂诉说之后,便向阴界督邮求情。阴界督邮当即命胥吏将其妻魂放归,并说:"虽阴阳有殊,然俱是同州也。"官官相护本是封建时代司空见惯的腐败现象,这篇鬼话把此岸世界与彼岸世界联结起来,写阳官与阴官互相勾结,徇私舞弊,构思颇为巧妙。

《李岳州》叙李俊屡次赴试不中,路逢送进士名单的冥吏。冥吏答应替李俊行贿,叫他付阴钱三万贯,以偷梁换柱法,将进士名单上的"李温"改为"李俊"。李俊接受了冥吏的条件,次日发榜,果然榜上有名。这个以阴钱三万贯买个进士的勾当,实即封建时代卖官鬻爵的腐败现象的折射。

作为道教神话传奇的《张老》,是一篇深刻揭露封建社会的阶级对立的作品。小说描述王屋山神仙张老游戏于人间,他在扬州以灌园卖菜为业,却偏要高攀仕宦之家,向曾在扬州当过曹椽的韦恕之女求婚。为了这桩门不当户不对的婚姻,张老不知挨过媒人和未来岳丈的多少凌辱骂詈。结婚之后,张老仍旧"负秽锄地,鬻蔬不辍","其妻躬执褰濯,了无愧色",为此而招来亲戚的厌恶与责难。韦恕只得令张老偕其女远走他乡。张老遂偕妻归隐道教第一大洞天王屋山,仍做神仙去了。此后,张老多次以黄金、巨资接济岳丈全家,遂令韦恕父子为之惊骇而终于刮目相看了。此篇对劳动者"负秽锄地"和"躬执褰濯"流露出鲜明的赞美之情,反之,对仕宦阶层的韦恕则不无讥讽之意。

《玄怪录》与《续玄怪录》一方面充分暴露现实中的封建社会的各种阴暗面,另一方面还设计了一个理想中的封建社会——《古元之》里的"和神国"在这个东方的伊甸园里,虽有君臣、百姓以及主、仆之分,却无政治、经济地位的差别和冲突,国人个个享受高消费而人人均不事生产。这是一个中下层封建士大夫的永远无法实现的乌托邦。

在这两部传奇小说集里,还有不少借鬼神以歌颂人性人情的作品。仙凡姻缘和人鬼婚恋是六朝志怪笔记小说中最动人的两个模式,这两部传奇集里的《崔书生》、《袁洪儿夸郎》、《宝玉妻》等篇,就是通过这两种模式以歌颂美好爱情的作品。特别是一些以鬼灵为主人公的小说,不但毫无鬼气,而且充满了健康的人生情趣。例如《刘讽》叙女鬼蔡家娘子、刘家六姨姨，十四舅母，南邻翘翘小娘子，以及丫环紫绥、溢奴等，在清风明月之夜，相会于夷陵空馆，笑谑、行酒令、弹琴、歌唱，直至四更，因黄衫人传婆提王召见之命，方才离去。这个鬼会，充满了人间女友相聚时的种种调笑情景。如：

>……又一女郎起传口令：仍抽一翠簪，急说，须传翠簪，翠簪过，令不通，即罚。令曰："鸾老头脑好，好头脑鸾老。"传说数巡，因令紫绥下座，使说令。紫绥素吃讷，令至，但称"鸾老鸾老"。女郎皆笑曰："昔贺若弼弄长孙鸾侍郎，以其年老口吃，又无发，故造此令。"

这一吃讷女郎念绕口令情节，颇令人发噱，情趣不减后来的刘姥姥进大观园。此篇叙鬼会之散，打破五更闻鸡而惊慌逃逸的鬼话模式，而是安排在四更受召而往。这种匠心处理，乃是这篇鬼话绝无鬼气的重要原因。

这两部传奇集中也有若干单纯宣扬宗教意识和宗教教义的消极性作品。例如：《定婚店》宣扬婚姻是命中注定的宿命论观念，所谓的"月下老人"（"月老"）、"赤绳系足"等语典，均出自这一传奇；《王煌》、《崔尚》、《元载》、《岑顺》诸篇，渲染鬼魅作祟；《钱方义》、《驴言》、《韦氏子》诸篇，则弘扬佛法，散布因果报应、六道轮回等消极观念。

《玄怪录》、《续玄怪录》中的许多作品，对明清通俗小说产生了一定的影响。例如：《张老》系《古今小说》的《张古老种瓜娶文女》之所本；《杜子春》系《醒世恒言》的《杜子春三入长安》之所本；《薛伟》系《醒世恒言》的《薛录事鱼服证仙》之所本；《叶令女》系《醒世恒言》的《大树坡义虎送亲》之所本，等等。

《博异志》

此书一名《博异记》，原书3卷，宋以后逐渐散佚，仅存一卷，今有中华书局辑补本行世。作者郑还古，别号谷神子，荥阳（今属河南）人，生卒年未详。他俊才嗜学，登元和进士第，曾任国子博士、河北从事。但由于他刚烈好议，不容于时，贬吉州掾。

《博异志》辑补本共收作品 23 篇，以神仙与精灵故事为主。神仙故事系列多为"刘阮入天台"原型之变形再现。例如：《许汉阳》叙许在一湖中夜遇龙女，《阴隐客》叙一工人从井下入梯仙国，《白幽求》叙白秀才从海上入仙城，《杨真伯》叙杨于精舍遇仙，《吕乡筠》叙吕入洞庭遇仙，《张遵言》叙张于旅途遇太白星精等。这类作品多着意渲染仙境之瑰奇壮丽，如《阴隐客》里的梯仙国：

……（工人）正立而视，乃别一天地日月世界，其山傍向万仞，千岩万壑，莫非灵景，石尽碧琉璃色。每岩壑中，皆有金银宫阙。有大树，身如竹有节，叶如芭蕉，又有紫花如盘。五色蛱蝶，翅大如扇，翔舞花间。五色鸟大如鹤，翱翔乎树杪。每岩中有清泉一眼，色如镜；白泉一眼，白如乳。……

又如《白幽求》里的仙城：

……《白幽求》维舟而升，至城一二里，皆龙虎列坐于道两边，见幽求，乃耽耽而视幽求。……盘旋次，门中数十人出，龙虎奔走，人皆乘之下山。……诸骑龙虎人皆履海面而行，须臾没于远碧中。……忽见从西，旗节队伍仅千人，鸾鹤青鸟，飞行于路，骑龙控虎，乘龟乘鱼。有乘朱鬣马人，衣紫云日月衣，上张翠盖，如风而至。……乃入城门。……诸龙虎等依前列位，与树木、花药、鸟雀等，皆听节盘回如舞。……

从以上两例不难看出，《博异志》中的仙境描绘与六朝仙话里的仙境描述相比，具体而详尽，夸张而荒诞，充分显示了唐人传奇在环境描写上的长足进步。

《博异志》里的精灵故事分为动植物精灵和器物精灵两类。前一类如《马侍中》、《薛淙》中的夜叉，《赵齐嵩》、《韦思恭》中的龙，《李黄》中的白蛇精，《木师古》中的蝙蝠精、《崔玄微》中的花精等。后一类如《敬元颖》（谐音变关镜圆影）中的古镜精，《岑文本》中的古钱精，《张不疑》

中的盟器精，《苏遏》中的紫金精、烂木精等。此外，书中还有若干鬼灵故事与体现因果报应观念的佛教故事。

值得注意的是：《博异志》里虽有很多宣扬道教神仙和方术的作品，却也有一篇题为《张竭忠》的反道教神仙的故事。其大意谓某道观有道士数十人，每年9月3日夜，照例有一名道士升仙而去。但是后来人们在附近石穴中格杀数虎，穴中发现金简、玉箓、冠帔及人的骨、发甚多，由此揭开了所谓道士升仙的神秘外衣，实系葬身虎腹。

《集异记》

此书一名《古异记》，原书3卷，宋以后逐渐散佚，仅存16则；今有中华书局刊行的辑补本，共收入88则。撰述者薛用弱，字仲胜，河东（今山西永济西）人，生卒年不详，约与郑还古同时。他于长庆年间任光州（即弋阳郡）刺史，一说大和年间自仪曹郎出守弋阳，为政严而不酷，有良吏之称。

今本《集异记》中的许多作品，广泛涉及佛教、道教、鬼灵和动物植物精灵崇拜，而且多是六朝志怪小说原型之变形再现。例如：《沈聿》、《凌华》等篇写冥游复生，《邢曹进》、《王安国》等篇写因果报应，《蔡少霞》、《李清》等篇写深山遇仙，《叶法善》、《茅安道》等篇写道教方术，《金发章》写人鬼相恋，《王瑶》、《崔韬》写人虎转化，《杨褒》、《郑韶》写义犬救主等。

但其中也不乏在传统神话模式的基础上推陈出新之作。例如《李子牟》仙话，叙唐王孙李子牟风流倜傥，尤擅吹笛，天下无比。某上元之夕，子牟游江陵。其时士女缘江，骈闐观灯。子牟谓朋从曰："吾吹笛一曲，能令万众寂尔无哗。"同游者无不赞成之。于是：

> 子牟即登楼，临轩回奏，清声一发，百戏皆停，行人驻足，坐者起听。曲罢良久，众声复喧；而子牟恃能，意气自若。

子牟的笛韵，果然征服了临江万众。然而正当他洋洋自得之际：

忽有白叟自楼下小舟行吟而至，状貌古峭，辞韵清越。子牟泹坐客争前致敬。叟谓子牟曰："向者吹笛，岂非王孙乎？天格绝高，惜者乐器常常耳。"子牟则曰："仆之此笛，乃先帝所赐也。神鬼异物，则仆不知；音乐之中，此为至宝。平生视仅过万数，方仆所有，皆莫之比；而叟以为常常，岂有说乎？"叟曰："吾少而习焉，老犹未倦。如君所有，非吾敢知。王孙以为不然，当为一试。"子牟以授之，而叟引气发声，声成而笛裂。四座骇愕，莫测其人。子牟因叩颡求哀，希逢珍异。叟对曰："吾之所贮，君莫能吹。"即令小童自舟赍至。子牟就视，乃白玉耳。叟付子牟，令其发调。气力殆尽，纤响无闻。子牟弥不自宁，虔恭备极。叟乃授之微弄，座客心骨泠然。叟曰："吾悯子志尚，试为一奏。"清音激越，遐韵泛溢，五音六律，所不能偕。曲未终，风涛喷腾，云雨昏晦。少顷开霁，则不知叟之所在矣。

这篇王孙遇仙记，不同于金丹符箓，仙凡姻缘等传统仙话模式，而是写一种技艺上的超自然现象，令人耳目一新。作品采用烘云托月法，以子牟笛艺之高，突出了白叟笛艺之神。这篇神仙传奇，乃是唐代音乐艺术高度发展的现实之反映，同时也表现了人类对艺术境界的无穷追求之理想。

类似《李子牟》这样的仙话，还有赞美工艺之神妙的《奚乐山》、赞美棋艺之神妙的《王积薪》等。

《宣室志》

《宣室志》共10卷，补遗一卷，张读撰。张读（834或835—882），字圣用，一作圣朋，深州陆泽（今河北深县西）人。他于大中六年举进士及第，先后任中书舍人，礼部侍郎、尚书左丞等职。汉文帝曾在宣室召见贾谊问鬼神事，张读《宣室志》书名本此。书中所载作品，均系佛道、鬼神、灵怪传奇。张读的祖父张荐著有《灵怪集》（今佚），外祖父牛僧孺著有《玄怪录》。张读之作，实系其家学之余绪。

在张读的少年时代，会昌五年（845）发生了大规模毁佛事件。武宗下令没收寺院土地财产，勒令僧尼还俗。当时，佛教地位与盛唐时期相比，一落千丈。另一方面，道教则备受青睐，张读生活和创作于这一时期,因此,毁佛崇道事件的影响,在书中至为鲜明。其中《太子宾客》篇对这一历史事件作了直接反映。

基于上述原因,书中虽然广泛描述各种宗教神话,但也明显反映出当时人们对道教的崇信远远超过了佛教。其表现有五个方面。

(一)书中写了大量道教神祇显灵的故事。例如《东岳神庙》、《陈蔡神庙》、《泉州之南》等篇,记述上帝、泰山之神等惩恶救民的神话。

(二)书中写了大量仙人生长久视和道士驱鬼除妖的神话。如《尹君》、《邓太玄》、《郑又玄》等篇,渲染尸解、炼丹等修仙之术;《江夏从事》、《吴偃》诸篇,写道士以符箓镇妖,无往而不灵。

(三)书中也记述了若干僧侣神话,但是作品主人公多是僧侣其名而道士其实。如《陈岩》篇里的郝居士不是精通三藏内典,而是"精符箓呵禁之术";《休璟》里的门僧,"好为厌胜之术"。《契虚》则写沙门叛教学仙。这篇作品叙释契虚在道士乔君的指点下,得游于世外仙乡稚川,拜见了稚川真君及神仙杨外郎。杨外郎"祖而瞬目",契虚"请寤其目"。杨外郎如其所请,"忽寤而视,其两目光皆若日月之昭明。契虚悸然,背汗,毛发尽劲"。契虚从稚川归来以后,结庐于太白山,"绝粒吸气",改行学道,后竟不知所往,大概也成了神仙。以上作品,乃是武宗崇道反佛期间僧侣们被迫改奉道教的历史记录。

(四)书中描写的佛教寺庙,失去了发生反佛事件以前的那种神圣不可侵犯的佛光。例如:《开业寺》写"神人","长二丈余,披金甲,执银槊,立于寺门外,俄而以手轧其门,肩镣尽解。神人即俯而入寺,行至佛殿,顾望久之而没"。不但佛寺可任神人无礼地长驱直入;而且可以让妖魅在其上兴妖作怪。《武陵浮图寺》写一夜叉掳民女栖息于其上,寺里的佛陀、菩萨、高僧似乎奈何不得。夜叉本是佛教北天王毗沙门所属天龙八部之一,在《宣室志》里则是恶精灵。

(五)书中写了不少佛道矛盾故事,往往是道教压倒佛教。《尹君》写道士尹君寿千百岁,受到慕道者严公的礼遇。但严公之妹奉佛,怒其兄与道士游,密以菫汁置汤中,命尹君饮之。尹君遂死。次年秋,有道士朱太虚者,忽遇尹君于山中,惊问道:"师何为至此耶?"尹君笑道:"有人以菫汁饮我者,我故示之以死,然则菫汁安能败吾真耶?"女居士谋害道士,

第四编 隋唐五代时期

反被道士戏弄了一番。

从以上五个方面看，《宣室志》乃是中唐武宗朝崇道反佛历史的一面神学镜子。

《宣室志》里写了不少鬼话，如恶鬼作祟、冤鬼诉屈、古冢艳遇之类，多是六朝志怪小说中司空见惯的故事。但《陆乔》篇写以诗会友、人鬼尽欢，既不涉佛教之六道轮回，又不涉道教之祈禳符箓，倒是充满了人情味和时代感的上等鬼传奇。兹录其开端如下：

> 元和初，有进士陆乔者，好为歌诗，人颇称之，家于丹阳。所居有亭沼，号为胜境。乔家富而好客。一夕，风月晴莹，有扣门者，出视之，见一丈夫：衣冠甚伟，仪状秀逸。乔延入，与坐谈议，朗畅出于意表。乔重之，以为人无及者，因请其姓氏。曰："我沈约也。闻君善诗，故来候耳。"乔惊起曰："某一贱士，不意君之见临也。愿得少留，以侍谈笑。"……

在"好为歌诗"的陆乔的心中眼里，诗，就是常青之树上的生命之果，他被数百年前大名鼎鼎的沈约之光临而受宠若惊了，哪里还有心思去计较来者是人是鬼呢？一场诗人诗鬼的联欢晚会就此启幕。接着，沈约又招来了他的诗友范云，以及他的爱子青箱。青箱当场吟五律一首。乔激赏久之，因问约曰："某常览昭明所集《文选》，见其编录诗句，皆不拘音律，谓之齐梁体，自唐朝沉佺期、宋之问方好为律诗。青箱之诗，乃效今体，何哉？"沈约回答说："今日为之，是为今体，亦何讶乎？"可见主人陆乔明知来客是鬼，不以为怪，反以鬼诗童不作古体诗而作今体诗为怪；而沈约的答词亦妙：鬼诗童此诗不是齐梁时代之旧作，而是作于今日，自然当用今体。这篇鬼传奇的新意，在于反映了以诗取士的唐代士大夫好诗入魔的精神面貌。

《宣室志》中写得最多的是精怪故事，蛙、鸽、犬、鼠、鹅、狐、蚯蚓、白鸟、鳄鱼、夜叉、消面虫、黄鳞鱼、柳、槐、枯木、葡萄、篷曼、人参等等，各种动植物精灵，善的恶的，无奇不有。这类作品，多宣扬戒杀放生的佛教教义；或渲染精怪作祟，为祸于人，因而受到上帝或神

— 299 —

的诛戮。它们大都彼此相似，缺乏新意。但也有少数写得较好的，例如《赵生》写人参精毛遂自荐，助人为乐；《裴君》写三狐精作祟，冒充道士，这些作品中的精灵形象，体现了或善或恶的人性人情，因而读来趣味盎然。

《传奇》

《传奇》3卷，一作6卷，原书早佚，今有上海古籍出版社出版的周楞伽辑注本，共31篇，书名为《裴铏传奇》。著者裴铏，生平不见史传，唐懿宗咸通中，为静海军节度使高骈掌书记，加侍御史，内供奉；唐僖宗乾符五年，加御史大夫，为成都节度副使。他信仰神仙服食。《云笈七签》收录裴铏撰《道生旨》一篇，阐述修炼精气神以达到久视长生，成为上仙的道教学说。《传奇》是他早年的作品，也是他的神仙思想的形象化载体。唐人文言短篇小说通称传奇，大约源于此书。

裴铏《传奇》的内容，不外乎深山遇仙，仙凡姻缘、人鬼婚恋以及各种动植物精灵和器物精灵神话，总之，大都是唐代以前各种仙话、鬼话、怪话的原型之变形再现，但不涉及佛话。

书中的《许栖岩》、《陶尹二君》、《元柳二公》等篇属于深山遇仙模式。例如《许栖岩》叙许骑马登蜀道危栈，坠崖下，入一洞穴，遇仙人太乙元君。太乙饮许以石髓，遂获千岁之寿；居半月；还家探视，已越60载，故居不复存。

书中的《裴航》、《张无颇》、《文箫》等篇属于仙凡姻缘模式。例如《裴航》叙裴秀才于舟中遇女仙云翘夫人，经夫人指点，与其妹云英相遇于蓝桥，遂结为伉俪。后来夫妻二人入玉峰洞，服绛雪、琼英之仙丹，成为上仙。此传奇自宋以后被反复改编为其他体裁，戏剧方面有宋杂剧《裴航相遇乐》、元杂剧《裴航遇云英》、明传奇（戏文）《蓝桥记》、清传奇（戏文）《裴航遇仙》等；还有宋元话本多种。

书中的《薛昭》、《颜濬》、《萧旷》、《曾季衡》等篇属于人鬼婚恋模式。例如《薛昭》叙薛得仙人申天师之助，与杨贵妃之侍儿云容之魂成亲于墓穴。后来云容复生，与薛同服申天师所赠之绛雪丹而成为人间仙侣。《传奇》中这种从鬼到人，又从人到仙的层层升格情节，是鬼灵崇拜与神仙崇拜合流的产物，是作者的强烈道教意识的表现。

裴铏《传奇》对后世文学产生了一定的影响，与此书具有较高的艺术性分不开。书中有些作品，颇能借助生动的情节去表现特定的人物性格，从而使情节成为性格的历史。例如：《封陟》打破仙凡姻缘模式，设计了封陟三拒仙姬求爱的情节，从而塑造了一个"志在坟典"，"性惟孤介"的书呆子形象。又如《韦自东》描述韦自东应炼丹道士之请，杖剑把守丹室，防止妖魔破坏；接着以三个情节表现韦；第一个是妖魔以其原形——巨虺前来丹室，第二个是妖魔化成美女前来丹室，第三个是妖魔变成炼丹道士之师，乘云架鹤前来丹室。韦自东能击败赤裸裸的妖魔，也能识破化成美女的妖魔，唯独在道貌岸然的妖魔面前解除了武装，丹室终于遭妖魔破坏。作品以此妖魔三变情节，塑造了韦自东的刚勇直率而头脑简单的好道者形象。此外，裴铏还善于制造悬念，以增强情节的魅力。例如《崔炜》的情节是：层层推进，一层一个"结"，直到篇终，才将全部的《结》一一解开。

《剧谈录》及其他

进入晚唐以后，传奇创作领域出现了一个新品种，即史话—神话类。其特点是：（一）唐人写唐事，（二）唐史与宗教神话交融互汇。属于此类的传奇小说集，有《剧谈录》、《唐阙史》、《甘泽谣》、《开天传信记》等。这些作品集，在一定程度上反映了唐代的社会现实面貌。

《剧谈录》共2卷，凡40篇，康骈撰。康骈，池阳（今河南南阳境内）人，僖宗乾符四年登进士第，官至崇文馆校书郎。《剧谈录》成书于乾宁二年，并被全部收入《太平广记》，也可能是后人抄录《太平广记》重新编定的。书中所述均系唐代天宝以后事，且多涉及佛、道，以及鬼灵、精灵、灵物、天命、前兆等各种准宗教。

值得特别注意的是，此书对唐代帝王之佞佛惑道，颇多讽刺。例如《狄惟谦请雨》篇，开头交代故事发生在"会昌中"，会昌是武宗年号。篇中描述了一个武宗惑道灭佛期间的女道士："郭天师者，本并土女巫，少攻符术，多行厌胜之道。有监军使（太监）将至京师，因缘中贵，出入宫掖。其后军牒告归，遂以天师为号"。就是这个曾受武宗庇护的天师，在大旱之年，求雨十日，片云不生。此后，县令狄惟谦将此天师痛打一顿，反而油然云生，沛然雨至了。又如《真身》写唐懿宗咸通十四年自凤翔迎佛骨至成都事。相传该佛骨是释迦文佛之中指节骨，故谓之"真身"。该篇写道："真身到城，每坊十字街以砖垒浮图供养。妖妄之辈，互陈感应；或云夜中震动，或云其上放光，以求化资财，因此获利者甚众"。篇中又夹注云："有好事者密询放光之由，云：以大云母片窥看，远而望之，靡不倾信耳"。总之，貌似庄严的宗教活动，都成了桩桩骗局。

虽然如此，但作者并非无神论者，因此书中也写了一些宣扬超自然力的东西，例如《道流相夏侯谯公》写青城山道士殷九霞相命如神，道法高妙，大有神仙风采；《说方士》记述了许多关于方士炼丹书符故事，方士们被描述成能够役鬼召神和起死回生的仙师。

《剧谈录》的艺术性虽不及《玄怪录》、《宣室志》、《传奇》诸书，但也有些人物故事写得颇为生动。例如《潘将军失珠》篇叙潘某无端遗失宝珠一串，而"缄封若旧"。其时有老人王超识一三鬟女子，知系异人，便往求助，并许以厚报。该女子果然从慈恩寺塔顶将珠取还，但不受分文之报。篇中对三鬟女子的描述道：

> 时春雨新霁，有三鬟女子，年可十七八，衣装蓝缕，穿木屐立于道侧槐树下。军中少年蹴踘，（女）接而送之，直高数丈。于是观者渐众，超独异焉……（女）居室甚贫，与母同卧土榻，烟爨不动者，往往经于累日；设肴羞时，有水陆珍异。吴中初进洞庭桔子，恩赐宰臣外，京辈未有此物，（女）密以一枚赠超。……超曰："潘将军失却玉念珠，不知知否？"女子微笑曰："从何知之？……某偶与朋侪为戏，终却还与，因循未暇。舅来日诘旦，于慈恩寺塔院相候。某知有人寄珠在此。"超如期而往。时寺门始闟，塔户犹锁。女子先在，谓超曰："少顷观塔上，当有所见。"语讫而去，疾若飞鸟，忽于相轮上举手示超，歘然携珠而下，谓超曰："便可将还，勿以财帛为意。"超径诣潘，具述其事。（潘）因以金玉缯锦密为之赠，明日访之，已空室矣。

作品通过蹴鞠和上塔、下塔等行动描绘，以及偷珠是"偶与朋侪为戏"的交代，把一个活泼调皮、正直无邪又身怀绝技的少女画活了。

《唐阙史》共2卷，凡51篇，高彦休撰。这也是一部唐人记述唐人唐事、部分作品涉及佛道等宗教的传奇集，其名为"史"，其性质则与《剧谈录》相同，有的事件，如唐懿宗迎佛骨事，二书均有记载。

《甘泽谣》仅1卷9篇，袁郊撰。作者自序云："以春雨泽应，故有'甘泽成谣'之语"（见陈振孙《书录解题》）。这是书名之所本。此书也是记述唐人之异事。例如《素娥》写武三思之姬素娥是"花月之妖"，《懒残》写异僧懒残的种种神通奇迹，《圆观》写释圆观的两世故事等。

《开元传信记》亦1卷，凡32条，郑綮撰。此书记述开元、天宝年间事，作者自序称："薄领之暇，搜求遗逸，期于必信，故以'传信'为名。"但书中所记，实非信史。特别是许多佛道神话传说，如唐玄宗华阴见岳神、唐玄宗梦游月宫、罗公远隐形、叶法善符箓、普寂禅师神通等，都是作者根据传说进行再创作的传奇小说。

以上四种史话—神话小说集，以前两种的思想艺术价值较高。

此外值得一提的传奇小说集，还有《三水小牍》和《异闻集》两种。《三水小牍》，2卷，35篇，系后世转录而成。著者皇甫枚，生于晚唐，卒于五代，安定三水（今甘肃泾川北）人，故以"三水"名其书。书中作品，有记述前兆、梦兆等的，如《韩文公》、《崔常侍别业》；有记述神怪的，如《女灵观》、《阿珊》、《黑水将军祠》等；有写神仙方术的，如《侯元》等；也有弘扬儒教精神的，如歌颂烈妇的《崔氏》、《封夫人》等。《异闻集》是唐人传奇小说选集，原书10卷，已佚，唐末陈翰编。据考证，曾收入此书的唐人代表作达40余篇，除《李娃传》、《霍小玉传》等描述世俗爱情题材的许多名篇外，还有《古镜记》、《枕中记》、《南柯太守传》、《柳毅传》、《任氏传》等宗教神话传奇列名其中。

第四节　传奇小说的尾声

传奇小说创作，经历了中晚唐的繁弦急管之后，到唐末五代，终于进入了尾声——杜光庭和沈汾的神仙传奇文学。

杜光庭及其神仙传奇

杜光庭（850—933），字圣宾，一作宾圣，处州缙云（今属浙江）人，一说长安（今属陕西西安）人。他在懿宗咸通中应九经试，不第，入天台山为道士；僖宗时召充麟德殿文章应制；中和元年避乱入蜀，事前蜀王建父子，历任光禄大夫、尚书、户部侍郎、上柱国蔡国公，赐号广成先生、传真天师、崇真馆大学士。他晚年隐居青城山，自号东瀛子。杜光庭著述甚丰，收入《正统道藏》者多达20余种。其中，属于道教文学者有：《神仙感遇传》、《墉城集仙录》、《道教灵验记》、《历代崇道记》、《洞天福地岳渎名山记》、《录异记》、《仙传拾遗》等。

早期道教文学的主要体裁是神仙传记。托名刘向撰的《列仙传》和葛洪《神仙传》是最早出现的神仙传记集。杜光庭的道教文学代表作《神仙感遇传》和《墉城集仙录》也属此体。《列仙传》和《神仙传》混收男仙、女仙，杜光庭的《神仙感遇传》亦混收男仙女仙，《墉城集仙录》则专收女仙。

《神仙感遇传》共5卷，本书虽然是对《列仙传》、《神仙传》的补充之作，但在写法上却与其前两种大不一样。前两种的条目，就是神仙的姓名，正文也是记述神仙的各种奇迹。《神仙感遇传》的条目则是一个凡人的姓名，正文是记述此凡人对某神仙的感遇。这种以凡人的亲眼所见、亲耳所闻、亲身经历的方式来介绍神仙奇迹，比那种孤立地讲述神仙奇迹的神仙传记，更富有征服读者的力量。另一方面，这一有名有姓的凡人所感遇的神仙，往往却是无名无姓的道士、老叟、老母、仙女，与《列仙传》、《神仙传》之从古籍和历史人物中搜罗神仙的构思，大不相同。总之，《神仙感遇传》在神仙传记文学中是一部别开生面之作。

杜光庭生活在唐末五代十国的战乱时代，因而他笔下的神仙与《列仙传》、《神仙传》里的也有所不同。《列仙传》、《神仙传》里的神仙，是对此岸世界漠不关心的超自然体；《神仙感遇传》里的神仙，则往往身在此岸而心在彼岸。所以这些神仙传奇虽然鼓吹的是出世超凡的宗教理想，但也时时对当时社会的丑恶现象加以揭露和批判，因而具有一定的现实意义。例如《令狐绚》篇叙太上老君"册命张天师为元中大法师，以代尹真人之任"，其原因是："群胡扰于中原，蚕食华夏，不能戡之，尹真人之过也。再立二十四化，分别人鬼、泽及生灵、道陵之功也。"《令狐绚》通过天国仙官的任免，反映了当时国家分裂的现实，表现了作家对战乱中苦难人民的同情。

《神仙感遇传》还对唐代社会的众生百相作了真实的描绘。例如《郑又玄》里的主人公郑又玄，出身于士大夫之家，性虽好道，却以自己之门第清贵而傲人。上帝派太清真人先后托生于寒贱之家和商贾之家，与郑交友，以便向郑传授升仙之道。但郑却屡屡以其朋友之贫寒和出身于微贱而轻侮之。最后，太清真人化为童子对郑说："子以衣缨之家而凌侮于物，非道也哉！我太清真人也，上帝以尔有道气，使我生于人间与汝为友，将授汝神仙之诀，而汝轻果高傲，不得其道，吁，可悲哉！"言讫不见。郑又玄终于愧怍而死。这是对封建社会的等级制度和门阀观念的批判。又如《越僧怀一》、《僧悟玄》等篇，对唐代的三教意识合流和僧侣慕仙（如齐己、贯休）等现象，作了生动的反映。

《墉城集仙录》，据作者自序，原文10卷。《道藏》本编为6卷，收女仙故事37篇。墉城，即西王母所居的金墉之城。本书以王母置女仙之首，故以"墉城"名之。书中有不少女仙不见于隋唐以前的经传，也有一些内容是采自各种古籍者。例如关于西王母、上元夫人、九天玄女等女仙故事，多杂取《穆天子传》、《山海经》、《汉武帝内传》、《广博物志》、《真诰》诸书；《成公智琼》系根据《搜神记》里的《天上玉女》条扩写而成，《边洞玄》是根据《广异记》里的同名小说扩写而成，等等。

唐代的僧侣慕仙现象，《神仙感遇传》里已有所反映，《墉城集仙录》里又有所描述。例如《传礼和》叙传举家奉佛，而礼和"独慕仙道，常服五星精，身生光华，得道仙去"。杜光庭之所以反复描述佛徒慕仙现象，是因为在他的身边就有这样一位著名佛徒贯休。杜光庭在唐僖宗中和元年（881）入蜀，依附前蜀主王建父子。过了二十几年，贯休也到了成都。这一道一佛，同时同地同事一主，贯休写的那些游仙诗，便是杜光庭笔下佛徒慕仙故事的现实依据。

著名道士杜光庭在蜀中当了宗教领袖，备受王建之厚封，忽然又来了一个著名和尚贯休，这就难免不使他产生排斥异教心理。这种心理，在《墉城集仙录》里有很多反映。《徐仙姑》、《缑仙姑》就是这方面的代表作。在佛道二教文学中，都有排斥异教的作品。佛教文学排斥异教，总是利用其地狱观把道士拘捕到地狱里去，如王琰《冥祥记》。道教排斥佛教，则是利用其法术观，在此岸世界战胜僧侣，《墉城集仙录》就是如此。这也算是各自扬长避短吧。试看杜光庭的《徐仙姑》怎样描述徐仙姑以禁咒之术制服豪僧：

> 徐仙姑……善禁咒之术，独游海内三山、五岳、天台、四明、罗浮、括苍，名山胜赏，无不周遍。多宿岩麓林窟之中，亦寓止僧院。忽为豪僧数辈微词巧言，姑辄骂之。群僧激怒，欲以刀制之，词色愈勃，姑笑曰："我女子也，而能弃家云水，不避蛟龙虎狼，岂惧汝鼠辈乎？"即解衣而卧，遽撤其烛。僧辈喜，以为得志也。明日，姑理策出山，诸僧一夕皆僵立尸坐，若被拘缚，口禁不能言。姑去数里，僧乃如故。……

《道教灵验记》，据作者自序和宋真宗叙，均为20卷，《道藏》本编为15卷。杜光庭在自序中说："罪福报应，犹响答影随，不差豪末。"《道教灵验记》就是以种种传说来证明这个观点的。鲁迅说《冥祥记》是释氏辅教之书，那么《道教灵验记》就是道流辅教之书了。书中内容大体可分为三清显灵、法术灵验、毁道遭祸、崇道得福四个方面。

（一）三清显灵神话。道教教义中有"一气化三清"之说，意即道教至上神元始天尊（居大罗天）化身为三清神，又称三洞教主。他们是元始天尊（又称天宝君）、灵宝天尊（又称太上道君）、道德天尊（又称太上老君）。以上神系，有似于西方基督教的上帝化身为圣父、圣子、圣灵的三位一体神，是道教神谱中的至上神。在《道教灵验记》里，宣验三清显灵的有：《镜州开元观神运殿阁过湖验》、《亳州太清宫老君挫贼验》、《李蔚相国应梦天尊修观验》、《黑髭老君召代宗游十洲三岛验》等。

（二）法术碰验神话。在各种人为宗教中，广泛吸收原始宗教中的巫术崇拜者，以道教为最。巫术—方术—法术，巫师—方士—道士，这就是中国道教法术的源流轨迹。《道教灵验记》里渲染道教法术灵验的有：《王道珂诵天蓬咒验》、《天台玉霄宫叶尊师符治狂邪验》等。

（三）毁道遭祸神话。一切宗教均以惩恶扬善为己任，道教亦如此，极力宣扬善恶报应。佛教以奉佛为大善、毁佛为大恶，道教则以奉道为大善、毁道为大恶。《道教灵验记》里写了许多毁道遭祸的神话，其中尤以僧侣毁道而遭恶报者为多。例如：《文殊台二僧击救苦天尊像验》、《魏夫人坛十僧来毁九遭虎噬验》（此篇即《墉城集仙录》之《猴仙姑》的节录）、《僧法成窃改道经验》、《天台山玉霄宫古钟僧偷而卒验》等等。这类道教"宣验记"，再次宣验了道士杜光庭的强烈排斥异教情绪。

（四）奉道得福神话。如《相国刘瞻梦天尊言再居相位验》、《杨师谟修观享寿验》等。

杜光庭的道教传奇文学，突破了汉魏六朝仙话的笔记体束缚，不但在篇幅上大大扩充，有长达数千言者；而且在人物、情节和环境的描绘上，也更加生动细腻。例如《墉城集仙录》中的《边洞玄》，是根据《广异记》中同名小说改写而成，其艺术性就超过了原作。兹将《广异记》与《墉城集仙录》对边洞玄白日飞升的场面描绘，引述如下，以资比较：

> 洞玄乃乘紫云，竦身空中立，去地百余尺，与弟子及法侣等辞诀。时刺史源复，与官吏百姓等数万人，皆遥瞻礼。有顷，紫气化为五色云，洞玄冉冉而上，久之方灭。（摘自《广异记》）
>
> 洞玄……已腾身在楼上矣。异香流溢，奇云散漫，一郡之内，观者如堵。太守僚吏，远近之人，皆礼谒焉。……时天乐满空，紫云蓊郁，萦绕观楼。众人见洞玄升天，音乐导从，幡旌罗列，直南而去。午时，云雾方散矣。……是日辰巳间，大唐明皇居便殿，忽闻异香纷郁，紫气充庭，有青童四人，导一女道士，年可十六七，进曰："妾是幽州女道士边洞玄也。今日得道升天，来以辞陛下。"言讫冉冉而去。（摘自《墉城集仙录》）

从以上两段文字对照中，不难看出二者的源流关系，以及后者在场面描绘上多方烘托、大肆渲染的文学技巧，体现了唐代传奇小说的艺术水平。

佛教文学往往吸收道教法术，同样的，道教文学亦往往从佛教中吸取营养，杜光庭的仙话传奇就是如此。例如《张仁表念太一救苦天尊验》描绘太一救苦天尊出现时的情景：

> 天尊坐五色莲花之座，垂足二小莲花中。其下有五色狮子九头，共捧其座，口吐火焰，绕天尊之身于火焰中；另有九色神光，周身及顶，光焰锋芒外射，如千万枪剑之形；覆七宝之盖，后有骞木宝花，照耀八极。真人、力士、金刚、神王、玉女、玉童、充塞侍卫，阴阳太一，四十六神，自领队从，亦侍左右，云车羽盖，遍满空中。

在上述关于道教尊神的描绘中，莲花之座、狮子、力士（一作大士，今译菩萨）、金刚、七宝之盖等，都是释家意象；至于"一切诸佛，毫光普照"（《经律异相·得道师宗》），更非仙家本色，而杜光庭笔下的道教尊神却佛光四射了。

《续仙传》

《续仙传》3卷，南唐沈汾（或作玢）撰。作者在该书序言中自称"生而慕道"，所以编辑此书，"用显真仙"。书中记述神仙36人，张志和、孙思邈、司马承祯等历史名人均录入之。纪昀说："虽其中附会传闻，均所不免，而大抵因事缘饰，不尽子虚乌有之流。如张志和见《颜真卿集》，蓝采和见《南唐书》，谢自然见《韩愈集》，许宣平见《李白集》，孙思邈、司马承祯、谭峭各有著述传世，皆非凿空。他如马自然、许碏、戚逍遥、许宣平、李升、徐钓者、谭峭、李冰阳诸诗，亦颇藉其采录。"《续仙传》之所以将虚构的超自然力附会在真实人物头上，无非为了显示神仙的实在性，借以弘扬神仙可学的道教理想。

此外值得一提的，有晚唐施肩吾撰《嵩岳嫁女记》（载《虞初志》）。这是一篇文采斐然，并对晚唐封建社会的腐败有所暴露的神仙传奇。

隋唐五代，特别是唐代的传奇小说，对后世的小说、戏曲和说唱文学产生了深远的影响。

作为文人文言短篇小说的唐人传奇，对宋以后各朝的小说创作来说，成为一种固定的文体。宋代的《杨太真外传》、明代的《剪灯新话》、清代的《聊斋志异》等，都是用传奇体写成的，其中充满了五光十色的宗教神话内容。

唐代传奇本来是在民间口头文学"说话"的刺激下才异军突起的，在这一体裁高度成熟并产生了一大批脍炙人口的佳作之后，又反过来对民间口头文学——"说话"产生了影响。据宋罗烨《醉翁谈录》记载，有很多唐人传奇被宋代说话艺术改为话本，可惜大多亡佚。但明代编纂的《清平山堂话本》以及"三言二拍"中，还保存了不少自唐人传奇取材的话本或拟话本。

后世文学受唐人传奇影响最大者，莫过于戏曲。例如《长恨歌传》，在元代被改编为诸宫调《天宝遗事》和杂剧《梧桐雨》，在清代被改编为传奇戏文《长生殿》。原作中的道教神话片断，在《长生殿》里被发挥得淋漓尽致，男女主人公终于做了天上的神仙佳偶。

第五章 散文与文论

第一节 散文

《续高僧传》

  《续高僧传》是继梁《高僧传》之后的又一部僧传文学，30 卷，释道宣撰。道宣（596—667）俗姓钱，原籍丹徒（今属江苏），一说长城（今属浙江长兴）。他 15 岁入长安日严寺依智頵律师受业；自 20 岁起，从智首律师学律 10 年，成为唐代佛教律宗的创始人。他曾参加玄奘译场工作。他的著述甚丰，除《续高僧传》之外，还有《释迦方志》、《集古今佛道论衡》、《大唐内典录》、《广弘明集》、《集神州三宝感通录》、《释迦氏谱》等。据《续高僧传》序云："该书收入自梁初（实始于魏）到唐贞观十九年共 144 年间的 340 名高僧传记，附见者 160 人，分为译经、解义、习禅、明律、护法、感通、遗身、读诵、兴福、杂科等十类。"书中的"感通"类与梁《高僧传》的"神异"类相当，其内容虚实参半，在人物纪实中穿插了许多神话情节，是充满了宗教浪漫主义色彩的传记文学。"感通"类包括始于魏、迄于唐贞观十九年的 116 名高僧的传记，附见 9 人。其内容大致可分三个方面。

  （一）大显神通。这是表现高僧的超自然力的故事。例如《释慧云》传内附见的双林大士传弘，"时或分身，济度为任，依止双林，导化法俗；或金色表于胸臆，异香流于掌内；或见身长丈余，臂过于膝，脚长二尺，指长六寸，两目明亮，重瞳外耀，色貌端峙，有大人之相"。又如《释通达》叙大将军薛万钧兄弟笞通达几死，通达说："卿已打我，身肉都毁，血污不净，可作汤洗。"待汤沸滚，通达脱衣入汤，如入冷水。旁人恐怖，通达还要求添薪升火。

（二）普度众生。这是弘扬大乘佛教教义人皆可以成佛的故事。例如《香阇梨》叙香阇梨住青城山飞赴寺，每逢三月三日，游山者多携酒肉饮宴。香阇梨索食，诸人争奉肴酒，随得随尽，若填巨壑。至晚，香说欲呕，命人扶至一坑，张口大吐："鸡肉自口出，即能飞鸣；羊肉自口出，即驰走；酒食乱出，将欲满坑；鱼鲗鹅鸭，游泳交错。众咸惊嗟，誓断辛杀，迄今酒肉永绝上山。"又如《释洪满》叙洪满在俗时双足挛躄，常念观音经三年。忽一日，有僧执澡罐出现，对洪满说："汝前身拘缚物命，余殃致尔。汝但闭目，吾为汝疗之。"洪满如僧所言，便觉膝上各如拔去六七钉，开目将谢恩，已失僧所在，起行如故，乃悟是观音化身，从此遂出家。又如《释智旷》叙智旷先被道士"诱以神仙"之道，修习符箓、章醮、辟谷等方术，但始终不能飞升成仙；以后遇高僧授戒，皈依佛门，终于"德行动人，渐示潜迹"。这篇僧传，除表现济度众生的大乘教旨外，还说明在唐代三教合流的总趋势下，佛道之间也存在互相贬抑和排斥的倾向。

（三）舍利显瑞。佛陀与僧侣遗体火化后剩下的骨殖，谓之舍利，也是佛家的圣物。舍利埋葬于塔（僧墓）下，谓之舍利塔。佛教神话中多有舍利显现神瑞的故事。在《续高僧传》的"感通"类里，这类记载极多。例如《释法揩》叙舍利广现神瑞，在舍利下塔的那天，"平旦之时，大雨百花，飞扬不下；卯时又见诸天……"其他瑞象还有：佛、菩萨、天人、居士、莲花、狮子、飞龙等。

以上三类神话传说，丰富了僧传的内容，增强了僧传的浪漫主义色彩，成为宗教人物传记文学之一特色。

《大唐西域记》

此书12卷，玄奘（口述）与辩机（执笔）译撰。玄奘（600—664）俗姓陈，名袆，法相宗创始人。他于唐太宗贞观三年（629）西出长安，经敦煌、中亚至印度，留学17年，于贞观十九年（645）回到长安，带回大、小乘佛典 657 部。辩机是玄奘的门人。《大唐西域记》记述的，就是公元 7 世纪印度笈多王朝后期，玄奘游学印度的经历。书中介绍了印度 138 个（其中亲历者 110 个，传闻者 28 个）国家、城邦和地区的政治、经济、社会以及宗教等各方面情况。

玄奘游学印度时期，印度佛教已发展到充分成熟阶段，不但分化出小乘和大乘，小乘的许多宗派渐趋融合，大乘先后出现了空宗与有宗；而且佛教与外道——印度教、耆那教的对抗，也十分突出。《大唐西域记》对上述印度宗教之教外有教、教内有派、教派林立，互为消长的复杂情况，一一作了真实的描述。但由于玄奘是个佛徒，他前往印度的目的，是"欲穷香象之文，将罄龙宫之目"（于志宁《大唐西域记》序），所以，书中的重点乃是介绍佛教文化。

《大唐西域记》继承《山海经》、《水经注》等地理神话散文的写作传统，在记述中亚和印度各国地理的同时，把与各地相关的佛教传说和神话，一一联结着陈述出来，并以"传说"或"故事"标目。如《阿奢理贰伽蓝及其传说》、《大雪山龙池及其传说》、《蓝勃卢山龙池及乌杖那国王统传说》、《五百罗汉僧传说》、《大伽蓝三宝阶及其传说》、《腊伐尼林及释迦诞生传说》、《萨裒杀地僧伽蓝及佛本生故事》、《大伽蓝及众贤与世亲故事》、《象、鸟、鹿王本生故事》、《千佛本生故事》、《前正觉山及佛成道故事》、《舍利弗证果故事》等。

书中还有一类佛教神话，标题无"传说"、"故事"字样，而以地理字样"遗迹"、"迹"、"处"标明之。如《阿波逻罗龙泉及佛遗迹》、《世亲胜受及佛遗迹》、《化度渔人及诸遗迹》、《伏醉象遗迹》、《舍利弗与目连试神通处及诸佛迹》、《曲女城附近诸遗迹》、《大石门及王子舍身饲虎处》、《如来洗病比丘处》、《释迦证法归见父王处》、《庵没罗女园及佛预言涅槃处》等。这类佛话，一般与地理环境的描绘结合得更为密切，有时简直颇似优美的山水小品文。例如书中记述词补罗国都城附近寺塔及白衣外道本师初说法处，其中有如下一段：

　　城东南四五十里至石窣堵波，无忧王建也，高二百余尺。池沼十数，映带左右。雕石为岸，殊形异类。激水清流，汩淴漂注。龙鱼水族，窟穴潜泳。四色莲花，弥漫清潭。百果具繁，同荣异色。林沼交映，诚可游玩。傍有伽蓝，久绝僧侣。

这是一幅具有佛教特色的风景画。

此外，书中对各地佛教建筑和雕塑艺术，举凡伽蓝、精舍、窣堵波（佛塔）、石窟佛像等，也一一作或略或详的记述。例如书中对摩诃剌侘国之阿折罗伽蓝及石窟的描写：

国东境有大山，叠岭连嶂，重峦绝巘。爰有伽蓝，基于幽谷；高堂邃宇，疏崖枕峰；重阁层台，背岩面壑。阿折罗阿罗汉所处。……伽蓝大精舍，高百余尺。中有石佛像，高七十余尺，上有石盖七重，虚悬无缀，盖间相去各三尺余。闻诸先志曰："斯乃罗汉显力之所持也"或曰："神通之力。"或曰："药术之功。"考厥实录，未详其致。精舍四周，雕镂石壁，作如来在昔修菩萨行诸因地事：证圣果之祯祥，入寂灭之灵应，巨细无遗，备尽镌镂。伽蓝门外，南北左右，各一石象。闻之土俗云：此象时大声吼，地为震动。昔陈那菩萨多止此伽蓝。

这里所记述的，据后世学者考证，即阿旃陀石窟寺——印度艺术宝库之一。石窟分为两大群，一群为公元前一二世纪至公元 1 世纪开凿，另一群为公元 5 至 7 世纪开凿。佛教在印度本土衰亡以后，该石窟寺湮没千年，至 19 世纪才重见天日。玄奘对印度伽蓝、佛塔和石窟艺术的精炼而生动的描绘，与杨衒之《洛阳伽蓝记》前后辉映，实为佛教散文中的双璧。

《大唐西域记》的文学语言，简洁、准确而生动。例如书中介绍印度佛教的概况，总计记下了 302 字，有条不紊地对印度佛教的部派、经典、戒律等方面，一一作了明确无误的陈述。其中叙述对佛经研习之鼓励措施云：

……讲宣一部，乃免僧知事；二部，加上房资具；三部，差侍者祗承；四部，给净人役使；五部，则行乘象舆；六部，又导从周卫；

— 313 —

道德既高，旌命亦异。

真是惜墨如金，增损一字不得。书中接下去叙述对僧侣研习经典的成绩之考核与赏罚：

时集讲论，考其优劣，彰别善恶，黜陟幽明。其有商攉微言，抑扬妙理，雅辞赡美，妙辩敏捷，于是驭乘宝象，导从如林；至乃义门虚辟，辞锋挫锐，理寡而辞繁，义乖而言顺，遂即面涂赭垩，身坌尘土，斥于旷野，弃之沟壑：既旌淑慝，亦表贤愚。

虽然仍是惜墨如金式的描述，但是对在考核中的优胜者"驭乘宝象，导从如林"的荣显场面，愚劣者"面涂赭垩，身坌尘土"的羞辱之态，各以寥寥数字或十数字出之，便令读者如置身其间。

韩愈排佛与柳宗元护法

六朝是一个偏重形式、声律与辞藻的文学时代，浮靡而华艳的骈体文，是六朝文学的一个突出代表。入唐以后，陆续出现一些反对六朝骈骊、要求解放文体的作家和理论家，如王通、魏征、陈子昂、李华、萧颖士、元结、梁肃、独孤及、柳冕等。到了中唐，由于韩愈的大声疾呼，柳宗元的热烈响应，特别是他们在创作上的实绩卓著，终于掀起了一个历史上有名的轻骈重散的古文运动。作为古文运动的领袖，韩愈和柳宗元在散文创作上形成了共识，建立了战斗的友谊。韩愈称赞柳宗元"玉佩琼琚，大放厥词"（《祭柳子厚文》）；柳宗元赞扬韩愈"奋不顾流俗，犯笑侮，召收后学"（《答韦中立论师道书》），为倡导古文而战斗。可是，在宗教思想战线上，这一对文坛战友却展开过一场大论战，成为后世文坛聚讼纷纭的话题。

韩愈（768—824），字退之，河南洛阳（今河南孟县西）人，祖籍昌黎，故世称韩昌黎。他早岁父母双亡，由嫂抚养，从独孤及、梁肃学习，潜心古训。他是贞元进士，曾任国子博士、监察御史、刑部侍郎等职。元和十四年（819），他上表谏阻宪宗迎佛骨入宫，被贬为潮州刺史。最后韩愈官至吏部侍郎，故有韩吏部之称；卒谥"文"，后世遂称韩文公。韩愈一生崇儒排佛，以儒学卫道士和排佛主帅自许。他的著名散文《原道》和《论佛骨表》，是尊儒排佛的两面大旗。《原道》重在立，正面阐述儒家之道，兼排佛、老；《论佛骨表》重在破，力陈佛教之害，而以儒家之道为理论依据。

韩愈在《原道》中开门见山提出儒家伦理标准："博爱之谓仁，行而宜之之谓义，由是而之焉之谓道，足乎已无侍于外之谓德。"全文围绕这"仁"、"义"、"道"、"德"四个字层层深入，展开议论，直到归结于"斯吾所谓道也，非向所谓老与佛之道也"。在阐明了什么是儒家之道以后，韩愈又宣布儒家之道的传承系统，即所谓道统："尧以是传之舜，舜以是传之禹，禹以是传之汤，汤以是传之文、武、周公，文、武、周公传之孔子，孔子传之孟轲，轲之死，不得其传焉。"言外之意，韩愈本人就是远祧孟轲以延续这一道统的儒家卫道士。文章最后提出了灭佛的战斗号召："不塞不流，不止不行。人其人，火其书，卢其居，明先王之道以道之。"

韩愈的《论佛骨表》是写给皇帝看的。为了投合皇帝的统治欲，他在文章里列举历代帝王佞佛亡国的教训，指出自汉明帝至宋、齐、梁、陈，"事佛渐谨，年代尤促"，其中的梁武帝三度舍身施佛，而终于饿死台城，求佛得祸。破然后立。文章接着提出儒家的宗教信仰——"巫祝"与"桃茢"，以取代佛教。最后，韩愈向唐宪宗提出了毁佛的强烈要求和决心："乞以此骨付之有司，投诸水火，永绝根本，断天下之疑，绝后代之惑"；"佛如有灵，能作祸祟，凡有殃咎，宜加臣身，上天鉴临，臣不怨悔"。韩愈斥佛，大有"虽九死其犹未悔"的决心和气魄。果然，他"一封朝奏九重天，夕贬潮阳路八千"，虽不至死，也够狼狈了。

柳宗元（773—819），字子厚，河东解（今山西远城县解州镇）人，世称柳河东。他少年时代随父流寓安徽、湖北、江西、湖南等地，在江西南昌时，著名禅师马祖道一正在那里传法，受到柳宗元父亲的上司李兼的礼遇，李兼的外孙女后来就成了柳宗元的夫人。柳宗元岳父杨悫也信佛。柳宗元自幼就是在儒典佛光中成长起来的。他于贞元九年登进士第，任监察御史，与刘禹锡参加王叔文集团革新政治，不久失败，贬为永州（今湖南零陵）司马，元和十年改郴州刺史，元和十四年冬，病逝于郴州。

柳宗元的宗教思想恰恰与韩愈背道而驰。韩强调儒释对立，尊儒攘佛；柳则强调儒释统合，以佛补儒。他具有朴素的不彻底的唯物论思想，在《天说》、《天对》、《非国语》等作品中提出：宇宙本体是"元气"而不是神的创造。但是由于他"自幼好佛，求其道权三十年"（《送巽上人赴中丞叔父召序》），因而必然要在元气论与佛教唯心主义之间寻求妥协。这样，儒、释、道三教调和，便成了他的思想特征。他一生写了大量的歌颂僧侣和寺庙的作品，充分体现了他统合儒释的主张。他认为："法之至，莫尚乎般若；经之大，莫极乎《涅槃》。世上士将欲由是以入者，非取乎经纶则悖矣。"（《送琛上人南游序》）他又将儒家之"礼"与佛家之"律"等同之："儒以礼立仁义，无之则坏；佛以律持定慧，去之则丧。"（《南岳大明寺律和尚碑》）在柳宗元看来，佛法是儒士修身、养性、治国的良师益友。他的《永州龙兴寺西轩记》就是一篇短小精悍而绝妙的颂佛小品文。其文如下：

> 永贞年，余名在党人，不容于尚书省，出为邠州，道贬永州司马。至则无以为居，居龙兴寺西序之下。余知释氏之道且久，固所愿也。然余所庇之屋甚隐蔽，其户北向，居昧昧也。寺之居是州为高，西序之西，属当大江之流。江之外，山谷林麓甚众。于是凿西墉以为户，户之外为轩，以临群木之杪，无不瞩焉。不陟席，不运几，而得大观。夫室，向者之室也；席与几，向者之处也。向也昧而今也显，岂异物耶？因悟夫佛之道，可以转惑见为真智，即群迷为正觉，舍大暗为光明，夫性岂异物耶？孰能为余凿大昏之墉，辟灵照之户，广应物之轩者，吾将与为徒。遂书为二，其一志诸户外，其一以贻巽上人焉。

柳宗元借开窗取光，喻学佛益智，可谓深入而浅出。佛学是儒士的补脑汁，这就是柳文的结论。

柳宗元虽然早年接触过禅宗佛教的马祖道一，也写过《晨诣超师院读禅经》之类的禅诗（参阅本编第一章第三节），但在义学上他却明确表示尊净土而反禅宗。他在寓言小品《东海若》中借瓠喻人，批判禅宗"即心是佛，不假外求"的教旨，宣扬对西方净土的信仰。他的这一净土宗派意识，还反映在《永州龙兴寺修净土院记》、《送琛上人南游序》和《龙安海禅师碑》等散文中。

韩、柳二人是文坛挚友，而宗教意识又如此径庭，因而在某些特定时空，两个灵魂发生碰撞，就是难以避免的。这一特定时空终于到来——送别文畅禅师离京南下。

当时有文畅禅师者，周游天下，凡有所行，必请于缙绅先生，以求咏歌其志。贞元十九年春，文畅将离京去东南，柳宗元与各部公卿纷纷撰文送行。他在《送文畅上人登五台遂游河朔序》里，倡导他的一贯主张："真乘法印，与儒典并用"；并宣称：文畅此行前往的"燕魏赵代之间，天子分命重臣，典司方岳，辟用文儒之士，以缘饰政令，服勤圣人之教，尊礼浮屠之事者，比比有焉。上人之往也，将统合儒释，宣涤疑滞。"非常明确，柳宗元强调文儒之士要尊浮屠（同佛陀）为师，向释者学习，采佛补儒。

可是，柳宗元犯了一个大错误。他把古文战线的同志、宗教战线的异己——韩愈，也拉进了撰文送行者的队伍。韩愈在浏览了众人包括柳宗元的颂佛文章之后，于是借题发挥，写了一篇力排众议的论战性文章，题曰：《送浮屠文畅师序》。在文章里，韩愈旗帜鲜明地采取了与柳宗元针锋相对的立场，即强调浮屠应尊儒者为师，向儒者学习，采儒补佛。文章开头采用《诗经》的比兴手法，将"儒名而墨行者"提出来加以批判，借以影射柳宗元诸人的实质是儒名而佛行者。接着指出：众公卿为文畅之行而撰诗文多至百余篇，竟没有一篇"以圣人之道告之者，而徒举浮屠之说赠焉。"这就是其名为儒而其实行佛的证据。韩愈认为：这是彻底错了。因为"夫文畅，浮屠也，如欲闻浮屠之说，当就其师而问之，何故谒吾徒而来请也？彼见吾君臣父子之懿，文物事为（或作礼乐）之盛，其心必有慕焉，抱其法而未能入，故乐闻其说而请之。如吾徒者，宜当告之以二帝三王之道，……不当又为浮屠之说而渎告之也。"

这就是说，韩愈批评柳宗元们丧失了儒家立场，不但没有履行儒者教导浮屠的神圣职责，反而把自己变成了向浮屠文畅"为浮屠之说"的浮屠。这是韩柳之争的第一回合。

柳宗元照旧大写其颂佛文章，于是两人进入第二回合论战。在《送元十八山人南游序》里，柳宗元首先举出太史公对诸子百家一视同仁为典范，批评当世"学者"以释氏为"怪骇舛逆其尤者"的缺乏太史公风度。这是对韩愈排佛的委婉的反批评。柳宗元接着颂扬元十八"为学恢博而贯统"，"悉取向之所以异者，通而同之"，"要之与孔子同道"。这是继续批评韩愈学术思想太狭隘而不能求同存异。韩愈对柳宗元的这种虽不点名而名藏其中的批评，自然心中有数。果然，他读了此文以后，就作书寄给已在千里迢迢之外的永州柳宗元，继续批评柳佞佛。可惜韩愈写给柳宗元的这封信已佚，在现存《韩昌黎全集》中找不到了。这是韩柳之争的第二回合。

韩柳二人的宗教观，彼此终其一生互不认同，论战持续下去。在《送僧浩初序》里，柳宗元对韩愈来书又进行了反驳，这是论战的第三回合。首先，柳回顾了韩愈与他的两次论争："儒者韩退之与余善，尝病余嗜浮图言，訾余与浮图游。近陇西李生础自东都来，退之又寓书罪余，且曰见《元生序》不斥浮图。"接着，他再一次从采释补儒的基本论点出发，批驳了韩愈对他的"病余嗜浮图言"、"訾余与浮图游"的指责。（一）文章认为：浮图之言"往往与《易》、《论语》合，诚乐之，其于性情奭然，不与孔子异道"。这就是"吾之所以嗜浮图之言"的原因。他同时指出：韩愈之所以反对浮图之言，一是"以其夷也"，但如果凡是外国来的都反对，那就"非所谓去名求实者矣"；二是因为释者削发披缁，出家而不事农耕，这是"忿其外而遗其中，是知石而不知韫玉也"。（二）文章又认为：僧侣"不爱官，不争能，乐山水而嗜闲安者为多。吾病世之逐逐然唯印组为务以相轧也，则舍是其焉从？吾之好与浮图游以此。"总之，柳宗元力陈释氏的言与行，都有可资儒者借鉴的一面。

韩愈的攘佛散文与柳宗元的弘佛散文，若从现代哲学的高度衡量，则各有得失，因为无论儒释，都不是绝对真理，也都不是应当全面彻底予以否定的思想体系。若从文学的角度衡之，则二人的文章各有千秋。韩文纵横议论，气势雄伟，其名词动化，如"人其人，火其书，庐其居"，体现了他的"唯陈言之务去"的主张，给读者以尖新的语感。柳擅长寓情思于叙事写景之中，含蓄、委婉而隽永。

第二节 文论

汉译佛典与翻译理论

　　隋唐两朝继续提倡佛教，迎来了汉译佛典事业的第二个黄金时期。隋文帝将南北朝时期的译师那连提耶舍、阇那崛多、达摩笈多、彦琮等，召至长安大兴善寺，继续译经。特别是唐太宗命玄奘在长安弘福寺、慈恩寺等地组织译场，将译经事业推进到一个新阶段。在玄奘领导的译场里，参加译经的人数虽然不如魏晋南北朝时期之多，但都是精于佛学的专家，因此翻译成果辉煌。玄奘译出佛典75部，计1335卷，相当于自东汉至北宋的900余年间译出的佛典总数的四分之一。玄奘译作与鸠摩罗什的华美流畅风格不同，而是以精严准确见称。玄奘与其前辈译师真谛、鸠摩罗什，及其以后的不空，合称中国译史上的四大译师。唐代译经成绩最著者，除玄奘之外，还有义净与不空等。义净译经61部，260卷；不空译经104部，134卷。他们的译经范围各有不同：玄奘所译涉及瑜伽、般若、大小毗昙各个领域，义净着重于律典，不空专注于密教。唐代译经总数为372部，2159卷（据《中国佛教》第一辑）。

　　伴随着佛典翻译事业的发展，翻译理论也在不断发展。继南北朝翻译界的文质之争以后，隋朝名僧彦琮在《辩证论》里提出了著名的译家"八备"说。他认为，作为一个优秀佛典翻译家，必须具备八个条件，即：

　　　　诚心爱法，志愿益人，不惮久时，其备一也。将践觉场，先牢戒足，不染讥恶，其备二也。筌晓三藏，义贯两乘，不苦暗滞，其备三也。旁涉坟史，工缀典词，不过鲁拙，其备四也。襟抱平恕，器量虚融，不好专执，其备五也。沈于道术，淡于名利，不欲高炫，其备六也。要识梵言，乃闲正译，不坠彼学，其备七也。薄阅苍雅，粗谙篆隶，不昧此文，其备八也。

以上八条，第一、二、五、六条属于译者的人品范畴，第三、四、七、八条属于译者的学识范畴。具体而言，第一、二两条属于佛教徒必备的质量；第五、六两条属于专业翻译工作者必备的质量；第三、四两条，强调佛典翻译家的学识必须兼通内典和外典；第七、八两条，强调佛典翻译家的语言学修养，必须兼通梵语和华语。这样八条方面，既考虑到了翻译工作者必备的一般条件，又考虑到了翻译佛典所必备的特殊条件。因此，《辩证论》不仅是我国翻译学史上的第一篇专论，而且是对翻译问题的第一次系统全面的思考。

唐玄奘对佛典翻译的组织工作和理论建设也作出了重大的贡献。为保证汉译佛典的高质量，玄奘对译场进行了严密的组织和分工。在他的领导之下，译场工作共分十一个岗位，即：（一）译主（翻译主持者）、（二）证义（核封经义者）、（三）证文（核对原文者）、（四）度语（记录梵音者）、（五）笔受（记录译文者）、（六）缀文（整理译文者）、（七）参译（校订译文者）、（八）刊定（增删译文者）、（九）润文（润饰译文者）、（十）梵呗（吟诵译文者）、（十一）监护大使（译场总监）。由于有了以上细密而周到的分工，所以由玄奘主译的佛典，在信、达、雅三个方面都达到了上乘，为历来佛学界所称道。他的译场组织方法，也为古今翻译理论家所赞许。

除此以外，玄奘还提出了"五不翻"理论。所谓"不翻"，就是对佛典中的梵语名词不用意译而取音译。他认为：有五种梵语佛典名词可以采用音译法，即：（一）神秘语、（二）多义语、（三）汉语中无对应的物名、（四）久已约定俗成的音译词语、（五）为弘扬佛法而需音译者（据《翻译名义集》）。这样，便把翻译佛典中补可避免的音译问题，限制在一个合理的范围内。这些原则，即使对于今天的翻译工作，仍然具有参考价值。

以佛译诗的《诗式》

在我国唐代，朝廷实行了两项开明的文化政策：一是三教并举，二是以诗取士。由于这两项文化政策的推行，不但儒、道、佛三教深入人心，而且诗歌创作蓬勃发展。在这种文华背景下，既精通诗学又精通佛学的人，便开始以佛译诗，写出了第一批佛学化的诗学著作。《诗式》和《二十四诗品》，是这些著作中的两部重要代表作。

《诗式》有1卷本和5卷本两种版本,释皎然撰。皎然在《诗式》里提出:佛学是诗歌创作的灵魂。书中的《文章宗旨》条写道:

> 康乐公早岁能文,性颖神彻,及通内典,心地更精,故所诗,发皆造极,得非空王之道助邪?

皎然把"内典"(即佛典)、"空王"(即佛祖)提到"文章宗旨"的高度,乃是强调佛学在诗歌创作中的灵魂作用。《诗式》以论述诗歌创作方法为主,但皎然并没有忘记提出诗歌创作的指导思想。他是以释为业者,所以他的试论以释为导向,这是可以理解的。

皎然还广泛摄取佛语以建构他的诗歌创作理论。

"门",是《诗式》用以概括其整体理论框架的基本概念。这一概念本来自佛典。例如《大乘义章》第26卷是由"教聚(三门)"、"义法聚(二十六门)"、"染法聚(六十门)"、"净法聚(百三十三门)"构成的。所谓"门",在佛典中就是"通"的意思:"六法能通,故名为门"(《六法妙门》)。《诗式》提出诗有五格,又名之曰"五门",以五卷的篇幅依次论述之。皎然在五卷本《诗式》序中写道:"今所撰《诗式》,列为等第,五门互显,风韵铿锵,使便嗜者归于正气,功浅者企而可及,则天下无遗才矣。"很明显,皎然以"五门"来概括其诗有五格的理论,乃是借用"门"就是"通"的内涵,来说明其五格之论是帮助学诗者精通诗道的阶梯。自皎然以后,以"门"为基本概念编撰类书者便多起来了,如《艺文类聚》凡48门、《太平御览》凡55门、《广博物志》凡22门、《带经堂诗话》凡8门等。

"取境",是《诗式》创作理论中的关键一环。在皎然看来,一首诗的成败得失和风格情趣,首先决定于诗人的取境。"境",或"境界",以及"取境"等,都是佛典常用语。例如:"云何想蕴?谓于境界取种种相。"(《大乘五蕴论》)"领纳外尘,觉苦知乐,如是取境,名之为取。"(《百法明门论》)这就是说,"取境"在佛典中指心理活动而言;皎然借以表达诗歌创作中的构思活动,颇为贴切。《诗式》中的《取境》条写道:

> 评曰：或云"诗不假修饰，任其外丑，但风韵正、天真全，即名上等"。予曰：不然。无盐阙容而有德，曷若文王太姒有容而德乎？又云："不要苦思，苦思则丧自然之质。"此亦不然。夫不入虎穴，焉得虎子？
>
> 取境之时，须至难至险，始见奇句。成篇之后，观其气貌，有似等闲，不思而得，此高手也。有时意静神王，佳句纵横，若不可遏，宛如神助。不然，盖由先积精思，因神王而得乎？

这是《诗式》中关于"取境"的基本理论。前一部分，以无盐与太姒作对比，说明有容有德之可贵，用以借喻诗歌之不可无"修饰"；又以"不入虎穴，焉得虎子"为喻，说明写诗不可不"苦思"。诗要"修饰"，这就是怎样"取境"的问题。后一部分，专论怎样"取境"。要做到取境时"至难至险"——即"苦思"，成篇后却看似"等闲"、"不思"。有时无须"苦思"——"宛如神助"的原因，则是"先积精思"之故。

《诗式》中的《辩体有一十九字》条，进一步阐述了取境与诗体的密切关系："夫诗人之思初发，取境偏高，则一首举体便高；取境便逸，则一首举体便逸。"皎然指出，诗歌的"德体风味"可用一十九字区分，即：高、逸、贞、忠、节、志、气、情、思、德、诚、闲、达、悲、怨、意、力、静、远。这19种不同风味，全在诗人取境之初就决定了。由此可见，取境一环在诗歌创作活动中的重要性，不容低估。所以，皎然在《评论》中再次重复了这一通过苦思以取境的论点：

> 或曰："诗不要苦思，苦思则丧于真。"此甚不然。固当绎虑于险中，采奇于象外，状飞动之趣，写真奥之思。夫希世之珍，必出骊龙之颔，况通幽名变之文哉！

"作用"，是《诗式》中关于诗歌创作的另一重要环节。皎然认为：作用是使诗歌创作臻于完美程度的艺术手段。"作用"亦是佛典语。《华严经探玄记》卷三指出："作用"有两种，即"一、缘起诸法，各有业用；二、真如法界，亦持等用。"《法华玄义释签》卷十七云："用所依体，体能成用。"以上诠释说明:"作用"简称"用",它为"诸法"、"法界"——一切事物现象所特有,与物体互相依存。换句话说,"作用"就是形象性。其次,形象化的"作用"又是与抽象化的"性"相对立而存在。试看《五灯会元》卷一里的南天竺国香至王与波罗提的一段对话:

> 王曰:"性在何处?"提曰:"性在作用。"王曰:"是何作用?我今不见。"提曰:"今现作用,王自不见。"王曰:"于我有否?"提曰:"王若作用,无有不是。王若不用,体亦难见。"王曰:"若当用时,几处出现?"提曰:"若出现时,当有其八。"王曰:"其八出现,当为我说。"

上述对话,不但证实了"作用"简称"用",并与"体"彼此依存;而且说明了"作用"是"性"的外化,是"性"的体现,换言之,就是形象。

皎然在《诗式》的《明作用》条里,提出了诗歌创作在立意(性)与写象(作用)两个方面不可偏废:

> 作者措意,虽有声律,不妨作用。如壶公瓢中,自有天地日月,时时抛针掷线,似断而复续。此为诗中之仙。拘忌之徒,非所企及矣。

他又在《李少卿并古诗十九首》条中,引述实例,进一步说明了有作用与无作用之不同:

> ……其五言,周时已见滥觞,及乎成篇,则始于李陵、苏武二子——天予真性,发育自高,未有作用。《十九首》辞义精炳,婉而成章,始见作用之功,盖东汉之文体。又如《冉冉生孤竹》、《青青河畔草》,傅毅、蔡邕所作,以此而论,为汉明矣。

皎然指出:西汉的苏李赠答诗以"真性"见高,但缺乏形象化的"作用",而东汉的《古诗十九首》就体现出"作用"的功效来了。这个分析是正确的。

其次，皎然在《文章宗旨》条里评论谢康乐为文"真于情性，尚于作用"，同样是肯定谢诗达到了抒发情性与描绘形象的高度结合。

唐代是三教并举和三教意识合流的时代，这一时代特征也反映在《诗式》中。例如《重意诗例》写道："两重意已上，皆文外之旨。若遇高手，如康乐公，览而察之，但见情性，不睹文字，盖诣道之极也。向使此道，尊之于儒，则冠六经之首；贵之于道，则居众妙之门；精之于释，则彻空王之奥。"当然，这种三教纷呈的宗教杂色，在《诗式》中是局部的。它并没有冲淡此书的基本佛教色彩。

禅学化的论诗诗《二十四诗品》及其他

《二十四诗品》简称《诗品》，司空图撰。司空图（837—908），字表圣，自号耐辱居士、知非子，河中（今山西永济）人，咸通十年进士，官至中书舍人。因唐末政局紊乱，他退隐于中条山王宫谷别墅，过着悠游于泉石山林之间的旷达生活，颇似晚年的王维。故其诗歌风格与创作主张也近似王维，以抒写闲情逸致为主调。他的诗歌理论专著《二十四诗品》以及《与李生论诗书》、《与极浦书》、《与王驾评诗书》、《题柳州集后序》等，都流露出王维、皎然以及南禅佛教和道家思想对他的影响。

司空图诗歌理论的基本观点，是所谓"韵外之致"、"味外之旨"（《与李生论诗书》），亦即字面含义之外的微妙旨趣。这一诗歌创作主张，乃是对禅宗佛教问答机缘的借鉴。"禅门古德，问答机缘，有正说，有反说，有庄说，有谐说，有横说，有竖说，有显说，有密说。例如'一棒打杀与狗子吃'，'这里有祖师么？唤来与我洗脚'等语，览者当守马援'耳可得闻而口不可得言'之诫。"（刘善泽《五灯会元·跋》）这就是说，要参透禅门宗匠的禅语之外的机关，不可死扣字面含义，必须活参言外之旨。生活于禅宗佛教发展为"一花五叶"全盛时期的司空图，他论诗一再强调"韵外之致"、"味外之旨"，其源盖出于此。

司空图的论诗诗《二十四诗品》，是最能体现其"韵外之致""味外之旨"的创作主张的代表作。《诗品》既是诗歌作品，又是论诗专著。它开以诗论诗之先河，包括四言诗24首，每首诗12句，运用大量的比喻词，阐述了24种诗歌风格与意境，即：雄浑、冲淡、纤浓、沉着、高古、典雅、洗练、劲健、绮丽、自然、含蓄、豪放、精神、缜密、疏野、清奇、委曲、实境、悲慨、形容、超诣、飘逸、旷达、流动。其每一标目（即风格或意境）与相应诗句之间的关系，若即若离，不脱不黏。例如《清奇》：

娟娟群松，下有漪流。晴雪满汀，隔溪渔舟。可人如玉，步屟寻幽；载行载止，空碧悠悠；神出古异，淡不可收；如月之曙，如气之秋。

全诗的景物与人物描绘，都是对《清奇》的譬喻辞。读者透过这一组形象，去意会其意外之旨，可以获得一种"清奇"的感受。

正因为司空图的《诗品》是按照他的禅学化创作理论写成的，所以读《诗品》就必须像参禅一般，活参。杨振纲《诗品续解自序》阐明了这个读《诗品》的方法：

表圣《诗品》发明作诗之旨详矣，然其间往往有不可解处。非后人之不能解，实其文之不可解也。亦非文之实不可解，乃其文之究不必解也。读者但当领略大意，于不可解处以神遇而不以目击，自有一段活泼泼地栩栩于心胸间。若字摘句解，又必滞于所行，不惟无益于己，且恐穿凿附会，失却作者苦心也。

《诗品》作为诗歌作品，它是司空图禅学化诗歌理论的产物；作为阐述诗歌创作的理论专著，它又表达了司空图的禅学化诗歌理论观点。例如："不著一字，尽得风流"（《含蓄》）；"超以象外，得其环中"（《雄浑》）；"遇之匪深，即之愈希"（《冲淡》）；"有是真迹，如不可知"（《缜密》）；"诵之思之，其声愈希"（《超诣》）等，所有这些说法，都与"韵外之旨"、"味外之旨"在精神上是一脉相通的。

《诗品》在写作上的博喻修辞特点，也是从佛典中吸收来的。《诗品》所包括的24首论诗诗，每一首都包含四个以上的比喻，用以象征一种风格或意境。这种表现方法源于佛典。例如《法华经》阐述该经典对众生的好处："能打饶益一切众生，充满其愿，如清凉池能满一切诸渴乏者，如寒者得火，如裸者得衣，如商人得主，如子得母，如渡得船，如病得医，如暗得灯，如贫得宝，如民得王，如贾客得海，如炬除暗，……"类似这种句法，《诗品》中也有不少，如"如逢花开，如瞻岁新"（《自然》）；"如月之曙，如气之秋"（《清奇》）；"似往已回，如幽匪藏"（《委曲》）；"如觅水影，如写阳春"（《形容》）；"如不可执，如将有闻"（《飘逸》）等。但司空图不是一个刻板的模仿者，而是一个富于创造性的诗人。他的博喻诗决不自始至终采用佛典中常见的"如"字句，而是采用变化多端的句法，将"如"字句穿插点缀于其间。这样一来，司空图的博喻诗就显得千姿百态、活泼多样了。

《诗品》的语言，闪烁着佛道两种宗教浪漫主义色彩。例如："流水今日，明月前身"（《洗练》）；"不著一字，尽得风流"（《含蓄》）等为佛教语。（《古尊宿语录》黄檗断际禅师语："终日说，何曾说，终日闻，何曾闻，所以释迦四十九年说，未曾说著一字。""不著一字"源出于此。）"畸人乘真，手把芙蓉"（《高古》）；"晓策六鳌，濯足扶桑"（《豪放》）等为道家、道教语。司空图生活在三教并举的唐代，在他的论诗诗里，释言道语并驾齐驱乃是时代的烙印。

司空图的禅学化诗歌理论，对宋代著名诗论家严羽和清代著名诗人王士祯、袁枚等，都产生了深远的影响。

在皎然《诗式》和禅宗佛教影响下，晚唐五代涌现出来的论诗专著，除《二十四诗品》以外，还有《二南密旨》（旧题贾岛著）、《风骚旨格》（旧题齐己著）、除衍《风骚要式》、王梦简《诗要格律》、李洪宣《缘情手鉴诗格》、徐寅《雅道机要》、释文郁《诗格》等。这些被后世成为"诗格体"的著作，也如《诗式》一样，其主要宗旨在于阐述诗歌的格式、法则和表现技巧，是教人学习作诗的启蒙读物。

第五编

两宋时期

宗教概况

自宋太祖建隆元年（960）至南宋卫王祥兴二年（1279），赵宋王朝统治中国共319年。北宋、南宋两朝的帝王们，基本上继续了唐代的宗教政策，即三教并举。因此，在这一时期，儒、释、道均获得自由发展。儒教由于吸收了佛道的某些因素，从而发展出一个新学派，亦即新儒教——理学。道教由于帝王们的崇尚，兴旺亦不减前朝。不过，这一时期的丹鼎派已从外丹术转向了内丹术。佛教义学入宋以后没有多少新的建树，不少宗派趋于衰落，唯有禅宗和净土宗继续保持着一定的发展势头。在朝廷三教并举的政策下，以儒为主的三教合流成为继唐朝之后的思想文化总趋势。

赵宋朝廷承前朝遗制，设立了各种宗教管理机构。太常寺掌管皇家祭祀天地、宗庙等礼乐活动。国子监以儒家经术教授诸生。鸿胪寺下设佛道二教的各种管理机关：道教方面，中太一宫和建隆观等各置提点所，掌殿宇斋宫的各项事务；佛教方面，左、右街僧录司掌寺院僧尼及僧官补授之事，传法院掌译经润文，等等。

这一时期，三教之中以儒教获得了最充分的新发展。北宋初，朝廷大力恢复唐朝的一统经学，意在借以巩固其中央集权制王朝。宋太宗敕令校定唐代孔颖达的《五经正义》，由国子监印行天下。宋真宗命国子监祭酒邢昺撰《九经疏义》，亦颁行天下。这些著作，旨在发扬汉唐以来的儒学传统，缺乏创造精神。宋仁宗庆历以后，刘敞著《七经小传》，依己意刘儒家经典作新解，初步形成儒学领域破旧立新的治学之风。孙复、石介、胡瑗、李觏等亦各抒己见：或突破故训，刻意求新；或力排佛老，维护道统；或融会佛道，另辟蹊径。

与此同时，周敦颐著《太极图说》，提出"一实万分"、"主静无欲"

等观念，为宋代新儒教——理学的创立，奠定了基础。周敦颐的弟子程颢、程颐继承老师遗训并加以发展，提出"理"或"道"的核心概念，倡导"天理"二字，主张"万物皆是一个天理"，"天下只有一个理"，因而他们的学说便被称为"理学"。程氏理学的精要，在于以所谓"天理"论证封建社会的各种伦理关系的合理性，如"父子君臣，天下之定理，无所逃于天地之间"（《遗书》五）。总之是将维护封建秩序的"三纲五常"解释为天理，进而推出"无人欲即皆天理"（《遗书》十五）的论断，并以"存天理，去人欲"相号召。正如任继愈所说，这"不是一个哲学问题，而是一个神学问题，是教人如何消灭罪恶，拯救灵魂，进入天国（理想的精神境界）的问题"（《中国佛教史》序）。例如程颐从"存天理，去人欲"的原则出发，反对女子再嫁。有人问："或有孤孀贫穷无托者，可再嫁否？"程颐说："饿死事极小，失节事极大。"（《遗书》二十二）由此不难看出：理学把儒家伦理观念变成必须盲目崇拜的信条，因而它是一种新儒教。

到了南宋，朱熹综合周敦颐、程颢、程颐，以及其他北宋理学家之言，融会贯通而成为理学之"集大成"者。但由于他的学说的基础主要是对二程的传承，故后世将他们的学说合称程朱理学。朱熹继承二程关于"理"的概念，认为"理"是先于天地万物而独立的永恒存在，因此是一种客观唯心主义。他在此基础上，进一步将儒家伦理观念教条化和神化，声称天理"张之为三纲，纪之为五常"，是"亘古亘今不可易"，"千万年磨灭不得"（《朱子语类》）的。他从"阳胜阴"的理论出发，论证君臣、父子、夫妇之间的尊卑关系是天理。他劝导人们"灭人欲"以驯服地接受这一"天理"的精神统治。程颐曾将《礼记》中的《大学》、《中庸》两篇，以及《论语》、《孟子》二书，汇成一册，号称"四书"。朱熹为此书作注，名曰《四书集注》。这一套理学教科书受到宋理宗及其以后历代朝廷的重视与推广，影响极为广泛深远，直至明清，仍为儒门人手一册的必读书。

与朱熹同时的陆九渊，创立了与程朱理学相对立的"心学"学派。他从孟子"万物皆备于我"的"良知"、"良能"说出发，得出"心即是理"的结论。因此，他教导学人只需"安坐瞑目"以"养心"、"寡欲"，"理"

便在其中了。这是一种主观唯心主义。程朱理学与陆九渊心学虽然在哲学上存在分歧,但二者在社会伦理学上都落实到相同的目的,即提倡"去人欲",维护儒家伦理纲常,以巩固现存的封建社会秩序。

宋代理学表面上批判和反对佛道,骨子里则汲取道家学说和佛学。理学先驱周敦颐与慧南、常总、佛印诸禅师交游甚密,自称"穷禅之客"。他晚年在庐山时,追慕东晋慧远建白莲社故事,结青松社。他的重要理学著作《太极图说》提出"主静"——"无欲故静"的观点,乃是道家"无为"思想与佛教禅定之学的契合。朱熹则公开声称"某于释氏之说,盖尝师其人,尊其道,求之切至矣。"他所倡导的"一旦豁然贯通"的工夫,其实就是从禅宗佛教"一悟即至佛地"的顿悟学说中脱胎出来的。朱熹的论敌陆九渊的"心学",以德光禅师为师,教人只是静坐,朱熹因此斥之为禅。他们互相批评,实际上都是援佛入儒,建立儒教修身养性的禁欲主义学说。

鉴于理学实系儒释道互补,因此宰相张商英写了《护法论》,刘谧写了《三教平心论》,极力鼓吹历朝以来的三教调和论。张提出:"儒以治皮肤之疾,道以治血脉之疾,佛以治骨髓之疾":三教缺一不可。

道教是唐朝的官方宗教,宋朝对此也加以继承。赵宋皇室不是李家后裔,不能继续以老子李耳为教祖,宋真宗乃另设一道教祖师赵玄朗,并加封圣号为:"太上开天执符御历含真体道玉皇大天帝",后世所谓"玉皇大帝"的俗称即起源于此。这样一来,道教便改换门庭,从李家转移到赵家,成为神化赵宋王朝的精神支柱了。太宗、真宗不遗余力地搜集和整理道经,命王钦若主持编纂,书成后赐名《宝文统箓》;以后又命张君房主持增删修订,书名《大宋天宫宝藏》,后世号称"小道藏"的《云笈七签》就是此书的精选本。徽宗自称道教教主。号曰道君皇帝。他按照封建等级制设立道阶,有先生、处士等,共26级,后来又设置道官26等。宣和元年,他仿效唐武宗以道教为国教,将佛教一揽子转变为道教:改佛陀为人觉金仙,罗汉为仙人,菩萨为大士,僧为德士,尼为女德;去法号改称姓氏;易袈裟为道服;佛寺改为宫观。他继续大访天下道书,命道士元妙宗、王道坚详加校订并刊行,号曰《万寿道藏》。他还在京师补设道录院,各州县设立道学,以培养道士。

道教在宋代以前有符箓和丹鼎两大派，符箓派又分为正一、上清、灵宝三派，分别以龙虎山、茅山、阁皂山为本山，宋哲宗绍圣四年（1097）敕封为"经箓三山"，遂成鼎立之势。但自神宗朝以后，正一派日益昌盛。大中祥符五年，真宗敕改龙虎山真仙观为上清观；八年，敕赐第24代正一天师张正随为"虚静先生"。自此以后，至南宋末第35代天师张可大，代代天师均受皇帝封号。第30代正一天师张继先，13岁便受徽宗召见，以后又四次被召见，并获"虚靖先生"之赐号。第35代天师张可大受宋理宗之命，统三山符箓，兼御前诸宫观教门公事，主领龙翔宫，正一派遂跃居符箓派道教之领袖地位。

从唐末、五代至两宋，丹鼎派道教发生了从外丹向内丹的转变。由于服食金丹致死的教训，道士们纷纷从烧炼外丹转向修炼内丹以求长生。张伯端（紫阳）、崔希范、钟离权、吕洞宾、施肩吾、彭晓、陈抟等，都是当时著名的内丹家，并被后世夸张为长生久视的神仙。张伯端的《悟真篇》和曾恺的《道枢》二书，是宋代内丹学的代表作。大约从北宋神宗朝起，内丹术便取代了外丹术的地位，并直接促成了金朝全真道教和南宋金丹派（内丹）——金真教南宗的诞生。

所谓内丹学，乃是以人体为丹鼎，以人体内的精、气为药物，以神为运用，进行修炼，使精、气、神凝成一体，谓之内丹，以达到长生久视之目的。内丹学是在扬弃外丹学的基础上发展起来的。它借用了外丹理论中的整套术语，采用《黄庭经》的借喻修辞法，以炉鼎喻人体，以玉鼎喻头部上丹田穴，以金炉喻腹部下丹田穴，以铅泵、龙虎、水火喻人体内的精气神，以黄芽喻调息调神入静时之先天真气渐生渐聚，有如炼外丹时铅汞遇土器所生之黄色芽状物，以金丹、还丹、圣胎、婴儿喻精气神凝聚而成的内丹，等等。但是，各派丹书中的借喻语并不完全一致。有时同一借喻语在不同的丹密中具有不同的含义。

内丹派是三教合流思潮的产物。张伯端精通儒、释、道三教经典。他认为"教虽分三，道乃归一"，因而主张修炼内丹必须以统合三教为前提。在南宋与金、元对峙时期，这种以三教合一为特征的内丹派同时崛起于南方（南宋）与北方（金朝）。北方的王喆（重阳）于金大定七年创立了道教内丹派之一的全真教，南方则有以张伯端为宗师的金丹派，后世称之为全真教南宗。张伯端及其传人石泰、薛式、陈楠、葛长庚（白玉蟾）号称全真教的南五祖。

宋朝还继承了唐朝帝王扶持佛教的政策。宋太祖于开国元年即建隆元年（960）剃度僧尼8000人，并派遣僧侣157人赴印度求法，命张从信在益州（今四川成都）雕刻大藏经。宋太宗声称："浮屠氏之教，有裨政治。"（《太宗实录》）其利用宗教为巩固封建政权服务的见解，与唐太宗完全一致。因此，他在太平兴国元年（976）继续剃度僧尼17万人，不久，又设立译经场，广招国内国外译师，重振译经事业，其规模之大，超过唐代，不过成就不及唐。到了真宗天禧五年（1021），全国寺庙达到了14万座，僧尼约46万人。

禅宗佛教在唐末、五代和北宋之交，已发展为"一花五叶"，即五大宗派，它们是曹洞、云门、法眼、沩仰、临济五家；入宋以后，临济宗又发展为杨岐、黄龙两派，史称"五宗七派"。宋代佛教以禅宗的临济和云门两派最为兴盛，其次是天台、华严、净土和律宗。佛教发展到庸代已臻成熟，各宗互为樊篱，入宋以后却出现了互相融合的趋势，产生了华严宗与禅宗相融合的华严禅，净土宗与禅宗相融合的念佛禅。

佛教典籍方面，这一时期除先后刊行过蜀（益州）版、海印寺版、福州版、湖州版、平江府碛沙版、杭州版等六种《大藏经》以外，还刊行了一系列禅宗"灯录"——禅宗谱系思想史著作。景德元年（1004），法眼宗道原撰成《景德传灯录》，诣阙呈进，真宗诏翰林学士杨亿等审定刊行。自此以后，禅宗其他各宗亦纷纷撰写灯录，计有临济宗李宗勖的《天圣广灯录》、临济宗悟明的《联灯会要》、云门宗惟白的《建中靖国续灯录》、云门宗正受的《嘉泰普灯录》。以上五书，自北宋景德元年（1004）至南宋嘉泰二年（1202）的200年间先后问世。淳祐十二年（1253），释普济将五书删繁去复，合编为一，名曰《五灯会元》。此书对禅宗的五宗七派之源流本末，作了简明扼要的叙述。

除了儒、释、道三大人为宗教以外，还有北宋末年的方腊利用摩尼教发动了农民起义，南宋钟相、杨么利用巫教发动了农民起义，以及各种人格化的自然崇拜、鬼灵与祖诬崇拜、占卜、前兆迷信等准宗教，亦继续传承于宋代民间。

第一章 北宋文人诗词

自晚唐五代以来，思想文化界呈现出两种鲜明态势：一是宗教领域的禅宗佛教一枝独秀，发展为五宗七派，十分红火；二是文学领域的曲子词在民间十分流行，弦歌不绝。入宋以后，以儒为业的士大夫文人无不被卷入这两股文化潮流。据《五灯会元》记载：唐代士大夫文人之被正式列入禅宗法嗣者，只有白居易、裴休和李翱三人；宋代士大夫文人之自称居士并被列为禅宗法嗣者，不下50人之多，著名文人如苏轼、苏辙、黄庭坚、杨亿、夏竦，宰辅大臣如王随、富弼、张商英等，均列名其中。用杨亿的话说，"公卿半是空门友"。因此，文人们蘸着儒、道、禅三种宗教墨汁，既写诗，又作词，成为这一时期的文学特征之一。

第一节 周流三教的诗人词客

从宗教心理学的角度来看，一切宗教都是安慰灵魂的天使。对于享有信仰自由的中国封建时代的文人来说，这种天使当然是愈多愈好。所以，以儒为业而同时参禅习道的士大夫文人，唐宋以来不乏其人。杨亿、苏轼、晁补之、张耒等，都是北宋时期的代表人物。

杨 亿

杨亿（974—1020），字大年，建州浦城（今属福建）人。他少负才名，11岁时，太宗召试诗赋，授秘书省正字；淳化三年，赐进士及第，历任光禄寺丞、翰林学士、太常少卿、工部侍郎等职。他为人耿介，为官正直，曾支持寇准抵抗辽兵入侵，反对真宗大兴土木和求仙入迷。他与钱惟演、刘筠等吟诗唱和,并由他将这些诗编为《西昆酬唱集》。"西昆",传说中古帝王藏书之所。他们的诗因此号称"西昆体",在北宋早期诗坛影响颇大。西昆体在艺术上以晚唐李商隐为宗,辞藻华赡,堆砌典故,讲究声律。杨亿是此派的代表作家,卒谥文,世称杨文公。

杨亿自幼受儒道二家典籍濡染,孔孟、老庄乃至神仙家之言,早已深入其胸。他入仕以后,又开始接触佛教。某日他见同僚读《金刚经》,笑且罪之。但那位同僚继续读经自若。杨亿疑惑不解道:"是岂出孔孟之右乎?何佞甚!"因而阅经数页,开始略生敬意。后来翰林李公维勉励杨亿学参禅,杨出守汝州,便向广慧禅师参问。广慧问杨曾经与何人参过禅。杨亿告诉广慧:"我曾问云岩谅监寺:'两个大虫相咬时如何'谅曰:'一合相'。我说'我只管看',不知这样回答可否?"广慧听了以后说:"这样不行。"杨亿请广慧开导他。广慧便以手做捏鼻姿势说:"这畜生更跻跳在!"据说杨亿当即开悟,并作悟道偈一首云:"八角磨盘空里走,金毛狮子变作狗。拟欲将身北斗藏,应须合掌南辰后。"杨亿因此被定为广慧禅师法嗣(事见《五灯会元》卷第二十)。基于上述原因,在杨亿诗中,儒、释、道三教意识纷呈杂出。

杨亿11岁时被宋太宗召至京师,亲试一赋一诗,顷刻而就。当时参政李至也向太宗推荐杨亿,说是令杨亿赋《喜朝京阙》五言六韵,亦一挥而就。(《湘山野录》)其诗云:

> 七闽波渺邈,双阙气岧峣,晓登云外岭,夜渡月中潮。愿秉清忠节,终身立圣朝。

从这首诗看,杨亿早在幼年和少年时代,就已确立了儒教伦理政治观。

杨亿的诗,还真实地记录了北宋士大夫,包括他本人在内,对参禅访道的热衷。宋代士大夫文人对禅宗佛教的兴趣,远远超过了唐代。杨亿《赠文照大师》写道:"公卿半是空门友,瓶锡因循寄上都",便是当时儒释交游蔚然成风的实录。真宗朝,他为了调养身体,一度求调外州。在此期间,杨亿"宾筵求婉画,僧舍问真如"(《初至郡斋书事》);"寻僧不厌携筇远,爱客宁辞举白频"(《次韵和十六兄先辈见寄》);另一方面,"却思寂寞栖天禄，争得逍遥似漆园"(《郡中即事书怀》)；"对景都无寐，冥心契混元"(《郡斋西亭夜坐》)；"无嫌勾漏僻，且得养丹砂"(《到郡满岁自遣》)。总之，为了健康与长寿，他佛道双修。

杨亿的佛诗中有不少赠僧和题寺之作。这些诗，是对佛教文化的描绘和揄扬。例如《威上人》：

> 五梳已空诸漏尽，冢间行道十年余。吟成南国碧云句，读遍西方贝叶书。清论弥天居士伏，高情出世俗流疏。问师心法都无语，笑指孤云在太虚。

此诗前三联大意是：威上人修道十年，已臻主客观世界（五蕴）空无所有，一切烦恼（诸漏）亦涤除干尽；既擅长作诗，又精通佛典（贝叶书）；他的"清论"使居士们折服，他的"高情"令俗流远避。最后一联，把威上人向弟子传法时以手指天作暗示，而决不诉之以理性语言的形象，刻画得惟妙惟肖，生动地揭示了禅宗"以心传心"的宗派特征。杨亿之所以能如此得心应手地把禅师画活，与他曾经主持审定禅宗思想史《景德传灯录》是分不开的。

杨亿是西昆体代表作家，他的许多宗教诗也显示出西昆体在辞藻、典故和格律三方面的艺术特色。例如《威道人归乡》：

> 闻法灵山真佛子，驰名南国本诗流。二林曾有香灯约，一钵应为辇毂游。尘土化衣慵驻锡，江湖收潦忆归舟。何年应制登麟殿，犀柄谈空对冕旒。

这首歌颂诗僧之作，重在表现诗僧与帝王的关系。作者希望威道人有一天获得皇帝的垂青，因而诗里充满了宫廷气象。杨亿诗好用龙、凤、麒、麟、金、银、珠、玉、锦、绣、神、仙、朱、紫、芳、香等富贵辞藻，这是形成宫廷气象的基本因素。例如这首诗的颔联，就含有这种因素。"二林"指庐山东林、西林三寺，佛教名刹，历史上许多著名高僧曾驻锡于此。"香灯"，意谓禅宗佛教的"传灯录"记述各派禅师之传承关系，有如灯火相传，延绵不绝。杨亿下了一个"香"字来形容禅宗之"灯"，就透出一股西昆富贵气来了。杨亿诗中的"香"字句极多，例如："一夕香街布玉尘"，"樽中满酌香醪美"，"香山蜡屐与谁登"，"香枣兰芳客自迷"，"译筵香篆绝"，"斗帐香囊四角垂"，"梦回香冢上孤青"，"绮阁香凤凰吹传"，"香逐轻风落酒卮"，"风递清香随凤辇"，"衣惹天香亲御座"，"金鸭喷香绕烛台"，"阁上芸香昼草玄"，"女史焚香伴直庐"，"趋朝御案香盈袖"，"香黏素手吴娃丽"，"风流华省含香客"，"翠幄飘香映绮罗"，"玉芝香杂武都泥"，"芝泥香熟封诏书"等。既然可以有"香街"、"香醪"、"香篆"、"香冢"之类，佛家的传法之"灯"当然也免不了要"香"起来的。此外诗中还有一些描述皇家气象的辞藻，如"辇毂"、"麟殿"、"冕旒"等，都是西昆体诗中常见的富贵语。同时，这首七律四联，联联对仗工整，显示出诗人在格律上苦心推敲的功夫。

杨亿还写了一些描述道教斋醮科仪的诗，也堪称西昆体宗教诗的代表作。例如《次韵和承旨侍郎宿斋太乙宫之什》：

> 北斗城南太乙祠，羽人多著九霞衣。竹宫肃穆珠旒拜，华表飘飖鹤驭归。绕殿步虚幢影密，登台酹献佩声微。质明礼毕还台去，厩马翩翩速似飞。

这首特与《威道人归乡》在题材上完全不同，一佛一道；而在艺术风格上完全相同，辞藻华赡，格律严谨。

杨亿的佛道题材诗，是充满着富贵气象的宗教诗。

苏　轼

苏轼（1037—1101），字子瞻，一字和仲，自号东坡居士，眉山（今属四川）人。他出身寒微，自幼在父苏洵、母程氏的教育下，学通经史，与父苏洵、弟苏辙合称"三苏"。他于嘉祐元年（1056）出川，次年举进士，深受当时文坛领袖欧阳修的赏识。他历经仁宗、英宗、神宗、哲宗、徽宗五朝。神宗朝，王安石厉行变法。苏轼赞成改革弊政，但反对变法，因而遭到新党的排挤，一度被罗织罪状，逮捕下狱。这就是历史上著名的文字狱"乌台诗案"。哲宗朝，高太后起用旧党，尽废新法。苏轼虽反对变法，却又不主张将新法全废，因而又遭旧党排斥。后来新党再度执政，更进一步打击苏轼。苏轼毕生政途坎坷，一贬再贬，先后到过杭州、密州、徐州、湖州、冀州、汝州、颖州、扬州、定州、英州、惠州，一直远谪到天之涯海之角的儋州（今海南儋县）。历史上以儒为业的文人之遭贬者，以苏轼为最。但他每到一地，都能为民造福，颇有政声。

苏轼一生走的是忠君与为民的儒家之路，主张帝王要施仁政。但是，随着政海中的一次次升沉，他逐渐地"以释氏书""参之孔老"（《墓志铭》），从而成为一个以儒为本、以佛道为辅的三教互补论者。用他自己的话说："学佛老者，本期于静而达"（《答毕仲举书》）。换言之，就是在儒业失败——频繁不断的贬谪中，苏轼需要佛道为他抚慰灵魂，让他平静而放达。

以儒为业的苏轼逐渐走向外儒内释，首先是与其家庭影响分不关的。他的父亲苏洵与禅宗佛教云门宗的圆通（居讷）和宝月（惟简）友善，他的母亲程氏也奉佛，家中供有十八罗汉像。父母亡故之后，苏轼将其遗物赠施佛寺，并捐资三十万刊印《楞伽经》。在父母的影响下，苏轼、苏辙以及苏轼的妻妾无不热衷于佛教。不过，苏轼正式接触佛典，对佛教义学初步有所了解，则是在嘉祐末年任凤翔签判的时候。他在纪念友人王彭的《王大年哀辞》中说："予始未知佛法，君为言大略"。"予之喜佛书，盖自君发之"。从此以后，苏轼才正式对佛教发生了兴趣。不过，他从对佛教发生兴趣到信仰，则还有一个主观与客观互相促进的漫长过程。

苏轼对于道家和道教，也有一个从不信到逐渐相信的过程。他在《养生诀上张安道》中说："近年颇留意养生，读书延间方士多矣。其法百数，择其简易可行者间或为之，辄有奇验。今此法特究其妙，乃知神仙长生非虚语尔。"（《今古图书集成》第513册）他是从学习养生之术——内丹术入门，进而相信神仙可学而成的。

苏轼周流三教的思想复杂性，鲜明地反映在他的生活和诗词创作中。

（甲）苏轼的诗

在苏轼的人际关系和创作中有一个最突出的主题：儒释友谊。儒释友谊开始于东晋，到北宋的苏东坡而发展到了极致。北宋诗僧之与苏轼交游而见于苏诗者,不下百人之多,例如慧空(本莹)、惠勤、惠思、守诠、定慧、清顺、惠山、文长老、可久、惠觉、惟肃、义诠、辩才、圆照(本长老)、荣长老、慧辩(海月)、智周、释湛、法通、宝觉、纶长老、圆通、道潜(参寥)、惠表、明操、觉真(可仙)、居讷、常总、了元(佛印)、无著、思聪、和长老、信长老……名单如果继续开下去,还可以延长几倍。此外,苏东坡的诗友中还有少数道士,如蹇拱辰、邵彦肃、何德顺等。

苏轼与僧道的友谊,一般是建立在共同文化心理即对诗歌的爱好上,因而彼此写了不少赠答唱和之作。他第一次去杭州赴任,欧阳修便向他推荐西湖僧惠勤"长于诗"。苏轼至杭第三日就拜访了惠勤,二人从此互相酬唱不绝。苏轼称赞惠勤"新诗如洗出,不受外垢蒙","清风入齿牙,出语如风松"(《僧惠勤初罢职》)。又如苏轼某日游于僧舍,见壁上清顺小诗:"竹暗不通日,泉声落如雨。春风自有期,桃李乱深坞。"(《西湖游览志余》)轼即日寻访之,清顺诗名顿振。又一次,苏轼游梵天寺,见壁上有"僧守诠小诗清婉可爱",便次韵题诗一首(《竹坡诗话》)。他还称赞道潜:"多生绮语磨不尽,尚有宛转诗人情"(《次韵僧道潜见赠》);"新诗如玉屑,出语便清警"(《送参寥师》);"新诗如弹丸,脱手不暂停"(《次韵答参寥》)。由此可知,被苏轼赏识并与之定尘外之交的僧道,都是诗艺超绝者。但是,友谊一旦建立,却又可以超越诗的局限,而渗透到生活的一切领域。例如苏轼的《宿水陆寺寄北山清顺僧二首》之一写道:

草没河堤雨暗村,寺藏修竹不知门。拾新煮药怜僧病,扫地焚香净客魂。农事未休侵小雪,佛灯初上报黄昏。年来渐识幽居味,思与高人对榻论。

诗人当时督开运河,夜宿于水陆寺。他一方面忙于公务,一方面还要照顾病僧,这是何等真诚的高情厚谊!

儒释交谊必然导向彼此在一定程度上的认同。从东坡这方面来说,就是对禅宗佛教意识的吸纳。例如:佛印禅师住持金山寺时,苏轼游寺入其方丈。佛印与之斗机锋,喝曰:"此间无坐处!"苏轼戏答:"暂借和尚四大,用作禅床。"佛印又说:"山僧四大皆空,五蕴非有,欲于何处坐?"苏轼一时结舌,佛印便叫留下苏轼腰间玉带,永镇山门。苏轼笑而予之,佛印报以衲裙(《五灯会元》)。苏诗《以玉带施元长老》道:"病骨难堪玉带围,钝根仍落箭锋机。欲教乞食歌姬院,故与云山旧衲衣。"诗中记的就是这一段儒释友谊佳话。但东坡这时对待禅宗佛教还是采取游戏态度,颇具玩禅色彩。

青壮年时代的苏轼,与僧侣、道士交往,主要是把这两种宗教当作怡情养性的文化来接受的。这时他对佛道二教还缺乏虔诚信仰的感情,特别是不大相信神仙之说:"我欲乘飞车,东访赤松子。蓬莱不可到,弱水三万里。不如金山去,清风半帆耳。"(《金山妙高台》)"东方海云空复空,群仙出没空明中。荡摇浮世生万象,岂有贝阙藏珠宫。"(《登州海市》)

但是,随着来自新旧两党对他的一次比一次沉重的夹击,从江北贬到江南,从江南贬到岭南,从岭南贬到海南,为了调整被打破平衡的心态,他终于在晚年成了一个儒、释、道三教互补的信徒。他正式宣称自己是佛家弟子:"为鼠常留饭,怜蛾不点灯。崎岖真可笑,我是小乘僧。"(《次韵定慧钦长老见寄八首》,从诗人的"为鼠"和"怜蛾"的行动看,他应是普度众生的"大乘僧",而不是独善其身的"小乘僧"。东坡不但以佛徒自命,而且以道徒自命:"人间有此白玉京,罗浮见日鸡一鸣","东坡之师抱朴老,真契久已交前生"(《游罗浮山》)。后来他读葛洪《抱朴子》,就更加相信神仙可学了:"愧此稚川(即葛洪)翁,千载与我俱";"学道虽恨晚,赋诗岂不如";"长生定可学,当信仲弓言"。陈仲弓《异闻记》载某女子学灵龟摄气法,得以长生。晚年的东坡终于对神仙之道深信不疑了。

苏轼除赋诗讴歌儒释和儒道友谊,并逐步向释道认同之外,还写了很多优美的宗教景观诗。诗人两度出任杭州刺史,西湖以及长江下游一带的寺塔是他公余游览和吟咏的审美对象。试看东坡笔下的西湖之美:

少年过了未衰颜,正在悲欢季孟间。细雨溟濛湖上寺,东风摇荡酒中山。(《题西湖楼》)

菰蒲无边水茫茫,荷花夜开风露香。渐见灯明出远寺,更待月黑

看湖光。(《夜泛西湖》)

寺院是西湖风景区的基本特征。据《西湖游览志余》，杭州湖山之间，唐以前360寺，五代以后增至480寺。苏诗体现了这一特征。

再看东坡笔下的长江下游宗教景观：

金山楼观何耽耽，撞钟击鼓闻淮南。焦山何有有修竹，采薪汲水僧两三。(《自金山放船至焦山》)

今日江头天色恶，炮车云起风欲作。独望钟山唤宝公（钟山寺僧），林间白塔如孤鹤。(《六月七日泊金陵》)

山水、寺塔、僧伽，再加上钟鼓之声，构成了赏心悦目的宗教风景画。

苏轼擅长于宗教风景的描绘，也擅长于宗教风俗的勾勒。例如《宿海会寺》写道："大钟横撞千指迎，高堂延客夜不扃"；"木鱼呼粥亮且清，不闻人声闻履声"。寺僧撞钟，千指相迎，人数之众多可知矣。木鱼一敲，百僧赴食，"不闻人声闻履声"，戒律之严，不言自明。又如《腊日游孤山访惠勤惠思二僧》写道："孤山孤绝谁肯卢？道人有道山不孤。纸窗竹屋深自暖，拥褐坐睡依团蒲"。僧居之僻远简朴，如在目前。

宗教哲理诗也是苏东坡诗之一绝。例如其《题沈君琴》：

若言琴上有琴声，放在匣中何不鸣？若言声在指头上，何不于君指上听？

《楞严经》云："譬如琴瑟、箜篌、琵琶，虽有妙音，若无妙指，终不能发。汝与众生，亦复如是。宝觉真心，各各圆满，如我按指，海印发光。"大意谓禅宗承认众生皆有佛性，但还需指点，方得顿悟；好比琴瑟之有妙音，尚待指头。苏轼琴诗本此。

又如《题西林壁》：

横看成岭侧成峰，远近高低各不同。不识庐山真面目，只缘身在此山中。

西林寺为庐山名刹，苏诗就题写在此寺的墙壁上。《华严经》云："于一尘中，大小刹种种差别如尘数，平坦高下各不同，佛悉往诣，各转法输。"苏诗"远近"句似受此经文启发。黄庭坚、纪昀认为，此诗极有般若禅味可寻：庐山属佛理之色界，但色即是空；若身陷此色界之中而不能自拔，便无法认识此色空之佛理——"庐山真面目"了。像东坡这样嗜佛的诗人，在佛寺墙上题诗，恐不会与佛理无关。因此，黄纪的诠释亦不应视同痴人说梦。

（乙）苏轼的词

东坡的主体佛道意识，不但体现在他的诗中，也反映在他的词作里。例如：佛典以"如梦"喻万法（一切事物现象）唯空。《华严经》称："业绿如梦"；《大般若经》称："如人梦中说梦，见种种自性如是。"苏词亦常以"如梦"喻人生："人生如梦，一尊还酹江月"（《念奴娇·赤壁怀古》）；"世事一场大梦，人生几度秋凉"（《西江月·世事一场》）；"休言万事转头空，未转头时皆梦"（《西江月·平山堂》）等。又如苏轼写了两首《如梦令》，借洗澡为喻，解说佛理之"空"观。佛理认为：万法唯识。《成唯实论》称："依识所变，非为实有"。换句话说，一切现象都是人的主观心造（识），只要去掉"妄心"，世界上的一切均化为乌有了。东坡以此主观唯心主义的佛理在《如梦令》里写道："水、垢何曾相受？细看两俱无有"；"自净方能净彼，我自汗流呀气"。照这样一说，清洁之水与污垢之身都空无所有，沐浴变成多此一举了。

苏轼的中、青年时代是在慕仙与疑仙的矛盾心态中度过的。这种矛盾心态体现在他的许多词作中。例如《水调歌头》（丙辰中秋，欢饮达旦，大醉，作此篇，兼怀子由）：

明月几时有？把酒问青天：不知天上宫阙，今夕是何年？我欲乘风归去，又恐琼楼玉宇，高处不胜寒。起舞弄清影，何似在人间！

转朱阁，低绮户，照无眠。不应有恨，何事长向别时圆？人有悲欢离合，月有阴晴圆缺，此事古难全。但愿人长久，千里共婵娟。

这首词上阕写月下欢饮，下阕写怀念胞弟苏辙。上阕起头四句两问，仿屈子《天问》，提出天上仙境"今夕是何年"的奇思妙想。这一构思源于唐牛僧孺《汉文帝母薄太后庙赋诗》。该诗云："香风引上大罗天，月地花宫拜洞仙。具道人间惆怅事，不知今夕是何年。"牛诗意谓：住在大罗天里的神仙过着长生不死的岁月，不知人间"今夕是何年"。苏词将其立意倒过来，抒写住在人间的自己不知天上仙家"今夕是何年"。接下去的"我欲"、"又恐"云云，便是诗人羡仙而疑仙的矛盾心理的流露。这与他的《金山妙高台》等诗同一机杼。最后写词人暂时从这种矛盾中挣脱出来，升仙不易，且把握住人间"起舞弄清影"的准神仙生活。

苏轼这种求仙不得，退而求其次——人间准神仙生活——的情绪，还广泛地表现在其他不少词作之中。例如《水龙吟》：

　　古来云海茫茫，道山绛阙知何处？人间自有，赤城居士，龙蟠凤举。清净无为，坐忘遗照，八篇奇语。向玉霄东望，蓬莱晻霭，有云驾。骖凤驭。　　行尽九州四海，笑纷纷，落花飞絮。临江一见，谪仙风采，无言心许。八表神游，浩然相对，酒酣箕踞。待垂天赋就，骑鲸路稳，约相将去。

其他还有："卯酒醒还困，仙村梦不成。蓝桥何处觅云英？只有多情流水伴人行。"（《南歌子·雨暗初疑》）"神仙知在何处？富贵非吾志。"（《哨遍·为米折腰》）等等。

苏轼还以各种宗教神话形象、情节和语汇作为艺术手段，去描绘世俗生活，因而作品充满了浪漫主义情调。苏词采用佛道意象描述得最多的世俗生活是艳情。词人自号东坡居士，其实是以佛教神话人物维摩诘居士为榜样的。维摩诘是一个在家奉佛而家财万贯、妻妾如云的佛徒，是唐宋以来士大夫文人理想中的榜样。苏轼经常以他自喻。例如其《殢人娇》写道："白发苍颜，正是维摩境界。空方丈，散花何碍！朱唇箸点，更髻鬟生彩。这些个，千生万生只在。"有人认为，这首词是东坡为其爱妾朝云而作。颇有道理。词人以维摩诘居士自况，而以散花天女喻朝云，并表示愿意把这一关系维系到永远。

《南歌子·师唱谁家曲》是一首借佛语和佛家故事叙冶游生活的词。词如下：

师唱谁家曲？宗风嗣阿谁？借君拍板与门槌，我也逢场作戏莫相疑。　　溪女方偷眼，山僧莫眨眉。却愁弥勒下生迟，不见老婆三五少年时。

据惠洪《冷斋夜话》云：东坡守钱塘，无日不在西湖。尝携妓谒大通禅师，大通愠形于色。东坡作长短句令妓歌之。妓所歌者，就是这支《南歌子》，内容乃是针对大通禅师而发的。先说上阕。开头两句，借用禅门学人向禅师参问时的套语。如《五灯会元》的《天平契愚禅师》条写道："僧问：'师唱谁家曲？宗风嗣阿谁？'师曰：'杖鼓两头打。'"苏轼借用这一问法口头禅，正是学人向大通禅师参问的口吻。"逢场作戏"也是禅门法语。《景德传灯录》的《道一禅师》条写道："邓隐峰辞师。师云：'什么处去？'对云：'石头（希迁禅师）去。'师云：'石头路滑。'对云：'竿木随身，逢场作戏。'便去。""逢场作戏"本谓江湖艺人路逢空场，便以随身竿木架帐演戏。禅宗借喻参禅悟道，不必胶柱鼓瑟，而要灵活运用。苏轼借用这一禅语，意在表明自己虽爱妓乐而不废参禅。下阕借用佛教神话弥勒菩萨下生人间，在龙华树下成佛，向天人说法故事。但东坡做了翻案处理，意谓可惜弥勒下生人间迟了，没见到"老婆三五少年时"。言外之意是：假若弥勒下生人间早一些，见到了"老婆三五少年时"，则不但不会眨眉，而且还会堕入爱河的。总之，苏轼此词纯属戏作，意在以游戏之词劝大通回嗔作喜。

苏轼还常借道教神仙意象描述艳情。例如《减字木兰花·送别》：

天台旧路，应恨刘郎来又去。别酒频倾，忍听阳关第四声。
刘郎未老，怀恋仙乡重得到。只恐因循，不见如今劝酒人。

此词借刘阮入天台故事喻狭邪游。词人以刘郎自喻，以仙乡——天台喻妓家，以仙女喻劝酒人——妓女。

除艳情外，苏词有时也运用各种神话意象描述其他世俗生活。例如《南歌子·观潮》：

> 海上乘槎侣，仙人萼绿华。飞升元不用丹砂。住在潮头来处渺天涯。　雷辊夫差国，云翻海若家。坐中安得弄琴牙。写取余声归向水仙夸。

这首词描绘弄潮儿起落于潮头的惊险壮观，全篇用神话故事。"乘槎侣"故事见《博物志》，意谓有人乘槎上了天河；"萼绿华"是女仙，见《真诰》；"海若"是海神，见《楚辞·远游》和《庄子·秋水》；"水仙"，名琴高，善鼓琴，故事见《列仙传·琴高》。

苏轼诗词鲜明地体现了三教互补的思想艺术特色。

晁补之

"苏门四学士"之一的晁补之（1053—1110），字无咎，号归来子，济州巨野（今属山东）人。他于神宗朝元丰年间举进士及第，历任司户参军、秘书省正字、吏部员外郎、礼部郎中等职。但因他修《神宗实录》失实，以及蒙元祐旧党之嫌，迭遭贬斥，故其作品多颓废放达情调，与佛道意识若即若离。进则为儒，退则为佛为道，这种三教互补倾向，在晁补之词作中表现得十分明显。《御街行》、《生查子》、《青玉案》等词，是他遭贬十年之后重返京师待命之作。这些作品，无不充满了屈子香草美人之情。例如《生查子》：

> 宫里妒娥（蛾）眉，十载辞君去。翠袖怯天寒，修竹无人处。
> 今日近君家，望极香车惊。一水是红墙，有恨无由语。

此词上阕以屈原、杜甫自比。屈原《离骚》有句云："众女嫉余之蛾眉兮，谣诼谓余以善淫。"晁词"宫里妒娥眉"句本此，意谓自己一片忠心，却遭宵小之徒的诋毁，因而见疏于皇帝。杜甫《佳人》有句云："天寒翠袖薄，日暮倚修竹。"晁词"翠袖"、"修竹"云云本此，意谓自己如杜甫笔下的绝代佳人，坚贞不渝。下阕抒写无由接近皇帝的哀怨之情。总之，忠君报国，献身无门，是本篇主旨。

但是，在晁补之的另一些抒写贬谪失意生涯的词作中，却充满了寻佛问道、出世退隐之情。例如《阮郎归》：

> 儿童嬉戏杏花堤，春归不解悲，重来草露湿人衣，无花空绕枝。曾学道，久忘机。一尊甘若饴。平生鱼鸟与同归，临风心自知。

晁补之不但自称"曾学道，久忘机"，而且还"文史渐抛，功名更懒，随处见真如"（《一丛花》），似乎既热衷于道，又倾心于佛。其实，这不过是他不见重于朝廷的故作清高和自慰自解之语。所以他在另一组作品中又声明："无心求至道，柴门闭了，饱睡甘餐"；"闲说秋来，乘槎心懒，梦回三岛波间"；"上界仙人官府，何似我，萧散尘寰"；"自画远公莲社，……社中客，禅心古井无波。我似渊明逃社，怡颜盼，百尺庭柯。"（《满庭芳·忆庐山》）。如此看来，晁补之执着追求的乃是儒业，而佛、道二教只不过是有它不多无它不少的一盒万金油而已。所以他虽然绘制了一幅净土宗远祖慧远组织的莲社图，但他却好比陶渊明，虽名列莲社十八高贤之中，而身却"逃社"。

晁补之写了大量的咏花词，以仙子喻花，是其特色。例如《生查子·梅》：

> 青帝晓来风，偏傍梅梢紧。未放玉肌开，已觉龙香喷。　此意比佳人，争耐非朱粉。惟有许飞琼，风味依稀近。

此词以女仙许飞琼喻梅花。其他如：写琼花冰姿难比，"犹忆飞琼标致"（《下水船》）；写芍药花会，"梦魂恐在仙乡"（《望海潮》）；写海棠，"将红间白，采薰笼，仙衣覆斑斓"（《喜朝天》），等等。

张　耒

张耒（1054—1114），字文潜，号柯山，楚州淮阴（今属江苏）人。他是熙宁进士，苏门四学士之一，历任秘书省正字、起居舍人、太常少卿等职。徽宗朝，他坐元祐党贬房州别驾，黄州安置。他的生活、思想与创作近似晁补之：以儒为业却难酬壮志，于是只得向佛道寻求慰安。其《满庭芳》写道："嗟吁。人生随分足，风云际会，漫付伸舒。且偷取闲时，向此踌躇。谩取黄金建厦，繁华梦，毕竟空虚。"其中，浮生若梦（"一切有为法，如梦幻泡影"——《金刚经》）和随缘自足（"于一切善恶境界心念不起"——《坛经》）等佛教意识，十分鲜明。他也好用道家神话意象写景抒情。如"霞裾仙佩，姑射神人风露态"（《减字木兰花》）；"空恨碧云离合，青鸟沉浮"（《风流子》）等。

作为苏氏门人的晁补之与张耒，其政途一如东坡之蹭蹬是必然的，其宗教意识亦如东坡之三教互补也是难免的。

第二节　以释补儒的诗人词客

以儒为业的士大夫文人，一旦仕途受挫，其人生态度从积极进取的儒家转向消极的佛道，其中有些人主要地投身于佛陀的莲花宝座之下。北宋的王安石和黄庭坚是这方面的代表作家。

王安石

王安石（1021—1086），字介甫，晚号半山，抚州临川（今属江西）人。他少好读书，"自百家诸子之书，至于《难经》、《素问》、《本草》、诸小说，无所不读，农夫女工，无所不问"（《答曾子固书》）。他于仁宗庆历年间中进士；嘉祐三年向皇帝上万言书，提出变法的政治主张；神宗熙宁三年任宰相，正式推行变法新政。由于保守派的激烈反对，他被迫于熙宁九年辞去宰相之职，退居江宁（今江苏南京）。晚年封舒国公，旋改封荆国公，世称王荆公；卒谥文，故亦称王文公。

王安石涉猎既广，因而对佛学也颇有研究。他的《答蒋颖叔书》就是一篇阐述佛学哲理"不二法"的说理文。"不二"又称"无二"、"离两边"，意谓对待一切现象应不分彼此，不执着"偏见"；换句话说，就是要把两个对立统一起来，以超越其对立。只有如此，才能达到佛教的真理。所以《坛经》中说，要做到"说法不失本宗"，就要"动用三十六对，出没即离两边"、"出语尽双",对每一论题的两个对立面都不执着。王安石在答蒋颖叔信中说的,就是这个佛理。该信中说:"曰一性所谓无性,则其实非有非无";"长来短对,动来静对,此但令人勿着尔";"虽不着二边,而着中边,此亦是着";"但有所着,皆在所诃,……若无此过,即在所可,三十六对无所施也"。以上诸语,都是从不同角度来阐述不二法门的。

从少年时代起,王安石就开始广泛与儒、释、道各方面人物结交。在《扬州龙兴寺十方讲院记》中,他赞扬浮屠慧礼,"其行谨洁,学博而才敏,而又卒之以不私"。王安石在全面衡量儒释两个领域的精英时,不得不做出了扬释抑儒的结论:"今夫衣冠而学者,必曰自孔氏。孔氏之道易行也,非有苦身窘形,离性禁欲,若彼之难也,而士之行可一乡、才足一官者常少;而浮图之寺庙被四海,则彼其所谓材者,宁独礼耶?"他与许多诗僧彼此唱和,结下了深厚的友谊。例如惠思、常坦、道升、觉海、安大师、宝觉、道原、惠岑、净因、云渺、大觉,国清、道光、详大师、祥师、虚白、简师、然师、秀者、无著、报宁、惠休等,都是王安石的方外之交。在宋代,像王安石这样广交诗僧的士大夫文人,只有苏东坡一人堪称伯仲。

王安石与佛教的关系,始于探研佛理和结交诗僧;到了晚年,由于政治理想(变法)的破灭和家庭生活的变故,他就把佛教当成了消释痛苦的精神麻醉剂。例如他在《出定力院作》中,以大乘佛教"万法如梦"的观点,总结了他推行新政的失败:

江上悠悠不见人,十年尘垢梦中身。殷勤为解丁香结,放出枝间自在春。

诗人把自己实行变法的十年(实为八年,"十年"乃概乎言之)比喻为一场空梦,并以极为生物的譬喻,说明他之变法是为了打破陈旧的生产关系——为解丁香结,解放生产力——放出一片春光。但是这一美丽的理想早已破灭,他只落得一个借佛教人生哲学——空观以自慰的结局。因此,他把江宁上元县的园屋捐作僧寺,并把他的上元县荒熟田土全部施赠给蒋山(钟山）太平兴国寺，替父母和儿子营办功德，追荐亡魂。

王安石的佛教题材诗约150首，大致可分为四类。

（一）与僧侣交游赠答诗。这类作品，是王安石与僧侣交游的友谊结晶。其中，有对释子高风嘉行的赞美，如《寄育王山长老常坦》写道："道人少贾海上游，海舶破散身波浮。抱金满箧人所寄，吹箎偶得还中州。赢身归来不受报，只取斗酒相献酬。欢娱慈母终一世，脱弃妻子藏岩幽。"有对和尚四海奔波的同情，如《送惠思上人》写道："顾怜鲁东门，无事反悲愁。岁晏忽惊矫，问胡不少留。因知网罗外，犹有稻粱谋。"有对道人随缘适性的赞赏，如《白鹤吟示觉海元公》中写道："北山道人曰：美者自美，吾何为而喜？恶者自恶，吾何为而怒？去自去耳，吾何阙而追？来自来耳，吾何妨而拒？吾岂厌喧而求静？吾岂好丹而非素？汝谓松死吾无依邪？吾方舍阴而坐露。"有对禅师的深情高谊，如《寄北山详大师》："欲见道人非一朝，杖藜无路到青霄。千岩石壑排风雨，想对铜炉柏子烧。"亦有对比丘生活的向往，如《赠僧》写道："纷纷扰扰十年间，世事何尝不强颜。六欲心如秋水静，应须身似岭云闲。"王安石自熙宁三年拜相，厉行变法，至熙宁十年变法失败，引退归山，实为八年，概言之则曰十年。这首诗流露出诗人在政治理想破灭后的消极情绪，与《出定力院作》的心理态势同构。

（二）丛林寺院纪游诗。王安石好游览山水寺院，又好作诗。他晚年休官，定居江宁，经常栖身于丛林，吟咏其间，写下了大量纪游诗。他的寺院山水纪游诗，有古体，也有律绝；但其中写得最好的则是绝句。例如：

屋绕湾溪竹绕山，溪山却在白云间。临溪放艇依山坐，溪鸟山花共我闲。（《定林所居》）

乌石冈边缭绕山，柴荆细径水云间。枯花嚼蕊长来往，只有春风似我闲。（《游草堂寺》）

涧水无声绕竹流，竹西花草弄春柔。茅檐相对坐终日，一鸟不鸣山更幽。（《钟山绝句二首》之一）

日净山如染，风暄草欲薰。梅残数点雪，麦涨一溪云。（《题齐安壁》）

这些诗，多以"云"、"水"、"闲"等字眼创造一种幽静的意境，从空镜头式的景物描绘中，透出作者一片闲适出世的禅趣来。王安石的这类诗直逼王维，其"一鸟不鸣山更幽"句，与王籍"鸟鸣山更幽"和王维"谷鸟一声幽"句，在创意上相反，实则殊途同归。

王安石的寺院山水小诗之所以脍炙人口，颇得力于锻句之功。其佳句如："水南水北重重柳，山后山前处处梅"（《庚甲游斋安院》），以对偶见长；"缲成白雪桑重绿，割尽黄云稻正青"（《同陈和叔游齐安院》），以比喻取胜；"春风日日吹香草，山北山南路欲无"（《悟真院》）含蓄而隽永；"殷勤为解丁香结，放出枝间自在春"（《出定力院作》），深于情而切于理。

（三）宗教文化赞美诗。王安石是一个对佛教义学颇有兴趣的人。他不但经常阅读佛典，思考佛理，也常用诗文向别人讲解自己的学习体会。例如《空觉义示周彦真》："觉不遍空而迷，故曰觉迷。空不遍觉而顽，故曰空顽。空本无顽，以色故顽。觉本无迷，以见故迷。"这是阐述佛学义理："空"与"觉"必须完全相结合，才能达到不"顽"不"迷"之彻悟。

王安石对佛教绘画艺术也极欣赏。为此，他写了《梵天画赞》、《维摩像赞》等四言诗。他特别嘉许释惠崇的山水画，多次作诗赞美，例如《纯甫出僧惠崇画要予作诗》写道：

> 画史纷纷何足数，惠崇晚出吾最许。旱云六月涨林莽，移我翛然堕洲渚。黄芦低摧云翳土，兔雁静立将俦侣。往时所历今在眼，沙平水淡江西浦。暮气沉舟暗鱼罟，欸眠呕轧如鸣橹。颇疑道人三昧力，异域山川能断取。方诸承水调幻药，洒落生绡变寒暑。……

诗人写出了他对惠崇山水画的身临其境的亲切感受，并正确地指出：惠崇画之获得成功，应得力于作者对"定学"（佛教"三学"之一），亦即"三昧"的修习。

（四）梵志体通俗佛诗。在唐宋时期，王梵志和寒山、拾得的通俗佛诗，很受士大夫文人的赏识，王安石也是其中之一人。他在《寄吴氏女子》中写道:"姑示汝我诗,知嘉此林坰。末有拟寒山,觉汝耳目荧。"这里有两点值得注意:一是"姑示汝我诗"句的"汝"和"我诗"是动词"示"的双宾语,而王梵志诗"还你天公我,还我未生时"就是这种双宾结构的原型;二是"末有拟寒山"句说明王安石随同此诗寄给吴氏女子的,还有《拟寒山拾得十九首》。这两点,都表明王安石对通俗佛诗的巨大兴趣,兹举《拟寒山拾得》诗二首如下:

(一)我曾为牛马,见草豆欢喜。又曾为女人,欢喜见男子。我若真是我,只合长如此,若好恶不定,应知为物使。堂堂大丈夫,莫认物为己。

(二)凡夫当梦时,眼见种种色。此非作故有,亦非求故获。不知今是梦,道我能畜积。食求复守护,尝怕水火贼。既觉方自悟,本空无所得。死生如觉梦,此理甚明白。

前一首诗解说六道轮回的佛教教义,劝人为善;后一首诗阐释我法(主观客观)两空、有如梦幻的佛理。

还有一些诗,王安石虽然没有标明为仿寒山、拾得,因为出语通俗,也应纳入这一类。例如《题半山亭壁二首》:

我行天即雨,我止雨还住。雨岂为我行,邂逅与相遇。
寒时暖虚坐,热时凉处行。众生不异佛,佛即是众生。

前一首诗叙出行遇雨,行止雨住,表现出佛家毫不执着,随遇而安的无着心态。后一首诗以寒暖凉热的互相转化,喻众生与佛亦可互相转化。

王安石的词作不多,传下来的只有29首,但涉及佛理禅机者几近一半。有些作品以大量佛家语直宣教义,如《雨霖铃》、《南乡子》、《望江南·皈依三宝赞》等,没有什么诗美。但也有个别作品能融佛理于写景抒情之中,如《渔家傲》:

平岸小桥千嶂抱,柔蓝一水萦花草。茅屋数间窗窈窕。尘不到,时时自有春风扫。　　午枕觉来闻语鸟,欹眠似听朝鸡早。忽忆故人今总老,贪梦好,茫然忘了邯郸道。

《维摩诘经》云:"是身如梦,为虚妄见。"这首词,上阕写午睡的幽静环境,下阕写梦后悟出佛理——人生如梦,万法唯空。此词情景相生,不涉理路,不用佛语,而佛理自在其中。

黄庭坚

黄庭坚(1045—1105),字鲁直,号山谷道人,又号涪翁,分宁(今江西修水)人。他自幼好学,广涉经史百家,英宗治平四年举进士及第,苏门四学士之一。他曾任汝州叶县尉、吉州太和知县、校书郎、著作郎等职。但由于受新旧党争的牵连,迭遭贬谪:先谪涪州(今四川涪陵)别驾,黔州(今四川彭水)安置,又移至戎州(今四川宜宾),最后除名编管宜州(今广西宜山)。他就死在这里。黄虽出苏轼门下,但他的诗独树一帜,与苏诗声誉旗鼓相当,世称苏黄。黄庭坚是江西诗派的创派祖师。其文学主张是:一、"夺胎换骨","点铁成金",即点化前人诗句、诗意,化腐朽为神奇;二、"自成一家",独辟蹊径,崇尚瘦硬新奇,去陈反俗;三、诗律上避常趋变,崇尚拗格。由于他的创作主张和诗歌作品一反宋初西昆体的宫廷气派和靡丽文风,因此仿效他的人很多,著名的有吕本中、陈师道、陈与义、晁冲之等二十多人。吕本中《江西诗社宗派图》问世以后,"江西诗派"作为宋代文学史上的文学流派遂得确立,黄庭坚作为这个流派的派主地立亦随之确立。

黄庭坚的宗教意识结构,近似于王安石,以儒为主,同时又热衷于禅学。《五灯会元》把黄庭坚列为禅宗临济宗黄龙心禅师法嗣。据该书记载:黄好作艳词,一日谒见圆通秀禅师。秀责之曰:"大丈夫翰墨之妙,甘施于此乎?""汝以艳语动天下人淫心……正恐生泥犁(地狱之一)耳。"黄闻语悚然悔谢,从此孜孜求道,并著《发愿文》,痛戒酒色,但朝粥午饭而已。他在《发愿文》里写道:"我从昔来,因痴有爱,饮酒食肉,增长爱渴,入邪见林,不得解脱。今者,对佛发大誓:愿从今日,尽未来世,不复淫欲;愿从今日,尽未来世,不复饮酒;愿从今日,尽未来世,不复食肉。设复淫欲,当堕地狱,烈火坑中,经无量劫。一切众生,为淫乱故,应受苦报,我皆代受。设复饮酒,当堕地狱,饮洋铜汁,经无量劫。一切后生,为酒颠倒故,应受苦报,我皆代受。设复食肉,当堕地狱,吞热铁丸,经无量劫。一切众生,为杀生故,应受苦报,我皆代受。"此外,黄庭坚还写了赞美菩萨、高僧的颂体诗数十首。所有这些作品,都是黄庭坚敬信佛教的主体意识的载体。

黄庭坚虽然以儒为业,但由于他大半生沉沦底层,每况愈下,因而成为一位外儒内释的代表作家。他的诗词,言儒者极少,谈佛者极多。他的佛教题材诗,可以分为四类。

(一)与佛徒赠答唱和诗。物以类聚,人以群分。在黄庭坚的交游圈内,除了以释为业的僧伽以外,还有一批像他自己一样的外儒内释的士大夫文人。黄庭坚与这些人志同道合,因此在与他们吟咏赠答之际,诗不离禅。例如《题竹尊者轩》:

　　平生脊骨硬如铁,听风听雨随宜说。百尺竿头放步行,更向脚跟参一节。

尊者,和尚之敬称。这首赞美竹尊者的诗,字字出自禅门法语,字字落在"竹"字上,与赞美之对象丝丝入扣。第一句源出于岩头禅师的赞词:"德山老人一条脊梁骨,硬似铁,拗不折",诗人借以喻竹尊者。第二句源出于《法华经》之"诸佛随宜说法,意趣难解"句,借喻竹尊者在风雨声中随宜说法,头头是道。第三句源出于长沙景岑禅师偈语:"百尺竿头不动人,虽然得入未为真。百尺竿头须进步,十方世界是全身。"第四句源出于玄沙师备禅师语:"老和尚脚跟未点地在。"黄诗的三、四两句,就是赞美竹尊者说法达到了百尺竿头更进一步,甚至还要在脚跟参一节的超人境界。

又如《题默轩和遵老》:

　　平生三业净,在俗亦超然。佛事一盂饭,横眠不学禅。
　　松风佳客共,茶梦小僧圆。漫续山家颂,非诗莫浪传。

这是一首与士大夫文人唱和之作，内容则为自述生平。第一联声称，虽系在家学佛，但身、口、意"三业"已净，对照黄氏《发愿文》，当非虚语。第二联以长庆大安禅师自许。大安"在沩山三十来年，吃沩山饭，屙沩山屎，不学沩山禅，只看一头水牯牛"（《五灯会元》）。又怀海禅师偈诗云："放出沩山水牯牛，无人坚执鼻绳头。绿杨芳草春风岸，高卧横眠得自由"。黄诗第二联就是对以上禅事禅语的檃栝。第三联的小僧圆梦事，源出沩山灵祐禅师公案：某次灵祐睡起，先后对仰山、香严二学人道："我适来得一梦，你试为我原（圆）看。"于是，仰山为师打了一盆洗面水，香严为师点了一碗茶。此联意谓佳客光临，书童献茶。第四联是对杜甫诗句"将诗莫浪传"的点化，意谓徒具诗形实无诗美之作决不示人。总之，这首诗堪称嗜禅好诗的山谷道人（和尚）的自我写照。

其他如：《谢王炳之惠石香鼎》写炉鼎焚香道："法从空处起，人向鼻头参。"以香烟喻佛法，以闻香喻用鼻参禅。《又答斌老病愈遣闷》将病愈之功归于禅悟："百疴从中来，悟罢本谁病？""一挥四百病，智力有余地。"按佛理：人身本四大（地水火风）和合而成，四大皆空，身非实有，病又焉附？佛经又说：一大增损则百一病，四大增损则四百四病；但若以智慧之剑破烦恼之贼，便一挥而愈。

（二）佛教景观诗。黄庭坚同所有的士大夫文人一样，雅好游览寺院并写作佛教景观诗。不过他的这方面作品，多系景物之罗列，缺乏浑然一体、含蓄隽永的意境。兹举写得较好的两首于下，以见一斑：

炉香滔滔水沈肥，水绕禅床竹绕溪。一段秋蝉思高柳，夕阳原在竹阴西。（《题学海寺》）

青玻黎盆插千岑，湘江水清无古今。何处拭目穷表里，太平飞阁暂登临。朝阳不闻皂盖下，愚溪但见古木阴。谁与洗涤怀古恨，坐有佳客非孤斟。（《太平寺慈氏阁》）

第一首诗以滔滔流水喻缕缕香烟，以水绕禅床喻香烟缭绕，设譬新颖。第二首诗的"青玻黎盆插千岑，"写出了登高俯视江南山水的真实感受；"朝阳不闻皂盖下"，以听觉"闻"写可见而不可闻之"朝阳"，亦颇别致，为现代心理学的所谓"通感"提供了一个古典例证。

（三）以禅为戏诗。佛学，对于六朝文人主要是一门学问，对于唐代文人是学问兼信仰，对于宋代文人就发展而成为学问、信仰兼文化游戏了。因此，以禅为戏而写作玩禅诗词的文人，从北宋到南宋，源源不断。苏东坡与黄庭坚都是爱玩这种神圣之雅谑的诗人。黄庭坚的《有惠江南帐中香者，戏答六言二首》、《有闻帐中香以为熬蝎者，戏用前韵二首》、《子瞻以子夏、丘明见戏，聊复戏答》、《戏答王子予送凌风菊二首》、《渔家傲·戏效宝宁勇禅师》等，都是这种作品。例如《有闻帐中香以为熬蝎者，戏用前韵二首》之一：

海上有人逐臭，天生鼻孔司南。但印香严本寂，不必丛林遍参。

诗的前两句叙两种人对"帐中香"的截然相反态度："逐臭"之夫以为气如"熬蝎"，"司南"之热则天生识香。"司南"，古代指南仪。由于"帐中香"产于江南（据《有惠江南帐中香者，戏答六言三首》）遂以"司南"借喻天生识香之鼻。诗的后两句源出佛典《楞严经》："香严童子曰：佛言'见诸比丘烧沉水香，香气寂然，来入鼻中，我观此气，非木非空，非烟非火，去无所着，来无所从，由是意销，发明无漏。'如来印我得。"诗中引此事典，意谓"帐中香"如诸比丘所烧之"沉水香"，其"香气寂然"，能令人"发明无漏"。"无漏"，即涅槃、菩提与一切能断除三界烦恼之法。

（四）禅门公案诗词。公案，原指官府判决是非之案例，禅宗佛教借用，指前辈祖师的模范言行，可资判断是非，破除迷执。黄庭坚好玩禅，常以诗词写禅门公案，作为其儒业之余的文化游戏。例如他的一首"戏效宝宁勇禅师"的《渔家傲》写道：

万水千山采此土，本提（今作菩提）心印传梁武。"对朕者谁"浑不顾，成死语，江头暗折长芦渡。　　面壁九年看二祖，一花五叶亲分付。只履提归葱岭去，分明忘却来时路。

这首诗写的是禅宗东土初祖菩提达摩的故事。据《五灯会元》的《初祖菩提达摩大师》介绍：菩提达摩为南天竺国香至王第三子，从西天二十七祖般若多罗受法。他远涉重洋来到中国，梁武帝向他问法："对朕者谁？"菩提曰："不识。"梁武帝未能开悟。菩提知机不契，潜回江北，寓止嵩山少林寺，终日面壁而坐，达九年之久。后来传法于禅宗二祖惠可，有偈云："吾本来兹土，传法救迷情。一花开五叶，结果自然成。"菩提圆寂之后，葬于熊耳山。三年后，有人奉使西域回国，遇菩提于葱岭，见他手提只履，翩翩独行。使者问他何往，答云"西天去"。使者归，具说其事。门人发棺，仅存一履而已。黄词就是对这一禅门公案的檃栝。

又如金山县志卷十九载黄庭坚《渔家傲·题船子钓滩》，也是写禅门公案的，今收入《全宋词》。词如下：

荡漾生涯身已老，短蓑箬笠扁舟小。深入水云人不到。吟复笑，一轮明月长相照。　　谁谓阿师来问道，一桡直与传心要。船子踏翻才是了。波渺渺，长鲸万古无人钓。

这首诗写的是船子和尚的传法故事。《五灯会元》的《船子德诚禅师》称：德诚至秀州华亭，泛一小舟，随缘度日，时人号曰船子和尚。夹山善会前往问法。师曰："大德住甚么寺？"山曰："寺即不住，住即不似。"师曰："不似，似个甚么？"山曰："不是目前法。"几经问答之后，夹山被船子一桡打落水中，因此豁然大悟，乃点头三下。夹山辞行，船子竖起桡子曰："汝将谓别有。"说毕覆船入水而逝。

黄庭坚诗词的艺术特点用他自己的话说，是"无一字无来处"，"虽取古人之陈言入于翰墨，如灵丹一粒，点铁成金"（《答洪驹父书》）。因此他的诗词以堆砌典故著称，其中也包括禅语禅典。他的佛教题材诗词与非佛教题材诗词，均好用禅语禅典，已如前述，这里再各举一例。

例如佛教题材诗《谢晓纯送纳袜》：

铲草曾升马祖堂，暖窗接膝话还乡。赠行百衲兜罗袜，处处相随入道场。

此诗叙朋友送诗人还乡,临行赠纳袜(佛徒所穿之衣谓之纳衣,一作衲衣)。诗人作诗答谢,以申其虔诚奉佛之心,开头一句,就是一个著名的禅门公案:丹霞天然禅师出家前,受马祖道一禅师指点,拜南岳石头禅师为师。一日,石头当众曰:"来日铲佛殿前草。"次日,众皆于殿前铲草,独丹霞以盆盛水,沐头于石头前,胡跪。石头笑而为之落发授戒。黄诗先借此禅典喻己之皈依佛法,接着便说他要穿着友人的赠袜,随时进入道场礼佛修行。

非佛教题材诗如《戏答王子予送凌风菊二首》之一:

> 病来孤负鸬鹚杓,禅板蒲团入眼中。浪说闲居爱重九,黄花应笑白头翁。

诗中所谓"禅板蒲团",语出《五灯会元》之《龙牙居遁禅师》篇:居遁问翠微禅师:"如何是祖师意?"翠微曰:"与我将禅板来。"居遁递过禅板,翠微接得便打。居遁又问临济禅师:"如何是祖师意?"临济曰:"与我将蒲团来。"居遁递过蒲团,临济接得便打。黄诗以此禅门公案借喻自己病中不能喝酒,唯有参禅问道而已。黄庭坚不独在诗词中爱好将禅语"点铁成金",即使其"灵丹一粒,点铁成金"的文学主张,亦来自禅语。据《五灯会元》,有僧问明州翠岩令参禅师:"还丹一粒,点铁成金;至理一言,转凡成圣。学人上来,请师一点。"山谷道人将禅语"还丹一粒,点铁成金"拿过去,只点化一个字,就变成了他的文学口号。

黄庭坚还有所谓"夺胎换骨"作诗法,说白了,就是将前人作品拆散重新组装,变成自己的作品。例如船子和尚有偈诗云:

> 千尺丝纶直下垂,一波才动万波随。夜静水寒鱼不食,满船空载月明归。

此诗以垂钓喻参禅,以钓得满船明月(明月喻佛)喻悟彻禅机。黄庭坚将船子和尚的这首禅诗来了个夺胎换骨,改写成一首长短句《诉衷情》:

> 一波才动万波随,蓑笠一钓丝。锦鳞正在深处,千尺也须垂。吞又吐,信还疑,上钩迟。水寒江静,满目青山,载月明归。

黄庭坚不但把别人的禅诗夺胎换骨而变成己作,而且有时也把自己的禅诗夺胎换骨而变成另一篇作品。例如他的一首《渔家傲》:

> 踏破草鞋参到了,等闲拾得衣中宝。遇酒逢花须一笑,长年少,俗人不用嗔贫道。 何处青旗夸酒好,醉乡路上多芳草。提着葫芦行未到,风落帽,葫芦却缠葫芦倒。

这是一首描绘和尚沽酒的玩禅戏作。"葫芦却缠葫芦倒",是对醉和尚的雅谑。黄庭坚在此词小序中写道:"余尝戏作诗:'大葫芦挈小葫芦,恼乱檀那得便沽。每到夜深人静后,小葫芦入大葫芦。'又云:'大葫芦干枯,小葫芦行沽。一住金仙宅,一住黄公垆。有此通大道,无此令人老。不问恶与好,两葫芦俱倒'。或请以此意倚声律作词,使人歌之,为作《渔家傲》。"黄庭坚把他将己诗改装成己词的来龙去脉,都交代清楚了。

黄庭坚不崇奉道教,但并非不与道教发生联系。在他的交游圈里有道流,在他的创作中也有道教神话意象。例如《赠吴道士》:

> 吴山十二棋,一击玄关应。探人怀中事,如月入清镜。

这是一首赞美道士占卜的诗。十二棋,据《太平御览》"方术部"引《异苑》曰:"十二棋卜,出自张文成(张良)受法于黄石公。"

黄庭坚赠道士诗用道教语,赠沙门诗有时也戏用道教事典。例如《戏答俞清老道人寒夜三首》之三:

> 牧羊金华山,早通玉帝籍。至今风低草,骑骑见白石。金华风烟下,亦有君履迹。何为红尘里,颔须欲雪白?

俞清老道人,金华人,黄庭坚早年与之同学于淮南,三十年后重逢于广陵。俞"自云荆公（王安石）欲使之脱逢掖，着僧伽黎，奉香火于半山宅寺，所谓报宁禅院者也；予之僧名曰紫琳，字清老。"（《书赠俞清老》）此诗前四句叙皇初平成仙故事，后四句戏谑俞清老道人《神仙传》云：皇初平年十五牧羊，被有道之士携至金华。四十年后，其兄寻见，问羊何在。初平叱白石皆起为羊。由于皇初平成仙于俞道人之故乡金华，故黄庭坚戏问俞道人："何为红尘里，颔须欲雪白？"言外之意是：你为什么不似皇初平少年成仙呢？

从主体宗教意识而言，黄庭坚是一个以释补儒者。若从文学创作来看，黄庭坚却是一个题材自由化诗人。

第三节　神仙与妓女

在道教神话文学中，有一个艳遇成仙模式，如刘阮入天台、裴航遇云英等，讲的都是青年男子与美丽仙女相恋，并因此而得道成仙的故事。宋代士大夫文人在这种文化熏陶下，不少风流词人便把他们的青楼之恋美化为艳遇成仙了。柳永、秦观、李之仪、周邦彦等，都是这一类词人的代表。

柳　　永

柳永（987—1053?），原名三变，字耆卿，排行第七，故世称柳七；福建崇安（一作乐安）人；景祐元年（1034）进士，官至屯田员外郎，故又有柳屯田之称。他曾任昌国州晓峰盐场大使，对盐民的苦难生活了解颇深，有《煮盐歌》一首传世。他在词史上的贡献，一是努力于长调的创作，二是以俗语入词。这两点都对后世文学产生了深远影响。但是，他在青年时期却是位风流浪子，长期在平康巷里、罗绮丛中讨生活。他的词集《乐章集》中，大部分作品都是描述他与歌妓交往的绮靡实录，无非密约偷情，偎红倚翠，吟风弄月，惜别相思，离不开儿女情长的圈子。有些作品描写性爱，内容庸俗，但却投合市民低级趣味。因此，前人有"凡有井水饮处即能歌柳词"之说，可见其在都市民间流传之广，连强调出家禁欲的全真道祖师王重阳、马丹阳等都对柳词有浓厚兴趣。马丹阳词作中有不少标明"借柳词韵"者。

就柳词绮罗香泽的基本倾向看，与全真道教的出家禁欲主义背道而驰，是十分明显的。但全真道教的祖师们为什么会爱读柳词呢？个中原委，就是柳词中有大量描述道教神仙故事和借用神仙典故以暗寓艳情的作品。全真道祖师们满足于这些作品中的神仙描述，至于藏在神仙背后的艳情，他们就未加深究了。

在《乐章集》里，有《巫山一段云》五首，写的都是道教神仙故事，兹举两首如下：

六六真游洞，三三物外天。九班麟隐破非烟，何处按云轩？
昨夜麻姑陪宴，又话蓬莱清浅。几回山脚弄云涛，仿佛见金鳌。

（其一）

阆苑年华永，嬉游别是情。人间三度见河清，一番碧桃成。金母忍将轻摘，留宴鳌峰真客。红龙闲卧吠斜阳，方朔敢偷尝。

（其四）

第一首大意谓三十六（六六）洞天和九（三三）天的九班神仙聚会，还有女仙麻姑作陪。麻姑说她曾在蓬莱仙山脚下弄云涛，仿佛看见了托举蓬莱山的金鳌。第二首大意谓西王母（金母）开蟠桃宴，赴宴者都是来自海上仙山的仙真，那不在被邀之列的东方朔竟敢偷吃仙桃呢。但这些神仙故事都是表层意象，暗藏深层的底蕴，乃是风流本子的狎邪之游。

柳永词借神仙典故暗喻艳情者极多。他的艳情词里采用频率最高的道教仙话，是萧史与弄玉的故事。《列仙传》称：

萧史者，秦穆公时人也。善吹箫，能致孔雀、白鹤于庭。穆公有女字弄玉，好之。公遂以女妻焉。日教弄玉作凤鸣。居数年，吹似凤声，凤凰来止其屋。父为作凤台，夫妇止其上，不下数年。一旦，皆随凤凰飞去。

柳词之化用这一神仙爱情故事者极多，例如：

萧氏贤夫妇，茅家好弟兄。羽轮飙驾赴层城。(《巫山一段云·其五》)

岂知秦楼，玉箫声断，前事难重偶。(《笛家弄》)

因念秦楼彩凤，楚观朝云，往昔曾迷歌笑。(《满朝欢》)

凤楼十二神仙宅，珠履三千鹓鹭客。(《玉楼春》)

追想秦楼心事，常年便约，于飞比翼。(《法曲献仙音》)

秦楼凤吹，楚馆云约，空怅望，在何处？(《西平乐》)

暮烟寒雨，望秦楼何处？(《鹊桥仙》)

况当年，便好相携，凤楼深处吹箫。(《合欢带》)

凤楼咫尺，佳期杳无定。(《过涧歇近》)

知几度，密约秦楼尽醉。(《长寿乐》)

伤凤城仙子，别来千里重行行。(《引驾行》)

帝城赊，秦楼阻，旅魂乱。(《迷神引》)

上述诸例中，"萧氏贤夫妇"是明用萧史弄玉爱情仙话，"秦楼"、"凤楼"、"凤城"是暗用萧史弄玉爱情仙话；还有"楚观朝云"和"楚馆云约"，则是暗用《神女赋》的楚怀王遇巫山神女故事。从此以后，"秦楼楚馆"便成了妓院的美称。

柳永艳词除大量使用前述特定的仙话意象外，还常常以"仙乡"、"仙苑"、"仙径"喻妓家，以"仙娥"、"仙子"喻歌妓等。

秦　　观

秦观（1049—1100），字少游，一字太虚，号淮海居士，又号刊沟居士，高邮（今属江苏）人。他是元丰八年进士，历任定海主簿、太学博士、秘书省正字兼国史院编修等职。他最受苏轼赏识，几经苏轼提携，与黄庭坚、晁补之、张耒同为苏门四学士。由于他出自苏门，在北宋党争中被目为旧党，连遭打击，先后被贬至郴州、横州、雷州等地。徽宗朝，他复职北归，中途逝世于滕州。他的词以抒写艳情与个人伤感为主，题材与柳永相近，但柳俗秦雅。与宋代许多词人一样，秦观也好以神话意象包括道教仙话借喻其艳情生活，其中有不少蜚声当时文坛者。例如《满庭芳》：

  山抹微云，天连芳草，画角声断谯门。暂停征棹，聊共引离尊。多少蓬莱旧事，空回首，烟霭纷纷。斜阳外，寒鸦万点，流水绕孤村。　　销魂。当此际，香囊暗解，罗带轻分。谩赢得，青楼薄倖名存。此去何时见也，襟袖上，空惹啼痕。伤情处，高城望断，灯火已黄昏。

这首词描述别妓，情景交融，从来为人称道；其实是对杜牧"十年一觉扬州梦，赢得青楼薄倖名"诗意的发挥。词中的"多少蓬莱旧事"句，乃是借蓬莱仙岛的道教神话暗喻词人一生的青楼之恋。秦观因此词而获"山抹微云秦学士"的美誉（《避暑录话》卷3），其婿亦自称"山抹微云女婿"（《铁围山丛谈》卷4）。

再如《鹊桥仙》：

  纤云弄巧，飞星传恨，银汉迢迢暗度。金风玉露一相逢，便胜却，人间无数。　　柔情似水，佳期如梦，忍顾鹊桥归路？两情若是久长时，又岂在，朝朝暮暮！

这首词以家喻户晓的牛郎织女故事，借喻爱情之坚贞，乃至屡屡为后人嘉许。但其实也还是词人借远古神话寄寓词人对妓女的惜别情怀。类似的隐喻构思还有：《临江仙·千里潇湘》檃栝钱起《湘灵鼓瑟》诗，以及《青门饮·风起云间》中的"湘瑟声沈"句，都是借湘妃神话寄托词人对旧欢的追忆之情；《南柯子·霭霭迷春态》则借巫山神女故事寄托词人对新欢的惜别之情，等等。

《踏莎行》也是一首情景交融的思妓名作：

  雾失楼台，月迷津渡。桃源望断无寻处。可堪孤馆闭春寒，杜鹃声里斜阳暮。　　驿寄梅花，鱼传尺素。砌成此恨无重数。郴江幸自绕郴山，为谁流下潇湘去。

这首词当是秦观被贬至郴州时作。词人只身来到郴州，思念旧情，不免伤怀。"桃源望断无寻处",乃是借陶渊明之笔底仙境暗喻其不能忘情的妓家。加以斜阳下的杜鹃苦啼,声似"不如归去",更勾起了词人对桃源仙境中的仙子——妓女的相思。另如《鼓笛慢》描述词人"念香闺正杳,佳欢未偶",因而"桃源路,欲回双浆"。这与《踏莎行》的艺术构思,完全同构。

从上述几首秦观的代表作看,它们显示出共同的思想感情色彩,即词人因贬谪迁徙而导致对歌妓的惜别、思念与自我伤感。

李之仪

李之仪,字端叔,沧州无棣(今属山东)人,生卒年不详。他登第几三十年方从苏轼于定州幕府;后任枢密院编修官,通判原州;元符中,监内香药库;徽宗朝,提举河东常平;坐为范纯仁草遗表,编管太平州,以朝大夫终。作为词人的李之仪,是以"我住长江头,君住长江尾。日日思君不见君,共饮长江水"著称于后世的。但这支构思巧妙的相思曲并不能反映出李词的艺术特色。李之仪写景抒情,一如柳永之好用仙道语。李词之涉及艳情者,大多以仙道意象作借喻,并与一位名叫杨姝的小乐妓有关。先看词人点名描述杨姝的三首:

(一)殷勤仙友,劝我千年酒。一曲履霜谁与奏?邂逅麻姑妙手。

坐来休叹尘劳,相逢难似今朝,不待亲移玉指,自然痒处都消。

(《清平乐·听杨姝琴》)

(二)玉室金堂不动尘,林梢绿遍已无春。清和佳思一番新。

道骨仙风云外侣,烟鬟雾鬓月边人。何妨沉醉到黄昏!(《浣溪沙·为杨姝作》)

(三)相见两无言,愁恨又还千叠。别有恼人深处,在惺忪双睫。

七弦虽妙不须弹,惟愿醉香颊。只恐近来情绪,似风前秋叶。

(《好事近·听杨姝弹履霜操》)

杨姝其人是什么身份?黄庭坚《好事近·太平州小妓杨姝弹琴送酒》说明:她是个擅长弹琴的小妓。

李之仪不是柳永，他决不把男女之情写到露骨的程度。除了前述三首，李之仪的另外一些艳情词同样是用仙真语写成的。例如："神仙院宇，记得春归后。……云将皱，应念相思久。"（《蓦山溪》）"擘麟泛玉，笑语皆真类。惆怅月边人，驾云軿，何方适意。"（《蓦山溪·北观避暑》）"仙家庭院，红日看看晚。一朵梅花挨枕畔，玉指几回拈看。"（《清平乐》）"玉骨冰肌天所赋，似与神仙，来作烟霞侣。……再送神仙须爱护，他时却待亲来取。"（《蝶恋花》）"多情将送琴仙。"（《西江月·桔》）上述各种一往情深的仙道语，无疑都是指向一位杨姝式的女子及其香闺，其中有的如"琴仙"可能就是指称杨姝的。

周邦彦

周邦彦（1056—1121），字美成，自号清真居士，钱塘（今属浙江杭州）人。他精通音律，徽宗朝，曾提举大晟府。他还好写冶游词，与柳永、秦观、李之仪一样，常以神仙意象描绘他最欣赏的乐妓。例如《减字木兰花》：

风鬟雾鬓，便觉蓬莱三岛近。水秀山明，缥缈仙姿画不成。广寒丹桂，岂是夭桃尘俗世！只恐乘风，飞上琼楼玉宇中。

这首词首先借蓬莱仙子暗喻一位"风鬟雾鬓"的乐妓，并想象她的"缥缈仙姿"简直又像嫦娥一样，似乎要飞入月宫去了。为了烘托丹桂飘香的月宫之高洁，又以"夭桃尘俗世"作反衬。总之，词人借蓬莱仙子、广寒仙子等形象，比喻其意中之人，并在仙境仙景上极力渲染之。基于这一文化传统，后世遂称妓女聚居之所曰蓬莱。例如长沙市马王街内的"小瀛州"就是，这一里巷名称，一直沿用至今。

又如《蝶恋花》：

鱼尾霞生明远树。翠壁黏天，玉叶迎风举。一笑相逢蓬海路，人间风月为尘土。　　剪水双眸云鬓吐，醉倒珠宫，笑语生青雾。此会未阑须记取，桃花几度吹红雨。

这首词的主题、题材、构思与前一首基本相同。前一首赞美的是一位"风鬟雾鬓"女子，后一首赞美的是一位"剪水双眸"女子。两位女子都被置于海上蓬莱仙境之中。两首词在环境描写上都运用了正面烘托和反面对称。

周邦彦的其他神仙艳情词还有《芳草渡·别恨》、《虞美人·玉觞才掩》、《鹊桥仙令·浮花浪蕊》、《浣沙溪·贪向津亭》等。

对于周邦彦的词作，从来仁者见仁，智者见智，褒贬不一。有人从艺术上欣赏他，称其"富艳精工"（陆振孙《直斋书录解题》）或"如十三女子，玉艳珠鲜，政未可以其软媚而少之"（彭孙遹《金粟词话》）。有人则从儒家伦理思想上批评他："周旨荡"，"当不得一个贞字"（刘熙载《艺概》）。这些关于周邦彦词的褒与贬，其实也可以包括柳永、秦观、李之仪诸家在内。对于这一派神仙艳情词，不妨一分为二对待之。

在北宋士大夫文人中，还有夏竦、王禹偁、钱惟演、范仲淹、晏殊、欧阳修、晏几道、苏辙、陈师道、黄裳等，也写了不少以儒、释、道三教为题材的作品，或以佛、道神话意象为艺术手段的作品。有些作品表现了作者对三教的崇拜意识，或者对佛、道的怀疑和批判精神。其中，欧阳修对佛、道意识的矛盾态度，最值得注意。他在《感事》中驳斥神仙之说为无稽之谈："仙境不可到，谁知仙有无？或乘九斑虬，或驾五云车；朝倚扶桑枝，暮游昆仑墟；往来几万里，谁复遇诸涂？……人生不免死，魂魄入幽都。仙者得长生，又云超太虚。等为不在世，与鬼亦何殊！得仙犹若此，何况不得乎？寄谢山中人，辛勤一何愚！"欧阳修认为：神仙谁也没有见过，所以不可信。但是他却相信"人死为鬼"的准宗教。因此他把神仙与鬼灵等同之：修仙等于修鬼；从而得出修仙是愚昧行为的结论。由于欧阳修不是立足于无神论，而是立足于有神论——鬼灵崇拜去否定神仙之谈，因此在他的思想上就存在着向神仙认同的可能性。果然，晚年的欧阳修，同他昔年讥之为愚夫的山中道士成了莫逆之交。他对隐修于颖阳山中的许道人说："子归为筑岩前室，待我晚年乞得身。"（《赠许道人》）他终于也要去做"一何愚"的"山中人"了。他还亲赴道观烧香，在三清神塑像前祝愿道："我是蓬莱宫学士，朝真便合列仙官。"（《太清宫烧香》）他不但想做神仙，而且想当仙官。欧阳修同时也是著名的辟佛论者，他继承韩愈精神，写过崇儒反佛的《本论》。但是晚年的欧阳修不但激赏当时名僧契嵩的《辅教编》，而且自号"六一居士"，居然向佛教认同了。

欧阳修现象说明：许多古代文人有时对某些宗教持激烈反对立场，有时又回身拜倒在他们反对过的宗教足下，其内在原因，在于他们不是无神论者，而是有神论者。

第二章　南宋文人诗词

1127年，宋徽宗、钦宗落入金兵之手，北宋灭亡。宋朝廷南迁，在强敌——先是金后是元的压境之下，继续维持了152年。这时期，南宋以儒为业的士大夫文人们，有的急流勇退，明哲保身；有的力主抗战，恢复中原；有的著书立说，讲学授徒，等等。但所有这些人都与佛道二教发生了千丝万缕的联系，并且反映在他们的诗词创作中。

第一节　亦仙亦佛的退隐词人

从北宋末年到南宋初期，天下大乱。内有方腊、宋江等领导的农民起义，外有辽朝和金朝的大举进攻。生活在如此乱世的儒生，不少人为了苟全身家性命，被迫放弃了科举从政的理想出路，隐居山林，在仙乡佛国的幻想中寻求自慰，并写下了许多以仙佛自许的诗词。其代表作家，有朱敦儒、向子諲等。

朱敦儒

朱敦儒（1081—1159），字希真，号岩壑，河南洛阳人。他早年隐居不仕，后来因荐补官，绍兴年间赐进士出身，先后曾任兵部郎中、两浙东路提点刑狱、鸿胪少卿等职。但他颇有些后悔出山做官，因此两度要求致仕。他的词集《樵歌》3卷，是他的这一消极避世思想倾向的生动反映。

朱敦儒在他的同时代人以及后世人们的眼中，都是被认为"有神仙风姿"（黄升《中兴以来绝妙词选》）的"词仙"。的确，从表层意象看，他在许多抒情词里把自己描绘成一个谪仙人。例如《木兰花慢》：

> 折芙蓉弄水，动玉佩，起秋风。正柳外闲云，溪头淡月，映带疏钟。人间厌谪久，恨霓旌未返碧楼空。且与时人度日，自怜怀抱谁同？　　当时种玉五云东，露冷夜耕龙。念瑞草成畦，琼蔬未采，尘染衰容。谁知素心未已，望清都绛阙有无中。寂寞归来隐几，梦听帝乐冲融。

在这首词里，朱敦儒以神仙境界暗喻他以前的隐居不仕生活，以谪堕人间暗喻他出山做官，以"素心未已"抒写他对隐士生活的留恋之情。他的这种以仙喻隐的表达模式，还出现在其他许多词作之中。例如："我是卧云人，悔到红尘深处。"（《如梦令》）"当年两上蓬瀛，燕殊庭。曾共群仙携手，斗吹笙。"（《相见欢》）所谓"两上蓬瀛"，乃是借喻他的两次隐居生活，第一次是早年，第二次是辞去两浙东路提点刑狱以后，隐居于嘉禾，但不久又出仕做了鸿胪少卿。

由于他后悔出山做官，所以他还在许多抒情词里，以月下梦幻游仙的意象，表达他对从前避世隐居生活的执着之情。例如《聒龙谣》：

> 肩拍洪崖，手携子晋，梦里暂辞尘宇。高步层霄，俯人间如许。算蜗战，多少功名；问蚁聚，几回今古。度银潢，展尽参旗，桂花淡，月飞去。　　天风紧，玉楼斜，舞万女霓袖，光摇金缕。明廷宴阕，倚青冥回顾。过瑶池，重借双成；就楚岫，更邀巫女。转云车，指点虚无，引蓬莱路。

这首词的主题，就是"归去来兮，田园将芜，胡不归！"不过，词的意境却是把词人的田园借喻为蓬莱仙境，并借用洪崖、王子晋、董双成、巫山神女等神仙人物来烘托其退隐生涯。

类似《聒龙谣》这样的梦里游仙寓意，还有："洗尽凡心，满身清露，冷浸萧萧发。明朝尘世，记取休向人说！"（《念奴娇》）"鹏海风波，鹤巢云水，梦残身寄尘寰"；"直到垂虹亭上，惊怪我，却做仙官！"（《满庭芳》）"披襟永昼清风，更荐枕，良宵皓月。一梦游仙，软云推倒，广寒宫阙。"（《柳梢青》）等等。总之，这位词人梦寐以求的仙境，实乃他念念不忘的樵山；他喋喋不休地哼哼的游仙词，实则是他大书在词集封面上的"樵歌"二字；而他所谓的"尘寰"、"尘世"，实则是他所误入的官场。

也许在朱敦儒的有生之年，就听到过人们送给他"词仙"的美誉。他觉得这并不符合他的实际，所以在许多词里一再声明，他并非如此。"也不祈仙，不佞佛，不学栖栖孔子。"（《念奴娇》）"我不是神仙，不会烧丹炼药。只是爱闲耽酒，畏浮名拘缚。"（《好事近》）这些话，就好像是对封他为"词仙"的古今词评家们的答复。

仙与佛，在朱敦儒手中，与其说是信仰，毋宁说是一种文化工具。他需要这两种文化，去填补其精神生活之空虚。他爱的是："静窗明几，焚香宴坐；闲调绿绮，默诵《黄庭》。莲社轻舆，雪溪小棹，有兴何妨寻弟兄！"（《沁园春》）自六朝以后，士大夫无不以参禅论道为风雅，朱敦儒虽不祈仙佞佛，但这并不妨碍他以读《黄庭经》（道书）和访莲社（佛教社团）作为消磨闲暇时间的文化游戏。

因此，朱敦儒不但大写其游仙词，也写佛语佛理词。他至少写过四首《西江月》，借佛典以梦喻法（事物现象）的模式，表述他的人生幻灭之情。例如其中一首写道：

> 元是西都散汉，江南今日衰翁。从来颠怪更心风，做尽百般无用。　　屈指八旬将到，回头万事皆空。云间鸿雁草间虫，共我一般做梦。

朱敦儒活了78岁，这首词是他晚年对自己一生的总结，用的是佛教语言和思维模式：人生如梦，万事皆空。在其他几首《西江月》里，还有不少类似的句子："世事短如春梦，人情薄似秋云"；"青史几番春梦，黄泉多少奇才"；"好梦空留被在，新愁不共香销"，等等。

他还运用万法假有真空的佛理，诠释他的人生幻灭之感。例如《凤蝶令》：

> 试看何时有？元来总是空。丹砂只在酒杯中。看取乃公双颊，照人红。　　花分庄周蝶，松间御寇风。古人漫尔说西东。何似自家识取，卖油翁。

朱敦儒的《樵歌》，是一本用道教意象和佛教义理装点而成的隐逸之歌。它具有一种消极之美。

向子諲

向子諲（1085—1152），字伯恭，号芗林居士，钦宗宪肃皇后之从侄，临江（今江西清江）人。他生活于北宋与南宋之交，自称"平生半是，江北江南"（《满庭芳》）；入南宋以后，官至户部侍郎，因"晚忤秦桧意，乃致仕"（毛晋《酒边词跋》）。其词集《酒边词》分上下两卷：上卷为《江南新词》，下卷为《江北旧词》。《江北旧词》多写香泽绮罗之态；《江南新词》则流露出浓厚的宗教感情，基本倾向为以玄释佛、佛道互补。《新词》的思想艺术风格迥异于旧词，与作者南渡以后的生活思想之变迁是分不开的。

南宋朝廷内部，主战派与主和派斗争激烈。向氏由于与主和派头子秦桧政见不和，为了避祸，他一方面在行动上急流勇退，辞官归隐；另一方面在思想上寻佛问道，养性修心。这两方面在他的词作中都打下了鲜明的烙印。例如《西江月·五柳坊中烟绿》，就是一首代表作。这首词的前面缀一小序，说明其写作缘起。小序如下：

> 政和年间，卜筑宛邱，手植众芗，自号芗林居士。建炎初，解六路漕事。中原俶扰，故庐不得返，卜居清江之五柳坊。绍兴癸丑，罢帅南海，即弃官不仕。乙卯起，以九江郡得转漕江东，入为户部侍郎。辞荣辟谤，出守姑苏，到郡少日，请又力焉。诏可，且赐舟曰泛宅，送之以归。己未暮春，复遂旧隐。时仲舅李公休亦辞春陵郡守致仕。喜赋是词。

读完上面的小序，就可以读懂词作的正文了。词如下：

> 五柳坊中酒绿，百花洲上云红，萧萧白发两衰翁，不与时人同梦。　　抛掷麟符虎节，徜徉月下林风。世间万事转头空，个里如如不动。

参透佛法，弃官归隐，是这首词的主旨。所谓"如如"，又作"如"、"真如"、"性空"等，乃是佛教中绝对不变的永恒真理。《摩诃般若波罗蜜经》说："诸佛无所从来，去无所至，何以故？诸法'如'不动故。"据此可知，作为佛教真理之"如如"的特点是"不动"，即无变动的意思。

向氏的禅趣十分浓厚。他不但与禅师们交往密切，而且大量地创作禅词。例如高宗绍兴四年（1134年）中秋，他"与二三禅子对月宝林山中"，参禅作词，包括己作与代作，一总写了九首《点绛唇》。其第一首云：

> 绿水青山，一轮明月林梢过。有谁同坐？妙德毗卢我。　　石女高歌，古调无人和。还知么？更没别个，且莫分疏破！

词中的"妙德"即文殊菩萨，"毗卢"即如来佛之法身，均借喻禅子，"石女高歌"，即"石女舞成"之"长寿曲"（见《普灯录》），借喻词人当场吟唱的《点绛唇》九首。此词表现了词人与禅师们志同道合、亲密无间的友谊。

向氏虽然好用禅语、禅典写禅词，但也有寓禅趣禅机于景物描写之作。例如《卜算子》：

> 雨意挟风回，月色兼天净。心与秋空一样清，万象森如影。
> 何处一声钟？令我发深省！独立沧浪忘却归，不觉霜华冷。

这首禅词情景交融。写景方面，根据禅学，一切景物无不是禅机的载体，特别是"月色"、"秋空"、"如影"的万象等景物描写，都是佛教认为最能体现其"万法皆空"的唯心哲理之象征。抒情方面，"心与秋空一样清"句，表现了禅宗"即心是佛，不假外求"的教派感情；"一声钟"云云，则表现了词人对晚钟之"觉昏衢、疏冥昧"（《百丈清规·法器章》）的体验。

在向氏的心目中，佛理禅机与玄学道教是彼此相通的。例如《浣溪沙·戏呈牧庵舅》写道：

进步须于百尺竿，二边休立莫中安。要知玄露没多般。　　花影镜中拈不起，蟾光空里撮应难。道人无事更参看。

上阕：第一句出自《五灯会元》之《天童净全禅师》篇。其中有云："百尺竿头坐底人，虽然得入未为真。百尺竿头须进步，十方世界现全身。"第二句弘扬天台宗的基本教义一心三观，意谓事物乃因缘和合而生，故系假有（假谛），实为真空（空谛），空、假互相依存，便是中道（中谛），只有不执着于假、空、中任何一边，做到一心三观，三谛圆融，才能达到真如。第三句将上述两条禅机佛理归结为"玄露"，即玄学精华。下阕：头两句以"花影"、"蟾光"借喻诸法唯空的佛理，它源出于《大品般若》的"大乘十喻"。第三句意谓参透这佛法者为"道人"。道人，六朝时期佛徒的称谓，一直沿用至唐宋以后，但唐宋以后也有少数道士自号道人者。向氏在此兼顾佛道之意。这首词是向氏以玄释佛的代表作。

向氏的佛道互补意识，还表现在其他一些词作里。如他的两首《如梦令》，就是对"道人"的"神仙术"倍加称颂之作。词前小序云：

　　　　予以岩桂为炉熏，杂以龙麝，或谓未尽其妙。有一道人，授取桂花真水之法，乃神仙术也。其香著人不减，名曰芗林秋露。……

《如梦令》词两首如下：

　　　　（一）欲问芗林秋露，来自广寒深处。海上说蔷薇，何似桂花风度？高古，高古，不著世间尘汙。
　　　　（二）谁识芗林秋露？胜却诸天花雨。休更觅曹溪，自有个中去路。参取，参取，滴滴要知落处。

词中说，道人传授神仙术所取得的芗林秋露，其香胜过佛国诸天花雨，因此更不必去求助于佛教禅宗六祖——曹溪慧能了。

此外，词人还大量使用神仙意象写景，咏物，祝寿，等等，创造了不少闪烁着浪漫主义光彩的词作。例如《减字木兰花》（芗林瑞香盛开）：

斜红叠翠，何许花神来献瑞？粲粲裳衣，割得天孙锦一机。　真香妙质，不耐世间风与日。著意遮围，莫放春光造次归。

此词作于1152年（高宗绍兴二十二年）春，是为向氏绝笔。同年3月16日，向氏卒。

向氏的江南之作，乃是"以枯木之心，幻出葩华"（胡寅《题〈酒边词〉》），它缺乏积极思想而颇具艺术价值。

第二节　爱国诗词作家与佛道

南宋朝廷面对虎视眈眈的金朝，长期分裂为以高宗、秦桧为首的投降派和以岳飞、韩世忠等名将为代表的抗战派。由于投降派对朝政的垄断以及对抗战派将领的打击和迫害，北伐抗金事业一蹶不振。一批生活在如此黑暗政局之下的爱国诗人与词人，如陆游、张孝祥、辛弃疾，刘克庄等，激愤之余，未免有"无可奈何花落去"之叹，所剩者，唯有向佛道中寻求宽慰了。

陆　　游

陆游（1125—1210），字务观，号放翁，山阴（今属浙江绍兴）人。他生当北宋灭亡之际，童年时代，"亲见当时士大夫相与言及国事，或裂眦嚼齿，或流涕痛哭，人人自期以杀身翊戴王室，虽丑裔方张，视之蔑如也。"（《跋传给事帖》）陆游在这种政治氛围中成长起来，受到了深刻的爱国主义教育。他力主抗击金兵，恢复中原，一度受到孝宗的重视，赐进士出身。但朝政长期被投降派秦桧集团把持，陆游的伟大政治抱负无法实现。他在儒业受挫后的愤懑之余，不免悲凉消极，唯有转向他早已十分熟悉的佛道中讨生活了。

"吴家学道今四世"（《道室试笔》），出身于道教世家的陆游，成了其家学的第四代传人。他以"红尘无事神仙"（《汉宫春》）、"神仙须是闲人做"（《蝶恋花》）自嘲。他把壮志难酬的牢骚，结合着虔诚的道教意识，都在诗词中发泄出来。陆游一生与佛教关系密切。他写过大量赞佛文章，与一些禅师有过交往。但是他对道教更加倾心。《渭南文集》中的青词六篇和《书神仙近事》，足以证明他对神仙深信不疑。他在《书神仙近事》中列举了谯定、雍孝闻、尹天民三个得道的儒士，以及"身披绿毛"的"马祖弟子"，由此得出结论："乃知长生久视之道，人人可以得之，初不必老氏之徒也。因书置座右以自励云。"正因为如此，他在《放翁自赞》中写道："遗物以贵吾身，弃智以全吾真。"又在《金丹》中写道："子有金丹炼即成，人人各自具长生。"陆游一生所作诗词不下万首，其中有相当大一部分是道教题材诗词，体现了诗人自青年至暮年的持续半个多世纪的主体道教意识。

（甲）陆游的诗

慕道羡仙，是陆游道教题材诗的一个主要方面。陆氏世代相传道教，到了陆游这一代，对神仙的企望，已入痴迷之境。其《十月十四夜月终夜如昼》写道：

> 月从海东来，径尺熔银盘。西行到峨眉，玉宇万里宽。幽人耿不寐，弄影清夜阑。五城十二楼，缥缈香雾间。不知何仙人，亭亭倚高寒。欲语不得往，怅望冰雪颜。叩头倘见哀，容我蹑素鸾。掬露以为浆，屑玉以为餐。泠泠漱齿颊，皓皓濯肺肝。逝将从君游，人间苦无欢。

在一个通宵月明之夜，诗人浮想联翩，幻象丛生。他居然看见了"亭亭倚高寒"的仙人，并向仙人叩头，要求带着他也"蹑素鸾"而升仙。这是一首充满浪漫主义情调的诗，也是一首宗教迷信诗。

诗人对神仙朝思暮想，睡梦之中谒见神仙就是必然现象了。《梦仙》乃是这种心理现象的记录。该诗小序云："梦朝谒大宫殿，仰视，去天甚近，星皆大如月，气候清寒如十月间。时庚子六月一日也。"诗如下：

> 中宵游帝所，广殿缀仙官。天逼星辰大，霜清剑佩寒。赋诗题碧简，侍宴跨青鸾。惆恨尘缘重，梦残更未残。

诗人在前一首诗中提出的"蹑素鸾"升仙的愿望，在这一首诗中变成了梦中的"现实"。

但梦想毕竟是假有真空的，为了弥补梦破带来的失落感，诗人便求助于偶像了。他在《小斋壁间，张王子乔、梅子真、李八百、许旌阳及近时得道诸仙像，每焚香对之，因赋长句》中写道："至人无死阅千劫，大海无穷环九州。安得相携从此逝，醉骑丹凤下玄洲。"

诗人一方面在幻想中"实现"其神仙梦，另一方面也在现实中为自己的升仙做各种准备。其一是用道服把自己包装起来，先打扮成神仙模样。他在《新制道衣示衣工》中写道："良工刀尺制黄纻，天遣家居乐圣时"。穿上道衣的诗人颇有些飘飘欲仙之感了。其二是遗世独立，处身方外，先把自己划入不与人寰交通的"仙境"。他在《读仙书作》中写道："与世已如风马牛，松风终日听飕飕。一炉丹熟定不死，半瓮酒香安得愁！腰带鞓前秋万顷，香炉峰下水交流。人间事事皆须命，惟有神仙可自求。"他是一心专等成仙的。

为了实现慕道羡仙的愿望，陆游毕生在学道养生上坚持不懈。《神仙传》里多有道士在道室中修道得以成仙的神话。陆游为此而专门建立了进行修道活动的道室，也写了大量的以道室活动为题材的诗。试看陆游在他的道室中的修道生涯：

（一）寒泉漱酒醒，午夜诵仙经。茶鼎声号蚓，香盘火度萤。斋心守玄牝，闭目得黄宁。寄语山中友，因人送茯苓。（《道室夜意》）

（二）纸帐晨光透，山炉宿火燃。鸡鸣犹喔喔，鸦起已翩翩。形槁寒岩木，心凝古涧泉。何须更临镜，断是一癯仙。（《道室晨起》）

这两首诗描述了陆游在道室一夜的修道生活。其中关键的一环是"斋心守玄牝，闭目得黄宁"的修炼内丹功夫。"斋心"，语出《庄子·人间世》，道教内丹家继承之而创气功"庄子听息法"。此功法就是静听自己呼吸，任其自然，听到后来，神气合一，万念俱泯，就谓之进入心斋境界。"斋心"即指这种心斋状态。"玄牝"语出《老子》，道教内丹家继承而借指黄庭中丹田。"守玄牝"就是炼内丹者将注意力集中于黄庭中丹田。要达到这一点，就必须"闭目"而内视。"黄宁"语出《上清黄庭内景经》之《百谷》，"黄宁"就是"黄庭"。因此"得黄宁"与"守玄牝"词异而义实相同。

其他记述诗人在道室修道活动的诗，还有《道室》、《道室即事》、《晨坐道室有感》、《道室书事》、《道室杂题》、《道室杂咏》、《道室试笔》、《道室偶书》、《道室秋夜》、《书道室壁》、《道室戏咏》等，多达数十首，从不同侧面真实地记述了诗人坚持修道的一生。除此以外，他还写了大量以修炼内丹和服食草木类仙药为题材的诗。

应当承认，道教内丹功（气功）对于人体保健具有一定的科学性。陆游企图通过修炼内丹达到不死升仙，虽属幻想；但他在逆境之中能活到86岁高龄，其得益于内丹功法的保健功能是无可置疑的。他在《道院杂兴》中写道："丹炉弄火经年熟，竹院听琴竟日留。今旦理鬓还一笑，白间时有黑丝抽。"又《人寿至耄期》道："吾今垂九十，追逐群众中。筋骸胜拜起，耳目未盲聋。"诗人年过八十，不但耳聪目明，身强力壮；而且已白的须发中又生出青丝。这是陆游毕生修炼内丹、讲求养生之道的必然结果。

陆游曾长期任职于成都，成都之郊的道教名山青城山（一名赤城），成了诗人进行审美观照的对象，他写了许多充溢着仙情道意的青城山景观诗。兹举两首如下，以见一斑：

（一）九万天衢浩浩风，此身真是一枯蓬。盘蔬采掇多灵药，阁道攀跻出半空。累尽神仙端可致，心虚造化欲无功。金丹定解幽人意，散作山椒百炬红。（夜中山谷火煜然，俗谓圣灯，意古藏丹所化也。——原注）（《宿上清宫》）

（二）楼阁参差倚晚晴，偶然信脚得闲行。欲求灵药换凡骨，先挽天河洗俗情。云作玉峰时特起，山如翠浪尽东倾。何因从此横空去，笙鹤飘然过洛城。（《登上清小阁》）

陆游除了对道教神仙幻想的执着追求外，对佛教也保持着一定的兴趣，因而也写了一些佛诗。例如《和陈鲁山》之十：

> 风花怜寂寞，起舞为我娱。举酒谢风花，吾道殊不疏。汝开何自有？汝落何自无？居然会此理，吾汝皆如如。

此诗谓风花之开落有无，均体现了佛教的真理如如。

陆游还有一些诗熔佛道二家语于一炉，例如《和范待制秋日书怀》之二：

> 故人无字寄相思，敢向穷途怨不知。老病已全惟欠死，贪嗔虽断尚余痴。数茎雪鬓江湖远，九转金丹日月迟。畲粟山苗俱可饱，晚年东去隐峨嵋。

这首"书怀"是陆游的"离骚"。第二联自谓佛教的贪嗔痴三毒虽断其二，但还有北伐中原的痴心尚未断绝，亦即"王师北定中原日，家祭毋忘告乃翁"诗意。第三联自谓由于老病而见弃于朝廷，北伐中原的痴心无法实现，只得把漫长的岁月都消磨在修道炼丹上了。

（乙）陆游的词

陆游的词作，其数量虽然远不如诗作之多；但从题材看，则大部分属于道教神仙范畴。

陆游的词同他的诗一样，流露出对神仙的浓厚兴趣。他在许多词作中描述了昔人修道成仙的故事，表达了他对久视长生的道教理想的追求。例如《好事近》之一：

> 华表又千年，谁记驾云孤鹤？回首旧曾游处，但山川城郭。
> 纷纷车马满人间，尘土污芒屩。且访葛仙丹井，看岩花开落。

此词上阕写的是丁令威劝人学仙故事。《搜神后记》云："丁令威，本辽东人，学道于灵虚山，后化鹤归辽，集城门华表柱。时有少年举弓欲射之，鹤乃飞，徘徊空中而言曰：'有鸟有鸟丁令威，去家千年今始归。城郭如故人民非，何不学仙——冢累累！'遂高上冲天。"陆游还在其他词中反复咏唱过这一故事："谁向市尘深处，识辽天孤鹤"（《好事近·觅个有缘人》）；"孤鹤归飞，再过辽天，换尽人间"（《沁园春》）等。此词下阕写的是葛洪晚年在罗浮山炼丹故事。

陆游慕道羡仙，时常大做游仙之梦，因此他不但写游仙诗，也作游仙词。例如他谱写了一组《好事近》，描述他幻游仙境的奇思妙想。现举数首如下：

（一）风露九霄寒，侍宴玉华宫阙。亲向紫皇香案，见金枝千叶。碧壶仙露醽初成，香味两奇绝。醉后却骑丹凤，看蓬莱春色。

（二）秋晓上莲峰，高蹑倚天青壁。谁与放翁为伴？有天坛轻策。铿然忽变赤龙飞，雷雨四山黑。谈笑做成丰岁，笑禅龛榔栗。

陆游学道，既重理论，又重实践。他家藏道书二千卷，《黄庭经》是他常读的道书："卷罢黄庭卧看山"（《鹧鸪天》），"闲展道书看"（《乌夜啼》）。他也十分相信道教养生之术，且身体力行之。其另一首《好事近》写道：

挥袖别人间，飞蹑峭崖苍壁。寻见古仙丹灶，有白云成积。心如潭水静无风，一坐数千息。夜半忽惊奇事，看鲸波瞰日。

陆游曾在《养生》诗中写道："昔虽学养生，所遇少硕师。"那时他想学养生之道，但不得其门而入。这首词的下阕也是写的学养生，却获得了成功。道教养生术有所谓"胎息法"和"存日在心法"。《胎息精微论》云："凡胎息服气，从夜半后，服内气七咽，每一咽既，调气六七息，即更咽。……潜屈指数息，从十至百数，从一百至二百、三百。此为小道，即耳目聪明，百病皆愈。"又《上清握中诀》云："夜半，存日从口入，在心中，照一心之内，与日共光相合会，良久，当觉心暖。"（以上均见《云笈七笺》）陆词所述，就是依上面两法进行养炼时产生的主观感受。

在陆游学道生涯中，有一位志同道合的女道友，不知其姓氏，陆游在词中多次描述过他们之间的友谊：

（一）曾散天花蕊珠宫，一念堕尘中。铅华洗尽，珠玑不御，道

骨仙风。　东游我醉骑鲸去，君驾素鸾从。垂虹看月，天台采药，更与谁同？（《秋波媚》）

（二）我校丹台玉字，君书蕊殿云篇。锦官城里重相遇，心事两茫然。　携酒何妨处处，寻梅共约年年。细思上界多官府，且作地行仙。（《乌夜啼》）

（三）仙姝天上自无双，玉面翠蛾长。《黄庭》读罢心如水，闭朱户、愁近丝簧。窗明几净，闲临唐帖，深炷宝奁香。　人间无药驻流光，风雨又催凉。相逢共话清都旧，叹尘劫，生死茫茫。何如伴我，绿蓑青箬，秋晚钓潇湘。（《一丛花》）

陆游不但自己时常做些白日游仙之梦，而且有时还幻想着携同他的女道友一齐飞升。例如《隔浦莲近拍》：

骑鲸云路倒景，醉面风吹醒。笑把浮丘袂，寥然非复尘境。震泽秋万顷。烟霏散，水面飞金镜，露华冷。　湘妃睡起，鬟倾钗坠慵整。临江舞处，零乱塞鸿清影。河汉横斜夜漏永。人静，吹箫同过缑岭。

陆游幻想自己是与浮丘公联袂飞行的天仙，想象他的女道友成了湘妃女神，想象他和女道友就像萧史和弄玉一样，吹着洞箫，一同飞向缑岭——西王母所居之昆仑山（见《墉城集仙录》之《缑仙姑》篇）。

陆游词亦如陆游诗，虽以表现道教题材和道教意识为主，但也流露出一定的佛教意识。例如佛教以梦喻万法唯空，这一思想在陆词中多所表现："眼底荣华元是梦"（《破阵子》）；"看破空花尘世，放轻昨梦浮名"（《破阵子》）；"阅邯郸梦境，叹绿鬓，早霜侵"（《木兰花慢》）；"请看邯郸当日梦，待炊罢黄粱徐欠伸。方知道，许多时富贵，何处关身？"（《洞庭春色》）

最后，还要提一下陆游名作《钗头凤·红酥手》。据陈鹄《耆旧续闻》、周密《齐东野语》、刘克庄《后村大全集》诸书记载：陆游初娶表妹唐琬，夫妻感情甚笃。因姑媳不睦，唐氏被休，改嫁赵士程。某日，陆游出游，在绍兴沈园与唐氏邂逅相遇。唐氏在赵士程的同意下，以酒肴殷勤款待陆游。陆游当时写下了这首伤感万分、悔恨交织的词，题在沈园的墙壁上。词中的"世情薄，人情恶"等语，流露了他对宋代理学（世情）和自己母亲（人情）的不满情绪。以儒为业的陆游，在南宋那个由儒教统治世情的时代，敢于写出具有反儒倾向的心里话，是很大胆的。

张元干与张孝祥

在金兵占领中原，南宋朝廷偏安江左的形势下，一些具有强烈民族意识的人，继承苏轼以诗为词的传统，继续扩大词的题材范围，抒写时事政治，从而开创了一个慷慨悲凉、豪放激越的爱国主义词派。张元干启其源，张孝祥导其流，至辛弃疾而汇成汪洋恣肆之长江大河了。不过，由于朝政操于投降派之手，爱国词人们的抗战主张不能付诸实践，因而在他们的词里同时也流露出向佛道出世思想认同的消极情绪。达则为儒以兼济天下，穷则为佛、道、隐以独善其身，自唐以后，已成为中国士大夫阶层的共同生活模式，南宋的爱国词人们亦不例外。

张元干（1091—?），字仲宗，号芦川居士，永福（今福建永泰）人，向子諲之甥，曾任李纲行营属官，后为将作少监。他的词风，悲壮慷慨，表达了南宋人民渴望恢复中原的爱国激情，开张孝祥、辛弃疾爱国词派之先声。他声称"不会参禅并学道"（《蝶恋花》），但这并不排除他对某些宗教的向往，以及利用宗教神话意象创造诗词境界。他在绍兴七年（丁巳）7月6日之夜，梦与一道士对歌数曲，次日便写了一首《沁园春》，记述修炼内丹的情景。他还在舅父向氏的影响下，运用神仙意象写了不少祝寿词。如"瑶池清夜宴群仙，鸾笙未吹彻。西母醉中微笑，看蟠桃初结。"（《好事近》）"对木公金母，子孙三世，妇姑为寿满酌。看千龄，举家飞升，玉京更乐。"（《瑞鹤仙》）由此足见词人对道教长生久视理想的浓厚兴趣。

张孝祥（1132—1169），字安国，号于湖居士，历阳乌江（今安徽和县乌江镇）人。绍兴二十四年，他与秦桧之孙秦埙同中进士。主考官为逢迎秦桧，定秦埙第一，张次之。高宗阅卷后，改张第一，秦殿后。从此秦桧对张十分忌恨，曾诬陷其父谋反。张入仕后，先后任秘书郎、尚书礼部员外郎，以及荆南、湖北路安抚使等职。他力主恢复失地，统一全国，对苟且偷安的投降派多所批判。其《六州歌头，长淮望断》写道："冠盖使，纷驰骛，若为情！闻道中原遗老，常南望翠葆霓旌。使行人到此，忠愤气填膺。有泪如倾。"词里的"冠盖使"句，就是对主和派求和投降活动的讽刺。乾道五年，他因病致仕，退居芜湖。

张孝祥词风格豪迈，洋溢着爱国激情，同时也杂糅着某些佛道消极情调。汤衡说：张词与苏东坡"同一关键"，"自仇池（东坡）仙去，能继其轨者，非公其谁与哉！"（《于湖词》序）这话的确。张词"骏发踔厉，寓以诗人句法"（同前），以及词中多化用东坡诗文语，都表明张孝祥是上承苏东坡，下启辛弃疾的豪放派巨子。他的词中时有仙佛之气，固然是在投降派不断诽谤打击之下的消极情绪的反映，同时也是受东坡佛道意识影响的结果。

张孝祥词中的消极出世情绪，最鲜明地表现在《水调歌头》（舟过金山寺，或作"咏月"）、《水吟龙》（望九华作）和《念奴娇》（洞庭）等长调中。试看《水吟龙》（望九华作）：

> 竹舆晓入青阳，细风凉月天如洗。峰回路转，云舒雾卷，了非人世。转就丹砂，铸成金鼎，碧光相倚。料天关虎守，箕畴龙负。开神秘，留兹地。　　缥缈朱幢羽卫，望蓬莱初无弱水。仙人拍手，山头笑我，尘埃满袂。春锁瑶房，雾迷芝圃，昔游都记。怅世缘未了，匆匆又去。空凝竚，烟霄里。

词人自述乘竹舆晓入青阳县境的九华山区。"峰回路转，云舒雾卷"的山中景象，引导他进入了"了非人世"的幻想世界——仙境。他好像看见了宝鼎炼丹的碧光，看见了虎守天关、龙负箕斗的天上秘密，……还看见了仙人正在拍手讪笑自己"尘埃满袂"地劳碌奔波。词人此际忽地记起，原来自己本是瑶房芝圃中的仙人，只可惜目前"世缘未了"，因而流露出一种盼望追随仙人出世却又求之不得的无可奈何的心情。

张孝祥追慕神仙的出世之情，还表现在其他一些作品中。例如："待相期把袂，清都归路，骑鹤去，三千岁"（《水龙吟·过浯溪》）；"回首三山何处？闻道群仙笑我，要我欲俱还：挥手从此去，翳凤更骖鸾"（《水调歌头·舟过金山寺》）等。

在张孝祥词中，除了直抒词人主体的佛道出世之情的作品之外，还有许多以佛道神话意象为艺术表现手段的赠人、叙事、咏物之作。

张氏写了不少以道教神话意象为表现手段的祝寿词。例如记述在舟中为母夫人祝寿的《浣溪沙》：

隐泛仙舟上锦帆，桃花春浪舞清湾。寿星相伴到人间。　　黄看公传三百字，西王母授九霞丹。银潢有路接三山。

类似的作品，还有《浣溪沙》（母氏生辰，老者同在舟中）、《西江月》（代某某宣教上母夫人寿）、《水调歌头》（方务德生日）等。

除寿词之外，张词中还有一些其他的赠人之作运用了神仙意象。如："月地云阶欢意阑，仙姿不合住人间"（《鹧鸪天》）；"人物风流册府仙，谁教落魄到穷边"（《鹧鸪天·送陈俌正字摄峡州》）等。

张孝祥以神仙意象为喻的咏物词，主要是咏花。例如赞誉红、白莲并开道："红白莲房生一处，雪肌霞艳难为喻。当是神仙来紫府。双禀赋，人间相见犹相妒。"（《渔家傲》）赞誉牡丹道："留国艳，问仙乡，自天香。"（《诉衷情》）等等。

以佛道神话意象喻事的张词，一是描述友谊，二是描述爱情。例如："同是登瀛册府仙，今朝聊结社中莲。"（《浣溪沙·中秋十八客》）这是描述中秋佳会：前一句说，来客都是神仙；后一句说，来客恰是慧远白莲社中的十八位高贤。又如《卜算子》：

万里去担登，谁识新丰旅！好事些儿脱与郎，奴是姮娥侣。
若到广寒宫，但道奴传语："待我仙郎折桂枝，拣个高枝与。"

新丰旅：《旧唐书》说，马周"少孤贫好学，尤精诗传"，某日"宿于新丰逆旅，主人唯供诸商贩而不顾周"。马周怀才而不为人所识，词人以马周自喻。又：我国旧时以蟾宫（月宫）折桂喻举子登科。词中以此旧说为基础，叙郎赴试时，他的情妹叫他捎个信儿给月里嫦娥，请嫦娥拣个高高的桂枝给自己的仙郎。绍兴二十四年,张孝祥参加廷试,高宗钦定他为状元及第,独占鳌头。这首诗可能是张氏自述。

辛弃疾

  辛弃疾(1140—1207),原字坦夫,改字幼安,号稼轩居士,历城(今属山东济南)人。他出生于北宋亡国后14年的金政权之下。22岁那年,他秉承祖父辛赞的遗训,在山东聚集了一支抗金队伍。南宋绍兴三十二年正月,他奉义军首领耿京之命,经楚州至建康(今南京)朝见宋高宗,联系率兵南投事宜。同年闰2月,他在北反途中获知耿京已被叛将张安国所杀,遂率50骑飞驰山东,从五万之众中将张劫持而去,解至建康斩首。辛弃疾从此威名大振,并留在南宋,为抗金复国而奋斗了一生。他先后写了《美芹十论》(《御戎十论》)和《九议》等,系统而深入地探讨了抗击金兵、恢复中原的各个环节,充满了"他年要补天西北"(《满江红·鹏翼垂天》)的壮志豪情。然而,南宋朝廷的软弱,主和派政要们的苟且因循,使得辛弃疾以及其他一些爱国之士的壮志难酬,悲愤无比。他在南归后的40年中,虽然先后担任过湖北、江西、湖南、福建、浙东等地安抚使,并一度在抗金前线的镇江招募兵丁万名,为北伐做准备;但在主和派的打击和破坏下,一切宏图大略均破灭了。他唯有在江西上饶的带湖和瓢泉二地闲居度日,消磨了大半生时光,也写下了大量的爱国辞章。其词风远承苏东坡,近继张元千、张孝祥,慷慨悲歌,激越豪放,是一位勇士的战歌。但由于他的爱国理想无法实现,英雄抱负委之东流,失望之余,不免有时向佛门道家寻求慰藉和乐趣。这虽然是消极的,也是可以理解的。

  在辛弃疾词中,作为词人的主体宗教意识包括佛道两个方面。这两种宗教意识,有时在一首词中同时流露出来,有时又分别出现在不同的作品种。例中《南歌子》(独坐蔗庵):

    玄入《参同契》,禅依不二门。细看斜日隙中尘,始觉人间何处不纷纷。 病笑春先到,闲知懒是真。百般啼鸟苦撩人,除却提壶此外不堪闻。

这首词将佛道二教并提。《参同契》是东汉炼丹术士魏伯阳所作,旨在将周易、黄老、炉鼎三(参)者会同契合,阐述炼丹修仙之道,是道教丹经之祖。"不二门"即佛典所谓"不二法门",亦即不偏不倚的佛教真理如如。词的最后说百鸟撩人却只有提壶堪闻,乃是以提壶谐音双关"醍醐"。佛典《涅槃经》谓醍醐乃味中第一,药中第一,因此以"醍醐灌顶"喻对人输入佛理智意。此词以佛道义理为指针,抒写出世的情绪。

辛词中较为突出的宗教意识是佛理与禅机。例如《浪淘沙》(山寺夜半闻钟):

身世酒杯中,万事皆空。古来三五个英雄。雨打风吹何处是,汉殿秦宫? 梦入少年丛,歌舞匆匆。老僧夜半误鸣钟。惊起西窗眠不得,卷地西风。

这首词上阕的主旨是"万事皆空",亦即佛理所谓"色空"。下阕叙词人梦入绮罗丛,乃是"我执"(自身执着)的反映,有悖于上阕提出的"我法两空"(主客观世界均空无自性)的佛理;但由于佛教法器钟声的示警,使我蓦然惊觉。这是一首以空观为大前提而破除"我执"的佛理抒情诗。

他的《卜算子》(闻李正之茶马讣音)也表现了相似的情调:

欲行且起行,欲坐重来坐。坐坐行行有倦时,更枕闲书卧。病是近来身,懒是从前我。静扫瓢泉竹树阴,且恁随缘过。

一切随缘适性,决不强出头,这种情绪,正是对"我执"彻底破除的生动表现。

辛弃疾在休闲无聊的生活中,常常以词为戏,以禅为戏。玩禅,写戏谑化的禅词,是宋代士大夫文人的一种文化游戏,大概始于苏轼、黄庭坚,辛弃疾继承了这一传统。在这样的作品中,佛理禅机虽然也是作者主体宗教意识的表现,但是态度却不那么虔诚了,有了一点儿不恭的气味。例如《江神子》(闻蝉蛙戏作):

簟铺湘竹帐笼纱，醉眠些，梦天涯。一枕惊回，水底沸鸣蛙。借问喧天成鼓吹，良自苦，为官哪？　　心空喧静不争多。病维摩，意云何？扫地烧香，且看散天花。斜日绿阴枝上噪，还又问：是蝉么？

这首词的副题"闻蝉蛙戏作"，说明是借蝉噪蛙鼓玩文字禅游戏。上阕写蛙鼓。"良自苦，为官哪"是借题发挥，暗寓讽刺。《晋书·惠帝纪》说："帝尝在华林园，闻蝦蟆声，谓左右曰：'此鸣者为官乎私乎？'或对曰：'在官地为官，在私地为私。'"辛词借以暗示：那些鼓吹喧天者（当官的）不见得为官家（封建国家）办事。下阕写蝉噪。全词主旨在下阕头句，意即做到了"心空"，则不争多少蛙鼓蝉躁都会化"喧"为"静"。这是对禅宗佛教——心宗基本教理的解说。惠能说："风动幡动，无非心动"；那么只要心如止水，外在世界的一切变化均不存了。依此类推，只要"心空"，那么蛙蝉之声即使有如雷鸣，也等同于一片死寂。"还又问：是蝉么"的反诘，正是此意。这是彻底的主观唯心主义宗教哲学。

　　再看一首辛弃疾的禅戏之作——《玉楼春》（戏赋云山）：

　　何人夜半推山去？四面浮云猜是汝。常时相对两三峰，走遍溪头无觅处。　　西风瞥起云横度，忽见东南天一柱。老僧拍手笑相夸："且喜青山依旧住。"

此词副题也标举一个"戏"字，说明作者写这首词的时候，处在一种玩禅心态之中。词的大意十分明朗。上阕谓常时相对的两三峰夜半忽然不见，大概是四面浮云推走了吧？下阕谓西风一起，云飞雾走，昔日常见的山又从东南天际露出一柱来了。于是老僧借景说法："且喜青山依旧住。"这是以"不动山"借喻佛教真理之"如如不动"。

　　禅宗佛教强调顿悟。许多禅宗公案记述学人们向禅师参问，起初不得要领，后来在某一契机的触发下，突然开悟。这是一个顿悟模式。辛词中有一些写景叙事之作，似与顿悟模式同构。例如："断崖修竹，竹里藏冰玉。路转清溪三百曲，香满黄昏雪屋"（《清平乐·检校山园书所见》）；"旧时茅店社林边，路转溪头忽见"（《西江水·夜行黄沙道中》）；"着意寻

— 385 —

春不肯香，香在无寻处"(《卜算卜·寻春作》)；"众里寻他千百度，蓦然回首，那人却在，灯火阑珊处"(《青玉案·元夕》)，等等。这类禅词，字面上不用禅语，而寓禅趣于叙事写景之中。它们好比溶盐于水，思想与形象浑然一体，艺术性颇高，因此历来受人称道。

辛弃疾对于道教的长生久视理想和炼丹、服食等方术，经历了一个从肯定到否定的过程。他曾在作于中年的《南歌子》（独坐蔗庵）这首词里肯定了丹经之祖的《参同契》，后来在晚年的词作中又加以否定。例如他在《柳梢青》这首词的小序中说："辛酉生日前两日，梦一道士话长年之术，梦中痛以理析之，觉而赋八难之辞"，其词如下：

莫炼丹难。黄河可塞，金可成难。休辟谷难。吸风饮露，长忍饥难。　劝君莫远游难。何处有西王母难。休采药难。人沉下土，我上天难。

同年，词人在《江神子》（侍者请先生赋词自寿）中又写道："莫道长生学不得，学得后，待如何？"从而再次否定了道教长生之术。

道教被辛弃疾否定了，道家的老庄之学遂取代了道教在他心目中的地位。他在《感皇恩》（读庄子，闻朱晦庵即世）中写道："案上数编书，非庄即老。"这是因为老庄的遁世哲学，与政治理想破灭后的晚年辛弃疾的消极情绪，彼此十分合拍。他不但从老庄的处世哲学中找到了医治心灵创伤的止痛剂，而且从老庄的著作中找到了玩弄文化游戏以娱晚年的新材料。例如《卜算子》（用庄语）：

一以我为牛，一以我为马。人与之名受不辞，善学庄周者。江海任虚舟，风雨从飘瓦。醉者乘车坠不伤，全得于天也。

此词副标题标明：全用《庄子》语檃栝而成。"一以"两句出自《应帝王》篇，"人与"句出自《天道》篇，"江海"句出自《山水》篇，"风雨"句以下，出自《达生》篇。

还有《哨遍》（池上主人），也是一首探讨《庄子》语义的作品。晚年

辛弃疾不仅玩禅，而且玩道（道家）

在辛词中，有些宗教意象并非词人主体宗教意识的自我表现，而是作为描写生活的艺术手段出现。其中有佛教神话意象，也有道教神话意象。词人晚年从理性上否定了道教，并不妨碍他在艺术上运用道教神话作为创造浪漫主义形象的素材。例如大约作于1196—1197年（56—57岁）的《满江红》（寿赵茂嘉郎中，前章记兼济仓事）：

> 我对君侯，怪长见两眉阴德。还梦见玉皇金阙，姓名仙籍。旧岁炊烟浑欲断，被公扶起千人活。算胸中除却五车书，都无物。　　山左右，溪南北。花远近，云朝夕。看风流杖屦，苍髯如戟。种柳已成陶令宅，散花更满维摩室。劝人间且住五千年，如金石。

这首词运用佛道意象各一，以赞美赵茂嘉。上阕的"还梦见玉皇金阙，姓名仙籍"句，出自道书《仙传拾遗》："木公亦云东王父，亦号玉皇君。"下阕的"散花更满维摩室"句，出自佛典《维摩诘所说经·观众生品》："维摩诘以身疾，广为说法。佛告文殊师利：汝诣问疾。时维摩室有一天女，见诸大人，闻所说法，便现其身，即以天花散诸菩萨大弟子上。"

其他如："补陀大士虚空，翠岩谁记飞来处？"（《水龙吟·题雨岩》）"笑拍洪崖，问千丈翠岩谁削？"（《满江红·游南岩》）这是借佛道神话意象写景。"西真人醉忆仙家，飞佩丹霞羽化"（《西江月·和杨民瞻赋牡丹》），这是借神仙意象喻花。"春到蓬壶特地晴，神仙队里相公行"（《定风波·施枢密圣与席上赋》），这是借神仙意象叙艳情。"唤双成，歌弄玉，舞绿华。一觞为饮千岁，江海吸流霞"（《水调歌头·寿赵漕介庵》）；"蟠桃结子知多少？家住三山岛"（《醉花阴·为人寿》）：这是以仙喻寿，等等。

刘克庄

刘克庄（1187—1269），字潜夫，号后村居士，福建莆田人，他于淳祐元年赐同进士出身，曾任工部尚书兼侍读、龙图阁学士等职。他的词作属张孝祥、辛弃疾一派，多有感事伤时，反对南宋朝廷苟安妥协的爱国情绪。其壮语有云:"国脉微如缕。问长关何时入手,缚将戎主?"(《哨遍》)但他也同张孝祥、辛弃疾一样,其晚年作品中流露出鲜明的佛道意识。例如《水调歌头》(解印有期戏作):

　　老子颇更事,打透名利关。百年扰扰于役,何异入槐安!梦里偶然得意,醒后才堪发笑,蚁穴驾车还。恰佩南柯印,仿佛毂曾丹。
　　客未散,日初昧,酒犹残。向来幻境安在?回首总成闲。莫问浮云起灭,且跨刚风游戏,露冷玉箫寒。寄语抱朴子,候我石楼山。

这首词作于刘克庄即将解组归田之际,回顾一生,展望未来。他借用唐传奇《南柯太守传》故事,把自己一生"扰扰于役"而获得的名与利,比作南柯之梦一场空,流露出万法皆空与破除我执的鲜明佛教情调。词的结句则明确表示了词人追随道士抱朴子——葛洪的愿望。

刘克庄学佛,经常以佛徒自许。他说:"身如罢讲吴僧"(《临江仙》);又说:"维摩病起,兀坐等枯株"(《六州歌头》)。他像许多奉佛的士大夫文人一样,也把自己比喻为维摩诘居士。

刘克庄对道教神仙的向往,在两首《清平乐》(五月十五夜玩月)中,被表现得极其生励而富于绚丽的浪漫主义色彩。词如下:

　　(一)纤云扫迹,万顷玻璃色。醉跨玉龙游八极,历历天青海碧。水晶宫殿飘香,群仙方按霓裳。消得几多风露,变教人世清凉。
　　(二)风高浪快,万里骑蟾背。曾识姮娥真体态,素面元无粉黛。身游银阙珠宫,俯看积气蒙蒙。醉里偶摇桂树,人间唤作凉风。

词人展开幻想的翅膀,想象他跨龙骑蟾,遨游八极仙境,大快生平,做了一个畅快淋漓的游仙梦。

刘克庄晚年好佛嗜道,却又对佛道抱着一种怀疑情绪。他在《鹊桥山》(戊戌生朝)中写道:"玄花生眼,新霜点鬓,不肯遮藏老态。人间何处有仙方,擘划得二三百岁?"词人无计回避老态的降临,不禁哀叹延活二三百岁的仙方之不可得,更毋庸说不死之药了。他在另一首写于自己生日的词中，更是无可奈何地宣称："晚学瞿聃无所得，不解飞升灭度"（《贺新郎·鬓雪今千缕》）。他的这种求仙拜佛而毫无所得的失望情绪，还形象地表现在他的一首作于梦里的《沁园春》（癸卯佛生，翌日将晓，梦中作；既醒，但易数字）中。词如下：

  有个头陀，形等枯株，心犹死灰。幸春山笋贱，无人争吃；夜炉芋美，与客同煨。何处幡花，忽相导引，莫是天宫迎赴斋？又疑道，向毗耶城里，讲席初开？　这边尚自徘徊。笑那里，纷纷早见猜。有尊神奋杵，拳粗似钵；名缁竖拂，喝猛如雷。老子无能，山僧不会，谁误檀那举请哉！山中去，便百千亿劫，休下山来。

在这首词中，词人以深山苦行僧——头陀自比，表示自己学佛之诚。他在梦中忽然被幡花导引，心疑正走向仙宫佛国。不料仙宫有尊神拦路，佛国有名缁挡驾。词人不得其门而入，只好仍旧回山。他做不了佛，也成不了仙。

第三节　三教兼容的理学诗人

  宋代理学自周敦颐开其源，程颢、程颐畅其流，至朱熹而总其成。理学是以释、道思想为理论支柱的新儒教。理学大师朱熹的诗，就是这种新儒教意识的载体。

朱　熹

  朱熹（1130—1200），字元晦，一字仲晦，号晦庵，徽州婺源（今属江西）人，侨居建阳（今属福建）崇安，后迁考亭。他在绍兴十八年登进士第，先后任主簿、刑狱、知州、安抚使、宝文阁待制、侍讲等职。他毕生关心国计民生，力主抗金。但由于与执政者政见不合，多次辞官或被免职，因此一生仅为官九年，大部分时间是在著述和讲学中度过的。他是继周敦颐和二程之后的著名理学家。他认为：从自然界到人类社会，包括儒家伦理规范在内，都是"理一分殊"的表现，都是"天理"的创造。因此，他在《白鹿洞书院揭示》中，将儒家"五教"列在首位，即"父子有亲，君臣有义，夫妇有别，长幼有序，朋友有信"。在文学上，他主张文道会一，认为"道者文之根本，文者道之枝叶"，反对唐宋以来古文家重文轻道的倾向。他的父亲朱松和老师刘子翚都是有名的诗人，朱熹在他们的影响下亦擅长于诗。朱熹的诗，是理学化的诗，是诗化的理学，是理学家兼诗人的朱熹实践其文道合一主张的结果。他的一些寓理于景的名篇名句，脍炙人口，传唱不绝。

南宋朝廷苟且偷安于江南，辽金虎视眈眈于江北，生活在危如累卵形势下的朱熹，他的新儒教忠君伦理观与爱国忧民思想，水乳交融地渗透在他的诗中。例如《送张严辅赴阙》：

执手何草草，送君千里道。君行入脩门，披胆谒至尊。问君此去谈何事？袖有谏书三万字。明堂封禅不要论，智名勇功非所敦。愿言中兴圣天子，修政攘夷从此始。深仁大义天与通，农桑万里长春风。朝纲清夷军律举，边屯不惊卧哮虎。一朝决策向中原，着鞭宁许他人先！

可谓忠心耿耿，纸短情长。后来他在《和子澄白虎之句》里，把这种思想感情高度概括为"徘徊未厌诗书乐，感慨难忘忠孝心"这样两个诗句了。

朱熹理学的精髓，实从佛道中汲取而来。他根据佛教华严宗"一即一切"和"四法界"说，创立了"理一分殊"说。他又根据佛教禅宗所谓"一法遍含一切法"，提出"一理之实而万物分之以为体"（《朱子语类》卷九四）的说法。他还继承周敦颐《太极图说》，根据《易·系辞上》的"易有太极，是生两仪，两仪生四象，四象生八卦"之说，把他的所谓"理"名为"太极"。这个"太极"之"理"，乃是"上天之载，无声无臭，而实造化之枢纽，品汇之根柢也"（《太极图解说》）。朱熹在提出上述客观唯心主义性质的"天理"论的基础上，又提出了以认识"天理"为目的的"格物致知"认识论，即"所谓致知在格物者，言欲致吾之知，在即物而穷其理也"（《大学章句》）。

朱熹这一格物致知——从万事万物入手以认识"太极"——"天理"

的认知模式,常常借诗歌形式表现出来。由于朱熹不但是个援佛道入儒的哲学家,而且是个懂得形象思维的诗人,所以他的格物致知哲理诗往往能寓理于形象描绘之中。试看《春日》:

  胜日寻芳泗水滨,无边光景一时新。等闲识得东风面,万紫千红总是春。

有人指出,朱氏此诗脱胎于某尼悟道诗:"尽日寻春不见春,芒鞋踏遍陇头云。归来笑捻梅日嗅,春在枝头已十分。"(载《鹤林玉露》)原诗以春喻禅。朱氏加以点化,以春喻理。其结尾两句,就是他对"格物致知"和"理一分殊"的形象化解说。

其他如:

  (一)闻道西园春色深,急穿芒屩去登临。千葩万蕊争红紫,维识乾坤造化心?(《春日偶作》)
  (二)半亩方塘一鉴开,天光云影共徘徊。问渠那得清如许?为有源头活水来。(《观书有感》)

上面这些诗,表面上看似对风景的赞赏,实则为格物致知的理学哲理诗。凡是了解朱熹理学的人(这种人在封建时代的知识分子中极多),都会从中读出其味外之味,象外之旨,即一切美景都是"理一分殊"的具体表现,都是从"太极"——"天理"化生出来的。

但是,朱熹有时也会把他的客观唯心主义理学原则,写成押韵的记录。例如《送林熙之诗》之三:

  天理生生本不穷,要从知觉验流通。若知体用元无间,始笑前来说异同。

在理学思想体系中,与"天理"相对立的是"人欲"。理学家们的奋斗目标,就是"存天理,去人欲"。正如朱熹在《宿梅溪胡氏客馆观壁间题诗自警》中说的:"世路无如人欲险,几人到此误平生。"朱熹在这方面身体力行。他在许多自叙性抒情诗里,表现了一种与世无争的冲和淡泊情调。例如《晨起对雨》之一:

晨起候前障,白烟眇林端。雨意方未已,后土何时干?倚竹听萧瑟,俯涧闻惊湍。景物岂不佳?所嗟岁已阑。守道无物役,安时且盘桓。翳然陶兹理,贫悴非所叹。

此诗主旨乃是安贫乐道,遏制人欲。这一思想还散见于朱熹的其他许多诗中,例如:"诸君莫惆怅,吾道固当穷"(《和林泽之凤凰山韵》);"隐去复何求?无言道心长"(《隐求斋》);"终遣谁为侣?独此淡冲襟"(《秋夕》);"君能触处真齐物,我亦平生不怨天"(《次刘明远宋子飞反招隐韵》),等等。

前面说过,朱熹的理学有三个来源,即儒、释、道。理学就是三教合流在宋代的一个新形态。因此,朱熹诗集中时时出现习佛求道之作,就不足为怪了。其佛诗如:

(一)端居独无事,聊披释氏书。斩释尘累牵,超然与道俱。门掩竹林幽,禽鸣山雨余。了此无为法,身心同晏如。(《久雨斋居诵经》)

(二)晨起踏僧阁,徙倚望平郊。攒峦夏云晓,苍茫林影交。斩释川途念,憩此烟云巢。聊欲托僧宇,岁晏结蓬茅。(《晨登云际阁》)

其道诗如:

(一)岩居乘贞操,所慕在玄虚。清夜眠斋宇,终朝观道书。形忘气自冲,性达理不余。于道虽未庶,已超名迹拘。至乐在襟怀,山水非所娱。寄语狂驰子,营营竟焉如?(《读道书作》)

(二)弄舟缘碧涧,栖集灵峰阿。夏木纷已成,流泉注惊波。云阙启苍茫,高城郁嵯峨。眷言羽衣子,俯仰日婆娑。不学飞仙术,累累丘冢多。(《过武夷作》)

其他慕道羡仙之作云:"超世慕肥遁,炼形学飞仙"(《寄山中旧知》);"晨兴香火罢,入室披仙经"(《寄山中旧知》),等等。

上述朱熹佛诗中的所谓"斩释尘累牵"和"斩释川途念",道诗中的所谓"寄语狂驰子,营营竟焉如"等,都是借佛道禁欲主义对"人欲"的批判。由此可见,理学的"存天理,去人欲"的新儒教戒条,与佛道宗教禁欲主义是一脉相通的。

第四节 仙寿词及其他

在宋词中,道教神仙意象是美化士大夫生活的重要艺术手段。北宋的士大夫文人以仙喻妓,南宋的士大夫文人则以仙喻寿。在前面介绍过的南宋词人中,向子諲、张元干、张孝祥等都写过一些以仙喻寿词。除了他们以外,还有杨无咎、曹勋、史浩、张炎等,也是好写仙道词的作家。在他们的作品中,仙寿词占了一定的比重。

杨无咎

杨无咎(1097—1170),字补之,清江(今属江西)人。他著有《逃禅词》1卷。杜甫诗云:"苏晋长斋绣佛前,醉中往往爱逃禅。"《逃禅词》命意,源出于此。该词集收词172首,其中祝寿词29首。宋代词人自柳永以后,多好以神仙意象借喻士大夫文人的青楼之恋。杨无咎词中也多有咏妓之作,但却不大使用神仙意象;倒是把神仙意象都用到祝寿词中去了。例如:

(一)五云楼阁蓬瀛路,空相望,无由去。弱水渺茫谁可渡?君家徐福,荡舟相访,却是曾知处。 群仙应问来何暮,说与荣归锦封句。句里丁宁无巳许,要教强健,召还廊庙,永作商岩雨。(《青玉案·徐侍郎生辰》)

(二)东风初到,小梅枝上,又惊春近。料天台,不比人间日月,桃萼红英晕。 刘郎浪迹凭谁问?莫因诗瘦损。怕桑田变海,仙源重返,老大无人认。(《探春令·刘伯玉生辰》)

第一首词以徐福入海寻仙故事祝人寿比神仙,第二首词以刘阮天台遇仙故事祝人寿比神仙。

曹勋与史浩

曹勋(1098—1174)有《松隐乐府》词集,充满了道教感情和神仙意象。他的《法曲·道情》11首,叹人生易逝,盼修道成仙,以达到长生不死的目的。他还写了大量的歌颂帝王后妃的祝寿词以及咏花词,其特点是以仙喻寿和以仙喻花。他在南宋朝能够官至节度使加太尉,与他善写这类装点太平盛世假象的词作不无关系。今举其描写道士修道生涯的《点绛唇》一首如下,以见一斑:

石洞清寒,柳烟吹散松风静。日华光映,翠水环云径。 道境多闲,不是人间景。谈清净。道师歌咏,花转云房影。

史浩(1106—1194)著有《鄮峰真隐漫录》。他的《采莲·寿乡词》8首,以仙乡之主喻孝宗皇帝,为之祝寿。他官至太师,封魏国公,赠会稽郡王,当然与他善写这类美化帝王之作有一定关系。他高官厚禄,养尊处优,日夕以歌舞自娱。他以浓厚的道教意识,编撰了《采莲舞》、《太清舞》、《柘枝舞》、《花舞》、《剑舞》、《渔父舞》等乐舞脚本。这些作品的共同艺术特色是:以仙境喻己境,以神仙自况。例如《渔父舞》中有扮渔父者念诗云:"鄮城中有蓬莱岛,不是神仙那得到?"又如《采莲舞》中的一曲《渔家傲》下片道"舴艋飘飖来复去,渔翁问我居何处。笑把红蕖呼鹤驭,回头语:壶中自有朝天路。"这些诗词,乃是作者自诩神仙的证明。

曹勋的模式——"我想做神仙"。在他的词里,"我"与"神仙"处在对立的两极。史浩的模式——"我就是神仙"。在他的词里,"我"与"神仙"合二为一。

张　　炎

在士大夫文人中,有两种人好把自己想象为神仙。一种是相信确有神仙而积极修道者,一种是不相信世有神仙而及时行乐者。南宋末年的张炎属于后一种。张炎（1248—1320?），字叔夏，号玉田，又号笑乐翁，祖籍西秦（今陕西），后迁临安（今浙江杭州）。他写了很多优游名山胜水和吟风弄月的词，表现一种清空的情调。在这些寄情湖山、自得其乐的词作中，特别是那些涉及道教景观的词作中，也表现了他对道教神仙之说的否定态度。试看《忆旧游·登蓬莱阁》：

问蓬莱何处？风月依然，万里江清。休说神仙事，便神仙纵有，即是闲人。笑我几番醒醉，石磴扫松阴。任狂客难招，采芳难赠，且自微吟。　　俯仰成陈迹，叹百年谁在？阑槛孤凭。海日生残夜，看卧龙和梦，飞入秋冥。还听水声东去，山冷不生云。正目极空寒，萧萧汉柏愁茂陵。

词人登上蓬莱阁，自然地联想起道教神话中的蓬莱仙境。但他对此作了否定。上阕，一落笔就提出质疑：蓬莱仙境何在？接着以眼前的风月江流作答。换句话说，这不是神话中的海上仙山。张炎对仙境的否定，在《南楼令·题聚仙图》里表述得尤为直接："拍手笑相呼，应书缩地符，恐人间天上同途。"《忆旧游》词上阕第二句，承前意进一步提出"休说神仙事"，然后一转，退一步说，纵有神仙，那就是人间的"闲人"。此"闲人"不是别个，而是张炎自己。他经常以"闲人"自许："烟波自有闲人"（《声声慢·赋渔隐》）、"林下一身闲"（《甘州·题戚五云山图》）、"投闲，寄傲怡颜，要一似白鸥闲"（《木兰花慢·赵鹤心问余近况，书以寄之》）。《忆旧游》上阕第三、第四两句，是对"闲人"的写照，突出一个"闲"字。下阕否定求仙。先提出古今人事之变迁是任何人也无法逆转的自然法则。接着写景，由近及远，最后落到"萧萧汉柏愁茂陵"。这是对李贺诗句"刘彻茂陵多滞骨"的化用。茂陵是汉武帝的陵墓，汉武帝求仙，终不免死做茂陵之鬼。一个"愁"字，透出一丝对求仙者的嘲讽意味。

此外，张炎的另一首道教题材词《木兰花慢·游天师张公洞》，也表现了词人对修仙炼丹神话的否定态度："想邃宇阴阴，炉存太乙，难觅飞丹。泠然洞灵去远，甚千年，都不到人间。见说寻真有路，也须容我清闲。"

张炎不相信神仙，但世俗以为有。于是他在许多词中辩论道：若说有神仙，神仙就是我张炎。这是张炎词的一个抒情模式，是他自号"笑乐翁"的注释之一。前述《忆旧游·登蓬莱阁》中的"便神仙纵有，即是闲人"，就是一条这样的注文。另如《满江红·己酉春日》：

老子今年，多准备，吟笺赋笔。还自喜，锦囊添富，顿非畴昔。书册琴棋清队仗，云山水竹闲踪迹。任醉筇，游屐过平生，千年客。回首梦，东隅失。乘兴去，桑榆得。且怡然一笑，探梅消息。天下神仙何处有？神仙只向人间觅。折梅花，横挂酒壶归，白鸥识。

此外还有："眼底烟霞无数，料神仙即我，何处崆峒？"（《一萼红·束季博园池》）"著我白云堆里，安知不是神仙！"（《风入松·酌惠山泉》）等等。

从张炎的主体意识看，他不信神仙之谈。但世俗以为有，于是他在赠人之作中，又常用神仙故事以媚俗，特别是在祝寿的词作中。例如《南楼令》（寿邵素心席间赋）：

一片赤城霞，无心恋海涯。远飞来，乔木人家。且向琴书深处隐，终胜似，听琵琶。　　休近七香车，年华已破瓜。怕依然，刘阮桃花。欲问长生何处好？金鼎内，转丹砂。

为了"祝你生日快乐"，词人说了一通违心的仙话："赤城霞"呐，"转丹砂"呐，等等。这种应酬敷衍语，在旧时士大夫诗朋酒侣中是必不可少的。

又如他的《壶中天》（陆性斋筑葫芦庵，结茅于上，植桃于外，扁曰"小蓬壶"）：

海山缥缈，算人间自有，移来蓬岛。一粒粟中生倒影，日月光融丹灶。玉洞分春，雪巢不夜，心寂凝虚照。鹤溪游处，肯将琴剑同调。　　休问挂树瓢空，窗前清意，赢得不除草。只恐渔郎曾误入，翻被桃花一笑。润色茶经，评量山水，如此闲方好。神仙陆地，长房应未知道。

词人为了庆贺友人新居"小蓬壶"落成,当然不能不切题而投其所好,所以在词里征引了蓬莱、桃源、壶公等仙话典故。但由于张炎本不信仙,便把仙话中的仙人仙境做了友人及其新居的陪衬,意谓海上蓬莱虽然缥缈无踪,但人间自有"小蓬壶","小蓬壶"主人闲中取乐,好比陆地神仙,即使仙话里的壶公费长房也不及。

南宋文人中之写作三教诗词者,还有很多,如吕本中、陈与义、范成大、杨万里、张抡、汪莘等。其中,陈与义、张抡、汪莘三人的词集均以佛道语命名,最令人瞩目。

陈与义(1190—1138)有《无住词》一卷。"无住"一语出自佛典,意谓万事万物永远处于生灭无常的过程中,永无凝住不变;人的认识亦应相适应,不能以一成不变的概念去理解万事万物。《大智度论》所谓"观诸法念念无常,无有住时",就是这个意思。这本是一种辩证思维,但它在佛教哲学体系中,却成了支持诸法性空的唯心主义本体论的论据。《维摩诘经·观众生品》说:"从无住本立一切法。"鸠摩罗什对此阐释道:"法无自性,缘感而起。当其所起,莫知所寄。莫知所寄,故无所住。"就是说,一切法(现象)均无自性,因而亦无住。陈与义把他的词集命名曰"无住",这表明他对这一佛教唯心主义辩证法颇有体会。《无住词》虽然仅存19首,但其中确有体现"无住"佛理的主题歌。他在《清平乐·木犀》中写道:"无住庵中新事,一枝唤起幽禅。"他把自己的住所名曰"无住庵",并说他在借木犀花参禅——取"郁郁黄花,无非般若"之意。"无住词"无疑就是体现无住庵主人的"无住"思想的。试看其《渔家傲·福建道中》:

今日山头云欲举,青蚖素凤移时舞。行到石桥闻细雨。听还住,风吹却过溪西去。　　我欲寻诗宽久旅,桃花落尽春无所。渺渺篮舆穿翠楚。悠然处,高林忽送黄鹂语。

在这首词中,词人以两个自然现象——雨声和春光说明了他对"无住"的理解。上阕写雨声,从"闻细雨"到"听还住",再到"过溪西去"。下阕写春光，从"桃花落尽"到"忽送黄鹂语"。两件事，都是"无住"过程。

张抡自号莲社居士，有《莲社词》一卷。但他不仅景仰东晋名僧慧远建立的白莲社，而且更加向往于长生久视的神仙。他写了《点绛唇》、《阮郎归》、《醉落魄》、《西江月》各十首，分别题咏春、夏、秋、冬四季；他还写了《踏莎行》十首咏山居，《朝中措》十首咏渔父，《菩萨蛮》十首咏酒，《诉衷情》十首咏闲，《减字木兰花》十首咏修养，《蝶恋花》十首咏神仙。在以上成套的系列词作里，道情佛意，双管齐下。但在两者之中，词人尤热衷于炼丹、采药和对神仙的执着追求。

汪莘，额其庐曰"方壶"，自号方壶居士，有《方壶词》二卷。他神往于传说中五神山之一的方壶，故以此自许。他的词，的确很有方壶神仙韵味。请看他在《沁园春·自题方壶》中的自我写照："南皋境界何如？舍明月清风谁与居！望蓬山路杳，万株翠桧；方壶门掩，四面红蕖。中有佳人，绰如姑射，一炷清香满太虚。尘寰外，被鸣鸾报客，飞鹤传书。"《方壶词》中的其他作品，大抵如此。

第三章　僧道诗词

第一节　僧侣诗词

从唐末五代到北宋，禅宗佛教获得了长足的发展。禅宗主修心，不屑钻研佛典，有更多的时间和精力去钻研诗艺，因而出了不少著名诗僧。他们成为士大夫文人的方外之交。苏轼的禅门诗友，不下百名之众，无不"能文善诗及歌词，皆操笔立就，不点窜一字"（《东坡志林》）。《宋诗纪事》收入能诗的释子达240人之多。北宋时期的著名诗僧，有九僧、智圆、重显、契嵩、道潜、惠洪、克勤等；但南宋的僧诗，无论数量、质量均远逊于北宋，只有文珦、道灿、斯植等人的作品略有影响而已。

九　　僧

北宋初期，各地出现了一些名重一时的诗僧。陈充搜集并编纂了当时最负盛名的九位诗僧的诗集，名曰《九僧诗》。由此"九僧"就成了北宋初期诗坛的流派之一。

九僧包括：

（一）建阳（今属福建），或作淮南（今江苏扬州）惠崇

（二）剑南（今四川成都）希昼

（三）金华（今属浙江）保暹

（四）南越，或作闽（今福建）文兆

（五）天台（今属浙江）行肇

（六）汝沃（今河北赵县）简长

（七）青城（今四川灌县）惟凤

（八）江南，一作江东宇昭

（九）峨眉（今属四川）怀古

关于九僧的生卒年月与生平事迹，均无可考。

九僧与寇准、林逋等人同宗晚唐的贾岛、姚合。其诗以五律见长，善以白描手法写山水小景和人生琐事；强调锻字炼句，特别在颔联和颈联上用功推敲，务求对仗工整。九僧的这种风格，与同时出现的西昆派之堆砌辞藻、摭拾典故的诗风，形成鲜明对照。

"闲"与"吟"，是九僧诗中出现频率最高的两个字。这正是禅宗诗僧生活的两大特点。禅师强调顿悟，不治经论，禅师们无不以闲人自许。唯其"闲"，所以才有充足的时间去"吟"诗。九僧之间彼此赠答的诗中，充分显示了他们作为禅宗诗僧的这两个特点。例如保暹的两首诗：

（一）草径通深院，秋来心更闲。城中无旧识，门外是他山。究寂生吟思，持斋得病颜。寒宵多约我，静话出人间。（《书惟凤师壁》）

（二）重来久凭栏，临水景多闲。高树下残照，寒潮平远山。夜吟长负宿，秋病几思闲。早晚离城里，从兹寄掩关。（《重登文兆师水阁》）

胡应麟认为：九僧的诗，"几于升贾岛之堂"。此话不错。九僧亦如贾岛，好写荒寒幽寂之景，好抒愁苦孤独之情。这种奇僻清峭的艺术风格，体现在诗中多用寒、冷、孤、独、苦、残之类的字眼。例如希昼诗中的"寒"字句："帆影迷寒雁"、"川寒鼓角风"、"寒沙涨隔田"、"众木倚云寒"；"孤"字句："树势分孤垒"、"早晚回孤锡"、"何宵发孤咏"、"孤泉泻空白"；"苦"字句："吟苦夜禅忘"、"苦雾沈山郭"、"寒螀共苦吟"、"静想猿啼苦"等。

诗僧们一生赋闲，有无穷无尽的时间，去仔细观察丛林景物。因此，九僧的诗往往能写出自然界诸多事物之间的某些因果联系。这种联系，往往体现在千锤百炼的一个动词上，诗论家谓之"诗眼"，例如惠崇的这些诗句：

归禽动疏竹，落果响寒塘。（《上谷相公池上作》）
鸟归沙堕雪，僧去石沉云。（《宿东林寺》）
古路随冈起，秋帆转浦斜。（《林逋河亭》）
禽寒时动竹，露重忽翻荷。（《杨秘监池上》）
落潮鸣下岸，飞雨暗中锋。（《瓜州亭子》）
惊蝉移古柳，斗雀堕寒庭。（《国清寺秋居》）
坐石云生袖，添泉月入瓶。（《赠乂省上人》）

由于九僧能够在一方狭小天地间长时间地搜冥索僻，观察入微，所以他们笔下有时也会出现贾岛"行蛇入古洞"式的奇诡小景。例如：保暹的"虫迹穿幽穴，苔痕接断棱"（《秋径》）；简长的"古木秋生菌，空山夜答猿"（《宿许山人别业》）；"蚁酣停扫砌，燕乳记钩帘"（《赠浩律师》）；惟凤的"病鼠惊空穴，寒萤聚缺墙"（《秋灯》）；宇昭的"渴狖窥莎井，阴虫占菊篱"（《寄保暹师》），等等。

九僧之中，惠崇尤为当时文坛所推崇。考其原因，不外二端：一是他能诗善画，诗画俱佳；二是他结交名公巨卿，时相唱和。因此，他的《摘句图》一百联传诵一时，他的风景画亦为时流称道。"竹外桃花三两枝，春江水暖鸭先知"，这是苏东坡赞许惠崇《春江晚景图》的名句；王安石也表示："画史纷纷何足数，惠崇晚出吾最许"（《纯甫出僧惠崇画要予作诗》）。

据《湘山野录》记载：某次寇准邀惠崇在池亭上拈阄分题作诗，寇准拈得"池上柳"题、"青"字韵；惠崇拈得"池上鹭"题、"明"字韵。"崇默绕池，驰心杳冥以搜之"。两个时辰以后，惠崇忽然举起二指，点空微笑曰："此篇功在'明'字，凡五押之俱不到，方今得之。"寇曰："试请口举"。惠崇吟道：

雨绝方塘溢，迟徊不复惊。曝翎沙日暖，引步岛风清。照水千寻迥，栖烟一点明。主人池上凤，见尔忆蓬瀛。（《池上鹭分赋得明字》）

"栖烟一点明"果然不同凡响，以"烟"衬"明"，白鹭之白便凸现眼前了。这段佳话，证明了九僧诗派是晚唐五代苦吟派的继续和发展。他们为了"吟安一个字"，是不惜"捻断数茎鬓"的。

又据《湘山野录》记载，由于惠崇诗画蜚声文坛，曾有"河分岗势断，春入烧痕青"之句，传诵京师，交口称誉，引起了其他诗僧的妒忌，乃诬其句盗自前人。也是九僧之一的文兆便作了《诗一首》跟惠崇开玩笑。诗云："河分岗势司空曙，春入烧痕刘长卿。不是师兄偷古句，古人诗句犯师兄。"令人噱倒。不管此说真伪如何，诗僧惠崇在北宋初期的诗坛上的确是一面大旗，令人刮目相看。

不过，由于九僧诗极力追步贾岛、姚合，缺乏创新精神，不能自立门户，因而不久就湮没无闻了。

智　圆

智圆（976—1022），字无外，自号中庸子，俗姓陈，钱塘（今浙江杭州）人。他8岁受戒于龙兴寺，21岁从源清法师研习天台宗的"一心三观"、"三谛圆融"佛学；后隐修于杭州孤山之玛瑙院，与处士林逋为友，卒谥法慧。他有杂著《闲居编》51卷，收入《续藏经》。《全宋诗》据《闲居编》录其诗共15卷。

智圆与九僧同时，并与九僧中的保暹、惟凤，以及其他名僧如辩才等广泛交游，但尘俗之交却寥寥无几。因此，他的诗集中除了述志诗和隐修诗以外，主要的就是与禅门诗友的赠答唱和之作。他在北宋初期的士大夫文人中不大知名，但在释子中却不失为一位颇有名气的多产作家，所以他的著作，包括诗歌在内被收入《续藏经》而获得内典的价值。

智圆兼宗儒释，对道教神仙与老庄之学则持排斥态度。他虽然自动出家习佛，但也熟读儒家经典。他写了不少言志诗，反复表明他的这一思想立场。例如："畴昔学为文，拟尽周孔道。"（《言志》）"平生宗释复宗儒，竭虑研精四体枯。"（《挽歌词》之一）"杜门无俗交，尘事任浩浩。空斋学佛外，六经恣论讨。仁义志不移，贫病难相恼。天命唯我乐，百神非吾祷。为文宗孔孟，开谈黜庄老。"（《暮秋书斋述怀寄守能师》）他的这种思想立场，还表现在其他一些诗中。

隐修生活自述，是智圆诗的一个重要方面。智圆是一个毕生不入侯门、不涉都市的隐修僧。他的许多记述自己日常生活的诗，都显示出这种隐修特色。"年过不惑鬓成丝，偶到林间便卜居。学道未忘山水癖，爱闲终与利名疏。夜凉危阁来明月，风静平湖漾碧虚。回首权豪绝相识，野云孤鹤自相于。"（《孤山闲居即事寄己师》）这就是他的自画像，酷以"未尝将一字，容易谒诸侯"的唐末五代齐己。齐己于后梁龙德元年（921）为龙兴寺正，圆8岁（984）在龙兴寺受戒。此诗标题分明谓"寄己师"，则似乎齐己活到了宋初，并成为智圆的精神导师。

智圆的隐修生活，主要是参禅持斋，但他却偏爱吟诗。诗与禅两个比较，前者更能使他入魔。他写道：

（一）禅心喧挠被诗魔，月冷风清奈尔何？一夜欲降降不得，纷纷徒属更来多。（《诗魔》）

（二）寄我山茶号雨前，斋余闲试仆夫泉。睡魔遣得虽相感，翻引诗魔来眼前。（《谢仁上人惠茶》）

《大智度论》称："何以名魔？答曰：夺慧命、坏道法功德善本，是故名为魔。"也就是说，一切烦恼、疑惑、迷恋等妨碍参禅的心理活动就叫魔。佛教神话中的欲界"他化自在天"之波旬为魔王，其部属为魔众。智圆诗里的"诗魔"及其"徒属"诸意象，源出于以上诸内典。智圆是一位"水边闲卧万缘休，言欲无瑕行欲修"（《玛瑙院居戏题》之一）的高僧大德，如果还有什么不足之处的话，用他自己的诗来说，就是他降伏不了诗魔对他的诱惑了。

智圆诗的另一重要方面，是与同时代众多同道——沙门的赠答诗。例如：《寄辇下译经正觉大师》写道："梵书翻宋语，论道变吴音。"《赠白莲社主圆净大师》写道："景分庐岳秀，人类远公闲。"以上是与名重一时的大师们的赠答诗。但他与得最多的还是与那些名小见诸墨传的僧侣的赠答诗。例如《秋晚客社寄故山友僧》：

隐几不成寝，何人慰寂寥。空阶鸣蟋蟀，寒雨滴芭蕉。静语窗灯暗，归心海寺遥。唯应释慧远，莲社应相招。

诗中抒写智圆在旅邸之夜对故山一位友僧的怀念之情,并流露出他对东晋高僧慧远的钦仰。

　　智圆以五言山水诗见长,其风格远追早期山水诗人——南朝的谢灵运与谢朓。他在《寄题梵天圣果二寺兼简昭梧二上人》诗的小序中云:"梵天、圣果,二刹相望,而高轩虚阔,尽得江山之胜概。因诵谢宣城'天际识归舟,云中辨江树'之句,颇类彼景,乃以为韵,成诗十章。"现举其以"天"、"际"二字为韵的两首如下:

　　(一)江色杳无极,渺渺接遥天。归帆带夕阳,去鸟沈寒烟。幽景不同观,遐想成斯篇。
　　(二)楼阁竿岩嶤,参差极云际。高窗晓色先,晚景余霞丽。寥寥群动息,冥心远尘世。

这些诗,无论遣词造句,写景抒情,均逼似二谢。
　　智圆的一部分述志诗以议论为之,形象比较枯槁,感染力不强。宋人以议论为诗的风气,智圆已启其端了。

重　显

　　重显(980—1052),俗姓李,字隐之,遂宁(今属四川)人。他早年出家于益州普安寺,师从释仁铣;后又从云门宗祚禅师学习了五年,于天禧年间至灵隐;数年之后,住持明州雪宝寺,号雪宝重显禅师,赐号明觉大师。重显的时代,中国禅宗佛教已经演化为五个宗派,号称一花五叶。这五宗是:沩仰宗、临济宗、曹洞宗、云门宗、法眼宗。五宗接引学人的方式各有不同,但基本思想一致,即是:不立文字,教外别传,以心传心,心心相印。禅师传法,运用非逻辑思维,非理性语言,问东答西,前提与结论之间风马牛不相及,甚至棒打狮吼。其个中奥妙,全靠学人的直觉与顿悟,一旦被师印可,就算"升堂入室"而成为该宗派之法嗣,否则为门外汉。重显为云门宗祚禅师法嗣。他初谒祚禅师时问道:"不起一念,云何有过?"祚招他近前,他刚走近,祚举起拂子就打。如此再三,据说重显因此"豁然开悟"。后来他"横经讲席,究理穷玄,诘问锋驰,机辩无敌"。重显传法于义怀。义怀初见重显时,重显问他:"汝行脚费却多少草鞋?"义怀答:"和尚莫瞒人好!"重显说:"恁么也不得,不恁么也不得,恁么不恁么总不得。"义怀拟议,重显却将他打了出去,如此数四。某日义怀挑水,扁担折断,顿然开悟,乃作《投机偈》曰:"一二三四五六七,万仞峰头独足立。骊龙颔下夺明珠,一言勘破维摩诘。"重显闻后,"拊几称善。"(见《五灯会元》)重显的诗,充分地体现了禅宗佛教的上述特色。

公元1004年,宋真宗景德元年,记述禅宗历代师徒传承关系及传法公案故事的《景德传灯录》问世了。这部书,上起七佛,下迄法眼宗文益法嗣长寿法齐,共52世,1701人。书名"传灯录",以灯喻法,意即传法于后人,有如传灯,延绵不绝。这部禅宗史书的问世,对于青年重显产生了重大的影响。他不但因此而成为禅宗之云门宗的传人,而且他的诗歌创作也广泛地从这部书中汲取题材、意象、语汇以及非逻辑思维方式。

重显禅诗的基本特征,在于它是禅宗宗派意识的自觉、鲜明而强烈的表现。例如:

曹溪客是无机者,日在深云听颂(佛谒)声。(《寄四明使君沈祠部》)
曹溪有叟归其中,风从虎兮云从龙。(《送宝相长老》)
紫罗帐里有真珠,曹溪路上生荆棘。(《云门俱字》)
到人若问曹溪意,只报卢能在下风。(《送僧》)
片帆隐隐生遥极,谁问曹溪意转难。(《送遇能禅者》)
尘世茫茫无限人,不知谁问曹溪路。(《送化主》)

曹溪,禅宗六祖、南宗禅创始者慧(一作惠)能说法授徒处,慧能俗姓卢,故又称卢能。从上述诗看,重显封其宗派祖师时刻不忘。

孤高自傲,目空一切,是重显的禅宗宗派意识的独特表现形态。在重显的心目中,只有禅宗佛教才是最完美的宗教,其他一切宗教均不能与之相提并论。他说:"百花开后一花开,风递清香远远来"(《寄海会之长老》);"五叶一花兮堪对谁,寥寥万古兮空有知"(《孤运铭》)。在这些诗句里,充满了作为禅宗传承者的重显的自豪与骄傲。不但如此,他还对其他禅宗传承者寄予殷切的期望与热情的鼓励。例如《送惠文禅者》：

> 正法眼，绝尘沙。二三四七，水月空花。千灯续焰曾间，五叶分披未葩。君不见卷席百丈，掩耳丹霞。龙行虎步争孤立，尽同云雨去无涯。文禅文禅，腾焕吾家！

在上面的诗里，重显以自豪的感情细数家珍——禅宗历史，最后鼓励惠文禅者为禅宗佛教争光。

"正法眼"句，讲的是佛祖传法，禅宗立派。世尊在涅槃会上对摩诃迦叶道："吾以正法眼藏密付于汝，汝当护持，传付将来。"摩诃迦叶遂成为禅宗西天初祖。

"二三四七"句，概述禅宗发展史："四七"谓印度出了28位禅宗祖师，"二三"谓中国相继出了6位禅宗祖师。

"千灯"句，意谓在印度和中国的诸禅宗祖师之后，继起者千余人，并演化为五宗。

"君不见"句，列举禅宗传承者的两个光辉榜样：

（一）"卷席百丈"

某次，百丈陪同马祖外出，见一群野鸭飞过。马祖问："是什么？"百丈答："野鸭子。"马祖又问："甚处去也？"百丈答："飞过去也。"马祖便扭百丈的鼻子，扭得他哇哇大叫。马祖又说："又道飞过去也？"百丈此时听了马祖的话，心下顿悟。次日，马祖升堂说法，众徒刚集，百丈卷席而出。马祖便下座，百丈随马祖至方丈。马祖说："我适来未曾说话，汝为甚便卷却席？"百丈说："昨日被和尚扭得鼻头痛。"马祖问："汝昨向甚处留心？"百丈答："鼻头今日又不痛也。"马祖遂予印可："汝深明昨日事！"

（二）"掩耳丹霞"

丹霞受马祖指点，前往南岳拜石头禅师为师。石头命丹霞当厨工。一日，石头向众徒宣布："来日铲佛殿前草。"次日大家各备锹锄铲草，唯独丹霞以盆盛水，沐头，然后跪在石头跟前。石头捏刀微笑，为丹霞落发并说戒。丹霞掩耳而出。

以上两则公案说明：禅宗参禅，主活参而忌死参。问鹿答鹿，问马答马，乃是死参。问鹿答马，问马答鹿，才是活参，才算开悟，才能被印可为禅宗传人。

《送惠文禅者》一诗细数禅史之后，向文禅提出一个奋斗目标："龙行虎步争孤立"！重显认为：百丈、丹霞就是这样的人物。他希望文禅也成为这样的人物，以"腾焕"禅门。

总之，孤高不群是重显反复强调和追求的理想境界。他在许多诗里表述了这一理想境界。例如："独孤明兮还自知"（《送重部禅者》），"必许孤云会"（《送僧》），"为君直上孤峰立"（《送僧》），"孤光谁共倚寥沉"（《送如香大师》），"只应孤月共寥寥"（《送僧》），"孤明孤影射虚堂"（《因官人请升座》），有时虽不言"孤"而孤意自在言中，如"片云片石何太高"（《送允诚禅者》），等等。

以云、水、风、月喻禅，是唐代以后禅宗佛诗的艺术特色之一。王维、皎然首创此特色，重显是这一特色的继承者。他在《送法海长老》中写道："我来问道无余说，云在清霄水在瓶。"（唐李翱句）这表明寄道意禅心于云水，是禅宗说法的一个著名传统，也是禅门诗僧写诗的一个著名艺术构思模式。兹举重显以云喻禅诗二首如下：

（一）海峤生片云，有时忽如盖。不挂飞来峰，悠悠拟何待？（《寄灵隐惠明禅师》）

（二）白云无羁，冷淡清奇。雪格未可，鹤态还卑。垂天沃日兮似结不结，为雨从龙兮后期必期。噫，悠悠忽尔春风吹，南北东西唯我知，谁知菡萏峰前布影时。（《送僧归灵隐——因瞩白云无羁》）

以悠悠无羁之白云，借喻"以无住为本"（《坛经》）、无所不适的禅趣。这是重显诗中出现频率最高的意象之一。其他以云月喻禅的诗句如：

花落花开独望时，记取白云抱幽石。（《送僧之石梁》）
一寻寒木自为邻，三事秋云更谁识。（《送僧》）
海阔天遥非等闲，风前曾共孤云约。（《送僧》）

曾约偕游未能得，暮山空锁碧云深。(《寄天童凝和尚》)
海山云静见孤月，高照婺城人不知。(《寄承天长老》)
春云情既高，片段飞虚碧。(《送僧》)
夏云多奇峰，乾城冷相映。(《法尔不尔》)

除了云、水、风、月之外，其他一切自然景物也都被禅师们视为禅意禅机的象征。重显诗就是如此。例如：

（一）石径通岩宝，引步藏歆侧。蓬莱人不来，扫尽苍苔色。(《寄于秘丞》)

（二）千尺岩泉喷冷声，草堂云淡竹风清。蒲团时倚无他事，永日寥寥谢太平。(《寄内侍太保》)

这两首诗以幽冷的景色烘托诗僧闲寂的禅趣。又如：

（一）红芍药边方舞蝶，碧梧桐里正啼莺。离亭不折依依柳，况有春山送又迎。(《送僧》)

（二）门外春将半，闲花处处开。山童不用折，幽鸟自衔来。(《春日示众》)

这两首诗寓禅机于热闹的景物描写之中。禅宗东土初祖达磨据《楞伽经》提出"二入四行"之说。入道之路。有"理入""行入"，谓之"二入"。"行入"又分四类，谓之"四行"，即："报怨"——逢苦不忧。"随缘"——得乐不喜。"无所求"——有求皆苦、无求即乐。"称法"——称法而行、无心而行。此"二入四行"就是禅宗的基本教义，总的精神是要求参禅者做到六欲皆无，七情不动，不论处在何种境遇，始终无动于衷。上面的两首诗，表现的就是"二入四行"的禅理与禅机。

重显的《颂古百则》，不妨名曰禅宗公案朦胧诗。这里的所谓"颂"，不是《诗经》里的"颂"，而是佛经文体"偈颂"之"颂"。音译为"偈"，意译为"颂"，合称则为"偈颂"。佛典里的"颂"本为赞佛之辞，相当于基督教《圣经》里的赞美诗，后来扩大到阐述教义、教理，暗示禅机等。这一百首偈颂，每首写一个参禅公案，事皆出自禅宗《景德传灯录》，所以是禅宗公案诗。由于禅宗参问辩答多运用非逻辑思维和非理性语言，自禅门外人看来，不免语乖、行乖、事乖，用诗歌形式把其人、其语、其事表现出来，令人难免朦胧之感，所以又是禅宗朦胧诗。佛果圆悟禅师《碧岩录》就是宣讲和评唱《颂古百则》的。兹举《颂古百则》之一如下：

举僧问赵州："如何是赵州？"州云："东门，南门，西门，北门。"颂曰：

句里呈机劈面来，烁迦罗眼绝纤埃。东南西北门相对，无限轮槌击不开。

这则公案写的是赵州从谂禅师答文远侍者所问。故事里的关键语是从谂禅师的机缘语"东门、南门、西门、北门。"按：佛教徒发心得道之所——道场（音译为曼陀罗），以东南西北门配发心、修行、菩提、涅槃四法，东门称发心门，南门称修行门，西门称菩提门，北门称涅槃般门。准此，则赵州的四门之说，就是道场的意思。

重显的四句偈颂，热情赞美赵州的这一机缘语里充满了精进（音译为"烁迦罗"）的眼光，纤尘不染；并称颂释家的道场坚不可摧。

契　嵩

契嵩（1007—1072），俗姓李，字仲灵。自号潜子，别号东山沙门，藤洲镡津（今广西藤县）人。他7岁出家，19岁游方，在江西高安洞山晓聪禅师门下得法，属云门宗。他于庆历年间至杭州，皇祐年间入京师上万言书，仁宗赐号明教大师。他著有《原教》、《孝论》十余篇，旨在贯通儒释；又作《非韩》三十篇，力诋韩愈，以与当时之排佛者抗衡。纪昀认为契嵩的非韩之说"大抵偏驳不可信"，但称赞其"笔力雄伟，辩论蜂起，实能自成一家之言"。（《四库提要》）《四库全书》别集类，收其诗文集《镡津集》，凡文19卷，诗2卷。

作为诗僧的契嵩，是儒释契合的身体力行者。他与儒、释、道三教均有所交往，但对儒道二者态度不同。他对神仙的态度是："仙人白玉京，去去何缥缈！琼楼十二层，玲珑泛云表。银湟月为波，万顷即池沼。秋来宫殿光，逗落人间晓。空际时澄明，烟霞眇青鸟。可见不可到，所思空杳杳。"（《感遇九首》之二）可望而不可即的仙境，对契嵩并没有产生什么诱惑力，相反的倒使他不能不产生一丝怀疑情绪。对于儒教，他就十分倾服了："悠哉扬执戟（执戟郎扬雄），识远才绝奇。初提草玄笔，颇为人所嗤。卓卓孔孟道，谢尔平崄巇。"（《感遇九首》之三）正因为如此，他与儒者的友谊也最深挚。长诗《送章表民秘书》表现了他对一个郁郁不得志的儒者的鼓励与安慰。诗中写章表民有志难酬的情状道：

表民卒然趋席端，曰"吾有志人不知，末俗浅近乌足语！含哺未吐长嗟咨。……倾怀欲效霸王略，骐骥捕鼠非宜宜。钱塘大府多达官，品秩相较我最卑。孟轲独负浩然气，谁能敛袂长低眉！……"遂为谢病远引去，遽与簪组相差池。

对于这样一位胸怀大志而不获重用的儒者，契嵩给予了热情的鼓励与劝慰：

请君更前与君语：何必轻沮烦孜孜！嘉谷冬收槿朝发，众物荣茂有疾迟。不闻伊尹五干汤，尧舜之道方得施？……天子勤政不暇食，亦待才能相补裨。……俗人好毁寡乐善，嘉名清节慎莫亏！朝廷若问平津策，贤良第一非君谁！

契嵩与儒、释的亲密无间的友谊，还表现在一次他邀请儒者杨公济和释子冲晦共同游山的活动中。这次出游，历时数日，三人彼此唱和，共作诗69首。他在《公济冲晦出山次日奉寄》中总结这次游山活动道："孙绰曾陪支遁游，千年人谓两风流。羡君慕此乘双屐，结侣还来共一丘。"他将杨公济与自己的友谊，同晋代名儒孙绰与名僧支遁的友谊相比附，其得意之情，溢于言表。

诗僧惠洪在《礼嵩禅师塔诗》中写道："吾道比孔子，譬如掌与拳。

展握固有异,要之手则然。"这样一个浅俗生动的比喻,对于契嵩的儒释统合思想是最恰当不过的概括了。

契嵩还写了不少山水诗,寄禅意于闲适幽杳的自然景物描绘之中。兹举数首于下:

(一)闻道安禅处,深萝杳隔溪。清猿定中发,幽鸟坐边栖。云影朝晴别,山峰远近齐,不知谁问法,雪夜立江西?(《寄怀泐潭山月禅师》)

(二)薄暮还精庐,徐行无所并。日入月还清,山空水更静。仿佛闻疏钟,翛然在西领。寄语高世流,来兹谢尘境。(《山舍晚归》)

(三)青葱玉树接溪岑,台阁凌虚地布金。行到白云重叠处,水声松韵淡人心。(《书南山六和寺》)

(四)谷里侵云寺,寻幽到深邀,春过寒花开,人来啼鸟去。岂期草庵客,日暮此相遇。(《游大慈山书画上人壁》)

王士禛《居易录》称契嵩诗多秀句。从以上禅诗看,王评甚当。有些景语,如"清猿定中发,幽鸟坐边栖";"行到白云重叠处,水声松韵淡人心"等,是契嵩的前辈诗僧不曾道过的。但若论通篇,则未能尽美,有佳句而无佳篇,这就是契嵩禅诗所达到的艺术高度。

道　　潜

道潜俗姓何,字参寥,于潜(今属浙江临安)人,生卒年不详。他初名昙澄,苏轼官居杭州时,与之结为诗友,使居智果精舍,并为之更名道潜,又号参寥子。苏轼遭贬南迁,道潜也遭牵连被责令还俗,贬居兖州(今属山东)。建中靖国初年,诏令他再削发为僧;崇宁中,又赐号妙聪大师。

道潜之被苏轼案牵连而还俗,事出有因。其《绝句》写道:

高岩有鸟不知名,款语春风入户庭。百舌黄鹂方用事,汝音虽好复杂听!

这首咏鸟诗影射当时政坛的新旧两党斗争，十分明显。款语春风的不知名鸟，唱得虽好而无人听，这一意象显然是隐喻苏轼的政见不被朝廷采纳；而"方用事"的"百舌黄鹂"则显然是影射并讥刺被神宗重用的革新派。释者道潜与儒者苏轼从以诗交友始，终于走到了在人生观上彼此认同的境界。苏轼是儒中含释，道潜则是释里带儒。其结果，从道潜这方面来说，就是为苏轼的政治失败鸣不平，并且与苏轼的浮沉共浮沉。

道潜十分钦仰前辈高僧大德如支遁、慧远的严肃隐修生活态度，所以他没有某些禅师如惠洪的那种浪漫气习。作为苏轼诗友的道潜，虽然在政治上同情苏轼，但他始终坚持出家人的基本戒律，对苏轼挟妓绮游的声色之乐不予认同。某次，苏轼招同僚燕饮，戏遣官妓马盼盼持纸笔向道潜求诗。道潜援笔立成七绝一首。诗云：

> 底事东来窈窕娘，不将幽梦嘱襄王？禅心已作沾泥絮，肯逐春风上下狂？

苏轼览诗大喜，说自己曾想以"柳絮落泥"入诗，不料被人着了先鞭。（《风月堂诗话》）这段佳话，后来被明人移花接木写入话本《佛印师四调琴娘》。

道潜诗善写景咏物，有体察入微、描模尽态、精炼含蓄之妙。例如组诗《庐山杂兴》描述山中四时晨昏景物，体现出诗人坐弹之余对景物观察之精细和刻画之传神。庐山景色，不但春夏秋冬各不相同，即使一日之内、晨昏之间，也在时时变化，忽晴忽雨，忽风忽云。这种庐山风景的动态美特色，被道潜的诗笔钩勒在纸上，恰似一幅幅变幻万千的山水长轴。例如组诗之一：

> 暮峰腾玄云，来飞雨滂沱。乱点洒苍壁，森森挂青萝。须臾涨前溪，荡荡浮银河。中流转巨石，出汝如鼋鼍。天雨夜开霁，星蟾莹摩挲。玲珑辨崖树，宛转照庭柯。

这是一组急剧变化的夜景镜头：腾玄云，来飞雨，洒苍壁，浮银河，出星蟾，照庭柯。这组镜头，生动地显示了山中晴雨瞬息万变的特色。不少写景状物的比喻，例如以"森森挂青萝"喻"乱点洒苍壁"，以"出汝如鼍鼍"喻"中流转巨石"，简直惟妙惟肖，发前人所未发。再如：

  高岩吐奇云，倏忽千万丈，援笔欲名貌，卷缩非一状。飞仙或遨游，隐隐出其上。惊飘忽吹灭，转盼惟清嶂。

这八句诗写云生云灭，何其迅疾！不到庐山，断不敢信其真！
  再如：

  圆月未出领，众峰环苍苍。裴回倚修竹，迟此清夜光。俄惊众木巅，滟滟浮银潢。玉兔既且跃，浮云亦难妨。须臾经中天，下瞩被八荒。却瞻中外宫，森森敛低昂。

  诗家多爱描述日出的过程，道潜却另辟蹊径而描述月出的过程：从未出时的众峰苍苍，到初出时的徘徊于修竹之间，到爬上众木之巅，到跃上夜空，终于到达中天，俯视八荒。这本是一个渐进的长镜头，诗人把这一渐进过程浓缩为瞬间呈现在读者面前了。
  道潜在"禅余"写下的这些庐山动态风景诗，其实是参禅精神活动的延续。禅子偏爱委身于万籁俱寂的丛林，是由于这种离人世喧嚣的自然界，在氛围上与沉思默虑的蝉定状态相通。庐山风物虽然瞬息万状，变化无穷；但在古代却是"永与人世违"的禅寂世界。
  以常见事物创造贴切尖新的比喻，也是道潜写景的一个艺术特色。前述《庐山杂兴》组诗已显示了此一特色。这里不妨再举二例："两桨差差摇燕尾，千山漠漠散鱼鳞。"（《游茹溪道场山》）"午枕黎床梦忽惊，柳边雷送雨如倾。蜀冈西望芜城路，银烛森森十里横。"（《平山堂观雨》）
  苏轼一生结交诗僧不下百人，道潜是他最为器重的一个。他曾称道潜《东园》诗"隔林仿佛闻机杼"之句云："此吾师七字师号。"

惠　洪

  惠洪（1071—1128）俗姓喻，一说俗姓彭，字觉范，筠州（今江西高安）人。他少年时代双亲亡故，师从三峰艳禅师；19岁度为僧，因冒袭亡僧惠洪之度牒，被责令还俗。丞相张商英奏准再度他为僧，郭天信又奏准赐他宝觉圆明禅师法号，因此惠洪常往来于张、郭二人门下。政和元年，张、郭获罪，惠洪遭株连远配崖州，后赦还；但又被诬为张怀素党人而下狱，不久又获释。惠洪毕生坎坷，却处之泰然。他有诗云："安知跨大海，往反如入郭。譬如人弄潮，覆却甚自若。"他在诗歌创作上主张"文章五色体自然"，即以文采之笔揭示自然之美妙。他的诗论《冷斋夜话》10卷，多引苏轼、黄庭坚诸家诗，对他们十分崇拜；又有《天厨禁脔》3卷，以唐宋名家诗为范式，论列诗格，为学诗者之阶梯。他有诗集《石门文字禅》传世，《宋诗钞》编者吴之振等称其诗"雄健振踔，为宋僧之冠"。

惠洪的诗，兼容儒释。惠洪一生与儒释两界关系密切。他自幼受佛教意识的熏陶，成年之后，又获显宦张商英、郭天信的青睐，并与黄庭坚等士大夫结为莫逆之交。因此，他的思想是儒释的统合。释氏的出家出世，儒家的尽忠尽孝，同时呈现在他的诗集里。"《楞严》初读罢，篆冷空窗几"；"岁时无营为，祭奠修家礼"（《寄彭景醇奉议》）。一个佛门孝子，这就是惠洪的自画像。

惠洪写了很多佛教题材诗，对佛教人物及其生活情景多所描绘，佳作不少。例如《石霜见东吴诚上人》：

> 我寻流水行，忽入霜华谷。山阴见幽人，目带湖山绿。语温如春风，韵秀自拔俗。暗惊枯木堂，栖此一枝玉。
> 遥知夜窗深，雪响乱修竹。宝书掩残缸，佳眠正清熟。逸想在西兴，清梦不容逐。觉来念行处，小诗欲收录。诗成写乌丝，银钩夺人目。柴几著牙签，兴来还自读。

此诗两段。前段描绘诚上人之风采拔俗："目带湖山绿"句，清新而别致；"枯木堂"与"一枝玉"的比喻对照，给人以鲜明深刻的印象。后段写诗人想象雪夜中的诚上人：在残灯掩映下，清梦里逸想成诗。这是一幅真实的宋代诗僧速写画。

诗僧惠洪既与士大夫结为诗友，那么他之向儒家伦理规范认同就不足为怪了。他写了不少歌颂忠臣孝子的诗。例如《谒狄梁公庙》写道："九江浪黏天，气势必东下。万山勒回之，到此竟倾泻。如公廷诤时，一快那顾藉！……使唐不敢周，谁复如公者！"诗人对唐代名臣狄仁杰之谏阻武则天称帝，以捍卫李家王朝之正统的勇敢行为，倾倒之至。他不但自己是个佛门孝子，也赞美与之同调的其他孝子和尚。他在《送觉海大师还庐陵省亲》里写道："怀亲不能休，饮食忘匙箸"；"浩然有归兴，掣肘径驰去"；"迎门一调笑，欢极但摩拊；童头想怀桔，衣橄应戏舞；聊用慰其心，高追古人步。"释家本以出家出世、不拜父母为宗旨；但惠洪不管这些，他提倡和尚向娱亲模范老莱子学习，装小儿游戏，以安慰年老的父母。此外还有《谒蔡州颜公祠堂》、《题李塑画像》等，也都是弘扬儒家伦理的作品。

惠洪的诗，突出地体现了禅宗佛教的反传统色彩。禅宗佛教从唐代发展到宋代，其反传统佛教的叛教色彩愈演愈浓，直到呵佛骂祖，乃至劈木佛生火取暖（参阅拙著《中西宗教与文学》第九章第五节的《禅宗与样诗》、第十章第一节的《崇禅反佛文学》）。这种身披佛衣骂佛祖的怪现象，在惠洪看来，理所当然，不以为怪。他说："要看呵佛祖，瘦拳捉黎杖"（《戏廓然》）。祖宗都可以由我痛骂，戒律又算得什么呢？所以禅师们大都弃戒律如敝屣。梁武帝制定的断酒肉令固然不屑一顾，就是从西天传来的不观听歌舞，不作绮语之类的戒条，也可以置之度外。惠洪就是如此。他写了不少观听伎乐，歌颂女性美，以及情致缠绵悱恻的诗词。黄庭坚盛赞惠洪诗词情韵不诚秦观，就是从这方面来说的。例如《临川康乐亭碾茶观女优拨琵琶坐客索诗》：

> 小槽横棒梳妆薄，绿罗绾带仍斜搭，十指纤纤葱乍剥，紫燕飞翻初弄拨。梨园曲调皆品匝，敛容却复停时霎。日烘花底光似泼，娇莺得暖歌唇滑。圆吭相应啼恰恰，须臾急变花十八。玉盘欻欻珠玑撒，坐客渐欲身离榻。裂帛一声催合杀，玉容娇困拨仍插，雪梅一枝初破腊。

这是一首白居易《琵琶行》式的描写伎乐的耿行，但出自一个按照戒律不许观听歌舞的和尚之手笔。这件事本身就是一次叛教行为。其次，这首诗与白作还有一个极大的区别。白作里的乐伎是一个"老大嫁作商人妇"的色衰妇女，而惠洪面对的却是一位花容月貌的妙龄女郎，所以他才情不自禁地写道："十指纤纤葱乍剥"，"雪梅一枝初破腊"。本应心如止水、死灰的和尚，却效法俗人，大发绮语，赞扬女性美，这是禅宗反传统精神激发的奇光异彩。

其他还有不少，例如："新诗丽吴姬，雾鬓风前卷。"（《次韵彭子长金判》）"墙阴娇语谁家娘，凉凉作队来采桑。玉纤拾砾抵翠羽，莺燕笑语殊不忙。"（《春去歌》）"书架双裁翠络偏，佳人春戏小楼前。飘扬血色裙拖地，断送玉容人上天。……下来闲处从容立，疑是蟾宫谪降仙。"（《秋千》）等等。僧伽作绮语诗描写女性美，始自六朝之齐梁间的惠休、宝月，隋唐诗僧也间有所作。因此，惠洪的出现并非是突然的。

惠洪还好作情致缠绵语。宋词婉约派以描写缠绵悱恻的闺情闺怨见长，惠洪则以缠绵悱恻语来描写乡情友谊。例如其《上元宿百丈》写道：

上元独宿寒岩寺，卧看篝灯映薄纱。夜久雪猿啼岳顶，梦回清月在梅花。十分春瘦缘何事，一掬归心未到家。却忆少年行乐处，软红香雾喷京华。

诗中以"十分春瘦"这类描绘男女相思之情的话头，写游子的乡思，未免过头。但嗜好绮语的惠洪却不管。他因此得了个"浪子和尚"的谑号。

《全宋词》辑录惠洪词21首，题材、风格均与其《石门文字禅》里的诗作相同。例如其《渔父词》下片描述丹霞禅师之反传统佛法云：

古寺天寒还恶发，夜将木佛齐烧杀。炙背横眠成快活。敢抹挞，从教院主无须发。

又如惠洪抒写离愁别恨的《青玉案》道：

绿槐烟柳长亭路，恨取次，分离去。日永如年愁难度。高城回首，暮云遮尽，目断人何处？　解鞍旅舍天将暮，暗忆丁宁千万句。一寸柔肠情几许。薄衾孤枕，梦回人静，彻晓潇潇雨。

这首词如若不是千真万确列在释惠洪名下，谁都会误以为柳永、秦观们的别妓之作。此外如"海风吹梦，岭猿啼月，一枕思归泪"（《青玉案》），亦属此类。

惠洪不但大胆地向人们展示自己的寸寸柔肠寸寸情，而且也像他在诗中那样，大胆地在词中以绮语赞美女性。例如《千秋岁》：

半身屏外，睡觉唇红退。春思乱，芳心碎。空余簪髻玉，不见流苏带。试与问：今人秀整谁宜对？　湘浦曾同会，手搴轻罗盖。疑是梦，今犹在。十分春易尽，一点情难改。多少事，却随恨远连云海。

一个情思恍惚的春眠少女，被这位诗僧勾画得活脱脱地形神兼备。

不仅如此，就连身披道服的姑子，也逃不脱惠洪那穿透内心隐秘的犀利目光。试看《西江月》：

十指嫩抽春笋，纤纤玉软红柔。人前欲展强娇羞，微露云衣霓袖。　最好洞天春晚，黄庭卷罢清幽。凡心无计奈闲愁，试捻花枝频嗅。

思凡的女道士，若从宗教戒律的立场看，本是批判对象；可是在反传统的禅宗诗僧笔下，却成了欣赏对象，美的象征。

从以上惠洪诗词看，他赢得一顶"浪子和尚"的桂冠，一点也不冤枉。

法演与克勤

宋朝的诗僧，大都出自禅宗。禅子以诗寓禅，在题材上是多种多样，漫无限制的。"法身无象，应物现形"，而"法身"所"应"之"物"，可以是天文、地理、万物，也可以是人事。这样一来，本应成为出家人禁忌的贪嗔痴爱，也可以堂而皇之地从禅师们的口头笔底吐出来，并被师徒们印可为无所不在的禅机道意，传为禅门公案之佳话。临济宗五祖法演禅师及其法嗣克勤禅师（？—1135）以艳情诗喻禅，就是这类佳话之一。某次，有某提刑向法演问道。法演曰："曾读小艳诗否？有两句颇相近：频呼小玉元无事，只要檀郎认得声。"提刑未悟。恰遇克勤侍立在侧，便问法演："提刑会否？"法演曰："他只认得声。"克勤道："他既认得声，为什么却不是？"法演便启发克勤道："如何是祖师西来意？庭前柏树子。"克勤当时顿悟，便作了一首以艳情寓禅的偈诗：

> 金鸭香销锦绣帏，笙歌丛里醉扶归。少年一段风流事，只许佳人独自知。

法演闻之大喜，遍告山中耆旧："我侍者参得禅也。"（见《五灯会元》卷十九）

禅师认为：任何事物都有道意禅机蕴含其中。因此，在禅师们心目中，"庭前柏树子"不是柏树子，"频呼小玉"的呼声不是声，"少年一段风流事"也不是风流事，它们通通是道意禅机的象征和符号。"只许佳人独自知"者，借喻禅师对学人之印可——"以心印心"也。

文　珦

文珦（1210—1287后）自号潜山道人，或潜山翁，于潜（今属浙江临安）人。他出家于杭州，云游东南，历湖州、浙东、福建，又由金华而严陵，返越北，历毗陵、阳羡、金陵、淮甸，复折回杭。他一度遭谗下狱，久而得免，从此隐居山中不出。厉鹗《宋诗纪事》录释子240人之多，释正勉、性通《古今禅藻集》搜罗僧诗颇富，均不及文氏一字。纪昀主持编纂《四库全书》，从《永乐大典》中辑得文诗近900首，称"宋元以前僧诗之工且富者，莫或过之"（《四库提要》），因此编为《潜山集》12卷，置于四库之别集类中。文氏虽然身属沙门，但其宗教意识并非纯属佛教，而是儒、释、道三教合流型。

文诗具有强烈的尊儒反法倾向。他在《读韩非子》中写道："非本韩国诸公子，胡乃人形心蝮虺！""助秦为虐犹庶几，名教不容良可耻！""吾欲火书而人人，周孔之道不如是。"他站在儒家立场，对韩非子的法治思想口诛笔伐，爱憎十分鲜明。文氏的政治理想是儒家的仁政学说。他的很多社会、政治题材诗，向往于尧、舜、禹、汤、文、武、周公的王政，表现了孟轲的"保民而王"思想。他认为："为子当尽孝，事君当尽忠"(《事君尽忠行》)。但他更强调："仁守国自固，不仁祸斯宏。祖龙不知此，纵暴劳苍生。"(《悠悠万里行》)"伤财而害民，多不能永祚。乃知纵奢淫，天人所同恶。"(《戒奢》)基于这一仁政思想，文珦对于民间疾苦，寄予深切的同情。例如《蚕妇叹》：

>   吴侬三月春尽时，蚕已三眠蚕正饥。家贫无钱买桑喂，奈何饥蚕不生丝。妇姑携篮自相语，谁知我侬心里苦！姑言二十无嫁衣，官中催税声如虎。无衣衣姑犹可缓，无绢纳官当破产。邻家破产已流离，颓垣废井行人悲。

类似这种同情劳动人民、斥责苛政的作品，在《潜山集》中还有很多，如《大水后作》、《听野老所言》、《夜乌啼》、《感时》等都是。

文氏生活在宋元之交的民间，深谙百姓水深火热，啼饥号寒之苦。他的鼓吹儒家仁政学说的诗，实乃对当时社会现实的真实记录和对腐朽的封建统治者的严厉批判。特别是对南宋末期的奸臣贾似道，文氏写了很多指斥他的诗，表现了这位诗僧忧国忧民、疾恶如仇的火一般情怀。

仙佛互补，构成了文诗宗教意识的另一侧面。"烟霞仙佛境"(《野兴》)，是他经常向往的超现实境界。他认为：仙与佛必须结合为一，才能达到"大同"的理想。他的《仙佛辞》就是倡导这种理论的宣言：

>   仙以静为道，佛以空为宗。群动本皆静，万有休恒空。服食谁静趣，仙道不可从。宴息昧空性，佛理无由通。或曰空静殊，斯言吾不庸。空静即仙佛，得于此心中。心乃佛仙质，仙佛心之容。三法妙而一，吻焉归大同。

文氏认为:"服食"成不了仙,"宴息"成不了佛;只有将"空"、"静"纳入己"心","三法妙而一",才能达到成仙成佛之境。

文珦还将他的仙佛互补的宗教理论,转化为仙佛互补的宗教形象。例如《野外》:

> 绝巘应藏佛屋,深源定有仙家。风里传来清梵,涧中流出胡麻。

在现实生活中,"风里传来清梵"是常有的;但是,"涧中流出胡麻"则只存在于刘阮入天台的神仙故事里。因此,诗人对神仙的向往与追求也显得更加执着。他为此而写了许多游仙诗。例如《游仙》六首,描述了文氏幻想中的游仙之乐:"天风起西极,日月生东隅。神仙递升降,鸾鹤相号呼。拍肩友洪崖,挥手招麻姑。流目极昭旷,使我隘九区。山中有至乐,功名焉足图!"

对于根本不存在的东西,寄予的希望愈加殷切,最后的失望也愈加沉重。文氏的《有美一人行》正是这种思仙失望情绪的表述:

> 有美一人闲且都,天然自与常人殊。奔逸绝尘遗步趋,宛在大海之东隅。珠宫贝阙非凡居,鲛绡被体云霞裾。朝来一鹤暮双兔,往来圆峤仍方壶。所交皆古真仙徒,赤松羡门及麻姑。共论妙道得道枢,天地万物指马如。
>
> 人间岁月良易徂,别来眼暗齿发疏。山可洳兮海可枯,相思之念无时无。示好亦有明月珠,藏之怀袖不敢沽。屡欲致之乏飞鱼,侧身东望空踟蹰。

在这首充满浪漫主义情调的诗里,"美人"就是诗人宗教幻想中的超自然体——长生不死的神仙。他无时无刻不在做神仙之梦。只可惜神仙可"侧身东望"而不可即,他得到的只有"空踟蹰"而已。此诗与唐初王绩的《游仙》四首同一机杼。

文氏生当宋元两个王朝交替的兵荒马乱之际,加之他本人又曾一度遭谗下狱,因此他大半辈子遁世隐居。这样,他的仙佛互补思想又自然地与隐逸情调水乳交融。他有一首记梦诗，其内容是："春夜梦游溪上，如世传桃源，与梵僧、仙子遇，具蟠桃、丹液、灵芝、胡麻于云窗雾阁间。请赋古诗，颇有思致，觉而恍然，犹能记忆五句。"他另有一首内容相似的《记梦》，也是描述梦入桃源仙境的。诗如下：

> 神清发幽梦，梦到仙人峰。老仙启玄门，问我来何从。仙发映山绿，仙颜眩日红。高低种玉田，异植方丛丛。里间见翁媪，亦彼非尘容。鸡犬声相闻，略与桃源同。云中飞仙人，缥缈如游龙。遥征不可即，得非是乔松？白云既变灭，仙軿亦无踪。梦觉两何有？闻打西林钟。

诗人梦想避秦乱（元兵）而入桃源仙境，可惜桃源仙境只存在于梦中。梦觉之后，唯有佛寺钟声还是现实的存在。所以他除了做做神仙梦外，实际上不过是隐居深山，"手把《楞伽经》，交趺对炉篆"（《自纪》）而已。

文氏读经参禅之余，也写禅诗。他有时把参弹心得用诗歌形式写出来。例如《心镜》：

> 不存分别见，真是与盲同。常以身为观，因知色即空。无生方会道，取相未成功。此意吾尝得，皆归心镜中。

《大乘超信论》云："众生心者，犹如于镜。镜若有垢，色像不现。如是众生，心若有垢，法身不现故。"所以神秀偈云："身是菩提树，心为明镜台。时时勤拂拭，勿使惹尘埃。"文诗讲的就是这种修心的体验。这是说理禅诗。

但禅诗不一定都直接说理，也可以抒情方式表达禅趣，例如文氏的《九日吟》：

> 又过一番秋，秋应笑白头。任教花自笑，其奈我忘忧！未死即游戏，才亡即罢休。应知皆是幻，尽底付悠悠。

佛教徒一旦把佛教的主观唯心主义哲学——空观（"应知皆是幻"）参透，就会把一己之生死置之度外，随缘度日，随时准备化为乌有。《九日吟》表现的就是这种感情。

文氏的禅诗，除了说理禅诗和抒情禅诗之外，还有寓禅于景的象征主义禅诗。他说："水月通禅意，山云寄野情"（《有客》）。水、月、山、云，以及自然界的一切景物，无不可以被禅子视作禅意的象征。这是禅宗佛教的传统，文氏是这一传统的传承者。因此，他写了不少"境与禅心会"（《题故人溪亭》）的象征主义禅悦诗。例如《云际独坐》：

> 云际坐磐石，悠悠两无心。波静白鸥下，山寒黄叶深。幽人住何处，午磬来清音。日暮不能去，群峰生夕阴。

这首诗以云、石、波静、山寒、白鸥、黄叶、幽人、午磬诸景物，组合成一个幽寂的空间，情调有似于"人境俱夺"的柳宗元名作《江雪》。这一境界，与佛家禅定之境同构。

又如《落花》：

> 昨日名园锦万丛，一宵风雨树头空。浮华往往皆如此，谁不看花似梦中！

以花开花落喻万法皆空的佛理，可谓深入浅出。此外，还有《披云亭》、《钓者吟》、《晨兴》等，均堪称禅诗中之佳作。

道　璨

道璨俗姓陶，字无文，南昌人，生卒年不详。他在咸淳年间（1265—1274）曾住持饶州荐福寺，其著作有《柳塘外集》，兼收诗文。但自宋至明，诸家书均未著录。四百年之后，清康熙十三年（1674），释大雷访得此书旧本，经纪昀考定，确非伪托，乃编入《四库全书》之别集类（宋）。纪昀说：其"短章绝句，善用其短者，亦时有清致"（《四库提要》）。例如纪昀认为"楚楚可观"的《题水墨草虫》："蜻蜓低傍豆花飞，络纬无声抱竹枝。忆得西湖烟雨里，小园清晓独行时。"确有韵味。

道璨是佛徒，他除了善于以短章绝句写生活小景外，也善于以佛语佛理写景叙事。例如《题善住阁》：

> 阁前溪水声潺湲，阁后山色空巉岏。取之不得舍不得，善住道人如是观。浩荡春风满天地，飞絮游丝无定处。去无所至来无踪，善住道人如是住。有所住兮成守株，鱼止泺兮鸟栖芦。无所住兮成漫浪，空中迹兮镜中像。道人一笑璨琳琅：住不住兮吾已忘。闲倚阑干春画长，眼看白鸟浮沧浪。

这首诗将佛理"无住"贯穿在山水描绘之中，谓善住道人（和尚）以"无住"的佛家人生观住在善住阁里。佛理认为：法（事物现象）无自性，随缘而生，无所住着，故云"无住"。"无住"就是"性空"的异名。诗中的许多词语源于佛典而无斧凿之痕，如"住不住"、"有所住"、"无所住"等从佛语"无住"演化而来，"如是观"、"如是住"从佛语"如是我闻"演化而来，"空中迹兮镜中象"从大乘十喻的"如虚空""如镜中像"演化而来。

道璨另有以禅喻诗的学诗诗一首，留待本篇第五章第二节评介之。

斯　　植

斯植，字建中，号芳庭，武林（今属浙江杭州）人，生卒年不详。理宗时，他初居南岳寺，不久投单四方，诗名大振。晚年他筑室于钱塘天竺寺，曰"水石山房"，吟咏其中，著《采芝集》。清曹庭栋编《宋百家诗存》，录其诗近百首。曹称他"雅炼深稳，脱去禅家落套语，不愧风雅之目"。此评颇中肯。其禅诗之上品，往往臻于但觉禅味而不见禅迹的化境。例如《晚来》：

> 晚来无语立东风，一片闲情在碧空。人老杜鹃浑不管，桃花飞尽夕阳红。

这首小诗，绘出一幅闲寂的黄昏小景。因为作者是禅僧，我们把他的身份与这种闲寂的诗境联系起来欣赏，才觉出作者是借景抒"情"，即把他主观上的一丝禅意寄托在这片闲寂之中。类似的小诗，还有一些。例如：

（一）一溪流水远烟霞，路入青松第几家？蝴蝶傍人飞不去，隔墙开尽碧桃花。（《山家》）

（二）晚策登临日欲斜，小溪流水是生涯，道人睡起鹤飞去，开尽青松一树花。（《山居》）

（三）满林钟磬夜偏长，古鼎闲焚柏子香。石榻未成芳草梦，西风吹雨过池塘。（《夏夕雨》）

每一首诗都描绘出一片清幽闲适的境界，略有禅学常识的读者，都能从中联想起佛门禅定意味来。第三首中的"柏子"，本是禅门公案中经常用于象征道意禅机的喻体，但在这里却是作为僧家生活的一个组成部分（焚香）来处理的。

同其他众多诗僧的禅诗一样，斯植也强调生活的闲适。前面所举的几首诗中，已出现"一片闲情在碧空"、"古鼎闲焚柏子香"等赋"闲"的句子。其他带"闲"字的诗句还有很多。如："多年僧住此，半榻锁闲云"（《多福寺》）；"惟有白面猿，闲中自来去"（《与子入山来》）；"闲心寄幽寂，似觉远情氛"（《上竺寺》）；"独对清明雨，闲吟杜日诗"（《春日》）；"尽日无多事，闲行一径阴"（《江寺晚眺》）；"古道何日居，门闲对修竹"（《丙辰季夏避暑山中》）；"此身南北外，渔火是闲情"（《江村晚望》），等等。

但斯植并不总是戴着禅家眼镜去寻找与禅定相通的自然小景。有些世俗生活小景，极富诗意美，也会触发他的诗思。例如《春夜》：

玉楼台畔柳生烟，况是春风杜宇天！一片月光凉似水，半扶花影上秋千。

这首诗以"半扶"写月移花影上秋千，令人联想起侍儿半扶小姐上秋千的景象，堪称佳什。类似这样只有诗美，并无禅趣可言的小诗，还有不少。例如：

（一）漠漠青山水自流，西风烟树几经秋。旧时歌舞人游地，月满江城十二楼。(《古城秋夜》)

（二）堤上寻春步较迟，马嘶芳草燕差池。南楼烟雨清明日，正是佳人堕泪时。(《清明》)

南宋偏安的时局，乃是六朝偏安江左的历史之重演。斯植的上述二首，以及《金陵道中》、《金陵怀古》等诗，都暗寓着诗人对南宗小朝廷的危机感。

禅僧斯植的诗，禅气淡而士味浓，因此博得了士大夫文人之好评。

第二节　道士诗词

与诗僧相比，两宋道士之能诗者较少。少数道教理论家和道教领袖，如北宋的张伯端、张继先和南宋的葛长庚等，虽然都擅长于诗词，但他们的作品多为传教而作，为弘扬道教的教旨、教理、教义而作。

张伯端

张伯端（983—1082），字平叔，后改名用成，号紫阳，天台（今属浙江）人。他幼习儒业，并精通佛、道典籍，曾为政吏。因他看破红尘，发心学道，逐焚毁公文，被充军岭南。神宗熙宁二年（1067），张在成都遇异人（据说为刘海蟾）传授金丹之术。他提倡三教归一论："释氏以寂为宗，若顿悟圆通，则直超彼岸，如其习漏未尽，则尚徇于有生；老氏以炼养为真，若得其要枢，则立跻圣位，如其未明本性，则犹滞于幻形。其次《周易》有穷理、尽性、至命之辞，《鲁语》有毋意必固我之说，此又仲尼极臻乎性命之奥也。""如此，岂非教虽三分，道乃归一？"(《悟真篇·自序》)张伯端被尊为全真道教之南五祖之一。他的修真理论，见于阐述内丹术的《悟真篇》、《读〈周易参同契〉》、《赠白龙洞刘道人歌》、《石桥歌》

以及阐述禅宗佛理的《禅宗歌颂诗曲杂言》等。这些修真著作全都以诗词形式写成，并且采用传统内丹著作的借喻法，因而具有形象鲜明而道教门外汉又难于索解等特点。例如《悟真篇》上卷第8首七律：

> 休炼三黄及四神，若寻众草更非真。阴阳得类方交感，二八相当自合亲。潭底日红阴怪灭，山头月白药苗新。时人要识真铅汞，不是凡砂及水银。

此诗主旨是明确宣布：《悟真篇》的炼丹理论是内丹术而不是外丹术。首联声明炼丹原料不是"三黄"——雌黄、雄黄、硫黄和"四神"——朱砂、水银、铅、硝等矿物和"众草"。颔联说明炼丹原料是人体内部的"阴阳""交感"，即阴精与阳气相结合；以及"二八""合亲"。"二八"即两个半斤（旧秤以八两为半斤），诗中以半斤对半斤借喻体内之阴精、阳气彼此相当，就能和合成为修炼内丹的药物。颈联以"潭底日红"借喻下丹田的神、气相合，以"山头月白"借喻泥丸宫的阴精、精、气、神三合一便成为修炼内丹之药苗。尾联指迷，告诉人们要认清"真铅汞"是人体内部的精、气、神，而物质的凡砂和水银在内丹学中则是假铅汞了。

又如《悟真篇》下卷第五支《西江月》：

> 二八谁家姹女？九三何处郎君？自称木液与金精，遇土却成三性。　更假丁公锻炼，夫妻始结欢情。河车不敢暂留停，运入昆仑峰顶。

这支《西江月》的表层意象是姹女郎君燕而新婚，深层意蕴却与前一首七律的颔联和颈联所表达的修炼内丹过程基本一致。上阕："二八姹女"借喻心火中真阴，"九三郎君"借喻肾水中真阳。"木液"，按五行学说，木生火，故木液亦即心火中真阴，与"姹女"所喻为同一本体；"金精"，按五行学说，金生水，故金精即肾水中真阳，与"郎君"所喻为同一本体。上阕大意是：姹女、郎君各是谁？他们自称木液、金精；他们与土相遇，便合成三性——精气神。下阕："丁公"喻体内炼丹之武火，"夫妻"喻真阴、真阳，"河车"喻任督二脉之运转，"昆仑峰顶"喻头顶之泥丸宫。下阕大意谓在体内武火的烹炼下，真阴、真阳结合，通过任督二脉的运转，输入头顶之泥丸宫，成为金液，从而完成了修炼内丹的初阶。

张伯端的内丹理论是三教互补论，特别是以佛补道更加突出。他在《禅宗歌颂诗曲杂言》序中明确宣布："故此《悟真篇》者，先以神仙命脉诱其修炼，次以诸佛妙用广其神通，终以真如觉性遣其幻妄，而归于究竟空寂之源矣。"为此，他写了《三界唯心》、《即心是佛颂》、《禅定指迷歌》等大量弘佛诗词。也正因为如此，不少全真道士，从唐末的吕洞宾，到南宋的葛长庚，都要为自己取一个佛徒名号——某某道人，以表示他们向佛教的认同。

继承张伯端的三教归一"悟真"之学，并撰写诗词加以发挥者，还有张伯端的弟子石泰、石泰的弟子薛式，以及薛式的弟子陈楠等。

张继先

张继先（1092—1127），字嘉闻，嗣汉三十代天师。他12岁奉召赴京，宋徽宗赐号虚靖先生，有《虚靖词》传世。道教有丹鼎派和符箓派之分。丹鼎派又分外丹、内丹两种。外丹派主张通过炼丹和服食丹药以达到成仙之目的，内丹派主张以体内的精气神为药物修炼内丹，从而达到成仙之目的。符箓派强调以符咒驱鬼降魔，折福禳灾，天师道就属于这一派。张继先是天师道在北宋的最后一位代表人物，同时他又吸收内丹派学说，创立了以内丹外法互补为特征的道教教理。他的《虚靖词》就是这一特色在文学上的自觉表现。

召神驱鬼，禳灾祈福，本是远古巫师的拿手好戏。天师道予以继承后，成为联系群众的重要手段。张继先的《沁园春·降魔立治》对此有详尽描绘：

劫运将新，天书降恩，圣师命魔。正阴阳错忤，鬼神淆混；依凭城市，绵亘山河。杀气闭空，阴容夺昼，万姓罹殃日已多。青城上，见琉璃高座，忽起巍峨。　　群妖忿怒扬戈。竞奔走，攻山若舞梭。感神光一瞬，龙摧虎陷；威音一动，雷击霆呵。立活化民，摄邪归正，生息熙熙享太和。风云静，见天连碧汉，月浸澄波。

这首诗描绘了一场神魔大战，表现了天师道以符咒降魔，保国泰民安的宗教理想。

张继先生于外丹派衰落，内丹派崛起的北宋之末，作为天师道和符箓派首领的他，合理地吸收了内丹术。他写了《金丹诗》（48首）以弘扬内丹之学，并在许多词作中描述了修炼内丹的要领。例如："固元精，收听视"，"但心虚，教腹实"（《更漏子·和元规天和堂》）。"悟真空，离世网，绝关机。养吾浩气，驱雷役电震天威。混合百神归一，一念通天彻地，方始了无为。"（《水调歌头》）很明显，这些练养内丹的词句，大都是从《老子》中蹂梏出来的。他还写了一首讲述修炼内丹要领的《忆桃源》，题下缀一小序云："蔡师元款予及神翁侍宸，师元发问予：如何是修炼之术。予走笔成小词以答之。"词如下：

> 长生之话口相传：求丹金液全。混成一物作神仙，丁宁说与贤。休嚫气，莫胡言。岂知造化玄！用铅投汞汞投铅，分明颠倒颠。

这是一首借烧炼外丹的术语讲述修炼内丹的词。上阕意谓只有修成内丹，才能成仙。下阕讲修炼内丹的原理：首先要学会胎息法："得胎息者，能不以鼻口嘘吸，如人在胞胎之中"（《抱朴子·释滞》）；其次要掌握肾水（铅）与心火（汞）颠倒运行、互相制约的要领。内丹理论认为：铅重而沉，汞轻而浮，亦即元精易下泄，元神易上乱。修炼内丹时，要使元神下降，受元精之制；然后元精上升，受元神之制，从而结成炼养内丹之大药。张伯端《悟真篇》第13首说："不识玄中颠倒颠，争知穴里好栽莲？"讲的就是这个要领。张继先词乃是从这一诗句化出来的。

基于上述修仙生理学，张继先将其升仙幻想描绘得充满了诗情画意。例如《春从天上来·鹤鸣奉旨》：

> 王土平平，正海息波澜，岳敛云烟。三景虚明，八表澄清，一月普照诸天。有流霞洞焕，映黍珠，徐下空玄。绝形言，见千真拱极，

万气朝元。　　当时鹤鸣夜半，感真符宝篆，特地清传。碧湛龙文，红凝龟篆，绛衣舞翼蹁跹。计功成果就，无真教，郭景飞仙。已千年，亘灯灯续焰，光朗无边。

此词描述想象中的郭璞升仙时的情景。郭璞，字景纯，晋人，以作《游仙诗》著称，被收入《神仙传》、《洞仙传》等书。

张继先对升仙之说深信不疑："壮志男儿，当年高士，莫把身心惹世埃。功成后，任身居紫府，名列仙界"（《沁园春》）。他这样劝化世人，他自己尤其十分投入。每逢夜深人静，月白风清，他的第六感总会无端地告诉他，这时候有天仙飞过夜空："彩云楼阁瑞烟平，雨初晴，月陇月。夜静天风，吹下步虚声。何处朝元归去晚，双凤小，五云轻。"（《江神子》）每逢这种时候，我们的张天师自己也会飘飘欲仙起来。试看其《鹊桥仙·寄朋权》：

神清心妙，山长水远，有分何年瞻望？晴空一月彩云飞，又起我，无穷想象。　　一阳门径，九华恩露，惟愿分明指向。竹风频起紫微烟，似有意，许归吾党。

张天师陶醉在神仙幻境中了。

葛长庚

葛长庚（1194—1229），字如晦，又字白叟，自号白玉蟾道人，又号海琼子、海南翁、琼山道人、武夷散人。其祖籍福建，本人出生于琼州（今海南省琼山）。由于他"任侠杀人，亡命之武夷"，师从陈楠，学内丹术。当时，北方金朝的王嚞创立了全真道教，以修炼内丹为宗旨。南宋的葛长葛亦研习内丹，因此被尊为全真道教的南五祖之一。但他也兼习天师道的符箓术和佛教禅学，继吕洞宾、张伯端之后，进一步发展以禅补道的内丹理论。因此他亦如吕洞宾的以佛徒"道人"自命，以显示他对禅宗佛教之认同。嘉定中，他应宋宁宗之征赴阙，封紫清明道真人。

葛长庚的以禅补道的内丹理论，在《水调歌头·自述》系列词中，获得了十分形象化的阐释。先看下面的一首《水调歌头》：

  金液还丹诀，无中养就儿。别无他术，只要神水入华池。采取天真铅汞，片晌自然交媾，一点紫金脂，十月周天火，玉鼎产琼芝。
  你休痴，今说破，莫生疑。乾坤运用，大都不过坎和离。石里缘何怀玉？因甚珠藏蚌腹？借此显天机。何况妙中妙，未易与君知。

内丹理论是从外丹理论发展起来的，它继承了外丹理论的成套术语，来借喻修炼内丹，同时还创造了一大批借喻词。例如：以玉鼎、乾坤喻人体，以铅汞、坎离喻精气神，以婴儿、圣胎喻内丹。又例如以"禅门三关"喻修炼内丹的三关，即：（一）炼精化气为初关，又叫小周天；（二）炼气化神为中关，又叫大周天或十月关，乃是以十月怀胎喻孕育内丹；（三）炼神还虚为上关。所谓"周天"，是古代天文学术语，指眼力所及之天体大圆周，道教借喻炼内丹时精、气在人体内按任脉与督脉周而复始地循环运转。掌握了上述譬喻辞的本体内涵，就不难了解前面《水调歌头》所描述的乃是修炼内丹的过程。

但是，葛长庚的内丹理论中还吸收了禅学。试看他的另一首《水调歌头》：

  有一修行法，不用问师传。教君只是，饥来吃饭困来眠。何必移精运气，也莫行攻打坐，但去净心田。终日无思虑，便是活神仙。
  不憨痴，不狡诈，不风颠。随缘饮啄，算来命也付之天。万事不由计较，造物主张得好，凡百任天然。世味只如此，拼做几千年。

这首诗津津乐道的修仙之法，已不是内丹派道教的修炼精、气、神，而是禅宗佛教休闲模式的成佛之法了。临济宗慧照禅师说："佛法无用功处，只是平常无事，屙屎送尿，着衣吃饭，困来即卧。愚人笑我，智乃知焉。古人云：向外作工夫，总是痴顽汉。你且随处作主，立处皆真。"（《古尊宿语录》卷四）葛词几乎就是慧照语录的回声，不过将佛法置换为成仙之法罢了。

  上述佛、道两种修仙法，在葛长庚词作中随处可见，有时出现在同一首词中,更加显示出其内丹理论的佛道互补特色。例如:"飞金精,采木液,过三关。金木间隔,如何上得玉京山?寻得曹溪路脉,便把华池神水,结就紫金团。免得饥寒了,天上即人间。"这就是说,要闯过三关,炼成内丹("紫金团"),升入仙境("玉京山"),必经禅宗佛教("曹溪")之路。

此外,天师道的升仙意识在葛长庚词里也有十分强烈的反映。他总是以谪仙自许:"昔在虚皇府,被谪下人间";"误触紫清帝,谪下汉山川",等等。既然自以为来自天上,当然也就时时想回到天上去:"神仙客,金丹熟;玉诏下,云生足。"但是,升仙毕竟是缥缈无稽的幻想,因此葛长庚总是生活在升仙幻想与现实生活相矛盾的苦恼之中。试看其《菊花新》:

十二楼台,但前回旧迹。想琪花似雪,忘了还思。朝暮痴痴地,只有老天知。却自省,玉阶金砌,错抛离。　　梧桐声颤,窗外草蛩吟细。醉魂觉,又听秋鸿悲呖。极目寒空,叹未有紫云梯。绛阙消息子,也无一二,枉垂涕。

像上面这种登天无梯的悲哀,还反映在大量葛词里。如:"清都绛阙无消息。共羽衣挥尘,感今怀昔。""青鸟不来松老,黄鹤何之石烂,叹世一伤神。回首南柯梦,静对北山云。""来到人间浑似梦,未能归去空悲咽。问仙都,此去几由旬,归心热。""一别蓬莱馆,看桑田成海,又见松枯石烂。目断虚皇无极处,安得殿头宣唤?"等等。

作为宗教徒的葛长庚,他的词里充满了宗教感情和说教;但作为词人的葛长庚,他的一些情景交融之作却不乏艺术感染力。"漫才高子建,韵欺王勃"(《瑞鹤仙》),他的确是一位才情并茂的道教词人。他的词在写景上颇见功力。例如:"嫩雨如尘,娇云似织,未肯便晴。"(《沁园春》)"嫩雨"、"娇云"前此未见。"层峦叠巘浮空,断崖直下分三川。"(《水龙吟》)"浮"本是描绘水波之词,葛词用以描绘"层峦叠巘";"井"本应深入地下,葛词用以形容"断崖直下",均别开生面。"有一点沙鸥,点破松梢翠。"(《菊花新》)"点破"化静为动,不啻神来之笔。从以上数例不难看出葛长庚对自然美观照之精细和匠心独运的艺术追求精神。

— 431 —

第四章 小说

第一节 笔记小说

宋代的文言笔记体志怪小说,从内容到形式,都是自魏晋南北朝以来志怪笔记小说的余绪。由于宋代君主好佛道,故有不少文人投其所好,撰著和编纂了大量的宗教神话笔记小说集。其中,集汉魏六朝以来宗教神话笔记小说之大成的《太平广记》,集当朝(宋)宗教神话笔记小说之大成的《夷坚志》,以搜罗富宏、卷帙浩繁而著称于世,成为元、明、清三朝小说、戏曲创作的题材库。此外,还有《稽神录》、《江淮异人录》、《睽车志》等亦颇为人熟知。

《稽神录》

此书6卷,《拾遗》、《补遗》各一卷,共235条,徐铉撰。铉字鼎臣,广陵(今属江苏)人。他初仕南唐为翰林学士,后随李煜入宋,官至散骑常侍。因为徐铉参与编纂《太平广记》,遂将其《稽神录》全部收入该书。据晁公武《郡斋读书志》,徐铉在自序中称:"自乙未岁(935)至乙卯(955),凡二十年"撰成此书。这就是说,在入宋以前,此书实已完成。

《稽神录》的内容颇为庞杂。各种不经见的异物怪事,纷呈杂出。异物如瓮形石(《瓮形石》)、紫石(《紫石》)、金蚕(《金蚕》),怪事如群犬吠石(《犬吠石》)、马晓人语(《陈璋》)、巨鼋如楼(《彭城佛寺》),以及梦遇神道而获福佑(《何致雍》、《郭仁表》、《谢谔》、《崔万安》等)。此书中的鬼话则从人鬼写到动物之鬼,突破了"人死曰鬼"的传统模式。前者如《李攻》叙李病后产生了特异功能,居然白日见鬼。后者如《杨迈》叙行猎中发现一兔,三捕而三无所获,芟草以求,得兔骨一具,乃知前所追见者,是一兔鬼。以上故事,不寓褒贬,单纯猎奇,是灵物崇拜、精灵崇拜、鬼灵崇拜等准宗教意识的反映。

但书中也写了不少鬼神故事,借以弘扬因果轮回、善恶报应等佛道教义。例如《欧阳氏》叙欧阳氏幼年与父母失散,某日,有老者诣门,自称其父,并述欧阳氏之名字及中外亲族。欧阳氏见老者贫陋,拒不相认。老人曰:"吾将讼尔。"次日,欧阳氏忽被雷霆击毙。有人在土庙神座前拾得一纸,正是老父告女之控诉状。又如《蚓疮》叙一僧以石灰杀蚯蚓无数,遂患恶疮。他全身生疮多达百千,每疮之中有死蚯蚓一条,因此毙命。

此书叙事简洁,但缺乏文采,略陈梗概而已。

《江淮异人录》

此书2卷,25篇,吴淑撰。吴淑(947—1002),字正仪,丹阳(今江苏镇江)人,徐铉之婿。她初为南唐内史,入宋后,以其博学而受太宗赏识,官至起居舍人、职方员外郎等。她参加了《太平御览》、《太平广记》、《文苑英华》、《太宗实录》等书的编撰。

《江淮异人录》是一本记述道流、术士、侠客等各种特异人物的小说集。书中所记25人,凡唐代2人,南唐23人。这些人物神出鬼没,大多具有为常人所没有的特异功能,近乎超自然力,因而带有一定的神话色彩。例如《李胜》写书生李胜游道观,道士不以礼遇。胜曰:"吾不能杀之,聊使其惧。"一日,道士闭户睡,胜命童子叩门,取李秀才匕首。道士起床,见枕前插一匕首,劲势犹动。又如《潘扆》写潘某日泊舟秦淮口,有一老父求同载过江,潘许之。开船后,潘与友人饮酒,至中流而酒尽,潘以为憾。老父曰:"吾亦有酒。"乃解下头巾,从鬓中取出一小葫芦,倾之,长饮不竭。此外还有《陈曙》、《司马郊》、《刘同士》、《史公馆》、《耿先生》、《张标》、《江处士》、《润州处士》等篇,对其他各种方术,诸如日行千里、未卜先知、制鬼降魔、尸解成仙之类,也各有所描述。

吴淑之撰《江淮异人录》,虽不无其公公徐铉的影响,但她的写人叙事较为生动,可谓青出于蓝而胜于蓝了。该书在人物描述上着重表现一个

"异"字、方术——超自然力固然是异人们的主要特点，但有时作者也注意描述性格之"异"。例如《聂师道》叙强盗入其室行窃，聂不但不予惩罚，反而为之引入密室攫取金帛，并指点出城逃逸之路。被盗者被写成同谋者，其性格之异便跃然纸上了。

《太平广记》

《太平广记》共500卷，李昉、扈蒙、李穆等奉宋太宗之命编纂，成书于太平兴国二年至三年（977—978）。全书取材于自汉至宋初的野史、小说、佛藏、道藏等不见诸经、史、子、集的图书约500种，按题材分类编排。书中对历代之佛话、仙话、鬼话、怪话搜罗极富，计有神仙55卷、女仙15卷、道术5卷、方士5卷、异人6卷、异僧12卷、报应33卷、定数15卷、神25卷、鬼40卷、夜叉2卷、妖怪9卷、精怪6卷、再生12卷、悟前生2卷、龙8卷、虎8卷、狐9卷、蛇4卷、水族9卷、昆虫7卷等等。这些故事，广泛涉及儒、道、佛三教意识，以及鬼灵崇拜、精灵崇拜、灵物崇拜，乃至天命，占卜等准宗教意识。

除以上宗教神话故事之外，《太平广记》还采录了大量其他传奇小说，以及人文、地理、博物、医药等各种资料，有似于古代的百科全书。书中所引近500种古代典籍，今已大半散佚，赖此广记使我们得以窥见原书之一斑。宋元话本、杂剧、明清小说、戏曲，多从此书猎取题材进行再创作。鲁迅编《唐宋传奇集》，汪辟疆编《唐人小说》，亦主要从此书辑录而成。其他之据此书以辑录历代遗文佚书者，还有很多。

《夷坚志》

继北宋的《太平广记》之后，南宋亦出现了卷帙繁富的志怪笔记小说集《夷坚志》。《夷坚志》原书420卷：分初志、支志、三志、四志，前三志又各按甲乙等十干分为10编，四志则分为甲乙两编。计初甲至初癸200卷（初志），支甲至支癸100卷（支志），三甲至三癸100卷（三志），四甲四乙20卷（四志）。但原书在流传过程中早已散失。纪昀编《四库全书》，只编入该书的支甲至支戊5编，计50卷，称《夷坚志》或《夷坚支志》。涵芬楼编印的《新校辑补夷坚志》，是收录篇目较多的版本，包括初志、支志、三志和补遗共 206 卷，相当于原书一半的规模。中华书局以涵芬楼本为底本，又从《永乐大典》等书中辑出佚文 28 条，作为"三补"，是目前搜集最为完备的版本。

与广泛摘编古籍而成书的《太平广记》相反，《夷坚志》是由洪迈广泛搜集见闻而编撰成书的。洪迈（1123—1202），字景庐，别号野处，鄱阳（今江西波阳）人。他是南宋绍兴十五年（1145）进士，先后任知州，中书舍人兼侍读，直学士院，端明殿学士兼修国史。他自幼博览群书，举凡经史百家、稗官小说，无所不涉。其著述除《夷坚志》外，还有《史记法语》、《南朝史精语》、《经子法语》、《容斋随笔》等。《列子·汤问》有云："大禹行而见之，伯益知而名之，夷坚闻而志之。"《夷坚志》书名源出于此。洪迈在《夷坚志序》中说："人以予好奇尚异也，每得一说，或千里寄声，于是五六年间所得卷帙，益觉烦伙。天下之怪怪奇奇，尽萃于是矣。"无论和尚、道士、神佛、精怪、鬼魅、占卜、梦幻、巫医、民俗、掌故，以及各种逸闻异说，无所不包。其题材之广泛，不亚于《太平广记》。例如《四库全书》本《夷坚甲志》（即原书支志甲编）之卷一，共 19 条，涉及题材十多种。现按其题材性质，分列如下：

动物崇拜　《阿保机射龙》、《冷山龙》、《熙州龙》

植物崇拜　《柳将军》

灵物崇拜　《酒驼香龟》

鬼灵崇拜　《孙九鼎》

冥游复生　《天台取经》、《王天常》

咒语巫术　《宝楼阁咒》

前兆神话　《三河村人》（梦兆）、《伪斋咎证》

古代神祇　《铁塔神》、《刘厢使妻》、《黑风大王》

道教神话　《石氏女》（吕仙度化凡女）

佛教神语　《观音偈》

其他　《冰龟》写异常之气候，《犬异》写异常之动物，《韩郡王荐士》写世俗生活。

《夷坚志》虽然是从南宋民间搜集整理而成的一部大型志怪小说集，但是其中有大量故事是汉魏六朝志怪小说原型之变形再现。这是一种民族文化积淀与传承规律的体现。例如：《王郎君》属人神相恋模式，《生王二》属深山遇仙模式，《莫小孺人》属女鬼求爱模式，《张相公夫人》属古冢艳遇模式，《更生佛》与《蟹山》则属于佛教之善恶报应模式，等等。

《夷坚志》里的志怪故事，有些是单纯的猎奇，如《楼烦道中妇人》写朽木化为妇人作祟。但有些却具有积极的思想意义，如表现人类征服自然的《阿保机射龙》和《刘将军》。《刘将军》叙刘为求雨而祷于岱岳，不灵；又致祭龙潭，也不灵；而且"赫日滋炽"。刘将军火了，调遣大批兵丁，运石负土，欲填龙潭。当夜，龙王神托梦于刘道："天久无雨，非吾之罪。今四海之内，凡一勺之水，则有神主之。吾弗得预，又岂敢上违天律，辄降膏泽耶？"刘将军愈怒，次日黎明，亲率兵丁千余，挑土石投入潭中，到黄昏时填平。但次日天晓，龙潭却恢复了原貌。刘将军再率兵丁填之。于是"当昼隆热，寒风倏起，而雷电从潭出。山阜皆震，吏民惧甚。刘又督役不已，数日间暴卒，雨乃沛然"。这篇斗龙神的悲壮故事，令人想起愚公移山、精卫填海、夸父追日等古代神话，表现了人定胜天的理想，是对自然崇拜意识的逆反。

《夷坚志》中的奇闻异事，也有非宗教性者，其中有的还颇具科学性。例如《疡医手法》条，写痈疽患者讳疾忌医，生怕大夫使用针灸疗法为之破痈根治。有某人左股息痈，不许稍触其痈。为防止医者用针，凡为他诊治者，事先都被搜去随身所带之针刀。一医旁立，对患者说：没关系，无须针砭之力，到晚间必自溃。患者大喜，"偶回顾侍妾，忽大声掣叫，则痈已穿决，出脓血斗余，痛即止，能起立。"这个奇迹是怎样发生的呢？"盖医磨半破小钱，使极快，置之舌下，伺隙用之，故立见效。"这一出其不意破痈法，颇符合医疗心理学原理。今日之所为无痛分娩法，无痛注射法等，其原理均与此相同。

《夷坚志》对后世文学创作产生了广泛影响。

金代的元好问撰有《续夷坚志》4卷，不但志怪，而且广涉名流逸事，风土人情，山川异物，名胜古迹，古代药方等。元代无名氏撰有《湖海新闻夷坚续志》前后2集，17门，500余条，以志怪为主，不过有些内容出自唐宋人著作。

元、明、清三代的小说、戏曲作品，有不少是根据《夷坚志》中的故事再创作的。以明代的"三言二拍"为例,其中以《夷坚志》故事进行再创作的作品有:《闲云庵阮三偿冤债》、《简帖僧巧骗皇甫妻》、《杨思温燕山逢故人》(以上《古今小说》);《闹樊楼多情周胜仙》(以上《醒世恒言》);《金明池吴清逢爱爱》(以上《警世通言》);《恶船家计赚假尸银,狠仆人误投真命状》、《小道人一着饶天下,女棋童两局注终身》、《襄敏公元宵失子,十三郎五岁朝天》、《袁尚宝相术动名卿,郑舍人阴功叨世爵》(入话部分)、《吕使君情媾宦家妻,吴太守义配儒门女》、《沈将仕三千买笑钱,王朝议一夜迷魂阵》、《满少卿饥附饱飏,焦久姬生仇死报》、《硬勘案大儒争闲气,甘受刑侠女著芳名》、《鹿胎庵客人作寺主,剡溪里旧鬼借新尸》、《赵孙君乔送黄柑,吴宣教千偿白镪》、《迟取券毛烈赖原钱,失还魂牙僧索剩命》、《贾廉访膺行府牒,商功父阴摄江巡》、《张福娘一心贞守,朱天锡万里符名》、《任君用恣乐深闺,杨太尉戏宫馆客》、《王渔翁舍镜崇三宝,白水僧盗物丧双生》(以上《拍案惊奇》),等等。

《睽车志》

此书6卷,郭彖撰。郭彖,字伯象,和州(今安徽和县)人,南宋高宗、孝宗时在世,进士出身,历官知兴国军。由于高宗好鬼神幻诞之书,遂有《睽车志》之作。《易》曰:"睽上六,载鬼一车",《睽车志》书名本此。书中多记南宋建炎、绍兴、乾道、淳熙年间的神仙鬼怪传说。从书名的确立、书中的内容,到搜集材料的方法,此书均仿《夷坚志》之例。其所载故事,广泛涉及儒、道、佛三教,以及鬼灵、动物精灵和各种神祇崇拜。

(一)三教神话。书中有不少弘扬三教精神的神话故事。例如:某妇因事姑孝顺,遂得一灵物——布囊,储米其中,取之不尽;某村夫因故而恨其母,意欲杀之,遂遭雷殛。这些故事将儒家伦理观念与鬼神观念融为一体,是不折不扣的宣扬儒教的作品。有些佛教神语,旨在弘扬佛法无边和善恶报应,如《明州育王塔》条写佛像显灵;《李樱臣》条写提刑李樱臣滥杀无辜,遂遍体生疮而死。道教神话以宣扬方术的作品为多,如《刘知常遇道》宣扬点铁成金术,《林灵素赊酒》宣扬变化术,《左彦文遇师》、《郑摇铃丐钱》宣扬尸解术,《叶法师》宣扬祈禳术等。

另一些作品,虽然具有弘扬宗教意识的倾向,但也含有积极的思想意义。例如《林灵素入禁中》：

> 宣和间，林灵素希世宠幸，数召入禁中，赐坐便殿。一日，灵素倏起，趋阶下曰："九华安妃且至，玉清上真也。"有顷，果中宫至。灵素再拜殿下，又曰："神霄某夫人来。"已而果有贵嫔继至者。灵素曰："在仙班中与臣等列，礼不当拜。"长揖而坐。俄忽愕视惜曰："是间何乃有妖媚气耶？"时露台妓李师师者入宫禁，言讫而师师至。灵素怒目攘袂亟起，取御炉火著逐而击之。内侍救护得免。灵素曰："若杀此人，其尸无狐尾者，臣甘罔上之诛。"上笑而不从。

这则道教神话，虽然神化了道士林灵素，但实则为一篇讽刺小品，矛头直指好道而荒淫狎妓的宋徽宗。

宗教中有许多落后迷信的成分，但也不是全盘糟粕，例如道教中的医术和养生术里，就保存不少中华传统文化的精华。《睽车志》里的某些作品对此有所反映。例如《赵三翁》条描述赵三翁以孙思邈真人所授之医术为人治冷疾云：

> ……就屋开三天窗，放日光下射，令顿（患者）仰卧，揉艾遍布腹上，约十数斤，就日光灸之。移时，觉热透脐腹不可忍，俄而腹中雷鸣，冷气下泄，口鼻间皆浓艾气，乃止。明日又复为之，如是一月，疾愈。仍令为之，一百二十日，此病不作，壮健如初。

这种以艾叶为药的脐疗法，就是今日风行海内外的内病外治的"505神功元气袋"之所本。它是我国道教医药文化之精华。

（二）鬼话。这本书里的鬼话，继承了魏晋南北朝鬼文学的优秀传统，不但以写女鬼为主，而且充满了人情味，十分感人。《赵通判妻》、《陈洪进女》、《程泳妻》、《李大夫亡妾》、《斯瑶亡妻》等，都是这种作品。例如《李大夫亡妾》条，写亡妾之魂日以二钱市粥养儿，歌颂了伟大无私的母爱。又如《斯瑶亡妻》叙亡妻尸体被焚之后，其魂灵感夫君思念之情，在神的帮助下，附另一亡女之尸而复活，斯瑶夫妇得以破镜重圆。这是一支对"笃子伉俪"之者的赞歌。

（三）其他。书中还有若干故事描写了各种神祇，如雷神、水神、灵泽夫人（人神）等；有若干故事描写了各种动物精灵，如狐精、鼠精、虾蟆精等。其中以《孙思文易面》最富于讽刺意味：

> 蜀人孙思文，美风姿。每自负其标韵，娶妻姝丽。伉俪之间，相得欢甚。一日偕诣神祠从观，思文指神像谓妻曰："彼孰与我美？"妻曰："卿似胜也。"夜归，思文梦神召责之，叱令换其面。即有数鬼捉至一处，见若假面数十，取其问颔颐齆额大丑者，割去面而易之。惊呼而寤，以手扪面，觉有异；呼烛视之，果然。妻即怖死，孙大悔恨而已。

这则神话给读者的启示：与其说是神不可侮，不如说是人不可自负。

这本书里所搜集的故事，一如其他唐宋以后的笔记小说，有很多是魏晋南北朝时期志怪笔记小说原型的变形再现。例如：《曹滋》是人神相恋神话原型之再现，《马公女》是《幽明录》之《徐玄方女》人鬼相恋原型之再现，《孟通判》是《神仙传》之《张道陵》、《李八百》、《壶公》等道教考验神话原型之再现等。

两宋时期的笔记志怪小说集，除前述数种以外，还有钱易《洞微志》、聂田《祖异志》、张君房《乘异记》、秦再思《洛中纪异》、张师正《括异志》和《志怪集》，以及佚名《分门古今类事》等。其中以《分门古今类事》较为值得注意。这是一本征引故事以宣扬天命、前兆、谶纬等准宗教意识的类书。书中所引每篇故事之末，均注明出自何书。其中如《成都广记》、《该闻集》、《广德神异录》、《唐宋遗文》、《宾仙传》、《蜀异记》、《搢绅脞语》、《灵验记》、《灵应集》等书，今皆不传。因此，《分门古今类事》对于保存宋代宗教神话笔记小说，起了重要的作用。

第二节 传奇小说

传奇小说的创作，经过中晚唐繁荣期之后，逐渐走向式微。宋代的传奇小说，无论数量、质量，均已远不如唐代，流传至今者更少。鲁迅校录的《唐宋传奇集》、桃源居士编辑的《宋人小说》等书，均收入了若干宋代传奇小说，其中有些是涉及了宗教内容的。这些作品，涉及道教神话的有《杨太真外传》、《游仙梦记》、《龙寿丹记》，涉及鬼灵崇拜的有《鬼国记》、《鬼国续记》、《海外怪洋记》、《猴王神记》、《摭青杂说》等。

《杨太真外传》是宋代传奇小说的代表作，乐史撰。乐史，字子正，抚州宜黄（今属江西）人。他初仕南唐，入宋后，先后任著作佐郎、著作郎、太常博士、知州等职。他毕生著述极丰，共达1002卷。其中涉及儒道二教者，有《孝弟录》、《广孝传》、《总仙记》、《诸仙传》、《神仙宫殿窟宅记》等，但俱不传。其流传至今的代表作是传奇小说《杨太真外传》和《绿珠传》。《杨太真外传》是一篇融汇历史、传说和道教神话于一轶的作品。作者旁搜博涉，广泛地从野史、笔记中摄取素材，诸如《明皇杂录》、《开元天宝遗事》、《开天传信记》、《安禄山事迹》、《长恨歌》、《长恨歌传》、《酉阳杂俎》等书，凡涉及李隆基、杨玉环之爱情悲剧者，无不搜罗殆尽。作品中颇不乏富于浪漫主义情调的神仙故事，例如叙《霓裳羽衣曲》的来历道：

> 罗公远天宝初侍玄宗，八月十五日夜，宫中玩月。曰："陛下能从臣月中游乎？"乃取一枝桂，向空掷之，化为一桥，其色如银。请上同登，约行数十里，遂至大城阙。公远曰："此月宫也。"有仙女数百，素练宽衣，舞于广庭。上前问曰："此何曲也？"曰："霓裳羽衣也。"上密记其声调，遂回桥，却顾，随步而灭。旦论伶官象其声调，作《霓裳羽衣曲》。（出自《逸史》）

又如小说叙道士杨通幽奉唐明皇之命，寻访仙境中的杨玉环，迤逦写来，委屈绵密，不愧传奇家手笔。

苏辙《游仙梦记》写的是一个梦里游仙故事。作者自谓于熙宁十年4月1日，病后隐几假寐，遂梦入仙境，并与众仙真讨论儒、老之异同，以及长生久视之术。这篇传奇，不但文字优美，描写逼真，令人如身临其境；而且穿插骚体诗一首，近乎唐人传奇之遗制。其描写仙境"金泉洞天"云：

> 楼观巍然，朱碧晶莹，丛以奇花香草，杂以丹霞紫烟。入其门，登其堂，门之榜曰"神府"，堂之榜曰"朝真"。自堂趋殿，殿名篆体难识。旋临一阁，阁名甚高，不可辨。左碧池，右雕栏，中有一亭，几案酒肴悉备。九人聚坐其间，所披鹤氅，或紫或白；其冠，或金，或鹿皮；或熊经鸟伸，或弹琴奕棋，欢笑语话，视予自若。

作者还记述了仙人与他的对话，仙人说：作者之所以梦入仙境，乃是由于"心有所祈"，"意有所感"。但作者本人却称"了未尝撄虑"而梦入仙境。其实，仙人的说法是正确的。苏辙的游仙梦，乃是他的潜意识中的道教意识的反映。由于是潜意识，不同于自觉的心理活动，作者便误以为他的游仙梦乃是无根之花了。这篇小说还显示了苏辙对道教"神水华池"的内丹术和"还精采气"的房中术的兴趣，而对"炼石化金"的外丹术和"金箓玉检"的符箓科仪则持否定立伤。这与北宋炼丹术之从外丹向内丹的转变是一致的。

蔡襄《龙寿丹记》写的是一个关于仙人、仙药的故事，大意是：道亲和尚在山中遇异人，异人授予他龙寿丹一丸，嘱他九年后献给皇帝，以疗帝疾；又授予他柏叶一片，叫他服食，以免次年之大疫。后来异人的话都应验了。这篇神仙传奇，乃是北宋帝王，特别是宋真宗迷信道教的反映。

南宋洪迈不但以卷帙浩繁的志怪笔记小说集《夷坚志》著称，而且还撰有一个以鬼灵为主人公的传奇小说系列，它包括《鬼国记》、《鬼国续记》、《海外怪洋记》、《福州猴王神记》等篇。例如《鬼国记》叙巨商杨二郎遇海难漂至一岛，入一洞，是为鬼国。其中男鬼女鬼杂沓，一女鬼被尊为鬼国母。某次，杨二郎随鬼国母赴宴——某家举办的水陆道场。鬼国母将杨安排在桌帏之下，戒以屏息勿动。后来，杨听见其妻的哭泣之声。原来自杨遇海难之后，家人以为他早已葬身鱼腹，此日正为他追荐亡魂，不料他竟随诸鬼而生还了。这篇鬼文学的特色，是建构了一个亡灵的自由王国，它不同于佛教里的地狱道，没有阎王的统治和压迫，没有令人毛骨悚然的酷刑，因而充满了人情味。其余各篇，也都是诸如此类的鬼话。

王明清《摭青杂说》里的《何兼资》条，也是一篇鬼灵传奇。此篇大意谓南宋绍兴辛巳冬，有何兼资者，遇见一队鬼将军。何入其中军，得知为唐代张巡、许远等所领部伍，奉天命前来助宋抗金。这是南宋军民在民族存亡生死之秋的救亡图存心理在文学上的反映。

第三节 话本小说

话本小说是唐宋说话（讲故事）艺人的文本。传奇小说是用文言写作的，话本小说则是用白话写作的。说话技艺自南宋以后十分繁荣，话本小说有很多被保存了下来。现存的宋元话本，除《清平山堂话本》和《京本通俗小说》（一说伪书）之外，还有一些散见于明末冯梦龙编撰的《古今小说》（《喻世明言》）、《警世通言》和《醒世恒言》等书中，估计总数不下百种。其中与各种宗教有关者极多：有的取材于各种宗教，例如"灵怪"、"神仙"、"妖术"三类话本；有的则宣扬了某种宗教意识。下面，从儒教、道教、佛教、鬼灵、动物精灵五个方面，逐一略作介绍。

（一）儒教话本。这类作品乃是借鬼神的超自然力以神化儒家伦理道德的精神力量，是儒教意识的强烈表现。例如《张孝基陈留认舅》叙张遵照岳丈遗嘱接受了岳丈的遗产。但若干年后，张将落魄异乡的大舅找回家来，并按照"子承父业，乃是正理"的儒家宗法理论，把岳丈的遗产通通交还大舅继承。张孝基因此而博得"张君高义，千古所无"的赞扬，死后被上帝封为嵩岳之神。这篇作品将"见利思义"（《论语》）的儒家伦理观念与神道相结合，因而成为儒教的载体。此外，还有《范张鸡黍死生交》（即《古今小说》里的《范巨卿鸡黍死生交》）、《燕子楼》（即《警世通言》里的《钱舍人题诗燕子楼》）等，也属于这一类。

（二）道教话本。这类作品乃是取材于道教神话或道流的现实生活，其中有的鼓吹了道教的神仙思想，有的则着眼于揭露道门中的黑暗。例如《张子房慕道》写张良协助刘邦平定天下之后，从神仙赤松子学道的故事，以及《竹叶舟》（《宝文堂书目》作《陈季卿悟道竹叶舟》）、《种瓜神记》（即《古今小说》里的《张古老种瓜娶文女》）等篇，都是表现神仙超自然力的作品。《勘靴儿》（即《醒世恒言》里的《勘皮靴单证二郎神》）则是一篇揭露和批判道门败类的小说，与西方《十日谈》里的《神父扮天使》（第四天故事）实有异曲同工之妙。这篇话本叙二郎神庙的庙官孙神通假冒二郎神，骗奸天眷韩夫人。经过两个道士与之擒斗，又经过办案人员的跟踪查访，终于从作案者仓皇逃走时被打落的一只皮靴，查出了假二郎神孙神通。在佛道二教鼎盛时期的唐朝，暴露教门中败类的文学作品已经开始出现，例如批判不守戒律之僧侣的王梵志诗。到了宋末元初，随着都市商品经济的发展，资本主义的萌芽，宗教领域中的意志薄弱者遂由破坏宗教戒律发展到作恶犯罪，因而反映不法僧道的文学作品也逐渐多了起来。这是以宗教为题材的现实主义文学。宋元话本《勘靴儿》和《简帖和尚》就是这种文学中的代表作。

（三）佛教话本。这类作品乃是以佛教神话或僧侣的现实生活为题材。其中有的作品旨在弘扬佛教教理与教义，如善恶报应；有的借佛教神话以讴歌人性人情；有的则揭露佛门生活中的黑暗。例如弘扬佛教教理、教义的话本有《戒指儿记》（即《古今小说》里的《闲云庵阮三偿冤债》）、《李元吴江救朱蛇》（即《古今小说》里的《李公子救蛇获称心》）等。《玉箫女两世姻缘》（即《石点头》里的《玉箫女再世玉环缘》）是借佛教神话歌颂爱情的话本。这篇作品叙唐西川节度使韦皋青年时代游于江夏，与友人之婢玉箫两情款恰，遂订婚约，并赠玉环作别。然而婚约期至而韦皋未至，玉箫绝食而亡。十余年后，韦皋闻玉箫已故，无限伤感，不意东川有人送来歌姬一名，亦名玉箫。她不但音容笑貌与已故玉箫毫无二致，而且中指有肉环隐现，与已故玉箫临死时所戴玉环略无差异。韦皋由是乃知，歌姬玉箫就是已故玉箫之后身。这篇作品借佛教的神不灭教理和灵魂转生教义，虚构了一个两世姻缘的佛教神话；但主旨不在弘扬三世轮回的佛理，而是赞美执着的爱情。《简帖和尚》（即《古今小说》里的《简帖僧巧骗皇甫妻》）叙某和尚用离间计制造假奸情，骗得皇甫松将妻子杨氏休了，然后再把杨氏骗到自己手中。后来由于和尚露出许多破绽，终于被皇甫松扭送开封府法办了。这篇话本与《勘靴儿》恰成姐妹篇，是对当时宗教生活领域中消极现象的批判。

另外值得一提的，是以玄奘西行求法为题材的长篇话本《大唐三藏取经诗话》，又名《大唐三藏取经记》。此书分3卷，17章，首章缺佚。书中叙唐玄奘与白衣秀才猴行者共赴西天取经故事。猴行者智勇双全，而且具有超自然力。他们沿途克服重重困难，终于到达西天，取得佛经而归。此话本为明代吴承恩创作的章回小说《西游记》奠定了基础。

宋元说话技艺四家之一的"讲经"，乃是讲述佛经故事。但是这方面的话本均已亡佚无存了。

（四）鬼灵话本。这类话本的主人公多系女鬼和情鬼，其情节则是描述她们生前死后爱情生活的成功与失败，以及她们为此而付出的各种惨重代价乃至宝贵的生命。这类话本，反映了我国古代妇女在儒家婚姻伦理规范"父为之命，媒妁之言"的束缚下，对自主婚恋的热烈追求精神（参阅拙著《中西宗教与文学》第七章第三节）。例如《爱爱词》（即《警世通言》里的《金明池吴清逢爱爱》）写的是青年吴清先后与两个名叫爱爱的女子的生死恋。清明时节，吴清在金明池畔被身穿杏黄衫的褚爱爱迷得神魂颠倒，却失之交臂。后来，吴清在一酒家结实了卢爱爱。卢爱爱对吴清一见钟情，却被上坟归来的父母撞散，终于悒怏而亡。次年清明，吴清旧地重游，卢爱爱的亡魂与吴做了120天人鬼夫妻。她对吴清的火热、执着、连死亡也阻挡不了的爱，是感人的。她爱吴清，但由于阴阳道殊，无法与吴清白头偕老，乃主动撮合吴清与褚爱爱成为夫妻，这就更加感人了。又如《玉观音》（即《京本通俗小说》里的《碾玉观音》、《警世通言》作《崔待诏生死冤家》）写的是璩秀秀与崔宁的生死恋。秀秀与崔宁这一对咸安郡王府的家奴彼此相爱。秀秀被郡王害死以后，继续与崔宁生活在一起，做人鬼夫妻。在这一点上，她颇似卢爱爱。但是，璩秀秀的性格比卢爱爱更加坚决泼辣。当人间的恶势力进一步压迫她，要拆散她与崔宁的人鬼夫妻关系时，她就拉着崔宁到地府做鬼夫妻去了。

卢爱爱、璩秀秀等人鬼——情鬼形象是人性人情的赞歌，是南宋市民社会的人文主义精神对新儒教理学的"存天理，去人欲"教条的猛烈冲击。

鬼灵话本中还有一个情鬼复仇模式，如《玉魁负心》、《燕山逢故人郑意娘传》（即《古今小说》里的《杨思温燕山逢故人》）等篇。这类作品写的是痴心女子负心汉，女子死后向负心男子复仇的故事。中国封建社会的女子，按照儒家伦理等级观念——"夫为妻纲"，处在男子统治之下。因此，同情妇女悲惨命运并鼓励他们奋起斗争的情鬼复仇话本，无疑是具有历史进步意义的。

（五）动物精灵话本。这类话本多描述各种动物精灵兴妖作怪，以及人类怎样征服它们的故事。例如《西湖三塔》、《蜘蛛》（《宝文堂书目》作《红白蜘蛛记》，即《醒世恒言》里的《郑使节立功神臂弓》）等。

第五章 散文与文论

第一节 僧传文学

《宋高僧传》

这是一部佛教传记文学,30卷,释赞宁撰。释赞宁(919—1001)俗姓高,吴兴德清(今属浙江)人。他不但精通内典,亦兼通儒、道,能诗擅文,吴越王钱俶署为两浙僧统,赐号"明义宗文大师"。入宋以后,宋太宗赐号"通慧大师",入翰林院,奉诏编撰《大宋高僧传》,历时七年而成。此外,他还有《大宋僧史略》、《舍利宝塔传》、《护塔灵鳗菩萨传》等著作传世。《宋高僧传》的体例、结构均仿《续高僧传》,全书共分译经、义解、习禅、明律、护法、感通、遗身、读诵、兴福、杂科、声德10科,包括正传533人,附见130人,上起六朝,下逮宋端拱元年。其中,"感通"科收入自南北朝、经隋、唐、五代至宋初的僧传89人,附见23人。这些"感通"科僧传,虚实参半,既是传记文学,又是充满了神话色彩的宗教浪漫主义文学。

佛典神话文学的浪漫主义色彩,主要体现在对佛陀、阿罗汉、菩萨的"五神通"或"六神通"描绘上。这些佛国的超自然体具有能出入三界和神变自在等超自然力。《宋高僧传》"感通"科中的僧侣,亦被赋予上述超自然力。例如《唐西域难陀传》描述难陀(意译曰"喜")的各种神变术道:

> （喜）初入蜀，与三少尼俱行，或大醉狂歌，或聚众说法。戍将深恶之，亟令擒捉。喜被捉随至，乃曰："贫道寄迹僧门，别有药术。"因指三尼曰："此皆妙于歌舞。"戍将乃重之，遂留连为置酒肉，夜宴与之饮唱。乃假襦裤巾栉，三尼各施粉黛，并皆列坐，含睇调笑，逸态绝世。饮欲半酣，喜谓尼曰："可为押衙舞乎？"因徐进对舞，曳练回雪，迅起摩跌，伎又绝伦。良久曲终，而舞不已。喜乃咄曰："妇女疯耶？"喜忽起，取戍将刀。众谓酒狂，坐者悉皆惊走。遂砍三尼头，皆踣于地，血及数丈。戍将大惊，呼左右缚喜。喜笑曰："无草草也。"徐举三尼，乃筇竹杖也，血乃向来所欲之酒耳。喜乃却坐饮宴，别使人断其头，钉两耳柱上，皆无血污。身即坐于席上，酒巡到，即泻入断处，面色亦赤，而口能歌舞，手复击掌应节。及宴散，其身自起，就柱取头安之，辙无瘢痕。

这一段描绘喜和尚神变的文字，波澜起伏，愈演愈奇。写三尼歌舞，美妙绝伦，令人赏心悦目。突然又杀三尼，血喷数丈，令人惊恐万状。突然三尼又化为三竹，血化为酒，读者绷紧的神经之弦方为之一弛。不料喜和尚又令人斩其头而钉于柱上，身首异处而彼此相应：酒入身而面发赤，口唱歌而手应节。至此，喜和尚的神变之技不禁令人奇绝骇绝了。

《宋高僧传》除了描绘僧侣大显神通之外，还描述了一些其他神异现象。例如：《陈新罗国玄光传》描述天帝降龙王宫召见玄光；《唐代州五台山华严寺无著传》描述无著从现实佛境——金刚窟，进入超现实佛境——般若寺；《唐五台山竹林寺法照传》描述法照在粥钵中见五彩祥云，云中现五台诸寺及诸佛净国，等等。

但是，由于赞宁受道书的影响，他笔下的高僧神变有时不免偏离了佛教的"六神通"，而滑到道教神仙方术的范畴里去了。《隋江都宫法喜传》、《唐武陵开元寺慧昭传》都有这种倾向。例如法喜，长生久视到二百岁，死后葬于香山寺侧。四年后，有人在南海郡又见法喜；于是开棺验视，已空无所有——尸解成仙了。这种关于高僧的亦佛亦仙描述，自六朝志怪笔记小说和高僧传记至唐传奇小说和高僧传记，绵绵不绝。这是儒、释、道三教意识合流在文学上的反映。

在《宋高僧传》里，三教意识互相吸收，不仅表现在亦佛亦仙的高僧形象描绘中，也表现在僧侣与道士的友谊中。《唐袁州县岐山广敷传》、《唐江州庐山五老峰法藏传》、《唐洛京慧林寺圆观传》等篇，都是佛道友谊的颂歌。例如释圆观与道流李源为友。李源约圆观向洛入川之青城山、峨崛山采药。圆观欲经长安入川，李源欲经三峡入川，双方争议半年未决。最后圆观放弃了自己的意见。舟行至南浦，泊舟，有数妇女负罂而汲。圆观俯首而泣，告李曰："某不欲经此者，恐此妇人也。"李大惑不解，圆观解释道："其孕妇王氏者，是某托身之所也，已逾三载，尚未解娩，唯以吾未来故。今既见矣，命有所归，释氏所谓循环者也。请君用符咒，遣其速生；且少留行舟，葬吾山谷。其家浴儿时，亦望君访临，若相顾一笑，是认识君也。后十二年，当中秋月夜，专于钱塘天竺寺外，乃是与君相兄之期也。"李追悔不及，哀恸殆绝。终于"观其死矣，孕妇生焉"。此后情节，按圆观生前预言逐一实现，表现了一僧一道之间的生死两世友谊。

《宋高僧传》是继《梁高僧传》和《续高僧传》之后的又一部著名的佛教传记文学。

第二节　诗学与禅学

禅宗佛教是两宋文人不可或缺的文化消费品，因此，以禅喻诗——"学诗浑似学参禅"，便成了这一时期诗歌理论的主旋律。在这一思潮的影响下，不但涌现大量的论诗诗，而且也出现了不少诗话著作。

论诗诗

以诗歌体裁阐述诗歌理论，始于杜甫的《戏为六绝句》。首先提出将读诗与参禅相结合的，是苏轼《夜值玉堂，携李之仪（端叔）诗百余首，读至夜，书其后》。该诗有云："暂借好诗消永夜，每逢佳处辄参禅。"从此以后，自宋至清，以"学参禅"喻"学诗"的论诗诗，不断产生出来。

吴可的《学诗诗》三首，是最早问世的以禅喻诗的论诗诗：

（一）学诗浑似学参禅，竹榻蒲团不计年。直待自家都了得，等闲拈出便超然。

（二）学诗浑似学参禅，头上安头不足传。跳出少陵窠臼外，丈夫志气本冲天。

（三）学诗浑似学参禅，自古圆成有几联？"春草池塘"一句子，惊天动地至今传。

佛典《中论》有"三是偈"云："众因缘生法，我说即是空，亦为是假名，亦是中道义。"大意谓各种因缘条件生成的一切现象，一是空，即自性空无所有；二是假名，即人们赋予各种现象的名目都是假的；三是中道，即对各种现象既见其真空的一面，又见到其假有的一面，就符合中道，即佛教真谛。"三是偈"里的三个判断句，从三个不同角度阐释一个真理，"虽三而一，虽一而三，不相妨碍"（《摩诃止观》）。这种三谛圆融论，就是后来禅宗"云门三句"（"函盖乾坤"、"截断众流"、"随波逐浪"）之所本。云居禅师将"云门三句"诠释为"合"、"窄"、"阔"（《人天眼目》）。只须将此三字次序倒过去为"阔"、"窄"、"合"，就与"三是偈"思路密合。吴可的三首以禅喻诗诗，恰恰符合上述"三是偈"和"云门三句"的三谛圆融模式。第一首以参禅重在"各自观心，自见本性"（《坛经》）的禅理，比喻学诗要"自家了得"。第二首以参禅重在"只汝自心，更无别佛"（《坛经》），亦即挣脱"头上安头"式的传统佛法戒律的束缚，比喻学诗要"跳出窠臼"。第三首是对前面两首的综合，意谓学诗只有做到"自家了得"（正）和"跳出窠臼"（反），才能像参样一样臻于"心性无染，本自圆成"（合）（《五灯会元》）之境。

吴可的《学诗诗》在当时和后世产生了广泛持久的反响，引来了许多唱和之作。

龚相的《学诗诗》是步吴可原韵的和作之一。其诗如下：

（一）学诗浑似学参禅，悟了方知岁是年。点铁成金犹是妄，高山流水自依然。

（二）学诗浑似学参禅，语可安排意莫传。会意即超声律界，不须炼石补青天。

（三）学诗浑似学参禅，几许搜肠觅句联。欲识少陵奇绝处，初无言句与人传。

龚相的和作在形式上与吴可的原作一模一样，但三首诗之间却没有"一而三，三而一"的内在联系。这三首诗的主旨，是强调以参禅的"悟"性学诗，力求"会意"；而批判江西诗派的"点铁成金"、"夺胎换骨"、陈言务去、格律翻新等偏重语言技巧的学诗主张。

步吴可原韵的和作，还有赵蕃的《学诗诗》：

（一）学诗浑似学参禅，识取初年与暮年。巧匠曷能雕朽木？燎原宁复死灰然？

（二）学诗浑似学参禅，要保心传与耳传。秋菊春兰宁易地？清风明月本同天。

（三）学诗浑似学参禅，束缚宁论句与联？四海九州何历历？千秋万岁孰传传？

赵作强调对照禅学"以心传心，不立文字"的教旨去学诗，发挥各自的心性。秋菊与春兰不能互易，因为其性不同；清风与明月其性相同，故可同天。三诗主旨，近似严羽《沧浪诗话》所谓"诗者，吟咏情性也"的"别材"、"别趣"说，并反对江西诗派的"以文字为诗"（"句与联"）的倾向。

吴可的《学诗诗》，直到明清两朝还有人继续唱和。不过，所有后来的和作，都离开了原作的"三谛圆融"和"云门三句"的正反合模式。

以禅喻诗是两宋诗坛的时髦，写作以禅喻诗诗者，除吴可等人外，还大有人在。

陈与义（1090—1139）论诗诗——《梦赐佳什，钦叹不足，不揆浅陋，辄次元韵》的开头四句云：

退之高文仰东岱，籍湜传盟其足赖。固知法嗣要龙象，先生端是毗陵派。

法嗣，禅门中传承祖师衣法、心要的传人。龙象，佛教谓勇于修行者。毗陵即荆溪大师。诗中以毗陵喻韩愈，以法嗣龙象喻张籍、皇甫湜，以禅门师徒关系喻诗坛的师生关系。

南宋四大诗家之一的杨万里（1127—1206），从学江西诗派入门，既而王安石（半山老人），晚年学唐人。他把自己历经三阶段的学诗体会，写进了论诗诗——《读唐人及半山诗》：

> 不分唐人与半山，无端横乱对诗坛。半山便遣能参透，犹有唐人是一关。

此诗以禅门"三关"，如"云门三关"、"楞严三关"、"黄龙三关"，亦即参禅三阶段，比喻诗人学诗经历的三阶段。例如黄龙禅师常常以三问拶学人。一问："人人有个生缘，如何是汝生缘？"二问："我手何似佛手？"三问："我脚何似驴脚？"天下丛林遂传为"黄龙三关"，学人中几无人能过此三关者（《普灯录》）。

杨万里还有《送分宁主簿罗宠材秩满入京》诗，其开头四句云：

> 要知诗客参江西，正似禅客参曹溪。不到南华与修水，于何传法更传衣？

曹溪，禅宗六祖惠能说法处，借指禅宗。南华，曹溪南华寺，惠能葬此。修水，即分宁，黄庭坚出生地。诗中以禅客参禅喻诗人之学江西诗派，意谓罗宠材是江西诗派的正宗传人。

韩驹（？—1135）《赠赵伯鱼》诗的结尾四句云：

> 学诗当如初学禅，未悟且遍参诸方。一朝悟罢正法眼，信手拈出皆成章。

此诗以参禅开悟喻学诗，强调学诗者须具禅家之"正法眼"，即范温《潜溪诗眼》所谓"学诗贵识"。

戴复古（1167—1250）《论诗十绝》的第七首云：

> 欲参诗律似参禅，妙趣不由文字传。个里稍关心有悟，发为言句自超然。

此诗主旨与龚相、赵蕃二人的《学诗诗》相同，即强调学诗如参禅，关键在于开悟，反对江西诗派的以文字为诗。

王若虚（1174—1243）的《戏作四绝》是批判江西诗派的"无一字无来处"作诗法的，其第四首云：

> 文章自得方为贵，衣钵相传岂是真？已觉祖师低一着，纷纷法嗣复何人？

此诗以禅门中"祖师"与"法嗣"的师徒关系，借喻江西诗派的创派人黄庭坚及其后学者之间的传承关系。两宋诗家纷纷以禅喻诗，多从肯定的一面立论，王若虚却从否定的一面以禅喻诗了。

以参禅喻学诗，不但在士大夫文人中流行，也得到了禅师们的"印可"。南宋末道璨的《赠明侍者》，就是一首以禅喻诗的学诗诗。诗如下：

> 好诗无音律，至文难言说。学之无他术，先要心路绝。兀坐送清昼，万事付一拙。如是三十年，大巧自发越。万象赴陶冶，百怪乞提挈。兴来忽运笔，妙处无前哲。古来翰墨士，外此别无诀。明也江南来；后气方烈烈。乘潮观海门，入越探禹穴。须从言外参，莫向纸上窃。此方吾必秘，为子轻漏泄。慎勿语俗子，只可自怡悦。

道璨认为：学诗如学禅，不可言传，只能靠以心传心，心领神会。但他又认为：开悟不是一朝一夕之功，必得面壁"兀坐""三十年"，才能臻于"大巧"。这就离开了南宗禅的顿悟要旨，而是北宗禅的渐修法门了。当初达磨祖师就是面壁九年才开悟的。

《潜溪诗眼》

在北宋诗话著作中,《潜溪诗眼》借禅喻诗之处颇多,原书已佚,有中华书局出版的《宋诗话辑佚》本,范温撰。温(?—1125)一作仲温,字元实,号潜溪,成都华阳(今四川双流)人,史学家范祖禹之子,词人秦观之婿。秦观与黄庭坚同为苏轼门人,故范温曾学诗于苏黄。其所著《潜溪诗眼》,多称道苏黄诗人论诗见解。不妨说,《潜溪诗眼》就是一部主要记述范温学诗于苏、黄的心得笔记。他从苏、黄处学来的以禅喻诗的各种心得,一一录入《潜溪诗眼》。

先说书名《诗眼》的来历。黄庭坚与惠洪论诗,都有所谓"句中有眼"的说法,此法源于禅门语录。黄庭坚论书法云:"字中有眼,如禅家句中有眼"。这说明范温著书论诗,一开笔就处于黄庭坚以禅喻诗的影响之下。

《潜溪诗眼》以禅喻诗者,主要有三条,都是转述苏、黄借禅论诗的见解。

(一)"学诗贵识"条:

> 山谷言:学者若不见古人用意处,但得其皮毛,所以去之更远。……故学者要先以识为主,如禅家所谓正法眼者,直须具此眼目,方可入道。

黄庭坚强调学诗者须先学会"识"——"正法眼"。"识"为佛教语,指一切精神活动,有"六识"、"八识"、"九识"诸说。"正法眼",禅家赖以悟道的最高级精神力,语出世尊临终前说的"吾有正法眼藏,涅槃妙心"(《五灯会元》)。范温将书名定为《诗眼》,不仅源于"句中有眼",而且不无自诩其诗话乃学诗的"正法眼"之意。

(二)"柳子厚诗"条:

> 子厚诗尤深远难识,前贤亦未推重。自老坡发明其妙,学者方渐

知之。……识文章者,当如禅家有悟门。夫法门千百差别,要须自一转语悟入。如古人文章,直须先悟得一处,乃可通其他妙处。向因读子厚《晨诣超师院读禅经》诗一段,至诚洁清之意,参然在前。……

柳宗元的诗,赖苏东坡"发明其妙"。怎样才能读出柳诗之妙呢?范温说,只有靠禅家的"悟门",即"自一转语悟入",然后通向其他妙处。

(三)"句法以一字为工"条。在这一条里,范温把黄庭坚《答洪驹父书》里所谓"古之能为文章者,真能陶冶万物,虽取古人之陈言,入于翰墨,如灵丹一粒,点铁成金也"的议论,櫽栝录入《潜溪诗眼》之中:"句法以一字为工,自然颖异不凡,如灵丹一粒,点铁成金也。"《五灯会元》之《翠岩令参禅师》篇中多有"还丹一粒,点铁成金"的禅语。范温所引黄庭坚的"灵丹一粒"云云,乃是从这一禅语点化而来。

此外,该书还在"樱桃诗"、"诗韵"等条中,使用禅语评论诗歌、书法等。

《沧浪诗话》

《沧浪诗话》是一部正式标榜"以禅喻诗"的诗歌理论著作,包括《诗辨》、《诗体》、《诗法》、《诗评》、《考证》五篇,严羽撰。羽字丹丘,又字仪卿,自号沧浪逋客,邵武(今属福建)人。他生活在两宋之交,诗中颇多忧时爱国之思。他写诗以盛唐李白、杜甫、韦应物、王维、孟浩然等为楷模,但成就不高。他的诗论《沧浪诗话》则在诗坛上产生了巨大的反响。

严羽在《诗辨》中声称:他"不自量度,辄定诗之宗旨,且借禅以为喻"。严羽的表叔吴景仙认为:以禅喻诗,非文人儒者之言。严羽在《答吴景仙书》里阐述了他这样做的理由。他说:"仆之《诗辨》,乃断千百年公案,诚惊世绝俗之谈,至当归一之论。其间说江西诗病,直取心肝刽子手。以禅喻诗,莫此清切。""我叔谓说禅非文人儒者之言。本意但欲说得诗透彻,初无意于为文。其合文人儒者之言与否,不问也。高意又使回护,毋直致褒贬。仆意谓辩白是非,定其宗旨,正当明目张胆而言,使其词说沈着痛快,深切著明,显而易见,所谓不直则道不见,虽得罪于世之君子，不辞也。"严羽明确交代，他借禅喻诗的目的，是要旗帜鲜明地表示，他对当时诗坛的现状，赞成什么，反对什么，毫不含糊。

《诗辨》是怎样以禅喻诗，来褒贬诗坛是非的呢？作者以当时临济宗与曹洞宗之间的禅学之争，比喻诗坛不同流派之高低优劣。其基本立场是：标榜临济宗，并将盛唐以下诗比附之。

在严羽出生前后，中国禅宗佛教内部爆发了一场有名的禅学之争。当时，临济宗的宗杲禅师在浙江、福建传法，大倡"妙悟"；曹洞宗的正觉禅师在江淮、吴越间传法，力主"默照"。宗杲对正觉的禅法展开了猛烈批判。例如他说："今时学道人，不问僧俗，皆有二种大病"：一种是："多学言句，于言句中作奇特想"；另一种就是正觉的"一向闭眉合眼，做死模样，谓之静坐观心默照"（《大慧普觉禅师语录》）。宗杲不遗余力地批判正觉的"默照"禅，并骂之为"邪禅"、"屎禅"。这就是严羽借临济与曹洞两派禅学之争，来比喻盛唐以前诗和中唐以后诗的优劣高下的历史背景。

若就禅学自身而言，不论是宗杲的"妙悟"禅法，还是正觉的"默照"禅法，二者各有其存在的宗教义学价值。但是，由于严羽的家乡福建是宗杲传法的大本营，严羽出生和成长在宗杲的"妙悟"禅法氛围之中，长期的耳濡目染，养成了厚临济宗杲而薄曹洞正觉的心理定势。他在《答吴景仙书》里说明了为什么要以禅喻诗的理由之后，又声明说："妙喜（即宗杲）自谓参禅精子，仆亦自为参诗精子。"这一声明，透露了他对宗杲的认同和崇拜心理，也决定了他在《诗辨》中借临济宗喻盛唐以前诗和借曹洞宗喻中唐以后诗的立场：

> 禅家者流，乘有大小，宗有南北，道有邪正。学者须从最上乘，具正法眼，悟第一义。若小乘禅、声闻、辟支果，皆非正也。论诗如论禅。汉、魏、晋与盛唐之诗，则第一义也。大历以还之诗，则小乘禅也，已落第二义矣。晚唐之诗，则声闻、辟支果也。学汉、魏、晋与盛唐诗者，临济下也；学大历以还者，曹洞下也。
>
> 大抵禅道惟在妙悟，诗道亦在妙悟。

在这里，严羽将禅家褒贬为大小、南北、邪正两派，意谓临济宗是大乘禅、第一义；曹洞宗为小乘禅、第二义。同时，将盛唐以前诗喻为临济宗，将中唐以后（大历以还）诗喻为曹洞宗。在肯定临济宗——盛唐以前诗的基础上，他又将临济宗杲禅师的"妙悟"禅法，直接移植到诗学中来。这既是褒临济贬曹洞、褒盛唐以前诗贬中唐以后诗的理由，也是《沧浪诗话》全部理论大厦的奠基石。

但严羽以禅喻诗的目的，不仅是要封唐代以前的诗坛作出优劣高下之评价，而且是要封"世之君子"——宋代诗人作出优劣高下之评价。因此他在《诗辨》中又指出：

> 然则近代之诗无取乎？曰：有之。我取其合于古人者而已。国初之诗，尚沿袭唐人。……至东坡、山谷始自出己意以为诗，唐人之风变矣。山谷用功尤为深刻，其后法席盛行，海内称为江西宗派。近世赵紫芝、翁灵舒辈，独喜贾岛、姚合之诗，稍稍复就清苦之风。江湖诗人多效其体，一时自谓之唐宗；不知只入声闻、辟支之果，岂盛唐诸公大乘正法眼者哉？嗟乎，正法眼之无传久矣。

这就是严羽在答吴景仙书里所说的、对当世（宋朝）诗坛"直取心肝刽子手"的尖锐批评。他明确指出以黄庭坚（山谷）为首的江西诗派，以赵紫芝（灵秀）、翁灵舒为代表的四灵诗人，以及江西、四灵两派合流的江湖诗派，都是"学大历以还者"，他们好比禅家的曹洞宗传人，是声闻、辟支果，也是小乘禅、邪禅，"皆非正也"。

严羽除了将临济宗杲禅师的"妙悟"禅学引入《沧浪诗话》之外，还吸收云门宗禅学以丰富其诗学系统。其《诗法》篇云：

> 学诗有三节：其初不识好恶，连篇累牍，肆笔而成；既识羞愧，始生畏缩，成之极难；及其透彻，则七纵八横，信手拈来，头头是道矣。

这一"学诗三节"论，源于云门宗开山祖师文偃禅师的"一镞破三关"

（《五灯会元》）论。"云门三关"又称"云门三句"，即"函盖乾坤"、"截断众流"、"随波逐浪"。云门宗历代传人对"三句"的解释可谓百花齐放，各执一词。由于禅师参禅用的是非逻辑思维，所以"三句"的原句与解释句之间根本无逻辑联系，因而亦无法用理性语言破译个中奥妙，只有靠禅师们自己通用直觉——妙悟去意会。不过，云门宗以这样三句话暗示学人参禅入圣的三个阶段，则是被公认的。严羽就是在这一意义上从"云门三关"引申出"学诗三节"的。

《诗法》篇里还有"须参活句，勿参死句"一节。这是对云门宗德山缘密禅师"但参活句，莫参死句"一语的移植。禅机多隐藏在禅语里，不可能按逻辑思维从字面上找出来。如若企图以理性语言和逻辑推理去寻求个中意蕴，就是死参，死参是参不出禅机来的；只有以妙悟，即直觉去意会，也就是活参，才能领悟。严羽将这种参禅法移植到诗歌欣赏和审美领域，就是提倡读者各自发挥想象力，去补充、丰富诗中的意境。这与现代西方的接受美学颇相似。

严羽在《沧浪诗话》中还多次批判诗学中的"野狐外道"，例如：

（一）试取汉魏之诗而熟参之，次取晋宋之诗而熟参之，次取……其真是非自有不能隐者，倘犹于此而无见焉，则是野狐外道蒙蔽其真识，不可救药，终不悟也。（《诗辨》）

（二）大历之诗，高者尚未失盛唐，下者渐入晚唐矣。晚唐之下者，亦堕野狐外道鬼窟中。（《诗评》）

"野狐外道"，禅家语。马祖道一某日说法毕，众退，唯一老人不去。马祖问："汝是何人？"老人自称"非人"，他于过去迦叶佛时，因犯口业而生堕"野狐身"，乞马祖"代一转语"，使之脱离畜生道。马祖满足了老人的要求（事见《五灯会元》）。此后，"野狐外道"遂成为禅门机缘语之一。云门文偃某日上堂，以拄杖指面前曰："乾坤大地微尘，诸佛总在里许争佛法，觅胜负，还有人谏得么？若无人谏得，待老汉与你谏看。"一僧曰："请和尚谏！"文偃曰："这野狐精！"后来，文偃法嗣双泉师宽亦说过："不入这个野狐群队。"云门宗的这个"野狐"禅后来又被临济宗的宗杲吸

— 457 —

收，他在回答僧问"达磨西来，将何传授"时，亦曰："不可总作野狐精见解。"(《五灯会元》)由此可见，"野狐"禅就是邪禅，就是外道。严羽借用这一禅语，作为"妙悟"参诗法的对立面。

此外，《沧浪诗话》中还吸收了大量的禅家语，如"正法眼"、"直截根源"、"单刀直入"、"金刚眼睛"、"具一只眼"、"信手拈来，头头是道"、"羚羊挂角，无迹可求"等等。

这一时期，或多或少以禅喻诗的诗话著作，还有吴可《藏海诗话》、叶梦得《石林诗话》、周紫芝《竹坡诗话》等。

第六编

金元时期

第六章

金ヒの六期

宗教概况

金朝是女真族在北方地区灭辽（契丹），并取北宋而代之的王朝，与南宋王朝形成南北对峙局面，自太祖（完颜阿骨打）收国元年（1115）至哀宗（完颜守绪）天兴三年（1234），历时119年；元朝是蒙古族灭金、南宋以及其他一些小王朝之后建立的地跨欧亚的大帝国，自世祖（忽必烈）至元八年（1271）至惠宗，即顺帝（妥欢贴睦尔）至正二十八年（1368），历时97年。金、元时期，儒、道、佛三教以及其他宗教均获得朝廷的支持，特别是元朝，自元太祖成吉思汗起就有遗命：以平等态度对待各种宗教。因此，元朝的宗教政策，基本上仍然是对唐宋宗教政策的继承，不过根据元蒙统治者的自身宗教信仰略有调整而已。

这一时期，政府中设立的宗教管理机构，大体继承前朝旧制。金朝设立太常寺、国子监，另在礼部设置僧官二人、道官二人，每隔三年，通过考试度僧、尼、道士、女冠80人。元朝至元年间设立了国子监，"置博士二员，掌教授生徒，考较儒人著述、教官所业文字"（《元史·百官志》）；又设集贤院，"凡国子监、玄门道教、阴阳祭祀、占卜祭遁之事，悉隶焉"（同前书）。但有关皇家的祭祀宗庙社稷等宗教活动，则由太常礼仪院（即太常寺）承办之。

儒教，在金元两朝的遭遇虽略有不同，但最终都获得了承认与重视。金太宗为笼络汉族士大夫，不定期地举行考试以选拔官员。科考内容，分词赋与经义两类。又因为辽朝和宋朝所传下来的儒学宗派各异，太宗便分设南、北两科，分别考试，谓之"南北选"。

元朝对儒学、儒教的政策，经历了一个从打击到鼓吹的过程。在正式建立元朝以前，蒙古统治者对汉族，特别是对儒士采取十分严厉的政策。

人分十等，儒被列为第九等，处在妓女与乞丐之间。不过，随着元蒙统治者在军事上的节节胜利，版图的日益扩大，他们也逐渐地标榜文治，重视儒学，并在一定程度上改善了儒生的地位。窝阔台一面对金作战，一面大修孔庙，并诏令孔子51世孙孔元措继承"衍圣公"之爵位。元世祖在上都、大都及各路、府、州、县普遍建立孔庙，大祀孔子。一大批南宋理学家如许衡、姚枢、窦默等，入元以后，受到元世祖的礼遇，身居要职，大肆鼓吹理学。仁宗朝每年访求烈士、节妇、孝子，大力旌表。文宗对孔子父母、颜子、曾子、子思、孟子、程颢、程颐均加以封号，并支持理学家吴澄、许谦等广授生徒，弘扬理学。随着儒教的逐步振兴，儒生的社会地位也在逐步提高。到了仁宗延祐二年（1315），终于重开科举，一部分儒生得以通过考试步入仕途。不过，大多数儒生仍不能摆脱为奴的命运，即使少数步入了仕途的幸运儿，也多遭蒙古贵族的歧视，沉抑下僚，郁郁不得志。

道教在金元时期出现了若干新的教派，如大道教、太一教、全真道等。但大盛于金元两朝的是全真道。

金大定七年（1167），王喆（重阳）在山东宁海立庵曰"全真堂"，正式创建了全真道，有马钰、谭处端、刘处玄、丘处机、王处一、郝大通、孙不二七大弟子，并在山东文登、宁海、福山、莱州一带，创建了五大群众性教团：三教七宝会、三教金莲会、三教三光会、三教玉华会、三教平等会。大定九年，王喆去世，七大弟子分赴陕西、河北、河南、山东传教。大定二十七至二十九年（1187—1189），金世宗先后召见王喆弟子王处一、丘处机等人。金章宗承安二年（1197）赐王处一"体玄大师"道号及修真观一所，次年又召见刘处玄，赐观额五个。泰和年间，王处一两度被召，参加为章宗祈嗣的"普天大醮"。泰和七年（1207），章宗、元妃分赐王处一所居玉虚观和丘处机所居太虚观道经各一部。在金帝王的支持下，全真道势力大盛。全真道士们也全力效命于金朝廷。例如贞祐二年（1214），丘处机曾应山东驸马都尉之请，对农民起义军领袖杨安儿和耿京进行招安。

在金、元、南宋鼎立之际，全真道教主丘处机成了三方争取、拉拢的热门人物。1219年，金、南宋、元先后遣使至山东召见丘处机。丘未应金、南宋之诏，却远处西域雪山应诏于元蒙可汗成吉思汗（元太祖）。元统一中原及大江南北之后，全真道获得了广收徒众、大建宫观的自由。全真道历代主教祖师王玄甫、钟离权、吕洞宾、刘海蟾、王嚞，被元世祖先后加封为"真人"、"帝君"，世称全真道"北五祖"；又先后加封王嚞的七大弟子为"真人"、"真君"，世称"七真"；并加封丘处机弟子18人为"真人"。

全真道以儒、释、道三教合一为教旨。该教以《孝经》（儒典）、《道德经》（道典）、《般若波罗蜜多心经》（佛典）为基本经典，声称："儒门释户道相通，三教徒来一祖风。"王嚞及其七大弟子以谨遵儒教伦理规范为入道和修炼内丹的前提。王嚞《金关玉锁诀》强调炼内丹先必"忠君王，孝顺父母师资"。马钰写的入道誓词《立誓状文》亦要求"遵依国法为先"。这是全真道在金、元、南宋交替的乱世之际，倍受各方帝王青睐，并得以发展壮大为金元时期第一大宗教的重要原因。

全真道的修炼之道，在于修心，亦即修炼"性命"。所谓"性者神也，命者气也"，"气神相结，谓之神仙"，总之是强调修炼精、气、神以成内丹。在这一根本思想指导下，该派要求入道者必须出家，断绝"酒色财气"，少吃少睡，按照佛教的"十二头陀行"，实行极端禁欲主义，绝对苦修。例如马钰誓死赤足，夏不饮水，冬不向火；王处一曾跪沙石之中，膝烂见骨；丘处机入磻溪穴居，日乞一食，昼夜不寐达六年之久；郝大通在赵州桥下趺坐六年，持不语戒，儿童戏触亦不动，寒暑风雨，不易其处（据《太古集序》）。

符箓派天师道在金代趋于衰微，入元以后，与上清、灵宝、净明诸道派合流而统一于正一道。正一道以《正一经》为主要经典。相传张陵创立道教之初，自称太上老君"教以正一新出道法"，并"授以正一盟威之道，伐诛邪伪，与天下万神分付为盟，悉承正一之道"。因此，其后裔尊张陵为正一天师。正一道在元代亦受朝廷的扶植。元世祖于1259年派密使入南宋暗访第35代天师张可大，卜问天下大事；南宋亡后，世祖命第36代天师张宗演主管江南道教，赐以银印、玉芙蓉冠、组金无缝服，次年又封他为"宣道灵应冲和真人"。元成宗授第38代天师张与材为"正一教主"，主管三山（龙虎山、阁皂山、茅山）符箓派。武宗即位后，又授张与材为金紫光禄大夫，封留国公，赐金印，秩同一品。泰定帝封第39代天师张嗣成为"翊元崇德正一教主",掌管全国道教。从此以后,各符箓派道教都归并于正一道之内。在元代,不但历代天师倍受朝廷恩赐,而且在正一道士中,还有荣宠有加而不下于天师的张留孙与吴全节师徒。张留孙为太子、皇后治病有功,他本人及其弟子特别是大弟子吴全节,均受世祖、武宗、仁宗等历朝皇帝之厚赐。

正一道的教旨、教义与全真道的区别在于:崇拜神仙,以符箓为主要法术,祈福禳灾,迎神驱鬼;但不重修炼功夫,不出家,可以拥有妻室儿女,所以张天师代代相传,绵绵不绝。

综上所述,道教发展到元代,各宗派经过新的分化、消长与组合,最终统一为全真与正一两大派。

佛教,在金元两朝是皇室宗教信仰,具有官方宗教性质。

女真族在建立金朝的过程中,先后接受了高丽、渤海和宋朝的佛教影响,并崇奉佛教。朝廷的最高僧官称国师。禅宗、华严宗、净土宗、密宗、律宗都有所发展,尤以禅宗为最。著名禅师万松行秀兼容三教,常劝朝廷大臣耶律楚材以儒治国,以佛治心,深得耶律楚材之认同。这一时期在佛教文化上值得重视的收获,是比丘尼崔法珍募资翻刻北宋官版大藏经,历时30余年方才告成。金藏既保存了宋代大藏经的面貌,又补充了许多重要著述。

元蒙帝王信奉藏传佛教。元世祖奉西藏名僧帕思巴为帝师,亦即国师,掌全国佛教。自此以后,凡元帝登基,均必先从帝师受戒。帕思巴以后之成为帝师的藏僧,有亦怜真、答儿麻八剌乞列、亦摄思连真、乞剌斯八斡节儿等十余人。除此以外,汉地佛教亦受保护。特别是禅宗,北方有由金入元的万松行秀、雪庭福裕一系的曹洞宗,以及海云印简一系的临济宗;南方有云峰妙高、雪岩祖钦、高峰原妙、中峰明本、元叟行端等著名临济禅师。他们多有语录传世。除禅宗以外,天台、华严、慈恩、戒律各宗,亦传习有人。不仅名儒、名道,而且名僧也都受到元帝王的礼遇与封赐。

白莲教是元代的重要民间宗教。南宋茅子元从佛教净土宗发展出一个新宗派——白莲宗,崇奉阿弥陀佛。入元以后,此教派根据弥勒下生说改奉弥勒佛,是为白莲教。白莲教在民间下层群众中十分流行,成为元末农民起义的精神支柱。韩山童、刘福通、彭莹玉等领导的红巾军起义，都是以白莲教相号召的。

唐前期曾传播于中国的景教（天主教之一派），自武宗灭佛之后，因受波及而一度绝迹于中原地区。入元以后，景教再度传入；同时，天主教也从欧洲传入。景教和天主教在元蒙贵族中颇不乏信奉者。元世祖至元十二年，大都（今北京）设置了景教主教座；江南的扬州、杭州、镇江、温州、昆明，以及甘肃、新疆、蒙古等地区均建造了景教寺；福建的泉州成为了南方景教的中心。元世祖至元二十六年（1289），敕命设立崇福司，以掌领景教和天主教事宜。据统计，截至至顺元年，全国教徒达到了3万余人。

此外，鬼灵崇拜、动植物精灵崇拜，以及占卜、前兆等各种准宗教，继续在民间传承不绝。

第一章 戏曲

在人类的童年时代，戏剧与宗教都包容于原始混融文化之中。后来，混融文化解体，戏剧与宗教各自成为独立的意识形态。但由于宗教礼仪对戏剧表演的利用，于是又出现了宗教剧。《九歌·东君》写道："美声色兮娱人，观者憺兮忘归。"这说明先秦时代的《九歌》实乃宗教剧的雏形。像《九歌》这样的巫戏，在中国民间，从先秦一直传演到现代。北宋时期，杂剧大发展，据周密《武林旧事》记载，宋杂剧有剧目280种，并出现了大型佛教剧目"目连戏"。金朝戏剧更加蓬勃发展。据陶宗仪《南村辍耕录》记载，金代的剧目（院本）多达711种，其中，与儒、释、道三教相关者，约占10％。儒教剧目如《孝经孤》、《打论语注》、《呆秀才》、《诗书礼乐》、《蔡伯喈》，道教剧目如《清闲真道本》、《四道姑》、《瑶池会》、《八仙会》、《蟠桃会》、《酒色财气》、《张生煮海》，佛教剧目如《坐化》、《唐三藏》、《佛印烧猪》、《坏道场》、《地水火风》、《船子和尚四不犯》、《成佛板》、《爷娘佛》、《浴佛》，三教合流剧《三教》，其他宗教剧目如《四偌祈雨》、《错取鬼》、《说卦象》、《二十八宿》等。

北宋和金代的剧目虽然很多，但可惜记录那些剧目的院本，即剧本，却没有传下来。值得庆幸的是：一大批元杂剧剧本和少量宋元南戏剧本被保存下来了。这是一批弥足珍贵的文学遗产。

元杂剧作家（包括金末、明初的少数杂剧作家）总计约120人；现存杂剧剧本为150种左右。明朱权《太和正音谱》把元杂剧按题材性质分为12科。其中，"忠臣烈士"、"孝义廉节"、"披袍秉笏"、"叱奸骂谗"四科为儒教戏，"神仙道化"、"隐居乐道"两科为道教戏，"神头鬼面"科为佛教及其他鬼神戏。12科之中，有7科属于三教范围。

第一节　杂剧大家关、马、王、白

在元代杂剧作家里,以关汉卿、马致远、王实甫和白朴最负盛名。他们作品的思想艺术成就虽不尽相同,但许多作品的题材与内容都包含着宗教的因素在内,却是共同的。

关汉卿及其弘儒的《窦娥冤》

关汉卿(1220？—1300？)号己斋叟,大都(今北京)人。他"生而倜傥,博学能文,滑稽多智,蕴藉风流"(《析津志》);又经常"躬践排场,面敷粉墨,以为我家生活,偶倡优而不辞"(《元曲选》序)。他在文艺社团——书会里,是个领袖式人物,与其他著名杂剧作家杨显之、梁进之、费君祥,散曲作家王和卿,以及著名艺人朱簾秀等,均有极深的交往。他毕生创作杂剧66种,数量之丰,在元代首屈一指,不过大部分均已散佚不可考,今仅存18种。

关汉卿的剧作,对元代社会的黑暗,对元代下层人民,特别是妇女的不幸,有极真切的反映。他歌颂为民申冤的清官和机智勇敢的下层妇女,他鞭挞皇亲国戚和贪官恶霸。另一方面,关汉卿出生于南宋与金朝对峙时期,青年时期受理学——儒教的影响,因而儒教意识也渗透了他的许多剧作。社会性和宗教性的交融互汇现象,存在于关氏的诸多名作之中,即使蜚声世界的《窦娥冤》也不例外。

《感天动地窦娥冤》的本事,出自晋干宝《搜神记》之《东海孝妇》条。剧中对此有两处提及。(一)第三折窦娥曲文有"做什么三年不见甘霖降,也只为东海曾经孝妇冤"之句;(二)第四折窦天章宾白云:"昔日汉朝有一孝妇守寡,其姑自缢身死,其姑女告孝妇杀姑。东海太守将孝妇斩了。只为这一妇含冤,致令三年不雨。后于公治狱,仿佛见孝妇抱卷哭于厅前。于公将文卷改正,亲祭孝妇之墓。天乃大雨。今日你楚州大旱,岂不正与此事相类？"这说明《窦娥冤》就是《东海孝妇》原型之再现。由于此杂剧增加了桃杌、赛庐医和张驴儿父子等人物,以及他们与蔡婆、窦娥之间的戏剧冲突,从而丰富了剧作的社会意义。虽然如此,原作

《东海孝妇》的儒教意识和鬼灵崇拜意识,在《窦娥冤》里仍十分鲜明而强烈。

汉儒董仲舒创"天人感应"论以弘扬儒家政治伦理规范,使儒家思想蜕化为一种准宗教——儒教。这种统合"天人感应"论和儒家伦理学说的儒教意识,体现在《感天动地窦娥冤》的剧名、主人公和全剧情节等各个方面。

此剧剧名七个字就是"天人感应"的同义语。剧末窦天章平反窦娥冤狱之后,说道:"岂可使推诿道天灾代有,竟不想人之意感应通天!"这更是直接使用董仲舒语言。

主人公窦娥的悲剧命运,以及展示这一悲剧命运的全部情节,是剧中儒教意识的载体。窦娥出身儒门,其父窦天章"幼习儒业"。他对女儿的教导是:"要你三从四德。三从者,在家从父,出嫁从夫,夫死从子。四德者,事公姑,敬夫主,和妯娌,睦街坊。"女儿也谨遵父教:"好马不备双鞍,烈女不更二夫",她至死不肯改嫁张驴儿。剧本对窦娥节孝双全、含冤致死、终于感动天地的悲剧神话,以四折戏逐步展开之。

第一折写窦娥婚后不到二年,丈夫亡故,她决心"将这婆侍养","将这服孝守"。张驴儿逼她与之成婚,遭到她的严词拒绝。这一守寡拒嫁情节,初步展开了窦娥与恶努力的冲突,同时也表现了她的节孝双全的儒家伦理精神。

第二折进一步展开窦娥与张驴儿之间的戏剧冲突。张驴儿欲毒死蔡婆,然后逼窦娥就范成婚,不料反将己父毒死。张驴儿便诬窦娥毒死其父,目的仍然是要窦娥与之成婚。窦娥坚决拒绝。在张驴儿的诬告和昏官的严刑逼供之下,窦娥为使婆母免遭刑讯之苦,便屈招诬服了。这一情节,进一步丰满了窦娥节孝两全的形象。

第三折写刑场上的窦娥,将戏剧冲突推向高潮。先写窦娥临刑前骂天怨地:"地也,你不分好歹何为地?天也,你错勘贤愚枉做天!"然后写窦娥刑前三愿:一愿头落地,满腔热血飞上旗枪悬挂的丈二白练;二愿身死后,三伏天降瑞雪三尺;三愿从此后,楚州大旱三年。此后情节表明:天地果真被人的节孝行为感动了,窦娥的三愿变成了现实。"天人感应"论终于在这一折里与节孝观念合流,完成了弘扬儒教的主旨。

第四折是一出以窦娥鬼魂为核心的鬼戏，建立在鬼灵崇拜意识的基础上。这折戏写鬼魂诉冤与平反冤狱，是"天人感应"的延申和结果。

杂剧《窦娥冤》虽然是以弘扬儒教精神为主旨，是宋元理学思潮在舞台上的反映，但由于剧本充分展开了窦娥与流氓无赖张驴儿和赃官昏吏桃杌之间的戏剧冲突，从而使这一作品又具有十分强烈的社会意义：一是揭露了元代社会的恶势力，二是揭露了元代社会的腐败吏治，三是表现了封建社会苦海中的人民企盼清官作主的理想。

关汉卿的另一重要剧作《包待制三勘蝴蝶梦》写的是包拯靠梦兆断案的故事。梦兆，是原始社会传承下来的一种准宗教，广泛持久地流行于民间。包拯是封建时代人民心目中理想的清官形象。因此，这一戏剧故事具有浓厚的民间文学色彩。关汉卿可能是从民间故事中汲取题材创作此剧的。金院本已有《蝴蝶梦》，另一杂剧作家萧天瑞亦有同名杂剧。由此可见，这个故事在关汉卿写入剧本以前，早已存在，其渊源当在民间。

此剧写王氏兄弟三人，为报杀父之仇，打死葛彪。其时开封府尹包拯正入一梦：有小蝴蝶撞入蛛网，被一大蝴蝶救出。又有一小蝴蝶撞入蛛网，那大蝴蝶却不来救。包拯出于同情，便将这小蝴蝶也救出蛛网。包拯梦醒，恰逢王氏兄弟打死葛彪一案呈报上来。包拯开审，王氏兄弟三人均争相独自承担罪名。包拯无奈，便命以王大抵罪，王母乞饶；又命以王二抵罪，王母又乞饶；最后命以王三抵罪，王母便同意了。包拯进一步勘问，发现王母系王大、王二之继母，王三系王母之亲儿。这母贤子孝的一幕，使包拯大为感动，并领悟了蝴蝶梦的象征和预兆意义。于是包拯设计，将另一死囚犯作为王三的替身处死，救了王三。

这个戏的破案情节以梦兆迷信为基础，同时还歌颂了儒家五伦观念。这是消极的。但还有积极的一面：一是剧中的葛彪出身于"权豪势要之家，打死人不偿命"，反映了元代封建贵族对小民百姓的血腥欺压；二是包拯这一清官形象体现了封建社会的人民理想。

关汉卿还有不少剧作表现出鲜明的儒教倾向和其他宗教意识。如《状元堂陈母教子》和《山神庙裴度还带》宣扬忠孝节义；《荒坟梅竹鬼团圆》和《双提尸鬼报汴河冤》二剧虽佚，剧名本身已表明剧情是建立在鬼灵崇拜意识的基础上；《钱大尹智勘绯衣梦》则是《包待制三勘蝴蝶梦》的姐妹篇,其破案关键也是一个梦。

马致远及其全真道教剧

马致远(1250?—1321后),字千里,号东篱,大都(今北京)人。他所作杂剧共16种,仅存7种。其中的《邯郸道省悟黄粱梦》系与他人合作,马致远只写了第一折。马氏最负盛名的杂剧是《破幽梦孤雁汉宫秋》,写王昭君和番故事,塑造了一个爱国女子的形象。但马致远是一个道教意识很浓的曲作家,一个全真道信徒。他不但写了许多充满消极避世情调的散曲,也写了许多表现全真道教教旨的神仙道化剧。这类剧作一方面弘扬了全真道的出家苦修的教旨,另一方面对封建时代的黑暗现实也有一定的揭露。马致远的神仙道化剧对元、明、清三代的道教和神话文学(包括戏曲、小说)产生了深远影响。元、明、清道教神话文学的各种情节模式,在马剧中均已出现。马剧是元、明、清道教神话文学的先声。其情节模式分为四种。

(一)七真剧。金元两朝是全真道教的全盛时期。马致远的道教剧,不但在思想上以全真道教的教旨——出家苦修为旨归;而且以全真道"北七真"作为主人公,以"北七真"传道度人的史实作为题材和基本情节。例如《王祖师三度马丹阳》(佚),写的是全真道祖师王喆(重阳)传道于其弟子"北七真"之一的马丹阳(钰)的真实故事。《马丹阳三度任风子》一剧的本事,则出自《金莲正宗说》的《马丹阳传》。剧本中被马丹阳度脱红尘的任屠户,即《马丹阳传》中被马丹阳收为弟子的屠者刘清。

金、元以前描述俗人向神仙转化的道教神话,有一个考验模式。因为传统的道教神话许给世人一个快乐的仙境,人们求之唯恐不及。这样,神仙对于想要羽化升仙的一切俗人,就要给予考验。如张道陵考验赵昇、李八百考验唐公房之类。但是,全真道却强调入道者必须出家,禁欲,苦修,全真道士也和常人一样死亡,并不能升仙。因此,全真道的发展,不能靠俗人们主动积极的追求入道,必须靠全真道士对俗人们的耐心说服和点化。这样一来,全真教神话就创造出一个新的入道模式,即点化度脱模式。马致远的七真剧就是这种模式的原型。

例如《马丹阳三度任风子》写的是全真道士马丹阳点化、度脱任屠户的故事。全真道祖师王重阳自称"王风(疯)子",马丹阳亦自称"马风子"。剧中以"任风子"称出家入道的任屠,即以此为本。大概是因为全真道士抛家弃业,去过那乞丐般蓬头垢面的隐修生活,被俗子呼为疯子,他们自己便也以此自嘲吧。剧中描述马丹阳发现:"青气冲天,下照终南山甘河镇,有一人任屠。此人有半仙之分,因而禀过祖师,前去点化他"。这一神仙主动点化具有仙根仙缘之俗人入道成仙的情节,乃是点化度脱模式的关键,与考验模式的俗人求助于神仙而被神仙考验的情节,恰呈逆向发展的轨迹。此剧写马丹阳主动找到任屠,先后三次点化他,终于引导他脱离世俗的美满生活,变成了一个"风子"式的全真道士。

(二)八仙剧。八仙——汉钟离、吕洞宾、铁拐李、蓝采和、韩湘子、曹国舅、张果老、徐神翁(一说无曹国舅而有何仙姑,又一说无徐神翁而有张四郎,至明代《东游记》则无徐神翁而有何仙姑)——传说,起于唐,宋而完成于金、元。马致远是写八仙剧的最早和最著名的杂剧作家。他的《邯郸道省悟黄粱梦》、《吕洞宾三醉岳阳楼》(马致远与他人合作)就是这类剧作。八仙剧与七真剧一样,也是全真道教剧。它的思想内容也是弘扬全真道教教旨,它的故事情节也属于点化度脱模式。它与七真剧相比,只是度人的神仙由七真换成了八仙而已。《黄粱梦》写东华帝君"见下方一道青气,响彻九霄。原来河南府有一人乃是吕岩(洞宾),有神仙之分,可差正阳子(汉钟离)点化此人,早归正道"。《岳阳楼》写吕岩"忽见下方一道青气,响彻云霄。此下必有神仙出现。贫道视之,却在岳州岳阳郡",于是前往寻找、点化并度脱之。

(三)隐修剧。隐修,是全真道士的基本生活方式。所以,隐修剧也是全真道教剧。七真、八仙剧是描述全真道士传道度人的神话故事,隐修剧则是描述全真道士自己避世隐修的神话故事。马致远的《西华山陈抟高卧》,就是这种作品。这部剧作塑造了一个全真道遇仙派道士形象。全真道祖师王重阳强调炼成内丹就是成仙,并不强调真有神仙存在。其弟子马丹阳则不仅强调修炼内丹,也肯定了仙传中所载神仙的真实存在,从而开创了全真道遇仙派。《陈抟高卧》里的陈抟在西岳华山隐修,他不但声称"降伏尽婴儿姹女,将炼成丹汞黄银",亦即修炼内丹垂成;而且声称"玉阙仙阶我曾履,王母蟠桃我曾吃",亦即与神仙们的交游和友谊。据此,陈抟乃是一位遇仙派全真道士形象。

（四）传统道教神话剧。马致远虽然写了很多全真道教神话剧，但也不是没有写过传统的道教神话剧。据《录鬼簿》记载，马致远有《刘阮误入桃源洞》（一作《晋刘阮误入桃源》）杂剧，《元人杂剧钩沉》辑有该剧佚曲一支。这表明：马致远此剧就是演述晋《幽明录》、《神仙传》等书中关于刘阮遇仙的传统道教神话的。当然，这种深山遇仙的思想，也是包括在全真道遇仙派的教旨之中的。

除了各种"神仙道教"剧之外，马致远还有《半夜雷轰荐福碑》杂剧，也含有多种宗教意识。

前面说过，马致远本来醉心于全真道教，加之他追求功名未果，使一头扎进全真道教的精神世界中寻求自慰。他根据《四块玉》《蟾宫曲》、《庆东原》等曲牌，填写过许多《叹世》的散曲，根据《青杏子》曲牌填写过《悟迷》散曲。例如他在《四块玉·叹世》中写道："子孝顺，妻贤惠，使碎心机为他谁？到头来难免无常日。争利名，夺富贵，都是痴。"这些人生无常、与世无争的消极情绪，本是佛教徒，也是全真教徒的共同心态。他的杂剧《半夜雷轰荐福碑》里的张镐、《西华山陈抟高卧》里的陈抟，其实都是马致远本人形象的投影。但是，马致远又并非纯粹的全真教徒。他是一个士大夫，决不能当真去过苦行僧式的全真道士的禁欲主义生活。所以他在大量的抒情散曲中，一面宣扬出世，一面又提倡及时行乐："白玉堆，黄金垛，一日无常果为何？良辰媚景休空过。琉璃钟，琥珀浓，细腰舞，皓齿歌。倒大来闲快活。"（《四块玉·叹世》）他的散曲，是全真道禁欲意识和士大夫享乐思想的畸形结合，是东方的巴罗克文学，是"万花丛里马神仙"的自画像。

王实甫及其反儒的《西厢记》

根据儒家伦理规范，男婚女嫁决定于父母与媒妁，自由结合被认为是非礼行为。孟子说："不待父母之命，媒妁之言，钻穴隙相窥，逾墙相从，则父母国人皆贱之。"（《孟子·滕文公下》）自唐代以来，广为流传的张君瑞与崔莺莺之恋，就是这样一个发生在儒教家庭之中的"逾墙相从"的反儒爱情故事。将这个故事作出最完美描述的作品是王实甫的杂剧《崔莺莺待月西厢记》，而最初推出这个美丽动人故事的则是唐传奇小说《莺莺传》。

《莺莺传》作者元稹（779—831），字微之，河南（今河南洛阳）人。其诗与白居易齐名，世称"元白"。他的传奇小说《莺莺传》，对后世的文学产生了巨大影响。《莺莺传》的男主人公张生和女主人公崔莺莺，是一对在封建社会儒家伦理教育下成长起来的才子佳人。他们突破了儒教社会和家庭的各种阻力，同时也战胜了儒家伦理观念的自我束缚，实现了自由结合。他们的勇敢行为，博得了人民的同情和赞赏。

小说对莺莺冲破儒家伦理精神网罗的矛盾心理，有颇为生动的描述。在张生通过红娘向她献出《春词》二首，表白了爱慕之情后，她写了一首《明月三五夜》的答诗，隐约地泄露了自己的春心。但是，当她真的在月下见到张生时，却又被儒家伦理的精神绳索绊住了。她违心地责备张生对她的追求是"非礼"行为。然而，数日之后，她到底挣断了儒家精神绳索，到西厢与张生结合了。这个一波三折过程，既是一位少女的"原欲"（libido）与"超我"的反复斗争过程，又是莺莺从动摇到战胜儒家伦理规范的过程。"我不可奈何矣。"这就是她的剧烈精神斗争的自白。莺莺是一个儒教社会叛逆者形象。

但是，《莺莺传》里的张生却是一个"始乱终弃"者形象。他对莺莺的背弃，表明他向儒家伦理规范的复归。他因此获得了他生活于其中的那个儒教社会的赞许，称他为"善补过者"。崔张故事一旦问世，再创作者蜂起。宋代秦观、毛滂、赵令畤等人都曾加以歌咏。但是，第一个对原作做出突破性处理并取得重大成就的作品，是金代董解元的《西厢记诸宫调》。董解元（1190—1208），金章宗时人，籍贯及生平事迹无可考。"解元"是当时社会对知识分子的尊称，一说董解元名朗，但无旁证。《西厢记诸宫调》又称《弦索西厢》或《西厢挡弹词》，属于说唱文学。这部作品在原作基础上对崔张爱情故事做了重大发展和丰富，加强了原作的反儒主题，并提出了"施恩"与"报德"的副主题。

第一，这部作品对张生形象进行了改塑。董解元将原作中"始乱终弃"的张生，改塑成始终不渝的另一个张生。换句话说，董作里的张生已不再是一个儒教社会的"善补过者"，而是一个彻底反儒主义者。

第二，这部作品加强了崔莺莺的反儒性格。原作里的莺莺是一个在自我斗争中战胜"礼"的束缚的反儒女性。董解元进一步发展其反儒性格：一是她违背母命，将身许张，以报张生救命之恩；二是在母亲将她改配郑恒之后，又与张生出奔。这两个戏剧助作，将莺莺从一个基本上为弱女子的形象改塑成为一个完全掌握自己命运的勇敢女性。

第三，这部作品为烘托崔张的反儒斗争而树立了强有力的对立面——郑夫人和郑恒。郑夫人在原作中仅被提及一次，并无任何思想色彩。董解元将这一人物塑造成为阻碍崔张自由结合的儒家伦理之化身。郑恒是新增的人物，他是封建礼法认可的莺莺的未婚夫，是"父母之命，媒妁之言"的儒家婚嫁伦理规范的体现者。

第四，这部作品丰富了助人为乐的红娘形象。在原作里，红娘曾向张生献策。董作以此为契机，将她发展为一个崔张之间的鹊桥式人物，为他们的自由结合献计传书，穿针引线。她的成人之美的热情机智、伶牙俐齿的性格，在"拷红"情节中迸发出奇光异彩，赢得了一代又一代观众的激赏与赞美。

在上述人物塑造的前提下，《西厢记诸宫调》构成了崔莺莺、张君瑞与郑夫人、郑恒之间的性格冲突。这场冲突的实质，是维护儒家婚姻伦理规范与突破儒家婚姻伦理规范的斗争。因此，这部作品为崔张故事进入戏剧文学奠定了坚实的基础。可以说，元杂剧《西厢记》中的全部主要人物和重要关目，在这部说唱文学里均已初具规模了。

在全面吸收《西厢记诸宫调》的思想艺术营养的基础上，王实甫将崔张反儒爱情故事进一步深化，精雕细刻，终于写成了脍炙人口的旷世杰作《崔莺莺待月西厢记》杂剧。王实甫名德信，大都（今北京）人，生卒年不详。钟嗣成《录鬼簿》将他列入"前辈已死名公才人"名录。据此推知，他的创作活动大致与关汉卿同时。又根据他的散曲推知：大约他曾做官，但因为宦海风波难测，便归隐了。他生平所作杂剧13种，今存《崔莺莺待月西厢记》、《吕蒙正风雪破窑记》、《四大王歌舞丽春堂》三种，另残存《芙蓉亭》、《贩茶船》各一折曲文。

杂剧《西厢记》将《西厢记诸宫调》的副主题"施恩"与"报德"改为"愿天下有情的都成了眷属"，从而把崔张之恋的反儒旋律提升到了最强音。抟弹词里的崔张姻缘,虽有一定的爱情基础,但作者更强调"才子施恩"与"佳人报德"。杂剧则相反,虽不否定报恩思想,但更强调双方的爱情。例如第一本第一折写崔张初遇,一见钟情:"刚刚的打个照面,风魔了张解元"。张生之所以"风魔",乃是当不住莺莺"临去秋波那一转",彼此目成。第一本第二折写酬唱定情:张生赋诗一首,莺莺说:"我依韵做一首"。红娘说:"你两个是好做一首"。莺莺所谓"做一首",指的是和张生的诗。红娘所谓"做一首",指的是张生、莺莺"做一块儿"。红娘代崔张说出了敢想而不敢说的心里话。第一本第四折写眉目传情:崔张道场重逢,禁不住眉来眼去,红娘冷眼旁观,早已看穿二人心事。

张生看莺莺:"稔色人儿,可意冤家,怕人知道,看时节泪眼偷瞧。"

莺莺看张生:"外像儿风流,青春年少。内性儿聪明,冠世才学。扭捏着身子儿,百般做作。来往向人前,卖弄俊俏。"

红娘看张生:"我猜那生,黄昏这一回,白日那一觉;窗儿外那会镘铎;到晚来,向书帏里,比及睡着:千万声长吁,捱不到晓。"

杂剧第一本里的崔张,双双坠入了情网。以下各本,反复描述了二人在情网中的种种挣扎,淋漓尽致而后已。这样,便与老夫人坚持的儒家婚嫁伦理规范直接构成了尖锐的对立。

戏剧冲突扣人心弦,是杂剧《西厢记》不同于抟弹词《西厢记》的另一特色。杂剧首先在"楔子"中交代崔(莺莺)郑(恒)婚约,一个通过"父母之命"而获得儒教家庭与社会承认的婚约。接着的第一本第一折就写崔张一见钟情。这样,开场不到五分钟,一场尊儒与反儒的婚恋斗争就形成了。此后,以崔、张、红为一方,以二郑为另一方的这场斗争,层层展开,波澜起伏,直到剧终。

作为爱情喜剧的《西厢记》,其不同于抟弹词的第三个特色,是突出地塑造了张生和莺莺的喜剧性格。张生形象不但继承了抟弹词中的张生品格——对莺莺的爱坚贞不渝,决不见异思迁;而且由于长期闭守书斋,缺乏应酬经验,在追求莺莺的过程中,随时露出几分幼稚可笑,因而被红娘善意地讥为"傻角"。他是一个掉入情网而满口掉文的穷酸书生——喜剧角色。莺莺形象则比抟弹词里的莺莺更富于才情,也更突出了她情窦初开一面与其贵族小姐矜持一面的性格矛盾。她爱张生,不能不依靠红娘替她传情达意。但她的这一份情意是一个贵族少女的心头秘密,既不能让母亲知道,也不能让底下丫头红娘知道。她要红娘替她送情诗,她要通过红娘叫张生赴约会,却又要一一瞒住红娘。因此。她就不得不在红娘,乃至张生面前做出许多"假处"来。偏偏小红娘眼明心亮,莺莺的"假处"到头来一一被她友好地揭穿,因而莺莺就不免常常落入令人发笑的尴尬的喜剧情境。

此外,红娘的聪明、伶俐、活泼、热情、善良、正义,在杂剧中得到了进一步的刻画。她奔走于莺莺、张生、老夫人之间,进行着"穿梭外交",成为沟通和绾合全剧各个环节的核心。红娘是结构上的主角。因此,有的剧作家便以红娘为中心改编崔张故事,剧本亦名曰《红娘》。

曲文之典雅与通俗相统一,是杂剧《西厢记》的最后一个特色。其具体表现为三个方面。

(一)情景交融,意境优美。这是中国古典诗词的艺术特点,也是《西厢记》曲文的特色。例如《长亭送别》中莺莺的两支曲文:

(一)碧云天,黄花地。西风紧,北雁南飞,晓来谁染霜林醉?总是离人泪!(《正宫端正好》)

(二)青山隔送行,疏林不做美,淡烟暮霭相遮蔽。夕阳古道无人语,禾黍秋风听马嘶,我为什么,懒上车儿内?来时甚急,去后何迟!(《一煞》)

在这两支曲文里,秋景凄凉,离情凄切,彼此映衬,从而产生了移情入景、触景生情的艺术效果。

(二)融化古典名句入曲。王实甫对唐宋诗词娴熟于胸,因此当他撰写曲文之际,名家名句,纷至沓来,涌向笔端,堪称行行锦绣,字字珠玑,从而使其曲文产生一种既熟悉又陌生的推陈出新的艺术韵味。例如:

(一)有心争似无心好,多情却被无情恼。劳攘了一宵,月儿沉,钟儿响,鸡儿叫。……(第一本第四折)

(二)从今后,玉容寂寞梨花朵,胭脂浅深樱桃颗,这相思何时

是可?(第二本第三折)

　　(三)他为你梦里成双觉后单,废寝忘餐。罗衣不奈五更寒,愁无限,寂寞泪阑干。(第三本第二折)

　　(四)呆答孩店房儿里没话说,闷时如年夜。暮雨催寒蛩,晓风吹残月,今宵酒醒何处也。(第四本第四折)

　　(五)裙染榴花,睡损胭脂皱。纽结丁香,掩过芙蓉扣。线脱珍珠,泪湿香罗袖。杨柳眉颦,人比黄花瘦。(第五本第一折)

(一)中的"多情却被无情恼"句出自欧阳修《蝶恋花》;(二)中的"玉容寂寞梨花朵"句,(三)中的"寂寞泪阑干"句,均自白居易《长恨歌》"玉容寂寞泪阑干,梨花一枝春带雨"两句化出;(三)中的"罗衣不奈(耐)五更寒"句出自李煜《浪淘沙》;(四)中的"晓风吹残月,今宵酒醒何处也"句,从柳永《雨霖铃》中的"今宵酒醒何处?杨柳岸,晓风残月"句化出;(五)中的"泪湿香罗袖"句从欧阳修(一作朱淑真)《生查子》的"泪湿春衫袖"句化出,"人比黄花瘦"句则出自李清照《醉花阴》。类似的曲文,剧中俯拾即得。

　　(三)俗语口语,生动活泼。例如:

　　(一)谁承望这即即世世老婆婆,着莺莺做妹妹拜哥哥。白茫茫溢起蓝桥水,不邓邓点着袄庙火。碧澄澄清波,扑剌剌将比目鱼分破。急攘攘因何,疙瘩地把双肩锁纳合。(第二本第三折)

　　(二)见安排着车儿马儿,不由人熬熬煎煎的气!有什么心情花儿靥儿,打扮的娇娇滴滴的媚!准备着被儿枕儿,则索昏昏沉沉的睡。从今后衫儿袖儿,都揾做重重叠叠的泪。兀的不闷杀人也么哥!兀的不闷杀人也么哥!久已后书儿信儿,索与我凄凄惶惶的寄。(第四本第三折)

上述两例:明白如话的口语,有如一根红线,巧妙地把连珠似的叠词、儿化词串联起来,就如变成了闪闪发光的语言项链。

白朴及其反儒的《墙头马上》

与《西厢记》的题材、主题相同的杂剧,还有白朴的《墙头马上》。白朴(1226—1306以后),字仁甫,又字太素,号兰谷。隩州(今属山西河曲)人。他的重要作品除《墙》剧以外,还有《梧桐树》。《墙头马上》写书生裴少俊在马上与站在墙头的小姐李千金一见钟情。二人突破礼教,不经父母之命,媒妁之言,秘密同居,生儿育女。七年之后,经过李千金不屈不挠的斗争,他们的自主婚姻终于获得双方父母的承认。不过,此剧最后揭开一个秘密:原来裴李二家早已议亲。这样一来,这桩反礼教婚姻仍暗合于礼教,因而使此剧的反儒力度大大地打了一个折扣。

第二节 其他杂剧与三教

其他杂剧与儒教

以儒家伦理为内容的著名杂剧,除了反儒的《西厢记》之外,就要数颂儒的《赵氏孤儿大报仇》了。《赵氏孤儿》的作者纪君祥,一作天祥,大都人,活动于元世祖在位期间。其所作杂剧6种。仅存《赵》剧一种。这本东方的《一报还一报》,取材于《左传》和《史记·赵世家》等书,剧中的主要人物和情节均有所本。杂剧《赵氏孤儿》描述晋国的赵盾和屠岸贾之间的一场延续20年之久的忠奸斗争。奸臣屠岸贾向昏君晋灵公进谗,杀害了赵盾全家三百余口之后,又多方搜寻驸马赵朔(赵盾之子)的遗腹子——赵氏孤儿,意欲斩草除根,永绝后患。剧情围绕着搜孤救孤的戏剧冲突层层推进,曲折多变,扣人心弦。先是屠岸贾派重兵包围驸马府,待公主产儿满月后诛杀之。不料程婴与把守府门的将军韩厥将赵孤救出,送至公孙杵臼处藏匿起来。屠又下令搜杀全国婴儿,以防赵孤漏网。为了拯救晋国婴儿,也为了拯救赵孤,程婴与公孙杵臼共商一策:由程婴将自己之亲儿与赵孤对掉,交与公孙杵臼藏匿。然后由程向屠首告,谎称公孙匿孤。此计实行之后,公孙杵臼与假赵孤(程婴之儿)均死于难,程婴则将真赵孤冒充己子抚养成人,并被屠认作义子。20年之后,程婴将赵氏血史密告赵孤,赵孤遂杀屠复仇。

《赵氏孤儿》通过搜孤救孤的戏剧冲突,歌颂了一批为巩固新兴封建政权而杀身成仁、舍生取义的忠臣义士。韩厥虽然是"屠岸贾门下人",但是他一身正气,决不肯为虎作伥,因而在他发现程婴将赵孤藏在药箱内欲带出驸马府门时,便"猛拼着撞阶基图个自尽",做了一缕"忠魂",让赵孤得以脱离虎口,逃生而去。程婴为救赵孤,巧设掉包计,牺牲了自己的亲生儿子。公孙杵臼为配合程的掉包计,勇敢地承担起"匿孤"的杀身之祸,以便让程婴安全地抚养赵孤成人。他们的自觉牺牲自己生命和骨肉以救幼主的忠义行为,的确堪称体现儒家伦理的典范。

不过,在元杂剧中,无论是《西厢记》还是《赵氏孤儿》,虽然都是写的儒家伦理关系问题,但是都没有涉及鬼神观念,因而还不算现代意义的儒教剧。至于无名氏《小张屠焚儿救母》和宫大用《死生交范张鸡黍》,就是典型的儒教剧了。

《小张屠焚儿救母》描述孝子张屠为救母病而焚子祭神的神话。"我这里望东岳大帝方,祝神明心内想。则为我生母三焦病,许下喜孙儿做一炷香。"张屠的孝心感动了神灵——炳灵公。当张屠在东岳庙里将儿子丢入焚香炉时,鬼急脚奉炳灵公之旨,将喜孙儿从焚香炉中摄了出来,护送还家。与此同时,却将专图不义之财的王员外之子摄入焚香炉烧死了。作者最后通过张屠之口,直接宣扬儒教:"莫谩天地莫谩神,远在儿孙近在身。焚儿救母行忠信,报爹娘养育恩。劝人间父子恩情,为父的行忠信,为子的行孝顺。传与万古留名。"这种作品的社会效果是消极的。

《死生交范张鸡黍》作者宫天挺,字大用,大名开州(今河南濮县)人,历任学官、钓台书院山长,因受权豪排挤中伤,卒不见重用,元世祖至元年间在世。其所著杂剧6种,仅存《范张鸡黍》一种。此剧主旨极为鲜明,即借鬼魂显灵以弘扬儒家五种人伦关系准则之第五伦。所谓五伦,即"父子有亲,君臣有义,夫妇有别,长幼有叙,朋友有信。"(《孟子·滕文公上》)《范张鸡黍》就是弘扬"朋友有信"这一交友的道德准则的。剧中有一概念化人物,名叫第五伦,乃是这一道德准则之象征。

此剧取材于《搜神记》的"范式张劭"条,以原作的范张鸡黍故事为主线,又增设孔王副线与之相对照。大意谓范式、张劭、孔嵩、王韬四友，同游帝学。一日，范、张还乡，四人相别于长亭。范与张约定，"后二年今月今日"，前往张家相会，张则许以"杀鸡炊黍"以待。同时，孙嵩有万言长策，托王韬替他向贡院中呈献，以谋求一官半职。两年之后，范按时赴约，王则将孔的万言长策据为己有而得了一官。又过一年。张劭病亡，托梦于范式。范式奔丧未至，众拉张劭灵车不动；范式一到，灵车立即拉动了。于是第五伦奉皇帝之旨，对范、张、孔各各加官赐赏；对言而无信、背友求荣的王韬则笞杖一百，废为庶人。

《范张鸡黍》既是一本弘扬"朋友有信"的道德准则的儒教伦理剧，也是一本揭露元朝官场腐败的写实剧。作者基于仕途受阻的切身体会，在剧中借古（汉）讽今（元），对当时官场中不学无术、尸位素餐、夫荣妻贵、父显子达、追名逐利、鱼肉百姓等消极现象，痛快淋漓地加以揭发。例如：

（一）你道是文章好立身，我道今人都为名利引。怪不着赤紧的翰林院那伙老子每钱上紧。他歪吟的几句诗，胡诌下一道文，都是些要人钱谄佞臣。（《天下乐》）

（二）国子监里助教的尚书，是他故人；秘书监里著作的参政，是他丈人；翰林院应举的，是左丞相的舍人。则《春秋》不知怎的发，《周礼》不知如何论，制诏诰是怎的行文。（《那咤令》）

（三）您父子每轮替着当朝贵，倒班儿居要津。则欺瞒着帝子王孙，猛力如轮，诡计如神，谁知您那一伙害军民聚敛之臣。现如今那栋梁材平地上刚三寸，你说波怎支撑那万里乾坤！都是些装肥羊法酒人皮囤，一个个智无四两，肉重千斤。（《六幺序》）

把儒家伦理故事与鬼神情节融为一体的儒教杂剧，还有孔文卿《地藏王证东窗事犯》、杨梓《承明殿霍光鬼谏》、李文蔚《破苻坚蒋神灵应》等。但古代所谓三教，其中的儒教有时就是指的儒家政治伦理学说，并不一定与鬼神、谶纬相关。因此，元杂剧中还有不少宣扬儒家伦理精神的作品，也被视为儒教剧。如秦简夫《孝义士赵礼让肥》、《东堂老劝破家子弟》、《晋陶母剪发待宾》，王仲文《救孝子贤母不认尸》，李寿卿《说鱄诸伍员吹箫》，无名氏《孟德耀举案齐眉》等，都属于这一类。

其他杂剧与道教

在道教神仙故事中，有一个仙凡姻缘模式，描述仙女与凡夫自由恋爱的佳话。马致远《刘阮误入桃源洞》就是这类作品。这种仙话具有民主倾向，深受人民喜爱。在现实生活中，女性宗教徒打破清规与俗男恋爱，这与仙凡姻缘处于同构，因而亦往往受到士大夫文人的欣赏。石子章杂剧《秦翛然竹坞听琴》就是这样的作品。石子章（一作子璋）名建中，大都人，大约元世祖至元前后在世。《竹坞听琴》是一本爱情喜剧。剧情主线描述小郑道姑与书生秦翛然从相爱到正式还俗成婚的曲折经过；副线则描述老郑道姑与失散多年的丈夫梁公弼重逢后，亦还俗与丈夫团圆。这部描述道姑恋爱的喜剧，是一曲反宗教禁欲主义的人性赞歌，是明传奇剧《玉簪记》的滥觞。不过，作者将小郑道姑与秦翛然的自由结合，安排在一个先有父母"指腹为婚"的前提下，从而把反宗教禁欲主义的人性解放思想与儒家婚姻伦理思想调和起来了。这一点，与《墙头马上》毫无二致。

这本反宗教禁欲主义的爱情喜剧对女主人公小郑道姑的心理刻画，颇为生动。白日里，她口头上对人强说："我出尘寰甘分修行，我心如皓月连天静，性似寒潭彻底清，休想有半点俗情"；夜深时，却害相思病："我守着这一盏半明不灭的灯，听了些长吁短叹声。我将一个枕头儿倚定，都则道打坐到天明。只为那山遥水远人何在，因此上枕剩衾余梦不成，阁不住两泪盈盈"。这种表里矛盾的描绘，把一个坠入情网的女宗教徒的内心挣扎——"原欲"与"超我"激烈冲突所造成的畸形心态，和盘托出来了。

元代神仙道化剧的主流，是以"七真"、"八仙"为主要人物、以弘扬全真道出家出世教旨为旨归的点化度脱模式。有的作品虽然取材于传统的仙话，作者也将它改造成为点化度脱故事，借以表现全真道的教旨。范康《陈季聊悟道竹叶舟》就是这样的作品。

《竹叶舟》杂剧取材于《纂异记》中的《陈季卿》传奇。这篇小说叙陈季卿辞家十年，考进士科不第，流寓京师。尝访僧于青龙寺不遇，偶逢终南山翁于寺内暖阁。阁内东壁有寰瀛图。陈因对图兴叹曰："得自渭泛于河，游于洛，泳于淮，济于江，达于家，亦不悔无成而归。"翁笑曰不难。于是折阶前竹叶作舟，置图中渭水之上。陈注目久之，便觉恍若登舟，果如愿遍游各处，最后到家，与妻子兄弟团圆一番。所列之处，均题诗一首。接着又按翁的预先交代，"慎勿久留"，仍旧登舟循原路回到长安青龙寺。这时，翁仍坐暖阁之中，而寺僧尚未归。后来，陈虽登进士第，却遁入终南山。

范康受全真道教影响，将原作中的终南山翁改为八仙之一、全真教"北五祖"之一的吕洞宾，并将陈季卿自觉出家改为吕洞宾点化陈季卿出家，从而把《竹叶舟》写成了一本全真道点化度脱剧。

元杂剧中弘扬全真道教的"七真"、"八仙"剧目极多，除前述以及失传者外，现存的还有岳伯川《吕洞宾度铁拐李岳》、佚名《马丹阳度脱刘行首》、佚名《汉钟离度脱蓝采和》等。

另一方面，也有一部分神仙道化剧是演述正一道神仙的。正一道奉张道陵为正一天师，以符箓召神驱鬼，祈福禳灾，治病救人。吴昌龄《张天师断风花雪月》写的便是正一道神话。吴昌龄，西京（今山西大同）人，元宪宗元年前后在世。其所作杂剧11种，今存2种。除《张天师》外，还有《花间四友东坡梦》。《张天师》写陈世英中秋之夜抚琴，恰值月宫桂花仙子为罗睺、计都缠搅，娄宿闻琴感动，替桂花仙子解围。桂花仙为报恩而下凡，与陈世英饮酒欢会，并相约次年中秋之夜再会。陈世英相思成病，奄奄待毙。恰逢张天师到来，设坛作法，召天神天将拘来风（封姨）、花（荷、菊、梅、桃）、雪（雪山王）、月（桂花仙子）诸仙勘问后，送交长眉仙发落。陈世英沉疴遂愈。桂花仙虽有媚惑陈世英之过，但因她主观动机乃是报恩，又因她"居月殿从无匹配，便思凡下尘世亦有可矜"，长眉仙终于对她免予处分。

这个戏有两点值得注意。一是充分夸张张天师法力无边。他一登坛，"金牌响处，万鬼潜藏"，连天神天将也要听他的法旨。他审讯雪神："天仙管得你么？""管不得。""地仙管得你么？""管不得。""贫道管得你么？""你便是管得着哩！"于是张天师声称：

    喋声！吾非浊骨，本是仙胎。祖公留下三件法宝：信香一瓣、雌雄剑二口、降妖印一颗，专管天上天下三界仙精鬼怪，魍魉邪魔。

这与全真道之专主修炼内丹以自保长生是绝不相同的。其次是对桂花仙子的思凡求偶行为不予深究。这与全真道的"七真"、"八仙"剧之要求入道者禁欲绝情，如同冰炭。以上两方面，乃是正一道及其相关文学区别于全真道及其相关文学的基本点。

佚名《萨真人夜断碧桃花》是一本调和儒家婚嫁伦理与反儒的自由婚嫁的爱情剧，也是一本表现正一道士驱鬼治病的道教神话剧。剧中叙张道南与徐碧桃本由双方父母订婚，因二人偶获机缘，一同游园，被碧桃父母发觉，当场斥责非礼。碧桃一气身亡，葬于园中。三年之后，张道南重游旧园，与碧桃亡魂重温旧梦。张从此一病不起。萨真人应张父之请，设坛召神，将碧桃亡魂拘来。审讯结果，发现碧桃阳寿未尽，天缘合与张道南为夫妻。真人于是命碧桃借尸还魂，与张道南喜结良缘，完其夙愿。此剧在张扬正一道士的法力无边和肯定人性人情上，都与《张天师断风花雪月》相同。同类作品还有石君宝《张天师断岁寒三友》（佚）、佚名《时真人四圣锁白猿》等。

其他杂剧与佛教

以佛教为题材的元杂剧，有三种情况：一是取材于佛经故事但不涉及佛教神话，二是取材于佛教历史却以大量虚构的神话丰富之，三是以佛教神话人物为素材而创作的神话剧。

《包待制智赚灰阑记》是一部取材于佛经故事但不涉及佛教神话的著名杂剧。作者李潜夫，字行道，一作行甫，绛州（今山西新绛）人，大约元世祖至元前后在世。此剧写妓女张海棠嫁与马员外为妾，生一子。大妻为夺取家产，与奸夫合谋，毒杀亲夫，并与小妻争子，以绝其财产继承权。官司打到包拯处，包拯命以石灰画阑于地，将小儿置灰阑中，命二妇同拽，拽出者即得儿。小妻两拽均不用力，大妻则两次将儿拽出灰阑。包拯据此判决：孩儿系小妻所生，应归小妻。因为"两硬相夺，使孩儿损骨伤肌"，亲娘是不忍心的。这个包拯断子案，源出于佛典《贤愚经·檀腻䩭品》中的国王断子案：

二母人共争一儿，诣王相言。时王明黠，以智权计语二母言："今唯一儿，二母召之，听汝二人各挽一手，谁能得者，即是其儿。"其非母者，于儿无慈，尽力顿牵，不恐伤损；其生母者，于儿慈深，随从爱护，不忍曳挽。王鉴真伪，语出力者："实非汝子，强挽他儿，今于王前，道汝事实。"……

李潜夫以这一佛经故事为基础，改编成杂剧《灰阑记》，增加了一个关键性细节——灰阑，从而使情节更加合理、完整。这本杂剧一方面揭露了封建时代吏治的腐败，另一方面又歌颂了为民申冤的清官，体现了旧时代人民大众的愿望和理想。

《西游记》是一部以佛教人物传记为题材并饰以大量神话情节的杂剧。作者杨讷，原名暹，字景贤，一作景言，号汝斋。他本系蒙古族人，移家钱塘（今浙江杭州人），因从姐夫杨镇抚，遂以杨为姓。杨讷善谑，其所作杂剧18种，今存《西游记》一种。此剧以唐僧玄奘为主人公，以《大唐三藏取经诗话》的故事为基础而加以发展丰富，构成一部包括6本24折的大型杂剧，为元杂剧中之最长的连台本。第一本写玄奘的苦难童年，以下各本写玄奘西行求法。在玄奘西行途中，各种妖魔层出不穷，先后均被观世音及其徒众所收伏。玄奘终于到达西竺，取经东还。全剧重要关目如下：

　　第一本　贼刘洪杀秀士，老和尚救江流；
　　　　　　观音佛说因果，陈玄奘大报仇。
　　第二本　唐三藏登途路，村姑儿逞嚣顽；
　　　　　　木叉送火龙马，华光下宝德关。
　　第三本　李天王捉妖怪，孙行者会师徒；
　　　　　　沙和尚拜三藏，鬼子母救爱奴。
　　第四本　朱太公告官司，裴海棠遇妖怪；
　　　　　　三藏托孙悟空，二郎收猪八戒。
　　第五本　女人国遭险难，采药仙说艰难；
　　　　　　孙行者借扇子，唐僧过火焰山。
　　第六本　胡麻婆问心字，孙行者答空禅；

灵鹫山广聚会，唐三藏大朝元。

《西游记》杂剧虽然以历史人物玄奘和历史事件玄奘西竺取经为依据，但剧中情节多与史实不符，且多虚构。例如：玄奘于贞观元年西行求法，时年已20多岁，剧中则谓玄奘出生于贞观三年；玄奘赴西竺本是违抗太宗之旨而私行，剧中则谓玄奘奉太宗之旨求法，百官僧俗，争相钱行。诸如此类，不一而足。此外，每本每折都有大量神话情节。因此，《西游记》是一部三实七虚的佛教历史神话剧。

在元代文学中，出现《西游记》这样的大型杂剧，决非孤立现象。表现同一题材的元代文学还有平话《唐三藏西游记》。这两部作品，从人物到情节，彼此有许多相同之处。例如：唐僧师徒四众——玄奘、孙悟空、沙和尚、猪八戒，在取经故事的长期发展演化过程中，他们同时在这两部作品中首次亮相，为明代吴承恩的章回小说《西游记》的人物总设计奠定了基础。另外，还有许多著名的西游故事，如猪八戒招亲、女王逼赘唐三藏、孙悟空借芭蕉扇、唐僧过火焰山等，在这两部作品中也都已具备雏形。《西游记》杂剧与平话，是取经史话—神话发展史上的一块重要里程碑。

在元杂剧中，还有以佛教神话人物为素材的神话剧。龙，是世界各地原始部落崇拜的动物神，我国远古亦有龙图腾崇拜。自佛教传入中国之后，佛典中的龙王、龙女神话亦随之传入。例如《华严经》载：

娑竭龙王住须弥山北大海底，宫宅纵广八万由旬，七宝所成。墙壁七重，栏楯罗网，严饰其上。园林池沼，众鸟和鸣。金壁银门，门高二千四百里，广二千二百里，彩画姝好，常有五百鬼神之所守护。能随心降雨，群龙所不能及。所住之渊，涌流入海，青琉璃色。

这就是中国佛道神话文学中关于四海龙王及其龙宫描绘的艺术之母。佛典中有一部《海龙王经》，更是佛教龙王神话的总汇。《洞庭湖柳毅传书》和《沙门岛张生煮海》这两部杂剧，就是描述龙王、龙女故事的。

《柳毅传书》是根据唐传奇小说《柳毅传》改编而成的。作者尚仲贤，真定（今河北正定）人，曾任江浙省务提举，大约世祖中统初前后在世。

此剧叙洞庭龙女与丈夫泾河小龙不睦，被罚在泾河之畔牧羊。秀才柳毅路经泾河，为龙女传家书至洞庭湖龙宫。龙女之叔——钱塘火龙闻龙女受难，怒吞泾河小龙。龙女感柳毅救助之恩，几经曲折，卒嫁柳毅为妻。剧本热情歌颂了柳毅同情弱者和仗义助人的高尚品格，以及龙女和柳毅从患难之交到多情眷属的合理发展。

剧中对钱塘君的复杂性格有鲜明生动的刻画。钱塘君是火龙，其性格的主要侧面是火一般的爆烈。剧本为突出这一主要性格，先作了两次铺垫。第一次，洞庭君夫妇接到龙女家书时，夫人悲啼，洞庭君连忙劝止，恐防兄弟火龙知道。第二次，夫人请求洞庭君把女儿接回家，洞庭君再次提醒夫人，要防止被兄弟火龙知道。两次铺垫之后，便正面写钱塘君终于发现了龙女牧羊之事，因而向泾河小龙大兴问罪之师，浓墨重彩地渲染了钱塘君的火爆性格。此外，剧本还从别的两个次要侧面刻画了钱塘君。其一，当洞庭君提出愿意招柳毅为婿，柳婉言推拒，钱塘君顿时恼怒而出言不逊之时，柳对他的无礼行为不免婉词责备了几句。这时的钱塘君"作揖而谢"，知过立改。其二，当柳毅难却盛情，终于与龙女结亲之际，钱塘君又风趣地调侃了柳毅一番。作者以这样轻松的两笔，与其火爆的一面构成互补，从而完成了钱塘君的既可畏又可敬可亲的丰满形象。

《张生煮海》堪称《柳毅传书》的姐妹篇。此剧作者李好古，河北保定人，一说东平（今属山东）人，又一说西平（今属河南）人，移家于江南，曾官南台御史，生卒年不详。他所作《张生煮海》的主要神话人物龙王、龙女虽出自佛经神话，但却被剧作家纳入了道教神仙谱。此剧写张生借居石佛寺，清夜抚琴，感动龙女，彼此钟情，订在中秋之夜重会于海上。但张生情切，随即寻访龙女而不得。全真教祖师东华帝君派仙姑授张生以三件法宝——银锅、金钱、铁勺，教张生煮海求婚。张生遵教而行，海水沸腾。龙王无奈，只得请石佛寺老僧为媒，招张生入龙宫为婿。张生龙女成婚之日，东华帝君降临，宣布新郎新妇本是瑶池金童玉女，特招二仙脱离尘世，同归本位。以上剧情表明，儒、道、佛三教人物错综交织，是《张生煮海》的特色。它预示着明代的三教会同文学的到来。

此剧思想内容虽然十分复杂，但其基本情节——张生与龙女的自由结合，却具有反儒家婚姻伦理的进步意义。

三教合流现象不仅存在于《张生煮海》中，也存在于其他一些杂剧中，例如《月明和尚度柳翠》，乃是一部按照全真道教点化度脱模式写成的佛教神话剧。普度众生脱离苦海，本是大乘佛教的基本教旨。其济度对象，是芸芸众生，哪怕一阐提人——十恶不赦之人，也有佛性，他们放下屠刀，就可立地成佛。全真道神话也写度人，但其点化度脱的对象，却是经过严格选拔的结果，就是说，只有前生本是神仙的谪仙或具有仙根宿缘的极个别幸运者，才能被确定为点化度脱对象。《度柳翠》写的是佛教度人故事，却是按照全真道教的原则选定点化对象。剧中的月明和尚是第十六尊罗汉月明尊者，他奉观世音菩萨之旨，专程前往杭州点化妓女柳翠。因为这柳翠根基不浅，来历不凡。她本是观世音的"净瓶内杨柳枝"，又说她"本是如来法身"；所以要点化、引导她重归佛国。类似这样的作品，还有郑廷玉《布袋和尚忍字记》、乔吉《玉箫女两世姻缘》、吴昌龄《花间四友东坡梦》、佚名《崔府君断冤家债主》等。

在元杂剧中，还有一些作品与其他宗教意识相关。例如佚名《叮叮当当盆儿鬼》的戏剧情节，是建立在鬼灵崇拜意识的基础上；《迷青琐倩女离魂》的戏剧情节，是建立在灵魂脱体的原始宗教观念的基础上（参见拙著《中西宗教与文学》第七章第二节）。

第三节　理学与文学的结合
——《琵琶记》

自元末以后，在文坛和民间都产生了广泛深远影响的儒教戏，是被誉为"南戏之祖"的高明《琵琶记》。此剧 42 出。高明（1307？—1371？一作 1305—1380），字则诚，号菜根道人，浙江温州瑞安人。温州又名东嘉，故世称他东嘉先生。他于至正五年中进士，先后在浙江的处州、杭州等地做过小官。方国珍起义时，欲招他入幕，未从。入明以后，太祖朱元璋欲征为官，又以老病辞。他是理学家黄溍的高足，又擅长诗文词曲和书法，写过不少鼓吹孝义贞节的诗文，如《王节妇诗》、《孝义井记》、《华孝子故址记》。他编撰的《琵琶记》，是他的理学思想和文学才华的结晶，是形象化的儒学教科书,所以有的明刊本题作《蔡中郎忠孝传》。

《琵琶记》叙蔡邕与赵五娘(赵贞女)婚后两月,由于朝廷招贤、父亲逼试,不得已强赴春闱。他一举登科,独占鳌头,并奉圣旨再婚牛府。其原配赵五娘则在家侍奉公婆。由于大旱大饥,公婆去世,赵五娘亲手埋葬了公婆,身背琵琶,沿途卖唱,赴京寻夫。最后,蔡邕率一妻一妾还乡,按照儒家礼仪,在父母卢墓守孝三年,因而受到"满门忠孝"的朝廷旌表。

关于蔡中郎、赵贞女故事,最早见于唐人小说。《说郛》谓牛僧孺之子与蔡生同举进士,欲以妹妻之。蔡虽已有妻赵氏,但力辞未果。后来,牛氏卑顺自谦以待赵,二妻相处甚睦。到了南宋,民间艺人据以改编为说唱文学,蔡生被附会为汉代的历史人物蔡邕。陆游《小舟游近村,舍舟步归》四绝句之一写道:"斜阳古道赵家庄,负鼓盲翁正作场。身后是非谁管得?满村听唱《蔡中郎》。"此诗所记,就是当时人们听唱蔡中郎、赵贞女故事的盛况。《南词叙录》称:南宋时代的蔡、赵故事的结局是"伯喈弃亲背妇,为暴雷震死"。高明为了弘扬儒家忠孝,在改编中做了重大的翻案文章,即把蔡邕(伯喈)的儒家罪人形象彻底推翻,改塑为全忠全孝的儒家伦理模范,从而使《琵琶记》成为一本正面鼓吹儒家忠孝观念的传奇。必须指出:自南宋至元明的所有说唱和戏剧文学中的蔡伯喈及其与赵五娘的故事,都与历史人物蔡邕无关。陆游所谓"身后是非谁管得",就是针对蔡邕死后被南宋说唱艺术强加"弃亲背妇"的恶谥而言的。这也正是高明要改编这个作品,替历史人物蔡邕翻案的原因。

这个戏的儒家思想主题,在第一出《副末开场》的第一支曲子《水调歌头》里,就作了明确的宣布:"不关风化体,纵好也枉然";"休论插科打诨,也不寻宫数调,只看子孝共妻贤。"此出的副末下场诗又写道:"有贞有烈赵贞女,全忠全孝蔡伯喈",明确指出了剧中的男女主人公乃是剧本主题思想的载体。

作为孝子忠臣形象的蔡伯喈,剧本描述了这一人物的三个有力的戏剧动作,即辞选、辞婚、辞官。

朝廷征招蔡伯喈赴选,蔡公也逼迫儿子赴试,蔡伯喈则据儒家伦理而力拒,因而父子之间爆发了一场对儒家伦理标准——"孝"应当怎样理解的争论。蔡公、蔡伯喈父子都是恪守儒道的模范,但是二人对于"孝"道的理解彼此不同。儿子认为:"孝"就是孔子说的"父母在,不远游"。但是父亲对"孝"道的理解则完全相反。他认为:"夫孝,始于事亲,中于事君,终于立身。……立身行道,扬名后世,以显父母,孝之终也。"儿子迫于父命,辞选失败,只得赴京应试。

蔡伯喈在京经过三场考试,获中状元,招来了皇帝的赐官与赐婚。蔡伯喈为了还家尽孝,还采取了辞官、辞婚的行动。但皇帝对蔡的两辞置之不理。蔡伯喈终于被父亲和皇帝逼上了"弃亲背妇"之路。但这一结果是违背蔡伯喈初衷的,他的"三辞"行动充分地显示了他的孝义之心。

在上述"三辞"基础上,剧本接着以"强就鸾凤"、"琴诉荷池"、"官邸忧思"、"中秋望月"、"睏诉衷情"等系列抒情场子,描述蔡伯喈奉旨入赘牛府之后的忧思情绪——孝心,为蔡伯喈身在绮罗富贵之乡却不忘父母妻子而高唱赞歌。

剧本双管齐下,在塑造蔡伯喈的忠臣孝子形象的同时,还塑造了赵五娘这一孝妇形象。《琵琶记》在结构上对蔡家与牛府的苦乐交叉的场面安排,受到古今不少评家的交口赞誉。其实,剧作家兼理学家的高明交叉描绘蔡牛两个家庭,目的根本不在通过贫富苦乐的对照以鞭笞男主人公蔡伯喈;而是一面以乐境反衬男主人公的忧思与孝心,一面以苦境烘托女主人公的孝行。这样,一对孝子孝妇的形象便互相映衬,相得益彰了。同时,此剧第一出副末下场诗对蔡伯喈和赵贞女的道德评价,亦在此获得形象化的印证(参见拙著《中西宗教与文学》第九章第三节)。

《琵琶记》的人物塑造十分成功。无论蔡伯喈的软弱动摇、内心矛盾,赵五娘的克己待人、坚忍耐劳,张大公的古道热肠、助人为乐,各种性格心态,无不跃然纸上。剧作家对不同文化层次、身份地位和情调的人物,使用不同风格的语言来表现,也是人物性格鲜明的一个原因。不过有的道白全用四六文,就缺乏生活气息了。

《琵琶记》无论在思想内容上,还是在写作艺术上,都对明清传奇(戏曲)创作产生了巨大影响。明代的《伍伦全备忠孝记》、《目连救母劝善戏文》,清代的《劝善金科》等剧目,都是《琵琶记》的儒家伦理观念在新时代的新表现。

第二章 文人诗词与散曲

第一节 金代文人诗词与三教

金代文人以诗词见称于后世者,以元好问为最,其次是耶律楚材。他们的作品中,颇不乏以三教为题材,以及表现作者的主体宗教意识者。

元好问

中国古代的文人,几乎都是在儒家文化中成长起来的。但是大多数文人同时还接受了道家或道教,乃至佛教的文化影响。他们的思想或者是儒道互补型,或者是儒释互补型,或者是三教合流型。纯粹的儒家是很少的,但不是没有,唐代的杜甫、金代的元好问,以及明代的方孝孺,都是纯儒文人的代表。

元好问(1190—1257),字裕之,号遗山,又号德明子,太原秀容(今山西忻县)人。他是兴定五年进士,哀宗正大元年中博学宏词科,历任国史院编修和镇平、内乡、南阳县令等职。他生逢金、元交替之际,饱尝战乱与国破家亡之苦,其诗词创作对当时的血泪现实有生动的反映。清赵翼《题遗山诗》云:"国家不幸诗家幸,赋到沧桑句便工。"的确如此,元好问诗词为金代之冠。他的宗教思想,是尊儒而排佛斥道。这一倾向,鲜明地体现在他的诗里。

元好问亦如杜甫、孟浩然,以儒者自许和自豪。他在《寄英禅师(师时住龙门宝应寺)》中写道:"我本宝应僧,一念堕儒冠。"他用一个"堕"字,表示站在英禅师的立场看,他的习儒是对佛教的背叛,同时也就把自己的儒者立场鲜明地凸了出来。作为儒家忠实信徒的元好问，其儒家伦理思想突出地表现在对金王朝的态度上。他是金臣"臣事君以忠"，因此他对于金王朝的倾覆，反复地倾诉了自己的眷恋和悼念之情。在元兵大举进攻的危急形势下，元好问被迫离京南下。但他"行过卢沟重回首，凤城平日五云多"（《出都》）；"春风不剪垂杨断，系尽行人北望心"（《出京》）。这种对金王朝的忠诚，与杜甫"欲往城南望城北"之对李唐王孙的哀悼，如出同一机杼。金亡之后，元好问连篇累牍地写了许多哀悼诗。《俳体雪香亭杂咏十二首》就是悼念金王朝的代表作。今录二首如下：

（一）杨柳随风散绿丝，桃花临水弄妍姿。无端种下青青竹，恰到湘君泪尽时。

（二）暖日晴云锦树新，风吹雨打旋成尘。宫园深闭无人到，自在流莺哭暮春。

这些诗里的景物描绘和神话意象，寄托着诗人的亡国之痛和对金朝帝王的悼念之情。

作为金臣，元好问在金亡之后，便决意退出仕途，以示其对金朝之忠心。他在《卫州感事》之一中写道："神龙失水困蜉蝣，一舸仓皇入宋州。紫气已沈牛斗夜，白云空望帝乡秋。劫前宝地三千界，梦里琼枝十二楼。欲就长河问遗事，悠悠东注不还流。"诗人意识到金王朝已成南柯一梦，逝水东流，永远不会再回到现实中来了。于是他根据儒家伦理规范，为自己安排了隐居遗老的出路："南渡衣冠几人在？西山薇蕨此生休"（《太原》）。他以南渡长江的北宋故臣和不食周粟的伯夷、叔齐自许。诗人在《杂著》之一中写道：

六朝琼树掌中春，回首□妆一面新。生羡石家金谷里，千年独有坠楼人。

此诗表层意象歌颂绿珠。绿珠是西晋石崇爱妾。赵王伦专权时，其党羽孙秀向石索绿，遭石所拒。后来石崇被捕下狱，绿珠坠楼以殉。诗人借绿珠殉石事以寄托自己忠于故金的遗老之情。

元好问的纯儒立场，还表现在他与佛道之间，划出了一条鲜明的界线。

在诗人的知交中有不少诗僧。他在《寄英禅师》中赞扬英禅师道："前时得君诗，失喜忘朝餐"；还有："清凉诗最圆，往往似方干"；"济甫诗最苦，寸晷不识闲"；"安行诗最工，六马鸣和鸾"。他虽在生活中与僧交友，但在思想上与佛无缘，可谓儒释各异，泾渭分明。例如《与西僧伦伯达》写道：

> 行云孤鹤万缘轻，遥见乡关眼便明。不似遗山元老子，尘埃风雨过平生。

此诗把僧侣如"行云孤鹤"与儒者的"尘埃风雨"相对照，亦即从出世与入世这两种截然相反的人生观上把儒释划分开来了。

又如《野谷道中怀昭禅师》：

> 行行汾沁欲分疆，渐喜人声挟两乡。野谷青山空自绕，金城白塔已相望。汤翻豆饼银丝滑，油点茶心雪蕊香。说向阿师应被笑，人生生处果难忘。

此诗主旨与前诗相同。诗人最后说：作为儒者的他对"人生生处"之留恋，应被视人法两空的昭禅师所讪笑。这仍是从入世与出世的对立上区别儒释，并强调自己的入世态度。

元好问还有一些道士朋友，他也写过一些赠炼师的诗。但他明确地表示不信炼丹术，不信神仙。他在《后饮酒五首》中写道："金丹换凡骨，诞幻若无实。为何杯酌间，乃有此乐国！"又写道："客从崧少来，贻我招隐诗。为言学仙好，人间竟何为？一笑顾客言，神仙非所期。山中如有酒，吾与尔同归"。李白好酒亦好仙，元好问却是只好酒不好仙。

缑山，是道教神话中的仙山之一。许多具有道教意识的人都以艳羡之情提到过这座山。元好问与诗友们曾亲登此山饮酒，请看其《缑山置酒》是怎样的感情：

灵宫肃清晓，细柏含古春。人言王子乔，鹤驭此上宾。白云山苍苍，平田木欣欣。登高览元（玄）化，浩荡融心神。西望洛阳城，大路通平津。行人细如蚁，扰扰争红尘。蓬莱风涛深，鬓毛日夜新。殷勤一杯酒，愧尔云间人。

元好问身入仙山而毫无飘飘欲仙之感。他西望洛阳，但见红尘扰扰；而诗人自己亦两鬓添霜，老之将至。因此他最后再次弹起了好酒而不好仙的老调。

不仅如此，元好问还写过一首讽刺神仙迷信的新乐府，题为《二月十五日鹤》。诗中说："九龙冈上玄元词，人言尊像神所遗。年年二月降灵鹤，来无定数有定期"。接着诗中描述万人观鹤的场景道："城头晓露生新警，万首望穿云际影"；还有不远万里赶来的道士们："只从游骑突重围，城郭并与人民非。"然而令人扫兴的是："可怜哆殿荒烟里，无复当年丁令威！"《搜神后记》说丁令威为辽东人，学道于灵虚山，后化鹤归辽，徘徨空中而言："有鸟有鸟丁令威，去家千年今始归，城郭如故人民非，何不学仙——冢累累！"诗中说：城郭与人民都与昔非，但丁令威仙鹤却没有出现。诗人告诉人们：神话就是神话，如若信以为真，就要大上其当了。

作为诗人的元好问不信佛道，但他并不因此而拒绝利用各种宗教神话意象作为艺术手段，去写景、喻人和抒情。

诗人运用神话意象描摹山水的诗如：

（一）……亭亭妙高台，玉斧何年修？登高览元（玄）化，快如鹰脱鞲。山灵故为作开阖，巧与诗境供冥搜。白云何许来，缱丝弄轻柔？蓬莱作雾涌，飘飘与烟浮。玉衣仙人鞭素虬，俞忽变化令人愁。须臾视六合，浩荡不可求……（《游龙山》）

（二）长白山前绣江水，展放荷花三十里。看出水底山更佳，一堆苍烟收不起。山从阳丘西来青一弯，天公掷下半玉环。大明湖上一杯酒，昨日绣江眉睫间。晚凉一棹东城渡，水暗荷深若无路。江妃不惜水芝香，狼藉秋风与秋露。兰杂郁郁散芳泽，罗袜盈盈见微步。晚晴一赋画不成，枉着风标夸白露。我时骖鸾追散山，但见金支翠蕤相

后先。眼花耳热不称意,高唱吴歌叩两舷。唤取樊川(杜牧)摇醉笔,风流聊与付他年。(《泛舟大明湖》)

诗人在《游龙山》里运用了玉斧、山灵、蓬莱、玉衣仙人、素虹等神话意象,在《泛舟大明湖》里运用了天公、江妃、散仙诸神话意象。

元好问尤其好用道教神仙意象作为颂人、抒情的艺术材料。例如他以仙人喻十八岁娇娃道:"娃儿十八娇可怜,亭亭袅袅春风前。天上仙人玉为骨,人间画工画不出。"(《芳草怨》)他以仙人高举喻丈夫大志道:"海中仙人黄鹤举,大笑人间争腐鼠。丈夫何意作苏秦?六印才堪警儿女。古来多为虚名老,不见阿房净如扫?"(《天门引》)元好问还写过《步虚词》,但并非表现诗人自己的仙情仙意,而是借以表现他对金朝的怀念与忠诚。今举一首如下:

琪树明霞碧落宫,歌音袅袅度泠风。人间听得霓裳惯,犹恐钧天是梦中。

此诗表层意象写唐玄宗神游仙府,深层意象则是以唐玄宗之游仙借喻金宣宗、哀宗之逝世。

元好问借道教神仙意象抒情的作品,以仙寿词为最多。例如《鹧鸪天·祝妇人寿》:

五福仙娥月殿来,依然微步彩云堆。一从别□瑶池宴,不见蟠桃几度开。　　歌宛转,舞徘徊,碧梧秋意满池台。年年玉露收残暑,长送新凉入寿杯。

元好问的诗歌艺术告诉人们:将诗词中的宗教浪漫主义意象,直接等同于诗人的主体宗教意识和感情,是文学赏析的误区之一。

耶律楚材

耶律楚材(1190—1244),字晋卿,号湛然居士。契丹人,辽东丹王突欲八世孙,其父耶律履为金朝尚书右丞。耶律楚材自幼博览群书,旁通天文、地理、术数、佛老,以及医卜诸门,下笔为文,有如宿构。金宣宗贞祐初年(1213),他任左右司员外郎。元太祖灭金后,闻其名而置之左右,太宗朝拜为中书令。他是著名禅师万松行秀的弟子。行秀常劝他以儒治国,以佛治心;他深以为然。

由于历仕金、元两朝,耶律楚材虽见重于元蒙,但常怀如临深渊,如履薄冰的心情。因此,他一方面要向元蒙帝王表示忠心;另一方面又倾心于释道,希望急流勇退,远祸全身。他的这种表层为儒、深层为佛道的矛盾心态,从许多写景抒情诗中流露出来。

例如《和张敏之诗七十韵》这首长篇自述诗,诗人首先回顾了"壮年多坎坷,晚节叹行藏;故□颓纲秽,新朝明德香"的经历。这里,以"秽"贬金,以"香"赞元,其卑屈自保之意十分鲜明。诗人还信誓旦旦地宣布:"诗书犹不废,忠信未能忘",以表示对"新朝"——元蒙的矢忠矢信,绝无二心。但这是他的浅层面意识。诗人写到最后,终于推开了深层面心扉:

……君恩予久负,贤路我深妨。覆悚恒忧惧,持盈是恐惶。故山松径碧,旧隐菊花黄。太守方遗舄,初平正牧羊。厚颜居此位,若已纳于隍。吟啸须归去,香山老侍郎。

诗人怀着"忧惧"、"恐惶"之心,向往着"太守方遗舄,初平正牧羊"的神仙生活和白居易退隐香山的奉佛生活。

耶律楚材向往世外仙佛的诗还有不少。例如:"几时把手潇湘边,生涯自有壶中天"(《和南质张学士敏之见赠》);"诗章平淡思居易,禅理纵横忆谢安"(《和薛伯通韵》);"偶思禅伯语,不觉笑开颜"(《西域河中十咏》),等等。

第二节 元代散曲作家的仙佛情结

早期元蒙废除了自隋唐以来的科举制度,知识分子的出路被掐断了。

其次，元蒙将各种职业划为十等，儒生列在第九，仅居乞丐之上。再次，元蒙将全国各民族划为四等，中原汉人列在三等，南人（江南汉人及其他少数民族）列在末等。基于上述原因，元代的汉族文人多处逆境，少数人即使进入仕途，也屈居下僚，倍受歧视，因而对朝廷抱着一种异己情绪。于是，他们便把眼光转向历史上不与朝廷合作的隐士，从伯夷、叔齐、严子陵、陶潜到陈抟，都成了这一时期汉族文人心目中的榜样。同时，佛道二教广泛流传。于是，隐士意识与佛道出世思想一拍即合。隐士加神仙，成为元代抒情散曲的一个重要模式。这是汉族文人们在元蒙高压政策下的畸形心理的反映。乔吉与张可久的作品，都鲜明地显示出这一时代特征。

乔　吉

乔吉（？—1345），一作乔吉甫，字梦符，号笙鹤翁、惺惺道人，太原（今属山西）人，后迁居杭州。他的创作，散曲与杂剧并重，但以散曲创作的成就为大，与张可久齐名。他的作品，是隐居与修道两种生活方式和谐统一的赞歌。例如《南吕·玉交枝·闲适》：

山间林下，有草舍蓬窗幽雅。苍松翠竹堪图画，近烟村三四家，飘飘好梦随落花，纷纷世味如嚼蜡。一任他苍头皓发，莫徒劳心猿意马。自种瓜，自采茶；炉内炼丹砂。看一卷道经，讲一会渔樵话。闭上槿树篱，醉卧在葫芦架，尽清闲自在煞。

乔吉的道教意识十分鲜明，但似乎并不奢望白日飞升，他没有写过游仙之作。他对于自己这种出世之道的隐修生涯颇为惬意，所以他又常常以地上神仙自诩。例如《正宫·绿么通·自述》写道：

不占龙头选，不入名贤传。时时酒圣，处处诗禅。烟霞状元，江湖醉仙。笑谈便是编修院。留连，批风抹月四十年。

大约在乔吉的中年时期，元朝廷恢复了开科取士制度。但乔吉早已习惯于"时时酒圣，处处诗禅"的闲适生活，因此把"龙头选"、"名贤传"的诱惑，一股脑儿抛到九霄云外，而自我解嘲地自命为"烟霞壮元，江湖醉仙"。他的这一双重情绪，不是昙花一现，而是执着于怀。他反复吟唱："不应举江湖状元，不思凡蓑笠神仙"（《中吕·朝天子·渔父词》）；"不应举江湖壮元，不思凡风月神仙"（《双调·折桂令·自述》）。由此可见，他十分坚定地要在隐修的生活之路上走到底。

在乔吉描绘自然风光的小令中，有一些与寺院宫观等宗教建筑相关，因而这样的景物小令便被曲家刷上了一层神光道彩。试看《双调·水仙子·乐清白鹤寺瀑布》：

紫箫声入九华天，翠壁花飞双玉泉，瑶台鹤去人曾见。炼白云丹灶边，问山灵今夕何年。龙须水朱砂腻，虎睛丸金汞圆。海上寻仙。

这支小令运用大量的道教神话和炼丹意象，把山寺瀑布的壮阔气势，巨细兼顾地描绘出来了。

其他如《越调·天净沙·游仙都洞天》、《双调·水仙子·乐清箫台》等，也属于这类道教景观小令。

以道教神话中的仙凡姻缘模式，借喻士大夫文人的艳情生活，是宋词的特色之一。元代的散曲作家们继承了这一传统。乔吉《双调·折桂令·晋云山中奇遇》写道：

赚刘郎不是桃花，偶宿山溪，误到仙家。腻雪香肌，碧螺高髻，绿晕宫鸦。搦秋水珠弹玉甲，笑春风云观铅华。酒醒流霞，饭饱胡麻。人上篮舆，梦隔天涯。

作者借刘阮入天台故事，记述了自己的一次"山中奇遇"。

张可久

张可久（1270—1348后），字小山；一作张久可，字可久；一作字伯远、仲远，号小山；庆元路（今属浙江宁波）人。他以路吏转首领官，亦曾为桐庐典吏，晚年仍为昆山幕僚。他毕生专作散曲，其作品数量，为元代散曲家散曲作品之最多者。他的散曲，与乔吉并称于后世。明李开先云："乐府之有乔张，犹诗家之有李杜"。明朱权《太和正音谱》则说，张曲"若被太华之仙风，招蓬莱之海月"。这个评语，的确点明了张可久作品的道教色彩。但张可久不止具有强烈的道教意识，而且也具有相当鲜明的佛教意识。在他的诗侣中，既有道士，如白真人、王真人、吾丘道士、清溪道士等；也有和尚，如苍崖禅师、芝田禅师等。在他的散曲中，散发着浓厚的佛道气息。例如：《正宫·汉东山·绿袍翻败荷》和《正宫·汉东山·神仙张志和》二曲，是从《续仙传》取材，将蓝采和、张志和的升仙故事檃栝而成的，流露出作者对神仙的向往之情；《正宫·汉东山·红妆间翠娥》和《正宫·汉东山·黄庭换白鹅》二曲，则流露出作者对佛教苦谛的共鸣。

张可久在大量的以"道情"为主题的散曲中，将佛道意识与退隐情绪交织为一，曲折地表达了这位折腰小吏在人生的荆棘之路上毕生奔波、进退维谷的无奈情怀。例如：

（一）浮生扰扰红尘，名利君休问。闲人，贫。富贵浮云，乐林泉远害全身。将军，举鼎拔出，只落得自刎。学范蠡归湖，张翰思莼。田园富子孙，玉帛萦方寸，争如醉里乾坤！　　曾与高人论，不羡元戎印。浣花村，掩柴门，倒大无忧闷。公开樽，细论文，快活清闲道本。（《中吕·齐天乐过红衫儿·道情》）

（二）直钩曾下严滩钓，清风自学苏门啸。蜜蜂飞绕簪花帽，野猿坐守烧丹灶。扁舟范蠡高，五柳陶潜傲，南华梦里先惊觉。（《正宫·塞鸿秋·道情》）

为了"远害全身"，张可久以乌江自刎的项羽为戒，以急流勇退的范蠡、张翰、严光、陶潜等为师，声称自己像庄周（南华真人）梦蝶似的觉悟了人生真谛，希望做一个隐士兼道士，安度饮酒烧丹的快活而清闲的日月。虽然为了衣食之计，他不得不在风烛残年仍旧过着一种为人作嫁的幕僚生活；但他总要抓住一切偶然机遇，体味一下隐士兼道士的闲快活。例如《越调·寨儿令·小隐》：

种药田，小壶天，伴陈抟野云闲处眠。学会神仙，老向林泉，今日是归年。芦花絮暖胜绒毡，木香亭大似渔船。曲栏边莺觑晥，小池上鹭婵娟。先，收拾下买山钱。

晋王康琚《反招隐诗》云："小隐隐陵薮，大隐隐朝市。"白居易遂称自己的亦城亦乡的香山之隐为"中隐"。张可久虽"扰扰红尘"一生，但类似上述神仙式的小隐生涯，倒也有过好几次。例如《双调·水仙子·湖上小隐》、《南吕·金字经·湖上小隐》、《正宫·醉太平·山中小隐》等小令，都是这种忙里偷闲式的小隐生涯的记录。

但张可久毕竟不同于乔吉，他不以做一个地仙式的"江湖醉仙"为满足。他的最高宗教幻想是做天仙。他常常做一些"游仙梦"。例如：

（一）白日孤峰上，紫云双涧边。饥有松花渴有泉，仙，抱琴峰下眠。蟠桃宴，鹤来骑上天。（《南吕·金字经·仙居》）

（二）九华峰顶礼三茅，五色云中按六么，雪迷花下烧丹灶。一壶天地小，销不尽千古诗豪。拂袖骑丹凤，吹笙醉碧桃，散诞逍遥。（《双调·湘妃怨·席上次梅友元帅韵》）

这种"醉仙梦"，不过是诗人的幻想。但溺于幻想者，便也会当真做起白日梦来。例如《越调·小桃红·游仙梦》：

白云堆里听松风，一枕游仙梦。相伴琼姬玉华洞，锦重重，觉来香露泠衣重。长桥彩虹，空台丹凤，花影月明中。

再如："诗床竹雨凉，茶鼎松风细，游仙梦成莺唤起"（《双调·清江引·张子坚席上》）；"梦回仙枕，清溪道士相寻"（《越调·天净沙·松阳道中》）；"桂影黄金术，帝乡白玉京，梦断钧天月正明"（《南吕·金字经·游仙》）等，也是张氏梦游仙的实录。

张可久的佛道意识，还反映在一些与方外交游的散曲里。例如：

（一）桧屏，草亭，池面芙蕖净。夜来明月伴看经，只有寒山听。宝鼎香凝，铜瓶花影，井泉寒秋叶冷。泠泠水声，呦呦鹿鸣，写我林泉兴。(《中吕·朝天子·夜坐寄芝田禅师》)

（二）洞宾，道人，诗句苍苔晕。酒边呼我上昆仑，知有神仙分。凤鬣山光，鸾鸣松韵，画图中身外身。与君，看云，咫尺蓬莱近。(《中吕·朝天子·看云楼上》)

向禅师寄语，谈的是月下看佛经的体会；与道士登楼，就产生飘飘欲仙之概了。不同的方外之交，激发了诗人的不同宗教感情。

方外之交引出了方外之游。这样，宗教名胜便成了张可久游访和描绘的对象。在他的咏赞佛刹道院的作品中，颇不乏佳作。例如：

（一）诗眼明，暮山青，倚高寒满身风露冷。月辇闻筝，水殿鸣笙，想像御街行。宝光圆白伞珠璎，玉花寒碧碗酥灯。西天佛富贵，南国树凋零。僧，同上望江亭。(《越调·寨儿令·吴山塔寺》)

（二）白草矶头独钓，青衣孺子相招。寻真不怕路迢迢。闲云迷洞口，残雪老墙腰，夕阳红树杪。(《中吕·红绣鞋·寻仙简霞隐》)

前一曲描述山刹法会，后一曲记访道士幽居。极尽绘声绘色之能事，是这两支宗教景观小令的共同艺术特色。

以道教神仙意象借喻世俗生活中的艳情，自北宋柳永始作俑后，继起者代不乏人，张可久散曲中这类作品尤多。例如：

（一）寒潭玉龙，仙山幺凤。春到南枝，人在西楼，笛怨东风。曲未终，酒不空。罗浮仙梦，月黄昏暗香浮动。(《中吕·上小楼·春思》)

（二）拂阑干仙袂飘飘。堂占波心，缆解松腰。风香翠袖，月冷鸾箫。比江上金山小小，望天边银海迢迢。醉倚红桥，休说江南，西子妖娆。(《双调·折桂令·小金山》)

前一曲叙西楼狎妓，后一曲纪花船冶游，都被描绘成仙家乐事。其他如："画图金地山，粉黛玉天仙"（《越调·寨儿令·晚凉即席》）；"洛浦仙，丽春园，不知音此身谁可怜"（《越调·寨儿令·妓怨》）；"压锦丛，侍金童，蕊珠仙暂来尘世中"（《越调·柳营曲·歌者玉卿》）；"山翁醉，仙子扶"（《双调·落梅风·湖上》）；"月影婵娟，霞袂翩翩，即我是神仙"（《越调·寨儿令·桃源亭上》）；"云间萼绿华，梅下蓬莱履"，"相伴仙人倒玉壶，月明夜瑶琴一曲"（《双调·沉醉东风·琼珠台》）等，均属此类。在这些仙化了的艳情曲中，妓女是多情仙子，狎客是风流仙人，他们的宴乐之所便是仙乡。不过，由于张可久对佛教也颇感兴趣，所以他有时也采用佛教神话意象借喻艳情。例如《双调·折桂令·小崆峒燕集》对"小崆峒"妓院及其妓女的描绘是："七宝树天风古林，六铢衣水月观音。"上述以佛道神话彩墨粉饰而成的冶游曲，是元代士大夫文人生活的腐朽一面的沾沾自喜的表现。

其他散曲作家

将退隐避祸与道教神仙意识相融会，是元代汉族文人的共性。因此，这一倾向也存在于其他散曲作家中。张养浩唱道："中年才过便休官，合共神仙一样看"（《双调·水仙子》）；"每日乐陶陶，辋川图画里，与安期羡门何异"（《双调·落梅引》）；"阆苑蓬莱咫尺间，因此上功名意懒"（《双调·沉醉东风》）；"自在身，从吟醉，一片闲云无拘系，神仙恰是真的"（《中吕·普天乐·闲居》）。徐再思唱道："想着云外青山，纳了腰间金印，伴赤松归去也"（《黄钟·红锦袍》）。汪元亨唱道："老计向林泉，平地作神仙，茶药琴棋砚，风花雪月天"（《双调·雁儿乐过得胜令·归隐》）等等。

以道教神话意象借喻艳情，也普遍存在于其他元代散曲中。例如：关汉卿写道："伴的是玉大仙携玉手并玉肩同登玉楼"（《南吕·一枝花·不伏老》）；徐再思写道："锦谷春，银瓶酒，玉天仙燕体莺喉"（《双调·沉醉东风·春情》）；钟嗣成写道："翠袖揎，玉笋呈，金杯劝。月殿婵娟，洛浦神仙"（《南吕·骂玉郎过感皇恩采茶歌·欢》）等。许多神仙意象如玉天仙、洛浦神仙之类，已成了元代风流文人们的笔头禅。

元代的散曲作家爱好以同一曲牌填写四支曲文，表现具有内在联系的四个子题，如春夏秋冬、风花雪月之类。于是，全真道教所谓的酒色财气四害，也成了散曲作家们经常采用的写作题目。

在元杂剧中，有一批描述仙凡姻缘神话的作品，散曲中亦不乏这类作品。例如马致远，他写过《刘阮误入桃源洞》杂剧，也写了同一故事的散曲《南宫·四块玉》，并用这一曲牌描述过楚襄王遇巫山神女和裴航遇云英等故事。

刘永之

隐士加神仙，是元代文人的共同心态。许多散曲作家抒写过这一心态，到了元末，又出现了抒写这一心态的诗人刘永之。刘永之字仲修，自号山阴道士，清江（今湖北恩施）人。至正年间，兵戈四起，刘与郡士杨伯谦、彭声之、梁孟敬等讲论风雅，当世翕然宗。入明以后，期廷征他入京，大学士宋濂称其词翰双绝，赠诗云："多少荐绅求识面，江南文价为君低。"但刘以重听辞归。他是一位慕仙羡佛的隐士，自称："我家清江县城北，竹梁花埭环深宅。邻屋分灯夜读书，仙山借鹿春耕石。"（《田园幽隐图》）他的这种仙隐意识，还体现在许多述怀诗里。

例如《和友人过象牙潭韵》：

> 一曲寒山照水清，哀鸿惊鹊乱江声。浪翻白雪千寻险，天接浮云万里平。前辈总随烟雾尽，虚名真似羽毛轻。高怀欲弃人间事，同向天台访赤城。

诗人向往并欲归隐于天台，因为那里是刘阮遇仙的地方，是仙境。

刘永之的仙境情结表现在语言上，是好以"仙"入诗。例如："重阳好约冰壶子，同入仙源避世人"（《醉赠何能举》）；"玉幢字隐仙书古，石扇苔青洞府闲"（《舟中望九华山》）；"仙馆曾逢玉带姿，梦中要作晚寒词"（《题墨梅》）；"洞里仙人白兔公，手持玉笛向秋风"（《题竹》之一），等等。

同时，刘永之对东晋名僧慧远也深怀景仰之情："静谈远公传，东林迹已微。怡然契玄理，令我坐忘归。"(《题匡山石室》)他还说："业受远公白，诗欣孟子清"(《望香炉峰读孟浩然诗因述》)；"酒熟频开白社尊，家贫时卖陈公屦"(《田园幽隐图》)。慧远创建白莲社的清高风雅故事，令千年之后的刘永之倾慕不已。

第三章 僧道诗词

第一节 诗僧

《元诗选》录元诗僧 17 人,《古今禅藻集》录元诗僧 34 人,《四库全书》收入元僧诗集 4 种。其中,以善住、释英、大圭、明本、惟则、圆至等人的作品,较为可观。

善　住

善住,字无位,别号云屋,曾居吴郡城报恩寺,宋末元初在世。他与赵孟𫖯、仇远、白廷、虞集诸人相酬唱,长于近体,有四灵和江湖派之遗风。他自称:"独立风埃外,幽观桃李春。青山久知我,天地一闲人。"(《独立》)这首诗既揭示了禅宗佛教抛弃一切修持功课、以闲为乐的特色,又概括了善住诗的基本内容。他善于即景抒"闲",例如"诗思尘埃外,闲心涧壑中"(《秋思》);"倚松闲看云生石,掩室幽闻叶堕阶"(《庚申岁暮》)。他又善于移"闲"入景,例如:"寺隔青城远,雪随野水闲"(《过西湖》);"云闲依碧嶂,鱼乐绕清池"(《酬无功》)。前者的主体是闲人,后者的主体是闲物,两者都是诗人的夫子自道。

善住的山水诗,是以闲为特征的禅趣之载体。诗中有时点出那个"闲"字,有时不点出而闲味自蕴其中。例如《暮春杂兴》:

野水浮来半落红,不须惆怅怨东风。春归毕竟归何处?还在溪光柳影中。

春云迢遰覆重城，风约云开漏月明。夜半小庭闲独立，钟声才断又蛙声。

春光欲老绿阴寒，稚笋才空已作竿。无限好山都不见，乱云斜雨满阑干。

这些诗中的意境为前人所不曾道，又不落禅家套语。故纪昀称其"秀骨天成，绝无蔬笋之气"（《四库提要》）。

善住虽处方外，以闲为乐；但对于方内的不平，众生的八苦，也不能无动于衷。因此他还写了一些哀叹苦海众生的诗。例如《有怀》：

短发已垂素，凄凉道尚孤。民间有苛政，天下是穷途。

白骨堪重肉，青山岂免租！空将钓竿手，身楫并江湖。

此诗不仅袒露出我佛慈悲的菩萨心肠；而且为元末农民起义的必然性和合理性，提供了铁证。

佛道互补，是六朝以玄释佛思潮的继续和发展，历经唐宋以至于元，也在元代诗僧中流行。善住是这类诗僧之一。其《赠羽人》云：

白发倦巾栉，客来无礼容。爱山思叠石，辟谷学餐松。林静分朝磬，云深隐暮钟。桃源在何许？我欲问仙踪。

善住还在《答平道士》中写道："释老门庭虽异趣，山林风月本同然"；"金锡也曾飞碧落，不妨伴鹤上青天"。他声称求同存异，实则向道教认同，以道补佛。

释　英

释英俗姓厉，字存实，号白云上人，钱塘（今浙江杭州）人，宋末元初在世，有《白云诗集》传世。赵孟𫖯说：释英的诗，"诗不离禅，禅不离诗"（《白云诗集》序）。这的确道出了释英诗歌的本色。例如：

（一）翠微深处结茅庐，著我闲身一事无。点得白云三万顷，年年不用纳官租。（《山居》）
　　（二）夜深月上青石阑，满窗虚白坐蒲团。兴来出门步明月，一声老鹤天风寒。（《步月》）

这些诗中的"白云"、"明月"，正如隆兴府双岭化禅师偈诗所说，"翠竹黄花非外境，白云明月露全真"，都是"道意"、"禅机"的象征。不过，这类寓禅之景都是唐宋禅诗中司空见惯了的。释英的另一些禅诗就颇有创造性了。例如《山中二绝》：

　　（一）一声山鸟啼，幽梦忽唤醒。起来开竹扉，日上中峰顶。
　　（二）窗前瀑布寒，林外夕阳薄。清风何处来？扑扑松花落。

这两首诗里的禅机，不是依靠个别景物，如白云、明月来暗示，而是蕴含在全诗浑然一体的幽寂、闲适的意境中。寻其韵味，似乎诗人在追步王维。

大　圭

　　大圭俗姓廖，字恒白，晋江（今属福建）人，至正间居泉州之紫云寺。他在诗中通过对社会现实苦难的真实描绘，把佛教教义中的苦谛和一个佛徒悲天悯人的慈悲胸怀，生动地呈现在读者面前。例如《夜闻水车》：

　　旱火秋蒸土山热，新苗立死田寸裂。西风何处送呜呜，一夜水车啼不歇。水车身作水中龙，赤脚踏龙怜老翁。白水田头月未落，千畦万畦云雨同。流苏醉臥谁家子，有耳不闻汝啼苦。水龙水龙汝勿苦，及物无功得如汝。

诗中描述水车"一夜啼不歇"之"苦"情，寄托着诗僧对踏车老翁的怜悯之怀，结句是对农业生产劳动的热情歌颂。
　　大圭还从不同角度描述了大旱之年的人间惨剧。"经年不见大田秋，卖尽犁锄食养牛。"(《闵农》)"斗米而今已十千,几人身在到明年!谯门有粥如甘露,活得操瓢死道边。"(《哀殍》)人们饥不择食,于是出现了人食人的可怖景象:"四门磔群贼,饿者竞趋之。顾此果何物?犹能疗汝饥!"(《次韵詹生因所见有感》)饿殍遍野,惨不忍睹。统治者对此如何呢?大圭在《苦旱》中告诉人们:

　　春秧黄槁百泉枯,龙骨声中泣老夫。不恨长饥委沟壑,长官秋至索王租。

诗僧大圭的苦谛诗,就是元代阶级矛盾的实录。

明　本

明本(1262—1323)俗姓孙,号中峰,钱塘(今属浙江)人。赵孟𫖯、冯海粟诸名士与之交谊甚笃。朝廷闻其名,特赐金栏伽黎衣,进号佛慈圆照广慧禅师,屡欲召见,均避而不至。他始终拒绝封建统治者的名利诱惑,坚持隐居,写了大量的弘扬佛理禅机的隐居诗。例如他写道:"万里任教湖海阔,放行收住不曾迷"(《船居》),借喻自己决不会为世俗名利所动;"幸有埋尘砖子在,待磨成镜照空颜"(《山居》),表明自己虽是南宗禅师,但也不放弃北宗禅的磨砖作镜的渐修工夫;"陈年佛法从教烂,岂是头陀懒折腰"(《水居》),说明禅宗是教外别传,决不搞传统佛教的念经拜佛那一套,等等。

明本还写了一些寓禅趣于闲适的抒情小诗。例如:

　　(一)学得闲来便得闲,好山好水任盘桓。林塘庵外湖山景,堪与杭州一样看。(《林塘庵》)
　　(二)晴云万叠裹群山,崖瀑千寻落树间。定里惊传王驾到,只应来夺老僧闲。(《次韵酬李仲思宰相》

惟　则

诗艺堪称元代诗僧第一者,乃是惟则。惟则一作维则,俗姓谭,字天如，一字吉之，永新（今属湖南）人。他受法于普应国师中峰，辟吴城（今苏州）东北之废圃为方丈，号曰师子林。其中有绿竹万竿，竹外多怪石；轩堂亭阁，冠绝一时。由于他道风日振，朝廷加号曰佛心普济文惠大辨禅师。侍者集其诗文，题名为《师子林》。

惟则常常通过写景和叙事以弘扬佛法。例如《一峰云外庵和韵四景》之一：

竹屋茶香满涧烟，绿杉深处响流泉。目前有法谁能说？落日微风一树蝉。

"目前有法"一语双关。"法"在佛典中有二义：一曰事物现象，即"万法为空"之"法"；二曰佛法，即佛的教法。"目前有法"句，意谓眼前之景（现象）人人得而见之，但其中蕴含的佛法则不是人人得而言之的；换言之，即俗人能赏景但不能说法。

惟则诗中出现的佛理，有时并非弘扬此佛理，而是为了增强诗的艺术感染力。例如《赠弟仁远入京》之一：

虬髯铁面岸纶巾，胆气粗豪语逼人。二十三年不相见，却疑年少是前身。

"却疑"句涉及佛教三世轮回教义，但此处目的在于夸张"二十三年不相见"之久别，亦即恍若隔世。

惟则也写了不少纯粹记述隐居情趣的诗，却不勉强地披上一件禅衣或生硬地凑上一条禅尾。例如：

（一）万竿绿玉绕禅房，头角森森笋稚长。坐起自携藤七尺，穿林络绎似巡堂。（《师子林即景》）

（二）欲别不别重相携，别思已逐寒云飞。飞云一去不可得，千村万落明斜晖。回头望吴山，满目青依依。亦如送我望我去，立尽风烟不忍归。（《真州送别悦希云》）

第一首写释家小景，景中并没有什么禅机佛理可寻。第二首写送别，被送者姓字中含"云"字，诗中以"飞云"象征被送者，即使隐含以云喻道的意图，也极其自然而巧妙。尤妙的是结尾又写出一片吴山送我的意境，作为对我送寒云的意境之烘托。"吴山"也就是"我"。惜别之情，依依不尽。

惟则的诗歌艺术堪称一流。他长于写景，也善于抒情。他描绘江潮道："吴松江水急如箭，昔见画图今识面。百川应命争先趋，东注海门如赴战。""闸上盘涡万阵分，闸下狂澜万骑奔。万雷吼兮万鼓发，石走沙飞乱戈甲。黄河冲破华山根，剑瀑劈开青玉峡。"（《吴松江观闸》）以战喻涛，惊心动魄。他能画磅礴之景，也能绘窈窕之境。例如《访仙洞山舟次大溪口》：

> 窈窕仙家何处寻？夕阳明灭乱云深。大溪横断青山合，一路风帆入树林。

结句极妙，照应了开头的"窈窕"二字。

抒情也是惟则诗之所长。前述《真州送别悦希云》已见一斑，这里不妨再读其《赠弟仁远入京四首》之另一首：

> 白云峰在夕阳边，目送吴云之楚天。汝到燕山却回首，三千里外又三千。

惟则家在楚天之下的永新，诗的前两句提出莫忘家乡之意，后两句嘱咐其弟到了燕京之后，不要久留，亦即惟则在此诗小序中说的："戒其速归"。这样，一去一回，两个"三千"，殷殷之情，凝结在这反复出现的四个字里，结得极妙。

惟则诗极少用典，尤其避用禅门公案，而多用白描；其次，他不仅重炼句，尤其重视在构思立意上用功：这是他在元代诗僧中高人一筹的原因。

圆　　至

圆至俗姓姚，字天隐，别号牧潜，高安（今属江西）人。他少时习儒，后出家师从仰山钦禅师，驻锡于建昌能仁寺。他现存的诗，涉佛者少而言情者多，许多描述人情物理的七绝，极有韵味。例如下面两首赠道友的诗：

（一）送子江头水亦悲，更能随我定何时？垂杨但为秋来瘦，不为秋来有别离。（《送宗倜》）

（二）畏寒一月闭窗纱，愁发春来半欲华。松院晚晴蜂乱出，故应山径有残花。（《怀本畅上人》）

这两首和尚赠和尚的小诗，情景交融，别开生面，读来齿颊生香。不过情非僧情，悲愁太甚，与静如止水的禅心实相扞格。用佛家的话来说，圆至是前朝诗僧惠洪的后身。

第二节　全真道士

金、元两朝，是全真道教创立和发展的时期。该教教祖王嚞及其门人为弘扬全真教旨而写下了大量传道诗词。其作品多缺乏艺术感染力。

王　　嚞

王嚞（1112—1170），原名中孚，字允卿；后改名世雄，字德威；入道后又改名嚞，字知明，号重阳子，谑号王风（疯）。他是陕西咸阳人，于金世宗初年创全真道教，收马钰、孙不二、丘处机等弟子七人。《重阳全真集》收入王嚞传道诗词千余首。他在一首《爇心香》里写道："谑号王风，实有仙风。性通禅释贯儒风。"他的这种"仙风"、"儒风"、"禅释"三教合一思想，具体表现在大量自述、赠友、咏物等诗词里。三教之中，对于全真教来说，以我（道）为主，采释补道，更为重要。因此，阐释这一思想模式的作品也更多一些。例如《浣溪沙》：

大道无名似有名，达磨面壁九年清。释迦坐雪六年精。　夺得真空真妙用，一通门里出圆明。大罗天上聚圆成。

王氏认为：要达到长生久视的目的，就必须修炼内丹。金丹结成，就是成仙。因此他还写了许多炼丹诗词。例如《调笑令》：

调笑，说玄妙。姹女婴儿舞跳，青龙白虎摇交叫，赤凤乌龟蟠绕。蓦然鼎乘召，性命从兹了了。　山峭，日光照。碧汉盈盈圆月耀，森罗万象长围罩，一道清风袅袅。真灵空外天皇诏，住在蓬莱关要。

王喆及其全真道内丹词的词语体系，基本上是对《黄庭经》、《悟真篇》等内丹著作的继承，许多词语均含比喻性。这首《调笑令》上阕里的"姹女婴儿"、"青龙白虎"、"赤凤乌龟"等意象，均借喻修炼内丹的元精、元神或阴、阳，意谓二者在体内交融涌动。下阕的日月光明等景象，即《悟真篇》所谓"潭底日红"、"山头月白"，意谓修炼者内视金丹结成时的幻象如此。这也就是成仙，即天皇诏入蓬莱之时。

马钰与孙不二

马钰（1123—1183），原名从义，字宜甫；从王喆入道后改名钰，字玄甫，号丹阳子。他的原籍是陕西扶风，后迁居宁海（今山东牟平）。马出身于世家大族，家有千金之富，曾入儒门三十年；后师从王喆出家，创全真道遇仙派。他的自述入道诗词，以现身说法姿态宣讲酒色财气四害，最能体现全真道教的严格禁欲主义特色。例如《桃源忆故人·得遇》：

马风褰口肥家了，缘甚甿妻屏子，便做飘蓬贫子？因谓重阳子。从斯道号丹阳子，尘事并无些子。悟彻男儿产子，决定成仙子。

马钰仿其师王喆谑号王风，亦自谑为马风（疯）。他的抛妻屏子，奔富从贫，自称"悟彻"，从道外人观之，实为迷彻的疯人。但他安贫乐道，为的是"产子"——炼就内丹，以达成仙之目的。他还在一首《十报恩·上街求乞》中写道："人人休惜一文钱，好与贫儿且结缘。暗暗还贤增万倍，明明助我养三田。"这与比丘捧钵化缘毫无二致。从一个锦衣玉食的马公子，自觉变成一个蓬头垢面、沿街乞食的马疯子，这就是弃"四害"的典范，全真道严格禁欲主义者的榜样。

马钰不但自己迷彻，还力劝其妻孙不二入道："奉劝孙姑修大道，时时只把心田扫。"（《渔家傲·赠孙姑》）老婆终于被疯子痴心打动，也拜在王嚞门下当了全真道姑。马钰又以道友、师兄的身份勉励孙不二，写了《炼丹砂·赠清静散人孙不二》：

奉报富春姑，休要随余。而今非妇亦非夫。各自修完真面目，脱免三涂。　炼气莫教粗，上下宽舒。绵绵似有却如无。个里灵童调引动，得赴仙都。

上阕意谓：昔日的夫妻恩爱，今天已化为乌有，有的是要修身养性跳出"三涂"，即佛教教义中的"三界"之苦。下阕是指点孙不二炼气炼丹。

此外，马钰还写了大量的养气炼丹诗词，与王重阳的同类题材作品大同小异。

孙不二（1119—1182），号清静散人，宁海人。她师从王重阳，创立了全真道清静派。其所著《孙不二君法语》包括《坤道功夫次第》诗14首、《女功内丹》诗7首，是妇女内丹功的专论；另有孙不二元君传述丹道秘书》一种。她的《卜算子·辞世》道：

握固披衣候，水火频交媾。万道霞海底生，一撞三关透。　仙乐频频奏，常饮醍醐酒。妙药都来顷刻间，九转金丹就。

这就孙道姑对修炼内丹功法的简明扼要的概括和总结。上阕描述练功的过程。"握固"是练功时手的姿势，即以大指掐中指中节，四指齐收于手心，或者屈大指于四指下。"若能终日握之，邪气百毒不得入。"（《云笈七签》卷32）"水火"句借喻练功者体内的元神、元气交融互汇。"万道"、"一撞"两句描述练功者运气时的感受。气在人体内运行，沿督脉自下而上，有三关——尾闾、辘轳、玉枕——较难通关。练功者若运气得法，就能取得"一撞三关透"的效果。这时，练功者内视自体之中，就会出现一片光明的幻觉。下阕描述修炼的结果，是结成"妙药"。此时金丹将成，成仙在即，修炼者获得的是仙药飘飘，醍醐灌顶的舒畅万分之感受。

丘处机

丘处机（1148—1227），字通密，号长春子，登州栖霞（今属山东）人。他19岁入道，20岁拜王喆为师，曾穴居陕西磻溪6年，隐居龙门山7年，颇受金世宗、章宗之礼遇，入元以后又受元太祖厚遇。他的作品，虽亦不忘弘扬全真教旨，但一般不直接宣科说教，较少使用禅言道语，往往能将道意与景物描写交相融会。例如《望江南·四时》（四首录二）：

（一）山中好，最好是春时。红白野花千种样，间关幽鸟百般啼，空翠湿人衣。　茶自采，笋蕨更同薇。百结布衫忘世虑，几壶村酒适天机，一醉任东西。

（二）山中好，末后称三冬。纸帐蒲团香淡碧，竹炉茶灶火深红。交袖坐和冲。　人如梦，百岁等闲中。梅蕊绽时泉脉动，霜花飞处雁书空，一醉待春风。

除王重阳和北七真外，还有王丹桂、侯善渊、王吉昌、刘志渊、长筌子等，也有大量全真道诗词传世。这些作品的内容和风格，大都彼此相似，缺乏各自的特色。

第三节　正一道士

各符箓派道教衰微于金，入元以后，复兴并合流为正一道。其中，龙虎山道士吴全节、薛玄曦，茅山道士马臻、张雨，以及道派不明的郑守仁等，是正一道诗人之代表。

吴全节与薛玄曦

　　他们是来自龙虎山的两位御用道士诗人。吴全节,字成季,号闲闲,又号看云道人,镜州安仁(今属江西分宜)人。他13岁赴龙虎山学道于张留孙。元世祖平定江南以后,吴随师朝观,世祖命吴留京中,赐号上卿;成宗元贞初年,授冲素崇道法师、南岳提点,不久,加授玄德法师、崇真万寿宫提举;大德末年,授玄教嗣师;英宗至治元年,授特进上卿玄教大宗师、崇文弘道玄德真人,总摄江、淮、荆、襄各处道教,知集贤院道教事。他历事六朝,出入禁阁,享年82岁。作为一名御用道士,他的全部宗教活动和诗歌创作,都是与皇家的祭祀礼仪并为封建政权歌功颂德分不开的。他先后两次受命前往茅山祭祀,并写下了许多记述这两次宗教活动的诗。例如他第一次奉命祭茅诗《至大三年代祀茅山宿玉晨观》:

　　　　皇驰六辔过华阳,晋桧苍苍古道场。夜鹤唳风清地肺,晓龙吟雨护天香。三峰恍惚蓬莱境,万象昭回草木光。青石坛高天咫尺,绿章封事答吾皇。

　　"华阳"是茅山道祖师陶弘景的道号,此处代指茅山。"地肺",茅山原名。"三峰",指大、中、小三茅峰,传说西汉时有茅盈、茅固、茅衷兄弟三人至此修道升仙,号称三茅真君,遂有三茅峰之说。"绿章"又名青词,道教举行斋醮时献给天神的奏章,用朱笔写在青藤纸上,故名。这是一首为封建主义政治服务的宗教诗代表作。

　　他第二次奉命祭茅,也写了许多诗。其时,茅山"道童遇白兔入穴,掘之,得一玉印,乃'九老仙都君'玉印一颗,乃宣和故物也"(吴全节《获玉印》序)。他因此而写了《获玉印》诗:

　　　　瑶瑛篆刻镇华阳,犹带宣和雨露香。玉兔有灵开地藏,金童无意得天章。九重台上增春色,万里书中耿夜光。喜遇明时荐神瑞,三君珍重护宏纲。

这首诗从谶纬迷信出发，意谓玉印的发现得力于神仙三茅真君对玉印的珍重呵护和推荐，为的是庆贺"明时"的到来。元代帝王扶植、利用宗教，以及宗教为元代帝王头上制造神圣光圈，在这首诗里体现得十分鲜明了。

薛玄曦，字玄卿，自号上清外史，原籍河东（今山西永济），徙居信州之贵溪（今属江西）。他12岁入龙虎山学道，师事张留孙、吴全节。仁宗延佑间，他被召见并授大都崇真万寿宫提举，后升上都崇真万寿宫提点，泰定元年辞归龙虎山。惠宗至正三年，朝廷授予了他弘文裕德崇仁真人之道号，任杭州佑圣观住持，兼领杭州各宫观。薛拜命而派遣弟子代其职事，五年后辞世。他的诗，大都是歌颂帝王以及与官僚唱和之作。例如《万岁山次韵》：

万岁仙山耸碧空，广寒春殿最当中。桥连绮石通三岛，路绕银河接两宫。柳拂甘泉巢翡翠，花凝太液下冥鸿。年年此地经游辈，自是承平乐未终。

其他诗作，类皆如此。薛玄曦堪称一位称职的宫廷宗教诗人。

马臻与张雨

这是两位茅山道诗人。他们与前两位天师道御用诗人相反，坚持隐修之路，发扬了教祖陶弘景的遗风。

马臻，字志道，别号虚中，宋末元初人。他少慕齐梁著名道士陶弘景为人，自着道服，隐于西湖，肆力吟咏，著《霞外集》。他的诗，是茅山道意识的形象化表现。道教茅山宗创始人陶弘景的宗教意识，是以道为主而辅以释、儒的三教合流型。马臻私淑于陶，其诗中的三教意识的烙印至为鲜明。

首先看马臻的道教意识。他在《送梁中砥归句曲》中写道："家住华阳第几峰？又将琴剑去匆匆。地浮云气连山白，露浴丹光入夜红。""句曲"，茅山旧名；"华阳"为陶弘景道号，借指茅山；"梁中砥"无疑就是茅山道士了。因此，马臻此诗是为同道送行之作，流露出诗人对茅山道发源地及其祖师的深情。

其次看马臻的佛教意识。他在《春霁陪葛元白游南山》中写道:"偶入招提境,如酬宿昔因。禅心本无住,吾道岂忧贫!"诗中谓佛教的招提与作为道士的马臻之间,早具因缘关系,所以"禅心"与"吾道"之间也可以互相沟通。他还在《陪葛元白、仇仁近访南竺诗僧,分韵得影字》诗中,表现了对东晋名僧慧远及其白莲社的景仰和认同之怀。

马臻的儒教意识,体现在缅怀南宋时期的西湖繁华的诗里。他在《西湖春日壮游即事》诗的小序中写道:"延祐戊午春,偶以钓槎之暇,因念西湖春日壮游,尚历历然眉睫间。光阴几何,余矍铄矣。遂成七言二韵诗三十首,以写幽怀。后我之生或不我信,倘遗老览之,则将同一兴感焉。"对马臻的诗,"遗老览之""同一兴感",则马臻亦自命遗老矣。今举其诗数首如下:

(一)南屏山色染春烟,路接高峰社鼓喧。第一桥边春更好,御舟闲在翠芳园。

(二)一路亭台间酒家,渐看杨柳绿藏鸦。太平官府无民诉,补种沿堤四季花。

(三)天街夜市已喧阗,半掩城门玉漏传。笼烛绛纱争道入,湖心犹有未归船。

字里行间,流露出诗人对故宋王朝的眷念,显示了作者的遗老心态,表现了茅山道以儒补道的宗风。

此外,马臻诗中还有大量描述其道士式隐居生活情趣之作。例如:

(一)竹窗西日晚来明,桂子香中鹤梦清。侍立小童闲不动,萧萧石鼎煮茶声。(《竹窗》)

(二)浅浅春风尚带寒,日斜香篆半烧残。杏花一树开如锦,怕触啼莺不倚栏。(《春日幽居》)

(三)危坐不觉久,月照一庭绿。三更白露下,夜气湿野服。恬淡失悲喜,视聪非耳目。闲将黄庭经,更趁月下读。(《危坐》)

煮茶，焚香，读《黄经》，蓄白鹤，钩出一幅隐修道士的生活速写画。

张雨，字伯雨，一名天雨，别号贞居子，钱塘（今属浙江杭州）人，故宋崇国公张九成之后，元初在世。他20岁弃家为道士，遍游天台、括苍诸名山，后登茅山，授大洞经箓。开元宫王真人曾与之相偕入京，朝廷欲赐以官，张自誓不出。其诗内容，大致可分三个方面：一是隐居修道诗，二是道教神话诗，三是三教互补诗。

张雨虽为宦门之后，但他既为茅山道士，便坚守隐修的华阳宗风。他的《无波古井水》是一首借古井以明己志的述怀诗。诗中写道："古井何泓然，不食自甘冷。去来绝攀缘，挽断辘轳绠。唯有中宵月，圆中时照影。"诗人颇以不慕朱紫、洁身如玉自许。他在《种树》、《三月十三夜对月》、《独行》、《夕佳楼》、《听雨楼》、《斋居偶兴》、《菌阁》、《早秋》、《吾爱吾庐》、《偶成》等诗中，对其隐修的云林野趣作了多视角的扫描。例如《菌阁》：

  岩架菌芝阁，榜题松雪扉。云来画檐宿，龙向墨池归。对几琴三叠，倚栏山四围。仙灵能夜降，应得授玄机。

诗人把他隐修的居室命名为"菌芝阁"，体现了道教继承先秦方士的服食方术之特色。诗里的"菌"与"芝"是两种著名的仙药，据云食之可以成仙。张雨的隐修生涯，主要就是对服食方术的实践："我将拾瑶草，迟子于玄洲"（《寄题刘彦基丹室》）；"独寻玉女洗头处，相伴仙人采药归"（《次韵刘伯温御史春游》）；"林下甑香黄独月，松根锄冷茯苓秋"，等等。这些诗句，有时点出了仙药之名，有时则泛称"药"。虚道元《太上肘后玉经方》里有一个仙药方，名叫《龟台王母四童散方》，其法是将茯苓、黄精、丹砂、胡麻等捣碎，做成蜜丸或散剂，"服八年，颜如婴童之状，肌肤如凝脂"。这个仙药方，据说是"昔王母传大茅君，大茅君传弟衷，立盟契约，誓不慢泄"（《云笈七签》卷74）。这表明张雨之服药求仙，乃是茅山宗的道统，当然，与张雨多病（他在诗中经常提及）也不无关系。

茅山道相信世有神仙，而且神仙可修炼而成。张雨的诗充分表现了这一点。他写了许多游仙诗，如《女仙江静真碧游仙词》、《明德游仙词十首》、《玄洲唱和》等都是。现举其《玄洲唱和》中的两首如下：

  （一）九疑得道女，受事易迁家。诗赠金条脱，人逢萼绿华。（《罗姑洞》）
  （二）静夜飒灵风，神君语帐中。至今双白鹤，时下五云峰。（《鹤台》）

罗姑洞和鹤台均是茅山的仙真古迹。张雨的诗，言之凿凿，意在证明道士、道姑都是可以修成神仙的。

  神仙，是道教最高理想的寄托对象。因此张雨诗触及现实生活中的美好事物时，便每每借神仙以为喻。例如《范以善云林清远馆》：

  华阳范监居幽眇，不到玄窗未易逢。山气半为湖外雨，松声遥答岭头钟。常闻神女骑龙过，亦有仙人控鹤从。安用乘流三万里，小天元在积金峰。

诗人以神女骑龙、仙人控鹤两个神仙意象，借喻道友范以善的居所之幽眇高洁，俗客难到。

  其他如："未信人间日易斜，携春来问列仙家"（《广陵有寄菊花诗丐余次韵》），以"列仙家"喻自己之家；"素华台榭压昆丘，况近仙家十二楼"（《素华台》），以"昆丘"、"十二楼"等仙境仙家美化素华台；"居然缩地法，挈入壶公壶"（《天池石壁为铁雅赋》），以神仙施缩地法将"天池石壁"携入壶公的壶中，借喻画家将"天池石壁"写入画中；"扬帆五十日，蓬莱望中见"（《题墨兰，赠别于一山之京师》），以"蓬莱"仙境喻京师，等等。

  茅山道主张以道为主的三教合流，因此，张雨诗中往往会出现三教意象纷呈杂出的情况。例如《次韵虞公和断江和尚种松》写道："松下微吟惬病惊，支离潦倒似支公。顶因巢鹤翻成结，心为依禅毕竟空。陆子坛前春古淡，葛洪井上雨青葱。"支公，晋代名僧支遁；陆子，南宋心学派理学家陆象山，他融禅入儒，是儒教唯心主义哲学家；葛洪，晋代著名道

— 518 —

士。诗人在同一首诗里以佛、道、儒三个代表性人物自况。

郑守仁

郑守仁，号蒙泉，天台黄岩（今属浙江）人。他自幼慕道，着道服；成年以后，至京师，寓蓬莱坊之崇真宫，不事干谒。某夜大雪封门，他独自读书，僵卧于寒斋而自若，京师人呼之为独冷先生。至正年间他出主白云观。他与茅山道士张雨、天师道士吴全节和薛玄曦等都有唱和赠答。例如《和句曲张外史韵，寄上清薛外史》，就是与张雨、薛玄曦二道友唱和之作。诗如下：

  明月照寒水，清霜积厚冰。知君多念我，为客独依僧。湖海十年梦，诗书半夜灯。忽闻江国雁，写寄剡溪藤。（注：古代剡溪以产藤纸著称）

从此诗不难看出，郑守仁与道友们之间的友谊颇为亲密。

他在《上京怀张外史》里又写道：

  两冬为客住龙沙，长忆西湖处士家。昨夜不知身万里，短窗明月梦梅花。

诗中将隐居茅山的张雨比作隐居西湖孤山、以梅为妻以鹤为子的林逋处士。于此可见，他对不愿做官的"处士"张雨倾注了更多怀念之情。

第七编

明 代

宗教概况

明朝自太祖洪武元年（1368）至毅宗崇祯十七年（1644），共享国运276年。明朝继承了自隋唐以来的诸教并举政策，不过在区别对待道教各派和佛教各派的具体政策上，恰与元朝相左。同时，基于元末白莲教起义的历史教训，明朝廷对白莲教以及其他民间宗教严加禁止。

明朝的宗教机构，在沿袭旧制的基础上，进一步完善化。京师设太常寺，主管皇家祭祀天地、宗庙事宜；设国子监，教学以"孝弟、礼义、忠信、廉耻为之本，以六经、诸史为之业，务各期以敦伦善行、敬业乐群"（《明史·职官志》）；设立僧录司、道录司以掌天下僧道。僧录司置左右善世、左右阐教、左右讲经、左右觉义，道录司置左右正一、左右演法、左右至灵、左右玄义。府、州、县亦设立儒、道、佛三教机关。府设儒学、道纪司、僧纲司，州设儒学、道正司、僧正司，县设儒学、道会司、僧会司。

儒教受到明代帝王的高度重视。明太祖在建国前便吸收浙东儒生参与议事，并赴曲阜祭孔，表示要"明教化，以行先王之道"（《明太祖实录》）；建国后他又规定：科考以朱熹的《四书集注》和程颐、程颢对经义的注解为准。新儒教——程朱理学一开始便成为明代官方的宗教伦理学。明成祖为弘扬程朱理学，敕命编纂《性理大全》（宋儒120家著作摘编）、《四书大全》《五经大全》等书，颁行全国，作为儒生应试的基本读物。

明代理学是对宋代理学的继承与发展。"明初诸儒，皆朱子门人之支流余裔，师承有自，矩矱秩然"（《明史·儒林传序》）。名儒宋濂、方孝孺、曹端、薛瑄、吴与弼、胡居仁、陈献章等，都是程朱理学的传承者，"非朱氏之言不学"（何乔远《名山藏·儒林记》），明代先后有四位理学大师被奉入孔庙从祀。弘治、正德年间，王守仁（阳明）继承并发展宋儒陆九渊心学，开创了明代儒教的新局面。他提出"心外无理，心外无事"的主观唯心主义口号。据此他又提出："知是心的本体，心自然会知。见父母自然知孝，见兄自然知兄，见孺子入井，自然知恻隐，此便是良知，不假外求。"（《答顾东桥书》）这种"良心"或"良知"理论，与禅宗佛教的"即心是佛，不假外求"的理论，毫无二致，其源流关系一望便知。王守仁又认为：人的良知常被"私欲"蒙蔽，若要恢复良知，就必须在"致知"、"格物"上下工夫。"致知"就是恢复良知，排除私欲。"格物"的"格"是"正"的意思，"物"则是人的心意之所指，并非客观事物本身。因此，"格物"实即"正心"，总之是叫人们修身养性，摒除一切物欲。这也就是"天理"。宋明理学的儒表释里及其宗教式的禁欲主义性质，十分明确。陆王心学"门徒遍天下，流传逾百年"（《明史》），并形成了浙中、江右、南中、泰州诸学派，一时风靡天下。

明万历以后，在商品经济迅猛发展的刺激下，掀起了一股反对理学的思潮。李贽指斥理学"鼓倡狂禅"（《明儒学案》）。他主张"穿衣吃饭即是人伦物理"（《焚书》），反对"灭人欲"而赞成私心私欲，并对男尊女卑、女子守节等儒家伦理观提出了批判。

道教两教——正一道与全真道，虽然都受明朝廷的扶植，但其所受的重视程度是不同的。明太祖在《御制玄教立成斋醮仪文序》中说："朕观释道之教，各有二徒。僧有禅有教，道有正一有全真。禅与全真务以修身养性，独为自己而已。教与正一专以超脱，为孝子慈亲之设，益人伦，厚风俗，其功大矣哉。"从此以后，重正一而轻全真，成了明朝的基本道教政策。其次，明代帝王多迷信方术，热衷斋醮，因此正一道之受宠信，与两宋相比，有过之而无不及。洪武年间，"朝廷访求通晓历数，数往知来，试无不验者，必封侯，食禄千五百石"（《菽园杂记》）。先后受到太祖征召礼遇者，有42代天师张正常、刘基、张中、周颠仙、冷谦、时蔚、邓仲修、刘渊然、丘玄清、张三丰等，其中除张三丰等极少数人外，多是正一道士。张正常获"正一嗣教真人"封号，银印，秩二品。明成祖起于北方，他为了利用道教神话夺取政权，所以崇祀全真道派的北方真武神。但全真道并未从此超越于正一道之上。宪宗朝，正一道士被加号真人、高士而尊荣一时者,有李孜省、邓常恩、赵玉芝、凌中、顾玒等。世宗惑道尤甚,受他宠幸的正一道士有邵元节、陶仲文、段朝用、龚可佩、蓝道行、胡大顺、蓝田玉、顾可学等数十人之多。这些道士,大都以毒药、房中术邀宠于皇帝。龙虎山上清宫道士邵元节被他加封为"清微妙济、守静修真、凝元衍范、志默秉诚、致一真人",统辖道教,赐金印、银印、玉印、象牙印各一枚。陶仲文被他加封为"神霄保国、弘烈宣教、振法通真、忠孝秉一真人",授职少保、礼部尚书,再加少传、少师,爵封恭诚伯。邵陶二人,皆享秩一品。

明初正一道士张宇初,对道教的教理有所发展。他提倡三教归一,声称:"元始,道之元神也;宝珠,即心也,儒曰太极,释曰圆觉,盖一理也。"他还提倡道教各派融汇互补,将符箓诸派与全真道贯通为一。他在道教学说上的这些发展,是唐宋以来三教合流思潮的继续,又进一步推动了明代的三教合流。

明代道教各派在民间均产生了广泛深远的影响。符箓道教在民间产生的最深远的影响,是多神崇拜。早期道教只祀奉三宫神,发展到明代已成为万神之教。关帝、玄帝、文昌帝君、天妃、城隍神、王灵官、龙王、火神、山神、土地神、送子娘娘等神庙,遍布全国城乡,成为民间普遍崇奉的对象。符箓道教在民间的另一深远影响,是扶乩和劝善书的广泛流传。全真道教在民间产生的深远影响,则是八仙崇拜。特别是其中的吕祖,被全国城乡广建庙宇供奉。

明代帝王也极重视对佛教的利用。太祖原是安徽凤阳皇觉寺沙门。他认为:"人皆在家为善,安得不世之清泰",并"佐王纲而理道"(《释氏稽古略续集》卷二)。因此他多方罗致天下名僧。梵琦、宗泐、来复、守仁等,先后均被召至京师,在掌管天下僧尼的僧录司供职。成祖在僧道衍的参与谋划下,制造"君权佛授"的神话发动政变,夺取了惠帝的王位。此后,他还亲编《佛曲》数千首之多,融儒释为一体,将忠孝伦理观与因果报应观相结合,使之成为维护明王朝的通俗化政治教科书。

明朝廷鉴于前朝崇奉藏传佛教的流弊,改取着重支持汉地佛教的政策。从此,喇嘛教在汉地渐衰,而禅宗、净土宗、律宗、天台宗、贤首宗诸佛教宗派,再度崛起,尤以禅宗之临济、曹洞两派为盛。对于喇嘛教上层分子，朝廷仍给予相当的优遇，仿元制授予"帝师"、"国师"等称号。神宗万历五年（1577），敕封西藏高僧索南嘉措（1543—1588）为达赖喇嘛。"达赖"之号，始于此时。

万历期间，三教合一思潮再次覆盖了中国的思想文化界。当时，僧侣真可、袾宏、德清、智旭等顺应中国宗教思想历史的轨迹，提倡教内各宗大融合，教外则儒、释、道大融合，从而创造出一个三教合流的新局面，并在明代文学中留下了鲜明的印记。

明代的民间宗教是白莲教及其支派黄天教、红阳教、无为教等。元代白莲教崇奉弥勒佛，入明以后，改奉无生老母，宣称弥勒佛是无生老母派遣下凡，拯救迷途红尘的"皇胎儿女"返回"真空家乡"。黄天教是嘉靖年间李宾在直隶万全卫创立。李宾道号普明。该教教徒均以佛号命名，而修习全真道之内丹术。红阳教全称混元红阳教，简称混元教、红阳教、弘阳教等，曲周县韩太湖创立于万历二十二年。韩太湖道号飘高。该教受当时三教合流的影响，设立"三教堂"，供奉混元老祖（老子）、释迦牟尼和孔子。无为教是山东莱州即墨罗清所创，教中人称之为罗祖，故该教又称罗祖教、罗教等。他曾一度下狱，在狱中写成五部经书，受到太监张永支持，呈送武宗，被封为"无为宗师"，其五部经书亦命名《罗祖五部经》，刊行天下。

天主教（基督教的旧教）在这一时期获得进一步发展。这与意大利耶稣会传教士利玛窦之来华定居传教，并传播西方科技知识，是密切相关的。1601年，利玛窦向明神宗进贡天主教圣物、自鸣时钟、万国国志等，并由于他具有丰富的天文、地理和自然科技知识，被朝廷授官并定居北京。他写的传教书《天学实义》引儒家经典论证天主教教义，颇类似于东汉的援儒、老入释的牟子《理惑论》。

同时，自远古传承下来的各种准宗教，如自然精灵崇拜、鬼灵崇拜、祖灵崇拜、占卜、巫术和前兆迷信等，继续在民间广泛地流传着。

第一章　章回小说

用白话写作的章回小说,是明代出现的新文体,是从长篇话本小说演变而来的,是我国传统长篇小说的基本形式。明代章回小说之与宗教相关者,可分为神话型、神话—史话型、神话—寓言型三大类。

第一节　神话章回小说

凡章回小说的内容以演述宗教神话故事为主者,是为神话章回小说。

《禅真逸史》与《禅真后史》

这是两部取材于三教,并充满佛道神话故事的章回小说,旧题清溪道人编次。清溪道人者,一说是方汝浩,河南人;又潘镜若《三教开迷序》有"先严清溪道人"话,据此则作者又当姓潘了。

《禅真逸史》又名《残梁外史》、《妙相寺全传》,8卷,40回,约成书于明天启年间(1621—1628)。履先甫在《禅真逸史》凡例中指出:此书"缕析条分,总成就淡然、三子、禅真一事"。这是对全书内容的提纲挈领式的高度概括。书中叙南北朝时,东魏林时茂(淡然)急流勇退,辞官出家,后来获得天书,练成呼风唤雨、降妖伏魔的超自然力。他的三个弟子——杜伏威、薛举和张善相,均为忠良后代,因负屈含冤,隐身绿林,后来报仇雪耻,成就了一番大事业。三子功成身退,皆出家修道,共证仙班。书中围绕这条主线,同时对禅真两界,亦即佛道二教中肆意践踏戒律之徒,彻底揭露并痛加批判。

《禅真逸史》的基本思想倾向是崇儒排佛。在中国宗教思想史的三教合流总趋势中，崇儒排佛是一股支流，是三教既互为补充又互相抗衡的反映。这股支流，在三教鼎立的唐代早已形成，韩愈散文《论佛骨表》是这一思潮的第一次鲜明表现。章回小说《禅真逸史》乃是《论佛骨表》在明代的回声。该书第一回通过高欢丞相之口，宣告了小说的思想立场："上古圣王御世，唯以仁义为重，君臣敦睦于上，人民亲爱于下，故熙皥之治成焉"。这是儒家的仁政学说。接着作者调转笔锋，仍借高丞相之舌，痛斥佞佛之举，坦陈"释教之谬"，罪状有三。其第一罪云：

> 夫佛氏崇尚虚无，绝灭人伦，悖逆天理，误天下之苍生者也。人禀阴阳之气，则生生化化，终始不穷，理所必有。假令尽皈佛法，则灭而不生，人无遗类，成何世界！世俗子女难育，故借佛老之教，以冀延旦夕之命，出乎不得已，谅非其本心也。虽云扳缁削发，而男女之欲，人孰无之！不能遂其所愿，轻则欲火煎熬，忧思病死；甚且逾墙窥隙，食淫犯法，而不之顾。至于佛会之说，其恶尤著：科敛人财，聚集男女，阳为拜佛看经，暗里偷情坏法，伤风败俗，紊乱纲常，莫此为甚。

作者又借高欢之口，指出借禅遁迹者实非奉佛：

> 固亦有英雄杰士，功成名遂而怀鸟尽弓藏之虑者，寄迹禅林，遂游云水，效子房之辟谷，仿□（莲）社之参禅。此明哲以保身，非实崇事于三乘也。

小说第二回接着推出两个佛徒——钟守净与林澹然。钟是身入佛门而"非其本心"，故"贪淫犯法"的典型；林是"功成名遂而怀鸟尽弓藏之虑"，故"寄迹禅林"以自保的典型。全书情节围绕上述两个主要人物展开。

这部小说的思想是复杂矛盾的。它一面崇儒排佛，另一面又宣扬三教合一。林澹然是作为三教合一的正面主人公来塑造的。他不但曾经遵循儒家政治伦理准则，忠心耿耿地为皇帝建功立业，不但在妙相寺成为一个模范长老，而且又获神仙所赐天书而学会了道教法术。他作法时那光头赤脚而仗剑的亦僧亦道之态，未免给人以滑稽可笑之感。这是产生《禅真逸史》那个时代的三教合流思潮的载体。

作者的佛道意识不仅体现在林澹然这个人物身上，也体现在其他大量神话情节中。例如：赵蜜嘴、黎赛玉、钟守净死后又遭冥谴，堕入畜生道，变为白狗、黑猪、猛虎。这是借六道轮回的佛教教义来鞭笞佛道败类。此外，书中还有许多涉及鬼神、妖魔、星兆、巫术等各种民间宗教的情节。这表明：《禅真逸史》虽然开篇高举崇儒排佛之大旗，其实是以毒攻毒，是借佛道以及其他准宗教的超自然力去惩罚不法沙门羽客，并非从根本上反对佛教（参阅拙著《中西宗教与文学》第十章第一节）。

钟守净形象具有一定的认识价值。这是一个非本心自愿，因年幼体弱而被愚父愚母送入寺庙的和尚。他成年以后，难守空门，肆意破坏戒律，终于堕落为释氏不肖之徒。小说对他在法会上看见黎赛玉时的情状，讽刺地描绘道："钟守净不觉神魂飘荡，按捺不住，口里讲那个'佛'字，一面心里想这个'女菩萨'。""守净"其名是对其人的反讽，恰如猪八戒其名是对其人的反讽一样，二者都是名实相乖的喜剧形象。但从社会学角度考察，钟守净却是一个值得同情的悲剧角色。他是旧时代千千万万被愚昧无知的父母贻害的受害者之一。

杜子虚是小说中的另一个否定性喜剧形象，一个不学无术、专事淫邪的道门败类。道教方术中有所谓"房中术"，其本义是讲究节欲养生之道，但后来被道门末流歪曲为纵欲之依据。杜子虚就是这样一个淫棍，他厚颜无耻地自诩为"花里魔王"。作品描述了一个杜子虚乔装相公在妓馆丢人现眼的故事。胸无点墨的杜子虚头顶方巾，伪装斯文，点名要会见"琴棋书画，无有不通"的媚春。二人相见之后，媚春"请问相公，高姓尊字，何处下帷"。杜张口就露了马脚："小道姓高，贱字伯实，敝馆寓玉华观中。"媚春识破其庐山真面之后，借唱曲之机，当场揭了他的底细："琼宫玉府，却离了琼宫玉府，新翻风月谱。你可也辨着青州从事，紫诰真符，改衣妆来混取。……"不料杜却听不懂曲文带刺，反而"鼓掌喝采"。接着行酒令，要"俗一句，六个字"。轮到杜时，他的令语是："一上香，二上香。"再次露了马脚。媚春再起一令：要一个"天"字，只许五言，诗书、成语均可。轮到杜时,他第三次露了马脚。其令语是:"太乙救苦天"。媚春指出这五个字"非诗又非书,又无成说",要罚大杯。杜不服气,争论道:"小弟是《雷经》上的:太乙救苦天尊!"媚春问他,何以令语中丢了"尊"字。杜道:"说出'尊'字来,便是增一字了。"结果被罚酒两大碗。小说以三露马脚的喜剧性情节,对道门败类杜子虚给予了辛辣的讽刺。

《禅真逸史》中的情节,有不少源于《平妖传》、《水浒传》、《三国演义》、《西游记》、《牡丹亭》等著名小说和戏曲。例如林澹然五花洞获天书秘篆、林澹然与番僧比武斗法等,都是对《平妖传》、《西游记》的借鉴,但笔力远逊。书中的主要人物林澹然、钟守净、杜子虚、赵蜜嘴等,形象较为鲜明,但其余人物则缺乏明确的个性。语言文白杂陈,不及《平妖传》、《西游记》等书的语言之通俗、活泼、生动。

另一方面,这本小说中的某些情节又对清代著名小说《红楼梦》产生了一定的影响。《禅真逸史》第22回"隔尘溪畔二仙舟"和第23回"清虚境天主延宾",写杜伏威身游清虚境,实开《红楼梦》里贾宝玉神游太虚幻境之先河。其次,《红楼梦》里那疯疯癫癫、讽世劝化的一僧一道,也不无《禅真逸史》第40回里那两个癫狂放歌、借酒点化的道人形象的影子。

《禅真后史》共10卷,60回。它与《禅真逸史》既相区别,又相联系。书中叙瞿琰九岁时受一老僧教化,学得飞腾、剑法、书符、黄白之术。老僧嘱他日后护国救民。瞿琰不负老僧期望,除奸斩妄,做了许多利国利民的好事,被武则天封为兵部左侍郎。小说最后交代:老僧就是林澹然,瞿琰就是薛举。总之,《禅真逸史》中已证仙佛的几位主人公,重降人寰,再建功业。这部作品的主旨与《禅真逸史》相同,即在鼓吹会三归一思潮的前提下,批判害国扰民的不法僧道,歌颂利民济世的禅师与仙真。

《四游记》

《四游记》是明代四种宗教神话小说《东游记》、《南游记》、《西游记》、《北游记》的合集,不是一人之作。它们均写成于明中叶以后的三教合流思潮时期,所以这部书成为表现三教会同意识的代表作。

第七编　明代

《东游记》一名《上洞八仙传》，又名《八仙出处东游记传》，2卷，56回，吴元泰撰。书中叙铁拐李、汉钟离、吕洞宾、张果老、蓝采和、何仙姑、韩湘子、曹国舅八位神仙求道与成道的经过。他们成道以后，共渡东海。东海龙王之子摩揭觊觎蓝采和足踏之宝——玉版，夺其宝而囚其身。八仙与龙王大战，龙王虽请天兵相助，也大败亏输。后经佛祖、观音和太上老君从中斡旋调解，双方乃罢战。玉皇最后封双方各加批评处罚了事。

自魏晋以后，各种志怪笔记小说中涌现大量神仙故事。自唐宋以后，八仙故事逐渐形成于民间，元杂剧中也出现了一批以八仙为题材的作品。《东游记》故事广泛采自上述各类小说和戏曲。例如第10回"铁拐屡试长房"，是把晋葛洪《神仙传》里的壶公故事移花接木，置于八仙之一的铁拐李名下；末尾的桓景从学于长房九月九日登高避难一事，则出自南朝梁吴筠的《续齐谐纪》，等等。

《东游记》写的虽然是道教仙话，但儒、佛意识也广泛渗透在人物和情节中。例如："仙丹起死回生"叙铁拐李神游华山，嘱其徒杨子守尸七日，方可焚尸。至第六日，杨子家人驰报其母病危，杨子不得已而提前一天将李尸焚化。但当他赶回家时，母已病故。第七日李魂归来，亦无原尸可附，只得附一饿殍而起。杨子得知，悔恨不已："内不能尽孝于母，外不能尽信于师。"他要拔剑自刎以报母谢师。铁拐李安慰他："忠孝在于立心，君心如此，则君所谓不忠不孝者，实大忠大孝也。"这是儒道合流。至于佛道合流的情节就更多，例如：汉钟离之得道，是在胡僧引路和东华仙翁传道的联手合作下实现的；玉母寿诞，诸佛致贺；八仙与龙王大战，赖佛祖与观音之调解，方得以化干戈为玉帛，等等。

在这部描述神佛的非现实性故事里，有时也折射出某些现实性来。例如"观音和好朝天"一节，叙佛祖、老君和观音断案：

三人坐定，龙王、八仙各束陈说其理。如来终是大乘，听了只念"阿弥陀佛"；老君终是老肚，听了只说"也罢也罢"；全无是非可否。八仙、龙王又是争论不息。观音十分心焦，只得向前谓老君、如来曰："此事如何分剖？"二人曰："全凭大士主张。"

这种对佛道主神大不敬的调侃笔墨，分明是借题发挥，嘲讽人间世的糊涂官们。

《南游记》又名《五显灵光大帝华光天王传》，4卷，18回，余象斗撰。余是晚明时期的闽南书商，刊刻过《三国演义》、《水浒传》等小说，其人也编著过小说若干种，《南游记》、《北游记》是其代表作。

《南游记》叙华光救母故事。华光生前是佛祖如来座前的妙吉祥童子。佛祖因其杀烛火鬼而贬之为马耳娘娘之子，名曰三眼灵光。三眼灵光为报父仇，盗紫微大帝金枪，被大帝所杀。他又降生于炎玄天王家，名为三眼灵耀，拜妙乐天尊为师。灵耀骗得天尊大刀，大闹天宫，自封华光天王，并拜火炎王光佛为师。玉皇大帝要捉拿华光，华光受师指点，投胎于吉芝陀圣母——假萧安人（真萧安人已被吉芝陀圣母吞吃），仍名华光。吉芝陀圣母被龙瑞王拿去，华光为找母亲，闹遍三界，终于救出其母。华光为医其母好吃人之病，变作齐天大圣去偷王母蟠桃，因此惹恼大圣。华光与大圣父女大战，在火炎王光佛的调停之下，双方议和。小说以玉帝赦免华光诸罪，华光皈依佛道告终。

这本小说在情节的变幻奇谲上，令人眼花缭乱，目不暇接。故事基本上源出于《三教搜神大全》卷五的《灵官马元帅》条。沈德符《野获编》论戏曲云："华光显圣则太荒诞"。可见《四游记》在明清民间十分流行，故戏曲争相改编上演之。

《南游记》的三教合流意识，浸透在作品的全部人物和情节中。开篇叙玉帝（道）与如来（佛）共同主持赛宝大会，佛道两界仙佛纷纷参赛。此后写华光故事。他忽而在仙境（道）建功立业，忽而在佛门（佛）修持转生。他几次投胎（佛）为人之子，对他的几个母亲无不孝顺备至（儒）。他为救母而大闹天地人三界（佛）。神仙（道）菩萨（佛）们纷纷向玉帝（道）投诉。最后，如来应允华光全家往生西方（佛），玉帝加封华光为"玉封佛中上善五显灵官大帝"（道）。总之，在华光身上，既体现了佛、道超自然力，以及佛教的生死轮回、道教的肉身成仙等教义；又体现了儒教的核心伦理概念——孝道。华光是三教楷模，也是时代及其作者的三教合流意识的载体。

《北游记》又名《北方真武玄天上帝出身志传》，4卷，24回，余象斗编撰。全真道奉北方真武玄天上帝为主神。明成祖起兵于北方，遂借北方真武显圣神话，南下夺取了建文帝的皇位。《北游记》既是为全真道及其主神立传，又是为明成祖歌功颂德的。

《北游记》虽然意在弘扬道教的一派，但其艺术形象和情节却是三教合流的产物，因为作品讲述的是玉帝实行儒、道、佛三教的故事。为了往生西方成佛，玉帝采取分魂法，三魂之中留二魂在天统领诸仙，降一魂下凡托生为人，参禅念佛。后来玉帝得悉自己的一魂化身——净洛国王子苦修40余年之后，心灵已净，遂封之为"北方玄天上帝"，亦即全真道主神，同时"入西天受戒"，佛道双成正果。此外，玉帝还对儒家忠臣、孝子、义士，倍加优遇，敕封神祇。不仅玉帝，小说中的其他神话人物，无论佛祖、神仙，个个都周流三教，全都是明代三教合流的时代思潮和作者三教会同意识的反映。

余象斗的南、北二《游记》，对佛典和佛教文学多所借鉴吸收。《南游记》里的华光形象，显然是《西游记》前7回的孙悟空与佛经文学目连故事中的目连之化合。《北游记》取材于《三教搜神大全》的《玉皇大帝》、《玄天上帝》诸条，但具体情节是由《佛本行集经》糅合《西游记》后半部而成，玉帝先后托生为三国王子出家修行，乃是佛典中净饭王子出家修行这一神话原型之变形再现。此外，《南游记》里的五百火鸦兵、《北游记》里的十天君，也都是从《封神演义》里挪借过来的。看来，作为书商的余象斗，对于他刊刻的小说《西游记》、《封神演义》等已烂熟于胸了。

《西游记》叙唐玄奘赴西竺取经故事，属神话—史话型，留待下一节讨论。

《四游记》虽然是一部出自不同作者手笔的佛道神魔小说的合集，却也有一个共同特点，就是以不无嘲讽意味的笔触，去描述形形色色的超自然体，将他们等同于凡夫俗子，七情具备，六欲难免。无论是《东游记》里的八仙，《西游记》里的八戒；还是《南游记》和《北游记》里的玉帝、佛祖：一个个勾心斗角，调情戏弄，无不失去了头上的神圣灵光。佛祖如来是篡改文书契约的骗子手，玉皇大帝是贪得无厌的家伙，日官邓化是挟嫌报复的小人，吕洞宾是调戏妇女的酒色之徒，等等。《四游记》里的这些仙佛，本出自佛教和全真道教。佛教反对贪、嗔、痴，全真道反对酒、色、财、气；而他们的所作所为，全不出此三毒四害。小说对彼岸世界仙佛的喜剧性描绘，实乃对此岸世界——明代封建社会上层统治者的影射与嘲讽。

《韩湘子》

此书30回，杨尔曾撰，初刊于明天启三年，今有中州古籍出版社排印本行世。杨字圣鲁，号雉衡山人，又号夷白主人、卧游道人等，是一位活跃于万历、天启年间的通俗作家。他的作品除《韩湘子》之外，还有《东西晋演义》、《海内奇观》、《图绘宗彝》等。《韩湘子》是一部全真道教仙话传奇小说。韩湘子本是历史上的真实人物。他是中唐韩愈的侄孙。韩愈诗《左迁至蓝关示侄孙湘》就是写给韩湘的。但韩愈诗中无只字提及韩湘与神仙方术有关。第一个设计韩湘神话的是唐段成式。他在《酉阳杂俎·草》中记述了一个韩愈的"疏从子侄"（并非韩愈侄孙韩湘）以牡丹显诗的神话。从此以后，杜光庭《仙传拾遗》、刘斧《青琐高议》，以及《列仙全传》、《东游记》等书，不断神化韩湘，并把他从韩愈侄孙改为韩愈之侄。杨尔曾在综合吸收上述材料并吸收元杂剧中八仙故事的基础上，进行再创作，从而写成《韩湘子》一书。

《韩湘子》的情节分为两大部分，是道教神话的考验模式与点化模式的组合。前8回叙汉钟离、吕洞宾奉玉帝之旨引度韩湘子入道成仙，后22回叙韩湘子奉玉帝之命引度韩退之入道成仙。但由于韩湘子是个自觉悟道的主动求道者，韩退之是个执迷不悟的道门"发展对象"；所以神仙引度二人入道的办法也因人而异：引度韩湘子是层层设关考验之，引度韩退之是反复劝诱点化之。这两种神仙引度俗人入道的模式，曾分别地出现在不同的元杂剧中，现在被明代小说《韩湘子》串到一部作品中来了。

全真道教曾经风靡金元时代，到明代余风犹存，小说《韩湘子》就是这一教派意识的回光返照。该教派是儒释道的"三位一体"，特别强调从佛教借鉴来的出家和禁欲主义。小说通过神仙引度韩氏叔侄出家修道的情节，以及众多神仙对二韩的教诲，特别是对房中术和"四害"的严厉批判，显示了这一教派的思想倾向。

《韩湘子》虽然是宗教神话小说，但在触及世俗生活时，却流露出作者对封建官吏的憎恶和对人民的同情。例如第11回对"作孽钱"的批判，第13回对"衮衮诸公""满斟美酒黎民血，细切肥羊百姓膏"的批判，都是上述感情的体现。小说对以疯道人形象出现的韩湘子的刻画，颇为生动。韩湘子登坛祈雪，坚持按照皇帝礼仪，入龙凤门，命百官跪迎。这在当时是要诛灭九族的弥天大罪。韩湘子登坛后，不做法事，却狼吞虎咽吃喝一通，然后倒头酣睡，"鼾声如雷"。这种种怪异而"胆大得紧"的行为，把一个"疯"字写得有声有色。作者把韩湘子的性格特点定在"疯"字上，可能是对全真道祖师王重阳及其弟子马钰自号"王风"、"马风"的借鉴。

作者还移花接木，从其他神话小说中引进不少故事情节。但由于缺乏脱胎换骨的点化工夫，不免给人以生吞活剥之感。例如："韩湘子凝定守丹炉"出自《续玄怪录》之《杜子春》篇，"美人庄渔樵点化"源于《西游记》的"四圣试禅心"，"云台观道士求仙受骗"见于《博异志》的《张竭忠》条，等等。

《二十四尊罗汉全传》与《南海观音全传》

这是两部佛教神话小说。前一部属于小乘佛教，后一部属于大乘佛教，二书今有巴蜀书社排印本，收入《佛祖菩萨罗汉传》集。公元1世纪前后，印度佛教中出现了大乘派，声称三世十方有无量之佛，主张修持菩萨行，普度众生通向成佛之路。大乘佛教把此前的原始佛教和部派佛教贬称为"小乘"。因为此前之佛教只承认释迦牟尼为佛，弟子修行，只追求本人自我解脱，以证得阿罗汉果位为最高理想。从此以后，佛教遂分为小乘与大乘两派。

《二十四尊罗汉全传》又称《二十四尊得道罗汉传》，文言章回小说，朱星祚撰，作者生平未详。罗汉是梵文音译的阿罗汉之略称，小乘佛教修行的最高果位。获此果位者，不再堕入生死轮回而永趋涅槃（寂灭，圆寂）。这部小说就是描述小乘佛教之罗汉故事的。

据玄奘《法住记》，释迦牟尼曾命16位大阿罗汉常住人间传法。又唐末张玄、贯休曾作18罗汉图，乃是在原16罗汉的基础上加《法住记》作者并重复第一罗汉而成。《二十四尊罗汉全传》则完全摆脱16罗汉和18罗汉的传统，另立名目，编撰成书。书名虽称 24 尊罗汉，实际只有罗汉传 23 篇，第 20 尊罗汉缺刊。这 23 位被称为罗汉的佛徒，有的是西亚、南亚或中亚人，有的则是中国人，例如：换骨罗汉俗姓姬，飞锡罗汉俗姓朱，赋花罗汉俗姓叶，却水罗汉俗姓华，拊背罗汉俗姓陈，施笠罗汉就是梁武帝，等等。这些罗汉传有取材于汉译佛典的，也有取材于中国佛典《高僧传》和《五灯会元》的，例如：飞锡罗汉、杯渡罗汉、浣肠罗汉等篇取材于梁慧皎《高僧传》，换骨罗汉取材于唐道宣《续高僧传》，持履罗汉见于《五灯会元》等。总之，此书具有鲜明的中国佛教特色。

书中的部分作品，在一定程度上揭示了小乘佛教罗汉果位的修习教义：如《伏魔罗汉》叙马鸣尊者登坛讲经时，有魔怪先后化作皓首老人、金人、娇女、小虫前来扰乱，以试马鸣禅心。马鸣巍然端坐经坛，习定有常，不惊不乱，达到了一心寂灭。魔怪遂皈依于马鸣门下。这个神话形象地说明：修习罗汉果位重在戒、定、慧三学，才能达到自我解脱的最高境界。又如《现相罗汉》叙大树龙王尊者告诫徒众，要臻上境，必须修习"三学"以熄"三焦之火"，即习戒学以息欲火，习定学以息嗔火，习慧学以息无明之火。

但是，这部罗汉传产生于各种宗教意识互相渗透、彼此吸收的中国明代，因此必然地染上了各种宗教意识互补的时代特色。

其一是三教互补，尤其是以道教的最高理想境界——长生久视、灵肉永存，补充或取代小乘佛教的最高理想境界——灰身灭智、灵肉双亡。例如《抱膝罗汉》叙伽难提向父母说明奉佛的好处是："儿若出家，得为释家弟子，子贵亲亦贵，子仙亲亦仙。男既备员为佛，未有生我父母，等为路人而不得逍遥于灵山会上者也。天不朽，二人寿算亦不朽。"这位佛门罗汉不仅身兼儒家孝子，而且把证得阿罗汉与升仙这样两种截然相反的结果等量齐观，混为一谈。后来，杯渡罗汉和持履罗汉果然便先做罗汉后成仙。他们在寂灭之后，又尸解而去——复活而且永生了。

其二是大小互补，以大乘教义补充或取代小乘教义。小乘的罗汉果位，是一种自我修持以达到自我完善，最终实现自我涅槃的修行方式，是独善其身。大乘的菩萨行，是一种普度众生脱离苦海，以共同成佛的修行方式，是兼济天下。这部罗汉传往往是把传主描绘成为罗汉与菩萨的共同体。抱膝罗汉、劝善罗汉、捧经罗汉都是如此。例如抱膝罗汉离家十年，成道而归。其母说："汝十年复返，真西方圣人也。今子之来，度我等赴灵山耶？"尊者答："父母，其一者也，更欲普度众生。"此外，中国大乘佛教中的禅宗，主张即心是佛，不假外求，因而不礼佛，不诵经，不守戒律，一味讲求"顿悟"。禅师授徒，不讲经、律、论，只靠非理性语言，让学人各凭自己的直觉去意会；或采取非理性动作，如当头一棒，当面一喝，让学人各凭自己的直觉去揣摩。前者谓之机缘，后者谓之棒喝。这都是禅师接引学人的特殊方式。在这部罗汉传里，振铎罗汉和焚佛罗汉就是这种几近疯癫的禅师形象。这种禅师形象与小乘佛教的罗汉之内涵，相去太远了。这是由于取材于禅宗灯录造成的，但归根到底，还是作者胸中没有大小乘之分造成的。

《南海观音全传》一作《南海观世音菩萨出身修行传》。此书有4卷24则本；署"南州西大午辰走人订著"；有4卷26则本，署"朱鼎臣编辑"；另有两卷25则本。菩萨全称菩提萨埵，梵文的音译，意谓修持大乘佛教，追求觉悟抵达彼岸之道（即菩提），为众生造福，期于将来成佛的修行者（即萨埵），又译作大士、力士、大圣等。在印度佛经神话中，凡取得菩萨以上果位者，均为男性。佛教传入中国以后，有一位菩萨在民间传说中从男性转化为女性，这就是观音菩萨。观音原称"观世音"，男身，阿弥陀佛的左胁侍，西方三圣之一。因避唐太宗李世民讳，自唐开始，略去"世"字，简称观音。《南海观音全传》就是一部描述中国式观音（女身）出身和成道经历的大乘佛教神话小说。

这部小说是在佛经神话净饭王子出家成道故事的影响下创作出来的。作品叙兴林国妙善公主天生好善修行，拒绝招婿继承王位，前往白雀寺出家。国王先后采取火烧白雀寺、以荣华引诱、以死刑威吓等办法，逼妙善还宫，均未达到目的。妙善终于在玉皇和佛祖的联手合作之下，至南海普陀岩香山修成正果，是为观音菩萨。妙善成道以后，为父王治愈恶疾，并降伏狮、象二怪，救出父母及二姊。全家团圆后，在妙善的感召下，一齐弃国出家。

这部描述中国式女菩萨出家成道的小说，不但具有中国佛教的民族特色；而且由于作品创作于明代，因而还具有鲜明的三教合流特色。例如妙善怀逆父命而出家，本是行孝与修道的冲突，是儒佛意识的根本矛盾。为了调和这一矛盾，书中叙妙善成道后舍身救父，报答父母养育之恩，并感动全家共同弃国修行。这样一来，行孝与修道就达到一致了。又如妙善的修行成道，乃是玉皇大帝与释迦牟尼共同引度、点化的结果。这种佛道合作情节，无论对于佛教教义还是道教教义来说，都是荒诞不经的；但在三教合流思潮风行的明代，却是群众普遍认同的。

《天妃林娘娘传》

此书又名《天妃济世出身传》、《天妃娘妈传》，文言章回小说，2卷32回，吴还初编。此书有万历忠正堂刊本传世，今有辽沈书社排印本，收入《天女地魅》集中。书中第一回叙北天妙极星君之女玄真，有感于鳄精喉伯与猴精黄毛公之为害，决心下凡，除害安民。她向父母表示："彼西王母非女流之辈乎？道法盛传；观音非英雄之选也，普济无量。以此观之，有志者事竟成。儿将西叩瑶池之上，再游南海之宾，默聆心传，然后周流四海，去暴除残，造万世福。望父母推爱子之心爱民，民之幸也，儿之幸也。"全书主旨及故事梗概尽在这一段话中标出。书中写玄真拜神仙王母和菩萨观音为师，助汉明帝削平外患，振兴汉室，被明帝敕封为护国庇民天妃林氏娘娘。十分明显，这样的情节，从宗教意识看，是明代三教合流思想的反映；从政治背景看，是满清崛起于北方，晚明王朝岌岌可危的反映。书中叙林娘娘（或称娘妈）在湄洲显圣，护佑过往船只免遭风浪之险，当系民间神祇崇拜；至今福建沿海的湄州一带仍流传着类似的信仰和传说——妈祖崇拜。

第二节 神话—史话章回小说

章回小说的神话—史话型，乃是以某一历史事件为经，以各种宗教神话为纬，交织而成为七彩斑斓的史诗式宗教神话小说。这种把宗教神话附会于历史事件的创作方法，极其古老。其原始形态，乃是英雄史诗。古希腊的《伊利亚特》、中国藏族的《格萨尔王》、蒙古族的《江格尔》、柯尔克孜族的《玛纳斯》，都是这样的作品。由于散文比诗歌更长于叙事，古老的英雄史诗的任务,后来便转由长篇小说来负担了。明代的神话—史话型章回小说,就是这样的作品(参阅拙著《中西宗教与文学》第十三章第三节)。

有的小说仅仅把宗教神话故事附会在一些历史人物头上,却不是以一个历史事件作为贯穿全书的主线。这样的作品,如《禅真逸史》、《韩湘子全传》之类,其基本形态仍属于宗教神话小说,而不能与神话—史话型等量齐观。

《平妖传》

《平妖传》全称《北宋三遂平妖传》,叙北宋时妖狐圣姑姑等拥王则称王,赖三遂——马遂、李遂、诸葛遂智之力得以平定,故名。最初只有24回,罗贯中撰;后经冯梦龙增补改编,成为今日通行的40回本。罗贯中(约1330—约1400),号湖海散人,山西太原人,一说钱塘(今浙江杭州)或庐陵(今江西吉安)人,相传系施耐庵的弟子。《西湖游览志余》称罗"编撰小说数十种",现存署名罗贯中的小说,除《平妖传》外,还有《三国志通俗演义》、《隋唐两朝志传》、《残唐五代史演义》;另有杂剧《赵太祖龙虎风云会》、《忠正孝子连环谏》、《三平章死哭蜚虎子》三种。《平妖传》里的所谓"妖",即老狐精圣姑姑及其子女左黜、媚儿。以狐精为主角的小说,自汉魏至唐宋,数量极多,但均系笔记小说和传奇小说。章回体长篇小说之写狐精者,《平妖传》是第一部。

《平妖传》叙老狐精圣姑姑、小狐精媚儿(转生后为永儿)和左黜等修炼法术,并辅佐王则起义的故事。北宋王则、永儿夫妇领导的农民起义,据《宋史·明镐传》记载:"王则者,本涿州人,岁饥,流至恩州,庆历七年僭号东平郡王,改元得圣,六十六日而平。"《平妖传》就是以这段农民起义的历史为背景的。

《平妖传》的思想艺术价值,虽不算第一流,但是它在明初的出现,有许多值得重视的地方。

(一)《平妖传》是中国的第一部长篇巫幻(巫术幻想)小说。它与现代科幻(科学幻想)小说在艺术上具有相似的性质。巫术,是一种自原始社会传承至今的民间准宗教,战国、秦、汉时期谓之方术,后来被道教吸收为法术。《平妖传》虽涉及佛道二教，其神话情节却以巫术—法术为主要内容。书中写蛋子和尚从袁公洞石壁上盗得的天书，由圣姑姑破译的结果，是72种地仙法术。圣姑姑就是将这些法术传授给其徒子徒孙，拥戴王则起义称王的。例如"小狐妖飞磨打潞公"，写永儿想出一条"射人先射马，擒贼先擒王"的计谋，要从城内向城外发射一种超自然物，把围城的十万官军的统帅文招讨打得粉身碎骨。书中这样描述道：

……胡永儿走下厅来，将朱砂笔书一道符在磨盘上，右手杖一口剑，左手持一钵盂水，口中念念有词，噙一口水，看着磨盘上只一喷，喝声道："疾！"只见磨盘在地上左旋右旋，忽地漾漾的望空便起，如风吹纸鸢儿相似，迳往城外飞将去了。……却说文招讨正升帐请副招讨曹伟、总管王信、先锋孙辅等到帐下议论攻城之策，只见狂风骤起，望空中落下一块磨盘来，望着文招讨顶门上便落。一声震天动地巨响，众人惊得面如土色，只道打死文招讨。……

"巫术是人类幻想依靠某种超自然力强行影响和支配某种客观事物的准宗教和民间宗教"（参见拙著《中西宗教与文学》第155页），科学是人类按照幻想去创造某种超自然力以影响和支配某种客观事物的符合客观规律的实践活动。从巫术—法术不能直接发展到科学，但是，巫术—法术和科学都有赖于幻想力的启动。上述胡永儿发射磨盘打击文招讨神话，与今天的发射弹道导弹摧毁定点目标的科学行为，不是十分相似吗？换言之，500年前的胡永儿幻想发射一颗导弹击毙敌帅，500年后的导弹专家把胡永儿的神话变成了科学的真实。

（二）《平妖传》是中国第一部长篇讽刺小说。书中不仅仅对以圣姑姑为首的群妖时时作讽刺性描绘，而且也对贪官、不法僧道、为非作歹的公子哥儿、愚昧无知的善男信女……无不给予辛辣的讽刺。例如杨春夫妇佞佛上当的全部情节，都是极其富有讽刺意味的。杨春把老狐精奉作活佛，受骗一辈子，还几乎贻祸于子孙，但却至死执迷不悟。老狐精伪装普贤菩萨降世，遇蛋子和尚诡称前世兄弟，将太湖石点化为一座假金山，这一切滑稽可笑的"伪劣产品"，都被杨巡检夫妇视作神圣无比的东西而顶礼膜拜之。又如书中对贪官张德的讽刺也是够辛辣的。知州张德升堂审案，堂而皇之地"坐在虎皮交椅上"，好不威风！然而小狐精左黜"使个隐身法""闪在知州背后，捉个空儿，将交椅往后一退，知州扑地的跌了一交"。等张德换过交椅，重新坐定，小狐精又"在背后将他纱帽猛打一下，扑的一声响，那纱帽离头，似箭一般去了，直到厅下落地。众人只道知州相公袖里放出一只鹁鸽子来了"。虎皮交椅和纱帽，本是封建衙门庄严神圣的象征，小说以其当做揶揄戏弄对象，使之转化为滑稽游戏。内容与形式的尖锐矛盾，产生了令人喷饭的喜剧效果。

此外，还有"小狐精智赚道士"、"冷公子初试魇人符"、"老狐精挑灯论法"、"八角镇永儿变异相"、"左瘸师显神惊众"等，也都是绝妙的讽刺文章，喜剧情节。

（三）《平妖传》对宋元以来民间的神话传说多所吸收，使全书的浪漫主义色彩更加浓厚。例如：第一回入话灯花婆婆故事，源于宋元话本《灯花婆婆》；第26回"野猪林张鸾救卜吉"，与《水浒传》"鲁智深大闹野猪林"应是源于同一民间传说；第29回"杜七圣狠行续头法"，据慰迟偓《中朝故事》称，唐时已有这一传闻；第39回马遂讨贼故事则出自《马遂传》，等等。

（四）《平妖传》的语言，通俗，活泼，生动。例如第3回写赵壹在重阳节清早：

……推窗看时，只见绞得水出的一天乌云。……赵壹那时恨不得取一根几万丈的竹竿，拨断云根，透出一轮红日；又恨不得爬上天去，拿个几万片绝干的展布，将一天湿津津的云儿展个无滴。

再如第4回叙悲狐化作老病丐妇，去严半仙府上求药，因诊治时间已过，不得其门而入。老狐被严家书僮推了一交，躺在地上装死。严半仙便命嬷嬷扶那婆子进去。书中写道：

那婆子起先还直僵僵的躺在地下，得了这个消息，分明似木做的跳虎，拨动了机括，一跳跳将起来，就地下拾起拐杖，也不用人扶持，把三步并做两步，闹松松的走进后堂去了，连老嬷嬷倒赶他脚跟不上，落后了几步。

再如第 26 回写董超、薛霸押解卜吉赴山东充军，叫卜吉找亲友告贷盘缠，卜吉说没有亲友。薛霸焦躁道：

"我们押了多多少少凶顽罪人，不似你这般嘴脸。你道没有盘缠，便是李天王，也要留下甲仗，生姜也要捏出汁来。……"

从上述各例看，《平妖传》无论写景写人，又无论描述人物的心理、行动和语言，都极善于提炼活在大众口头的通俗化语言，想象丰富，表现力极强。其他如："人无千日好，花无百日红"；"受得苦中苦，方为人上人"；"两叶浮萍归大海。人生何处不相逢"；"哑子慢尝黄莲味，难将苦口对人言"；"酒逢知己千杯少，话不投机半句多"，等等。这些几百年前的民间俗谚，今日仍旧活在老百姓的口头上。

《西游记》

《西游记》共 100 回，吴承恩撰。小说描述猴王孙悟空大闹天宫，玉帝请来西天如来佛，把孙悟空镇压在五行山下。后来孙悟空皈依佛门，护送唐僧玄奘西往天竺取经，沿途降妖伏魔，战胜九九八十一难，到达西天，取经而归。

（一）《西游记》的创作过程

神话—史话章回小说《西游记》的出现，经历了一个从民间文学到文人文学的 700 余年的发展过程。

玄奘西走天竺取经，是发生在唐太宗时期的一个历史事件。这就是《西游记》有时把玄奘称为唐僧的原因。唐贞观年间（627—649），玄奘只身西行，私越国境，跋山涉水，历时 17 年，行程数万里，终于在天竺取得梵文佛经 657 部，于贞观十九年（649）回到长安，并在唐太宗的支持下，亲自主持翻译佛经事业。玄奘在取经历程中，表现出信念坚定、百折不回的精神，成为僧俗两界共同钦仰的楷模。这是《西游记》故事得以在民间形成、流传并不断丰富的根本原因。

在唐代，玄奘自天竺取经回国后，由他口述、由他的弟子辩机执笔，写成《大唐西域记》。不久，玄奘弟子慧立、彦悰写成《大唐大慈恩寺三藏法师传》，即玄奘传。以上二书，既是玄奘西行的实录，又富于传奇和神话色彩，是小说《西游记》的原始材料。

到了宋代，玄奘取经题材被说话艺人加工为话本《大唐三藏取经诗话》。在《诗话》中，猴行者已跃居主角，他化为白衣秀士，沿途降妖伏魔，保护唐僧西行；同时还出现了沙和尚的前身——深沙神。《诗话》的创作，正式启动了小说《西游记》的孕育过程。

元代是玄奘取经故事取得突飞猛进的时期。一部更接近于百回本小说《西游记》的《西游记》平话问世了，可惜此书早已失传。但我们还可以从其他古籍中获知其管中一斑。在明代早期编纂的《永乐大典》里，收录了一个《魏征梦斩泾河龙》的故事，注明出自《西游记》，其内容与以后的百回本《西游记》第10回"魏丞相遗书托冥吏"相当。在古朝鲜的汉语教科书《朴通事谚解》中，其正文和注文里广泛引述了名为《唐三藏西游记》平话的内容。其中提到的孙悟空出世、大闹天宫、车迟国斗圣、黄风怪、蜘蛛精、红孩儿、火焰山、女儿国等故事，都是百回本小说《西游记》中的情节；而且，宋话本《大唐三藏取经诗话》里的深沙神在这本平话里已演变为沙和尚，黑猪精猪八戒也出现了。这就是说，百回本《西游记》描述的唐僧师徒四众及其西行取经的主要情节，在这本平话里已经完成。

此外，从宋到元，与西游取经话本同时发展着的另一种通俗文学是西游取经戏剧。例如杨景贤杂剧《西游记》第15出"导女还裴"，写孙悟空冒充裴小姐调侃猪八戒，就是百回本小说中猪八戒高老庄招亲之所本。

吴承恩在前述700多年民间话本和戏曲创作的基础上，经过一番全面加工、重铸，终于写出了杰出的神话——史话章回小说《西游记》。

吴承恩（1500？—1582？），字汝忠，号射阳山人，祖居江苏涟水，后迁居淮安山阳（今江苏淮安）。他出身于一个儒商之家。其父吴锐虽然以商为业，但秉承家学，极好读书，六经诸子百家，无所不涉；而且"好谈时政，意有所不平，辄抚几愤惋，意气郁郁"（吴承恩《先府君墓志铭》）。

吴承恩就是在这样一个充满文学气氛和政治气氛的家庭里成长起来的。他"性敏而多慧","复善谐剧"(《天启淮安府志·人物志》)。他曾仿《玄怪录》和《酉阳杂俎》而创作了传奇小说集《禹鼎志》,原书已佚,今存书《自序》一篇。他虽博学多才,但毕生科场失意;晚年曾屈就长兴县丞之职,不久即拂袖而归,以著述自娱。《西游记》大概写成于此时。

了解吴承恩的文学观,是真正读懂《西游记》的钥匙。吴承恩在《禹鼎志序》里写道:"虽然吾书名为志怪,盖不专明鬼,时纪人间变异,亦微有鉴戒寓焉"。他又在《二郎搜山图歌》里写道:"坐观宋室用五鬼,不见虞廷诛四凶","救月有矢救日弓,世间岂谓无英雄"。他希望二郎神斩除人间的"五鬼"、"四凶",这与他寓鉴戒于志怪小说的文学观是一致的。《西游记》就是一部寓鉴戒于神佛故事的作品。凡读《西游记》者,不可不预先了解作者的这一意图。

(二)《西游记》的思想内容

《西游记》的主题,是弘扬佛法无边。这是全书的整体构思和全部情节决定的。孙悟空打个筋斗,行程十万八千里,可是却跳不出如来佛的掌心。如来佛手掌无边,就是佛法无边的象征。小说共100回,分为两个有机组成部分。前7回是第一部分,后93回是第二部分。第一部分写孙悟空反抗道教至上神玉皇大帝,无法无天;第二部分写孙悟空皈依佛门,助唐僧去天竺求法,终成正果,被封为"斗战胜佛"。决定孙悟空从反抗道教神权到皈依佛教神权的关键,是如来佛的无边手掌——无边佛法。小说第一部分写玉皇大帝对孙悟空的"大闹"束手无策,其作用在于反衬如来佛的无边佛法。小说的这一抑道扬佛的总体构思,是吴承恩对当时皇帝明世宗(1522—1562年在位)迷信道教的一个伊索寓言式的批评。

明代虽然是道教十分得宠的时期,但自唐以后,儒、道、佛三教合流意识广泛流布于朝野。这一社会思潮十分鲜明地反映在《西游记》的人物塑造、情节设计和环境描写上。

《西游记》里的菩萨,多有佛道兼备者。西方妙相菩萨——菩提祖师虽然给美猴王赐了个法号"孙悟空",可是根本不教老孙在"悟空"二字上参禅,反而在"务实"上教给他全套道教修炼工夫:"显密圆通真妙诀,惜修性命无他说。都来总是精气神,谨固牢藏休漏泄。"这位释家菩萨除了把道教的养精、炼气、存神理论冒充佛教显密二宗"妙诀"传授给孙悟空，而且把道教的72种变化术也教给了他。小说里的观音菩萨有时颇带点符箓派道士的气味。她为了将枯死的人参果树救活，便在孙行者手心里"画了一道起死回生的符字"，教他放在树根之下。她为了降伏红孩儿，便在孙行者手心里写了个"迷"字，教他捏紧拳头与红孩儿交战。

小说里的一些菩萨只是亦佛亦道，菩萨的弟子孙悟空可就是三教合流了。孙悟空首先在菩提祖师门下修习道教长生不老术和变化术，在水帘洞做了个散仙。后来又皈依于观音菩萨门下当了和尚。因此他佛法道术，样样精通。例如他召请龙王前来助战，念了两句咒语："唵蓝净法界，乾元亨利贞。"前一句属于佛家，后一句属于道家。他还是一位谨遵儒家伦理准则的模范，虽然他一再被玄奘无理斥退，却始终对"师父"忠心耿耿，其精神支柱乃是"一日为师，终身为父"、"父子无隔宿之仇"、"顺父言情，呼为大孝"等儒家伦理。小说还往往通过孙悟空之口，作三教并重式的宣传。他申斥南山大王时列举的三个典范人物，就是三教教祖孔圣人、李老君和如来佛。他劝告车迟国王："也敬僧，也敬道，也养育人材，我保证你江山永固。"言外之意，像嘉靖皇帝那样一味迷信道教是不行的。

在情节设计上，小说显示出佛道联合的特色。例如玉皇大帝请如来佛祖降伏齐天大圣之后，佛道两家的菩萨、神仙们联合开了一个庆祝胜利的"安天大会"。孙悟空因偷吃人参果而与镇元大仙大战一场，后来在观音的调解之下，双方缔结金兰，佛道"两家合了一家"。唐僧师徒四众，在平顶山吃了金角大王、银角大王不少苦头，而这场苦难却是释家南海观音与道家太上老君联合设计来考验他们的。唐僧西行，沿途共遇九九八十一难，救难者，不是菩萨，就是神仙；但若大难临头，就该佛道双至了。

三教合一意识有时也从小说的某些环境描绘中流露出来。例如神仙太上老君所居的"三十三天"之上的"兜率宫"，其实是按照佛教"三十三天"的"兜率天"创造出来的。

《西游记》不但在宗教意识方面弘扬佛法无边和三教合流，而且"亦微有鉴戒寓焉"，即借佛道意象影射现实社会，批判当时对建统治阶层的丑恶现象。这是小说的积极性和战斗性之所在。例如"游地府太宗还魂"，叙唐太宗被召入地府，崔判官查阅生死簿，太宗应死于"贞观一十三年"。

由于崔判官生前受恩于唐高祖,又受了朋友魏征之托,便背着十殿阎王偷改生死簿,将"一"字上添了两画。这种阴界官场徇私枉法的现象,实乃阳界官场司空见惯的弊端的投影。

小说不但揭露封建官场的黑暗,而且对最高封建统治者明世宗的佞道予以讽刺。作品叙孙悟空在车迟国打杀两个道士,一班做苦工的和尚吓得大喊:"不好了!不好了!打杀皇亲了!"在车迟国里,道士是皇亲,道士的师父"上殿不参王,下殿不辞主",国王呼之为"国师兄长先生"。吴承恩生于嘉靖年间,耳闻目睹世宗惑道的种种愚行,例如道士陶仲文被封为少传少师,加封恭诚伯,道士孙玄静被封为"护国大师"。车迟国王就是明世宗。

小说叙唐僧师徒到了西方佛国,跪请佛祖传经。佛祖命阿难、伽叶执行。二尊者引唐僧等至藏经宝阁之后,先向唐僧勒索"人事"。孙行者嚷闹起来,二尊者便将"无字之经"传与他们。由于燃灯古佛不忍让唐僧上当,揭穿了"白纸本子"的骗局。孙行者们返回大雄宝殿,向如来佛控告二尊者"揹财作弊之罪"。不料佛祖反道:"你且休嚷。他两个问你要人事之情,我已知矣。但只是经不可轻传,亦不可空取。向时众比丘圣僧下山,曾将此经在舍卫国赵长者家与他诵了一遍,保他家生者安全,亡者超脱,只讨得他三斗三升米粒黄金回来。我还说他们忒卖贱了……"这一尊者索贿,佛祖袒护的情节,实乃明代官场上下通同作弊,搜刮民脂民膏的黑暗现实之折射。

同时,小说中孙悟空大闹天宫、龙宫和地府的情节,隐喻着作者对明代早期农民起义领袖们的赞赏之情。

(三)《西游记》的人物刻画

《西游记》的主人公孙悟空是一个动物精灵形象。他鲜明而强烈地体现了这部小说的积极浪漫主义精神。在这个神话英雄身上,尽管散发出儒、道、佛三教互补的宗教意识,但也具有反对封建主义的战斗的一面,因而当他修成正果之时,被佛祖封为"斗战胜佛"。小说通过大大小小的战斗情节,充分地展现了孙悟空战斗品格的各个侧面。

其侧面之一是反抗精神。前7回中的大闹天宫、龙宫和地府的情节,表现了孙悟空对各级神权的蔑视。他公然提出"皇帝轮流做,明年到我家"的口号,自称"齐天大圣"。这种对彼岸世界神权的挑战,就是此岸世界王权遭到挑战的反映。元末明初,彼伏此起的农民起义,如唐赛儿、邓茂七、刘通等先后掀起的反明战争,都是向王权挑战的史实。孙悟空战斗形象的表层含义,是一个由反抗佛道神权转化为皈依佛门的动物精灵;其深层意义,则是一个由揭竿而起反抗王权转化为接受朝廷招安的农民领袖,恰如120回本《水浒传》中的农民英雄们所走过的历史道路。封建时代农民起义领袖的历史命运有三:一是终于做了皇帝,二是被皇帝所消灭,三是受了皇帝的招安。孙悟空形象属于第三种。

其侧面之二是机智勇敢。在前述"三闹"情节中,孙悟空的勇敢被表现得淋漓尽致。但是他在保护玄奘西行、一路降妖除魔的斗争中,表现得更加突出的是聪明灵活的猴性。他与狡诈多端的妖魔交锋,主要地依靠智斗取胜。他不但钻进妖魔巢穴中去刺探敌情,盗取法宝,搭救战友,降伏妖魔;而且钻进妖魔肚子中去,搅得敌手五脏六腑颠三倒四,求生不得,求死不能。铁扇公主、蟒蛇精、青狮怪、金鼻白毛老鼠精等,都是在孙悟空的这种挖心战术下俯首就范的。

其侧面之三是乐观主义。在护送唐僧西行取经的全过程中,孙悟空总是充满了乐观情绪。在战斗中,他时时以愉快的心情和机智的手段戏弄敌手,有时也逗弄自家兄弟猪八戒,因而全书充满了令人发噱的喜剧性。

猪八戒是另一个动物精灵形象。他的憨直、笨拙、粗鲁、胆小、动摇、贪食、好色等性格,都是从猪性中提炼出来的。

有些神魔形象,如二郎神、红孩儿、白骨精、牛魔王等,也各有性格特点。

沙僧这个人物,则比较缺乏鲜明的个性。

广泛进行性格对照,是《西游记》人物塑造的艺术特色。例如:孙悟空的机灵的猴性与猪八戒的笨拙的猪性形成对照,孙悟空的坚定性与猪八戒的动摇性形成对照,唐僧的坐怀不乱与猪八戒的贪色如命形成对照,孙悟空的心明眼亮与唐僧的人妖莫辨形成对照,等等。

(四)《西游记》的讽刺艺术及其他

讽刺是批判的武器,讽刺是对反面事物的否定。吴承恩性本好谑,加之有讽刺小说《平妖传》在前,又有戏曲舞台上科诨表演的影响,因而铸就了《西游记》的幽默和讽刺的艺术风格。例如"四圣试禅心",便是嘲讽猪八戒贪财好色的妙趣横生的好文章。贾氏母女四人要招唐僧师徒为婿,大家调侃猪八戒,推定姓猪的留下入赘。猪八戒在家财万贯、美艳非凡的贾氏母女面前,"心痒难挠"。他表面上乔装正经,向师父、师兄一再声明:"不要栽我!""弄不成,弄不成!"背地却甜言蜜语巴结贾氏,一口一声"娘"。当三女拒婚时,他又恬不知耻,要求"娘"招了"我"吧。小说将猪八戒这表里阴阳互相矛盾的两种言行加以对照,构成了一幕令人捧腹的讽刺喜剧。

《西游记》问世之后,广泛流传,明末清初,仿作纷出,如杨致和《西游记》、朱鼎臣《唐三藏游释厄传》、无名氏《后西游记》与《续西游记》、董说《西游补》等。此外,《西游记》里的一些情节模式,如以假乱真的真假乌鸡国王(第 38 回)、真假三清(第 45 回)、真假唐僧(第 39 回、第 79 回)、真假孙悟空(第 58 回)、真假牛魔王和真假猪八戒(第 60 回、第 61 回)、真假天竺国公主(第 93 回、第 95 回)等等,这一人妖莫分的真假 X 模式,在明清小说、戏曲中曾反复出现;甚至在当代电影《冰山上的来客》中,还出现了真假古兰丹姆。

《四游记》里的《西游记》,4 卷,41 回,杨致(一作志)和编。此书内容与吴承恩《西游记》基本上一致。由此推知,杨本大约是吴本的节缩本,仅转述吴本的梗概,但语言粗劣,在艺术上不能与吴本相提并论。

《封神演义》

此书一作《武王伐纣外史》,20 卷,100 回。明刊本题"钟山逸叟许仲琳编辑",一说为明道士陆西星作。大约成书于明穆宗隆庆至明神宗万历之间。书中叙纣王进香女娲庙,题诗辱神。女娲遂令三妖惑纣。纣王荒淫暴虐,姜子牙辅佐周武王吊民伐罪。阐教仙佛助周,截教仙道助纣,双方展开大战。最后阐教战胜截教,周武王灭商,纣王自焚。小说以姜子牙祭坛封神、周武王裂国封侯告终,故名曰《封神演义》。

《封神演义》是一部道教神话—史话小说。公元前 1066 年,周武王姬发率先锋兵 3000 人、大军 4500 人、兵车 300 辆,联合庸、蜀、羌、髳(苗)、微、卢、彭、濮八个部族的武装力量,共伐殷商。周军攻破商都朝歌，纣王自焚而亡。《封神演义》以这段史实为贯穿线，虚构道教两派仙道，分别援助商周两军作战，从而构成这部神话与历史交融互汇的史诗式章回小说。作者站在进步历史观立场，歌颂了武王伐纣这场远古的正义战争，因而基本上值得肯定。小说同时也宣扬了宿命论、愚忠愚孝，以及女人是祸水等迷信落后意识。

以武王伐纣史实为题材的文学创作，并非始于《封神演义》，早在元代已出现了平话《武王伐纣书》。此书分上、中、下三卷，叙纣王至玉女观行香，见玉女美极而思慕不已，遂下令在全国选美，得妲己，宠爱之至。纣王惑于妲己，荒淫无道。周武王在姜尚的匡助下，起兵伐纣，取而代之。此书为讲史类话本，虽然穿插了若干神话情节，如九尾狐偷换妲己魂（精灵崇拜）、姜皇后显灵（鬼灵崇拜）、周文王演八卦和姜尚卖卜（占卜）、子牙施法救武吉（巫术）等，但这类情节在书中所占比重很小。《封神演义》在上述平话故事的基础上，引进大批神仙、道士，将武王伐纣之战生发为阐教与截教两派仙道混战。在小说中，作为历史因子的商周两军交锋成了背景式描述，而作为神话因子的仙道大战则构成了主体。

唐宋两朝的传奇小说和笔记小说，多有涉及佛道二教矛盾者。明代的章回小说《封神演义》则描写了道教内部两派之争。阐教助周伐纣，截教助纣为虐。阐、截二教之争，代表道教内部正、邪两派之争（按：明太祖洪武十四年，僧录司设左右善世各一人，左右阐教各一人，左右讲经各一人，左右觉义各一人。"阐教"之名，始见于此。截教则不详）。小说中的这一教派内争，乃是明代道教在朝派与在野派对立的曲折反映。在明代，有正一派天师道，奉太上老君（老子）为教祖；还有武当派全真道，奉北方真武玄天上帝为主神。明嘉靖时，天师道道首邵元节、陶仲文、孙玄静等获朝廷封赐，尊荣无比，是为道教在朝派。武当道道首张三丰则不受朝廷征召，其所创道派号称自然派。是为道教在野派，《封神演义》里的阐教与明代天师道之间具有四重对应关系：其一，阐教祖师就是天师道教祖老子；其二，阐教诸仙就是天师道 36 洞天、72 福地的神仙；其三，阐教在小说里获得周朝廷的礼遇，天师道在现实中获得明朝廷的礼遇，二者均系官方宗教；其四，小说里的阐教道士姜子牙被周武王尊为"师尚父"，明代天师道道首陶仲文被明世宗封为"神霄保国"的少保、少傅、少师，加封恭诚伯，孙玄静则被封为"护国天师"，他们的政治地位和封号彼此相当。《封神演义》的问世，恰在紧随明世宗嘉靖之后的隆庆、万历之间。这表明此书的写作主旨，乃是为明代道教在朝派天师道及其道首张目。

另一方面，小说里的截教诸仙，均不属天师道36洞天、72福地的正统神仙，而是由杂牌炼气士和自然精怪组成。这显然有意影射明代现实中的在野派道教——全真道自然派。明代帝王多崇奉正一道，唯有起兵于北方的明成祖奉全真道，祀北方真武玄天上帝。因此，《封神演义》的褒正一（阐）而贬全真（截），也许还暗寓着对明成祖发动"靖难之师"夺取建文帝王位的讽刺。

《封神演义》在表现三教合流意识方面，与《西游记》有一个相似之点，即以写佛道结合为主，以表现儒教为辅。但二者又各有所侧重。《西游记》重在写佛，《封神演义》重在写道。

《封神演义》一方面歌颂武王伐纣的正义性，另一方面也歌颂为纣王死节的"忠臣"、"义士"，满纸儒家三纲五常的说教。但是，体现在小说艺术描绘中的宗教意识，主要是以神仙形象为载体的佛教和道教意识。小说里有不少神仙，并非出自道藏，而是来自佛典。哪吒的"析肉还母，析骨还父"和"三头六臂"等，分别见于《五灯会元》、《碧岩录》、《宋高僧传·道宣传》等佛书。但小说里的哪吒是一位少年神仙。他由神仙太乙真人用佛教圣花——莲花为材料，塑成仙体，又用乾坤圈、混天绫、金砖、风火轮，以及灵符秘诀等道教法宝、法术武装起来。小说中的昆仑诸仙里，文殊广法天尊实即佛教里的文殊菩萨，普贤真人实即佛教里的普贤菩萨，慈航道人实即佛教里的观音菩萨。这些超自然体虽然名列仙阵，但在艺术描绘上是一手握道家宝剑，一手持佛家法器：亦佛亦道。

莲花和宝塔，本是佛教的两个重要标志，然而在《封神演义》里却成了大小神仙们的武器和护身符。托塔天王李靖手中的宝塔是武器。赤精子破阵，是踏在莲花宝座上。一旦遇险，则不论老子、元始天尊、姜子牙等，几乎毫无例外地依靠"万朵金莲"和"玲珑宝塔"作掩护以逃生了。

多头，多目，多臂，本来也是佛教意象。例如诸天里的大自在天为一头三目八臂，摩利支天为三头九目八臂。《封神演义》将这些佛教神的增体特征嫁接到仙道人物身上。例如九龙岛炼气士吕岳、广成子弟子殷郊、火龙岛焰中仙罗宣,都是三头六臂,哪吒三头八臂,等等。

除了艺术形象上以仙道为主体的佛道互补特色之外,《封神演义》的语言也是三教杂糅的。例如元始天尊发布的封神诰敕文,就是如此。

在情节设计上,《封神演义》对同一时期较早出现并广泛流传的《三国演义》和《西游记》多所借鉴乃至模仿。这部小说在第82回"三教大会万仙阵"以前,时见《三国演义》的投影。例如:《封神》的"两访渭水"与《三国》的"三顾茅庐"同构;《封神》的"土行孙招亲"与《三国》的"刘备招亲"同构;《封神》的"文王托孤"与《三国》的"刘备托孤"同构,等等;乃至姜子牙亦儒亦道的形象也逼似诸葛亮。这部小说在第82回以后,则时见《西游记》投影。例如:《封神》里杨戬降梅山七怪,其中杨戬追妖时的双方大施变形术,与《西游》里杨戬追孙大圣时的双方大施变形术同构;《封神》里的女娲娘娘以"山河社稷图"收伏白猿精,与《西游》里佛祖如来以手掌收伏孙大圣同构,等等。

《三宝太监西洋记通俗演义》

此书20卷,100回,成书于万历二十五年(1597),撰者罗登戀,号二里南人,陕西人。除本书外,作者还著有传奇(剧本)《香山记》,并为邱浚《投笔记》、高明《琵琶记》及托名施惠的《拜月记》等多种戏文作注。

这本小说以明永乐年间太监郑和出使西洋(今属南洋)的史实为经,描述沿途依靠佛道二教的种种超自然力征服39国的神话故事,是一部从构思到人物、情节都以《西游记》为楷模的神话—史话型章回小说。

这部小说出现在明万历年间绝非偶然。明嘉靖以后,倭寇骚扰东海沿海,所谓"东事倥偬"(作者自序)。这与明初的郑和下西洋恰成鲜明强烈的对照。正是在这种历史反差的背景下,作者顺应民情,"抚今追昔",写成了这部在当时不无现实意义的通俗演义。

本书继承了《西游记》的三教互补意识。书中叙碧峰长老与张天师小经摩擦之后,终于佛道合作,共同为明皇朝尽忠效力,出征西洋。这样的人物设计和总体构思,鲜明地体现了明代的以儒家政治伦理准则为核心的会三归一思潮。

小说里的神话情节,亦如《西游记》和《封神演义》,斗法斗宝的双方，虽然分属敌对两国，但从宗教上看，实为佛道内部两派之争。以征服爪哇国为例。爪哇国方面有五神姑、火母、骊山老母、陈抟老祖等神道参战，大明国方面有张天师、托塔天王、哪吒、八仙诸神仙，以及碧峰长老和弥勒佛等佛国成员参战。斗法斗宝的结果，不分胜负，最后由道教至上神玉皇和众望所归的佛教菩萨观音共同出面组织和谈，解决了这场佛道内部之争。书中的许多形象和情节，直接从《西游记》和《封神演义》等书中吸取而来，如金角大仙、银角大仙、羊角大仙、托塔天王、哪吒、善于72变的王神姑、子母河、吸魂瓶等。

小说中还广泛地吸收了当时的民间传说故事，如"五鬼闹判"、"五鼠闹东京"等。

小说中有关海外诸国的记述，多半出自马欢《瀛涯胜览》和费信《星槎胜览》二书。

此书虽然从各方面刻意以《西游记》为模式，乃至在语言风格上也借鉴《西游记》的幽默风趣；但由于忽略了性格刻画，加之语言比较粗拙，因而在艺术上不能与《西游记》等量齐观。

《警世阴阳梦》

此书10卷，40回，分为《阳梦》、《阴梦》两部分。原题"长安道人国清编次"，作者生平无可考。此书有明崇祯元年刻本传世，今有春风文艺出版社排印本出版。书中写明末权阉魏忠贤故事。《阳梦》部分，从忠孝节义等儒家伦理标准出发，揭露和批判魏忠贤及其党羽的种种阴谋罪恶。《阴梦》部分，以六道轮回、善恶报应等佛教教义为依托，描述魏忠贤死后下地狱受惩，以及死于魏党之手的东林党人升入天堂的故事。全书以儒、佛、意识为武器，褒忠贬奸，劝善惩恶，是一部以毒攻毒式的作品。

魏忠贤（1568—1627），原名进忠，肃宁人，万历时入宫为太监，熹宗即位后，勾结熹宗乳母客氏，得宠于帝，任司礼秉笔太监，兼掌东厂，自内阁六部至四方督抚，遍设死党。天启四年，东林党首领、左副都御史杨涟奏劾魏忠贤24大罪状。此后，杨涟、左光斗、李应升、周顺昌等东林党人相继被捕处死。另一方面，魏阉党羽则为魏忠贤遍立"生祠"。崇祯帝即位后，魏党见斥，魏忠贤本人亦畏罪自缢。《警世阴阳梦》的《阳梦》部分，以上述史实为依据，略加点染而成书；《阴梦》则是虚构性的鬼话和仙话。魏党败亡的次年，即崇祯元年，这部史话—神话章回小说便迅速付梓问世了。这是自明末以后陆续出现的描述东林党与阉党斗争的文学作品中之第一部。

这本小说里的《阴梦》，是一部东方的《神曲》。《神曲》里的但丁，在维吉尔引导下参观了地狱，又在贝雅特丽齐的引导下参观了天堂。《警世阴阳梦》里的长安道人，在转轮大师的引导下参观了地狱，又在缪仙翁引导下参观了天堂。二者的构思，多么的巧合！不过，《神曲》里的地狱与天堂，是基督教式的；《警世阴阳梦》里的地狱是佛教式的，天堂则是道教式的。

但丁把天主教（基督教之旧教）地狱描绘为九层，长安道人则按中国佛教"三恶道"教义，把地狱道描绘为十八重，由十殿阎王主管。魏忠贤及其党羽崔呈秀、客氏三人在地狱道受尽各种苦刑之后，又被送入畜生道，变作牯牛、白马和黑狗。但丁把天主教天堂描绘为分成九层的一片大光明世界。长安道人笔下的天堂，就是道教的仙境。自汉魏以后的笔记小说、传奇小说和章回小说，不断出现神仙境界的幻想描绘。在唐宋以前的道教神话文学里，仙境就是山水之美的理想化。唐宋以后，随着以玉皇大帝为至上神的仙官系统的逐步构建，仙境在原有的山水之类上又融入了宫室之美。《警世阴阳梦》里的天堂——仙境，就是山水之美与宫室之美的高度理想化的结合。

由此可见，关于地狱天堂的幻想，虽然是一切民族宗教的共性；但是，各民族宗教里的地狱与天堂是什么样子，则是受各民族文化的特色所制约的。

第三节　神话—寓言章回小说

章回小说的神话—寓言型，乃是借神话作寓言的小说，其作品主旨不在神话本身，而在神话之外。

《斩鬼传》与《平鬼传》

这是两部借鬼讽人之作。

《斩鬼传》，10回，旧题"烟霞散人"作。作者生平不详，鲁迅以为是明人；郑振铎认为可能就是《禅真逸史》的作者清溪道人，因为《斩鬼传》自序中有"题于清溪草堂"云云。民间传说中有钟馗打鬼故事：唐玄宗病谵，画梦一大鬼，破帽，蓝袍，朝靴，捉小鬼啖之。渠自称终南进士钟馗，尝应举不第，触阶而死。玄宗梦觉而病愈，遂诏吴道子画钟馗打鬼图。此说自唐以后流传民间，宋沈括《梦溪笔谈》中有记载。《斩鬼传》以这一民间传说为基础，生发开去，编演出一部钟馗打鬼新传。

《斩鬼传》叙钟馗死后被唐天子封为驱魔大神。他跑到丰都向阎君请教。阎君告诉他："尊神要靳妖邪，倒是阳间最多，何不去斩！""大凡人鬼之分，只在方寸之间。方寸正的，鬼可为神；方才不正的，人即为鬼。"阎君交给他一个鬼簿，里面尽载各种人中之鬼，如捣大鬼、涎脸鬼、轻薄鬼、诓骗鬼、丢慌鬼等，名目多达39种。于是钟馗率领阎君拨给他的含冤、负屈两位英雄和三百阴兵，乘坐阎君所赠坐骑白泽，遍行天下，斩除各种人中之鬼。一年以后，钟馗功行圆满，上帝封他为"翊正除邪雷霆驱魔帝君"。这是一部运用宗教浪漫主义方法创作的讽刺寓言小说。作品借鬼灵崇拜观念和钟馗打鬼神话，虚构出一部钟馗斩除人中之鬼的新传，旨在鞭笞人间世的丑行恶德，寓改造人类社会的理想于鬼神描绘之中。

《斩鬼传》描述钟馗斩了一大批人中之鬼，笔法却时时变化；不同的鬼，有不同的斩法，不同的下场。例如：捣大鬼、挖渣鬼、含碜鬼战败钟馗，却被弥勒古佛一口吞下，屙出来化作"一堆臭屎"；温斯鬼与冒失鬼各走极端，被钟馗各劈成两半，又交错拼合成"一对中行君子"；绵缠鬼被含冤设计缠住根而斩；涎脸鬼被含冤设计骗去厚脸壳，因"脸已丢了"，遂拔刀自刎；不通鬼跳井亡身；龌龊鬼与仔细鬼互相残杀而死；赖急鬼三战三次被俘，三次放赖而逃，最后变了个乌龟，等等。

作者运用夸张的手法，荒诞的情节，尽情地嘲讽着人生百相中的消极现象，读来不免令人绝倒。但多停留于现象的描述，缺乏穿透社会本质的深刻性。

《平鬼传》，16回，原题"东山云中道人"编。此书从书名、立意、构思，到人物和情节，都模仿《斩鬼传》。除了平鬼录中的穷鬼、讨债鬼、赌钱鬼、替死鬼等名目及其相关情节是《斩鬼传》中所没有的以外，别无多少新意。书中虽然也有若干对人中之鬼的滑稽描写，达到了丑化败类的目的；但更流于浅直，缺乏洞察社会本质的穿透力。

《西游补》

此书16回，董说著。董说（1620—1686），字若雨，号西庵，别号静啸斋主人，自称鹧鸪生；明亡后，改姓林，名蹇，字远游，号南村；中年以后出家为僧，又改名南潜，字宝云，又字月涵；除此以外，还有许多名号。他是浙江乌程（今吴兴）人，复社主将张溥的学生，也是复社成员。他一生著述极丰，据《南浔志》所载书目，多达110种，但仅存《董若雨诗文集》、《丰草庵杂著》和《西游补》等数种。《西游补》作于明崇祯十三年（1640），当时董说21岁，有明崇祯刻本传世，今有上海古籍出版社排印本。这是一部建立在精灵崇拜意识基础上的寓言式浪漫主义小说。所谓"西游补"并非写《西游记》第100回以后故事，而是插补在原书孙悟空"三借芭蕉扇"之后。大意谓孙悟空被鲭鱼精所迷，走入梦幻，历经青青世界、古人世界、未来世界，所见所行，奇幻莫测，最后被虚空主人唤醒，才击毙鲭鱼精。

《西游补》所描写的梦幻世界，其实是明末现实社会的曲折反映。《续西游补杂记》说："书中之语，皆作者欲吐之言：不可显著而隐约出之，不可直言而曲折见之，不可入于文集而借演义以达之。"质言之，皆寓言也。兹举数例如下。

（一）书中叙孙行者入"青青世界"，看见四五百人抡刀操斧在那里凿天，不免胡猜乱想一通："不知是嫌天旧了，凿去旧天，要换新天；还是天生帷障，凿去假天，要见真天？""不知凿开天胸，见天有心、天无心呢？不知天心是偏的、是正的呢？""不知是凿开天口，吞尽阎浮世界哩？"如此等等。"凿天"云云，分明是借喻明末席卷中国的李自成、张献忠领导的农民起义。孙行者的猜想，诸如"旧天"、"新天"、"假天"、"真天"、"天有心"、"天无心"之类，暗示作者对明皇朝（天）即将被人民推翻已经有了明确的预感。

（二）书中第九回"秦桧百身难自赎，大圣一心皈穆王"，叙孙行者在未来世界代理阎王爷审判秦桧。秦桧道："咳！爷爷，后边做秦桧的也多，现今做秦桧的也不少，只管叫秦桧独独受苦怎的？"行者道："谁叫你做现今秦桧的师长，后边秦桧的规模！"上述寓言中的"现今秦桧"云云，乃是影射明臣中之里通清兵者。明末与南宋的形势相似。南宋的秦桧里通金朝，明末亦有不少文臣武将如洪承畴、吴三桂、钱谦益、阮大铖之流先后降清。这些人的正式降清时间，虽然多在《西游补》问世之后，但他们的贰心必然早已被作为复社成员的董说看出蛛丝马迹，所以在小说中借神话—寓言以鞭挞之。

（三）书中写孙行者在万镜楼，看见"天字第一号"镜子里，一人正在发榜，顷刻之间便有千万人挤挤拥拥，叫叫呼呼，齐来看榜。其情景是：

> 初时但有喧闹之声，继之以哭泣之声，继之以怒骂之声。须臾，一簇人儿各自走散：也有呆坐石上的；也有丢碎鸳鸯瓦砚；也有首发如蓬，被父母师长打赶；也有开了亲身匣，取出玉琴焚之，痛哭一场；也有拔床头剑自杀，被一女子夺住；也有低头呆想，把自家廷对文字三回而读；也有大笑拍案，叫"命！命！命！"也有垂头吐红血；也有几个长者费些买春钱，替一人解闷；也有独自吟诗，忽然吟一句，把脚乱踢石头；也有不许僮仆报"榜上无名"者；也有外假气闷，内露笑容，若曰"应得"者；也有真悲真愤，强作喜容笑面。

作者一支生花妙笔，写尽魔幻世界，实即中国封建时代落第举子的百千种可悲情态。

对文学名著作补书，要求吃透原作精神，尤其是在人物塑造上，必须与原作丝丝入扣。《西游补》里的主人公孙行者，与原作中的孙行者基本一致。《西游记》里的孙行者有72种变化术，《西游补》充分发挥这一特征，让他先后变作粉蝶儿、铜里蛀虫、丫环、虞美人、蛛子、青锋剑、毫毛行者，以进入层层幻境。《西游记》里的孙行者有个机灵急智的特征，《西游补》也发挥了这一点。当他变作一个丫头，却被绿珠、西施误作虞美人时，立即将错就错，以虞美人自居，但又不了解虞美人底细。于是他凭种种巧计，从绿珠、西施口中探出虞美人的丈夫是西楚霸王项羽，以及虞美人能诗善赋等特点，居然应对自如，以假乱真，骗过了绿珠、西施的眼睛，最后连虞美人的丈夫项羽也被他骗了。《西游记》里的孙行者还有爱调侃的顽皮猴性。《西游补》对这一点把握得也很准确。第一回写孙行者逗弄猪八戒，第七回写孙行者逗弄项羽，都是令人喷饭的喜剧性情节。

《西游补》的语言特色是多用连珠辞。例如第一回叙唐僧被八九个孩童团团围住，嚷道：

> 你这一色百家衣舍与我罢！你不与我，我到家里去叫娘做一件青苹色、断肠色、绿杨色、比翼色、晚霞色、燕青色、酱色、天玄色、桃红色、玉色、莲肉色、青莲色、银青色、鱼肚白色、水墨色、石蓝色、芦花色、绿色、五色、锦色、荔枝色、珊瑚色、鸭头绿色、回文锦色、相思锦色的百家衣。我也不要你的一色百家衣了。

这里一口气数出 25 种不同颜色的名目，显示出汉语发展到明末时，其词汇之丰富，已达到惊人的程度。其次，这种连珠辞的修辞效果，听起来如"大珠小珠落玉盘"，大约是当时平话艺术（该书第七回提到项羽说平话）中的说话技巧之一，与今日相声演员之巧舌如簧的连珠辞表演相同。

第二章 传奇小说与话本小说

第一节 传奇小说

传奇小说大盛于唐而衰于金、元，到明代再次升温，《剪灯新话》、《剪灯余话》和《觅灯因话》就是这一时期的传奇小说代表作。"三话"上承唐传奇的余绪，下启清代《聊斋志异》之先河；从题材看，既有世俗性的，也有宗教性的。"三话"时从传统笔记小说中摄取题材而加以再创作，又为同时代的白话小说——话本创作和戏曲创作提供了丰富的改编素材。

《剪灯新话》

此书 4 卷，附录 1 卷，共 21 篇，瞿佑撰。瞿佑（1341—1427），字宗吉，别号存斋，钱塘（今属浙江杭州）人，少时即有诗名。他父亲的好友张彦复读了瞿佑的诗，极为赞赏，画桂花一枝相赠，并题诗一首："瞿君有子早能诗，风彩英英兰玉姿。天上麒麟原有种，料应高折广寒枝。"他父亲因此建一堂屋，名曰"传桂堂"，以表望子成龙，他日蟾宫折桂的殷切期望。然而事与愿违。尽管瞿佑诗才出众，学富五车，却偏偏与功名无缘，一生只做过训导、长史之类的小吏；又因作诗而触忤当权，下狱问罪，谪戍保安（今陕西志丹）十年。瞿佑著述甚丰，除《剪灯新话》之外，还有诗集和很多学术著作，但流传下来的只有《归田诗话》、《天机云锦》、《咏物诗》等数种。《剪灯新话》中的作品，以鬼话为主，其中又分为牢骚与讽世、鬼灵与爱情两大类。

(一) 牢骚与讽世

瞿佑做过几任教谕、训导之类的学官，吃过十年官司，又在英国公家主家塾三载。因此，他对官场弊端了如指掌，并在《剪灯新话》里谈神说鬼，对"世间贪官污吏，受财曲法"现象，痛加针砭。例如《令狐生冥梦录》就是这样一篇假鬼神以痛斥贪官污吏的檄文。小说主人公令狐生是一位刚直之士。他听说某为富不仁之徒死后三日复活，原因是其"家人广为佛事，多焚楮币，冥官喜之，因是得还"。令狐生大不忿，做了一首指斥冥府的讽刺诗：

一陌金钱便返魂，公私随处可通门！鬼神有德开生路，日月无光照覆盆（事见元杂剧《盆儿鬼》）。贫者何缘蒙佛力？富家容易受天恩。早知善恶都无报，多积黄金遗子孙！

令狐生因此诗蒙祸，被拘至冥府问罪。他在冥王面前，写了一纸供状。其中有云：

威令所行，既前瞻而后仰；聪明所及，反小察而大遗。贫者入狱而受殃，富者转经而免罪。惟取伤弓之鸟，每漏吞舟之鱼。赏罪之条，不宜如是。至如谡者，三生贱士，一介穷儒。左枝右梧，未免儿啼女哭；东涂西抹，不救命蹇时乖。偶以不平而鸣，遽获多言之咎。悔噬脐而莫及，耻摇尾而乞怜。今蒙责其罪名，逼其状伏。批龙鳞，探龙颔，岂敢求生！料虎头，编虎须，固知受祸。言止此矣，伏乞鉴之！

小说里的令狐生，就是作者本人的夫子自道。令狐生因作诗而吃冥府官司，就是作者因作诗而吃世上官司的投影。作者把他自己的满腹牢骚连同他对贪官污吏的满腔愤慨，通过令狐生之口一吐为快。

瞿佑一生坎坷。他的这种遭遇，使他在传奇小说里留下了"劝善惩恶，哀穷悼屈"（《剪灯新话》序一）的感情印记。例如《三山福地志》就是这样一篇作品。小说主人公元自实在除夕持刀前往仇家报仇，但一转念,"宁人负我,毋我负人!"于是打消杀人之念,走回家去。元自实的行动,都被道边小庵中的庵主轩辕翁看在眼里。轩辕翁后来告诉元自实:元赴仇家时,"有奇形异状之鬼数十辈从之";元回家时,"有金冠玉佩之士百余人随之"。轩辕翁进而告诫元:"子一念之恶,而凶鬼至;一念之善,而福神临,如影之随形,如声之应响。固知暗室之内,造次之间,不可萌心而为恶,不可造罪而损德也。"小说又通过一井中道士之口向元说明:元前世有何差错而今世遂遭何报应。于是元向道士求问:"当世达官"之有罪者,他生将受何报应。被元点明的官职,有丞相、平章、监司、郡守、宣慰、经略等。道士根据各人的罪业,预言了他们将受到何种冥罪。这些情节,流露出作者对贪官酷吏的愤懑不平之情。作者出于自我保护意识,所列"当世达官"虽然都以"某人"代其真名实姓,想必都是实有其人的。不是怀才不遇而且吃过十年官司的人,是写不出如此大胆针砭官场的作品来的。此篇被凌濛初改编成话本小说《庵内看恶鬼善神,井中谈前因后果》,改作对原作的许多情节和细节都有所丰富,唯独将"当世达官"通通删去。这说明:不同的作者由于经历不同,而有不同的思想感情;由于思想感情不同,而在处理同一题材时就会产生不同的文本。

其次,这篇作品既有庵主谈善恶报应,又有道士谈前因后果,一僧一道,共同说法。这种情节,乃是自唐以来的三教合流意识在明代传奇小说中的反映。

《修文舍人传》也是以作者本人的生平遭遇为素材,借谈神说鬼作掩护,以讽世骂俗。这篇传奇小说的主人公夏颜,博学多闻,慷慨论事,著述数百卷,文章千余篇;然而命分甚薄,日不暇给。这乃是作者的自画像。夏颜生不逢时,死后却在冥府享受高官厚禄。他与生前好友的一次晤谈,乃是这篇传奇小说的主旨。其中有如下议论:

> 今夫人世之上,仕路之间,秉笔中书者,岂尽萧、曹、丙、魏之徒乎?提兵阃外者,岂尽韩、彭、卫、霍之流乎?馆阁搞文者,岂皆班、扬、董、马之辈乎?郡邑牧民者,岂皆龚、黄、召、杜之俦乎?骐骥服盐车而驾驷厌刍豆,凤凰栖枳棘而鸱鸮鸣户庭,贤者槁项黄馘而死于下,不贤者比肩接迹而显于世,故治日常少,乱日常多,正坐

此也。冥司则不然，黜陟必明，赏罚必公。昔日负君之贼，败国之臣，受穹爵而享厚禄者，至此必受其殃；昔日积善之家，修德之士，厄下位而困穷途者，至此必蒙其福。盖轮回之数，报应之条，至此而莫逃矣。

请注意：在《令狐生冥梦录》里，冥府是"善恶都无报"，贫者受殃而富者免罪。到了《修文舍人传》里，冥府却"黜陟必明，赏罚必公。"前者是以冥府影射现实，后者是以冥府反衬现实。两者都是作者借冥府为手段，以宣泄其腹内牢骚和胸中傀儡。

（二）鬼灵与爱情

在魏晋南北朝的志怪笔记小说里，有一个人鬼相恋模式，描述的是多情女鬼与多情男子的爱情故事。《剪灯新话》继承了这一爱情模式，例如《金凤钗记》就是这样的作品。此篇叙兴哥、兴娘俱在襁褓之中，就被双方父母订立婚约。以后两家一别15载，互无音耗。兴娘盼郎不至，郁死闺中。不久，兴哥前来完婚，已成永诀。但兴娘亡魂仍与兴哥同居一年，以偿夙愿；并介绍其妹庆娘与兴哥再续姻缘。这是一个悲喜剧。作品一方面歌颂了古代妇女对爱情的执着追求，即使死后变鬼，也决不放弃；另一方面，作品又揭示了包办婚姻的害处。兴娘就是这一不合理婚姻陋俗的牺牲品。

与《金凤钗记》同样，《滕穆醉游聚景园记》和《绿衣人传》也都是人鬼相恋传奇。这是一个古老的鬼话模式，其最早的原型乃是《列异传》里的《谈生》。这种人鬼爱情是女鬼——情鬼主动与男子的结合，是凰求凤。《金凤钗记》里的兴娘鬼灵主动投钗、寻钗，借以伺机与兴哥幽会。《滕穆醉游聚景园记》里的卫芳华鬼灵对滕生说："固知郎君在此，特来寻访耳。"《绿衣人传》里的绿衣人——侍女鬼灵，为赵源述前生姻缘道："君时少年，美姿容，儿见而慕之。"中国古代妇女在儒教束缚之下，没有婚恋自由，长期被幽闭在深闺里。这种人鬼婚恋模式，正是在上述古代儒教婚制下的妇女热烈向往自由爱情的理想之反映，也是对儒教婚姻伦理的批判。

除了人鬼婚恋模式之外，《剪灯新话》里还包括若干与鬼灵相关的其他传奇小说。例如《渭塘奇遇记》叙王生与酒家女彼此一见钟情,自此以后,双方夜夜梦中幽会。后来两人结为夫妇,彼此话旧,则昔日梦中所见所历,都与真实情境相符。唐传奇《离魂记》写的是女子离魂私奔男子,是亚人鬼相恋模式。此篇以双离魂的构思,表现了古代青年男女对自由幸福的热切向往。又如《翠翠传》叙翠翠与金定少时同学,彼此私心相许。长大后,二人突破贫富樊篱,结为夫妇。不意婚后未及一年,翠翠被刘将军掳去。金定千里寻妻,终于找到刘府,并假称兄妹关系,在刘府见到妻子。但翠翠已属他人,金定夫妻无法相认。二人先后因情伤而亡,死后在冥间得以团圆。这篇传奇借鬼灵崇拜观念,讲述了一个"肠虽已断情难断,生不相从死亦从"的坚贞不渝的爱情故事,是古代人民追求幸福理想的浪漫主义赞歌。

《剪灯新话》对前代文学的继承与借鉴,除前述人鬼爱情模式外,其他还有:《申阳洞记》本事出自张华《博物志》的《猴玃》条,《爱卿传》显示出唐传奇小说《李章武传》的影响,《天台访隐录》与陶潜《桃花源记》同构,《龙堂灵会录》与薛用弱《集异记》之《蒋琛》同构等。另一方面,《剪灯新话》对明代的话本小说和戏曲产生了巨大影响。凌濛初的《拍案惊奇》中有三篇话本小说的本事来自《剪灯新话》。其中,《大姊魂游完宿愿,小妹病起续前缘》源于《金凤钗记》,《李将军错认舅,刘氏女诡从夫》源于《翠翠传》,《庵内看恶鬼善神,井中谈前因后果》源于《三山福地志》;此外,还有明杂剧《王文秀渭塘奇遇》源于《渭塘奇遇记》,明传奇剧《红梅记》的第4出《杀妾》和第24出《恣宴》,均源于《绿衣人传》。

《剪灯余话》

此书5卷,共22篇,李昌祺撰。李昌祺(?—1451),名祯,庐陵(今江西吉安)人,永乐二年进士,先后任礼部郎中,广西、河南左布政史。他为人刚严方直,颇有政绩;富于才情,多所撰述。他在《剪灯余话》序六中说:"客有以钱塘瞿氏《剪灯新话》贻余者,复爱之,锐欲效颦"。张光启在《剪灯余话》序五中则说:李昌祺"暇中因览钱塘瞿氏所述《剪灯新话》,公惜其措词美而风教少关,于是搜寻古今神异之事,人伦节义之实，著为诗文，纂集成卷，名曰《剪灯余话》，盖欲超乎瞿氏之所作也"。由此可见，李昌祺意欲在艺术上进步并在"风教"——儒教上超越《剪灯新话》。的确，《新话》与儒教"少关"，而《余话》则是"搜寻神异稀奇事，敦尚人伦节义风"（《余话》序五）。

从艺术形式上看，《剪灯余话》中的若干作品的确是对《剪灯新话》的模仿。例如：《余话》的《洞天花烛记》模仿《新话》的《水宫庆会录》；《余话》的《泰山御史传》模仿《新话》的《修文舍人传》等。

但是，若从思想内容看，《剪灯余话》里的部分作品，具有强烈的节、义思想，从而对《剪灯新话》中的某些作品，如《翠翠传》，构成鲜明的反拨色彩。《翠翠传》里的翠翠，在兵荒马乱之中，不能为丈夫死节，而失身于某将军。《剪灯余话》则塑造了众多的节女形象，如《长安夜行录》里的饼师妇、《月夜弹琴记》里的赵氏、《连理树记》里的蓬莱、《鸾鸾传》里的鸾鸾、《琼奴传》里的琼奴等。她们的遭遇与翠翠相似，而表现则与翠翠相反，她们是宋、明理学家们大声疾呼地提倡的节妇。

在《剪灯余话》里，除了儒教意识这一主流之外，其他宗教意识也有所反映。《听经猿记》弘扬一切众生（包括动物）皆有佛性的大乘佛教思想；《幔亭偶仙记》和《洞天花烛记》弘扬道教神仙思想；《胡媚娘传》为道士驱邪镇妖的法力张本；《何思明游酆都录》是明代三教并兴的现实之反映。

人鬼相恋是汉魏以后志怪小说中常见的传统模式。这种小说通过男人与女鬼的自由结合，歌颂古代青年男女对自由婚恋的热烈憧憬。《剪灯新话》继承了这一传统，《剪灯余话》里的《田洙遇薛涛联句记》、《秋夕访琵琶亭记》等篇也属于这一类。

瞿佑在《剪灯新话》里融入了自己怀才不遇，反而下狱问罪的悲哀与愤慨，李昌祺则在《剪灯余话》里表现了他自己的人生观与从政的原则和经验。例如《泰山御史传》叙宋珪"非义不为"、"性严峻"，但屡荐不举；死后被岳帝召为泰山御史。数年之后，其友秦轸遇宋珪之鬼灵于逆旅。宋珪向秦轸介绍地下官府的情况道：

　　大抵阴道尚严，用人不苟。唯是泰山一府，所统七十二司，三十六狱，台、省、部、院、监、局、署、曹，与夫庙社、坛、壝（之）鬼神，大而冢宰，则用忠臣、烈士、孝子、顺孙，其次则善人、循吏，其至小者，虽社公、土地，必择忠厚有阴德之民为之。

这种"尚严"、"不苟"的用人方针，正是作者个性的自白。

又如《两川都辖院志》叙主人公吉复卿死后被上帝任命为两川都辖院主者，他向同县徐建寅介绍自己的从政经验道：

廉、恕，两字符也。惟廉可以律身，唯恕可以近民。廉则心有养，恕则民易亲。民亲化行，能事毕矣。

《明史》李昌祺传称，洪熙元年，李任河南左布政史，"绳豪猾，去贪残，疏滞举废、救灾恤贫，数月，政化大行"，有"廉洁宽厚"之美誉；又说他退休后，"家居二十余年，屏迹不入公府。故庐裁蔽风雨，伏腊不充"，是一个两袖清风的清官。由此看来，不论泰山御史的严而不苟，还是两川都辖院主的亦廉亦恕，通通是李昌祺的自我写照。

此外，在《何思明游酆都录》中，作者将"招权纳赂，欺世盗名"的官吏，置于地狱之中，命铁蛇铜犬咋其血髓，颇似西方但丁《神曲》的《地狱篇》对教皇的惩罚。这些情节，与《泰山御史传》里的"尚严"、"不苟"原则相互辉映，共同体现了作者本人"绳豪猾，去贪残"的反腐倡廉精神。

传奇小说本就是唐代士子用以展示其才华的、众体皆备的文体。它是以故事为经，以诗、辞、歌、赋为纬的作品。在唐代，故事是主体，各种韵文点缀其间。可是到了李昌祺的《剪灯余话》，其中有的作品，故事倒很简短；而各种韵文和骈文却反客为主，大量地充斥其间。这样一来，他的传奇与其视作小说，不如叫做传奇诗词小集更为恰当。例如：《听经猿记》里穿插律、绝诗19首、《田洙遇薛涛联句记》里穿插七绝9首、曲1支、联句诗2首（74韵），《月夜弹琴记》里穿插集古句七律20首、集古句七绝10首。总之，传奇小说成了李昌祺炫耀才学的工具。

与《剪灯新话》一样，《剪灯余话》对明代话本小说和戏曲也产生了巨大影响。例如：在凌濛初的《拍案惊奇》里，《同窗友认假作真，女秀才移花接木》的入话，源于《余话》的《田洙遇薛涛联句记》；《顾阿秀喜舍檀那物，崔俊臣巧会芙蓉屏》，源于《余话》的《芙蓉屏记》；《宣徽院仕女秋千会，清安寺夫妇笑啼缘》，源于《余话》的《秋千会记》；还有周楫话本小说《西湖二集》里的《洒雪堂巧结良缘》，源于《余话》的《贾云华还魂记》。此外还有多种戏曲亦据《剪灯余话》里的故事写成。

《觅灯因话》

此书2卷，8篇，邵景詹撰。景詹别号自好子，生平事迹不详。据此书小引称："作者案头置《剪灯新话》一册，有来客读之不忍释手，直至黄昏，遂为作者道耳闻目睹之古今奇秘数千言。"作者有动于中，乃呼童觅灯，与客择而录之。这是书名的来历，也说明此书是《剪灯新话》的仿作与续作。其主旨是宣扬儒教伦理观念和佛教业报教义。书中人物凡忠孝节义之辈均获善报，凡违背忠孝节义之徒均获恶报。此书的思想艺术性虽远不及《新话》和《余话》二书，但亦有多篇被改写为话本小说。例如："冯梦龙《警世通言》里的《桂员外途穷忏悔》，源于《因话》的《桂迁梦感录》；凌濛初《拍案惊奇》里的《痴公子狠使噪脾钱，贤丈人智赚回头婿》，源于《因话》的《姚公子传》；凌濛初《拍案惊奇》里的《乔兑换胡子宣淫，显报施卧师入定》，源于《因话》的《卧法师入定录》；周楫《西湖二集》里的《会稽道中义士》，源于《因话》的《唐义士传》。

第二节　话本小说

明万历以后，话本小说的编创十分活跃。其重要作品，有"三言"、"二拍"，《石点头》、《型世言》等。这些作品真实地反映了明代市民社会的面貌，也流露出浓厚的三教意识。

三　言

所谓"三言"，乃是包括《喻世明言》（原名《古今小说》）、《警世通言》、《警世恒言》在内的三部话本小说集。每书40卷（篇），三书共话本小说120卷（篇），冯梦龙编纂。冯梦龙（1570—1646），字犹龙，别署龙子犹、顾曲散人、墨憨斋主任、词奴等，长洲（今江苏吴县）人。他是崇祯三年贡生，曾任福建寿宁知县。《苏州府志》称他"才情跌宕，诗文藻丽"。清兵渡江南下时，他参加过抗清活动。经他选编、改写和创作的文学作品极多，除"三言"外，还有《平妖传》、《情史》、《桂枝儿》、《山歌》以及《墨憨斋定本传奇》等。"三言"中的话本小说，出自宋、元、明三代说书艺人之手，没有留下作者姓名。由于冯梦龙的搜集、整理、加工和出版，得以流传至今，其中也可能有冯梦龙本人的作品。

"三言"是一套充满三教意识的白话小说集，体现了宋、元、明，特别是明后期的三教意识合流的时代特征。可一居士《醒世恒言·序》云："崇儒之人，不废二教，亦谓导愚适俗，或有藉焉。"这就是"三言"的基本思想倾向。例如：崇儒的作品有《范巨卿鸡黍死生交》、《两县令竞义婚孤女》、《钱舍人题诗燕子楼》、《庄子休鼓盆成大道》等，弘道的作品有《张道陵七试赵升》、《陈可常端阳仙化》、《吕洞宾飞剑斩黄龙》、《杜子春三入长安》、《李道人独步云门》，赞佛的作品有《月明和尚度柳翠》、《明悟禅师赶五戒》、《佛印师四调琴娘》等。这类作品缺乏积极的思想意义，一般只能提供消遣，对于缺乏批判能力的读者来说，是会产生消极影响的。

但是，"三言"中还有一些优秀之作，往往能透过对某些宗教内容的描述，反映那个时代社会的真实面貌，并表现人民大众的理想与爱憎。例如《灌园叟晚逢仙女》，以道教神仙思想为依托，揭露了封建社会的阶级矛盾。作品写"花痴"秋先在社会恶势力的迫害下，遇司花女仙相助，得以升仙而成为"护花使者"的神话故事。与此同时，作品还描述了官绅势力与支持秋先的平民百姓之间的尖锐冲突；热情地讴歌了人民大众在患难之中的团结互助精神。

又如《闹阴司司马貌断狱》，通过阴阳两界对照，对封建统治阶级的腐败现象作了有力的讽刺与批判。作品先叙崔烈以五百万钱买了个司徒，汉灵帝还"顿足懊悔"，说什么"好个官，可惜贱卖了。若小小作难，千万必可得也。"讽刺是够辛辣的。然后叙司马貌亦生活在卖官鬻爵、贤愚颠倒的时代，空有才学，不见用于当世。玉帝将他召至冥间，命他当半日阎罗王,以试其施政之才。他在半个时辰之内。断清了三百余年未决的四大疑案,玉帝因此叹为"经天纬地"的"天下奇才"。作品借天上玉帝批判了人间卖官鬻爵的皇帝。

"三言"对古代宗教生活领域中的消极现象,也有许多大胆的揭露。例如《汪大尹火焚宝莲寺》叙宝莲寺内设一子孙堂,子孙堂两旁各设净室十数间。凡前往祈嗣的妇女,均须在净室内睡一夜,寺里众僧便趁机骗奸。《赫大卿遗恨鸳鸯绦》则叙非空庵与极乐庵的众尼把青年男子化装为尼,私藏庵中,昼夜行淫。这类揭露僧尼破坏戒律的作品,往往有一些露骨的色情描写。这是明代市民通俗文学的通病。

明中叶以后,资本主义经济开始萌芽,江南苏杭一带的丝织业空前发展,出现了手工业工场。《施闰泽滩阙遇友》写的就是这个资本主义萌芽过程。小说以善有善报的构思,描述主人公施复拾银还主,不但免却两场杀身之祸,而且两次从地下挖出大量银子,因此发家致富。他原本是一个只拥有一张织机的个体工匠;后来变成一个拥有三四十张织机的工场主。这一建立在佛教因果报应教义基础上的致富情节,显然掩盖了资本主义经济发展的真相。虽然有些不足,但这篇小说毕竟为中国资本主义早期历史写下了不可多得的形象化的一页。

随着晚明资本主义的发生与初步发展,反对"存天理、去人欲"的理学和鼓吹人情私欲的人文主义思想也开始萌芽,李贽是这一思潮的著名代表。"三言"中的部分作品体现了这一时代思潮。例如前述《施闰泽滩阙遇友》歌颂了发财致富的合理性;还有若干基于鬼灵崇拜和精灵崇拜意识、描述情鬼情妖的作品,如《杨思温燕山逢故人》、《金明池吴清逢爱爱》、《白娘子永镇雷峰塔》等,歌颂了青年男女对爱情的执着追求。

作为白话短篇小说的"三言",十分注重通过行动去刻画人物性格。例如《滕大尹鬼断家私》,叙倪太守临终前将一幅画交给其妾梅氏母子,嘱他们日后携此画找有司剖断,以防止长子独占家私。十年之后,梅氏母子将此画交给滕大尹。经过几番苦思,滕大尹终于发现了藏于画中的倪太守遗嘱,掌握了太守为梅氏母子留下的遗产秘密。他为了从中渔利,便将画中文章隐匿不宣,却玩弄了一场装神弄鬼的骗财把戏。他亲临倪家,假装受到倪太守之魂的接待,在堂上与太守彼此揖让交谈,煞有介事,把倪家的人都看呆了。事后，滕大尹宣布：倪太守之魂向他当面交代，有银子十罐、金子一罐，埋在东偏旧屋的东西两壁之下，银子交梅氏母子，金子酬谢滕大尹。滕大尹就是这样利用人们头脑中的祖灵崇拜意识，从梅氏母子遗产中骗走了一罐金子。作品通过滕大尹装神弄鬼的表演，刻画了他的精明、机诈和贪婪的性格。

二　拍

所谓"二拍"，乃是话本小说集《初刻拍案惊奇》、《二刻拍案惊奇》的合称，二书各40卷（篇）；其中重出一篇，杂剧一篇，实收话本小说78篇；凌濛初编撰。凌濛初（1580—1644），字玄房，号初成，别号即空观主人，浙江乌程（今吴兴，或作湖州）人。他18岁补廪膳生，至55岁才以贡生授上海县丞，63岁任徐州通判。因他与李自成为敌，受困于农民军，呕血而亡。他的著作除"二拍"外，还有戏曲《虬髯翁》、《颠倒姻缘》、《北红拂》、《乔合衫襟记》、《暮忽姻缘》，以及各类杂著等。"二拍"的内容，用作者自己的话说，是"说鬼说梦，亦真亦诞"（《二刻拍案惊奇小引》），也就是说，在各种看似荒诞不经的鬼神故事里，暗寓着真实的人生。其基本倾向与"三言"相同。

在人文主义思潮的影响下，"二拍"对鼓欢"存天理，去人欲"的程朱理学加以否定，例如《硬勘案大儒争闲气，甘受刑侠女著芳名》就是对道学家的批判。另一方面，"二拍"对经商逐利的行为予以充分肯定。例如《转运汉遇巧洞庭红，波斯胡指破鼍龙壳》描述跨海对外贸易。作品叙文若虚做了半世生意，"百做百不着"，"本钱一空"，人称"倒运汉"。不料在一次跨海对外贸易中，一本万利，变成"转运汉"；在归途中，又因风神玉成，让他在一个荒岛上拾得一个宝物，终于成了亿万富翁。又如《叠居奇程客得助，三救厄海神显灵》，写的是商人程宰在海神帮助下经商致富的故事。这些作品尽管都披上了天命、神助的宗教唯心主义外衣，但对晚明沿海的对外贸易的描述，却是十分真实的。

"二拍"不但肯定经商逐利光荣，尤其肯定自由婚恋的合情合理，批判儒家的父母包办婚姻制。例如《赠芝麻识破假形，撷草药巧谐真偶》，其入话部分叙一江西官人与临安酒家女相恋，托人为媒，遭女方父母拒绝,怏怏而别。酒家女相思成疾,期年而亡。五年之后,江西官人重返临安,女魂遂与之同居半载,了却生前之愿。这篇话本小说的正文写蒋生与马云容暗中相恋,无法突破其父母的樊篱。蒋生后来在一千年狐精的帮助下,终于与意中人结成眷属。此外,还有《宣徽院仕女秋千会,清安寺夫妇笑啼缘》、《大姊魂游完宿愿,小姨病起续前缘》、《赵司户千里遗音,苏小娟一诗正果》等篇,都是借助于鬼魂显灵来歌颂自由婚恋的积极浪漫主义小说。

"二拍"中还有一部分取材于宗教的作品,对封建社会的各种弊端与黑暗作了充分的揭露和批判。例如《进香客莽看金刚经,出狱僧巧完法会分》叙柳太守不学无术,但听说洞庭山寺藏有白居易手抄《金刚经》真迹一卷,价值千金,"便也动了火"。于是他罗织冤狱,把寺中住持投入狱中,逼该寺献经赎人。又如《迟取券毛烈赖原钱,失还魂牙僧索剩命》,采取阴阳对照的构思,把一件阳世冤案,转移到阴间去审判,结果判得一清二楚,连同阳世审案不公的县令与县吏,也得到应有的惩罚。以上作品,对封建官吏的贪赃枉法和腐败无能给了无情鞭笞。

与"三言"一样,"二拍"中也有大量揭露和批判不法僧道的作品。其揭批不法僧尼的作品,如《王渔翁舍镜崇三宝,白水僧盗物丧双生》写了一场宝镜争夺之战。小说叙白水寺住持法轮奸狡贪婪,用偷梁换柱之法骗取了王渔翁的宝镜。浑提点为夺宝镜,利用手中权力将法轮下在狱中。行者真空却趁双方僵持不下之机,私携宝镜逃之夭夭了。此所谓"鱼蚌相争,渔人得利";又曰"螳螂捕蝉,黄雀在后"。小说对勾心斗角、巧取豪夺的奸僧恶吏们作了淋漓尽致的暴露和讽刺。又如《酒下酒赵尼媪迷花,机中机贾秀才报怨》,对专设圈套替浮浪子弟诱骗良家妇女上钩的恶尼,进行了彻底揭露。其揭批不法道流的作品,如《丹客半黍九还,富翁千金一笑》,揭露道者设炼丹骗局诈骗他人钱财;《西山观设箓度亡魂,开封府备棺追活命》则批判道士打着符箓醮坛的神圣幌子,调戏和拐骗良家妇女的罪行。作为明代白话通俗小说的"二拍",亦如其他明代通俗文学,其最招人诟病的糟粕乃是色情描写。这是一个时代的风尚。

"二拍"是再创作。其题材多采自旧籍,如《太平广记》、《夷坚志》、《情史》、《剪灯新话》、《剪灯余话》诸书。"往往本事在原书中不过数十字，记叙旧闻，了无意趣。在小说则清谈娓娓，文逾数千。抒情写景，如在耳目。化神奇于臭腐，易阴惨为阳舒，其功力亦实等于创作。"（孙楷第《三言二拍源流考》）以《大姊魂游完夙愿，小姨病起续前缘》为例。此篇是根据瞿佑传奇小说《金凤钗记》提供的故事再创作的。故事叙兴娘亡魂附在妹妹庆娘身上，回到家中，于夜间前往未婚夫崔生的书房，冒充庆娘与崔生幽会。原作叙兴娘之魂冒充庆娘来到崔生书房后：

  即挽生就寝。生以其父待之厚，辞曰："不敢。"拒之甚厉，至于再三。

  这原作中的24个字，在凌濛初笔下增至三百余字，通过崔生与女（兴娘之魂、庆娘之体）的对话，细致生动地刻画了此时此地崔生的复杂、矛盾、多变的心态。

《石点头》

  此书14卷（篇），席浪仙撰。浪仙别号天然痴叟，生卒年不详，冯梦龙之友。冯在此书的序中说："石点头者，生公在虎丘说法故事也。"民间传说：东晋高僧竺道生在虎丘聚石为徒，宣讲佛理，石皆点头。从此有"生公说法，顽石点头"之说。书名《石点头》者，意谓其教化作用之大也。全书主旨，在于借助鬼神的超自然力以歌颂孝子节妇，着力弘扬儒教精神。例如《郭挺之榜前认子》，叙青姐之母生她时梦见一神人说："此女当嫁贵人，当生贵子。"后因父亲拖欠朝廷钱粮，无力偿还，青姐卖身救父，成为孝女。另一方面，慷慨解囊救助青姐的郭乔，以"名教中人，决不做非理之事"，不纳青姐为妾，成为义士。由于巧合，郭乔与青姐后来正式联姻生子。20年后，郭乔父子同时中了进士，圆了青姐之母生她时的神梦。小说告诉人们：义士孝女必有神授富贵。又如《江都市孝妇屠身》，叙周迪、宗二娘夫妻外出经商，流落扬州。恰逢兵乱，围城数日。城中粮尽，杀人为食。宗二娘遂卖己于屠户，叫丈夫携其卖身之钱归家养母。三闾大夫神感宗二娘孝义可嘉，以神马送周迪归家。宗二娘因屠身孝姑，被上帝封为上善金仙。作品设神道以宣扬愚孝的意图，至为明显。

书中类似上述弘扬儒教的消极性作品，还有《王本立天涯求父》、《卢梦仙江上寻妻》、《瞿凤奴情愆死盖》、《莽书生强图鸳侣》、《侯官县烈女歼仇》等。将孝义节烈与因果报应相联结，是这些作品的共同模式。

但是，《石点头》中也有少数作品的思想性是积极的。例如《贪婪汉六院卖风流》，借鬼灵崇拜惩处了贪官酷吏"吾剥皮"；《玉箫女再生玉环缘》借佛教三世轮回观念，歌颂了玉箫姑娘对爱情的执着与坚贞。

有些作品的基本思想倾向虽然是消极的，但也不乏现实性因素。譬如晚明工商业蓬勃发展的社会和时代特征，在不少作品中都有所反映。《郭挺之榜前认子》叙秀才郭挺之科场失意，从庐州出发，千里迢迢，到远在广东韶州做知县的母舅处消遣郁积。他虽是儒生，却懂得经商理财。他命家人郭福买了五百两银子的货物，带至韶州脱手。结果除去主仆的旅途盘缠，还净赚二百两。过了两个月，他又命郭福从广东带一批货物回庐州，并带家书给主母。像郭挺之这样的儒商形象，在明中叶以前的叙事文学中是不可能出现的。这是一个烙有鲜明时代印记的人物形象。又如《卢梦仙江上寻妻》里的谢启是世代盐商之后，到了他这一代，已拥有"盐艘几百余号"，"盐船上人千人万"。谢启之家"屋宇广大，拟于王侯"，他拥有"姬妾三四十人，美婢六七十人，其他中等之婢百有余人"。人们从书中对谢启"家私巨富"的描绘，不难想见当时商业资本的高度集中和购销两旺的繁荣景象。再如《贪婪汉六院卖风流》里的徽州汪姓富商，在苏杭采购绫罗绸缎达数千银两，转运去山区发卖，水运至荆州时，被税监提举吾剥皮以漏税罪将全部匹头各剪去半匹。汪商气愤之余，将剩下的"残缎破绸"堆在衙前，一把火烧得烟焰冲天，以示抗议。这一情节是有史实依据的。据谢肇淛《五杂俎》记载：徽商中的巨富，"藏镪有至百万者"。陈去病《五石脂》称：徽商以汪姓最巨。晚明商业之繁荣，于此可见一斑。

《型世言》

此书10卷，40回（篇），初刊于崇祯四至五年，大约与"二拍"之刊行同时，陆人龙编撰。陆人龙，浙江钱塘（今属杭州）人，陆云龙之弟。陆氏姊弟共五人，均系庶出，父早亡，两母"茹荼饮苦"，抚育子女成人（据《型世言》第16回陆云龙回末批语）。陆人龙的小说创作，除《型世言》外，还有《辽海丹忠录》。何谓"型世言"？该书第一回歌颂铁铉忠于建文，为明成祖所杀；其二女被发教坊，守贞不辱。回末陆云龙批语云："固宜合纪之以为世型也。"第三回叙孝子周于伦寻回被悍妇骗嫁他乡之老母。回前陆云龙小引称："真可树型今世。"据此可知，所谓"型世言"，就是树型范于今世之言的意思。入清以后，此书残本曾以《幻影》、《三刻拍案惊奇》（别本）、《二刻拍案惊奇》等书名刊行。此书的基本思想倾向与《石点头》相同，主要是借助于各种宗教神话，歌颂忠臣、孝子、节妇、义仆、义妓、义友，以及鞭笞与之背道而驰的人物，以鼓吹儒教。其歌颂忠臣的如第1、8、12、17诸回；歌颂孝子的如第2、3、4、9诸回，第9回《避豪恶懦夫远窜，感梦兆孝子逢亲》与《石点头》的第3卷《王本立天涯求父》为同一题材，均采自《王原传》；歌颂节妇的如第6、10、16诸回；歌颂义仆、义妓、义友的如第7、14、15、20诸回。同时，书中借助种种宗教迷信为明太祖朱元璋歌功颂德，例如第19回借风水迷信、第34回借道教神仙，称颂朱元璋是真命天子。

然而，叙事文学中的宗教观念都是附丽于一定的人物故事来表达的，而《型世言》的故事背景全部在当世，即明代。因此，这部话本小说集直接而多方面地反映了明代的现实社会面貌。它帮助人们了解明代历史，比起"三言"、"二拍"和《石点头》来，更加值得重视。归纳起来，大约有以下六个方面。

（一）皇室内争。例如第1回"烈士不背君"反映了明朝皇家内部两大政治集团之间的夺权斗争；第8回"盟忠自得忠"叙朱元璋第四子朱棣在这场斗争中夺取中央政权之后，建文帝出走西南各省40余年。据史书记载，建文帝不知所终。《型世言》第8回故事当系民间传说，此传说后来又被清代小说《女仙外史》吸收并发挥之。

（二）社会动乱。例如第7回"王翠翘死报徐明山"叙名妓王翠翘劝倭军首领徐海降明，中计被杀，因而以死相报的故事，反映了明嘉靖时以王直、徐海为首的倭寇之乱。第14回叙王冕妥善安排亡友孤女的故事，反映了元末明初的农民战争。

（三）吏治腐败。例如第29回叙僧尼淫乱，官吏贪婪，彼此尔虞我诈。徐公子发现僧妙智师徒私藏妇女，借机敲诈，当时得银二百两，答应次日再补三百两。次日和尚赖账，徐公子将前事告知其父徐同州。徐同州埋怨儿子："怎不着人来通知我？可得千金！轻放了，轻放了！""你不老到！你不老到！"第 27 回则揭露了当时杭州府科举考试中的代考之弊。

（四）经济发展。例如第 3、26、38 诸回对海内工商业都有所反映。第 3 回叙苏州阊门外周家大酒场，酿造上京三白、状元红、莲花白等各色美酒。第 26 回叙杭州府自钱塘江至大海的沿岸沙滩上，灶户熬监，卖与盐商，盐商群聚杭城。第 38 回叙米商蒋德林往来于南京、汉阳之间，贩卖大米。海外贸易方面，例如第 7 回写王翠翘与徐海商议："开互市将日本货物与南人交易"。

（五）宗教生活中的消极面。这方面的内容大体与"三言"、"二拍"相同。例如第 28、29 回都是揭露奸猾僧尼贪色骗财罪恶行径的。

（六）世俗生活中的消极面。这方面的内容也与"三言"、"二拍"相近。例如第 20 回写扬州的人口买卖，谓之"养瘦马"："不论大家小户，都养几个女子，教他吹弹歌舞，索人高价。故此娶妾的都在这里讨人，寻个媒妈子，带了五七百开元钱封做茶钱。各家女子出来相见，已自见了他举动、身材，眉眼都是脂粉画了的。那媒妈子又掀他唇，等人看他牙齿；卷他袖，等人看他手指；挈起裙子，看了脚；临了又问他十几岁了，答应一声，听他声音。费了五七十个钱，浑身大汗。"这种人口经纪人——媒妈子一似骡马经纪人，展示"货色"，一项一项让买主过目，买主相人如相马。张岱《陶庵梦忆》中有《扬州瘦马》条专记此俗。第 26 回写的是拐卖妇女。这些五光十色的人口买卖活动，是明后期资本主义商业蓬勃发展带来的负面影响，是畸形商业之一斑。

"三言"、"二拍"、《石点头》、《型世言》等通俗短篇小说集，在明末清初的下层群众中风行一时，产生了广泛的社会影响，因而继作如云，出现了《醉醒石》、《西湖一集》（已佚）、《西湖二集》、《人中画》、《照世杯》、《豆棚闲话》等四十几部。不过这些作品的社会影响已远不及前四种了。

第三章　戏曲

第一节　明初杂剧里的三教意识与鬼灵精怪

作为元代文学主流的杂剧，入明以后，虽然还火红了一个时期，但已近尾声。自元末至明初洪武、永乐期间，较著名的杂剧作家有王子一、谷子敬、贾仲明、刘君锡、朱权、朱有燉等。他们都继承元杂剧的宗教浪漫主义传统，写出了一批取材于儒、释、道三教和鬼灵、精怪崇拜的宗教剧。

王子一

朱权在《太和正音谱》里提到的明初杂剧作家16人，王子一名列榜首。他大约生活于明太祖洪武前后。朱权称其剧作"为汉廷老吏判词，不容一字增减"。他撰有杂剧四种，仅存一种，即神仙道化剧《刘晨阮肇误入天台》，一作《刘晨阮肇误入桃源》，本事出自《幽明录》。元马致远有《刘阮误入桃源洞》杂剧，亦演此故事。但马剧仅存佚曲一支，王剧则全存。王剧将传统仙话的深山遇仙和仙凡姻缘模式与全真道教的点化度脱模式相结合，是其特点。剧中把天台山二仙女写成天上的紫霄玉女下凡，把刘阮入桃源仙境归之于上界太白金星引度的结果。剧作家通过太白金星之口总结剧情道："紫霄仙谪来人世，修真在桃源洞内，有刘阮共慕清虚，厌浮荣甘心韬晦。当暮春采药入山，与二女夙称仙契。被白云迷失归途，吾指引蓦然相会。成就了两姓姻缘，完结了百年伉俪。甫一岁二子思家，尘缘重凡心未退。急归来物换心移，访子孙已更百岁。见门前小树参天，方省悟仙凡有异。再来时路径全非，何处认旧游之地？又是吾指引来归，神仙眷依然匹配。三年后行满功成，赴蓬莱同还仙位"。

元代的全真道教点化度脱剧的思想特色，是神仙点化并引度俗人抛弃"酒、色、财、气"四害而成仙。《刘晨阮肇误入天台》将全真教视为四害之一的"色"——美满爱情注入度脱模式，创造了一种吸收全真教度脱方式，却抛弃全真教度脱思想的天仙美眷剧。此模式借道教神话浪漫主义歌颂自由恋爱，具有一定的积极意义，因而得到了后世一些具有民主倾向的剧作家的认同。清代洪升的《长生殿》便是天仙美眷剧的极致。

谷子敬

谷子敬，金陵（今南京）人，元末曾任枢密院掾史，明洪武初戍源州。他创作了杂剧5种，即《卞将军一门忠孝》、《邯郸道卢生枕中记》、《吕孔目雪恨闹阴司》、《司牡丹借尸还魂》、《吕洞宾三度城南柳》，涉及儒、道、佛三教和鬼灵崇拜。前四种均已失传，今存最后一种。元马致远有《吕洞宾三醉岳阳楼》杂剧，写吕洞宾点化度脱岳阳楼下的柳树梢、梅树精成仙故事。谷作以马剧为基础，但又另辟蹊径，将梅树精改为桃树精，写吕洞宾点化度脱柳树精、桃树精成仙故事。末了叙王母大开蟠桃宴，招待八洞神仙，并对吕洞宾度脱柳、桃二精作了总结："柳共桃今番度脱，再不逞妖娆袅娜。说与你金缕千条，道与你红云一朵。你休去灞岸拖烟，你休去玄都喷火。柳丝把意马牢栓，桃树把心猿紧锁。你做了酒色财气，你辞了是非人我。今日个老柳惹上仙风，和小桃都成正果"。这是元代全真教八仙故事剧及其点化度脱模式在明初的袅袅余音。

贾仲明

元代三教杂剧在明初的余音，还有贾仲明的作品。仲明一作仲名，号云水散人，山东淄川（今益都）人，后移居兰陵。他博学多才，擅长吟咏，备受明成祖之青睐。其所作杂剧16种，大多数取材于儒、释、道三教和鬼灵崇拜。取材于儒教题材者，有《萧淑兰情寄菩萨蛮》、《志烈夫人节妇牌》（佚）；取材于全真道教者，有七真故事剧《丘长春三度碧桃花》（佚），以及八仙故事剧《吕洞宾桃柳升仙梦》、《铁拐李度金童玉女》；取材于佛教题材者，有《紫竹琼梅双坐化》（佚）、《癞曹司七世冤家》（佚）；取材于鬼灵崇拜题材者，有《屈死鬼双告状》（佚），等等。全真道教剧的点化度脱模式从元代发展到明代，尽管在一些枝节关目上还有所翻新，但总体格局仍旧，标志着这一模式已经走向末路。贾仲明现存的两本全真道教剧就是如此。

相比之下，贾仲明现存的另一本杂剧《萧淑兰情寄菩萨蛮》，虽取材于儒教，却颇有创意。这是一个凰求凤式的爱情喜剧。剧中的女主人公萧淑兰自幼父母双亡，缺乏爱的温暖，一旦遇见青年秀才张世英，便顿然落入情网，主动向张求爱。不料张秀才却是个自幼饱读孔孟之书的道学先生，因而对萧小姐的毛遂自荐严词斥拒。剧作家让这样两个互相对立的思想性格相遇，层层展开戏剧冲突。最后由萧小姐的兄嫂主持；在礼教的指导下，将这一对才子佳人配为夫妇。这个戏的主题虽然是弘扬儒家婚姻礼法观念，但是，剧中的蔑视儒教和追求个性解放的萧淑兰形象，却给人留下了深刻的印象。这一明初杂剧中的"凰求凤"现象，在300年后清初李渔的传奇剧《凰求凤》中，有了更加大胆的崭新的表现形态。

刘君锡

刘君锡是与贾仲明同时并与之交往的剧作家，燕山（今北京西南）人，家贫而性耿介，著有佛教题材杂剧《庞居士误放来生债》。此剧本事见《释氏稽古略》。剧中叙庞居士怜贫恤苦，行善疏财，却不料凡欠了庞居士银钱未还之人，均转生为牛、马、驴，替庞居士拽磨出力。庞居士于是将家奴全部遣散，将牛马全部放生，将钱财全部沉于东海。他全家四口因此得以上生兜率宫，得道升仙。全剧主旨，在于弘扬佛教轮回报应观念，因而是消极的。

但是，剧中的某些人物和情节却写得颇为生动。为了说明富贵乃是前生注定，剧中写了穷汉罗和的故事。罗和在庞居士家当磨工，日夜服役，不得安睡。庞居士为了让罗和安然入眠，赏了他一锭银子，让他回家。罗和回家后，把银子藏在水缸里，梦见大水来淹；放在灶窝里，梦见大火来烧；放在怀里，梦见有人来抢；放在门限底下，梦见有人用刀砍他，用枪扎他，用钯来掏银子，害得罗和整夜藏银，不曾入睡。这场戏，把一个穷汉意外得银后害怕被盗的惴惴不安心里刻画得入木三分。

朱权与朱有燉

在明代早期深受佛道思想影响的杂剧作家中，有两位朱明皇室成员，即朱权和朱有燉。

朱权（1378—1448）是明太祖朱元璋的第十七子，封于大宁（今辽宁宁城）。他自号大明奇士，晚年好道，故又自号臞仙，别署涵虚子，丹邱先生等。他的重要著述除戏曲理论《太和正音谱》之外，另有杂剧12种，其中有两种为神仙道化剧，即《淮南王白日飞升》和《冲漠子独步大罗天》，今存后一种。此剧写吕纯阳、张紫阳二仙奉东华帝君之命，点化度脱冲漠子升入大罗天故事，是元代全真教八仙故事剧及其点化度脱模式在明初的余音。

朱有燉（1379—1439）是朱元璋第五子朱棣的长子，自号诚斋，又号锦窠老人。其所作杂剧30余种，总称"诚斋传奇"，内容多属佛道二教。其道教题材剧有两种模式：一是群仙大会，二是点化度脱。前一模式的剧作，如《十美人庆赏牡丹园》叙王母大会群仙，命牡丹仙子十人歌舞为庆；《群仙庆寿蟠桃会》叙王母招东华帝君、南极仙翁、八仙、香山九老、洛下耆英等，大开蟠桃盛会；属于这一模式的剧作还有《吕洞宾花月神仙会》、《瑶池会八仙庆寿》等。后一模式的剧作，如《小天香半夜朝元》叙陈抟点化度脱妓女小天香在玉女峰成道；以及《东华仙三度十长生》、《南极星度脱海棠仙》等。佛教题材剧有《文殊菩萨降狮子》、《惠禅师三度小桃红》等。朱有燉剧作的特点是排场热闹，辞藻华丽，既是作者佛道意识的表现，又是一位贵族公子大会宾朋、歌舞饮燕的享乐生活的间接反映。

第二节 崇儒与反儒

元代末年，由于北方杂剧的影响，南戏也产生了一批力作，即《琵琶记》、《荆钗记》、《白兔记》、《拜月记》和《杀狗记》五大传奇。入明以后，明成祖于1421年迁都北京。政治、文化中心的北移，促使北杂剧在明初继续一度小呈繁荣，而南戏则一时沉寂。第一个打破南戏沉寂局面的，是邱濬及其儒教传奇剧《五伦全备忠孝记》。

《五伦全备忠孝记》

此剧简称《五伦全备记》，又名《纲常记》，4卷，29出，邱濬撰。邱濬（1420或1418—1495），字仲深，别署赤玉峰道人，琼山（今属广东）人，景泰五年进士，官至太子太保兼文渊阁大学士，卒谥文庄。他是元老大儒，精于程朱理学，著有《朱子学的》，并撰戏文《五伦全备记》、《投笔记》、《高汉卿罗囊记》、《举鼎记》四种。《五伦全备记》是一部《琵琶记》式的儒学教科书，但却缺乏《琵琶记》那种艺术感染力。其根本原因，在于此剧的创作方法乃是从理学概念出发，而不是从生活出发。剧中主人公五伦全、五伦备兄弟二人，以及其他许多正面人物，都是儒教伦理的传声筒。例如五伦全身陷敌营，他的夫人施淑清获悉这一不幸消息后，毫无片言只语涉及夫妻之情，俨然如程朱再世，滔滔不绝地议论生死大义。这样的人物缺乏血肉和个性，而是一个伦理符号。剧中情节也是对儒教伦理的演绎。例如《欲进谏章》、《问民疾苦》、《荐师遭贬》等出是鼓吹一个"忠"字；《哭亲丧明》、《感天明目》等出是图解一个"孝"字；《延师教子》、《央媒议亲》、《遣子赴科》等出是弘扬一个"节"字，等等。由于此剧借助于鬼神超自然力赤裸裸地宣扬理学纲常，在当世就遭到了"不免腐烂"（《曲藻》）和"非酸即腐"（《曲品》）的讥评。

《精忠旗》

此剧37折，李梅实原作，冯梦龙改定。这是一部描述岳飞精忠报国的历史悲剧。宋代民族英雄岳飞抗金及其被卖国贼秦桧陷害谋杀的故事，长期流传民间，因而自宋元以后，陆续出现了小说《大宋中兴通俗演义》、《说岳全传》，戏曲《地藏王证东窗事犯》、《秦太师东窗事犯》、《岳飞破虏东窗记》、《宋大将岳飞精忠》、《东窗记》、《精忠旗》等反映这一史事的作品。在众多描述岳飞悲剧的戏曲作品中，《精忠旗》是较为优秀的一种。

《精忠旗》叙徽、钦二帝被金兵掳去，岳飞誓死"尽忠报国"。汉奸秦桧秉承金主旨意，设计将岳飞从抗金前线召还，以"莫须有"罪名将他全家杀害。秦桧被众鬼拘至泰山岳庙接受东岳神拷问，岳飞及其全家则被玉帝封神上了天堂，并与冥王一起，共同审理和清算了秦桧卖国求荣、陷害忠良的罪行。剧中将报国与忠君等同之，将收复国土与迎还二帝等同之。全剧冲突，是爱国与卖国的矛盾和忠奸矛盾的统一。岳飞背刺"尽忠报国"四字以明志，宋高宗御赐"精忠旗"，以及鬼神对奸臣秦桧的惩罚、对忠臣岳飞的褒奖等情节，都是揭示这一儒教爱国主义主题的画龙点睛之笔。

此剧以浓墨重彩多侧面地刻画了悲剧英雄岳飞的崇高形象。剧本以第2、7、15、18、20、23、25诸折，对岳飞英雄形象作出了正面刻画。《岳候涅背》一折描述英雄刻"尽忠报国"四字于背，这是岳飞形象的思想基础，也是岳飞全部戏剧动作的出发点。《岳候誓旅》一折写英雄治军有方。他不但军令严明，不分亲疏；而且爱兵如手足，爱民如子弟。尤其是他拒纳美姬，自戒饮酒，表现了一个统帅自我约束的美德。《金牌伪召》一折将英雄置于12道班师金牌与继续北代、解放中原的尖锐戏剧冲突中刻画。岳飞迫于圣旨，顿足痛哭，班师还朝，前功尽弃。这一折写得悲愤满纸，荡气回肠。接下去的《忠臣被逮》、《万俟造招》、《狱中哭帝》、《岳候死狱》等折，层层推进地歌颂了英雄临危不惜身家性命，但以国家和徽、钦二帝为念的儒教爱国主义情操。"尽忠报国"四字，在这几折里化为感人肺腑、催人泪下的生动情节和曲文。当狱卒奉秦桧密令前往狱中暗杀岳飞之际，狱卒不忍下手，将秦桧毒计告知岳飞。这时，剧本以两支曲文展示了他在坦然就义时的磊落胸怀和忠肝义胆："我一息尚存，还望中原，却怪壮心难收！……忍见他国破君危？死也不如速朽！""死"字临头，他仍在忧国忧君。这样，就准确地表现了中国封建时代特有的儒教性质的爱国主义。另一方面，剧本也适当地描述了岳飞的夫妻、父子之情。例如《看监被阻》一折，写岳飞之女探监被阻，父女未获一面。岳飞不禁悲从中来："难道这儿女情怀，便不是英雄心绪？"通过正面、侧面的刻画，一个有血有肉、可亲可敬的崇高悲剧英雄形象，便屹立在读者面前了。

剧本还塑造了三组英雄群像，以烘托映衬这一英雄群体中的主要形象岳飞。为了烘托岳飞挥师北伐、恢复中原的抗金意志，剧本广泛地描述了全军将士、河北父老和两河豪杰的杀敌热情。例如在《金牌伪召》一折里，当秦桧勒令岳飞班师的12道金牌一道接一道地飞来之际，全军将士个个要求抵制："安国家利社稷者，专之可也"，"权宜制阃，一战有何妨！"剧本为了烘托岳飞忧君忧国、万死不辞的忠魂，还塑造了其他一些为国捐躯、斥奸就义，以及弃官全节的人物。例如《若水效节》一折写侍郎李若水拒绝降金，死于乱刀之下；《公心拒献》一折写大理寺丞李若朴拒鞫忠良，弃官而去；《世忠诘奸》一折写枢密史韩世忠面斥秦桧，弃官而走；尤其是《施全愤刺》一折，写小校施全为岳飞之死而激愤难平。他在祭岳之后，继之以刺秦之举，可谓石破天惊。

剧本对作为岳飞对立面的内奸、卖国贼秦桧的反面形象，也刻画得入木三分。他与金人里应外合，与王氏、万俟禼狼狈为奸，玩弄"金牌伪召"、"万俟造招"、"东窗画桔"等阴谋诡计，以"莫须有"三字欲置民族英雄岳飞于死地。这些情节，活画出秦桧阴险、奸诈、狠毒的性格。这一人物成了我国古典文学中出卖民族利益的汉奸典型。

《娇红记》

《精忠旗》是一部歌颂儒教爱国主义的历史悲剧；《娇红记》则是一部批判儒教婚姻伦理的爱情悲剧。此剧全名《节义鸳鸯冢娇红记》，50出。作者孟称舜，字子若，又字子适，或作子塞，会稽（今浙江绍兴）人，生活和创作于明末天启、崇祯年间。此剧叙书生申纯与表妹王娇娘同坠情网，共订私盟。申父遣媒前往说亲，王父以朝廷禁止表兄妹成婚为由，加以拒绝。申、娇私情难断，但丫环飞红（谐音非红，即不是红娘）从中离间，遂致鸾凤分飞。后来申生登第，申王两家终于达成婚约。然而此时有帅府来王家求亲，王父迫于帅府权势，只得将娇娘改许帅子。申、娇闻变，双双殉情。因为剧中有娇娘、飞红的矛盾纠葛，故剧名曰《娇红记》。

宋、元以后，描写才子佳人背叛儒教、追求自主婚姻的戏曲，大多数是以男主人公春闱告捷、夫荣妻贵的大团圆作结的喜剧，如《西厢记》、《墙头马上》、《幽闺记》、《牡丹亭》、《玉簪记》等；唯有《娇红记》是以男主人公中试后才子佳人殉情作结的悲剧。在《娇红记》问世之前，早已有描述申、娇爱情悲剧的李翊传奇小说《娇红传》。金、元两代据此而改编杂剧者，有王德信、朱经、刘兑、汤式、金文质等，明代据此而改编传奇剧者，有沈受先、孟称舜等。他们的作品，故事梗概大体相同，而关目、曲白则各不相祖。

晚明的思想文化界，程朱理学遭到人文主义的批判，小说、戏曲、说唱文学也纷纷作出响应。《娇红记》就是一部批判理学、鼓吹人文主义的作品。

《娇红记》的艺术成就，是对人物心理刻画的细腻和丰富。这主要是体现在娇娘和申生这一对悲剧主人公形象上。

娇娘区别于崔莺莺、杜丽娘、陈妙常诸形象的地方，是她具有十分明确的自主婚姻的自觉意识。她之爱上申纯，不仅是少女思春之情（力比多）的驱动，而且是出于人文主义思想的价值判断。《晚绣》一出，细致地描述了她的这一自主婚姻观："自求良偶"，"不慕豪富"，"但得同心"。《断袖》一出，进一步写出她的反儒决心："都只为贪恋多才，全不顾礼法相差"。剧中描述坠入情网之后的娇娘的内心活动，委曲细致，画出一个少女的初恋情态。例如《拥炉》一出写道："朝朝夜夜期，思悠悠，化做春波不断流。便做道春波有断情难断，一刻还添万斛愁。（叹介）相逢处，欲将诉与又夷犹"。

坠入情网的娇娘还推己及人，不断地揣测对方的心理状态。例如《私怅》一出写娇娘潜至书房，见醉卧的申生沉睡未醒，这时撞入她内心的第一意识就是："知他害相思一枕春醒，待想象高唐成梦"。可是，当她数声低唤而对方"全然不应"时，一个"多干是书生薄幸"的不祥预感又蓦然取代了刚才的温馨幻想。初恋少女的心，不啻是一只容易受惊的小鸟。

娇娘被父亲改配帅家之后，决心一死。这时，她已根本不再想到自己，却把全副的关心和体贴投向了自己所爱的人身上。她担心申生"身躯薄劣，怎当得千万折？"她还担心误了申生"他年锦帐春风夜"。她决定死，却又撇不开对所爱者的种种牵挂："我便向黄泉，如何便贴？"一颗无私奉献的少女之心，就这样呈现在读者的面前了。

申纯的心理活动具有与娇娘心理活动的相同特点。他面对娇娘"似真似假，如迎如拒"的表现，经历了一个不断揣测和试探、反复误会和释疑的心灵历程。剧本以优美的曲文和念白揭示了这个心灵历程。

此剧的美中不足有二。第一，某些曲文，明显地暴露出模仿《董西厢》、《王西厢》、《梧桐雨》等名剧的痕迹；第二，为了渲染好事多磨，节外生枝的情节多了一些。例如女鬼冒充娇娘与申生幽会的三场戏，纯系蛇足，与全剧风格亦不协调。

在儒教题材戏剧中，崇儒之作的数量远远多于反儒作品。元代如此，明代也如此。明传奇中的崇儒戏，除了前述的《五伦全备记》和《精忠旗》之外，还有歌颂唐张巡、许远尽忠死节的《张巡许元双忠记》，歌颂南宋文天祥、陆秀夫尽忠死节的《崖山烈》，歌颂徐孝克卖妻祝发的尽孝养亲的《祝发记》，歌颂蔡襄母子夫妇忠平节义的《四美记》，等等。几千年以来，儒教是统治中国封建社会的主导思想。人们所说的"封建思想"，实质就是儒教或礼教意识。因此，戏剧作品中出现大量崇儒之作，实乃必然现象。

第三节　神仙道化剧

从明中叶开始，以南戏为基础而发展起来的传奇剧逐渐兴盛。其中，以全真道教为题材的作品也时有所见，但表现形态已不完全相同于昔日北杂剧中的全真道教剧了。这方面的代表作有《修文记》和《玉簪记》。

《修文记》

此剧共2卷，48出，屠隆撰。屠隆（1542—1605），字长卿，一字纬真，号赤水，别号一衲道人、由拳山人、蓬莱仙客、鸿苞居士等，浙江鄞县人。他是万历五年进士，曾任青浦县令，因慕道而以仙令自许，终因蒙诬而罢官。晚年他谈空说玄，鬻文为生。其诗文有《栖真集》、《由拳集》、《采真集》、《南游集》、《鸿苞集》等，又有《凤仪阁乐府》，包括《修文记》、《昙花记》、《彩毫记》三部传奇。屠隆传奇的基本内容，乃是以道教神仙为核心，旁及儒释，故《昙花记》的《凡例》称："广谈三教，极陈因果，专为劝化世人。"《修文记》叙蒙曜之女瑶瑟（湘灵）学道成仙，被上帝封为"修文仙史"。在瑶瑟的劝化下，蒙曜全家潜心修道，终于共证仙班。

《修文记》是一部全真道教点化度脱剧。从元代到明初，杂剧创作中涌现出大量的这类作品。随着杂剧的衰落和传奇的崛起，这一模式也渐趋式微，仅仅偶尔昙花一现。屠隆的剧作就是这一模式在传奇中的一朵昙花。不过，《修文记》里下凡度人脱离苦海的神仙，不再是人们早已熟知的七真和八仙，而是剧作家的新虚构。剧中靖蒙曜本系上界台星，瑶瑟本系上界香案侍书清真；而降临人间点化度脱瑶瑟重返仙位的神仙，则是天上璃璃宫仙长偶霰姆。

此剧中的宗教意象以道教神仙为核心，却也兼容儒释。全真教本来就是兼修三教的道教。在屠隆的道教传奇作品中，不但把佛教的三世轮回和因果报应等观念转化为情节，而且在宾白和曲文中佛道并称。例如《修文记》里的六羽真人宾白云："不专炼气九还，常修念佛三昧。那沙门不知，每诋仙人为外道；那道士不知，又叹四果（佛教修习的四级果位）为鬼灵。这都不是也"。同时，此剧写蒙曜夫妻、父子、兄弟互相帮助，共同修道，是儒家五伦观念的形象化表现。剧中的蒙曜之家实即剧作家屠隆之家的再现，蒙曜之女瑶瑟实即屠隆之女瑶瑟的再现。屠瑶瑟能文而早逝（见《列朝诗集》）。屠隆为纪念爱女，遂有《修文记》之作。

《玉簪记》

此传奇33出，高濂撰。高濂字深甫，号瑞南，另号湖上桃花渔，浙江钱塘（今属杭州）人。他曾任鸿胪寺官，后隐居西湖。其创作活动大约在万历年间，作品除《玉簪记》外，还有《节孝记》。此记含剧作两部：一曰《赋归记》，歌颂陶潜辞官归隐的节操；二曰《陈情记》，赞美李密辞官侍亲的孝行。另外还有《芳芷楼词》2卷。《玉簪记》是一部描述道姑爱情故事的著名喜剧。作品叙女贞观道姑陈妙常与观主之侄潘必正暗中相恋，被观主发觉。观主为整肃宗教清规，遣侄离观赴试。后来潘必正获中进士，终于与陈妙常结为夫妇。由于潘必正离观赴试时，陈妙常赠玉簪一枝以为定情之物，故剧名《玉簪记》。

关于潘陈爱情故事，首见于《古今女史》。该书记载："宋女贞观尼陈妙常年二十余，姿色出群，诗文俊雅，工音律。张于湖授临江令，宿女贞观，见妙常，以词调之，妙常也以词拒。后与于湖故人潘法成私通情洽。潘告于湖，以计断为夫妇"。元以后出现了据此改编的杂剧《张于湖误宿女贞观》和小说《张于湖传》。以上作品均以张于湖为主人公。高濂的改编，以陈妙常、潘必正为主人公，并突出了道姑陈妙常对爱情的热烈追求。因此，《玉簪记》成了歌颂人文主义、反对宗教禁欲主义的脍炙人口的佳作（参见拙著《中西宗教与文学》第十章第二节）。

这本传奇里的女主人公陈妙常出家于一座佛教化的道观——女贞（又作女真）观。观主告诉她，在这里做道姑，必须忍受"空门滋味"。这表明陈妙常皈依的道教不是允许结婚成家的正一道，而是儒道佛三修、具有严格禁欲主义戒律的全真道。但她却是一个破坏全真道戒律而坠入"酒色财气"四害之一——爱河的叛教者形象，体现了人文主义对宗教神学的胜利。

剧中对陈妙常这一坠入爱河的道姑形象，作了精心而富于创造性的塑造。例如第8出《谈经》写陈妙常听师父说经时的表现：

［梁州序］（旦）芳心冰洁，翠钿尘锁，怪胭脂把人耽误。蜂喧蝶嚷，春愁不上眉窝。（作背科）暗想分中恩爱，月下姻缘，不知曾了相思债。身如黄叶舞，逐流波。老去流年竟若何？

这支曲文是宗教禁欲主义与人文主义在陈妙常精神世界展开尖锐冲突的艺术表现：前半段是她听师父说了"早办慈航出爱河"以后的公开表态；后半段用背唱形式，是瞒着师父及众人宣泄的内心独白。按照弗洛伊德精神分析学说，人的精神世界分为三个层次，三个"我"。最底层是本我（id），其内涵为力比多（lilido），即性的内在驱动力；最高层为超我（superego），即社会道德心理机制；中层为自我（ego），即个人的理智。本我与超我经常发生冲突，自我则居间加以调节，使本我的各种欲望在超我的制约下获得某种程度的实现。此理论不足以解释人类的众多复杂的精神现象，例如无法解释司马迁著《史记》和魏忠贤结党营私，但却可以解释人类的爱情。上述陈妙常的曲文，就是一个道姑的超我——宗教戒律观念与本我——人性人情的内在冲突之反映。

此剧对《西厢记》有所借鉴，也有所独创。两剧都是写古代才子佳人自由爱情的喜剧，故事都发生在宫观寺院，情节都是始于书生赴试落第，终于书生赴试擢第。书生潘必正形象也基本上没有突破张君瑞模式。但是，两部作品也有很大的区别：

（一）崔莺莺是大家闺秀，她背叛的是儒教婚姻伦理；陈妙常是全真道姑，她背叛的是全真道教的禁欲主义戒律。

（二）作为大家闺秀的崔莺莺，若没有丫环红娘的穿针引线，就不可能与张君瑞沟通；作为道姑的陈妙常，属于封建社会的下层，自然就不必在男女主人公之间插入一个红娘式人物了。

（三）两剧都有送郎赴试情节，但崔莺莺是公开送郎，陈妙常却是半公开半秘密送郎，因而生发出许多别开生面的表演。剧本以《促试》和《追别》两出戏表现了这场冠绝古今的送别。《促试》叙观主率全观道姑送别潘必正。在众目睽睽之下，陈妙常、潘必正的秘密感情不敢公开流露半分。剧本采取明唱和背唱两种形成，以明唱写他们的外表假意儿，以背唱写他们的内心独白。背供、背唱是明代传奇剧的表演新形式，长于揭示人物的内心世界。《玉簪记》运用这一表演形式，生动地揭示了秘密恋爱中的男女主人公在大庭广众中的秘密心理状态。《追别》叙陈妙常独个儿乘一叶扁舟追潘郎于秋江之上，二人相会于舟中。《促试》写潘陈遮遮掩掩各抒离情，《追别》写潘陈痛哭流涕共诉离情。两出戏互补，从不同视角充分地展现男女主人公的复杂心理状态。《追别》以秋江为背景，诗情画意，情景交融，成为当今著名折子戏，名曰《秋江》，蜚声世界。

《玉簪记》的题材属于全真道教范畴，并创作于三教合流思潮流行的明万历期间，因此剧中渗透了大量的儒释道合一意象。这是当时文学中的普遍现象（参阅拙著《中西宗教与文学》第十一章第六节）。

此剧中的潘陈婚恋，是自主婚姻和儒教婚姻的调和模式。自主婚姻是原始社会形成的古老模式。进入奴隶社会以后，婚姻关系与权力关系、财产关系"互联网络"，于是儒家提倡"父母之命，媒妁之言"的他主婚姻模式。在几千年的封建社会里，这两种婚姻模式互相冲突，酿成了无穷无尽的悲剧和喜剧。元杂剧《墙头马上》将这两种婚姻模式相调和，合二为一，即预设一对经父母指腹为婚的男女，自幼因故天各一方，成人后邂逅相逢，经过自由恋爱，终成夫妻。《玉簪记》里的潘必正与陈妙常也是这样一对夫妻。这是古代作家的人文主义思想的不彻底性的表现。

第四节　佛教神话剧

明代传奇中的佛教题材剧没有产生像道教题材剧《玉簪记》那样的优秀之作，较为值得注意的有《目连救母劝善戏文》、《牟尼合记》等数种。

《目连救母劝善戏文》

这本戏文分为上、中、下3卷，100出，若将新增插科计入，实系103出。著者郑之珍（1518—1595），字高石，徽州（今属安徽歙县）人。他屡困场屋，仕途失意，遂游心方外，谈诗作文。其所撰《目连救母劝善戏文》，本事源出于佛典《盂兰盆经》。最早根据这一佛经改编而成的戏剧是北宋杂剧《目连救母》（据孟元老《东京孟华录》）。郑作虽亦据此佛典改编，叙述一个佛徒救母的神话故事，但就其宗教内容而言，乃是一本以儒教意识为核心，以三教意识互补为特色的传奇剧。郑之珍在此剧的序文中写道："余学夫子，不见用于世，于是惧之以鬼道，亦余之弗获已也。盖惧则悟矣，悟则改矣，改则善矣。余学夫子之心，亦少慰矣。"因此，剧中运用儒、道、佛三教的人物和情节，以佛徒目连行孝救母的故事为贯穿线，广泛地弘扬了儒家的忠、孝、节、义等多种伦理观念。

这本传奇的基本思想倾向是消极的。但是其中的《尼姑下山》与《和尚下山》两出，若单独欣赏，则洋溢着反对宗教禁欲主义、追求自由解放的人文主义精神，故被后世改编为折子戏《双下山》，屡演不衰。这却是卫道士郑之珍始料不及的（参阅拙著《中西宗教与文学》第十一章第六节）。

《牟尼合记》

此剧全称《马郎侠牟尼合记》，亦简称《牟尼珠》、《马郎侠》等，2卷，36出，阮大铖撰。阮大铖（1587—1646），字集之，号圆海，一号石巢，又号百子山樵，安徽怀宁人，万历进士，官至光禄卿。崇祯时，他因魏忠贤逆党案而被黜，流寓金陵，又被复社所斥逐；明亡后降清。他在政治上为士林所不齿，但在戏曲创作上颇有可观。其所撰传奇11种，流传至今者有《牟尼珠》、《春灯谜》（又名《十错认》）、《燕子笺》、《双金榜》4

种。《牟尼珠》叙隋炀帝时，梁王孙萧思远家藏禅宗初祖达摩传下的牟尼珠一对。其妻荀氏产子时，牟尼珠忽然发光，遂名其子曰佛珠儿，并与王侗之女订婚。后来萧思远因解救江湖艺人芮小二（马郎）之困厄而遭恶吏封其蔀的陷害，夫妻父子遂各亡命天涯。由于达摩祖师的神通和多种巧合，佛珠儿后来不但仍与王氏女成婚，而且与父母重逢。萧氏全家在信物牟尼珠面前，重新相认，皆大欢喜。

这部传奇有四个艺术特色。

（一）偶然性情节与神话情节相结合。这两种情节都是浪漫主义叙事文学的特征。阮氏的其他几本传奇，都是以偶然性情节见长的。此剧于偶然性情节中又融入佛教神话——牟尼珠放光和达摩祖师现身，因而更加引人入胜。

（二）砌末关联，结构严密。此剧以一对佛珠的分与合作贯穿情节的标志。从珠合到珠分，标志着萧思远从合家团圆到妻离子散；从珠分到珠合，标志着萧思远从妻离子散复归于合家团圆。这种以小道具（砌末）关合全剧情节的戏剧构思，此前已有《荆钗记》、《紫钗记》等。"荆"、"紫"二剧均采用单砌末，即荆钗或紫玉钗一支。《牟尼珠》则采用双砌末，即佛珠一对。人物离散时各执一珠，人物团圆时珠联璧合。以上两种小道具结构法，均成为后世戏曲创作中的重要技巧。

（三）大量"集唐"。明代文坛的主要文学思潮，是李梦阳、何景明等"前七子"和李攀龙、王世贞等"后七子"大力提倡的复古运动，主张"文必秦汉，诗必盛唐"。这一思潮对当时戏曲创作的直接影响，就是采集唐人的诗句作为人物的上场诗和下场诗，谓之"集唐"。故明代传奇剧作家多有集唐之癖，阮大铖尤甚。此风一直传承到现代，田汉的戏曲作品中就有不少集唐之作。

（四）借戏自剖。阮大铖名列逆案，失意之余，只得在家组织演剧自娱，并寄慰藉于剧情之中。《牟尼珠》第 出《珠纲》中写道，萧思远"怀珠遭难"，颇有以萧喻己之意，暗示他虽见斥于当朝，但他的心胸是忠于朝廷的。剧中叙萧思远于大难中逢达摩祖师相救，也流露出作者在政坛失意后皈依释氏的情绪。

阮氏传奇的写作技巧在当时和后世颇受人称道。明末清初散文家张岱在《陶庵梦忆》中写道:"阮圆海家优,讲关目,讲情理,讲筋节";"笔笔勾勒,苦心尽出";"簇簇能新,不落窠臼"。今人吴梅在《牟尼合》跋里也颇赞许之。

《醉菩提》

此剧 2 卷,30 折,张大复撰。大复又名彝宣,字心期,又字星其,吴县(今属江苏)人,大约自明万历至清顺治期间在世。其所作传奇 29 种,现存《醉菩提》、《海潮音》、《如是观》等 10 种。《醉菩提》是一部演述济公禅师玩世因缘的传奇剧。菩提,梵文 Bodhi 的音译,意谓佛教高僧的无上智慧。

济公的原型是南宋僧侣道济(1150—1209)。他又名湖隐、方圆叟,俗姓李,天台(今属浙江)人。据宋释居简《湖隐方圆叟舍利塔铭》称:道济从灵隐寺住持佛海瞎堂禅师出家。他性格疏狂,生活落拓,行踪不定,嗜酒,乐于救助老病僧徒。他临终前作偈云:"六十年来狼藉,东壁打到西壁。如今收拾归来,依旧水连天碧"。其他记述道济故事的明代书籍,则有田汝成《西湖游览志余》、《宝文堂书目》所载《红倩难济颠》、沈孟桦《钱塘渔隐济颠禅师语录》等。《醉菩提》传奇就是在上述材料的基础上,根据道济原型创作出来的。

剧本对主人公济颠禅师的刻画,着重在一个"颠"字。济公救厄度人,均采取疯癫戏弄的方式。例如第 15 折《遇溜》,描述济颠路遇穷得走投无路、欲投钱塘江自尽的王溜儿。他为救王,将自己头上的一只虱子化作一只蟋蟀,叫王溜儿捉住卖给宫中宋太尉,得了五百宝钞。又如第 20 折《醒妓》,描述济公醉入妓院,与他出家之前的旧相识月英重逢。月英对李公子(出家前之济颠)朝思暮想,此日重逢,春情万种。济公则装疯卖傻,在花酒场中向月英说法,引度她跳出风尘,入了空门。全剧通过《遇溜》、《醒妓》、《天打》、《散绢》、《托募》诸折,塑造了济颠酒量似海、法力无边、疯言癫行、救人济世的高僧形象。

此外,剧中对隆佑太后观斗蟋蟀的描绘,是对南宋小朝廷的享乐腐败的批判。太尉宋保的蟋蟀连胜三场,获得御赐金珠宝贝和蟒衣玉带,其蟋蟀亦被太后敕赐"王彦章无敌大将军"之尊号。宋保因此把他的蟋蟀呼为

"亲爷"。这一切，均不无讽刺意味。

其他佛教题材剧还有一些，例如佚名《香山记》、张大复《海潮音》等，其内容与同时期出现的佛教神话章回小说《南海观音全传》基本上相同。

第五节　鬼灵精怪剧

在明代的宗教神话传奇剧作中，数量最多并产生了不少佳作的是鬼灵精怪剧。其中，描写鬼灵的有旷世杰作《还魂记》，以及《红梅记》、《西园记》等名作；写动物精灵的代表作则有《观音鱼篮记》。

《还魂记》

《还魂记》又称《牡丹亭》，55出，汤显祖撰。汤显祖（1550—1616），字义仍，号海若，一号若士、别署清远道人；临川（今属江西）人；万历十二年（1584）进士，曾任太常寺博士、詹事府主簿、礼部主事、遂昌知县等职。他早年师从主观唯心主义理学家王艮的三传弟子罗汝芳，接受了陆王心学的影响。后来他与人文主义思想家李贽和紫柏（达观）禅师友善，从而转向反对儒教和鼓吹人性解放之路。晚年的他还潜心于佛学。汤显祖的戏曲作品，包括《还魂记》、《邯郸记》、《南柯记》，以及根据他本人早年写的《紫箫记》而改定的《紫钗记》，合称"临川四梦"或"玉茗堂四梦"。佛教的大乘十喻中有"诸法（一切现象）如梦"的说法，易言之，即人生如梦。这是两宋以来深受禅学影响的士大夫诗文常常表现的一个主题。汤显祖以戏曲表现了这个主题。

《还魂记》是汤显祖的代表作，其思想与艺术成就居"四梦"之首。剧中的男主人公柳梦梅与女主人公杜丽娘天南地北，无缘相识，却双双在梦中相见相爱了。杜丽娘春心难遣，怏怏病亡，葬于后花园的梅树之下，旁建梅花观一所。三年之后，柳梦梅赴京应试，路过此处，借宿于梅花观。这时，杜丽娘鬼魂与柳梦梅再度幽会。柳遂掘墓开棺，杜起死回生。二人此后又经历许多周折，突破了儒教的重重阻挠，终于如愿以偿，结为伉俪。总之，《还魂记》依靠诸法如梦的佛理作支柱，借陆王心学和鬼灵崇拜意识的彩笔，谱写了一支反儒教的人文主义赞歌——首屈一指的浪漫主义爱情剧。

《还魂记》所演述的人鬼婚恋故事，是来源于志怪笔记小说《幽明录》、《搜神后记》等书中的《李仲文女》和《徐玄方女》（参见本书第三编第二章第三节）。汤显祖在剧本《题词》中交代："传杜太守事者，仿佛晋武都守李仲文、广州守冯孝将儿女事，予稍为更而演之"。剧作家所谓"稍为更而演之"，实乃根据前述两条笔记小说提供的故事梗概而进行的再创作。剧作对原作来说，是一次思想艺术上的飞跃。它经过剧作家的生花妙笔的再处理，已成为中国戏曲史上的千古绝唱了。

剧中女主人公杜丽娘的艺术形象，具有巨大的典型意义。她是中国封建时代挣扎在儒教压迫下的女性之代表。杜丽娘的生活环境，是一个与社会隔绝的深闺。她所能接触的人，除了父母之外，只有一个丫环春香。她所接受的思想教诲，是腐儒陈最良灌输给她的儒家诗教"思无邪"。这是一片缺乏爱的绿洲的荒漠，一个用儒家伦理规范建构而成的典型环境。一个人生活在这样一种扼杀人性的环境中，如若不另寻出路，就必然会走向精神崩溃。处在青春期的少女杜丽娘生活在这样一片缺乏爱的荒漠中，于是转向内在世界的幻想中去寻找爱。《惊梦》一出，表现了杜丽娘从幻想中寻找爱情的强烈愿望。试看杜丽娘的一曲《山坡羊》：

> 没乱里春情难遣，蓦地里怀人幽怨。则为我生小婵娟，拣名门一例一例里神仙眷。甚良缘，把青春抛的远。俺的睡情谁见？则索因循腼腆。想幽梦谁边？和春光暗流转。迁延，这衷怀那处言？淹煎，泼残生除问天。

"春情难遣"，"怀人幽怨"，是长年累月闭处深闺的少女杜丽娘的内心苦闷，也是封建时代一切少女的内心苦闷。

汤显祖在塑造杜丽娘的心理世界时，早年对他产生过影响的陆王"心学"起了一定的作用。陆九渊的"吾心便是宇宙"这一公式，正好适用于杜丽娘。但汤显祖抽掉了这一公式中的"理学"本质，而代之以李贽的反理学的人文主义——人性与人情。所以剧作家在剧本《题词》中声称："如丽娘者，乃可谓之有情人耳。情不知所起，一往而深：生者可以死，死可以生。"他把杜丽娘的内心宇宙塑造成一个"情"的宇宙。全剧围绕一个"情"字，从《惊梦》一出开始，一气呵成地推出了《寻梦》、《写真》、《闹殇》、《魂游》、《幽媾》、《欢挠》、《回生》诸出，从而把杜丽娘的内心隐秘，层层剥笋般展现在读者面前。于是，一个生活在与世隔绝的深闺里，为了追求爱的权利，生而入死，死而复生的浪漫主义艺术形象，亭亭玉立地诞生了。这一形象，表达了封建时代千千万万少女的生活之理想。

青年书生柳梦梅，也是汤显祖用"吾心即是宇宙"的心学模式，抽去其理学之"理"的内核，注入人文主义之"情"而塑造出来的。《言怀》一出描述这位书生：

> 每日情思昏昏，忽忽半月之前，做下一梦。梦到一园，梅花树下，立着个美人，不长不短，如送如迎，说道：柳生柳生，遇俺方有姻缘之分，发迹之期。因此改名梦梅，春卿为字。正是：梦短梦长俱是梦，年来年去是何年？

因心而生情，因情而入梦，是《还魂记》男女主人公的共同特点。剧中以《拾画》、《玩真》、《幽媾》、《欢挠》、《回生》等出，刻画了柳梦梅痴于情、笃于情的性格。不过与杜丽娘相比，这一形象显得单薄了一些。

作为杜丽娘的思想对立面的儒教化身陈最良，是一个被剧作家嘲为"腐儒"的人物。《腐叹》、《闺塾》、《肃苑》三出戏，为这位迂夫子画出了一幅滑稽可笑的漫画相，表达了汤显祖对扼杀人性人情的宋明理学的否定立场。

《红梅记》

此剧 2 卷，34 出。作者周朝俊，字夷玉，一作仪玉，浙江鄞县人，明万历年间在世。他少有才名。汤显祖在其《红梅记》书前总评中写道："境界纡回宛转，绝处逢生，极尽剧场之变。"这部传奇叙权臣贾似道侍妾李慧娘因赞美书生裴禹而被杀，裴禹亦因保护卢昭容小姐而被囚禁于贾府。李慧娘鬼魂得以与裴生成就人鬼夫妻。当贾似道计议杀害裴生之际，李慧娘鬼魂将他救出贾府（以上上卷剧情）。裴生逃出贾府之后，贾似道不久名败身亡。裴生此时考中榜眼，并寻得卢小姐，二人喜结良缘（以上下卷剧情）。此剧写卢小姐在红梅阁折梅赠裴，以梅定情，故名《红梅阁》。但上卷实乃写李慧娘与裴生的生死之恋，李慧娘是上卷的主人公，故今人据此改编为《李慧娘》。《红梅阁》上卷是一部相对独立的鬼灵故事剧。

李慧娘是封建时代敢于冲破礼教（即儒教），又具有深厚同情心的善良女性。作为权势赫赫的大臣的一名侍妾，她居然敢当着主人称美一名白衣秀士，这不但是她渴望真心爱情的潜意识的流露，而且也揭示了她不同于其他侍妾的勇敢品格。她为捍卫自己的人权而付出了自己的生命。她的性格美还体现在死后对裴生和诸侍妾的深情救助。《幽会》、《谋刺》、《脱难》、《鬼辩》诸出，感人肺腑地描写了李慧娘性格的这一面。她亲切可爱，是一个充满了人情味的鬼。其表层意象是鬼，深层意象毕竟还是人。

《西园记》

此剧2卷33出，这是一本写人鬼爱情的喜剧。作者吴炳（1595—1648），字可先，号石渠，又号粲花主人，江苏宜兴人。他著有《西园记》、《疗妒羹》、《绿牡丹》、《情邮记》、《画中人》五种喜剧，合称"粲花五种"或"石渠五种曲"。《西园记》叙书生张继华游学杭州，借居净慈寺。一日他行至西山，入西园游览，巧遇王玉真小姐之丫环，得与未曾谋面之王小姐互通音问。他回寺之后，友人谓他所遇乃前观察史赵礼之女赵玉英。从此以后，张生遂误王作赵了。不久，赵礼请张生设馆于西园。张生与王玉真邂逅相遇，便误作赵礼之女赵玉英。他回馆之后，赵玉英病故的噩耗传来，他又误以为白日所遇者乃是赵玉英鬼魂。张生念念不忘玉英，玉英鬼灵感其对己之钟情，乃托王玉真之形貌前往幽会，遂成人鬼幽明之恋。另一方面，赵礼自玉英亡故之后，将王玉真认作义女，并请人作法，欲招张继华为婿，但张坚辞。玉英鬼魂获悉，自忖人鬼夫妻终非长策，乃力劝张生允婚。新婚之夜，盖头挑起，张生面对王玉真大惊，误以为玉英鬼魂再现。深夜，玉英鬼魂前往向张生说明真相，然后凄然离去。此剧运用误会与巧合组织剧情，真鬼假鬼，扑朔迷离，妙趣无穷，喜剧效果极佳。

《袁文正还魂记》

此剧 27 出，欣欣客撰。《金瓶梅词话》之首有序文为欣欣子作，或即此人。其生平事迹不详。这是一本鬼灵公案剧。远山堂《曲品》认为：剧中的"包文拯勘曹国舅，似从元剧《生金阁》、《鲁斋郎》诸曲生发者"。此剧叙潮州袁文正偕妻韩氏赴京，国舅曹二企图霸占韩氏，遂设计毒毙袁文正。袁文正鬼魂向包文拯诉冤，韩氏在袁的鬼魂协助下，亦逃离曹府向包文拯告状。包文拯斩了曹二，并奏请皇帝以温凉帽救活袁文正。文正夫妻团圆，衣锦还乡。

剧中的包文拯，日断阳，夜断阴，是一个能与城隍神联手破案的清官兼正一道士的形象。这是明代龙图公案戏的共同特色。其思想根源，一方面是正一道受到明朝廷的高度崇拜，另一方面是处在封建高压下的老百姓对清官为民除害能力的理想化。因此，这是一本具有反封建压迫精神的浪漫主义传奇。

这个戏对国母复杂性格的刻画颇为成功。当曹二毒死袁文正并企图霸占韩氏时，她痛斥曹二并救助韩氏；当曹二罪行初步暴露时，她又阴谋暗杀韩氏以灭口。她对儿子和韩氏前后态度的转化，表现了一个虽有正义感但私心更重的性格。

《观音鱼篮记》

此剧 2 卷，32 出。这是一本以动物精灵为主人公的神话故事剧，系根据《龙图公案》中的《金鲤篇》改编而成。佚名撰。剧本叙秀才张真与小姐金牡丹经双方父母指腹为婚。张真寄读于金府。鲤鱼精变化为牡丹小姐前往书房与张真幽会，并设计离间了张真与金府的关系。张真被赶出金府，鲤鱼精（假牡丹小姐）与之偕行。由于鲤鱼精施黑巫术使牡丹小姐病倒，金府派人追张真回府冲喜，鲤鱼精——假牡丹小姐与张真的恋情遂被金府发觉。金府请包拯断案。包拯请来天兵天将，赶走了假牡丹小姐鲤鱼精。真牡丹小姐终于与张真合卺团圆。

此剧的女主人公鲤鱼精——假牡丹小姐，是一个热情、大胆、蔑视儒教、追求自由的古代民间底层女子形象。当她前往书房向张真表白倾慕之情并被张所拒时，说道："你十八岁那日进我家，老爷说道：'若要洞房花烛夜，除非金榜挂名时。'此去若得侥幸，夫妻就有期了。倘然不中，却不是三年了？三科不中，却不是九年了？为人在世，有几个十八岁？"这种对儒业不屑一顾，对礼教不屑一顾的响当当语言，只有从未受过孔孟之道、程朱理学熏陶的山野女子才说得出。

剧中的真假牡丹案，属于人妖莫分的真假 X 模式，常见于明代通俗文学中，《西游记》中尤多。这种以假乱真的喜剧性情节，悬念极强，引人入胜。因此今人田汉据此改编为《金鳞记》。

除了以上鬼灵精怪剧之外，还有值得一提的，是张大复《天下乐》（原作已佚）中的《钟馗嫁妹》一出，叙钟馗虽死，其鬼魂感杜平掩埋尸首之恩，乃将亲妹嫁与杜平为妻。这出歌颂人鬼友谊的折子戏，今犹盛演不衰。再有郑国轩《刘汉卿白蛇记》，叙龙王之子获罪而化为白蛇，被人捕获。刘汉卿怜而买之，放归巨壑。后刘遇难，亦获龙子相救。此剧歌颂人兽互爱互助，似颇符合今日的动物保护者协会之宗旨，有利于保持自然界的生态平衡。

第六节　宝卷（附录）

宝卷是从佛教寺院"俗讲"发展出来的一种民间说唱文学，长期流行于宋、元、明、清的民间，而以明代为鼎盛期。《金瓶梅词话》第 51 回叙吴月娘、李娇儿、孟玉楼等听薛姑子、王姑子演唱《金刚科仪》，就是对明代民间的宣讲宝卷活动的反映。《娇红记》叙王娇娘和申纯对天盟誓时说的"祝英台畔千年石"，"山伯坟头百尺碑"，乃是对流行于明代民间的《梁山伯祝英台》宝卷的檃栝。

宝卷虽然发源于佛教寺院，是僧尼宣教的一种文学手段；但它作为一种通俗文学体裁流入民间以后，就被大众广泛利用，因而其题材便越出了佛教的范围。现存宝卷就题材而言分为宗教的和世俗的两大类，宗教题材宝卷又涉及佛、道、儒以及各种民间宗教。

在佛道儒三教题材宝卷中，佛教宝卷的数量最多。例如：《目连救母出离地狱升天宝卷》演述《盂兰盆经》，与戏曲《目连救母劝善戏文》同出一源；《药师如来本愿宝卷》演述《药师本愿经》；此外还有《佛说弥勒下生三度王通宝卷》、《佛说圆觉宝卷》、《香山宝卷》（据郑振铎研究，此卷为宋代作品，是宝卷中的早期之作）、《普陀观音宝卷》、《地藏宝卷》、《唐僧宝卷》、《育王宝卷》、《王氏女三世宝卷》等。属于道教题材者，有《韩湘宝卷》、《何仙姑宝卷》等；儒教宝卷则有《赵氏贤孝宝卷》之类。

明中叶以后，民间宗教白莲教分化出许多教派，如黄天教、红阳教、无为教等，这些民间宗教的教主们，均以宝卷文体创作各自的宗教经书。因此，这类作品的名目，有的号称"经"，有的号称"宝卷"或"宝忏"。

黄天教经书有的称"经"，如《虎眼禅师遗留唱经》，这是该教创始人李宾留下的传教经书。李宾曾经当过兵，在战斗中失去一目，后世称之为虎眼禅师。但大多数黄天教经书都称"宝卷"，如《普明如来无为了义宝卷》、《普静如来钥匙宝卷》、《太阴生光普照了义宝卷》、《众喜粗言宝卷》等。普明是李宾的道号，普静是李宾弟子郑光祖的道号，普照是李宾之次女的道号，众喜姓陈，也是黄天教徒。

红阳教经书有的称"经"，有的称"宝忏"。称"经"的如《混元红阳临凡飘高经》、《混元红阳显性结果经》、《混元红阳大法祖明经》、《混元无上大道元妙真经》、《混元红阳悟道明心经》、《混元红阳叹世经》、《混元无上普化慈悲真经》等。飘高是红阳教创始人韩太湖的道号。称"宝忏"的如《混元红阳救苦升天宝忏》、《混元红阳拔罪地狱宝忏》、《混元红阳血湖宝忏》等。

无为教经书共五部，系该教创教祖师罗清所作，统称《罗祖五部经》。但每一部经书又各自名为"宝卷"，即《苦功悟道宝卷》、《叹世无为宝卷》、《破邪显正钥匙宝卷》、《正信除疑无修证自在宝卷》、《巍巍不动泰山深根结果宝卷》。

儒释道三教意识合流，是明代宗教文学的特色，宝卷也不例外。例如《药王救苦忠孝宝卷》叙著名道士孙思邈炼丹炼药，尽忠尽孝，终于成道，做了佛教的药王菩萨。又如《销释万灵护国了意至圣伽蓝宝卷》，叙儒教伦理模范、忠义化身的关羽，既被道教封为关圣帝君，又被佛教封为护法之神——至圣伽蓝。总之，明代的各种宗教神话宝卷，一如通俗小说《四游记》多系三教合流思潮在民间说唱文学中的反映。

第四章 文人诗文与文论

第一节 三教互补作家

自唐代开始,朝廷正式实施科举取士制度,以儒为业的士大夫文人从此有了一条可靠的出路。同时,唐朝廷又实行三教并举政策,论衡三教成了唐代思想文化界的时髦。从那时起,士大夫文人中形成了一个以儒为主、佛道为辅的三教合一传统。这一传统发展到明代,一方面与佛学界的会三归一思潮互相促进,另一方面促使士大夫文人中出现了一批以儒为主的三教互补作家。宋濂、王世贞和公安三袁是这批作家中的佼佼者。

宋　　濂

宋濂(1310—1381),字景濂,号潜溪,祖籍潜溪(今属浙江金华),迁居浦江(今属浙江)。他少时先后从元末散文家吴莱、柳贯、黄晋等学习散文写作;又从闻人、梦吉读贯五经,儒学根柢十分深厚;成年以后,仍手不释卷,道书佛典,无所不涉。因此,他的宗教思想是以儒为主,兼容佛道。元至正间,有人推荐他为翰林编修。他以亲老为由,婉辞不就。后来他协助朱元璋建立了明王朝。他是明代初期最负盛名的散文家。"士大夫造门乞文者,后先相踵;外国贡使亦知其名,高丽、南安、日本至出兼金购其文集"(《明史·宋濂传》)。他的文集鲜明地体现了以儒为主的三教互补特色。

弘扬儒教是宋濂散文的基本主题思想。他一生写了大量的阐述和鼓吹儒教的文章。例如他在《七儒解》中提出儒有七种之说,即所谓游侠之儒、文史之儒、旷达之儒、智数之儒、章句之儒、事功之儒、道德之儒。宋濂说，他最服膺的，是"言足以为世法，行足以为世表"的道德之儒，孔子则是道德之儒的典范。"自有生民以来，未有盛于孔子者也。我所愿则学孔子也"。宋濂旗帜鲜明地宣布以孔为师。他的《理学篡言序》鼓吹宋代新儒教——理学。宋濂在文中说："自孟子之殁，大道晦冥。世人撦埴而索涂者，千有余载。天生濂、洛、关、闽四夫子，始揭白日于中天，万象森列，无不毕见，其功固伟矣，而集其大成者，惟考亭子朱子而已。"濂，指周敦颐，他曾在庐山之下建濂溪书堂，世称濂溪先生。洛，指程颢、程颐，他们是伊川人，曾住洛阳，其学号称伊洛学派。关，指张载，他是关中人，其学号称关学。闽，即下文所称"子朱子"——朱熹，他晚年在闽讲学。以上均宋代理学家。宋濂对他们极其服膺，赞美之情，溢于言表。此外，他还写了《六经论》、《经畲堂记》等文章，以捍卫儒家经典的神圣地位，批驳一切冒充"经"名的杂著；还写了《金溪孔子庙学碑》、《苏州重修孔子庙学之碑》等文章，不遗余力地为儒学鼓与呼。

为弘扬儒家伦理精神，宋濂还写了大量的人物传记，传主们都是孝子、贞妇、节妇和烈妇。这类散文固然是应人之求而作，但既然有求必应，也就表明它们是作者儒教意识的自觉表现。

宋濂文集中也有若干赞佛弘道之作。赞扬佛法的作品，如《蒋山广荐佛会记》、《送天渊禅师濬公还四明序》、《血书华严经赞》、《观音大士观瀑像赞》等。揄扬道教的作品，如《汉天师世家序》、《了园铭》（为天师张宇初作）、《神仙宅碑》、《丹井铭》等。

宋濂对三教意识兼扬并赞，但是，三者在其思想结构中的主客轻重地位不同。以儒为主，佛道为辅，对他来说是十分明确的。例如他在《赠陆菊泉道士序》中，以道教神仙不死的神话，映衬儒家圣贤豪杰立德、立功、立言之不朽，便充分地显示了他的以佛道补儒的思想特色。他在这篇文章里写道："吾观昔之神人若广成子、安期生之流，至今数千载，犹时时往来东海诸山间，凌日月而薄阴阳，视天地为一粟，以千载为俄顷，其寿可谓长矣。""吾亦有所谓不死者，书契以来，可谓久矣。凡圣贤豪杰之士，至今俨然具乎方册间，其事业可为世法，言语可为世教，国用之则兴，家用之则和，人身用之则修；或反其道，败亡可立见。自今而往，天地无有穷也,其寿亦无有穷也。岂广成、安期之俦所能及哉!"文章将神仙不死与圣贤不朽相类比,说明宋濂对道教神仙观念取认同态度;但同时又高圣贤而卑神仙,从而说明作者尽管三教并弘,却是以宗儒为主的。值得注意,这是一篇赠道教徒的文章,作者并没有因此而违心地抑儒以媚道。由此可见,在宋濂的三教合流思想中,儒教的盟主地位是不可动摇的。

议论生动活泼,是宋濂散文的艺术特色。例如《云寓轩记》,主旨在于阐释龙虎山道士张仲育所建"云寓轩"的寓意。文章指出:道家视天下之物,包括其自身在内,均"与浮云无异"。"云寓轩"之名即取此义。为了避免说理文的枯燥乏味,作者在此文的艺术处理上有两点值得称道。其一是设三疑以引出三辨:每提出一个疑问,便继之以洋洋洒洒的辨析,这样就避免了平铺直叙的单调,使文气激荡,层层深入。其二是将抽象说理与形象描绘相结合。例如在阐释"云寓"二字含义中,插进了一段对云的生动描绘:

> 夫苍然而在上者,太虚也。寓乎太虚者,云也。云之为物,二气上升,初无定形。当其始生也,勃焉如烟,郁焉盘旋;或摇曳如带,或萦结如盖,或超举如鸿,或变化如龙;倏然而雨下,忽然不见其迹,虽云亦不自知其聚散起灭为何物。人之望之,一息而万状,惚恍而不可为像。

这段描写云的文字,或散文,或骈文,或韵文,或博喻,或白描,短短百字中变化万千。作者将这种小段美文穿插在抽象的议论之中,造成了文气活泼的杂交优势。

又如《月塪(窟)记》,记述道士冲阳子张辅与作者论道的经过,是一篇夹叙夹议的散文,也具有形象与抽象交替和跌宕起伏的艺术特色。文章从描述两位辩友的形象入手。作者的形象是:"余退值词林,戴华阳之巾,被鹿皮之裘,焚香默坐,存神规中,太和熏蒸,百体欣顺,龙降虎升,水温火寒,周流密绵,莫究端倪"。冲阳子则"自空明洞天翩翩而来,碧瞳方颐,气貌充甚,谒入扬袂"而言。两位道貌岸然之士的形象,预示着即将在他们之间展开的辩论，是一个属于道家和道教的题目。

双方辩论的焦点——冲阳子认为：月为"太阴之精，朔后魂生，至望而盈，盈极而衰，随日渐亏，晦而复苏，上下二弦，亏盈得平，气和弗偏"。因此，他烧炼金丹，"抽添进退之候，每于月而取则焉"。作者辩之曰："阳阴不可偏胜也，独阳不生，独阴不成。"

当二人舌剑唇枪辩至不分胜负时，作者提出诉诸神仙裁决的建议：

> 吾将与子握手空明洞天之上，当素月流辉，银铺水翻，瑶露初滴，寂然无声，委羽仙人必骑黄鹤而一下之，与子稍一叩焉。则予之说为当矣。

辩者形象的描绘，道教神话的穿插，哲理辩难的起伏，使全文文气自始至终处于不断变化之中。

文章最后叙两位辩友分手："冲阳子揖而退，予送至庭外"。写到此，似乎该画句号了，不意文章又宕开一笔：

> 冲阳子复请曰："一阴之生，其卦为姤，是月堀也，一阳之生，其卦为复，是天根也。邵子尝往来其间，而所谓三十六宫都是春者，其与吾月堀之义颇有合乎？"予曰："此大《易》精微，所系虽更，仆不能尽也，予恶能知之，予恶能知之！君当问诸庖犧。"冲阳子曰："唯！"

主客双方已作揖打拱告别，客人却又挑起一个问难之波。这样，便打破了"起承转合"的死板公式，使文气产生了"怎当他临去秋波那一转"的效果。

王世贞

王世贞（1526—1590），字元美，号凤州，又号弇州山人，太仓（今属江苏）人，嘉靖二十六年进士，先后任刑部主事、刑部尚书等职。他为官正直不阿，与擅权作恶的宰相严嵩作了长期的斗争。他领袖明中叶文坛

20年，是"后七子"之一。他主张文必秦汉，诗必盛唐，写过不少拟古诗。但他的七绝颇能跳出窠臼，自具特色。在宗教思想上，他立足于儒而兼摄佛道。但对于佛道，他都不是无条件地认同；在某些问题上，他表现出一定的批判精神。这种对三教的复杂矛盾心态，都反映在他的诗歌创作里。

王世贞的一生，走的是以儒为业，"学而优则仕"的道路。因此，他以儒者自命，并自觉维护儒家伦理规范。他在《净乐宫》里写道："莫泥群真位，遗编误老儒"。可见他虽然参佛礼道，却始终谨记自己的儒者身份。这是他在那个封建社会安身立命的根本。他为此而写了许多歌颂儒家伦理道德的诗，如《吴节妇吟》、《传司理母守节》之类，甚至还写了《周郎早夭，项女未适而死殉之》这样鼓吹儒教——宋明理学的诗。

王世贞以儒教思想为基础，又杂取佛道文化作为修身养性的补充。佛道文化使王世贞的精神生活更充实。他的私花园——弇园中，有四处以佛道语命名的建筑，即梵王桥、小祇林、藏金阁、壶公楼。他在《藏金阁》诗中写道："会得《参同》两渐和，庄生昨夜访维摩。若教更会真空意，万卷函经一字多。"诗人将佛道二教经典视作黄金一般加以珍藏。他在《夏日村居有述》中写道："凌晨盥嗽毕，叩齿三十六。"道经里的叩齿养生术，成了诗人的晨操活动。同诗中还写道："维东有兰若，经藏可游目。随意手一篇，无烦证耆宿。"王世贞作此诗之际，他还没有弇园，更没有藏金阁，但他却不惮其烦地每天到宅东的佛寺里去借阅佛经。

在佛道二教里，王世贞更好佛。他从不以真人自许，但经常以浮屠自命。他在一首追述明太祖朱元璋"发三千僧戍边"的诗序中，自称"初地婆罗门王世贞"。佛教有所谓"十地"之说，意谓修菩萨行者，入般若智慧而住于佛地，佛地分为十阶，初阶谓之"初地"。婆罗门本义为清净，此处借指佛徒。这就是说，诗人以粗通佛理的佛徒自许。在其他佛诗中，他也常常自称"初地"，或把自己描述成一个带发修行的和尚。例如《偶成》之四：

　　好作山僧拟，其如霜鬓髭。升堂无法说，退院少机参。草色深跌坐，花阴静步檐。晚来饶吹发，应似礼伽蓝。

诗人还把他家弇园中的园中园——小祇园想象成真正的佛教圣地。例如《汪中丞戚都督道服访余小祇园即事》：

不知何物两道士，来摘香台石上霞。瞥见毫端出师子，还惊匣里吐莲花。

祇园是释迦牟尼说法之所，"毫端出师（狮）子"和"匣里吐莲花"则是佛家神通——超自然力创造出来的奇迹幻象。王世贞慕佛，他不但把自己的花园命名为佛园，而且幻想佛陀在他的佛园里大显神通。

正因为在佛道二教中王世贞更好佛，所以他一生与佛家打交道也更频繁，在历代士大夫文人中，与僧侣交往最多的，除了北宋苏轼和王安石之外，恐怕就要数明代王世贞了。他自称"渐觉交游少，时能觅酒僧"。照这么说，在他的朋友中，似乎僧侣多于士大夫了。从他现存赠僧诗看，与他诗酒交游的僧徒，有不二和尚、松墟上人、空上人、明竺上人、大川上人、虚白上人、江上人、白云上人、松隐上人、玉庵上人、良缙上人、无住道人、金山上人、照幻禅师、乐天和尚等，不下半百之众。由于王世真诗名蜚声海内，四方求诗者颇多，其中也不乏沙门，所以他便写了很多赠僧之作。这类作品虽多泛泛应酬之语，但也有些颇具特色。例如《郡城方戒严，晓上人以疑被杖下狱，作此慰之》：

岂有沙门蓄四兵？空将四大施黄荆。还他业后无余事，身在四禅天下行。

《圆觉经》云"我今此身，四大和合。"诗中"空将"句意谓晓上人以地水火风四大元素和合而成肉体，施舍于杖（黄荆）。这是善业。因此，晓上人出狱后就会升入四禅天的。以佛语佛理慰佛家人，可谓当行本色。

王世贞好佛，因而也好游览佛教圣地。经他题咏过的佛教名胜景观，不下百处之多。虽然这些诗大多浮光掠影，但也不乏别开生面之作。例如：

（一）大似百衲僧，却顾僧雏语。其语了不闻，低头似相许。

— 601 —

(《百衲峰》)

（二）幽人夜无寐，初月衔山阁。不见月出光，但见松影落。(《夜宿碧云寺》)

像这样素描式的小诗，颇富情趣，娟娟可爱。

王世贞也写过一些道教题材诗。赠道士之作如《徐炼师道场致双鹤，作歌赠之》、《戏赠导引者吴生》、《送长谷徐先生赴罗仙翁约，炼药玉阳山房》、《赠方士赖生》等。他也有时写一点道教景观诗和道教神话诗，如《郭弘农璞游仙》、《松楼歌》、《太和山诸咏》等。举《太和山诸咏》中的两首如下：

缥缈仙踪未可非，至今犹说彩云飞，只愁天地终须尽，炼得丹成无处归。(《丹灶峰》)

浅碧泓停一镜开，探瓢欲酌更迟回。孤峰倒插青莲影，疑是真人坐叶来。(《太乙池》)

王世贞虽然汲取佛道文化以补儒，但是他对佛道二教又是有所保留、有所批判的。例如《山人戏为三空挥师云：过去、未来何劳子空？子能空一切现在乎？师无答。山人代曰：檀越饥否？且吃午斋去》：

谁云现在本来空？门外犹青万古峰。斋菜乍香藜饭熟，留君且受午时供。

山人（即诗人）假设一"三空禅师"，并与之问难，从而彻底否定了佛教的万法唯空的基本教理。

在唐宋两朝蓬勃大发展的禅宗佛教，入元后渐趋式微，至明代而融化于其他各宗。王世贞好佛，主要是从内典中寻找文化趣味，因而对"不立文字"、"以心传心"、废弃三藏的禅宗产生了否定心态。他写了不少批判禅宗的诗。例如《入秋无事，案头偶有纸笔，随意辄书，如风扫华，不伦不理，故曰杂题》中的两首：

（一）赵州柏树子，强半嫌人死。脱得葛藤缠，走入斋瓮里。

　　（二）宗门伎俩尽，支离作曹洞。何似无心人，棒喝两不用。

第一首诗是对赵州从谂禅师的批判。柏树子是赵州用以象征"道"的概念。王世贞认为：这种猜谜式的参禅法是可以把人纠缠到死也弄不明白的。第二首诗是对禅宗棒喝门风的批判。禅宗的一些派别如临济、曹洞对参问者不用语言回答，而用棒打、猛喝，以暗示禅机。王世贞指出：这是伎俩玩尽之后的故弄玄虚。

又如诗人在《口号十首》中写道：

　　（一）玄奘欲从西返，道遇达摩东归："我已尽黜义相，百夹千像何为？"

　　（二）讲座清凉疏钞，禅宗临济评唱。不论伎俩有无，见了先吃十棒。

第一首假设玄奘自印度带回百夹（经典）千像（佛陀），路遇禅宗东土初祖达摩返印。达摩对玄奘说：佛教义学、金像已被我毁灭干尽，你又带着这些劳什子回来何干？王世贞对禅宗不读内典和呵佛骂祖的反传统的宗风十分不满，情溢乎辞。第二首也是对临济宗棒喝伎俩的反讽。

王世贞对道教长生久视的宗教理想，本来持一种既羡慕又怀疑的矛盾心态。他每天清晨"叩齿三十六"，为的就是长生。他相信"缥缈仙踪未可非"，但又觉得自己"少壮几时奈老何"（《会仙峰》）。基于此，所以他对明世宗的奉道入迷，以致荒废朝政，是坚决否定的。《西城宫词十二首》，就是一组白居易新乐府式的批判世宗惑道的讽喻诗。今举数首如下：

　　（一）芙蓉新样紫霞冠，细拥珠琲小凤团。一片香烟丛里出，玉真朝罢簇回銮。

　　（二）新传牌子赐昭容，第一仙班雨露浓。袋里相公书疏在，莫教香汗湿泥封。

　　（三）色色罗衫称体裁，铺宫新例一齐开，菱花小样黄金合，昨

— 603 —

夜真人进药来。

（四）梨园弟子鬓如霜，十部龟兹九部荒。妒杀女冠诸侍长，大罗天上奏霓裳。

第一首叙宫女们簇拥着世宗的銮驾，自香烟缭绕的朝真道观回宫。第二首叙世宗由于奉道而将朝政委诸宫中女官昭容。第三首叙道士媚上邀宠，向皇帝进丹药。第四首叙梨园弟子失了业，女冠们的道教乐舞取代了她们的龟兹乐舞。据《松窗梦语》记载宫中行醮：邵元节、陶仲文"倡率道众，时举清醮，以为祈天永命之事。上亦躬服其衣冠，后妃宫嫔皆羽衣黄冠，诵法符咒，无间昼夜寒暑。"王世贞的《西城宫词》可以与之互相发明。

公安三袁

袁氏兄弟宗道、宏道、中道三人，湖广公安（今属湖北）人，号称公安三袁或公安派。公安派主张"独抒性灵，不拘格套"（《叙小修诗》），反对前后七子的拟古主义。他们早年师从焦竑，深受王阳明心学影响，爱好性理与禅学；又深受李贽思想的影响，其"性灵说"就是从李贽"童心说"引申和发展而来的。三袁中以宏道的文学成就尤为突出，是公安派的代表。

袁宏道（1568—1610），字中郎，号石公，万历二十年进士，先后担任过吴县令、礼部主事、吏部主事、考功员外郎、稽勋郎中等职。但他生性不爱做官，曾多次辞职，优游林泉。他是一个复杂而矛盾的作家。一方面，他正视现实，关心民瘼，膺服敢于批评朝政、反对宦官擅权的东林党；另一方面，他又逃避现实，寄情山水，独善其身，并浸淫于佛道，追求自我安慰："何如逃世网，髡发事空虚"（《病起》）。在明代士大夫中，好与僧伽作方外游者，除了王世贞，还有公安三袁。袁宏道诗集中出现的僧徒，如无念、清源、常觉、印上人、模上人、云上人、莲池上人、石上人、隐斋上人、玉轮上人、无怀上人、本上人、实方、死心、寂子、寒灰、雪照、显宗、秋水等数十人之多。袁宏道诗题中每出现"诸衲"字样，这说明与他往还酬唱的友人中，常有一小群和尚。他曾筑围城南，植柳万株，号曰柳浪，偕弟中道及名僧数辈，共隐其中，"闲适之余，时有挥洒"（袁中道《中郎先生行状》）。其风雅大概不减于六朝的谢灵运和北宋的苏东坡吧！他的全部诗歌和散文创作，就是上述思想矛盾的生动体现。

　　三袁虽然都是从事举业的儒生，但是他们从青少年时代就开始接触佛学。例如袁宏道18岁随舅父龚仲敏、龚仲庆至公安县东北的二圣寺阅读佛典，他写了四首七律纪述此行，自称"我亦冥心求圣果，十年梦落虎溪东"（《初夏同惟学、惟长舅尊游二圣禅林检藏有述》）。他仰慕千载而上的迹不入俗、送客不过虎溪的庐山名僧慧远。不过在宗教思想上，三袁已不像唐宋文人那样执着于某宗某派；而是充分体现了明万历以后儒释道三教合流的时代特征，即使对于佛教内部各宗各派，他们也是持兼收并蓄的态度。三袁的不少诗文就是这种三教大融合的时代思潮的产物。例如《西方合论》、《珊瑚林》等。他们认为："大道可学，三圣人之大旨，如出一家"（袁宏道《募建青门庵疏》）。这种三教一家论，与他们的老师李贽在《三教归儒说》中对"三教大圣人"的肯定是一致的。袁宏道还写了很多周流三教的抒情诗。万历二十四年，袁宏道请求辞去吴县县令职，次年获准。他视此为佛教之解脱，将辞职后这一时期的诗文编为《解脱集》。其中不少作品，表现了涵盖三教，兼容多宗的宗教泛宗主义特色。例如：

　　（一）儒衣脱却礼金仙（佛），三十偷闲也少年。芊草如毡花欲舞，淡烟垂幕柳高眠。兴来学作春山画，病起重笺《秋水》篇（道）。酒障诗魔都不减，何曾参得老虎禅（或即"老婆禅"，亲切叮咛之禅也）。（《闲居杂题》之二）

　　（二）拟将心事寄乌藤，料得前身是老僧。病里望归如望赦，客中闻去似闻升。尊前浊酒憨憨醉，饱后青山慢慢登。南北宗乘参取尽，庞家（庞居士，马祖法嗣）别有一枝灯。（《得罢官报》）

其他周流三教的诗作还有不少，例如："毡榻所亲唯老易，儒衫相对几孤寒。香茶每供邻僧去，院树时同小弟看"（《戊戌初度》）；"过佛觅定方，逢仙谈飞术"（《于潜道中偶成》）；"道书参谜机，禅理供嘲戏"（《戊戌除夕》）；"学道参禅都未彻，一毛聊得比杨朱"（《雨中过苏》）；"百衲层层暖蔽身，道书观了且存神"（《闲居》），等等。

同宋代的许多士大夫文人一样，袁宏道礼佛学道只不过是一种文化游戏和精神寄托。其实他对佛道二教的态度并非十分认真、虔诚和迷信。他的一些抒情诗常常流露出对佛道的并非虔敬心态。例如他为了守佛教不杀生之戒，已"蔬食三年"，但"偶因口馋，遂复动荤"，因而不得不写诗自责自谅——"不独解嘲，兼亦志愧"；"珍重晚年赵阅道，略将鲊脯间蔬盘"。他对佛教的态度，远不如萧衍、王维之坚忍不拔，倒颇接近于苏东坡。他对神仙也并不怎么相信："人间惟有李长吉，解与神仙作挽歌"（《过黄梁祠》）。

　　这是因为：袁宏道好佛爱道是有条件的。他对佛教中的"象法之盛"、"戒律成缚、义解为祟、溺情因果、荡心虚灭"（《祇园寺碑文》）等都不以为然。他更偏爱呵佛骂祖的禅宗和对"义解"不屑一顾的净土宗。他所好之道，主要是道家学说，特别是养生之道，也包括道教中的炼气存神之类的气功在内。他在31岁时所著《广庄》就是一部庄子研究论文集。他在《碧鲜楼小集谈养生》诗中写道："聊开小阁延方士，拼取深闺锁夜叉"，说明他学道是为了延年益寿，并不像李白、陆游那样相信世上真有神仙。

　　公安三袁的作品最为脍炙人口的是散文，特别是游记。这类小品虽以山水为素材，却又多与佛道景观、神话传说交织为一。因此，在他们的诗文集中，颇多佛道意象与自然风物融为一体的妙品。万历二十八年（1600）9月，袁宏道偕释子、儒生数辈，作庐山十日游，写了一组山水小品，所记名胜古迹，大多与佛家相关，如东林寺、云峰寺、天池寺、竹林寺、开先寺、黄岩寺、佛手岸、舍身岩、文殊狮子岩等。例如《云峰寺至天池寺记》：

　　　　云峰寺而上，道愈巇，青崖邃谷，匝叠而行。絮而黏履者曰云，幽咽而风仞者曰涧。独石而梁，一丝百尺，下临千仞者，曰锦涧桥。缬红萦碧，蜿蜒而导者，曰九叠屏。怒而兀怂，如悍夫之介而相怖者，曰铁船峰。数里一息，芝崖而亭之者五。路嵌削，杖而跻，遇泉则卷叶以酌。过试心石，望竹林寺后户，泉韵木响，皆若梵呗，乃拜。亭尽，梵刹出上霄，诸峰障而立，犹在天半。佛庐甚华整，覆以铁，一溪涨绿，冷然阶下。稍定，乃上文殊台，俯盘鹰见背，千顷一杯。少焉，云缕缕出石下，缭松而过，若茶烟之在枝，已乃为人物鸟兽状，忽然匝地，大地皆澎湃。抚松坐石，上碧落而下白云，是亦幽奇变幻之极也。走告山僧，僧曰："此恒也，无足道。"

这篇小品将佛教景观与自然景观有机地组合在一个画面里。袁宏道的庐山伽蓝记，其艺术品位，不在杨衒之《洛阳伽蓝记》之下。

再如袁宗道于万历二十一年5月，偕弟宏道访李贽于麻城龙湖之畔的芝佛院。二袁均作诗文记述此事。袁宗道作小品文《龙湖》云：

龙湖，一云龙潭，去麻城三十里。万山瀑流，雷奔而下，与溪中石骨相触，水力不胜石，激而为潭。潭深十余丈，望之深青，如有龙眠。而土之附石者，因而夤缘得存，突兀一拳，中央峙立，青树红阁，隐见其上，亦奇观也。潭右为李宏甫（贽）精舍。佛殿始落成，倚山临水。每一纵目，则光、黄诸山，森然屏列，不知几万重。余本问法而来，初非有意山水，且谓麻城僻邑，当与屠陵、石首伯仲，不意其泉石幽奇至此也。

这幅山水小品，以释家精舍为核心，将周圆的飞瀑、深潭，以及潭中小岛上的青树红阁，潭外的万重山峦，联结组合，构成了一个幽奇的境界。

再如袁中道在《澧游记一》中记澧水之游道：

……从淯澧交会之处，西上十余里，有千家之聚，名曰津市。对岸为彭观山，道书四十四福地。宋明道中，黄、范二仙飞升处也。其水直下千尺，洞见石底。石上绿苔，如髻鬟，如长帚尾，随风荡漾，潜鳞动介，弇弇可拾。……屑峰相接处，唇忽出，人家住其上。松柏蓊郁，舣舟闲步树中。枕山阿有寺，倚崖临流，乔松曲抱。……

这篇山水游记里不但嵌入了道观佛寺等宗教建筑，而且将道教仙话掌故点染其间，增强了画面的浪漫主义氛围，风格直追郦道元《水经注》。

除了大量清新幽奇的山水游记之外，袁氏兄弟的其他宗教题材小品也很生动活泼。例如袁宏道的《碧晖上人修净室引》，采用性格对照笔法，以突出主人公碧晖的特征。文章先刻画一醉僧，他终日闭门不出，唯独自唱哭喧呼于室中。碧晖则不饮酒，常年登山临水，"虽猱宫鬼穴，务穷其胜"。故作者戏之曰："它时见阎罗，脚色甚好看，阎罗决定饶你。"作者对两个性格的观察之精细，表现之准确，令人叹绝。袁宏道的说理小品也不俗。例如他的《"云影"字解》，阐释明教居士别号"云影"的理由，夹叙夹议，寓理于形。文中写云之变幻起灭云："絮絮然沾吾衣履也。少焉，为美人，为苍狗，为鱼鳞鼍，似有魂魄精神者。已而晴空卷纱，青红斓然，又不知窃何之也"。故明末的编辑家兼出版家陆云龙评曰："拈云弄影，发我真谛，可结优云之舌。"袁氏《"云影"字解》与宋濂《云寓轩记》巧成明代宗教题材说理散文之姐妹篇。

第二节　纯儒作家

方孝孺

方孝孺（1357—1402），字希直，一字希古，世称正学先生，宁海（今属浙江）人。他是宋濂的弟子。洪武二十五年，蜀献王聘他为世子师。建文年间，惠帝朱允炆授他翰林侍讲之职，凡朝廷军政大事，多向他咨询。建文元年，燕王朱棣发动夺取帝位之战，惠帝亦挥师北伐，一切诏檄，均出自方孝孺手笔。三年后朱棣率"靖难之师"攻破京师，方孝孺不屈，被朱棣（明成祖）所杀。方孝孺以写散文著称于当世和后世。他的散文，主要是鼓吹儒家政治伦理学说。其代表作是《释统》。

《释统》以孔孟学说——仁政为根本政治伦理标准，阐述封建帝王统治的正与变，肯定正统，否定变统。《释统》（上）云：

> 仁义而王，道德而治者，三代也。智力而取，法术而守者，汉、唐、宋也。强致而暴失之者，秦、隋也。篡弑以得之，无术以守之，而子孙受祸者，晋也。其取之也同，而身为天下戮者，王莽也。苟以全有天下，号令行乎海内者为正统耶？则此皆其人矣。然则汤武之与

秦隋可得而班乎，汉唐之与王莽可得而并乎？莽之不齿乎正统久矣，以其篡也；而晋亦篡也，后之得天下而异乎晋者寡矣，而犹黜莽何也？谓其无成而受诛也。使光武不兴而莽之子孙袭其位，则亦将与之乎？昔之君子未尝黜晋也，其意以为后人行天子之礼者数百年，势固不得而黜之。推斯意也，则莽苟不诛，论正统者，亦将与之矣。呜呼，何其戾也！正统之说，何为而立耶？

论者首先明确提出以"仁义道德"为封建正统的标准，并提出了符合这一标准的唐、虞、夏三代作为榜样。接着纵横议论三代以后直至宋朝的历代王朝，分别纳入正统与非正统两个系列。对"昔之君子"将王莽黜于正统之外而将晋朝纳入正统之内的做法，作了鞭辟入里的剖析，指出将同一性质的两个王朝区分厚薄正变的错误，极有说服力。文章最后作出结论如下：

天下有正统一，变统三。三代，正统也。如汉，如唐，如宋，虽不敢几于三代，然其主皆有恤民之心，则亦圣人之徒也，附之以正统，亦孔子与斋桓仁管仲之意欤？奚谓变统？取之不以正，如晋、宋、齐、梁之君，使全有天下，亦不可为正矣。守之不以仁义，戕虐乎生民，如秦与隋，使传数百年，亦不可为正矣。若夫以女后而据天位，虽革命改物，如伪周之武氏，亦不可继统矣。二统立而劝戒之道明，侥幸者其有所惧乎！此非孔子之言也，盖窃取孔子之意也。

总之，《释统》强调封建帝王要施仁政，要有恤民之心。这在古代的封建社会，具有一定的进步意义，是儒家社会伦理学说中的精华。文章反对犯上作乱和篡权弑君，而不论被推翻者之善恶美丑，一律强调其神圣不可侵犯；以及重男轻女、否定女主等观点，则是儒家社会伦理思想中的糟粕。方孝孺人如其文，后来燕王朱棣起兵南下篡夺了其侄惠帝的皇位，命方起草登位诏书，他却书"燕贼篡位"四个大字，因而被杀，受株连者达数百口之多。

方孝孺从《释统》提出的"仁义而王，道德而治"的根本前提出发，还写了《官政》、《民政》、《成化》、《明教》、《正俗》、《周官》、《周礼辩疑》等一系列补充性政论文，力求恢复上古三代之治。关于方孝孺的一整套正统思想，纪昀有一个颇为中肯的评价："圣人之道，与时偕行。周去唐虞仅千年，《周礼》一书已不全用唐虞之法。明去周几三千年，势移事变，不知凡几，而乃与惠帝讲求六官改制定礼，即使燕兵不起，其所设施，亦未见能致太平，正不必执儒生门户之见，曲为之讳"。（《四库提要》）方孝孺是泥古不化之儒，纪昀是发展通变之儒。虽然二人都属儒门，但纪昀对方孝孺的批评却不是没有道理的。

像方孝孺这样一位醉心于传统儒学的人，对于各种非儒之学必然产生强烈的排他意识。他毕生极少与释道二教发生联系，偶有接触，立即声明："所习殊业，所趋异致"（《答上清张真人》），或曰"所趋殊途"（《送一宗和尚次蜀王诗韵》序）。在中国宗教文学史上，他与杜甫、元好问一样，成为少数纯儒作家之一。

方孝孺的议论散文，以朴实严谨、鞭辟入里见长。例如《释统》，为了加强文章的说服力，作者采用了类比推理："所谓周、秦、汉、晋、隋、唐、宋均为正统，犹谓孔子、墨翟、庄周、李斯、孟轲、扬雄俱为圣人而传道统也，其孰以为可？非圣人而谓之圣，人人皆知其不然；不可为正统而加之以正统之号，则安之而不知其不可，是尚可以建之万世而无弊乎！"由于论者以儒者一致赞同的孔子在先秦诸子百家中的正统地位，去类比各王朝中的正统与变统之别，因而使这一段议论特别容易博得儒者的认同。

另一方面，方孝孺亦如其师宋濂，有时也在说理散文中穿插一点形象描述，使文章生动起来。例如《仙溪霞隐记》，为了要说明道教追求长生久视的目标，是由于人间世万事万物包括人体在内，无时无刻不在由生而灭的道理，就借题发挥，以题目中的"霞"为喻，把霞彩的千变万化、由生而灭的现象渲染了一番。文中写道：

……当天光初舒，旭日未升，有神气焉，自东而生：腾而如鸟，回而如轮，奋而如龙，曳而如神，欻焉而鸾凤翔，彪焉而虎豹蹲；彬缊杂袭，重敷绾结，或变为五色，环涌抱日，或随风骞荡，久而乃没。

这段文字采用博喻法，一气用了六个比喻，描述了朝霞的生灭过程。

杜甫和元好问是纯儒诗人，方孝孺则是纯儒散文家。

第三节　江南宗教景观扫描

张　　岱

张岱（1597—1679），字宗子，又字石公，号陶庵，又号蝶庵，山阴（今属浙江绍兴）人。他出生于晚明（万历）仕宦之家，在山明水秀的苏杭一带，诗酒流连，度过了他的青壮年时期。明亡以后，家业尽毁，他避居山中，著述以终。他的《陶庵梦忆》和《西湖梦寻》，是两部精美绝伦的著名小品文集。这两本书都是作者在明亡之后所作，内容是追忆个人在明亡之前生活中的所见所闻。《陶庵梦忆》8卷，追记作者个人生活中的各种琐事，以及江浙一带的社会面貌和风土人情。《西湖梦寻》5卷，分为北路、西路、南路、中路、外景五门，追记西湖名胜。在这两本书里，属于宗教题材的小品极多，广泛地描述了江浙地区与多种宗教相关的民俗、建筑、艺术、风物、山水等。

在《陶庵梦忆》中，记述祖灵崇拜风俗的有《钟山》、《越俗扫墓》、《扬州清明》，记述占卜、扶乩风俗的有《南镇祈梦》、《逍遥楼》、《治沅堂》，记述儒教园林的有《孔庙桧》、《孔林》，记述佛教景观的有《报恩塔》、《燕子矶》、《表胜庵》、《岣嵝山房》、《栖霞》、《阿育王寺舍利》，记述佛教人物的有《金山夜戏》、《天童寺僧》，记述佛教艺术的有《目连戏》、《甘文台炉》，记述佛教活动的有《西湖香市》，记述与道教及其他鬼神崇拜相关的作品则有《杨神庙台阁》、《严助庙》、《雷殿》、《陈章侯》、《龙山放灯》等。宗教题材篇目占全书的五分之一。

在《西湖梦寻》中，涉及各种宗教，特别是佛教的名胜古迹，都有生动的描述，篇目数量占全书二分之一以上。仅有关佛道二教的寺庙宫观，就记述了二十几所，其中著名的佛教建筑，有玉泉寺、灵隐寺、净慈寺、法相寺、保俶塔、雷峰塔、六和塔等。面对如此众多有关西湖伽蓝的追述，不能不令人想起《洛阳伽蓝记》和袁宏道的"庐山伽蓝记"。

张岱的宗教小品,一般都淡化了作家的主体宗教意识,而以客观描述为主。作者是把多种宗教景观、风习、艺术、掌故当作审美观照的对象来处理的。因此,读这些作品,可以获得美感享受,但也有少数作品流露出作者的某些迷信意识。

张岱散文对宗教景观的描绘,玲珑剔透,诗意浓郁;间或楔以叙事、抒情、评议,文风活泼可爱。例如《燕子矶》:

> 燕子矶余三过之,水势湔集,舟人至此,捷捽抒取,钩挽铁缆,蚁附而上。篷窗中见石骨棱层,撑拒水际,不喜而怖,不识岸上有如许境界。戊寅到京后,同吕吉士出观音门游燕子矶,方晓佛地仙都,当面蹉过之矣。登关王殿,吴头楚尾,是候用武之地,灵爽赫赫,须眉戟起。缘山走矶上,坐亭子,看江水澌洌,舟下如箭。折而南,走观音阁,度索上之。阁旁僧院,有峭壁千寻,碚礌如铁。大枫数株,萚以他树,森森冷绿。小楼痴对,便可十年面壁。今僧寮佛阁,故故背之,其心何忍!是年,余归浙,闵老子、王月生送至矶,饮石壁下。

这篇小品叙三过燕子矶:一过,从激流中望燕子矶,不喜而怖;二过,游燕子矶佛地仙都;三过,偕友饮燕子矶石壁下。三个不同视角,情景各异。"三过"之中,以二过游矶为重点,主次分明。游矶毕,忽发"十年面壁"(达摩参禅曾面壁九年)与"故故背之"的小议,诙谐浪谑,亦可娱人。

如果《燕子矶》写的是近景,《火德庙》写的便是远景了:

> 火德祠在城隍庙右,内为道士精庐。北眺西泠,湖中胜概,尽作盆池小景:南北两峰,如研山在案;明圣二湖,如水盂在几。窗棂门枭,凡见湖者,皆为一幅图画:小则斗方,长则单条,阔则横披,纵则手卷。移步换影,若遇韵人,自当解衣盘礴。画家所谓水墨丹青,淡描浓抹,无所不有。昔人言"一粒粟中藏世界,半升铛里煮山川",盖谓此也。火居道士能为阳羡书生,则六桥、三竺皆是其鹅笼中物矣。

从火德庙远眺西湖，西湖化成了庙前的"盆池小景"。火德庙的"窗棂门臬"也变成了一幅幅西湖画图。这是小中寓大的景中之景。文末小议，借吴筠《续齐谐记》里阳羡书生寄身鹅笼的故事，阐明了这个艺术哲理。

张岱小品对某些宗教人物的勾画，也极能传神写照，穷形尽相。例如《金山夜戏》，作者叙夜游金山寺，时已二鼓，寺僧皆睡。"余呼小仆携戏具，盛张灯火大殿中，唱韩蕲王金山及长江大战诸剧。锣鼓喧填，一寺人皆起看"。其时：

> 有老僧以手背擦眼瞖，翕然张口，呵欠与笑嚏俱至；徐定睛，视为何许人，以何事何时至，皆不敢问。剧完将曙，解缆过江。山僧至山脚，目送久之，不知是人？是怪？是鬼？

文中叙老僧观剧时睡意犹浓之态，以及虽醒而始终不明半夜大闹佛堂者，究系何人何时为何而至的懵懂之态，无不惟妙惟肖。

封建时代，多有薄命红颜，情场失意而遁入空门者。张岱《小青佛舍》记述的，则是红颜薄命被强迫遣入空门者。小青"误落武林富人为其小妇，大妇奇妒，凌逼万状"，终至将她"匿之孤山佛舍，令一尼与俱"。在空门里：

> 小青无事，辄临池自照，好与影语，絮絮如问答，人见辄止。故其诗有"瘦影自临春水照，卿须怜我我怜卿"之句，后病瘵，绝粒，日饮梨汁少许，奄奄待尽。乃呼画师写照，更换再三，都不谓似，后画师注视良久，意匠妖纤。乃曰："是矣。"以梨酒供之榻前，连呼："小青小青"，一恸而绝，年仅十八。
> ……

文末缀小青诗一首云：

> 稽首慈云大士前，莫生西土莫生天。愿将一滴杨枝水，洒作人间并蒂莲。

张岱的文，小青的诗，共同揭示了一个佛舍悲剧：礼佛之人，并非跳出爱河，除去三毒而虔诚皈依三宝者；恰恰相反，她是一位热烈追求爱情的青春少女。

张岱的散文艺术语言，千姿百态，是唐宋古文运动传统在明清之际吐出的新花。试看《报恩塔》：

中国之大古董，永乐之大窑器，则报恩塔是也。报恩塔成于永乐初年，非成祖开国之精神，开国之物力，开国之功令，其胆智才略，足以吞吐此塔者，不能成焉。塔上下金刚佛像，千百亿金身。一金身，琉璃砖十数块凑成之。其衣折不爽分，其面目不爽毫，其须眉不爽忽。门笋合缝，信属鬼工。闻烧成时，具三塔相。成其一，埋其二，编号识之，今塔上损砖一块，以字号报工部，发一砖补之，如生成焉。夜必灯，岁费油若干斛。天日高霁，霏霏霭霭，摇摇曳曳，有光怪出其上，如香烟缭绕，半日方散。永乐时，海外夷蛮重译至者百有余国，见报恩塔必顶礼赞叹而去，谓四大部洲所无也。

张岱小品，千锤百炼，增损一字不得，道一篇也如此。借塔颂人，是本篇主旨。"非成祖开国……，开国……，开国……者，不能成焉"句，以反复排比的句型突出成祖开国之功，并以此长句烘托"大古董"、"大窑器"报恩塔的宏伟气势；以及叠词"霏霏霭霭，摇摇曳曳"渲染塔顶之奇观，都是文质互补，形式配合内容的绝妙好词。

张岱散文长于以叠词状物，除前述叠词外，另如"钟山上有云气，浮浮冉冉，红紫间之"（《钟山》），"凡山物蛹蛹，海物噩噩，陆物痴痴，水物金金，羽物毧毧，毛物毲毲"（《严助庙》）之类。有时又善于故破文法以收惊世骇俗之效。例如写扮戏，"如扮胡椎者，直呼为胡椎，遂无不胡椎之，而此人反失其姓"（《杨神庙台阁》）。"遂无不胡椎之"一语，以专有名词"胡椎"作动词，文法虽无而语意自明，效果则有如石破天惊了。

张岱的宗教散文，也是艺术散文。

第四节 文论与三教

明代与宗教相关的文学理论分为前后两期。前期文学理论基本上是对宋代以禅喻诗的文学思潮的继承和发展。谢榛是这方面的代表。后期文学理论则体现出明万历以后三教合流思潮的特色。李贽、王夫之是这方面的代表。

谢　榛

谢榛（1495—1575），字茂秦，号四溟山人，又号脱屣山人，临清（今属山东）人。李攀龙、王世贞等与谢榛共建诗社，而推谢为长。后来李、王诸人声名大著，谢榛论诗又时与李攀龙发生龃龉，李遂与之绝交，王世贞则左袒李而斥谢。但谢榛诗名也早已蜚声海内，李王诸人与之绝交后，他便游历于诸藩王之间，足迹遍于秦、晋、燕、赵。他著《四溟集》24卷，其中以《四溟诗话》最为有名。

谢榛的《四溟诗话》基本上是对严羽《沧浪诗话》的继承与发展。他同严羽一样，强调向盛唐诗人学习，而轻视宋诗；同时也继承了严羽以禅喻诗、强调"妙悟"的基本观点。

《四溟诗话》中有好几条直接提到"妙悟"，例如：

> 德平王南岑《赠别素愚上人》："释子来何处？庐山复太行。翻经淹岁月，补衲犯冰霜。浩劫尘缘尽，弥天觉路长。智珠元不染，好去照迷方。"此作甚佳，其来有源。宪王南山素嗜谈禅，诗亦妙悟，信乎伯仲齐名，岂非寒山、拾得化身耶？
>
> 四溟子曰："……夫人妙悟有因，自能作古。然文字起于鸟迹，草书精了舞剑，尔独不能因人之悟以并己之悟邪？"客谢而去，顾予笑曰："子何太泄天机也？"

有时谢榛将"妙悟"二字拆开安排在一句之中，如"非悟无以入其妙"之类。

"妙悟"本是宗杲禅师对禅宗六祖惠能的"顿悟"禅法的继承和发展，

严羽则是将宗杲的"妙悟"禅法移植到诗法中来的。谢榛在继承严羽借宗杲"妙悟"喻诗的同时，又直接上溯到六祖惠能，将其"顿悟"禅法移植到诗法中来，例如：

……姑借六祖悟，以示后学。诚以六祖之心为心，而入悟也弗难矣。……

……客曰："适闻内外二说，能发古人未发者。愿以盛府诸家直指内外秘蕴，令人顿悟，以归正宗，不落傍门小径也。"……

逊轩子博学嗜诗，志在古雅，且得论诗之法，及拟《阆仙》一绝，不下唐调，其顿悟也如此！

《四溟诗话》不但使用六祖的"顿悟"、宗杲的"妙悟"等禅家术语论诗，有时还以"超悟"、"透悟"等自创术语论诗。总的精神是强调诗作者的性情、兴趣和直觉，而反对专以学问为诗。这也是严羽《沧浪诗话》的基本观点。这一点，谢榛在《四溟诗话》卷3的第71条中说得最为透彻。他说：

作诗有专用学问而堆垛者，或不用学问而匀净者，二者悟不悟之间耳。惟神会以定取舍，自趋乎大道，不涉于歧路矣。譬如杨升庵状元谪戍滇南，犹尚奢侈，其粳、糯、黍、稷、脯、醢、肴、鲙，种种罗于前，而箸不周品，此乃用学问之癖也。又如客游五台山访禅侣，厨下见一胡僧执爨，但以清泉注釜，不用粒米，沸则自成饘粥。此无中生有，暗合古人出处。此不专于学问，又非无学问者所能到也。予因六祖惠能不识一字，参禅入道成佛，遂在难处用工；定想头，炼心机，乃得无米粥之法。……

在这条诗话中，谢榛把禅宗的"悟"在诗歌创作活动中的体现，作了具体阐述，就是所谓"无中生有"的"无米粥之法"；再具体一些，就是所谓"定想头"、"炼心机"。换言之，作诗的时候，作者有了一个别出心裁的构思，这就是"顿悟"、"妙悟"、"透悟"的表现，也就是一首佳作的保证。

这是谢榛对严羽《沧浪诗话》的发展。

对于这一"定想头"、"炼心机"的创造性发展，谢榛是颇为自负的。他在《四溟诗话》中不止一次地提到这个观点。例如他在该书卷3的第19条中写道：

> 己酉岁中秋夜，李正郎子朱延同部李于鳞、王元美及余赏月，因谈诗法。予不避谫陋，具陈颠末。于鳞密以指掐予手，使之勿言。予愈觉飞动，亹亹不辍，月西乃归。于鳞徒步相携曰："子何太泄天机？"予曰："更有切要处不言。"曰："何也？"曰："其如想头别尔！"于鳞默然。

"想头别"，就是别出心裁的构思。这的确是一首好诗的基石，怪不得谢榛如此自珍和得意！

李　贽

明万历以后的三教合流思潮，不仅鲜明地反映在这一时期的小说、戏曲创作和诗文创作中，也反映在李贽的文学理论中。李贽（1527—1602），号卓吾、宏甫，别号温陵居士，回族，泉州晋江（今福建泉州）人。他曾任南京刑部员外郎、云南姚安知府等职，54岁辞官，不久出家为僧，先后在湖北黄安、麻城等地著述讲学。他的哲学和文学理论与三教有密切关系，但又是三教的"异端"，对三教的传统思想表现出或强或弱的反传统色彩。

李贽自幼习儒，26岁曾参加乡试中举。但他在青、中年时代激烈地反对尊孔尊经，指斥孔子"无学无术"（《答耿中丞》），《论语》、《孟子》"有头无尾，得后遗前"，绝非"万世之至论"（《童心说》），并痛斥宋明理学之提倡"存天理，去人欲"，强调"穿衣吃饭即是人伦物理"（《答邓石阳》）。

但是，50岁以后的李贽修正了他前期对孔子及儒学的过激立场，表示了对儒学的回归。他在《圣教小引》中说："余自幼读圣教不知圣教，尊孔子不知孔夫子何自可尊"。他把自己从前的批孔行为比喻为"因前犬吠形，亦随而吠之"。这时的他，不但开始"翻阅贝经"，研习佛理，而且"研究《（大）学》、《（中）庸》要旨"。这样，他于是发现：作为儒家经典的《学》、《庸》，实与佛家贝经相"宗贯"。

李贽具有反传统的异端情结，因此他与反传统的禅宗佛教一拍即合。例如有人以为：俗人有俗务缠身者不能成佛，必得了却俗务，成为无所事事之人时，方能学佛。李贽在《答周西岩》中批驳了这种说法。他从禅宗的一阐提人（断灭一切善者）皆有佛性的原理出发，指出"既成人矣，又何佛不成？"换句话说，佛性与人生俱来。因此他说："天下宁有人外之佛，佛外之人乎？若必得仕宦婚嫁事毕然后学佛，则是成佛必待无事，是事有碍于佛也；有事未得作佛，是佛无益于事也。佛无益于事，成佛何为乎？事有碍于佛，佛亦不中用矣。岂不深可笑哉！"将学佛与入俗合于一身，正是禅宗的特点。

李贽对道家哲学以及道教经典同样非常热衷。他在《子由解〈老（子）〉序》中称：孔子和老子，好比南方的稻和北方的黍，二者同样重要。因此他又亲自为《老子》和《庄子》作注。他还编选了一部道教经借专供佛教徒研习。其中不但有老、庄，而且还包括《太上感应篇》这种宣扬善恶报应的通俗道书在内。

李贽周流三教的结果，水到渠成地走向了会三归一，于是他写了具有思想总结意义的《三教归儒说》："儒、道、释之学，一也，以其初皆朝于闻道也"。因此，三教意识广泛地渗透在他的文学论著中。

自然，是人类一切创造之本源。这一道家唯物论，是李贽文学思想的基本出发点。他的《杂说》和《童心论》都是建立在这一"自然"原理基础上的文学创作论。

《杂说》提出了在文学创作中"化工"优于"画工"的理论：

> 《拜月（记）》、《西厢（记）》，化工也。《琵琶（记）》，画工也。夫所谓画工者，以其能夺天地之化工，而其孰知天地之无工乎！今夫天之所生，地之所长，百卉具在，人见而爱之矣。至觅其工，了不可得，岂其智固不能得之与？要知造化无工，虽有神圣，亦不能识知化工之所在，而其谁能得之？由此观之，画工虽巧，已落二义矣。

这段论述，乃是从《老子》所谓"人法地，地法天，天法道，道法自然"生发出来的。李贽所说的"化工"就是《老子》中的"自然"。他认为：文学创作只有像自然界生长万物那样，自然地从作家胸中流出来，才是超一流作品。为此，他在《杂说》中作了进一步的发挥："且夫世之真能文者，比其初皆非有意于为文也。其胸中有如许无状可怪之事，其喉间有如许欲吐而不敢吐之物，其口头又时时有许多欲语而莫可所以告语之处，蓄极积久，势不能遏。一旦见景生情，触目兴叹，夺他人之酒杯，浇自己之垒块。诉心中之不平，感数奇于千载。既已喷玉唾珠，昭回云汉，为章于天矣，遂亦自负，发狂大叫，流涕恸哭，不能自止。宁使见者闻者切齿咬牙，欲杀欲割，而终不忍藏于名山，投之水火。"他强调文学必须是作家真情实感的自发喷薄，自然流露，这才是他所推崇的臻于"化工"之境的作品。

《童心说》提出文学创作必须做到"真人"写"真心"，即"最初一念之本心"，也就是"童心"。这种返朴归真的创作论，其思想渊源还是老庄哲学中的自然之道。《老子》说："含德之厚者，比于赤子"；《庄子》说："无以人灭天，无以故灭命，无以得殉名；谨守而勿失，是谓反其真"：以上这些，都是"童心论"的直接思想源头。李贽认为：只有"出于童心"的作品，才是"天下之至文"。否则，"以闻见道理为心"，就是"以假人言假言，而事假事文假文"。他认为这种言不由衷之作是不可取的。

李贽也借用佛理、佛语阐释文学原理。例如《杂说》阐述文学作品具有"小中见大，大中见小"的认识价值。

    小中见大，大中见小，举一毛端述宝王刹，坐微尘里转大法轮。此自至理，非干戏论。

"毛端"与"宝王刹"、"微尘"与"大法轮"，都是佛典中表现微观与宏观对立统一的至理名言。"戏论"也是佛语，意谓"妄言"。

儒家伦理观是李贽评论历史人物和文学作品主人公的基本价值尺度。例如：他在《忠义水浒传序》里嘉许宋江为"忠义之烈"，在《拜月》里赞扬王瑞兰的"贞正"。在《唐贵梅传》里称颂唐贵梅"孝烈"，等等。

李贽的文学思想,对当时和以后的许多重要作家,如袁宏道兄弟三人和汤显祖等,都产生了深刻的影响。

王夫之

王夫之(1619—1692),字而农,号姜斋,衡阳(今属湖南)人,晚年隐居衡阳之石船山,世称船山先生。他生活于明末清初,曾组织武装在衡山一带抵抗清军,并任南明行人司行人。明亡以后,他隐居著述达四十年之久,精于经学、史学、文学,对天文、地理、历法、数学等也有研究。他是明清之际杰出的唯物主义学者,有《船山遗书》传世。其文学理论著作《姜斋诗话》,包括《诗译》、《夕堂永日绪纶》和《南窗漫记》三部分。《诗译》是对《诗经》的解释;《夕堂永日绪论》内编论诗歌创作,外编论八股文写作;《南窗漫记》述其师友遗诗。

《姜斋诗话》的文学观是儒家文学观。但王夫之在阐释其儒家文学观时,又常引述禅言佛理为佐证,有时也偶引道家和道教语为喻。

王夫之论诗,以孔子的诗教为基本理论纲领。他在《诗译》中写道:

"诗可以兴,可以观,可以群,可以怨。"尽矣。辩汉、魏、唐、宋之雅俗得失以此,读"三百篇"(《诗经》)者必此也。

他在《夕堂永日绪论》内编中,一开头就再次重申上述观点道:

兴、观、群、怨,诗尽于是矣。

王夫之的这个儒家诗学基本思想,如一根红线,贯穿于《姜斋诗话》全书。但在具体阐释他的文学观的各个侧面时,他又随手援引佛理禅言作论据。

他认为文学创作是客观现实的反映,强调写诗要从现实出发,反对玩弄文字游戏。他运用佛教因明学(逻辑学)理论,阐述了他的这一创作观:

"僧敲月下门",只是妄想揣摩、如说他人梦,纵令形容酷似,何尝毫发关心？知然者，以其沈吟"推敲"二字，就他作想也。若即景会心，则或"推"或"敲"，必居其一，因景因情，自然灵妙，何劳拟议哉！"长河落日圆"，初无定景；"隔水问樵夫"，初非想得：则禅家所谓现量也。

他又说：

禅家有三量。唯现量发光，为依佛性。比量稍有不审，便入非量；况直从非量中施朱而赤，施粉而白；勺水洗之，无盐（丑女）之色，败露无余，明眼人岂为所欺邪？

在佛教因明学中，"量"就是衡量真理的标准，"现量"是直接检验真理的标准，即人的感觉。这是"自相"——事物属性在人的五官中的反映。"比量"是在"现量"的基础上从已知向未知的推理，是抽象理性思维。"非量"又称"似比量"，亦即错误的推理。王夫之称赞"现量发光"，乃是认为现量——人的感性思维是诗歌形象的源泉，用不着"比量"——"何劳拟议哉"！更不能根据错误的抽象推理作图解——"从非量中施朱而赤，施粉而白"。他在《姜斋诗话》中对此曾反复加以申述："身之所历，目之所见，是铁门限。""不能作景语，又何能作情语邪？"等等。王夫之的这一观点，是符合文学创作的形象思维规律的。

王夫之不主张写诗作文一开头直奔主题，一落笔就一泻无余。他将这种诗文作法喻之为禅宗临济宗祖师接引学人时的"迎头便喝"。他在诗话中写道：

"子之不淑，云如之何"；"胡然我念之，亦可怀也"：皆意藏篇中。杜子美"故国平居有所思"上下七首，于此维系，其源出此。修笔必于篇终结锁，不然则迎头便喝。

他又写道：

前所列诸恶诗，极矣。更有猥贱于此者，则诗佣是也。诗佣者：衰腐广文，应上官之征索；望门幕客，受主人之雇托也。彼皆不得已而为之。……千篇一律，代人悲欢；迎头便喝，结煞无余，……至此而浊秽无加矣。

什么是"迎头便喝"呢？禅宗马祖道一在其弟子百丈参问时，振威一喝，以打破其漆桶（喻眼暗黑无明），促其开悟（事见《景德传灯录》）。从此禅门就有了"临济喝"的说法。王夫之以此临济门风，借喻起首说穿内蕴的诗文，他在诗话中还说："劣文字起处即着一斗顿语说煞，谓之开门见山，不知向后更从何处下笔。"这里的"开门见山"说与前面的"迎头便喝"说均为禅语，正好彼此发明。

王夫之还对某些所谓诗文做法深恶痛绝，常援引释家语以批驳之。例如：

（一）乐记云："凡音之起，从人心生也。"固当以穆耳协心为音律之准。"一三五不论，二四六分明"之说，不可恃为典要。……（举例略）足见凡言法者，皆非法也。释氏有言："法尚应舍，何况非法？"艺文家知此，思过半矣。

（二）……别寻理际，独至处自成一家，……先辈中若诸理斋、孙月峰、汤若士……亦各亭亭独立，分作者一席。释氏有言："从门入者，不是家珍。"特以无门可入，绝陋人攀缘之径，故人不知玄赏耳。

例一引释家语批判所谓"一三五不论，二四六分明"的作诗法。五、七言律绝诗需合平仄，但俗谓一、三、五字可以不讲平仄，只有二、四、六字需平仄分明。其实，五言律绝只有第一字可以变通，第三字不合平仄便拗口；七言律绝只有一、三字可以变通，第五字不合平仄便幻口。故王夫之引佛语斥之为"非法"。例二引释家言批判依傍前人门庭，蹈袭古人窠臼，缺乏独创精神的倾向。

其他如："子瞻，野狐禅也；元美则吹螺、摇铃、演梁皇忏一应付僧耳。""松陵体永堕小乘者，有天句不巧也""门庭之外，更有数种恶诗、有似妇人者，有似衲子者，有似乡塾师者，有似游食客者。""王伯安厉声

第七编 明代

吆喝：'个个人心有仲尼'，乃游食髡徒夜敲木板叫街语。骄横鲁莽，以鸣其、'蠢动含灵，皆有佛性'之说，志荒而气因之躁，陋矣哉！"等等，都是援引佛语或佛教现象以批判文坛消极现象。

作为文体之一的诗话，从诞生它的宋代发展到明末清初，始终处于以禅喻诗的影响之下。《姜斋诗话》也不例外。但王夫之有时还引述道家语和道教语喻诗论文。晚明三教合流的思潮，也在《姜斋诗话》中烙上了鲜明的时代印章。

第五章　僧道诗词

明诗僧正勉、性通选编的《古今禅藻集》，收入明代诗僧180人。虽不及唐宋两朝之多，但也颇为可观了。不过就明代诗僧的成就而言，则远不及唐宋。

第一节　御用诗僧

明太祖朱元璋少时入寺为僧，建立明朝之后，他把天下名僧网罗至京，使之为其封建政权服务。因此，明朝初期出现了一批御用诗僧。

梵　琦

梵琦（1296—1370），字楚石，小字昙曜，象山（今属广西象县）人，居海盐天宁寺。明初，他被召到京师建法会，赐座第一。《静志居诗话》称："楚石，僧中龙象，笔有慧力"。可见他在明代诗僧中是颇受推崇的。从现存梵琦诗看，直接涉及僧伽生活和宗教感情之作不多。例如《相家夜宴》：

璧月未出金风凉，群鸟哑哑鸣苑墙。西山高居帝左右，北斗正挂天中央。绣衣执乐三千指，朱火笼纱十二行。坐待更阑宾客散，萧斋自炷辟邪香。

此诗的最后一联，流露出一个方外人对方内卿相之家的饮宴歌舞的厌恶之情。

梵琦不慕富贵的方外人心理，还表现在不少慕陶诗里："田园自可乐，圭衮何足荣！贵贱各有志，好恶吾无情"（《和陶渊明九日闲居诗》）；"流水可嗟吁，附势非俊杰"（《和渊明仲秋有感》）；"虚名如北斗，有酒不能斟"（《和渊明新蝉诗》）。他的心态与另一些同处帝王之乡的诗僧大不一样。

他曾奉命作过一次塞外之行。"北去终无极，南还未有期。犹嫌江路远，不与土风宜。"（《黑谷》）所以他写了不少描绘北国风光的诗，写出了一个南方人眼中的塞外荒寒和异域情调。例如："塞月霄沉海，边风画起沙"（《赠江南故人》）；"墨黑沾衣雨，沙黄种黍田"，"土屋难安寝，飞沙夜击门"（《开平书事》）；"健儿双眼碧，惯读左行书"（《漠北怀古》），等等。

宗　泐

宗泐（1318—1391），字季潭，临安（今属浙江杭州）人；洪武初，举高行沙门，命往西域求遗经；归来后授僧录司左善世。后来，胡惟庸谋逆案发，宗泐也受牵连，太祖特免予问罪。纪昀称："宗泐虽托迹缁流，而笃好儒术。"（《四库提要》）这是不错的。不过，因胡惟庸案的牵连，他也痛悔误堕尘寰。这两个方面，在他的诗里都有鲜明的反映。

宗泐是作为高行沙门被朱元璋选拔出山的。尽管他必须研究儒术才能在宫廷与官场中周旋应对，但他始终不能忘了自己的根本——佛教。例如他在《代赋爱莲歌》中写道：

我爱莲花生净域，七宝池中开四色。其花朵朵大如轮，来者于斯孕灵质。此花不与凡花同，昼夜开合吹香风。八功德永恒充溢，碧叶旎旎花聚聚。我有爱莲癖，梦寐思见之。朝思只在莲花国，暮思不离莲花池。我心但欲与莲并，不染尘埃自清净。莲兮莲兮尔作黄金台，他时唱歌归去来。

此诗末句表明，诗作于宗泐任职期间。莲花是佛教的象征。佛教认为："莲花有四德：一香，二净，三柔软，四可爱，譬如四德，谓常、乐、我、净。"（《华严经探玄记》）所以佛国又称"莲花国"。宗泐的诗歌意象，与莲花的宗教象征含义完全同构，表现了宗泐身处繁华而心思佛国的强烈宗教感情。

对于佛教世界观和人生观，宗泐在《处梦》诗中作了明确的表述：

> 处世皆如梦，惟吾识趣闲。乾坤同逆旅，日月自循环。觅句多临水，支颐或看山。庄周与蝴蝶，犹在是非间。

诸法如梦，万物皆空，这是佛典《大般若经》的著名论断，是对佛教世界观——空观的生动表述。宗泐诗把"处世"与"处梦"等同起来，正是对这一万法皆空世界观的肯定。其余七句，则是写他根据这一世界观而确定的佛教人生观——无住无求，随缘自适。禅宗为仰宗创始人怀海有诗道："幸为福田衣（袈裟）下僧，乾坤赢得一闲人。有缘即住无缘去，一任清风送白云"（参阅拙著《中西宗教与文学》第九章第五节）。宗泐诗中"惟吾识趣闲"云云，其心理状态与怀海诗完全同构。

宗泐的一些寄禅趣于山水的小诗，颇有清新可爱之作，也不乏令人耳目一新的佳句。如："出山云似马，落涧水如龙"（《栎山西斋雨中作》）；"座冷千林雨，香残半夜钟"（《法华山房为敷竺县赋》）；"柳边双鸟白，松际一蝉清"（《晚晴出县渡赏溪》）；"草花已满古石路，涧水乱穿修竹林"（《上巳日西涧独游》），等等。此外，宗泐诗中还有若干表现佛理人生无常的作品，如《短歌行》、《墓上华》等。

宗泐并不是一个儒释统合论者，他被明太祖召至京师，就了左善世的僧职，不得不"入乡随俗"，与儒者们相附和。为此，他写了不少应制诗，为封建统治者歌功颂德。有些诗虽然不是应制，但只要有机会显示自己的忠诚，显示一下未必不能增加自己的保险系数。例如：

（一）太守之官去，遥遥白帝城。江流诸葛垒，山木杜鹃声。自古论形势，于今息战争。文翁能化蜀，端不负皇情。（《送杨子震之夔州府知府》）

（二）古村民，古村居。古村有田复有庐。屋后桑麻四五区，屋前桑榆八九株。老妇辟纑儿读书，青灯夜照三更初。牛角带经耕且锄，年年岁岁输官租。圣人治世如唐虞，饱来击壤歌康衢，乌沙作巾白布襦。东邻西舍相招呼，醉归兀兀杖自扶。古村民，古村居。（《古村居》）

这些赞美皇恩浩荡的诗，也许就是纪昀所谓宗泐"笃好儒术"（不等于儒学）的表现。当时，儒者宋濂好佛，佛徒宗泐通儒，太祖戏呼曰"宋和尚、泐秀才"，并欲令宗泐蓄发授官，泐固辞得免。于此也足见其骨子里非真儒。因为他用儒术，所以后来虽被牵连到胡惟庸谋逆案里，竟能奇迹般地被皇帝宣布无罪释放还山。

当然，经过这一场虚惊，宗泐也有所觉悟，认识到尘世风波之险恶，不如方外丛林之闲逸。为此，他写了《杂诗十一首》、《寓兴》、《东皋老人歌》等。他写道："少小薄世荣，云泉寄幽赏。冉冉三十年，误身堕尘网。""仙人五六辈，列坐调玉琴。莞然顾我笑；子独何苦心！石梁有悬水，濯此尘中襟！"（《杂诗》）他终于回到了久别的丛林。

宗泐身居僧录司左善世之职，除了与皇帝以及文武公卿接触之外，还要与道录司的道官们打交道。他们都是同僚。所以他也写了一些与道士的交游赠答诗。作为一种官场应酬，这也是不可免的。

总之，从宗泐的主体宗教意识看，他是佛教禅师；若从他诗中宗教题材看，那就是三教之花齐开了，尽管他在主观上并不尊儒崇道。

来　　复

来复（1319—1391），字见心，号竺昙叟，江西丰城人，元时航海至鄞，居定水寺。洪武初，他被召至京师。明太祖读了他的诗，极为欣赏，赐金襕袈裟，授僧录司左觉义，诏住凤阳圆通院；后因受胡惟庸谋逆案牵连，被凌迟处死；同时以胡党罪受戮的僧侣多达64人。

作为佛教徒的来复，写禅诗是他的本色的表现。例如《掩关》道："槁木形骸百念灰，溪猿野鹤苦相猜。闭门独掩青松雨，笑口逢人亦懒开。"这是一首建立在"空观"基础上的破除"我执"的禅诗，是佛教消极人生观的具体反映。

来复还写了一些佛教文化景观诗。元末明初，许多寺庙毁于战火，一片荒凉。来复诗中对此有所反映。例如《西湖杂诗》写道：

> 宝网金幢变劫灰，瞿昙寺里尽蒿莱。乌窠无树山夔泣，不见谈禅太傅来。

来复供职于京师，一如宗泐、妙声，不能不写一些释儒交谊诗和释道交谊诗。他写道："防边有策应须献，好慰苍生社稷忧"（《送徐诚中入关》）；"曳履不妨频入奏，圣心虚伫为生灵"（《送王宗礼尚书督漕还朝》）。这些都是他对儒者的鼓励。至于《烟波钓客为张道士赋》、《遁游方丈歌为刘嗣庭赋》等诗，就是对道教徒唱赞歌了。不过，无论是他鼓励儒者还是赞美道士，他始终没有忘记自己的禅师身份。例如他在《次韵卫府纪善危朝瓛见寄》这首与儒者唱和的诗里写道："尔谈东鲁我谈禅。"又如《遁游方丈歌为刘嗣庭赋》，在赞美刘嗣庭"朝揖洪崖君，暮接浮丘伯"的神仙般生涯后，提出谁能做刘的同志道友，接着便来了个毛遂自荐："我有十笏地，檐蔔围香风，乃在天竺飞来之鹫峰"，"燕坐师子床，篝灯听微钟，愿洗玻璃酌甘露，散花三绕毗耶翁"。不难看出，来复诗一如宗泐，虽然三教意象杂呈，但其主体宗教意识总是坚守着僧录司的佛教立场。

来复的古体诗写得较好，颇能曲尽形容之妙。例如《胡侍郎所藏会稽王冕梅花图》诗，追述王冕其人，性格跃然纸上："会稽王冕双颊欢，爱梅自号梅花仙。豪来写遍罗浮雪，千树脱巾大叫成"；"我昔识公蓬莱古城下，卧云草阁秋潇洒。短衣迎客懒梳头，只把梅花索高价"；"平生放荡礼法疏，开口每欲谈孙吴。一日骑牛入燕市，瞋目怪杀黄眼胡"：画出了一个活王冕。

妙　声

妙声字九皋，吴县（今属江苏）人。洪武三年，他与释万金一同被太祖召至京师。妙声是禅宗传人。他在诗中经常提起自己的这一身份："禅客嗜青茶，铜瓶煮雪花"（《煮雪斋》）；"南宗密印已亲授，莫道大唐国里无禅师"（《送僧归日本》）。因此，他写了许多禅悦诗。例如：

（一）深居一室静，独坐群动息。涉世谅无营，照空欣有得。风吹松上雨，花落涧底石。当期永日闲，共此喧中寂。(《静寄轩》)

　　（二）青山多故情，慰我齿发暮。爱此泉上轩，深谐静中趣。孤云赴远壑，落日在高树。牛羊下来尽，鸟雀归飞屡。境胜欣有得，形忘淡无虑。消摇步前槛，瞻望一延伫。怀哉未归客，微径草多露。(《心觉原宜晚轩》)

这首诗作，字面上无"禅"而禅意四溢。不但那些"喧中寂"、"静中趣"的景物描绘与禅定的情味相通；而且如"涉世无营"、"照空有得"和"境胜有得"、"形忘无虑"等直抒襟抱语，实系禅旨之所在。

　　妙声禅诗在内容上强调随缘自适、无营无虑；在艺术上则熔写景抒情于一炉，景语情语；犬牙交错。上述二诗便是这样。再如《王有恒听雨蓬诗》：

　　江南雨多春漠漠，蓬篷中宽可淹泊。坐听萧瑟复琮琤，若在洞庭张广乐。木兰之楫青翰舟，斜风细雨不须忧。笔床茶灶便终日，知我独有沧浪鸥。少年携书去乡国，芜城草深归未得。援笔时作广陵散，鱼龙出听天吴泣。江湖适意无前期，身如行云随所之。平山堂上看春色，还忆江南听雨时。

这首诗以江湖为艺术构思的焦点，从江中听雨的景物描绘，过渡到江湖适意的抒情，从而达到了情景交融、天衣无缝的境界。全诗表现了一种无忧无虑，无欲无求，四海为家，闲适自如的禅客心态。这种心态还表现在其他许多禅诗里。

　　妙声虽不似宗泐那样与上层封建统治者交往，但也有不少士大夫朋友。因此，他也常常写点颂儒之作。歌忠赞孝，是这类妙声诗作的主题。例如《送王都事之闽阃》：

　　闽粤山川奠海靡，将军分阃镇边陲。幕中宾客三公椽，楼下风云五丈旗。夹浦荔枝巢翠羽，满庭榕叶啭黄鹂。愿将圣主忧勤意，说与东南父老知。

还有《赠谭讷夫》、《赠袁仲章》、《赠王主簿》等，都属于这一类，主旨是为朱明新政权歌功颂德。对于亲见过"岁歉儿苦饥，家贫母犹织"和"里胥夜蹋门，叫怒催纸织"(《和感遇并杂诗》)。对元末社会苦难的妙声来说，面对新的封建王朝的确立，其殷切期望之情是可以理解的。

见儒作儒语，逢道作道语，这是所有交游广泛的诗僧的特点。他们的宗教意识，有的本来就是有三教同源或会三归一的倾向；有的则坚持纯佛立场，不过与儒道两界人物应酬时说几句恭维话，逢场作戏而已。妙声大体属于后一类。他对神仙之说是不相信的："今天若可上，世上那有人？"(《和感遇并杂诗》)但若与雅好神仙之道的朋友赋诗唱和，他就不能不投其所好了。因此他也写了一些神仙题材诗，例如《次韵赵尚书小瀛洲》就是这种作品之一。他还写了大量的题画诗，大概也是应酬之作。题画诗是对画面内容的描述和发挥，一旦面对以道教神仙为题材的画，或者画主信道，他又只能作神仙语了。例如《山中乐·为沈东林题画》：

　　山中乐，白云瑶草黄金药。黄金药，流霞片片，共君斟酌。东林道士清如鹤，高情逸兴将谁托？将谁托？陶潜松菊，谢鲲邱壑。

这支词对画主沈东林道士服食仙草金丹的隐修生活唱赞歌，乃是以画面的规定情景和画主的宗教身份为依据的。类似的作品，还有《仙家近·题刘阮图》等。

守　仁

守仁，字一初，号梦观，浙江富阳人；出家于四明延庆寺，后住持灵隐寺；洪武中，授僧录司右讲经，升右善世。守仁虽然也居僧职，但却不似梵琦、宗泐、来复、妙声那样固守释家立场。他不仅与儒道两界人物唱和应酬，而且有向儒道认同倾向。在明代僧录司供职的诗僧中，他的宗教意识颇带以释为主的三教互补色彩。

作为寺庙住持僧和僧官的守仁，他写了许多弘扬佛法的佛教题材诗。例如《虾子禅》写的是一则宣传大乘思想的佛教神话。作者小序云："昔有僧知俨者，性放逸。会渡江，值渔者，乃赊虾一斗，掬水唼之，约酬以施赏。弗获，渔者怒，仍吸水吐活暇还之。人皆骇异，故名焉"。《虾子禅》歌唱的就是这个故事，宣泄了释家普救芸芸众生包括虾子在内的慈悲之怀。他还与弘上人、珉上人、趣上人、宗冕等僧侣交游，或作诗为之题画题壁，或赋诗为之送行，表现了沙门"妄遣百虑舍"的禅寂心态。

另一方面，守仁在儒、道题材诗里，又流露出崇儒慕道之情。例如他在《山阴徐烈妇诗》里写道："为妇当徇（殉）夫，为子当徇（殉）父"，对宋代理学家的死节的说教，毫不含糊地予以肯定。又如：他在《题方方壶画》里写道："仙家楼馆在何处？云中仿佛闻鸡声"；"招取吹笙两玉童，我欲凌风从此去"。他在《客山阴寄湖上诸友》中又写道："放歌强挹浮丘袂，乘兴难回剡溪船"。这位诗僧对神仙世界的向往之情，可谓直言不讳。

明代诗僧多作题画诗。守仁的题画诗胜人一筹之处，在于具有虚实相生的艺术特色。例如《题画》：

积雨平原烟树重，翠崖千丈削芙蓉。招提更在秋云外，只许行人听晓钟。

此诗第一句写近景，第二句写中景——此句从李白"青天削出金芙蓉"句化出，第三句写远景，第四句写景外之景，象外之象：由近及远，由实入虚。

题画诗若题画必此画，决不是佳作。题画诗不但要写形，还要写神，写声，写情方妙。守仁的《题溪山小隐图》写道：

青橙丛边数间屋，夜夜白云檐下宿。道人心境共云闲，啸傲云林谢尘俗。桥头野客行迟迟，归来似有东林期。一声清磬万山寂，知是上方禅定时。

诗僧想象的补充，把画面上画不出来的"道人心境"和"野客"的"东林期"，以及"一声清磬"、"上方禅定"诸意象，和盘托出，达到了形神兼备的艺术境界。

第二节 平民诗僧

明 秀

明秀,字江雪,自号石门子,浙江海盐人;初出家于天宁寺,晚年居钱塘之胜果山。他基本上是一位民间诗僧,交游多是渔樵布衣。即使有几个上层朋友,也大抵是失势的"落魄将军"、"诏养郡伯"(《冬日朱井南宅社会》)之流。所以,他对官绅阶层的享乐生活一般持批判态度:"玉壶美酒民膏血,只有城中太守知"(《甲午岁四月湖上感事》)。他是一个较为纯粹的诗僧,除写禅诗以及与山人、处士、田叟们的赠答诗外,很少触及儒、道题材。他的禅诗近似王维,多为绝句。例如:

(一)索琴不用弦,山水意自适。草长兰叶深,空林断行迹。(《偶题》)

(二)寒花僧面黄,开近禅床雨。定起殊有情,相对无一语。(《菊》)

(三)江晚无人渡,孤烟树杪生。野凫飞过竹,吹笛钓船横。(《题画》)

以空寒孤寂的意境,象征闲适平静的禅趣,是明秀禅诗的特色。其他如:"夕阳飞燕子,茅屋落桐花"(《泛舟至桐口》);"千里人烟江阁静,数声渔笛水禽飞"(《楚江秋晓》);"阶前黄叶堆欲满,湖上白云闲自来"(《怀孙太白山人》)等,也是寓禅意于悠闲的景物描绘之中。

明秀最有名的禅诗是《临终偈》:

一夜小床前,灯花雨中结。我欲照浮生,一笑浮生灭。

此诗以"灯"喻"浮生",源出于"大乘十喻"的"诸法如焰"。这的确是佛徒的视死如归的心态的生动写照。

自六朝开始，已形成僧侣写艳情诗的传统。唐宋以来，不断有禅师以艳情诗喻禅。明秀禅诗中也有这种作品。例如：

（一）高壁落日明，雨霁茶初熟。美人来不来？独倚西岩竹。（《书事寄予重》）
（二）一夜江月寒，梦断孤鸿度。芙蓉（谐音夫容）若含愁，美人隔秋浦。（《有怀》）

美人香草，自《离骚》以后，便是忠君爱国的象征，诗僧明秀借以指代禅友，亦堪称创造。

德　祥

德祥，字麟洲，号止庵，钱塘（今属浙江杭州）人，洪武中主持径山寺。从他现存的诗看，只有《送僧东游》是表现佛理禅机的。诗如下：

坐罢南山夏，东游思浩然。与云秋别寺，同月夜行船。一路钟声里，千峰落木前。西来有祖意，不再普通年。

此诗以云、月、钟声等唐宋禅诗中常见的景物象征禅趣，十分明显。"西来有祖意"句，是从禅门机缘语"如何是祖师西来意"化出来的，将原来的疑问句化为陈述句，旨在赞美自西往东的被送者如当年达摩祖师一样，西来传法。但德祥的大多数诗作使人觉得：他不似随缘适意的出家人，却像多愁善感的俗客。他在诗中呻吟道："一纸书来开不得，伤心犹恐说当年"（《天平圭禅师书至赋答》）；"秋径花争发，寒灯客自伤"（《九月八日旅中夜怀》）；"独步秋塘上，其如客思何"（《秋塘》）；"每来寒夜后，多在客愁中"（《听雨有怀》），等等。他是一位未能忘俗，因而长年被乡愁折磨着的诗僧。若借佛教灵魂不灭观论之，德祥岂不是北宋诗僧惠洪转世？

德　清

德清（1546—1623），字澄印，全椒（今属安徽）人。他初出家于南京报恩寺，不久入五台栖牢山，后因弘法遭劾，发戍雷阳（今属广东海康），卒于曹溪。他身处逆境，而以佛教空观看世界。既然认为"人法两空"，便能做到随缘任运，逆来顺受，一切磨难无不坦然对之。他被遣送雷阳后所写的诗，行行流露着这种佛门消极情调。例如《五台山居》：

此身原是寄，暂住即为生。不属人间有，何拘世上名！大千观去小，万物自来轻。破釜沉舟计，而今借令行。

诗意说明，他此时已接到遣戍雷阳的命令了。但他能破除"我执"——将一切个人得失置之度外，因而处变不惊。又如："幻迹元无住，逢山即当归"；"所欣无腊月，不望寄寒衣"（《从军》）；"谁知瘴海从戎客，倒是江湖没事人"（《甲辰曹溪奉台檄还戍》）；"自是烟霞随去住，到来元不费招携"（《秘魔岩》），等等，都是这种佛教的空幻无常世界观和随缘自适人生观的表现。

但他把佛教世界观和人生观表现得最彻底的则是他的《军中吟》：

镏衣脱却换戎装，始信随缘是道场。纵使炎天如烈火，难消冰雪冷心肠。

禅宗宗旨在于修心，"风动幡动，无非心动"（《坛经》）这种主观唯心主义居然使德清身处炎方而心如冰雪。

德清虽然逆来顺受，但是，由于弘扬佛法而获罪的他，也并非无动于衷。他在《知希诗·赠王德操》中写道："玄象未易觑，大音非可闻。巴歌压雪曲，下里排阳春。楚人疑凤鸟，仲尼哀麒麟。岂不为世瑞？所遇非所亲。耳目素不接，谁能辨其真！""良由知者希，所以称至人"。他还在《大姑山》中写道："江湖满目少相知"。所有这些，都是他对自己弘佛受谴一事的辩白，也可谓不平之鸣吧。

德清不幸被遣岭南充军，使他深入民间，看到了黎民百姓的更沉重的不幸。他在《从军》里写道："经年频望雨，三岁不登秋；蔽野惊人骨，悲风动地愁"；"烟火连村断，征求隔岁储；旧闻多盗贼，今见满江湖"。

有了上述种种对黑暗、苦难社会现实的观察，也就有了对封建统治者的清醒认识。他终于写下了《抵雷阳戍所》这样具有高度人民性的讽刺诗：

瘴海岚烟日夜浮，龙蛇气吐混清流。到来尽是无生国，愈见君恩不易酬！

"无生"是"涅槃"、"寂灭"的同义词。佛教认为：无生是世间的实相和本质。诗里的"无生国"一语双关，借指"瘴海岚烟"、"龙蛇气吐"的尸骨遍野之乡。因此。结句的"君恩"云云，也就成了一种反讽之词了。

方　　泽

方泽，字云望，号冬溪，浙江嘉善人，秀水精严寺僧，嘉靖间在世。现存方泽的诗中，直接触及佛教的只有一首《卧病》：

秋风投锡傍鸥沙，多病维摩发渐华。应有异人来问难，满溪黄叶试天花。

《维摩诘经》叙维摩诘在毗耶离城称病，与前来问病的文殊师利辩论法，义理深奥，妙语如珠，并有天女散花。病中的方泽以维摩诘自比。

方泽交游圈里的人物，主要是沙斗、隐者，如怡云讲师、方山人，吴山人，徐山人、周山人等。但是，他却不是对人间世漠不关心。他的《少年行》写道：

薄暮过娼家，金鞭指落花。宁知征战士，白首在龙沙？

诗中以龙沙的白头战士对纨绔少年作反衬，产生了强烈的批判效果。

又如《老兵行》：

长随骠骑度交河，雨雪天山夜负戈。莫怨归家贫到骨，黄沙白骨不归多。

有对一贫如洗的老兵的同情和抚慰，更有对葬身瀚海的战死者的悼念。

斯　学

斯学，字悦支，号庚山，浙江海盐慈会寺僧。从他现存的诗看，他大约是一位半路出家的和尚，其出家前与出家后的诗，风格大相径庭。出家前，他的思想颇为复杂。他鼓吹任侠精神（《任侠行》），歌颂军功（《赠钱参军元治》），也描写闺情（《四时子夜歌》）；特别是他常常陷入年华易逝、美景不常的"法执"和"我执"的苦恼而不能自拔。他写道："逝景故悠悠，人世漫浩浩。所思耿中情，忧愁怒如捣。宴会苦不常，容颜徒自老"（《杂诗》）。为此，他把目光转向宗教，希望从宗教中寻求解脱。在《寄吴少君山人》中，他明确表示了这个意愿："知君好芳草，荷芰半衣裳"；"曾有天台梦，相携度石梁"。他向往着既是神仙之乡，又是佛教圣地的天台山。他又在《石帆》中说："长风如可驾，直欲访蓬莱"。看来似乎神仙世界对他更具诱惑力。

然而，美丽的神仙世界毕竟是幻想中的神话，可望而不可即；佛门中人宠辱不惊，死生不计，随缘任运，悠闲自适的生活，却是时时处处看得见的现实。他终于投向了佛门。当他在佛理禅机的熏陶下一旦开悟，破除了人法两执，他的人生观就从悲苦型转变成佛教旷达型。他的《自适》诗就是这一禅宗人生观的形象化表白：

天风吹带倚长松，落日临流见远峰。塞外何心穷失马，人间无技学雕龙。僧来黄叶鸣秋锡，鸟散苍烟起暮钟。夜净沙头凉可适，月明一片白芙蓉。

此情此景中的禅僧斯学，与从前那位"忧愁如捣"的斯学，已是判若两人了。

第三节　道士诗词

明代帝王对正一道的崇奉，以及对正一道的封赐，虽然有增无减；但正一道士有诗词传于世者却寥寥无几，仅明初的张宇初较为文坛所知。

张宇初

张宇初（？—1410），字子璿，广信（今属江西贵溪）人，嗣汉第42代天师；洪武十年，赐号无为真人，授道录司左正一。宋濂称他"颖悟有文学"。他虽然是天师道传人，但他的宗教思想却属于会三归一模式。纪昀称其杂著多有"合于儒者之言"、"程朱之理"者（《四库提要》）。不但如此，他在道教上还兼取符箓和丹鼎两派教理，并且吸收佛教禅学。他的宗教思想的复杂性，充分反映在他的诗词创作中。

作为掌天下道教的朝廷道录司首席官，张宇初不能不与士大夫有所交往应酬，因而也不能不经常写一点颂儒之作。这一情况，与作为僧录司首席官的宗泐正好相同。例如张宇初的《孝节行——为黄贞妇赋》就是一首弘扬儒教"程朱之理"的代表作。诗中写道："黄门有令妇，孝节今古稀。未嫁知事亲，既嫔犹在闺。家承忠烈素儒裔，女则阃仪知所持。"在朱熹的"饿死事小，失节事大"的新儒教思想的高压下，这位黄小姐为其已死的未婚夫守节闺中，本是一出人性的悲剧，却被张宇初谱写成一曲赞美诗。

张宇初本属符箓派之一的天师道，但他对全真道的修炼内丹术产生了强烈兴趣，因此，他仿效金元时代的全真道士，写了不少内丹词。例如《水调歌头·内工》：

至道无言说，寂默守规中。杳冥恍惚，周流一气运元宫。采取金精木液，真土内，擒船汞，顷刻显神功。　测爻符，鸣橐仑，震雷风。坎离颠倒，火飞碧海炼真空。太乙含真有象，玉鼎流珠凝结，神化合玄通。归去蓬莱路，旷劫玩鸿濛。

词题所谓"内工"，就是内丹工夫的意思。词中借工鼎、五行、铅汞、坎离等意象为喻，描述内丹修炼者运用精气神循任督二脉周流，最后在下丹田结成内丹——"玉鼎流珠凝结"，便是超凡入圣，成了神仙。

张宇初还对禅宗佛教的顿悟法门加以吸收，例如《无俗念·参究》：

— 637 —

尘湖峰下，结云松棐子，动忘昏晓。浮世衰荣无限事，一笑浪沤萍蓼。翠竹黄花，水声山色，此味知多少！湛然莹彻色空，俱自明了。　　天光云影徘徊，写长空色，一镜澄清沼。春去秋来，心自在，付与野情鱼鸟。海阔江平，月明风细，清籁传音香。便须飞步沧溟，朗吟天表。

词题所谓"参究"，实系参禅而不是参究别的。词中所描绘的"湛然莹彻色空"、"天光云影"、"一镜澄清沼"境界，乃是禅家对顿悟之后便觉自身澄澈透明的主观体验之比喻。禅师们描述其一旦打破漆桶而开悟时的自我感受云："雪里梅花春信息，池中月色夜精神"；"无限白云犹不见，夜乘明月出芦花"；"秋天霜夜月，万里转光辉"；"芦花两岸雪，秋水一江天"；"风瓯语，迥然银汉横天宇"，等等。张宇初词所描述的参究之后进入的境界，与禅师们描述的悟彻之后进入的境界，完全一致。

张宇初供道职于京师，有时也回到他原先隐修的岘泉小住。因此他还写了一些反映隐居生活的山水诗。例如《山行晚眺》：

纵目郊原趣，依稀物候新。溪寒回返照，林暝促归人。山迳松阴雪，渔家柳色春。尽抛江海兴，期此坐垂纶。

其他还有《养疾》、《冬日还岘泉》、《乙亥季夏还山居偶兴》、《过钱塘》、《望吴山》等。《明诗综》引王仲缙语云："岘泉诗冲邃幽远"，揭示了这位道教诗人的隐修诗的艺术风格。

余　　善

"古今诗僧传者不少，黄冠率寥寂无闻"，"明初仅张宇初、余善二人无忝风雅已尔"（《明诗综》引《静志居诗话》）。余善，字复初，玉峰清真观道士。今录其《追和张外史游仙诗》二首如下：

（一）溪头流水饭胡麻，曾折桔林第一花。欲谶道人藏密处，一壶天地小于瓜。

（二）春宴瑶池日景高，乌纱巾上插仙桃。长桑树烂金鸡死，一笑黄尘变海涛。

诗题中所谓"张外史"，当指道录司左正一张宇初，诗中的"乌纱巾上插仙桃"句，也是点明张的这一道官身份。这两首诗借用刘阮入天台、王母瑶池、壶公、麻姑等神仙典故，歌颂张外史的游仙美梦。《明诗综》引杨廉夫评语云："方外生余善《追和张外史游仙诗》，读至'长桑树烂金鸡死'，有客绕床三叫，以为老铁喉中语"。此语之妙，一是妙在设想奇诡：万丈神树扶桑烂掉了，树上的神鸟金鸡也死掉了。此前只有李贺曾发此类奇想。二是妙在对下句形成反衬。"黄尘变海涛"一语，典出《神仙传》的《蔡经》篇。该篇有"麻姑自说接待以来，见东海三为桑田"云云。余善的诗，意谓神树神禽都老死了，而张外史却在怡然自得之中眼见着陆海变迁。诗人通过对照描述，极言张外史的长生久视之古今无比。在表现道教理想的诗作中，这首诗的艺术构思堪称独创。

第八编

清　代

宗教概况

自清世祖顺治元年（1644）年溥仪宣统三年（1911）的 268 年间，清朝基本上是继续实行明朝的宗教政策。朝廷对儒、道、佛三教予以不同程度的鼓励和扶持，特别重视儒教的教化作用，但在对待道教各派的轻重上，恰与明朝政策相反，而复归于元朝的政策；同时，对流传于社会底层的民间秘密宗教——白莲教各派，则严加防禁与镇压。

清朝廷及地方各级宗教机关和官吏设置，亦基本上承袭前朝旧制。朝廷设太常寺主管皇家宗教事宜，即祭祀天地和宗庙等。国子监为儒教的最高学府，府设教授、训导，州设学正、训导，县设教谕、训导。僧录司、道录司为朝廷管理佛道二教的机关，府设僧纲司、道纪司，州设僧正司、道正司，县设僧会司、道会司。

在清代，作为儒教的程朱理学获得了朝廷的极度重视与大力提倡。清世祖（顺治帝）入关之后，即派员赴曲阜祀孔，多尔衮还亲赴孔庙致祭，上封号为"大成至圣文宣先师"。清圣祖（康熙帝）勤研经史，任用儒臣，并以程朱理学作为治国的法宝。1713 年，他命熊赐履、李光地等将明代成书的《性理大全》改编为《性理精义》，又编纂《朱子全书》，并亲笔为此书撰写序言。他在序言中说："朕读其书，察其理，非此不能知天人相与之奥，非此不能治万邦于衽席，非此不能仁心仁政施于天下，非此不能内外为一家。"与此同时，他还标榜"以孝治天下"。他认为："大人皆知孝行之为先，则臣节必砥，此即经学之本也。"（《圣祖实录》）他多次诏令褒奖天子的孝子、孝妇，在朝野造成一片忠孝节义之风。从此，程朱理学再度成为统治中国理想文化界的主要官方意识形态。

由于清帝王极其重视程朱理学，故理学家之深受朝廷青睐者也极多。

例如：陆陇其官居御史，著有《四书大全》和《松阳讲义》，强调"宗朱子为正学，不宗朱子即非正学"（《国朝学案小识》），亦不得跻身仕途。他因此而得以在死后从祀于孔庙。张履祥著有《张杨园先生全集》，谨修程朱之学，恪守居敬穷理之道，被确认为纯正理学家，亦获得从祀于孔庙的荣誉。熊赐履官至翰林院掌院学士和内阁大学士，著有《学统闲道录》和《程朱学要》，极力主张"存天理，去人欲"。李光地官至大学士，秉清圣祖之命编纂《朱子大全》，并著有《榕村语录》。他认为：性就是诚，而惩忿窒欲，迁善改过则是通诚之路。张伯行官居福建巡抚、礼部尚书。他辑录《伊洛渊源录》，强调按程朱理学去身体力行，以避免溺于词章。此外还有朱用纯、方苞等。虽然如此，理学在清代已无新发展，彼此陈陈相因而已。相反地，无论是客观唯心主义的程朱理学，还是主观唯心主义的陆王心学，均遇到了儒学领域内外其他学派的强有力挑战。陈确、黄宗羲、顾炎武、王夫之、颜元、戴震等，先后向宋明理学堡垒发起了一次又一次的冲击。

清代佛教在朝廷的提倡和鼓励之下有所发展。清初，皇室成员亦如元代帝王，崇奉藏传佛教。但自世祖入关以后，开始对藏传佛教与汉地佛教并重。他一面召达赖五世入京加以册封，一面又召京师海会寺性聪禅师说法，还召浙江通琇、道忞等入京弘法，后来通琇被尊为玉林国师。圣祖巡行南北，常住名山大刹，题字赋诗，撰写碑文。世宗（雍正帝）自号圆明居士，以禅门宗师自许，撰《御选语录》19卷。他还顺应三教合流的历史，鼓吹佛教之各宗各派继续互相融合，主张儒道佛三教同体异用。由于朝廷的扶持，康熙六年全国有僧尼11.9万余人，至清末增至80万人左右。清代佛教上承明代之余绪，以禅宗为盛，净土宗次之，其他如天台宗、华严宗、律宗、法相宗等亦有所传承。明代禅宗各派竞撰灯录、语录，入清以后，此风尤炽。临济宗的通容、道忞、通问、通琇、弘储、弘礼、曹洞宗的道独、函是、函可、今无、今释、今辩、元贤、道霈、道盛、明盂、净柱、净挺、净斯、智操等。都有语录行世。清末，杨仁山、欧阳无竟创办刻经处、佛学院、佛学会，开创了佛教义学的新局面。近代著名思想家如康有为、谭嗣同、章太炎、梁启超等，都对佛学研究作出了一定的贡献。清代的译经事业主要是国内各族文字的互释。

从康熙至乾隆的数十年间,朝廷陆续刊行了汉、满、蒙、藏四种文字的大藏经。

道教方面,清代是全真道的复兴期和正一道的衰落期。全真道崛起并鼎盛于金元时期,入明以后,颇受朝廷冷遇;到了清代,因受清帝支持而枯木逢春,再度兴盛。全真道龙门派第7代律师王常月,于顺治十三年(1656)奉旨主讲白云观,三次受赐紫衣,度弟子千余人。康熙二年(1669),王常月率弟子南下,在南京、杭州、湖州、武当山等地授戒,入道者甚众。王常月死后,其门徒在全国各地传道,形成了纷繁复杂的龙门支派。同时,与王常月同辈的沈常敬一系,亦支派繁多,流布四方。其他全真道派,还有陈抟一系的老华山派,张三丰一系的自然派、三丰派、日新派、蓬莱派、李清庵先天派、紫阳派,以及龙门支派金山派、霍山派、金辉派、龙门华山派等等。形形色色的全真道教,活跃于四面八方,乃至穷乡僻壤,直至清末,其势不衰。

反之,曾获明朝帝王宠遇而大盛于明季的正一道,入清以后,却遭到了清朝帝王的冷遇。但为了安抚汉人,顺治、康熙、雍正三朝仍沿明制对正一道予以保护。顺治帝赐正一真人秩一品,康熙朝降为三品,乾隆朝降为五品。雍正五年,龙虎山道士娄近垣以符水为雍正帝治病有效,被授以四品龙虎山提点,乾隆即位后,又加封他为三品通议大夫,掌道录司,住持北京东岳庙。清代正一道士之最受朝廷宠信者,唯此一人。但是,乾隆帝更崇尚理学,贬抑佛道。从此以后,正一道各代天师所享受之待遇,均低于明朝。虽然如此,正一道在民间的影响仍然很大。这是由于自明代以来,正一道的多神崇拜早已被民间广泛接受,被符箓道教吸收的扶乩术和各种劝善书,也继续流传于清代民间。

中国以儒为主的三教合一思潮,滥觞于东汉末年的《牟子理惑论》,中经唐、宋、元、明,逐渐壮大,到了清代,乃成为朝野三教人士的共识。雍正帝声称:"释氏之明心见性,道家之炼气凝神,亦于吾儒存心养气之旨不悖,且其教皆主于劝人为善,戒人为恶,亦有补于治化"(《龙虎山志》)。作为执政者的封建帝王,从巩固其政权的目的着眼,必然大力提倡儒教,因此,儒教居三教之首。但他们也不是看不见佛道二教劝善惩恶的教义有补于他们的统治,因而对佛道二教也乐于支持。雍正帝的这一观点，与唐太宗遥相呼应。乾隆帝即使高度崇尚程朱理学的教化作用，对释道两家有所贬抑，但仍加以扶植，不过不让它们凌驾于儒教之上或与儒教平起平坐而已。朝廷提倡以儒为主的三教一体论，宗教界人士也附和认同，推波助澜。娄近垣说："世尊睹明星而起悟，太上跨青牛而劝化，至圣乐沂水以徜徉，皆灼知万物之备于我，而未尝有心于万物也"（《阐释篇》）。王常月说："这点灵明……在释谓之妙明真性，在儒谓之明德，在道谓之元神"（《龙门心法》）。类似此种三教归一论，在清代大量出现的内丹学著作中，比比皆是。还有正一道士张清夜说："孝弟忠信为三教之主宰，礼义廉耻实列圣之纲维"（《玄门戒白》）。这种自甘奉儒教为主的三教合一论出自正一道士之口，恐怕与正一道在清代地位之衰微不无关系。

　　天主教在明代的发展与耶稣会传教士利玛窦分不开，在清代的继续发展则与耶稣会的另一位传教士汤若望分不开。汤若望是德国人，他于明末来华，崇祯帝赐"钦褒天学"四字，制匾分送全国各地天主教堂悬挂。入清后，汤继续受到帝王们的青睐。摄政王多尔衮命他掌管钦天监；顺治三年，加赐汤为太常寺少卿；顺治七年，在北京宣武内重建天主教堂。顺治亲政后，赐汤"通玄教师"号，并题教堂匾额为"通玄佳境"。此后，汤若望获准邀请传教士20多人分赴全国各地传教。

　　白莲教经元、明两代延续至清代，仍继续发展，又出现了收元、老官斋、龙华、八卦、天理等教派，其名目之多，达百种以上。鉴于元明两朝的农民起义多利用白莲教，故清朝廷对此教亦严加防禁。但由于此教成员均来自广大工农和城市贫民，组织与活动又极为隐秘，故仍获得壮大，在嘉庆年间爆发了川、鄂、陕白莲教大起义。

　　出现于晚清的拜上帝会，是洪秀全仿照基督教创立的一种具有反清政治色彩的民间宗教。洪秀全称上帝为"天父"，称耶稣为"天兄"，并有"天母"、"天嫂"。他本人是天父的次子，号称"天王"。他所建立的农民政权号称"太平天国"。此教号召全体会员敬拜"天下凡间大共之父"，即"皇上帝"，击灭"阎罗妖"——影射清朝统治者。洪秀全利用这一政治宗教组织，发动了一场席卷大半个中国的农民革命。

　　此外，从原始社会的自然宗教演化而来的各种神祇、精灵崇拜，例如雷公、狐精之类，以及鬼灵崇拜、祖灵崇拜、巫术、占卜、前兆迷信等，自先秦到清代，始终在民间广泛流传着，渗进了千百万平民百姓之家。至于盛行于清代以来民间的扶乩（又叫扶鸾），即巫师精神附体以卜吉凶，则是跳神巫术与占卜之合流。

第一章 明末清初的宗教神话小说

明代的话本小说和章回小说创作十分繁荣。尽管封建政权已处在改朝换代的明清之交,其创作势头却仍在继续。不过,产生于这一时期的作品,在思想内容上也留下了过渡时期的特征。

晚明的话本小说创作盛极一时,其势头一直持续到清初。其中最能体现这一过渡时期特征的作品,是《醒世奇言》。

《醒世奇言》

此书一作《醒梦骈言》,共 12 回,每回写一个故事,菊畦子辑。作者生平不详。此书刊刻于清初顺治年间(1644—1661),全部故事均被蒲松龄改写为文言短篇小说,收入《聊斋志异》一书中。现将此书回目与《聊斋志异》的同一题材篇目,对照胪列如下:

	《醒世奇言》	《聊斋志异》
第一回	假必正红丝凤系空门 伪妙常白首永随学士	陈云栖
第二回	遭世乱咫尺抛鸾侣 成家庆天涯聚雁行	张　诚
第三回	呆秀才志诚求偶 俏佳人感激许身	阿　宝
第四回	妒妇巧偿苦厄 淑姬大享荣华	大　男
第五回	逞凶焰欺凌柔懦	曾友于

	酿和气感化顽残	
第六回	违父命孽由自作	姐妹易嫁
	代姊嫁祸自天来	
第七回	遇贤媳虺蛇难犯	珊　瑚
	遭悍妇狼狈堪怜	
第八回	施鬼蜮随地生波	仇大娘
	仗神灵转灾为福	
第九回	倩明媒但求一美	连　城
	央冥判竟得双姝	
第十回	从左道一时失足	小　二
	纳忠言立刻回头	
第十一回	联新句山盟海誓	庚　娘
	永旧词璧合珠还	
第十二回	埋白石神人施小技	宫梦弼
	得黄金豪士振家声	

《醒世奇言》一书虽刊刻于清初，但其思想内容却具有明、清两朝的社会历史特征。第一，《醒世奇言》中每一故事结尾都要交代主人公有子孙几人，科名怎样。这与明代话本小说"三言"、"二拍"相同，是明代社会极重科名的思想之反映。反之，蒲松龄将此书改写之后，对主人公科名多略而不提。第二，《醒世奇言》与明代话本小说《型世言》有一点相同，即全部故事背景均在明代；也有一点不同，即《型世言》提到明代多称"本朝"，而《醒世奇言》则多称"明朝"或"前朝"。这样看来，《醒世奇言》当是一部构思于明末而成书于清初的话本小说集。

书中取材于儒教的作品颇多，其中有崇儒的，也有反儒的。

例如第7回《遇贤媳虺蛇难犯，遭悍妇狼狈堪怜》写的是一个崇儒故事。小说叙黄氏替两个儿子娶得两房媳妇。大儿媳顺儿百般孝顺，小儿媳戾姑忤逆不孝。黄氏本不贤，对百依百顺、逆来顺受的顺儿却百般挑剔，将她赶出家门；后来却被大逆不孝的戾姑整得死去活来。在两相对比之下，黄氏终于幡然悔悟。戾姑在公爹鬼魂几次显灵示警之后，亦改过自新，成了和顺儿一样的孝妇。作品通过对顺儿和戾姑这两个人物的对照描绘，以及鬼灵附体、鬼灵托梦等情节，极力弘扬了贤孝这一儒教伦理精神。

书中的第1回、第3回、第9回都是批判儒家婚姻伦理"父母之命，媒妁之言"的反儒故事。例如第3回《呆秀才志诚求偶，俏佳人感激许身》叙孙秀才家徒四壁，一贫如洗。由于他才华出众，志诚求偶，终于冲破阿珠父母的樊篱，以及其他社会恶势力的破坏，赢得了阿珠的爱情。小说不但生动地刻画了孙秀才老实、迂阔的性格；而且运用两个离魂情节，突出地表现了孙秀才对阿珠的执着的爱情。第一个，叙孙秀才魂入阿珠深闺，与阿珠梦中幽会。这是对《幽明录》中《庞阿》篇的离魂故事的借鉴。第二个，叙孙秀才魂附死鹦哥，飞入阿珠怀中，与阿珠白日谈心。这是对离魂情节的创新。作品以现实主义和浪漫主义相结合的艺术手法，热情地表现了古代男女青年追求自主婚恋的理想，否定了父母做主的儒家婚姻伦理观。

又如第9回《倩明媒但求一美，央冥判竟得双姝》，叙姚秀才与莲娘因赋诗而彼此钟情，但莲父嫌姚家贫而将女儿许给了黄有成。姚、莲二人因伤情而命丧黄泉。他俩在阴司被判做夫妻，并携带冰娘一同还阳，共同结为夫妇。此篇主旨和艺术特色，与前一篇基本相同。

本书中的宗教神话情节，除前面几篇中出现的鬼灵示警、灵魂脱体、借尸还魂外，还涉及梦兆（"仗神灵转灾为祸"）、道教变化术（"埋白石神人施小技"）等。

清初的其他话本小说，还有《五色石》、《八洞天》等。

章回小说是明清两代文学的主流，其中的《醒世姻缘传》则是一部跨明清两代的作品。

《醒世姻缘传》

此书原名《恶姻缘》，一作《姻缘传奇》，100回，西周生撰。西周生是谁。学界有两种意见。一种意见认为：西周生是蒲松龄。其理由是：一、此书情节与《聊斋志异》里的《江城》、《邵女》等篇有许多相同之处；二、蒲松龄是山东淄川人，此诗中不但有很多山东方言，还有不少关于山东淄川一带风土人情的描写。另一种意见不同意西周生即蒲松龄说。其理由是：一、据考证，《醒世姻缘传》之最早刻本出现于清顺治年间，假定是出现于顺治最末一年（1661），蒲氏当时为22岁，成书则应在22岁以前，即使少年才子，也难以写出如此百万言巨著；二、蒲氏亲友子孙，凡追忆蒲氏的一切著述中，均无有提及蒲氏有此著作者；三、此书中除有山东方言外，还有河南方言，书中人物之籍贯为河南者亦不少，而且"西周"就是古代河南洛阳，据此，西周生很可能是河南人。现在看来，第二种意见是正确的。但何以《聊斋志异》里的《江城》、《邵女》等篇的情节与此书会彼此相同呢？这个问题不难解释。《聊斋志异》取材本极广泛，有取自古代的，也有取自同时代的。蒲氏既然可以将同时代的《醒世奇言》中的12个白话短篇小说改写成12篇文言传奇小说，为什么就不能从同时代的白话长篇小说《醒世姻缘传》中撷取题材写成文言传奇小说呢？至于"西川生"的含义，可能是作者籍贯的标志，也可能又是作者社会理想的标志。书中第26回开头有云："这明水镇的地方，若依了数十年先，或者不敢比得唐虞，断亦不亚西周的风景。"第52回又两次歌颂周文王。作者是以西周为榜样来批判当时社会风气之"薄恶"的。

这部小说既避明室之讳，又避清室之讳。例如：书中以"繇"代"由"，以"简"代"检"，以避明崇祯帝朱由检之名讳；同时以"也先"代替"奴"、"虏"、"鞑子"等贱称，以避清朝之讳，但却不避清康熙帝玄烨的名讳。由此不难断定：此书写作并刊刻于从明末崇祯到清初顺治的35年之间，其最早的文本则是顺治刻本。（据王守义考证）

（甲）《醒世姻缘传》的宗教神学内容

《醒世姻缘传》写的是一个互为因果的两世恶姻缘故事。作者在《引起》中开宗明义地宣布一个基本观点，即人世婚姻与佛教因果报应的密切关系："前世中以强欺弱，弱者饮恨吞声，以众暴寡，寡者莫敢谁何；或设计以图财，或使奸而陷命，大怨大仇，势不能报，今世皆配为夫妻。"这就是说，今生的恶姻缘是前世的恶因所造成的恶果。全书故事就是建立在这个观点上。书中叙晁源射杀仙狐，宠幸爱妾珍哥，逼死嫡妻计氏。晁源死后，转生为狄希陈，仙狐转生为薛素姐，计氏转生为童寄姐，珍哥转生为小珍珠。他们又成了一家人：薛素姐和童寄姐成为狄希陈的大小二妻,她们肆意凌虐狄希陈;小珍珠成为童寄姐的丫头而被寄姐逼死。两世恶姻缘,冤冤相报。同时,书中还穿插了许多鬼灵和神道故事。鬼话如《老学究两番托梦》、《晁大嫂显魂附活》、《贪酷吏见鬼生疮》、《晁大舍回家托梦》、《鬼神有先泄之机》、《计氏托姑求度脱》、《宝光遇鬼报冤仇》、《妖狐假恶鬼行凶》等;神道故事如:《关大帝泥胎显圣》、《许真人撮土救人》、《冯夷神受符放水》、《六甲将按部巡堤》、《天爷秋里殛凶人》、《峰山神三番显圣》等。

值得注意的是,虽然儒、道、佛以及其他准宗教观念浸透在全书的人物、情节、构思等各个方面;但是归根结底,作者本意是以弘扬儒教及其五伦观念为目的,而以其他种宗教神话作为艺术手段。譬如第68、69两回,作者站在儒教立场,以否定的语调,描述明代妇女结帮上泰山烧香礼佛。这说明,作者并非无条件地弘扬佛道,他不过是要借佛道鬼神的浪漫主义神话来弘扬儒教罢了。

(乙)《醒世姻缘传》的社会现实意义

这部小说的整体构思虽然是建立在宗教观念的基础上,但也对明代社会生活展开了广泛的描绘,因而又具有强烈的现实意义。这种情况,正与西方的《神曲》相似。小说以先后发生在武城县和绣江县明水镇的两世恶姻缘故事为轴心,对封建社会、封建家族的种种腐朽黑暗现象,展开了辐射式的揭露与批判。作者据以批判反面事物的价值标准,则是忠孝节义等儒家伦理观念。

《醒世姻缘传》对明代社会的阴暗面作了全方位的揭露。上自宫廷官府,下至三教九流,其中五花八门巧取豪夺的卑劣勾当,杂然纷呈。概而言之,可分四个主要方面。

(一)对宦官擅权和卖官鬻爵的揭露。权钱交易,本是封建社会的皇家专利,狄希陈的贡生资格、府经历和中书舍人等官职,都是花银子公开买来的。不过专利难专,那些窃权近臣干起了"走私"买卖。第5回《明府行贿典方州,戏子恃权驱吏部》,写的就是锦衣卫与太尉王振互相勾结,卖官鬻爵的故事。王振——这个以魏忠贤为原型而塑造的司礼监秉笔太监,人称"九千岁","阁老递他们下晚生帖子,六部九卿见了都行跪礼。他出去巡边,那总制巡抚都披执了,道旁迎送。住歇去处,巡抚总督换了亵衣，混在厨房内监灶"。就是这个王振，给了他部下两个戏子出身的锦衣卫头子一张名帖，派人送到吏部私衙，把一个通州知州的官，卖了两千银子。

（二）对官府索贿受贿丑行的揭露。例如《恃富监生行贿赂，作威县令受苞苴》，叙晁源纵容爱妾珍哥逼死发妻计氏之后，计氏父子告到县衙。晁源在衙门上下使钱行贿，到了开堂审案时，他这被告却被当作上宾接待，把他"让到寅宾馆里，一把高背椅子坐了，一个小厮打了扇，许多家人前呼后拥护卫了"。县尹判决：不论原告、被告，不论证人、丫头，不论有理、无理，一律罚银结案。一件天大的人命官司，就这样轻飘飘的结了。小说对县尹索贿有术的黑幕作了颇为具体的揭露：两个差人伙通被告晁源向县尹行贿，商议已毕，差人写个禀折："快手小的伍圣道、邵强仁叩禀老爷台下：监生晁源一起人犯拘齐，现在听审"。末了，前边写个"七月"，后边写个"日"字，中间该标明日期的空处，却小小写个"五百"。小说交代："这是那武城县近日过付的暗号，若是官准了，却在那'五百'二字上面浓浓的使朱笔标一个日子，发将出来。那过付的人自有妙法，人不知，鬼不觉，交得里面。若官看了嫌少，把那丢在一边，不发出去。那讲事的自然会了意，从新另讲"。这一次，县尹虽在那"五百"二字上面标了个日期，却嫌500两银子太少，旁边又批了一行朱字："速再换叶金六十两，立等妆修圣像应用，即日交进领价"。不是对封建官场黑幕了如指掌者，决写不出如此纤毫毕显的贪赃花招来。除了这个武城县尹之外，小说中还写了不少赃官形象，例如麻以吾做了8个月通判，代理县尹6个月，就搜刮银子8000两；狄希陈在代理成都县尹期间，利用受理一件命案之机，一次就勒索银子4000两。

（三）对封建监狱腐败的揭露。例如第14回《囹圄中起盖福堂，死囚牢大开寿宴》，叙珍哥判了绞刑，下在死囚牢房里。由于晁源用银子买通了监中大小牢头禁子，于是，女监中出现了奇迹。"别的房里黑暗抽洞，就如地狱一般，惟有一间房内，糊的那窗干干净净，明晃晃的灯光，许多妇人在里面说笑"。珍哥"坐着一把学士方椅，椅上一个拱钱边、青段心、蒲绒垫子。地下焰烘烘一个火炉，炖着一壶滚滚的茶。两个丫头坐在床下脚踏上，三四个囚妇，有坐矮凳的，有坐草墩的"。后来晁源又用银子买通了典吏，于是更加奇上加奇，在女监空地里替珍哥盖起一个独家院落，晁源干脆带着仆妇们住了进去。就在这个监中的"福堂"里，晁源为珍哥庆寿，"大犒那合监的囚犯，兼请那些禁子吃酒"，"监中一片唱曲猜枚，嚷做一团"，"禁子囚犯，大家吃得烂醉"。

（四）对封建家族内部的黑暗罪恶的揭露。晁氏族长晁思才伙同本族败类晁无晏，专门挖空心思攫夺本族中的所谓"绝产"："凡是那族人中有死了去的，也不论自己是近枝远枝，也不论那人有子无子，倚了自己的泼恶，平白地要强分人的东西"。例如晁思孝、晁源父子死后，晁思才及其一伙便明火执仗，上门打劫，一时未能得逞，但始终虎视眈眈，总想有一天把那份家业一口吞下去。无奈晁思孝是做过官的，由于官官相护，他们的罪恶阴谋未能得逞。另一族人晁近仁由于无权无势，所以只等他一死，晁思才、晁无晏就把他的寡妻赶出家门，分了他的产业。这两个晁氏族中的恶霸一辈子吃族人的"绝产"，他们自己死后，也逃不脱同样的命运。族人们按照他们的分"绝产"族规，把他们的遗产抢个精光，让他们留下的寡妻、孤儿变成丧家之犬。这些情节表明：在以男子为中心的封建宗法社会里，妇女、儿童是被欺凌和被宰割的牺牲品。

这部小说对封建家庭内部的阶级压迫也作了真实的描绘。例如童寄姐逼死珍珠，生动地再现了家奴对主子的人身依附关系，以及主子对家奴的生杀予夺之权。

除了以上四个主要方面以外，小说对封建社会的各种消极和丑恶现象，也予以无情的暴露和鞭挞。诸如先生无赖，榨取学子金钱；光棍贪财，冒认宦家孤子；术士设局，骗财挟妓潜逃；偷儿盗银，先向佛堂祝祷；乃至裁缝下剪，玩弄手法，当着主人之面偷走尺头；浪子思妓，借题发挥，跪在亡师灵前放声大哭。如此种种，怪怪奇奇，七十二行，行行逃不脱作者一支犀利的笔，显示了作者观察眼力之锐，生活阅历之深和社会知识之广。

此外，书中对明代北方的城乡生活，包括婚丧嫁娶，四时八节等各种民间风俗，无所不涉，其广度超过了《金瓶梅》。

（丙）《醒世姻缘传》的人物塑造

本书主人公晁源是一个封建时代花花公子的典型形象。在几千年的封建社会里,这样的公子哥儿曾经反复不断地被封建统治阶级塑造出来。晁源出身于官宦之家,依赖父亲创下的家业,他变成了一条只会吃喝玩乐的寄生虫。他的智商极低。买佛猫和买鹦哥的情节,叙晁源上当受骗,其智商甚至在其妾珍哥之下。他又不学无术,文化素养极低。他看的书籍不是《春宵秘戏图》,就是《如意君传》(黄色小说)。他的父亲写给他的家书,必须"圈成了句读"(断句),否则他就看不懂。形成这一性格的原因,书中有极合理的交代:"因系独子,异常珍爱"。由于父母的溺爱,晁源少时"十日内倒有九日不读书","专一与同班不务实的小朋友游湖吃酒,套雀钓鱼,打围捉兔"。心理学说明:人的性格基本上形成于幼年。晁源性格发展史证明了这一点。

但晁源也有他的人生哲学:"我生平是这么个性子:该受人掐把的去处,咱就受人的掐把;人该受咱掐把的去处,咱就要变下脸来掐把人个够。"他吃官司时节,贪官恶吏层层掐把他,他不但毫无怨言,而且主动奉纳。胡旦、梁生得势之时,晁源的父亲依靠他们提前升了官,补了肥缺,捞了几十万雪花银子,晁源也同他们结拜兄弟。胡旦、梁生一朝落难,晁源就对这一对把兄弟变了脸,落井下石。服恶欺善,就是晁源奉行的人生准则。这是他在那个弱肉强食社会的长期生活实践中学会的。

《醒世姻缘传》的作者颇擅长于性格刻画。由于作者抓住某一性格特征反复渲染,又将不同的性格彼此对照,从而使许多人物的音容笑貌跃然纸上。例如杨古月、肖北川这两个内科郎中,就是两个截然不同的性格。杨古月是个好色的"莽郎中","古月"二字合在一起,就是"胡"字,暗示他胡乱替人治病。晁源的爱妾珍奇原先本是艺妓,杨古月从前与珍哥有过一段情缘。因此,凡晁源请杨古月赴诊,杨古月的心思就始终在珍哥身上打转转。小说把他赴诊时无止无休的"歪念头"一一揭示,尽行暴露。中国传统小说刻画人物,多采用人物语言和细节描绘,《醒世姻缘传》里的杨古月这一形象却以心理活动描绘见长。

肖北川也是内科郎中,其性格却恰与杨古月形成鲜明对照:杨是庸医,肖是华佗再世;杨好色,肖贪杯。显然这是作者的匠心设计。小说以"急惊风偏遇慢郎中"的情境对称手法,突出描写了肖北川的上述性格。珍哥崩胎小产之后,为庸医杨古月所误,病情危急。救人如救火。晁源差家人李成名打马飞奔肖北川家。然而，倚马而待的李成名，看见的却是醉成"泥块一般"的肖郎中。次日凌晨，醉郎中有了三分醒意。老婆告诉他：晁家派人请他赴急诊。他一听是急诊，便急忙对老婆说："也等不到天明梳头，你快些热两壶酒来"。老婆建议他先去看病，看完病就在晁家喝他几壶。醉郎中虽也认为有理，但仍未免有些遗憾，只得随李成名赶赴晁家。到达后，醉郎中一边往里走，一边对李成名说：

"好管家，你快暖下热酒等着。若不投他一投，这一头宿酒怎么受！"

肖北川诊完脉，立时从药箱内取药，并交代晁源如何照管病人吃药，他自己出来喝酒。小说接下去话分两头。等外面的吃酒人吃到二三分醉意时，里面吃药的已药到病除了。临别时，醉郎中又交代李成名：明日取药不要礼金了，"只拿一大瓶酒来我吃罢，你那酒好！"这一段关于肖北川赴急诊却急孜孜地等喝酒，以及病人吃药、郎中吃酒的对照描绘，把一个嗜酒如命但医术高明的郎中形象画活了。

小说中还以对照手法塑造了艾前川和赵杏川这一对外科郎中形象。艾前川外号艾满辣，"他自来治人，必定使那毒药把疮治的坏了，他才和人讲钱，一五一十的抠着要"。赵杏川则不但医术高明，而且医德极好。此外，还有顽劣儿加窝囊废的狄希陈、蔑视礼法而放荡不羁的薛素姐、菩萨心肠而与人为善的晁夫人、厚道而待人以诚的狄员外、古板而为人正派的薛教授、乐观而善谑的相于廷、能说会道而长于应对的童奶奶等，书中性格鲜明的人物，达数十个之多。

《醒世姻缘传》的语言生动活泼，广泛地吸收了山东、河南、江西、湖南等地的群众口语。尤其是书中以辛辣的讽刺笔调，去描述生活中的各种丑恶现象，显示了强大的道德批判力。

这部小说在叙事上有两个缺点。一、枝蔓过多，缺乏剪裁。不少人物故事游离于核心情节之外，如麻从吾故事、严列星故事、张水云故事、祁伯常故事等。二、叙事重复，详略不分。许多情节，前面由作者叙述一遍，后面又由书中人物重述一遍，甚至前后两遍的字句也大体相同。

第二章　章回小说

白话章回小说崛起于明代，成为中晚明文学的主流，入清以后，已出现于明代的神话型、神话—史话型和神话—寓言型三种宗教章回小说，继续有大量作品问世。到清末，还出现了反宗教迷信的章回小说。

第一节　神话章回小说

《绿野仙踪》

此书100回，李百川撰。李是乾隆年间人，生卒年及籍贯均不详。他代人借债，累岁破产，成了一位毕生贫病，寄人篱下的文人。《绿野仙踪》以冷于冰出家访道，以及得道之后周游天下，广积阴德，伏鬼除妖，济困扶贫，收徒传道为主线，描述冷于冰所见所闻，以及与其见闻相关的人情世相；因而是一部以宗教活动为经，以世俗生活为纬，纵横交织而成的长篇小说。

书中围绕冷于冰展开的各种道教神话故事，大多是传统道教神话原型的变形再现。例如冷于冰西湖遇火龙真人，是深山遇仙原型的变形再现；冷于冰设幻境考验连城璧、金不换、温如玉、锦屏、翠黛诸弟子学道意志的故事，是张道陵七试赵升的考验原型的变形再现；温如玉入华胥国被招为驸马，授职元戎，成败宠辱，瞬息万变的故事，是焦湖庙祝神话原型的变形再现，等等。这类道教神话，特别是斗法降妖故事，有的虽然也写得十分热闹，令人眼花缭乱，但到底不如《西游记》。倒是穿插在道教神语主线之间的世俗生活描绘，上至富贵公子，下至鸨儿龟奴，以及人情冷暖，世态炎凉，书中颇多精彩动人之笔。例如温如玉一家从盛极到衰败的种种遭遇，特别是温如玉在试马坡乐户郑三家过生日的前凉后热情景，描述得极为生动。不过，露骨的色情描写太多，则是此书的糟粕。

《绿野仙踪》的思想倾向，主要是道教意识与儒教意识的结合。书中一方面描述了冷于冰求道成仙的经过，另一方面又描述了冷于冰周游天下，锄奸除恶，救民于水火的一连串故事。冷于冰在求道中获得的道教超自然力，是他在打击奸臣酷吏，救助忠臣孝子和贫苦百姓的正义行动中取得成功的保证。儒道互补，是本书主人公冷于冰形象的思想特色。

《绿野仙踪》刻画人物性格，往往有活灵活现之妙。作者在此书的自序中说："余书中若男若妇，已无时无刻不目有所见，不耳有所闻于饮食、魂梦间矣"。下笔之先，人物已在作者胸中活了起来；所以落到纸上才是活生生的。例如走狗罗龙文和村学究邹继苏，就是两个栩栩如生的喜剧形象。

内阁中书罗龙文，是权奸严嵩门下的一条走狗，惯常依仗主人的权势祸害百姓。作为走狗的罗龙文的狗性是：一切看主人的脸色而行，主人垂青之人他便套近乎，千方百计巴结之；主要厌弃之人他恶言唾骂，千方百计排斥之。小说从冷于冰在严嵩门下地位的变化，来刻画罗龙文的这种走狗奴才相，入木三分。当冷于冰只是一个无足轻重的严府房客时，尽管冷于冰以"晚生"名义拜访他，他也托词拒不相见。可是冷于冰为严嵩代笔所做的寿文被严嵩选中，严嵩决意邀冷于冰入幕后，罗龙文对冷于冰的感情便从零度一下窜升到一百度，他"满面笑容"找到冷于冰，"先朝上作揖，随即跪了下去"。冷于冰把他扶起来后，他又一再"拍手大笑"，盛赞冷于冰"奇才"；说罢，"又将椅儿与于冰的椅儿一并"，"低声"说话以示亲密无间；说罢，"将于冰的肩臂轻轻的拍了两下"，又大笑地恭维道："小弟替先生快活，明年一甲第一名，是姓冷的了"。最后罗龙文逼着冷于冰与他称兄道弟，并强拉冷于冰入内室与其妻女相见，以表不分内外，亲如一家。及至冷于冰开罪了严嵩，从严府搬出后，罗龙文对冷于冰的感情又陡地从一百度直落到零度。这时他见了冷于冰，"也不作揖举手，满面怒容，拉过把椅子坐下，手里拿着把扇子乱摇"。上述罗龙文对冷于冰态度的两次陡变,活画出一个卑鄙势利的奴才灵魂。

小说对邹继苏这一人物,则从其语言、诗赋和盲目自大的个性三个方面来刻画其三家村老学究特点。邹继苏食古不化,因此待人接物,满口之乎者也,引经据典。冷于冰向他求宿,他说道:"《诗》有之,'伐木''鸟鸣',求友声也。汝系秀才,乃吾同类,予不汝留,则深山穷谷之中,必饱豺虎之腹矣。岂先王'不忍人之心'也哉!"乃至他招待冷于冰吃馍馍,也要即兴棹文,诌一段馍馍小论。接着他讲客人欣赏其生平所作诗赋。他作的《风》、《花》、《雪》、《月》四首七律,就格律而言,无不谨严而规范,但其内容若不经老诗翁详加诠释,则冷于冰"一句也解不出"。例如《风》诗中的"篱醉鸭呀惊犬吠,瓦疯猫跳吓鸡啼"这一联,据学究诗翁的诠释是:

"言风吹篱倒,与一醉汉无异。篱傍有鸭,为篱所压,则鸭'呀'也必矣。犬,司户者也,惊之而安有不急吠者哉!风吹瓦落,又与一疯人相似,檐下有猫,为瓦所打,则猫跳也必矣。鸡,司晨者也,吓之而安有不飞啼者哉!"

还有比这更加令人喷饭的,是老学究为标新立异而作的古风《臭屁行》和《臭屁赋》。这两篇文字,实乃作者李百川对邹继苏"大作"的嘲讽。

邹继苏身处穷乡僻壤,不知天外有天,因而形成夜郎自大、好听谀词的个性。他的诗文辞赋十分可笑,冷于冰拜读之余往往禁不住大笑时,邹继苏就会"勃然变色"。冷于冰发现了他的这个性格特点,便改取假意奉承态度:"捧读珠玉","敬服!敬服!"此时的邹继苏,就会"喜欢的挝耳挠腮"起来。但令冷于冰大感意外的,是他批评邹继苏的辞赋不如《离骚》时,竟惹得老夫子大发雷霆。他将桌子一拍,大吼道:"汝系何等之人,乃敢毁訾今古,藐视大儒!"邹继苏盲目自大,目空今古,到了不可理喻的程度。其实他怒责冷于冰的话,句句适用于他自己。作者李百川再次巧妙地通过邹继苏的语言,批判了邹继苏其人。

书中还有一些性格鲜明的人物,如爽直而豪侠的连城壁,热诚而义气的金不换,儒雅而谐弱的胡宗宪,贪婪而逢迎的赵文华等。

作者亦善于从对照中刻画人物。例如：齐贡生与庞氏这一对夫妻，丈夫酸腐而视钱财如粪土，庞氏则粗俗而爱财如命；朱文魁、朱文炜兄弟二人，兄谲诈残忍，弟则克己善良；温如玉与何士鹤这两个贵族公子，温胸无城府而何却工于心计；苗秃与萧麻这一对帮闲光棍，苗好色而无耻，萧阴险而狡诈，等等。

本书在塑造人物上的缺陷，是对否定性喜剧形象的外貌描绘，有过于漫画化的倾向。例如苗秃与萧麻，作者着意突出其生理病态的秃与麻，以制造低级笑料。这样便相对地冲淡了对其丑恶社会本质的揭露与批判。

语言通俗，生动，表现力极强，也是这部小说的长处之一。

《薛丁山征西·樊梨花全传》

此书又名《征西说唐三传》、《异说后唐传三集》，有88回和90回两种版本，署"中都逸叟编次"，或"如莲居士辑"，大约成书于乾隆后期。本书行文中存在不少书场说书人口吻，而且时见语病，当是民间评话的记录整理文本。小说的前70回，叙薛仁贵、薛丁山父子奉唐太宗之旨，率师讨伐西凉国。在众神仙的扶助下，唐军斩将破关，打败了同样有聚神仙扶助的西凉军。70回以后，叙薛氏子孙与唐王朝的矛盾。以薛刚为首的少年英雄闹花灯打死内监，劫法场惊死高宗。武则天将薛氏满斗抄斩。此后叙薛氏脱逃之子孙复仇尽孝故事。书中尽管提到唐代帝王的名字，但薛丁山及其征西神话故事纯属虚构，并无历史依据。

这部小说中的人物，主要是儒、道二教意识的载体。间有佛教意象出现。

儒教伦理精神体现在唐军将帅身上，例如薛仁贵、薛丁山在君臣、父子、夫妇等人伦关系上发生了许多龃龉，但人人声称自己是在坚持儒家伦理规范。最突出的莫如围绕着薛丁山、樊梨花婚姻问题而展开的重重矛盾。薛丁山认为樊梨花弑父杀兄，不忠不孝，因而三次违背父母之命和媒妁之言，拒绝与樊梨花成亲。这样一来，薛丁山自己也成了不孝之子和被谴责对象。

道教意识渗透在唐军和西凉军的将帅形象，以及扶助两军的众神仙形象中。此书里的神仙亦如《封神演义》那样，分为正邪两派。正派神仙扶助唐军，邪派神仙扶助西凉军。

道教意识在情节中的体现，乃是敌对双方的斗宝斗法。法宝这一原始宗教灵物崇拜观念的载体，被道教神话广泛吸收并不断创造出来。此书中交战双方的将帅，除了使用常规武器作战外，大家都各有神佛授予的超自然力武器，即法宝。西凉国的铁板道士有铁板，飞钹禅师有飞钹，苏宝国有飞刀、飞镖，赵大鹏有金钟，等等；大唐将帅中，薛丁山有十大法宝，窦仙童有捆仙绳，秦汉有钻天帽、入地鞋，樊梨花有诛仙剑、打仙鞭、乾坤圈等。交战双方的将帅与神仙在沙场鏖战中大斗法宝，基本上以斗法决定最后胜负。

法宝——灵物崇拜，虽然是一种准宗教观念，但这种人类的早期宗教幻想却是促进科学萌芽和发展的催化剂。这部小说中的某些法宝描述，与今日的高科技成果颇有不谋而合者。例如《薛仁贵受害沙场》，叙苏宝同祭起飞镖打薛仁贵。那飞镖"雷吼电闪"，"紧迫紧赶"。薛仁贵即使插翅腾云也无计脱身，终于被飞镖追上，打下马来。这种古代宗教幻想中的超自然体——飞镖，已经由现代高科技成果弹道导弹予以实现了。

此书情节有三个特色。一、战争、神话、婚恋三条线索互相交织。薛丁山三次临阵招亲，以及其他将帅的婚恋故事，与贯穿全书的战争和神话情节相始终。在其他明、清章回小说里，上述三种因素出现在同一作品中者，并非少见，但其中的婚恋因素很少，仅成点缀而已。二、此书里的婚恋故事，多为凰求凤——女求男模式。例如薛丁山的三次婚姻，以及"薛应龙神女成亲"、"二刘将公主招亲"、"美薛孝帅府成亲"等，均属于这一模式。三、三反复模式的大量采用。例如薛丁山三次招亲、樊梨花三擒三纵薛丁山、薛丁山三休三弃樊梨花、樊梨花三难三拒薛丁山等。这些，都充分显示了民间文学的特点。

这部小说以快节奏叙述情节，缺乏对人物性格的刻画。许多交战情节大同小异，但也有些情节不乏特色，如罗通蟠肠大战，显示出英雄气概；樊梨花三擒三纵薛丁山，表现了女杰柔情。

小说的语言虽然缺乏文人文学的锤炼功夫，但却具有民间口头文学的生动活泼的特色：句子短小，形象化，尤其长于使用象声词。例如第9回开头：

闲话休提。再讲黑连度那里惧你，把手中大刀"噶啷"、"叮当"还转几刀，好厉害！战到20个回合，怀玉这条枪，神出鬼没，阴手接来阳手发，阳手接来阴手发，"耍耍耍"，只在连度两肋下：右肋下，左肋下。一枪分做八八六十四枪，好枪法！这黑连度好不了当，抢动连环刀，迎开枪，挡开枪，抬开枪，还转刀来，左插花，右插花，苏秦背剑，月内穿梭，双龙入海，二凤穿花，"哈刹割叱叱"，砍个不住。

以上叙二将交兵，不但绘形，而且绘声。书中的大量象声词，表现了说书艺人说书时巧口利舌的特长。

《瑶华传》

此书42回，丁秉仁撰。丁字香城，江苏苏州人。他生活于乾隆、嘉庆时期（1736—1821），毕生科场不遇，充任幕僚，走遍了大半个中国。他"恂恂儒雅，蔼然可亲"，"著作宏富"（冯瀚《瑶华传》序），但大都湮没无闻。其小说创作除《瑶华传》外，还有《红楼梦外史》一种，亦未见刊本。《瑶华传》初刻于嘉庆十年（1805）左右，今有辽沈书社出版的排印本行世。作者在《瑶华传》自序中交代其写作动机道："常阅录囚秋谳，为女色事十居其七，财则十居其二，至酒、气二事，仅及一分。可见色之一字，犯者尤重。……因特假借一事，谬撰因由，于客馆公余之暇，酒阑人静之时，自剔青灯，酌为编录。……俾痴迷者得幡然悔悟，于百行不无又有加焉。"由此可见，此书寓含着伦理道德的教育目的。

《瑶华传》是继明代《平妖传》之后的第二部以狐精为主人公的章回小说，而立意则恰与《平妖传》相反。《平妖传》写的是狐精助民背叛朝廷，《瑶华传》则写狐精为巩固封建王朝而尽忠竭力。此书叙南山雄狐欲采百女元阴以成就修仙之道，被剑仙无碍子所杀。雄狐死后，皈依无碍子，去恶从善，投生于明末福王之家，是为朱瑶华郡主。瑶华在无碍子的悉心指点调教之下，文才武艺，样样精通，成为一代女杰。她为国平叛，为民除妖，卓有建树。后来功德圆满，便遁入峨眉山修道去了。这一情节，与清初的神话—史话章回小说《女仙外史》中的鲍仙姑调教唐月君成为女杰,以勤王利民的故事,同一轨迹。瑶华,就是瑶池之花;而瑶池的主人西王母,据杜光庭《墉城集仙录》说,是女仙的首领。由此可知,《瑶华传》就是《女仙外史》的同义语。

这部小说不但在人物和情节的艺术构思上取法于《女仙外史》,而且在宗教意识上也认同于《女仙外史》的以道为主、三教同宗的倾向。书中第2回论剑仙之道,"实皆统于儒释道三教之中"。剑仙无碍子教导南山雄狐:"吾道所行之事,不离仁义礼智信,是遵儒教也。积功行于此中,置皮囊于度外,是遵释教也。路见不平,拔刀相助,挥金如土,解难拯危,是遵道教也"。虽然此处以任侠释道教,因而离谱;但小说中的无碍子、朱瑶华等形象,的确都是三教合流意识的载体。无碍子是剑仙,她修的是长生不死的神仙之道。她年近百岁高龄,而貌如二八佳丽,居然惹得十八九岁的后生张其德一见而"魂飞魄散"。这种奇迹,乃是道教最高宗教理想的艺术表现。无碍子还精通佛教的灵魂不灭和生死轮回的教义,指点南山雄狐之魂转生于明末福王之家,成为瑶华郡主。同时,无碍子的一切行为,无不以儒家的仁义礼智信诸伦理标准为指导。她是一个统摄三教于一身的准神仙。瑶华作为剑仙无碍子的入室弟子,亦以修仙为本。由于这个人物系南山雄狐转生,故她的存在又是佛教轮回观念的具体化。同时,她为朱明王朝戡乱平妖,又是忠臣孝子的化身。因此她也是一个以三教意识铸成的剑仙。作者铸此人物,实乃为体现其明暗两个创作意图。一、此人物由欲采百女元阴之雄狐转生为出家修道的女子,意在戒色,这是作者在小说序言中明确交代了的。二、此人物为在清兵压境下的南明王朝建功立业,意在为南明招魂,以宣泄作者"优于才而穷于遇"(冯瀚《瑶华传》序)的牢骚。这是作者绝不敢挑明的,否则,发生于康熙朝的庄廷鑨《明史》案、戴名世《南出集》案等文字狱,势必重演。

此书宗教色彩虽以道教为主,但对道教的描述却是混乱的。道教发展到金元以后,分为正一、全真两派。正一道允许道士结婚,全真道则要求入道者出家,禁欲戒杀。剑仙无碍子本是全真道与侠的结合体,但她向瑶华传道却是正一与全真双管齐下,既向瑶华传授男女采补之术,又指点她去峨眉出家,彼此矛盾。至于瑶华为报父仇,将仇敌的女儿做成"活蜡烛"燃烧,就更加远离全真道教的教旨了。

作者曾写过《红楼梦外史》一书，对《红楼梦》烂熟于胸，故《瑶华传》里时常出现"红楼"的回光返照。例如小说写无碍子主持建造艺圃，以及一群贵族妇女在其中结诗社，游湖山，开佳宴，乃至周君佐诗才不敌众女，止岩说笑雅谑二尼，无不是大观园贵族儿女们的生活之投影。

　　《瑶华传》里真正富于创造性的精彩之笔，是对箭道演武的描绘。小说第10回叙无碍子精心安排了一场武术表演，写得惊心动魄，千变万化，令人眼花缭乱，目不暇接。例如：

> ……又见一个使流星锤的，独自一个使上半天，那根拴流星锤的五彩绳，竟同铁棍一般，自己将身在绳上跳跃。突然跳出一个拿着腰刀的，去砍那绳子，旁人见了，竟似必定要砍断的样子。那知拿流星锤的将绳头一松，那把刀早被绳子卷住，往厅后只一摆，连人都摆去了。那使流星的仍然一个再耍，不妨突有七八个人，各持长枪大刀，一齐拥上，搠的搠，砍的砍。那使流星的一些也不忙，将绳一紧，纵起身子，特向这些刀枪上这么一绕，七八个人手中所执的刀枪，尽卷在绳子内了。于是一齐奔回。忽见斜刺里，有匹空马冲上马道来，那使流星的丢了绳子，飞奔上前去，离马还有四五尺，一纵上了马。背后边又一个也是飞奔向前去，把那马上的一揪，往外一摆，自己就飞上马背，星驰的去了。恰好下边又有一匹马跑上来。这摆下去的人随手一揪，贴准一个着，把踏镫皮条揪住，也上了马背。一个跑上，一个跑下，两个相遇，即在马上掉了个过儿。……

　　这一组武术表演，以使流星锤的为核心，先后与拿腰刀的和七八个拿刀枪的开打，最后写马术。各有特色，各有变化，动词尤为丰富，有跳跃、跳出、砍、松、卷、摆、拥、搠、紧、纵、绕、奔、丢、揪、飞、驰、贴、跑、掉等。虽然"不过眼前好看，与真工夫一些不相干"；但作为一种艺术化的武术表演，其观赏价值不在文艺表演之下。作者的四十年幕宾生涯，奔南走北，经历丰富，是他能够写出如此精彩武艺表演的根本原因。

《绣云阁》

此书143回，作者魏文中（1789—1870?），字正庸，自号拂尘子，又自号虚明子，生平事迹不详。此书写成于咸丰三年（1853），重刊于同治八年（1869），今有辽沈书社排印本行世。作者在小说的自序中说明其写作动机道："吾见世之求慕神仙而欲学神仙之为人者，往往为外道所惑：非避兄离母，独处深山，而人伦之道不讲；即钩深索隐，视为奇货，而正大之路不由。无怪乎邪教诬民结党害世者，层见于历朝。岂知修仙之道，在乎先尽五伦；五伦克尽，圣贤可期，何啻仙术！"由此可知，作者是有感于历代农民起义利用宗教的史实，因而提倡儒、道一体，将神仙思想纳入忠孝伦常的轨道。这样，《绣云阁》一书，"洵可为我圣朝黜异端崇正学之一助"。其为巩固清廷王权的用意是非常明确的。作者身历清乾隆、嘉庆、道光、咸丰、同治五帝年号，其间爆发的川鄂陕白莲教大起义和太平天国革命，无疑都是作者所谓"邪教"与"异端"，也是促使他写作《绣云阁》的直接原因。

《绣云阁》叙绣云阁紫霞真人遣弟子虚无子托生尘世，取名三缄，以传正道；他并建锈云阁以待未来之成道者们居住。书名由此而来。紫霞真人另一弟子虚心子也想下凡传道，便私自投生人世，取名七窍。紫霞遂勉励三缄、七窍共阐大道。三缄经过千辛万苦，九死一生，收伏众多狐鬼妖怪为徒，同修大道，并战胜了灵宅子的破坏和谋杀，终于被上皇封为虚无真人。七窍则受惑于灵宅子而反道，追求功名，得封九卿之职，执掌国政。由于他多次禁道，三缄多次前往点化，反复救拔考验。七窍经过千磨百劫，道心始坚，最后亦被上皇封为虚心真人。二真人及其诸弟子皆列仙班，遂进居秀云阁。

这部小说是继《封神演义》之后描述教派斗争的道教神话小说。书中的所谓正道，是"以人伦大道开其端，而金丹大道继之"（重刊《绣云阁》序），即以儒补道；所谓邪道，则是依靠"野方外术"而"误入旁迳"（同前）的道流，主要是批判建立在"房中术"基础上的所谓"采补"修道法。因为白莲教虽不属道教系统，但在民间传说中，"采补"正是该教特点之一。故书中所谓邪道，乃是暗指"结成党羽，创逆天家"（同前）的白莲教而言。

　　书中的三缄是体现作者"儒道一体"思想的人物。他是仙真投生下凡。下凡之际，他选择节孝两全和孝友感天之家作为投生之地。下凡之后，他又恪尽孝道，割股疗亲。他在此敦伦的基础上学道，并将这一儒道合一之道广泛向人、妖两部传授，师徒共入仙班，从而体现了作者"黜邪崇正之苦衷"（《绣云阁》序）。

　　《绣云阁》由大量的妖魔作祟和神仙斗法等神话情节构成，奇幻莫测，令人应接不暇。例如"遇苏子巧生魔障"，叙三缄与书生苏五常同榻而眠时的苏五常"心魔"情景：

　　　　三缄终日劳顿，顷入梦中。五常见三缄卧熟，无与交谈，一时思富思贵，并及美人金帛，连绵弗断，久不成眠。三缄一梦初醒，瞥见一人头戴相冠，衣着龙袍，盘旋榻外，惊曰："室中有此贵者，苏兄何轻视若斯？"转眼间贵者渺矣。又一人手捧金帛，往来灯下。三缄异，偷觇其变，倏忽富者不见，而美人已立案侧：云桥高结，貌美如仙，莲步轻移，声传响屑。三缄暗思："贵者，富者以及美人，何由来耶？"思犹未终，耳听五常喉鸣三匝，美人已设筵待坐矣。俄而门响帘开，一高大恶鬼弓身直入，目光四射，似欲攫食榻上之人。左旁突出清气一缕，化为道童，以尘挥去，而美人恶鬼，已不知所之，惟此道童绕榻而没。

　　作者采取类似19世纪末西方文学中的表现主义方法，将人物内心活动，外化为种种幻象。苏五常"思富思贵，并及美人金帛"，所以三缄便看见了贵者、富者及美人设筵；三缄一心求道，所以就出现了驱鬼的道童。幻象描绘，在道教神话文学的考验模式中早已出现。《绣云阁》第125—137回，就是考验模式的再现。但将这种艺术方法用于表现人物的心猿意马——"心魔"活动，则不多见。

　　这本小说的情节密度极大，却完全忽略了对人物性格的刻画。众多人物都是一些概念和符号，例如紫霞真人及其弟子们，不过都是儒道一体论的传声筒——作者借以说教的工具而已。

《狐狸缘》

此书6卷，22回，题"醉目山人著"，作者生平不详。此书系根据弹词《青石山》改写，大约成书于光绪年间（1875—1888），今有北京师范大学出版社的排印本行世。这是继《平妖传》和《瑶华传》之后的第三部以狐精为主人公的章回小说。东晋郭璞《玄中记》有狐百岁能变美女以惑人之说。从此以后，以这为主题的笔记小说和传奇小说层出不穷。明清以来，这种基于动物精灵崇拜意识的爱情故事与道教方术中的房中术、采补术合流，于是又出现了狐精以采集元阳（或元阴）修道成仙为目的，而媚惑青年男子（或女子）的神话文学。《狐狸缘》就是这样一部章回小说。

此书叙风流儒雅的书生周信迷恋于青石山九尾狐精玉面仙姑。狐精采取周信真元以修炼仙丹，周信因此病入膏肓。周信的老管家求神保佑，感动了吕洞宾、李天王、哪吒、二郎神诸仙下凡除妖，玉面仙姑也请云梦仙姑、凤箫仙子诸姐妹助阵。于是，道教正邪两派——元门（本系玄门，因避康熙帝玄烨之讳而改"玄"作"元"）与邪教展开激战斗法。邪不敌正，玉面仙姑被擒。但周信与玉面仙姑生死相恋，玉面仙姑终于转生为李玉香，二人再续前缘。由于这部作品过多地渲染玉面仙姑为采补目的而引诱迷惑周信，一方是害人精，一方是受害者；因而后来叙双方苦恋不舍而成为夫妻，便显得有些生硬勉强了。

《济公传》

此书全称为《评演济公活佛传》，前后两部各120回，共240回；或3集28卷，280回，有光绪三十一年（1905）上海煮字山房石印本。作者郭小亭，生平事迹不详。《济公传》是根据南宋禅僧道济的故事加以虚构写成的神话章回小说。关于道济的生平，宋、明两朝均有文献记录。明代的传奇剧《醉菩提》，是最早出现的关于济公神话的文艺作品之一。关于济公神话的小说，最先出现的是康熙七年（1668）王梦吉（香婴居士）所撰《鞠头陀新本济公全传》，36回。此后，陆续不断地出现了各种刊本的济公神话小说，如《醉菩提全传》、《济颠大师玩世奇迹》、《济公全传》、《皆大欢喜》等。署名则有天花藏主人、西湖墨浪子等。总之，关于济颠的民间传说，自宋至清的几百年间，不断发展、丰富，不断被记录、加工，把本来是一个一个相对独立的故事，最终串联成一个整体。其成书过程，与《水浒传》相同。《评演济公活佛传》乃是集前人之大成的大型章回小说。这部小说历述济颠出生，出家，以及上百个大大小小、彼此衔接的济困扶危、戏弄权贵、降妖驱鬼等神话故事，体现了民间文学的民主精神和乐观向上的浪漫主义情调。

作为历史人物的南宋禅僧道济，原名李心远。他嗜酒吃肉，不守戒律，举止癫狂，故有"济颠"之称。历代的戏剧和小说作者们，在塑造神话人物济公时，充分展现了他的这一性格特征。同时，小说《济公传》的作者在此基础上，又给济公增加了一层密宗佛教色彩。密宗佛教以其秘密教旨而得名。此派主张修持三密，即身密——手结印契，语密——口诵真言，意密——心作观想，三密相应，即身成佛。小说里的济公，就是一个狂禅式的禅宗加密宗的佛徒形象。他不守戒律而禅心不乱，他不礼佛诵经而慈悲为怀：这是禅宗特色的表现。他还把六字真言"唵、嘛、呢、叭、咪、吽"当做口头禅，克敌制胜。这是密宗语密特点的表现。这样一来，济公形象的神话色彩更加浓重了。

人民群众创造济公这个罗汉转世的神话人物，为的是寄托他们反对封建压迫的理想。因此，小说中有很多描述济公仗义锄奸，戏弄官府的神话故事。例如：秦丞相派四个管家带领大批家丁，到灵隐寺去拆大碑楼，济公出来阻挡。双方发生冲突。众家丁怒目横眉，齐奔和尚而去。济公不慌不忙，口诵六字真言："唵嘛呢叭咪吽，唵敕令！"话音一落，直奔济公的十八个家丁，忽然捉对自相斗殴起来。秦相将济公捉入相府治罪，命令重打济公四十大棍。行刑家丁数人，按倒济公就打，一连打了三次，每次都把别人打得皮开肉绽。秦相气急败坏，刚刚抄起棍子要亲自动手，忽报内室火起，只得匆匆作罢。总之，济公形象是正义、乐观、诙谐的象征，是封建时代人民理想的化身。

《济公传》不但塑造了性格鲜明、群众喜爱的济公形象，而且有许多故事情节曲折生动，引人入胜，例如戏弄秦相，画符降妖，收服侠盗赵斌、陈亮以及道士孙道全、褚道缘、鱼精悟禅等为徒，剪除采花贼华云龙、华清风等。

第二节　神话—史话章回小说

《女仙外史》

此书100回，吕熊撰。吕熊字文兆，号逸田叟，江苏苏州人，大约生于明末，卒于清康熙、雍正之交。其父吕天裕以明遗民自许，命吕熊习医，"毋就试"，有"义不食周粟"的反抗意味。加之清初江南的民族斗争十分激烈，吕熊亦颇受影响。因此，吕熊一生未曾入仕。其著述除《女仙外史》外，还有《本草析治》、《诗经六义解》、《明史断》等。他自述《女仙外史》的主旨云："尝读《明史》，至逊国靖难之际，不禁泫然流涕，故夫忠臣义士与孝子烈媛湮没无闻者，思所以表彰之；其奸邪叛逆者，思所以黜罚之，以自释其胸中之哽噎。"（转引自刘廷玑《在园品题》）作者意在借古讽今，批判降清的明臣如钱谦益之流。又由于书中把一个被称为"妖妇"的农民起义军领袖唐赛儿描绘成女英雄、女仙、女主，触犯了清廷之大忌，故长期成为书商不敢问津的冷书。

书中第1回至第14回，叙唐赛儿是月宫嫦娥降生，她在鲍仙姑的哺养、教导下，成长为一个惩贪除暴，救世济民的人间女仙。第15回至第18回，叙燕王朱棣与建文帝的争夺帝位之战。第19回到第100回，叙唐赛儿起义勤王，她集合建文帝诸旧臣之余部和后裔，大破燕兵。至建文二十七年秋，由于"劫数已完"，唐赛儿——嫦娥以及辅佐她的诸仙先后飞升，返归天宫而去。以上情节中，唐赛儿起义与燕王夺位均见于明史，但两史事互不相干。小说作者将两史事捏合为一，并融入大量宗教神话，从而写成了这部史话—神话章回小说。

（甲）《女仙外史》的宗教色彩

以道为主，三教兼容，是此书的基本宗教色彩。例如前14回为唐赛儿立传，就是如此。书中写唐赛儿与吕律论三教云："如来之道不在戒律，老子之道不在法术，圣人之道不在规矩"，并自称著有《三教宗旨》一书。小说中唐赛儿的三教合流意识与史料所记大体相符。但传说中的唐赛儿又是以道教色彩为主的，故小说作者亦突出地从这方面加以发挥与虚构。前14回里的《蒲台县嫦娥降世》、《鲍仙姑化身作乳母》、《裴道人秘授真春丹》、《九天玄女教天书七卷》、《太清道祖赐丹药三丸》、《二金仙九州游戏》等表现唐赛儿的故事，都是道教神话。除此以外，书中又将"三教"释作另一内涵："向称为儒、释、道者，今当称作魔、释、道矣。"（见第27回纵观唐赛儿起义军中的主要人物，实乃以道为主，以儒、佛、魔为辅）。元帅唐赛儿及其仙师鲍道姑代表道，军师吕律代表儒，曼尼代表佛，刹魔公主代表魔。

但由于作者的主体宗教意识乃是儒教，所以书中对儒家伦理情节和儒教神话故事特多生动描述。作者对在这场皇室内争中坚定不移地站在建文帝一方的忠臣义士，不遗余力地歌颂之。许多慷慨激烈、可歌可泣的死难场景，充分显示了支撑封建大厦的精神支柱——儒教伦理观的巨大无比的力量。例如第21回《燕王杀千百忠臣》，描写方孝孺拒绝为燕王起草登基诏书，却大书"燕贼反"三字，手指燕王毒骂；燕王令卫士以利刃抉公之口，直至两耳根尽处。第22回描述铁铉、景清二人死节神话，尤令人惊心动魄。铁铉至死不降燕王，燕王令人将铁尸投入滚油锅中，立如焦炭，乃呼卫士用铁棒夹持铁尸，使朝北示降。不料"公尸倏然跃起，滚油蹙沸数丈，直溅龙衣，……公尸仍然反背如故"。景清谋刺燕王失败，被燕剥皮揎草，系于长安门。越一日，燕王过，望着景清的人皮笑骂："汝犹能刺朕耶？"语音未落，"公之朽皮顿然跃起，绳亦挣断，奋起数步，直击燕王"。诸如此类儒教神话，书中还有不少。这些儒教神话的感染力，远远超过了书中大量出现的道教神话。

（乙）《女仙外史》的思想局限与进步意义

《女仙外史》是一部根据封建正统观写成的历史神话小说，其历史背景是明初燕王朱棣（明成祖）与建文帝朱允炆的叔侄之间的帝位之争。小说作者坚持封建宗法制的正统观，褒建文而贬燕王。他通过军师吕律论"正名"道："名者，君臣之大伦也。从来异姓篡逆，人皆称为乱臣。若同宗反叛，则不能尽知为贼子。燕藩者，乱臣贼子之尤也；而人咸曰：'是亦高皇之子'，则君臣之大义灭绝矣。"这一篇尊正统而斥篡逆的堂皇之论，实乃作者"胸中哽噎"借吕律之口一吐为快者。但是，这种封建正统观与非正统观均属于封建主义范畴,在本质上无任何差别,因而也缺乏任何历史进步意义。它不过是为了坚持从西周开始确立了的、延续了两千余年的宗法制长子继承权而已。

另一方面,历史上的唐赛儿起义,本与明朝封建统治者的权力再分配之争无关。小说把反朝廷的唐赛儿虚构成勤王之师的首领,意在美化而实则歪曲了农民起义领袖唐赛儿。虽然如此,小说仍然没有完全抹杀唐赛儿的人民性。书中有不少关于唐赛儿为民除害的情节。例如:第9回叙唐赛儿一方面发放银两赈济灾民,另一方面惩处贪官,除暴安良;第11回、第12回叙唐赛儿祈雨、灭蝗、救国、救民;第48回叙唐赛儿为民除害驱瘟。这些关于唐赛儿的道教神话情节,与民间传说中的唐赛儿,在本质上是一致的,正确地体现了明朝前期的唐赛儿起义的人民大众立场。又如第10回叙唐赛儿招兵买马,收得山东、河北盗侠"董家五虎"与宾鸿。这样就把行侠仗义思想与农民起义思想结合起来,从而丰富了唐赛儿起义的人民性内涵。

(丙)《女仙外史》对明代章回小说的借鉴

这部小说是在明代"四大奇书"——《三国演义》、《水浒传》、《西游记》、《金瓶梅》的广泛影响下产生的。"三国"的封建正统观,"水浒"的为民除害的反封建立场,"西游"的宗教浪漫主义,《金瓶梅》的明代社会风俗画特色,诸多思想艺术因素,复杂而奇特地交织在《女仙外史》里。

从布局构思、情节设计等方面看,四大奇书对《女仙外史》的影响也甚为明显。例如《女仙外史》第一回,就融合着"水浒"楔子和"西游"第七回的艺术因子。"水浒"楔子一面交代宋仁宗乃是上界赤脚大仙下凡,另一面交代洪太尉在江西龙虎山误放走108个魔君。这一仙魔双方的出世,预示着书中108个水浒英雄大乱赵宋王朝的全部故事的发生。"西游"第7回叙如来佛祖将孙悟空镇压在五行山下之后,玉帝召开"安天大会",邀请佛道两界的主要仙佛共庆胜利。《女仙外史》第一回将上述两种构思嫁接在一起,叙西王母召开蟠桃盛会,邀请佛道二教主要仙佛参加,会上透露了嫦娥——唐赛儿前身,即将往生下界,与后羿再续情缘,并交代了嫦娥与天狼星的冲突。上述天界姻缘与争斗,预示着全书即将展开描述的唐赛儿与林三公子(后羿再世)的婚姻,以及与燕王(天狼星转世)的战争。又如《女仙外史》第 13 回，叙唐赛儿见了嵩山之麓吕律所悬的异对，便称要前去拜访孔明。吕律对唐赛儿侃侃陈言，分析天下未来之大势，也确有似孔明的一篇隆中对。此处受《三国演义》"三顾茅庐"的影响，十分明显。又如《女仙外史》第 11 回的"小猴变虎邪道侵真"和第 12 回的"柳烟儿舍身赚鹿怪"等情节，则是"西游"中诸多斗法降魔故事的原型之变形再现。

《女仙外史》（钓璜轩本）收录各家回末评语，大多溢美之词，但也有比较中肯之评。如刘廷玑在第 24 回《女元帅延揽英雄，诸少年比试武艺》之末所写评语道："比试武艺，'三国''水浒'皆有之，第嫌其入于绳墨而不能纵横脱化。'外史'则独出心裁，或显其试于不试之中，或隐其不试于试之外，洵在二书之上。结局打虎一段，较之景阳冈情理尤确，精彩更殊，亦青出于蓝之笔。"这里指出了"外史"对"三国"、"水浒"的源流关系，以及"外史"在借鉴基础上的创造。不过将"外史"置于"三国"、"水浒"之上，显然是过誉之词了。

此书的糟粕是露骨的色情描写太多。另外，由于作者要借写小说来卖弄学问和宣泄"心事"，因而时时在叙事中，甚至通过人物之口，放谈经史，纵论古今，使人物沦为作者的喉舌。这也是本书在小说艺术上的一个缺陷。

《走马春秋》与《锋剑春秋》

这是两部以孙膑为主人公、情节上彼此衔接的神话—史话章回小说，今有巴蜀书社排印本行世。

《走马春秋》，4 卷，16 回，无名氏撰，大约成书于乾隆、嘉庆之间。此书叙道士孙膑忠心赤胆事齐，却被昏君齐闵王与奸妃邹氏一再加害，只得逃归天台山隐修。此时恰逢乐毅受黄伯阳老祖指示出山。乐毅助燕伐齐，将邹妃处予剐刑。小说将战国时代燕齐交战史（见《史记·乐毅列传》）与神仙助战斗法相附会，从而构成一部《封神演义》式的神话—史话小说。

《锋剑春秋》又名《后列国志》、《万仙斗法兴秦传》、《万仙斗法全传》等，10 卷，60 回；无名氏撰，一说黄溶撰，作者生平不详；约成书于嘉庆初年。此书叙秦始皇兴兵欲吞并六国，大罗天仙孙膑为报父兄之仇，助燕扶齐，与秦对抗。道教中两派神仙纷纷出山，一派助秦，一派助燕，双方展开大战。最后，孙膑安葬父兄遗骸，归山修道，始皇遂统一天下。小说将秦始皇灭亡六国史（事见《史记·秦始皇本纪》）与神仙助战斗法相附会，从而构成又一部《封神演义》式的神话—史话小说。

这部小说虽然在整体构思上借鉴于《封神演义》，但在情节上却取法《济公传》的"戏弄"模式和《西游记》的"假冒"模式，从而使作品具有强烈的喜剧色彩。《锋剑春秋》中描述孙膑戏弄敌手的情节如：《幻身形戏弄王翦》、《用魔法石打秦军》、《敌海潮孙膑化身》、《孙膑作法困毛奔》、《孙膑法盗龙须扇》、《孙膑故失先天袋》、《孙膑法遣泥神像》、《孙膑幻术闹秦营》等。这类情节的特点是：使用超自然力征服对手，但不置人于死地，只是将对手弄得狼狈不堪，出乖露丑，令人发笑而已。小说中的"假冒"情节，例如：《毛遂私投地户坑》叙矮仙毛遂冒充孙膑，去闯海潮祖师布设的混元阵，大出洋相；《放命星以假混真》叙白猿冒充孙大圣，去闯五雷真人布设的五雷阵，露了马脚；《海潮二劫锁仙牢》叙四位假海潮圣人，与四位假南极仙翁，四位假孙膑，混战一团，交战者各怀鬼胎，观战者齐称古怪，等等。

《平金川》

此书又名《年大将军平金川》、《年大将军平西传》，4卷，32回。作者张小山，生卒年不详，辽东（今属辽宁）人。其大父张嘉猷，曾充年羹尧幕府，并随年平定青海之乱，事见清史。张嘉猷著《西征日记》，备述年大将军平金川事。张小山以《西征日记》提供的史料，演为神话—史话型小说《平金川》，大约成书于光绪中期。小说叙西藏五世达赖圆寂以后，青海金川王以护送达赖后身（继承人）为名进军西藏，意在吞并。西藏派使向清廷告急。清廷出面干预，金川土遂挥师东进，欲取清廷而代之。清廷派兵部尚书年羹尧、提督岳钟琪率军讨伐金川。两军各在异人的协助下，展开激战。历时一年零六个月，金川之乱终于平定。

明清白话小说，基本上是汉族宗教文化——儒道佛三教文化的载体；本书则是例外，它具有多民族宗教文化的特色。小说里的交战双方，清军方面有道教人物云谷子、明月子、清风子、更生童子，有佛教人物癞头和尚、赛癞头、赛佛印，有天主教罗马教皇及其12门徒；金川军方面，有道教人物安庆子及其五门徒，有回教人物雪山老祖及其13门徒。各种宗教人物斗法斗宝，布阵破阵，构成了一系列神话性战斗情节。这种宗教文化的多民族性，是《平西川》的西部题材性质和近代中国宗教的多元化格局所决定的。

原始宗教的灵物崇拜观念与19世纪西方自然科技的最新发明和超前幻想相结合，是本书艺术描写的特色。例如书中叙神仙安庆子在山中炼成一宝，名曰强水。此物"只有玻璃磁器可装，别样东西坚如五金，见了它都要消化"。清兵被强水射得死伤无数。这种名为强水的法宝，实即硫酸。在科技落后的19世纪中国人心目中，许多科技成果都被当做神仙的超自然物——灵物来描绘了。其他还有升天气球、电气鞭、地行车之类。

第三节　神话—寓言章回小说

《镜花缘》

此书100回，李汝中撰。李汝中（1763—1830），字松石，直隶大兴（今属北京）人。他博学多才，尤精通音韵学，但不屑为八股文。所以他毕生无"功名"，仅在河南一度担任县丞，晚年穷困落魄。他的著作除小说《镜花缘》外，还有音韵学著作《李氏音鉴》和围棋著作《受子谱》。小说《镜花缘》的命意，见于该书第47回至第49回。这三回书写唐小山寻父至小蓬莱仙境，其中有镜花岭、水月村；后来在泣红亭里又见"镜花水月"之匾。总之，"镜花缘"指的乃是唐敖、唐小山父女在虚无缥缈的"镜花水月"仙境相聚之缘。

小说的前50回叙武则天篡唐改周之后，严冬乘醉下诏，命百花齐放。百花仙子因此获玉帝之谴，与众花仙一同被贬谪，降生人间，成为秀才唐敖之女，取名唐小山。唐敖下第后赴海外游览，遍历《山海经》中的神话之国，最后入小蓬莱成仙。唐小山寻父至小蓬莱，获父手书，命她改名唐闺臣，参加女试，中才女之后，再往小蓬莱相聚。小说的后50回叙唐闺臣与众花仙转生之才女们共 100 人，齐登女科。此后，唐闺臣重返小蓬莱，武则天被赶下帝位，国号仍反周为唐。

这部小说以唐敖、唐闺臣父女成仙为总体框架，重点描述了取材于《山海经》的大量异国异民和百花仙子们在人间齐登女科的神话故事。在这些镜花水月式的神话故事里，寄寓着作者的具有历史进步意义的社会、政治理想，以及对各种社会陋习的讥评。因此这是一部神话—寓言型的章回水说。

小说中寄寓在海外奇谈和女仙登科神话里的社会理想之一，是反对男尊女卑，提倡男女平等。例如多九公诸人在黑齿国女学塾卖弄学问，反被两个列在三等之末的女学生考得窘态毕露，无地自容；林之洋在男权女权互相颠倒的女儿国里，做了女人，被强迫缠足，苦不堪言，求死无门；以及百名才女扬眉吐气，与男子一样，同登科甲诸情节，无不寄寓着作者对儒家的男子中心主义的强烈批判精神。

小说中寄寓在神话故事里的社会理想之二，是提倡好让不争、人人正大光明的淳厚民风。作者通过对君子国、大人国的描写，表现了这一理想。他希望找到一种神奇的监督机制，以敦促人类避恶向善。书中写道：大人国的人之所以毫无小人胸襟，乃是足下生云机制促成的。"如是胸襟光明正大，足下自现彩云；倘或满腔奸私暗昧，足下自生黑云"。由于有此神话式监督机制，该国人人正气堂堂，邻邦遂呼之曰"大人国"。

作者在镜花水月式的海外奇谈里，还寄寓着大量的对各种消极社会现象的讥讽与批判。例如书中说聂耳国人的两耳垂肩，却自古以来从无长寿之人，从而批判了"两耳垂肩，必主大寿"之类欺人之谈的相面术。又如书中说，黑齿国人其貌不扬却满腹经纶，白民国人粉妆玉琢却胸无点墨。林之祥与多九公在黑齿国女学塾被考得汗流浃背，在白民国学塾却听见塾师把"老吾老以及人之老"读作"切吾切以反人之切"的奇文。作者借此寓言嘲笑了以貌取人的陋俗。又如第 39 回叙歧舌国王嫌"歧舌"之名可厌，长人国王便建议他改名"长舌"，说是这样一来，他们两国可以联宗。于是引出智佳国王的一番关于联宗的议论："近来世上联宗有两等：有应联而不联的，有不应联而联的，即如两人论起支派，当初本是一家，此时叙起，原当联宗。无如现在一贫一富，或一贵一贱，那富贵人恐其玷辱，躲之尚恐不及，岂肯与之联宗？只好把那'根本'二字暂置度外。又有一等，谕起支派，本非一家，无须联宗，因一时同在富贵场中，彼此门第相等，要图亲热，所以联起宗来。谁知他不认本家，只顾外面混去联宗，把根本弄得糊里糊涂，久而久之，连他自己也辨不出是谁家子孙了。"中国是一个具有数千年传统的宗法社会，宗族一直是具有强度凝聚力的血缘纽带。但是这根纽带一旦被势利之徒所歪曲和利用，便会出现同宗而不联宗、不同宗而联宗的怪现象。李汝珍通过智佳国王之口，对这一炎凉世态提出了讥评。

书中还批评了其他许多消极社会现象。诸如风水迷信、算命合婚，三姑六婆、将子女送入空门以求长寿、虐待前妻子女、缠足穿耳，乃至挥霍浪费、两面三刀、鄙吝而一毛不拔等等。

展示无比丰富的中国传统文化，是这部小说的一大特色。此书既可以当作神话小说和讽刺小说读，又可以当作知识性、趣味性散文读。例如第16回至第18回叙多九公与紫衣女子和红衣女子大谈其音韵之学，第31回写音韵学探讨会，第41回解析璇玑图；以及才女们斗文竞艺，无所不涉，诸如：诗、文、书、画、韵学、算法、对联、修辞、笑话、灯谜、弹琴、品箫、象棋、围棋、茶经、酒令、药典、医方、占卜、马吊、双陆、花湖、十湖、投壶、射鸪、蹴毬、鞦韆、斗草、对花、状元筹、升官图等等。以上种种，几乎构成了一部中国传统文化小辞典。若单就文化内涵之丰富性而言，《镜花缘》超过了《红楼梦》。不过，由于作者太热衷于卖弄渊博，连篇累牍地大谈学问，因而不免造成沉闷之感，降低了作品的艺术感染力。

作为一部神话—寓言小说，《镜花缘》的情节之奇诡和理想之瑰丽是值得称道的。但也毋庸讳言，此书对人物性格的刻画则是不够鲜明的。

《妆钿铲》

此书24回，乾隆二十一年（1756）成书，今收入辽沈书社出版的《枭鬼雄魂》集中。题"褦襶道人著"，作者生平不详。"妆钿铲"是谐音双关语，字面含义为一传家宝的名称，底蕴则指庄家田产而言。本书故事围绕这一宝物而起伏开合，因以之为书名。

这是一本道教寓言小说。书中叙弓长两荡败家业，享添躲（谐音双关"想田多"）乘机谋夺其传家宝妆铀铲。弓长两携妆细铲至藏头山修道，被享添躲的儿子神鳔祖师连山带铲通通夺去。神鳔祖师亡故之后，其子小真人亦败尽家业，妆铀铲又回到了弓长两手中。作品借道教修真返本的故事，寓浪子回头金不换的世俗教训。

此书写了很多人物，但缺乏鲜明性格。其语言特色，是大量使用双关隐语。除了书名"妆铀铲"之外，书中的其他人物名称，均如此法炮制。例如："贾思文"谐音假斯文，"比庐村"谐音牝骡村，"吴义崇"谐音无义虫，"苟脊骨"谐音狗脊骨，"季惠恬"谐音极会舔，"善凤承"谐音善奉承之类。又如"弓长两"，是用的拆字法，暗示其名叫"张二"；"平无心"，平谐凭，凭无"心"，剩个"冯"字，故"平无心"就是冯某。诸如此类文字游戏，触目皆是。若偶一为之，倒也生趣；但滥用过度，便令人生厌了。

《飞跎全传》

此书32回，初刊于嘉庆二十二年（1817），邹必显撰。作者为扬州著名评话艺人。扬州方言称："凡人以虚语欺人者，谓之跳跎子，其巧甚虚甚者则为飞跎。"（焦循《易余龠录》）书名源出此语，意谓此书内容全是虚构。小说先交代腊君与海外天子的矛盾，并叙跎子石信投奔"逼上红城"拜"悬天上帝"为师，修习神仙之术。次叙悬天上帝及其门人佛眼神仙、石砣子等助腊君，脱空祖师及其门人南无僧等助海外天子，双方斗法破阵，展开大战。最后在抗囊菩萨和快活神仙的调停下，双方议和，终于"三教归宗"："释教是脱空祖师，道教是悬天上帝，儒教是跳飞跎子"，"三教都拜在抗囊菩萨门下"。小说以腊君大封三教、三蛮告终。

书中的各种宗教神话人物，除"悬（玄）天上帝"外，大多数都是凭空杜撰，或曰飞跎。这是一本借宗教材料为戏谑调侃的手段而写成的讽刺小说，即神话—寓言小说。作品时或借题发挥，对"钱可通神"、"有钱能使鬼推磨"的人情世相予以嘲讽。例如书中的《石不透出世跳跎》叙这石信（谐音失信）生来是一个"钱虫"，因得了牙疼病，好好先生给他下了一剂"蜜钱（钱）（谐音觅钱）砒霜"，虽医好了他的"钱痞"，却变成了

— 677 —

一个鸡胸龟背的跎子。又如《跳跎子最怕脱空》叙石信坚决拒绝拜脱空祖师为师，是因为"跎子最怕脱空，一到脱空就不能跳了"。不过脱空祖师虽穷，却有赖债良方。他的高徒白懒又叫无耻，告诉跎子说，脱空祖师传授给他的回债之方是："任他来世为驴马，主张拿定不还钱。"跎子听了，点头称是。再如《飞跎子二进簸箕阵》叙赛小伙用酒、色、财、气四旗，轮番引诱跎子。酒色二旗无济于事，财旗一摇，跎子便跟着进了簸箕阵。最手叙跎子封王，"尊称元宝，荣耀当时"。所有这些关于主人公石信的描述，都是对财迷心窍者的讽刺。

这部出自民间说书艺人之手的书，不放过一切玩弄语言技巧的机会，务求说得生动俏皮有趣。用得最多的是谐音双关。除前面提到过的"石信"（失信）、"蜜钱"（觅钱）之类外；再如写家具，"上首放了一张安分守几"，"两旁十二张不得而椅"；写用具，"摆了几副罗里罗梳，几张诸事齐篦"。有时写到某事物，就把与该事物相关的成语捎带出来。例如写倒茶，就是"倒了两杯不吃两家茶"，写眉毛，就说"额角旁两道急救燃眉"。为了卖弄语言，有时不惮其烦地堆砌与某物名相关的一切成语，而不管它们安在那里合适与否。例如描述石信的手，其实只有"指头都是短的"一句与此人物的生理特点有关，但作者一口气捎带出"不出手"、"儿堂儿看不见手背儿"、"手长衣袖短，难见故乡人"、"手长的会打手短的"、"肩不能挑担，手不能提篮"等五个带"手"字的俗语成语。又如第5回《小家子会见鬼奶奶》，几乎把一切带"鬼"字的俗语成语都展览了出来。这样一来，小说便背离了写人叙事的目的，而变成哗众取宠的说笑话了。说书者的目的也正在这里，他在结束全书时说的收场白是："此是扬州佳话，新奇市语，以为诸公一笑云。"

《精神降鬼传》

此书8回，惺惺居士撰。惺惺居士又号一石翁，生平不详。这是一部《斩鬼传》、《平鬼传》式的寓言小说。书中第6回有"恨不能请了《斩鬼传》里的钟馗来，都吃杀了恁；请了《平鬼传》里的钟馗来，都吃了恁"等语，可资证明。

这本小说在立意、构思上虽然模仿《斩鬼传》和《平鬼传》，但在人物设计上跳出了钟馗打鬼的传统神话模式，另辟蹊径。书中以人的精神为降鬼主帅，以人的五官百骸为辅佐，而以人的各种恶德为鬼。这种人物设计，表明作者意图在于劝化世人追求精神道德的自我完善，改邪归正。恰如半间书屋居士序中所说的："人世梦梦，目驰逐于声色货利之场；而溺身色者伤其身，没货利者伤其性。其害彰彰，在人耳目。"这就是所谓"人中鬼"。

小说叙昊天上帝封精神为"消魔精神"之职，令他下凡降伏人中鬼，但不是采取钟馗式的打杀或吃掉以消灭之，而是"使之改邪归正，以全人道，以复善良"。精神受上帝之命降伏了一批人中鬼，并把这批人中鬼通通"伐毛洗髓"，使之一一变成了"好人"。这种降鬼情节的劝善惩恶的寓意十分明显。如降伏瘆病鬼以戒淫，降伏赌博鬼以戒赌，降伏短命鬼以戒放高利贷，降伏鸦片鬼以戒吸毒，等等。

此书亦如《妆钿铲》和《飞跎全传》，好使用双关语。例如谈坐骑，妓女勾死鬼骑的是"月月红桃花马"，赌博鬼骑的是"筹马"，口头大王骑的是"驷马"（"一言既出，驷马难追"）之类。其次，作者又好说教，每叙一个降鬼故事，事前事后必宣讲一番做人的道理；同时又好卖弄文藻，大量穿插诗词、骈文之类的东西：凡此种种，都削弱了作为叙事文学的吸引力。

《明月台》

此书12回，咸丰六年（1856）成书，今收入辽沈书社出版的《枭鬼雄魂》集中。作者桂凝香，号烟水散人，原籍无锡，旅居萧县时著成此书。作者在此书自序中说："既有《清风亭》，岂无《明月台》？则祸因恶积，福缘善庆，一善一恶，立见分明，不知是耶非耶？是以谓之《明月台》也。"传统剧《清风亭》演张继保不孝养父母被雷殛死的故事。清风明月，彼此映衬。故《明月台》实即《清风亭》故事之重演，作者自序中所谓"就今人演陈迹"便是这个意思。不过《明月台》还写了以善衬恶的一面，以突出作品的主题。

小说叙"无父无君"的"不孝鸟"蝙蝠死后，托顽石化生为婴儿，先后被崔员外和裴员外收养，命名曰风雨子。风雨子禀赋蝙蝠生前性格，忤逆不孝，致使崔裴两家先后家破人亡。风雨子无父无君，被玉帝处死于顽石之中，将其魂魄勾至"十九层黑暗寒冰地狱"，永不翻身。与风雨子故事相对照的，是甘百善孝感天地，因而获得龙王招亲、金榜题名的善果。此书构思，是以不朝凤凰、不礼麒麟的蝙蝠，借喻人类中的不忠不孝之徒。正如作者自序中说的，"生出渺茫变幻，虚诞无稽一段因由，借端藉事，惩劝醒世"，其神话—寓言性质，十分明显。但就作品的主旨而言，则又是运用因果轮回、善恶报应诸佛教观念，以及玉帝、龙王诸道教神话人物，来弘扬忠孝伦常的儒教小说了。

1840年以后，由于西方帝国主义的入侵，中国开始沦为半封建半殖民地社会。从此，无论是封建统治集团内部，还是知识阶层与人民大众，纷纷寻求新路。人们有鉴于西方的强盛，无不以西学为师。西方的社会政治学说和自然科学迅速地倾倒国人，从而引发了一系列社会剧变，并反映到文学中来。清末小说界出现的《卢梭魂》、《宪之魂》和《革命鬼现形记》都是借鬼灵观念为艺术手段，以表现某种西方政治信念的神话—寓言型作品。它们显示了当时各派社会政治思潮相互消长和次第更新的过程。

《卢梭魂》

此书12回，怀仁编述，作者生平事迹不详。小说依据佛教的生死轮回观念，描述法国18世纪启蒙思想家卢梭等转生阳世，举旗起义，以寄托作者的反清复明思想。书中的《楔子》叙卢梭、黄宗羲、展雄、陈涉四位英灵在地府组织起义，被冥王遣往唐人国而去。同时，冥王又将武则天从19层地狱中提出，遣生唐人国，以钳制四雄。小说正文按照《楔子》的构思，写朱胄、华复、黄人瑞、强如虎四位英雄聚义汉山，曼珠女王则派西伦前往镇压。西伦以女王的法宝镇住了四雄。黄帝将四雄救出，并赠自由钟，预言不久自由钟一响，就是曼珠灭亡的时候到了。

这部政治寓言神话小说的主人公"朱胄"，乃是朱明子孙或遗民的意思；"曼珠"谐音双关，意为"满族"；曼珠女王影射慈禧太后。朱胄及其起义军在汉山的自由峡口树立大旗两面，上书"夺回唐国地"、"驱尽曼珠人"，则隐喻反清复明的政治纲领。

此书颇注意人物个性描绘，但有时流于夸张而失去真实感。

《宪之魂》

此书18回，光绪三十三年（1907）3月新世界小说社刊行，署"新世界小说社编译"。第1回阐述此书大旨，"乃是借鬼神的幻妄，说立宪的为难。不过要国民晓得改革的方针，不是教国民堕入迷信的魔障。"寥寥数语，一是交代了书名的内涵，主张实行君主立宪制，以改革数千年的封建专制政体；二是说明了此书的神话—寓言性质。

满清末年，在中国政治舞台上，活跃着三种政治思潮，三股政治势力，彼此争斗着。一是封建专制派，二是君主立宪派，三是革命派。当时，革命派与君主立宪派各自为实现其政治主张而努力奋斗。君主立宪派遇到了来自封建专制派和革命派两方面的阻力，步履维艰。但是，由于清廷面临革命派推翻其封建统治之危机，不得不选择君主立宪一法。1905年夏，清廷派载泽、端方等五大臣出国考察宪政，1906年宣布"预备仿行立宪"，1907年筹设资政院于京师，1908年公布了《钦定宪法大纲》。《宪之魂》就是在这样的政治背景下产生的。

小说的前9回，写阴司在实行君主立宪之前的种种黑暗现象与政治危机，如"财帛司公子造国币"，"裁判所官长占民妻"，"提学使暗通关节"，"巡警局暗结强徒"等。但并未从根本上触及君主专制的黑暗。另一方面，作者站在君主立宪派立场，以否定的笔调，多次描写了革命党人组织暗杀阴府立宪大臣和阎王的恐怖活动。后9回叙阴府在阎王的支持下实行立宪制，改良政治，国力日强。西方列强在侵阴战争中一一战败，向阴府请和赔款，归还从前在阴府所占领的殖民地和一切特权。从此，"阴府里国势巩于苞桑，皇基安于磐石，各种实业俱臻发达，各处民智都已大开，野无游惰之民，国有文明之俗，完完全全成了一个君主立宪国。"这后9回书把一部丧权辱国的中国近代史，在阴府中彻底颠倒过来描写，表现了君主立宪派心目中的政治幻想。

由于作者没有亲眼见过西方的议院活动，因此书中描写阴府的下议院开会，完全是皇帝临朝、百官奏对的中国朝廷早朝模式。此外，本书缺乏生动的人物性格描写，仅陈述故事梗概而已。

《革命鬼现形记》

此书 55 章,署"睡狮著",作者生平不详,宣统元年(1909)上海小说进步社石印。这是一部借鬼灵显形故事以表现资产阶级革命理想的作品。书中叙徐锡麟、秋瑾等革命党人被清政府杀害后,英灵不散,重现人间,后来互相联络,先后出国,追随 17 世纪英国资产阶级革命领袖克伦威尔去了。这部作品不是以人物刻画和情节曲折见长,而是以渲染情绪、气氛取胜。徐锡麟等革命鬼生为人杰,死为鬼雄。他们的魂灵,重聚人间,访亲会友,无不慷慨悲歌,壮怀激烈。作品从第 30 章至第 36 章写诸革命鬼聚会吴剑秋家,对此作了颇为感人的描述。《热心》章以心灰意冷的吴剑秋作反衬,热烈歌颂徐锡麟"就死了那个灵魂儿,终是热腾腾与生前一般热的"。在《酒令》和《罚酒》两章里,写徐锡麟、陈伯平、马子畦诸革命鬼在吴剑秋家的楼头饮酒赋诗,人人意气风发。陈诗有"脱却貂裘匕首在,满天风雨上骅骝",徐诗有"匣中孤剑在,夜夜作龙鸣"等豪言壮语。《悲壮》章叙徐锡麟弹琴浩歌,把悲壮感人的情绪推向了高潮。徐且弹且歌。其词曰:

国仇未报生何补?方今富贵安足取!矻矻坐待徒自苦,出门向天泪如雨。异香忽发冢中土,侠骨千秋应不腐。平原孟尝等童竖,信陵差胜亦奚取!炫名豪举真大误,人生要结秘密伍。神号鬼怨血缕缕,胸中梗塞不得吐。荆聂奇人今未睹,我欲阴相同刀俎。专制毒焰谁敢怒?有从我游须力弩!

这不啻是一首光复会、同盟会的战歌,令人击节赞赏。书中描述徐锡麟弦歌之际,穿插众人叹赏点评,从而显得摇曳多姿,毫无板滞之感。

第四节 反宗教迷信章回小说

与反映社会政治思潮的神话寓言小说同步出现的,是宣传无神论思想的反宗教迷信小说。这是西风东渐形势下的科学民主思潮在小说界的另一种反映。《瞎骗奇闻》、《扫迷帚》、《玉佛缘》是这方面的代表作。

《瞎骗奇闻》

此书 8 回，初发表于《绣像小说》第 41 期至第 46 期，署名茧叟；1908 年由商务印书馆印成单行本，作者吴趼人。吴趼人（1866—1910），原名沃尧，又名宝震，字小允，又字茧人，后改趼人；广东南海（今广州）人，居佛山，故又自号我佛山人。他是谴责小说的重要作家之一，《二十年目睹之怪现状》是他的代表作，其他还有《瞎骗奇闻》、《九命奇冤》、《痛史》、《恨海》、《糊涂世界》、《发财秘诀》等，总计 30 余种。《瞎骗奇闻》写一个富人和一个穷人因迷信算命，以致落得家破人亡的结局。故事大意是："财主赵泽长年届半百而无子，寒士洪士仁则希望时来运转，有所发达。二人都请周瞎子算命。周瞎子告诉赵泽长，说他命中有子，但要等到晚年。周瞎子又告诉洪士仁，说他将来要极富极贵。二人等了又等，均未见灵验，赵泽长便起纳妾之想。赵氏夫人为阻止其夫纳妾，就玩了一个假大肚诡计，至期托人领来一个螟蛉子，谎称己出。赵泽长信以为真，洪士仁也以为周瞎子是周铁嘴。从此，二人对周瞎子言听计从，事事请教，一味等待命中奇迹出现，而放弃了对一切生计的经营和努力。两家最后均沦为乞丐，在贫病之中奄奄待毙。"这部作品告诉人们：瞎子说瞎话，星相术、天命论都是骗人的迷信。书中对算命先生周瞎子的形象颇多生动描述。

《扫迷帚》

此书 24 回，初发表于《绣像小说》第 43 期至第 52 期，1907 年商务印书馆印成单行本，署名壮者，作者生平不详。此书第一回宣布其创作宗旨云："中国唐虞以来，敬天祭鬼，祀神尊祖，不过借崇德报功之意，检束民智。自西汉诸儒创五行之论，以为祸福自召，而灾祥之说大炽。于是辗转附会，捏造妄言。后世变本加厉，谓天地鬼神，实操予夺生死之权，顺之则吉，逆之则凶。由是弃明求幽，舍人媚鬼，淫祀风靡，妖词麻起。……故欲救中国，必自改革习俗入手。"破除迷信，移风易俗，就是《扫迷帚》的主题。文中以苏州为中心，对中国民间流行的各种宗教迷信活动，作了颇为详尽而生动的描述。例如写盂兰盆会的游行队伍，其中单是鬼的名目，就达二三十种之多：

> ……次则扮出各种鬼像，如大头鬼、小头鬼、摸壁鬼、无常鬼、两面鬼、独脚鬼、长子鬼、矮子鬼、胖子鬼、瘦子鬼、胀死鬼、饿死鬼；以及刻薄鬼、势力（利）鬼、强横鬼、懦弱鬼、说谎鬼、骄傲鬼、色鬼、酒鬼、胁肩谄笑鬼、招摇撞骗鬼。末后有焦面大王鬼，摆来踱去，全是官样，是鬼是官，令人莫辨。又有小孩数十，身穿号衣，手执各样军器，装作鬼兵。另有一童，翎顶翘然，骑马按辔，装作鬼将，押解鬼饷：冥锭纸帛，高积如山。更有一巨鬼，匍匐求乞，演出借债鬼的模样。以上诸鬼，却都兴高采烈，鬼混鬼闹，鬼笑鬼跳。一路人看鬼，鬼看人。

这段鬼话，不是点名式把几十种鬼名一口气数完，而是有略有详，行文富于变化。首先用一个"如"字引出12种鬼，再用"以及"引出10种鬼。这是略写，只举名目，不加细描。接下去依次对焦面大王鬼、鬼兵、鬼将和借债鬼作细致描述，各显特色。以上四鬼，用"末后有"、"又有"、"另有"、"更有"四个同中见异的提示语引出之，显示了作者临纸下笔时的匠心。

书中叙江苏各地赛会时的情景，令人如身临其境，尤其是表现出水乡的浓厚地方特色：

> ……又有水会之举，名曰摇快船，或用赤膊船，或巧拟戏名，略加点缀，击钹鸣锣，手舞足蹈。……又有雇画舫，设酒席，士约知心，女偕闺支，相与荡桨中流，彼此相觑，全无顾忌，名曰游市河。

从以上对民俗民情中各种宗教活动的描绘看，这本书为人类文化学、民俗学提供了极可贵的素材；从文学角度看，也是极优美的民俗散文。不过，这部号称小说的作品，几乎没有情节，只有表兄表弟两个人物互相辩论，一面叙述中国民间的各种宗教迷信，一面批判其危害之深。

因此，作为小说，此书对于偏重叙事审美心理的中国读者来说，是缺乏吸引力的。

《玉佛缘》

此书8回，发表于《绣像小说》第53期至第58期。作者嘿生，生平事迹不详。作品大意谓杭州某恶僧听说某大官好佛入迷，便投其所好，设局诱骗那昏官出巨资为他建庙。和尚在庙里开设密室，专门诱奸前来上香敬佛的良家妇女。罪行暴露以后，恶僧势危，昏官也遭弹劾。因为行贿，昏官终于平安无事，恶僧也作恶如故。从此以后，那昏官的奉佛之心，十分已冷了九分。然而，当他一病不起的时候，他的家人竟又把和尚们请来，为他大做法事。他就在这热闹的道场中活活气死了。这种和尚骗财贪色，昏官佞佛上当之类的故事，固然有助于破除迷信，但却缺乏新意，不过是"三言"、"二拍"以及其他晚明话本小说中同类故事的改头换面之再版而已。

其他揭露不法僧尼罪恶的作品，还有李伯元《醒世缘弹词》、遁庐《当头棒》等。

第三章 传奇小说与笔记小说

清代的文言短篇小说,从题材上看,广泛涉及自然崇拜中的各种动植物精灵,以及鬼灵崇拜和儒、释、道三教。但是,出现频率最高的则是狐与鬼。因此不妨把这一时期的文言短篇小说概称为狐鬼文学。从体裁上说,这些作品可分为两类。一类是上承唐宋传奇及明代《剪灯新话》的传奇体,一类是上承六朝志怪的笔记体。

第一节 传奇小说

《聊斋志异》

此书有多种版本,或分为12卷,或分为16卷,共四百余篇,蒲松龄撰。蒲松龄(1640—1715),字留仙,一字剑臣,自号柳泉居士,世称聊斋先生,山东淄川(今淄博)人。他出身于破落地主家庭,虽少负文名,但毕生科试未尝得意,只能长期过着枯寂的塾师生涯以糊口;执教之余,便创作狐鬼精怪小说以寄托其郁郁之怀。因此,《聊斋志异》若从题材看,是一部以狐鬼为主的精怪小说集,若从作者生平看,则是蒲松龄所熟悉的封建社会和他自己心灵世界这主客观两面的展现。

蒲松龄一生穷愁潦倒,中年时期迫于生计曾到宝应县、高邮县当幕宾,又长期在"缙绅先生家"坐馆执教。因此他不但熟悉处于社会底层的贫苦劳动大众,也熟悉上层社会的官僚、地主,以及仆役、娼女、流氓、恶棍、僧、道、巫、丐等三教九流。这种万花筒似的社会生活,在他的谈狐说鬼的小说中获得了间接的描绘。另一方面,这部书又是作者"永托旷怀，痴且不讳"，亦即寄托其牢骚与理想之作。作者自称：

> "松悬弧时，先大人梦一病瘠瞿昙，偏袒入室，药膏如钱，圆粘乳际。寤而松生，果符墨志。且也：少羸多病，长命不犹。门庭之凄寂，则冷淡如僧；笔墨之耕耘，则萧条似钵。每搔头自念，勿亦面壁人（即僧）果吾前身耶？……子夜荧荧，灯昏欲蕊；萧斋瑟瑟，案冷疑冰。集腋为裘，妄续幽冥之录；浮白载笔，仅成孤愤之书：寄托如此，亦足以悲矣。"（《聊斋志异》自序）

蒲松龄的自叙，是人们理解《聊斋志异》的又一把金钥匙。他毕生坎坷，过着凄寂如僧式的生活，使他相信自己真是"病瘠瞿昙"转生。于是他把一腔"孤愤"——愤世嫉俗之情，倾注在《聊斋志异》里了。

（甲）《聊斋志异》的重要主题之一，是对科举制度的愤怒批判

蒲氏一生科举不第，与清初科举制度的弊端密切相关。例如：顺治四年（1647）京师会试，同考官袁襜如擅改朱卷被革职；顺治十一年（1654）顺天府乡试，主考官范周、吴正治因评阅试卷不公被参劾；顺治十四年（1657），顺天、江南二府及河南、山东、山西等省乡试舞弊案，一时并发：顺天府一案处死7人，数十人流徙关外，江南府一案，20余人斩首；康熙五十年（1711）江南乡试，正副考官勾结两江总督贿买关节，多取盐商子弟，引起千余考生大闹学府明伦堂。以上史实，乃是《聊斋志异》中一系列批判科举制度的寓言小说的真实生活基础。例如《罗刹海市》叙魔国媸妍颠倒，以丑为美；奇丑无比者为上卿，宰相"双耳皆背生，鼻三孔，睫毛覆目如帘"，其余各官，"率狰狞怪异"。不过官位渐卑，"丑亦渐杀"。作品以魔国影射清朝，以美丑颠倒影射科举取士的优劣颠倒。这是一篇寓言体小说。《贾奉雉》则是直接对清初科举的优劣颠倒的讽刺。此作叙才名冠世的贾奉雉屡试而不中，后有人告诉他，应试之文须以"贾所鄙弃而不屑道者"为标准。贾奉雉于是"戏于落卷中集其蕞茸泛滥，不可告人之句，连缀成文"，居然使他中了"经魁"。但中魁之后，复阅旧稿，"汗透重衣"，自称"以金盆玉碗贮狗屎，真无颜出见同人"，从此遁迹山林。作品以鄙文高中与高中自鄙的对照描述，对清初科举之黑暗

作了直接的揭露。

为什么会出现这种劣胜优汰的反常现象呢？蒲松龄在另一些作品中对此进行了探索。《司文郎》叙余杭生与王平子二人应举，余目空一切而举业欠佳，王求教通人而举业大进。二人请一精于举业之盲鬼辨优劣，盲鬼以鼻代目，命二人各焚其应试之稿而嗅之。盲鬼嗅王作而点头称赞，嗅余作而咳逆不止，连说"勿再投矣，……再焚，则作恶矣。"可是数日之后榜发，余中第而王下第。为什么会出现文运颠倒呢？原来是司文运的冥界"梓潼府中缺一司文郎，暂令聋僮署篆"的结果，作品中的这一冥界"聋僮"司文郎其实是阳界"聋僮"司文郎的投影。《于去恶》对这一问题作了进一步的探索与思考。该篇叙冥中有"考廉官"制度，"无论鸟吏鳖官皆考之"，也就是说，考场中的大小考官（廉官）均须通过考试才能委任之。为什么呢？因为"得志诸公，目不睹坟典，不过少年持敲门砖，猎取功名，门既开，则弃去，再司簿书十数年，即文学士，胸中尚有字耶？"这就是考官须从考试中产生的理由。小说进一步采取阴阳对照，矛头直指清政府："阳世所以陋劣幸进，而英雄失志者，惟少此一考耳。"蒲松龄的纠弊要求是合理的，但是他的纠弊方案却是行不通的。人们要问：考考官的考官又怎样产生呢？这是一个无穷考过程。

（乙）《聊斋志异》的另一个重要主题，是对封建官府的无情挞伐

为了躲避封建文网的迫害，蒲松龄往往将司空见惯的阳界官场黑暗，搬到阴界去描绘，以阴喻阳。例如《席方平》叙席赴冥间代父申冤，由于陷害者内外贿通，因而屡讼屡败，冤不得直。作品中的冥王、城隍、郡司，层层贪赃枉法，其实是现实官场贿赂成风、冤狱如海的投影。又如《梦狼》，以冥界官府虎狼当道的恐怖景象，借喻"天下之官虎而吏狼者，比比也"的现实社会。在这类作品中，揭露最为深刻者当数《考弊司》。此篇叙冥界考弊司的大堂之下，东西各立一碣：一云"孝弟忠信"，一云"礼义廉耻"。但是，在这个衙门里主持考百官之弊的鬼王，却是既无孝弟忠信，又无礼义廉耻的作弊专家。作者通过这种具有强烈反差的描绘，给予整个封建官僚礼系以烈火般的讽刺。考弊司就是作弊司，则一切衙门之为作弊衙门已不言自明，这是以一当百的小说艺术。

作者还机智地在一些大谈鬼神精怪的历史掌故或婚恋故事中，穿插一

些对现实官场黑暗的直接揭露和抨击。例如《促织》，开篇便称"宣德间"，将故事的时代背景推至前朝宣宗时代，以避开清朝森严的文网。作品叙宫中好尚促织之戏，年年责令民间进贡促织。于是里胥借机科敛于百姓，每购得一头，"辄倾数家之产"。一旦因献促织而获欢于宫中，便上自抚军，下至里正，层层得获皇恩而成为巨富。小说虽然写的只是一个里正因献不出促织而被逼得家破人亡，又因献促织有功而"裘马过世家"；但通过这一小小悲喜剧却揭露了整个封建王朝的骄奢淫逸。此外，如《成仙》、《红玉》、《窦氏》、《冤狱》以及其他许多作品，虽然主要是描述友谊、爱情、婚姻等故事，却也对封建官场的索贿受贿、鱼肉百姓、官官相护、昏庸无能等腐败现象，一一予以暴露。

（丙）《聊斋志异》不但严厉批判封建社会的科举制度和统治阶层，而且也热情讴歌人类的各种美好情操。这两者——憎和爱，构成了蒲松龄的整个精神世界

友谊，是蒲松龄热情歌颂的美好情操之一。《王六郎》写溺鬼与渔人交友，情谊极笃。后来溺鬼被上帝封为土地神，"置身青云，无忘贫贱"，与渔人的友谊长存。作者借此人鬼交谊故事，讽刺现实社会中的官绅："今日车中贵介，宁复识戴笠人哉！"《蛇人》写弄蛇人与蛇相依为命，难分难舍。《娇娜》写孔生与一个狐精之家互相救助，生死与共。此外还有《封三娘》、《成仙》等不少作品，都是真诚感人的友谊之颂歌。

侠义，是蒲松龄热情歌颂的又一美好情操。豪侠之士，是中西封建社会共同产生过的历史人物。他们锄恶救善，见义勇为，但却隐姓埋名，不求报答。他们的行为，虽不能推翻黑暗社会，但其毫不利己、专门救人的行为，还是值得钦佩的。《田七郎》中的田七郎，舍生以刺豪绅昏官，为友复仇；《红玉》中的"虬髯阔颔"丈夫，为素昧平生的冯相如报杀父夺妻之仇。他们的行为，堪令古今读者拍手称快；而他们的历史局限性，则不当用现代观点加以苛责。

爱情，是蒲松龄讴歌得最多、最热烈的人类感情。人鬼相恋和人狐相恋是他描述爱情的两个基本模式。在六朝志怪小说、唐宋传奇小说和明代话本小说的爱情故事里，男女主人公往往是一见钟情。蒲松龄笔下的不少人鬼或人狐相恋故事，却能合情合理地写出爱情的发生、发展到瓜熟蒂落

— 689 —

的过程，从而显示出短篇小说艺术的长足进步。例如：《连锁》叙书生杨于畏替女鬼连锁续诗，使连锁"欢生泉坏"，于是人鬼谈诗论文，"剪烛西窗，如得良友"。在此志趣相投、友情融洽的基础上，他们之间又进一步产生了爱情。《连城》叙连城征诗择婿，乔生以诗应征，从此成为文坛知己。后来他们死后在冥间成婚，并获还魂结为夫妻。《小谢》中的陶生与鬼女秋容、小谢之间的关系，经历了一个从不友好的友好，再到彼此救助，再到互相爱慕，终于在道士的帮助下，二鬼借尸复活，与陶生结为夫妇的漫长过程。

蒲松龄大半生入幕或坐馆于异地他乡，过着如他自己所诉说的"冷淡如僧"和"萧条似钵"的生活。但是，一颗不甘寂寞的心却使他向往于真诚的友谊、无私的侠义和美满的爱情。于是他这一切心灵的要求都注入到他笔下的狐鬼形象中去了。

《聊斋志异》中也有许多消极性作品。例如单纯渲染恐怖气氛的《尸变》、《咬鬼》、《山魈》、《荞中怪》、《宅妖》、《野狗》，以及满纸淫秽描写的《犬奸》之类，都显示出作者的低级趣味的一面。

《聊斋志异》的艺术成就，达到了中国古典短篇小说的最高峰。概而言之，可分四端。

（一）艺术构思推陈出新。狐精鬼灵故事，自六朝以来，越写越多，其中彼此雷同、似曾相识者，不知几何。因此，后世凡作狐精鬼灵传奇者，都面临一个推陈出新的课题。蒲松龄对此颇下了一番功夫。例如《鸦头》，就是一支别开生面的人狐恋歌。在蒲氏以前的狐精文学中，出现过狐女、狐妇、狐妪，但《鸦头》另辟蹊径，创造了狐鸨、狐妓的形象。狐妓又分两类：一个是朝秦暮楚，唯钱是爱；一个则暗择知己，从良宵遁。又如《马介甫》塑造的狐侠形象，突破了狐精书生的传统模式，亦颇令人耳目一新。在唐宋传奇和笔记小说中，写人鬼赋诗唱和者不少，《聊斋志异》中的《小谢》则脱此窠臼，写人设"鬼帐"，授鬼徒，让鬼徒们彼此赋诗唱和。此外，蒲氏还将传统的人鬼相恋模式和人狐相恋模式合二为一，写了一些人、鬼、狐三合一的一夫二妻婚恋故事，如《莲香》、《巧娘》皆是。

（二）人物性格多姿多彩。文言短篇小说，从六朝笔记发展到唐宋传奇,仅仅初步注意于人物描写;只有到了《聊斋志异》,才真正着力于人物性格的刻画。蒲松龄往往能抓住一个人物的某一性格特征,反复渲染,使之活灵活现,如在目前。例如《青凤》、《婴宁》、《红玉》三篇,塑造了三个不同性格的狐女形象:青凤怯弱娇羞,婴宁放纵不羁,红玉则辛勤持家(参见拙著《中西宗教与文学》第五章第六节)。

(三)叙事逶迤宛转,一波三折。例如《促织》,此篇叙成名全家被促织之得失存亡而牵动着每一根情感神经。成名搜索促织于蒿叶之中,"侧听徐行,似寻针芥",一旦有所获,便"大喜"而"举家庆贺"。不料好景不长,促织被好奇的儿子窃视而误斃于掌下。成名夫妇从"大喜"陡然落入"面色灰死","如被冰雪";又陡转而为"大怒";更不料儿子惧罚而投井自尽,成名夫妇便又"化怒为悲,抢呼欲绝"。数行之中,悲喜交错,几句之内,五味俱全:变化无穷。

《促织》叙事,凡欲突出一情一物,都必预设铺垫,先抑后扬。其叙促织之斗云:有少年好事者携其战无不胜的"蟹壳青"访成名,"视成所蓄,掩口胡卢而笑"。成名的小虫与"蟹壳青"交锋时,"小虫伏不动,蠢若木鸡"。此时"少年又大笑"。少年以猪毛撩拨小虫须,"仍不动","少年又笑"。屡撩之,小虫暴怒而腾击,振翅作声,直龁敌领,"少年大骇"。这一段,叙小虫之勇斗大虫而取胜,先以其呆蠢不动烘托之;叙少年之大骇,先以其三笑反衬之。又如叙鸡虫之斗,先写鸡"径进一啄,成骇立愕呼";次写"鸡健进,逐逼之,虫已在爪下矣。成仓促莫知所救,顿足失色";最后写"鸡伸颈摆扑","虫集冠上,力叮不释",成乃转而"惊喜"。这一段,旨在突出虫能胜鸡,而以鸡之啄、爪两次猛攻铺垫之。虫主人之感情亦如惊涛骇浪、汹涌澎湃,由骇愕而失色,由失色而惊喜。

(四)性格与情节水乳交融。性格与情节是小说的两大基本艺术因素。但有的作品牵人就事,故事热闹而人物性格全无。《聊斋志异》中有许多上乘之作,其情节是性格的历史,性格在情节的发展中时时闪出耀眼的火花。例如《仙人岛》写桓文若招婿,就是如此。桓有二女,长女芳云,幼女绿云。由于世居尘外,长女虽已成年,却仍待字闺中。忽有屡冠文场之名士王勉斋降临,桓以为天赐良缘,乃以芳云许嫁,即邀众邻光临,当堂成婚。值此宾客满堂,笑语欢声的吉庆时刻,桓不无自豪地向宾客介绍爱女佳婿；芳云、绿云姐妹，自幼擅诗能文，然而好谑；王亀斋自诩名士，恃才傲物，正欲借此大好时机卖弄一番。于是，这样四个不同性格的人物演出了一场绝妙的喜剧：

> 桓因谓："王郎天才，宿构必富，可使鄙人得闻教乎？"王即慨然诵近体一作，顾盼自雄。……王述《水鸟》诗云："潴头鸣格磔"，忽忘下句，甫一沉吟，芳云向妹妹咕咕耳语，遂掩口而笑。绿云告父曰："渠为姊夫续下句矣，云：'狗腚乡绷巴'。"合席粲然，王有渐色。桓顾芳云，怒之以目。王色稍定，桓复请其文艺。……王诵至佳处，兼述文宗评语，有云："字字痛切"。绿云告父曰："姊云：'宜删切字'。"众都不解。桓恐其语嫚，不敢研诘。王诵毕，又述总评，有云："羯鼓一挝，则万花齐落。"芳云又掩口语妹，两人皆笑不可仰。绿云又告曰："姊云：'羯鼓当是四挝。'"众又不解。绿云启口欲言，芳云忍笑诃之曰："婢子敢言，打煞矣。"众大疑，互有猜谕。绿云不能忍，乃曰："去'切'字，言'痛'则'不通'；鼓四挝，其声云'不通又不通'也。"众大笑。桓怒诃之，因而自起泛卮，谢过不遑。王初以才名自诩，目中实无千古；至此，神气沮丧，徒有汗淫。桓谀而慰之曰："适有一言，请席中属对焉：'王子身边，无有一点不似玉'。"众未措想，绿云应声曰："亀翁头上，再着半夕即成亀。"芳云失笑，呵手扭协肉数四。绿云解脱而走，回顾曰："何预汝事！汝骂之频频，不以为非；宁他人一句便不许耶？"桓咄之，始笑而去。……

在这一小段新娘和小姨嘲谑新郎的喜剧中，处处闪耀着桓文若、芳云、绿云、王亀斋四个性格的火花。芳云多才而善谑，对丈夫的诗文时有针砭，但她毕竟成年懂事，故并不当众出丈夫的丑，只是私下说给妹妹聊博一粲。绿云也多才善谑，却是小孩子，口齿没遮拦，所以她就毫无顾忌地把姐姐的谑语当众道了出来。但她与姐夫初次见面，不敢对姐夫放肆，所以每有雅谑，总是告知其父。桓文若作为芳云、绿云的父亲，对她们的颇近无礼的嘲谑，自然要拿出家长的威严来，怒之，诃之；另一方面，作为岳丈和主人，他又必须不断地向作为客人的乘龙快婿表示歉意和安慰，甚至想出阿谀美化王黾斋的"属对"办法，来弥补女儿造成的尴尬。不意美化的上联却被绿云对以丑化的下联，甚至还丑及新娘，因而芳云即使时时暗中嘲谑丈夫，到了自己也被妹妹当作嘲谑对象时，便老实不客气地对妹妹"呵手扭协"以报之了。王黾斋本来就被文场虚名熏得飘飘然，一贯"心气颇高"，所以开始自然是"顾盼自雄"，甚至想"炫其冠军之作"；乃至一再受到爱妻嘲谑，又是在如此吉祥欢乐的宴会上，便泄尽了全部骄气，剩下的只有神沮气丧，热汗淋漓了。四个不同性格彼此碰撞而发生了这段喜剧情节；反过来说，这段喜剧情节又生动地展现了四个不同的性格。

《聊斋志异》的素材来源极广。其中，一部分作品的题材，来自民间传说，作者"闻则命笔"，而且"四方同人，又以邮筒相寄"。另外，作者也从前人和同时代人著作中汲取部分题材，例如将唐传奇《枕中记》改写为《续黄粱》，将唐传奇《南柯太守传》改写为《莲花公主》，将同时代的《醒世奇言》中12个话本小说改写为《陈栖云》、《张诚》等12个文言短篇小说，并从同时代百万言白话章回小说《醒世姻缘传》中取材，写成《江城》、《邵女》等。

《聊斋志异》在传奇体文言短篇小说发展史上，其思想艺术成就达到了前所未有的高峰。此后仿作纷出，例如乐钧《耳食录》、王韬《淞隐漫录》、宣鼎《夜雨秋灯录》，以及沈起凤《谐铎》和邦额《夜谭随录》、浩歌子《萤窗异梦》、管世浩《影谈》、冯起凤《昔柳摭谈》、邹韬《浇愁集》等。后面，本书对前三种略加评介之。

《耳食录》

此书20卷，乐钧撰。乐钧原名宫谱，字元淑，号莲裳，江西临川人，嘉庆举人。生卒年不详。作者在其《耳食录》自序中说："史公所谓'与耳食何异'者，此也，遂取以名编。"这是书名的来历。此书是继《聊斋志异》之后的又一部传奇体文言短篇小说集。其内容与风格均近似《聊斋》而艺术性稍逊。举凡儒、道、佛、牛、鬼、蛇、神，乃至扶乩、相命之类，自古以来的各种宗教观念，书中都有形象化描述。这是中国人宗教信仰自由化与多元化在文学中的反映，与西亚人之独尊安拉，西欧人之独尊耶和华，形成鲜明对照。

　　作为士大夫文人的乐钧，对中国传统文学的三教是十分熟悉的，所以他写了一批以三教为题材的作品。宣扬儒教伦理的如：《文寿》塑造了一个生前死后谨事姑舅的孝妇形象，《红纱灯笼》通过鬼神之谴以宣扬"过莫大于破人节"，《青州贾》则是一篇《范张鸡黍》模式的强调交友以信的作品。体现道教神仙意识的，有《蕊宫仙史》、《竹冠道人》、《揽风岛》、《吴生》、《疯道人》等。例如《疯道人》塑造了李白的诗仙兼酒仙的形象。至于《秋心山人》、《困默真人》等篇，叙神仙转生人间，把道教神仙观念与佛教的三世轮回观捏合成一个故事，则是三教合流思潮之余绪在清代文学中的反映。

　　《耳食录》里的《英巨山神》、《文慧禅师》等篇是描述扶乩这一民间宗教活动的。扶乩，或曰扶鸾，是一种巫术与占卜相结合的民间宗教。其礼仪是：由巫师作法请神降临，凭附其身；然后由问卜者提出疑难，请神解答；最后由凭附在巫师身上之神借巫师之手，以丁字形木架在沙盘上作书，予以解答。《说文解字》云："卟，卜以问疑也"，卟，又作乩。这种请神问卜的宗教活动可能在民间流传已久，但在文学中获得广泛反映则始于清初。略早于《耳食录》的文言笔记小说《子不语》和《阅微草堂笔记》中已开始大量出现这种作品。

　　但是，在《耳食录》中出现频率最高的超自然体是鬼灵与狐精。这可能是受了《聊斋志异》的影响。书中若干讽刺现实和艺术性较高的作品，大都属于这类谈狐说鬼之作。吴山锡在《耳食录》重刻本序中说："阐幽显微，醒愚祛惑之用，即隐喻其中，斯乃一片婆心，不可作游戏三昧观也。"借鬼神故事讽喻社会现实，是《聊斋志异》的思想艺术特色，也是《耳食录》的精华之所在。例如：《上官完古》叙冥府的"新安吏"、"石濠吏"逼税抓丁，鬼村里哭声一片；借鬼无宁日以吊民不聊生。《石室虎》叙无赖子"性犷悍，行复腥秽，实无人味"，虎亦厌食。《秦少府》叙诸强鬼霸占众女鬼，并迫使为倡；借冥间的烟花泪抒世上的青楼恨。《青青》叙某相士为鬼相命而不知其为鬼，乃当鬼面奉承诸鬼无不多福多寿多男子，结果拆穿了西洋镜，"事闻于街衢，后遂无问津者"。特别是《东仓使者》，叙鼠精偷富室钱物以济某贫媪，"损有余"以"补不足"，体现出作者为社会的贫富不均而鸣不平的人道主义精神。作者"既塞于遇，复绌于年"（徐承恩《重刻〈耳食录〉序》），他生活在民间，思想感情与下层社会相通，故能写出这种寄同情于百姓的作品。

《耳食录》中还有不少借鬼神以提倡自由婚恋之作，如《夕芳》、《李齐娘》、《萧点云》、《葆翠》、《仍吉》等均是。《葆翠》叙某生与女鬼葆翠相恋，虽然属于人鬼相恋的传统模式，但在具体情节上又跳出了传统。传统的人鬼相恋故事均以幽明异路而不能有始有终，其发展轨迹有三种选择：一是女鬼复活与所恋男子到人间做活夫妻，二是男子变鬼与所恋女鬼到冥间做鬼夫妻，三是人鬼分手，各奔阴阳，好离好散。《葆翠》抛弃了上述三种传统选择，让某生一辈子娶了个鬼妻。这在中国的人鬼爱情文学中可称独一无二。《仍吉》则把鬼灵观念与精灵观念嫁接在一根爱情之藤上，叙郭生鬼灵与狐精仍吉患难与共，始终不渝的爱情故事。这一鬼狐相恋跳出了以人为中心的人鬼相恋和人狐相恋等模式，也是别具一格。

乐钧是在充分接受前人志怪小说的思想艺术影响下进行创作的。他面临着一个既要继承优秀传统，又要跳出窠臼的问题。前述《葆翠》、《仍吉》等篇已显示出作者在这方面所作的努力，下面不妨再举数例。《东岳府掌簿》与《列异传》里的《蒋济亡儿》同构，但方向相反。《蒋济亡儿》叙某人将死赴冥职——泰山令，蒋济重贿此人，托他死后为其亡儿谋一美差，结果如愿以偿。《东岳府掌簿》亦叙某人将死赴冥职——东岳府掌簿，但托请他为亡儿谋美差者未致贿赂，结果不但不给美差，反"杖儿三十而逐之"。《蒋济亡儿》旨在渲染父子之亲情，《东岳府掌簿》旨在揭露贿赂之丑恶。《胭脂娘》与《聊斋志异》中的《画壁》也是反向同构。《画壁》叙男子入画与画中女像相恋，《胭脂娘》则叙画中女像出画与画外男子相恋，二者都有佛教教义色即是空的思想倾向。《耳食录》中这类反向同构之作虽然也不免给人以雷同之感，但毕竟还有作者的新意在其中；而另一些与前人旧作同向同构的作品，几乎就是对旧作的复述了。例如：《南野社会》之于《聊斋志异》里的《王六郎》，《绿云》之于《聊斋志异》里的《小谢》，《田卖鬼》之于《列异传》里的《宗定伯》等，均属此类。

《淞隐漫录》及其他

《淞隐漫录》又名《后聊斋志异》，120 篇，王韬著，王韬（1828—1897），原名畹，字利宾，号兰卿；中年改名韬，字子潜（紫诠），号仲弢；50 岁以后号弢园老民，天南遁叟；江苏长洲（今苏州）人。他出身于乡村塾师家庭，为衣食计，在英国教士主办的墨海书馆工作达 13 年之久。后因他上书太平军被清政府通缉，亡命香港，相继出游欧洲、日本。70 年代，他在香港创办《循环日报》，自任主笔。他主张文学要反映现实，为改良社会服务；也要抒写真实情感，表现作者自己的个性。他的三部传奇体文言短篇小说集《遁窟谰言》、《淞隐漫录》和《淞滨琐话》，体现了他的这种文学主张，并对《聊斋志异》有所继承和借鉴。他的这些作品，从内容上看，分为两大类：一是宗教神话传奇，二是绮游生涯自叙。作者在《淞滨琐话》自序中说："《淞隐漫录》所记，涉于人事为多，似于灵狐黠鬼、花妖木魅，以逮鸟兽虫鱼，篇牍寥寥，未能遍及。今将于诸虫豸中别辟一世界，构为奇境幻遇，俾传于世。非笔足以达之，实从吾一心之所生。自来说鬼之东坡，谈狐之南董，搜神之令升，述仙之曼倩，非必有是地、有是事，悉幻焉而已矣。"这表明王韬极看重其宗教神话传奇之作，故在《淞隐漫录》之后，又写了《淞滨琐话》一书，以体现其思想。作者借道教神仙、佛教三世轮回，以及各种自然崇拜、鬼灵崇拜、扶乩降仙等宗教观念，编织出若干讽世刺俗的寓言故事和才子佳人小说。

作为晚清改良主义思想文学家的王韬，其具有进步意义的作品是讽世寓言小说《乐国纪游》、《因循岛》等篇。

《乐国纪游》的主人公安若素，寄寓着对贫贱安之若素的教训。小说叙安若素遭海难而遇橄仙，在橄仙的引导下，他经"窘乡"，入"愁城"，到"乐国"，终于荣华富贵，盛极一时。临别前，乐国国王赠给他两件"致富奇宝"：一是"无底"之"贪囊"，"物虽微，能贮亿万金"；一为"尖圆类心，状黑而欹"的"墨宝"。乐国国王说："世之衣锦绣，饮膏粱，驷马高车，珠围翠绕者，大抵二物之力居多"。安若素归家之后，安于贫贱，不用二宝，后被贼盗去。贼不识墨宝妙用，弃于河，水尽墨；贪囊则传制于天下，大小不等。此篇寓意，已为乐国国王道出。

《因循岛》仿《聊斋志异》的《梦狼》构思，寄托作者的反清思想，对封建政府之腐败揭露颇深。小说中有太守名"侯冠"，隐喻"沐猴而冠"者，太守府门上则标以"清政府"三字。小说中有"苛县"，隐喻"苛政猛于虎"之县。苛县的厉令大发为政谬谕云："但求上有佳名，不妨下无德政。直者曲之，曲者直之，逢迎存于一心，酬应通乎百变。"接着写省府郎大人至苛县阅兵。有进金宝者，有呈玩具者，有乞憐贡媚者。郎大人索歌妓，厉令"饰爱妾、幼女以进"。次晨，军吏请郎大人阅操，郎尚未起床，起床后还要抽鸦片，因此传令"免操"。中午，郎大人命驾回省。途中纷纷传议："厉某升府缺。"此篇中的郎大人乃是清朝统治者之化身。满族本世居关外，明末吴三桂降清后引清兵入关，就是引狼入室，故"郎大人"即入室之"狼"。作品通过对郎大人、侯太守和厉令的描绘，一幅腐败透顶的清末官僚系统的缩影便呈现在读者面前了。

　　王韬还写了大量的才子佳人型神话传奇小说。例如《悼红仙史》叙管君与妻媚兰两情燕婉，媚兰死后成仙，管君亦得以与媚兰重缔仙姻于彼岸世界；《玉箫再世》叙梁生与妻彩玉两情尤笃，彩玉死后转生，梁生得以与之续缘于此岸世界。这是两支死生不渝的坚贞爱情的颂歌。还有《华璘姑》、《仙人岛》、《葛天民》等都属于这类作品。

　　但是，王韬还宣扬一夫多妻制。舜娶尧之二女娥皇、女英，是一夫多妻制神话原型之一，王韬反复地再现了这一原型。例如：《田荔裳》里的田荔裳娶牡丹花精姐妹为妻，《徐希淑》里的钱生娶异性姐妹希淑、钟秀为妻，《倪幼蓉》里的莲因、莲臣二女共与一千岁狐精相恋。另一些作品，如《药娘》、《辛四娘》等，则是写一夫一妻二妾婚姻的。一夫多妻制是从父系氏族时代传承下来的古老婚制，在这种婚制统制下，妒妇成为谴责的对象，而劝夫纳妾者就成了男性社会赞美的贤妇。王韬的《白璚仙》、《卢双月》等篇，都是赞美这种贤妇的作品。上述歌颂一夫多妻制的神话传奇小说，与"身历花丛凡四十年"（《谈艳》）的作者的冶游记事散文，彼此映照，是王韬的庸俗一面的表现。

《夜雨秋灯录》

　　此书12卷，宣鼎撰。宣鼎（1862—1908），号瘦梅，安徽天长人。他工于花鸟画，兼擅诗词，曾在上海以卖字鬻画谋生，晚年生活潦倒。《夜雨秋灯录》中的作品，广涉三教以及其他民间宗教意识。例如：《青天白日》里的主人公南宫，从乞食转化为富贵，其决定性的关键，是在一次巧遇中，"美色当前，悬崖勒马"。因为这是非"礼"行为，南宫害怕头上"青天白日"的惩罚。小说主旨在于借神道以弘扬礼教，实即儒教意识的表现。《银雁》里的佛奴从樵竖转化为员外郎，决定性的关键，是地师杜香草受天女指示，把一块风水宝地送给佛奴。佛奴迁葬其父之后，便点石成金，大富大贵起来。故事主旨是"天生福人住福地"，宣扬宿命论与风水迷信之结合。《玉红册》则宣扬因果报应。

《夜雨秋灯录》中虽有不少单纯宣扬各种宗教迷信之作，但也有一些富于积极意义的好作品。例如：《麻风女邱丽玉》是一篇感人至深的民间传说。俗传广东女子卖麻风，言之凿凿。此篇则歌颂心地善良，不肯将不治之症转移于人的麻风女邱丽玉，也歌颂了以德报德的陈生。篇中插入神仙相助情节，更增加了故事的传奇色彩。《假五通神》则是一篇批判封建社会丑类的讽刺小说。作品叙万佳以贩卖鸦片致富，纳粟购得九品官，沾沾自喜。他以花言巧语，先后骗娶五妾，却又被五通神将其五妾骗奸。骗子手被骗，实乃辛辣无比的讽刺。

书中还有一些记述遗闻逸事之作，内容并不涉及宗教，但世态人情，千奇百怪，颇能增人见识。如《珠江花舫》、《补骗子十二则》等篇，描述种种骗局，以假乱真，实令人大开眼界。另有一些红粉青楼故事，虽离不开才子佳人、悲欢离合的旧套，却也富于人间真情。

此书有的作品亦颇注意于人物性格的刻画。如《珊珊》写老虎化为老叟，言行粗豪，隐隐有虎性。此书语言：骈散交融，不散不板；事典语典，左右逢源。不过这些特色对于普通读者来说，恐怕反而降低了作品的可读性。

第二节　笔记小说

《子不语》

此书正编24卷，续编10卷，袁枚撰。袁枚（1716—1797），字子才，号简斋，钱塘（今浙江杭州）人，乾隆四年进士。他先后为溧水、江浦、沭阳、江宁等地知县，颇有政声；乾隆十三年辞官，定居江宁（今江苏南京）小仓山隋氏废园，改名随园。故世称他随园先生，亦自号仓山居士。其著作除《子不语》外，还有《小仓山房集》80卷、《随园诗话》16卷及《补遗》10卷等。作者在《子不语序》里说："怪力乱神，子所不语也。"这是书名的由来。序末又说："书成，初名《子不语》。后见元人说部有雷同者，乃改为《新斋谐》云。"这是此书又名《新斋谐》的原因。《子不语》的内容虽是"怪力乱神"，但作者并非立意为之作鼓吹。他在序中说："余生平寡嗜好。凡饮酒、度曲、樗蒲，可以接群居之欢者，一无能焉，文史外无以自娱。乃广采游心骇耳之事，妄言妄听，记而存之，非有所惑也。譬如嗜味者餍八珍矣，而不广尝夫蚳醢葵菹，则脾困；嗜音者备咸韶矣，而不旁及侏灕傑佅，则耳狭。以妄驱庸，以骇起惰，不有博弈者乎，为之犹贤，是亦裨谌适野之一乐也。"因此作者又将此书名之为"随园戏编"。

（甲）对各类宗教神话的广泛采集

作者自称于文史之外无以自娱，"乃广采游心骇耳之事，妄言妄听，记而存之，非有所惑也。"的确如此。《子不语》中所记的怪力乱神，广泛涉及原始宗教神话、道教神话和佛教神话三大类。

（一）《子不语》里的原始宗教神话，涉及巫术、体外藏灵、鬼灵崇拜、精灵崇拜诸多方面。

从19世纪到20世纪，西方文化人类学者纷纷涌向非洲、澳洲、南太平洋诸岛的土著部落，观察和研究那里的原始文化，写出了许多有关巫术和灵魂崇拜等原始宗教的著作。弗雷泽名著《金枝》是这方面的集大成者。然而，早在18世纪的中国，袁枚的《子不语》里已经有了这方面的记载——《藏魂罈》。中国人对原始部族的巫术和灵魂崇拜的文献记录，较之西方早了一百多年。下面是《子不语》里的《藏魂罈》：

> 云贵妖符、邪术最盛。贵州臬使费元尤赴滇，家奴张姓骑马上，忽大呼坠马，左腿失矣。费知妖人所为，张示云：能补张某腿者，赏若干。随有老人至，曰：是某所为。张姓昔时倚主人势，威福太过，

故与为恶戏。张亦哀求。老人解荷包出一腿，小若虾蟆，呵气持咒，向张掷之，两足如初。竟领赏去。或问费公何不咸以法，曰："无益也。在黔时有恶棍某，案如山积，官杖杀之，投尸于河，三日还魂，五日作恶。如是者数次，诉之抚军。抚军怒，请王命斩之，身首异处，三日后又活，身首交合，颈边隐隐然红丝一条，作恶如初。后殴其母，母来控官，手一韫曰：'此逆子藏魂韫也。逆子自知罪大恶极，故居家先将魂提出，炼藏韫内。官府所刑杀者，其血肉之体，非其魂也。也久炼之魂，治新伤之体，三日即能平复。今恶贯满盈，殴及老妇。老妇不能容，求官府先毁其韫，取风轮扇扇散其魂，再加刑于其体，庶几恶子乃真死矣。'官如其言，杖斃之，而验其尸，不浃旬已臭腐。"

上文里的两个故事，前一个是属于相似法则的模拟巫术神话，后一个是体外藏灵神话（参见弗雷泽《金枝》第三章和第六十七章，以及拙著《中西宗教与文学》第四章第二节、第七章第一节）。

《子不语》中的鬼话的数量极大。篇目中带"鬼"字者不下百篇，篇目中虽无"鬼"而实系写鬼者亦在百篇以上。不带"鬼"字的篇目如《陈州考院》、《冷秋江》、《文信王》等，带"鬼"字者如《鬼冒名索祭》、《替鬼做媒》、《门夹鬼腿》、《钉鬼脱逃》、《鬼权利》、《鬼相思》、《鬼妒》、《鬼乖乖》、《鬼买儿》、《女鬼守财待婿》、《痴鬼恋妻》，不一而足。《子不语》里的鬼话，一部分是渲染鬼之可怖，鬼是作为人的异己力量出现的；一部分写鬼作祟于人而终于被人击退，人定胜鬼；一部分写鬼的七情六欲，鬼情实即人情，鬼是人的对象化。其中写得最为动人的是第三部分。如《痴鬼恋妻》叙某人死后其鬼魂长期厮守院中丁香树下，如闻妻哭儿啼，兄嫂与妻诟谇，则必侧耳于窗外，"凄惨之色可掬"。媒妁登门为妻议婚，鬼"愕然惊起，左右顾"；闻议不成，则"稍有喜色"；媒妁再至，鬼"奔走随之，遑遑如有失"。送聘之日，鬼"坐树下目直视妇房，泪涔涔如雨，自是妇每出入，辄随其后，眷恋之意更笃"。出嫁前夕，鬼"徘徊檐外，或倚柱泣，或俯首如有思"；稍闻房内嗽声，鬼"辄从隙私窥，营营彻彻"。娶者入，鬼"避立墙隅，翘首望妇"，"远远随至娶者家"，"立墙隅，望妇行礼，凝立如醉状"。后来鬼回家中，闻儿索母啼声，鬼"环绕儿四周，以两手相搓，作无可奈何状"。一会儿，嫂出来挞儿一掌，鬼"更顿足拊心，遥作切齿状"。作者将鬼的各种复杂心理变化，一一通过行动表现出来，通篇扣紧题目的那个"痴"字，颇为感人。

《子不语》里还有不少动植物精灵故事。其中以狐精故事最多，如《狐生员劝人修仙》、《陈圣涛遇狐》、《狐撞钟》、《狐祖师》、《狐仙冒充观音三年》、《狐读诗文》、《狐仙知科举》、《狐仙自缢》等。其他如《树怪》、《柳树精》、《白骨精》、《白石精》、《鳖精》、《鱼怪》等，其内容亦各如篇名。总的来说，《子不语》里的精灵故事以表现作祟于人为主，其文学价值不及同书中的鬼灵故事。

（二）《子不语》里还搜集了许多道教神话。但作者很少触及高层次道教神，如玉皇大帝、三清尊神之类。作者之所以避开写至上神，恐怕是为了回避影射之嫌，免招文网之祸。《子不语》中的道教神话，除个别作品（《九天元（玄）女》）外，多在三个较低层次的神祇中展开，即雷公、城隍和土地。这三位神祇本是中国民间古老的传统神，后来被道教吸收而进入了道教万神谱。雷公神话如《雷神火剑》、《雷打扒手》、《雷火救忠臣》、《雷击土地》等，城隍神话如《陇西城隍神是美少年》、《张少仪观察为桂林城隍神》、《城隍替人训妻》、《受私桥》等，土地神话如《土地神告状》、《土地受饿》、《土地迎举人》等。除此以外，最多的就是道士捉鬼除妖神话了。例如《鬼着衣受网》写道士以五色纸衣诱鬼着之，并施以符箓、法水、咒语，纸衣化作网，遂将鬼缚住。《鄱阳湖黑鱼精》写龙虎山张天师建坛诵咒，以法术使三影童子斩鄱阳湖黑鱼精故事。

（三）《子不语》里的佛教神话，与道教神话一样，基本上不触及至上神——佛陀。书中出现得较多的佛教超自然体是观音菩萨、金刚力士（即菩萨）、地藏王菩萨，而六道轮回、因果报应之类的故事则构成了此书佛教神话的主体。例如《猪道人即郑曼》叙华山寺饲一猪，闻诵经之声即叩首顶礼，全寺呼之为道人。一夕，猪道人老病将死；寺中住持亦将往他处说法，临行嘱其徒：猪道人死后，碎割其肉分给四邻百姓吃。但其徒众以为这样有背我佛慈悲之旨，便将死猪掩埋了。住持回寺后，到埋猪之处哭道："我对不起你！"众僧大惑不解。住持解释道：此猪前生是屠宰官，自知难逃业报,便托生为猪,来求超度。故住持嘱徒碎割其尸分享四邻,以赎其罪。现在他未能赎罪,还将转世为人,受极刑而死。果然,三十年后,有翰林郑曼,负冤被凌迟处死。此佛话将三世流转、六道轮回、善恶报应诸教义都囊括进去了。类似的故事还有《影光书楼事》、《莺娇》、《旁观因果》等。

(乙)"随园戏编"作者将"随园戏编"内容,冠于《子不语》各卷之首。这道出作者的写作心态,不是视宗教为神圣而弘扬之,乃是借宗教题材写开心文字、游戏笔墨,或谑神揶鬼,或借鬼讽人。总之多在"戏"字上用功夫。其具体表现有四个方面

(一)人可胜鬼。鬼灵观念自原始时代产生以后,除了祖灵以外,一般是人类敬而远之的异己力量。怕鬼,是千万年以来人类的共同心理现象。但是对于具有唯物主义思想倾向的人来说,鬼是不可怕的。不怕鬼的故事在六朝志怪小说中就出现了,《子不语》却突出地表现了这一倾向。例如:《叶老脱》叙叶素不怕鬼,某次客居旅舍,有四鬼入室,互云有生人气,当共攫之;可是搜来搜去,总无法近叶。一鬼曰:"明明有人,为何搜之不得?"另一鬼曰:"凡吾辈之所以能摄人者,以其心怖而魂先出也。此人盖有道之士,心不怖,魂不离体,太仓促不易得。"群鬼正彷徨四顾,不料叶从床上坐起,以手自指曰:"我在此!"群鬼大惊,齐跪于地,叶一一讯之。《蔡书生》叙蔡买一屋,人言屋中有鬼。蔡秉烛夜坐,有女鬼入室,结绳于梁,伸颈于绳;另结一绳招蔡,蔡跻一足就之。女子曰:"君误矣。"蔡笑曰:"汝误,才有今日。我勿误也。"鬼大笑,伏地再拜而去。其他还有《顾尧年》、《鬼畏人拼命》、《长鬼被缚》、《捉鬼》、《陈清恪公吹气退鬼》、《鬼有三技,过此,鬼道乃穷》、《恶鬼吓诈不遂》、《油瓶烹鬼》、《烧包》等等。

(二)神灵并非神圣。敬神,是从原始社会就已经产生的宗教行为。从原始的自然宗教到现代的各种人为宗教,都是建立在崇拜超自然体——敬神的基础上。只有具有唯物主义思想倾向的人和无神论者,才敢对此持怀疑态度。《子不语》的这一倾向颇为鲜明。例如《雷公被绐》、《雷公被污》、《偷雷锥》、《城隍神酗酒》、《城隍赤身求衣》、《金刚作闹》、《煞神受枷》、《批地藏王颊》、《土地奶奶索诈》等,这类作品揭掉神灵头上的神圣

光环，让他们显出凡人的弱点、缺点，乃至狼狈尴尬之相，使之成了人们取笑的喜剧角色。

（三）对不法僧道的揭露与批判。《子不语》一方面写了一些宣扬六道轮回、因果报应等佛教教义和道士捉鬼镇妖的神话；另一方面也写了不少揭露和批判奸僧恶道骗财贪色的神话，例如《李通判》、《酆都知县》、《凡肉身仙佛俱非真体》、《炼丹道士》、《道士取葫芦》、《道士作祟自毙》、《猎户除妖》等。

（四）借鬼神影射和批判封建官场。例如：《不倒翁》借成精作祟的不倒翁，暗讥世故圆滑、左右逢源的封建官僚。《某侍郎异梦》叙某侍郎梦入冥间，有老僧斥他杀人太多。侍郎辩解说，所杀者都是国法应诛之人。老僧说："汝当日办案时，果只知有国法乎？抑贪图迎合固宠迁官乎？"说罢，拿起案头如意，直指其心。侍郎觉得冷气直逼五脏，心怦怦乱跳，汗如雨下，惶悚难言。过了很久，才听得一句：某知罪矣。袁枚从乾隆四年至十三年的九年之间，混迹于封建官场，其中黑暗，了如指掌。以上作品，乃是他多年对官场观察的结果。

还有的作品，既非揶神揄鬼，也不是讥讽世态，而是体现作者的某种哲理性思考。如《两神相殴》，作者假设两位大神：一曰李大王，二曰素大王。"李者，理也；素者，数也。"凡世上"一切神鬼圣贤，英雄才子，时花美女，珠玉锦绣，名书法画，或得宠逢时，或遭凶受劫，素王掌管七分，李王掌管三分。"所以，"人心天理，美恶是非"，只有"三分公道"，七分是命中注定。这是一篇神话—寓言型笔记小说。

此书还有部分条目渲染恐怖，个别条目笔涉猥亵，表现了作者的低级趣味的一面。

（丙）《子不语》的文学性

从汉魏六朝到清代，志怪笔记小说之多，已汗牛充栋；而《子不语》之所以能拥有大量读者，除前述风格上的"戏编"特色以外，还有其文学技巧上的原因：叙事委曲，描摹具体，绘声绘色，如临其境。例如写人，其《说官话鬼》叙南方人被北方鬼附身，忽然说起北方话来，颇能显示鬼灵个性特点。作者又善于描绘细节和场面。例如《文信王》写某总兵不执行兵备道的劝阻手书，杀五百叛兵。五百冤魂向地府文信王告状。总兵正在文信王面前申辩，这时：

> 阶下黑风如墨，声啾啾远来，血臭不可耐。五百头拉杂如滚球，齐张口露牙，来啮总兵。（文信王宣判以后）五百鬼皆手持头叩阶，哒哒有声。

寥寥数语，绘声绘色，绘形绘影，写出了一个五百砍头鬼集体告状的愤怒场景。作者对鬼的描绘，集中笔墨在一个"头"字上，抓住并突出了砍头鬼的特点。袁枚的描写技巧，于此可见其一斑。

《阅微草堂笔记》

此书24卷，1000余条，由《滦阳消夏录》6卷，《如是我闻》、《槐西杂志》、《姑妄听之》各4卷，《滦阳续录》6卷共同组成，纪昀撰。纪昀（1724—1805），字晓岚，一字春帆，直隶献县（今属河北）人；乾隆进士，官至礼部尚书、协办大学士。除主持编纂《四库全书》，并撰写《四库全书总目提要》以外，他在文学上的主要成就，就是创作了《阅微草堂笔记》。作者在《滦阳消夏录》卷首小序中写道："小说稗官，如无关于著述；街谈巷议，或有益于劝惩。"其《姑妄听之》小序云："诚不敢妄拟前修，然大旨期不乖于风教。"这是中国士大夫的传统文学观：既看不起"小说稗官"，又强调即使"小说稗官"也应当做到文以载道。《阅微草堂笔记》就是这样一部作品。

（甲）《阅微草堂笔记》的宗教内容

自汉魏以来，写作宗教神话小说的作者多如过江之鲫。其中有的作者本是某一宗教的信徒，因而他们公开声称笃信某一宗教。例如六朝佛徒王琰、晚唐五代道士杜光庭，就是如此。至于一般士大夫作者在自己的小说中公开宣布其宗教信仰者却不多。唯有纪昀特出，他的《阅微草堂笔记》既是志怪笔记小说，又是作者的宗教信仰自述。

他崇拜鬼灵。例如书中卷5《余二三岁时》条道："前母即张太夫人姊。一岁忌辰，家祭后，张太夫人画寝，梦前母以手推之曰：'三妹太不经事，利刃岂可付儿戏！'愕然惊醒，则余方坐身旁，掣姚安公革带佩刀出鞘矣。"作者继此记事之后写道："始知魂归受祭，确有其事。"

他崇拜动植物精灵。例如卷5《狐能化形》条叙狐可以变化为人，也可以使物变形，如化墟墓为室庐等。对于这类神话传说，他信以为真，并据以驳斥程朱理学的格物致知论："宋儒动言格物，如此之类（指狐精变化），又岂可以理推乎？"

他崇拜扶乩请神。例如卷4《姚安公未第时》条写道："大抵幻术多手法捷巧，惟扶乩一事，则确有所凭附。"

他崇佛。例如卷5《余在》条叙作者本人赴乌鲁木齐的前夕，梦见故仆宋遇叩首曰："念主人从军万里，今来服役。"次日，有人赠他一犬，备极忠尽。他因此坚信："了然知为遇转生也。"灵魂不灭，六道轮回，他是绝不怀疑的。

他对道教神仙之术信疑参半。例如卷8《冯巨源》条，托某长寿老翁之言说："我非仙，但吐纳导引，得不死耳。"或问："容成彭祖之术，可延年乎？"答曰："此邪道也，不得法者，祸不旋踵。真得法者，亦仅使人壮盛。""神仙可不死而亦时时可死"；"彼神仙者，固亦兢兢然，恐不自保。非内丹一成，即万劫不坏也。"作者最后引鲁戈斋的话评论道："其言皆笃实，不类方士之炫惑。"这表明纪昀对道教的态度是亦信亦不太信。这就是《阅微草堂笔记》中极少仙话，连道士劾鬼斩狐之类的民间传奇也不多见的原因。

崇拜并弘扬儒教，是纪昀写作《阅微草堂笔记》的根本目的。作者常常借题发挥，叙完一事，便大发一通议论，以术道士自居；或者借故事中佛道、鬼神、精灵之口侃侃论道。例如卷1中《朱子颖》条，先由某耆儒对儒学13经阐释一番，继由作者本人对汉儒与宋儒的长短得失评议一番。全文近千字，叙事不过百字，百分之九十的篇幅是放谈儒家之道。纪昀亦如蒲松龄、袁枚，好谈狐鬼，但目的各不相同。蒲袁借狐鬼故事以表现人情人性，纪则扒狐鬼故事以弘扬儒教精神。例如《阅微草堂笔记》卷10《任子田》条：

……有人夜行月下，见墓道松柏间，有两人并坐。一男子年约十六七，韶秀可爱；一妇人白发垂项，伛偻携杖，似七八十以上人；倚肩笑语，意若甚相悦。窃讶何物淫妪，乃与少年儿狎昵。行稍近，冉冉而灭。次日，询是谁家冢，始知某早年夭折，其妇孀守五十余年，殁而合窆于是也。

《诗》曰："谷（生）则异室，死则同穴。"情之至也。《礼》曰："殷人之祔（祭名或葬法）也，离之；周人之祔也，合之。"善夫！圣人通幽明之礼，故能以人情通鬼神之情也。不近人情，又乌知礼义哉！

对于鬼世界的这一对少男老妇畸形夫妻，人皆以为怪，但纪昀以儒教伦理准则——节妇孀守为出发点，并援引儒家经典，充分肯定了这种所谓"鬼神之情"。

纪昀是一个以儒为主的三教互补论者，但他对三教中的"伪劣产品"则深恶痛绝之。他在《马大还》条中声称"儒如五谷"，"释道如药饵"，"若其末流，岂特释道贻患，儒之贻患岂少哉！"故《阅微草堂笔记》中写了大量揭批三教末流伪装神圣的故事。其针对假道学的有卷1的《某孝廉》、卷2的《槃庵》、卷4的《两塾师》和《李孝廉》、卷5的《董秋原》，针对奸僧的有卷3的《景城南》，针对奸道的有卷4的《郝媪》等。

（乙）《阅微草堂笔记》的社会性

在鬼神精怪统治人们头脑的时代，必有伪装鬼神精怪以行诈骗阴谋的社会现象相依存。西方的《十日谈》和我国明代的"三言二拍"中，多有反映这一现象的作品。《阅微草堂笔记》中记述这类故事的作品也不少。例如卷13《鱼门》条：

游士某，在广陵纳一妾，颇娴文墨，意甚相得，时于闺中唱和。一日，夜饮归，僮婢已睡，内暗无灯火。入视阒然，惟案上一札曰："妾本狐女，僻处山林，以夙负应偿，从君半载。今业缘已尽，不敢淹留。……"某得书悲感，以示朋旧，咸相慨叹，以典籍尝有此事，勿致疑也。后月余，妾与所欢北上，舟行被盗，鸣官待捕，稽留淮上者数月，其事乃露。盖其母重鬻于人，伪以狐女自脱也。

书中类似这种装神弄鬼以售奸计的故事还有很多，有的由于装神弄鬼反被鬼神所弄。

通过神话故事，揭社会病态，批官场黑幕，也是《阅微草堂笔记》的一个方面。例如卷3《史松涛》条，叙某公尝捶杀一干仆，此仆魂附一痴婢与某公辩曰："主人高爵厚禄，不过于奴之受恩乎？卖官鬻爵，积金至巨万，不过于奴之受赂乎？某事某事，颠倒是非，出入生死，不过于奴之窃权柄乎？主人可负国，奈何责奴负主人？"作品通过一派鬼话，把窃权卖爵、无恶不作的某大封建官僚的罪行，彻底暴露在光天化日之下。

勾心斗角，阴谋构陷，是封建社会的病毒之一。《阅微草堂笔记》对此亦有不少记录。尽管其中有些故事没有与鬼神发生联系，但作者还是要从宗教神学的角度来加以评议。例如卷11《汪文瑞》条写道：

　　……有欲谋害异党者，苦无善计。有黠者密侦知之，阴里药以献之，曰："此药入腹即死，然死时情状实与病卒无异。虽蒸骨检之，亦与病卒无异也。"其人大喜，留之饭。（黠者）归则以是夕卒矣。盖（欲谋害异党者）先以其药饵之为灭口计矣。

"卿卿反被卿卿误"的情节模式，人们常从小说、戏剧中看到。但据纪昀称，他之所记乃是实事，是清代畸形社会的百态之一；而且他以宗教神学的观点，对其根源作出了唯心主义的错误分析："阴谋者鬼神所忌，殆不虚矣。"

（丙）《阅微草堂笔记》的艺术性

自六朝以后，狐鬼故事不绝。至《阅微草堂笔记》，继续大写狐鬼，但其中一部分条目，却是人类对狐鬼的冒充，从而跳出了前人的狐鬼窠臼，令人耳目一新。例如卷16《王恩溥》条：

　　王恩溥……自兴济夜归，月明如画，见大树下数人聚饮，杯盘狼藉。一少年邀之入座。一老翁嗔语少年曰："素不相识，勿恶作剧。"又正色谓恩溥曰："君宜速去。我辈非人，恐小儿等于君不利。"恩溥大怖，狼狈奔走，得至家，殆无气以动。后于亲串家作吊，突见是翁，惊扑欲绝，惟连呼："鬼！鬼……"老翁笑掖之起曰："仆耽曲蘖，日恒不足。前值月夜，荷邻里相邀，酒已无多，遇君适至，恐增一客，则不满枯肠，故诡语遣君，君乃竟以为真耶？"宾客满堂，莫不绝倒。

闹鬼虚惊，是旧时代司空见惯的生活喜剧，纪昀第一次描述了这一现象的戏剧性。

此书中令人绝倒的还有一些冒充狐精的故事，前述《鱼门》条便是一例。再如卷2《卖花老妇》条，叙京师一宅近空圃，圃中多狐。有某冶妇常与邻家少年狎于圃中，害怕事泄，便冒充狐精。少年惑于色，也不以狐精为异类而疑惧。日久，忽有真狐精掷瓦石于冶妇屋顶骂道："我居圃中久，小儿女戏抛砖石惊动邻里或许有之，实无冶荡蛊惑事，汝奈何污我！"由是真相大白。这则真狐精揭穿假狐精故事，突破了传统的人狐相恋模式。

《阅微草堂笔记》中亦不乏绝妙的讽刺小品。这类作品借狐鬼故事以嘲讽浮生世相，其手法是采取正反、表里、前后对照，把其喜剧性人物的堂而皇之的假面揭穿，让其丑陋真相暴露出来。例如卷5的《董秋原》条云：

……海丰有僧寺，素多狐，时时掷瓦石扰人。一学究借东三楹授徒，闻有是事，自诣佛殿呵责。数夕寂然，学究有德色。一日，东翁过谈。学究拱揖之顷，忽袖中一卷堕地。（东翁）取视，乃秘戏图也。东翁默然去。次日，生徒不至矣。……

作品借狐祟为诱因，以先正后反的对照描述，给假道学以火辣辣的讽刺。

《阅微草堂笔记》虽然以弘扬儒教为根本目的，但也有少数作品涉及儿女私情，乃至缠绵悱恻出人意表者。例如卷1《周虎》条，叙狐精为补业缘而与周虎相恋20余年。业缘一日不满，则一日不得生天。一日，狐女"辗然自喜，又泫然自悲"，对周虎说："月之十九日，吾缘心当别。"到了

15日晨，狐女向周告别。周问何以提前三天。狐女泣曰："吾留此三日缘，为再一相会地也。"几年后，狐女果再至，与周欢聚三日而别。临行呜咽："从此终天诀矣。"这则故事虽然意在宣扬释家因果报应观念，但对狐女既盼业缘完结，又怕业缘完结；既盼生成天仙，又难割人间之爱的矛盾心理，刻画得入木三分。"留此三日缘"的情节，构想新奇，有余音袅袅之妙，不啻纪老夫子的神来之笔。

《阅微草堂笔记》虽以记述宗教神话为主，但也间或杂收一些颇富见地的考辨短章。兹录其与《红楼梦》大观园相关的一则，以见一斑。该书卷19《莲以夏开》条云：

> 莲以夏开，惟避暑山庄之莲，至秋乃开，较长城以内迟一月有余。然花虽晚开，亦复晚谢。至九月初旬，翠盖红衣，宛然尚在苑中。每与菊同瓶对插，屡见于圣制诗中。盖塞外地寒，春来较晚，故夏亦花迟；至秋早寒而不早凋，则莫明其理。今岁恭读圣制诗注，乃知苑中池沼汇武列水之三源，又引温泉以注之，暖气内涵，故花能耐冷也。

今之论"京华何处大观园"者，无不认为荷花产于江南，因而推论200年前北京大观园中的荷花，乃是作者曹雪芹凭其对苏州园林中之荷花的记忆而虚构。但是，纪昀对塞北荷花迟开迟谢的考辨，足以证明大观园里的荷花绝非虚构，而是写实。况且在17世纪之末，康熙、乾隆之交，实际上已经在北京圆明园里仿建西湖八景，"曲院风荷"即八景之一。可以断言，大观园里的风荷，就是对圆明园风荷之"移植"。

《右台仙馆笔记》

此书16卷，600余条，俞樾撰。俞樾（1821—1906），字荫甫，号曲园，浙江德清人，道光三十年进士。他是著名学者，先后主讲于江苏紫阳书院、上海求志书院、杭州诂经精舍数十年，著述极丰，有《春在堂全书》传世。《右台仙馆笔记》为俞氏晚年之作。作者自称其夫人亡故之后，葬于钱塘之右台山，随后在该处筑屋三间，颜之曰："右台仙馆"，居其中，写成此书，书名由此而来。无论从哪方面看，《右台仙馆笔记》都是一部《阅微草堂笔记》式的作品：书名同构，内容基本相同，思想观点一致，写作模式则均为一事一议，叙议结合。

　　此书广涉各种宗教和世俗人情，从题材看，它没有一定的范围。但作者是一个纪昀式的儒家学者，所以儒学便成了他搜集和评议奇闻逸事的基本准则。书中不但记录了大量当时的孝子、节妇、烈女故事，而且还常常缘事而大发议论，阐扬儒学之义理。例如卷2《李老道》条，写李老道自叙其长生久视之道，"惟任其自然而已。"篇末从老子的自然观推及孔子的伦理观道："圣人之治天下，亦若是也。君臣、父子、夫妇、兄弟、朋友，皆有自然之节，圣人制为礼法，使人循此以求自然之节也。"类似的议论，书中处处皆是。

　　除以弘儒为主之外，佛道、鬼神、精怪，乃至梦兆、箕仙，也无所不涉。对于这些宗教神话传说，作者亦如纪昀之妄言妄听态度，一一录之于书，或信或不信，不一而定。对于佛教的三世轮回、善恶报应等观念，俞樾是坚信不疑的。他不但采入了大量这方面的传说，而且也在许多条目的评议中肯定了这一观点。例如卷2的《劳氏》条：

　　　　唐西镇劳氏富于财，生一儿，年七八岁矣，犹口不能言，足不能步。其家创建育婴堂。堂成之日，儿即能言，越二岁能行，今且读书游泮水矣。报施之不爽如此。

这是书中最短的一条。最后一句，鲜明地表达了作者的报应观。但对于清代十分流行的扶乩，俞樾则斥之为"江湖术士"。他声称"雅不信箕仙，窃谓当今之世，而欲绝地天通，宜首禁此术也。"不过后来作者放弃了这一立场，他在卷16的《箕仙李栩》条，居然还为箕仙作了一番考论。

　　自六朝至元明，鬼话文学中的鬼灵多是自现原形的，善鬼以美好的形象出现，恶鬼以丑陋的形象出现。到了清代，渐渐出现了鬼附生人以显灵的描述。《醒世姻缘传》里已有这种情节，袁枚《子不语》里的《说官话鬼》也是一例。到了《右台仙馆笔记》，不但其中鬼话大多属于这一类，连神祇也附生人以显灵了。例如卷16的《某甲妻》、《赵某》、《楚人新妇》、《祝某》诸条都属于鬼附生人显灵模式,《张氏子》则是神附生人显灵故事。

《右台仙馆笔记》虽然基本上站在儒教立场搜罗奇闻逸事,但是它所记录的一切都来自民间,因而在客观上具有一定的现实性,使我们得以窥见清代社会的面貌。例如《碧山岩寺》条里的僧人碧禅,不但要求还俗,而且狎妓,甚至敢于杀人。这是佛教走向衰微的表征之一。此外,还有大量世俗生活之怪现象,诸如官盗、神偷、色骗、奸杀、殉情、变性、三教九流、畸行恶德,构成了一个清代封建社会的万花筒。

第四章 戏曲

清代前期，即顺治、康熙、雍正、乾隆四朝的一百余年间，戏剧创作上承明传奇之余绪，一时名家辈出，名作纷呈。其中涉及儒、释、道三教的重要作家和作品，有李玉《清忠谱》、洪昇《长生殿》、方成培《雷峰塔》等。此后的戏剧创作逐渐衰微，虽仍有新人新作问世，但于文坛已无足轻重了。

第一节 儒教伦理剧

在清初剧坛，撰写儒教伦理剧之最负盛名的作家是李玉。李玉（1611？—1677以后），字玄玉，号苏门啸侣，又号一笠庵主人，江苏吴县人。他出身寒微，明末曾中副贡；入清以后，绝意仕进，唯致力于戏曲创作，作品多达42种，今存18种。他的《一捧雪》、《人兽关》、《永团圆》、《占花魁》早已为人称道，号称"一人永占"，又称"一笠庵四种曲"。他的大部分剧作，都是演述忠、孝、节、义等儒教伦理故事，其间大抵穿插鬼神浪漫主义情节，以褒忠贬奸。其代表作有《清忠谱》、《千钟禄》、《万里圆》等。

《清忠谱》

此剧25折，描述明末东林党与阉党之间一场你死我活的斗争。这是一部历史悲剧。明万历期间，一批中下层士大夫讲学于无锡东林书院，评议朝政，抨击权奸，从而形成一个政治集团，世称"东林党"。天启期间，司礼秉笔太监魏忠贤把持朝政，遍结死党，世称"阉党"。东林党首领之一杨涟上疏弹劾魏忠贤,列举其24条罪状。阉党疯狂反扑,东林党人迭遭捕杀。崇祯帝登基后,将阉党定为"逆案",并恢复了东林党人的名誉。《清忠谱》以这一历史事件为题材,描述东林党人周顺昌在苏州市民支持下与阉党斗争,并遭捕杀的悲剧。剧作家按照儒家政治伦理观念,将这场斗争处理成一场忠奸之斗。周顺昌以及其他东林党人是忠实于朱明皇朝的一方,魏忠贤及其他阉党分子被描会成阴谋推翻朱明皇朝并取而代之的一方。剧本热情地歌颂了东林党人(忠臣)以及支持东林党人的苏州百姓(义士),并塑造了正气磅礴、清廉耿介、疾恶如仇、视死如归的东林党领袖之一周顺昌的悲剧英雄形象。

这个戏在思想和艺术上有三个特色。

(一)从戏剧冲突中介绍主要人物。明清传奇(戏剧),多从男女主人公各自的家庭生活写起,一般要写到四五乃至八九出之后,才正式展开戏剧冲突。《清忠谱》打破了这种脱离戏剧冲突的人物介绍法。其开始四折,均以东林党与阉党的忠奸矛盾为背景,依次对士大夫英雄周顺昌、平民英雄颜佩韦等五人、阉党首领魏忠贤,以及阉党群丑等,一一作了介绍。这样,介绍人物的过程,同时就是戏剧冲突展开的过程,因而使这部传奇具有强烈的戏剧性,它一开场就能以悬念把读者和观众的心弦扣紧。例如第一折《傲雪》,先写吴县陈知县拜谒周顺昌的原因是:"昨奉府文,有李公到苏,特来迎迓。因行旌未至,故此泊舟,叩谒老师。"周顺昌问明所谓"李公"乃是一位"内监"时,立即怒不可遏地说道:"这又是魏贼所遣矣。咦!魏忠贤!魏忠贤!"接着,又写有人向周顺昌报告:"外边人沸沸扬扬说:文老爷在京劾了魏太监一本,圣旨削籍,即日归家了。"周顺昌大吃一惊,连忙派人前往文家打听情况。第一折写到此处戛然而止,留下悬念。上述二事,都表明东林党与阉党的斗争正在进行之中。周顺昌这一《清忠谱》中的主人公,就是在上述忠奸交锋的背景前出场亮相,预示着一场席卷苏州的政治风暴即将来临。

(二)以现实主义和浪漫主义相结合的戏剧情境,虚实交叉地塑造了周顺昌的忠臣形象。剧中第5折《缔姻》、第6折《骂像》、第15折《叱勘》,以层层深入的现实主义笔触,描述了周顺昌对魏逆的揭露与指斥,刻画了他烈火金刚式的性格。例如《叱勘》,写周顺昌在魏阉勘问他的公堂之上，面对面痛快淋漓地揭露魏阉杀害后妃、残害忠良等罪行，从而将阉党对东林党的勘问变成了东林党对阉党的勘问。忠奸斗争在这一折里达到了高潮。

另一方面，剧中第 8 折《忠梦》和第 20 折《魂遇》以浪漫主义的笔触，描述了东林党人周顺昌孤忠报国的政治理想。剧作家让周顺昌在梦中笏击魏逆之后，又奏劾魏逆。魏逆终于被绑赴市曹斩首，人心大快。剧本以此情节表明：忠臣在现实斗争中虽然失败了，但他的儒家伦理精神却胜利了。《魂遇》则写周顺昌忠魂受玉帝敕封为城隍神，颜佩韦等五义士的英灵被玉帝敕封为周顺昌部下的五方功曹。这样，剧本将儒家伦理精神与道教神话联结起来，因而取得了儒教浪漫主义文学的性质。

（三）以个体英雄形象与群体英雄形象互相映衬，真实地表现了历史的本质。这一思想艺术特色，已首见于明末传奇《精忠旗》。《清忠谱》继承了这一特色。剧中第 5、第 6、第 15 三折，写中下层封建政治家周顺昌对逆党的斗争；第 10 折《义愤》和第 11 折《闹诏》，写市民群众对周顺昌的支援。这样，既充分肯定了杰出个人在历史上的一定作用，又说明了历史的动力是人民群众。

《千钟禄》

这是李玉另一部以明史和传说为题材的历史悲剧，它歌颂忠臣死节的儒家精神，所以此剧又名《千钟戮》，2 卷，25 出。明亡以后，满族入主中原。除了少数明臣降清之外，许多毕生接受儒家伦理熏陶的汉族知识分子，大有"故国不堪回首"之慨，于是纷纷从前代历史中寻找相似性题材，写成小说、戏曲，以寄托亡国之哀思。在这些作品中，以明初燕王朱棣（后来的明成祖）挥师南下，夺取其侄朱允炆——建文帝的皇位这段史实，借以比附清兵南下灭明的现实者，小说有《女仙外史》，戏曲则有《千钟禄》。此剧情节大要源出于史仲彬《致身录》，兼取他书。剧中叙燕王率师攻破京城后，建文帝化装为僧，翰林程济化装为道，二人逃亡西南各省数十载。其间，忠于建文帝的大批文臣武将，如方孝孺、黄子澄等，均拒降燕王而遭株连十族之罪；少数幸免于难者，如吴成学、牛景先、史学彬等，则先后多次寻访建文于西南各省山中。

数十年后，又经过皇位两度更易，建文偕程济重返朝中，以大团圆告终。以上剧情中关于建文逃亡西南和还朝事，均据民间传说加以虚构而成。

剧中根据儒家正统观塑造了一批忠臣形象。程济抛家别子，只身跟随故主茹苦含辛，出生入死，数十年不改初衷。这是剧作家极力歌颂的忠臣榜样。第19出《打车》，作者将程济与三朝元老严震直一同放在尖锐的戏剧冲突中，加以对比描绘，撼心夺魄。严震直奉新主成祖之旨，将故主建文捕获，陷入囚车，北上复旨。程济发觉后，追上前去，义正词严地痛斥严震直忘恩负义：

"你也曾立朝端，首领鸳行；食禄千钟，紫绶金章：顿忘了圣主汪洋！""到如今，反颜事敌，转眼恩忘！""恁不见，唐室睢阳，宋室天祥。怎不绯衣行刺？怎不学十族方、黄？"

由于程济晓以儒学大义，押解军士纷纷抛戈弃甲而去，严震直亦自愧而自裁而亡。此情节与《三国演义》中的诸葛亮骂死王朗同构。相形之下，程济的忠义形象光辉耀目。

同时，剧中还塑造了吴成学、牛景先、史仲彬等其他忠臣形象。

剧作家为了批判封建帝王自相残杀、争夺皇权的行为，虚构了《索命》一出，叙明太祖之仙魂痛责燕王残杀骨肉，因而夺其性命。特别是全剧结构以叔侄（燕王与建文）相残始，却以叔侄（建文与宣德）相亲终。这种首尾对照的构思，也体现了作者对自相残杀的谴责。

《万里圆》

此剧2卷，26出。同李玉的前两部作品一样，此剧亦取材于前朝的真人真事。朱彝尊《明诗综》云：黄孔昭，字含美，吴县人，举崇祯乡试，选授大姚知县。一命投荒，忾离天末，已不做归田之梦。其子向坚，眼枯足茧，蹈白刃寻之，卒御以归。吴中好事者编《万里圆》传奇演之。朱氏所谓"吴中好事者"就是吴县人李玉。关于黄向坚万里寻亲故事，其子孙所著《旌孝编》有详细记述，李玉《万里圆》即据此改编。清初，以南明史实为背景而写爱情故事者,有孔尚任《桃花扇》;以南明史实为背景而写寻亲故事者,则有李玉《万里圆》。两剧中的历史背景,均表现了南明封建小朝廷的忠奸斗争。

此剧叙黄孔昭夫妇于明崇祯末年离开家乡姑苏,赴云南大姚上任,将儿子黄向坚及儿媳吴氏留在姑苏。一年以后,清兵渡江。从此,黄孔昭夫妇与儿子、儿媳分处清朝和南明两个对立的封建政权之下,达十年之久。双方音问断绝,存亡未卜。黄向坚为尽人子之道,抛妻别子,万里南下,出生入死,终于将父母从云南迎回姑苏。

剧中极力挖掘主人公黄向坚的内心世界,颇不乏感人之笔。例如写黄向坚为寻双亲而抛妻别子,临行前考虑到可能一去难归,于是他写下遗嘱。剧本以抒情曲白揭示了他此时的内心矛盾和痛苦:

[解三醒]忍泪含啼书一纸,临行嘱咐妻儿。我为寻亲,远向天涯去。生和死,杳难期。(哭)儿啊,只愿你长大起来!把遗书万卷休轻弃,养母高堂孝莫违。涓涓泪,真个是,人生最苦,死别生离。

仰事父母,俯蓄妻子,二者之间发生了矛盾,无法兼顾了。黄向坚只得寄望于自己的儿子,希望他将来也做一个孝子。

剧中对明末清初的社会现实有一定程度的反映。除对兵荒马乱中的人民流离失所有所描述之外,还勾勒出若干民风世相,颇为生动。如黄向坚妻请算命瞎子为丈夫算命,算命瞎子边说边套口气的情节,惟妙惟肖。不过,这部传奇的主线——寻亲经历比较简单,因而不免过多地穿插一些与主线关系不大的情节,给人以芜杂之感。

综上所述,《清忠谱》弘扬的是忠与义,《千钟禄》弘扬的是忠,《万里圆》弘扬的是孝。在其他现存李玉剧目中,还有不少歌颂儒教伦理精神的作品。著名的"一人永占",其中的正面人物都是忠孝节义的化身。例如《一捧雪》中的莫诚,就是一个忠心耿耿的义仆形象。

李玉是吴人,其剧作不但取材于吴越,而且剧中底层人物的宾白也多采用吴中方言,因而作品具有浓厚的生活气息和地方色彩。

第二节 史话—神话剧

《长生殿》

这是一部描述唐明皇与杨贵妃生死相恋的历史故事与道教神话交融互汇的传奇，50出，洪昇撰。洪昇（1645—1704），字昉思，号稗畦，又号稗村，别署南屏樵者，浙江钱塘（今属杭州）人。他出身于书香门第，好读书，擅长诗文词曲，颇负才名，康熙年间，为国子监诸生长达20余年。但他孤傲耿介，常"白眼踞坐，指摘古今"，因此始终未获一官半职。其著作除《长生殿》外，还有诗集《稗畦集》、《稗畦续集》、《啸月楼集》和杂剧《四婵娟》等。但使洪昇蜚声文坛的是《长生殿》。康熙二十八年，他在孝懿皇后去世的国丧期间，招伶人搬演《长生殿》，一时名流聚观者无数，不料遭人弹劾，洪昇被国子监除名下狱，与会官吏亦多被革职。时人有诗嘲云："可怜一夜《长生殿》，断送功名到白头。"康熙三十六年，江苏巡抚宋荦组织演出《长生殿》，观者如堵，盛况空前。康熙四十三年，江宁织造曹寅组织上演《长生殿》，历时三昼夜，江南江北名流，尽皆云集，而主人独奉洪昇居上座。

《长生殿》取材于白居易《长恨歌》、陈鸿《长恨传》、乐史《杨太真外传》、佚名《梅妃传》、唐宋笔记小说中关于唐明皇的神话传说，以及李白、杜甫、杜牧关于李杨爱情的诗文等；并参考了白朴杂剧《梧桐雨》，经过十余年的构思和写作，三易其稿而成。全剧从第2出至第50出的人物下场诗，通通集自唐诗，简称"集唐"，单是这一项，也够惨淡经营了。剧中以安史之乱有关的史实为背景，描述唐玄宗李隆基沉迷于声色，宠幸蓬莱仙子下凡的贵妃杨玉环，因而酿成天下大乱。但李杨之恋死生不渝，二人终于在天上做了神仙爱侣。

《长生殿》熔历史故事与道教神话于一炉，现实主义与浪漫主义的艺术光芒交相辉映。剧本中描述的李隆基、杨玉环之恋，以及与之相关的安史之乱，都是有历史依据的。不过，洪昇并非完全按照信史加以铺陈，而是有所增损，有所虚构。例如杨玉环原本是唐明皇之子李瑁的妃子，李隆基爱其姿色，召之入宫为女道士，然后又令她还俗，封为自己的贵妃。剧作家为了使李杨之恋理想化，便把男主人公原型的这一段丑史删掉了。另一方面，洪昇为了强调男女主人公的"真心到底"（第一出《传概》）的爱情，吸收唐宋以来有关李杨之恋的神话传说，进行了内容丰富的再创造。剧中李隆基、杨玉环二人的前身，一个是元始孔昇真人，一个是蓬莱仙子。他们偶因小谴，谪住人间，结为夫妇。后来他们谪限已满，经天孙（织女）向玉帝奏准，命其返居忉利天，永为仙侣。这是元、明、清小说、戏曲中常见的道教爱情神话模式，是汉魏六朝神仙故事《萧史弄玉》的变形再现。

《长生殿》结构匀称，匠心独运；主线副线，互相促进。

此剧的情节主线是李杨之恋——"死生仙鬼都经遍，直作天宫并蒂莲"（第五十出《重圆》）。通过这条主线，剧本充分地表现了"真心到底"、生死不渝的理想化爱情。纵观李杨之恋，分为现实与神话两个阶段。现实阶段的李杨之恋，经历了四个层次的发展。第一层是《定情》、《春睡》两出，正面描绘二人的热恋。第二层是《傍讶》、《幸恩》、《献发》、《复召》四出，描述经历了虢国夫人争宠的波折以后，李杨之恋加深一层。第三层是《制谱》、《偷曲》、《舞盘》三出，极写二人相爱的心理基础——对音乐的共同爱好。第四层是《夜怨》、《絮阁》、《窥浴》、《密誓》四出，描述经历了梅妃应召的波折之后，二人相爱弥笃，并于七夕向双星设下生生世世永为夫妻之盟。随后是第25出《埋玉》，现实阶级的李杨之恋，到此结束。

剧本的后25出，转入了李杨之恋的神话阶段。这一阶段经历了两个层次的发展。第一层包括《冥追》、《闻铃》、《情悔》、《哭像》、《尸解》五出，描述杨玉环死后，李杨分处阴阳两界的绵绵不绝的相思之情。第二层包括《仙忆》、《见月》、《改葬》、《雨梦》、《补恨》、《寄情》、《得信》诸出，描述杨玉环尸解成仙而重返蓬莱仙境后，李杨分处仙凡两界的绵绵不绝的相思之情。第50出《重圆》叙李杨破镜重圆于天上，从而结束了神话阶段的李杨之恋，也是全剧的结束。如上所述，此剧前后各25出，分别描述李杨之恋的现实与神话二阶段。当然，在前后两个25出中，各有若干出是描述全剧之副线的。

剧中的情节副线，是写权奸杨国忠与叛将安禄山从互相勾结到彼此争斗，从而酿成天下大乱，以及郭子仪平乱的经过。《贿权》、《疑谶》、《权哄》、《合围》、《侦报》、《陷关》、《骂贼》、《剿寇》、《刺逆》、《收京》诸出，把这条副线清晰地勾勒了出来。这条副线揭示了本剧的副主题：封建帝王"逞侈心而穷人欲，祸败随之"（洪昇《长生殿》自序）。不难看出，剧本的主线与副线具有内在因果联系，剧本主题与副主题亦密切关联。总之，此剧结构布局，严密匀称，各个部分结成一个彼此依存的有机整体。这是剧作家长期惨淡经营的结果。

这本传奇的美中不足，是主题与题材之间存在的固有矛盾。剧作家要借封建皇帝李隆基的爱情浪漫故事，来发扬"真心到底"的婚恋伦理，其实是彼此扞格的。因为作家在剧中所极力歌颂的"真心到底"之爱，在一夫多妻制盛行的古代东方，特别是在皇帝的宫廷里，是根本不存在的。中国皇帝的性爱特点，就是不断转移其性爱目标，李隆基也不例外。不过，剧作家为了弘扬他理想中的婚恋伦理，便一方面尽量渲染、突出李杨之恋；另一方面又尽量淡化李隆基对其他嫔妃的恩宠，即将虢国之争宠、梅妃之应召，一一作了暗场处理，不让这些与"真心到底"的主题相矛盾的戏剧动作在明场给观众留下印象，并将这些直接冲击主题的情节当作加深李杨之恋的契机和铺垫。这样一来，题材与主题之间的固有矛盾虽然在一定程度上被掩盖起来，但却无法从根本上加以抹杀。

《长生殿》里的人物塑造吹气欲活，心理刻画，惟妙惟肖。

剧中的男女主人公唐玄宗、杨贵妃是剧作家倾全力加以塑造的人物，是主题思想的体现者。从爱情的角度来看，剧本对他们是肯定的，李隆基作为中国皇帝，虽然生活在六宫粉黛之中，有时也不免移情他注，但由于杨玉环的色艺双绝，以及杨对他的一片深情，所以他终于与杨订下了生生世世永为夫妻之盟。但是，剧本对这位皇帝也是有所批判的，这就是他的荒淫误国。他为了讨好杨贵妃，不但穷奢极欲，大封杨氏姐妹，还把其兄杨国忠擢为右相。同时，他与杨玉环日夜沉迷于歌舞升平，对安禄山缺乏应有的警惕，终于酿成天下大乱，给人民带来无限痛苦。杨玉环作为中国皇宫中众嫔妃之一员，剧本对她的形象赋予了理想的色彩和深厚的同情。剧中以生动的情节和场面描绘表明：她之所以获得皇帝的专宠不是偶然的。她不但"娉婷绝世",尤其是"一点灵心"无人可及。《制谱》、《舞盘》诸出,极写其才艺之绝,这是她能够使一位中国皇帝将"三千宠爱"倾注于己之"一身"的重要原因。但即使如此,她也不可能避免来自宫廷内部其他嫔妃的挑战。虢国急宠,梅妃应召,使得杨玉环患得患失,费尽心机,穷于侦察。剧本描述她为了捍卫做女人的权利而嫉妒,而伤感,而哀怨,而委曲求全,而烦恼焦躁……;情景中的种种复杂心态,无不见之于科介、宾白和曲文。

例如第8出《献发》写杨玉环因嫉妒虢国争宠而忤旨,被皇帝遣送出宫后的各种感情变化:

[中吕引子·行香子](旦引梅香上)乍出宫门,未定惊魂,渍愁妆满面啼痕。其间心事,多少难论。但惜芳容,怜薄命,忆深恩。

[中吕过曲·榴花泣](石榴花)罗衣拂拭,犹是御香熏,向何处谢前恩?想春游春从晓和昏,(泣颜回)岂知有断雨残云?我含娇带嗔,往常间他百样相依顺,不提防为着横枝,陡然把连理轻分。

[前腔]凭高洒泪,遥望九重阍,咫尺里隔红云。叹昨宵还是凤帏人,冀回心重与温存。天乎太忍!未白头先使君恩尽!

(梅指介)呀,远远望见一个公公,骑马而来,敢是召娘娘哩!

(旦叹介)料非他丹凤衔书,多又恐乌鸦传信。

上述三支曲文,描述杨玉环被遣还家之初,由突如其来的打击而产生的震惊,转入自惜自怜和回忆;又从回忆而萌发希冀和怨艾。此时忽见太监前来,梅香(丫环之通称,此处指宫女)说"敢是召娘娘",这是一种猜测,于是又引起了杨玉环的忐忑不安和疑虑重重:是丹凤报吉还是乌鸦传凶?我们似乎听见了她的心脏急促搏动的怦怦之声。

《献发》一出的最后,写韩国夫人、虢国夫人前往探视贵妃。此时此刻,姐妹三人的心情同中见异,异里有同。贵妃的荣辱,关系着杨氏一门的兴衰;因此,她的命运就是杨氏兄弟姐妹共同关心的焦点。这时,姐妹三人只有一个共同愿望,盼望唐明皇恢复对杨玉环的恩爱。但是,对于有权自由出入宫闱的韩国、虢国来说,又十分希望从贵妃那里分到一小份帝泽,因为这在一夫多妻制的封建时代,特别是在皇宫里,是司空见惯和理所当然的;而且虢国实际上已经挣到了她的那一份,杨玉环之所被斥,也正是由此引发的。基于上述同中之异,姐妹三人见面之后,又不免彼此拈酸吃醋。虢国心知贵妃是由于不能容己而得罪了皇帝,她希望姐姐既能再度回到皇帝身边,又能让她继续分享一杯羹。但她不便明说,只得含糊其辞地批评了几句:"凭为人,怎趋承至尊?"韩国在前一出《幸恩》中已猜到虢国的分宠,并流露出艳羡之情;但她却不知贵妃之见黜乃是由于虢国急宠产生的矛盾,所以她只是一个劲地向贵妃打听个中原委。对于杨玉环来说,虢国是自己的对头。她之所以忤君,原因就在虢国身上,此时二人相见,她的心头岂不是火上加油?韩国不知底细,偏当着虢国之面要贵妃说出原委来,她又怎能启齿?所以尽管"姐妹每情切来相问",对于此时此地又羞又气的杨玉环来说,"总有万语千言,只在心上忖",无言以对。这出戏的末尾,以《榴花灯犯》和《尾声》两支曲文,穿插若干宾白、科介,把姐妹三人又相同又不大相同的隐秘心理,曲尽其妙地呈现在观众面前了。

又如第9出《复召》,描绘李隆基将杨贵妃遣送出宫后的追悔之情,更是绘声绘色,图影图形。剧作家不是采取常见的直抒胸臆的写法,而是将这位心绪恶劣的皇帝置于他周围的内监、内侍们中间来表现,描述他拒绝进膳,拒绝赏乐,并无理地处分前来请万岁爷进膳赏乐的内侍们。这样从人物的失去理智的行动中揭示其心烦意乱的精神状态,实乃别开生面之笔。

剧中对某些次要人物虽然着墨不多,但也能写得性格鲜明,跃然纸上。例如第13出《权叹》,描述杨国忠、安禄山二虎相争,同是权奸而个性各异。杨国忠与安禄山在朝门相遇,杨趾高气扬,有恃无恐;他扭着安禄山到皇帝面前告状,恶声狠骂,气壮如牛:俨然一副炙手可热的皇亲国戚的神气。安禄山则阴一套阳一套:皇帝不在面前时,他对杨国忠大模大样,俨然郡王爷气派;杨国忠扭着他见了皇帝,他又是表忠,又是自称愚蒙,诉委屈,以博取皇帝的信任与同情。他的表演果然奏效,把唐明皇手中的兵权骗到了自己手中。安的阴险狡诈,杨的一味做大,不但符合各自的身份地位,而且形成鲜明对比,在读者和观众心中留下了深刻的印象。

第三节　佛道神话剧

《雷峰塔》

　　此剧4卷，34出。改编者方成培，字仰松，号岫云，徽州（今安徽歙县）人，雍正年间在世。他毕生未应试，以布衣终身。其著作有《听奕轩小稿》、《香研居词尘》、《香研居谈咫》、《方仰松词桀存》，以及戏曲《双泉记》、《雷峰塔》等。《雷峰塔》传奇是他的代表作。这是一部装在佛道二教神话框子里的爱情悲剧（参阅拙著《中西宗教与文学》第十一章第六节）。剧中描述白蛇精在王母蟠桃园中潜修千年，成为白云仙姑，下凡与临安许宣（现代改编本作"许仙"）结为夫妇。许宣原系释迦牟尼座前之捧钵侍者，佛陀恐许宣堕入迷途，遂派法海下凡，收伏白娘娘（现代改编本多作"白娘子"），永镇雷峰塔下，并接引许宣重归西方极乐世界而去。剧本的主体部分，是描述白娘娘与许宣自由婚恋，以及她与破坏这一自由婚恋的法海和尚展开生死斗争的故事。

　　关于白蛇精的爱情故事，在方成培改编《雷峰塔》传奇以前，由来已久。最早出现的作品，是宋话本《西湖三塔》。白蛇精始见于这个故事。其次是明代冯梦龙的话本小说《白娘子永镇雷峰塔》，这是根据宋元旧作和元明以来长期流传于民间的白蛇精爱情故事加工改写而成的。与冯作同时出现的还有陈六龙的剧作《雷峰塔》传奇，这是白许爱情故事在戏曲舞台上的第一次出现。到了清乾隆三年，出现了黄图珌的《雷峰塔传奇》。随后，各地艺人在排演黄作时不断加以增删，特别是著名艺人陈嘉言父女，在广泛吸收众多艺人的创造的基础上，整理出一个较完备的演出本，在梨园中传抄，谓之"梨园抄本"。方成培的改编，就是以黄图珌本为祖本，以"梨园抄本"作底本的。他在《雷峰塔传奇·自叙》中指出："梨园抄本"的缺陷是"辞鄙调讹"。为了使之"归于雅正"，他作了脱胎换骨的改写："较原本，曲改其十之九，宾白改十之七。《求草》、《炼塔》、《祭塔》等折，皆点窜终篇，仅存其目。中间芟去八出。《夜话》及首尾两折，与集唐下场诗，悉予所增入者。"由此不难看出：方本《雷峰塔》传奇，是自南宋至清前期的四五百年来白蛇爱情故事不断发展的一次结晶,是同一题材在古典阶段众多作品中的优秀之作。

这部传奇虽然是描写蛇仙——白娘娘为争取自由幸福而与法海和尚斗勇斗法的佛道神话悲剧,歌颂的是宗教禁欲主义对人性人情的胜利;但其中蕴含着巨大的社会现实内容。自元明以来,出现了大量反儒教婚姻伦理的杂剧与传奇。这些作品几乎都属于才子佳人模式——一位多情小姐爱上了一位穷酸秀才。他们的私订终身虽然好事多磨,但由于穷酸秀才终于蟾宫折桂,金榜题名,结果往往是奉旨完婚,夫荣妻贵。《西厢记》、《墙头马上》、《拜月亭记》、《牡丹亭》、《玉簪记》等作品都属于这一模式。《娇红记》虽然以男女双双殉情的悲剧告终,但男主人公是秀才,而且也曾中第授官,没有跳出才子佳人的范围。这种才子佳人的文学(包括小说、戏剧、散文、诗歌等)模式,乃是封建时代下层士大夫文人的生活理想在文学中的反映;或者说,是这一阶层文人的主体意识在文学创作中的自我表现与张扬。《雷峰塔》传奇则反是。此剧最初出现于明末,特别是这一题材的话本小说和传奇剧本均草创于宋、明、清民间,这就决定了这部剧作必然突破才子佳人模式,选择了一位并非出身书香门第,而是出身于"药理"世家,并在别人开设的药店里帮工的店员做男主人公,民间作者们就让年轻、美貌、多情的白娘娘与这位青年市民卷入一场自由恋爱。这是明代中叶以后江南城市资本主义工商业迅猛发展的必然结果,是那个时代社会风貌的真实反映,是市民形象在中国戏剧舞台上的第一次亮相,也是这一爱情故事的民间作者们(包括终身布衣的改编者方成培)的市民意识的自我表现与张场。

试看第12出《开行》中,许宣、白娘娘开店时拈香祝祷财神的愿望:

〔正宫集曲·倾杯玉芙蓉〕(倾杯序)(生、旦合)日逢黄道喜开张,席列财神相。一会价整整斋筵,烨烨银红;争争仙茶,馥馥高香。(玉芙蓉)(拜介)俺这里躬身默告财源旺,必要近远行商至此行。忙稽颡,共诚心送将,愿家庭指日,和顺降祯祥!

这种小市民发财致富的理想与张君瑞、崔莺莺们的以功名富贵为唯一出路，是何等泾渭分明。许宣、白娘娘形象的出现，给中国古典戏曲人物画廊注入了新鲜血液。当然，白许之恋也是人文主义精神对宗教禁欲主义的一次强有力的抗争。白娘娘形象，从原始的恶精灵蛇妖（《西湖三塔》）到充满人情味的蛇仙（《雷峰塔》传奇），经历了一个漫长的发展过程。《雷峰塔》传奇里的白娘娘，是这一发展过程在古典阶段的结晶。

白娘娘悲剧形象的第一个特点，是对宗教禁欲主义的彻底背叛，对爱情幸福的热烈追求。她本是峨眉山清修的白云仙姑，因贪恋红尘，不听道兄黑风仙劝阻，执意赴临安寻找有缘之士。她选中了许宣。在白许爱情纠葛中，白氏自始至终处在主动追求许宣的位置上，因而谱写了一曲"凰求凤"。属于这种"凰求凤"模式的作品，还有明代实卷《梁山伯祝英台》。但梁祝是才子佳人，祝英台追求梁山伯，只能费尽心机地暗示，十分含蓄委婉，符合士大夫阶层的身份和心理特征。白娘娘对许宣的追求则是赤裸裸地："奴家有一言奉告"，"念奴歌《寡鹄》，不由人悲恸"，"因妄想，托丝红"。这样的单刀直入式，不仅符合白氏假托的《寡鹄》（寡妇）身份，也由于这一形象是市民阶层的创造，因而她必然具有大胆热烈、毫无礼法（儒教）观念约束的民间女子气质。

这一悲剧形象的第二个特点，是对丈夫无微不至的体贴、奉献与牺牲精神。她"敬夫如天"，无怨无悔。例如《端阳》一出，先写青儿嘱咐白氏勿饮雄黄酒（民俗于端阳节饮雄黄酒以避邪），白氏也称"自有主张"。但后来由于许宣一再劝饮，白氏不忍使许郎扫兴，却违背初衷，冒险勉强饮了一杯。结果她现了原形（白蛇），几乎导致白许婚姻破裂。这一情节，揭示了白氏对丈夫的无限体贴之情，好心办了坏事。又如许宣先后听信魏飞霞道士和法海和尚的逸言，几次背弃前盟，致使白氏几次险遭毒手。她虽恨许宣的动摇，但又考虑到事出有因，所以一次又一次地原谅了许宣。第26出《断桥》，写白氏对许宣一面是"害得我漂泊零丁，几丧残生，怎不教人恨，恨！"另一面，当青儿负气不理许宣时，她却又替许宣解围开脱："我想此事，非关许郎之过，都是法海那厮不好"。在法海的干预和许宣的配合下，白氏终于被镇压在雷峰塔下。她为许宣而贡献了自己的全部爱情，得到的却是许宣的薄幸和自己的牺牲。对于这一切，黑风仙问她"可也懊悔么"，她却回答："这也是前缘宿孽，悔他则甚！"这一回答，虽然是古代民间妇女的宿命论落后意识的表现,却也同时揭示了白氏对丈夫一往情深的无私奉献精神。

许宣,一个动摇于对娇妻的爱恋与对妖怪的恐惧的矛盾心理之中的青年市民形象。剧本对他的动摇性刻画得合情合理。盗库银和盗卖巾引发的两场官司,以及端阳惊变,加上道士魏飞霞和禅师法海的言之凿凿,是造成许宣发生动摇的前提。在那个众多宗教观念统治着百姓头脑的古代中国,许宣慑于精灵崇拜的巨大精神压力,并怀着对佛道二教降妖伏怪的超自然力的崇拜,一次次把娇妻白娘娘推向了悲剧的边缘。这是那个时代的宗教信仰决定的,并非许宣个人性格中的弱点。假若此事发生在张宣、王宣、李宣身上,动摇照样发生。即使如此,当法海授意许宣带钵回家,待白氏梳妆时将钵盂合在白氏头上,以擒伏蛇精时,许宣还是自称"弟子夫妻之情,不忍下此毒手",因而拒绝了法海。当然,夫妻之情毕竟没有使他战胜宗教感情,他终于配合法海用钵盂收伏了自己的妻子。从这个意义上说,许宣也是一个悲剧形象——人性人情屈服于宗教信仰的悲剧形象。

青儿是一个按照儒家伦理观念塑造出来的义仆形象。这种义仆形象曾出现在许多中国古典小说和戏曲中。青儿对白娘娘忠心耿耿,对负心的许宣则痛加谴责。她的爱憎分明的性格魅力,在《炼塔》一出里表现得淋漓尽致。许宣引法海将白氏收入钵盂后,剧本以裂人心肺的曲文、宾白和科介,生动地刻画了青儿的这一性格(在下面的引文中:外——法海,揭谛——佛教护法神,旦——白娘子,生——许宣,贴——青儿):

(外引二揭谛上)(外)菩萨低眉,故自慈悲六道;金刚怒目,还须降伏四魔。呔,孽畜,俺来也!(旦惊跪介)哎呀,我佛慈悲!(外)孽缘已尽,大数难逃!(旦)望饶奴命则个!(外将钵合旦,旦逃介。谛拦,旦出珠打介。外接珠合旦下,持钵上。生见蛇悲介)(贴上)房中为何乱喊,待我看来。阿呀!(跌介)

〔朱奴带锦缠〕(朱奴儿)(跪上哭拜介)您喜孜孜地将他宗嗣绵,他恶狠狠地把连理枝割断。您前生烧了断头烟,(毒指生介)遭他把您来凌贱。(锦缠道)辜负您修练千年,辜负您嵩山冒险,辜负您望江楼上雅操坚,几时再见亲儿面?罢罢,看俺与您报仇冤!(扑生,

二谛拦介）

青儿此境此时的曲白，真是字字泪，句句血，辅以跌、抢、跪、扑等做工戏，剧本把一个敢爱敢恨的义仆形象，有声有色地送到了观众面前。

从以上关于人物、情节的分析中不难发现，从宗教意识上看，此剧实系儒、道、佛三教合流的反映。

此外，在这部传奇里，下层人物宾白采用吴越方言，戏剧情境描写中穿插江南城市风俗，如无业游民唱莲花落打秋风（抽丰）之类，都使得作品具有鲜明的地方色彩。

清代的宗教传奇（戏曲）文学，除前述李玉、洪昇、方成培等人的代表性作品外，值得一提的还有：李渔《蜃中楼》、朱㬢《聚宝盆》、黄周星《人天乐》、张照《劝善金科》等。杂剧方面，杨潮观《吟风阁杂剧》中取材于佛道神话者，有《穷阮籍醉骂财神》、《大葱只履西归》、《换扇巧逢春梦婆》、《大江西小姑送风》、《李卫公替龙行雨》、《灌口二郎初显圣》、《感天后神女露筋》、《偷桃捉住东方朔》等。

第五章 文人诗文与文论

第一节 三教互补作家

三教合流思潮发轫于东汉末年。此后，这一思潮不断地获得了以儒为业的士大夫们和以佛道为业的宗教徒们的认同与发展。因此，三教互补的作家和作品，越来越多地出现在中国宗教文学史上。到了清代，这一思潮亦被三教人士所普遍接受。其中，最著名的士大夫文人有钱谦益、魏源等。

钱谦益

钱谦益（1582—1664），字受之，号牧斋，晚号蒙叟、东涧遗老等，江苏常熟人。他于明万历三十八年举进士，授编修；天启年间，因参加东林党活动，一度遭贬。崇祯元年，魏忠贤党倒台，东林党恢复名誉，钱谦益亦复职，任礼部侍郎、翰林侍读学士。但由于他与温体仁、周延儒等争权，又被革职。南明弘光朝，他谄事权奸马士英，任礼部尚书。清兵南下时，他率先迎降，以礼郎侍郎管秘书院事，任《明史》馆副总裁；顺治四年，坐黄毓祺反清案下狱；顺治六年获赦；此后以著述终身。其家有绛云楼，藏书极丰。他好读书，博览经、史、子、集，旁及佛藏；著述亦富，有《初学集》（明亡以前的诗文合集）110卷，《有学集》（入清以后的诗文合集）50卷，《投笔集》2卷，《苦海集》1卷等。

前期——明万历至明末——的钱谦益，其诗文的思想面貌是立足于儒，兼容佛、道。这一特色鲜明地体现在《初学集》中。大歌大颂忠孝节义，是《初学集》的基本思想倾向。例如《郑节母诗》之一写道：

> 自将彤管教文章，织断机丝夜未央。廿载青灯万行泪，尽添膏火与儿郎。

此诗结句，一语双关：所谓"廿载青灯"的膏火，暗喻郑节母毕生生命之膏火。赞颂之情，充满字里行间。

类似《郑节母诗》这种讴歌忠臣、孝子、节妇、烈女的诗文，在《初学集》里触目皆是。例如《莱阳姜氏一门忠孝记》、《高阳孙氏阖门死节记》、《雷孝子传》、《孝女荆观传》、《杨烈妇传》、《石义士哀词》等。

翻阅《初学集》，佛道二教诗文亦时时入目。其道教作品如：《留仙馆记》、《记峨眉仙人诗》、《跋雪浪书〈黄庭经〉》等。佛教题材作品则显得更多一些。例如：《龙树庵记》、《瑞光寺与造记》、《重建青莲寺碑》、《憨山大师庐山五乳峰塔铭》、《闻谷禅师七十序》、《与京口老僧书》、《石刻〈楞严〉缘起》、《跋血书〈华严经〉后》、《题放生阁赋》等，记、碑、铭、序、书、缘起、跋、赋，众体纷呈，说明他与佛教的关系更加密切。

前期的钱谦益对待佛道二教的态度是：不礼佛修道而迷信佛道。这种情况，在士大夫文人中颇为独特。明天启年间，钱因参与东林党活动而被削职归田。但这一打击并未使他产生消极出世思想，他的功名之恋正热。正因为这一心态，所以他在此时期写成的《归田诗集》中的佛道题材诗，流露出决不参禅习道的强烈感情。例如他在《休休歌示禅人汉月》中写道："君不见，牧斋老人太痴绝，不事参禅不缚律"；"休休休，咄础咄，君家禅宗我不会，夜来烧却干矢橛"。宣鉴禅师说："释迦老子是干矢橛。"禅门常以"干矢橛"喻禅。钱诗自称"烧却干矢撅"，乃是他执着入世、决不出世的宣言。他又在同一时期写成的《登茅山》中写道："白头未了人间事，惭愧曾探七诰文。"诗人承认：道经《真诰》七篇倒是研究过，只可惜我不能照办，因为"人间事"——功名还使我牵肠挂肚呢。"人间事"果然没有抛弃诗人，崇祯元年，他复官了。这时的他，"三年偶失楚人号，忧喜回旋似塞翁"（《喜复官诰赠内》）；"征座满眼君休笑，剩有清流可濯缨"（《戊辰七月应召赴阙车中言怀》）。从感情上看，诗人此时与归田时大相径庭；若从思想上看，则此时的诗人正是归田时的诗人之延续。

钱谦益有极强烈的仕进欲，俗话谓之官瘾。因此这时的他根本不可能考虑奉佛习道的问题。但是作为一种文化现象的佛道，未尝不可以有补于士大夫的文化生活，所以他又十分迷信佛道。散文《天台泐法师灵异记》和组诗《仙坛倡和诗十首》，是钱氏迷信佛道的自白之作。崇祯年间，有所谓慈月夫人降乩于吴门，预言祸福。"或问于钱子曰：'慈月之事，子以为信乎诬乎？'余曰：'信也。'"(《灵异记》)，他在《仙坛倡和诗十首》小序中说："慈月夫人……示余曰：'明公前身，庐山慧远也，从湛寂光中来，自忘之耳。'用洪武韵作长句见赠，期待郑重，且嘱余曰：'求椽笔作诗一首，以耀于世。'"江湖术士恭维钱谦益是名僧慧远转世，目的是想借重钱的诗名，请他作诗一首替他做宣传；钱听了江湖骗子的恭维鬼话却信以为真，和诗多达十首，给了十倍的回报。

钱谦益作为"学而优则仕"的儒者，十分重视儒者对佛道的借鉴。他常常借佛道二教中的某些奇人异事，来批判儒者中的消极现象。《龙树庵记》就是这样一篇散文。在此文中，钱氏首先提出：儒者应以浮图氏为友；接着介绍龙树庵主广传其人的感人事迹：

> 传，太仓州沈氏子。学儒不成，去；学贾，又不成，遂好学浮图。法参雪浪、云栖诸大和尚，栖止郡之华山寺。鸠集净侣，翻阅大藏，披攘经营，若庇其家。未几，华山有坏地之讼。僧徒惊怖，欲散去。传告哀于佛，去氏削发，誓以死殉。凡三战，讼稍息。……

作者以此事为楷模，联系当时李自成农民起义军攻城略地而明之守将则望风而逃的现实，作了嘲讽性的对照。他先褒佛徒广传：

> 吾观佛之徒，其为说，以谓山河大地一切如幻，而其身之所寄：瓦盂锡杖，一饭一宿；即五山十刹，亦比之于逆旅传递而已。然其人往往以塔庙为国土，以伽蓝为金汤，而效死以守之，身可杀而不可夺。若传者，何其固也。

接着，文章痛贬那些在农民起义军打击下的逃亡官吏和将领：

> 今之为卿大夫者，身受国家疆域之寄，而不难以戎索与虏。一旦丧师失地，日蹙国百里，拱手瞪目，彼此相顾，视所谓败则死之，危则亡之者，其于浮图何如也。

像这样借佛批儒的散文，还有《瑞光寺与造记》。

又如钱氏借道批儒的《赠万尊师》：

> 峨眉秘篆为君开，又向天师受职来。赤日吹唇俄致雨，青天搦手旋轰雷。狱成百怪衔符至，坛辍群神作礼回。莫为社公频发怒，人间狐鼠正喧豗。

这是一首赠正一道士的诗。前三联对道教法术的描绘活灵活现。末联显其志，谓万尊师不要为鬼神领域的社公之不听驱使而发怒，喧豗人间的狐鼠也可以成为你大施法术加以消灭的对象。作者在天启四年遭阉党打击而罢官，崇祯元年复职不久，旋即遭温体仁等排挤而再度革职。值此一肚皮不合时宜之际，诗中所谓"人间狐鼠"云云，可能就包括他的这些儒家政敌在内。

后期——降清以后的钱谦益，除了与同是降臣的吴梅村等有所唱和之外，已经不能在正统士大夫文人中找到很多诗朋酒侣，他只得扩大方外之交，特别是向佛教领域寻找酬唱对象。当时与之交往的佛徒有：项目禅师、大山禅人、石涛上人、松影上人、介丘道人、栎园道人、些庵和尚、夫山和尚、觉浪和尚、南云和尚、牧云和尚、浮石和尚、憨山大师、紫柏禅师、密藏禅师、储和尚、昌上人、石梦禅师、石林上人、种上人、大育头陀、白法长老、退和尚、固如法师、苍雪法师、道开法师等等，总数不下半百。不难看出，钱谦益的晚年主要是在佛教文化中度过的。"余老归空门"（《梅村先生诗集序》），前期热衷功名而"烧却干矢橛"的钱谦益，在失去头顶的儒教光环之余，终于成了一个虔诚佛徒，过着"稽首念佛恩，焚香礼昏暮"（《秋日杂诗》）的居士生涯。对于晚年的钱谦益，佛教文化在他手中，是一瓶滋补灵魂的精神维他命。

钱氏的后期诗文合集《有学集》与《初学集》相比，最显著的区别，是歌颂忠臣孝子的诗文极少，有时为了应酬而不得不勉强写一点，也自觉汗颜："以忍死余生"，"未尝不重自愧"（《李思文公文水全集序》）。另一方面，佛教题材诗文更多了。他此时的佛教散文也常借佛议俗，但早已失去前期那种借佛讽儒的勇气。因为他本人也已成为《龙树庵记》讽刺过的那种望风而逃，乃至望风而降的卿大夫。他从儒教伦理规范的卫道士变成了佛法术道士。例如他在《与惟新和尚书》中写道："顷者，佛日渐冥，法幢欲倒，魔外放恣，教纲凌彝"。面对这一现象，他声称"当仁不让，舍我其谁"，以弘佛为己任。因此，他撰著了《〈首楞严经〉谘决》十篇，他还发愿要"扫除戏论，绮语"，以净化"世间语言文字"（《答觉浪和尚》）。

降清之后的钱谦益，在儒教意识的折磨中，自觉身败名裂，唯一的办法，就是借佛教"万法皆空"之说来进行自我安慰。他在狱中抒怀的《禅关策进诗有示》，最能说明他晚年的这种消极心态了。诗如下：

漫天画地鬼门同，禅板蒲团在此中。遍体银铛能说法，当头白刃解谈空。朝衣东市三生定，悬鼓西方一路通。大小肇师君会否？莫将醒眼梦春风！

此诗前二联意谓身系狱中而能以佛法自解。第三联用了两个典故。一、《史记·晁错传》云："上令错衣朝衣，斩东市"。二、《观无量寿经》云："当起想念，正坐西向，谛观于日欲没之处，令心坚住，专想不移：见日欲没，状如悬鼓。"此联意谓自己将如晁错一样，衣朝衣而被斩于东市，但自己的灵魂必能往生西方佛国。第四联的"肇师春风"亦出自佛典。据《传灯录》，僧肇临刑说偈云："四人原无主，五蕴本来空。将头临白刃，犹似斩春风。"此联以小肇师自喻，以生死皆空的佛理自慰。

对于中国士大夫文人来说，佛教文化既可以成为他们在逆境中的灵魂净化剂；又可以为他们在顺流中增添风雅之趣。钱谦益也不例外。他一旦获释投闲，就忍不住要玩耍佛教文化游戏了。例如《朱五藏名酒肆，自号陶然；余为更之曰逃禅，戏作四小诗》之一云：

> 茫茫持耳翁，落落攒眉友。欲逃东林禅，聊止南村酒。

东晋名僧慧远隐居庐山东林寺，建白莲社。他招陶潜入社，陶入山日久，以无酒攒眉而去（《释氏通鉴》）。钱谦益在诗中把好酒而并非逃禅的朱五，比作好酒而逃禅的陶潜，不过聊开玩笑而已。

钱谦益虽然降清，却仍以故明遗民自命。他在作于去世前一年的《病榻消寒杂咏》中写道："桃叶春流亡国恨，槐花秋踏故宫烟。于今敢下新亭泪，且为交游一惘然"；"忠驱义感国恩赊，板荡凭将赤手遮"；"神愁玉玺归新室，天哭铜人别汉家"。不难看出，钱氏颇有些后悔于他的降清之举了："完卵破巢何限恨，衔泥梁燕正争肥"；"忍看末劫三辰促，苦恨孤臣一死迟"（《后秋兴十三》）。为了洗刷一下自己儒行历史上的污点，他在临终之前尽量把自己打扮成一个矢忠于明王朝的遗民。他声称"要以忠孝为根本"，"忠孝，佛性也；忠臣孝子，佛种也"（《赠双白居士序》）。他重新回归到儒家政治伦理规范上来了。

总之，经历了明清两个王朝的钱谦益，既是一个以儒为本、兼容佛道的士大夫文人，又是一个有悖于儒品的贰臣。因此，他一方面在文学史上颇负盛名，另一方面又为士大夫所不齿。邹式金在《牧斋〈有学集〉序》中写道："纵或訾先生之人，不能不服先生之文"，谈的就是这个按儒家政治伦理标准衡量的人品与文品互相矛盾的问题。

钱谦益生于晚明，他论文议诗，独树一帜，既反对明前期模拟汉唐的复古派，又反对明后期专主性灵的公安派，以及高唱幽深孤峭的竟陵派。他主张文学要"根于志，溢于言，经之以经史，纬之以规矩，而文章之能事备矣。"（《周孝逸文稿序》）钱氏诗文，乃是"文人之文"与"学人之文"的契合。他的作品，往往出入于经史子集，旁及佛藏。佛教典故的广泛运用，是钱谦益佛教诗文的特色，在这一点上，他颇有些与北宋的黄庭坚相似。也正由于此，他的佛教诗文，离了笺注，有时颇不易索解。例如《己亥（1659）夏五，十有九日，灵岩夫山和尚偕鱼山相国、静涵司农柱访村居，双白居士、确庵上座诸清众俱集，即事奉呈四首》（录二）：

（一）四众诸天拥道场，迢然飞锡指江乡。茅堂忽漫移莲座，老衲何曾下石床。心月有光都映澈，身云无地不清凉。新炊自爨田家饭，应供居然发众香。

（二）缁衣二老度清流，淡泊儒门未许收。岂有竖拳诃李渤，但闻开口唤裴休。三灾风火留青钵，七日人天护白头。十卷《首楞》消后夜，鸡鸣新报五更筹。

兹将以上二诗中的佛教语典、事典略释如下：

四众 有三种说法：一谓法会上的发起众、当机众、影响众、结缘众；二谓比丘、比丘尼、优婆塞、优婆夷；三谓比丘、比丘尼、沙弥、沙弥尼。

诸天 佛教宇宙观为"三界诸天"。三界为欲界、色界、无色界。欲界分为6天；色界在欲界之上，分为23天；无色界在色界之上，分为4天；三界共33天。三界诸天为天人（高等有情）之居所。诗中的"诸天"，借指居住在三界诸天中的众天人。

道场 有数说，多指供佛祭祀之所，或修行学道之所。

飞锡 佛教神话：高僧隐峰游五台，出淮西，掷锡杖飞空而后，后遂称僧游为飞锡。

心月 寒山诗云："吾心似秋月，碧潭清皎洁"。

身云 《华严经·如来出现品》："欲以正法教化众生，先布身云，弥覆法界，随其乐欲，为现不同。"

爨饭 苏轼《答参寥书》："某到贬所半年，大略只似灵隐天竺和尚，退院后却在一个小村院子折脚铛中爨糙米饭吃，便过一生也。"

众香 佛经谓有国名"众香"，其楼阁苑囿皆香，香气周流十方无量世界。

淡泊儒门 陈善《扪虱新话》：世传王荆公问张文定公曰："孔子去世百年，生孟子亚圣，后绝无人何也？"文定曰："已有过孟子上者"。公曰："谁？"文定曰："江西马大师、汶阳无业禅师、雪峰岩头、丹霞云门是也。"公意不解，问何谓。文定曰："儒门淡泊，收拾不住，皆归释氏耳"。荆公欣然叹服。

— 733 —

诃李渤 《传灯录》称：江州刺史李渤问智常禅师云："大藏教明得个什么边事？"师举拳示之云："还会么？"李云："不会。"师云："这个措大，拳头也不识。"李云："请师指示"。师云："遇人即途中授予，不遇即世谛流布。"

唤裴休 《五灯会元》：相国裴休入大安精舍，观壁画，问曰："是何图相？"主事对曰："高僧真仪"。裴问："真仪可观，高僧何在？"主事无对，乃请黄檗运禅师至。裴举前问，檗朗声答曰："裴休！"裴应诺。檗曰："在什么处？"裴当即知旨，如获鬓珠，曰："吾师真善知识也"。自此执弟子礼。

三灾 《长阿含经》云："三灾上际云何？若火灾起时，至光音天为际；若水灾起时，至遍净天为际；若风灾起时，至果实天为际。"

七日 《大日经疏》："凡造曼荼罗（道场），于七日内须毕。"

人天 指五道（五趣）中的"人"、"天"二道。

我们只有首先把这些佛教语典、事典的基本内涵弄清楚之后，才能明确了解前述二诗的思想内容。由此看来，钱谦益想以学问来补救公安派的肤浅和竟陵派的狭窄，却又走向了另一极端——艰深。寸有所长，尺有所短，世上没有十全十美的东西，文学亦不例外。

魏　　源

魏源（1794—1857），字默深，又字墨生、汉士，晚年奉佛，法名承贯，湖南邵阳人。他是道光进士，曾任知州、知县等职。生活于封建统治者与人民大众的阶级矛盾日趋尖锐、外国侵略者与中华民族的民族斗争日趋尖锐时期的魏源，成了一个主张革新政治的改良主义者，一个主张抵抗外国侵略的爱国主义者。他写了许多揭露腐败政治和歌颂抗敌平叛的诗。他的哲学和社会伦理思想，基本上属于中国传统的儒、道、佛范畴：以老、儒为主，以佛为辅。他的这种思想构架，鲜明地体现在他的说理散文中。

魏氏的《默觚上》，包括14篇探讨学术思想的说理散文。他在这些散文中，纵论诸子百家之得失，其基本立足点则是老与儒。他不仅常常援引老子与孔孟的原文作为论据，尤其能灵活运用老子与孔孟的思想去阐发事理,如溶盐于水,焚香于空。

孔孟学说的核心观念是"仁"。孔子说:"人而不仁如礼何?人而不仁如乐何?"(《论语·八佾》)"夫仁者,已欲立而立人,已欲达而达人"。(《论语·雍也》)孟子论仁政的议论,更是为人所熟知。魏源在《默觚》中对儒学中的这一命题,进行了反复深入的剖析。例如:

> 同一为仁也,而有好仁、恶不仁之分。好仁者以顺入,见善如不及焉。恶不仁者以逆入,见不善如探汤焉。颜、闵氏好仁,曾氏恶不仁。一由高明入中行,一由笃实入高明。《儒行》言"自立"、言"特立"、言"特立独行"者三,言"温良"、"敬慎"、"宽裕"、"孙接"、"礼节"者各一,故入德则殊而成功则一也。曾晳不禁曾参之狷,曾参不师曾晳之狂,斯圣道之所以庞。(《默觚上·学篇一》)

魏氏将仁的表现分为两种,并进而论及其他儒行的殊途同归,从而得出结纶:儒家之道——"圣道"丰富无比的原因就在于此。

儒学经千年的发展之后,由于不断吸收阴阳五行和佛学思想,因而演变为一种准宗教——儒教。宋明理学就是儒教之一宗。理学又名道学。宋代道学家程颐说:"灭私欲,则天理自明矣。"(《河南程氏遗书》卷24)这种以佛教禁欲主义维护儒家伦理关系的道德论,是儒教在宋代的发展新阶段。魏源对于这种新儒教灭欲论有所阐发。他写道:

> 君子以道为乐,则但见欲之苦焉。小人以欲为乐,则但见道之苦焉。欲求孔、颜之所乐,先求孔、颜之所苦。忿、欲,皆火也。未有炎上而不苦者也。淡莫淡于五谷之甘乎!乐莫乐于道谊之湛乎!故世味不淡者,道味不浓;熟处不生者,生处不熟。道念苟同情念,何凡不圣矣!道味苟同世味,何愚不哲矣!诗曰:"求之不得,寤寐思服。"(《默觚上·学篇十》)

魏氏提出的伦理标准:君子以"道"为乐,以"欲"为苦,将"道"与"欲"绝对对立起来,将儒家的政治伦理直接归结为宗教禁欲主义。这实际上是一种思想的倒退。不过，对于死守六经而不知通变的"腐儒"，对厚古薄今的"宋儒"，他是坚决予以否定的。

魏源对老子学说也有精深的研究。他将《老子》的道与黄老之学、老庄之学严格地区别开来，突出肯定老子哲学思想中的辩证因素。他写道：

> 暑极不生暑而生寒，寒极不生寒而生暑。屈之甚者信必烈，伏之久者飞必决。故不如意之事，如意之所伏也；快意之事，忤意之所乘也。众所福，君子不福，不福，其祸中之福也；众所利，君子不利，不利，其害中之利也。消与长聚门，祸与福同根。岂惟世事物理有然哉？学问之道，其得之不难者，失之必易；惟艰难以得之者，斯能兢业以守之。诗曰："战战兢兢，如临深渊，如履薄冰"。（《默觚上·学篇七》）

老子曰："祸兮福之所倚，福兮祸之所伏"；"正复为奇，善复为妖"；"有无之所生也，难易之相成也，长短之相形也，高下之相盈也，音声之相和也，先后之相随：恒也"。魏氏的寒暑等对立现象互相转化的议论，直接源于《老子》。

魏氏又写道：

> 用智如水，水滥则溢；用勇如火，火烈则焚。故知勇有时而困，且有时而自害。求其多而不溢，积而不焚者，其惟君子之德乎！德善积而不苑，其德弥积，其服弥广，其行弥远而不困。诗曰："百尔君子，不知德行。不忮不求，何用不臧！"（《默觚上·学篇二》）

老子曰："持而盈之，不若其已。揣而棁之，不可长葆也。金玉盈室，莫之能守也。富贵而骄，自遗咎也。功遂身退，天之道也"。"是故甚爱必大费，多藏必厚亡。故知足不辱，知止不殆，可以长久。"这种过犹不及论，乃是魏氏"水滥"、"火烈"论之所本。

还应指出，前面谈及的魏氏对儒教灭欲论的阐发，其实还有一个思想根源，即《老子》所谓"见素抱朴，少私而寡欲"，"圣人欲不欲，而不贵难得之货"。所以魏氏称："无为之道，必自无欲始也"。

魏源是佛学大师钱伊庵的弟子，因此他以"菩萨戒弟子"自命。在魏看来，儒释二教是可以统合起来的。他在《默觚上·学篇十二》里对"韩愈谪潮，宁友大颠，不友俗士"，给予了充分的肯定。他在《净土四经总叙》一文里，更是明确肯定："夫王道经世，佛道出世，滞迹者见为异，圆机者见为同。"儒家（孟子）主张君主行王道，反对霸业，所以"王道"就是儒家仁政学说的体现。至于魏氏此处所说的"佛道"，其内涵乃是"宗（禅宗）净（净土宗）合修"。总之，在魏源看来，"王道"与"佛道"，即儒释二教，迹异而机同，故可统合为一。

但魏源却认为儒老不可统而合之，释老也不可统而合之。他在《论老子四》中写道："老子与儒合乎？曰：否，否！"因为"圣人之道恒以扶阳抑阴为事"，而"老子主柔宾刚"。"老子与佛合乎？曰：否，否！"因为"老明生而释明死也，老用世而佛出世也，老中国上古之道而佛六合以外之教也"。魏氏的这些议论，若孤立地看颇能自圆其说；但若彼此联系起来，就不免露出破绽。如果"老用世而佛出世"和"老中国上古之道而佛六合以外之教"，是释老不能统合的理由；那么同样的理由，儒用世而佛出世，儒中国上古之道而佛六合以外之教，为什么儒释却能统合起来呢？

不过总的来看，魏源的说理散文逻辑严密，特别是擅长设譬说理，有《孟子》雄辩之风。例如：

（一）因树以为荣枯者，华也。华之内有果，果之内有仁，迨仁既成而不因树以荣枯矣。因气以为生死者，身也。身之内有心，心之内有仁，迨仁既成而不因形气以生死矣。（《默觚上·学篇十三》）

（二）盖念佛人至一心不乱，则千念万念，犹之炼乳出酪也。由一心之净，而更念至于即假、即空、即中，离四句，绝百非，是事一心入理一心，犹从酪出酥出。从一念佛法门，遍通华藏海一切法门，一即一切，一切即一，此从酥出醍醐也。世之以宗教（指禅宗）轻净土者，曷一诵普贤十大愿王乎！（《普贤行愿品叙》）

从上述两段例文看，魏源采用类比推理和设譬说理等方法，使其说理散文

— 737 —

具有深入浅出和形象生动的特色。

魏源的诗，以模山范水兼议论风生为其艺术特色。其间所流露的各种宗教意识，与其说理散文相一致。他对明末楚石禅师《和三圣诗》"心甚服之"。因该诗有句云："儒生要求名，但须攻佛老"。这与魏氏的三教互补思想不谋而合，所以他十分喜爱地加以摘录。

中国封建时代的士大夫，一般均从儒学入门，然后逐渐扩大读书范围，涉猎百家。魏源亦不例外。他在诗中特别强调了儒学的重要地位。其《家塾示儿耆》中写道："儒通天地人，四海民命寄"。但他同时告诫：不要做"虫鱼注"的"腐儒"，而要做精通"食货兵刑事"、"能裨生人类"的经世济民之儒。因此，对于岳飞这样爱国抗敌的忠臣，他寄予无限敬仰和太息："恭维忠孝人，英气寂不回。不回亦谁知，檐马闻风雷。直北望中原，万里黄河来。终古流不尽，此恨胡为哉！"（《朱仙镇岳鄂王庙作》）

魏源在《默觚下》里，写下了他对老子学说的理解和阐发。对此，他在诗中也留下了记录。例如："一夜听幽滴，高斋愁落梅。草玄寂寞子，谁为破蒿莱。"（《春雨柬筠谷兄》）"寂寂草玄罢，沈沈空碧横。微月不生夜，众星相向明。"（《夜坐》）"玄"，即扬雄所作《太玄》，一部融会道家、儒家、阴阳家等多种思想的著作。魏源借以指代他自己论述道家哲学思想的著作。

魏源晚年奉佛，颇有与苏东坡志同道合之概。在《庐山杂咏》中，他的这种出世情思得到了充分的表现。兹举数首于下：

（一）谁浣胸中万斛尘，银河洒处念俱冰。世人无奈浮名利，试作匡庐看瀑僧。

（二）四面云屏万仞峰，僧家日月水声中。世人无奈黄粱梦，来听匡庐半夜钟。

（三）行尽峰头忽坦平，云峰四面绕如城。他年葬我含鄱谷，饱听天风涧梵声。

（四）东坡居士澜翻偈，水色山光强分别。一朝闻破少林机，水却是身山是舌。

这四首诗，前三首都是就即目所见而写眼前景，抒出世情。第四首则是就苏东坡的一首描写庐山山水的禅诗而发议论。苏诗题为《赠东林总长老》，诗如下：

溪声便是广长舌，山色岂非清净身？夜来四万八千偈，他日如何举似人！

《法华经》云："世尊见（现）大神力，出广长舌、清净法身。"苏诗以"广长舌"、"清净身"分别喻庐山的山与水。魏诗就此发挥，意谓庐山的山光水色，处处尽含禅机，不必机械地以"舌""身"强作分别。对于东坡的上述禅诗，天竺证悟法师早已作诗表示不敢苟同："东坡居士太饶舌，声色关中欲透身。溪若是声山是色，无山无水好愁人。"庵元禅师则讥之为"门外汉"（事见《五灯会元》之《天竺证悟法师》）。

魏源与僧徒有亲密的交往："僧解送药兼送竹，吏忙抄牍更抄经"（《高邮州署秋日偶题》）；"不是老僧来送笋，如何倒屣出柴关"（《卜居金陵买湖干草堂》）。魏源是诗人兼居士，因此他强调诗禅结合才算风雅："坐到清凉夜，能生文字禅"（《西湖销夏诗》）。慧能是文盲，他创立禅宗，不读内典，"不立文字"。但禅宗传人中多风雅之士，于是便出现了"文字禅"。所以魏氏又写道："始识林逋俗，无禅但有诗"（《寻梅》）。只可惜他那个时代已无著名诗僧出世，与他交往的禅师们只有山寺土特产馈送，而不能与之酬唱奉和了。

魏源习老习佛，但却反对"溺仙溺佛"。他服膺于《老子》的学术思想，却不迷信神仙："飞仙不可期，独向空庭迟"（《月夜访黄修存寓舍》）；"尘寰万劫滴，仙境何时到"（《武夷九曲诗》）；"黄金谓可成，却被方平欺"（《古诗答陆彦若》）；"溺仙溺佛皆玩物，岂独酒色堪自伐"（《行路难》）。

魏源虽然反对迷信神仙，却不拒绝采用道教神话意象作为艺术表现手段，因而他的一部分游览诗充满了神奇的浪漫主义色彩。这是魏源诗歌精华之所在。试看他怎样描述嵩山景色："石奇水怒壁千丈，一岳之气于斯萃。回首嵩高已云际，桃源鸡犬非人世"（《太室行》）。"天际真人出云雾，凛然冠冕云霄寒。山灵扑我万重翠，少室磊磊真与少华参"（《少室行》）。诗人不但以仙境、仙人借喻嵩山，而且幻想出嵩岳之神为诗人作导游的神话情节：

……云中忽逢嵩岳君，引我峰头万仞行。手指河山两戒为余说："首秦陇兮尾渤碣。……"语罢猿啼山月晓，倒泻流泉喧树杪。下方天海黑沉沉，金乌飞去扶桑老。（《二室行》）

鬼灵崇拜本是一种原始宗教，后来被佛道二教所吸收。魏源写了一首极富谐趣并具强烈讽喻意味的鬼游诗：

世人解游仙，无人解游鬼。鬼介神祇仙佛间，变化升沉无二理。鬼兮鬼兮何所归？上者升天乘尾箕，中者五祀岳渎氏，下即人鬼享血食，业祠野圹阴阴啼。功曹簿领若山积，业风吹人海潮至。不享血腥享臭气，一饱可抵终年祭，更有国殇十万能为厉。终南进士魄雄毅，万古鬼剑驱鬼骑。亦有鬼仙不受职，散发乘狸自游戏。不得神通得鬼通，鬼不金身法不雄。生前好游苦登陟，此时五岳云山朝夕至；生前怀古郁嵯峨，此时元明唐宋肩相摩。唐宋鬼多秦汉少，鬼寿享尽归大造。碧磷成阵作作芒，苍颉哭天天不晓。生前学道苦不力，不获生天不出世。传语世间驰走肉，生前早作死时计。

魏源曾仿白居易作新乐府39首，褒贬时事，至为痛切。这篇鬼游诗不属新乐府，但其用意在于借鬼讽人（"世间驰走肉"），绝非单纯戏作，更不是在宣传鬼神迷信。

魏源另一些描述宗教景观的诗，不用神话意象，却以夸张笔墨取胜。例如：

……万木穷冬一炬坑，木菌得雨斗大量。老僧庞浩须眉苍，以万雪菌为斋粮。《楞伽》梵贝二千页，喇嘛头发一丈长。夜半呗声似鲸吼，惊倒四大为禅床。雪中世界何空明，月光如海藻荇横。月光外更佛光现，岂知雪月之光荡漾成。（《北岳五台春雪行》）

还有些宗教景观诗，不用神话意象，不用夸张笔墨，只以写实主义的手法烘托出一个可人的境界。例如：

> ……山中之云寺中僧，僧与白云互主宾。有时山僧下山去，白云与僧作主人。崖窟僧房三十六，房房都有白云宿。晓来云气满帐林，人人梦住白云乡。偶囊空翠赠游客，欲充行脚千里粮。老僧入定峭崖下，惯眠洞云如大厦。有时呵佛误叱云，奔骤山门如战马。……（《天目山囊云歌》）

魏源的山水诗，千姿百态，不拘一格，正如郭嵩焘说的，"山水草木之奇丽，云烟之变幻，渝然喷起于纸上，奇情诡趣，奔赴交会"（《魏默深先生〈石微堂诗集〉序》），确非溢美之词。

第二节 儒释契合作家

金人瑞

金人瑞（1608—1661），原名采，字若采，入清以后改名人瑞，字圣叹，吴县（今江苏苏州）人。他性格疏狂，不务仕进，专以读书著述自娱。顺治十八年（1661），世祖亡，哀诏至吴，有大臣设帐哭临，金人瑞与诸生百余人上揭帖，请逐酷吏任维初，遂以倡乱罪问斩。他对儒、道、佛无不精研；对庄周、屈原、司马迁、杜甫、施耐庵、董解元极其膺服，称之为六才子，他们的著作因此也被他称为"六才子书"。据金昌叙录，金人瑞著述颇丰，编为唱经堂外书、唱经堂内书、唱经堂杂篇三类。"外书"包括《第五才子书》、《第六才子书》、《唐才子书》、《必读才子书》、《杜诗解》、《孟子解》等；"内书"包括《法华百问》、《法华三昧》、《宝镜三昧》、《周易义例全抄》、《南华经抄》等；"杂篇"包括《唱经堂诗文全集》等。但由于作者的突然死亡，多数著作均属未竟稿，且散佚颇多。

金人瑞的主要文学成就是文学批评，其代表作是对《水浒传》的评点，亦即《第五才子书施耐庵水浒传》。这部著作中的文学批评分为两部分。第一部分包括书前的三篇序文、《〈宋史纲〉、〈宋史目〉批语》和《读第五才子书法》等五篇。第二部分是依附在《水浒传》各回书里的回前总评、文中夹批和眉批。第一部分文章提纲挈领地阐明了金人瑞对《水浒传》的评价，第二部分则是金氏对书中人物、情节、细节的评价和剖析。在这部小说评点著作中，鲜明地体现了作者的儒释互补的治学特色。

《第五才子书·序一》的基本内容是树立儒家"六经"的"圣经"地位，批判有悖于儒家政治伦理观念的"诸家之书"；并推出"六才子书"，以便使"观于才子之林者难为文"，"令未作之书不敢复作，已作之书一旦尽废"，从而收"廓清天下之功"。这就是说，金人瑞评点《水浒传》、《西厢记》等书有一个政治目的，就是令天下写书人面对"六才子书"而汗颜搁笔，或将已成之作付之一炬。这样一来，与儒家政治伦理观唱反调的书，亦即"叛圣人之教"的书，"犯天子令"的书，通通无法出笼了。

《第五才子书·序二》的基本内容是批判明末流行于世的百回本或120回本《忠义水浒传》，为其推出贯华堂70回本《水浒传》在政治上扫清道路。这篇序文的理论基石仍然是儒家政治伦理观——忠义。金氏在文章开头写道："观物者审名，论人者辨志。施耐庵传宋江，而题其书曰《水浒》，恶之至，进之至，不与同中国也。而后世不知何等好乱之徒，乃谬加以'忠义'之目。呜呼，忠义而在水浒乎哉？"这就是说，"水浒"好汉的所作所为，与儒家忠义是背道而驰的。金氏有鉴于此，就"削忠义而仍《水浒》"。但只从书名上勾掉"忠义"二字还不能彻底解决问题。因为《水浒传》自70回以后，写的是宋江率108位绿林豪杰接受朝廷招安，破辽兵，征方腊，走上了维护宋王朝封建政权的道路。这些情节，乃是《忠义水浒传》的"忠义"之所在。金人瑞为了配合书名上的"削忠义"，于是将全书拦腰一刀，砍掉了宋江接受招安以后的情节，留下前面的70回，这样一来，名实便相符了。

金人瑞腰斩《水浒》，刀削忠义，乃是为了维护封建政权的绝对权威和严厉法治。《宋史目》记载宋江史料道："宋江起为盗，以三十六人横行河朔，转掠十郡，官军莫敢撄其锋。知亳州候蒙上书，言江才必有大过人者，不若赦之，使讨方腊以自赎。帝命蒙知东平府，未赴而卒。"百回本和120回本《水浒传》的70回以后情节，正是根据这条史料虚构出来的。

但是，对于候蒙的这一招安计，金人瑞痛加驳斥。他在批语中说："候蒙欲赦宋江使讨方腊，一语而八失焉"。其中有二失是："杀人者死，造反者族，法也，劫掠至于十郡，肆毒寔惟不小，而轻与议赦，坏国家之法"；"有罪者可赦，无罪者生心，从此无治天下之术"。总之，为了封建政权的绝对稳固，他主张杀毋赦，决不招安。基于这一策略思想，他必然也反对《水浒传》中以候蒙招安计为依据而创作的招安情节，以及这一情节所体现的忠义内涵。

从逻辑上看，《序一》与《序二》之间存在着密切的内在联系。《序一》是前提，《序二》是结论。《序一》提出两种书。第一种是儒家的"圣经"以及"明圣人之教"、"申天子之令"的诸家之书。这是金氏认为的好书。第二种是"叛圣人之教"、"犯天子之令"的诸家之书。这是金氏认为的坏书。《序二》从《序一》提出的两种书的政治标准出发，断定百回本和120回本《忠义水浒传》是坏书，因为此书"无恶不归朝廷，无美不归绿林，已为盗者读之而自豪，未为盗者读之而为盗"。另一方面，《序二》又根据《序一》提出的政治标准，声称由他削"忠义"之名并加以评点的70回本《水浒传》则是好书。因此他说："虽在稗官，有当世之忧焉。"

《序三》的基本内容是高度肯定"天下之文章，无有出《水浒》右者；天下之格物君子，无有出施耐庵先生右者"。其中一个最重要的观点，是援引"因缘生法"的佛理，谈艺术虚构。这是金人瑞文学批评思想中的精华之所在：

> 《水浒》所叙，叙一百八人，人有其性情，人有其气质，人有其形状，人有其声口。夫以一手而画数面，则将有兄弟之形；一口而吹数声，斯不免再咉也。施耐庵以一心所运，而一百八人各自入妙者，无他，十年格物而一朝物格，斯以一笔而写百千万人，固不以为难也。……忠恕，量万物之斗斛也；因缘生法，裁世界之刀尺也。施耐庵左手握如是斗斛，右手持如是刀尺，而仅乃叙一百八人之性情、气质、形状、声口者，是犹小试其端也。

金人瑞认为：水浒人物性格之所以能臻于高度个性化，在于施耐庵善于格物；而格物之法，又要依靠对佛理"因缘生法"的掌握。佛教认为：一切法（现象）都是因（原因）与缘（条件）合和而产生的。由于因与缘千差万别，故其所合和而成的现象（"法"）亦千差万别。金人瑞认为：施耐庵就是运用这一佛理去"格"《水浒》之人物，所以才创造出一百零八个不同的性格来。

应当指出：金人瑞的"因缘生法"艺术创造论，是对李卓吾的"同而不同"艺术创造论的继承和发展。李卓吾在《水浒传》第2回回末总论道：

> 李和尚曰：描写鲁智深，千古若活，真是传种写照妙手。且《水浒传》文字妙绝千古，全在同而不同处有辨。如鲁智深、李逵、武松、阮小七、石秀、呼延灼、刘唐等众人，都是性急的。渠形容刻画来，各有派头，各有光景，各有家数，各有身份，一毫不差，半些不混，读去自有分辨，不必见其姓名，一睹事实就知某人某人也。读者亦以为然乎？读者即不以为然，李卓老自以为然不易也。

佛典《摩诃止观》论述"渐次"、"不定"、"圆顿"等修习方法时，指出它们"同而不同，不同而同"的共性与个性相统一的关系，李卓吾的水浒人物"同而不同"论源出于此。金人瑞的水浒人物个性化理论，则又是从李卓吾的"同而不同"论获得启示的。

金人瑞借儒家政治伦理标准对《水浒传》作伦理评价，借佛学原理对《水浒传》作艺术分析。这种契合关系，不仅体现在涵盖《水浒传》全书的三篇序文中，也体现在对《水浒传》各回的评点文字中。

例如《水浒传》第一回"王教头私走延安府"，写高俅突然发迹做了太尉，逼走禁军教头王进。金人瑞在回前总评中就此事议论道：

> 高俅来而王进去矣。王进者，何人也？不坠父业，善养母志，盖孝子也。吾又闻古有"求忠臣必于孝子之门"之语，然则王进亦忠臣也。孝子忠臣，则国家之祥麟威凤、圆璧方圭者也。横求之四海而不一得之，竖求之百年而不一得之，不一得之而忽然有之，则当尊之，

荣之，长跽事之。必欲骂之，打之，至于杀之，因逼去之，是何为也？王进去而一百八人来矣。

在这段评语中，金人瑞将奸臣高俅与"犯上作乱"的水浒英雄作反衬，对作为忠臣孝子的王进颂扬备至。其维护儒家政治伦理规范的思想立场极其鲜明。

又例如《水浒传》第五回"鲁智深火烧瓦官寺"，书中写到"凑巧风紧，刮刮杂杂地火起，竟天价烧起来"处，金人瑞插入一段双行夹批：

> 耐庵说一座瓦官寺，读者亦便是一座瓦官寺。耐庵说烧了瓦官寺，读者亦便是无了瓦官寺。大雄先生（佛祖）之言曰："心如工画师，造种种五阴，一切世间中，无法而不造。"圣叹为之续曰："心如大火聚，坏种种五阴，一切过去者，无法而不坏。"今耐庵此篇之意，则又双用。其意若曰："文如工画师，亦如大火聚，随手而成造，亦复随手坏。如文心亦尔，见文当观心；见文不见心，莫读我此传。"

这段批评就小说作者描述瓦官寺之形象及其被烧一段立论。文章先引述大雄之言，即《华严经》经文，提出佛教"心生万法"的唯心主义哲学原理。其次，金人瑞从"心生万法"原理推导出"心灭万法"的原理。金氏的推论，实与《摩诃止观》的"心源一止，法界同寂"不谋而合。上述两层含义合在一起，就是：万事万物（万法）的生与灭，都是人的心理作用的结果。这是佛理。最后，金人瑞根据前述佛理对瓦官寺被烧一段作出阐释。其主旨是：文心好比佛心，佛心虚构出万法的生与灭，文心亦虚构出瓦官寺的生与灭。金氏此论与其《序三》中提出的"因缘生法"文艺创作论，是一脉相通的。但他只看到了佛心与文心在虚构上的共同一面，却没有看到佛心与文心的不同一面，即：佛心的虚构论是以心为源，是唯心主义；文心的虚构活动实际是建立在反映论基础上，是以客观世界为艺术虚构之源，是唯物主义。

龚自珍

在中国，站在封建社会和半封建半殖民地近代社会的历史交界点上的思想家和文学家，是龚自珍和魏源。龚自珍（1792—1841），字尔玉、瑟人；又名易简，字伯定；又名巩祚，号定庵，一号羽琌山民；浙江仁和（今杭州）人。他出身于世代官宦、学者家庭，著名考据学家段玉裁的外孙。他是道光朝进士，先后担任过内阁中书、礼部祠祭司行走、主客司主事等卑职；48岁辞官，50岁暴卒于江苏丹阳的云阳书院。他生活在清王朝进入风雨飘摇的时期。国内贫富分化日剧，平民起义风起云涌；西方资本主义的经济和军事侵略步步深入。处此内外交困的形势下，龚自珍向皇帝和军政大臣们献计献策，力主外御列强，内行"更法"、"改图"，对因循苟且，无所作为的庸政则严加抨击，以中兴封建之治。他的这些政治主张，全部写在《乙丙之际著议》和《乙丙之际塾议》这两个系列政论文里。但事与愿违，腐败的清王朝终于无药可救。就在龚自珍去世的前一年，英国侵华的鸦片战争爆发了；在他去世后十年，太平天国革命席卷了大半个中国。作为儒学改革派和爱国主义者的龚自珍，把他的满腔遗憾留在了他的诗文里。

龚自珍的治学范围很广，从考据学到经世致用之学，无所不涉。但是他的宗教思想基本上属于儒释统合模式。

他是一位儒学术道士。在《尊命》里，他写道："儒家之言，以天为宗，以命为极，以事父事君为践履。君有父之严，有天之威，有可知，有弗可知，而范围乎我之生。"这是龚自珍对儒家天命观、伦理观的公开认同。为了捍卫儒学的正统，他写了许多论战文章。他的《六经正名》是一篇捍卫儒学经典之权威性的文章。他引司马迁的话说："天下言六艺者，折衷于孔子"。因此他认为："不可以臆增益"文章从这个基本论点出发，对后世儒者随意将儒家经典扩大为七经、九经、十经、十二经、十三经、十四经的做法，痛加批驳。《五经大义终始论》也是以孔子的话"吾道一以贯之"为基本论点，阐释儒家经典的基本内容。

为了捍卫儒学的正统性，他十分强调儒者言行必须以孔子及其七十二弟子为榜样。他在《最录古经群书》中，有人对他摘抄古经群书汇为一刻印行，表示怀疑；他回答说，这是有孔门先例的："自七十子而降，至于先秦，著书者之例，往往采古篇入其书，不必作者自造，或一子造而诸子述之，或一子述古篇而诸子尽述之，不相避，其号采撰群书如大小戴

（《大戴礼》、《小戴礼》）之伦，亦不相避。"他认为：凡言行符合正统儒学的儒者，就是"元儒"；而元儒是值得尊敬的。因此，他说："居廊庙而不讲揖让，不如卧穹庐；……有清庐闲馆而不进元儒，不如辟牧薮"（《乙丙之际塾议第二十五》）。

另一方面，对于那些偏离了正统儒学的儒者，他却予以旗帜鲜明的批驳。南宋道学家朱熹为了捍卫儒典的真实性，早已开始拨乱反正了。《晦庵集》内收入他这方面著作极多。如《〈孝经〉刊误》、《蓍卦考误》（载《周易》）、《记〈易〉误》、《记永嘉〈仪礼〉误字》、《记谢上蔡〈论语〉疑义》等。龚自珍继承了这个传统。他在《最录〈中论〉》中指出："徐干《中论》，论儒者之数，既见要害，击而中之。七十子殁，不数数遇斯言，异哉！"《中论》是一本什么书呢？纪昀说："大抵原本经训，指陈人事，而归于圣贤之道，故前史皆列之儒家"（《四库全书简明目录》）。就是说，这是一本站在儒家正统立场，批判偏离正统儒家的书。《宗农》是龚自珍探讨儒学的宗法思想和五伦观念之起源问题的文章。这是一篇极富创造性的学术论文。中国的宗法制和五伦观念的起源问题，孔子及其门人并未谈过。龚自珍在此文中正确地指出：宗法制以及与之相关的五论观念，起源于私有制的确立，最初出现于农民之中，而不是先在天子中实行起来的。他的这个观点，是从批驳后世儒者的"自上而下"论中建立起来的。

龚自珍还是一位佛学正统的捍卫者。他写了七篇《正译》，对汉译佛经中的误译详加指摘。不管他的指摘是否有所依据，是否正确，其目的都是还释迦牟尼佛法以庐山真面。在宗派林立的佛教中，他皈依于天台宗，所以他的第一篇《正译》就是对天台宗据以立宗的汉译《妙法莲华经》（简称《法华经》）纠误。他指出鸠摩罗什的译本有五大错误；同时指出，此经的竺法护译本、阇那崛多和达摩笈多译本，在第五项上无误。

龚自珍是天台宗信徒，自然要大力弘扬其宗派意识。为此，他写了《妙法莲华经四十二问》，并在第一问中引明藕益大师的话，声称："诸经有《法华》，王者之有九鼎，家业之有总账簿也"。《法华经》的主要内容是说三乘方便、一乘真实和一切众生皆能成佛等，实乃集大乘佛教之大成。因此，他写的《发大心文》与其他奉佛的士大夫文人的发愿文不同。别人的发愿文都是写自己向佛忏悔，以求得自己来世成佛。龚氏《发大心

— 747 —

文》除了陈述自己的个人成佛愿望之外，还不厌其烦地陈述他愿在成佛之后普度众生的"大心"。这是他的天台宗宗派意识的表现。

龚自珍兼习儒释并契合二者，从而建构起一个儒释互补的思想体系。他与魏源共同受业于刘逢禄，习《春秋公羊传》，从其中的微言大义出发，寻求经世济民的道路，《乙丙之际著议》与《乙丙之际塾议》诸系列政论文，就是他研究《公羊传》的成果。另一方面，他又与魏源共同受业于佛学大师钱尹庵，服膺于天台宗佛学之普度众生理想。尽管儒家主入世，佛教主出世；但儒家的经世济民与佛教的普度众生却是一致的。正是在这个问题上，龚自珍找到了儒释的契合点。又如他在《发大心文》里写道："我生天上，身有千头，头有千舌，舌有千义，气足音宏，辩才第一，当念众生冤枉塞涩，若忠臣，若孝子，若贤妇、孝女、奴仆，种种屈曲缭戾，千幽万隐，我皆化身替他分说而以度之。"儒家五伦思想与普度众生的大乘思想在这里熔为一炉了。他的《最录〈神不灭论〉》，则是从根本上统合儒释哲学观点的文章。他写道："神不灭者，敢问谁氏之言欤？精气游魂，吾闻之大《易》；于昭在上，又闻之《诗》；魂升魄降，又闻之《礼》。儒家者流，莫不肄《易》，莫不肄《诗》，莫不肄《礼》。顾儒者曰：'神不灭，佛之言也，吾儒不然。'此……则吾壹不知儒之于《易》，于《诗》，于《礼》，尽若是其莽莽耶？尽若是其墨墨耶？尽若是其孰视如无睹耶？抑违中之佞耶？"

龚自珍的宗教思想不但体现在散文里，而且体现在诗词里。

儒学本是龚自珍的家学，他的祖父和父亲都是以儒为业的京官。龚自珍虽然一生郁郁不得志，但他把这个罪责归之于他所不佩服的某些"魁儒""大吏"，并不因此而有损于他对满清皇朝的忠诚。这一儒家基本立场，最鲜明地反映在他辞官返乡时写的《己亥杂诗》里。试看下面两首：

（一）罡风力大簸春魂，虎豹沈沈卧九阍。终是落花心绪好，平生默感玉皇恩。

（二）浩荡离愁白日斜，吟鞭东指即天涯。落红不是无情物，化作春泥更护花。

这两首落花诗所抒写的，乃是屈子《离骚》"仆夫悲余马怀兮，蜷局顾而不行"的诗意，乃是杜甫《哀江头》"欲往城南望城北"的诗心，乃是陆游《卜算子·咏梅》"零落成泥碾作尘，只有香如故"的诗魂。

儒释二家被龚自珍契合为一，成为他的思想中互相制约、互相转化的两个对立面。在青年时期，其儒家"学而优则仕"的思想处在主导的一面。随着年龄的递增，仕途的挫折，其思想中的佛教出世倾同逐步转向主导的一面。这个儒释互相转化过程，也鲜明地记录在龚诗里。

嘉庆二十五年，龚自珍29岁。那一年他以"筮仕得内阁中书"，正是初入仕途，踌躇志得之时。由于他议政锋芒毕露，素有"狂"名，亲友不免为之担心。这时的他，为了慰藉亲友，不得不常常在诗中表示，要以佛制狂："吾生万事劳心意，嫁得狂奴孽已成"；"书来恳款见君贤，我欲收狂渐向禅"（《驿鼓》）。他在《忏心》中写道：

> 佛言劫火遇皆销，何物千年怒若潮？经济文章磨白画，幽光狂慧复中宵。来何汹涌须挥剑，去尚缠绵可付箫。心药心灵总心病，寓言决欲就灯烧。

这首诗，生动地描述了作者撰著《乙丙之际著议》时的意气飞扬的精神状态。龚自珍是十分得意的。只是由于"慈闱病减书频寄"，妻子"书来恳款"，友人也"劝我狂删乙丙书"，诗人才不得不表示要付之一炬。然而这是他的违心之言。从全诗看，诗人的感情天平，是倾向于"怒若潮"的"经济文章"、"幽光狂慧"和亦"剑"亦"箫"这一端的。

道光元年，龚自珍30岁。这时，他研究西北地理环境，上书备言西北边防大计，但未获朝廷重视。他在《能令公少年行》里，不无自豪地唱道："貂毫署年年甫中，著书先成不朽功。名惊四海如云龙，攫拿不定光影同。征文考献陈礼容，饮酒结客横才锋。"可是，长期以来诗人的才华得不到赏识。"十年不见王与公，亦不见九州名流一刺（名帖）通"。因此，他不免"哀吟娅姹"："东僧西僧一杵钟，披衣起展华严筒"，"莲邦纵使缘未通，他生且生兜率宫"。诗人希望"他生"成为出世的天人，但并未说"他生未卜此生休"。30岁的龚自珍，对此生尚未绝望。

道光七年，龚自珍36岁。这一年诗人"自春徂秋，偶有所触，拉杂书之，漫不诠次，得十五首"。这一组诗，是龚自珍思想中儒释斗争最为剧烈的心路历程。"儒家守门户，家法毋徇纵。事天如事亲，谁云小儿弄"；"不见六经语，三代俗语多？孔一以贯之，不一待如何？"这是诗人对儒学的坚持。但是，社会现实告诉他，他的那些"更法"、"改图"的儒道是行不通的，因而他"中年何寡欢？心绪不缥缈；人事日龌龊，独笑时颇少"；"万言摧烧之，奇气又喑哑；心死竟何云？结习幸渐寡"。他此时的精神状态，无复六七年前那种天马行空之势了："危哉昔几败，万仞堕无垠；不知有忧患，文字焚其身"。于是，他开始认真地向空门追求解脱："闻道幸不迟，多难乃缘因；空王开觉路，网尽伤心民"。

最后，龚自珍在47岁和48岁时，终于写出了抑儒扬佛的两首诗。

其一是《题梵册》：

儒但九流一，魁儒安足为？西方大圣书，亦扫亦包之。即以文章论，亦是九流师。释迦谥文佛，渊哉劳我思。

诗人把佛典——"西方大圣书"奉为可以扫荡或包容儒典的"九流师"，是仅居九流之一的儒者无法比拟的。就是"魁儒"又"安足为"呢？关于这一句，不妨引诗人写于次年的《己亥杂诗》中的一首作为旁证："满拟新桑遍冀州，重来不见缘云稠。书生挟策成何济？付与维南织女愁"。作者于诗后自注："曩陈北直种桑之策于畿辅大吏"。只此一例，便足以说明龚自珍为什么中年"寡欢"、"心死"，为什么抨击"魁儒"，为什么赞许"西方大圣书"，为什么次年不到半百就致仕还乡了。

道光十九年，龚自珍48岁，他终于辞官离京。这一年，他写了《己亥杂诗》315首，记述还乡的沿途观感，兼述生平大事。其最后一首再次抑儒扬佛：

吟罢江山气不灵，万千种话一灯青。忽然搁笔无言说，重礼天台七卷经。

龚自珍满腔经世济民的书生意气，此时消磨已尽，只剩下向佛典顶礼膜拜的份儿了。

龚珍虽然不崇奉道教，不相信神仙，但是作为诗人，他却懂得充分采用宗教神话，包括神仙意象在内，作为艺术手段，去美化世俗生活。例如《西郊落花歌》描绘落花之美道："如八万四千天女洗脸罢，齐向此地倾胭脂。奇龙怪凤爱漂泊，琴高之鲤何反欲上天焉！玉皇宫中空若洗，三十六界无一青蛾眉"。佛道神话交织成瑰丽奇幻的景色。

自北宋柳永以后，借神仙意象隐喻冶游之乐，成了封建时代士大夫文人的一个传统。龚自珍的《小游仙》15首，就是这个传统的再现。今举数首如下：

（一）历劫丹砂道未成，天风鸾鹤怨三生。是谁指与游仙路？抄过蓬莱隔岸行。

（二）九关虎豹不讥诃，香案偏头院落多。赖是小时清梦到，红墙西去即银河。

（三）玉女窗中梳洗成，隔纱偷眼大分明。侍儿不敢频频报，露下瑶阶湿姓名。

（四）珠帘揭处佩环摇，亲荷夫人语碧霄。别有上清诸女伴，隔窗了了见文箫。

这一组冶游诗，详细地描述了从密约幽会到别后情思的全部过程。在此之前，龚处珍曾作《戒诗》诗。但不到一年，为了这次毕生难忘的冶游，他破戒写下了这组诗。由此可见，他对冶游的兴趣之浓。

龚自珍好冶游亦死于冶游。据吴昌绶《年谱》，嘉庆十七年，龚自珍与表妹结婚；次年其妻病逝于家。当时，诗人闻讯南归，在路上写了一首诗：《金缕曲·癸酉秋出都述怀有赋》。其中有句云："愿得黄金三百万，交尽美人名士，更结尽燕邯侠子。"又《长相思》词小序云："同年生冯晋渔，少具慧根而不信经典，与予异也；尝有买宅洞庭、携鬟吹笛终焉之志，与予同也。"调中有句云："画楼高，画船摇，君领琵琶侬领箫，双鬟互见招。"足见从青年时代起，龚氏就是一位常作狎邪游的风流才子。写于48岁的《己亥杂诗》中,出现了大量的冶游之作,而且公开声称"选色谈空结习存"。另一方面,他毕生诗文中从无患病记述,倒是"中酒"之类字眼颇多。可是,他辞官之后不久,尚在英年,就以语焉不详的"暴疾"亡身,个中原委,似与酒色有关。龚自珍同窗好友魏源诗中多有"溺仙溺佛皆玩物,岂独酒色堪自伐"之句。为什么会从溺于仙佛联想到耽于酒色?恐怕是龚氏的"暴疾"向他提示的教训。

龚自珍亦擅长填词,风格近似花间派,以写闺情为主。其部分作品,一如《小游仙》诗,以神仙意象寄托其秦楼楚馆之得意。兹举二首以见一斑:

(一)仙参差,佩参差,数罢鸾期又凤期,彩云西北飞。箫一枝,笛一枝,吹得春空月堕时,月中人未归。(《长相思》)

(二)一梳春月,淡溶溶欲上,鸾尾云晴碧天扫。正文窗四扇,缥缈华空,晶艳艳玉女明灯一笑。　几番携手处,昙誓天边,寒绿深深帐纱悄。亲手采琼芝,著玉盘中,添香水养花还小。见说道仙家梦都无,便梦也如烟,晓凉欺觉。(《洞仙歌》)

第三节　诗禅一致论

清代前期的诗坛盟主,是王士禛。纪昀说:"当我朝开国之初,人皆厌明代王(世贞)、李(攀龙)之肤廓,钟(惺)、谭(元春)之纤仄,于是谈诗者竞尚宋元。既而宋诗质直,流为有韵之语录;元诗缛绝,流为对句之小词。于是士禛等以清新俊逸之才,范水模山,批风抹月,倡天下以'不著一字,尽得风流'之说,天下遂翕然应之。"(《四库提要》)王士禛倡导的"不著一字,尽得风流"之说,实质乃是"诗禅一致"论。

王士禛

王士禛(1634—1711),字贻上,号阮亭,又号渔洋山人,新城(今属山东桓台)人,顺治十五年进士,历任扬州推官、礼部主事、刑部尚书等职。他著有《渔洋诗集》、《渔洋文略》等诗文作品数种,合称《带经堂集》；另有《渔洋诗话》、《池北偶谈》、《香祖笔记》、《古夫于亭杂录》等笔记多种。王士禛之所以能够领袖清初诗坛数十年，是因为他不仅在诗风陈陈相因之际，提出了一种崭新的诗歌理论——"神韵"说，而且他本人身体力行，写出了不少传唱一时的佳作，以实践其诗论。由于他的诗歌理论在当世影响极大，张宗柟遂于乾隆期间，将散见于王士禛18种著作中的论诗片段，编纂为一集，书名《带经堂诗话》。王士禛的"不著一字，尽得风流"之说，或者"神韵"之说，集中在此书的《综论门》、《悬解门》和《外纪门》之《答问类》。对于王氏诗论的实质，张宗柟在该书《纂例》中说得十分明白："正如宗镜传灯，或则妙语初机，或则直参上乘，乃至无有语言文字，是真不二法门。'舍筏登岸，诗禅一致'：山人故尝云然"。这就是说，王氏的诗论乃是唐宋以来以禅喻诗理论在新时期的变形再现。

王氏所谓"神韵"，源出于明代胡应麟《诗薮》。兹举该书涉及"神韵"者数条如下：

（一）……子建魏诗之神，杜陵唐体之妙，而少卿（李陵）不过汉品之能。若究竟言，则明月流光，虽神韵迥出，实灵运、玄晖造端。……

（二）孟（浩然）五言不甚拘偶者，自是六朝短古，加以声律，便觉神韵超然。……

（三）初唐七言律缛丽，多谓应制使然，非也，时为之耳。此后，若《早朝》及王（昌龄）、岑（参）、杜（甫）诸作，往往言宫掖事，而气象神韵，迥自不同。

从以上三条引文看，神韵是胡氏的诗歌美学批评标准之一。它不同于作品的辞藻、对仗等技巧，而是一种"明月流光"式的审美境界。

王士禛从《诗薮》中撷取"神韵"一语，建立了自己的"诗禅一致"的诗歌理论。他的"神韵"说，是以严羽的"妙悟"和司空图的"不著一字，尽得风流"等审美概念为理论基石的，因此其理论内涵大大超越了胡应麟的"神韵"说。王士禛认为："只有精通'妙悟'的诗人，才能做出具有'神韵'美的诗来。'妙悟'，是王氏诗歌创作理论的关键一环，所以他反复加以强调"。例如他说：

>　　（一）《严沧浪诗话》借禅喻诗，归于"妙悟"。如谓盛唐诸家诗，如"镜中之花，水中之月，镜中之象"，如"羚羊挂角，无迹可求"，乃不易之论。
>
>　　（二）舍筏登岸，禅家以为悟境，诗家以为化境，诗禅一致，等无差别。

为了阐明"诗禅一致"，亦即"妙悟"的原理，王士禛又举王维、裴迪、苏东坡诸人为例，加以说明：

>　　（一）严沧浪以禅喻诗，余深契其说，而五言尤为近之。如王（维）、裴（迪）辋川绝句，字字入禅。……妙谛微言，与世尊拈花，迦叶微笑，等无差别。通其解者，可语上乘。
>
>　　（二）东坡居士在儋耳作《十八大阿罗汉颂》，予最爱其二颂。……此颂真契拈花微笑之妙者。

"拈花微笑"是禅宗佛教中的一则著名事典。《联灯会要》称："世尊在灵山会上，拈华示众，众皆默然。唯迦叶破颜微笑。世尊云：吾有正法眼藏，涅槃妙心，实相无相，微妙法门，不立文字，教外别传，付瞩摩诃迦叶"。这则禅门公案说明：迦叶的微笑，乃是他对世尊拈花动作的妙悟。王士禛借禅喻诗，意在阐明：作诗当如迦叶参禅，一味妙悟。

"妙悟"，是就诗歌创作的构思和诗歌欣赏的体味而言；"神韵"，是就诗歌作品的审美价值而言。王士禛认为：只要诗人和诗歌欣赏者能如禅师参禅一样，进入"妙悟"之境，就能做出具有"神韵"美的诗来，或者领悟出诗中的"神韵"美来。例如他说：

>　　（一）七言律联句，神韵天然，古人亦不多见。如……神到不可凑泊。
>
>　　（二）唐人五言绝句，往往入禅，有得意忘言之妙，与净名默然、

达摩得髓,同一关捩。观王、裴《辋川集》及祖咏《终南残雪》诗,虽钝根初机,亦能顿悟。……予每叹绝,以为天然不可凑泊。

所谓"神韵天然"、"神到不可凑泊"、"天然不可凑泊",其实为同一概念,即诗歌的审美价值"神韵"。

那么,"神韵"这一审美概念的具体内涵又是什么呢?王士禛认为,就是司空图说的"不著一字,尽得风流",也就是含而不露的风格。试看他在评价咏梅诗之优劣时,如何将含而不露的风格与神韵的审美价值相沟通。他说:

(一)咏物之作,须如禅家所谓"不黏不脱,不即不离",乃为上乘。古今咏梅花者多矣,林和靖"暗香"、"疏影"之句,独有千古,山谷谓不如"雪后园林才半树,水边篱落忽横枝";而坡公"竹外一枝斜更好",识者以为文外独绝,此其故可为解人道耳。

(二)梅诗无过坡公"竹外一枝斜更好"七字,及"雪后园林才半树,水边篱落忽横枝"。高季迪"雪满山中高士卧,月明林下美人来",亦是俗格。若晚唐"认桃无绿叶,辨杏有青枝",直欲喷饭。

(三)赵子固梅诗云:"黄昏时候朦胧月,清浅溪山长短桥。忽觉坐来春盎盎,因思行过雨潇潇。"虽不及和靖,亦甚得梅花之神韵。

上述三条诗话,对两种咏梅诗作出了不同评价。一种是林和靖、苏东坡、赵子固等人的咏梅诗,其特点是符合禅家"不黏不脱,不即不离"的参活句法,表现了梅花的神韵;另一种是刻板地对梅花模形写貌,被王士禛讥为"俗格"与"直欲喷饭"。由此可知,王氏"神韵"的内涵,就是禅家所谓"不黏不脱,不即不离";而禅家的"不黏不脱,不即不离",又与司空图的"不著一字,尽得风流"同一机杼:二者都是强调,无论吟风弄月,都要活参,做到遗貌而取神,以形成含蓄朦胧、意在言外的诗美。王氏反复引述的禅家语如"镜中之花,水中之月"、"羚羊挂角,无迹可求"等,也是借喻"不著一字,尽得风流"的神韵艺术美的。

在《沧浪诗话》中,有两种借禅喻诗:一种是借禅理喻诗理,即妙悟说；另一种是借禅门宗派之高下优劣喻诗家之高下优劣。《带经堂诗话》中也有这两种借禅喻诗。王士禛不但以禅理喻诗理，建构了包括"妙悟"、"神韵"、"不著一字，尽得风流"诸美学内容的诗禅一致论；而且在褒贬诗家之高下优劣时，也常用借禅喻诗法。例如：

（一）余偶论唐宋大家七言歌行，譬之宗门：李杜如来禅、苏黄祖师禅也。

（二）尝戏论唐人诗：王维佛语，孟浩然菩萨语，刘眘虚、韦应物祖师语，柳宗元声闻、辟支语，李白、常建飞仙语，杜甫圣语，陈子昂真灵语，张九龄典午名士语，岑参剑仙语，韩愈英雄语，李贺才鬼语，卢仝巫觋语，李商隐、韩偓儿女语，苏轼有菩萨语，有剑仙语，有英雄语，独不能作佛语、圣语耳。

上述两条诗话，均借释家修习果位之高低，比喻诗人成就之大小。但第二条自"李白、常建飞仙语"以后，便脱离了释家修习果位系统，而变为三教百家杂出。这样，不但脱离了借禅喻诗，而且也不再是评价诗人的高下优势，而是揭示诗人们的不同艺术个性了。

第四节　中西宗教文化之合流

1840年以后，由于帝国主义的侵华，中国知识界开始向西方文化，包括基督教文化学习和借鉴。从此，中国文学史上出现了三教与基督教互补合流的作家。洪秀全和谭嗣同就是这类作家的代表。

洪秀全

洪秀全（1814—1864），原名火秀，又名仁坤，广东花县人；农家出身，多次赴广州应试不第。1843年，洪秀全落第后，仿照西方基督教创立拜上帝会，同时酝酿革命。1851年（道光三十年）1月11日，洪秀全与冯云山等在广西金田村发动太平天国起义，1853年3月建都南京，改名天京。太平军转战18个省，攻克600多个城镇，建立了代表农民均田理想的革命政权达十余年之久。1864年（同治三年）7月19日，天京陷落，太平天国告终。

太平天国是一个政教合一的政治军事组织。上自天王洪秀全，下至每一个太平军将士，都是拜上帝会教徒。天王洪秀全就是拜上帝会的教主，他自称上帝次子，耶稣的胞弟。拜上帝会是发动、团结、鼓舞全体农民——太平军将士奋勇杀敌并创建一个农民理想国的巨大精神支柱。太平军是宗教与军事的结合，其性质颇似西方中世纪的十字军和7世纪初穆罕默德领导的穆斯林军。

作为太平天国政治领袖和拜上帝会宗教领袖的洪秀全，写了许多传教诗文。其最有代表性的作品，是《原道救世歌》、《原道醒世训》和《原道觉世训》。这些作品，说明拜上帝会是基督教式的一神教组织，其政治目的则是击灭"阎罗妖"（影射清朝封建统治者），以建立一个人人平等的天国。具体地说，其作品的思想艺术特点可分为四个方面。

（一）宣扬一神论。洪秀全的宗教思想材料，主要来源于基督教。基督教是一神教，崇拜独一无二、全智全能的上帝；除上帝之外，不承认别的神。洪秀全的拜上帝会就是这样一神教。他在1843年回乡授徒时，将基督教"摩西十诫"分写在十根竹签上，列置于祖祠门外两旁，名之曰"天条"。"十诫"的第一条是崇拜上帝而不可拜别神，第二条是不可制造和敬拜偶像。洪秀全对此身体力行，而且写了许多弘扬其所谓"天条"的诗。他首先将自己家中的偶像如财神、祖宗牌位，以及塾中的孔子牌位通通打掉，并作诗一首，以贯彻他在《原道救世歌》里提出的"开辟真神惟上帝"的一神论主张：

　　天神之外更无神，何故愚顽假作真？只为本心浑失却，焉能超出在凡尘！

1844年2月，洪秀全偕同冯云山外出寻求发展，4月抵广西贵县的赐谷村。该村附近有六乌山（"六乌"土音读如"六寨"），山中有六乌庙，庙内祀男女神各一尊。据传说：这一男一女生前因对歌而相爱，数日后死去。当地百姓乃为之立庙，奉以为爱神。洪、冯二人便前往打毁神像，并题诗以斥其妄云：

> 举笔题诗斥六窠，该灭该灭两妖魔。满山人类归禽兽，到处男歌和女歌。坏道竟然传得道，龟婆无怪作家婆。一朝霹雳遭雷打，天不容时可奈何。

此诗主旨，虽是维护拜上帝会的一神主张；但其思想内涵，实系站在儒教的"父母之命，媒妁之言"的婚姻礼法立场，批判原始婚俗的自由结合。据说当日此诗传出，村民为之哗然。但不久那神祠及神座遭白蚁所蛀，人们又以为的确是洪秀全的神力所致。

1847年洪秀全再去广西，9月抵象州。象州有甘王爷庙，香火极盛。据传说：甘王爷者，本是象州居民，生前因迷信风水堪舆之说，竟杀母以葬一佳穴之中，冀获后福；又逼胞妹与一浪子通奸。此神常显神通，某次逼州官为其偶像披龙袍一袭。洪秀全乃偕同冯云山等人前往甘王爷庙，以大竹竿击倒神像，并题诗于壁云：

> 题诗草檄斥甘妖，该灭该诛罪不饶。打死母亲干国法，欺瞒上帝犯天条。迷缠妇女雷当劈，害累人民火定烧。作速潜藏归地狱，腥身岂得挂龙袍！

（二）宣扬政教合一论。洪秀全创立拜上帝会，具有一个明确的政治目的，就是打倒满清王朝，建立一个均田制王朝。洪秀全自任代表农民利益的天王。这在他的诗文中也有极为明确的表述。他在《原道觉世训》里说道："……而近代则有阎罗妖注生死邪说。阎罗妖乃是老蛇妖鬼也，最作怪多变，迷惑缠捉凡闻人灵魂；天下凡间，我们兄弟姐妹所当共击灭之惟恐不速者也。"洪秀全以阎罗妖暗喻满清王朝，并号召其入会教徒同他一道奋起击灭之。

洪秀全这一政教合一观念之产生，必须回溯到他研究基督教义的初始阶段。1843年，洪秀全最后一次落第归家，其表弟李敬芳从他自广州带回的书籍中发现了六七年前基督教教士梁发之赠送的《劝世良言》一书。此书洪氏过去从未翻阅。自李敬芳发现以后，洪李二人便仔细研读起来。从此时开始，拜上帝会的宗教意识和推翻满清王朝的政治意识，便在洪氏头脑中一齐萌芽了。这期间，洪李二人各铸宝剑一柄，长三尺，上镌"斩妖剑"三字。洪秀全并赋《咏宝剑》一诗，以明其政教合一之志：

> 手提三尺定山河，四海民家共饮和。擒尽妖魔归地纲，摧残奸宄落天罗。东南西北敦皇极，日月星辰奏凯歌。虎啸龙吟光世界，太平一统乐如何！

诗中表达了洪秀全要扫尽"妖魔"、"奸宄"，创造东方的人间天国——"光世界"的宗教政治理想。

此后，他又写了一首自述梦见红日落在手中的诗。诗云：

> 五百年临真日出，那般爝火敢争光。高悬碧落烟云卷，远照尘寰鬼蜮藏。东北西南群献曝，蛮夷戎狄尽倾阳。重轮赫赫遮星月，独擅贞明耀万方。

诗人以日自喻，对于洪秀全来说，拜上帝会的宗教意识形成之日，就是取清朝皇帝而代之的天王意识萌发之时。

（三）中西宗教文化珠联璧合。洪秀全在 31 岁前，接受的是中国以儒为主的三教合流文化；31 岁以后，又接受了西方的基督教文化。因此，他的拜上帝会诗文和太平天国文献，都是中西宗教文化合流的产物。先说"太平天国"一语。"太平"一词，源出于《庄子·天道》："知谋不用必归其天，此之谓太平，治之至也"。"天国"一词则源出于汉译《圣经·新约全书》："天国（Heaven）近了，你们应当悔改"。不妨说，"太平天国"一语，乃是中国近代史上中西文化合璧的第一个辉煌标帜。再如前述《原道觉世训》中的"阎罗妖乃是老蛇妖鬼"一句。"阎罗"系梵语"阎摩罗"的简称，语出佛典："阎罗王者，昔为毗沙国王，经与维陀如生王共战，兵力不敌，因立誓愿为地狱主。"（《法苑珠林》）"老蛇妖鬼"则是从基督教圣经《旧约全书·创世纪》中的蛇（Serpent）演化而来的。夏娃在蛇的引诱下偷吃禁果,被上帝逐出了伊甸园。因此蛇在基督教语典中是邪恶的象征。洪秀全将此中西两个宗教意象加以组合,借喻清朝统治者。再如《咏宝剑》诗里的"虎啸龙吟光世界"一句。"虎啸龙吟"语出《易经》之孔颖达疏,这里借指帝王气象,英杰威风。"光世界"则是基督教圣经《新约全书》对天国的描述,但丁《神曲》和班扬《天路历程》对此作了更具体的发挥。洪秀全将东珠西璧连成一体,借以预示他将要创建的东方天国。此外,洪秀全在《原道救世歌》、《百正歌》、《原道醒世训》、《原道觉世训》等传道诗文中,一面倡导基督教义,唯天父上帝是尊;另一面广征博引儒家经典,鼓吹儒家伦理道德。摩西十诫和儒家五伦,在洪秀全的拜上帝会诗文中熔为一炉了。

（四）通俗易懂。洪秀全的传教对象是文化水平极低的农民,所以他写的布道诗多俚俗浅白,一听便懂。例如:

（一）你们切莫慌,上帝有主张。真心多凭据,方可上天堂。

（二）巍巍天父,万国所同。养育世人,功德无穷。六日造成:天地山河,备物赐人,享用相通。

（三）帝理精微甚可奇,俗夫蒙昧岂能知。位三体一无何始,性合职分永不移。父子圣神名有定,造援感化各分持。专心求智终须晓,不识天情总是痴。

第一首是预约给入会信徒进入天堂的入场券。第二首是讲述《旧约全书·创世纪》中上帝用六天时间创造天地万物的神话。第三首是阐释基督教和拜上帝会的圣父（上帝）、圣子（耶稣）、圣灵三位一体的道理,以破除教徒们对一神教性质的怀疑。

总之,在中国近代史上,将中西宗教文化交融互汇者,洪秀全实为第一人。

谭嗣同

谭嗣同（1865—1898）,字复生,号壮飞,别号通眉生、华相众生、东海褰冥氏等,湖南浏阳人。其父继洵为湖北巡抚。嗣同幼年丧母,备受继母虐待。因此他青年时代即离家，从军新疆。此后10年，遍游西北、东南各省。他广泛涉猎先秦诸子学说，兼容佛学和西学，并私淑于康有为。他是中国近代史上资产阶级改良主义运动的先驱者之一，参加了光绪帝推行的变法维新运动。但慈禧太后在一班旧大臣的支持下，于1898年8月21日发动政变，史称"戊戌政变"。光绪帝被囚，维新派有的逃亡海外，有的被杀。谭嗣同就是被害的"戊戌六君子"之一。

谭氏的学术思想和宗教意识，集中体现在他的《仁学》这一著作中。《仁学》，是一部广泛运用中国传统思想儒、道、佛、墨，西方传统思想基督教，以及西方近代科学如物理学、数学等来进行阐述的社会伦理学。其"仁"的概念原于孔子的"仁者爱人"和孟子的"仁政"学说，但实质则是近代西方资产阶级的博爱观。兹录《仁学》中的两段如下：

（一）凡为仁学者，于佛书当通《华严》及心宗、相宗之书，于西书当通《新约》及算学、格致社会学之书，于中国当通《易》、《春秋公羊传》、《论语》、《礼记》、《孟子》、《庄子》、《墨子》、《史记》，以及陶渊明、周茂叔、张横渠、陆子、王阳明、王船山、黄梨洲之书。

（二）遍法界、虚空界、众生界有至大之精微，无所不胶粘，不贯洽，不管络而充满之一物焉。目不得而色，耳不得而声，口鼻不得而嗅味，无以名之，名之曰"以太"。其显于用也，孔谓之仁，谓之元，谓之性；墨谓之兼爱；佛谓之性海，谓之慈悲；耶谓之灵魂，谓之爱人如己，视敌如友；格致家谓之爱力、吸引：咸是物也。

从上述两段引文，不难看出《仁学》思想、语言的驳杂色彩与博爱伦理观的实质。

谭氏的学术著作融会了中西各主要宗教的思想材料和语言材料，其诗歌创作也具有同样特点，"非（佛、孔、耶）经典语不用"（梁启超《饮冰室诗话》）。

在谭嗣同的早期（30岁以前）诗歌创作中，有一些作品，广泛运用鬼神等原始宗教神话意象，具有浓郁的浪漫主义色彩。例如《残魂曲》就是

一首奇瑰的鬼诗,读后使人想起李贺。诗如下:

> 漆灯书暝白玉缸,殡宫长掩金扉双。深夜怪鹍作人语,白杨萧萧苦月黄。残魂悄立冷露坠,酸风指脸吹红泪。山萤一点照青磷,翁仲稳藉莓苔睡。秋花霓草覆蛩声,鬼车魆魆人不行。梦烟愁雾织幽径,惨歌啼怨凄寒更。人生穷达空悲慕,金碗荒凉同古墓。君不见深林哀唱鲍家诗,晓来魂气迷江树。

这首描写殡宫残魂的鬼诗,意在表述"人生穷达空悲慕"的主旨,就是说,不论是穷是达,人皆不免一死,到头来大家都是一场空。这当然是一种消极人生观。

又如《怪石歌》,诗人借原始宗教和佛道诸教神话意象,反复描绘一巨型陨石:"神人缘章宵驰奏,平明谪下苍龙宿。塴地屹然贲奇兽,历万万劫犹未宥。如何剥落商山石,无有鬼物为留守?""若非山魈出世宙,定类木客鼻嗅嗅。北溟大鸟濡其咮,南华真人短其胆。""怪哉补天女娲后,此石不炼绝悠谬。""天孙遇之支机授,浮丘遇之纳诸袖,精卫遇之翼为覆,初平遇之叱以咒。"众多与怪石相关的神话,被诗人笔之于一笺,成为一首闪耀着浪漫主义奇光异彩的咏物诗。

在谭嗣同的后期(30岁以后)诗作中,出现了一些大量运用佛语、佛理的作品。一般地说,他的这类诗作比较艰涩,有时即使是他的同志好友,也无法破译其隐藏在宗教密码深层的真意。谭氏本人亦不否认这一点,自称"为诗太奇诞,至不敢以示人"(《致徐乃昌》)。兹举其比较好懂的一首《感怀》如下:

> 死生流转不相值,天地翻时忽一逢。且喜无情成解脱,欲追前事已冥濛。桐花院落乌头白,芳草汀洲雁泪红。再世金环弹指过,结空为色又俄空。

此诗大意是阐述灵魂不灭、死生流转的佛教教义。"再世金环",典出《晋书·羊祜传》:"祜年五岁时,令乳母取所弄金环。乳母曰:'汝先无此物。'祜即诣邻人李氏东垣桑树下探得之。主人惊曰：'此吾亡儿所失物也，云何持去？'乳母具言之。李氏悲惋。时人异之，谓李氏则祜之前身也。"诗人以羊祜故事为佛理死生流转、三世轮回作证。梁启超在读了谭氏的另一首佛语诗《留别湘中同志》（"经年焚却"）后写道："篇中语语有寄托，而其词瑰玮连犿，断非寻常所能索解。唐绂丞尝语余曰：'此诗唯我能解之。'余时匆匆，未暇叩绂丞也，而今绂丞亦云亡。诵元遗山'独恨无人作郑笺'之句，又怆然涕下矣。"（转引自《谭嗣同全集》排印本484页注文）对于谭嗣同的奇诞佛语诗，或曰宗教朦胧诗，我们就权当李商隐的《无题》诗来欣赏吧。

第五节　宗教风习小品

　　清代也出现了一些清新可读的宗教题材散文集。这类作品继承了《水经注》、《洛阳伽蓝记》、《大唐西域记》，以及《陶庵梦忆》和《西湖梦寻》等宗教散文小品集的优秀传统，极力淡化作者的主体宗教意识和感情，而以再现宗教风习和宗教景观的诗情画意为目的。《清嘉录》和《康輶纪行》不失为这方面的两本代表作。

清嘉录

　　此书12卷，顾铁卿撰。这是一本记述吴中民俗的散文小品集，分别记述了从元月至12月的种种传统节日，以及与之相关的风俗人情。书名《清嘉录》的语源如下：

> 吾吴古称荆蛮，自泰伯、虞仲以来，变其旧俗为声名文物之邦，陆士衡所云：土风清且嘉者。迄于今，文采风流，为天下冠。（《清嘉录序》）

　　这本散文集写的虽然仅仅是吴越一带的民间风俗，其实各地汉族风习与之大同小异，因此也不妨把此书视作汉族古风俗实录。

　　读完此书，人们不难发现：从年头到年尾，各种节日活动，名目繁多，但大都离不开宗教。全书凡 241 条，而与宗教有关联者多达 159 条，约占 70%。风俗人情宗教化，这是古代中国汉族生活的实况。除了正式的宗教节日，如玉皇诞辰、关帝生日、雷公生日、土地公公生日、城隍庙会、文昌会、浴佛节、地藏王生日、观音生日、盂兰盆会、药王生日、蛇王生日、鬼节，以及其他各种鬼神仙佛的节日，人们要展开祭祀活动之外；还有许多与宗教无关的节日，人们在庆祝活动中也不忘注入某些带宗教色彩的内容。中国自古以农业立国，农历中的各种节日是根据农业生产的需要而确立的，应当与宗教无关。例如书中《立夏见三新》条记述："立夏日，家设樱桃、青梅、穤麦，供神享先，名曰立夏见三新。"又《冬至大如年》条记述："家无大小必市食物以享先，间有悬挂祖先遗容者。诸凡仪文，加于常节，故有冬至大如年之谚。"这说明中国汉人在儒教文化的长期濡染下，无时无刻不在纪念和敬拜着自己的祖先神；好比西方基督教诸国人民无时无刻不在祈祷耶稣降临、上帝保佑，因而随时可能以手划十于胸前。

但中国汉人的宗教观念与西方基督教诸国人民的宗教观念，却有一极大的区别。西方古人只信仰一教一神，即基督教的上帝；而中国古代汉人一般却是什么宗教徒也不是，但什么宗教的神都加以礼拜。宗教信仰一元化与宗教信仰多元化，就是西方人与中国汉人的区别之一。对于这一点，《清嘉录》是一个生动而具体的证明。该书三条笔记记述五月朔日的宗教活动，可以说是诸教齐兴。其中《修善月斋》条云："释氏、羽流，先期印送文疏于檀越，填注姓字。到朔日，焚化殿庭，谓之修善月斋。是月，俗又称毒月，百事多禁忌。"《贴天师符》条云："朔日，人家以道院所贻天师符，贴厅事以镇恶，肃拜烧香，至六月朔，始焚而送之。有贻自梵氏者，亦多以红黄白纸用朱墨画韦陀镇凶，则非天师符矣；而小户又多粘万色桃印彩符，每描画姜太公、财神，及聚宝盆、摇钱树之类。受符者，必至院观拈香，答以钱文，谓之符金。"又有《挂钟馗图》条云："堂中挂钟馗图一月，以祛邪魅。"在中国，道教里的张天师、佛教里的韦陀菩萨，以及民间崇拜的姜太公和钟馗等，都是镇恶驱邪之神。所以五月——毒月一到，各宗教团体就进入了"市场经济"，纷纷向"客户"——檀越（施主）们推销各种品牌的保护神了。

除此以外，人们还信仰各种源远流长的准宗教，如占卜、前兆、禁忌、巫术等等，不一而足。对此，《清嘉录》中也有大量记述。如《八月半》条云："中秋，俗呼八月半。是夕，人家各有宴会，以酬佳节。人又以此夜之晴雨，占次年元宵阴晴。谚云：八月十五云遮月，来岁元宵雨打灯。又云：雨打上元灯，云罩中秋月。"这是占卜。《秋毂碌收秕谷》条云："立秋日雷鸣，主稻秀不实。谚云：秋毂碌，收秕谷。"这是前兆。《三时》条云："夏至日为交时，曰头时、二时、末时，谓之三时，居人慎起居，禁诅咒，戒薙头，多所忌讳。"这是禁忌。《走三桥》条云："元夕，妇女相率宵行，以却疾病，必历三桥而止，谓之走三桥。"又《戴杨柳球》条云："妇女结杨柳球，戴鬓畔，云红颜不老。"这是巫术，即祈祷术。

《清嘉录》的文学性，是比较生动地描述宗教活动和宗教景观；同时采录时人描述同一题材的诗歌以相配伍，读之仿佛置身其间。例如《雷斋》条描述雷公生日那天各道教宫观景象：

各有神像，蜡炬山堆，香烟雾喷；殿前宇下，袂云而汗雨者，不可胜计。……伶人升老郎神像，入观监斋，卤簿仪从，皆梨园子弟所充。羽流吟咏洞章，拜表焚疏，严肃整齐，不敢触犯天神，谓报应速也。

又如《荷花荡》与《消夏湾看荷花》记述人们借荷花生日（植物崇拜）的由头，赴荷花荡或消夏湾赏荷，颇多野趣：

（一）旧俗，画船箫鼓，竞于葑门外荷花荡，观荷纳凉。……或有观龙舟于荷花荡者，小艇野航，依然毕集。每多晚雨，游人赤脚而归。故俗有"赤脚荷花荡"之谣。蔡云吴歈云："荷花荡里龙船来，船多不见荷花开。杀风景是大雷雨，博得游人赤脚回"。（《荷花荡》）

（二）洞庭西山之址消夏湾，为荷花最深处。夏末舒华，灿若锦绣。游人放棹纳凉，花香云影，皓月澄波，往往留梦湾中，越宿而归。（《消夏湾看荷花》）

《康輶纪行》

此书 16 卷,姚莹撰。姚莹,安徽桐城人。他在此书《自叙》中对写作缘起及全书内容作了如下说明:"《康輶纪行》者,道光甲辰、乙巳、丙午间(1844—1846),莹至蜀中,一再奉使乍雅及察木多,抚论蕃僧而作也。乾隆中,考定察木多又名喀木。其地曰康非。《新唐书》:南依葱岭,九姓分王之康国也。使车止此,故名"。全书"大约所记六端:一、乍雅使事始末,二、喇嘛及诸异教源流,三、外夷山川形势风土,四、入藏诸路道里远近,五、泛论古今学术事实,六、沿途感触杂撰诗文。"由此可知,《康輶纪行》就是西藏纪行。书中各种内容错杂纷呈,但是有一个核心内容,即关于藏传佛教——喇嘛教的历史,寺庙沿革与现状(清代),以及政教合一条件下的西藏民俗、民情等。因此,这是一部《洛阳伽蓝记》或《大唐西域记》式的宗教风习散文集。书中偶然阐述点滴关于喇嘛教的议论,也不乏精彩之笔。

书中上溯西藏佛教历史,主要是从明代蕃僧宗喀巴开始。宗喀巴幼而神异,在大雪山修苦行,既成,精通佛法,为蕃众所敬信。因为他所戴僧帽为黄色,故称黄教,其教大盛于前藏。据《布达拉经簿》记载:宗喀巴有两个著名弟子,即大弟子达赖喇嘛和二弟子班禅额尔德尼;同时列出了达赖喇嘛自头辈至第八辈的世系,班禅额尔德尼自头辈至第七辈的世系。

书中又据《布达拉经簿》叙述了大诏寺、小诏寺及布达拉宫诸建筑的历史。据云:蕃王绰尔济松赞噶木布(今译松赞干布)迎唐文成公主与巴勒布鄂特色尔郭恰之女拜木萨(即尼泊尔尺尊公主)为后。文成公主带来释迦牟尼佛像,拜木萨带来墨珠多尔济佛像。松赞干布乃兴建大诏、小诏二寺,以供奉两座佛像。又据云:松赞干布好佛,他头顶纳塔叶佛在拉萨山上诵经,因而名之曰布达拉。文成公主与尺尊公主为了藏王的安全,便建造了布达拉宫。

书中对拉萨的佛教人文景观与自然景观,作了详尽的描绘。其灵异优美,堪与道教的洞天福地、十洲三岛相比肩:

前藏拉萨，译言佛地也。群山朝拱，碧水环流，阡陌腴绕，径涂平衍。其西突起布达拉一山。梵书云：普陀山有三，布达拉其一也。奇峰耸翠，飞阁流丹，灵秀所钟，遂成胜境；而峦峰相向，则有招拉、笔洞为之辅。山前浮图鼎峙，山后湖水清漪。稍北为禄康插木（池名），中建水阁。登览者济以舟，风景绝佳。由诏而上布达拉，有琉璃桥。桥下水势浩瀚，曰噶尔招木伦江（即藏江），部民夹岸而居，具丰乐之象。江水澄澈，有绿松石，翠色欲滴，顶若碗盏。淘泥掘石，则身大如象，不可取玩也。山之东五里许，有大诏寺，金碧璀灿。其后毗连者，曰小诏。山之南七里许，有札什城，汉兵居焉。其色拉、别蚌、桑鸢、甘丹诸寺，或近效其灵，或远挹秀；而又有宗角卡契园、经园诸腾，错综其间，为达赖往来游憩地。春冬桃柳松柏，相映自然，梵宇花宫，不亚中土。（卷七）

西藏的民情风俗，无不与佛教息息相关。从年头到岁末，各种传统节日、喜庆活动，均充满佛教色彩。

藏历正月，拉萨举行祈愿洗会，时间为一个月。

元日，"达赖喇嘛设宴于布达拉上，延汉番官会饮。有跳钺斧之戏：先幼童十余人，着彩衣，戴白布圈帽，足系小铃，手执斧钺。前列设鼓十余面，司鼓者亦装束如前。凡觥觞交错时，相向而舞，听鼓声之渊渊，而队兆疾徐咸中节"。

越日，观飞神。"以皮索数十丈，系于布达拉山寺，上下人捷如猱，攀援而上，以木板护于胸，手足四舒而下，如矢离弦，如燕掠水"。

又过数日，众寺喇嘛拥达赖喇嘛下山谒佛，登台讲大乘经，谓之"放朝"。远近藏民毕集，均以金珠宝玩高举于首而跪献之。"达赖喇嘛若受，即以尘尾拂其首，或手摩其顶者三"；献宝者则以为活佛降福于他了。

上元日，大诏寺内设木栅数层，女人灯万余盏。"以五色油面为人物龙蛇鸟兽，穷极精巧，自夜达旦，视天之阴晴雨雪，及灯焰之晦明，占一岁之丰歉"。

18日，扬兵。"集唐古忒马步兵三千，戎装执械，绕诏三匝，至琉璃桥南，施巨炮，以驱鬼魅。"

越 2 日或 4 日，竞技。选少年骑快马驰骋，自色拉山寺东麓至布达拉后，约 30 里，先至者受上赏。又以儿童裸体赤足竞走，自布达拉西至拉擦东，约十余里，为夺标之戏。如有力不胜，亲友旁观者以冷水灌顶，为之助威。

30 日，讽经完毕，演"打牛魔王"之戏。以喇嘛一人饰达赖喇嘛；以一番民饰牛魔王，面涂黑白二色。二人彼此斗法。各出一骰，大如核桃。"达赖三掷皆卢，魔王三掷皆枭。盖六面一色也"。牛魔王惊惧而逃，于是僧俗纷纷执弓矢枪炮而逐之。——此前，已在对河牛魔山上架设帐房，待牛魔王蹿入其中，便放炮庆祝驱魔之胜利。牛魔王帐内预储数月之用，食尽始归。这一群众性宗教演剧活动，与中元节汉地演出群众性目连戏活动颇相似。

其他风俗尚多。如七八月间，临河遍设凉棚帐房，男女同浴于河，即上巳祓禊之意；10 月 15 日，文成公主诞辰，藏民均盛服至大诏寺顶礼；除夕，木鹿寺跳神逐鬼，男女盛装，群聚歌饮，尽醉而归。

从上述种种节日喜庆活动看，藏传佛教已经与西藏原始的本教——巫教相融合。除夕的跳神活动，就是从本教传下来的"保留节目"。

此书除记述西藏佛教的源流见闻之外，还时见精辟议论。如作者认为：西藏佛教之所以能征服藏民之心，而实现政教合一的原因有四。一是"庄严色相，使民崇敬而不敢亵"。二是"炫之以富贵，生其歆羡之心"。三是活佛转世："佛果转世而有福如是也，欲不坚其信，得乎？"作者说，这一条是宗喀巴的创造。此前并无；此后，达赖、班禅就世代转世，相传至今。四是地狱果报，以怵其心。这些见解，是颇有说服力的。

由于作者多次出使西藏，并广泛涉猎过有关世界各国，包括天竺的地理、宗教、文化等知识，因而就能比较客观地认识宗教中的某些唯心主义迷信。例如他对中国净土宗佛教"往生西方极乐世界"的宗教理想，作了如下评论：

> 吾儒以治世为教，佛法以出世为教。出世者，离此五浊恶世，而超天界、法界也。愚人执着西方，以为佛界。夫世俗所谓西天者，特昔时诸佛所生之地耳。其风土人物，与诸番无异。其人依然有死生、

疾病、困苦、声色、货利、战争、奸盗，犹夫中国。故佛生其地，说法以救其人，何尝以彼为极乐之国乎？

对于宗教里的迷信成分，并不是任何封建士大夫都能洞察的。只有像《康輶纪行》作者这样到过遐荒绝域而见闻广博的封建士大夫，才能写出如此无可置辩的驳论。

第六章 僧道诗词

自六朝以后，诗僧一直是宗教文学中的一个重要队伍，清代亦不例外。《晚清簃诗汇》搜罗清代释子诗凡五卷，共 235 人（其中包括比丘尼 40 人）；《清诗别裁集》收入清诗僧 44 人；《清诗纪事》收入清诗僧 97 人。三书合在一起，汰去彼此重复，清代释子之能诗者，当在三百人以上，实力大有超越前朝之势。就其身份地位和生活态度而言，则可分为遗民诗僧、御用诗僧、山水诗僧、爱国诗僧等。

清代的道士诗人亦如历朝，其数量远在诗僧之下。

第一节 遗民诗僧

清朝是一个由满族入主汉族中原和江南的王朝。许多自幼习儒而具有强烈正统观念和民族感情的儒生，以及明朝宗室、故臣，不屑于在异族统治者手下寻求科举仕进的出路。为了保持儒家的气节，他们中的许多人纷纷遁入空门，从而成为遗民诗僧。同时，还有一批自幼出家而具有强烈民族意识者，因而更扩大了这支遗民诗僧的队伍。读彻、弘智、函可、函昰、光鹫、淡归、普荷、宏仁、圆鉴、智朴、同揆、大瓠、戒显、炤影、今释、南潜、荫在、雪峰等，均属于这一类。兹择其影响较大的前五人作一介绍。

读 彻

读彻（1587—1656），俗姓赵，字见晓，又字苍雪，号南来，云南呈贡人。他幼年落发于云南妙善寺，19 岁离开云南，遍参名师，最后住持吴之中峰。他工于诗，颇得当时名流如王士禛、吴梅村之推重。吴称之为"诗中第一，不徒僧中第一也。"全祖望目之为"僧中遗老"。清初，"礼部行文取天下高僧二十余人入直万善殿，读彻独不与"（邓之诚《清诗纪事初编》）。由此可见他对新朝廷的疏远关系。他的诗证明了这一点。其《金陵怀古》云：

　　石头城下水淙淙，西望江关合抱龙。六代萧条黄叶寺，五更风雨白门钟。凤凰已去台边树，燕子仍飞矶上峰。抔土当年谁敢盗？一朝伐尽孝陵松。

诗人谓六朝和明朝初期的都城金陵，其龙蟠虎踞的王者之气已经消逝，明太祖孝陵前的松柏也被盗伐殆尽了。孙静庵《明遗民录》称：此诗"伤心亡国之音，令人不忍卒读"。陈去病《五石脂》也认为此诗"词特凄切"，是怀念故明的遗老感情的强烈表现。

读彻的风景小诗颇得自然之趣。如七绝《自云栖过湖上杂咏》：

　　春水平湖绿映堤，六桥芳草正萋萋。东风不为游人待，催尽桃花衬马蹄。

"东风……催尽……"的设想，妙趣横生，把一幅暮春残景，描绘得诗意盎然。

弘　智

弘智（1611—1671），原名方以智，字密之，号鹿起，桐城（今属安徽）人。他是明崇祯十三年进士，官翰林院检讨，复社领袖之一。明亡后，他出家为报恩寺僧，法名大智，字无可，别字药地，别号弘智。他自幼在姑母方维仪的教养下，博览群书，诗词歌赋，琴棋书画，无不精通，著有《浮山全集》。明亡以后，其诗词抒写国破家亡之恨，但又不失深沉含蓄之风。例如五律《独往》：

> 同伴都分手,麻鞋独入林。一年三变姓,十字九椎心。听惯干戈信,愁因风雨深。死生容易事,所痛为知音。

明末,方以智与其他复社领袖侯朝宗、冒襄、陈贞慧号称"四公子"。明亡以后,复社同志风流云散,方以智遁入丛林,而侯朝宗却变节附清。这首五律,对上述历史转折关头的风声鹤唳的现实,同志队伍的分化,作了痛心疾首的概括。

再如词二首:

> (一)花如雪,东风夜扫苏堤月。苏堤月,香消南国,几回圆缺。钱塘江上潮声歇,江边杨柳谁攀折?谁攀折?西陵渡口,古今离别。(《忆秦娥》)
>
> (二)风起恨青霄,堆砌无聊。乱红催语肯相饶?九十春光留不住。只在今朝。　旧泪洒横桥,那更吹箫!一声断处血难消。夜半子规啼不尽,只见花飘。(《浪淘沙·示陈涉江》)

这两首调,寄凭吊南明的亡国之痛于南国春归的景语之中,怨而不怒,哀而不伤,不失风人之旨,实导嘉庆以后常州词派之先声。

函　　昰

函昰(1608—1685),俗姓曾,名起莘,字丽中,别字天然,又字宅师,广东番禺人。他少负才名,明崇祯六年举人。由于清兵压境,危在旦夕,他便赴庐山归宗寺落发为僧,号天然禅师。孙静庵《明遗民录》称:"天然以盛年孝廉出家,人颇怪之。及时移鼎沸,缙绅遗老有托而逃者,多出其门,始叹其先见。"李鹏翥《澳门古今》云:函昰"虽处方外,而投分者多为节烈之士",其诗亦多"儒家分内语"。例如七律《尹恒复中秘见过》:

> 频年转战知交尽,相对真疑梦里人。心淡自应廉吏后,时危曾现宰官身。趋庭有子能娱老,避世寻僧得正因。开士渐推莲社长,罗浮

今亦有遗民。

此诗不啻是处在明清交替时期的函昰及其友人的生活、思想的写照,是典型的遗民诗。

函昰还写了许多登山临水诗,也充满了抚今追昔,物是人非的遗民感情。例如五律《晚登风幡阁》:

> 望处江山旧,凭高独怆然。曾随章贡水,直抵秣陵天。六月溪楼上,三年樵舍前。风光今昔异,抚景倍流连。

"章贡水"系拆字修辞格,即江西的赣江。"曾随"、"直抵"两句为流水对,叙诗人明末从赣江乘舟北上赴举之事。旧地重游,江山易主,大有不堪回首之慨。

函　可

函可,字祖心,号剩人,俗姓韩,名宗騋,广东博罗人。其父韩日缵,系明末尚书。祖心少负才名,有康济天下之志;父母亡故之后,他一意学佛,先后禅隐于罗浮、匡庐。明亡之际,其叔伯、兄弟、子侄辈均殉国难。当时祖心恰在南京,亲见明臣死难。他咏歌凭吊,寄托亡国之哀思,因此被逮下狱,充戍瀋阳。他遭此巨变,痛定之余,或歌或哭,为诗不下百篇,名曰《剩诗》。此前之作,则曰《千山诗集》。其诗以明亡为界,分为前后两期。风格情调,前后迥异。前期的"千山"诗,是作于罗浮、匡庐的禅隐诗。境界宁静,心绪安详,是"千山"诗的特色。例如《山境》写道:

> 山境只如此,一一皆可悦。有石无不松,有松无不雪。日夕众烟空,微钟上初月。禽各静其枝,虎各安其穴。千峰一皓然,竟与人寰绝。……

函可发配瀋阳之后,诗风陡变。例如《忆江南》,就是这一感情转折的形象化记录：

> 江南高座寺，前对雨花台。台上春风拂面来，参差杨柳花竞开。黄莺百啭我心哀，忽忆故山村底梅。今年绝漠冰雪堆，发白面皱骨欲摧。村底无梅不归去，却忆高座听莺语。

诗人对江南故山的春风杨柳和村底梅树依依眷恋。可是而今故山梅树已无，留给诗人的只有回忆中的声声莺语了。抚今追昔，无限凄凉。因此诗人悲从中来，长歌当哭。试看其《皇天》：

> 皇天何苦我犹存，碎却袈裟拭泪痕。白鹤归来还有观，梅花砍尽不成村。人间早识空中电，塞上难招岭外魂。孤雁乍鸣心欲绝，西堂钟鼓又黄昏。

一缕故明的禅魂，一片破碎的诗心，在一个由满族建立的新王朝的统治下颤抖着。

光　鹫

光鹫（1577—1662，或 1637—1722），又名成鹫，俗姓方，名颛恺，字迹删，又字趾麟、麟趾，号东山樵人，广东番禺人。他于南明永历四年（清顺治七年）入学为生员；清康熙十六年从石洞西来离幻禅师披剃，遂为僧。据《澳门古今》记载，清兵入广州后，传檄诸生应试，否则以叛逆论罪。他为了拒试，乃遁迹鼎湖，落发为僧。但据邓之诚《清诗纪事初编》记载：光鹫志在恢复朱明王朝，而以出家做掩护。他曾往澳门主普济禅院，又尝渡海至琼州，"踪迹突兀，实有所图"。他与矢忠于南明王朝的陶环、何绛结为生死之交，他曾致书陶环，屡谓陶失却出家机会，乃以"出家"为隐语，暗射恢复故明。其集中有《鬻剑诗》，序云："尝蓄古剑承景，藏之十年，以待不平。"于此可见他身居方外而志在方内。试看其《仙城寒食歌四章四首》之一的《邵武陵》——一首凭吊明朝帝王陵墓的诗：

亢龙宾天群龙战，潜龙跃出飞龙见。白衣苍狗等浮云，处处从龙作宫殿。东南半壁燕处堂，正统未亡垂一线。百日朝廷沸似汤，十郡山河去如电。高帝子孙隆准公，身殉社稷无牵恋。粤秀峰头望帝魂，直与煤山相后先。当时藁葬汉台东，三尺荒陵枕郊甸。四坟角立不知名，云是诸王殉国彦。左瞻右顾冢累累，万古一丘无贵贱。年年风雨暗清明，陌上行人泪如溅。寻思往事问重泉，笑折山花当九献。怅望钟山青草深，谁人更与除坛墠。

邵武陵，系南明唐王朱聿𨮁的坟墓。朱聿𨮁是南明隆武帝之四弟，大学士苏观生拥立为帝，改元绍武。这首诗概述了南明小朝廷诸王纷立（"亢龙宾天群龙战"）而转瞬即逝的历史，也表现了诗人对明代帝王的耿耿忠心——"寻思往事问重泉（地下），笑折山花当九（九鼎，国宝）献"。

第二节　御用诗僧

元　璟

元璟，字借山，号红椒，又号晚香老人；初名通圆，字以中；浙江平湖人，成化庵僧。康熙四十二年（1703），圣祖南巡，元璟诣吴门接驾，跪献迎銮诗十章，遂奉旨入京供奉。他居京师期间，与公卿大臣交游，诗名大噪。纪昀称"其诗以清雅为宗，时有秀句"，"但根柢不深，气味不免太薄耳。"（《四库提要》）又《诗话》谓元璟"游历南北，足迹半天下，诗体屡变而愈新。"以上评语，均颇得当。例如《西湖北枝词》（四首录二）：

（一）红桥曲曲放生池，春水初肥春日迟。何事系人情最好？金钱买饼饲鱼儿。

（二）烟紫莎青风力微，红灯水面酒船归。阿谁好唱伊凉曲？鹭起鸳鸯相背飞。

这是两首描述西湖小景的民歌体绝句，通俗而明快。

又如七绝《磐陀石》：

> 擎出波心手掌平，我来跌坐证三生。善财参后无人到，闲杀峰头雪浪声。

此诗同前两支民歌相比，风格迥异；但也有相同之处，即尽可能把与佛教相关的事物融会到诗的意境中去。例如放生池、三生石之类。

此外如："千盘涧道雪浮屐，十里松门翠扑衣"；"秋后云林多瘦碧，愁边烟月易昏黄"（《华亭杂感》）；"桃花如雨草如烟，第六桥边剧可怜"（《黄鹂二首似杜湘草》）；"茶烟竹粉满溪香，不碍轻鸥自来去"（《西溪结茅奉酬蛰园翁先生》）；均可置入纪昀所谓"秀句"之列。

晓 青

晓青或作晓音，字碓庵，主苏州华山方丈。清圣祖（康熙帝）御制诗有《欲游华山未往》七绝，晓青居然和唱至百首之多进呈。圣祖因此对他优礼有加，他亦受宠若惊，上表自称"臣僧"。其讨好皇帝之心，昭然纸上。在晓青诗里，人们不难发现，有一个志在青云的"奋飞"情结。他在《拟寒山子一首寄姚芬若》里写道：

> 有身难奋飞，却羡空中鸟。

他的和御制诗百首，就是这个"奋飞"情结的一次极具体极强烈的表现。他的这一"奋飞"情绪有时也推己及人。例如《送陆企苏入都》：

> 雄谈满座尽倾听，独拔词锋近发硎。漫请丸泥实函谷，争看联璧重华亭。几丛烟树天边绿，一簇云山雨后青。此去层云宜自奋，直教鹏翼化南溟。

东汉隗嚣之部将王元对隗说："元请以一丸泥为大王东封函谷关，此万世一时也。"后世多借此故事喻边关立功。又：西晋陆机陆云兄弟为华亭

（今上海松江）人，才能出众，有如联璧，时称"二陆"。晓青以王元和陆企苏的先人"二陆"的功业荣显鼓励陆企苏，希望他奋飞层霄，鹏程万里。

晓青身在丛林而心怀帝阙，名为方外而实处方内，长年累月地接触种种争名夺利的社会现实。所以，我们从他的抒情诗里听到的，常常不是诗人自己与世绝缘和与世无争的僧伽淡泊情怀，而是一颗士大夫式的愤世嫉俗之心。例如《山舫吟》：

狭路忽相逢，欲让如何得？彼此各争先，必至同倾侧。于中有一人，退步行几尺。不惟他跃然，已亦成让德。苟能持此心，远足行蛮貊。是以读书人，理胜则明白。愚贱好用专，悻悻不能释。格斗起微嫌；静论缘胶执。天下互纷纭，周道何曾直！翻思古之人，感慨今之日。

格斗纷争，人心不古，这就是晓青天天面对的生活。他为此而不平："无聊咄咄书空坐，怪事浮云污太清"（《舟泊汉阳》）；他为此而厌倦："长揖尘氛谢世人，眼前龌龊将辞汝！"（《狼山观海》）

最后，他像许多在官场中浮沉了大半辈子的士大夫一样，产生了弃官归隐的情绪。试看其《舟中晓起望洞庭山翠》：

月出五更初解缆，起看苍翠满船头。漫嗟白发随年长，更觉青山似客浮。桔柚有香消接路，烟霞无迹冷涵秋。近来我亦思归隐，欲访毛公结伴游。

和尚如果名副其实，便早已置身尘外，尚有何"隐"可"归"？因此，"归隐"完全是一种倦于仕宦生涯的士大夫心态。晓青的诗，表明他是一个释表儒里的诗僧。

第三节　山水诗僧

寓禅于景，自唐宋以来已成为僧诗和居士诗的模式之一。但也有趣在山水而不斤斤于禅悦的诗僧，清恒和天寥就是这类诗僧的代表。

清　恒

　　清恒（1757—1836），俗姓陆，字巨超，号借庵，浙江桐乡人，住持焦山定慧寺。据《兰宫集》称："借庵诗清新俊逸，秀雅绝伦。乾隆丙午余留焦山数日，尝见其手持《文选》一编，吟诵不辍，故宜精诣如此，应推近日诗僧中之巨擘也"。诗人王昶某日赴焦山相访，下榻山楼，睡至三更，被主人呼起看长江堕月；五更刚过，又被主人呼起，观沧海朝霞。王昶不禁慨然曰："借庵胸次高旷若此，故其诗亦非凡僧等可比"（《蒲褐山房诗话》）。余世昌《晚清簃诗汇》亦称："借庵才思清旷，年登大耋，袁简斋、王梦楼、赵云崧、洪稚存、曾宾谷、伊墨卿、阮芸台皆及与之交。尝游天台、雁荡，渡海至落伽，逾年而返。复游黄山、九华，探幽凿险，穷山水之胜，而诗亦进。"由于清恒熟读《文选》，穷研山水，故其山水诗颇为精到，为同时代诗家所一致推许。例如其《同程荫堂登海云楼分韵即送之邗上》：

　　　　日落红楼小，高吟雅兴同。凉生潮影外，秋在叶声中。箔卷双峰雨，窗开四面风。明朝分手去，惆怅海门东。

"凉生潮影外，秋在叶声中"一联，写海云楼景色，虚实相生，并非禅家语。其对句虽从欧阳修《秋声赋》化出，但羚羊挂角，无迹可求；且与出句对仗工整，天衣无缝，堪称绝唱。

　　清恒善于从平常生活中发现和捕捉诗意，从而使看似平凡之事别具一种情趣。例如《落叶》：

　　　　萧萧复萧萧，可听不可数。山童睡忽惊，报道窗前雨。

此诗如要摘句，没有一句堪称警策，但全诗写山童被落叶之声惊醒而误作雨声，比单纯描写秋声者大异其趣。

　　又如《山居》：

> 廉卷西风雨乍晴，闲冯小阁听流莺。白云无事长来往，莫怪山僧不送迎。

禅诗多以白云喻禅。此诗脱出窠臼，白云被拟人化而成为山僧常客，禅趣虽无，情趣却有。

清恒的诗，有佳在整体艺术构思者，如前述《落叶》和《山居》；也有佳在锻字炼句者。例如："一条廉卷窗前月，几点星摇树里天"，这是景中有景；"峰到尽时偏有阁，竹当深处不知江"，这是景外有景；其他还有："群鸥暮狎烟中浦，一雁秋涵水底天"；"又卸夕阳帆一片，芦花如雪卷西风"；"书画一房云外室，江山半壁水中天"等；都是千锤百炼的结果。

天　寥

诗有不可句摘而以通篇情趣见佳者，有如天籁。这种诗，多半出自学养不深而悟性独颖的非士大夫之手。清恒是这种诗人，天寥也是这种诗人。天寥，俗姓吴，名鲲，字独游，江苏吴江人，乾隆、嘉庆间在世。他原系缝纫工人，50岁时从雁塔寺北莱上人为僧。他的学诗，是在诗人郭麟家缝制衣服时期开始的。郭麟《灵芬馆诗话》写道："吾乡吴鲲，号独游，业执针之事，操业往来余家，见架上诗册，辙䌷绎咿唔，尤酷嗜余诗。癸丑（1793）冬，余归自淮阴，夜与丹叔挑灯赋诗，独游睥睨其旁，时或辍业就观。其有称叹，颇中窾要，心窃奇之。今年回里，忽出数诗质予，清新之作，顿尔至致，不觉欢喜赞叹，以为古未尝有也。"例如其《绝句》云：

> 小雨阴阴点石苔，见花零落意徘徊。徘徊且自扫花去，花扫不完雨又来。

此诗从雨写到花，又从花写到雨，回环往复，寄不尽之意于言外。哀枚《随园诗话补遗》谓此诗系"脱口而出者"，其实误解。这种诗看似平常，却是苦心孤诣得来。作者的工夫，不是用在字斟句酌上，而是用在意匠经营上。

又如诗人郭麟于嘉庆四年从分湖移居魏塘,次年8月倩人为其新居作画题诗。吴独游题《绝句二首》云:

　　见说移居一载强,秋灯影里话家乡。也应难别分湖去,稻蟹能肥菱芡香。

　　有花有竹有桑麻,试比乡园景未差。只把画图夸似我,图中人反在天涯。

前一首写故乡分湖之美,后一首颂新居魏塘之佳。两首诗均明白如话,而诗中乡情、友谊,楚楚动人。大约是郭氏新居图中的人物有貌似独游者,人们夸赞之余,独游从这里发现了诗意:"图中人反在天涯",也就是说,两位诗友——郭麟与独游,一在分湖,一在魏塘,不啻天涯之隔,惜别之情,溢于言表。

沈涛《匏庐诗话》称颂天寥的诗道:"盖其夙根胜人,所谓诗有别材,非关学耳。"近是。

有非宗教徒写的宗教诗,有宗教徒写的非宗教诗。唐李贺的鬼诗属于前者,清诗僧清恒、天寥的山水诗则属于后者。

第四节　爱国诗僧

1840年以后,西方帝国主义国家的坚船利炮轰开了中国的国门。从此,中国文学界出现了一批具有爱国主义倾向的作家,诗僧敬安、弘一、苏曼殊等,就属于这一类。

敬　　安

敬安(1851—1912),俗名黄读山,字寄禅,号八指头陀,湖南湘潭人。他幼年丧父,家贫,常携书为人牧羊。他初出家于湘阴法华寺,后住持浙江天童寺,以苦修知名。他曾于宁波阿育王寺剜背肉如钱者数四,注油其中,以代灯供佛;又因焚修而去其二小指,遂自号八指头陀。民国元年，他倡建中华佛教总会，被推为会长。敬安虽自幼失学，但性好吟咏，作诗以唐代苦吟诗派为宗，当自谓"四山寒雪里，半世苦吟中；须易根根断，诗难字字工"（《对雪书怀》）。他不仅"半字未妥，至废寝食以求其是"（狄葆贤《平等阁诗话》），即使诗风也逼似贾岛、孟郊之寒瘦。

敬安的诗，富于禅趣而不作禅语，尤以五律为工。例如《山居》四首：

> 独鹤高飞倦，深林野性宜。石肤云自润，松陈月能窥。静觉藤花落，寒知日影移。山居味禅寂，兴到偶吟诗。
>
> 道念何由熟，幽怀谁与论？池鱼晨听梵，山鬼夜敲门。破屋牵萝补，微阳透衲温。客来休问讯，妙意了无言。
>
> 佳树圆如盖，重岩冷似冰。林鸦争坠食，松鼠啮枯藤。水月自清宴，烟霞绝爱憎。却嫌云窟里，著个苦吟僧。
>
> 静境无人到，禅扉镇日扃。涨痕窥户白，树色过墙青。苔绣定中石，风吟殿角铃。何须灭闻见，物我两俱冥。

敬安禅诗寓禅趣于深幽冷寂之意境，追步唐人之风。"静觉藤花落，寒知日影移"，"涨痕窥户白，树色过墙青"诸景语似王维，"池鱼晨听梵，山鬼夜敲门"，"林鸦争坠食，松鼠啮枯藤"诸景语则似贾岛。

其他如："西风孤鹤唳，流水道人心"（《暮秋偕诸子登衡阳紫云峰》）；"水清鱼嚼月，山静鸟眠云"（《访育王心长老作》）；"坐久诸缘息，晴空生片云"（《谒黄庭观》）；"牧笛斜阳里，闲情野水边"（《沩山水牯牛颂》）；"柴门寂历生幽草，除却孤云客到稀"（《答尹和白》）等，都是寓禅于水月闲情的佳句。

敬安诗名满天下，不仅是因为他的诗中有佳句，还因为他的诗中有奇思妙想，每能发前人之所未发。例如《梦洞庭》：

> 昨夜汲洞庭，君山青入瓶。倒之煮团月，还以浴繁星。一鹤从受戒，群龙来听经。何人忽吹笛，使我松间醒。

此诗以浪漫主义的幻境取胜。陈声聪《兼于阁诗话》称：此诗"匪夷所思，有禅中真味"。

由于敬安诗多绝唱，士大夫无不与之交游唱和。某次敬安以《麓山看红叶》诗示易实甫。诗云："日暮苍翠外，霜枫红转净。夕阳如画工，画出秋山影。"易实甫极欣赏此诗构思之巧，戏称欲以百金易为己有。敬安谢曰："黄金易尽，佳句难得，穷和尚甘以穷饿死，举却阿堵物（钱），勿溷乃公诗兴也。"实甫大笑（据《夫须诗话》）。

敬安生当晚清，这个时期，列强侵华，战乱四起。作为佛徒的敬安，以悲天悯人的佛眼看家国，写出一些洋溢着爱国之情的篇章。例如《书胡志学守戍牛庄战事后五绝句》（录二）：

（一）一纸官书到海滨，国仇未报耻休兵。回看部卒今何在？满目新坟是旧营。

（二）收拾残旗入汉关，阴风吹雪满松山。路逢野老牵衣泣，不见长城匹马还。

1894年（甲午），日本帝国主义发动了侵华战争，清政府被迫应战，史称甲午之战。1895年3月4日，日军进犯牛庄。守将李光久、魏光焘弃军而逃，广大战士英勇抵抗，因无人指挥，牺牲惨重。清政府无能，向日求和，以签订丧权辱国的《马关条约》告终。敬安的诗，是对为国捐躯的将士们的哀悼，对卖国求和的清朝廷的批判。

弘　一

弘一（1880—1942），名演音，又名婴，俗姓李，名成蹊，号叔同，天津人。他曾应光绪二十八年浙江乡试，未中；1905年赴日本留学，习美术，并创春柳剧社，演出《茶花女》，自饰女主角，日本观众惊为天人。他多才多艺，除美术、戏剧之外，又工书法、金石、诗文，系清末爱国团体南社重要成员，后出家于杭州虎跑寺。他所作诗歌，独创一格。"好作长短不齐之句，平仄互押之音，不似古诗，亦不似词"（陈声聪《兼于阁诗话》）。其今存遗诗27首，歌词35首，表现了他遁入空门之后的消极情调。

佛教所谓"色不异空，空不异色；色即是空，空即是色"（《般若心经》)的万事万物皆非实有的空观,常以各种比喻作解说,其中,以"梦"喻"空"最为士大夫文人所乐道。弘一法师的诗歌也体现了这一人生如梦的空观。例如《悲秋》云:

> 西风乍起万叶飘,日夕疏林杪。花事匆匆,梦境迢迢,零落凭谁吊!镜里朱颜,吟边白发,光阴暗催人老。纵有千金,纵有千金,千金难买年少!

诗中从万叶飘零、花事匆匆的客观变化,写到镜里朱颜、吟边白发的主体变化,正是人法两空的佛理之体现,所以诗人以"梦境迢迢"为喻。

其他诗作中写"梦"的还有很多。例如:"人生如梦耳,哀乐到心头"(《题梦仙花卉横幅》);"春来秋去忙如许,未到晨钟梦已阑"(《重游小兰亭,风景依稀,心绪殊恶,口占二十八字题壁,时九月望前一日也》);"梦里河山渺何处?沈沈风雨暮天西"(《醉时》);"昨夜梦游王母国,夕阳如血染楼台"(《春风》);"烛烬难寻梦,书寒况五更"(《书示伯铃》)等。

皈依佛法之后的弘一法师,回首往事,发现了他早年在日本饰演茶花女遗事,竟具有弘扬佛法、济度众生的意义。他在《茶花女遗事演后感赋》中写道:

> (一)东邻有女背岣嵝,西邻有女犹含羞。蟪蛄宁识春与秋?金莲鞋子玉搔头。
>
> (二)誓度众生成佛果,为现歌台说法身。孟旂不作吾道绝,中原滚滚皆胡尘。

第一首诗是对茶花女的述评:第一、二两句以东邻、西邻两女之对比,寓诸法无住无常的佛理,并喻茶花女的红颜薄命;第三、四两句则以蟪蛄借喻茶花女的青春早逝。《庄子·逍遥游》"朝菌不知晦朔,蟪蛄不知春秋。"意谓朝菌、蟪蛄都是短命之物,所以它们无法知道什么是晦朔、春秋。茶花女一味沉迷于"金莲鞋子玉搔头"的享乐生活而不知死期将至,恰如不识春秋的蟪蛄。第二首诗旨在阐明:上演《茶花女》具有佛家现身说法,以济度众生的弘佛之义，因为世俗的少男少女们可以从茶花女的悲剧命运中获得警示，皈依佛法。末二句联系当时帝国主义侵华的战乱现实，慨叹舞台教化之不作。

弘一法师出家之后，脱离了爱国团体南社的活动。当他六十寿辰之际，柳亚子赠诗两首云："君礼释迦佛，我拜马克思。大雄大无畏，救世心无歧。""闭关谢尘纲，我意嫌消极。愿持铁禅杖，打杀卖国贼！"大意谓释迦佛是"大雄"，马克思是"大无畏"，二人在"救世心"这一点上无分歧，因此希望弘一不要离开南社。但柳亚子的愿望终于落了空。

曼　殊

曼殊（1884—1918），俗姓苏，原名戬，字子谷，后更名玄瑛，1900年出家后法号曼殊，广东香山（今中山）人。其父为旅日华商，母亲是日本人，曼殊出生于日本横滨。他是一个动摇于僧俗两界，时而壮怀激烈，时而悱恻缠绵的充满自我矛盾的诗人。

曼殊先后参加过多种反帝反封建的革命组织，如南社等，写出了一些洋溢着爱国激情的篇章。例如《以诗并画留别汤国顿二首》：

（一）蹈海鲁连不帝秦，茫茫烟水着浮身。国民孤愤英雄泪，洒上鲛绡赠故人。

（二）海天龙战血玄黄，披发长歌览大荒。易水萧萧人去也，一天明月白如霜。

此诗大约作于曼殊渡海赴日探母之际，但诗中表现的却是对侵华的日本帝国主义的仇恨之情。"海天龙战"指的是中日甲午之战中的黄海大战，当时曼殊10岁，诗人以义不帝秦的鲁仲连和刺秦王的荆轲自勉，向其友人汤国顿表达了拳拳报国之心。

另一方面，曼殊又沉湎于爱情的深渊而不能自拔。他正式受法于禅宗佛教之曹洞宗。他的生活态度充分体现了禅宗呵佛骂祖，破除戒律的反传统特色。他不住寺庙，连穿了一个时期的袈裟也被西装所取代。有人问他为何不穿袈裟，回答十分坦白："吃花酒不方便也"（《苏曼殊年谱及其他》)。他虽自称"衲"、"沙门"、"山僧"、"行脚僧";却又喝酒吃肉,混迹青楼,与伶人花雪南、秦淮河歌妓金凤,特别是日本妓女百助等卿卿我我,难解难分。尽管曼殊在生活中把禅宗"教外别传"的教义表演到了极致,但他仍然不敢正式娶妻。这样,他就不得不在爱与宗教的矛盾中痛苦着。他的许多爱情题材抒情诗都是这种矛盾心理的记录。例如《本事诗》(十首录二):

(一)桃腮檀口坐吹笙,春水难量旧恨盈。华严瀑布高千尺,未及卿卿爱我情。

(二)乌舍凌波肌似雪,亲持红叶索题诗。还卿一钵无情泪,恨不相逢未剃时。

诗人的心脏好比一只钟摆,在佛陀与情人之间飘过来飘过去。他时而觉得情人重要,时而又觉得佛门不可背叛。他的法号曼殊,这是文殊菩萨的别称,中国佛教华严宗据说就是由文殊化身的杜顺和尚依据《华严经》而创立的。因此《华严经》应当是苏曼殊最崇拜的佛典。然而他一旦掉入爱河,《华严经》的神圣竟不如一位"桃腮檀口"的妙龄女子的柔情了。他被她的真情所感动,可是蓦然想起自己已经削发为僧,不能婚娶,于是他对多情女子的回报便只是一钵无情之泪。曼殊大师的爱情诗,是一位在情网中挣扎而无法解脱的近代诗僧的自画像。

第五节　道士诗人

在《晚清簃诗汇》的两卷道士诗中,共收入诗道施远恩、黄合初、惠远谟、沈清正、朱福田、王至甸等85人。其中,施远恩和黄合初的成就较高,堪称清代道士诗中之佼佼者。

施远恩

施远恩(?—1767),字鲁瞻,法名冲晫,仁和(今属浙江杭县)人,吴山长生房道士,著有《环山房诗抄》。雍正十年,他应选赴京师侍大光明殿妙正真人左右，后因清世宗赐题，施赋诗称旨，遂授龙虎山提点。16年后，他仍归吴山，与郑板桥、侯夷门、厉樊榭、杭大宗、吴西林诸名流相酬唱。他的诗，是他受朝廷征召而为封建帝国服务和隐居修道生涯的真实写照。例如《大光明殿步虚词》（四首录二）：

（一）巍巍金阙笋瑶天，羽盖朱轮满大千。惭愧野人樗散甚，侍香亲到至尊前。

（二）洞阙玲珑纲户开，金虬导我玉京回。道人报国无他愿，只祝风调雨顺来。

这一组诗，大概就是由雍正帝命题而写的。它描述了皇家斋醮的豪华气派，也恰如其分地表现了道士诗人自己的身份、地位和内心情感。没有谀词，是这一组应制诗的可贵之处。

再如七古《老桂行》：

阶前双桂高百尺，势凌霄汉根盘石。露染鹅黄一片秋，枝头簇簇团香雪。不随桃李斗春工，玉缀玲珑荫瑶席。花时供我日日吟，剥啄寻香有来客。一从访道西江游，梦绕吴山怅睽隔。忽忽烟箱十六更，树影健在人非昔。去秋赋归来，喜见旧标格。花繁粒粒金，叶展重重碧。一樽浓酦酹花神，与尔周旋仍日夕。桂兮桂兮誓将相守不相离，老向山中甘遁迹。

这首诗是施远恩从龙虎山归吴山后写的。诗人借花抒怀，宣泄了一个方外之士"不随桃李斗春工"、"老向山中甘遁迹"的淡泊心态。

黄合初

黄合初，字超然，成都武侯祠道士，生卒年不详。他善琴能诗，号其所居曰"隔叶听鹂之馆"，与严丽生、潘紫垣等结社唱和于其中。他恣情山水，晚年游峨眉山，羽化于紫芝洞。其所作风景诗，不是刻板地模山范水，而是着眼于传山水之神，抒山水之情。例如《飞云洞》：

> 路入东坡道，玲珑古洞幽。云飞山欲动，雨过瀑争流。峭石撑孤阁，苍松倚小楼。文成遗碣在，读罢暮烟浮。

黄合初笔下的道路、山水、木石，仿佛都被诗笔注入了诗魂。由于动词"入"、"飞"、"争"、"撑"、"倚"的魔力，一切无生命之景物似乎都活起来了。

黄合初风景诗的另一特点，是擅长创造绝无人间烟火气的幽杳意境。例如《丈人观》：

> 万山环绕白云封，古树盘空鸟道丛。我叩仙坛清画寂，倚栏时听一声钟。

此诗前两句写丈人观的环境之深，后两句写丈人观的环境之寂。"一声钟"句化用唐人"鸟鸣山更幽"的构思，是对"清画寂"的反衬。全诗创造了一个世外桃源式的神仙意境。

类似上述充满道意仙情的境界，在《听鹂馆诗抄》中还有不少。例如："地僻人踪少，云深石径平。仙源何处是？一水绕蓬瀛。"（《龙马潭》）"洞石千年雪，林深五月秋。此间结庐住，补种竹清修。"（《诸葛洞》）"偶憩三生石，来探小洞天。疏钟何处发？余韵袅林烟。"（《入山》）"停琴招白鹤，回首望青城。云护岸难数，山空雪有声。"（《灌口场望迎仙阁》）等等。

结　语

　　中国的宗教文学史，发轫于先秦的古代宗教文学。其中的儒家散文和道家散文，乃是后世儒教和儒教文学、道教和道教文学的基因。汉代是中国宗教和宗教文学的转型期。西汉时期，儒家学说开始蜕变为儒教。东汉时期，佛教自印度传入中国，道教也打着道家学说创始者老子的旗号破土而出。从此以后，启动了儒道佛三教既鼎立又合流的发展历史，以及三教在文学中的种种复杂反映。魏晋南北朝时期，植根于古代宗教和儒道佛三教的各种神话小说—志怪小说，繁荣一时，成为这一时期的宗教文学主潮。唐宋时期，是三教发展史上的黄金阶段：不仅佛教义学、道教炼丹理论和儒教新理论——理学，均有极大发展，而且三教合流思潮成为士大夫文人和宗教界人士的广泛共识。士大夫文人和僧侣们的三教诗文，成了这一时期宗教文学的主潮，其间名家名作极多。金元时期的宗教文学主潮是戏曲。明清时期，三教合流思潮从知识阶层普及于民间。因此，这一时期的宗教文学主潮亦转向以三教为题材的通俗文学——话本小说、章回小说和戏曲了。

　　以上，就是中国宗教文学史的粗略轮廓。